① 学做圣贤

王阳明

王阳明

王程强 著

河南文艺出版社
·郑州·

图书在版编目（CIP）数据

王阳明/王程强著. —郑州：河南文艺出版社，
2016.9（2024.5重印）

ISBN 978-7-5559-0412-0

Ⅰ.①王…　　Ⅱ.①王…　　Ⅲ.①王阳明（1472－
1529）-人物研究　　Ⅳ.①B248.2

中国版本图书馆 CIP 数据核字（2016）第 143344 号

出版发行　河南文艺出版社
本社地址　郑州市郑东新区祥盛街 27 号 C 座 5 楼
承印单位　河南瑞之光印刷股份有限公司
经销单位　新华书店
开　　本　700 毫米×1000 毫米　1/16
总 印 张　72
总 字 数　1009 000
版　　次　2016 年 9 月第 1 版
印　　次　2024 年 5 月第 3 次印刷
总 定 价　138.00 元（全三册）

印厂地址　河南省武陟县产业集聚区东区（詹店镇）泰安路
邮政编码　454950　　电话　0371-63956290

目录

序幕：余姚风水　诗书传家

在中国智慧的发展史上，大明王朝的成化八年(1472)，农历壬辰年，龙年，因为一个后来被称为王阳明的婴儿出生时的一声啼哭，一下子多了些哲学意义。

天地在壬辰，王家的二儿媳郑氏在妊娠，已经足月，马上就要生产了。

王家老先生叫王伦，三个儿子，大儿子王荣，二儿子王华，小儿子王衮，家住浙江余姚县城。

现在，农历九月三十的傍晚，龙泉山山脚北边的王家小院，女人们在后宅，来往穿梭，手忙脚乱，有端盆的，有提水的，激动着，紧张着，她们准备迎接呱呱坠地的新生命；男人们在庭院，高凳端坐，全身放松，有布道的，有听讲的，静着心，他们在延续着一个旧传统。

怀孕生孩子是女人的事。至少今晚上王家小院里的男人们是这样认为的。生孩子是火上房的急事，万一摊上个倒生、难产什么的，男人们总不能不搭把手吧？这几个不知道轻重缓急的老爷儿们在干什么？

今晚是余姚"舜象读书会"的例行活动，每月十六和三十(或者二十九)，准时会读一次，按轮转排序，今日正好轮到在读书会成员王华家举办。核心成员有陆恒、黄珣、王华、谢迁等。今晚特邀嘉宾有王伦、举人诸让，诸让是黄珣的朋友，王衮属列席人员，又兼添水倒茶的身份。地点选在王家袖珍型修竹园内一座四面以竹为墙、三面开窗的小轩内。

竹轩北面竹墙靠上方位置，挂着一块木匾，上书两个王右军行书体墨色大字"静学（靜學）"，木匾下方斜挂着一把带鞘长剑，东向的剑柄上垂下一束墨绿色的流苏。王伦头戴儒士巾，身穿玄色道袍，面南背北端坐，淡定的目光暂时洒在胸前古琴的琴弦上，他在静坐养神；座下许多人是生员打扮，头戴儒巾，身着一袭圆领青衣；诸让有举人功名，头戴遮阳帽，以帽子区别于几位秀才。会员中陆恒年龄最长，是会长，在左边首位坐，挨肩是黄珣；诸让是客人，与陆恒坐对面，然后依次是谢迁、王华与王衮。

会长陆恒起立发言。陆恒已过而立之年，个子不高，在余姚城东县衙北街办有"拙庵龙门学馆"。

陆恒说："今天例会，我们请到了竹轩翁。"被称作"竹轩翁"的王伦，听到自己新取的号被称呼到，想到这号的内涵——像竹子一样的气节，心中的笑意不经意间飘到纯净的脸上，于是他长而不削的脸上，在泰然的静气中，活泼着一丝丝的笑意。他扭脸对着诸举人，睁开细长的眼睛，微微颔首，接着扫了一眼在座的晚辈，清和中透着严肃，高高隆起的眉骨，凝聚着一股清贵之气。

陆恒接着说："我们还请到了诸让诸孝廉，养和先生。"

孝廉是举人的雅称，秀才是府学和县学学生的雅称。

诸让国字脸上，一脸英气，座中他功名最高，别人都敬他三分，他也不免会流露出些矜持。听到点名，诸让马上起身，开言道："不方便行大礼，请竹轩翁见谅。"说着，向后撤身，斜对着竹轩翁，一鞠躬。王伦随即起身，说道："地方窄狭，诸孝廉不必客气。"说着话，还要拱手。诸让眼明手快，双手握住王伦的两手，轻轻按扶他坐下，然后拱着手对大家说："幸会！幸会！"陆恒示意诸让坐下，说："今天还有德章。德章，给大家端茶倒水，你辛苦了。"坐在下首的王衮慌忙起身，嘴里说着："应该的！应该的！"因为起身猛，身下的长条凳离桌子太近，身子站不直，一下子急得满脸通红。同坐一条凳子的王华见父亲威严地瞪向弟弟，抬眼发现弟弟的窘态，不动声色地欠起身，把长条凳往后轻轻移了移，让弟弟站稳。

陆恒继续说："今天的主题有三个，第一，请竹轩翁介绍一些读书体会；第二，请养和给我们讲讲他应举的感受；第三，常规内容，会讲一下上次例会的读书内容，商定下次的会读内容。今天有学坛前辈、老同学、新朋友，我们先互相认识一下，我介绍一下竹轩翁的情况，一会儿大家再自我介绍。"

陆恒说："竹轩翁诗书传家，高祖讳性常，才兼文武，受终南山道士赠书，精通术数，受到了诚意伯刘伯温先生的景仰和荐举，为国死难岭南；曾祖号秘湖渔隐，隐居终生，人称孝子；祖父遁石翁，精研易经，学问养身，高风亮节，隐遁深山；父亲槐里先生继承我们余姚的传统，专修一门《礼记》，是南京国子监太学生；竹轩翁几十年主修《礼记》，在江浙各地处馆讲学，提携后进，培养英才。我们一会儿请竹轩翁讲学。现在互相认识一下，今天不便作揖打躬，点头为礼，心到礼到。按年龄排序，养和先开始。"

诸让扬了扬矜持的下巴，爽朗地说："我叫诸让，字养和，今年三十三岁，主修《礼记》，三年前侥幸中举。"说到侥幸，他好像有些卖弄的意味，声调不由自主地有些上扬，有些轻狂。这时他猛然想到父亲的告诫。诸老先生老早就发现这个儿子英气逼人，他在自家兄弟之间争强好胜，又身材高大，特意给他起名"让"，意在损其有余，补其不足；年轻气盛，自然不免有些心浮气躁，在"让"的基础上，启蒙老师又给他取字"养和"。师长希望以名字来时时提醒他修身养性。诸让语调一转，谦和地说："请竹轩翁不吝指教，也请各位学友做我的净友，知无不言，矫枉纠偏，百尺竿……"诸让因为要表现谦虚，不好再往下说，就打住话头，望着陆恒。

陆恒接口道："自然是再进一步，遮阳帽换成进士冠。人往高处走，天经地义。正好轮到我介绍：我叫陆恒，字有常，自号'拙庵'，今年三十四岁，比养和痴长一岁，才却短养和不止两寸吧！"诸让自知陆恒才气不比自己差，甚至比自己还要好，发现大家都盯着自己，于是特意稍低一下头，免得下巴上扬，摆着手，真诚地说："侥幸中举,侥幸!确实是侥幸!"黄珣、谢迁、王华和王衮,羡慕地笑着,心里渴望着这种侥幸。陆恒接着说:"我名字中有'恒'有'常',其实没有持之以恒,北上进京的路走不顺,我退守余姚,教教小孩子,给大家做铺路石吧。下面廷玺。"

廷玺是黄珣的字。他说:"鄙人黄珣,字廷玺,三十四岁,二十多年寒窗,很惭愧!愧对高堂!唉!"黄珣说着,叹了一口气。王伦精于道家术数,盯住黄珣的脸,开导道:"廷玺贤侄,安心勿躁,修学养德,迎接富贵。"

王华七尺男儿,继承了父亲王伦的脸型骨架,长方形脸庞,眉骨棱起,眼神清澈,一副贵相,比父亲不同的是,他脸颊隆起圆润,所以脸就有些圆满,这给贵气中增添了很多的福相。王华面色纯净,脸上和头顶洋溢着一层纯粹的纯阳之气。他示意弟弟,条凳后移,静静地起身,声音清纯,说:"末学王华,字德辉,二十六岁,今天面对家君大人,有诸孝廉在场,王华不孝,愧对家君大人!我一定继续努力,德学并进,光耀门庭。"

王伦对儿子的态度一直是满意的,不准备给儿子压力,就笑看着诸让。诸让会意地一笑,对王华说:"德辉贤弟,小小的举人功名,何足挂齿。他日折桂金銮殿,舍老弟这等大才,还能有谁!"

该谢迁了。浙东谢家,从东晋开始,多少年都是名门望族,这就给谢家后人一些志在国家的联想,想到先人的位尊权重和垂世功勋,经常会激发他们奋发向上的志气和勇气;看看眼下自己身居草野,远离庙堂,距离先祖好像有十万八千里,不免又会黯然神伤,他们就在这种矛盾心情中挣扎着、打拼着。虽然远,毕竟有路,那就是科举,这就是努力的方向和目标。谢迁平和大气地说:"晚辈谢迁,字于乔,二十四岁。请前辈多指教。"说着,从容起身,扭身向王伦躬了躬身,然后向大家拱手,画了个半弧。

最后是王衮。王衮身子骨有些单薄,继承了他父亲的长方形脸架,但是脸颊比他父亲还要瘦。他急忙站起身,学着他哥说:"末学王衮,字德章,二十三岁,我也愧对家君大人,我一定向各位先生好好学习。"

大家介绍完毕,陆恒说:"以前我们的会读,是兄弟会,围绕一个主题,大家自由发挥。今天竹轩翁是主讲,诸孝廉是副讲,给我们讲学。现在我们开始礼请主讲。"于是,六个人纷纷起身,到桌子南面,站成两排,陆恒、诸让、黄珣站在前排。陆恒唱礼:"讲学,就是讲道。讲台之上,讲师,就是道的代表,我们尊师就是尊道。现在,大家整理衣冠,清净身心。好,让我们开始,我们以至诚之心,祈请竹轩翁,一鞠躬,兴;再鞠躬,兴;三鞠躬,兴。"听着陆恒清越又抑扬顿挫的长音,看着晚辈们虔诚地行礼,竹轩翁正了正身子,捋了一下花白的山羊胡子,神色更加端庄、庄严。他的目光在诸让高大的身躯上停了一下,意识到他的举人身份,下意识地欠了欠身子,准备表示一下礼遇,也只是一转念,他再次确认了自己的身份,现在自己是讲师,就像陆恒说的,是道的代表,也许自己本身只有小道末术,与大德大贤比起来不足挂齿,但是,现在他就是大道的代表,身临师位,代道讲学。此念一生,竹轩翁一下子觉得自己像一棵高耸修长的翠竹,内里的一节节关节上下贯通,身心空灵,知觉中竟然找不到身躯,没有了头脑,这个空灵辐射到无限的夜空,只剩下一个"知道",知道什么呢? 却什么也不知道,眼前这几个人影,是谁呀? ……竹轩翁马上收拢心神,一定神,意识到要讲学。

成礼后,六位入座。

竹轩翁上身因脊柱挺直显得稍微后仰,脸部被带动自然上扬,显得更加大气。他开讲道:"今晚蒙几位学友不弃,我们有了这个交流机会。俗话说,有学不在年高,在学问上,上年纪人也不能倚老卖老。胡子长,表示经历多,经验多,知识多,但是呢,学问与智慧关系最为密切。大家抬头看看这个。"竹轩翁说着话,左手食指向上一挺,"看到什么了?""竹轩翁的食指。"黄珣随口答道。这样的小儿科问题,诸让举人功名,保持着身份的矜持,不能抢着回答,其实是不屑于回答,于是故意笑了一下。陆恒是余姚名校的精英人物,提问别人是他的特权,已经没了回答问题的习惯,此时此刻心里还揣着自己余姚名师的身份,心有所想,身有所现，不由自主地端起了名师的架子，忘了听讲者的身份，几乎成了督教的校长，要监督鉴定讲师的学问。谢迁娘胎里带来的聪明，脑子锐利，他想，这要是问手指头，老先生还不至于这么迂腐，于是上翻眼珠，盯住竹轩翁所指向的木匾上的两个字"静学（靜學）"，但是他不好开口，这位未来的大政治家，心里头想的是不会轻易出口的。王华呢，老实人一个，他只看着手指头，不去多想，何必急呢？就像老婆生孩子一样，总会出来答案的。王衮呢，听他父亲说"上年纪人也不能倚老卖老"，正在琢磨，老先生今天说话与平常在家对自己的态度咋这么大区别呢？一愣神，脱口而出："手指头！"

王伦听到儿子的回答，想到了先贤们开发智慧的公案，就是那个有名的《指月录》，明明指向的是明月，他们却只看手指头。王伦痛心地给小儿子下了个"难成大器"的鉴定，也懒得卖关子，接着说道："这'静学（靜學）'两个字，从左念也通，自右读也成。"王伦多年游走于江浙大地各处私塾学堂，靠满腹才学糊口养家，见惯了各色学生，今晚，不看大家的眼神，凭他清净的心神也觉察到了在座中的躁气，于是他说道："静学，静中学；学静，学心静。我来操琴，学友们静静心。"

王伦两手抚琴，眼帘微垂，他先冥想一下，酝酿一下思路。此时，窗外的竹林在夜风的怂恿下，造起了波浪运动，沙沙沙沙作响。窗外竹林有规律的风闹声，衬托得竹轩内更加幽静。秀才举人们不再听讲，身心放松下来，他们重新调整身体，坐得更轻松，神情显得更自然。这时，王伦的心中生起了一轮明月，月光下，他的指尖下流淌出了一首歌《学做圣贤》，他手指轻抚琴弦，琴弦上迸发出了铮铮锵锵的音流，随着深邃悠远的琴声，王伦随口吟唱起来：

今夕是何夕？

孟秋月晦夜。

繁星点点烦恼多，

明月一轮智慧开。

明月何处寻?
不必中秋夜。
人人心头藏明月,
念念清净照乾坤。

竹林青竹竿,
个个好青年。
心虚才能节节高,
修直向上美名传。

学贵有师友,
舜象互借鉴。
心悟身行是渡船,
智慧仁勇最圆满。

　　王伦灵巧的手指下飘出悠远、深邃、清幽的琴声和口中徐徐流溢出的歌声,像一剂融化剂,消磨了诸让心中的矜持,抽空了陆恒身心中一直端着不放的精英架子,消融了谢迁头脑中的智巧,洗刷了黄珣和王华心中的思索,这几位心中的点点繁星都被皎洁似的月光吞噬了。只有王衮,仍在一心多用:一会儿,哎呀,竹林里的风变小了一些,老父亲唱歌,渴不渴呀,是不是给他续些热水?唉,这找师友,怎么会"舜象互借鉴",难道要借鉴象这个坏家伙吗?直到最后,琴声歌声戛然而止,王衮心头的念绪也一下子跟着停止了,和其他几位一样,他静静地、愣愣地坐着。

王伦察觉到竹轩内一派沉静之气，几位年轻人脸上和眼神已纯净多了，于是他示意呆愣着的王衮撤下古琴，自己悄无声息地啜饮了几小口茶，随机开讲："学，就需要我们现在这个心境，就是静。学什么呢？我们分析一下这个'学（學）'字，上头像一双手捧着一个'爻'字，大家都知道《易经》，有常是'《易经》'专家。"王伦说着，看了一眼陆恒。陆恒已经忘掉了刚才的精英架子，对着"爻"字，他下意识地点了点头，但是意识到《易经》深邃，没有穷尽，马上又摇了摇头。王伦继续说道："这个爻呢，无须我多说，一长横'—'代表阳，两短横'--'代表阴，一阴一阳谓之道。学，就是要学这个道。一阴一阳，一长横，两短横，互相组合，揭示了天、地、山、泽、雷、风、水、火等自然现象的变化规律。了解运用规律，小则修身养性，大则安邦定国。掌握规律，要靠智慧，有了智慧，先把身心安置好，至于学技术，就容易多了。科举就是个技术活。"科举是大家迫切关心的事，几双眼睛一下子盯住了王伦。王伦注意到了大家的关注，接着说道："科举就是几篇文章，知识非常必要，经验固然重要，关键还是智慧，知识要靠智慧来组合。这智慧哪里来？就从心静中来。"

王伦停了停，发现大家沉浸在"静"中，在体味和琢磨这个"静"，几个人拘束得不敢动，就启发道："今天你们这个读书会的名字，提醒了我，舜象读书会，舜和象好像一好一坏，好像各是各，嗯，想不到你们年轻人这么有智慧，首先说向老师学习，不见得老师都要比我们强，见贤者思齐，见不贤者退而自省，这样一来，像象这个一时的落后分子，也可以成为我们的一面镜子，也是我们的老师；另外我们自身呢，大多数时间，是好思想、好念头，不少时候，也有不少不好的念头，好的时候就是舜，不好的时候就是象。你们看，一个好人身上还有舜象。我们学习呢，就是扩充好念头，融化不好的念头。同样道理，静中有动，动中有静，不能一说到静，就连动也不敢，静是心境，一个激烈运动着的人可能心很静，一个坐下不动的人，也可能心动得很厉害。"

听了这话，几位秀才举人活跃起来，黄珣晃了晃因长时间静坐而显得有些僵化的双肩和腰身,问道:"先生说这些,有些像大海,其实我们只需要一瓢水就够了,就需要一个单刀直入的方法。"

王伦意味深长地看了一眼黄珣,说道:"不见得人人都挤一条道。要学,就大学,《大学》说得最清楚,第一段……"

这时,内宅二楼的产房内传出一声清亮的啼哭声,"哇啊、哇啊、哇啊……"一个将被称呼为王阳明的婴儿来到了人间。

竹轩内,王伦正在侃侃而谈,他的话头突然被一个女声打断。一个小媳妇一路小跑过来,笑着汇报道:"爹、爹,生了! 生了! 是个小子!"

第一章　贵人语迟　五岁开言

这个哭声洪亮的男婴是王家的长孙。

送子娘娘　云中送子

婴儿奶奶岑老太太比爷爷大一岁。儿媳妇生孩子的当口,岑老太太一直忙乎着,她在忙着烧香拜佛。岑老太太身子瘦小,白净面庞,慈眉善目,最突出的一个面相特征是两个耳朵特别大,耳轮厚实、白净。

今晚,二儿媳妇生孩子,接生婆忙着接生孩子,另两个儿媳妇忙着跑前跑后,岑老太太忙着念佛,念会儿佛,听听二楼的动静,再接着念。念着念着,不知不觉中打了个盹,梦中还在忙着接孙子:一阵仙乐悠扬,从天上飘来,悦耳润心,岑老太太仰头望天,只见白衣观音娘娘脚踏一朵白云,怀抱一个红布包裹,从南方上空袅袅降临半空,朱唇轻启送慈音:"王岑氏,我佛慈悲,念你孝敬公婆,和睦妯娌,一心念佛,特赐你麟孙一个。"这欣喜来得太突然,岑老太太有些猝不及防,正要跪下磕头,却被一声洪亮的婴儿啼哭惊醒。一醒,睁眼四下找寻,哪还有观音娘娘的影儿。老太太很自责,天天念佛,这观音来家了,却连个头也没磕,不成个礼数,不成个礼数,咋会越老越没道理呢。婴儿的哭声连续着,哇啊、哇啊、哇啊、像是从二楼传来的。老太太一下子兴奋起来，这不是梦，是真的小毛孩哭声。还真灵！真灵！才念半年佛，就把孙子念来了。

岑老太太嘴里念着佛，心里更是对佛菩萨千恩万谢，挪着一双三寸金莲，去二楼看望孙儿。一双小脚走在楼梯上，心却已经飞到了产房。

接生婆眼尖，一眼瞥见老太太进来，马上抱着婴儿迎上来，嘴里恭喜着："老太太，您老有福气呀！是个男丁。"

岑老太太小心翼翼地接过婴儿，发现孩子眉眼轮廓极像婴儿时期的王华，她心中不由得更多了份亲爱，珍爱地端详了一阵子，这才想起来刚生产完的儿媳妇，于是，她抱着孩子到媳妇床前，嘱咐月子婆娘的饮食起居。

生儿好比　金榜题名

产妇，王华的夫人郑氏，此刻，脸色潮红，十分疲乏。

接生婆俯身给产妇擦了擦汗，恭维道："恭喜秀才娘子，是个大小子！啧啧，你听听，这声音！多响亮！说不定和老爷、少爷一样，是个好讲书先生。等长大了，讲书讲得好，一步步讲到北京去，讲给皇帝老爷听，给少奶奶讲来个诰命夫人，凤冠霞帔，坐大轿。"

身心疲惫的郑氏的思路并没有随着接生婆的恭维，她的喜悦还停留在孩子的哭声上，她的思绪被疲乏打扰着，显得断断续续，"生了，终于生了，孩子，天天想，夜夜盼，你总算来了。我不再是个不下蛋的母鸡了。这是女人的一场大考呀，你的哭声就是娘的功名呀！"

奶奶起名　就叫王云

五十二岁的王伦高兴异常。长寿是五福第一位，长孙的第一声啼哭，让王伦想到了道家的长生不老,这意味着自己生命的再续,所以他很高兴。老习惯,男人回家进门,要整出些动静,像当官的开道一样,王伦在门口咳嗽了一声。

正在对佛菩萨千恩万谢的岑老太太听到动静,马上迎上来,激动地说:"是个孙子,观音娘娘送来的!"王伦一时摸不着头脑,但是老两口的心情是一样的,都是满心欢喜,心花怒放,所以王伦不再像过去,摆一脸师长的严肃,而是面色随和地踱到八仙桌东首坐下。这是他这位一家之主的专座。王伦喝了一口热茶,静听老太太啰唆:"观音娘娘来咱家了。"王伦对这话不感到意外,老伴儿念佛已久。"观音娘娘从云里送来的孙子,我看就叫他王云吧!"岑老太太的提议,王伦并未反对,小孩儿被定名——王云。

王伦琢磨着,我喜得长孙,可喜可贺,竟然劳动观音菩萨,也说不定是王母娘娘来送孙子,岑老太太见老爷不说话,以为王伦认可了自己起的名,高兴中起身,又给王伦续上热茶。

王云竟然　是个哑巴

王云这个小人儿,眼睛好像会说话,满脸的机灵,浑身的活泼,简直是人见人爱。孙子的到来,让王伦这个场面上的人突然间变成了家里的男人。二儿子王华已经成器,人力已尽,成就功名,只等时机;三儿子王衮,难成大器,木已成舟,为父已经尽心了,随他去吧。自己年轻时心里长草,在家待不住,对儿子管教少,现在临到孙子,多谋划,早着手,早成才。王云从会走路起,就成了王伦的尾巴。王伦在竹轩内抚琴,王云是唯一的知音,时而听得两眼噙泪,时而听得笑意盈盈;王伦在竹林间信步吟诗,王云是唯一的欣赏者,他能随着诗歌的内容伤感和喜悦;王伦夫妇享用的全家最精美的饮食,王云是唯一的陪客。关于文章,王伦把孙子看作吃奶孩子,不会在乎他的看法,但对吃食,却非常在意孙子的感受,问他好吃吗,孙子或者点头,或者摇头,开口只是啊啊啊。日子一长,王伦发现了问题,难道宝贝孙子是哑巴？王伦不太担心,小孩子说话有早有晚,晚一年半载,不耽误念书也就没啥了不起。

岑老太太心里忌讳,不愿意说出口,就加劲儿念阿弥陀佛,念了仨月,孩子还是只会点头摇头。她有些发慌,马上在佛前忏悔自己,忏悔自己以前嫌大儿媳妇娘家不懂礼数,逢年过节,礼尚往来,总是去时的礼多,回时的礼少;忏悔自己以前嫌二儿媳妇一副弱不禁风的身子骨,干个活缩手缩脚、磨磨蹭蹭;忏悔自己以前嫌三儿媳妇风骚不稳重,裤腰带一头勾连着三儿子的腿,耽误儿子安心读书;忏悔自己以前抱怨老天爷,不让自己生个女儿,跟前连个说贴心话的人也没有……老太太的忏悔,像扒晒仓库一样,把多年的陈年老账翻了个底儿朝天,确信再没有一丝一毫见不得人的东西。有时候偶然间有个不满的牢骚念头,一露头,马上打住,怕得罪神灵,怕连累了孙子。把自己忏悔个干净后,觉得责任不在自己身上,想到孙子不会说话,直接责任应该在他娘身上。得找孙子他娘审一审……

会不会是他爷爷、他爹爹,天天在外面教学,说过啥过天话呢？得审审儿子。

王华只拜孔圣人,不拜印度的释迦牟尼,但是孔圣人最讲忠孝,所以母亲信佛,他是不敢反对的,何况一家之长王伦先生信道,就像北京的圣天子一样,皇帝痴迷道教,皇太后醉心佛教,但是金銮殿上一概宣扬儒学。王华虽然可以敷衍母亲的审问,但是作为他这样一个志在庙堂的人,他又多了一份小心,那就是以后作文讲课,可不敢说过头话,这倒不是怕佛菩萨惩罚他,而是怕对不起孔圣人,更怕皇帝老子收拾他。

岑老太太一直没敢审问王伦,甚至不敢怀疑王伦,丈夫丈夫,一个“夫”字,是“天”字出头,丈夫就是她的天,所以调查孙子哑巴的原因,一时还没有结果,她只能从自己身上下功夫了,只有多念佛了,求佛保佑吧。

谢迁叔叔　中了状元

成化十一年(1475)三月二十五日上午辰时,在余姚城东南,县衙南门外的鼓楼广场,要举办一场盛大的喜报投送启动仪式。喜报的内容是,成化十一年的状元出在了余姚,是余姚舜象读书会成员谢迁。

消息比人走得快。新科状元谢迁和新科进士诸让,人在北京,忙并兴奋着,参加金銮殿君臣见面会和文庙谢恩,以及同年互拜等联谊活动,金榜题名的好消息已经通过驿道飞到了绍兴府。这状元非同小可,全国三年才出一个,更难得的是,今年的状元竟是去年秋季浙江全省乡试的解元,又是礼部会试的会元,连中三元。绍兴府为国家贡献了优秀人才,知府戴琥脸上很光彩。公心人人有,私意也难除,状元起点高,升迁快,真正的后起之秀,戴琥这位今天的四品知府,也难保将来哪一天没有仰仗今日状元的事儿。所以戴知府公私心上考虑,都很上心,先派绍兴府推官刘芳去余姚传递喜报,之后等状元公回家省亲路过府城拜访时,自己亲自送其归里,到时候到余姚顺便勘察状元牌坊的建设地址,也是一桩宣传教化的善举。

余姚知县刘规比戴知府还觉得光彩。

喜报递送的启动仪式要从县学的文庙开始。县学是状元公的母校,按惯例,生员们享用着朝廷的福利,不管是公费生,还是自费生,都被免除了大明子民应该承担的力役差事,但是官府举办庆祝和慰问之类的活动时,生员们需要作为斯文代表和礼仪形象,这是不可以回避的。今天,王华和弟弟王衮、黄珣等县学三十多个生员秀才,在县学胡教谕和王训导的带领下,列队在文庙大成殿前。

等到刘知县陪着刘芳光临大成殿前,县学胡教谕做司仪唱礼,向孔圣人像进行三献礼,刘知县初献,刘推官亚献,主簿方璇三献。献词很简单,就是感谢孔圣人的智慧光芒,照亮了余姚学子们的心膛,余姚有圣人的学生成才了,出状元了。

圣人的门徒们敬谢礼仪已毕，移师鼓楼广场。学宫在县衙东侧，离鼓楼几十步路。王伦、陆恒等十几位塾师，作为学界精英，衣襟上飘着二指宽一拃长的红绸布条，这是特邀代表证。他们是观礼嘉宾。王云，作为他爷爷的特邀代表，也莅临盛会。余姚城里各大小私塾，八岁以上二十岁以下，几百名学生盛装华服，来接受现场教育。广场四周，围满了各色人等，人群之外，是闻讯而来的小商小贩。

鼓楼一层之上外凸的平台上，彩旗招展，彩门的两个竖框上粘贴着红纸金字对联："皇恩浩荡，姚江普洒甘露，滋润学子心田；天子钦点，泗门独占魁元，栽培谢迁柱梁"，横幅是"尧舜圣地，跪谢皇恩"。

生员们、童生、各界代表的方阵后边，一边是唢呐队，吹的是百鸟朝凤；一边是腰鼓队，擂的是龙腾虎跃；中间是耍龙舞狮队。

喜报投送队伍先进行了游街，之后十几位生员和县衙内抽调礼房、工房、刑房的几位书吏，分赴谢状元家和诸进士家。

这一场新科状元庆祝会，令王华倍感压力。他羡慕，甚至有些嫉妒，嫉妒是个坏念头，嫉妒的念头不敢存留，一闪而逝，谢迁二十六岁，他已经二十九岁了；同时压力之中又增加了动力，十几年前，浙江省提学副使张时敏给他和谢迁的鉴定评语是一样的——"状元之才"。

王伦同样感到了压力，他疑惑地问王云："你谢迁叔叔已经高中状元了，你什么时候才愿意开口说话呢？"

被逼无奈　哑巴开口

王云像天上的云彩一样喜欢无拘无束，喜欢舞棍弄棒，爷爷的宝剑不让他舞弄，他就拿根竹竿比画、胡挥乱舞，一刻也闲不住。

书香门第，读书习字，王云看多了，不觉得稀奇，他稀罕的是真刀真枪。离王家院落不远,往北二里半地是武胜门,武胜门以里顺着城墙往东,北城墙和东城墙的结合处,是个半圆的弧形。这处半圆形的空地,被围成了余姚演武场,经常举办步兵操演和马军骑射的热闹事,常来的兵有城守署、防巡署的队伍,有时甚至钱塘江边驻防的临山卫和三山所的大部队也会开过来,进行会操和比赛。每到这个时候,演武场的院墙上、大门外,彩旗飘飘,院内战鼓声声,人喊马嘶,惊天动地。自然这热闹也惊动了王云。演武场的大门前戒严不让站,他只能站得离大门远远的,伸长脖子,侧着耳朵,干着急,只能听不能看,越是听越是馋得王云心里痒痒的。

王家院落北边,有一处南宋年间传下来的老宅子,青砖青瓦,三百多年来,这宅子的主人一直姓倪,倪家祖上还一度做过南宋的宰相。倪家老宅子往东就是演武场的大门。这家有个王云的玩伴,比他大一岁,大名倪宗正。两人经常结伴,到演武场大门外探头探脑。

四月初,演武场又开始热闹起来,王云闻声而动,大早上饭碗一推,就去找倪宗正,两人去演武场门口附近侦察。大门还是进不去,两人只好在大门外路边的一口池塘边转悠,看一群大白鹅在池塘里面排队操演,大白鹅的红冠子就像院门口进进出出的那些当兵的遮阳帽,大白鹅排起队来,比当兵的队伍还要整齐。两个小伙伴手持竹竿,想把竹竿当成大白鹅队伍的指挥棒。大白鹅队伍的指战员们,一不领他们的饷银,二不吃他们的食粮,自然不听他们的吆喝。这,并不妨碍两个光杆司令的阅兵劲头。

玩得起劲的王云和倪宗正没有注意到,三个军人从演武场大门里出来,一起走到池塘边。三个军人中,两个军士站在岸边,一个军官模样的人,三十多岁,下到池塘水边,要洗手脸。军官伸手去捧水,缠系在手腕上的布袋子眼看要浸到水里头,军官只好摘下手腕上装银子的布袋,放到一边,先洗手,再捧水洗脸。清洗已毕,军官忘记拿他装银子的袋子,领着随从,扬长而去。

王云一直在绕着池塘奔忙,他要跟着领头的大白鹅。经过几次失败的指挥后，他发现，指挥了头鹅，就等于调动了鹅群。王云两眼直盯在头鹅身上，不提防被脚下的袋子绊了个趔趄，差点摔趴下。王云蹲下打开绊脚的布袋一看，是几大块银子。银豆子，王云见过；银锭子，他还没见过呢。他恍惚记得刚才有个军官曾蹲在这儿，大概是军官忘在这儿的。王云想起来，过年时爷爷掏出几小粒银豆就换回了一扇猪和一整只羊。那是银豆子，这可是几大块银子，这得换回来好多好多的猪肉，得换回来好多好多只整羊。想到这里，王云兴奋起来，有了这些银块子，家里可以天天吃猪肉了，要是那样，也不用再眼巴巴地盼过年过节了。王云一想到过年时的猪肉，馋得咽了口口水。他打算把这银子揣到怀里，偷偷拿回家。他掂了掂，真沉。拿回家爷爷奶奶保险高兴，爷爷、伯伯、爸爸、叔叔，都喜欢吃肉。能顿顿吃肉，真令人高兴！高兴？不对！爷爷奶奶不会高兴的，爷爷奶奶常常给他上课，不拿别人一根线，不吃别人一口饭，遇事也替别人想一想，对，我要拿回家吃肉，那个军人家的孩子咋吃肉呢？他不就没肉吃了吗？得给人家，别人的就是别人的。奶奶说，自己种的菜吃着香，自己做的衣服穿着舒服；奶奶说拾金不昧，鬼神保佑，起了贪心，老天爷一直盯着看着。王云抬头看了看天，隐约看到上面有人跟他眨了一下眼睛，他不由得为刚才要拿回家的想法害怕起来。王云打定主意，那个军人丢了那么多的钱，不知道多急呢，自己应该在这儿等着他，他一急就会回来找。不能让小伙伴知道，得保密。他把银袋子转移到池塘边的杂草丛里，心里装着银子，沉甸甸的，也没心指挥大白鹅队伍了，就一直蹲在草丛边等。倪宗正发现王云蹲在那儿不动，一个人玩索然无味，陪着他蹲了一会儿，蹲在一个地方，眼前几棵草看了几百遍，看够了，骑着竹马，一溜小跑，打道回府了。

王云蹲了一个时辰，两腿酸了，索性坐在地上，在半睡半醒中，只见三个军人冲了过来。军官到刚才洗手的地方，东瞅西看，前翻后摸，没有找到银袋子，回头命令一个随从脱鞋下水，到池塘里摸。另一个随从突然惊叫道："这个小孩子刚才一直在这儿。"军官喝问王云："小家伙，你刚才在这儿见什么东西没有？"军官是钱塘江边三山千户所的从六品镇抚,主管后勤,趁这次到城里会操,采办军需,五十两银子是他两年的俸禄,不是个小数目,所以急得满头热汗,一身冷汗。军官们多是世袭,士兵们都是军户,祖辈当兵,有文化没文化不影响他们扛枪。王云书堆里长大,听着他们粗鲁的称呼和喊叫,有些委屈,困累了半天,等来个这样的人,坐在地上翻了翻眼皮,眼有些噙泪。没有下水的随从帮着咋呼道:"小孩,见了银子不交……"军官刚才一时心急,看了看孩子,知道不是粗俗家庭的野孩子,再说了,皇帝求人也得讲个礼貌不是,立马喝住随从,蹲下身子,缓和一下语气问道:"小相公,你见个银袋子没有,五块银锭子?"镇抚顾不得身份,眼巴巴望着王云的眼睛,充满了期盼。王云急着回家,伸手指了指眼前草丛中的银子。军官一把翻出埋在草下的银子,长出了一口气,愣了一下神,从身上摸出一粒银豆子,递给王云。王云摇了摇头,站起身往家走去。军官跟着他,问道:"你是嫌少?"王云又摇了摇头,镇抚粗鲁但讲义气,又摸出一粒银豆子,两粒一起递过去。王云还是摇头。镇抚毕竟是军官,当兵的有事找他这个军官,小孩子的事得找大人,于是也不再言语,一路跟着王云回家,任凭王云对他摆手摇头,他坚持一直跟着。

王伦和岑老太太见孙子身后跟着三个兵,惊得嘴大张着。这镇抚在军队官不大,比千户小,比百户大,但是品级比县太爷还高半格。镇抚说明来意,执意要把两粒银豆子塞给王伦。镇抚行伍十几年,直性子,心里想啥嘴里说啥,他说:"孩子嫌少,一直不接。"王云一听,军官怎么能说瞎话呢?这不胡说吗?既委屈又着急,急出一脸汗,心里憋屈着,像个小火山,想喷发,想宣泄出来,想说出来,这一急,竟然脱口喊了出来:"胡胡胡说……我不贪五块银子,会稀罕你小豆子?"

一群人都愣了,一下子变得鸦雀无声。王云自己先吃了一惊。王伦身心一震,哈哈大笑起来,笑得突然,猝不及防,卡住了嗓子,笑中加上了咳嗽,笑得弯下了腰;老太太却大哭起来,哭着说:"佛菩萨呀,你开眼了!你开眼了!"哭着竟跪到地上磕起头来。郑氏喜极而哭,一下子把脸埋在王华胳膊肘上,抽噎得浑身颤抖。王华最沉着冷静，也是因为他一心只在科举功名上，对孩子说不说话，缺少关心。他急着打发三个粗人离开，就对镇抚拱了拱手，然后右手向院门口一摆，做了个您请的示意。镇抚摸不着头脑，这咋一句话把人家一家人弄得哭笑不得，就使劲捶自己的脑壳，捶着说："你看我这粗人，你看我这粗人，您是读书人，多包涵！多包涵！"镇抚寻思着，两粒银豆子的酬金给不出去，这可是五十两银子，两年的俸禄呀，就这样一毛不拔地走了，于心能安吗？于是，对着王伦跪了下来，两个随从一看镇抚下跪了，像刚才池塘的一群白鹅一样，得紧跟头鹅，也两膝一软，跪了下来。王伦还没领受过县太爷以上级别的官员的跪拜，有些不适应，忙把镇抚拉了起来。

镇抚要走了，觉得走前得给当事人打个招呼，就到王云跟前，半蹲下身子，客客气气问道："小相公，你拾金不昧，看看有啥愿望，我能帮你一把，也让我心里好受些。"王云一听两眼放光，紧张地盯住镇抚，试探着说："我想去演武场看操兵！"镇抚一听，咧嘴大笑，那还不容易！镇抚一把抱起王云，嘴里说着："好，下午我来接你去看操兵。"

王伦送镇抚出院门，真诚地说："军爷，我们真该谢谢你！"说得镇抚莫名其妙。王伦真是诚心，心里装着千恩万谢，他真想给镇抚跪下。镇抚粗人一个，哪里知道这里头的事。

五岁的王云（书中所计岁数，皆为虚岁。）说话后，爷爷寻思，叫王云不吉，于是，给王云改名为王守仁。

第二章　八岁开蒙　师从陆恒

　　王守仁八岁入学,学校是陆恒的拙庵龙门学馆,位于王家老宅秘图山山丘东边不远。学馆大门上的对联就是陆恒办学的宗旨:人往高处走,步步高升,勤学为梯;水就低处流,时时谦下,修德若川。

起个好名　立定志向

　　新生第一课,陆恒按惯例,要给孩子指个大方向,就是帮孩子树立志向。有方向就有奔头。

　　王守仁的同班同学暂时报到六个:倪宗正、魏朝端、诸经、胡东皋、范顺风、张二毛。他们一个个在座位上新奇地翻看着新课本,有《小学》《三字经》《孝经》和"上大人孔乙己"开头的描红册子。

　　陆先生先问:"大家知道来这儿干什么吗?""上学读书。""好,读书干什么呢?"回答五花八门,倪宗正、胡东皋、魏朝端,这三位书香门第,答案比较一致,"中进士,当大官"。诸经比王守仁小一岁,他要当好人。范顺风船户出身,他回答道:"我爷爷说了,读书识字,考秀才,当老爷,不用再撑船了,雨淋不着,日头晒不着,还能娶住绣楼的大小姐当媳妇。"张二毛裁缝家庭,他答道:"俺爹说了,读了书明了理,不用再天天拿着大铁剪子,把手都磨烂了,当不了官,做师爷;做不了师爷,教学堂。"王守仁稍有些犹豫,奶奶动员他当好人,娘怂恿他中进士,爷爷鼓励他做真人,爹激励他中状元,而他自己更喜欢演武场,想当演武场点将台上那位立在帅字旗下威风凛凛的大元帅,于是在七个人中最后回答道:"阅兵!"

陆先生听完七嘴八舌的回答,笑眯眯地说:"好!大家都有目标。都是一生的大目标,这个目标关系着一生的命运。大家听说过命运吗?""听过。人生有命,富贵在天。"

陆恒笑眯眯地听完大家的答案,说道:"人活一口气,这口气就叫命,这叫人生有命。富贵呀,贫贱呀,这是人的运。富贵在天吗?这个不一定。如果在天,同学们就不用来读书学习了,等着天安排就行了。"陆先生这话是有根据的,他联想到自己,没有中举人中进士,就是命吧,但是办学馆是自己立定的人生目标,而且学馆已经被他办得有声有色,这就是他的命运,这命运却是在自己手里的。于是陆先生果断地说道:"命运是学来的。不学习能考上秀才吗?不学习能中举人中进士吗?所以说,学习决定命运。"陆先生接着问道:"大家愿不愿当大人呀?""愿意!""对呀,你们是小人儿,要长大当大人,大人不是年龄长大就叫大人,大人要顶天立地,心胸广大,大得能装下天地。"陆先生一言及此,又转回到刚才"命运"的思路上,接着说道:"命和名有直接的关系,雁过留声,人过留名,一个人的名声能反映一个人的命运,比如我们的孔圣人,他留下的名声就是圣人,圣人就是他一生的命运;比如秦始皇,他的名声也是他一生的命运。大家入学第一天,我们每个人要取字,这个字,与名一样,代表着大人对你们的希望,相当于给你们指定的努力方向,有志气的孩子就会作为自己的志向,这个名字关系到你们将来一生的命运,关系到你们将来一生的名声。"学堂先生有这个传统权利,给孩子取学名。有的家长有文化,给孩子取好大名,入学堂后,先生还要再取一个字;有的家长没有文化,把给孩子取名取字的权利交给了先生。

陆先生先给孩子们讲解名字的寓意和规矩:"我们汉人名字的结构,分两部分，第一部分是姓，第二部分是名字。以我为例，我姓陆，这表示我的家世，名字包括三个内容，有大名，有表字，有称号。大名，是人的正式名称，表示大人对孩子的希望，每个人出生时，上告天地和祖先时，报的是这个名，家谱上是这个名，朝廷登记户口黄册时用的是这个名，考功名时用这个名，大名用在比较正式严肃的场合；字是对名的替代，是大名的解释和延伸，可以用在比较亲近的场合：家庭中，师生之间，同学之间，同僚之间。名和字，一般是小时候大人给起的，长大后，如果自己觉得名字不能完全代表自己的希望、命运和名声，可以自己做主起个号，表示自己的愿望或者自身评价。晚辈对长辈称呼号，表示对长辈的尊重。我名恒，表示长辈希望我读书、做事要有恒心；字有常，有什么样的恒心呢？要有'仁义礼智信'的常心，这是对恒的解释和明确；号拙庵，这是我长大后，希望自己回归自然，过本色生活，活出我自己的本来面目，回到古代圣贤们淳朴自然的心灵状态。"

陆先生开始给新生取表字。

他发现王守仁坐不住，像一壶滚开的热水，内里的冲动眼看着要冲开壶盖，这是年少心躁，守不住一个"仁"，就在他守仁的基础上，结合他排行老大的身份，为他取字"伯安"。"以后，你伯安要安稳些，不管干啥事，读书，做官，不安静不行。"

胡东皋，皋，是高地的意思，给他取字"汝登"，"胡汝登，好好学习，先生希望你攀登高峰。"

诸经，诸让进士的儿子，这个经字，天经地义，学会了经典，做一个明白人，取字"用明"，"诸用明，立大志，做大人，心胸一开就见光明，明明白白做人做事。"

倪宗正，要想身正、行正，关键是心得正，心是根本，取字"本端"，"倪本端，以后先正心，心正自然身正，要正心，先诚意。一辈子行得端，走得正。"

魏朝端，在朝廷做正派官员，得有竹子一样的节操，取字"清节"，"魏清节，要像竹子一样清清白白，谦虚向上。"

范顺风,要打破船户狭隘的思维,既然读书明理,就不能仅仅想着自己的小船,要接济苍生,取字"济民","范济民,要当秀才,做老爷,得心量大些,心里也要想着别人。"

张二毛,大名和表字都得新取,他在家排行老二,取一"仲"字,裁缝出身,家长裁剪衣裳,希望孩子青出于蓝,二月春风似巧手,裁剪江山美如画,起名"仲春",字"秋实","张秋实,一分耕耘一分收获,既要有春华,更要有秋实。"

陆先生点了一下新名和表字,有了新名字,小学童很兴奋,坐不住的王伯安,记性好,兴奋地喊着同学的新表字:"倪本端、诸用明、张秋实",别的同学也兴奋地互相称呼新名字。陆先生接着讲道:"《说文解字》上有言,'名,自命也'。什么意思呢? 名字是对自己命运的希望,经过勤奋学习,争取一个好的命运,给世人留下一个好名声。这是名字和命运的关系。有了希望,有了目标,就等于立了志向,这叫立志。男儿要有志气,要刻苦学习。怎么刻苦呢? 这个志字,是心上一个战士的士字,要像战士一样去努力,在哪里努力呢? 在心上努力! 努力干什么呢?"陆先生撤身到讲台边上,指着头顶上方墙上的孔圣人像,问道:"我们努力读圣人的书,学习什么呢?"有了新名字的张秋实兴奋地回答道:"读熟'四书五经',文章金榜题名!"陆先生说:"对。熟读'四书五经',学做人,就是做个好人,心里要能装得下天下,变成大人,就可以出去考功名,可以做官了。怎么变大人呢? 要先做仁。怎么做仁呢?"陆先生走向讲台,巡视了一下课堂,最后目光盯住胡东皋问道:"汝登,你家几口人?"胡汝登扳着指头在查数,嘴里嘟囔着:"爷爷、奶奶、爹、娘、叔叔、婶婶……"最后报出十五口人,爸爸弟兄三个,两个婶婶,叔伯兄弟姊妹七个。陆先生问道:"你爱不爱叔叔婶婶? 爱不爱兄弟姐妹呀?""爱呀!""为什么爱他们呢?""我们是一家人。""你爷爷弟兄几个呀?""一共五个爷爷。""你们祠堂人多不多呀?""听爷爷说,我们胡家祠堂一共九十八口人。我们都是一个老祖爷。""你们过去是一大家人,对不对?""对呀!""你爱不爱他们呢?"胡东皋有些犹豫。陆先生接着问:"一家人该不该互相爱护呀? 你们过去是一个大家庭,日子久了,才分成了现在这么多个小家庭。""爱护!""外地有没有姓胡的同宗来找过你们的祠堂?""听我爷爷说,去年姓胡的修总家谱,都到河南去了,说那里是姓胡的老祖宗。""对了,过去很多年前,天下姓胡的都是一个老祖宗。你们该不该互相爱护呀?"胡东皋没有见过河南的老祖宗,一时回答不上来。陆先生对着大家说:"很久以前,我们每一个姓氏都是一家人。像王伯安的王氏,老祖宗最早是周朝周灵王封在山西太原的太子晋。以后大家学习《百家姓》会发现,里面好几个姓氏又是从一个姓氏变出来的,再往前追查,又会发现,一百个姓氏又是从一个老祖宗变出来的。大家想想,这是什么意思呢?"陆先生耐心地等着大家想一会儿,接着启发道,"最早是不是都是一个祖宗传下来的血脉?""是!"这下大家达成了共识,回答得很整齐。"一家人应不应该互相爱护?""应该!"陆先生终于如释重负般轻松下来,"我们既然都是一家人,是不是应该爱所有的人?""是!""圣人教我们做人,要做到仁,仁就是人与人之间互相爱护,并且爱所有的人。'四书五经'就说这一个'仁'字,就是爱所有的人。我们要学习,就是学这个,一生要做到这个,一生立志做这个,就是有志气,做到这个,就能像圣人说的,君子造命,就会有好命运,就会留下好名声。听懂了没有?""听懂了!""好,今天我们每个人都有了表字,立下了志向,知道了仁字的意思,就是爱人,我们以后好好学习,争取做大人,争取一世好名声。散学!"

第三章　金山寺下　诗惊四座

　　成化十六年(1480)，王守仁虚岁九岁。余姚舜象读书会的王华和黄珣，这两粒读书种子，经过多年的德业浇灌培育，终于开出了灿烂的花朵，就像他们家乡的广玉兰一样，花姿舒展，端庄大气，纯洁如玉。在秋季的浙江省乡试中，王华屈居全省举子第二名，黄珣智摘解元桂冠。次年北京殿试，黄珣、王华两位学友的进士皇榜排名，被成化爷交换了一下位次，王华钦赐状元，贵居榜首，黄珣退居榜眼，列一甲第二。按照惯例，状元王华被分配到翰林院任修撰，榜眼黄珣任翰林院编修，双双进入了皇帝的御用智囊团。

　　读了几十年书，目的就是为了给皇上办事。在北京尽忠皇上，又想着行孝爹娘，来个忠孝两全。王华知道"树欲静而风不止、儿欲养而亲不待"的道理，一份孝心急着让双亲品尝荣华富贵的滋味。在北京安定下来的次年秋天，王华就执意迎请竹轩翁北上进京，和圣朝天子做邻居，感受一下皇家的气派。

随口赋诗　才惊四座

　　成化十八年(1482)，中秋八月，秋高气爽。十一岁的王守仁跟着祖父王伦、母亲郑氏和一个丫鬟，在家仆王玉的护送下，去北京探亲。

从浙江余姚到北京，最方便的路线是走运河水路，南运河经杭州，过嘉兴、苏州、常州，到镇江，从镇江渡过长江，接驳北岸的江都、扬州，这就是喜欢游逛的隋炀帝为我们后人挖出的京杭大运河。镇江是运河和长江接口处，进入大明王朝以来，这里永远是那样的忙碌。

　　明朝的前两任皇帝，性格外向，喜欢勒紧裤带，把一船船的宝贝，拉到南洋和印度洋去游洋夸富；接下来的皇帝，性格变得内向，喜欢捂富，被窝里数钱，暗夜里偷笑。内向的人不免谨慎过度，严禁片板下海，因噎废食，广阔的东海和渤海水道，闲置不用，把个大运河塞得肠梗阻。朝廷规定，江西、浙江和湖广的应纳皇粮，要运送到淮北朝廷仓库，之后转运北京。长江与北运河两条水道的水面存在着落差，北运的南货，要重新装卸，船体要靠粗大的铁缆绞索，吊上吊下，吊裂的船壳和摔碎的船板，往往要阻塞水道，耽误通行。两条水道的水闸，为了防止倒灌，不可能日夜开放。挂着皇家招牌的大小太监的采办船只，即便运送一船草纸，也要优先通行。所以，这个南北转运的中枢，排队等个七八天是常事。

　　王伦带队的进京小组只好捺着性子在镇江住下。镇江，对王伦来说并不陌生，他以前在这儿处过馆教过学，现在来此算旧地重游。利用等船的机会，王伦想打听一下，过去教过的学生出了息没有，于是他派王玉拿着自己的名帖各处投递。二指宽一拃长的名帖上，用小楷工工整整写着"余姚直谅处士、新科状元家君、竹轩翁王伦拜上"。王伦对名帖上打自己儿子的状元招牌这事，有些脸红，不过也是迫不得已。他自己当教书先生多年，每年签约时都要约定，教书先生在主家，不得私自出门拜客，不得私自开门迎客。今天厚颜一回，也是便于同乡请假的权宜之计。

　　王玉辛苦了一天，约好了两个余姚教书先生，赵守礼和苏演义；两位余姚师爷，一位是镇江府刑房书吏李铁笔，一位是工部驻镇江京口的运河抽分场书办钱通行。还有王伦原来的私塾东家，镇江老醋作坊的常思义。常思义的儿子常德惠，被王伦调教了三年，从童生入学当秀才，去年也高登进士皇榜。

这位常思义，把香醋作坊经营得红红火火，但是，再有钱的常思义也被朱皇帝列为"士农工商"四个阶层的最下层，平常怕见官，虽说一不找他们审批便宜土地，二不找他们申请贷款，也不单单是嫌下跪磕头麻烦，而是因为喜欢吃醋的官老爷，闻香下马，嘴里喜欢吃他的醋，心里吃醋他的银子。自从他家儿子德惠中了进士，他不再怕见官了。一个七品县官，与他儿子平级。过去的县太爷心里口里的醋老板，如今变成了常老太爷。今天见到竹轩翁的名帖，看到"新科状元家君"几个字，马上请出他儿子留在家中的《皇明辛丑进士题名录》，检索状元王华的三代祖宗，发现他家原来的教书先生王伦，不仅把别人的儿子教出息了，自己的儿子更有出息。吃水不忘挖井人，儿子中了进士要感谢私塾先生。为了表示对儿子老师的敬意，也为了显示他常老太爷腰板比过去挺拔了，接到竹轩翁的名帖后，常思义吩咐下人抬出两坛陈年老醋，并派人到县衙投送名帖。以前，常思义对名帖上"新科进士老太爷、百年香醋大作坊朝奉常思义"的名头，多少会有些不自在，当他看到竹轩翁"新科状元家君"的帖子后，他终于知道自己这样写天经地义。他打算做东，给竹轩翁接风，请县太爷作陪。

处在大码头，南下北上的显爵贵胄如过江之鲫，镇江县太爷、镇江府尊，主要工作就是迎来送往。县太爷七品官，南来北往的过往官员，是个官都比他品级高，见官都得磕头赔笑，几乎变成了专职的驿官，还不能抱怨。让他苦恼不已的是，时时赔笑，笑得面部肌肉麻痹；天天磕头，磕得腰部肌肉劳损，天长日久，习惯成自然，可就驼了背了。他不见得稀罕常朝奉的两坛子醋，五十多岁的他，不花钱的醋吃得太多，牙已经被酸掉三颗了，可从六品状元不可估量的未来前景，他不能不在乎，所以他立马答应了常朝奉的请求。

于是，顶着"新科状元家君"名分的王伦，在镇江京杭精舍旅馆既接受了老东家的两坛陈醋，也接受了盛情的接风宴。

接风宴摆在金山寺附近的得月楼。接风宴之前，大家就近游览金山寺。状元娘子郑氏三寸金莲，不便远行，亏得常朝奉考虑周到，一挑丰盛的食盒送到了旅馆。状元娘子品尝着镇江美味,还不耽搁给状元公绣一双刺有鸳鸯戏水图案的鞋垫。

上午,常朝奉、师爷李铁笔、书吏钱通行、塾师赵守礼和苏演义一起陪着新科状元老太爷爷儿俩,朝圣金山寺,礼拜如来佛。

一进寺院,迎面就是无忧无虑、三万六千个毛孔洋溢着笑意的弥勒佛。随着相处,王伦新科状元老太爷架子慢慢不再了,脸上现出了笑意,他扭头笑着说:"生意人见人常带七分笑,常老太爷最像弥勒佛。"常思义见人一脸笑,开始是为了卖醋,后来成了习惯,虚伪的笑倒成了真诚的笑,整天乐呵呵的,真像个弥勒佛。王伦对着两位塾师说:"我过去教学,不苟言笑,天天板着个脸,学生见了发怵,像老鼠见猫,时间长了,都不会笑了。"说着自嘲地哈哈笑出了声。两个塾师摸了摸僵硬的脸皮,使劲挤出了一丝笑意。原来这些师爷,平日里见官老爷,马上堆出一脸的媚笑,一扭脸,面对平头百姓,立即收回媚笑,板起了阎王爷的面孔。如此天长日久,他们笑起来,半边脸阳,半边脸阴。

王伦他们参观了妙高台、慈寿塔、芙蓉楼、白龙洞和裴公洞,转悠累了,来到西北角临江的凉亭歇脚。常朝奉家随行的两个年轻人,眼明手快,打开食盒,摆上茶水点心。王伦知道,小孩子最喜欢吃喝。王伦看着凉亭下石台上摆着的吃喝,四下搜寻孙子,这才发现,王守仁不见了。

王守仁还滞留在妙高台,他刚才听大人们说,这里是当年韩世忠和梁红玉两口子领兵大败金兀术的战地指挥台,他对着茫茫的水面,构思和模拟当年的战场阵势,他想的是:以少胜多,要紧的是奇兵和伏兵……

几个没有功名却有文化的人,几块点心垫了垫肚子,喝透了茶水,已经到了午饭时分。常思义听小跟班汇报,饭菜已经备好,就请王伦等人移驾扬子江南岸的得月楼。

大家刚就位,在别处应酬完的县太爷适时出现了,脸红红的,显然已经有几杯酒下肚。虽然常思义做东,但毕竟县太爷是最大的地主,新科状元的家君和新科进士的老太爷执意推扯县太爷安坐名誉东道主座位，县太爷恭敬不如从命。主座已定，王伦、常思义一左一右，两位塾师是斯文代表，挨序而坐，两位书吏师爷，下首作陪。王守仁小孩子，上不得桌，在一旁小桌就食。

得月楼酒店的特色是：一窗含山寺，双目赏明月，三只大闸蟹，四杯封缸酒。

文人相聚，无酒不成席，无诗不成会。吃螃蟹是个细活，很适合脑子不利索的文人满肚子找词。李白斗酒诗百篇，书生半酣吐醉言。县太爷举人出身，就他一个人有功名，虽说不如状元，但是真状元远在北京，不怕他笑话。县太爷几杯酒下肚，来了雅兴，要行酒令，对对子。这是小学生入门的功夫，没有人反对。县太爷体谅常思义肚里墨水不多，对他网开一面，他可以不参加，或者输了只喝醋。常朝奉过去经常偷听督促儿子的功课，耳朵边也挂有几句对子，更何况他现在是有身份的人，他觉得，对对子就是胆量活，只要敢想敢说就行。男人谁也不愿意当尿包，不愿意当缩头乌龟。

县太爷坐庄，出上联："螃蟹满身甲胄。"他很得意，觉得自己想出一个好句子，这令他比因接待周到受到上官口头表扬还要高兴，他一面醉着酒，一面陶醉于自己想出来的好句子，一面观察着等待着，等待着好句子的珠联璧合。

王伦慢条斯理地往嘴里送了一丝蟹腿肉，占着嘴，防备一时半会儿想不出来，吃可算是挡箭牌，他慢吞吞地嚼着嘴里的肉，不敢轻易咽下去，使劲想着对联，脑子里有个念头挤了进来：儿子状元，三年后封爵，我跟着儿子沾光，也要穿从六品官服，老太太凤冠霞帔，这是龙凤呈祥，龙的念头一出现，嘴里的肉来不及下咽，就脱口而出："真龙一身金甲。"举人县太爷微微点了点头，往下看去。

接下来的赵守礼顺势而为，听到王伦口里的龙，马上想起了龙凤呈祥的成语，不慌不忙地接口道："对得好！我的是'凤凰满身文章'。"县太爷又微微点了点头，再往下看去。

苏演义听着以前的螃蟹、真龙和凤凰，脑子一下子陷在了动物的包围中，只得在动物群里打转，从狗想到马，从牛想到老鼠，有些着急，右手捧着茶杯，一直堵住嘴,似喝不喝的样子,最后豁出去了,出口道:"走狗一心忠诚。"县太爷摇了摇头,张口要点评一下,忽然想到,自己天天人前人后磕头作揖,不就是长官跟前的一条狗吗?一念及此,不由得叹了口气,叹着气,又点了点头,算是认可了苏老师的对子。

李铁笔也被动物带进了迷魂阵,心思在动物园里转了半天,想到自己一支铁笔,点石成金,成了镇江有名的讼师,死蛤蟆也能写出尿来,见不得人被冤枉的可怜相,遇到人善被欺,挖空心思,歪歪笔尖,也要帮助他一把,尽量把死刑改成有期徒刑,大事化小,小事化了;碰上恶人先告状,就想狠敲他一笔,有了,李铁笔脱口而出:"豺狼满嘴钢牙。"县太爷不提防出现了一只豺狼,浑身打了个冷战,仿佛手里的螃蟹要被抢走一样,下意识地抓得紧了一些,于是他被螃蟹爪上的刺刺得啊了一声。一桌子食客的目光一齐转向了县太爷被刺的手。县太爷尴尬地说:"不要紧,不要紧。接着来。"

钱通行干的是雁过拔毛的活,心中最先出现的是天上的大雁,天天想的是大雁,睡觉梦着的是大雁,琢磨了半天,觉得自己的对子还不错,不像李铁笔的豺狼,让人心里发慌,就胸有成竹地说:"大雁一路欢歌。"别人都是就动物身上说事,他的对子已经蔓延到路上去了。举人老爷心里还念着刚才的刺痛,也懒得搭理他,就示意常朝奉。

常朝奉天天被醋熏得乐呵呵的,心里不计较啥事,别人都在动物园里打转转,他是以人为本,首先是以他儿子为本,他尊重和稀罕自己身上缺少的文化,儿子有文化,让他脸上有光。常思义心里的对子说来就来"进士一肚子学问",但是他很谦虚,王老先生人家儿子是状元,于是心里想着自家儿子,嘴里说着状元:"状元一肚子学问。"县太爷和王伦轻轻点了点头。

王守仁在一边吃饱喝足,正望着墙角琢磨心事,墙角上一只蜘蛛在织网,常朝奉说他爹王华"一肚子学问",肚子里的学问他看不到,只是这蜘蛛肚子里却吐出一根根银线,像织女一样,织成一张网,于是他不由得自言自语道:"蜘蛛满腹经纶。"

县太爷听到这个对子,十分惊喜,道:"小公子,你再说一遍。"王守仁重说了一遍。县太爷两掌相击,同时粗粗地吐出一口气,说道:"绝对!这是今天的绝对。螃蟹浑身甲胄,蜘蛛满腹经纶。各位,我们比之小公子,年龄痴长,才情远远不如,惭愧得很,我自罚三杯。你们各位自己看着办。"几位食客虽然才识不敏,对别人口中对子的优劣还是一清二楚的,县太爷带了头,众人各喝三杯。王伦喝这三杯封缸酒,觉得比家乡的古越龙山还要有滋味。

王伦有个习惯,酒至半酣,要吟诗作赋,兴奋起来手舞足蹈,有时候是随心造新句,有时候是满口唱旧词。今天兴之所至,就着几杯酒劲,他脱口而出:"老县尊,常老太爷,各位朋友,人生难得酒尽兴,少歌不成席,无诗不是会。且听老夫歌诗一首。"李白的《将进酒》第一句在王伦心头闪了一下,他觉得不过瘾,出口成诗才显文人本色,于是道家的真情流露出来,开口道:"今天就以金山为题,即席赋诗,我抛砖引玉,献丑了,《金山寺赞》:扬子江心卧金山,禅寺浮屠遮望眼。僧家磨砖照明月,楼船江心……"王伦拖着抑扬顿挫的调门,歌吟到"江心"两字,续不下去了,嘴张着半天,没有声音。一桌子目光聚焦在王伦的嘴上,两位塾师,既是同乡,又是同一职业,斯文不能扫地,想帮他接上,心下暗暗使着劲,嘴张着,等着心里往嘴里送词,干等,就是没词。常朝奉替王伦着急:我们当老子的不能丢儿子的脸呀,名帖上沾儿子的光,场面上给儿子们丢脸,这算啥呀!可惜,香醋配料他在行,写诗作文,他是赶不上架的鸭子,于是嘴张了几张,无词可帮。

两位师爷帮人帮惯了,使出钻营的劲头,在心头找那些尘封已久的词,就是接不上茬。

县太爷一直闷着头,想把脑子里的一堆杂乱无序的文字,捋成一首诗,可无论如何也理不顺,有些怕丢丑,抬眼一看,自言要献丑的新科状元家君,进行不下去了,张口结舌,站成了雕塑。等了等,也不想客人在自己地面上留下不愉快的记忆,就拿出大堂上判案时和稀泥的姿态说:"人一喝酒,酒精麻痹舌头,说话就不利索。我也是这样。这个……"

王守仁一直趴在窗户上，隔着江水，望向金山上空早早挂出来的半个月亮，这月亮也一样照耀着上午在山寺里游览过的景点吧，扬子江、山寺、白龙洞、妙高台……正在自己的世界里打转，猛然意识到，爷爷的吟诵怎么戛然而止，他转回身，发现了爷爷的窘态。刚才苏先生说过，狗还能一心忠诚呢，何况爷爷和孙子呢，救场如救火，于是他开口说道："我替爷爷吟诗一首，《金山寺赞》：金山一点大如拳，打破维扬水底天，醉倚妙高台上月，玉箫吹彻洞龙眠。"

赵守礼和苏演义一听，赞叹不已。而王伦好像梦醒一样，掩饰道："喝多打了个盹儿。这下清醒了。"幸亏是喝了酒，脸红起来，分不清是酒醉还是不好意思。

县太爷听着王守仁的诗，觉得确实不错，记忆中自己去年主持编纂的《镇江县志》中并无此诗。于是半信半疑地问道："小公子，这首诗是谁的大作？"王守仁朗声应道："我随口作的。"县太爷有些疑心，自己虽是圣人的学生，但身在官场，会迫不得已说些自欺欺人的鬼话，小孩子还没开始学圣人呢，会不会因为虚荣说假话？得再考证一下，是骡子是马拉出来遛遛再说，他望了望窗外的金山和山顶上空的月亮，郑重其事地说："你能以月亮和金山为题，再作一首吗？"

王守仁转身向着窗外，仰望辽阔天空，对着苍穹覆盖下的小小的金山吟道："山近月远觉月小，便道此山大于月。如人有眼大于天，还见山小月更阔。"

县太爷有些迟疑，他能确定《镇江县志》中没有这样的诗，喜欢舞文弄墨的他，去年新编县志时，搜集到了所有关于金山寺的诗赋，这确实是新作，而且气象宏阔，有气吞金山，不，有气吞山河之势，不，甚至有吐纳天地的气概。诗境远在自己的境界之上。他发现了人才，要给县学输送一位神童，于是他两手抓着王守仁的两肩，激动地说："我要把你推荐给县学，做廪膳生员！"王守仁仰脸答道："我要去北京上学。"县太爷拍了一下脑袋，遗憾又兴奋地说："我忘了这茬了，余姚小神童。神童呀！"

第四章　订婚北京　求学圣贤

王伦进京小组一行五人,在镇江稍作盘桓,经镇江知县协调,坐上运河快船,漂流了一个多月,来到天子脚下的北京。

小小守仁　初见岳父

与王华、黄珣同在翰林院上班的谢迁,张罗着要为老世伯接风洗尘。巧的是,在南京吏部文选司任员外郎的诸让到北京出差。更巧的是,陆恒在老家搞教育搞出了名堂,教育质量高收费却低廉。全国性的"举遗贤"(选拔在科举战场上失败的优秀人才)活动,要求每个知县要荐举一位孝廉,荐举有误要负连带责任。所以陆恒既没有请托,也没有拉票,凭着一份踏踏实实的文字介绍材料,就被余姚知县贾宗锡呈报了上去,最后逐级上报到了北京吏部,吏部把陆恒派到广东石城任知县,现在正好在北京领凭准备赴任。于是,这期余姚舜象读书会办到了北京,并且被谢迁安排成了接风宴和读书会,宴会合一。

王华熟读圣贤书,《孝经》读诵不下百遍,对孝的理解比较到位,他知道孝分三个层级,一是养父母之身,供养父母吃饱穿暖;二是养父母之心,父母一心盼着儿女好学上进,出人头地,封妻荫子,光宗耀祖;三是养父母之志。这第一层的孝养,王华从开始教学有了收入的第一天起,就尽力供养父母吃穿住用,富贵之后,不怕麻烦,向吏部和户部写申请,让他们把自己从六品的俸禄,每月八石白米中的一半,拨到余姚,由竹轩翁领取,竹轩翁又分一半,即两石白米,由王华的叔叔王璨享用。第二层孝养,王华自认也稍感欣慰。第三层孝养,养父母之志,母亲岑老夫人,天天吃斋念佛。王华自己虽然尊奉圣人敬鬼神而远之的信念,但是从未干涉母亲的信仰和生活习惯。父亲竹轩翁道家修养,以竹自比,养直谅之志、修清虚之气。王华觉得这是父亲为自己做出了榜样,自己何尝不是以竹的品质为志向呢? 父亲自号竹轩,食必有笋,居必有竹。王华为了父亲,特意拣选了一处四合院中植满竹林的住宅。

王守仁一大早背诵了一遍《大学》和《千字文》后,就在竹林前开始了他的游戏。这竹林眼下就是他的千军万马,排成了一排排,军姿整肃。他手中的竹竿就象征着他的指挥权剑,他正在仗剑检阅部队呢,只见他学着余姚演武场检阅官的身姿,挺胸抬头,擎剑跨步,踏着心中鼓点走。

最先到来的是诸让。诸让过了影壁墙,就见到了王守仁,但是王守仁正专心检阅他的竹竿部队。诸让在影壁墙跟前儿站住,端详这位少年指挥官,只见这孩子,身材挺拔顺溜,神情专注,满头大汗,一脸灵智。诸让心里欢喜,笑着点了点头,亲切地招呼道:"你爹在家吗?"诸让连喊了两声,王守仁终于结束了检阅,指挥官一下子变成了传令兵,跑着进屋向爷爷和爹爹汇报。

王华迎出来,与诸让拱手寒暄。诸让没有立即进室内,他笑着问王华:"令郎多大了?""十一了。"王华疑惑地望着诸让,等着他的下文。"家有小女,年龄相仿,识文断字,尚未许配人家,冒昧地问一声,状元公,令郎可曾定下婚配?""蒙养和兄不弃,我们结成亲家如何?""一言为定,等我禀报母亲后,咱们就换庚帖,下帖定亲。"二人满心欢喜地进了门。

涮着羊肉　论说学问

黄珣、谢迁、陆恒结伴来齐。大家一齐敦请竹轩翁移驾宴会之所,北京恒顺饭馆。恒顺饭馆位于前门珠市口拐弯处,特色是涮羊肉、绿豆杂面和芝麻烧饼,饭馆自酿的高粱酒甘醇香洌,最适合与涮羊肉搭配。

竹轩翁首席。谢迁虽然职位最清贵,是翰林院从五品侍读学士,但是年龄最小,这是书友聚会,为家乡世伯接风洗尘,不是上朝,所以先下手为强,抢坐到最下首。王华想着大家是为老父亲接风,自己出于感谢,应该坐最下首。这下,两位状元公互相谦让得争了起来。舜象读书会会长陆恒年龄最大,但是官场上资历最浅,他犹豫着,这是北京,比不得小地方余姚,停步站在门口,看着两位状元争座位。诸让从五品员外郎,黄珣正七品编修,陆恒马上就是七品知县,都是官,就王伦这位主客是个平头百姓。竹轩翁看大家不坐,两个状元争座位,也不成个体统,自己虽然是平头百姓,但是儿子是官,教训他们几个官,就是教训儿子和侄子,于是他使劲咳嗽了一声,像惊堂木一样,大家因这一声一下子静了下来。竹轩翁指了指左边,对陆恒说道:"有常,你坐这儿,"又指了指右边,"廷玺,你坐这儿。养和,你挨着坐。于乔,那个位子不坐人,防止菜汤溅到衣服上。"看大家坐好,竹轩翁接着话头说道:"大家要论官爵,我根本没法在这儿吃饭了。我们爷儿们,你们弟兄,在朝要有官样,在外不要有官相。今天还是老规矩,有常是你们的会长。"

谢迁接口道:"竹轩翁,小侄很惭愧! 您批评得对。今天,看着是我在谦让,在争这个最下首的位子,其实我心里仍存着官相。这段时间我也注意到了这个问题。顺便也给您禀告一声,小侄自号木斋,向您老学习,守静致虚,斋戒心灵。"

竹轩翁赞许道:"木斋,你这个号很好。心斋净了,道德自然淳厚,就像树有根一样,枝叶茂盛。好!"

诸让的下巴不再像以前那样微微上翘了，目光也平和了，浑身散发着一股清静之气，高大身躯的气场显得更宏阔了，他说："感谢长辈给我起'养和'这个字，以前在余姚，刚中举时，有些不知道天高地厚，中了进士，更有些忘乎所以，当时想着，我们余姚全县能出几个进士？全国每三年也不过才三百进士，全国一千一百多个县，四个县才摊上一个名额，于是就觉得自己很神气。后来出来见人多了。"诸让下意识地摇了摇头，说，"越往上走越得谦虚，竹轩翁，您那次给我们吟诵的诗歌，小侄一直不敢忘记，心虚才能节节高，一点不假呀。"

黄珣接口道："介庵兄所言极是。"诸让中年后，精神上需要一个信仰，灵魂需要一个归宿，就把自己的身躯看作一座修行的小庙，以正直正派作为自己的修炼目标，所以自号"介庵"，介字寓意正直，庵字就是小庙的意思。只听黄珣接着说："这几年来，这句话也一直鞭策着我呀。读了几十年书，才知道书到用时方恨少。进入翰林院，受教于那些学高望重的老前辈，才知道自己学问差得很远，还得努力。"

王华点了点头，他身材已经发福了，脸庞方中带圆，很圆润，脸上透着纯净的光泽，他说："廷玺所言，我有同感。不到北京，不知道官有多大，学有多高。《孟子·尽心下》说，'充实之谓美，充实而有光辉之谓大'，对照一下自己，还需要更踏实些，实实在在做学问，踏踏实实做人，让长辈更放心。顺便向各位汇报一下，我自号实庵，希望以此号警诫自己。今天，有劳学友，给家严接风，不尽感激。"

谢迁接过话头："在北京给竹轩翁接风，我们也是怀着感激之情的，感激您在余姚对我们的告诫，就是刚才养和兄所言'心虚才能节节高'。趁着这个机会和话头，我也给德辉和廷玺说一下感受。小弟近来参与皇上的经筵讲席，天子面前讲说学问，不敢不谨慎，不敢不充实，不敢不踏实学习呀。对了，我们不能冷落了我们的读书会会长。有常兄，谢谢老兄，舍弟经你启蒙，学业进步明显。"

陆恒初进北京，马上要涉足官场，对几位学友的人生感受和官场感悟，听得很认真，听到谢迁感谢自己，他赶紧说："竹轩翁，谢谢您那晚上的教示，您让我们认真读《大学》，我对此书读了又读，读了无数遍。我本来想，考不中举人、进士算了，这辈子能踏实教学，提携后生，也挺好，当不当官，也无所谓了。于是，就一门心思地修身养性，这也是为了教学生。师者，需以身作则。我修身，主攻一个'仁'字，我把它理解成人与人的关系，正心做自己，诚意待别人。谁知现在功名不求自来。圣上给我这机会，也正好让我检验一下自己修身的成果。"

竹轩翁说："这证明老话不虚，德学有成，皇天不负。"

谢迁听陆恒把"仁"字说成人与人之间的关系，就拿出大政治家不保守的胸怀，说道："刚才有常说'仁'是人与人之间的关系，我以前也是这样认为的，前段时间听翰林院一位老先生说，这个'仁'字，还有一个古体字，是上下结构，上面一个身字，下面是个心字。老先生解释，圣人时代，人心纯洁，修炼身心，修到仁的境界，大爱无疆，爱人，爱山爱水爱树，爱昆虫爱蚂蚁，没有不爱的东西，身心宇宙变成了一个纯粹的爱。圣人之后，人心污染，不敢再提那么高的要求了，只说爱人就行了。作为我们为政的修学人，我觉得应该自我提出更高的要求，不仅修人与人之间的关系，还应该修与天地之间的关系。"

这话，大家可都是第一次听说。竹轩翁也是第一次听说，心里很感慨，觉得学问没有止境，活到老学到老，任谁也没有本钱摆老资格，从自己修学的道家学问来说，谢迁对"仁"的解释，与儒家和道家是相通的，自己原来以为，儒家修身，像个武士一样，只追求四肢发达，顶多修成个仁，道家修心成神仙，要高明多了。现在看，这个仁，和道家的神仙差不多。

谢迁注意到大家很感兴趣，接着说道："修学可创新，修身宜好古。有些东西是不变的，比如一个德字，就是德辉兄你这个表字中的德字，现在是双人旁，也是注重从人与人之间的关系讲，其实古体字也是上下结构，上面一个直字，下面一个心字，老祖宗讲直心为德。圣人之后，怕人误会，误情为心，误欲为心，肆意纵情纵欲，所以不敢再提那么高的标准，不敢让一般人追求直心。这是对一般人的要求。我们自己还是应该提高标准，修身养性，修身心，修直心。"

包括竹轩翁在内的几位听众，一个个鸡啄米似的点着头。

陆恒发现，北京真是卧虎藏龙，难怪过去圣人从曲阜大老远跑到洛阳问礼，难怪杨时和游酢不远万里，跑到二程家门口去立雪，幸亏自己有机会出来，真得多学习，学无止境！陆恒这个会长，希望舜象读书会继续延续下去，学不可无友，学不可无师，人外有人，天外有天。想到这儿，他说："竹轩翁，您那句话'学贵有师友'太重要了，今天我收获太大了。多谢了，几位师友！"陆恒说着，向大家拱手，语重心长地说："我们舜象读书会不能散呀！"

谢迁接口道："当然是不能散的。我觉得，有时候我心中那个不懂事的'象'弟弟，总想伺机而出。我自己心中的舜象之争，目前还是不敢放松。竹轩翁，小侄冒昧问一句，您老心中是否还有这个'象'？这问题有些鲁莽，请您老海涵！"

竹轩翁刚才从谢迁那里学了很多，当时心中就暗暗落实了活到老学到老的修学态度，于是，他很真诚地说道："活到老学到老。我们余姚舜象读书会要继续，我们每个人心中的舜象之争会伴随着我们的一生，正如先哲曾子所言，他老人家只是到了临走时，才敢对学生说'诗云：战战兢兢，如临深渊，如履薄冰。而今而后，吾知免夫'。"

谢迁听竹轩翁说完，心中更多了些敬意。

竹轩翁话题一转说道："你们兄弟几个忙于政事，孩子都大了，养和家的叫什么？"

诸让答道："大的叫用明。"

竹轩翁接着说："于吉、用明、伯安，他们小孩子要把这个舜象读书会接下来。修身是一辈子的事。有常，你别忘了自己的会长责任。"

于吉是谢迁二弟谢迪的字。

陆恒答应着说："看来，今天不是我们余姚舜象读书会的毕业宴会。有了一官半职，修身更不敢忘。"

王华决定　儿子入学

成化十九年(1483)，王守仁十二岁。

王伦道家情怀，主张静虚无为，在王守仁的教育上，顺势而为，因势利导，不拔苗助长。所以王守仁有时候在屋里读书写字，有时候在院里舞棍弄棒。王华儒家用心，崇尚苗不剔不长，树不削不直。王守仁读书写字的时候，王华在翰林院当值；王守仁在院子里疯闹时，往往是王华散衙回家时间，总是让他逮着。有次，王守仁和邻家几个孩子，正在胡同里玩老鹰捉小鸡，被王华撞个正着。王华比较一下自己小时候，有次余姚城街里举办迎春社会，锣鼓喧天，自己小小年纪，却能安坐家中，边陪母亲纺花，边读"四书五经"。母亲担心孩子静出了毛病，劝儿子出去看看热闹，自己还执意不去。王华知道自己的状元是辛勤的汗水浇灌出来的，自己青出于蓝，超过了父亲的成绩，但自己的儿子不能落在自己身后。儿子这样贪玩，怎么行？逮着儿子的当时，他忘记了自己值房内张挂的"静养心，气伤身"，怒火中烧，像老鹰抓小鸡一样，一把拎拽上儿子，拖进了家门。王华决定，儿子该上学了。

圣贤再高　小事做起

王华送儿子去的学馆叫豫章学馆，塾师叫辛得理，江西吉安人。一个江西人，敢把学馆开到皇帝脚下，倚仗的就是一肚子学问。辛得理做学问，往身心修养上使劲多，走的是古人修身的路子，往科举八股文章上下功夫少，结果是德纯道尊，文章简古，不讨八股考官老爷的欢心。

辛得理从江西籍官员家子弟教起，口口相传，豫章学馆享誉北京。易子而教，可以避溺爱；易地择师，可以免雷同。所以王华没有选余姚同乡办在北京的学馆。

王华亲自送儿子去拜师。

辛得理问王守仁："伯安，圣人十五志于学，你今年十二，有什么志向呀？"王守仁在余姚刚入学时志向是当将军"阅兵"，到了北京，听爷爷讲述忠良于谦北京保卫战的事迹，还跟着爷爷，爬上了北城门的城楼。站在城楼上，他想象着于谦兵临城下的镇静，目光所及是那遍地肆虐的鞑靼战旗，自己挺胸一站，就是百万雄兵，挥手一指，吓退遍地龇牙咧嘴的狼兵，保护着自己身后的皇帝、皇子、皇孙，保护着北京城里的爹娘，保护着满城的百姓。来北京以前，王守仁凭着本能，觉得阅兵操兵很好玩，听了于谦的忠烈故事，才知道打仗可以尽忠国家，保护爹娘，保卫百姓，做圣贤。王守仁觉得圣贤忠良比只知弯弓射大雕的将军高尚得多，于是，心中志向的位次发生了变化，圣贤第一位，将军第二位。于是王守仁毫不犹豫地回答辛先生："学圣贤！""四书五经"人人读，人人都要学圣贤，这是皇朝的基本国策，所以辛先生继续平静地问道："学圣贤干什么呢？"王守仁回答道："做圣贤！"这句回答惊呆了两个学了几十年圣贤，压根儿也没胆量敢想着做圣贤的、一辈子只敢当圣人学生的王状元和辛先生。辛得理听此回答，心头一惊，身子一震，这是自己几十年来心里一直埋藏着的愿望和自我期许，甚至是不敢承认的自我评价，他多少次静夜自思自问：学了几十年圣贤，做不到圣人，起码做个贤人够资格吧？如果连个贤人也没做到，自己几十年又学到了个啥呢？听了王守仁的回答，自己有些惭愧，有些惊奇，甚至有些佩服，他赞许地点了点头，又自责地摇了摇头，看了一眼王华。王华几十年来循规守矩，跟在圣人后面亦步亦趋，不敢超越一步，发誓勇做圣人的好学生。儿子的回答，石破天惊，皇帝他老人家只许天下有他孤家寡人一个圣人呀！这要是让东厂那些人听到……王华几十年谨慎惯了，圣人教他"戒慎恐惧，战战兢兢"，隔墙有耳，不得不防，于是他假意生气道："你个不知天高地厚的……"说着，他伸手去扯儿子的耳朵。辛得理真心喜欢这个学生，赶忙拦住王状元已露暴力倾向的手，劝解道："状元公息怒！孩子志在圣贤，可喜可贺！心高气浮，正是我们师长的用力处。"王华脸怒心喜道:"乳臭未干!让您见笑了。"转脸对着王守仁,"回家我再给你算账。"

辛先生发现,王守仁聪明伶俐,但是躁气不安,只有把他的躁气变成静气,才算是可造之才。辛先生熟读《道德经》,知道心一静,躁自消。他思量很久,有了对策。

王守仁中途插班,辛先生要单独调教他,好让他跟上班里同学的步调,于是他被安排住在老师的住室兼书房。

第一天,辛得理递给王守仁新课本:《中庸》《论语》《孟子》《九章算术》《骑射入门功夫》。这些书王守仁在余姚都学过。没学过的有《夏书》《商书》《虞书》《周书》。辛先生告诉王守仁,同学们上课他上课,同学们下课他下课。然后,辛得理一天再没跟王守仁说上一句话。王守仁十二岁个孩子,翻了一页书,扔一边,过一会儿再翻书,看两眼,又丢一边。一天就在翻翻玩玩中度过。

第二天,辛得理提醒王守仁的坐姿,要求他身正气直,之后再没搭理他。王守仁像个囚徒,趴到窗户上,偷窥一会儿,又怕先生,只好再回到座位上。坐板凳像坐钉床。

第三天,辛先生问他,心里急不急,告诉他不要着急。之后又一天不再理睬他。这样的日子,哪天是个结束呀?没人告诉他。不知道哪天结束,就没有了盼头,没有了盼头,王守仁终于老实了,肯踏实坐着了。

第三天晚上,王守仁回家向王状元诉苦,说辛先生啥也不教他。王华听了儿子委屈的哭诉,和王伦对视了一下,两位资深塾师笑了起来,王华对王伦说:"您老慈心舍不得!易子而教,这步棋对了!"又转向儿子说道:"孩子,那就是教你呀。一个字,静。"

第四天,王守仁知道了安静,牢稳多了,能坐住了。这样,辛得理反而不让他坐了,吩咐他,一个人打扫院子,打扫教室。小孩子扫地毛躁,像画马一样,隔三岔五,急着完成任务。辛得理等王守仁一个人胡乱扫完院子,正要放下手中的扫帚,及时走到了他身旁,接过扫帚,重新打扫,边扫边告诫他:"人生百事,不学不会。扫地也一样。事事有技巧。和读书一样，书要一字一字读，地要一下一下扫，读书不能漏字，扫地不能隔过去，读书要沉下心，一字一字往下念，扫地要沉下扫帚，一扫帚一扫帚平推，不要往上扬，上扬容易起灰尘。懂了吗？你再扫一遍，我看看。"王守仁按照辛先生的教导，像写字一样，不再空格了，一下挨着一下扫，边扫地边听先生因势利导的教育："你要做圣贤，先生很欣赏你，很支持你。圣贤要从小事做起，日积月累，没有积累，那就只是空中楼阁，流于口头。"辛得理发现王守仁理解力很强，很快扫地就像模像样了，很细密很沉稳，于是，他进一步说道："你别小看这扫帚，它可以扫地，但是不能仅仅把它看作扫地的工具，家里的鸡毛掸子，是用来除灰尘的，道士们手中的拂尘，也是除尘。"辛先生见学生很认真扫地和听教，决定给他开些小灶，"扫帚、鸡毛掸子、拂尘，人们用来天天扫除。为什么天天扫除？这是提醒我们，既要打扫地面，也要打扫我们的心灵。"王守仁听到打扫心灵，有些不解其意，他直起腰来，疑惑地看着辛先生。辛先生看火候很好，望着孩子求知的眼睛，他和声细语地说："人的心灵也会落灰尘，也需要天天打扫。学圣贤，做圣贤，要像打扫庭院房屋一样，天天时时打扫心灵。"王守仁似懂非懂地点了点头。辛得理索性一次说个透彻："你现在扫地，心里就想着扫地，别的念头把它打扫出去；同样道理，你读书的时候，就一心读书，不是读书的念头，把它打扫出去；你吃饭的时候，就专心吃饭，不是吃饭的念头，把它打扫出去。这下明白了吧？"王守仁点了点头。

第五章　少年侠士　塞北考察

成化二十年(1484)，郑氏英年早逝，撇下了唯一的血肉、虚岁十三的儿子小守仁。

成化二十一年，十四岁的王守仁一直待在余姚为母亲守孝，持书仗剑平天下的琴心剑胆此时被悲痛淹没了。多亏了奶奶岑老夫人，花甲之年，给予了小守仁抚慰。

圣人十五志于学。1486年已十五岁的王守仁再赴北京继续学业。

家无女人不安生。为了照顾一家老小起居，王华在北京娶了姨太太杨氏。

师夷长技　学会骑马

在辛得理的豫章学馆，学圣贤学问是王守仁的主课，但是他挥剑演兵、破敌塞外的心思被他听闻来的边关消息重新鼓动起来。北京离边境很近，蒙古小王子几万铁骑践踏砍杀手无寸铁平民的血腥味，三两天就能飘到北京。辛得理不迂腐，知道文宣武备缺一不可，知道天天闭门黑屋盘腿坐的"剩闲"，两耳不闻窗外事，哪管百姓死与活，只能教化不太坏的人，感化不了真正的恶人。他支持王守仁的武备思想，一张一弛，文武之功，一阴一阳，天地之道。

王守仁心中的演武意识,已不像小时候,只是出于喜欢,图个热闹。现在,边境上传来的战鼓雷鸣、旌旗猎猎、剑刺戈挥、刀砍斧削,已决然不像余姚的演武场。现在边境上的金戈铁马,是你死我活,是妇幼老弱的人头落地,是和平边民的生灵涂炭,是国破家亡,是我男人的耻辱,我十五已行冠礼,我现在是个男人。王守仁的演武意识,已经有了明确的对象,那就是仗剑立马长城外,不叫胡敌犯边关。

兵法云:知己知彼,百战不殆。王守仁就纳闷,一群野蛮人,神出鬼没,像一大群一大群的泥鳅,像遮天蔽日的蝗虫,大明百万屯兵竟然防不胜防,胜少败多。野蛮人也许就像一群野狼,怎么对付成群的野狼呢?

辛得理琢磨过这个事,他告诉王守仁,塞外草原辽阔,鞑靼人以马代步,驰骋草原戈壁,骑马如履平地。逮狼可以下套子,但是对群狼,人还真不知道该怎么办。宋人有钩镰枪砍马腿破骑兵阵的,但是那也只能破连环马阵。王守仁看不上三国许褚袒胸露背的自杀式战法,中国智慧,讲究地理、智谋和变化莫测的排兵布阵,前提还是要摸清敌情。辛得理劝止住王守仁私闯边关的冲动,告诉他,北京城里有一个上万人的鞑靼人聚居地,有鞑靼人武校,有摔跤训练、有骑射训练、有刀法练习,他可以去侦察学习。

北京城里的鞑靼人聚居地,有前朝敬佩汉文化、自愿融入汉文化圈的元朝遗老遗少的后代,有留恋塞内水土丰美、物产富饶的外邦人,有号称"义士"实际是违犯鞑靼法令的亡命者,有明鞑战争的俘虏,有被严冬冻饿折磨怕了的偷渡者,有厌弃野蛮生活方式的投诚者,有大明刻意扶植的具有亲明倾向的大权旁落者。他们有他们的王爷,在北京城里,他们可以自由过鞑靼人的风俗生活,可以开办鞑靼人学校,甚至可以举办鞑靼人的那达慕大会,但是,要遵守大明的法律,出于羁縻的需要和大汉民族的宽宏大量,朝廷按编户给他们发放口粮,王爷等贵族比照大明官职,还享受相应的俸禄。朝廷觉得,自己虽然总是被塞外的鞑靼人侵扰,但这一万多人鞑靼人,还是证明了我大明是真正的礼仪上邦,是德布天下的。

王守仁在北京南城鞑靼人聚居地，找到一个鞑靼师傅，向他学习骑马技术。

骑射教练叫巴特尔，高大威猛，脸颊上带着刀疤，因为和小狼主争女人，胳膊拧不过大腿，就带着心爱的女人，趁着月黑风高夜，投奔了大明王朝。巴特尔他们的生活习性，逐水草而居，流浪惯了，也没把长城以南当异乡，更何况爷爷的爷爷的爷爷那一辈人，还在中原大地做过九十年皇帝。巴特尔认为，长城一隔是两家人，扒了长城，还是一国民。鞑靼人，天当房地当床，辽阔草原是胸膛，全部家当，一个蒙古包，一口煮肉锅，无牵无挂，吃了今天不管明天，天天过得从容坦荡。

乐天派的巴特尔对王守仁很热情，也很真诚。

本朝开国之初，朝廷规定，学校要开设习射课程，但是随着承平日久，官府开始重文轻武，上行下效，射箭课程逐渐演化成射礼课，县学和府学，校内还有块地方做射圃，私塾学校，局限于场地，射礼课又退化成了投壶课，成了纯粹的游戏。所以，王守仁既不会骑马，射箭也仅限于儿童玩具。

王守仁从上马下马学起，巴特尔手把手地教了一个月。一个月后，巴特尔站在马头旁边，一手握着酒囊，一手把缰绳递给马背上的王守仁，仰脖灌了一口白酒，豪爽地拍了一下胸脯，伸着大拇指吹嘘道："小巴特尔，英雄手下不出孬种，我巴特尔的学生，要参加那达慕比赛，我保证你，能像天马一样奔驰草原，能像雄鹰一样飞行戈壁。"

知己知彼　塞外考察

王守仁发现，巴特尔除了有些粗鲁，并不像个烧杀抢掠的坏人，他不喝酒的时候，对自己婆娘萨日娜好得很，与奶奶疼自己没什么两样，对自己的这匹白马，他亲昵地称呼为"查干乌日"，他解释说是他的白云，高兴起来，他和查干乌日前额抵前额，像父女俩。这样的人怎么会忍心在边境那些母亲和孩子头上挥砍马刀呢？王守仁疑惑起来。在接触巴特尔以前，他痛恨鞑靼人，作为有着统率千军万马冲动的年轻人，他巴不得有朝一日，挥军塞外，斩尽杀绝那些无恶不作的鞑靼人，现在他有些犹豫，如果塞外都是些像巴特尔一样的鞑靼人，自己又怎么能忍心拔出鞘中的宝剑。但是，事实上呢，听爹爹说，野蛮的鞑靼人，正月、三月和七月，连续侵略抢劫了临洮、开原和甘州三个地方。

未接触巴特尔之前，在王守仁的想象中，鞑靼人是一群一群的野狼饿狼，逮着机会就残暴地撕咬大明的边境；了解了巴特尔，他改变了看法，觉得巴特尔和他周围的男人一样，爱自己的家庭，爱自己的马牛。但是，离北京不算远的边境上，鞑靼人对边民的抢劫屠杀却并没有停止。他不明白，是不是鞑靼人只有巴特尔两口子是好人，是不是只有北京鞑靼人聚居地这些鞑靼人是好人，好的鞑靼人都搬到了大明，留在草原上的都是坏人呢？王守仁有些迷惑，他想弄明白，在他想象中，战争都是要打坏人的，圣贤教好人，将军杀坏人，这是分工。自己心中的敌人就是那些鞑靼人，这是自己学本事保卫朝廷和千百万爷爷、奶奶、爹爹、娘亲的出发点和动力，如果……将军不能不明不白地杀人。他想弄明白草原上的鞑靼人，究竟是好人还是坏人，是好人，怎么动不动侵犯大明？是坏人，自己是做圣贤去教化他们，还是做将军去灭掉他们？像汉武帝的英雄气派，直捣黄龙，虽远必诛。在余姚，他想象不出北京的样子，来了后，各处跑一跑，看一看，才真正地知道了北京；要了解草原，要摸清鞑靼人的底细，必须亲自去草原上看一看。

王守仁不知道的是，在这些鞑靼人中，北京遵循先礼后兵的原则，兵部幕后运作，礼部出面组织，成立了明鞑民间怀柔亲善会，主要目的是增进民族之间的互相了解，培养亲善，次要目的是了解一下各自的动态，包括物资战备、兵力储备和配置，不能敌人一动，你还未知情，躺在床上等着挨刀。

兵部专家得出结论，秋天大草原上，羊肥驼壮，鞑靼人满圈的肥肉，有吃有喝，一般不愿意南下侵扰，吃饱喝足的野蛮人，也比平常温顺，男欢女乐，享受无拘无束的人生,警惕性低,侦察敌情容易成功。这个时候,朝廷就会多派友好协会成员,前往交流联络。

巴特尔是怀柔亲善会的会员,他得到许诺,交流成果丰富的话,锦衣卫百户的衣冠在等着他。同时兵部也了解了他的情况,知道他是因为女人才投奔的大明,在他北去草原侦察联络的时候,他心爱的萨日娜被劝留在大明。

巴特尔知道他回草原的任务,作为坦荡的草原人,他是不愿意干这活的,草原人一根筋,直率坦荡,连草原上的牧羊犬也一样,对主人忠诚,何况人呢? 不是为了心爱的女人,他愿意背叛自己的部落吗? 生是部落的人,死是部落的魂,这个血肉之躯就是为狼主而生的,狼主教猎狼就猎狼,狼主让杀人就杀人,狼主是他的主人,但萨日娜是他的心。这个世界上他最爱的人,只有他的妈妈和他的小宝贝萨日娜。当时也是他一时头脑发热,为了爱着的女人,离别了亲爱的母亲,在他看来,他是世界上最爱萨日娜的人,他冒着生命危险带她背叛部落投奔大明,正是担心心爱的人落到不爱她的人手里受苦受难。但是,来到大明,生活习惯太不一样,吃米多,见肉少,喝水多,饮奶少,为了心爱的女人,这些他能克服。但是看着女人因吃不上肉喝不上奶而皱眉头的样子,他心里难受。如今大明的贵族老爷答应的锦衣卫百户,能提供他足够的银子保障小宝贝吃肉喝奶,他不得不干。

王守仁知道了巴特尔的任务,去塞外摸清鞑靼人情况的心思一下子高涨起来,就缠着巴特尔要跟他一起去。就是只到长城外看一眼也行。到长城外,三四天能打个来回,再说居庸关卫学和宣府卫学内,都有他的同学,到了关外,可以不再麻烦巴特尔。

一路相伴不寂寞,巴特尔带上王守仁出发了。

大草原上 人有好坏

巴特尔和王守仁两人骑马并行,一匹马上驮着两驮茶叶,这是巴特尔得到的筹码。兵部的差役一直护送他们出了北京,过了居庸关,通过宣府,经过万全右卫出了长城关隘。

雄鹰是天空的主人。巴特尔是大草原的骏马,他向往自己的故乡,在他看来,他搬来大明,是逐水草而居,现在他想念他可以自由飞奔的大草原,他想念苍鹰盘旋的蓝天白云,他甚至想念那些晚上眼里闪烁着鬼火一样蓝光的野狼,他想念母亲,出了长城关,越接近草原,他这种念头越强烈。

王守仁本来只打算到居庸关外看看,但是居庸关往西北,一直到万全右卫,很少见到鞑靼人的部落,即便有也是零零星星的,他不甘心没见到大草原,不甘心没摸清鞑靼人的情况就这样回去。

驰骋在辽阔草原上,望一眼上空的蓝天白云,巴特尔觉得自己变得自由自在、无拘无束了。他明白了,大草原才是他的家,就像草原是骏马的家、蓝天是雄鹰的家一样。越往北走,离萨日娜越远,离母亲越近,在他心里,萨日娜越来越轻,母亲越来越重,出差探亲的思绪,演变成了游子归乡的思想。他张开双臂,仰头高喊:回家了!巴特尔回到大草原了!如果回家,不能空手而回,草原上逐草而居,草季过去,往往是满载而归,一群羊变成了一大群羊,几匹马变成了一群马。过去他逃离大草原时,是成双离开的,现在回去时连心爱的女人也带不回去,那怎么对得起自己巴特尔的名字?他的目光落在他的徒弟身上,翰林院编修的儿子,贡献给狼主,可以领赏,最少也可以抵罪。不是满载而归,却也不是空手而回了。

巴特尔鼓动王守仁到草原深处去,说到那里既可以骑马驰骋大草原,又可以剑劈豺狼,箭射野兔。

明中期全图

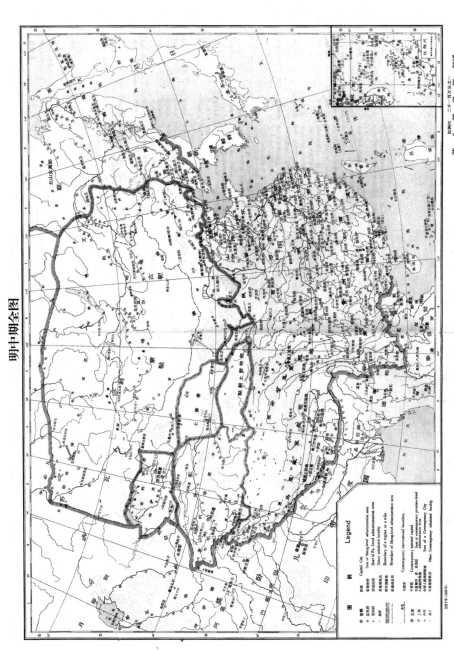

《中国历史地图集》（第七册，元·明时期），谭其骧主编，中国地图出版社，1996年版

这个时代的鞑靼人各部落,还比较分散。被朱元璋撵到漠北的残元小朝廷以成吉思汗直系后裔自尊,苟延残喘。经过一百多年的休养生息后,这个小朝廷人马像羊群一样壮大了起来,到了小王子,他自号大元巴图蒙克可汗,立志要一统草原。小王子通过连年侵扰大明边境来向各鞑靼部落展示自己的力量,恐吓引诱他们向自己靠拢,同时抢劫物资,积累财富。大明西北境内的土默特部鞑靼人被他们成功策反,大明东北的朵颜三卫,被他们逼得南迁躲避,龟缩在了辽东。巴特尔属于小王子治下的满官嗔土默特部落。

巴特尔领着王守仁向西北奔驰,遇到了一段长城的残垣断壁,巴特尔马鞭一指,自豪地对王守仁说:"过去这是南朝和我们鞑靼的边界,在我们可汗的带领下,我们连年冲杀,哦,不是我们,是他们,他们把南朝一点一点地往南逼,从老边墙逼到了新边墙以南。"王守仁明白了,难怪沿途既有零散的蒙古包,又有北京那样的四合院。此时的巴特尔不一样了,在北京,他心目中的蒙古包,被雄伟的皇城压抑得像个漏了气的猪尿泡,他提不起也不敢提起心中的自豪。那里的他们虽然衣食不愁,不过寄人篱下罢了。但在大草原,这是他的家啊!为了驱逐干净来自北京的压抑,他说:"听我阿爸说,他们那一辈铁狼战士,杀到了北京城下,捉住了你们的皇帝,两手一捆,往马上一撂,驮回了我们大草原,你们皇宫里的小婆娘,也一个一个被我们捉回来了,细皮嫩肉的像一个个初生的羔羊。哈哈哈哈!"王守仁闻言心里揪起来,他知道,那是北京城西的土木堡耻辱,当今皇上的先帝爷,被迫北狩草原。巴特尔放肆的笑,像马鞭一样,抽疼着他的心,巴特尔的面目在他眼里狰狞起来。王守仁不明白,人怎会说变就变,在北京时坦诚可亲的巴特尔,现在面目全非。他厌恶和仇恨地瞥了一眼巴特尔,向空中使劲地甩了一个响鞭,他寻思,与饿狼一样的巴特尔在一起,前途叵测。这齐腰深的秋季草原,天苍苍野茫茫,风不吹草不动,里面是不是藏着静伏伺机的饿狼?还是北京安全,至少长城里面没有这样凶险不测的草原。该回去了。

夜幕降临,他们来到了十几个蒙古包夹杂着几座土房的小聚居点。二人走进靠边上的一座蒙古包，要投宿了。

主人一家六口，当家的是个混血男人，三十多岁，叫马巴特，大明军队出关巡哨，他叫马南，可以做向导，鞑靼狼兵杀过来，他叫巴特尔，他家可供应茶水。马南的父亲是南人，姓马，六十来岁，他母亲是鞑靼人。老婆是纯种鞑靼人，他有两个孩子，男孩女孩各十来岁。蒙古包内向来好客，南来北往的过客，随锅吃饭。

宰羊时，一盆羊血，马巴特和巴特尔，两个人趁着热血的鲜劲，一人仰脖灌了一大碗。马老汉自己从来不喝生血，只温言劝王守仁喝一碗，王守仁摇手婉谢，他问："大爷，鞑靼人为啥喝鲜血呀？"马老汉笑道："草原上盐巴少，血是咸的，喝了长力气。"王守仁说："我以为纯粹是野蛮习惯呢。大爷，您老为啥在这儿生活呀？"马老汉平淡地应道："老一辈是屯军，俺家是军户，哥哥是军丁，我是军余。""啥是军余呀？""军丁是军人，军余是候补。从前，这块地归南朝万全都司驻屯，那时候，鞑靼人来这里讨生活，我呢，找了个鞑靼婆娘。后来哥哥们撤了，我在这儿也住习惯了，婆娘喜欢马，孩子们喜欢马，就留下来了。""这算哪国的地方呀？""这是两不管，不用向南边缴粮，也不用向北边缴羊，图个自在。""那谁保护你们呢？""就这个闹心事，睡觉时要警觉些，晚上枕着刀打盹。老闹马匪，抢羊牵牲口，祸害婆娘们。""那为啥不归到一方呢？有军队保护。""孩子大了，自己做主后，叫他慢慢弄清楚自个儿想做南人，还是做鞑靼人再说。"

晚饭是手抓羊肉，小米饭，饮食习惯明鞑结合。马巴特和巴特尔两人喝得酩酊大醉。马老汉常年被草原包围着，见了王守仁像亲儿子一样，唠不完的嗑。"小相公，你这是来北边干啥呀？""我到居庸关卫学找同学玩，没有见过大草原，顺便来看看。""你一个孩子家，家里大人放心吗？"王守仁心里一沉，想象着爷爷着急的样子，精神有些蔫，少气无力地说道："我得赶快回去。家里大人……""这个巴特尔跟你啥关系呀？""我跟他学骑马来着，趁便跟着他来关外看看。""哦，他看起来也不算坏人。""我觉得他……"王守仁欲言又止。"鞑靼人，不喝酒不是坏人，喝醉了没有好人。""我也是觉得他有时候好有时候坏。""哈哈，好多男人都是这个德行。他好的时候就放心跟他,他坏的时候要防备着些。"听马老汉这样说,王守仁又动了深入草原侦察鞑靼人真实情况的心思,他说:"我想弄明白,为啥鞑靼人总是侵犯大明边境?""唉!一半是为了一张嘴,一半是逞强斗狠,逞英雄。草原上只长马、羊、骆驼,有肉吃,有皮毛穿,除了这几样,啥都缺,没有布,没有丝绸,光筒子羊皮袄贴身穿着不舒服,没有茶喝……除了肉和皮毛,啥都没有。南边皇帝,高兴了就互市,不高兴了就关上关门,一年半载不互市。这边人个个都是火性子,等急了就打上门去。互市还得赶过去一群群的好马,驮过去一捆捆的好皮子。打过去,抢人、抢盐、抢茶,一匹马也不用出。抢着好处了,不想停手。像咱们老家的猪一样,只记吃不记打。再说,地下走的打不过骑马的,吃素的打不过啃肉的,文气的打不过野蛮的,一群羊斗不过几只狼……"王守仁觉得马老汉讲得比书本清楚。他还有疑问:"那逞英雄又怎讲?""这些年,眼看着巴图蒙克皇帝一天比一天兴头大,草面大了,羊群多了,马匹壮了,刀片子也多了,想跟秦始皇学,要吞并六国,统一草原。他打长城,好让别的部落怕他、听从他,像狼一样。"

说着说着,就到了月落星沉时分,王守仁几天奔波劳累,而马老汉的娓娓讲述像催眠曲,迷糊着,眼皮粘到了一起。马老汉听到小老乡轻微的打鼾声,第一千次回忆起小时候爹爹给他讲述的他们老家苏州鱼米之乡的杨柳春风和蒙蒙细雨。正梦中游苏州的时候,蒙眬间,他听到了马棚里似有动静,侧耳一听,是马匹被惊扰的声响,两位客人的三匹马和自己的十几匹马都在马棚,莫非……根据经验,如果是盗马贼,这个时候一定会在蒙古包门口布下打援的贼手,来掩护盗贼。马老汉再细听,门口的确有脚步声。怎么办?得赶紧叫醒儿子和巴特尔。马老汉起身去摇晃儿子和巴特尔,两个烂醉如泥的壮汉只留给他打雷一样的鼾声。总得有个男人商量,没办法,只好摇醒没喝酒的王守仁。王守仁立刻清醒过来。头一个想法是,马被盗的话,没办法回家;第二个想法是,主人家的马被盗的话,可能是被自己连累,巴特尔的两袋茶叶吸引来了贼人,那就对不起主人,对不起热情好客的马老汉。自己现在呢,得逼退贼人。当然是要智取,要硬碰硬,贼情不明,没有把握,再说两个大力战士眼下醉卧梦乡,马老汉和自己一老一小,身单力薄,手无寸铁,无兵可用,无剑可仗,唯一的出路是,虚张声势,吓退贼兵。一般情况,既然做贼,就不是为了杀人,心在财物,如果不近身相逼,不会惹上杀身之祸。所以现在只能在蒙古包内做手脚。主意已定,小小少年比饱经风霜的马老汉还要镇定,他小声告诫马老汉:"你说鞑靼话,声音要不高不低,让门口的人听到,吩咐儿子说:马巴特,有盗马贼在马圈偷马,前门有人拦截,快从后门出去。"马老汉情急无措,自己没有主意,现在有了主心骨,小公子虽然年少,总是读书人。马老汉像他哥哥、父亲一样,当军人听指挥惯了,年轻时听父亲的,年老了听儿子的,草原上力气第一位,伦理排到第九位。马老汉声带惊慌地鹦鹉学舌了一番,只听见门口的脚步声向蒙古包后面跑去。这时,马老汉在门口,按照王守仁先前交代的话,喊道:"巴特尔、腾格尔、巴根,贼人去后边了,赶紧从前门出去,快去护住马圈。"说着话,马老汉和王守仁两人在地上跺着脚,原地跑步。然后,就听见脚步声从蒙古包后面向马圈去了。这时候,王守仁果断地拉着马老汉出了蒙古包,马老汉按王守仁的安排,大声喊道:"巴特尔,巴特尔,你从东边过去,腾格尔,腾格尔,你从西边过去,巴根,你们两个,从南边包围上去。"

　　盗马贼一共四个人,两个鞑靼人,两个汉人,两贼进马圈解缰绳,一个贼人在马圈外接应。正要得手,在蒙古包把门的盗马贼哨兵,跑过去报信:被发现了。紧接着,又听到几个人要三面包围,盗马贼紧急商量对策:虽有刀剑,砍杀起来,一是坏了盗马贼的规矩,二是恐惊动其他人家,一群人操上家伙来围歼自己,只好自认倒霉。听那话,北边没有围追,呼哨一声,顾不上牵人家的马,急急如丧家之犬,一只脚爬上马背,一条腿还搭在地上,就打马急窜。一个汉人还要顺手牵上马老汉家的马,另一个汉人催促道:"牵上自己的马够本了,快跑吧!"王守仁一听到汉语,就故意沉下声音,模仿大人的说话:"你们几个快追上去,别让盗马贼跑了,别让盗马贼跑了。"听这话,准备顺手牵马的汉人丢下缰绳,拍马窜了。

几个盗马贼一溜烟地往北窜进了黑夜中。等他们走得远了,马老汉检查马圈,一匹马没少,地上还留下了贼人失落的鞑靼马刀一把。

一场兵不血刃、一老一少智退盗马贼的战斗大获全胜,蒙古包内,两个壮汉还在扯着长音唱鼾歌。

两个人再无睡意,就继续聊天。王守仁疑惑,问道:"这盗马贼为什么还有汉人?""北边汉人还不少呢。有边境南退后留下来不走的,有在南边不称心的识字先生,来这儿给大小狼主当军师,有抢来的大姑娘小娃娃,有犯了案子逃过来的,多着呢。""我要回南边去,怎么走呢?""你要回南边去,往前走,两天路程,有个鞑靼人驿站,南来北往的商队都要经过那儿,遇上往南走,你跟上他们就行了。""这儿南边的银子能买吃的吗?""银子到哪儿都是银子。你不用操心这个,鞑靼人都很好客,饿了渴了,见蒙古包只管进,他们吃,你就跟着吃;他们喝,你也跟着喝。你又识字,留下来,早晚也能当个百户老爷。"留下来,王守仁压根就没这么打算。

清晨分别,王守仁掏出随身碎银子,要付食宿费,马老汉说啥也不要,不仅不要,还把盗马贼慌乱中落下的鞑靼砍刀赠送给小老乡,感激地说:"小相公,有缘千里来相会,缘分呀!"又让婆娘拿出两只干羊腿,硬塞给王守仁。

巴特尔从马老汉那里听到了王守仁智退盗马贼,保护了自己的马匹和茶叶的事。不感谢有恩之人不是他草原巴特尔的性子,感激之余,他的想法是,我要留下来,这个脑子好使的王守仁也得留下来,这也是给狼主领来一个很有用的军师。可是,对恩人再搞阴谋,也不是草原骏马的脾性。巴特尔不搞阴谋,就劝王守仁说:"小军师,你要留下来,我们狼主,说不定我们大可汗,会请你当军师呢。""我喝不惯鞑靼人的鲜羊血。""那就是说你不愿意留在这边?""这儿没有大米饭。""我如果强留你呢?"王守仁不知道巴特尔的身份,只听他一路上的口气,就知道他好像要留在草原不回北京了。但现在听到他这多少有些威胁的口气,他心里一惊,马上冷静下来,知道对付莽汉不能莽撞,就装着疑惑地问道:"你想留下来,你家萨日娜怎么办?你是不是不要她了?"这是巴特尔的心病,他只是压在心底,自己劝自己不去想她,稍微一想到萨日娜,就自我劝导:我只是想阿妈了,阿妈离我很近。他知道这是自欺欺人。婆娘并不像马匹一样,这匹马可以骑,那匹马也可以骑。王守仁见巴特尔张狂的情绪被萨日娜这个名字浇灭了,干脆火上浇油,继续给他浇凉水,王守仁说:"你听说过我们三国时的大英雄吕布吗?"巴特尔自认是个英雄,他马术、摔跤、射箭,样样精通,也正是凭这些能耐才征服了美女萨日娜的心。他问道:"吕布与成吉思汗比,谁厉害?"王守仁没法回答,只好回避过去,继续说道:"关公是三国第一武将,但是在吕布面前,关公兄弟三个打不过一个吕布。"好在巴特尔总算听说过关公,知道关公讲义气,但是他死心眼儿,一直问:"吕布与成吉思汗比,哪个厉害?""单打独斗,吕布可以打成吉思汗十个,但是成吉思汗狼兵成群,一千个狼兵可以打败吕布。""啊!我知道了,我服气吕布。""你知道吗,这个吕布,先投靠干爹丁原,又投靠董卓,再投奔另一个姓王的大官,最后又抱大官曹操的粗腿,结果人们都烦他,嫌他不忠诚,都要杀他,最终被曹操砍了头。你们鞑靼狼主对叛徒一般是砍头呀还是挖心?"巴特尔回忆起过去打仗冲杀时,逃兵一律战场砍头,自己……于是脖子里冷飕飕像灌进了一股寒风,心里冰凉一阵后,他果断地对王守仁说:"小相公,我知道你想回去,请你回去后对我婆娘说,我会按时回北京,让她别瞎担心。"

巴特尔与王守仁恢复了纯洁的友谊,两人走了一天,来到集海子驿站。在驿站附近,巴特尔找了一家鞑靼人家,给了人家一包茶叶,求包食宿三天,好让王守仁体验一下鞑靼人的生活。三天后,在驿站,巴特尔找到一个驮着皮毛去南边互市的商队,给了商队几块茶砖,对王守仁千叮咛万嘱咐。把王守仁托付给商队,巴特尔这才向草原深处继续进发,去完成自己的使命。

往南去的商队,巴不得能得到一个免费的向导,也不敢得罪南边的小爷,更何况,王守仁告诉他们,他同学的父亲是宣府卫指挥使,由他出面,宣府卫指挥使一定会关照商队的。

立志要学　伏波将军

在鞑靼草原的最后一个晚上,王守仁做了一个奇怪的梦,他梦到了自己拜谒伏波将军庙,梦中还赋诗一首:"卷甲归来马伏波,早年兵法鬓毛皤。云埋铜柱雷轰折,六字题诗尚不磨。"王守仁醒来,心中深以为怪,梦中的一座庙宇清晰如画,在庙里,汉朝马援将军的塑像栩栩如生,庙门牌楼额头的题名"伏波庙"三个字熠熠生辉,庙前一根铜柱子上六个大字"铜柱折,交趾灭",清晰可见。大清早,王守仁就急着问鞑靼商人,附近可有东汉马援将军的庙宇。回答是没有。鞑靼人当然不知道,马援生活的那个时代盘踞大草原的是汉邦的宿敌匈奴。马援将军在西北剿抚作乱的羌兵,在南越征伐反叛的交趾,以战止战,胡萝卜加大棒,恩威并用,给西北和南越边民缔造了一个安定的生活环境,最后实现了坚守疆场、马革裹尸的壮志,因战功被封为伏波将军和新息侯。王守仁知道伏波将军的事,伏波将军平定交趾后,竖立铜柱,在铜柱上刻下六个大字:"铜柱折,交趾灭。"王守仁听爷爷讲,自己祖先性常老爷爷,古稀之年奔赴南越处置苗难,壮志未酬身先死,最后羊革裹尸还乡。伏波将军马革裹尸,自己五世祖性常公羊革裹尸。两位前辈战功有大小,忠烈是一样的。伏波将军胸怀大丈夫之志,花甲之年,还向朝廷请命,要征讨北匈奴,可惜他的这一壮志未能实现。如今,鞑靼人屡屡侵袭大明北部边境,他们和过去的匈奴有什么区别? 过去霍去病立志"匈奴未灭,何以家为",今日,我王守仁效仿先贤,立下志向:"灭鞑靼,安边民。"只是,立志时王守仁心里有些矛盾,鞑靼人不全是恶人,像巴特尔,像马巴特,像他寄宿的鞑靼老太太一家,都不是恶人。这怎么办呢? 王守仁心里有了好鞑靼人和坏鞑靼人的辨别标准。要灭的是来犯之敌,在草原上该养羊只管养羊,要喝鲜羊血只管尽着性子喝,不侵犯边境的人,他们就是好人,一旦侵犯边境,那就是我要消灭的敌人。打仗是迫不得已,打仗之前,出于睦邻目的,互市贸易,让鞑靼人有茶叶喝,有布衣服穿,有盐巴吃,先之以礼,后之以兵,仁至义尽,再敢肆意犯边骚扰,那就大开杀戒,那就是代天征讨,是定边安民,对,大丈夫,为国为民,立功当立万世功,成名当成万世名,就像伏波将军一样。

回到北京,王守仁面对的自然是状元公的责罚,私自深入草原冒险,既有遭遇战乱的不测之险,又有路遇吃人豺狼的意外之险,王守仁安然承受了责罚,他的收获实在太大。

他盼望着自己快快长大,实现志向,成就伟业。

翰林院消息灵通,王守仁在饭桌上听老爹偶尔说到,北京附近的大盗石英和王勇,兴兵滋事,让荒废训练的京城部队无计可施;陕西关中的石和尚和刘千斤,正在围打一座县城,要建立汉中土匪根据地。战功要从打仗中来,当将军就盼着打仗。王守仁热血沸腾,当不了统兵将帅,先给皇上出出主意也行,他就想托老爹捎给皇帝他老人家自己的主意。王华为此大为光火:一、皇帝他老人家大限将至,正在交代后事呢;二、开国皇帝立有校规,刻着校规的石头立在各学校大门口:严禁生员谈论国事;三、皇宫午门前的"信访大鼓",被武装锦衣卫严密把守,并有便衣拦截上访人员;四、乳臭未干,不知天高地厚;五、官员的后代,一着不慎,就有坑爹的后果。王守仁忙活了一晚上写下的洋洋洒洒一份《剿抚京畿和关中贼乱方略》,王华看也不看,甩了出去,并告诫他:"人生各个阶段有各个阶段的使命,你学生阶段的任务,好好读书,考取功名,到时候,你自己就可以到金銮殿上,把意见亲手呈递给皇上。"

为了梦想,王守仁一边读书,一边苦练骑射本领。

第六章 新郎十七 完婚南昌

1487 年,新皇帝登基。1488 年,改元弘治。一朝天子一朝臣,因受老皇帝宠爱而得意忘形,进而得罪群臣的所谓奸佞被贬逐出朝廷;不经过内阁手续盖章而被皇帝私人任命的那些传奉官,灰溜溜地缴印走人;一千四百多位跟着年仅四十一岁就驾崩的先帝在皇宫大内呜呜呀呀念经念咒的和尚、法王,和烧炼童男童女的尿水给皇帝当饮料的一大群术士,被遣散出宫。

虚岁十七的王守仁接受父命,要去南昌老丈人家成亲。老丈人诸让从南京礼部郎中升任江西布政司从四品参议。

年近古稀的王伦,前两年,在儿子任满三年之际,被朝廷比照着王华的官衔封为荣誉性的从六品修撰,可是他生就的老百姓命,官帽子压头,这两年身子骨不大结实,急着见见重孙子。王华很孝顺,想着老父亲辛苦一辈子,才跟着自己封了个从六品,现在自己的正六品经筵官身份因老皇帝大丧,还没恩封给父母,如果儿子能早些结婚冲冲喜,自己官场上三年一晋升,说不定在父亲有生之年,能给父亲挣来一个大夫的封爵。守仁这孩子,心里天天琢磨的是骑马射箭和战阵兵法,心太野,有个媳妇拴一拴他的腿,他也许会定下心读书。

在北京脱不开官身的王华,委托科举路上屡考屡败的弟弟王衮,全权操办王门长孙的婚礼事宜。

官宦之家，聘礼从优，但是从余姚到南昌，路途遥远，长途水路迢递，鲜活之物，禁不得折腾，聘礼需要的鲜活之物，只好等到南昌就地置办。除了鲜活之物，能在余姚采购的就地采购，余姚没有的，王衮就到绍兴和杭州采办，比如余姚精纺葛布、四明雷贡茶、苏宁刺绣、绍兴女儿红黄酒、杭州丝绸等。余姚地方传统，读书人专修一科，科举路上，靠《礼记》一本经典步步高升，日久熏修，生活中，做人时，非常注重一个礼字，婚姻大事，彩礼是很讲究的，家里制定礼单，最后要由知书达理的族长拍板认可。王状元府先由王衮严格依照南宋官版朱熹老先生的《家礼》，制定了详细的礼单，后经王伦戴上老花镜仔细审阅，圈定三十六项礼品，各成双份。王伦老先生抓住时机，就事论事，对王衮进行了一次教育性的谈话："聘礼中，有两样物件不可少，一是茶叶，茶树只认老娘土，不能移栽，一旦移栽，必死无疑。二是大雁，大雁感情专一，一夫一妻，一朝丧偶，终生独身。另外，大雁春秋来往迁徙，寓意是，闺女出嫁担两头儿，常住婆家，不忘娘家。所以，到了南昌，大雁一定要买到。"

彩礼备办已毕，老秀才王衮，准新郎王守仁，家人王玉、王主，一行四人，前往南昌迎亲。

出发前，由王伦带队，到王家祠堂，上香跪禀祖宗，一是汇报喜事，二是辞行："槐里先考大人、遁石公先祖大人、讳与准先曾祖大人，以及上溯我王门列祖列宗，不肖子孙王伦，敬告我王门列祖列宗，我王门长孙王守仁，要去南昌迎亲，孙媳出身诗书人家，门当户对，新人进门，可喜可贺，谨此禀告列祖列宗，普门同喜，阖家同庆，恳请祖宗，冥中保佑，大吉大利！"祭祀禀告已毕，鸣炮送行。

七月，迎亲人员顺着驿路，从衢州府的玉山进入江西，全程非江即河，顺风顺水。到了南昌，因为是娶亲，不是入赘，在诸府的帮助下，租赁下一处精舍，充作临时余姚王府新房。

花烛洞房　少了新郎

婚丧嫁娶，历来是大事，兴师动众，大家族，人人伸手，个个帮忙，一人主事，大家听令，各就各位，事有专责，人有定位，一切井井有条。诸让为从四品大员，分管一道两府，自然不缺帮忙的闲人。喜庆之日，各忙各的，帮忙的忙着照应，小心谨慎，不出纰漏，图个圆满帮忙；宾客们图个热闹，一沾喜气，二要吃饱，三喝尽兴，余姚亲朋畅饮南昌李家渡烧酒，南昌来宾猛灌绍兴女儿红。一对小新人被照顾得无微不至，拜了天地，象征性地敬了几杯酒，就深藏洞房，一心盼着夜幕降临，迎接未知的惊奇。

小媳妇名叫诸翠，芳龄一十八岁。俗语说，女大三抱金砖，女大二掌银印，女大一披蟒衣。诸翠生在官宦之家，随她爹的身材，高挑苗条，只是略显瘦削，一张鸭蛋脸，眼神既温顺又有几丝飒爽。诸翠略通文墨，虽出身诗书人家，却把更多的功夫用在了学习女红上。娘家陪送一个丫头叫诸叶。

拜了天地，婚礼来宾的心思都在大吃大喝上，少有人再关注新郎和新娘。新郎王守仁对这一切有些不习惯；闹哄哄的婚宴，是为来宾准备的盛宴，哪一张桌子上也没有为王守仁摆下一双筷子。整个婚礼，就像一场大戏，王守仁这个演员需要演出的就是拜一拜天地，拜罢天地，演员就变成了看客。看客觉得索然无味，有不看戏的自由。不看戏的新郎官出去散心了。

眼看窗外夜幕降临，洞房红烛耀眼，诸翠有些紧张，身份刚刚转变，没有做媳妇的经验，又把这几天母亲谆谆教导的东西默诵了一遍：第一，孝敬公婆，晨昏定省；第二，尊重丈夫，柔言悦色；第三，教育子女，读书最乐……现在公婆远，丈夫近，诸翠心里琢磨着：公婆大人见谅，今晚先把丈夫放在第一位考虑，怎么尊重呢？母亲前晚特别示意，把几张彩色图画放在了衣柜内，还着重交代了几次，说这是女学的内容，是祖宗传下来的功课，人人必学，天经地义，女人只有在洞房花烛夜才可以学习。母亲还要求小两口一起学习,刚才诸叶把东西拿出来,自己翻看了几张,脸皮腾地就烧起来,心怦怦乱跳,光着身子的一男一女搂抱在一起。诸翠红着脸,偷眼瞄了瞄窗外,天黑了,新郎怎么还不回来?

新郎王守仁去了哪里呢?

他只是随着人流溜达。南昌靠水运,有两个大码头,一是赣江岸边的章江门,这是南昌西大门,临近滕王阁,岸上有座接官亭,是达官贵人进出南昌的通道,又临近宁王府,小小老百姓没事不往跟前凑。临近抚河的广润门是南昌西南门,有财源滚滚达三江的章江码头,物流汇聚,人来人往,大生意小买卖,一街两行,一直热闹到铁柱宫门前。

西晋年间,抚河有条恶龙,兴风作浪,扰乱人间清静,惊动了一位得道高人许逊,许逊用一条铁柱锁镇住了恶龙。为了纪念这位高人,南昌人建了这座铁柱宫。王守仁随着人流,正好来到了这座铁柱宫门前,在门前的布告栏上看到了这段文字说明。王守仁认为,道家的高人应该和儒家的圣人一样,自己见贤思齐,得瞻仰一下圣人的遗迹。

进了大门,来到真君殿前,一座大大的铸铁香炉前,被青铜栏杆圈成了一个正方形的空地儿,一块铜牌上铭文显示"太祖皇帝钦献御香处"。

看到铜牌上的文字,正要绕过青铜栏杆去大殿礼拜的王守仁,只得再回身,向太祖皇帝踩过的几块砖行礼致敬。大殿门前有块石碑,是王安石的手书《重修许旌阳祠记》,王守仁在心里揣摩着先贤书法的版式布局、字画间架、运笔走锋,在心里临摹了一遍。拜祭过许真君,王守仁信步转到大殿后,过了玉皇阁,后院有间小屋,门敞开着,迎门是一个道士打坐的身影,道士怀里抱着的拂尘很像爷爷的。王守仁不由得有些想念爷爷。王守仁还有些纳闷,打坐不是图个清静吗,却为什么开着门呢?不知不觉就走近了一些。

打坐道人玄色道袍,平顶道冠,年纪跟王伦差不多,须发白净,浑身洋溢着的气质是对"仙风道骨"四个字的注解。

"老人家,可以打扰您一下吗?"

"进来吧!新郎官。"道士招呼王守仁。

王守仁猛然意识到自己今天是个新郎,这胸前还佩戴着大红彩带呢。天都快黑了,他犹豫了一下,转身要走。

"进来吧!"声音轻柔,却果断,甚至有些威严。

长者,又是修道人的招呼,王守仁不敢怠慢,只得进入房间,对着道士鞠躬施礼,问道:"师父,晚生敢问您老人家,许真君是不是像孔圣人一样呀?"

"吴语越音,不是本地人氏?"

"浙东人。您也不像南昌口音。"

"呵呵,秀才说得对。坐吧!盘腿不习惯的话,可以坐凳子上。"道士指了指右边一张凳子。

"敢问师父道号。"王守仁端坐到凳子上。

"德一,道德的德,道生一的一。秀才怎么称呼?《道德经》读过吗?"

"敝姓王氏,名守仁,字伯安。《道德经》读过,不熟。"

"哈哈,你问真君和圣人?《论语》一定很熟了。你名字中的'仁',就是贫道法号中的'德',两个字,一样东西;贫道法号中的'一'字,可以是你表字中的'安'字。"

"晚辈愚钝,请您老明示,仁字和德字,按您老说的是一样东西,晚生可以理解,一字怎么和安字一样呢?"王守仁很虔诚,上身前俯,问道。

"《道德经》有几句话:'天得一以清,地得一以宁,神得一以灵。'也可以说,人得一以安。"德一道士慢条斯理地讲述着。

"晚生受教了。晚生……"王守仁看看天色已晚,心里急着请教自己的疑惑,"师父,请教您,这位许真君……"

"孔圣人修身得道,天下传道,仆仆风尘,万世敬仰;许真君力擒恶龙,防治瘟疫,造福一方百姓,中秋夜得道升天。你看,地上没有无功无德的圣人,天上也不会有无功无德的神仙。"

"哦,是这样呀!"

"你与铁柱宫有缘,与南昌缘分更大,来,坐好,身架坐端正,关节要放松,心念放平和。"德一道士不疾不徐地教导王守仁,"上身挺直,眼睛平视,头顶要像……东汉孙敬那个头悬梁的故事,现在正好可以用上,就是头悬梁,头顶要像有一根绳子吊着一样,这样中脉容易贯通。"

王守仁学过如何静坐,每次上课前都被要求静坐一刻钟。他知道规矩,如要坐到板凳的三分之一处,两脚与肩同宽等,不过,今天德一道士说的中脉,他是第一次听说,年轻人渴望学习新知识,于是注意听着,同时按德一道士的指点,规规矩矩地静坐。

德一道士注意到王守仁已经打消了走的心思,继续指点道:"两手八指交叉,大拇指肚相对,嗯,是这样。身子全身放松的话,你会感觉到身子成了一个整体,没有这儿疼了那儿痒了的感觉,没有了各处的感觉,感觉就成了一个整体。"

"敢问师父,这就是德一吗? 就会得到您说过的,我名字中的'安'吗?"

"问得好! 全身肉体成了一个整体感觉,还要收拾念头。"

几年来,王守仁上课前的静坐,身子勉强能坐住,就是念头坐不住,思绪纷飞。他问道:"师父,我怎么总是念头静不下来呢?"

"念头静下来,你就得一了,自然也安生了。你看'念'字,是心上一个'今'字。你还小,记住,把心思专一到一个东西上,或者一件事上,或者一个念头上,比如数呼吸,也可以数数,十个数一轮转。坚持一段时间就干净了。"

"师父,这样坐着累,时间长了坐不住吧?"

"你看你身子骨单薄,《黄帝内经》读过吗?"

"没有读过,只是听说过。"

"上面有真人、至人、圣人和贤人的评判标准和修炼方法。我们这世上的男男女女,女子二七一十四岁,男子二八一十六岁,算是长大成人了,但是呢,就像小树苗一样,还经不得风雨,过去老祖宗讲究,男子三十而婚,为什么呢?三十身子骨结实了,可以成家可以立业,可以生儿育女,可以照顾爹娘,有担当了。伯安,你今年多大了?"

"虚岁十七。"

"你身子骨瘦弱,小夫妻儿女情长,缠缠绵绵,容易上瘾,漏丹过频,元气受损。"德一道士一双清澈的眼睛,透过室内的黑暗,看了一眼王守仁,发现他在注意听,接着说,"我教你一个方法,你三年之内,夫妻分床睡觉,练得好,一年之后,就可以打通中脉和任督二脉。身心强壮了,做圣做贤,就有了指望。"

"我……"王守仁有些犹豫,欲言又止。在他的心目中,成就圣贤事业是第一位的。但身体是很重要的,他娘亲身子骨一直不硬实,结果呢,年纪轻轻,四十一岁上就把他撇下了。而男女之事,甚至来南昌迎亲,都是为了满足爷爷的心愿,服从父亲的命令。

"成圣成贤,是大丈夫事业,意志第一,身体第一。"德一道人知道,好学生可遇不可求,他不能轻易放走这位好学生,"方法很简单,可以站着练,可以坐着练,可以躺着练。今晚你就可以躺着练,在梦中练。有一点非常重要,不管是你打坐,还是练这个功法,甚至平常行住坐卧,每时每刻,舌尖都要抵住上腭,此时产生的唾液叫甘露,我们道家视此为琼浆玉液。你这么消瘦,可能是消化吸收不好,你用这个办法,持之以恒地收集吸收,天长日久,你的肠胃功能就彻底好了。你稍等一下。"说完,德一道人出去到大殿里,引燃一座小灯台,指导王守仁躺到靠墙的一张小床上。

新婚之夜,王守仁与德一道人在学习中度过了。

第二天清晨,德一道人欣慰地告诉王守仁:"诱惑面前能停步,有毅力,有志气,好孩子!你与铁柱宫有缘,与南昌有缘,与江西有缘,记住我的偈语。"于是语音清晰地吟诵道:

武夷山中话明夷,

> 龙场山洞困青龙。
>
> 一朝御风临鄱阳,
>
> 火烧赤龙立大功。

德一道人见王守仁虽眼神中含着疑惑,却听得很专注,犹豫了一下,继续吟诵道:

> 学高名扬谤丛生,
>
> 宜卧南镇做园丁。
>
> 伏波庙前叹浮生,
>
> 青龙铺畔祭青龙。

习练书法　静心敬字

小夫妻利用三天回门机会,搬回了诸左参议的官署后宅。岳母张夫人远离家乡,亲朋故旧少,舍不得女儿离开,计划留他们住个一年半载,如果能看到小外孙出世,女儿给王家开花结果,那就更好了。于是王衮等三人带着亲家翁赠送给王伦老先生的南昌特产,先行打道回余姚。

诸翠姊妹七个,五男二女:一个哥哥和一个弟弟过继给了伯父诸正;妹妹诸翡才六岁,已经许配给谢状元家的长子谢丕;最小的弟弟诸绣刚刚两岁,是周姨娘所生;另一个弟弟是王守仁蒙学同学诸用明。大家庭很热闹,可以办一个家庭私塾教学班。

老丈人是科举出身,不愿女婿在温柔乡里耽误了学业;耽误了女婿,就是耽误闺女,女婿没有一官半职,闺女哪来的凤冠霞帔诰命夫人。于是诸让介绍王守仁寄名南昌府学,当个旁听生,并要求他在家时,专攻一项——书法。

"可不能小看了书法。"一天,在书房,诸让给王守仁和几个儿子召开一个苦练书法动员会,诸翠列席会议,"科举不考书法,却离不了书法,书法是个门面。"这是诸让的经验之谈,"先不说科举考试。我在吏部时,每三年都要考评各级官员的政绩。有些官员,可能是忙或是敷衍塞责,履历和报告写得马虎潦草,从内容看,干了不少实际事,但是这书法不敢恭维。写字你都不认真,做事能够多认真呢?这种情况,我能谅解,但是我就见过一个同僚,大笔一挥,打了个叉。你先马虎应对,得到的必然是马虎的结果。因为考评官员不能亲眼见到你做的事,眼前只有你的文字,印象好坏,书法至关重要。"

"同样道理,科举考场上,书法能够加分,也能够扣分,你们想想,是不是这样?"诸让喝了口闺女敬奉的、女婿以彩礼敬献的老家余姚的瀑布仙茗,看到子婿们纷纷点头称是,便接着开讲,"一篇好文章,首先书法得让考官看得清楚明白,这是起码要求,再高些的要求,是让人看着舒服,最高的话,就成艺术了,让人有美感。像伯安祖上的王羲之和王献之。一下子说得有些高,这是后话。你们练书法要一步步来,第一步练正楷,一笔一画。你们小时候摹过红,描过墨,现在好好临帖。我简单介绍几个要点……"

诸让年轻时也是一腔豪气,所以对女婿洞房花烛夜冷落闺女的事,没有丝毫追究,还和颜悦色地告诉他,以前有事跟家长说一声,现在成家了,有啥事给媳妇打个招呼,免得家里担心着急。首先,王守仁对老丈人的宽宏大量很感激;其次,他也认为书法是自己的门面,所以他练字很认真。他写字时引进铁柱宫德一道人传授的静坐法坐姿和心态,把心念专注到习字上,把老祖宗发明的这些寓意丰富、似乎能说话、有喜怒哀乐、活灵活现、充满智慧和灵性的汉字,看作老祖宗的遗赠。平常在祠堂里敬拜祖宗,恭敬的是一张木主牌位,木主牌位只是一个木板。官宦之家的祠堂,只能祭祀三代祖先,三代以前呢?我们王家老祖宗说是太原的太子晋,再以前呢?追溯到黄帝老祖宗,老祖宗从哪儿来的呢?还有没有,谁知道呢?但是,这么多天天入眼会心的汉字,不就是祖宗的精神灵魂吗?王守仁坚定了信念:我们历代祖先的智慧精神已经生成一个个有血有肉的汉字,由我们代代传递下来。王守仁生来敬重长辈,恭敬祖先,过去不可见的祖先,现在一下子在目前了,祖先就在一个个汉字里。因此,在王守仁的心里,升起了对书本、对文字、对汉字的恭敬,敬字如敬祖。他临帖,虔诚如对圣贤,实际上,字帖就是先贤的灵魂载体;他落笔,诚敬如对祖宗,恭恭敬敬;敬惜字纸,临进书房,先生起一份恭敬心,洗手,静心,整肃衣冠,焚香……三个月以后,挂在墙上的习字,让他惭愧,让他脸红;半年以后,他发现,墙上的字可以多挂两天了……

诸让默默地关注着女婿的进步,他不轻易发言,他自己有经验教训,廉价的鼓励,激发的是浮躁,尤其是对王守仁这样聪明又傲气的小青年,好在孩子有灵性,让他自己摸索,不走弯路就行。

一年下来,诸让家藏的装满十个竹筐的元书纸,被孩子们一张张写满了稚嫩的、工整的、流畅的墨香大楷字。其中有一多半是女婿王守仁消耗掉的。在一年后的诸府家庭书法展会上,王守仁的一幅书法作品,被诸让吩咐装裱起来,正式张挂于书房最显眼位置。

王守仁在书法上收获大大的,身体上稍有亏欠,他没有遵守德一道士吩咐的保持三年童身练功强身的谆谆告诫,说起来也情有可原。诸老夫人在检查女儿女婿对春宫画学习落实情况时,发现了小两口同床不同被窝的严重问题,虽耐心听取了诸翠红着脸的辩解,还是温和地勒令小两口,尽快落实生产外孙计划。有一天趁着没人的时候,和王守仁不经意地聊天:"贤婿,你爷爷他老人家,盼望着早些抱上重孙子,这是孝道呀! 夫妻恩爱,很重要。"

王守仁的童男身已经不再了,他已十八岁,身子骨还是不大壮实。他去找德一道人,想问问这事影响大不大,可惜德一道人外出云游去了。

弘治二年,1489 年,虚岁十八的王守仁没有完成丈母娘下达的外孙生产计划,他突然接到余姚家信,爷爷奶奶思念孙子、想见孙子媳妇,催促小夫妻回余姚过年。于是,十一月份,王守仁带着诸翠,踏上了回归余姚的客船。

第七章　拜谒娄谅　学做圣贤

　　王守仁和家人漂泊在南昌通往浙江的江河上。一路驿船,顺风扬帆快似箭,逆风拉纤慢如牛。顺风时,小夫妻凭窗欣赏田野风光,有说有笑;逆风时,百无聊赖,或者四目相对,脉脉含情,甜蜜回忆曾经良宵的温柔缠绵,年轻人的一双色眼,看得诸翠粉脸泛潮红,眼里心里都是热,叹息船上不是家,盼望夜幕罩客船。王守仁手捧德一道士推荐的《道德经》,琢磨如何抚平心中如船外波浪一样的思绪。为了驱逐男女骚情私欲,王守仁采取眼不见心不想的战术,走出客舱,到甲板上去吹冷风。

以书为缘　听说娄谅

　　物以类聚,人以群分。王守仁手中的《道德经》招来了一位读书人。此人三十左右,一身秀才打扮,自称是南昌府学的生员,叫辛一敬。虽是府学生,却常年在家乡广信府,追随着学界名宿娄谅老先生。这样的老学生,科举知识功底扎实,府学学官们指望他们考功名,既为学校争光,又为学官争面子。朝廷给各个学校下达有培养输送人才的指标,学官每九年任满一考评,府学每九年九个中举任务,完不成任务,轻者罚俸,重者走人。所以对这样的学生只要求成绩,不强调纪律。因此，王守仁在南昌府学旁听过一段时间的课，两人同学却未曾谋面，未谋面也是同学，何况秀才不亲书本亲。

"学兄旅途劳顿，不畏颠簸，手不释卷，好学精神，令人佩服！"辛一敬拱手。

"辛学兄过奖了！"王守仁站直身子，回敬一抱拳。

"王学兄既然与南昌府学有缘，我们就是同学，不必客气。同为圣人门徒，恕不才直言，刚才王学兄这一抱拳，可不是圣人的礼仪。"辛一敬一脸醇和之气，不会客套，不会巧言令色，跟着娄谅老先生，学得率性而为，以直拙为学问，以"居敬"为功夫，这个"敬"是心态，不是世俗的礼貌，他的"居敬"重在内心，很多时候会表现得与世俗格格不入。

王守仁一向高傲，刚见面就被指责，不免脸上发烧起来，红着脸看一眼辛一敬，发现他一脸醇和与自己父亲王华有些像，纯净得没有一丝恶意，于是诚恳地请教起来，"让辛学兄见笑了。请学兄指教！"王守仁又习惯性地抱了一下拳，马上意识到被指为不是圣人礼仪，只好半道改为上身前倾，鞠躬致意。

"王学兄不必客气。您刚才的一掌包一拳，是武林礼仪。在学堂有圣人挂像，如果您仔细观察的话，圣人的抱拳不是一掌包一拳，而是半掌包半拳，左手四指在外，两大拇指左下右上，被包在右手掌心，左手大拇指尖掐于右手小指节与手掌根，右手大拇指掐于右手无名指掌根处，这样，两个大拇指和两个食指围成一个太极图，这既是圣人礼仪，又是手印，对人是礼敬，自处时是居敬。圣人手印，圣人心法，在此一举。"辛一敬一丝不苟地向王守仁边做示范，边讲解。

王守仁比着葫芦画着瓢，看看辛一敬手上的太极图，端详着自己手上的太极图，觉得又新奇，又神圣……人常说，好宝贝不外露，猫教老虎留一手，教会徒弟饿死师傅，自己祖爷爷人老几辈学道术，爷爷王伦信奉了一辈子道学，也没见他有这个太极图功夫，想到这里他心里不由得激动起来，感激地说道："辛先生为何毫不保守？听说有人求法，高人门前跪上三天三夜，也一无所获。"

"王学兄，天地之道是公道，不是哪一家哪一人的；学道之法是祖宗传下来的,有缘有德者得之。"辛一敬嘴里说着这话,心里咯噔一下:奇怪!怎么回事?老先生这个圣学手印从不轻易传人,自己跟了他十几年,登堂入室后,才得嫡传心法手印,今天素昧平生,怎么会轻易说给他?好像是不由自主似的,奇了怪了。于是他不由得多打量几下王守仁。

王守仁听到说是祖宗传下来的,心里琢磨,以前听爷爷、爹爹说过,学问有自悟,自悟需要自己辛苦摸索门径,好处是自得学问不退转,坏处是不可避免走弯路;有师承,师父传承是捷径,坏处是明师难遇,庸师以盲带盲,邪师把人带到沟里头。于是他对辛一敬的师承关系热心起来,好学之人盼明师,王守仁也不例外,"敢问辛先生,师承哪家?"

"王学兄不必客气。在下广信人,敝乡虽非名都大邑,却有一位德高望尊的学界名宿,学冠江右。"辛一敬提起恩师,语气中眼神里充满着崇敬。

"辛先生说的可是江右大儒娄一斋先生?"

"王学兄也曾耳闻?"辛一敬并不吃惊,江西学人,甚至来过江西的学人,都应该知道娄一斋先生。

娄谅,字克贞,号一斋。

事实上,王守仁确实知道娄一斋先生。南昌府学里,同学们虽然一门心思地挤到了科举的独木桥上,独木桥外的圣人学问谁高谁低,还是一清二楚的。府学里追求身外富贵的秀才多一些,娄一斋家的学庄里,求自身智慧的学人多一些。王守仁也不是没有广信一游的打算,只是大家都说老先生脾气古怪,今天趁此机会,正好求证一下,"辛先生,人说,娄老先生自命清高,堂堂广信府尊登门求教,竟然拒之门外,此事可是真的?"

"王学兄此话差矣,何来自命清高?学高心自清!德重身自尊!老先生不事权贵,不见俗流,此话不假。诚心求学者,哪怕是草野农夫,也一概以礼相见。"

"原来如此。"王守仁曾求托岳父,请他写一封介绍信,但是江西官场的官老爷都有自知之明,没人愿意去碰娄一斋先生的钉子。今天想不到机会来了,"敢问辛先生,娄老先生学问高在何处?根在何处?"

"圣人之学,一脉相承,近承大儒吴康斋,远接二程。娄先生少年豪侠,不拘小节,经康斋先生点化,豪情内敛,注重细节,虽日常洒扫,也亲力亲为。"

王守仁听到这里,觉得少年娄先生与自己一样,可将其引为自己同类,自己可不就是天天忙着操心天下却懒得洗袜子的家伙,好在娘子愿意为他洗袜子。也是人以群分的缘故,他的心里更向往去老先生处磕头请教了,于是更加注意听辛一敬的讲述。

只听辛一敬说道:"先生主修《礼记》。"这个与余姚科举的传统一样,"精研《易经》。有一件事,很能说明问题:先生三十二岁(1453)中举,之后深藏小楼,苦读十年,四十二岁去北京赶考,竟然半途而返,行至杭州就打道回府。同行的举子们惊问缘故,先生说:'这一趟落第事小,恐生巨祸。'果不其然,这一年(1463)的礼部会试,考场一场大火,九十多位举子葬身火海。"

王守仁听说过考场失火这段历史,此事发生后的成化年间,新皇帝可怜这些以身殉考的举子,给每位亡灵赐进士出身。

"王学兄,《周易》您读过吗?"

"在下只是背诵过。家祖说过,积善之家必有余庆,积德行善者不用占卜。不过,您知道,人生未可知,谁人不想知,都想活个明明白白。"

"王学兄所言极是,娄先生反对占卜,只让同学们习静,接引学人时总是一句话,'敬是学,学是静'。"

话语投机嫌路短。两个人交流着学问,不知不觉已经到了广信府葛阳驿站。辛一敬要下船了,王守仁早在中途已经决定要拜访娄一斋老先生,于是问辛一敬道:"辛先生,诚请您向娄老先生介绍,在下心存渴望,意欲亲睹娄老先生德容,侍学几日。如蒙介绍,感激不尽!"

"在下一定尽力,为您推荐就学。"

"辛先生,敢问,有一位辛得理先生,您可曾听说过?"王守仁试探性地问道。

"那是不才叔父。您……"

"辛先生在北京开办有豫章学馆,在下有幸亲蒙教诲,受益匪浅。想不到是令叔父,真是幸会!"

"哎呀! 真是幸会! 千里有缘来相会,缘分!"

王守仁带着家人,在辛一敬向导的帮助下,在葛阳驿下了船。

好好修身　可成圣贤

娄一斋先生有一座"敬学"庄园,规模有县级学校那么大,只是不像县学那样左文庙右学校的布局,县学的文庙建筑在这里浓缩成了一张孔圣人的挂像,被敬供在娄先生的书房墙壁上;前院是四合院结构,可以吟诗诵歌,书声琅琅,可以登坛论学,激扬论辩;后院,政府官学里的射圃,在这里变成了农耕修身实践田。在这田里,绝对不会发生像皇帝他老人家,以及各级劝农的官老爷,在春秋两季开耕时,被众星捧月般簇拥着,扶一把犁扶手,摆一个造型,静等拍马屁的画家画好标准照,登载在《邸报》上糊弄小民这等事,娄先生和弟子们是要真干活的,要自食其力。修身实践田四周建筑,有打坐用的静室、宿舍和学膳房。学生上百人,相当于两三个县学规模。

辛一敬领着王守仁,熟悉一下环境。娄先生有登坛讲学日,有接待日。这几天正好是接待日,可以为学人们答疑解难。辛一敬这样的入室弟子,身兼半求学半管理的职责,可以代师鉴别接受和辅导初入门者,分担已经六十八岁的恩师不必要的庶务。

娄一斋的接待室占两间房子,被内外隔开,外间是候教室,内间才是书房。辛一敬领王守仁来到候教室,安置王守仁坐下,进去禀告娄先生。王守仁一直盯着书房门口,过了一会儿,见辛一敬出来,他马上起身。辛一敬告诉他:"先生让您在这儿等着。少安毋躁,等一会儿吧。我有事先走一步。"

待辛一敬离开，王守仁开始打量候教室。靠着四面墙摆放着的十几把硬板椅子上，坐满了候教的学生，学生们一个个端身默坐，鸦雀无声，有人遇到王守仁善意的眼神，也只是会意地微笑一下作为回应，有人则在闭目养神。王守仁抬头巡视一下上方的墙壁，发现了端倪，难怪一个个像哑巴一样不吭声，像道士打坐一样一本正经，迎门一面墙上，一块木匾上书一副联语"四书五经教一字，曰敬；千蹊万径会一途，曰行"。王守仁明白了，这与临进门时看到的书房门额上所题的"一斋"对应着，门额上"一斋"是这副对子的横批。啊，对了，这还是娄先生的别号，不知道是用别号做门头呢，还是用门头做的别号。王守仁对面的东墙上，一副对联"诚意正心归一静，克己复礼成一仁"。王守仁纳闷：老先生这么喜欢"一"呀。于是他心里自己跟自己打赌，赌自己头顶上方的墙面上还得有两个"一"字。他站起来，转身抬头，一副对联没看全，先找到了两个"一"字，自己在心里笑了，只见全联是"千载圣人是一心，亘古天地贯一气"。王守仁越发有信心再跟自己赌一次，南墙上对联肯定有"一"字。他信心满满地举目观看，可这次没有找到"一"字。对联是"自强不息演周易，厚德载物修身心"。今天上午他不见得能再笑出来了。一上午，候教的学生进进出出，就是没有人叫他进去，他只好把心思用在研究这几个"一"字上。下午，还是没有轮到他。

无聊的王守仁思绪又飘回了余姚，他想起了爷爷，信上说爷爷身体不大好，不知道现在好些没有；奶奶还天天阿弥陀佛不离口吗？不知道诸翠能不能与杨姨娘处好？爹爹……算了不瞎想了，都是一家子，唉，还别说，想了这么多人，最后还是归到了"一"字上，一家人！到了江西，还是一个天下，今天坐在这里，也不过一个师生关系，处处离不开一个"一"字。这也算是一个收获吧。

第一天，王守仁千思万虑地研究"一"字，只是娄先生没有给他求教的机会。甚至娄先生出门时，连看他一眼也没有。这让他很失落，毕竟咱是状元公长公子，毕竟咱是你们江西省左参议家的女婿，毕竟我王守仁并非等闲之辈，毕竟我来自诗书之乡余姚，毕竟……有什么了不起？胡子白就可以倚老卖老吗？要论胡子白,余姚南山上满山的山羊,都可以派到天下当教授了……王守仁闷闷不乐地回到了旅馆。

诸翠毕竟在读书人家长大,玩笑着开导他:"我的大相公,今天你佩剑了没有?""佩剑干啥?""慧可在达摩洞前可是断臂求法呀!""我……""今天下雪了没?""这不是明知故问吗? 青天白日的!""杨时和游酢不远万里,跑到洛阳,程门立雪。""我……""你咋回来这么早?""冬季天短,再晚看不见路了。""你不能学孙悟空三更跪菩提!""多谢娘子! 好一张利嘴!"

第二天,王守仁一大早到一斋书房等候。辛一敬开门后告诉他"少安毋躁"之后离开了。今天王守仁等了一上午,竟然没有一个学生来候教,学生也许是得到通知,知道今天娄先生不来书房,但是怎么就没人通知我呢? 害得我一个人孤零零地傻坐半天。他有时候会懊恼,自己傻不傻呀? 这一个人傻坐着,难道不能回旅馆吗? 有香茶伴手,有红袖贴肩。难道我们余姚就没有明师吗? 难道……傻到极点说不定就变聪明了,他猛然想到,在北京初拜辛得理为师时,比这还严重,那是三天禁闭呀,当年,出门又不敢随便出门,坐又坐不住,有一次憋尿,还差点尿裤子,那时候,站起来玩一会儿,还要偷偷摸摸;今天呢,大门洞开,不想坐等,您请便吧! 哈哈哈哈,又来这一招! 太小看我王守仁了,本公子我还就等下去了。小时候,状元公一句玩笑开导了我,我被关三天禁闭,父亲说是为教我一个"静"字,今天莫不是为教我一个"一"字? 哈哈,这比当年还多了一个字,一个"一"和一个"敬"字。我困在这儿傻等就是敬他娄老先生,敬他辛一敬先生,这几副对联也值得尊敬,还真受益匪浅,这间候教室也值得尊敬,为什么? 我干坐了半天,已经不急不躁了,岂不是这间屋子的功劳? 我自己也值得尊敬,我进步了,我大大地进步了;这么说来,小娘子也值得尊敬,她昨天说说笑笑就启发了我……要说这个"敬"字,不简单,过去敬祖宗敬爹娘敬先生,现在发展到敬自己,敬娘子,这思路把王守仁也震惊一下,敬来敬去成了一个敬,敬成了一个"一"字,自己心里也快成一个心思了,这位娄老先生这个"一"字还真有道理。

王守仁学着心里存一"敬"字,把心思收拢到这个"敬"字上,去琢磨这个"一"字。此时他倒不急了。下午,还是他王守仁一个人枯坐候教室,他明白了娄先生的用心,也许娄先生真是有事脱不开身,不管有事还是成心吧,他娄老先生虽然不出面,却一直在教导我,我王守仁虽然没听到一句教言,却胜读几卷书。王守仁慢慢摸着了一些门道,因为有敬,心里就有了静的意思。于是他按照德一道士教的静坐法,正襟危坐,把心思拢于一处。一门心思,专注到一个"敬"字上,哪有闲工夫急躁。

第三天,王守仁终于见到了娄先生。娄先生精神矍铄,儒士帽下须发皆白,一双眼睛清净幽深,与道士截然不同,德一道士脸色白净清纯,不食人间烟火;娄先生恰恰相反,面色红润,红润得很纯净,连嘴唇也很红润,有人间味,却没有烟火气。古稀之年,腰板挺直,说话中气十足,语音清越,语调不高,却有穿透力。

王守仁在候教室内静坐,娄先生悄无声息地进了候教室。王守仁见到娄先生,稳健地起身,恭敬地问候道:"先生!"娄先生颔首示意,并不言语。王守仁只好原地站着,不知道该跟进去,还是再继续静坐候教室。娄先生一进书房,洗手,焚香,理了理衣襟,站在书房正中,对着写字台后面墙上的圣人像,肃穆一会儿,庄严地三鞠躬,之后安详就座,轻声招呼道:"王伯安,进来吧!"

王守仁进来,跪地三叩首后,侍立在一边。

"状元公家贵公子?"

"回禀先生,状元三年出一个,不足为奇;修身一辈子的事,岂能天生?"王守仁躬身回答。

"孺子可教!生而知之,虽孔圣人也不敢承当。圣贤是学来的,学而时习之。你说说,怎么学呢?"

"承蒙老先生指教,这两天,学生在候教室,学习墙上您老的教言,学'克己复礼成一仁'。"

"知道仁是怎么回事吗?"娄先生一直和颜悦色。

"小时候听先生讲,仁是人与人的关系,诚于心,敬于人,仁者爱人。"

"嗯。这是只知其一,一是人与人之间的关系。其二呢,是身心关系,是与天地万物的关系,因为天地间不仅仅只有我们人类。你知道吗? 你说说,怎么克己复礼呢?"

"承您老教诲,这两天学到一个'敬'字,敬天地,敬师长,敬人敬己,扫除心头过分的欲望,心里装满一个'敬'字,像您老制作的对联,处处说到'一'字,敬到一心,是不是就成一仁了?"

"这要看每个人的追求,如果仅仅打算做一个好人,不存害人之心就是了。如果再高一步,要做贤人,就要像道家所言,少私寡欲,少为自己着想,多为别人考虑。想再高一步呢,就比如圣人吧,就要大公无私。大公无私心,大道无私意。"

"人总要吃饭,要穿衣,这算私心私意吗?"王守仁心里还有个疑惑,学道就不要老婆了吗? 他没放肆地问出来。

"呵呵! 问得好! 孔圣人也要吃喝拉撒,也要娶妻生子,也要生老病死。读过周子的《爱莲说》吗? 熟读程子《识仁篇》,这两篇文章会解答你的疑惑。"

"您老是说,莲花出淤泥而不染?"

"我们个人克己复礼,怎么整个天下归仁,要好好体会,个人身心与天下的关系。陆象山先生说过,我心即宇宙,天地即我心。心量一定要放大。不要急,慢慢体会,这不是一两天的学问,日久会于心。要坚定一个信念,圣贤可学而至。"

…………

王守仁还没来得及应答,从门外挤进来一男一女两个小孩儿,女孩子十来岁,男孩子四五岁光景,两个孩子抢着说话:"爹爹,我从姥姥家回来了! 我可想你了!""爹爹,我们刚从姥姥家回来,弟弟说想你了,非要来看你,哭闹得不行。"

"这是小女娄芸,幼子娄伯。"听着爹爹的介绍,娄芸偷看了一眼王守仁,羞涩地一笑,低下了头。这是两个人的一笑之缘。

"王伯安,你去吧。"

第八章　准备乡试　杭州中举

弘治三年，即1490年，这年的年夜饭，爷爷王伦吃得很称心，这碗饭是长孙媳妇亲手敬奉的。人生七十古来稀，儿子状元及第，封赠三代，给他这位一辈子连秀才圆领衫也没穿过的老童生，连升三级，他也得以套上了喜庆的状元红袍。儿子王华还替他这位做儿子的尽了孝道，给先考槐里公赠爵修撰官号。自己修了一辈子道，道渺渺幽幽不可见，只见子子孙孙满厅堂，知足吧！放心吧！撒手吧！

王守仁第二次经历生死离别，第一次是赐予他生命的母亲，这一次是从小爱护他关心他的爷爷。娘亲，爷爷，怎么说走就走了呢？昨晚上还吃汤圆呢，昨晚上还说想见见重孙子呢，昨晚上还说盼着孙子金榜题名呢……

在北京，王华年前就得到了父亲病重的家信，他心里一直为父亲的病担忧着。请假申请早早呈递了上去。翰林院掌院学士念他心怀坦荡，做人做事本分，有意压下了他的请假报告，他马上服满九年任期，再过两个月，就可以自动升职了。丁忧为父守孝的假期长达三年，有些不肖子孙，为了早一天升官，故意隐瞒爹娘的丧事，但在王华心里，爹娘比官帽子重要。一接到余姚报丧，王华立即踏上了奔丧路。好在皇帝他老人家把孝道作为国策，考评官员时，仅孝道有一票否决权，甚至对私自挂冠而去、不辞而别奔丧的文职官员，也一概不予追究。

王华偕姨太太杨氏,三岁的女儿王守让,回到余姚,要为父守孝二十七个月。孝顺的王华,认真研究朱熹先生的《家礼》,按图守孝:墓地搭茅棚,身披粗硬的麻衣,吃饭喝水不沾腥荤,晚上枕着砖头睡,三年杜绝房事。

他给自己制定了三年守孝的任务,给儿子制定了两年准备、三年应考的科举计划,并为此成立了王守仁应考辅助小组。

学八股文　备战乡试

王守仁应考辅助小组成员如下:名誉组长王华,组长王衮,成员包括,堂叔王冕,同门叔叔王阶、王宫和姑父闵牧,以上人员负责文化教育。后勤保障:杨姨娘和诸翠。王华为父悲伤,忙于守孝,只能给儿子作一次动员报告。叔父和姑父,有老秀才、老童生(没有考上秀才,没有功名的读书人),虽然屡考屡败,但是有句俗话,久病成医,久败成师,他们虽然不知道怎么考好,但是不缺失败的教训,很熟悉怎么考不好,这些人失败的教训,都想赶紧传授给王守仁。叔父姑父本来没有胆量辅导状元公家的大公子,但是王华也是科举战场上屡败屡考的最后微笑者,他相信这些亲戚只是暂时的考场失意者,他们有能力辅助儿子。

动员会开始了。

王华:"第一,为什么让你在家学习,而不是去县学府学?

"按我朝惯例,科举是官员出身的正经途径,府学教授,从九品,位居品官的末流;县学教谕,不入流,这些教育岗位上的管理者,举人们不屑于出任,进士们更不用说了,连追求上进的国子监学生也不愿干,没办法,哪些人来干呢?论资排辈熬年限的岁贡生们,没有别的出路,他们只好来管理教学。所以,我们成立应考家庭辅助队伍。你德章叔叔他们,学识和经验很丰富。

"第二,学习态度,既要勤奋努力,又要讲究方法技巧。你很聪明,这个大家有目共睹,但是成功人士中往往有不少并不聪明却踏实认真的人,相反,很多人聪明反被聪明误。方仲永的故事,你也听说过,为什么他年少聪颖,终泯然于众?做事要有个计划章程。列出学习日程表,详略兼顾,要有两年期限和一年期限的大规划,要有半年和三个月的中等计划,以及详细到每个时辰的每日细则。这些你要向你叔父姑父多请教,争取做到努力学习,善于学习。

"第三,每天做总结日记,有功记功,有过记过。这是学习态度的问题,本来可以归于第二条,因为重要,特意单列出来。这个有益于品德养成。具体要求就是:每天晚上临睡前,总结一天的收获和失误,知识学习要总结,诚意正心方面也要总结。我一直坚持的做法,就是每晚上记录功过,这一天有啥好的作为,甚至好的想法,就自我鼓励,这个可以不做笔记;相反有啥不好的作为,甚至不好的想法,记录下来,自我反省、自我克制,甚至自我惩罚。一段时间,集中精力,克治一个毛病。一个毛病一个毛病克治,没有毛病了,剩下的都是善了,就成仁了。这个每晚临睡前的总结,有助于你知识、智慧和身心的全面发展。

"第四,摸索规律,利用规律。没有规矩不成方圆,规矩既是约束人的条条框框,也是帮助人条理清晰的蹊径,甚至是诀窍。科举考试,不出'四书五经'范围,看是千头万绪,实有规律可循。要善于抓住核心,叫主题思想也行,核心一抓,纲举目张。学问学问,多学善问。向书本学习,学知识,学智慧;向老师学习,学经验。善问,问自己,问书本,问老师。小疑问,小进步,大疑惑,大觉悟,没有疑问,不进步。学问越深,复杂问题会变简单,一本书可能就浓缩成了一句话,甚至一两个字,先说'四书',比如《论语》,要学会一个'仁'字;《大学》,要知道'修身';《孟子》,学会一个'义'字,方法是'尽心';《中庸》,认识一个'诚'字,关于诚字,也就是娄一斋先生教你的那个'敬'字,这个'诚'字是《大学》'明明德'的方法。再说'五经',比如万经之首的《易经》,要掌握八个字,'自强不息,厚德载物';《书经》,要了解什么是'中';《诗经》,重点三个字'思无邪';《礼记》,核心是秩序;《春秋》,要学会分邪正。

"第五,学好八股文,走遍全天下。这一条本来属于第四条的内容,但是因为是科举的核心内容，所以要重点提出来。这个，我考了好多年，这几年蒙圣上不弃，几次参与会试和廷试的封卷、阅卷和审卷工作，对科举有自己的体会。刚才向你介绍了'四书五经'的题眼，那些核心是书本的题眼。考场上会考的文章题目，都是'四书五经'里的一句话或者几句话，写文章一定要以这一句或者几句话为题眼，最终不能脱离中心，行文要环环相扣。这就要求做文章的人一定要熟读每一篇文章、每一句话。

"八股文结构严谨，多看钦定本范文，分析揣摩，自己心里要形成一个清晰的结构和层次，破题、承题、起讲、入题、起股、中股、后股，最后束股，师出有名，层层递进，该对偶对偶，该排比排比，最后前后呼应，层次分明。学会八股文，你就学会了思路有条理、有规范，对今后的学习和做事大有裨益。以上讲的是结构，文字上言简意赅，不求华丽，意在说明问题，目的是考察处理政务的能力。

"方法是，看范文，学技巧，不贪多，精研几篇，学习解剖麻雀，条分缕析，庖丁解牛，力争游刃有余。

"第六，圣贤学问和科举功名，相辅相成。你胸怀大志，要学做圣贤，这是好事。要知道，圣贤首先要是一个好人。要做好人，就要遵循人伦规范。你爷爷临终嘱咐你，盼你学业有成。科举功名就是学业有成的标志，有了功名，掌握了资源，你就可以干更多的事。圣贤是在为大众服务中成就的。要做到，思想上不忘做圣贤这目标，行动上要主攻科举，有先有后，先取功名。"

最后，王华喝口水，对着侧室杨氏吩咐道："这两年给伯安调整好饮食，注意营养，但口味宜清淡。"

王华最后对王衮嘱托道："德章，你后年和伯安一起，再考一次。有功名荣身，也是对父亲行最好的孝道。上一届江西乡试中，有一对父子同登秋榜，被传为美谈。如果你们叔侄共攀秋魁，也会成为我们余姚的一段佳话。两年时间，时间虽说还算宽松，思想上可不要放松，散会后，制作一块倒计时牌，时时督促提醒伯安。"

最后，王华对三位堂弟和妹夫一一拱手，朗声说："各位辛苦，拜托各位了！"

王守仁在几位长辈的协助参考下，很快制订出了一个两年计划，名为《学好八股文　迎接乡试挑选》。

在前几个月的辅导过程中，几位叔父和姑父既高兴又惭愧，高兴的是侄子进步快，惭愧的是，青出于蓝而胜于蓝，在学问上，侄子很快变成了老师。

王守仁白天与叔父同学"四书五经"，埋头于《科举范文》和《应考指南》；晚上挑灯自学，读诸经子史，《史记》《文心雕龙》等。

按照王华的教导，他制作了日记册，着力做《功过录》。每日的《功过录》像一把扫帚，扫除了他心头不少的垃圾。

临上考场　谆谆叮咛

弘治五年，1492 年，王守仁二十一岁。

春天的时候，父亲王华结束了清苦坚韧、历时二十七个月的丁忧守孝期，要启程赴京继续他的升官事业，临行前，他检查了儿子的应考准备情况。

父子二人，父坐子立，父严肃子恭谨，进行了一场语重心长的谈话。

王华："你的学习准备功夫做得还比较扎实。从这几篇习作看，形式上，布局谋篇结构清晰，段落之间关系严明；内容上，知识面视野开阔，知识点细致入微；语言明快，思路流畅，只是在选词造句上稍显华丽，有些卖弄小聪明的心思。对你的学问，为父是放心的，你也要树立信心，大胆应考，小心准备。小心什么呢？朝廷选拔的是政治干才，需要的是实干家，不是文学才子，所以，语言上不要浮华，要朴实。

"为父把乡试情况简要介绍一下，你好做到心中明白，考场不慌。乡试主考官两人，同考官四人，过去，一般选聘府学教授和有实学没有功名的儒士，这些人官卑位低。六位考官，十天期限，要评判上千人、几千份的卷子，有的时候难免敷衍塞责,只看开头和结尾,说这个是要提醒你,一定注意,文章开好头结好尾,讲究龙头凤尾。三场考试,第一场'四书五经'八股文最重要,后两场策论只是个参考,考官们没时间细看,这个不是说你可以忽视后两场,而是第一场一定要慎之又慎。另外,卷面字体要工整清晰,有些考生蝇头小楷,像蚂蚁爬,有些考生满纸墨疙瘩,考卷上像趴着几个屎壳郎,看得誊写朱卷的生员们眼冒金星,这种情况下,他们难免会抄错,结果就是考生吃亏。

"你聪明,但记住,不能耍小聪明,中举是目的。第一场'五经'两道题,'四书'一道题,你只需选你的本经《礼记》,别的不要管。不要贪多逞能,误了正事。

"考场门禁森严,会布岗设哨,搜身检查,考棚号房一号一个军丁把守。舞弊者大门外当场戴枷示众。我们准备充分,光明正大,没必要搞小动作。

"考前放松身心。功夫在平常,临考不必抱佛脚,甚至去杭州可以不必带书,只管散步静心。

"饮食上,俗话说,吃得太饱脑昏沉,腹中空空脑筋清。考试前,饭菜只需吃到八成饱。如此一来开卷才能才思泉涌,下笔有神。

"提前十天养成早睡早起的习惯。每考卯时入场,寅时就要起床。

"天道酬勤!一分耕耘一分收获!一要大胆,二要小心!为父在北京等待你的好消息。"

王守仁:"不肖儿多谢教诲,儿一定谨遵父教,力争不辱门庭,以慰爷爷他老人家在天之灵。"

赶考船上　各说命运

考生资格先行预选,一是省按察司提学官会同当地府、县父母官,从府学和县学中选拔优秀生员,二是兼顾社会上的优秀儒生。浙江全省七十五个县,五百三十万人口,读书人多,朝廷下达的举人指标只有九十六个。粥少僧多,竞争激烈。好在这是在为国家输送人才，候补举子们的应考车船、食宿和考务杂费，由地方财政支付。

乡试考试时间，每年固定，被称为秋试，三场考试，定在三天，八月初九、十二和十五。这日子选得很显人文关怀，秋高气爽，冷暖适宜。考生们要提前一周到杭州，熟悉环境和适应风土。

余姚考生王衮、孙燧、谢迪、魏朝端、王守仁等由政府官船护送到绍兴，从绍兴东关驿，转乘绍兴通往杭州的夜行船，夕发朝至，天明从杭州西兴驿登陆。

同船候补举子魏朝端是王守仁同学。秀才孙燧，秀才谢迪，以前有所耳闻，但因为年龄差距，彼此交往少，现在五百年修得同船渡的缘分，都成了朋友。四十四岁的王衮，三十三岁的孙燧，二十六岁的谢迪，二十一岁的王守仁，二十二岁的魏朝端，大家免不了交流读书心得。

王衮："很惭愧！这是鄙人第六次参加秋试。德成，你也参加两次了，于吉，你也体验过一次了，你们有些啥感受呀？"德成是孙燧的字，于吉是谢迪的字。

孙燧："德章兄，多谢你前两次提供应考经验。我第一次应考时，心里紧张，发挥不稳定，脑子迟钝，文章写得不流畅，得一句一句往外挤，写出来总觉得文不对题、词不达意，又手足无措，糊里糊涂。第二次，不慌不忙，自认发挥出了自己的水平，只怪自己学识不成。积累经验教训吧。"孙燧个子不高，精瘦精瘦，眼神坚定、机警。孙秀才生辰八字五行缺火，老辈人为了求得金木水火土平衡，给他补火，起名燧字。燧是边境长城上报警的烽火。这个名字影响了孙燧的性格和人生，在家是家庭的看家犬，晚上睡觉很轻，很警觉，床前老鼠深夜悄无声息的散步声，在他耳朵里几乎是千军万马的操练声。名字这把火经常烧得很旺，煅烧的目的，老辈人也很明确地赋予在他的表字中了，就是"德成"。三十多年来，他就像景德镇的瓷器，被千烧万炼得很精神，身体精瘦，品行精粹，连眼神都很坚定。

谢迪："我第一次参加时，可能是紧张，总是想小解，刚解了手坐下，马上又想解手，几乎没有消停过。号房门口把守的那个军丁，时不时伸头往号房里看，估计是怀疑我搞什么小动作。按说,我的八股文习作,都是我哥哥一句一字审改的,水平还不至于拿不出手。但是第一次应考,为文的思路被一次一次的小便冲跑了。"谢迪是谢迁状元的二弟,兄弟相差十八岁。谢迪没有他哥哥大气,个子不高不低,身材偏瘦,有些谨小慎微,甚至神经质。

王衮:"这考官一人一个脾性,所好各异;考生文章,风格五花八门。有的喜欢苏东坡的豪迈气势,有的醉心辛弃疾的冷峻悲苍,有的痴迷柳永的杨柳岸晓风残月,有的迷恋李清照的怨女情怀……谁知道自己的文章,能不能投考官所好,命好命坏在天了。"

孙燧:"德章兄所言差矣!爱好各不同,风格有差异,但是,文章千古事,得失寸心知。一篇文章的精髓在气节,风格不过是细枝末节罢了。"

谢迪:"两位学兄所言,都有道理。"这位谢迪,长辈给他取名"迪",字"于吉",就是希望通过读书启迪他的智慧,好让他的人生趋吉避凶、逢凶化吉。但现在他明显是智慧未开,只有和稀泥的小聪明。

王衮:"德成,你说得不无道理。但是,我应考五次,'四书五经',我篇篇背得滚瓜烂熟,哪一句,甚至哪一个字,在哪一页哪一行,我都门儿清。作文制论,我丁是丁卯是卯,以朱子《集注》为准绳,不敢越雷池一步。自觉篇篇文章都不错。年轻时,文章不比家兄差多少。后来还幸得家兄指点。可是这文章,就是一直入不了府学教授们的眼啊。"

孙燧:"德章兄,这个正是你的问题所在。文章有十全十美吗?没有吧!我们发现一个不足,马上改进,这是进步。日积月累,力求完美。知道完美是不可能的,但是我们追求完美,虽不能至,心向往之,不知不觉,学问就进步了。如果我们自认完美,那我们就缺乏了发现问题的能力。发现问题,其实才是进步。"

王衮:"唉!我还是坚持,写文章在人,取功名在天了!"

谢迪:"自古名言,谋事在人,成事在天。"

孙燧:"德章兄,于吉贤弟,吉人天相。人事尽到十二分,万事大吉。不尽人事,天上不会掉馅饼的。人事就是天命!"

　　王守仁与魏朝端两人刚才一直在别处交流他们年轻人的话题,现在听到叔父、孙燧和谢迪谈论文章,两个初出茅庐的小伙子想听听三位久经科场之士的经验。侧耳听了半天,王守仁很为自己叔父发窘,写文章不好却抱怨命运,还口口声声吹嘘自己熟背"四书五经"。仅仅会背诵课文有什么用? 书本知识还在书本上,没有到心里,更没有化成自己的智慧,《论语》上的"不怨天不尤人"一句话,他根本就没学懂,《中庸》上也说"上不怨天下不尤人"。当然,知天命,不能苛求每个人,但是他连自己都认识不清,竟然抱怨考官。《道德经》说,自知者明。认不清自己呢,不成了糊涂蛋了吗? 王守仁猛然意识到自己的想法是对叔父的不恭,于是他用力甩了一下头,甩去这个不恭的念头,插入了谈话。

　　"德成先生,您说得有道理。文章虽然风格不同,毕竟还是有一个大家公认的评判标准。过去,我也和叔父持一样的看法,认为主考官爱好不同,会埋没遗漏掉好文章,今天听您这么一说,我改变了看法。"王守仁委婉地劝诫叔父。

　　魏朝端:"伯安说的是呀,家父说过,我们不去议论考官,只管做好自己的文章。天晴天阴,是老天爷的事;录取不录取,那是考官的事;天地良心,神灵鉴照;善恶有报,各有各的因果。"

　　谢迪:"好在考官有巡按御史监督。"

　　王衮:"谁来监督御史呢?"

　　魏朝端:"圣上呀!"

　　王衮:"谁来……"

　　孙燧马上截断王衮的话头说:"清节说到了因果。读书准备得好,自然会有个好结果。所谓因果不虚,是这个道理。伯安,你们叔侄,让我怎么称呼呢? 对德章我称学兄,因我们都是圣人门徒。伯安,今天你叔叔在场,我和他认识早,以后,我和你还是学友兄弟,平辈称呼。德章兄,你意下如何?"

　　王衮:"伯安,你德成叔学问好,多向他学习。德成、于吉,我们当长辈的,提携后进,责无旁贷。"

　　孙燧:"这可愧不敢当!"

　　谢迪:"我可担当不起。我自身还需要人辅导呢。"

　　王守仁和魏朝端:"请德成先生一定不吝赐教!"

　　孙燧:"我们大家一起努力,愿能同登秋榜吧!"

杭州中举　　西湖赏荷

　　八月底,浙江省秋榜公布了。各县秀才们等不得天明,纷纷挑灯看榜。孙燧、王守仁和魏朝端,榜上有名,王守仁名列第七十位。叔父王衮名落孙山,他只能继续去抱怨命运了。谢迪这次不知道是不是又犯了老毛病,一到考场就尿急尿频,蹲在茅坑前写八股文,他也落榜了。

　　王衮落寞之中,多少找到了些安慰,两年多来,以自己为首的王守仁应考辅助队伍是有成果的。再说,状元哥哥待他不薄,每年的俸禄,一次不落地接济他,让他安心读书。已经考了六次了,三六一十八年,考到啥时候是个头呀?就此收手吧!

　　王衮急于离开杭州伤心之地,借口回家报喜,向欢天喜地的举人们辞别后,与谢迪这个天涯沦落人的同乡一起,再次泪别西湖。

　　孙燧、王守仁和魏朝端,一边西湖赏荷,一边等待《浙江省壬子年举人同学录》的刊印。有了同学录便于拜谢考官和联络同学,与此同时,大家一起翘首等待着省府举办的大型庆功宴。

第九章 格竹致病 会试晕考

今年中秋省会乡试，明年早春京师会试，趁热打铁，免得时间间隔太长，背得滚瓜烂熟的"四书五经"课文再还给书本。

王守仁乡试告捷，意气风发地回到余姚，新举人与娘子诸翠刚刚温存了几天，就接到了北京父命，命他北上准备明年的春宫会试。恩爱夫妻如胶似漆，相爱容易别时难，秋风有力绿叶残。怎么办？父命难违，收拾行囊吧。夫妻相送断桥旁，船锚一提泪四行。

痴心格竹 格出毛病

王守仁于十月来到北京。这一回，他与父亲官署里的竹子较上了劲。

王守仁二十一岁初出茅庐，第一次参加乡试，就名列秋榜，这让年轻人很自豪。举人功名，对许多读书人来说，是可望而不可即的。有的秀才，一朝侥幸中举，喜迷心窍，竟然会发疯发狂，两眼不识爹和娘；而王守仁自己的叔父，也是一而再，再而三，六次考试六次不中，另一位状元公的弟弟谢迪，也是屡试不中。那位孙燧叔叔，或者学兄，为了一个微不足道的举人功名，竟然九年间往返杭州三趟。王守仁志高万丈，可他也听父亲说过，北京的李东阳，幼时号称神童，十八岁中进士；与父亲同龄的程敏政，幼时曾被皇帝他老人家抱坐在膝上，被钦批为国子监娃娃公费太学生，二十岁就中了进士；更有个杨廷和，十二岁中举。天外有天，人外有人呀！

一个举人功名，对王守仁家来说，确实不算什么。他父亲状元这个旗杆在家竖着呢，小小的余姚，已经是科举旌旗飘扬了，确实没有插竖和炫耀他这根举人旗帜的空隙。举人要想当官，也就是个从九品的府学教授，想戴知县乌纱帽，那要靠天大的恩典，得破格，或者是被打发到穷山恶水的偏远地方。

王守仁也并没太在乎举人这个功名，但是举人衣冠的轻易上身，让他觉得功名好像并没有那么难取得，他没有像父亲那样劳心费力地奋斗到三十五岁。父亲中举时，一顶举人的遮阳帽，已遮不住鬓角早生的华发。人往高处走，蒙学时陆恒老师"拙庵学堂"大门前的对联，王守仁还记得。长江后浪推前浪，儿子要青出于蓝而胜于蓝，家里已经挂了一顶父亲的状元帽，自己就是再挣得一顶，也不见得能多给祖宗增添多少光彩，何况爷爷已经被封赠了一顶状元帽，自己给老人家帽子上再戴一顶帽子？那不是六个指头搔痒吗？

另外，考举人，是这一套"四书五经"，考进士还是这一套"五经四书"，也不过就是换换地方，从杭州换到了北京，知识还是那些知识，年轻人记性好，东西都还牢牢地印在心里呢。从十月到明年二月，三个多月时间，到考前再翻几眼书也不耽误。这段时间怎么消磨呢？王守仁以前在豫章学馆学习时，向辛得理先生说过，在江西广信时向娄一斋先生说过豪言壮语：状元三年出一个，不稀奇，自己要学做圣贤。唉！听说娄一斋先生和爷爷一样，已经于去年驾鹤西去了。人已去，言犹在，人不能言而无信，无信不立，失信于娄先生，连个解释的机会也没有，失信于自己是自欺欺人。刚入塾时，辛得理关了自己三天禁闭，教自己一个字"静"；娄一斋先生考验自己两天，自己因之学会了一个"敬"字；这个"静"和"敬"，有个什么标准呢？到哪个程度算达标呢？有时候自己睡着了，那是非常安静的，这算吗？现在自己敬皇帝他老人家，敬祖宗，敬父亲，连杨姨娘，也像自己亲娘一样敬,与诸翠,相敬如宾。这些符合娄一斋先生教导的那个敬字吗?是不是,在大街上,见了要饭的也尊敬有加,给过钱,再给他们作个揖磕个头?是不是看见地下的蚂蚁,也要尊敬地问候一声"你好"。

父亲吩咐自己记日记,每天做功过录,克己复礼,奖优罚劣,自我奖励,自我惩罚,究竟克什么样的"己"呢?有些行为和念头,秃子头上的虱子,很明显,是犯规违禁的,比如嫉妒别人,比如贪吃贪喝,比如对长辈疏忽了礼节,这些要尽量克制,犯了这种错误,他也能做到自我惩罚,去睡书房的冷被窝。但是有些事,怎么判断善恶呢?该克不该克呢?比如有时读书会偶尔走神,等等。

学圣贤,该向谁学?从哪里学?蒙学时代,陆恒老师说,《易经》上讲的"大人",德配天地,光同日月,知道吉凶,不违四季,这样的人就是圣贤。朝廷让我们读书人天天学习的《四书章句集注》,书作者朱熹先贤说过,《大学》是学习成就"大人"的学问。登得高才能看得远,小时候在余姚经常攀爬龙泉山,这一点,他还是很清楚的。学圣贤就要学有名望的人,学大家都承认的人,学皇帝他老人家钦定的人,这个人,就是朱熹先生。朱先生说《大学》是学习成就"大人"的学问,朱熹老师的太老师程颐先生也说过,《大学》是"初学入德之门"。两位先贤,一位说它是入门学问,一位说它能成就圣贤学问,看样子,修身入门是它,修身成就还得靠它。前面有车后面有辙,我干脆亦步亦趋邯郸学步,也从《大学》学起吧。

大学之道,在明明德,在亲民,在止于至善。知止而后有定,定而后能静,静而后能安,安而后能虑,虑而后能得。物有本末,事有终始。知所先后,则近道矣。

《大学》第一段不好懂。老师说过,这是在说修身的最高境界,以及和攀登最高境界的路径。

王守仁知道,由于经书难懂,先贤们往往作"传"帮助读者消化。这《大学》

第一段好比是"经",下面一定是解释性的"传",攀登"经"义的脚蹬一定在"传"里面。

程颐夫子和朱熹先贤不骗人,只是他们各说了一面,一位说《大学》是"大人"之学,一位说是初学入门。《大学》课文说得更明白,不管是老百姓,还是皇帝他老人家,都要从修身做起。这是千真万确的,不修身,做什么圣贤?连个好人也做不好。

王守仁找到了登山的脚蹬,《大学》第二段,一共分八步,叫"格物、致知、诚意、正心、修身、齐家、治国、平天下"。不治国、平天下那还叫圣贤吗?做圣贤要修身,修身要从格物开始。好吧,功夫不怕慢就怕站,我就从格物开始。

格什么物呢?大千世界,万事万物,是只格一个物呢,还是格万事万物?万事万物,怎么格得完呢?人生几十年,能格多少物?就说朱熹老先生吧,他去过鞑靼的草原吗?如果他没去过,鞑靼的草原他就没格过。

"格物"两个字,在王守仁眼里如同一个乱麻团,摸不着头绪!问问朱熹先生吧?可惜老人家已经作古。好在还有朱熹先生的书在。

王守仁搬来翰林院藏经阁最完整的《朱子全书》,要检索《大学》格物的方法。王华很支持,会试考试,主要以朱子《四书章句集注》为准绳。一摞砖头一样的、一盒一盒的、蓝布封面的《朱子全书》,摆在王守仁面前,他有的放矢,要搜索格物的方法。对要找的,王守仁心里面没有个概念,这样一来无异于大海捞针。大海里捞针,是很费劲的。捞了几天,免不了会泄气。泄了气,再鼓气。三泄两鼓,一股浮躁之气开始涌上心头,于是,头昏脑涨,两眼酸涩。揉揉眼睛,望望窗外。书房窗外,是一簇一簇的南国修竹。当年,父亲为了孝敬喜欢竹子的竹轩翁,特意找了这座住宅。性喜暖湿的南国美少年,在寒冷干燥的北方,冷缩得失去了青春的光泽,绿中泛黄,南国枝权竹叶的浓密变成了北方的稀拉疏阔,南国的凝脂丰腴成了北方的雀斑枯黄。唉!王守仁感慨了一声,橘生淮南则为橘,竹生北京变枯枝。好在竹子挺拔向上的劲头儿一如既往。恐怕这也是爷爷喜欢它们的原因之一。他散乱的目光和一园营养不良的竹子告了别,继续到朱先生文字海洋中去捞针。摊开的一页页面上正好是有关竹子的六首诗。看来朱熹先生也喜欢竹子。这也难怪,朱熹先生祖籍徽州府婺源和出生地福建尤溪盛产毛竹。王守仁也喜欢自己家乡郁郁葱葱、翠绿欲滴的竹林,朱熹窗前也和我这书房的窗前一样,是一片竹林,这诗上说"我种南窗竹,戢戢已抽萌。坐获幽林赏,端居无俗情"。他坐获,他端居,他能够清幽无俗,清幽之心,无俗之情,出尘脱俗,就像南昌铁柱宫的德一道士那样仙风道骨,像娄一斋先生那样鹤发童颜。这两位出尘脱俗的道士和儒士,的确有圣贤的味道。那就从格竹子开始吧。

说干就干。朱熹"坐获幽林赏",我也坐着赏;朱熹"端居无俗情",我也端居无俗情。比葫芦能画瓢。

王守仁也怀疑过:圣贤能生就吗? 孔子门下三千弟子七十二门徒,对他们,圣人手把手耳提面命,也没见出第二个孔子。王守仁的疑问更加坚定了他的格竹子圣贤工程,那就是,孔子的老师是圣贤吗? 好像不是! 孔子是学习来的圣贤。这是娄一斋先生说过的。

王守仁端坐凝思,这一棵棵竹竿修直挺拔,我瘦削挺直,这一点是一致的。竹竿一节一节,人不也是这样吗? 竹竿空心,人应谦虚。竹竿不像在老家余姚那样翠绿,那样精神,自己不也一样吗? 老家温暖湿润,这里干燥寒冷,想到这里,禁不住为竹竿为自己,忧伤起来。这竹子是从南方移栽过来的,在南方老家竹子是从地下扎根出来的,就像自己上面有爹爹和爷爷、太爷爷一样,那么,如果一直往上推,这第一根竹竿从哪里生出来的? 自己也一样,太爷爷的老祖宗,或者说,黄帝的太爷爷的太爷爷从哪里来的? 王守仁愣住神了。对呀,这人是从哪里来的呢? 家乡的姚江从县城南边的四明山发源,扬子江是从昆仑山发源,昆仑山又是从哪里来的呢? 这星星、月亮、太阳从哪里来的? 奶奶经常念叨,地上一个人天上一颗星星,一个人死了,就落一颗星,一个人生了,就生一颗星,落哪里去了? 从哪里生出来的? 如果哪一天,太阳落了的话,这地上靠什么照明,不成了暗无天日了吗？王守仁不由得自卑起来，天天读书，书香门第，怎么越读书问题越多，这些问题会有答案吗？答案又在哪里？从来没听爷爷和父亲提起过这些问题与答案呀。也不敢问父亲，为什么呢？马上该考试了，这是火烧眉毛的急事，你一新晋举子不好好做应考准备，却操心这不着边际的事！状元公要是知道你的想法不得把竹全砍了！王守仁，你怎么这么没用呢！你不是个举人吗？你不是很有能耐吗？你竟然啥也不知道！无知呀！你比老家西门外的那个傻子强在哪里呢？眼前枯黄的竹叶，杂乱无章。人们都说，眼里容不得一粒沙子，我王守仁这满眼的横七竖八的枯枝，让人头晕；别人胸有成竹往往会志得意满，我王守仁一肚子乱竹竿，让我心烦意乱，烦死了，烦死了。王守仁猛地起身，起身太猛，又碰倒了屁股下的凳子，这更让他烦，一股怒气从心头升起，他一脚踢飞了凳子。一转身，另一窗户前竹林中有一簇竹竿，已经彻底枯萎了，干黄干黄的。王守仁脑子里马上出现一个词"死亡"，娘亲死了，爷爷死了，娄一斋死了，邻居家那个一起玩过老鹰捉小鸡游戏的小伙伴也死了，死死死，人都要死吗？我是不是也要死？死的念头给他身心带来了一股凛然之气，他不由得想到爷爷的坟，想到娘亲的坟，浑身一激灵，起了一身鸡皮疙瘩。在北京的寒冬里，他从心里冷到身外，又从身外冷到了心里。喜、怒、忧、思、悲、恐、惊，七天时间，在王守仁心里，这七个主角，你方唱罢我登场，最后因为争抢主演角色，七个唱戏的乱成了一锅粥。按《黄帝内经》剧本的说法，王守仁的五脏六腑被这七天大戏闹坏了。

七天来，他吃饭少了，他吃不下；他睡觉少了，他睡不着；他闷闷不乐的时候多，他少气无力的时候多，他摊开书，纸面上一个个黑字像一片片杂乱的枯黄的竹叶。

考场害病　无缘进士

王守仁格了七天竹子，格来了一身病，割去了成圣做贤的心思。得病如山倒，病去如抽丝。考试日子不等人。王守仁头巾裹头，躺在床上，喝着汤药养着病。会试日子一如既往地在二月初九、十二和十五正式开始。三年一次考试,等不起,带病上阵吧。

北京的二月,春天只是徒有虚名,天气还停留在冬季。四季文化发端于中原地区,节令的划定,虽有天时,其实是老祖宗按中原地区气候划定的,根本没有考虑到后来的首都北京。清早赶科场,王守仁刚出被窝的热身子,本来就头重脚轻,经四更天的冷风一吹,一下子变得头虚脚重。这还不算,考场把门的军士还要检查搜身。三四千人的考生,按《千字文》"天地玄黄……焉哉乎也"一个字一个字编号,一千个字不够用,只好在各个字前再加一个或甲,或乙,或丙,或丁字。举子进场的队伍排成了长龙,临检的每个举子不能等值检的军士到了跟前才解开衣襟,军士有耐心,队伍后排的人往往没有耐心,要提前解开扣子,先迎接冷风的搜身。

等坐到考棚的号房时,王守仁原来的头虚脚重已经颠倒了个个儿,变得头重脚轻了。他上下牙咬不拢咯咯乱响,手脚不大听使唤了。

第一场试题,与乡试时一样的体例格式,只是变化一下内容。"四书"题三道:一、"中人以上,可以语上也"(《论语》)。二、"行而世为天下法,言而世为天下则"(《中庸》)。三、"谨庠序之教,申之以孝悌之义"(《孟子》)。

会试考试,举人要提前自备试卷,抬头写上籍贯、祖宗三代、出身履历和自己专修的"五经"之中的哪一部经典,交礼部印刷考题。考卷一发下来,王守仁费力稳住发抖的双手,审查考卷试题,先看到考卷抬头上的祖宗三代,父亲王华翰林院经筵官的身份,激起了王守仁的一片孝心,孝心战胜了身上的病,父亲是状元,身居翰林,是给皇帝他老人家讲说经义的,自己如果考得一塌糊涂,有何颜面面对父亲?人活一口气,天有三宝"日、月、星",人有三宝"精、气、神",提神鼓气,王守仁坚强地撑起病体,手不再发抖了,牙不再打战了,头不再晕了。自己专修《礼记》一科,看到试卷抬头上标注的"礼记"两字,相当亲切。往下看题目,都是老朋友。研着墨,心里构思着八股文。毕竟有病多日,心上有劲,手使不上劲。

为了往手上使劲,整个身子往下坠着用劲。墨刚研好,肚子向下坠的劲把持不住,想上厕所。会试考场,厕所不是随便上的,考场纪律,必须答满两道题后才有资格上厕所。还未落墨,就急急忙忙去上厕所,是瓜田里系鞋带和梨园里整理帽檐。所以,为了避免怀疑读书人的斯文,干脆因噎废食,两道题答满前,一律不准上厕所。为了尽快上厕所,哪怕胡扯八道,你也要涂满两篇八股文。

唉,考棚本是斯文地方,奈何腹中不仅仅是学问。虽说娄一斋他老人家说过,圣贤也和常人一样吃喝拉撒,但是圣贤不至于为屎尿所困。王守仁为了得到上厕所的资格,心里委实急,但手上又不太用得上劲,心脑也不敢稍稍用力,于是只好以手代脑,遣词造句,胡涂乱抹……唉!圣贤难为日常事,内急乱了举人心。

王守仁出恭回来,心中一直提着的那股精气神也一并被排泄了出去。

气宜鼓不宜泄。精气神是靠元气发动的,久病损伤元气,王守仁再想鼓劲,可已经提不起精神了。一天的考试,他最大的感觉,是冷,是天旋地转。他注意力集中不起来,考题像一个冰块一样,他已没有力量融化考题,时间流逝给他的身体增加了更多的冷意,他的身子只有缩得更紧,紧得增加了更多的哆嗦。他费力地想出来上一句,却接不上下一句,糊里糊涂地有了一句话,又觉得上下句是水油不相溶,冰火两重天。没办法,原来思维流畅的王守仁,现在只能结结巴巴地,头顶上一句,脚底下一句,七不沾八不连,勉强把一堆杂乱的黑字拉扯在一起,笔下文章读起来像啃青柿子,滋味只有生涩,考卷看起来像夏天雨前的乌云,漆黑一片。

试卷有草纸,有正式考卷。王守仁的正式考卷,因为手无力,手发抖,比草卷好不了多少。

王守仁意志坚强,咬着牙,靠药劲撑着,把三场考试硬挺了下来。余姚考生,孙燧金榜题名,王守仁和魏朝端名落孙山。

第十章　无意圣学　用心科举

　　弘治六年,1493 年,二十二岁的王守仁第一次会试失利,心里很失落,但是信心没有丢,因为身上的病一好,头脑不再昏沉时,回头再看那些考试题,嘿,都简单得很,准备考试时,每一道题都拉出来单练过,别说"四书"三道题和自己《礼记》这一科的四道考题,你就是把《礼记》每一句话随便抽出来做考题,在病好以后的王守仁看来,那都是奶奶嘴里的阿弥陀佛,已经熟练得可以脱口而出了;也不是吹牛皮,即便"五经"五科的全部二十道考题,我王守仁一天内也能把它利利索索地拿下。但是,能拿下是能拿下,这个自己心里清楚,只是朝廷三年才考试一次,唉,恨只恨这场病,你早不生晚不生,非得等到考试时生。为什么会生病? 还不是因为格竹子! 为什么格竹子? 还不是因为学习朱熹! 为什么学习朱熹? 还不是为了做圣贤。看来圣贤确实不是一般人能做的,我王守仁说不定就是一般人。

　　王华没有丝毫责怪儿子的意思,毕竟他自己一个举人功名考了十几年。不过他信奉刀子越磨越利,好孩子越挫越敦实,自己就是这个路子走过来的。儿子考场失利,父亲仕途却很顺利。王华给弘治皇帝讲课,虽义正词严,却不亢不卑,劝勉皇帝他老人家多学圣人学问,多亲近贤人,并有的放矢地谏言皇帝远离小人,让皇帝觉得虽然受了臣子的批评,却又不失皇帝的尊严。这样的臣下很难得,不像那些愣头青臣子,脑袋一根筋不拐弯,把皇帝他老人家呛得下不来台;也不像那些一味逢迎的臣子,见了皇帝就会鸡啄米似的磕头,好也好,不好也是好。皇帝他老人家受到了教益,也想让皇太子受受教育。皇太子的好坏关系着天下的未来,皇太子的好坏,与东宫的带班师傅关系重大。皇帝他老人家知道师道重要,选老师很慎重。经过和内阁商量,皇上把王华从翰林院这个最清闲的衙门,升入第二清闲却前途无量的衙门——詹事府,为皇太子直接服务,官阶是从五品,官名是右谕德,为了表示恩典,奖励王华穿戴四品官服。翰林院和詹事府,几乎就是两块牌子,一套班子,人员基本重叠。

二十二岁的王守仁出路有二:一、举人可以出任从九品的府学一把手,即府学教授,可以进入国子监学习,学习期间,每月两石白米,边学习边到各衙门实习;二、继续考进士,或者熬监生年限,出任小京官或州县的知州、知县、属官。魏朝端就进了国子监。

王守仁母亲郑氏去世后,王华感念夫妻白手起家,贫贱时,妻子又纺麻又织布,又下田又喂猪,共过患难,却无福消受富贵,老早撒手人寰,所以一直未续正房,以示感恩不忘糟糠。现在坟头上的草已经青了又黄,黄了又青,过去了十来年,独生儿子都已中举,托皇帝他老人家的恩典,郑氏被封为宜人爵号,自己这样也算有情有义了,给了亡妻一个很好的交代。经过老母亲劝说,王华这才正式续娶妻室赵夫人。

王家家道蒸蒸日上。王华父子一起制订了一个三年计划,儿子回余姚老家,好好读书。

龙泉山上　薪火相传

余姚读书人多,不乏师友、学友、文友。有老师可以指点迷津,少走弯路;有学友可以互相提醒、启发、监督、谏诤;有文友,可以横向比较,不至于孤芳自赏、故步自封。

　　王守仁回到了余姚，边享受家庭之乐，边读书会友，切磋学问。他的好朋友倪宗正，正在准备乡试考试，需要他介绍考场经验；年龄不大辈分高的谢迪叔叔，也不耻下问，请他这位晚辈指教；他的同学、裁缝家庭出身的张仲春，想把秀才衣冠换成举人衣冠，当然想与他打成一片。

　　在北京是老九，回到余姚成了老一，会试考场受挫的事成了过眼烟云，王守仁又意气风发起来。

　　本朝科举考试的课本是朱熹的书，但对于宋代先贤们，王守仁最欣赏范仲淹。范仲淹是文武全才，论武做过西北边境的大帅，论文做到了朝廷的宰相，文能安邦武能定国，是王守仁的榜样。每天在开始学习枯燥乏味的《四书章句集注》之前，王守仁都要以在竹林里吟诵一篇《岳阳楼记》来提神。"先天下之忧而忧，后天下之乐而乐"，王守仁认为，这是每个有良心的读书人的追求，更是一个合格官员的本分。范仲淹小时候家里穷，一天三顿靠喝稀粥度日，没地方读书，就以寺院为书房，最后成就学问德业，可以说是寺院毕业的。王守仁深受启发，现在自家富贵状元府，锦衣玉食，饱食终日多困倦；娇妻缠绵，清晨恋床懒翻书。富贵磨人志，贫贱出伟男。范仲淹在寺院读书，看来寺院确实是一个清静地方，寺院里饮食简单，不勾人的馋虫，寺院里和尚单身，不惹人想家恋家。

　　最近的寺院是余姚县城内龙泉山南坡的龙泉禅寺。王守仁、倪宗正、谢迪、张仲春，四人结伴前往龙泉禅寺接洽。知客僧请示方丈后，表示寺里非常欢迎读书人入住。

　　读书人讲究读书要有名堂，王守仁、谢迪、倪宗正和张仲春商量决定，四人读书小组沿用父辈的"舜象读书会"名称。老一辈人都四散到各地了，读书会的根还留在余姚。

　　读书会得有个召集人，倪宗正三位推举王守仁。王守仁自认不可，他觉得下巴没有一把白胡子的话，是挂不住会长这个尊称的。

魏朝端举人的父亲魏瀚,老先生从江西省布政使任上退休家居,有年龄,有政绩,有学问,还有一把白胡子,德高望重。

魏瀚出任"舜象读书会"会长,他为王守仁、谢迪、倪宗正和张仲春的科举学习,添了许多的实战训练课。魏瀚的讲解,不再是府学教授那样的照本宣科,不再是"四书五经"上的仁义,不再是书本上那些空洞无物的字眼;钦定版《应考指南》上的那些谢恩表之类的公文写作,由魏瀚翻出以前当官时的底稿,格式体例,遣词造句,一五一十,解析明白;科举第二场考试时的名词解释,比如"收养孤老""乡饮酒礼""听讼回避""钞法""夜禁""祭享"等,魏瀚拿出年轻时的文学才能,编出剧本,自任导演,让四位学生各任角色,表演课本剧,像官场实习一样。表演记忆要比背诵记忆更加印象深刻,关键是,这些事件的来龙去脉,一些细节,书本上是不会有的,而魏瀚却多年多次亲手操办过。科举第三场的策问,俗称时务策,比如"用人""五礼""水利""理财"等,由魏瀚结合亲身从政经历,从太祖皇帝立规矩开始一直讲到实际操作应用。活灵活现的故事教学,当然能让学生记忆深刻。

因为魏瀚的加入,王守仁这一辈的余姚舜象读书会,三年之间,发挥了其应对科举考试的作用。魏瀚很负责,举办了两次考试,公开的评价是学员全部达到了进士水平,私下里的评价是,个别同学有状元之才。

第十一章 考场逞能 再次落第

弘治九年春,1496 年,王守仁二十五岁,三年前制订的应考计划,再吃三年苦,争取中进士,马上要进入落实和验收阶段。苦是已经吃了三年了,肉体的辛苦算不得什么,年轻人背背书、写写文章,不过摇头晃脑和举手之劳,苦的是精神和心理。本来三年前,他自认已经具备了进士能力和资格,要不是格了七天竹子,要不是那场病,要不是考场拉肚子,何至于再苦熬三年。一千多个日日夜夜,每天都要扳着指头算日子,天明盼天黑,月亮刚上树梢,又巴不得太阳早点露头,来接月亮的班。王守仁既不是急着见太阳,也不是把月亮当情人,他只是指望日月这对二人转转快一些,让大比之年快快来到,好让他能再接受朝廷的挑选。盼了三年,急了三年,日子终于不紧不慢地来到了。

万事俱备 只欠一考

弘治八年秋,魏瀚退休后在余姚舜象读书会发挥的余热已经点亮了两盏明灯,倪宗正同学在浙江省甲寅乡试中,取为第一名解元桂冠,裁缝的儿子张仲春也荣登秋榜。这是好兆头。

还有一个好消息,是关于考官方面的。王华身在翰林院,又兼詹事府左谕德,本来有资格出任主考官,但是因为自家儿子参加考试,根据朝廷回避纪律,他不再参与本届会试的任何工作。主考官是谁呢?还是不出翰林院的范围。两位主考官,同列成化十一年进士榜第一甲,一位是谢迁,一位是俗称探花的第三名王鏊。这位四十七岁的王鏊先生是太湖人士,太湖与余姚同属吴越之地;谢迁于弘治八年从正三品少詹事任上与礼部侍郎李东阳一起,进入内阁,成了阁老大人。

好消息接二连三,李东阳阁老出任同考官。李阁老身兼翰林院大学士,与王华是同僚。李东阳喜欢吟诗作文、舞文弄墨,是北京的诗歌界盟主和书法界领袖。

第一次会试失利后,王华为了让儿子散心,介绍喜欢写诗的王守仁参加了李东阳主持的诗歌会。四十九岁的李阁老和二十五岁的王守仁是诗友身份。参加诗友会有个程序必不可少,一次要提交三至五首作品。为了防止滥竽充数,损害诗友会的层次和品位,第一次参会时,还要当场即席赋诗一首命题诗赋。李东阳浏览了王守仁的几首诗歌,接受了这个诗友。

李东阳:"伯安,凭你这几首诗,在盛唐时代,高中进士是有把握的。我朝重视'四书五经',李太白生在我朝,也难保证会有进士功名。三年后你还有应考任务,在文学上不要耗费太多时间,这次即席诗赋,不吟诗作词,就做一篇文章吧,以科举为题。"

王守仁亲见父亲十几年辛苦地奔波在科举路上,虽然苦,却总算苦尽甘来,他中了状元,光宗耀祖;自己呢,十几年的读书历程,也是被科举这根绳子牵着鼻子走。状元桂冠戴在父亲头上,对父亲是一种身份,因此爷爷受封,对爷爷是一种荣耀。然而对自己,则是一种压力。第一次会试意外失利,他心里很酸涩,像初生的青草遭了霜,霜打蔫了草叶,草根还精神着呢,有一种蓬勃的力量要向上冲,要宣泄。现在,李东阳叔叔要自己以科举为题,这几乎是自己天天都在思考的问题,于是,平常对科举的思索,积极的消极的,索性一股脑把它倾倒出来吧,于是，饱蘸笔墨，一气呵成，一篇激情四射、语言流畅的《状元赋》问世了。这算是考场失利郁结之气的大发泄。王守仁在李东阳家书房挥毫《状元赋》的时候，李东阳在客厅与诗友们围坐论诗，他正在给一位诗友的新诗做点评，一首诗没评完，王守仁已经手捧《状元赋》到客厅来了。

李东阳几句话结束了点评，接过了王守仁的作品，入眼两句警句，已经打动了大学士："光宗耀祖说状元，十年寒窗七篇文章；忧乐天下赞圣贤，半百德业万世功名。"李东阳浏览一遍，递给其他诗友。诗友们一轮看下来，公认这篇赋，意境高旷，文思泉涌，而且是即席之作，作者简直才比子建。李东阳笑着鼓励王守仁："伯安，今年你失意于进士落第，下届也许你能收获一个状元。"

接受上次考场的狼狈教训，这次准备充分，带上赵继母和杨姨娘准备的热姜汤和暖手炉，兜里甚至装上了几棵止泻草。

王守仁自身，心里的"四书五经"归类存放，有纲有目，井井有条，一拉一串。

今年的春天还来得有些早，暖洋洋的。

总之，万事俱备，只欠一考了。

考场逞能　自讨苦吃

弘治九年二月初九，第一场考试。还是"四书五经"那些老相识，已经认识十几年了，三年来几乎天天见面。"四书"上选出三句话，一句话一篇八股文。从宋代太祖皇帝开始，到明代弘治皇帝，五百多年间，"四书五经"就那么几本书，进士考试，翻过来倒过去，每句话几乎都已经被考官展览示众过。书店里一本本历年进士考试的《范文选编》，涵盖"四书五经"里的每一句话。如果记性好，到考场上背范文，也能得高分。本来嘛，考场上的八股文要求以古人语气，鹦鹉学舌，而且要求写作者不得越雷池一步，考官要的是标准答案。

王守仁的专修科目《礼记》四道题，这四句话，在王守仁脑子里，现存有答案。按照本朝的礼部教育大纲,读书人入学就是"四书五经",天天摇头晃脑地背诵《大学》《中庸》,八岁背《论语》,九岁背《孟子》《虞书》,十岁背《夏书》《商书》《周书》,十一岁读《韩文》,十二岁读《毛诗》,学对联,一直到十六岁开始分科,从《易经》《诗经》《书经》《礼记》《春秋》五经中任选一经,专修一经。从准备科举开始,天天读书听讲,学的都是像周敦颐、二程和朱熹这些先贤对"四书五经"的注解。读书人满肚子这种学问,考场上只要沉得住气,不急不躁,把平常的背诵捋顺,码字到试卷上,就是任务完成。如果碰巧背诵的有范文,更省事。名次的前后,一看考官的喜好,二凭考官的心情,到殿试那一步,还得看皇帝他老人家的心情。

王守仁二次进考场,没有了第一次的紧张和新奇,身体没病没灾,在打开试卷之前,静坐三分钟,闭目养神,平心静气。然后凝聚精气神,注目考题,上下浏览一遍,成竹在胸。

王守仁答完前面三道"四书"考题,再写完后面《礼记》的四道考题,一共七篇文章,因为本身有写诗作文的爱好和天才,头脑又清晰,笔下的文字很流畅,几乎不用修改。检查了两遍,稍微动了几个字词。最后检查第三遍,自己比较满意,心里琢磨着,即便今天睡一晚上,明天再重新写这几篇文章,也不见得比今天好到哪里去。定稿!誊写!在南昌老丈人家里练就的正楷书法底子,经过这六七年的精益求精,正楷的工整中不乏行书的流利。王守仁准备誊写了,誊写之前,再闭目静坐两分钟,松弛一下刚才稍微紧张的神经,然后再集中注意力,正式书写卷子。

考试纪律,每篇八股文三百到五百字,太短,体现不出来考生水平,太长,耽误考官们工夫。王守仁七篇文章三千四百字,一笔一画誊写完毕,认真审读一遍,简直无懈可击。是交卷走人吗?这还不到中午时分。提前交卷又没有啥奖励。王守仁愣了一会儿神,心里有些痒痒的,不干些啥活坐不住。对了,太祖时,有这么个典故:有一年应天府乡试,一个叫黄文史的考生,才高八斗,考场上做完了"五经"所有的考题，太祖龙眼识才，破格提拔，名列榜首，钦点解元，并减免会试，赐予进士出身，直接授官刑部主事。历朝皇帝他老人家都讲究成例，萧规曹随，如果我王守仁把其他"四经"题全部答完，说不定皇帝他老人家会援引太祖成例，免去我殿试程序，直接赐予状元身份。反正时间来得及，即便不奖励我什么，也不会处罚我什么。这会试考试不就是皇帝他老人家想选拔人才的吗，如果我做完"五经"，那我自然会脱颖而出。就这么定了，说干就干。

每经四道题，四篇文章，四经十六篇文章，加起来六千多字。术业有专攻，王守仁《礼记》文章写得流利、快速，那是他天天练习的结果。《诗经》他背得熟，甚至每天都要吟诵几首，但是毕竟以此为题作文少。《春秋》《易经》《诗经》一样，尽管背得滚瓜烂熟，还是练习少。好在十几年的功夫也不是白费的，王守仁都能做到解其经义，做其文章，自圆其说。一个人做了五个人的题，把王守仁忙得一头汗，他不能不急呀，天黑了，他还有两经的考题没做呢。他顾不得擦一把脸上的汗水，紧赶慢赶，三支蜡烛燃尽，勉强完工。后面的字迹没有前面的工整了，最后一支蜡烛时，为了赶时间，楷书里面还夹杂有行书，甚至连草书也出现了。

收卷官在一旁看着他写最后几个字，没有催促他，只是同情地说："擦把汗再写！免得滴到卷面上，洇了字。"蜡烛最后的一丝光芒飘摇欲尽，王守仁在紧张中写完最后一个字。他的内衣已经彻底濡湿，现在他才感觉到被汗水湿透的衣服有些冰凉，他筋疲力尽，脖子和腰有些酸疼，连脑袋都是木的。

年轻人体力恢复得快，王守仁休息两天，到了十二日第二场考试，仍然精神抖擞。第二场和第三场考试，王守仁轻松愉快地、圆满地、自我欣赏地交出了答卷。

弄巧成拙　再次落第

王守仁的会试考卷不仅惊动了会试考官，甚至直接惊动了弘治皇帝。皇帝他老人家作为进士考试的主角,是压轴戏时才上场的。

为什么这么早就惊动皇帝他老人家了呢?会试考卷,为了预防评卷官员从笔迹上串通作弊,考生们的黑墨字卷,要组织七百位太学生,誊写成红笔字卷,评卷官员评判的是这份红笔卷子。学生们每两人一份卷子,互誊互校,确保万无一错。誊后要签名承担责任。太学生是承包制,王守仁这份考卷,誊卷学生要干五份卷子的活,却只能算一份卷子的任务。这个自然要请示考官。十几位考官根据科目"四书五经",分成十几个判卷小组,有"四书"组,《易经》一组,《诗经》三组等。誊卷学生向《礼记》小组同考官请示,同考官不敢怠慢,马上把问题交到了主考官谢迁和王鏊手里。

王鏊属于才子型官员,少年成名,十六岁时所作诗文,已经被国子监那些大哥大叔辈的学生争相传诵。考举人时是南直隶第一名解元,考进士会试时是第一名会元,殿试时第三名,自认是屈居。才子们一般恃才傲物、自视过高,见不得、容不得比他还高的人。如果另一个才子臣服于他,风平浪静、和平相处,否则的话,表面和谐,内心里是不低头的。王鏊拿到这份试卷,考生竟然把"五经"考题全部答完,刚看卷子时,不由得他也点头,人才! 全才! 唉! 我当年怎么没想起来露这一手呢,如果我当年答完"五经"全部考题,也不至于会是第三名了吧。王鏊从卷子开头往下看,第一部分自然是《礼记》,文字简洁流畅,结构逻辑性强。他又点了点头,确实是人才。再往下看,发现了问题,字迹没有前面工整,尤其是到最后《书经》部分,竟然出现草体字。这不是善始善终! 这不能叫全才。不是全才,却要干全才的活,这是什么? 这是不自量力。在翰林院里,虽然都是才子,但是才子也有大小,有些翰林才子官不大,却喜欢揽权,甚至越界侵揽王鏊的活计。王鏊非常讨厌喜欢揽权和多吃多占。这个考生也属于这种情况,这样的考生要外放出去做知县、知府,难保他不越界侵权,和邻县、邻州闹纠纷。不行,隐患宜消灭于萌芽! 这人修为不到,宜尽早断了他的这条路。王鏊主意已定,去找正主考谢迁。谢迁在文学上的名头比起王鏊确实逊色,但是他却是状元,是主考,还早早地进入内阁。

王鏊:"木斋先生,你看这份卷子,考生一个人答完'五经'所有的考题,文章还不错,只是字体不一致,大部分是楷书,有些是行书,甚至有些地方潦草,是草书。一个人答完'五经',又不能做到尽善尽美,违背我们儒家的敦伦尽分的本分。木斋先生,你看,是不是弃置?"

谢迁:"守溪先生,还有这事?"守溪是王鏊的号。谢迁和王鏊既是同年,又是同事,谢迁很了解和欣赏王鏊的才情,他有政治家的胸怀,他知道如何对待才子,那就像对待一头犟驴,打着不走,牵着倒退,只有顺着他,捧着他,他才撒着欢儿地干活。谢迁从王副主考口气中听出了他的态度,他仔细审阅考卷,发现这份仍然密封着不知姓名的考生,和王鏊一样,也是一位才子,遣词造句,干净利索,逻辑思维,严谨清晰。一个人做五个人的题,确实有些好高骛远,年轻人意气风发嘛!至于说后面字迹有些潦草,一天时间有限,在所难免。他与王鏊观点不一样,但是对才子型的下属,生硬地拒绝,会挫伤他的积极性,耽误评卷顺利进行。于是他说:"守溪先生,这个有先例。洪武年间……"

王鏊:"那是开国时代,百废待兴,不拘一格。现在是和平盛世,规矩还是不能不守的。再说那个黄文史,是太祖钦定的。"

谢迁:"守溪先生,不如这份卷子还是呈请圣裁吧?"

王鏊:"好吧!木斋先生,我会亲自谏阻皇上的。"

弘治皇帝在文华殿,由内阁首辅徐溥陪着,等待主考官谢迁和王鏊汇报考场的情况。之前,弘治皇帝刚刚面见几位治河官员,表彰他们对大河溃堤的成功治理,有负责治理黄河开封附近决口的右副都御史刘大夏和工部侍郎陈政,有在南直隶苏州和松江两府修复江河决口的工部侍郎徐贯和副都御史何键。通过与他们的交流,弘治皇帝对水利有了一个清晰的认识,黄河开封段从弘治二年到四年,连续决口,泛滥方圆几百里,祸害沿岸生民几十万,影响漕运,什么原因呢?就因为水不走正路。几万民工,挑水担泥,蚂蚁搬家一样,忙活了几年,才让四处横流的黄泥水走上了正路。圣人大禹时代，一个人治水，全天下江河宁静，现在怎么就江河泛滥，不是涝就是旱呢，再不就是地震，天子脚下的北京首善之地，连年地震，难道是我德行不纯，得罪了天地。好吧，我检讨！我自省！我斋戒！我沐浴！

天下百官，都是天子的代表，都要自我批评。这样解决问题了吗？当皇帝几年来，每遇水涝和地震，我都带头反省，罪己责己，每年春秋，都要亲身到郊外隆重地祭祀天地，祈求国运昌顺，我还派出大臣，赴各地封禅祭拜山岳河川，可是天地还是不满意，上善若水？河水却不走河道。睦邻友好？鞑靼人这些蛮夷，小王子部落，火筛部落，月月侵扰边境，从宁夏、甘肃、宣府直至辽东，东西几千里，烽烟四起。各有疆界，却不守规矩。豁免税粮，赈济旱涝，但是总免不了东边闹土匪，南边患兵难。天下怎么这么不守规矩呢？

刚才和几位治河大臣交流的心得就是，办事得有规矩，做人得守规矩。

弘治刚刚得出这个结论，谢迁和王鏊正好要进来磕头。谢迁和王鏊，包括王华，都是弘治皇帝尊重的金銮殿授课先生。

弘治："两位爱卿，会试进展如何呀？"

谢迁："回圣上的话，出现一个意外事件，要请圣上圣裁。"

弘治皇帝接过来试卷，端详着第一页，自言自语道："字迹清俊，语言流利，结构清晰。"然后翻了几页，浏览一遍，又说道："是个人才，好像是把五经题都做完了。不简单！"

谢迁："太祖时有成例，一个生员乡试时，把'五经'题都做了一遍，太祖皇帝钦准，免试直接赐进士出身，选入刑部为主事。"

弘治："既然有成例，爱卿可参考成例无妨。"

王鏊听到这里，起身再次跪下，说："考试必须八股文，文体有文体的规矩。考生分科治经，分科考试，考试有考试的规矩。进士们将来代表圣上治理天下地方，县有县界，府有府界，不能越界侵边，这是当官的规矩。农夫们插秧下种，只能种在自家的田垄内。凡事得有规矩。"

弘治："王爱卿所言极是。没有规矩不成方圆。谢爱卿，依你之见呢？"

谢迁："为圣上选贤任能，当不拘一格。目的是选人才。"

王鏊："不拘一格的人才是没有规矩的人才。没有规矩的人才可能会坏事。"

弘治："河水不走河道，那是祸害；小民不走正道，那是强盗。人才一定要守规矩。不守规矩，才越大，害越大。一个考生做五个考生的题，坏了规矩，会误导人们贪多贪全，还是各守本分的好。谢爱卿，你说呢？"

谢迁："圣上之言，非常有益，也是对这个举子的爱护。这份卷子的考生是个人才，就是有些年轻气盛，再磨炼三年，养心静气对他有好处。"

弘治："徐先生怎么看？"

徐溥今年六十九岁，弘治五年出任内阁首辅，老先生辅助和辅导幼主，是掌管大方向的，一篇进士文章，对考生来说，可能是天大的事，对天下大政来说，纯属鸡毛蒜皮，对皇帝他小老人家的引导和规劝机会，要留在大是大非时使用，否则就是浪费，于是他顺着弘治的思路说道："圣上圣明圣裁！人守本分不出格，事守本分不非为。"

第十二章 枯坐三年 研究边患

　　王守仁再次落第,失败了得有总结,败了也得明明白白,不能糊糊涂涂。第一次失利,情有可原,病魔缠身;再次失利,身体没病没灾,脑子利利索索,头名状元也许没有绝对把握,一个进士名额,应该是囊中之物。但是事与愿违,煮熟的鸭子竟然飞了。问题到底出在哪儿呢?

　　父亲还是没有责备王守仁,他的科举之路比儿子走得更慢,他只是要儿子反省自己,总结经验教训,做到吃一堑长一智。

　　世上没有不透风的墙。王华一次下班回家,在晚饭桌上笑谈朝中趣事,说到谢迁和王鏊两位同事,因为一份考卷竟然争论到了要靠皇帝他老人家来做最后的裁判。

　　王华:"据木斋先生说,这份答卷,如果这个举子不是逞能,就凭本经《礼记》一经的答卷,成绩最少前十名。结果呢,守溪先生不同意录取,圣上担心读书人好高骛远,贪多求全,误导天下,金口玉言:弃置不用。虽然有些可惜,毕竟年轻人太过气盛,像写字一样,写出格了。这是聪明反被聪明误,可惜是小聪明,没有智慧,不知道适可而止,见好就收。像这碗里的饭菜一样,火候正好,色香味俱全,多烧一把火的话,饭煳了,菜老了,没滋没味。从这件事看,伯安,记住一点,聪明不可使尽,要留一分,更不能像这个举子,滥用小聪明。为什么会这么做?

肯定是心不归位，没有静下心来。"

　　王守仁听着父亲的评判，窘得满脸通红，一脸汗珠，甚至坐不稳凳子，强忍着等父亲说完，便起身，朝父亲跪了下来。

　　王守仁："父亲大人，儿子不孝，是儿子耍小聪明，贪多求全。"

　　王华本来就对这件事有所怀疑，按儿子平常的成绩，凭儿子对"四书五经"的理解，凭儿子文章的灵气，一身进士衣冠他是不难穿到身上的。只是根据自己的亲身经历，他知道，每件事情的成败，都是各种因素共同作用的结果。自己当过乡试考官，当过会试考官，有些文章确实才情横溢，但是不符有些考官的文风和思路，就会被弃置。他自己苦于多年科举路上的艰难跋涉，同病相怜，本着良心，不怕吃苦，对自己主管的评判小组，被下属评为弃置的考卷，也要大体地浏览一遍，担心埋没了人才，误人一生。他还真从所谓的废卷中挽救过几个读书人的命运。所以，今年的考试，对聪明儿子的落第，他既没有责备儿子，也没有抱怨考官。考官们十天阅卷期，起黄昏搭五更，没明没夜，整天埋头于一篇篇的蝇头小字，个个累得脑昏眼花，无意的疏忽不可避免，故意坏良心的事毕竟少之又少。但是，今年儿子的失利，不是因为不聪明，竟然是因为聪明过了格，他竟然要小聪明，竟然逞能，这一耽误可又是三年啊。当是别人家的笑话，现在坐实为自家的丑闻。他的笑一下子僵在了脸上，刚才还舒畅的心脏一下子揪紧了，揪紧的心脏里泵出来的是一股热血，这热血点燃了一把无名火。王华猛地把左手中的饭碗往桌子上一蹾，涨红着脸，要开始一场火爆的批判。没想到，王华饭碗往桌子上猛地一蹾，惊动了两个孩子，九岁的女儿守让，一口饭噎在嘴里，呛着了，猛一咳嗽，一口饭喷在了妈妈杨姨娘身上，两岁的儿子守俭吓得"哇"一声哭了起来。两个孩子的举动让王华回了神，墙上张挂的"忍""静""制怒"，使他压下怒火，静下心来，示意夫人和如夫人安抚好孩子，指着王守仁说："自己作孽，再吃三年苦吧。记住，吃一堑长一智，只有一而再，不能再而三了。起来吃饭吧。"

　　王守仁躲过了父亲的责骂，他不能逃掉的是自责。

王守仁已经养成每日三省的习惯，晚上自罚跪了半夜，向爷爷和娘亲的在天之灵忏悔，是自己辜负了爷爷和娘亲的期望；向父亲忏悔，吃着父亲的白米饭，还惹父亲操心和烦心；向自己忏悔，自作聪明，耽误自己。

自我惩罚归惩罚，王守仁有自知之明，考进士的知识储备够了，考试技巧也检验过两次了，现在所缺的只是第三次考试机会和端正的考场态度了。

摇头晃脑的背诵没必要了，辛苦的八股文模拟操练不必要了。二十五岁了，得自立了。进入国子监大学学习，一月有两石白米，连家眷都给养着了，不能辜负朝廷的养士好心。这样，一边等待三年后的考试，一边学习新知识，好，就这样决定了。

圣贤学问　三个层次

国子监负责培养官员。学习内容有三个，一是"四书五经"经义；二是太祖皇帝发布的金科玉律，如《大诰》《大明律》《太祖语录》《太祖选集解读》，以及《历代名臣奏议》等；三是田土、水利、收粮纳税等行政实务。学生来源有四个，最高一等的学生是像王守仁这样的考进士落第的举子；二是全国各府学、县学推荐过来的、乡试中屡考屡败的、年龄偏大、五十岁左右的秀才们，这一类称为贡举生，这是国子监学生的主体；三是恩生，有三品以上官员的子孙，有死谏忠臣烈士的子弟，有见义勇为者，比如擒贼杀盗的立功者；四是例捐生，每个入学指标八百石白米，用于国家赈灾或者边防建设事业中，当然这也不是有钱就可以滥竽充数的，例捐生必须有秀才身份。

监生们天天"四书五经"，这些追求功名利禄的读书人，并没有沉下心去修学"四书五经"的身心学问，对真正的田土、水利和钱粮刑名这些行政实务，更是不关心。

这样的学习内容，这样看不到出路的学友，这样的学习环境，对王守仁来说，只有两个帮助，一是有个安身养命的地方，二是监生们正妻（不含姨太太和小妾）由国家发放生活费，由是，他可以把诸翠接来北京。学校对举人们要求很宽松，只要在国子监坐够两个月，你就可以自由活动了。

　　孔圣人十五志于学，是学做圣贤还是学做其他什么呢？他三十而立，立的什么呢？安身立命吗？安的什么身立的什么命呢？王守仁不是没有学做圣贤的志向，格了七天竹子，碰了一鼻子灰，还耽误了三年的考试。圣人学问是什么？《论语》说得很明白，"志于道，据于德，游于艺"，这应该是圣贤学问的内容。王守仁快三十岁了，马上到而立之年，安身立命的事不能再糊涂了，你不知道安身立命的内容，你还怎么立？三十而不能立命，等于说做人连腰杆还没挺直呢！那又有何颜面立身人世？王守仁读过《道德经》，老子开宗明义地说"道可道，非常道"，虚无缥缈的东西，怎么学呢？抓也抓不到，看又看不见，这可怎么学？对了，《论语》上好像说得很明白。有一天曾子请教过圣人后说过一句话，叫作"夫子之道，忠恕而已矣"。这句话虽然不是圣人直接说出来的，那也是圣人的嫡传弟子亲口说的，应该八九不离十。这个忠，看字的结构，是心上一个中字，顾名思义，"中"就是不偏不倚，心不偏不倚，就是正，《大学》说"正心"是修身的前提。心怎么才能做到不偏不倚，不上不下，不左不右，恰好呢？《中庸》上说，"中也者，天下之大本也"，就是说"中"是天下的根本。再看这个"中"字的结构，口字上被插了一根针，不让说话吗？沉默是金吗？这是不是爷爷经常提到的那个"静"字的意思？不见得是！为什么呢？王守仁自己有亲身体会，很多时候，自己一个人独处，没人可以说话，即便不说话，脑子里思绪纷飞，热闹非凡，好像有千军万马在脑子里开会，这当然不叫"静"。是不是像人说的，要死心塌地地尊崇谁谁，就叫忠呢？王守仁有亲身体会，自己父亲，虽然贵为状元，经常给皇帝他老人家讲课，是自己小时候的崇拜对象，但待自己长大后，发现小时候觉得像天一样伟大的父亲大人，也有说错话做错事的时候，也不是永远正确的。这要他死心塌地听父亲的，恐怕也会做错。这绝对不会是"忠心"的本义。这个先存疑。先按书本上教的,按忠心和忠诚理解吧。总有弄明白的一天。

再看这个恕字结构,心上一个"如"字,如心就是像心一样。心到底什么样子呢? 是宽恕原谅别人吗? 若是父亲骂我,他偶然骂错一次,哪怕他骂错三次,我都能原谅。但是,鞑靼小王子侵我边境,烧杀抢掠,我能原谅吗? 我不能原谅的话,就是不如心吗? 书上说"以德报怨",这个亲朋同学乡里乡亲,都好原谅,但对烧杀我们边境的鞑靼敌寇,也要以德报怨吗? 孔圣人说以直报怨,又怎么个直法? 王守仁找不到一个明确的标准。孔圣人说的"志于道"先隔过去,再研究一下"据于德",这个还好理解,王守仁也在天天学习。《论语》的核心学问是一个"仁"字,"仁"是做人的追求,《论语》上还说,孝悌是做人的根本。这个容易理解,王守仁每天写日记,每天分别记录为善和过失,并有自我奖惩条例,几年来,这种方法对自己帮助很大。但是孝悌标准怎么制定,因为孝悌的对象并不是永远正确。这和"忠恕"两个字的标准一样,王守仁还不确定不明晰,不过孝悌这个"为仁"的根本问题,还没有在王守仁心中引起思想的麻烦。在"据于德"方面,王守仁自认自己既能理解,也能履行。

经过分析,王守仁发现,圣贤学问的三个组成部分,好像还有依次递进的关系,顶层是"道",像天空一样,高高在上,有星星,有日月,有时候清晰,有时候模糊,即使在树上架个梯子,也还是够不到摸不着。第二层是德,虽然看不见,却实实在在存在,严格要求自己,就能进步。疑问是,德的标准是什么? "仁"是"德"的最高境界,那么这"仁"究竟是什么? 学到哪一步算到头? 疑问归疑问,这个疑问没有影响王守仁的心情,没有像那个"道"一样令他迷茫,令他无力,令他自卑。

第三层,"游于艺",《周礼》上写出了具体内容,六艺,即"礼、乐、射、御、书、数",这可是一门一门的技艺,不学不会,一学就能学会,如果这个确实是圣贤学问,那么学做圣贤,就不再茫无头绪了。也不至于去傻坐七天,竹子没有格明白,却把自己脑袋格晕了。在国子监,有充分的时间让王守仁分析问题,并分析明白。哎呀！分析，是不是"格"的意思，分析，如果有"格"的意思，分析问题就是格物。

六艺的第一艺"礼"，王守仁专修《礼记》，《礼记》是家学，是余姚的地方显学，父亲王华从童生荣升秀才的敲门砖，就是一篇名为《三礼》的文章。礼，是按层次分类，第一级，是天子礼，第二级，是诸侯礼，第三级，是家礼。关于家礼，宋代先贤司马光和朱熹，都有专著。礼按性质和内容分类，为五礼，即吉礼、凶礼、军礼、宾礼、嘉礼。这五礼，在民间，就是婚丧嫁娶、红白喜事、接朋待友；在官场，不过是朝廷大典、出征和凯旋、外藩来宾等。王守仁自认需要学习的是国家大典礼节和军礼。王守仁理解到，礼的目的就是秩序，那么，军礼，顾名思义，就是军队保持有效运转的战斗秩序。他认同圣人的教导，"不学礼无以立"，懂礼，守礼，行礼，做到彬彬有礼，为人处世，才能进退有据、左右逢源。

再说"乐"，也是王守仁的家学传承，爷爷竹轩翁，不管是出外教学还是在家赋闲，随身都要携带一把古琴，兴致一来，抚琴一歌。爷爷仙逝后，这把古琴就像爷爷一样，时常陪伴在王守仁身边。吟诗诵歌，是竹轩翁每天早晨必修功课，这方面从小耳濡目染，王守仁有家学渊源。鞠躬舞拜，这更是识礼之家的必修课，春秋二季祭祖时，小家庭的祠堂，大家族的宗庙，每个成年男人都要学会这一套。读书人还要在文庙向孔圣人行礼跪叩，当了官入了朝，对着皇帝他老人家，更要跪叩。王守仁需要学习的上朝礼仪，等进士及第后，礼部专门培训。"乐"这一艺，王守仁可以自己打分，过关了。

射，可以说是射箭、射击，也可理解成身体锻炼，最深一层的理解应该是战斗手段。就看练习者身份，是学生就说锻炼身体，是军人就是制胜手段，是猎人就是射杀技术，是娱乐就是比赛技术。王守仁喜欢军事，在他看来，射箭是一个军人的基本素质，可以备而不用，但是必须得会。

御，理解成骑马可以，说成驾车也行，它的核心是管理和驾驭。管理自己不胡思乱想是御，管好自己的身体，非礼勿视、听、言、动，这是御，管理家庭、安居乐业是御,教育好孩子是御,管理好一个县一个府是御,统率军队打胜仗是御。王守仁觉得这是一辈子的学问。

书,这是文字的智慧学问。汉字充满智慧,一个字的结构,横竖撇捺,处处有智慧。每一个灵性十足的汉字再组合成一句话,可以是魅力十足的,再组成一篇优美的文章,可以读起来让人如饮甘露。

数,十个指头是数,《九章算术》是数,勾股是数,河图洛书是数,《易经》中的象、数、理更含有阴阳之数,简直是天地的气数。

王守仁很开心,从前他一直力图做圣贤,却无从下手,格了七天竹子,格坏了身体,圣贤学问毫无进益。而在一直被进士们看不上眼的国子监,他得到了大悟。国子监教材《历代名臣奏议》中,有朱熹先生上宋光宗的一份奏疏,有几句话启发了王守仁,"居敬持志为读书之本,循序致精为读书之法",过去不是没有见过这句话,只是没有留心。"居敬",娄一斋先生那里强调的"敬"字,王守仁一直坚守着;"持志",一入蒙学,陆恒先生就教导同学们立志,说立志就是立命,立定志向持之以恒,关系到一个人的一生命运,王守仁一直坚守着自己少年的志向:学做圣贤。对照朱熹先生这几句话,自己所缺的是没有"循序渐进"。怎么循序渐进?科举考试能做到循序渐进,做到层次分明、步步为营、一步一个脚印;学做圣贤,却没有找到路径,没有找到入手处,过去东一榔头西一棒槌,格了七天竹子,一堆乱枝繁叶,杂乱无章。在朱熹这份奏章的启发下,王守仁把"四书五经"的一些句子捋了捋,还真捋出了名堂,捋顺了条理。圣贤学问中最高的形而上学问,看不见摸不着,先不管它,没有谁是一下子建筑起来空中楼阁的;眼下,这六艺是看得见摸得着的圣贤学问,是经过孔圣人认证过的,就从六艺学起吧。

身在学监　心在武学

　　历朝历代的历史证明了一个道理:识时务者为俊杰。时代发展需要什么,你具备了这个发展所需要的才能,就会脱颖而出,抓住施展才能的机会,为社会发展做贡献,成就自己的圣贤事业。本朝一百多年来,社会精英基本上都要进士出身,不通过进士这个门槛,即便有一肚子学问,也只能沤烂在肚子里。要学习礼、乐、射、御、书、数六艺,对照国家当前的形势,射和御的需要最为紧迫。

　　从鞑靼草原游历归来,王守仁一直比较关注边境局势,几年来,鞑靼草原,号称大可汗的小王子,纠集火筛等各部落,从东到西,对大明边境进行无数次的游击性侵扰。朝廷《邸报》边境动态栏目上除了边患,就是捷报。如果动脑子想一下,就会猜到这种所谓捷报的含金量。既然边军连战连捷,敌寇怎么会屡败屡战?敌寇大事抢掠,满载而归,那就是得胜而归。边军不过是以敌人逃跑为胜利罢了。鞑靼人战术是游击性质,鞑靼人生活是游牧性质,他们没有固定的老巢。十几年来,明军只有一次号称大胜的进攻性战斗,但那不过是围歼了小王子的一个留守窝点,歼灭了四百多鞑靼兵。朝廷为了表彰这久违且难得的胜利,指挥官加官晋爵,可是小王子有生力量没有丝毫损伤,不久,他们便对大明边境进行了报复性的烧杀。

　　王守仁从仓廪实知礼节这一层考虑,知道野蛮部落虽然野蛮,但是他们的侵边战争与大明朝廷屡屡拒绝他们的贸易要求,甚至封锁日用品的出口有关。不过,这不是遭受侵略的借口。恩准贸易是我大明的仁义,拒绝贸易是我大明的权利。作为大明,即便我们是礼仪之邦,武备要常备,军弱遭敌凌。有实力做后盾的礼仪,是自信的礼仪;没有实力的礼仪,是自欺欺人的礼仪和虚张声势的礼仪。王守仁常听父亲说起,皇帝他老人家常常操心的事,一是人祸,人祸就是边患;二是天灾,天灾有河患、旱灾和地震。王守仁要为皇帝他老人家解忧,要赴国难,就要学好六艺中的射和御。

射和御是武备学问。武备学问,有形的骑马射箭是一种技术学问,无形的用兵布阵是一种智慧学问,都是生存学问,以智慧操纵武力,以智慧制止暴力,武备不是为了战争,而是为了威慑和防备战争。天行健,君子以自强不息,武备是自强不息。

国子监的射圃操场毕竟不专业,兵部下属的武学有专业的射击场,有军事课程。武学的教材除了"四书五经",还有《武经七书》《百将传》,训练课程有骑射、剑弩、火攻和战阵等。

国子监有王守仁的同学倪宗正和张仲春,三位举人经常到北京武学蹭课。

王守仁听了两次武学课,就失去了听课的兴趣。来武学的目的只有两个,一是到演武场骑马射箭,二是为了二十五卷本的《武经七书》。孙斌很帮忙,武学尊经阁对王守仁全方位开放。

王守仁和倪宗正、张仲春,与所能接触到的所有对军事感兴趣的朋友讨论、切磋、争论、交流、试验,一起布阵,一起破阵。

王守仁有一个疑惑,《论语》教他"仁",《大学》教他"正心",《中庸》教他"诚",《孟子》教他"义",娄一斋教他"敬",《武经七书》中说到战争战术,处处离不了一个计谋,这和《道德经》所说的也很一致。《道德经》说治国用"正",具体说就是一个"仁"字;用兵以"奇",具体说就是一个"诡"字,那就是"诡计"。作为一个诚实的人,要运用这些阴谋诡计,而且做到笑里藏刀,脸不红心不跳,王守仁还得慢慢磨炼。

第十三章　会试风波　屈居二甲

王守仁满心在研学《武经七书》，琢磨绥靖边境的对策。

为了边境安定，剿抚鞑虏，王守仁探索是否可以胡萝卜与大棒，大棒就是严整武备，胡萝卜就是输出文明，在野蛮人中传播文明，传播中华文化，比如办一个草原儒学院之类的机构，用仁义礼智信来对野蛮人进行洗脑。有没有这个先例呢？应该有！鞑靼的先辈们曾经窃据神州大地，但是中华文化一脉相承，并没有灭绝，这就说明前朝这个残暴政权并没有能灭绝中华文化。不管是学做圣贤，还是为了应对科举考试，王守仁都要做一门功课，就是把中华文化从古到今，拧成一条绳，从前到后把它捋顺理清。从伏羲到周文王、周公，到孔子、孟子、曾子、子思，一直到宋代的二程、朱熹，再到大明，这中间的元代不能断代，王守仁搜索资料，元代有大儒，一是中原的许衡，二是江西的吴澄。许衡曾经当过元代的国子监大学校长，专门教授鞑靼子弟"四书五经"。查到这个资料，给王守仁开办草原儒学院的想法浇了一盆冷水，却对他的进士考试大有帮助。

弘治十一年十月，王守仁、倪宗正和张仲春三人为当年新举人谢迪举办接风宴。谢迪为了参加明年的会试，提前来京投奔哥哥内阁大学士谢迁。谢迪的到来提醒王守仁，该全力投入明春的考试准备了。备考之前，王守仁想把这段时间以来创作的诗赋做一个总结，抄写誊录，装订成诗集，名《学兵一得》。诗以言志,高兴时可以欢歌,忧伤时可以悲吟,把心中的喜怒哀乐和酸甜苦辣,融化为一个个汉字,锤炼成一句句精美的诗句,倾诉成一首首蕴涵七情六欲的诗歌,烦恼喜悦一一倾吐干净,落得个肚肠干净、心胸平静。王守仁发现,这几年,写诗作赋成了自己身心安静的一剂良方。

梦阳边贡　两位诗友

李东阳的书房里,已经先到的有六品官户部主事李梦阳和八品官太常博士边贡。

王守仁一进门,对着李东阳鞠躬行礼,口称:"西涯先生,请指教!"说着把自己的诗集双手呈递给李东阳。西涯是李东阳的号。李东阳招呼道:"伯安来了,给你介绍两位新朋友。献吉,廷实,这是王守仁,字伯安,余姚才子。"王守仁一边对着李梦阳和边贡一一拱手致意,一边听李东阳的介绍,"这是李梦阳,字献吉,陕西才子,弘治五年解元,六年进士。这是边贡,字廷实,年龄不大,有实在学问,圣人的老乡。边贡二十岁已经名列秋榜。弘治九年进士。对了,伯安,你今天可是棋逢对手,诗遇识家。献吉少年时有首诗,与你在金山寺那首'打破维扬水底天'有一样的少年气派。献吉,不妨对伯安说一说你那首诗。"

李梦阳已经不屑于回顾少年的童蒙之作,有些犹豫,边贡认为李梦阳是不好意思,就起身站立着,抑扬顿挫地吟诵起来:"一步一步登高楼,手扶栏杆望北斗。不是青天遮望眼,望尽天下十八州。"

王守仁一听,确实和自己的金山诗一样的境界,一样人小气派大。自己虽然已经不屑于过去的幼稚之作,但是他心里知道,今天还真是结识了一位与自己旗鼓相当的诗友。

三人序齿确定称呼,李梦阳与王守仁同岁,生月大,为兄,边贡年方二十三,为小弟。李梦阳弘治六年金榜题名后,不幸父母双亡,回家为父母守孝六年,今年刚进京当值。李东阳和边贡正在传看着李梦阳的诗作,王守仁马上喜欢上了李梦阳的两首诗,一首是《秋望》,一首是《石将军战场歌》。李梦阳和王守仁一样,青年才俊,操心国家边患,忧心军中无人。

李东阳看过李梦阳的战场怀旧诗和王守仁的学习《武经七书》述怀诗,很有同感,内阁首辅徐溥年高退休,年富力强的刘健接任首辅,已经把治理黄河有功的刘大夏提拔为兵部尚书,这位尚书莅任伊始,就不辞劳苦,前往边境视察。李东阳透露的这个军情,多少宽慰了年轻人的忧国之心。李东阳五十二岁,坚守着诗会的规矩,只谈诗学,不说朝政。

胸有成竹　考场显才

弘治十二年(1499)的会试主考官,由皇上在考前十天亲自选定,一是内阁大学士兼礼部尚书李东阳,一是礼部侍郎兼詹事府少詹事程敏政。确定人选后,封闭出题。程敏政学问好,考题由他拟定。

《道德经》说"以正治国,以奇用兵"。程敏政出题本着军事家的原则,以奇、偏、怪为指导思想。

王守仁喜欢军事,这几年研究兵法。军事智慧要靠综合各种复杂的、微不足道的信息,归纳、分析以得出一个最简单的结论。今年的考题没有难住他。军事需用智慧,不需要耍聪明,他已经二十八岁了,不会像三年前那样,为了显摆自己的聪明才智,去干画蛇添足的事了。

会试,王守仁被录取为第二名。

考试结束,考生纷纷抱怨考题太偏太难,京师风传南直隶省的考生唐寅和徐经贿买主考官程敏政,御史华昶弹劾程敏政受贿卖题。工科给事中林廷玉作为同考官,亲耳听到程敏政说,可能是自己的家仆泄露了考题。

每年三月十五是殿试日子,是祖宗成例。皇帝亲自主考,内阁大学士与六部尚书、都察院、通政司、大理寺、詹事府、翰林院各部、院、寺、府主官,一共十四人,是评卷官员。这是国家大典,一级衙门,二级衙门,大九卿,小九卿,维持秩序的锦衣卫将士,壮声势摆排场的金吾将军,庄严得很,热闹得很。

考题就一道时事论述题,是弘治皇帝要求各位考生帮助他解答一个疑惑:即位多年来,上至皇帝,下至文武百官,兢兢业业,治理国家,怎么一直没有达到尧、舜、禹三代那样的太平盛世,是世道变了,还是努力不够?

殿试前三名卷子由内阁确定,然后供弘治皇帝御笔圈点一二三。三位内阁成员中的两位是王守仁父亲的朋友谢迁和李东阳。但是这一年会试因为泄题风波,正在朝野议论的浪尖上,王守仁有这些关系,反而被故意压低了名次。殿试后,春榜上,王守仁列二甲第六名。

第十四章 工部见习 督造伯坟

殿试结束,进士们被分成三甲。一甲三名,状元、榜眼和探花,分别是从六品和正七品;以下,二甲正七品,三甲正八品。一级分配到翰林院,二级分配到给事中和御史,三级分配到两京各部,以及各州县。王守仁被分配到工部营缮所,做见习官员。

营缮所负责全国性的大型建筑工程,比如皇家宫殿、陵墓、城市规划、国家仓库、军事营房、各地藩王府第的规划、建筑材料筹备、工匠召集和建设施工。主官的官衔叫所正,正七品,两位所副,正八品,两位所丞,正九品。国子监实习大学生八名。

王守仁被分配了一项出差任务。他作为见习官员,将带领一名实习学生和两名工匠,前往京师大名府浚县督造威宁伯王越的陵墓。

爵爷孙子 回忆爷爷

弘治十二年七月,以王守仁为首的工部赴浚县督造威宁伯陵寝一行四人从北京出发,前往浚县。王守仁他们一路坐船,走运河过了山东临清,转入卫河天然河道,顺着卫河,直达浚县。与王守仁同行的国子监学生王煜,是威宁伯王越的孙子。

　　文武全才、战功累累的王越，于弘治十一年十二月初一，因病殉职于西北边境三边总督任上，享年七十三岁，朝廷赠予谥号襄敏。王越的棺椁由甘肃甘州启程，正在运回原籍的途中。王守仁的任务是赶在重阳节之前，督造陵墓完工，配合礼部、兵部，隆重地安葬威宁伯。

　　王守仁敬重这位功勋卓著的前辈，一路上，他从王煜口中知道了这位前辈的生平功业。王煜二十岁，字智明，因爷爷的战功蒙受皇恩，入国子监学习。

　　一路上，王煜很悲伤。王守仁和工部实习太学生马卫道一起安慰王煜。

　　王守仁劝慰王煜："智明，襄敏公功勋卓著，是我们大明江山的万里长城。襄敏公的去世，我们都很悲痛。连皇上也是万分悲痛，为此辍朝一天。文武百官及全天下百姓哀悼一天，这是天地同哀，备极哀荣。你应该为令祖自豪呀。"

　　王煜听了这话，认真看了看王守仁。二十八岁的新科进士王守仁，应该正是春风得意、大海扬帆的时节，他身材虽显单薄，却很挺拔，脸颊不胖不瘦，眼睛明亮，眼神中透射着坚定的志气，这志气是对未来建功立业的自信。王守仁的内心很沉痛，大明边境缺少帅才，难得有威宁伯这样的前辈，于是他继续说道："万里长城东起山海关，西到嘉峪关，一共九座军事重镇，号称九边，从东向西数，辽东镇、蓟州镇、宣府镇、大同镇、延绥镇、宁夏镇和甘肃镇，这是前沿重镇，山西镇和固原镇，这是两个二线重镇。襄敏公他老人家独镇甘肃、宁夏和延绥三边重镇，从地域上看，万里长城，他老人家一人镇守着五千里，又应对着鞑靼军队的老巢贺兰山。这是大明朝廷的五千里长城呀，威宁伯古稀之年，勇比廉颇。"

　　马卫道接口道："智明学弟，王先生说得对，襄敏公他老人家是国家的柱国磐石呀。他勇比廉颇，智比蔺相如。有他老人家威震西北三边，真是胡马不敢犯边关。"

　　王煜的悲痛慢慢转化成了自豪，小伙子身材高大、粗壮，说起来爷爷的战功，他一五一十十分清楚，"俺父亲、俺叔叔，都跟着俺爷爷，领兵打仗，屡立战功。因为军功,俺父亲被封为锦衣卫指挥同知,从三品,俺叔叔锦衣卫指挥佥事,正四品。俺也想从军打仗,俺爷爷说,要俺先学好文化,开发智慧,俺爷爷说指挥打仗靠的是智谋。"

指挥打仗靠的是智谋,这句话打动了王守仁,他接着王煜的话说:"爵爷他老人家说得太对了。我在国子监学习时,曾经骑马沿边寻访,考察边境地理,研究边境攻防战略战术。曾经萌生过去大西北拜访爵爷他老人家的念头,可惜的是,坐骑受惊,我坠马摔伤了胳膊,没能成行。"

马卫道替王守仁叹息着:"有的机会一失去就再也没有了。我们这次有幸为威宁伯他老人家督造阴宅,这也是难得的致敬机会。"

王煜还在为王守仁的坠马担忧着呢:"王先生,不能骑马,是没办法驰骋草原的,没有办法深入草原,就没办法主动出击。红盐池那一仗,当时爷爷好像五十五岁。"王煜皱着眉头,心里计算着年份,"对,就是成化九年,九月份,北元可汗满都鲁远离老巢,向西长途奔袭甘肃秦州和安定。爷爷得到了消息,他认为敌人主力倾巢而出,一定会后方空虚,就决定乘虚捣毁敌人的老巢。于是爷爷兵分两路,两将各领五千骑兵,从陕西榆林出发,两天两夜,马不停蹄,跨越红儿山,蹚过白盐池,行军八百里,一举消灭了北元大本营。"

马卫道啧啧赞叹:"哎呀,两天两夜马不停蹄,我有次急着赶路,骑了半天马,身体就吃不消了。"

王守仁自己寻思着,威宁伯五十五岁时,骑马长途奔袭八百里,自己的骑马技术还得练。他更感兴趣的是战斗指挥,急着问王煜道:"爵爷他老人家说没说战斗过程?"

王煜自豪地笑了笑,说:"俺都缠着爷爷给俺讲了好几次呢。爷爷说,魏武王北征乌桓时,老马识途,一个老军帮了大军的忙。俺爷爷自己奔袭鞑靼人大本营时,一个老军,人老智慧多,立了个大战功。部队刚到红盐池,遭遇大风暴,漫天遍野,飞沙走石,将士们一个个连眼都睁不开。这个老军说:'这是老天爷帮咱们打仗呢,咱们往北去,顶着大风难走,难走是难走,鞑靼人更难发现咱们;等咱们灭了鞑靼人的大本营,向南顺风回去,遇上鞑靼主力回老巢,咱们正好顺着风灭了他们,咱们得感谢老天爷刮这场大风呢。'爷爷一听,立即翻身下马,跪拜这个老军,当场把他提拔为千户。"

马卫道夸奖:"嗯,还是战场好立功。几句话,就是一个千户,正五品呀!"

王守仁瞪了一眼马卫道,说:"战场上刀口舔血,这是生命换来的。"

王煜笑着说:"还好,这次没有损失一人一马。是个大胜仗。俺爷爷把一万骑兵,分作十队,称为十翼,四队做警戒,其他六队把鞑靼大本营团团包围,真是滴水不漏。满都鲁的妻子儿女被俘,连老巢都被一锅端了。鞑靼人只好向北逃窜。因为这一仗,边境安静了好几年。俺爷爷这次胜利后,开始总制三边,提督京师十二营。"

王守仁听了这个故事,受到启发,一是恶劣天气反而有利于战争,二是老军久经沙场,有丰富的战斗经验,这与久病成医一样的道理。王守仁遗憾不能亲聆威宁伯前辈的教诲。马卫道爱听战斗故事,他问:"智明学弟,听说,爵爷他老人家是又一次端掉了鞑靼人的老巢,才受封爵位的。具体情况你能不能给俺讲讲。"

王煜一听,他好像忘了是回家奔丧,微微一笑地讲道:"又一次端掉了鞑靼朝廷的老巢,又一次恶劣天气,不过不是大风暴,而是暴风雪,这一次差点活捉鞑靼可汗。"

王守仁问道:"这一次是不是还是乘虚而入?"

王煜:"是呀!鞑靼人静静地休养了几年,觉得自己翅膀又硬了。那已经是成化十六年了,他们又偷偷摸摸地向西抢掠。俺爷爷还是避实击虚的老办法,探马刺探清楚,鞑靼人的朝廷在威宁海,俺爷爷统率轻骑,趁着夜色出大同孤店关,过猫儿庄,兵分多路,向北掩袭威宁海。这次行军,大风飞舞,大雪飘扬,神不知鬼不觉,把鞑靼朝廷又是一个连窝端。这次战斗还消灭了鞑靼人的美女英雄满都海可敦。可惜的是又让鞑靼可汗逃脱了。"

马卫道可惜地啧啧道："咦咦,又让他跑了。如果捉住可汗,也像魏武王一样,挟可汗以令鞑靼各部落,那该多好。"

王守仁知道这次战斗的战果,生擒171人,斩首437人,俘获马驼牛羊六千匹。这个战果震慑作用大,但是对付游牧军队,应该多杀伤他们的有生力量。

王煜还沉浸在回忆中,继续说道："俺爷爷就是因为这次胜仗被封为伯的,威宁伯。"

王守仁敬佩王越前辈,他十五岁时梦到的马援将军战死沙场,马革裹尸,一生悲壮,这位威宁伯也是沙场殉职。这几年王守仁生活在北京,朝廷的事,他知道不少。弘治十年,鞑靼再次入侵甘肃,西北三边需要协调行动,需要一位总督,朝臣先后举荐七人,弘治皇帝觉得他们都不堪大任,于是一把白胡子、七十二岁的王越不得不再次出征西北。王守仁感佩地说："襄敏公他老人家是烈士暮年壮心不已,丝毫不逊色于年轻时的卫青、霍去病这些名将,威宁伯既能运筹帷幄,又敢于主动出击。"

王煜遗憾地说："这两年的事,俺还没来得及听爷爷说呢。"

王守仁安慰他说："智明,襄敏公他老人家一生英雄。去年,威宁伯勇气不减当年,主动出击,兵分三路,围剿鞑靼贺兰山后根据地。贺兰山一直是我们和鞑靼的界山。多年来,鞑靼军队潜伏在山后,伺机侵扰。老爵爷到任后一仗就撵走了这股鞑靼军队。"

马卫道说："嗨! 好人总是不得好报。这么好的老爵爷,总是遭受迫害。听说几十年来六次被坏人弹劾,还曾被流放到湖广安陆。哎呀呀!"

王守仁闻言连声咳嗽,并瞪了马卫道一眼,用眼神制止马卫道继续说话,自己继续安慰王煜说："智明,襄敏公他老人家让你到国子监读书是对的。统兵打仗,要的就是智谋和胆略,这在襄敏公那里体现得非常充分。襄敏公还有没有跟你讲过别的战斗故事?"

王煜揉了揉眼睛，低头想了想，说："对，有一次，爷爷当大同巡抚的时候，大军征讨毛里孩。俺爷爷和朱侯爷只带领千把人出巡，意外遭遇鞑靼主力，朱侯爷要跑，俺爷爷劝住他，说，'我们一跑，就说明咱们兵力少，敌人一追，必败无疑。咱们列阵对峙，敌人不知道虚实，他们是不敢轻易进攻的。'结果对峙到黄昏，俺爷爷命令骑兵，马衔枚，人下马，俺爷爷亲自殿后，悄悄撤离阵地。俺爷爷说，从那次开始，朱侯爷开始信服俺爷爷，也就放手让俺爷爷指挥军队了。"

王守仁很感慨地说："军事统帅要的就是大智大勇。襄敏公他老人家有大智慧，我们军队有三个领导层，开国以来世袭的公、侯、伯，三个爵位的人充当主帅，再由太监监军，真正像襄敏公这样的军事统帅，既需要军事智慧，又需要获得实际指挥权的智慧。不容易呀！"

马卫道说："王先生，您说这老爵爷是天生的军事统帅吗？"

王守仁说："圣人说，学而知之。智明，襄敏公他老人家多大岁数开始军事生涯的？"

王煜回忆着慢慢说道："爷爷二十五岁乡试第三名，二十六岁中进士第三十三名，二十七岁当御史，三十五岁当山东按察使，三十八岁升右副都御史，巡抚大同。就是他三十八岁这一年开始军事指挥的。"

马卫道啧啧赞叹道："二十五岁，乡试第三名。才子呀！真是文武全才呀！"

工程包干　赏罚严明

到了浚县县城，官船在西北角的水驿门慢慢靠上码头。水驿门的门匾上是两个阳文大字：后乐。王煜向王守仁指点着水驿门，介绍着："王先生，您看，这城墙是去年才修筑的，以前俺县城没有西城墙，全凭这条卫河河道做防线。西城墙一共开三个门，水驿门往南是县衙的专用通道，叫观澜门，再往南是大西门。"

马卫道见了门匾，称赞道："'后乐'，顾名思义，后天下之乐而乐。刘县尊把城墙修得这么气派呀!"

　　岸上的接官亭站满了人,知县刘台、教谕陈静、训导郑冉,带领十几位县学秀才欢迎他们。王守仁是一个见习官员,和知县一样的县级级别,虽是一个小官,毕竟也是钦差。

　　王守仁被安置在水驿门内里的平川驿站。

　　第二天一早,王守仁带上马卫道,前往县衙拜访刘台知县。会谈地点被刘知县安排在了县衙后堂的竹友堂。

　　刘台知县三十五岁,个子矮矮的,身体精瘦,腰背挺直,精神头十足,眼睛发亮,四川口音重,说话急促,他对王守仁说:"敝县早就听说王钦差是浙东才子,在京城是李阁老诗友会成员,真是久仰得很!"

　　王守仁听了王煜在路上的介绍,见西城墙新修的门匾,再结合这竹友堂满庭院碧绿的翠竹,对刘知县有了一些认识,他说:"未到贵县,先闻政声。刘县尊果然是雷厉风行,在任不到三年,县城已经焕然一新。连驿站的客人也是交口称赞。"

　　刘台很直爽,他闻言忙摆手,说道:"王钦差不必客气。听说你也参加了弘治九年的会试,我们差不多是同年。鄙人字衡仲,你叫我衡仲好了。"

　　王守仁啜了一口清茶,也拿出过去的直脾气,爽快地说:"衡仲兄,说起来同年,小弟很惭愧,从年龄上,从功名上,小弟都是后进。不过见到你这竹友堂,小弟很觉亲切,先祖父号竹轩翁,一辈子喜欢竹子。"

　　王守仁切入了正题:"衡仲兄,贵县王襄敏公勋高望重,圣上隆恩,赐葬显荣。小弟初涉建筑,还请衡仲兄多方相助。部里受命出资、出设计,负责施工,必须按期完工。这是部里工匠做出的预算。"

　　刘台爽朗一笑:"王襄敏公国家柱石,为他营造陵寝,也是本县该尽的责任。三年来,县里进行了几项大的建筑工程,修了城墙,建了黎公书院,修缮了察院,拓展了百姓公墓,几大工程带出来了一支熟练的建筑队伍。这是人力。县西北二十五里有善化山,石料充足,本地用石,多取自此山。县里黎公书院还没有彻底完工。这不是急三赶四的活,所以我们可以抽调人力支援你们。总之,人力物力,敝县全方位支持。只有一个要求,黎公书院落成后,想请你讲第一课。"

王守仁闻言有些激动,说道:"衡仲兄,太好了。我路上还担心呢。朝廷要求八月底完工,工期很紧。这下可以放心了。全仰仗贵县了。"王守仁说着,起身一拱手。

刘台又是爽朗一笑,顺便介绍道:"以后由县学与你们进行联络沟通。"县学教谕陈静马上起身鞠躬,满脸恭维的笑。刘台吩咐陈静:"陈掌教,你组织几个秀才,协助王钦差。有空的话,请王先生去县学讲讲学。王钦差是北京李阁老诗友会的核心会员。"陈静山东人,五十多岁,贡生出身,几十年考不上举人,只得委身教谕这个不入流品、算不得官员的职位。陈静一口山东音,卑恭地对着知县鞠躬,"请老县尊放心,学生一定谨遵老父母吩咐。学生会亲自联络。绝不误了王先生的大事。"

刘台看着陈静的滑稽样子,觉得他又可怜又可笑,哈哈大笑说:"伯安,陈掌教办事还是很细致的,你尽可放心。按照部里的预算,下午把人手给你派齐。六十人够不够?"

王守仁很肯定地说道:"看看进度再说。两位工匠是江西人,祖上多次参加过皇陵的设计施工。衡仲兄,一到浚县,就到处听说,短短三年不到,浚县就被你修筑得如铜墙铁壁,在驿站更是听说了一句顺口溜,说是从南京到北京,最数浚县县城牛哄哄。小弟渴望走访一圈,一则开阔眼界,二则学习一番。"

刘台摇摇手说道:"休听他们的无知之论。铜墙铁壁不敢当。夯土厚实,砖木结实,这方面敝县可是一点也不敢含糊。勾缝用的是桐油和白灰勾兑成的浆。防贼防乱,生命攸关。偷工减料,坏良心不说,祖宗八辈要跟着遭殃。走,先陪你转转,咱是老灶爷上天,不反对你说好话。"

刘台陪着王守仁,后面跟着教谕陈静和马卫道。一出县衙大门,刘台向东一指,向王守仁介绍道:"那是县学!"陈静马上恭维着介绍道:"王先生,您可能不知道,俺们刘县尊给生员们讲学,每次都能博得满堂喝彩。"又转身对刘台恭笑道,"老父母,您这四川解元可真是名不虚传呀! 哪天有空,您看是不是安排一下,您和王先生来一个会讲?"

刘台说:"好吧,你安排时间吧。王先生,我们先看西面。"

刘台、王守仁等四人顺着县前街向西走,几十步就是小西门,门楼上有"观澜"二字。陈静紧走几步,来到三个人前面,指着"观澜"门匾,虔诚地赞美道:"王先生,这是老父母的墨宝。很得王右军的神韵呀。"

马卫道啧啧称奇道:"可不是嘛! 晚生还以为真是王右军的遗墨呢。"

刘台闻言一笑,说:"别听他们瞎起哄。走,我们看城墙。"

四人出了城,刘台指着卫河介绍道:"这是卫河。咱浚县是春秋卫国故地。卫国国名的由来,就是因为这一条河。河是鲁卫故地,圣人周游列国,从鲁国到卫国,这里是必经之地。我们修建的黎公书院,就是子贡书院。浚县过去叫黎阳,子贡历史上被封为'黎公'。论文化,这里有子贡墓;论武功,这里有李密墓,有曹操和袁绍的古战场。好,我们还是先说城墙。你看,这是去年修的。过去没有墙,只凭一条河,太薄弱。前年庄稼歉收,我们以工代赈,修了这西城墙。"

王守仁疑惑起来,马上问道:"庄稼减收,哪里来的财力呢?"

刘台说:"黎阳这个地方,过去叫黎阳仓。一会儿我们去看大伾山时,我指给你看。就在大伾山北麓,汉代袁绍军粮存放在此,隋代河北漕粮转运京师长安,这里是转运仓库。有这个历史传统。本朝县里积粮备荒,三年连续丰收,年年积存一点,到第四年灾荒年景,三年积粮,完全可以度过灾荒。灾荒年景,开仓赈灾,白给也是给,以工代赈,有劳有得,天经地义。"

王守仁很佩服,由衷地说道:"刘先生,有见识! 小弟受教了!"

刘台摸着下巴很陶醉,向王守仁介绍道:"去年收成好,于是东、南、北三面城墙全部修缮。四面全长七百三十丈,高两丈八尺。"刘台指着脚下的石桥,"四座城门,四座石桥。水是从西面引过来的卫河水,绕了一圈,从北面再回归卫河。四面都是两丈深、两丈宽。"

王守仁很佩服,刘台虽然三十多岁,弘治九年中进士,六月任命,十月到任,三年间,又是修察院,又是建公墓,又是修书院,更有修建城墙这个大工程,哪里来的人财物呢?这是自己学习的榜样啊。他仔细地问道:"刘县尊,贵县多少人口?多少田赋?"

刘台笑着细说:"敝县六千二百四十九户,六万零八百二十人。五千二百三十八顷耕地,田赋夏秋两季一共一万七千一百三十一石,另有一些零星的特征税收。税不在多,在于济众;人不在多,在于善用。"

王守仁一直在考虑怎么安排威宁伯陵墓的施工,他对刘台这话非常感兴趣,又诚恳地问道:"刘县尊,看你这施工现场工人不多,三年时间,又是夯土,又是土外包砖,又是石灰勾缝,怎么组织干活的呢?"

刘台说:"用工诀窍总结起来八个字:分片包工,赏罚严明。"

王守仁急切地问:"怎么包干呢?怎么严明呢?"

刘台一笑:"一人领十,十领一百。人人一段,划定界线;立定界牌,标注姓名。按期完成,保质保量,赏!拖延工期,罚!一人拖延,十人连坐,十人陪罚!你没见那个热火场面,劳动号子震天响,不用催也不用讲,个个奋勇为领赏;一人懒惰,十人骂;人人都有一张脸,没人甘愿当懒汉。白天晒着太阳,晚上点着篝火,一天当两天。工期就赶出来了。哈哈!是个办法吧!?"

王守仁心悦诚服:"好办法!刘县尊,伯安受教了。"

陈静摇头晃脑地吟诵起《论语》来:"'子曰,苟有用我者,期月而已可也,三年有成。'老县尊来浚县三年,政绩大家有目共睹。"

刘台爽朗地笑着问王守仁:"好话也说了,提提意见吧!"

王守仁站在石桥上,向西仰望着城墙西南角上的浮丘山,见城墙修在山脚下,心里暗忖,如果敌人占领山头,俯视城内,城内情况一目了然,他们由高处俯冲下来,该怎么办呢?但他见刘台正在兴头上,不好拂了主人的雅兴,打算等有机会再与他探讨这个军事防御漏洞。于是他对刘台说道:"贵县工程施工管理的方法对我启发很大。"

刘台豪爽地一笑:"走,陪你去看看王襄敏公的墓址。"

工程优质　获赠宝剑

刘台的工程安排方法启发了王守仁。他在当晚的日记中记述道:"浚县城墙的建筑,证明刘台的组织方法是非常实用的,那就是'分片包工,赏罚严明'。"王守仁当晚就拟定了一个陵墓营造施工人员组织办法。

第二天,陈静领着县学的两个秀才提前到工地报到,一个叫陈景,一个叫马云。两个秀才负责工部官员与当地的沟通联络。浚县阴阳学的学官刘伯暖也到工地报到。工地在县城东南角,这里是离城二三里地的王家祖坟,位于大伾山西南山麓。王襄敏公的两个儿子王春和王时,前往甘肃迎护灵柩,还没有回来。王煜作为王家的长孙,领来了自己家请来的风水先生。六十个当地泥瓦匠和石匠,如数报到。刘台亲临工地,参加开工仪式。

刘台和王守仁一同挥动铁锹,铲起第一铲土。

襄敏公的灵柩回到了浚县,在家开门迎吊。襄敏公生前是太傅,超一品爵位。本朝定例,文臣只能封到伯的爵位,再高的侯和公爵位,只能是开国元勋、皇亲国戚和世袭武将。襄敏公功劳大,伯是文臣爵位的天花板,但是他的品级已经达到了公爵的超一品。开吊期间,钦差大臣、礼部、兵部、直隶巡抚、巡按御史、大名府和浚县官员,车马声喧,华盖云集。襄敏公生前战功显赫,身后极尽哀荣。

陵寝工程八月底顺利完工。九月初四,顺利安葬。内阁大学士李东阳亲笔书写的墓志铭是最后一道施工作业。

安葬后,按照规矩,襄敏公的大儿子王春,得率领孝子们跪谢所有参与营建和安葬工作的大小官员和各色工匠。这个时候,他不再是从三品的锦衣卫指挥同知,他弟弟王时也不再是正四品的锦衣卫指挥佥事,他们只是孝子贤孙。这是祖宗传下来的老礼。大家帮助老父亲入土为安,算是帮孝子们尽孝心。

王春五十五岁,头发斑白,头上灰白的头发与魁梧身材上的灰褐色粗麻布孝服几乎成了一体。多年的军旅生活,让他面色黝黑粗糙。几个月来的悲痛守孝,白天吃斋,晚上枕着砖头睡觉,更加重了他一脸的憔悴。王春和王时由王煜领路,前往驿站拜谢工部督造陵寝的钦差王守仁。

在驿站大厅,孝子们跪谢,磕头。王守仁不敢承受,立即扑通跪下对拜磕头。朝廷礼制,相差四品的官员见面,长官可以端坐受礼,稍微点点头就算客气。

落座已毕,王春示意管家,用托盘送上两锭白银。

王春客气地说道:"为了先君的安奉,王钦差两个月来辛苦了。这是五两白银,不成敬意,略表谢意。"

王守仁立即起身,深施一礼,说道:"襄敏公国之重臣,勋高望重,皇上赐葬,圣恩隆裕。上命差遣,下官受命督造,是应尽的职责。下官一直仰慕襄敏公,可惜生前无缘亲聆教诲。能为襄敏公略尽绵力,已经深感荣幸。五两白银,实不当受,实不敢受。"

王春见王守仁诚心拒受,不好勉强,就闲话道:"听犬子说,王钦差学问很好,是京师有名的才子。我们兄弟一直跟着先君在草原上冲杀,耽误了学问。方便的话,请对犬子点拨一二。"王煜看到父亲的眼神示意,马上起身向王守仁鞠躬。

王守仁客气地应道:"一定效劳!一定效劳。智明很纯朴,又懂事理,学文学武,都是好材料。下官有一事请教,想弄明白一些家谱上的事。这些事与浚县有关系。下官在老家翻阅家谱,了解一些我们王姓的来龙去脉。我们余姚王家,最早在东晋时代,从山西太原迁徙到山东琅琊。"

王春插话道:"《百家姓》说得很清楚,我们王姓都是起源于太原。"

王守仁等王春说完,接着刚才的话头:"又从琅琊搬到山东临沂,再到建康乌衣。后来再从建康迁到河南开封,有一支在北宋时搬迁到了大名府的莘县。莘县现在属山东,在北宋年间归属大名府。大名府的第一代祖宗名讳'言',字如纶,在搬到莘县之前任唐朝的滑州黎阳县令,黎阳就是我们浚县的前身。从太原算起来,这是下官的第五十三世祖。第五十五世祖讳祜,字景叔,景叔公在莘县老家院子里种了三棵大槐树,这位祖宗精通易理术数,预言王家要连续几代培养出来公卿大臣。第五十六世祖讳旦,字子明,果然官拜太师和太尉,封国公。五十七世祖是尚书。先贤苏东坡先生为王家题写了'三槐堂'匾额,并做了一篇《三槐堂铭》,这篇文章收录在《古文观止》里面。我读过。到了宋廷南迁,祖宗护驾朝廷,搬迁到了浙东。下官曾祖父讳世杰,从太原排下来,是我的第七十一世祖。先曾祖为了纪念三槐堂王家祖先,自号槐里子。"

王春已经听出点名堂了,这位钦差小官原来与三槐堂王家有关,而且曾祖父为了纪念三槐堂还号槐里子,于是他打断了王守仁的话,说道:"王先生稍停一下。家谱我看过几眼,印象不深,只知道我们是从太原来的,老祖宗是周灵王太子。你说的五十几世祖在唐代当过浚县县令,我好像听先君提过。说来说去,我们是一家人。这样吧,王先生,现在去家里,我们查家谱。"

于是王春、王时陪着王守仁,前往小北街上的威宁伯府邸。一查家谱,襄敏公是太原第七十二代。但是祖上与三槐堂王家有没有直接关系,家谱上没有记载。

王春军人脾气,算起来自己是第七十四代,王守仁曾祖是第七十一代,扳着指头一数,与王守仁同辈,于是很干脆地说:"贤弟,我们成了一家人,至于是不是三槐堂,以后再查。重孝期间,不能备酒。今天素席招待,以水代酒,我想先君不会怪罪的。"

王家家大事稠,再赶上热孝期间,王守仁婉拒道:"大家一家人,以后有的是机会。兄长家里人来客往,应酬不暇。愚弟今天先告辞,改日再拜访。"

说话之间,客厅里,庭院里,人来客往,川流不息,管家不时在王春身边耳语请示家事。于是王春不再坚持，起身送客，吩咐儿子道："智明，送你伯安叔回驿馆。"再回头吩咐管家，"给驿馆送去一桌上等席面！"

第二天一早，王守仁被王煜请到了威宁伯府。王春在客厅等候。王守仁被王春让到了桌子的右首，王春告诉王守仁："伯安，我们兄弟不必拘礼。昨夜有一奇事，先君托梦，指示我见你一面。我担心你突然回京复命，所以一大早把你叫过来。"王春转身吩咐王煜："把东西拿过来！"

王守仁见此情况，摸不着头脑，没有说话。只见王煜从内间捧出来一个托盘，托盘上垫着红绒布，红绒布上托着一把宝剑和一个墨绿缎面包裹。王春起身小心翼翼地接过来托盘，捧在胸前，恭敬得好像捧着祖宗的灵位。王守仁莫名其妙，见王春起身站着，一副虔诚的神态，自己不好再坐着，马上起身，静候端倪。只听王春郑重其事地说："这是先君生前一直佩带的宝剑，先君生前一直钟爱这把宝剑，军旅生涯，从不离身。子孙们想摸一摸，先君从来不让。包裹里是先君生前一直手不释卷的兵书，是前人姚广孝所著，书名《三悟》。遵照先君的梦示，这些东西今日一并交付给你。伯安贤弟，请接受先君的托付吧。"

王守仁明白了，他半年前就做过这样的梦。傻瓜才相信梦呢！虚无缥缈的梦境，像露水一样，见不得阳光；像池塘上的水泡一样，经不得风吹。今天这是怎么了？梦想成真吗？不会吧？王守仁狠掐了一把大腿，不像做梦。于是他疑惑不解地问道："兄长这是……"

王春用坚定的语气说道："伯安贤弟，父命难违。本来这把宝剑，我很喜欢，就没有拿去陪葬先君。但是父亲明明白白指示，我不敢违背。好在我们是兄弟，是一家人。到你手里我放心。请你珍惜先君的一片心意。接受吧！"

王守仁这次听明白了，这是真的，于是他对着宝剑扑通跪下，啪啪啪，连磕三个响头，起身接过来宝剑和兵书。

大伾名山　圣贤故地

忙完钦差事务,回京之前,王守仁利用几天时间游历浚县的名胜古迹,瞻仰了孔圣人讲学的宣讲堂遗址,凭吊了曹操屯兵故地,拜谒了子贡墓。重阳节这一天,王守仁、马卫道、王煜及县学的陈景、马云两位秀才一同游览了大伾山。

雨后初晴,秋高气爽,山林间稍有凉意。五个人穿行在蜿蜒的山道上,林间的幽静、湿润的气息,让人心旷神怡。王煜为王守仁做导游:"叔父,俺县美景多是多,最美就数大伾山。大伾山和浮丘山,在县城一东南、一西南,像两朵花插在了县城的头上。"

王煜的比喻逗笑了王守仁,王守仁想起了诸翠。前天晚上做梦还梦到了诸翠。好在马上就要见面了。为了驱赶心中对妻子的思念,王守仁提议道:"我们歌诗吧!"

王煜拍手欢呼,马卫道也同意:"好主意! 我们要学先贤曾点,放歌山林。"

陈景和马云迫不及待,与王煜、马卫道一起歌吟起来:"晓披烟雾入青峦,山寺疏钟万木寒。千古河流成沃野,几年沙势自风湍。"

这是王守仁刚来浚县时的诗作《登大伾山》的前四句。王越陵墓就在大伾山山麓西南边上,王守仁督工之暇,早晚总要到大伾山上寻幽探古……

第十五章　见习官员　首上奏疏

王守仁的浚县之行，督造王越陵墓的差事顺利结束，还获赠了威宁伯的佩剑和姚广孝的兵书《三悟》。《三悟》是姚广孝辅助燕王荣登九五之尊的战略战术总结，让王守仁印象深刻的是，建文叔侄之战属于内战性质，姚广孝的战略指导原则是"不杀为上，攻心为上"，战术原则是"用间为要，奇谋为要"。王守仁很认同，军事不是以杀人为目的，是为了实现政治目标；军事家不在乎一城一地之得失，而在于谋势。那么对待外部敌人怎么办呢？怎么对待大明的外部敌人草原上的鞑靼狼兵铁骑呢？回头检视一下王越前辈的军事生涯，可称道者是战术性质的，两次大的战役都是避实击虚，都是直捣老巢，在政治上打击了敌人的气势，但是回过头来，狼主们，不管是小王子，还是火筛，对这些成功，都是加倍报复。为什么呢？没有真正杀伤狼主们的有生力量，大明军队出动上万人，斩首敌兵最多不过437人。比如，弘治十一年秋七月，老爵爷袭击了贺兰山敌兵根据地；十二年，火筛铁骑十万就报复性地入侵烧杀大明河套地区。

如今，大明防御阵地缺少了王越这位足智多谋的统帅，草原上小王子和火筛，两大部落却已结成阵势，狼狈为奸，轮番侵犯大明边境。小王子侵占宁夏河套地区，火筛侵扰山西大同。最近的防御战中，威远卫游击将军王杲孤军奋战，王杲的直接上级、参将秦恭和副总兵马昇统领援兵畏缩不前，气得弘治皇帝拍了桌子。祸不单行，天上，彗星临头；地上，北京和南京两京地震。弘治皇帝一面自我检讨，是否自己这位天子言语不慎，冲撞了天父；一面号召文武百官各做自我批评，是否贪污腐败，惹恼了老天爷；还召集了三位大学士刘健、李东阳和谢迁，选帅拜将，要驱逐鞑虏捍卫京师。三位大学士建议弘治皇帝他老人家，号召天下，群策群力，出主意想办法。

王守仁觉得终于等到了机会，危难出忠臣，边患需将帅，他终于有了报效国家的机会。

守仁谢迪　议论边患

王守仁忧心于边境形势，决定为国分忧。怎么分忧呢？毛遂自荐出任主帅吗？这不合本朝的规矩。主帅一定要由世袭的公、侯、伯三等爵爷出任。目前报效皇帝他老人家的唯一办法就是上奏章，为皇帝他老人家出谋划策，为战场统帅们敲敲边鼓，尽一分力是一分力。

谢迪与王守仁是同榜二甲进士，被分配到了兵部职方清吏司。王守仁为了更详细了解形势，打算从谢迪这里再补充些写作材料。

王守仁去拜访比他大五岁的谢迪。在谢迪的书房，王守仁拿出了《三悟》，想与谢迪奇书共赏。谢迪一看是秘不外传的姚广孝兵书，问道："伯安，姚广孝一个出家人，身在三界外，心却恋着红尘，为人所不齿，但是，我们不能因人废言，他帮助成祖爷攻城略地，还是很有办法的，是一个诸葛亮式的军事家。这宝贝是从哪儿淘来的？"

王守仁很诚恳地回答道："石崖叔，实不相瞒，这是小侄这次去浚县出差，督造王襄敏公陵墓，王家出于感谢，相赠而来。小侄看后确实受益匪浅。"石崖是谢迪的号。

谢迪感慨道："襄敏公在世，我们还能出击草原，攻其老巢。他领兵这二十年,虽然你来我往互有攻防,但是毕竟还有胜仗。襄敏公一去,鞑虏变得肆无忌惮,屡屡长驱直入。过去宁夏河套是双方拉锯战的阵地,现在已被鞑子侵占了。失一人,坍塌了几百里长城!过去是一帅当关,万骑不敢侵犯。唉!"

王守仁小心翼翼地问道:"皇上不是派出了新统帅吗?"

谢迪望了望王守仁,似乎欲言又止,放下手中的《三悟》,叹了一口气,说道:"兵书珍贵,一旦著述出来,可以传之万世;可是还得要读懂的人去用呀!"

王守仁觉察到谢迪欲言又止的苦衷,这苦衷只有了解内幕的人才能有。王守仁想了解的正是这个内幕。王守仁自己有苦衷时总要找人倾诉一下,否则憋在心里很痛苦。人同此心,王守仁相信,谢迪也需要宣泄出来,于是说道:"石崖叔,你们职方司都管哪些事?"

谢迪道:"搜集、整理、绘制军事地图,制定军事制度,规划城防工事,布置要地防御,军民常备训练和出征讨伐。"

王守仁感兴趣地问道:"这次皇上派出哪些人呀?"

谢迪摇了摇头,说:"伯安,不妨告诉你。主帅是平江伯陈锐爵爷,太监金辅公公监军,户部左侍郎许进提督军务。"

王守仁摇了摇头,苦笑了一下:"小侄这次出差浚县,了解到襄敏公打了二十年仗,很不容易。军队打仗,三驾马车,有主帅,有监军,有文官提督。襄敏公领兵,上面有主帅,有太监,施展身手不容易。为了得到太监的认可,襄敏公临老还落了个太监同党的恶名。"

谢迪苦笑了一声:"我们爷儿俩,关在屋子里说,京军七十二营,世袭了五六代,都成了纨绔子弟。这些人在京时摆摆花架子还可以,到了边境,草木皆兵,听见北风就禁不住哆嗦呢。边兵侥幸有了小胜,斩杀十几个鞑子,他们就要争功。成事不足败事有余呀!"

王守仁不解地问道:"难道上百万屯兵就没有招架之力吗?"

谢迪摇摇头说:"整天东奔西跑,疲于奔命,庄稼种不上,吃不上喝不上,哪有心思打仗!"

王守仁疑惑地问道:"现在军粮不是靠漕运往北边输送吗?"

谢迪又苦笑了笑,说道:"漕运固然可以。但是京师往北,往西北,是旱路,又是山路,难输送呀。当地屯粮少,屯田也少。"

王守仁更加不解了,问道:"屯田怎么还会少呢?"

谢迪再次苦笑道:"兼并了。屯田本质上没有少,军丁手里的田少了。"

王守仁心里明白了,说道:"当兵的没粮吃,吃粮的不打仗。"

谢迪苦笑着摇了摇头。

见习官员　上奏朝廷

拜访谢迪叔叔的结果是,王守仁更坚定了这样一个认识:为政也好,治军也罢,政事和军事,说到底都是人事。

第一次给皇帝写奏疏,得小心,要心静,心一静考虑问题、分析问题,条理清晰;心一静,写诗作赋,好像每次都是一气呵成。这是经验。

王守仁从前辈谢迪那里借来边境军事地图,对着地图琢磨了半天,然后躺到床上,在心里继续构思着奏疏。

构思了人事,谋划战略:第一,精兵省费,补贴边防。针对当前鞑虏的夏季攻势,几万京军不必劳师动众,长途跋涉。京军拖拖拉拉、千辛万苦到了前线,敌人早已经跑了。再说,京军大小将领要么是世袭出身,要么就是皇帝您老人家看谁顺眼,管他会不会射箭,赏他一个将军或者千户干干。这些人到了边境,边兵既要向前打仗,还要向后照顾他们,打了胜仗,他们倚仗权势争边军的功;吃了败仗,他们诿过给边军。倒不如把这些费用节省下来,补贴边军,重赏之下必有勇夫。

第二,屯田。得真屯,让军丁有田可屯,有时间可屯。

第三，严明军纪。目前的现实是，败军之将，异地做官。向前冲可能会战死，向后退有可能活命。傻瓜才会勇敢向前。

第四，厚待战士，激励士气。战士们穷得像叫花子。要知道，乞丐们的打狗棍只能打狗，打仗是绝对不行的。

第五，谋大势不贪小利。

第六，严守待时。边军新败，宜静待战机。

王守仁躺在床上，可以信马由缰遐想联翩，写到纸上还得规规矩矩，奏折是这样写的："为了天下生民的安危，您老人家吃不好睡不好，辛苦了。您老人家这样注重民意的收集，我虽说是一个刚刚入职的小臣，也知道主忧臣辱，位卑未敢忘忧国，所以发现问题不能不说。

"天下大事坏就坏在大臣们身上，表面上装作老成持重，实际上是得过且过，贪权受贿，蔽塞言路。因为这次边患和彗星出现，您老人家广开言路，天下才有了改旧图新的机会。小臣心里清楚，这些肺腑之言，不合时宜，但是一片忠心，不得不倾吐。小臣写的可能是些老生常谈，是将帅们人人皆知的常识，但是知道容易，真正做起来难……请您老人家批转兵部，认真实行。"

四千字奏章，一晚上一气呵成，名为《陈言边务疏》。

第十六章　刑部主事　江北断案

　　《陈言边务疏》递给朝廷后,王守仁一直在焦急等待,是否有皇帝派遣宫中太监,宣召自己,来个金銮殿君臣促膝谈心;或者降一个等级,内阁派专使礼请自己,咨询御敌方略;甚至再降一个等级,兵部专人三顾茅庐,礼请自己出马,奔赴边关。王守仁在考虑,当年诸葛亮二十七岁接受了刘玄德的三顾茅庐,自己已经二十九岁,不能再等了,哪怕是一顾茅庐,为了国家安危,自己也可以挺身而出,没必要虚情假意,一而再地推来让去。

　　王守仁没有等来兵部的特使,却等来了父亲的训导。有一天王华拿着《陈言边务疏》底稿,开导王守仁说:"写奏章注意一个原则,对事一定要说得直接明确,对人一定要处理得婉转含蓄。你看看,你这奏疏,八条奏议,条理清楚,事情说得很明白很直接,是不错;但是说到人,这火药味太冲了,说什么'今之大患,在于为大臣者',这是一棍子抡倒一大片,大臣们一下被你得罪完了。大臣们能让你指着鼻子骂,再采纳你的建议吗? 圣上能为你一个新人开罪一群大臣吗? 人事处理不好,还能办啥事呢?"

　　在工部实习期满,王守仁没有去成自己渴望去的兵部,而是被分配到了刑部,刑部云南司主事。

制定规章　体恤囚犯

新进年轻人先下基层锻炼。

刑部有座监狱,归司狱司管理。司狱司虽然是司级单位,六位司狱却个个从九品,是最末流的小官。刑部监狱收押京师被判笞刑以上的犯人和全国的重刑犯。为了加强监狱的管理,每月轮流派遣一位六品主事,督导监狱的日常事务,既防范各色犯人兴风作浪,越狱逃窜,也防止酷刑峻法虐待囚犯。轮值主事被称为提牢官。

王守仁第一天到监狱,在司狱阎医的陪同下巡视监狱。

阎医请示:"提牢大人,您想看哪里?"

王守仁答道:"各处都要看看。监狱的主体是囚犯,先去看看监房。"

阎医领王守仁到贵宾监区巡视。王守仁发现,贵宾监室有犯人家人在内,他不解地问:"阎司狱,这是怎么回事?监室内怎么会有家人?"

阎医说:"回禀提牢大人,朝廷规定,五品以上犯官,生病可以由一个家人入狱照料。"

王守仁有些感慨,对阎医说道:"阎司狱,上天有好生之德。朝廷一片好心,秉承天意,施恩于人,我们也要领会朝廷的善心仁政。监狱就像一座医院,外面的医院治身上的病,我们的医院治这些犯人心上的病。"

阎医第一次听人这么说,照这话,那自己就成了医院院长,不再是凶神恶煞的监狱长了。他天天与这些作奸犯科的家伙在一起,近墨者黑,以前的和善被消磨净尽,现在变得不吹胡子瞪眼不会说话了。他心里还转不过来弯,但是又不能不恭维上官,于是他赞叹道:"提牢大人这话,让下官受教了。"

二人走到京师监区,一个监室内几个人围着一个躺在地铺上的病人。同监的犯人老远望见他们走来,就大喊大嚷道:"大人,大人,有人发高烧,快烧死了!

得赶紧找医生呀！"

王守仁和阎医来到跟前，犯人纷纷聚拢在粗木栅栏前，指着靠墙躺倒的病人。病人满头大汗，脸色焦黄，嘴唇干裂。犯人七嘴八舌："快烧死了！说不定是传染病，我们会被传染上的。"

阎医恶狠狠地吼道："一群蠢猪！吵什么吵！天天吃饱饭没事干，就知道吵。昨天还可着嗓子喊冤枉，今天就快病死了？嫌冤枉？早先咋不学好。提牢大人，别听他们瞎嚷嚷，一群京油子，油腔滑调！"

王守仁走向靠墙的病人，吩咐阎医道："狱里不是有惠民药局吗？给找个医生看看。"说完他往前走去。

阎医点头哈腰地回禀道："是，提牢大人！以前，这家伙天天可着喉咙喊冤枉，这下倒清静了。"

王守仁说："天下生民都是朝廷的子民。有病治病，有罪治罪。"

阎医赔着笑脸说道："大人吩咐的是。前面监区是重刑犯。提牢大人，像这些重刑犯，依您之见，能改造好吗？"

王守仁正色道："不教而杀，是政教失职；屡教不改，是自寻死路。自作孽不可活，杀是天杀。"

重刑犯们身在监狱，仍然个个木枷脚镣，一见他们二人走来，纷纷艰难地挪到栅栏前。那是一阵刺耳的哗啦哗啦的铁链摩擦声。重刑犯七嘴八舌地呻吟着："大人，行行好！给个馍吧！""大人！可怜可怜，给口饭吧！""大人，赏口饭吧！"

王守仁疑惑不解，重刑犯怎么变成了叫花子。只听阎医恶狠狠地吼道："一个个死到临头，吃啥饭呀！想撑死吗？"阎医转向王守仁，点头哈腰道："提牢大人，我们得快些出去，这都是些无恶不作、十恶不赦的恶人。"

出了监区，王守仁才问道："阎司狱，重刑犯吃不饱饭吗？"

阎医点头哈腰地恭笑道："提牢大人，死刑重犯，不能吃得太饱，得防备他们逃狱。"

王守仁正色道："阎司狱，这些重犯，被押到京师，还要等大理寺、都察院复审。里面万一有冤案，是会饿死好人的。再说，即使十恶不赦的死囚，也还是人。生死自有天命，岂能在我们手里饿死。嗯，我还有一个疑问，监舍走廊里怎么不见有狱卒？"

阎医再次点头哈腰："回禀提牢大人，多年来的惯例，狱卒把守走廊两头，等于堵住了出入口，谅这些人也不能像土行孙一样，钻地缝越狱。"

王守仁再次正色道："监舍发生意外怎么办？比如暴病，比如暴力死伤，比如真的挖掘地道，不来回巡查是不行的。走，看看围墙和哨位。"

王守仁巡视完围墙和守卫哨位，又亲自攀登到东南角的瞭望台上，站在瞭望台上，仔细瞭望整个监区后，问阎医道："阎司狱，你在这里观察过吗？"

阎医赔笑道："回禀提牢大人，监规惯例，这是哨兵的岗位。"

王守仁正色道："一狱之长，处处都要考虑到。你看一下，这里有盲区。排除这个盲区的办法，要么扒了阻挡视线的房子，要么是实行巡逻制度。"

阎医顺着王守仁指引的方向，发现了盲点，赔笑道："提牢大人吩咐的是，还是按时巡逻最保险。"

在瞭望台上，王守仁往后院看的时候，发现了一座猪圈，那里圈着十几头大白猪，他不解地问："怎么？监狱里关着猪？那是没收的赃物吗？"

阎医赔着笑回禀道："提牢大人，这是监狱自己养的猪。犯人吃不完的饭和剩汤剩水，倒掉怪可惜。"

王守仁听了阎医的解释，回想一下重刑犯们像叫花子一样的乞讨声，心里明白了，于是正色道："谁让养的？"

阎医赔着笑答道："回禀大人，具体哪位大人让养的，下官也说不清楚。好像是惯例，我来十几年了，刚来时就有。"

王守仁知道怪不得阎医，于是缓和一下语气问道："上面知道吗？"

阎医赔着笑回禀道:"逢年过节,堂官大人都有份。"

王守仁明知故问道:"阎司狱,犯人有份吗?"

阎医回禀道:"提牢大人,您真会说笑话。猪少人多,部里各位大人还做不到人人有份呢。"

王守仁吩咐阎医道:"既然猪圈也成了监狱设施,走,去看看猪圈。"

十来头大肥猪,被养在集体圈舍。它们吃得饱饱的,有的在懒洋洋地散步,有的在呼噜呼噜地睡觉。三只母猪像贵宾一样,被关在单间,各自养着一窝猪崽。

王守仁有些生气,训斥道:"猪吃饱,人挨饿。有这个理吗? 简直没有个规矩!"

王守仁来监狱准备当一个月的提牢,并没有人告诉他该具体干些啥,该怎么干,前任只交接一个登记簿,上面无外乎天天签一个"平安无事"之类的敷衍之词。王守仁还得问问阎司狱:"阎司狱,监狱有没有成文的规矩?"

阎医赔着笑脸:"回禀提牢大人,一切都有成例,日久天长,习惯成自然。成文的规章制度倒没有见过。"

王守仁正色道:"没有规矩不成方圆。有了规矩,形成文字,张挂到墙上,也好时时提醒,让做事时少些疏忽漏洞。这样吧,从我们开始,你负责起草你职责范围内的规矩,我负责起草提牢官行事准则,免得每月新任提牢官都要重新摸索。监区和院内巡警的章程,我们一起定。养猪场,是不能办的,这是从犯人嘴里抢食,犯人饿着肚子,我们吃肉,于心何忍。等我明天回部里向主管侍郎汇报明白,就扒圈杀猪,该谁的还是谁的,该犯人吃肉,就还给犯人吃肉。你找人把提牢厅和司狱厅大堂墙壁涂上白灰,我们好让规矩上墙。"

第二天王守仁从刑部回到监狱,第一件事,吩咐杀猪,全监狱肉食十天;第二件事,组建监狱巡警队;第三件事,每天巡逻登记犯人监舍病号情况,给医施药;第四件事,日常事务,研究《大明律》,调研犯人案卷,细寻蛛丝马迹,甄别案件。

到了月底，王守仁摸索出了提牢官职事的规律，制定出规章制度，形成文字，甲乙丙丁戊己庚辛壬癸，一条一条用楷体书写到了提牢厅和司狱厅大堂的白石灰墙面上。

阎医在给王守仁送行时，点头哈腰地赔笑道："提牢大人，托您的福，文字制度上墙，以后我们做事也有个准绳了，新来的提牢大人也不用再手足无措了。"

王守仁笑道："阎司狱，监狱既是朝廷的暴政，也是皇上的仁政。监狱不仅仅关押恶人，还是个治病救人的医院。费心当好你的医院院长吧。"

王守仁一个月时间的提牢官，自认当得很有成绩，饭桌上夸起来成绩，喜不自禁："刑部监狱拖了十几年的问题，我一个月给它处理得干干净净。从犯人嘴里夺食的猪，我把猪圈给扒了。监狱巡警队建起来了，监狱更安全了。制定了规章制度，并写到了墙上，我扒案卷细节，查法律条文，纠正了一个错案。这一个月，收获很大。"

诸翠替丈夫高兴，连赵继母、杨姨娘也替这位继子高兴。王华也高兴，高兴之余，提醒道："伯安，赞美容易，责善难。养了多年的猪圈，你仅仅去了一个月，就扒掉了。这个有些太着急了。善，归你。不善归谁呢？归侍郎吗？归前任吗？你缓一缓，主意可以出自你，命令最好出自堂官。那样的话，事情照样能办妥，大家脸上都好看。事好办，人难处。以后还是要小心。"

江北录囚　妥善办案

弘治十四年，1501年，王守仁三十岁。

刑部十三个司，分管十三个省笞刑以上的重刑复审工作。南北两个直隶省没有对应的专门司级部门，直隶各府被分配到十三个司代管。王守仁所在的云南司代管北京附近的几个府。云南边僻之地，各边民多实行家法和族规自治，真正需要云南司提供服务的户口在编人口只有十二万多人，是内地两个县份的工作量。云南司编制五人,五品郎中一人,从五品员外郎一人,三个六品主事,人员并不比别的司少。工作量不大,但是人命关天。需凭良心把关,不能放过任何蛛丝马迹的漏洞,因为一个针尖大的漏洞就能冤死一个好人。朝廷对死刑的判决慎之又慎,最后一关有三个部门的人把守:刑科的四位给事中常驻刑部,负责复核刑部的案宗;都察院的御史们在监督;大理寺的评事们在等着抓把柄。所以不管是出于良心,还是出于被严密监督的需要,王守仁都要整天忙于钻研律例和梳理案卷。

忙中偷闲的王守仁一直在关注着北部边境的局势。弘治十四年是大明朝廷多事的一年,新年伊始,没出正月,陕西发生地震,死伤惨重;四月,鞑靼小王子十万狼兵大举侵犯延绥和宁夏,大肆烧杀抢掠;七月更是双鬼打门,小王子抢掠宁夏,火筛部落烧杀固原。边境不靖,京师震动,连夜戒严和宵禁。王守仁自觉空有满腹军事谋略,却无处施展,王越老前辈馈赠的战剑只有在晨练中望空劈刺。

这一年是个大灾年,北京和南京、辽东、山东、河南、山西、江西、湖广,几乎半个中国遭受了灾荒。弘治皇帝是有爱心的皇帝。受灾地区统统豁免税粮,并开仓赈灾。

弘治皇帝不仅关心灾民,仁爱的雨露也洒向了各地监狱的囚犯。弘治皇帝老人家接班以前,朝廷每五年,赶在春秋两季,向各地监狱派出中央司法官员,审核在押犯人,无罪和轻罪释放,重罪一旦落实立即处置,免得囚犯过多,拥挤在窄狭的监舍里被热死或者冻死。到了弘治皇帝当政时,五年一次的审核固定为每年一次,每年霜降以后开始审核,赶在冬至前完成。刑部官员要配合都察院御史和大理寺评事下基层,现场开庭办案。

南直隶地区几个府被判充军的犯人,要被发配到四川和云南边远之地,这算与云南司的工作挂上了钩。王守仁被抽调到南直隶庐州府甄别囚犯。同行的有南直隶巡按御史七品官戴田、大理寺评事七品官邢道,陪同的地方官员是庐州府六品官通判张韶。他们一行,七天一个州县,已经巡查了庐州府的合肥县、舒城县、庐江县、六安州及所属霍山县和英山县,平反了不少错案,下一站是无为州。

在无为州,第一个案子是一个屡教不改的盗窃犯,案情简单,处理起来却有些棘手。知州辛文渊比较慎重,无为而治,把矛盾上交给了钦差大员。因为案情简单,无须提审犯人,只需聆听知州陈情。于是几位官员在后堂联席问案。

三位中央官员正堂就座。御史代天巡狩,见官高一级,御史戴田自然居中而坐;大理寺评事监督案情,邢道居左上座;王守仁在右陪坐。庐州通判张韶算半个东道主,在东侧就座,知州辛文渊在西侧备询。地方里老和族长在堂下做证。

戴田三十来岁,语气相当威严,"辛州守,这件案子案情简单,怎么会久拖不决?"

辛文渊四十来岁,山西人,弘治六年进士,从五品官,有十几年的官场经验。他心里清楚,御史巡按,御史桌上那方铜印非同小可,凭着这方大印,大事上奏,小事立决,对付他这样的从五品以下官员,乌纱帽子说摘就摘。别说他从五品官,就是四品的知府老爷,见了御史,也要磕头问安。于是辛文渊赔着小心,回答道:"天使所言,下官受教匪浅。甄阿鼠这件案子,正如天使大人所言,案情确实简单,但是过程比较曲折。按我大明太祖朝钦定的法规,第一次偷盗,在左臂刺字;第二次偷盗,在右臂刺字;第三次偷盗,记入犯罪档案;初犯再犯,官府要治病救人;再三再四,朝廷仍然宽大为怀;第五次,那是屡教不改,天怒人怨,罪不容赦,命犯死罪。可是,这个甄阿鼠命不该绝,第五次犯罪赶上圣上大赦;第六次重犯,又赶上陕西地震,圣上再次大赦。这个甄阿鼠凭着侥幸,屡逃天谴,他不思悔改,反而更加肆无忌惮,过去是小偷小摸,现在变本加厉,变成了屡屡惊扰乡邻。请天使大人垂询当地的里老和族长。"

戴田望向堂下的里老,问道:"这位老人怎么称呼?"

里老五十来岁,读书人,一直没有取得功名,躬身回答道:"回禀大人,小人姓龚名正。"

戴田见龚正一脸正气,很客气地问道:"龚处士,朝廷建立乡里老人制度,大众推举你做老人,你自然是德高望重。甄阿鼠这件案子,请你从实说来。"

处士是对没有功名的读书人的尊称。

龚正回答道:"晚生读圣贤书,因不能取得功名衣冠,故不能像各位大人一样——当面聆听圣天子的教诲,就只好在乡间尽自己绵薄之力,耕读传家,服务乡里。"

王守仁听到这里,示意为老人和族长看座。

龚正坐下继续回答:"甄阿鼠初犯时,乡里乡亲念他年少无知,本着宽厚心理,没有追究。再犯时,看他寡居老母一把鼻涕一把泪,再次宽恕了他。每次举办乡饮酒礼,我都要再三劝告,为人不学好,天怒人怨,最终害人害己,到头来死路一条。可他屡教不改呀!再犯时,朝廷宽宏大量,再次赦免了他。不承想这个甄阿鼠,不识好歹,行为已从偷鸡摸狗,变为赶猪牵牛,祸害良家妇女。"

戴田与大理寺评事邢道嘀咕:"圣朝以孝治天下,甄阿鼠罪该死刑,可是,如此一来,就会让他寡母失养。"说着他摇了摇头。

邢道见戴田摇头,提议道:"送养济院也未尝不可。"

王守仁发觉堂下的族长扬着白胡子下巴,一直想要说话,就发问道:"族长可有话说?"

族长七十多岁,一脸干瘦,精神还好,有些颤抖,有些激动地说道:"家丑不可外扬,族里出了这种丑事,小老儿也脸上无光。这也怪小老儿管教无方。这两年,这畜生不仅祸害乡里,还兔子吃上了窝边草。我家的牛也被他偷去卖了,没有牛以后咋种田。皇帝爷可怜他,每次都饶了他。这畜生,狗改不了吃屎,贼性难改。这次,我也不再护着他了。虽见他老母亲又是下跪又是磕头,哭哭啼啼,但我们不能再心软了。畜生不除,还要伤人。说到他老娘,小老儿想办法,族里给她养老送终。只求大老爷法办了甄阿鼠。"

戴田扭脸看着王守仁,似要征询他的意见。御史主要工作是督察各级官吏是否守规矩,自然不如刑部官员精通法律条文。王守仁沉吟了一下,说道:"祸害当除,否则贻害无穷;寡母当养,否则有失仁政。寡母无儿,就失去了活着的念想。死罪可免,活罪不能轻饶,充军云南,终生戍边,永不遣返。"

戴田点了点头,问辛文渊道:"辛州守,他们乡里可有养济院?"

辛文渊回道:"有过规划,尚未建立。不过一直在筹备。"

戴田扭头征询王守仁意见,王守仁问族长道:"这位族长,族里祠堂可有义田?"

族长迫切希望处置族里的祸害,回答道:"回大人话,祠堂有义田三十亩,用于祠堂四季祭祀和族里义塾,每年都略有宽裕,几个老人,还能养活。"

王守仁吩咐老人龚正道:"龚处士,你与族长当堂立下文书,族长立言,以义田赡养甄阿鼠寡母,每年若干白米,何时给付,日常何人看顾,生老病死何人负责照料,你做中人监督实行,州里备案。"

龚正应承道:"回大人的话,晚生一定照办。"

戴田扭脸对邢道说道:"如此甚为妥当,可谓两全其美。偷盗惯犯甄阿鼠终身发配云南充军,寡母由族里赡养,族长立字为凭。就这样结案吧。"

王守仁会同大理寺评事邢道,配合御史戴田,从霜降开始到冬至前结束,清理了庐州府两州六县所有的陈案积案,释放了被诬告、被冤枉的无辜小民,惩治了屡犯惯犯和严重刑事罪犯。

无为州十来天忙忙碌碌的生活,触动了王守仁心中一个长期的念想:清静无为。

第十七章　九华圣地　访道问僧

　　在无为州办案的时候，有一次饭后散步，王守仁与御史戴田、评事邢道谈论起无为州州名的来历，进而谈到《道德经》，再从《道德经》引申到道士们遁世修道，谈到隐士放弃红尘富贵，避进深山。王守仁说起了自己家乡富春江畔垂钓的严子陵："要说隐士，伯夷和叔齐，年代太久远了，说一个我们家乡汉代的严子陵吧。这位先贤，被光武帝征召到洛阳，皇恩浩荡。晚上严子陵与光武帝同榻而眠，他甚至故意把腿伸到光武帝肚子上，以此来考验光武帝是否因为富贵而忘了贫贱之交。好在皇帝心装天下，大人大量，没有怪罪他的失礼。就是这样的隆遇，严子陵却仍不恋慕高官厚禄，早上还是天子的贵客，晚上已经变回了山村野人。"

　　邢道接着说道："王主政说的严子陵是高士。我说一个更近些的，我们家乡九华山的先贤，唐代进士王季文，也曾放弃锦衣玉食，回到九华山中，闭门读书修道，身后还把山中别墅施舍给了和尚，那别墅就是现在的无相寺。说到九华山，诗仙李白也曾经在九华山隐居过。"

　　主政是对六品主事的雅称。

　　邢道的话让王守仁心中一动。严子陵是王守仁敬慕的家乡先贤，他人品高洁，有朋友当皇帝，却能安于无拘无束的、只有颜回这样的贤人才安然享受的一瓢白饭就一瓢井水的平淡生活;李白是王守仁尊崇的诗坛大家,他才华横溢,只身漂泊天下,我行我素、天南海北,自由自在。王守仁接着邢道的话头说道:"李太白一直是我很喜欢的诗人。弘治九年十月,我会试下第,走运河回余姚,路过山东济宁,曾凭吊过济宁的太白楼。"

王守仁在弘治九年考进士失败后,拜访过太白楼,还曾作过《太白楼赋》。那一年,北方边境烽火四起,自己痴迷于军事理论的钻研,却报国无门,自觉学了一肚子军事谋略,却怀才不遇。他路过孔夫子家乡时,想到圣人孔子当年,一身道德学问,在鲁国报国无门,被迫颠沛流离、周游列国,吃了上顿没下顿,既替圣人感叹,又自悲自叹:没有生逢盛世,没有遇到宁愿替姜太公拉车的周文王,没有遇上三顾茅庐的刘玄德,没有遇上为了迎接人才而慌得赤着脚的曹孟德。于是,他登上了太白楼。遥想李白当年,是何等的潇洒,天子诏来不上船,自言我是酒中仙,天涯海角任我行,无牵无挂赛神仙。李白可以使唤天子权臣为自己提鞋;李白可以让皇帝的钦差在一旁等候,等自己有滋有味地品尝完一壶美酒,再上船赴京;李白有机会当面给皇帝他老人家指点江山,这些,都让寻常读书人艳羡。弘治九年凭吊太白楼时,王守仁只是一个举人;今天他虽然已是刑部六品主事,却仍是壮志难酬。北方边境胡虏肆虐,边民生灵涂炭,自己逍遥事外,凝结着自己心血的《陈言边务疏》呈递上去,如石沉大海。北边战事上,朝廷先前派去的平江伯陈爵爷,久而无功被召回,再派出征的保国公朱爵爷……唉!他们一个个庸才当道,自己这个大才却闲置着。

邢道的话惊扰了王守仁的沉思。"王主政,你和李太白有类似的诗风,一样的豪迈,像天马行空;一样的浪漫,像蓬莱神仙;一样的抒情,总是浮想联翩;一样的通俗,妇孺都能吟诵。你那篇《坠马行》长诗和《大伾山赋》,都是这样的风格。"

王守仁应答道:"太白是诗仙,鄙人只能算是小仙。"

一直沉默着的戴田突然发话,笑着说道:"王主政、邢评事,你们看这个'仙'

字的结构,山人,顾名思义,人在山里就是神仙。要当神仙,干脆就到山里去。"

王守仁心头一动,说道:"我还真想去山里当一回神仙。就去九华山。"

邢道说:"九华山值得一去。九华山这个名字,就来自李太白的诗句'妙有分二气,灵山开九华'。九华山七十二峰,有三处是必去之处:一是太白隐居处,二是朝鲜王子金乔觉肉身灵塔,三是东崖独石禅天处。九华山处处天机,峰峰灵妙。"

这话让王守仁坚定了去九华山的信心,他说:"你们二位这么一说,九华山,我是一定要去,要潇洒地当一回真神仙。"

邢道开怀笑道:"要当神仙,我支持。我给你介绍一个学生,当你的向导,是位青阳县县学秀才,家在九华山下柯村,姓柯名崧林,字直木。"

柯村秀才　热情相待

邢道略尽东道主之谊,陪王守仁游览了池州城南的齐山。王守仁和邢道分手,前往九华山。柯崧林家所在的柯村就在九华山山麓。王守仁与随从赶到了柯崧林家。柯崧林不到三十岁,参加过两次举人考试,都名落孙山,能和科举考场上的成功人士朝夕相处,随时请教于他,自然是求之不得,于是他自告奋勇承诺全程导游,并吩咐家人照顾饮食。王守仁当晚就歇宿在了柯秀才家。

第二天一早,王守仁与他的随从、柯秀才与柯家家童,四人结伴上山,第一站是离家最近的无相寺。两人一路聊天。

王守仁问道:"直木,听说无相寺是唐代进士王季文所建?"

柯崧林回答道:"王先生,无相寺在隋代已经有了寺僧。只是到了唐代,王进士因病辞官归隐,在此读书。学生祖籍河南,先祖唐代时来池州做刺史,才落户到这里。"

王守仁说道:"啊,原来直木也是中原人士。"

柯崧林惊异地问道:"这么说,王先生也是中原人士吗?"

王守仁笑道:"百家姓几乎都发端于中原,河南、山西、陕西、山东、河北。李白不是还祖籍西北吗?最后也落脚在九华山。金乔觉王子一个朝鲜人,最后也归化在了九华山。直木,你信佛吗?"

柯崧林有些扭捏,有些迟疑:"祖居九华山下,柯姓是个大姓。家里向来与山上僧人有交往。不过,我们儒家正学,遵守圣人教训,敬鬼神而远之。王先生怎么看佛教?"

王守仁迟疑了一下,回答道:"我祖母一直念佛,祖父信奉道学,家君只尊奉儒学。至于我,对佛教将信将疑。你看,观音菩萨救苦救难,这和我们儒家的仁者爱人有什么区别?文殊菩萨智慧如海,这不是我们儒家提倡的智仁勇'三达德'中的'智'吗?普贤菩萨的十大愿行,不正是我们《中庸》提倡的'笃行'和'力行'吗?至于说到九华山,这不是地藏菩萨的道场吗?地藏菩萨发大愿,'地狱不空誓不成佛',这和我们儒家'杀身成仁'和'舍生取义'的仁义观,有啥差别吗?恐怕这都是圣人才能做得到的。"

柯崧林惊异道:"经您这么一说,原来这些菩萨与我们的圣人是一样的德行。"

王守仁以前并没有认真比较过,究竟菩萨与孔圣人有什么大的差别,今天也是话头偶然凑到了一块儿,现在面对柯崧林的问话,他也不得不琢磨起来,一边想一边慢条斯理地回答道:"你看,释迦牟尼为了传道,放弃王位;孔圣人为了传道,放弃鲁国司寇不做。"王守仁说到这里,发现了二者的区别,孔圣人放弃鲁国司寇官位,好像是因为世道恶浊,不愿同流合污;连归隐的李白也是因为看不惯权贵们的胡作非为。这与释迦牟尼放弃王位是不一样的。甚至自己心里经常浮动着的归隐念头,出发点好像也是怀才不遇,另外也有求道无门的困惑。正说圣人呢,怎么又联想到了自己!王守仁心里明白,归隐是道家情怀,不是儒家的追求。王守仁虽然每天晚上睡觉前像曾子那样自我反省,但是对于自己心里一直存在的归隐念头,不敢也不愿意过深追究。

　　不等王守仁考虑清楚,柯嵩林又有了疑问,他说道:"王先生,佛教和我们儒学还是有区别的。就说九华山这位金乔觉金地藏,这位朝鲜王子,在国内不受父王喜欢,离国出走,来到我们九华山,修成道果。但是释迦牟尼,则完全是自己主动放弃王位的。我们的尧、舜、禹,我们的周公,这四位圣人为什么不出家呢?是他们热恋权位吗?啊,对了,那个时候佛教还没来到我们中土。但是伯夷、叔齐时代,佛教也还没有传到中土,这两位史书所称赞的高士,怎么就能归隐深山呢?"

　　柯嵩林的疑问帮王守仁厘清了一个问题,那就是,孔圣人放弃高官厚禄,一是因为鲁国政坛污浊,二是为了传道;释迦牟尼佛应该是看清了生命本质,毅然放弃王位,说法四十九年。这两位是圣人!而伯夷、叔齐,归隐深山,对世事不闻不问,只求洁身自好,对于世人和世道有什么帮助呢?自己家乡的严子陵垂钓富春江,不过自得其乐罢了!李白漂泊天下,不过是一个自由自在的神仙罢了,与世道有什么补益呢?尧、舜、禹和周公,一直在世间为百姓谋福利,这才是真圣人。观音、文殊、普贤和地藏,这样的菩萨,好像都是在为别人活着,为别人谋福利,这无疑是真正的圣人。自己到底要做不离人世间的圣人呢,还是要做像释迦牟尼佛一样的圣人呢?不管是儒家的圣人,尧、舜、禹和周公,还是佛家的圣人,释迦牟尼佛、观音、文殊、普贤和地藏菩萨,他们有的在行道,有的在传道,大家都离不开一个"道"字。行的什么道呢?传的什么道呢?究竟什么是道呢?道究竟什么样子呢?这恐怕才是问题的核心!知道了道,悟到了道,掌握了道,自然就知道该怎么干了。王守仁打定主意:要求道!而立之年,立什么?以前立志学做圣贤。立起来了吗?好像没有!为什么呢?是不是因为没有道。圣贤们可是个个有道在身。三十多年来,自己一直在人世间东奔西跑,一直寻师访友,都是为了一个"道"字。拜过儒家老师,聆听过道家的教诲,只是还没沉下心来,没有仔细听听佛家的智慧。这次攀登九华山,时间充裕,一是可以凭吊诗仙李太白的足迹,二是一定要参禅学佛,看看能不能从僧人这里探寻到道的端倪。王守仁定下了此行的最终目标。

无相寺在柯村西南。王守仁和柯崧林一路看山观景,因为心中目标明确,王守仁丝毫不觉得登山辛苦。王守仁思索明白后,对柯崧林刚才的疑问这样回答道:"前贤说,仁者乐山,智者乐水。这些归隐山林的前辈,至少应该划归到'仁者'的行列。"

柯崧林自忖,自己久居山野,身在山中反而不觉得有山,就问王守仁道:"王先生,你是乐山呢还是乐水?"

王守仁哈哈一笑,答道:"我和你一样,生在山脚下,长在江河边,生就的脾性,喜欢山水。到了平原,好像虎落平川。我属龙,龙从云从水。身傍山水,平生所愿。哈哈哈!"

柯崧林也笑道:"王先生这次所愿必成。九华山山涌五溪,条条灵秀,小天台、大天台,脚踏白云,腾云驾雾。真是一个神仙福地!"

两位神仙,一天高高兴兴。天色已晚,投宿到了无相寺。

宿无相寺　不懂无相

一天奔波,心闲腿累,一夜安眠。早上起床,发现春雨绵绵,南望九华山峰,一片黛色,分不清雨色还是山色。山路湿滑,索性安住无相寺,与老和尚谈法论道。

当家僧法号性空,五十多岁。无相寺,只有三五个僧人,这里人迹罕至,山泉清冽,山菜可口,山风温润,松竹相伴。性空常住山间,面无挂碍,加之常年修持,严守戒律,心灵纯净,是以气质空净,脸上不挂一丝一毫的烦恼,虽然满脸看不到笑容,却又让人觉得每一个毛孔里都藏着熨帖。性空眼睛很小很细,耳朵却很大。王守仁初见性空,心里觉得,这才是神仙呢,无忧无愁,无牵无挂,不愧为真山僧,与他一比,自己虽然有时候自号山人,却是一个地地道道的"假"山人。

柯秀才家几代人都是无相寺的施主。王守仁、柯秀才和性空和尚,三人相谈甚欢。

王守仁几年来养成了官场习气,一开口带着官味:"下官一夜打扰,多谢大和尚接待。"

性空和尚淡淡地一笑,说道:"山野闲僧,疏于礼节,床铺粗硬,饭菜素淡,不比通都大邑,不是有意简慢。这里没有上官,也没有下官。柯施主布施,十方有缘人受用。能来都是缘分。"

王守仁稍有些尴尬,不再客套,想直接请教无相寺的寺名,于是诚恳地问道:"俗世上,一个人的名字能够反映这个人的志向。那么贵寺这个无相有什么来历?"

性空和尚淡淡一笑,问:"施主读过《金刚经》吗?"

王守仁尴尬地笑笑,回答道:"读过,只是不甚明白。"

性空和尚说:"如果明白,自然就没有疑问了。《金刚经》说'凡所有相,皆是虚妄,若见诸相非相,即见如来','无相'就是诸相非相的意思。当年六祖慧能大师,听闻一句'应无所住而生其心',就开悟了。"

柯崧林好奇地问道:"开悟了什么呢?"

性空和尚问:"施主读过《心经》吗?"

王守仁和柯崧林几乎同时吟诵起了《心经》:"观自在菩萨,行深般若波罗蜜多时,照见五蕴皆空……"

性空和尚两手合十,静听两人背诵《心经》,等两人背完,说道:"《心经》二百六十个字,是《金刚经》五千多字的浓缩。"

王守仁仍不理解,他安静地望着性空和尚,等他作进一步的解释。性空和尚好像对此视而不见,脸上连淡淡的笑也没有了,就那样静静地坐着,一言不发。静默了几分钟,柯崧林终于忍不住,打破了沉默,问道:"《心经》到底说的什么呢?"

性空和尚又是淡淡一笑,知道自己的解答没有达到效果,说:"正如刚才王施主所言,名字能反映一个人的追求,无相寺是本寺的追求,老衲的法号就是老衲的追求。"

王守仁心里揣摩着"性空"两字,心里多少有些明白,《心经》中"观自在菩萨"照见的就是一个"空"。柯嵩林还是疑惑不解,要打破砂锅问到底:"慧能大师难道一辈子辛辛苦苦,结果就悟到了一个'空'字,这不等于啥也没有吗?"

性空和尚的回应仍旧是微笑和一言不发。王守仁还有疑惑,就又请教道:"性空法师,这个'照'怎么照呢?"

性空法师静静地端坐着,好像在闭目养神,过了一会儿,待他又睁开眼睛时,发现王守仁还在满眼疑惑,等着答案呢,于是,他说道:"《金刚经》最后怎么浓缩成了《心经》呢? 慧能大师怎么单单一句'应无所住而生其心'就开悟了呢? 你看都离不开一个'心'字。'照'就是'心'在看。"

柯嵩林更加迷惑了,不解地问道:"师父,心怎么能看见呢?"

性空法师淡淡一笑,说道:"这和你们圣人学问要求的是一样的,要力行,要笃行。要想知道梨子的滋味,只有亲口尝一尝。"

柯嵩林很想马上咬一口梨子,急着问道:"怎么尝呢?"

性空法师再次淡淡地一笑说道:"佛家八万四千法门,儒家有四万八千路径,条条路径上九华。"

柯嵩林若有所悟地说道:"我明白了,照您这么说,'四书五经'上方法多了。不过还是想请您老人家说得更明白一点。"

性空法师仍然淡淡一笑,说道:"方便有多门,哪能执着一个方法? 一把钥匙开一把锁。禅宗讲究参话头、打机锋;净土宗,就简简单单一句阿弥陀佛,天天不离口。说来说去,只求一个心静,清清静静,说'求',也是六个指头搔痒。"

王守仁还是疑惑不解,问道:"是不是打坐参禅?"

性空法师再次淡淡一笑，说："'坐'有什么错？要被人没来由地打一顿。慧能大师说得很明白，心不动就是'坐'了。参禅也不见得需要'坐'，什么叫作禅？诸相无相就是禅。这就是无相寺的意思。"

柯嵩林老老实实地承认道："和尚越说我越糊涂，越绕越成迷魂阵。"

性空法师还是淡淡一笑，说道："梨子的味道不是说出来，是吃出来的。人人机缘不同，神秀大师是一口一口吃的，方法是'身是菩提树，心如明镜台。时时勤拂拭，勿使惹尘埃'。慧能大师是一口吞吃的，方法是'身非菩提树，明镜亦非台。本来无一物，何处惹尘埃'。这是两座桥，一座是一步步走过去的，一座是一步飞过去的。你们两位施主，一人一座桥。"

王守仁和柯嵩林两个人各自在心里选择着自己需要的桥梁。王守仁心里放下佛家的桥梁，想起了儒家的《大学》，《大学》有修道纲领，有修道方法，于是问道："性空法师，佛家修习的法门是什么呢？还请和尚指点一二。"

性空法师脸上终于有了看得见的笑容，他说："佛教纲领十六个字：诸恶莫作，众善奉行，自净其意，是诸佛教。"

柯嵩林是个实在人，不解地问道："这成佛太难了！诸恶莫做容易做到，众善奉行，这世上善事太多了，我十辈子也做不过来呀。"

这个老实人的问题把王守仁逗笑了，把一直在淡淡浅笑的性空法师也逗得哈哈大笑，却引出了性空法师的又一句理论："老实人往往是学佛时的聪明人。"这话说得柯嵩林不好意思了，他笑得像个孩子一样，一只手不好意思地搔着头。搔着头的柯嵩林听性空法师继续说道："王施主和老衲这一笑，是开怀大笑，是开心大笑，笑得我们忘了为什么发笑，这是什么？这就是世上人们常说的开心，心开义解。心一旦被真正打开，开开心心，诸相无相，应无所住，一切都解决了。"这个说法，给王守仁很大的启发，啊！这个就是"无相"呀。只听性空和尚继续说道："柯施主，你笑得不能开怀，有些不好意思，有些扭捏，还一手搔着头，虽然是笑了，但是心没有被打开，不是开心。两位施主，《心经》《金刚经》，都离不开一个'心'字。"

王守仁心里似乎明白了些什么，又似乎什么也不明白。柯崧林因这话笑得更加不好意思，他索性两只手搓了搓脸，掩饰一下自己的不好意思。

雨一直下了一天，无相寺的论道一直在继续。昼短夜长的冬末春初，不知不觉天就黑了。柯崧林感慨道："话语投机嫌天短。"王守仁感叹道："专心听讲不觉寒。"性空法师接道："肚子空空心也空，天空地空空也空。"性空和尚一双清澈空灵的眼神真是个空空如也、纤尘不染。

晚饭前，性空法师总结道："你们知识分子学佛，读《金刚经》和《坛经》最适宜。啥时候真正地照见了小寺的寺名'无相'，一切就开心了。"

春雨连绵，僧不留客雨留客，王守仁和柯崧林一直在无相寺盘桓了七天。七天时间里，尘嚣远隔，没有了密密麻麻、枯燥烦琐的刑事案卷，没有了迎来送往，或肉麻谄笑，或虚假应酬的皮笑肉不笑。寺院内，见人不外乎三五个和尚沙弥，对面相逢，免开尊口，只需双手合十，擦肩而过；出门是大山，松涛阵阵，竹叶婆娑，用不着客套，不用自作聪明，没有哪棵树嫌你笨，不用大智若愚，没有哪株竹子嫉妒你的智慧。雨丝如剑，斩断你心中的三千烦恼；雨声如歌，一串歌声一声紧似一声，滤净你的思虑烦恼；雨水是无根天水，雨中徜徉，冲刷去身上的俗气；井水混着泉水，混着雨水，一口口的甘洌，沁人心脾，冲洗着王守仁的肠胃，滋润着王守仁的心田。

身静心静的王守仁，七天时间里，或雨中散步，或静室打坐，目标明确地去追求性空法师所说的那个"空"。雨中，他头戴斗笠，跟无相寺和尚们学他们早晚课时的行香步法：两腿大步流星，两臂自然下垂、自由摆动。或者口诵《心经》，或者就一直让头脑空闲着。打坐时，他有时使用德一道士传授的方法，数息入静，或者按性空法师新教的办法，口中默念《心经》入静。经常是这样，越想静，越静不下来，无论怎样驱赶，脑中一直有杂念，这让王守仁很沮丧；但偶尔默诵《心经》，他很投入很专心，坐着诵着，什么都会忘了。

没有等王守仁在无相寺体会到"无相"的境界,天已经放晴了。从无相寺向南仰望,山峰如画。柯崧林督促着,说无限风光在高峰。王守仁和柯崧林等人离开了无相寺,开始了真正的九华之旅。

蓬头道士　论道说法

第一站是李白祠堂,这里是王守仁攀登九华山的最初目的地。李白祠堂又叫太白书堂。如今的李白祠堂,没有读书人,没有诗人,甚至没有哪怕一个人为前贤看守祠堂。没有谁为这位诗仙,为这位谪仙,上几炷香。三间祠堂已经破败,屋前的竹林自然蔓延,已经遮掩住了路径,一块宋代所立的石碑,上面布满了青苔。王守仁心里无限感慨,随口吟诵道:"千古人豪去,一方石碑残。青苔掩旧迹,溪水唐歌传。"

屋前有两棵粗大的银杏树,王守仁围绕着其中一棵转着圈子,他打量着,端详着,试图在其中寻到自己的一些灵感。王守仁与柯崧林在屋前祭拜李白并上香。

李白祠堂在九华街上。有道人见王守仁给诗人上香,马上赶过来做导游。

道人介绍道:"这是李太白亲手种下的银杏树,七八百年了。那是李太白用过的水井。李太白也是我们道中人,是位居士,自号青莲居士。"

王守仁感慨道:"千年银杏,百年人生。万年的流水,永恒的诗名。人没诗还在,人空诗不空。"

柯崧林也感慨道:"王先生,李太白生前辉煌几十年,美名身后传了几百年。真如先生说的人空诗不空。"

道人接口道:"像这棵银杏树上的白果叶,入药的话,药性平,入肺经。这个药性看得见吗?虽然看不见,它又确实存在。这叶是空还是不空?"

空空空!王守仁脑子里一直在琢磨这个空字。伟大的李白确实是空掉了,流传下来的只有他伟大的诗歌和英名。自己呢？几十年后也一定会空掉的。人过留名！自己将给这个世界留下什么呢？自己有什么可以传之后世呢？诗歌吗？就凭那首《坠马行》？就凭那篇《大伾山赋》？就凭在无相寺那三首流水账似的日记体诗歌？就凭金山寺那两首幼稚的牙牙学语？与李白相比，这些简直微不足道。自己难道就像李白祠堂庭院里那一丛丛蒿草，春生秋死，贱如蝼蚁，速生速朽，无声无臭，虽然与世无争，可是又与世何补呢？这不等于生也没有生，空来人世一场吗？爹娘生自己干什么呢？朝廷授予自己进士和官职干什么呢？自己愿意无所作为吗？自己熟读兵书，一心报国，不是一直在时刻准备着吗？国家不是不需要自己这样的仁人志士，几年来，边境没有一个月的安定，和自己兄弟姐妹一样的男男女女，每时每刻都处在鞑靼铁骑践踏的危险中，靠那些爵七代爵八代的统帅来领兵保护吗？就凭自己在京师武学会讲课时接触的那些世袭将领，由他们带兵打仗，边境不危险才是怪事呢。将帅不会领兵，兵就能打仗吗？这两年自己在刑部，可是清楚这些兵的来历，不是抓派的壮丁，就是流放的罪犯。唉！自己一肚子谋略，每天跃跃欲试，可就是有劲使不上。罢罢罢！学李白，山中读书；学禅家二祖慧可，山中修道。有了道，像释迦牟尼佛一样传道，拯救这些需要拯救的人吧。谁是需要拯救的人呢？眼下自己就是一个。也许，自己在九华山中高卧，能够卧来三顾茅庐的刘玄德。

学道修道？自己一向自认聪明，为什么一直破解不了性空法师所说的"空"的谜底？

以后的几天，"空"字一直压在王守仁的心头。

王守仁和柯嵩林入住了李白祠堂附近的化城寺。

王守仁和柯嵩林首先拜谒了金地藏肉身灵塔。柯嵩林说："王先生，李太白人没了，诗歌传了几百年；这位金地藏，人没了，肉身几百年后还在被善男信女们顶礼膜拜。"王守仁说道："听说是肉身舍利。只有得道的高僧大德才能有。我觉得呢，佛家圣贤留下来肉身舍利，给大家做见证，增加学道的信心；儒家圣贤留下来'四书五经',应该是我们儒家的舍利。"

二人来到南边的小天台,西望云海,只见白云团团,山峰隐约,气象万千,王守仁随口吟诵道:"白云片片耕石田,渡船艘艘破雾海。石猿虔诚坐听经,白鹤安详立参禅。"

柯崧林气喘吁吁地说:"王先生,听你这么一吟诵,我也有了这个感觉,这大山一座座山峰,一片片石林,甚至包括一棵棵树木,都好像一个个僧人在听经念佛。真是处处有禅呀!"

王守仁若有所悟地说:"直木,听你这么一说,我好像感觉到这几天来,心里清静多了,连大山也变安静了,变得空旷了。"

柯崧林道:"今天我们攀登的小天台,已经美不胜收。明天我们要攀登的大天台,听说是:白云脚下踩,北眺长江如练,南望黄山巍峨。"

第二天一早,王守仁和柯崧林攀爬天台峰。二人赶在中午时分到达天台,因为疲劳,因为筋疲力尽,脑子已经罢工了,懒得思考了。疲劳着,想兴奋兴奋不起来,心里波澜不惊,不静而静。山高我为峰,一览众山小。天安地静,一片安详。脚下,人与山连为一体;远处,天与地结为一家。天静地静人心静,天人合一!

王守仁缓过来精神,开始欣赏天高地远的美景,并随口吟诵道:"峰下云万重,坡上桃千树。终岁无人来,惟许山僧住。"

天台峰峰顶有座地藏寺,佛寺中借住着位道士,姓蔡,道号纯阳。蔡纯阳不绾发髻,不戴道冠,霜染白发;蔡道士面色白净,唇红齿白,面相也就六十出头,实际上老先生已经八十开外。蔡纯阳正在院中散步。

王守仁意外在寺院里碰到道士蔡纯阳,一见之下,他心中竟生起了惊喜。爷爷竹轩翁一生信奉道学,高祖遁石翁和五世祖广东参议王纲都是道教的忠实信徒,不知道是不是家传血缘,王守仁自己骨子里同样喜欢道学。前几天性空法师给的哑谜,到现在自己还没有猜透,是不是与佛无缘?现在还说不定。东方不亮西方亮,和尚处弄不明白,在道士这里说不定可以豁然开朗。蔡纯阳的仙风道骨令王守仁肃然起敬,见到了蔡纯阳,王守仁不由得想到了爷爷竹轩翁,想到了竹轩翁的爷爷遁石翁和遁石翁的爷爷参议王纲。让人生生世世、历尽千辛万苦、锲而不舍、从来没有灰心泄气、永远没有停止脚步追求的"道",说不定就藏在这九华山顶。今天见到这位道士,说不定是自己机缘到了。为了道,禅宗二祖慧可师父可以快刀断臂;为了道,儒家前贤杨时可以雪埋脚脖站半天,王守仁不想错过机会,于是他迎着蔡纯阳,行九十度的鞠躬礼,之后直起身子说道:"余姚王守仁请道长指教学道路径!"

蔡纯阳走近王守仁,说道:"贫道蔡纯阳。这位小友,道不在山高,登山有路,求道无门;道不在空门,不在参禅打坐,道在日常。"蔡纯阳说完,径自走开,绕过大殿,进了后堂。王守仁思忖,是不是自己礼节不周到,或者道法神圣,老道不愿意轻易授人,于是他让柯崧林和两个随从在殿外等候,自己跟着蔡纯阳进了后堂。四下无人,王守仁放下官老爷的矜持,双膝跪地,一跪三叩首,口诵:"无量天尊! 恭请道长指教。"

蔡纯阳道:"贫道方外野人,不受人间重礼。小友起来说话。你想知道什么?"

王守仁站到一侧,垂手而立,态度像中进士后在金銮殿面圣一样,小心地开口道:"在山下无相寺,有两个疑问,一是对'诸相无相',晚生不甚明白;二是对'性空',不知道根底。"

蔡纯阳缓缓说道:"诸相无相,是《道德经》中的'大象无形'。性空,是道家的'清虚'。这都是需要实证功夫的。听说无益,要真做。"

王守仁不解道:"如何真做呢?"

蔡纯阳说:"小友一定去过了山下的太白堂。李太白也是我们道家前辈。单名一个白字,还嫌不够,又要字太白。'太'字你一定知道了,'大'字多一点儿,是至高无上,至高无上的白,白到极致了。道家说道有三个化身,即玉清、上清和太清。李太白的'白'字,和三清的'清'字,都是说心上功夫,要做到心底洁白无瑕,做到心底清净无染。这是他们佛家说的'性空',是你们儒家说的'仁'字。道生一,一生二,二生三,三生万物。"

王守仁问道:"做到这个'清',就是得道吗?"

蔡纯阳说:"做到这个很难的。儒家讲究《大学》:'止、定、静、安、虑、得。'胖子不是一口吃成的,要一步一个阶梯。一学道,二明道,三修道,四证道,五行道,最后得道。"

王守仁问:"'性空'在哪一个阶层呢?"

蔡纯阳说:"第二阶层,开智慧了,明了道。明白了才好修道。各人机缘不同,次序也不全一样。有的人蜗牛上山,一步一个脚印;有人大鹏飞天,一了百了。"

王守仁问:"我也可以像李太白一样,舍弃红尘,入山修道,我,我……"王守仁没有想到妥当的词语。

蔡纯阳说:"出家人施礼,五体投地,死心塌地,一心一意。小友你俗缘未了,宿根未断,一直放不下来心上的官相,礼仪虽然隆重,官味一直深重,虽然放下了身段,心中依然没有放下。不过,这也有好处。要明白,天上没有无功无德的神仙,地上没有无功无德的圣贤。我们道家讲究,学道之前,先做八百善事,再立三千功德。这是学道、学佛、学仁的基础。你身在人世,有官有学,有做善事立功德的便利条件。心诚则灵,只要功夫深铁杵磨成针。好了! 天上有道,脚下照样有道。只要有意,只要无心,处处皆道。无量天尊!"蔡纯阳说完,自顾自转身离开了。

王守仁霎时间好像明白了,仔细一想,又是一头雾水。今天辛苦半天,腰酸腿疼,爬上了天台,脚踩白云,伸手好像可以抓住天的尾巴。可是听蔡纯阳今天一说,自己这才到哪儿呀? 嗯,对了,蔡道长好像也说过,有的人一步登天,一了百了。哪里有这样的异人? 能传授这个一了百了的神奇妙法呢?

峭壁野洞　世外异人

天上神仙府,皆住云霄殿。九华山七十二峰,峰峰云海缭绕,雾海缥缈,一切皆在若隐若现中,王守仁想这白云深处,说不定哪座峰头就真藏着口吐莲花的奇妙神仙。王守仁和柯崧林晚上以化城寺为据点,白天便在七十二峰中寻找,坚持不懈地寻找。功夫不负有心人,还真让他们找到了,神仙既不在西天台王母娘娘的蟠桃宴上,也不在南天台七仙女的歌舞晚会上,而是近在咫尺,就在化城寺所在的九华盆地东侧的东峰山崖间,在悬崖峭壁下的一个窄狭的野洞内。

王守仁和柯崧林在消息灵通僧人的指点下,直接从西坡爬山,披荆斩棘,没路踩路,吃尽了苦头,终于攀爬到了东崖的崖顶。

东峰坐北朝南,南北走向,像一艘破浪而出的航船,又像一条作势腾空欲飞的苍龙,龙首是一块硕大的平面石头,也许正是因为这块巨大石头,这条苍龙才一直没有飞走。王守仁和柯崧林挺立石崖上,面南而站,好像骑在了龙头上,举目四望,向上,苍穹深邃无际;向南向左向右,千峰万峦,黛色苍茫;向下,壁立千仞,好像无底深渊。柯崧林两股战战,对王守仁说:"我简直不敢往下看。听僧人说,当年朝鲜王子金乔觉,来到九华山,就是在这里打坐,一坐十七年。"

王守仁听着柯崧林的话,心里琢磨着:打坐为了求静,金乔觉倒是奇了怪了,求静不在静中求,偏偏来这惊涛骇浪中,平地一点小风,到了高处,就变成了松涛似海潮,哪怕打个盹儿,都可能栽下万丈深坑。真是奇人啊!

柯崧林因为恐高,已经蹲下坐到了石台上。王守仁因为疲劳,也顺势坐到石台上喘口气。只听柯崧林说:"这个石台好像神仙们的棋盘。"

王守仁觉得也是,这座没有棋子的棋盘,这盘没有棋子的对弈,好像已经静静地被演绎了几千年几万年,正由于它的沉静,一盘棋已经无声地笑傲了一代又一代人的喧嚣吵闹。王守仁随口吟诵道:"却怀当年刘项事,不及山中一局棋。"

柯崧林说:"我们脚下茂林深深,风起云涌,松涛阵阵,好像雄兵百万。只是这崖头上,除了神仙,人迹罕至。王先生,神仙真能不吃不喝吗?"

　　王守仁回答道:"听山下僧人说,这位神仙真的不食人间烟火。什么是神仙?就是他能做一般人做不到的。我们现在找神仙去。"

　　山下僧人介绍,神仙洞就在东崖西侧的峭壁间。柯崧林安排一直跟从的家童,腰拴长绳,缒下山坡,寻找洞口。

　　找到了。洞口离崖顶不远,掩映在一丛乔木后。因为太陡峭,王守仁腰拴绳子,缒降到洞口。洞口很窄,左右比人身稍宽,上下比人高出有两头的空间,纵深不到一丈。王守仁很惊奇,说是一个鸟巢,有些夸张,说是一个老虎洞,倒很贴切,不过也仅仅供一只老虎栖息。真是异人!洞穴的狭窄,更激发了王守仁心中的惊奇和敬重。

　　洞内,的确安坐一位异人,说是僧人,他却蓄着满头黑发,黑发自然地蓬乱着;说是道士,衣服却是圆领的僧袍。山下引路者说这是位僧人。春寒料峭,高山之巅,高处不胜寒,但是僧人仅仅身着一袭夏季单衣,就坐在薄薄的枯黄的干草堆上。这个干草堆,让王守仁想起了余姚老家孵蛋的母鸡。僧人面西而坐。在闭目养神?在静坐参禅?入定了吗?是浅定还是楞严大定?王守仁一时看不出来僧人的年龄。僧人面色黑红,面颊瘦削,面无表情,有些肃穆,像一座石雕,神色寂静得像千万年的深潭,说是一潭死水,说是一个毫无生气的死人,不是这样!他身上散发着、笼罩着,虽然看不见,却又能真实感觉得到的祥和的一丝淡淡的生机和若有若无的檀香香味。午后的阳光,洒在洞口,为这洞添上些微的暖意。

　　王守仁静静地跪在洞口,磕了三个头,发现僧人没有任何反应,只得开口轻声自报家门道:"余姚王守仁向法师顶礼!"僧人仍然没有任何反应。王守仁刚才怕惊扰了僧人,现在只好再大些声音,说道:"余姚王守仁向和尚至诚顶礼!"僧人仍然无动于衷。

王守仁在寺院十几天，了解了些僧家的规矩。处在大定中的修行人，已经停止了呼吸，断掉了耳朵的听觉。要喊醒大定中的修行人，最好的办法是击磬相唤，或者自己入大定，定中相唤。荒山野岭，哪里找铜磬？王守仁自己功夫尚浅，浅定还做不到出入自由呢，更别提大定了。叫醒入定僧人的方法不当，有可能把修行人惊出个神经病，这可不是闹着玩的。没办法，王守仁只好蹲着身子往前移动。前几天蔡纯阳道长说自己礼虽隆重，但是官相太重。之后王守仁深入学习了佛家礼仪，知道最高的礼仪是顶礼佛的两只脚。王守仁考虑，佛家这样做的目的，或者是自卑自贱，或者是佛的脚有什么蹊跷之处。再说人的脚心也的确是很敏感的。于是王守仁盘腿坐在僧人前面，用手轻轻地摩挲僧人的脚心，手法时轻时重。过了有一刻钟，僧人终于出定了。王守仁发现，僧人一睁眼，目光如炬。僧人问道："山路危险，你咋上来的？"僧人发声清脆，如钟磬，吐字清越，如银铃。

　　王守仁起身要再次行跪拜之礼，僧人开口道："不必拘礼！"王守仁觉得这四个字中似乎蕴含着一股力量，它在无形中按压着自己的身子，让自己身如千斤重，想起也起不来。于是他只好坐着不动，小心翼翼地请教道："晚生余姚王守仁，恭请大师赐教学道最上乘功法。"

　　僧人面无表情地问道："你到山顶是不是要从山脚处上来？"

　　王守仁知道僧人的意思，他说："千万条路，总有最近的路吧？"

　　僧人仍然面无表情地说道："看山跑死马。看着近就一定近吗？"

　　王守仁这十几天心里一直在琢磨无相寺性空法师说过的"性空"，他琢磨不透。听蔡纯阳道长说，性空意味着明道和见道，意味着开了智慧，看来学道修道，这个"性空"很关键，自己没有从性空法师那里弄明白，没有从蔡道长那里弄明白，今天这位不食人间烟火的山洞异僧不会再让自己失望了吧，于是他又问："晚生对'性空'二字一直不明白，一直'照'不见这个空。请法师赐教。"

　　山洞异僧面无表情地说："出家人四大皆空，不求空也是空。你能空吗？你能舍身出家吗？你能抛弃父母妻子吗？你能舍弃官位富贵吗？"

剃光头当和尚？王守仁还真没有想过。不说别的，不孝有三，无后为大，如今娶妻十多年，竟然还没有一男半女，如果现在出家，如何面对列祖列宗，这是其一；匡扶社稷、经纬天下的鸿鹄之志，到现在丝毫没有落到实处，自己岂能甘愿躲进深山，深藏自己的志向？过去，隐居深山的念头也会时不时地浮现在自己脑海里，但那也只是对世道失意的一时赌气罢了。在九华山十几天的经历中，隐居深山的念头受李白的影响，有些加剧，那也不过是为了读书学道。读书学道的目的是什么？如果仅仅是为了自身的解脱，那他王守仁不过是一个自私自利的小人，别说成圣成贤，连个君子也算不上。圣贤是什么？为大家考虑，帮大家解脱。自己能连慈爱的老奶奶也不管不顾，抛下妻与家人，以及放弃辛辛苦苦才追求到手的功名禄位？王守仁摇了摇头。

山洞异僧面无表情地继续说道："既然空不掉，就不要纠缠这个空。《心经》'照见五蕴皆空'，那是出家人的追求和操守。你为官为学，身在红尘，何必荒废自家的田，操心别人家的地呢！西方有圣人，东方有圣人，佛家有方法，儒家有门径。佛家有《心经》，短小精悍，二百六十字；儒家有《识仁篇》，二百四十一字，一样短小精悍、字字精华。"

王守仁不解地问道："您是说程明道的《识仁篇》？"

山洞异僧面无表情地说道："你们儒家两个好秀才，一对师徒，一是周濂溪，一是程明道。"

王守仁下意识地吟诵起了《识仁篇》："学者须先识仁。仁者，浑然与物同体，义、礼、智、信皆仁也……"王守仁一口气背诵完《识仁篇》，静候山洞异僧的指教。只听山洞异僧说道："'识仁'两个字中的'识'，就是你刚才说的'照见'；'浑然与物同体'，是道家的天人合一，是佛家的性空。这个不是能说得出来的，也不是能听得明白的，这需要亲身体验。这《识仁篇》是儒家的宝贝。放着自家的好东西不好好体认，你就是托着金饭碗要饭。好东西，因为司空见惯，往往被人熟视无睹。譬如空气和水，人们一刻也离不了，金贵不金贵？可是你见有谁真的珍惜它们。道也是一样,没有谁离开过它,它就像空气和水一样,可是有谁真知道它呢?《识仁篇》短短的二百四十一个字,境界和方法,说得清清楚楚,境界就是'浑然与物同体',方法两个字,一个'诚'字,一个'敬'字,归结到一起,还是一个'诚'字。'至诚如神',真正'至诚'了,就成神仙了。你以为枯坐空山,就是学道吗?你再背诵一下《定性书》。"

王守仁乖乖地吟诵起《定性书》:"所谓定者,动亦定,静亦定,无将迎,无内外……"不等王守仁背诵完,山洞异僧等王守仁中间换气停顿时,说道:"你看看,程明道说得多清楚,'动亦定'。不要一说到静,就以为非要打坐不可,一说静,就非要往山里跑。不过打坐总是基础。佛家、道家,包括你们儒家,都离不开打坐,只是不要死板执着。"

不要说在动中求静,即便寻常打坐,王守仁也很难进入真正的静,多数时候他是思绪纷飞的,于是,他又请教道:"怎么才能做到不浮想联翩,做到无念呢?"

山洞异僧面无表情地说道:"佛家的'法轮常转',就像儒家的'生生不息',像人的呼吸一样,一刻也没有停止过。敢停止吗?一口气上不来,人就死了;一刹那,法轮不转,天地失序,日月错位。说无念,只有死人才无念。念有妄念,有正念。正念相续,就是'诚',好好体会一个'诚'字。《周易》说'至诚不息',真正做到了'诚',自然是'浑然与物同体',自然就到了'仁'的境界,自然而然天人合一,自然而然道德在身。好了,道不是求来的,道不是急来的,功夫到时,瓜熟蒂落。天色已晚,多说何益!请就此下山吧。"

王守仁恋恋不舍地辞别山洞异僧,回到了化城寺。

王守仁喜欢九华山中的静谧气氛,更喜欢山洞异僧所在山洞中那种安详和馨香,那种安详和馨香能够浸润全身上下内外三万六千个毛孔,令人陶醉,令人上瘾。第二天,王守仁和柯崧林,着了迷似的再上东崖,要再次探望山洞异僧。结果,洞在人去,杳如黄鹤。

王守仁和柯崧林一阵叹息。柯崧林说:"这座地藏洞是当年金乔觉得道的道场,不知道是人杰还是地灵,如果是人杰的原因,金乔觉为什么不远万里,从朝鲜跑到这个小山洞来打坐,如果是地灵的因素,我们不妨也在这里打打坐,沾沾灵气。"

王守仁遗憾地说:"异人却说家常话。和尚不说《心经》却说《识仁篇》,真是异人! 管它是地灵还是人杰,我们就在这里打坐,承接天地灵气。"

两个人端坐崖头,打起坐来。

王守仁身在崖头,心却在周游九华山七十二座峰头:一个小小的、与九华街近在咫尺的地藏洞,竟然藏着一位异人,那些人迹罕至的、远在天边的、数不清的山崖、石缝、峭壁,一定会别有洞天,一定会是一个又一个蓬莱洞府,那里会不会藏着安定周朝八百年天下的白胡子老头姜太公? 会不会藏着辅助刘玄德父子、手摇鹅毛扇的诸葛亮? 会不会藏着为民间采药治病的药王孙思邈……那可说不定! 王守仁思绪澎湃,心头升起一股遏制不住的抒情冲动,于是大喊一声:"笔墨侍候!"一篇气势磅礴的《九华山赋》在东崖山顶金地藏成道石上一气呵成。

第十八章　京师才子　争名鸣高

弘治十五年(1502)，王守仁三十一岁。

又是一个大比之年，又有三百进士在科举征途上修成了正果，皇帝他老人家朱笔御点，陕西康海新科头名状元。祖籍陕西的才子李梦阳新添了几位诗友。状元康海是李梦阳老家人，新科进士何景明是李梦阳成长地河南人，弘治九年进士王九思是康海同乡好友，加上原来的诗友边贡，五位诗友自成核心，组成了一个新的诗友会。李梦阳去年入狱三个月，三个月的牢狱生活为他赢得了正直正派的美名。李梦阳是户部主事，监管京师北郊的榆河驿等三个税关，因为严把税关，不徇私情，被一贯走私偷税漏税的国舅诬告于国舅的母亲膝前了，皇帝老丈母娘进宫施加压力，皇后娘娘一哭二闹，把李梦阳闹进了监狱。李梦阳出狱后，被推举到了诗友会会长的位子上。人以群分，新诗友会自然有新的追求，追求着大体一致的诗赋风格，那就是复古。

王守仁回到京师，加入到了李梦阳新的诗友会中。

五月的诗友会在北京兴隆寺院内的大树下草地上举办。参加者有李梦阳等五位核心成员，另有江西广信人汪俊和南京人顾璘。

与王守仁同岁的李梦阳，不知道是不是因为写诗耗费了过多心血，身子一直偏瘦。他的眼神还像三年前一样精神，精神之中好像凝聚着一股执着的火气，所以尽管精神,却不清澈。他来做开场白:"今天阳光明媚,大家诗兴勃发,大家举首望望我们头上,杨柳默默诗千行,再俯首看看脚下,碧草无笔赋锦绣。各位诗友,既是科举奇才,又是诗坛高手,既有关中状元,又有江南魁首,都是青年才俊。为什么在李阁老诗友会之外要再成立诗友会呢? 一句话,道不同不相为谋。不同在哪里? 在下与在座同人一样,反对八股文的枷锁禁锢,反感台阁体的束手束脚,反感现下僵化的诗风,讨厌目前文坛弥漫着的简陋文风,鄙视无病呻吟,可怜不动脑筋,痛斥千篇一律,声讨枯燥无味;我们提倡复古,口号是'文必秦汉,诗必盛唐',要开创全新的文坛,要引导清新的文风,目标是占领京师文坛制高点,用新的旗帜开一代高洁的文风。最终目的是:天下文脉我为首,神州诗坛我为宗。这是志向! 是追求!"

诗友们热烈地鼓掌欢呼。

二十八岁的状元康海边鼓掌边感叹:"到底是北京,大地方大气派!"康海个子高高的,身材虽然单薄,但经过多年凌厉西北风的打磨,单薄之中透着一股韧性。他的嘴唇很薄,薄得勉强包裹住上下牙齿,所以他说起话来,像西北风一样尖刻。他坐在草地上,上身一直像西北的胡杨树一样挺拔。

二十岁的进士何景明边鼓掌边赞叹:"文坛新脉,以此为盛! 破旧迎新,舍我其谁!"何景明河南信阳人,矮矮瘦瘦的,一张瘦脸上,两只小眼睛很精神。信阳地处古代的楚国地界,生长环境的浸润,让何景明为人为文,身上和诗文中蕴涵着水的灵性,灵性之中弥散着水的散漫和随意。何景明坐在草地上,身子像头顶上方的柳枝,柔软无骨,不是东倒就是西歪。

二十七岁的边贡边鼓掌边点头:"文坛旧习,腐朽酸败! 破旧立新,功在万代!"边贡一边希望立新,一边坚守着老家圣人的传统,"诗贵立言! 诗贵无邪!"边贡一直正襟危坐,不苟言笑。

三十五岁的王九思年龄最大,他是弘治九年进士,是翰林院庶吉士,他边鼓掌边发言:"盛唐气象,鄙人日思夜想。前辈们挥洒文章,无拘无束,令人神往!"

王九思有着壮而不肥的中年人身材,两只眼睛藏着机警。王九思翰林院庶吉士已经当了六年,天天钻在故纸堆里讨生活,急着出外呼吸新鲜空气。年轻人的犀利锐气朝气,自己虽然已经告别了,但是心里实在留恋和向往。王九思是李阁老诗友会的核心成员,他的人品和诗风很受李东阳的赏识。他正好可以做李梦阳诗友会和李阁老诗友会之间的桥梁。

二十七岁的顾璘,早在南京家乡少年成名,二十一岁已经高中进士,在诗友会这个小圈子里,大家公认,他的诗文水平与李梦阳、何景明不相上下。听了李梦阳刚才的宣言,他认为说的没有什么不好,但是如果由他来做这个开场白,一定会好上加好。他一边激动地鼓着掌,一边失落着。

汪俊是弘治六年的会试第一,翰林院庶吉士,从科举成名来说,几个人中,他资历最老。他是第一次参加这样的诗友会。他天天浸淫在暮气沉沉的翰林院腐旧氛围中,他认为天下文宗诗坛领袖们都集中在翰林院,所以若反对目前的文坛文风,几乎就意味着反对翰林院。鄙视抽象的、没有明确对象的、死气沉沉的、压抑年轻人火热创造力的丑陋文风,他举双手赞成,可一旦明确到声讨文坛领袖们,汪俊就没有直接面对的勇气。毕竟他还要和这些文坛领袖夜里不见白天见,天天鞠躬作揖,天天微笑打招呼呢。于是他只是鼓掌,一言不发。

王守仁一边鼓掌,一边在心里品味审视着李梦阳的宣言:批评八股文束缚手脚,他心里一万个赞同;批评文坛领袖们暮气横秋,他心里虽然认可,却没有赞同。青春洋溢和暮气横秋,是自然规律,至于文风,也许与年龄有着直接的关系,比如自己父亲,自己少年的时候,是仰望父亲的文章,青年的时候,是平视状元公的文章,现在接近壮年,看着翰林院的父亲四平八稳、中规中矩、了无新意的文章,多少也有些、有些、有些什么呢?哈哈!到自己老时也许也要被长江后浪推前浪,一推推到沙滩上。还是蔡道长和山洞异僧,从来不推人,也从来不被人推,像山中花朵,自吐芬芳,俏也不争春,只把世人笑,潇洒天地间,回报泥土香。

李梦阳慷慨激昂的宣言博得了满堂彩,诗会进入第二个环节,与会诗人各自宣读自己的诗学论文,发表最新的诗学感想,对最近京师诗坛甚至全国诗坛进行讨论评说。李梦阳热情洋溢地说道:"没有论文,可以即席论述,但是不能空口无凭,论说要有实据。这次我们为了体现对状元郎的支持,请德涵第一位发言,之后按年龄排序。德涵,请吧。大家不必拘礼,坐着发言。"

德涵是康海的字。康海把笔直的上身再次向上拔了拔,双手抱拳,左右来回画了个半圆弧,出声尖厉,像黄土高坡上的西北风一样,说道:"各位承让了! 刚才空同子说让状元第一位发言。"

李梦阳向康海做了一个摆手暂停的手势,插话道:"各位诗友,我最近新启用了一个别号,有些道家意味,大家一听就明白了。李太白自号谪仙,是诗友们的导师,我要和导师保持一致步伐,所以号'同'。李太白又号青莲居士,鄙视权贵,粪土当年万户侯,做人清清白白,空空静静,喝酒为乐,做诗为歌,本质是一个空,所以我号空同。还有一个意思,我们老家有个崆峒山,那是当年黄帝的老师广成子修道成仙的地方。"

康海接着刚才的话题说道:"刚才空同子在宣言中,批评八股文,我在这里就不再提出批评了。我们都是写着八股文跻身富贵场的,我也不好意思卸磨杀驴。我要批判的是八股文的始作俑者,也就是这个台阁体的始作俑者。大家知道,内阁和翰林院是天下的文宗,主导着天下的文风。我们永乐朝的三位内阁大学士,三位杨阁老,炮制了现在的台阁体,台阁体像枷锁一样,活灵活现的美好文字,一旦被输送到这个枷锁中,就变得毫无生气,呆板,僵化,空洞,除了歌功颂德:你好我好,大家都好,唱唱和,送送行,接接风,祝祝寿,写写墓志铭,拍拍马屁,了无生气。此种文风一开,后患无穷,弥漫至今,腐气熏天。我也参加了几次李阁老诗友会,又因新入翰林院,在翰林院拜读了不少翰林前辈的大作,像守溪(王鏊)先生、像篁墩(程敏政)先生、像木斋(谢迁)先生、像李阁老……这样说吧,三位杨阁老创制的台阁体,现在是越演越烈,没有一点生气。上有所好,下必甚焉。文坛、诗坛这些领袖是这样,天下诗坛真是万马齐喑了。我一来北京就听说,当年王守溪先生少年成名，年方二八，新诗一出，必是洛阳纸贵，国子监上千大学生争相传诵。现在看，传诵得越广，流毒就越大。真是可惜可怜呀！所以，我坚决同意空同子的宣言，穿越大唐，迎请李白。诗仙回归，诗坛归位！谢谢各位！"

大家热烈鼓掌。接下来是王九思发言。王九思虽说是中年人，但中年人有中年人的思考，承上启下，锐气已逝，还没有老迈，更多的是沉稳。刚才康海批评永乐时代的三位杨阁老，这种反攻倒算，扯得有些太远，单说经常拜读的李阁老诗作，也确实有些暮气，有些不疼不痒，有些应酬性的诗文纯粹是敷衍塞责，这就好像写日记一样，流水账罢了。回头想想自己的日记，不也是流水账吗？哪有那么多奇思妙想，哪有那么多警句格言？但是追求诗歌盛唐气派，也是王九思心中的梦想，他说："我们年轻人思想敏锐，有冲击力，我们只管写我们自己的新诗，让我们的新诗给沉闷的诗坛吹进一股清新的春风。新诗多了，新人多了，自然占领阵地。谢谢！"

李梦阳发现王九思只有观点没有论述，打算自己先发言，做一下引领，"说到诗歌，只有盛唐，晚唐已经没有诗歌可言了。到了宋代，除了东坡居士的《赤壁赋》，哪里还有诗歌的影子？元代野蛮，没有斯文可言。所以我们新诗要接祖气，要迎请诗魂，直接对接盛唐。一典一韵，我们亦步亦趋；一风一俗，我们模拟遵照；我们要言之有物，我们要一针见血，我们嬉笑怒骂，我们要有血有泪……"

不等李梦阳说完，何景明就已有些忍不住，他急着插话，于是打断了李梦阳的话，说道："空同子开始发表的宣言，我双手赞成，只是这几句话，我不敢苟同。我们复古，我们穿越大唐，只是精神的回归。哪能像空同子刚才所言，一典一韵，也要亦步亦趋。一切都模拟遵照，怕结果会是邯郸学步。"

边贡紧接着发言道："我们复古的目标是一致的。复古到盛唐固然好，复古到圣人时代，像《诗经》，我们就会重新创造经典，岂不更好！"边贡的发言有些像孔夫子布道，慢条斯理。

李梦阳逮住插话的机会，斩钉截铁地说："打住！争论暂时打住。仲默主张诗歌形式自由，这未免太随便！廷实要求回到圣人《诗经》时代，要重新创造经典,这个太保守！好在我们大方向是一致的。我们不妨听听新诗友的观点。伯安、抑之、华玉,我们洗耳恭听,你们说说高见。"仲默是何景明的字,廷实是边贡的字,抑之是汪俊的字,华玉是顾璘的字。

汪俊先发言:"我们常说,上古三代尧、舜、禹,政通人和美如画,我们祖祖辈辈要复古,究竟复古到哪一步？我们要复什么古？穿古代的衣裳？说古代的话？吃古代的饭？几千年来,什么时候也没有再回到上古时代。《易经》说要与时俱进,我说到什么山唱什么歌。既然现在诗歌的问题是徒有形式、空洞无物、毫无生气,我们发现这些问题,解决这些问题不就得了。一句话,我同意复古,但是更同意创新。"

李梦阳多少有些扫兴,悻悻地说:"同意复古便是与大家意气相投。华玉,你说说。"

顾璘发觉了李梦阳的失落,他有些幸灾乐祸。他自忖自己江南才子,六朝古都多少代文风浸润,自己仪表像名字一样,美如华玉,自己的诗文像名字一样美如华章,江南才是如今天下的文脉所在,没落的长安已如明日黄花,复古要穿越唐朝,复古要迎请李白,有这个必要吗？天下诗坛束手束脚没有生气,自己的诗歌却是鲜活得很、生动得很,比李白,好像也不差多少。如果我生活在盛唐时代,难保不是诗坛执牛耳者。不过顾璘不想扫李梦阳的兴,就说:"李白诗仙的标杆一直是多少代文人的榜样。诗仙的气派,在云霄之上;诗仙的浪漫,像神仙一样;诗仙的洒脱,我们多少人能够做到？我们写诗作赋,不能总是闭门造车,无病呻吟。要像李太白一样,游走天下,采访风土。我同意复古,恢复担当道义的古,恢复文以载道的古,恢复通俗易懂的古。"

王守仁先鼓起掌来,大家也跟着鼓掌。

该王守仁了。王守仁心里还装着九华山带回来的平静,受李白自号青莲居士的影响,今天发表的在九华山写成的几首诗,署名为"余姚居士王守仁"。王居士虽然鼓掌,虽热烈却不激烈,他平静地说:"空同子倡导的、大家推崇的诗歌复古，我非常赞同。孔圣人说过，'我非生而知之者，好古，敏以求之者也'。可见圣人也是好古的。圣人好的是什么古呢？是上古三代的古吗？三代又是什么古呢？是不是古道热肠？是不是纯朴？比如'人心惟危，道心惟微，惟精惟一，允执厥中'。说实话，我还没弄明白。多说自己的诗歌，少管别人家的闲事——这句话，不是我的话，是我从山上一位道人那里听来的，与诗友共勉吧；多欣赏和批评我们自己的诗作，少些空虚的理论，少些无谓的争论。我们的诗歌好了，好在哪里，大家学习；我们的诗歌不好，不足在哪里，我们互相督促、提醒、改进。过去在余姚，我们有个舜象读书会，把舜和象放在一起，意思是要大家互相借鉴，自我反省，互相学习，一起进步。我也不是唱高调，我是有教训的。大前年，我上了一道奏疏，是说边务的，名字叫《陈言边务疏》。实事求是地讲，奏疏写作，我是下了很大功夫的。结果呢，石沉大海。后来家君批评我，我自己也反省，确实自己有责任。什么责任呢？奏疏开头，开宗明义地说，边事萎废不振，都是被大臣们搞坏了。现在想想，确实出言不慎，得罪了人，建议写得再好，也只能作废。所以我说，我们提倡复古，复的什么古？起码复个文以载道的道义之古吧。我这次去九华山，初意是去凭吊诗仙李太白的，结果呢，钻了山洞，看了云海，有感而发，写下了十几首山水诗歌。诗文还请各位诗友多批评。"

李梦阳顺势引导诗会进入第三个环节：互相发表和展示自己的新诗作。一人限一首，展示欣赏后，投票公选出第一、二、三名，评出第一名后，按第一名的韵脚，每人酬和一首。从酬和诗中，再评出第一名。两个都得第一名的话，是双状元。诗会双状元有资格为诗友会的诗集作序。

第三个环节是诗会的高潮。大家互相欣赏着，评点着。无记名投票评选的结果很奇怪，第二名和第三名票数比较集中，显然是大家意见比较一致，第一名票源分散，一人投一票，一人得一票。监票、唱票的何景明和顾璘相视而笑，笑得还有些难为情。倒是李梦阳快人快语："这第一名，敢情我们每人投自己一票呀。怎么办？八个状元！这样吧，干脆就以今天这事为题材，以七言律诗为限，大家各自即席发挥,七步成诗,又快又好为第一。有不同意见吗?"

兴隆寺大柳树下的诗会在八个诗友的哈哈大笑中结束了。有讥笑的,比如顾璘;有自嘲的,比如王守仁;有纯粹觉得好笑的,比如李梦阳和何景明。剩下的人究竟是什么内容的笑,王守仁没有去观察,他已经懒得去观察了,他只觉得自己很可笑。

六月份的诗会,王守仁也参加了。诗会的核心人物李梦阳和何景明,还在争论你短我长。无谓的争论!没有结果的争吵!诗赋的好坏,哪能像人的身材高低一样,两下比较高低立现。

刑部的工作因为天长日久,已经按部就班,有固定套路。《大明律》就那么些条条,钦定的《案例说法》就那么些框框,复审案件不外乎比葫芦画瓢和按图索骥。业余时间,王守仁一直在琢磨山洞异僧说过的《识仁篇》和《定性书》,这两篇的文字太短了,嚼过来嚼过去,已寡然无味。《识仁篇》开宗明义,"学者须先识仁",这个"识"还不是一般意义上的理解和认识,是《心经》上说的"照见",是"心见",心怎么会见呢?难道我王守仁的心与蔡纯阳道长和山洞异僧的心不一样,我的心是肉长的,他们的心是莲花化生的?他们的心怎么会那么大,大到与宇宙万物同体?王守仁读书有经验,知道"四书五经",有经有传,因为经典太难懂,先贤们就作传给予注疏,就像《大学》前五十八个字是经,深奥难懂,先贤们赶紧在下面给出了解释;就像《春秋》大义隐藏于曲笔中,先贤们马上拿出《左传》解说。

王守仁找来《二程遗书》,爬梳每一行字,希望从字里行间扒出程颢和程颐"识仁"的路径和方法。结果还是失望。那么以程颢和程颐为圆心,扩大搜索半径,继续扩大阅读面,增大阅读量,读、读、读……每晚熬夜读书,读得头脑昏沉,鼻孔被油灯熏得黢黑,眼睛瞪得发涩。诸翠的奉劝,王华的叮嘱,没有拦住王守仁的熬夜读书。直到有天晚上,王守仁苦苦追逐寻觅的道,连影子也没见着,倒先见到了血:王守仁连声的咳嗽,咯出了一口一口鲜红的血。王守仁看书累病了。

第十九章　宛委山中　阳明洞天

　　劳累致病,需要静养。王守仁在九华山一个多月的生活提醒他,静养莫过于山中。王守仁递申请,请病假,要求能回浙江老家养病。

　　王守仁父亲有了功名,走出了余姚县城,但从未忘本。他后来在府城绍兴西北角的光相桥东里买下了新的府邸。绍兴府城里坐落着山阴和会稽两座县城,两个县城以一条南北走向的府河为界,府河以东是会稽县,以西是山阴县。

　　王守仁弘治十五年八月回到绍兴,在考察选择静养地点时遇到了山阴文人王文辕,通过王文辕结识了专心读书修道不求官职的许璋。王文辕学问好,但身子骨一直不好,他认为当官没有救命要紧,就没有用心思考功名。王文辕家住山阴县城,以教学糊口,每年往返于绍兴城和会稽山之间,像大雁一样规律,规律是天热进山,天冷回城。王文辕熟悉会稽山,他和许璋陪着王守仁入山踏访,选择风水好的静养地方。

会稽名山　人天圣地

　　出绍兴城东南十来里地远,是著名的会稽山。一大早,王守仁、王文辕和许璋三人一起启程进山考察。

路上，王守仁打量着两位同伴，都是读书人，都是瘦竹竿似的身材，王文辕是高竹竿，许璋是矮竹竿，竹竿与竹竿也不一样，王文辕竹竿身材有些柔弱无骨，好像一脑袋沉甸甸的学问把身子压得有些弯，压得他的步履也有些沉重；许璋竹竿身材尽管矮，却挺拔向上，整个人有一股向上之气，他的步履轻快。从气势上看，矮竹竿的许璋要比高竹竿的王文辕高大挺拔。两根竹竿气质也大不一样，王文辕面色既斯文又清寂，像中秋月下无风无雨时候柔弱文静的湘妃竹；许璋面相纯朴，像个山野之人，纯朴和山野中带着一股灵气，像初春时节节节拔高、朝气蓬勃的翠绿修竹。

王文辕向王守仁介绍着许璋，语调慢条斯理："伯安，这位半圭兄可不简单，上虞人，上知天文，下识地理，中通阴阳八卦和奇门遁甲。广东大儒陈白沙在世时，半圭兄曾经去岭南拜师学艺。他去岭南是我在家为他设的酒席饯的行。"许璋字半圭，王文辕字司舆。

许璋轻笑道："司舆，刑官大老爷面前说不得大话，小心吹牛成了证据。司舆有些过誉，区区天文地理略通一二，八卦遁甲初识皮毛。早年的确去岭南拜访过陈白沙先生。听说前年他老人家已经仙逝了。得过他的学问，却没有当面给他老人家磕头，有失弟子礼节。也愧对了司舆那顿送行酒饭。"

王文辕慢条斯理地劝慰道："半圭兄，不必太过自责。既然得了先生学问，一顿送行酒饭就不算白费。在他跟前磕头跟万里之外磕头并无差别，只要心诚，心意到了，白沙先生必然不介意。"

王守仁劝慰着许璋，道："这位白沙先生，与江西广信娄一斋先生是同门师兄弟。明师不得见，确是我的大憾事。半圭兄，你得到了白沙先生什么学问？"

许璋说："我往岭南去，路过湖广嘉鱼，拜访了陈白沙的学生李承箕。李先生人称大厓先生，自号大厓居士，成化二十二年举人，无意仕途，也不再去参加会试，隐居山里，读书修道。大厓先生曾亲聆白沙先生教诲，他向我讲述了白沙先生的学问根底。白沙先生早年在江西吴与弼先生门下求学，一无所获，最后回家闭门读书,闷坐十年不下楼,从静中得到了学问。归结为四个字,'静坐观心'。白沙先生不赞成读死书。"

王守仁听到这里,点了点头,自己正是因为死读书才累出了咯血的毛病。

王文辕看到王守仁点头,就接着许璋的话头,慢条斯理地说道:"书是死的,人是活的。经典往往言简意赅,倒是后人的注疏往往是越扯越远,一不小心,就会差之毫厘谬以千里。我一不考功名,二不求为官,我何必死守着什么《朱子集注》,听他私解圣经。洋洋洒洒几十卷,风行天下,贻害四方。"

王守仁默默地点了点头,但他不便发言。这是庙堂上钦定的,对与不对,在权力不在道理。

许璋见王守仁点头,快活地笑道:"山野之人,说话心直口快,毫无遮拦,不要见怪。读死书不如静坐,死读书不如静坐。静坐观心,这是陈白沙的真传学问。山中静坐,得风水护持,其妙无穷,其乐无穷,妙不可言,乐不可说。夫子说'予欲无言',佛说'不可思议',老君说'道可道,非常道'。"

王文辕慢条斯理地说:"伯安,半圭兄深得其中秘意。我们时常在山中静坐,真是其乐融融,天地皆忘,哪来的名利! 哪来的烦恼!"

这句话坚定了王守仁打坐养病的决心,原来他只是打算到山中静养,多喝山泉净水,多呼吸山间清风,多听听百灵唱歌,白云相伴,野鹿为客。现在有了主题思想:静坐观心,修身养性。王守仁对此行心里充满了渴盼。

小船来到了会稽山下。

王守仁兴致盎然地问道:"半圭兄、司舆兄,听说这会稽山地气很灵,仙踪圣迹,历代多有呀!"

许璋说:"会稽山在仙界和人间都是大名鼎鼎,既有仙踪又有圣迹。老祖宗轩辕氏一辈子南征北战,考察山水,拜访仙界,存问民间,乐得个国泰民安,最后把一生的悟道心得制作成黄金书简,存放在了会稽山的石缝里。一心治水三过家门而不入的圣人大禹,在会稽山大会诸侯,共商治水大策,因为治水功劳,大禹荣登天下九五之尊,最后落脚在了我们会稽山。尧、舜、禹三圣,代代心传的悟道口诀,在大禹身后传到了哪里呢?一代雄主秦始皇,为了万世国祚,不远万里,从西北辛苦跋涉到这里,就是为了找寻轩辕氏埋藏的金简和大禹身后的心传。为什么这些圣人不远千万里,都要来我们会稽山寻圣呢?这个秘密,与会稽山的地理有关。中国地势,西北高东南低,水性如德,就下谦下;水的灵气如智慧,涓涓于西,汇成于东;水势如财,发端于西北,成就于东南。要治水,大禹不像他父亲,死脑筋,一味地围追堵截,最后把自己的小命也堵丢了。大禹因势利导,顺势而为,大禹一路疏导,最终在会稽山,一统天下,成就了千秋大业和万世功名。"

在三人站的地方,能看见大禹陵,王文辕扯了一下许璋的衣袖,对王守仁说:"今天我们目标明确,时间紧,对大禹圣人心里致敬即可,改日再专程行礼。我们得赶紧去宛委山,到神仙洞天去,先帮你选定神仙府。半圭兄,你这位半仙,给伯安继续开讲吧,介绍介绍会稽山的各路神仙,省得伯安将来见了面不认识。"

许璋说:"说到神仙,会稽山天柱峰,是东南的天柱。话说天下道家各路神仙,被玉皇大帝分封在各地,有十大洞天,三十六小洞天,七十二福地。我们会稽山属于第十一小洞天,号阳明洞天。为什么号阳明呢?哈哈!这个是很有讲究的。功夫到了家,纯阳之体,身静心静,放大光明,洞彻天地。此为阳明。"

阳明两个字打动了王守仁的心,王守仁转身看许璋,发现许璋的眼睛发亮,脸上都泛着光彩,王守仁在心里琢磨,这难道就是阳明境界?九华山蔡纯阳道长的眼睛和肤色也是这样的明亮。王守仁观察,这个许璋看来是真有道在身,自己爬山深一脚浅一脚,累得上气不接下气,王文辕累得腰比早上更弯了,许璋呢,一直说笑着,没有一点疲劳的样子。

三个人来到了宛委山。宛委山是会稽山的一个支脉,在大禹陵东侧,东邻平水江,平水江的江水与绍兴护城河以及浙东运河是相通的。宛委山的西南坡有座龙王庙。许璋步履轻快,继续快言快语地介绍着:"这个山谷就是神仙地儿。这座龙王庙,也很有来历。黄帝时代,这里建有一座候神馆,顾名思义,是等候神仙的光临。到了唐代,改成了怀仙馆。大宋朝,有位张真人在此得道成仙。伯安、司舆,你们两位细心观察一下,这里仙气缭绕,名不虚传。"

王守仁静静地站着,巡视着周围的山石、树木。秋阳高照,向山谷洒下了万道金光,仿佛给山谷披上了一层明丽的璀璨的金纱,林间空气湿润、纯净。王守仁做了几个深呼吸,觉得空气的清新沁人心脾,有不可言状的舒适。淡淡的秋阳洒在脸上,温柔的清风轻抚着面颊。王守仁由衷地感叹道:"神仙洞天,果然名不虚传!"

许璋哈哈一笑说道:"甘蔗第一口,能有多甜!等你以后沉浸其中,坐上个初禅二禅天,得个清静无为,那才是真乐似神仙,给个状元也不换。你看,那就是传说中的阳明洞天。"

王守仁顺着许璋手指的方向看去,半山腰上,石壁之间,有一道大些的石缝,虽然不到一丈宽深,但比九华山地藏洞宽敞得太多了。石缝下面是一个平台。王守仁一看到石缝,脑子里马上浮现出山洞异僧静坐入定的模样,一下有了去石洞静坐的急迫心情。

许璋仍在不知疲倦地介绍着:"伯安,那边是龙王庙,宋朝张真人在那里得道成仙;这边是龙王洞,你属龙,又姓王,千真万确龙王洞,日后没准是一位王真人。这里龙脉正旺,地气相宜。宛委山是一条石龙,东侧平水江是一条水龙,你是一条人龙,三龙治水。东方属苍龙,为太阳升起的方向。你们石龙、水龙和人龙,已经是三条龙了,这座洞不能朝向东方,否则就是四条龙,龙为大阳,四阳太旺,火热灼人。这座洞正好朝向西方,避开了东方太过旺盛的阳气。西方为白虎,龙为阳,虎为阴,洞朝西方,阴阳平衡。西方主肺,你咯血病症,病理是劳累,病机在肺经阻塞。从五行讲,西方属金,主清。正好清理清净你的肺部。怎么样?满意不满意?"许璋说完,自信地笑了,他像一位军师,已成竹在胸地为主帅制定出了万无一失的军事策略,只等主帅的命令了。

王守仁已经不由自主地神往这个神仙洞府了,他巴不得能马上坐进去,坐他个三天两夜,实实在在地体验一下许璋说的那个妙不可言。再听许璋这么说,更加坚定了心中的决定,就是这里了,哪儿也不再找了。龙王洞,我王守仁的神仙洞府,与圣人大禹为邻,说不定哪天就能得到三代圣人失传了的悟道心传,说不定哪天就无心插柳地得来黄帝埋藏的金简,说不定哪天夜深人静的时候张真人会亲自来传授心法,说不定多年来苦苦寻觅的道法就在这个石洞里,说不定……王守仁决定先不管说不定的事,先把能说定的事定下来,于是他果断地说道:"半圭兄,司舆兄,静室养病,静坐观心,不选此洞,还要何处? 这里,阳明洞天,就是我身心的皈依处。"

许璋笑说:"伯安,你这个选择太对了。不过呢,学道非一两天的事业,要做长期打算。这里最好石壁搭棚,洞外架屋。哪天我和司舆,还要来你这里叨扰,到时我们静坐学道,谈天说地,岂不美哉!"

王守仁没想到这么快就定下了静养静休的地方,又知遇了两位好朋友,好学友,好道友,也喜不自禁,高兴地笑着说:"真是快意! 可惜手头没有美酒助兴。明日在下设宴,敬请光临,一为感谢,二为庆贺。半圭兄,就请你做小弟的指导老师;司舆兄,就请你做小弟的同修道友。小弟明天就安排修筑房屋,尽快入住。"

洞府开张　许璋讲学

阳明洞天开门迎客。主人自然是新晋升的阳明山人,另带一位家童,随时支应。神仙洞府倒像人间的书房,一张书桌兼琴台,笔墨纸砚,墙壁上挂着威宁伯所赠宝剑。书是少了些,仅有寥寥的几本《道德经》《南华经》《周易参同契》《黄帝阴符经》。洞府虽然简陋却不寒酸,倒显得既素雅又清静。

登门的贺客有许璋和王文辕。奏乐的三人小乐团,阳明山人抚琴兼主唱,许璋和王文辕伴唱,一曲《逍遥仙》陶醉了三个歌手兼听众。歌词唱道:

借问神仙何处有？樵夫遥指白云间。

可叹世人迷红尘，神仙岂止云霄殿。

山山水水皆蓬莱，家家户户炼金丹。

一日无事一日仙，身心清净赛神仙。

嫌弃嫦娥月宫冷，不恋王母蟠桃宴，

九天仙女下凡尘，痴情手把牛郎牵。

神仙思凡恋红尘，俗人却把天宫羡。

身在福中要惜福，安身立命享清闲。

这才是：

身正心清人中仙，心安理得逍遥仙。

  热热闹闹的开场还是为了一个静。第一场静坐由许璋带班兼指导。虽然三兄弟，落座分长幼，许璋南向就座，王文辕和王守仁面北聆听，三个蒲团，围成了一个夫子传道的山中道场。

  许璋身材小气势旺，蒲团上一坐，头正背直，全身有一股上扬之气。王文辕是个弱身，虽然努力想坐直，也许他自己已觉得坐得很直了，王守仁看了，还是觉得显下坠。王守仁是个病体，提着一股劲，要坐直，但在许璋看来，他却一直是往前倾着身子的。

  许璋一直坐着，一言不发，他在闭目养神，他在感受着两位听众的气场。王文辕和王守仁一直努力静心，要洗耳恭听，都是想静却有些难静，主要是身子静不下来。王文辕腰里没劲，上下气无法贯通，所以坐在蒲团上不时地前后、左右扭动着身子。王守仁肺经不通，一直想咳嗽，一咳嗽震动，身子就要前后晃动。身子静不下来，心自然不能安静。

许璋闭着眼睛，感受着两位学生的躁动，脸上笑眯眯的。王文辕一直在忙着寻找和调整自己，试图舒适点儿，一直扭动着。王守仁咳嗽了几声，想早些听讲，早些结束，早些躺下，好放松放松，舒展舒展身子骨，于是他催促道："讲呀，半圭兄。看样子，时间长了我和司舆兄坐不住。"

许璋快活地笑着说："人坐不住，心一定会散乱。既然不能静，到哪里去观心。伯安，你身子坐不直，是中气不通。中气一通，就是浩然正气。浊气下沉，清气上扬，向上一冲，把你身子和头向上一带、一提，就自然而然头正身直了。司舆，你坐不住，上身和下身成了两家，腰是腰，就像《道德经》所说，'天得一以清，地得一以宁'，人呢，得一以安。你这里上身和下身都没有团结成一家，哪里来的安生呢？啥时候，感觉不到腰的存在了，就是说没有腰了，这才是上下一身。静坐的目的呢，要全身成一，不仅上身和下身要成一，身心还要成一。最后人和天地都成了一团恍恍惚惚的清虚。那时候，一切就成了！"

王守仁想马上达到清虚，眼巴巴地看着许璋。王文辕一直坐不直，慢条斯理的语气中带些烦躁地说："半圭兄，别像个跑江湖卖大力丸的主儿了，卖啥关子，单刀直入，直接说方法。"

许璋哈哈笑了起来："我先给你俩说一下境界，好让你们有个使劲的目标。要知道，心急吃不得热豆腐；性急见不得真功夫。先讲一个学道的故事。"

两个人仍旧是坐不住。许璋看着两个人，哈哈大笑，说道："没有个好身体，装不下道这门学问。没有个好态度，你也接受不了好的方法。算了，不能坐不勉强，静坐不在时间长短，关键在境界。你们可以坐到凳子上。"

王文辕和王守仁两个人起身坐到了凳子上，脸上马上有了笑容。

许璋一直端坐在蒲团上，快活地笑着说道："从蒲团上改到坐凳子上，稍微解放了一下盘着的双腿，就让你们舒服得喜笑颜开，等你们体会到将来功夫成熟时身心解放的那种开心,那种心花怒放的喜悦,你们会嘲笑自己现在的这种喜悦。还愿意听故事吗?"

王文辕慢条斯理笑着说:"将来的喜悦留待将来体会,现在能舒展一下腰身,且享受一下暂且的舒适吧。已经舒服了,许兄但讲无妨。"

王守仁爬山不怕辛苦,学道更不惧约束,他心里信服许璋,请求道:"半圭兄,讲学是圣贤事业,岂可随随便便儿戏说笑。只要故事有益于学道,我们洗耳恭听。"

许璋哈哈笑着说:"伯安,这个故事当然有益。我起程前往岭南学道时,司舆给我写诗送行,其中有两句叫'去岁逢黄石,今年访白沙'。我们就说一下黄石公的故事。黄石公是汉代功臣谋士张良的传法老师。人们常说,明师难遇,其实,高徒同样难求。有缘千里来相会,无缘对面不相识。张良得遇明师,就是黄石公主动找来的。两位还有兴趣和耐心听没有?"

王文辕和王守仁都知道这个故事,两个人心里都没有听故事的兴趣,王文辕对听不听故事无所谓,就不置可否地笑笑,意思是,听是五八不听照样是四十;王守仁一心学道,他曾经受过辛得理先生和娄一斋先生各自三天的磨性训练,没有兴趣却有耐心,就像读诵经典一样,每读一次就有一次新的收获,重读一次就多一次提醒,不至于麻痹麻木,于是郑重地请求道:"半圭兄,请耐心讲述,我们耐心听受。"

许璋笑着说:"看来,这故事司舆的耳朵是听出了老茧,你就陪伯安再听一次吧。"王文辕再次不置可否地笑了笑。

许璋继续讲了:"故事名字叫《黄石公三试汉张良》。话说秦末天下大乱,生灵涂炭,民不聊生。《易经》上说'天地之大德曰生'。有这么一位大德得道之人,号黄石。有道之人不忍心天下万民受苦,怎么办呢?像姜太公一样,亲自上阵,辅助雄主,收拾河山?这好像违背清静无为的道家操守,这是其一。主要是没有出现周文王那样的有道君子,那汉刘邦,不过一个街头混混,一个不讲信义的无赖流氓;而楚项羽,不过一介武夫,徒有蛮力罢了。黄石公自觉兰草不入鱼市,不想惹一身腥臭。收徒传法是一个好办法。找个什么样的徒弟呢? 至少得有雄心,愿意为天下人出头担当;还要诚心诚意,如果心浮气躁,两眼向天,怎么能看得清脚下的道路。俗话说心诚则灵,谦虚才能接受东西,地不凹蓄不住水,凹不深存不住精神。有那么一天,黄石公遇到了小伙子张良。

　　"这张良有为民除害刺杀秦始皇的胆量,符合黄石公第一条要求。有胆量不知道愿不愿意学习谋略,得考一考、试一试。有一天黄石公等在张良要路过的一个桥头,见张良走到近前,黄石公坐在桥头,跷着二郎腿,故意晃来荡去。张良过来,只听黄石公一声咳嗽,他抬头一看,黄石公一只鞋子不早不晚,偏偏在他一看之时掉到了桥下。张良迟疑了一下,觉得这个白胡子老头儿,自己下桥捡鞋腿脚不便,就跑到桥下,替黄石公捡了上来。没想到,张良刚上来,黄石公另一只鞋子又掉到了桥下。黄石公看着张良,一言不发。张良迟疑了一下,又返回桥下,替黄石公捡上来另一只鞋。张良拿着一双鞋,要递给黄石公。黄石公伸着两只脚,示意他给穿上。张良再次迟疑了一下,但是还是给黄石公穿上了。黄石公点了点头,跟张良说:'想学兵法的话,三天后清早在这儿等我。'三天后的清早,张良来到桥头,黄石公比他先到,已经在等他。黄石公训斥他道:'与白发人相约,竟比白发人迟到。太懒惰了。三天后清早在此等我。'三天后,张良赶在五更天跑到桥头,发现又让黄石公先到了。张良很惭愧,在心中发誓,三天后一定早到。三天后,张良三更天就赶到了桥头。这次,他得到了黄石公传授的《太公兵法》,成就了一世功名。"许璋讲完故事,笑眯眯地看了看王守仁和王文辕,然后哈哈大笑起来,笑得王文辕和王守仁莫名其妙。王文辕也跟着笑,只是有些尴尬。王守仁见许璋一直在笑,觉得好笑,也放怀一笑,这笑让他一下子心开意解。许璋见王守仁这神态,终于止住笑,快活地说:"伯安解我心意。讲这个故事,有这么几个意思,第一个意思,我先用故事解故事:商鞅变法前,担心人们不相信,为了树威立信,在城南门竖一根木头,布告天下,谁能把木头从南门扛到北门,奖黄金一两。许多人根本不信，因为太容易了，怎么会值一两黄金。只有一个老实人，轻而易举地把木头从南门扛到北门，获得了一两金子的酬劳。从此，商鞅变法通行天下。"

王守仁听到这里，扑通一声给许璋跪下了，他磕了一个头之后，说："半圭兄，我阳明山人宁做老实人，相信大道至简。"许璋突然间见王守仁下跪，自己两腿双盘，起身不及，欲起未起之时，被王守仁就近磕了头，虽然被动接受了王守仁的大礼，两手一直摆着拒绝着："愚兄不是黄石公，不是为了考试你们，我本意只是在说，学法学道一定要心诚。"

王守仁起身不再坐凳子，而是盘坐在蒲团上，听许璋接着往下讲："刚才说第一个意思是心要诚。第二个意思，我扯这个长篇大论的故事，为了什么，试试你们的耐心。不能耐着性子，就不能入静。道理几乎人人都懂，方法简直人人都会，可是很多人没有耐心，坚持不下来。不能持之以恒，万事难以成功。第三个意思，讲故事为了吸引你们的注意力。你们一心听讲的话，会忘掉身上不适，有益于静坐。以后静坐的话，可以转移自己的注意力，或者专注于某一念头、某一件事、某一处，便于入静。说到这个念头，有个数息法，就是计数呼吸，单数入息，或者单数出息，每数到十，再循环回来。不可着力，隐隐约约，既数又不数。目的不是计数，目的是心静。入息时气息要试图深入到下丹田。等你出入息自然深入到下丹田时，就已进步了。方法很多，关键是选择适合自己的。佛家有心中默念阿弥陀佛的，这也是静坐制心一处的方法。道家有默诵'道可道，非常道'一句的，目的还是制心一处。儒家有心中默念《大学》第一段的，目的都是一个，制心一处，入静。打坐时间循序渐进，可长可短。半炷香，一炷香，两炷香，量力而行。另外，抚琴能入静，书法能入静，即便躺在床上也能入静，注意别入梦就行，不要昏沉，不要松懈。这都是打坐，心不动为坐。你们两位老弟，先把身体调整好，没有好身体，坐不住，心也静不了。静久生明，身心光明，天地光明，最终达到清虚。好了，阳明山人，你是未得仙体，先得仙名。好一个逍遥的山人！"

气机发动　阳具难空

师父领进门,修行在个人。阳明山人回顾一下自己的学习历程,自觉有些惭愧,多位师父多次在门里面召唤,自己总是一脚门里一脚门外,心存疑虑。就说这个打坐静心,最早见爷爷竹轩翁打坐,自己小孩子好奇觉得好玩,有样学样,可自己只坐了十次八次,就兴趣索然了。后来入学每次上课前,陆恒先生教大家正襟危坐,放松入静,自己心性漂浮,如坐针毡。再后来在京师跟着辛得理先生学习,每次静坐,自己都像坐在了炭盆上,总是坐不牢稳。以后总算摸着了些门道,练书法时,自己能做到全神贯注,不打坐也能不再性急心跳。再后来在南昌铁柱宫,德一道士传授过道家坐法,怎么舌抵上颚,接通任督二脉,怎么数数摄心,怎么结道家手印,怎么保精养神,老道人谆谆教诲,年少轻狂人多当了耳旁风。年初参访九华山,见识了性空法师打坐,领教了蔡纯阳道长的静心方法,瞻仰了山洞异僧的大定坐法。回到绍兴,又听许璋老兄不厌其烦地介绍坐姿坐法,还从他这里知道了岭南陈白沙的学问入门方法,也是静坐观心。

先生这么多会不会乱套呢?有人还说一门深入,长时熏修,是不二法门呢。看看古人好榜样!过去黄帝拜师学道,拜访过广成子这样的七十二位得道高士;在九华山听性空法师说过,佛家经典《华严经》介绍,散财童子云游天下,拜访了五十三位老师,才结成道果;孔圣人求学期间,学礼拜过老子,学乐拜过苌弘,学琴拜过师襄,并且谦虚到认为随便三个人中,自己都能学到人之长处。看样子多走、多拜、多学,是先圣先贤们获得成就的一个法门。这么多年来,自己也给这么多老师、法师、道长磕过不少头,头磕得越多,心里越迷惑,会不会是把头磕晕乎了呢?

现在,过去的王守仁变成了阳明山人,白天云做客,夜晚星为伴,喝的是山泉,听的是松涛,迎来山鹿不磕头,送别白鹭不作揖,不管人间事,只做山中客,逍遥似庄子,仙中我最乐。再也不用为了核对刑事案卷,为寻找蛛丝马迹而累得两眼生涩;再也不用为了读懂《识仁篇》,而东扒西挠地查找古往今来数十人的注疏;再也懒得为了一时的虚名在诗友会中好强争胜。阳明山人仰靠在竹躺椅上,望着天空,静静地发呆。打坐,坐不住,我就躺着。打坐不也是为了求一个静吗?许璋兄不是说要有耐性吗?养病和学道,真不能只争朝夕,我何必急着静坐。我阳明山人,进山干什么?图一个静养,图一个去病。以前的人与事,我绾上一个结,不再去想它;以后的生活人事,就像这门前挂满了红灯笼的柿子树,到了春天自然开花,到了夏天自然挂果,到了秋天自然收获,何必刻意去算计、去计较。现在的我属于这座大山,这座大山现在也属于我;眼前的天空白云飘,我阳明山人就是这天空自由自在的白云,不,天高何须云淡,正如李太白的名字一样,白到太白,纯洁无瑕,像出水清莲不染尘。这蔚蓝的晴空,才是我阳明山人的胸怀,晴空万里何须片云。躺椅上的阳明山人心中一瞬间空白了,恍惚了,没有了天地白云,没有了树木花草,天地成了一个安详的混沌体。就这么一瞬间,阳明山人恢复了意识,只觉得头顶凉丝丝的,百会穴处好像开了一个小缝,感觉到一缕清凉之气从上而下,从这个小缝钻入到头颅里,马上全身一个战栗……阳明山人的眼里一下子噙满了泪水。他的身心一下轻松起来,心里不知从何处浮现出来几句诗,于是起身,到书桌前,铺展白纸,挥毫写下了这几句诗:

春有百花秋有月,夏有凉风冬有雪。

若无闲事挂心头,便是人间好时节。

阳明山人的好时节还真来了,他经常头顶一片清凉,他可以静静地打坐半炷香的工夫。心闲无事的阳明山人梳理着以前的朝山访师的经验,这些经验可以归纳为两点,一是打坐,二是求静。其实最终都是许璋传授的陈白沙先生的入门方法“静坐观心”,六祖慧能说过,心不动为“坐”,这就意味着,只要能静,没必要一定打坐。就像仰靠躺椅看流云一样,虽然没有坐,也能达到静的境界。阳明山人已经不再执着于打坐了,因为不执着,不为打坐而打坐,真正坐起来反而更能放松,能更快地入静。山里人无事心闲,不求静也是个静,抚琴时能静,写字时能静,坐着能静,躺着能静。晚上躺在床上,总是一直在静中,并能在静中睡着。

阳明山人每日在日记中记录下了心得感受:

弘治十五年九月晦日(生日)

自从那天在躺椅上仰观白云,云飘心不动开始,好像头脑中经常犯傻,眼中有白云,心里却没有白云,就那样傻傻的,好像在看着白云,其实根本没有看,因为心好像定住了似的,所谓的看,不过像镜子一样,是白云在镜中的投影。镜子有看吗?镜子有心吗?没有!天空中的白云在飘吗?在飘,它本来就在飘,亿万年前就是这样,哪里来的亿万年前?哪里来的亿万年后的今天?哪有什么今天?哪有什么刚才?一切就凝固在这个点上。眼中一棵棵柿子树,满树的红灯笼,心里却没有柿子树、红柿子。也就是从那个时候开始,天地山川一下子安详了。奇怪得很,有一次电闪雷鸣,雷声轰隆,暴雨如注,惊天动地,心里却安详,好像雷声是雷声,雨水是雨水,不管多大的动静,再也震动不到我心中,再也惊扰不到我的心。也就是从那天头顶百会穴瞬间开缝开始,一丝清凉之气自天而入,从此头顶就时时安住在清凉之中。

更奇怪的是,我阳明山人,一个堂堂正正、光明正大、一心要统率千军万马的血气方刚的大男人,从此内心发生了莫可言状的变化,一个大男人,竟像一个抱窝的老母鸡,像一个刚下产床的母亲,像一个口诵阿弥陀佛的老奶奶,看着眼前的白云,竟然情不自禁地流泪,飘浮的白云,好像成了需要我关爱的没娘的孤儿;屋前的小松树,竟也让我眼中噙泪,这棵树怎么就像我没有出世的孩儿,真想拥抱它;屋前一只小老鼠,在树根下探头探脑,像一个好奇的孩子,在打量着我,我心里似在亲热地叫它,"进来呀,来吃些东西"。我惊奇自己,过去我是既害怕又讨厌这个专门害人的小生灵,过街老鼠,我也喊打,现在我竟然觉得它可以成为我的好朋友。我心中泅涌着一股暖洋洋的热流,我清楚,这是一股源自心底的爱的热流。我心中洋溢着爱的热流,我的头颅里,我的双手里,我的胸腔里,我的口腔里,我的每一个毛孔里,我的每一个细胞里,都洋溢着这种爱的热流,爱流四溢,我浑身是爱,我要付出,我愿意付出,我心里就像一个蒸腾的热锅一样,憋得难受,我情不自禁。

真想不到,一个人身上会有这么多的爱,天地间充满了爱!我情不自禁,我热泪盈眶;我情不自禁,我泪流满面;我情不自禁,我放声大哭……

阳明山人于阳明洞天

弘治十五年十月朔日

经过近两个月的安心静修,我已经告别了咳嗽的毛病,自觉呼吸通畅,腰不再酸疼,头顶一直凉丝丝的,全身像水一样轻柔。只是不能久坐,坐不到一炷香的时辰,如果硬撑下去的话,腰椎处还有酸疼。

卯时醒来,没有立即起床,在床上静坐半炷香的时间。一夜甜梦,身心愉悦,打坐时心里干干净净。

打坐后,练了一会儿太极剑法。

辰时,《道德经》吟诵一遍。

巳时,《心经》唱诵一遍。

未时,抄写《识仁篇》一遍。

申时,原地行香半炷香工夫。囿于场地,不能像无相寺和尚师父那样,来回走动。这里只能原地踏步,好在因陋不就简,可以流畅地原地抬腿跨大步,自由地前后甩开两臂。心静,微汗。

　　酉时,抚琴一曲《秋夜繁星》,歌词:"繁星点点有秩序,各安其位不张忙。念起念觉念来去,不迎不往自流畅。不觉之间失了念,乾坤山河晴朗朗。"

　　亥时,坐半炷香时辰,就寝。

　　　　　　　　　　　　　　　阳明山人于阳明洞天

　　　　　　　　　　　弘治十五年十月望日

　　昨夜好像是梦,但是其实不是梦,如果是梦的话,怎么还能记得一清二楚? 这个境界不知是好是坏。权且记录,等回头请教许璋兄。

　　昨夜就寝仰卧床上,入睡前习静,为了排除心头杂念,净化心灵,初,默诵《识仁篇》一遍;再,默诵《大学》第一段;又,默诵《心经》一遍。诵着诵着,就睡着了。奇怪得很,但见梦中莲花纷纷飘扬,粉红,粉白,素雅,清净,花朵没有拳头大。这些莲花不是长在荷塘里,却在空中飘扬,没有根茎,没有荷叶,只有花朵、花心和花瓣。空中开花,这么奇怪! 诗仙太白自号青莲居士,是个爱干净的前辈同道,宋代先贤周濂溪一篇《爱莲说》为之后的高洁文士树了偶像,我阳明山人同样是一个莲花爱好者,莲花是我们高洁文士的追求,身居红尘,出淤泥而不染,是我们追求的性情品德。我很好奇,想辨认更仔细,甚至想数一数有多少花朵。我就这么一动想看仔细的念,漫天的莲花不见了。

　　这一动念,我也醒了,梦于我无扰,就又接着睡了。

　　虽然睡着了,心里却似一直清楚明白。怎么更奇了怪了,睡着睡着,两只脚发热发烫,只是有热烫的感觉,当时没有思虑:热是能量充足,冷才是毛病呢。就只是不动心思地觉受着这个热烫。热烫顺着两只脚往两个小腿上移动，两只小腿热烫，两只脚却没有了存在的感觉，空掉了。热烫像蒸汽一样，顺着两只小腿，从里到外，从皮到骨，热烫着小腿上每一个毛孔，每一丝血肉。顺着小腿，往上蔓延，热烫到了大腿。两只小腿没有了感觉，好像不存在了，空掉了。很奇怪！这股热烫气流好像听话似的，我阳明山人竟然可以指挥动身上这股热烫气流。我稍加意念，让气流往上走，它就往上走。哎呀，更奇怪了！两只手不存在了，接着，两手臂不存在了。过去听德一道长介绍过任督二脉的走向，读书时也见书上描绘有任脉和督脉的运行图，说是下丹田之气从气海发动，经由会阴穴，向后到尾闾穴，经过腰椎之间的命门穴，一直向上，经过后背的夹脊穴，之后玉枕穴，之后百会穴，再向前向下，通过舌抵上腭搭造的桥梁，回复到下丹田。我稍一用意，气流竟跟着我的意念，乖乖地顺着老祖宗几千年前划定的行军路线，爬山过桥，周流周天。哎呀，头部也空掉了！哎呀，身子也空掉了！会不会空得像空气一样？那是不是死掉了？死就死吧。人生有命，生死在天不在人，由它去吧！哎呀！终于有空不掉的了！哪里都不存在了，但全身就剩这根阳具，像天柱峰一样，直上直下地竖立着，哎呀！太硬了，像钢铁一样，硬得难受；太热烫了，像冬天北京家里那个火热木炭盆上的火红的木炭块，火红的木炭毕竟没有生命，没有热冷的知觉，没有疼或舒服的感受。可我阳明山人毕竟是血肉之躯，我阳明山人这根阳具连根骨头也没有，怎么能扛得住火炭一样的火烧呢？哎呀！憋得慌！憋得难受！热得难受！烫得难熬！受不了了，像火山就要喷发，像大火熊熊炉灶上铁锅里的沸水，要蒸发了，要爆锅了，要喷发了。哎呀，乌云压顶，压得人沉闷，沉闷得喘不上气；雷声轰鸣，滚雷阵阵，暴雨就要来临了；锅里的热水沸透了，锅盖再也压不住了。想不到这根天柱峰竟然扰得我阳明山人像热锅里的青蛙，我要蹦出去，像热锅上的蚂蚁，我要爬出去。小腹部像个热水锅，热得滚烫，热得要爆炸。我要爆炸了！不行了！于是唤书童火速备马，下山回家。

　　千里宝马，十几里的平路，我阳明山人竟然一嫌劣马跑得慢，二嫌这段路远。事后，从这次火速回家的路程看，真如六祖《坛经》所言，没有路远也没有路近，没有马快也没有马慢，敢情远近和快慢，全在自己一心的觉受。

阳明俗人书于山阴城山人书房

　　阳明山人在第二天记日记时，多少有些惭愧，不好意思署名为"山人"，只好落款为"俗人"，面对着名为"山人斋"的书房，他苦笑着摇了摇头，自嘲着："王阳明，俗人一个！"

　　听说阳明山人月明之夜中途下了山，王文辕和许璋两位兄弟以为是山人生了病，急匆匆地赶到绍兴光相坊内谢公桥旁小西河东的王宅，登门看望。阳明俗人在书房接待了两位兄弟朋友。

　　阳明山人虽然脸红，但他毕竟是一个一心学做圣贤的诚实之人，没有隐瞒，没有忌讳，他老老实实地把散发着墨香的新鲜日记呈递给半师半友的许璋。

　　许璋看完日记，爽朗地笑道："伯安，一场好局，被你这中途下山给搅和了。这像看戏一样，刚刚拉开帷幕，锣鼓锵锵，主角就要登场了。"许璋快活地笑着，学着唱戏的腔调念白道，"我小老儿，已经隐身了几千百年，今日正在天宫熟睡，忽听得下界有人诚实呼唤，小老儿要亲自走上一遭。完了，这刚抬腿，"许璋朗声笑着，双手一摊，"就被你给惊吓回去了。这叫气机发动，是真气发动，元气发动，任督二脉一通，嘿！那滋味！"许璋说着，遗憾地摇了摇头。

　　王文辕从许璋手里接过来阳明俗人的日记，看了一遍，慢条斯理地笑着说道："伯安，你被孙悟空的金箍棒打中了。这金箍棒本来是东海龙王的定海神针。一柱顶天立地，纹丝不动的话，整个东海龙宫就一派祥和。一旦金箍棒失去了看守，就可能海底爆发火山，海面凭空起大浪，海里海外不得安生。"

阳明山人一直红着脸,自嘲道:"醒时能当十分家,醉时还做七分主,睡着经不住三分闹。惭愧! 惭愧!"

许璋快活地笑着,朗声说道:"要治孙悟空,不需紧箍咒;要治天下洪水,慎用愚鲧的封堵法,宜行圣禹的疏导策;扬汤止沸,不如釜底抽薪。怎么个抽法,说起来简单,心念清净,万事大吉。"

阳明山人还在发窘,自嘲地笑着说:"半圭兄,很惭愧! 老兄的意思,不才明白了。说来说去,还是心不清净。"

许璋笑道:"伯安,这件事初看起来,好像半途而废。其实则不然,这是对你功夫的检验。这说明你没有白费功夫,没有白吃山野之人的苦头。这个境界,可以说,爬山已经到了上半坡,登天已经望见了南天门。只要能够拴牢这根金箍棒,很快就会到达乾坤清朗、天地清净的境界。加油呀!"

阳明山人一抱拳,再次自嘲地苦笑道:"路百里者半九十,一天不到达,都是在半途。惭愧得很! 多劳半圭兄和司舆兄的帮助。"

许璋朗声一笑道:"知耻而后勇。常生惭愧心,好学就是知。这是圣人鼓励人的话。借花献佛,送给伯安,奉献给你这位山人。家中安逸,道心易退,山中安闲,易萌道心,易受道用。啥时间就道,我们二人再送你一程。"

阳明山人果断地说:"明日一早就起程。"

阳明山人　初识仁心

许璋和王文辕陪着阳明山人重回宛委山阳明洞天。一路上,阳明山人心里一直在琢磨,按许璋老兄的说法,自己已经算是望见了南天门,应该是已经看见了道的深宅大院入口了。可惜得很呀,正在兴冲冲地往上攀登,不提防被一闷棍给打了回来。罪魁祸首好像就是自己腰间这根金箍棒。如果能像孙悟空那样,有句咒语,喝令它长则长,喝令它短则短,要用时拿出来,不用时就收进去,那该多好！有没有这样一句咒语呢？阳明山人琢磨不透，忍不住在路上发问，请教许璋道："半圭兄，你说有没有什么神丹妙药，可以控制阳具，做到收放自如？"

许璋朗声笑道："伯安，你看，观世音菩萨给孙悟空头上戴了一个金箍，没见给孙悟空阳具上戴什么，你说为什么？"

王文辕说："心才是身体的主人。"

许璋哈哈大笑道："司舆所言极是。修身要修心，没见谁一心修阳具的。修身时，清净之气上扬，上扬到百会，甚至会上升到头顶之上，清净之气越多，头脑越清醒，心里越清净，最终成了智慧之气；污浊之气下沉，俗话说卑鄙下流，上升之气为智慧，下沉之气变欲火，浊气最终通过下面两窍排出。如果淤积在小腹部，会燥热难耐。你说呢，伯安？"

阳明山人若有所思，答道："心地清净，修心为要。总会有一个简便的方法吧？"

许璋爽朗地一笑说道："法无定法，也毕竟有方法。到山上再说吧。"

到了阳明洞天，许璋正式开讲："伯安，司舆，道家有这样的说法，有关精气神人身三宝的，气满不思食，精满不思淫，神足不思睡。伯安，你体内气机已经发动过了，说明气较为充足了，是不是每天不吃饭少吃饭也不会饿？"见阳明山人点头，许璋继续说道，"这说明气满不思食已经可以做到了。第二，精气饱满反而不思淫，有淫欲其实是精气不足的表现。过几天你经历过了你就清楚了。体内精气不足，为什么欲火还那么旺盛呢？不过是污浊之气下沉太多的缘故。污浊之气属阴，上扬清气属阳，排空污浊之气，落得纯阳之体，下丹田会变得非常充实。这之后，人会浑身充满清气，清气上扬，身心轻松得很，浑身舒坦。好了，介绍个方法，既然不饿那就辟谷几天看看，如果有饿感，吃根黄瓜也行，能忍耐的话，就只喝水更好。觉得哪天不想吃饭，就哪天开始辟谷，自然而然，不要勉强。还有一点要注意，葱、蒜、韭菜这几样辛辣之物，在山上修行期间，你最好戒掉。好了，等你的好消息吧！"

阳明山人学着辟谷,开始前的五天,逐渐减食,以至于辟谷;结束后的五天,逐渐增食,仍以五天为期,恢复到正常饮食。第一天每顿一碗稀稀的小米粥,外加半碗青菜,好让饿瘦的肠胃慢慢适应,第二天喝大米粥,第三天吃细面条,第四天吃什么都行。

人是铁饭是钢,五天不吃心不慌。但是辟谷后,一旦吃了饭,精神倍儿爽。再看书解意,脑筋锐利得很,像刚磨过的菜刀,所有的问题迎刃而解。

阳明山人日记中记载有这些经历:

弘治十五年十一月十六日

不知道这是不是性空法师所说的性空? 不知道这是不是程明道先生所说的识仁? 不知道这是不是道家典籍上所说的天人合一?

昨晚就寝后睡觉前,我按部就班地默诵着《大学》第一段、《识仁篇》和《心经》,不知不觉睡着了,也是入静了,一念之间,突然醒来,清醒得很,但是把自己丢了,找不到了自己。我到哪里去了呢? 一片红彤彤的,是我的睡床吗? 哪有床呀! 是我的洞天吗? 哪有洞天的影子! 是宛委山吗? 哪有山的影子! 是天地间吗? 哪有天地的影子! 只有一片红彤彤的,除了红彤彤,什么也没有。这红彤彤又是什么呢? 我竟然没有着急,没有惊慌,没有惊讶,只是有些奇怪。这还真奇了怪了! 我又在哪里呢? 我知道我丢了吗? 既然知道,怎么会把自己丢了呢? 既然找不到了身躯,这又是谁在知道自己丢了呢? 我知道我在天地间,我知道我就是天地,我知道我和天地是一体的。我侧耳听,有声音,书童在说梦话。山下好像有声音,是老鼠在吱吱叫,两只老鼠,它们在说话呢。平江的水流声这么清晰这么近,好像就在我脚边一样。我知道这是我的阳明洞天,怎么会没有了洞顶和床铺呢? 怎么床铺上没有了我的身躯呢? 我在哪里呢? 这个红彤彤的就是我,我就是这个红彤彤,这个红彤彤就是天地。我知道,这就是天人合一。我终于找到了自己,我还在床铺上躺着呢,我的身躯静静的,没有一丝一毫的不舒适,我竟然是朝向右侧躺着。我醒了,我想享受这种空洞的感觉,我体会着,我的身体无限的大,大得天地有多大我的身体就有多大,我没有去想,过去我曾试图去想象天地有多大,因为想象是有边际的,所以想象出来的天地就有了边际。我不去想,我只是在觉知,我的身躯确实和天地一样是无边际的。我这算不算清醒呢? 如果我睁开眼,就应该是醒了;如果我闭着眼,其实我仍与天地是一体呢。

我起床后,天地在我眼中心中,仍是地老天荒一样的安详,只是有一个变化,这个变化真是不可思议。天地像虚空一样,对面的会稽山峰,有石峰,有葱绿的山林,但是在我眼中,它竟然虚幻起来,右边的龙王庙,一座庙宇,在我眼里好像也虚幻了似的。脚下的大山,满山的树木,我一眼看得见它本质的空虚。早上书童侍候茶饭,在我眼里,书童已经没有了前些日子的亲切可爱,并不是说他变得不可爱了,只是觉得很平淡,平淡得像陌生人一样。眼中心中的人竟然不再有亲昵的感觉了。想到我的父亲大人,心中的父亲形象像一个路边的陌生人;想到我慈祥的奶奶,很惭愧呀,奶奶似也不是原来的奶奶了,她已经变得像余姚城里随便路边遇见的谁家的老奶奶一样,虽然慈祥,却没有亲爱的感觉了;再想到在北京和父亲一起生活的赵继母、杨姨娘,她们一个个平淡得像北京大街上擦肩而过的两位陌生女人。

怎么会这样呢? 把自己丢掉了一次,就这么很短暂的时间,心里会丢掉几十年来养成的天经地义一般的亲情。我心里安详,天地安详,天地不再像前些日子那样,充满着洋溢着充盈的丰富的挚爱,心里也不再洋溢着莫名其妙的知足和慈爱,一切变平淡了,没有爱,竟然没有了爱,爱去哪里了呢? 爱并非和恨是对立着的,没有爱并不意味着恨,我的心里早就没有了恨,没有恨不可怕,怎么会没有了炽热的爱呢? 我可以不爱自己,我不能不爱我的父亲大人,这是天经地义的;我不能不爱我慈祥的奶奶,母亲撇下我之后,是奶奶让我感受到了母爱。

我安详地穿行在阳明洞天附近的山林间，我不用去思考，我不用去辨别方向，我不用去识别脚下是树呀还是地洞，我不会深一脚浅一脚，好像我很笃信自己能走得很安详，自动能避开脚下的地洞，自动能闪开眼看就要碰头的树桩。我不需要动脑子，就能指导自己盲目而又顺畅地自由地穿行在树林间。

天地空掉了，我的身子空掉了，人世间好像变得没有什么可留恋的了，但是我的父亲，生我养我的父亲，我白发苍苍的老奶奶，我能不要吗？不孝父母，与畜生何异！可是我心中、我的知觉中怎么会空掉了亲情呢？既然空掉了身躯，空掉了天地，我怎么还会莫名流泪呢？为谁而流？为天地！为世人！这好像是大爱！不爱父母奶奶了，竟然爱上了天地和世人。说明爱并没有被彻底空掉，只是空掉了对自我亲情的爱，空掉了一家一人的私爱。大爱，慈悲，是更大的胸怀。我庆幸，我流泪，我的心胸开豁到了大爱的境界，但是我不能因大失小，为了大爱，不要小爱。我要爱我的父亲，我要爱我的奶奶，爱我的弟弟妹妹，必须爱！没有任何理由！

阳明山人于阳明洞天

弘治十五年十一月二十日

昨夜竟然做了春梦。惭愧！

昨夜就寝后入睡前，仍是按部就班，默诵《大学》第一段、《识仁篇》和《心经》。不知不觉失念，等有了觉知，有一位个子矮矮的白胡子老头来到床前，告假说："王主政，我是此山山神，因事外出三天，不能守护此山此土，请见谅！"我这才明白，以前几次梦中出现过的这位白胡子老头竟然是山神。

外出就外出呗，我一个刑部主事不是也请假来宛委山中养病了吗？谁能没有个私事要处理呀。奇怪的不是白胡子老头来告辞，而是此后来了一位美艳少妇，她站在床前，一直对我含情脉脉地、羞涩地笑着。少妇鹅蛋脸柳叶眉，很恬静，一看就是大家闺秀，不像轻薄女子。惹人爱怜！社会上富贵之家谁没有个三妻四妾，那位叫徐经的江阴举子，一下子收了八房大老婆小老婆。我阳明山人不才一个诸翠吗？要收二房就要收这样的，清雅可人。这样一动念，少妇笑得人面桃花，阴白的脸上飞上了一层红晕。笑得我腰间的金箍棒一下子竖了起来。不，不！我阳明山人何许人也？我是一个正人君子，每册日记的扉页都要工工整整地书写上我的座右铭"一戒杀生，二戒贪财，三戒邪淫"，这是我的日常三戒。徐经虽然睡八个女人，毕竟睡的是自己的女人。这位少妇是我什么人呢？我即便想收这样一房侧室，毕竟还没有收呢，能先斩后奏吗？没有明媒正娶，不光明正大，不成了苟且野合吗？男女结合岂是简单两个人的事？上有天地，中有六亲，偷偷摸摸，成何体统！我是刑部六品主事，是知道王法的。于是我呵斥她道：何方轻薄女子，不守家法，不顾名节，擅入本老爷睡房，想坏本老爷清誉吗？不想这少妇并非彻头彻尾的轻薄女子，我的一声大喝，吓得她花容失色，她娇声辩解道：小女子乃是老爷洞前最大那棵柿子树的树仙，平日见老爷每每痴情地望着满树的柿子，喜不自禁，为感念老爷的爱怜，小仙特意来以身相许。哦，原来是邻居！她误会了我对满树柿子的心意。我正色道：既非轻薄，就要安守本分，自爱名节，还不速去。

少妇去后，我心稍安。不想诸翠这个时候款款来到床前，面带熟悉的淡淡羞涩和浓浓的爱意，自己女人，想睡就睡，不碍谁的事。我一把揽到床上……原来是春梦一场，哪里来的诸翠？这真是那句老话：醒时能做十分主，醉时只当七分家，梦中经不住三分闹。惭愧！又被金箍棒当头一棒。功夫还是太浅！

天色已明,做醒后起床前的入定功夫。稍一入定,和以前一样,先是一个晶亮的黄色明点出现,然后,一团厚实的黄色光盘像河中的旋涡一样旋转着,旋转之后竟然出现了许璋和王文辕的影像,两个人带了两个学生,在绍兴东城门赵记烟酒店采买一坛绍兴古越龙山,一个高个子瘦学生问王文辕,买大坛还是小坛,王文辕看着许璋,许璋说,买十斤一坛的,今天和伯安喝个痛快。哦,我明白了,这是来看我呢。

出了定,起床,吩咐书童下山去迎接他们,并去采办些招待用品。

惭愧山人阳明于阳明洞天

弘治十五年十一月晦日

今天回到了绍兴家里。

绍兴城变了样,进山前觉得密密麻麻的满城房屋,街上熙熙攘攘的人流,一下子安详了,安详得像山中一样静谧。过去觉得雄伟壮观的三层楼阁,安详得像虚无的一样;巍峨厚实的塔山和府山,安详虚无得好像我可以一掌把它们拍到地面以下去,虚无得我可以一把把它们团成一个糖豆。整个绍兴城像一幅静谧的图画。

迎上来的诸翠,多日不见,动作很夸张、很热情,但是在我看来,这种热情却又是那样的平淡,那样的虚无。诸翠陌生了,陌生得像街口路过河边的洗衣少妇。过去久别重逢,是心与心的热爱,恨不得一把搂到怀里,一口吞下去,现在久别重逢,腰间的金箍棒虽然也曾蠢蠢欲动了一下,但是我知道,这只是日久养成的习惯,属于条件反射。其实在我心里,对诸翠已觉淡然,当然,我也知道这是我同床共枕过多年的亲密家人。

这个家也是可有可无的。我有家吗?我没有家!我没有家吗?我什么也不缺！处处无家处处家。我的心安住在虚空中。这世道真没有啥留恋的。我的妻子,很惭愧,但是我必须坦白,她对现在的我来说,好像可有可无。这个家里,好像没有什么东西值得我留恋。啊对了,我还是刑部六品主事,可是,我躲在山中享受清静的几个月里,这世道没有因为缺少我而天塌地陷,这说明什么？我这个六品主事实际上是可有可无的。

山中就需要我吗？我没去宛委山之前,宛委山不也一直好好的吗？满山的花花草草,春天该开花开花,秋天该结果结果,好像也不缺我这个躲清闲的阳明山人。

父亲需要我吗？我有了三个弟弟,为他养老送终,不缺我一个;奶奶需要我吗？虽然我叔叔不在了,但是奶奶有我父亲尽孝,有我三个弟弟,还有我的堂弟。

天地空空我也空！空来空去没用人一个。性空法师安住九华山,山中异僧安住窄狭的地藏洞,我去哪里？我住哪里？哪里需要我？我需要哪里？出家吗？出世吗？

干脆去寺院里考察考察,既然天地空空,性空心空,为什么寺院里这些天天念诵空的人还能有那么多的喜悦？

阳明山人于阳明洞天

第二十章　再游西湖　重访寺院

　　弘治十六年(1503)春,三十二岁的王阳明来到杭州。省城杭州是故地重游,十一年前,王秀才从这里取得了功名,浙江省壬子年第七十名举人。杭州不仅是老家余姚进京的地理桥梁,也是王阳明进京步入仕途的科举桥梁。这次来杭州,王阳明再次面临着把杭州作为桥梁的境遇,此岸为人世,彼岸为仙界;桥这头为红尘,桥那头是空门;河这边是有,河那边是空;水这面是亲人,水那面是路人;这边有亲情,那边是空性;这边有挚爱,那边是慈悲。王阳明正徘徊在桥面上,他想走向空,但他感情上放不下有,他想跟着感觉走,但在理性上他处于两难境地。这次,王阳明落脚于杭州西南大慈山上的虎跑寺。

入住虎跑　拜访妙有

　　虎跑寺原名大慈定慧禅寺,这个名字含义丰富,有大慈大悲,有戒、定、慧三学,又是禅宗寺院。王阳明读《坛经》知道,《坛经》成书的因缘就是广东韶州刺史祈请六祖慧能大师说法的记录。可见,过去不少官员遇上难题,喜欢找法师咨询。梁武帝时,陶弘景高卧深山,做红尘的政事顾问,号称山中宰相。历代皇宫内院和金銮殿上,都曾有和尚、道人出没,不少皇帝还拜和尚为国师。为什么会这样呢？王阳明心里忖度着，是不是因为当局者迷旁观者清，出家人跳出三界外不在五行中，置身红尘外，作为一个旁观者，看得更清楚？

虎跑寺方丈法号妙有，自称八十岁，有人说九十岁，看起来七十岁。妙有法师在方丈室接待了客居寺院的王阳明。

王阳明一直念念不忘在宛委山阳明洞天自己丢掉自己的那次经历。拜见妙有方丈时，官场上俗套的言语寒暄被省掉了，他开门见山地请教道："敢问老和尚，俗人去年秋冬在绍兴会稽山修行，在一次静中竟然丢失了自己，空掉了自己。去年在九华山，听无相寺性空法师开示说，天地间地、水、火、风四大皆空。自从去年空掉自己后，我心中的亲情空没了，爱心变淡了，自觉人世间没有一点可留恋的。老祖宗说的天、地、人三才，怎么会变空变虚了呢？这就是道吗？还请老和尚慈悲开示！"

妙有法师笑眯眯的，眼神纯净得像个孩子一样，他笑着问道："年轻人，你说你空了，是谁在和老衲说话呢？你说空了，你是在和谁说话呢？"

王阳明刚进方丈室时，就觉得室内非常舒适。现在与老方丈对坐，他明显地感觉到了老人浑身飘散出的一种淡淡的檀香味，这种馨香弥漫在室内，让王阳明觉得自己的头顶清凉轻安。妙有法师纯真纯净的笑，让王阳明自觉好像被这种笑融化掉了似的。老人的问话问住了王阳明，是呀，既然世界都虚幻了，谁在和谁说话呢？

王阳明心里一片空白。一直以来自认智慧也被公认聪明的王阳明，不可能有解答不了的问题呀。王阳明急中作答道："这就是说没有空掉。既然没有空，那就是有了，自然是我和老和尚您在说话呀。"

妙有法师一直笑眯眯的，静静地笑看着王阳明，听王阳明答完，他紧跟着问道："年轻人，有也不是道呀！你想想，一百年后，老衲和你又在哪里呢？"

王阳明犹豫了一下，试探着回答道："那还是空掉了，四大皆空。这是佛家的看家说法呀！"

妙有法师紧跟着说道："空也不是道，道岂能是空道。"

王阳明随口答道:"那就是不空不有。"

妙有法师紧跟着问道:"不空不有是什么?"

王阳明脱口而出:"不空不有是妙有。就是法师您的法号。"

妙有法师不等王阳明话音落地,急促地问道:"妙有是什么?"

王阳明脱口而出道:"妙有就是法师您。"

妙有法师不给王阳明思考的余地,句句紧逼,紧接着问道:"我是什么?"

王阳明这下没有了答案,他结结巴巴道,"您、您……"

妙有法师不等王阳明思考,又追问道:"快说! 快说!"见王阳明要张嘴,伸手托着王阳明的下巴,嘴中催促道:"快说! 快说!"

王阳明心中没有答案,他的下巴还被妙有法师一只手托着,法师托得紧紧地,他虽下意识地要张嘴,却张不开嘴。这边妙有法师还在急迫地催促:"快说! 快说! 快说! 我是什么?"

王阳明心中一片空白。妙有法师拿开了托在王阳明下巴下的手掌,还在催促道:"我是什么?"

王阳明下意识地嘴唇略张,似开未开时,妙有法师一巴掌拍在了王阳明的头上,下手重重的。这一掌拍得王阳明眼冒金星,他还没清醒过来,只听妙有和尚问:"我是什么?"

王阳明打了一个激灵,直觉一下失去了自己的身心,心开义解。王阳明心中一下子充满了莫以名状的喜悦。喜悦中的王阳明也不答话,起身扑通跪在妙有法师脚前,咚咚咚,连磕三个响头。

王阳明起身端坐在座位上,笑眯眯的;妙有法师在座位上一直笑眯眯的,一老一少就这样静静地坐着,间或对笑着互看一眼,没有谁再说一句话。方丈室内的气氛静谧着、安详着、和谐着、馨香着,一老一少清净的心性融合在了一起,一起静谧着、安详着、清净着、馨香着、喜悦着……

就这样静静地坐了半炷香的工夫,妙有法师笑眯眯地吩咐道:"近前来,到跟前来。"王阳明乖乖地、轻缓地移步到妙有法师跟前,妙有老人伸手从袖口掏出一方手帕,轻轻拭去王阳明刚刚磕头时前额上沾上的浮尘,笑眯眯地吩咐道:"去吧! 这才是刚刚上路,要在生活中去磨炼去摔打,见道可以是空门,证道、行道必须到红尘中去。去吧,孩子!"

王阳明再次跪倒,再磕下三个响头,飘然出门去了。

西湖美景　魅力千载

心中充满着莫以名状喜悦的王阳明迈着轻快的步子,陪着有事来杭州的王文辕,游览西湖美景。二人漫步在白堤上,欣赏着沿途美景,缅怀着唐代先贤白居易。

王阳明感慨道:"司舆兄,回想我们大唐盛世,雄才辈出,那是一个多么辉煌的时代呀,像一盘棋,棋盘上清一色的车、马、炮,个个是英雄豪杰。文人不仅仅是文人,握笔,诗兴勃发,气势豪迈;挥剑,跃马杀敌,斗志昂扬;从政,疏通水利,避害兴利,万民拥戴。做人如是,也不枉活一生。"

王文辕打量着来杭州前还一心要出家避世的王阳明,疑惑地慢条斯理地问道:"怎么,伯安,又留恋红尘了,大丈夫要出山了?"

王阳明自嘲地笑了笑,回答道:"你看,白居易前辈,号称香山居士,当杭州刺史时修筑的大堤,造福了百姓几百年。'未能抛得杭州去,一半勾留是此湖。'"

王阳明吟诵的白居易的诗句勾起了王文辕的雅兴,王文辕吟诵起了白居易的《西湖晚归回望孤山寺赠诸客》。王阳明静静地听着,听到最后,也跟着吟诵,二人同声吟诵道:"到岸请君回首望,蓬莱宫在海中央。"吟诵完毕,王阳明感慨道:"司舆兄,你看看,蓬莱不仅仅在东海,我们西湖中也有。不仅仅西湖,还记得我们在山上唱诵过的《逍遥仙》吗,'山山水水皆蓬莱',心净何处不净土呀?"

王文辕指着脚下的苏堤回答王阳明道:"伯安,阳明山人,阳明居士,我们脚下，是苏东坡居士修筑的大堤。看来古往今来心里干净的居士，不用去空守枯庙，而是专门在人间干些修桥补路的好事了。"

王阳明接口道："司舆兄，人身是座庙，心是修行客。修行只修心，修心不修庙。何处不是心？何处不是庙？东坡修堤是修心，香山修堤是修庙。"

王文辕笑着慢腾腾地说："伯安，耍起绕口令来了，你别把我绕糊涂了。你是棋盘上的车、马、炮，我不过是棋盘上的小卒子。"

王阳明笑着说："你是教书先生，历朝历代的车、马、炮无不出自你们的门下。"王阳明边欣赏湖上风光边说，他心情愉悦，情不自禁地吟诵起了苏轼的名句"欲把西湖比西子，淡妆浓抹总相宜"，王阳明扭头看着王文辕，说道："现在看这两句名人名句，也并非尽善尽美。西湖天然出芙蓉，何须淡妆浓抹；自然美如画，不用着一墨。东坡居士多余这一抹。"

二人来到岳王庙。王文辕摇头叹息道："伯安，幸亏西湖水清澈，洗尽忠烈一世冤。这西湖算是与忠烈有缘，南岸于少保，北岸岳武穆，旷世双豪杰，隔代两冤案。英雄代代有，奸臣总相伴。"

王阳明二人双双肃立，向岳飞塑像三鞠躬，之后一起激情地吟诵《满江红》。吟诵完毕，王阳明说道："司舆兄，统帅要气势，你看《满江红》岳武穆这气吞山河的气势；文人讲气节，你看于少保《石灰吟》。"王阳明随口吟诵道："千锤万凿出深山，烈火焚烧若等闲。粉身碎骨全不怕，要留清白在人间。"

王文辕叹息道："自古英雄惜英雄，于少保早年拜谒岳王庙时写过一首《岳忠武王祠》，感叹前辈的命运，想不到后来他自己竟然也……"

王阳明站在四个铁像前，摇了摇头，对王文辕说道："司舆兄，你说奸臣天生就是奸臣吗？"

王文辕摇摇头回答："谁也不是从娘胎里出来就五毒俱全的。好人是教出来的。"

王阳明笑着说道："你倒是三句话不离本行。好人确实是学出来的。人之初，性本善。性相近，习相远。一念之差，好人会变成坏人。大是大非面前把握不住，就落得个……"王阳明说着，指了指四个铁像，"遗臭万年的下场。"

王文辕大声向那里吐了口痰，说道："坏人遭殃罪有应得，好人遭难实在可叹！古有比干，今有于谦。危难出英雄，英雄多遭难。宁要清明时节的平庸，不当危难时的坏蛋。"

王阳明沉思着回应道："只有英雄才能担当大义。大义当前，成仁不惧杀身，才能仁义两全。刚才我在于谦于少保墓前，作了一副对联，你给评判一下：赤手挽银河，公自大名垂宇宙；青山埋忠骨，我来湖岸吊英贤。"

王文辕点了点头，评判道："伯安，你这副对子，不仅仅适用于于少保，也适用于岳武穆，两位前贤都是仁人志士。传说于少保被冤入狱后，没有丝毫怨天尤人，而是心平气和地走上刑场。大丈夫不仅仅是在大是大非面前，担当道义，在生死面前，也能做到安然面对。"

王阳明说："道德之士，已经解脱了生死。你听听于少保的《观书》诗句，'眼前直下三千字，胸次全无一点尘'。这是程颐夫子说的君子学问成熟的境界：身心朗朗，廓然大公，没有一点私意。天地就是一本无字书，抬头观天晴空万里，俯首看湖，碧水茵茵。"

王文辕因言仔细观察王阳明，发现王阳明身姿轻盈、身心愉悦，已经有了出尘脱俗的纯净气质，他不由得赞叹道："伯安，你气质变了，浑身洋溢着道德气象。几个月来，你已然跨越了千山万水。"

王阳明淡淡地一笑答道："气质变化一定有，只觉得身心喜悦，无忧无虑。道德气象还不敢说。弘治十二年参加会试时，有道论说题，论'志士仁人'，我就是以于少保和岳武穆为榜样来论述的。我还记得当时做有文章警句：'志士是把握得定，仁人是涵养得熟。'我自觉涵养还不够熟。"

王文辕恭喜道："你看这湖面，春生青莲，秋出莲花，春华秋实，瓜熟蒂落。"

王阳明淡然一笑，笑容像出水青莲一样干净。

第二十一章　主考山东　选举德才

弘治十七年,岁在甲子,王阳明三十三岁。

五月,王阳明从浙江老家回北京销假复任,沿途目睹,灾荒千里,流民遍野。王阳明的心不能平静。自己大小是个朝廷的官,为官的责任是,保护天下生民安居乐业、造福一方。如今面对赤地千里,自己心焦如焚,却又束手无策。唉! 只恨自己没有擎天之力,只恨自己没有撒土成豆救苦救难的神仙功力! 怎么会灾荒连年呢? 怎么会省连省、县连县,旱涝交替呢? 弘治十五、十六、十七三年,灾连灾,地连地,云南贵州、山东河南、湖广浙江和两直隶,没有一处太平乐土。南直隶是一直以来的鱼米之乡,那里竟然也缺粮,要靠放赈活口;运河沿途的山东、北直隶,田野荒芜,禾苗枯死。

到了京师,王阳明怀揣着自己养病期间写就的三十五首诗赋,参加了李梦阳组织的诗友会,诗会地点还是在兴隆寺。

李梦阳已经升任从五品员外郎,几位诗友在传看他拿来的最新一期《邸报》,上面有李阁老五月份到曲阜参加新孔庙落成庆典来回沿途的见闻和观感,有兵部尚书刘大夏对当前军备现状的悲观看法。

边贡看完《邸报》,声音沉痛地说道:"你看看,想我齐鲁大地,夫子故乡,如今竟然赤旱千里,青黄不接,夏粮干旱绝收,秋粮缺墒种不上,礼仪之乡饥民横行，盗匪作乱。"

边贡说完，康海、何景明、王九思等人，人人激愤，由天灾说到时政，由时政说到人祸。

李梦阳和王阳明都没想到，诗友会竟然变成了诗人们的时政声讨会。王阳明最终没有拿出来养病期间抒发情怀的山水诗篇。神州大地，黎民百姓食不果腹、哀鸿遍野，有良知的诗人、注重官德民生的官员，怎能旁若无睹、心安理得、无动于衷地继续不痛不痒地歌吟山清水秀、向往虚无缥缈的神仙、倾诉卿卿我我的男女欢爱，这才是无心无肺的无病呻吟！

就在王阳明响应弘治皇帝的号召，为天下黎民苍生的苦难而自我道德反省时，他接到了山东巡按御史陆偁的礼聘，陆御史邀请他出任甲子年山东省乡试的主考官。

为政之道　修身第一

七月底，陆偁的助手、在都察院见习的国子监学生欧阳光到京迎接王阳明前往山东主考。欧阳光二十多岁，个子矮矮的、胖胖的，靠祖宗的荫庇取得了国子监监生的资格。

连年干旱，运河水枯，只好走陆路骑马前往。

欧阳光在路上打量着王阳明，但见王阳明脸庞瘦削，面色清和，眼神清澈却又蕴含着一种坚定；身材虽然略显消瘦，却也胸背挺拔；体态轻盈，步履沉稳。欧阳光瞅瞅王阳明的体态，看看自己的肥胖，有些自惭形秽，心里甚是感慨，他忍不住请教王阳明道："王主考，晚生久仰您的大名，学生仰慕已久，今日得瞻风采，实属有幸。"

王阳明笑了笑说："学友谬赞，请问学友贵乡何处呀？"

欧阳光答："晚生江西九江人。"

路上,两人没有再多交流。王阳明在琢磨主考官应该秉持的出题思路和出题内容。一路上思考,到济南他已经有了一个成熟的出题纲要。在与陆偁,以及山东提学副使陈镐的见面碰头会上,王阳明说出来的已经是一套成熟的方案。碰面会在巡按衙门举行。

七品官的陆偁居中而坐,四品官的陈镐居左,主考大人王阳明居右。陆偁向京师客人介绍陈镐道:"陈道台是我们浙江人,绍兴会稽人,年龄比下官小。"听着陆偁的介绍,陈镐拱手道:"虚度四十三个春秋,惭愧得很!"陆偁继续介绍,"年龄虽然比我小,功名却比我早,成化二十三年进士,字宗之,号矩庵。"陆偁再介绍王阳明道:"矩庵先生,这是阳明先生,刑部主事,余姚人。今天我们三位浙江老乡聚会,叙的乡谊之情,谈的绝对是公事,一是一,二是二,掺混不得,含糊不得。现在说公事,乡谊等会儿在酒桌上再叙。"王阳明和陈镐两个老乡,再次拱手道:"自然!自然!"

陆偁,浙江宁波人,时年四十七岁。

陆偁郑重说道:"过去乡试,主考官多为儒学教授之流,官职末流卑微,做不得主,往往成了外廉官的傀儡,腐败丑闻层出不穷。这样的局面,实有愧于圣人为政以德的教诲,有愧于圣人故乡的清名,也有愧于我们圣人门徒的本怀。本官作为天子耳目,不能任由陋习继续。今年请得京师饱学之士阳明先生主考山东,一则京师官员,自能杜绝当地人情牵扯;二则自主出题,可以考查检验山东士子的学习实际;三则能为朝廷选拔经世致用的干才。这是希望能一举三得。"

王阳明像打坐一样,在椅子上坐得挺直,双手打拱说道:"守仁承蒙侍御大人抬爱,诚惶诚恐。主考大事,责任重大,为朝廷尽心尽力,是在下本分;为朝廷选才,必须有知人之明,要求眼明心亮。主考之重在于出题,出什么样的考题,便能选什么样的人才。是选拔考场上'四书五经'背得滚瓜烂熟,临事百无一用的书呆子;还是选拔平时满口仁义道德,临难畏缩一团的伪君子? 守仁接受这个任务以来,就一直在思考。刚才陆侍御说要选拔经世致用之才,我们所见是一致的,经世之才必须德才兼备。只要题目得当,从答卷内容的逻辑可以看出一个人的思维思路是否开阔,是否细密,是否周详;从答卷字迹的工整与否,可以发现一个人的态度是否端正,可以发现一个人的心境是否沉稳;从答卷的字迹可以发现一个人的性格是否豁达,是否刚毅……这些都可以说是修身的内容。《大学》把'格、致、诚、正、修、齐、治、平'的次序说得很清楚,经世之才来自哪里?来自修身!为政之德来自哪里?来自修身!'四书五经'警句短言也好,长篇妙论也罢,都不过是我们的前辈圣贤介绍一些自己修身的方法和境界罢了。先贤们介绍自己的经验,目的是让我们后辈修身有一个参照。修好了身,为政自然德才兼备。修身为了什么?为了'近道'。这一点《大学》也是开宗明义。从政为了什么?为了行道。行什么道?行一贯之道,行忠恕之道,行亲民之道。修身如何,从三场的考题中,还是大致能考查得出来的。题目我已初步拟定,还请侍御大人和学宪大人定夺。"王阳明做这一篇长论时,像去年在浙江杭州万松书院演讲一样,因为很庄重,身子一直端坐着,语调铿锵着,直说得他前额上冒出了晶亮的汗珠。王阳明掏出手帕擦了把汗,端起杯子喝了几口凉茶。

侍御是对御史的雅称。

陆偁接过来王阳明手中的试卷题目草案,翻看着,不住地点头,面露喜色地轻声念叨着题目:"'四书'这三道题出得很好,可谓层层递进的关系。陈学宪,你看,首题开宗明义,'所谓大臣者,以道事君,不可则止',这就是刚才阳明先生所言,大臣是为了行道,心中要存道义,双肩要担当道义。这第一题选自《论语·先进》,以圣人《论语》开题,可谓师出有名,名正言顺。第二道'齐明盛服,非礼不动,所以修身也',这道题出自《中庸》,从日常生活服饰说起,可谓小处着眼,落脚在修身上。怎么修呢?非礼不动。不错!第三题'禹思天下有溺者,由己溺之也;稷思天下有饥者,由己饥之也',这道题出自《孟子·离娄下》,由第二道题的修身做起,顺着《大学》的修身次序,明明德,然后是亲民,这第三道题说的正是亲民行仁政、浑然与物同体的从政境界。"陆偁抬起头,对王阳明说道:"阳明先生，我学生时代主修《易经》，听说你是主修《礼记》，'五经'题我不再多说，单说一下咱们两个的主修课，你这《易经》两道题我很赞同，第一道'先天而天弗违，后天而奉天时'。这是圣人没有明言的一贯之道。先天后天一以贯之，天人合一，这道题可以考查考生的修身境界。要他们做了官后，详察体验天地万物变化规律，认识天地万物变化规律，摸索仁政亲民的做官规律，以达到天人和谐、步调一致的境界。第二道题'河出图洛出书，圣人则之'，说得更是明白，做了长官后，人必须尊重天地万物变化规律，摸索规律，认识规律，遵循规律，利用规律，造福万民。你主修的《礼记》两道题，说到修身，更是题题不离一个'礼'字。阳明先生，你曾专修过《礼记》，这两道题还是你自己来解释一下。"

王阳明心平气和地说道："第一道题'君子慎其所以与人者'，正如侍御大人所言，考查的是一个'礼'字。这个礼有两层境界，第一层是明面上的，人前注意礼貌礼节；第二层更重要，一个人独处时，慎独，不欺暗室。考生学得肤浅的话，只知道与别人交往该如何做，不知道、做不到与天地、与自心交往时的'慎独'之礼，其实就是一个诚。第二道题'心好之，身必安之；君好之，民必欲之'。这个也是两层境界，最重要的是提醒，上有所好下必甚之。人做了官后，高高在上，可以选择做好榜样或坏榜样，不能不谨慎。"

陈镐拿着试题，点点头，评价道："第三场这个论述题'人君之心惟在所养'，这个是'人之初，性本善；性相近，习相远'的注释，按阳明先生刚才对《礼记》题目的解释，这应该也是两层境界，一是为周遭所养，二是自养；目的是一个，近朱则赤，近墨则黑。不管是个人修身，做官交朋友，还是伴君进谏，都在一个'养'。这也是圣人教诲的，日常存养省察的持敬功夫。这道题看起来浅显，答起来必须有深功夫。阳明先生不愧书香门第，学养深厚。我这里通过了。"

陆偁微微一笑，说道："我们再恭维，别人还误会我们是任人唯亲、拉帮结派呢。阳明先生，这五道策问题，你简单地解释一下考查要点和思路。"

王阳明轻啜口茶，润润嗓子，凭着记忆，侃侃而谈："第一道策问，目的在考查继承与创新的关系，这是《周易》的精神，易者，一是变化，二是永恒不变。变化的是形式，永恒不变的是精神。考查要点有三个：一、王者制礼作乐，是说朝廷的制度建设。二、我圣朝太祖、成祖自己制定有与古代不一样的礼乐。三、夫子说过'吾学周礼，今用之，吾从周'。第二道策问，考查儒、释、道三者之间的关系。第三道策问，考查要点是安贫乐道的颜子和治世能臣伊尹，两位先贤各自的修身境界和追求。第四道策问，可以自由发挥，风俗是世风、民风的直接反映，怎样移风易俗，天下和谐，越自由发挥，越能考查出考生随机应变的能力。第五道策问是重头戏，是一道务实的时务题。这是一道压轴题。题目直接面对目前的棘手问题，目的是要考查这样几个实际问题：一、官员人浮于事，政事萎废，怎么办？二、赋税日重，仍然入不敷出，怎么办？藩国众多，消耗巨大，国库已难负担，怎么办？军士逃亡，军伍缺员，怎么办？蝗旱交替，民不聊生，流民为乱，怎么办？狱讼日繁，盗贼日多，怎么办？豪强霸占利益，民怨载道，怎么办？鞑虏嚣张，边境不宁，怎么办？这些都是当务之急，平常只会摇头晃脑之乎者也的迂腐书生，自然束手无策。豪杰之士自会脱颖而出。"

王阳明述说完毕，端起茶杯细细品茶。陆偁听罢，开怀一笑道："痛快！痛快！此一考题，像一张大网，豪杰之士尽入罗网了。陈学宪，还请你把我们山东的生源情况介绍给阳明先生。"

陈镐清了清嗓子，慢条斯理地说道："阳明先生果然学养深厚。只是我们山东不比江浙，自从宋室南迁后，夫子故乡就沦落为野蛮族群的跑马场，斯文扫地，书香不再。承蒙开国时太祖皇帝开科举，这里读书风气慢慢有所恢复。敝道是弘治十五年来此上任的。三年间跑遍了齐鲁大地，督促严查，教风学风已经走上了轨道。我省领六府十五州，一共八十九个县，人口六百七十六万，生员一共三千八百五十六名，敝道从中筛选出来一千四百人。我省今年可选七十五个举人。这正是夫子弟子三千，贤人七十二的推演。阳明先生主持今年的考试，客观上也是对敝道三年来学政的检查。敝道也像备考的学生一样，诚惶诚恐着呢！"

陆偁哈哈一笑道："考题已定，等于稳住了定盘星。下一步就是组织一百多位考务人员的事了。公事已毕，矩庵先生，现在开始，我们摆酒为阳明先生接风，你的特号酒杯是否随身带着？酒杯一端，你就不诚惶诚恐了。酒桌上，我们只是浙东老乡，阳明先生？矩庵先生？"

王阳明一拱手道："承蒙两位同乡前辈抬爱，同意使用在下的题目，我现在如释重负。"

陈镐哈哈笑道："伯安，都是为朝廷选拔人才，你就不要客气了！成美兄，你说呢？"

陆偁对王阳明解释道："的确。伯安，成美是我的号，自名和字中各取一个字。"

王阳明感慨道："字君美，号成美，成人之美，君子之风。成美先生，阳明受教了。"王阳明疑惑地问陆偁道："成美先生刚才说矩庵先生什么特号酒杯，什么特号酒杯？阳明初来乍到，不懂夫子家乡酒场规矩，可别闹了笑话。"

陆偁对着陈镐神秘一笑，说道："矩庵先生，你还是自己告诉他吧。"

陈镐从包袱里掏出来一个黄铜酒杯，将之托到王阳明面前，上面刻着八个凸起的铭文："父命戒酒，只饮三杯。"

王阳明疑惑地问道："这酒杯能装一斤酒吧？"

陆偁哈哈一笑道："我替他说了吧，宗之老弟喜欢杯中之物，去年一次赴宴后骑马回衙，多饮了几杯，冷风一吹，酒醉坠马。父亲大人听说后，心疼得很，写信嘱咐，每次三杯为限。这好像也是《礼记》中的规矩，酒不过三，不胜酒力者避席。矩庵先生是个孝顺儿子。"说到这里，陆偁语气有些调侃，"他就特意定制了这么个特号酒杯。既不违父命，尽了孝道，又不误喝酒，满足了肚皮。哈哈！是不是这样，矩庵先生？"

陈镐爽朗地一笑道："父命大于天！不得不遵从。"

王阳明听后也哈哈大笑道:"孝顺,天经地义;饮酒,权宜之策。可谓一举两得。"

访夫子乡　谒周公庙

山东甲子乡试,八月十五考完最后一场,天上明月圆,地上事儿圆。评卷录取忙活了十来天,黄榜高挂,录取七十五名举子。七十五人,十年寒窗,一举成名,得大欢喜。巡按衙门门前张灯结彩,陆偁长舒了一口气,诸事顺遂;提学衙门门前喜气洋洋,陈镐也长舒了一口气,又可以畅饮三大杯了;写字台前,王阳明一气呵成一篇《山东乡试录序》,毛笔一搁,伸了个懒腰,主考官事务到此圆满结束。

孟子老先生说过,人生有三大乐:父母健在、家庭和睦,此第一件大乐事;俯仰天地间,心中无愧事,第二件大乐事;得天下英才而教,第三件大乐事。这七十五位英才,虽然不是自己亲手栽培出来的,却实实在在是通过自己的考题拣选出来的。王阳明打量着举人名单:穆孔晖、陈鼎、孙乐、冯裕、许东望、逯埙、高栋、袁公冕、许路……好像自己一下子冒出来七十五个门生,成了七十五位门生的座师了。这算不算贪天之功? 天下就这么个规矩,心安理得地接受这个座师称号吧。王阳明心里有些激动,不由得想念起了陈镐那只大酒杯。

七十五位举人吃水不忘挖井人。布政使、提学副使、主考官,一行队伍浩浩荡荡,开到济南孔庙,感谢圣人的学问开启了童蒙的智慧,成就了年轻人的功名,培养出了青年才俊。王阳明站在孔庙大成殿前,圣人高大的塑像让他想起了心中拜谒曲阜的夙愿。

很快,王阳明与穆孔晖、陈鼎、孙乐、许东望、冯裕组成了曲阜、泰山拜访团,由巡按御史陆偁的助手欧阳光陪同。

第一站是曲阜,正赶上重阳节,雨后初晴,秋高气爽。

王阳明一行人来到了周公庙。王阳明笑眯眯地望着自己亲手点录的解元穆孔晖。穆孔晖身材高大,壮而不肥,四方脸庞,面皮略显粗糙,神色中却有着斯文之气,以及勃发的一股英气。穆孔晖察觉到了王阳明的眼神,一鞠躬问道:"不知恩师有何见教?"

王阳明笑眯眯地问道:"伯潜,你们几位都互相熟悉了吧?"

穆孔晖依次介绍起了几位同年:"门生穆孔晖,字伯潜,二十六岁,堂邑人;这位是孙乐年兄,字山水,福山人,四十八岁;这位是陈鼎年兄,字大竹,二十八岁,登州人;这位是冯裕年兄,字伯顺,军籍,辽东人,二十六岁;这是许东望年兄,字应鲁,聊城人,二十二岁。"介绍完毕,几位门生一齐鞠躬,齐说:"多谢恩师栽培!"

王阳明笑眯眯地说道:"栽培不敢当,是齐鲁大地栽培了你们,是圣人栽培了你们。周圣人,孔圣人、孟亚圣人、颜子、曾子,不仅栽培了你们,也栽培了华夏读书人。本师只是发现了你们。伯潜,你这孔晖的名字是不是圣人智慧之光的意思?"见穆孔晖笑着点头,王阳明继续说道,"今天就由你来给大家做导游吧,介绍一下圣人成就的智慧之路。"

穆孔晖点点头,开始了自己的导游工作,他说道:"曲阜是鲁国故地,是周公的分封地,因为周公忙于辅助成王,他就派自己的大儿子伯禽就藩封地。周公为我们华夏民族制作礼乐,是孔圣人的崇拜偶像,孔圣人晚年常因做梦梦不到周公而惋惜。周公的功业,大家看,这两块匾额概括得简明扼要,一是'经天纬地',一是'制作礼乐'。"

王阳明领着几位门生,缓步游览。穆孔晖面对着王阳明和几位同学,一边退着走,一边给大家讲解,看到王阳明点头后他继续说道:"这次考试,恩师出题选有《诗经·鲁颂·閟宫》这首长诗的一句诗。这首长诗表述的是,当年鲁僖公扩建了周公庙,周公的后人渴望以建庙为契机,重建周公的昔日辉煌。恕门生直言……"穆孔晖看着王阳明,见王阳明点头,他继续说道,"鲁国是周公的封地,是周公的后人的领地,孔圣人说过周礼在鲁国保存得最完整,可为什么到孔圣人时代,鲁国竟然一蹶不振了呢?"穆孔晖说完,停下脚步看着王阳明。

王阳明也停下脚步,沉吟了一下,慢条斯理地说道:"周公的后人只继承了周公的血统,没有继承周公的道统。"

今年乡试的经魁陈鼎见王阳明不再说话,便不解地问道:"什么道统呢?"

王阳明略一沉吟,慢悠悠地说道:"意会起来很简单,说起来恐怕是长篇大论,也很难说清楚。姑且略述几句,上古王尧、舜、禹历代传授的十六字心法。"

陈鼎接口道:"先生是说'人心惟危,道心惟微,惟精惟一,允执厥中'?"

王阳明点了点头,轻缓地说道:"道心微妙,难测难说,难以描述。人心危险,难以精一,难以得道,难以持中。《中庸》不是说吗? 火坑可以跳进去,刀刃可以站上去,中庸却难以实现。"王阳明犹豫了一下,继续慢条斯理地说,"血统可以世袭,道统实在难以世袭呀。比如,去年继位的衍圣公父子……"

许东望年轻,他冒失地说:"恩师是说去年继位的闻韶衍圣公呀。上一代衍圣公,就是闻韶的父亲大人弘绪,弘绪因为不守礼法,胡作非为,成化年间已被废为庶人了。"

王阳明感叹道:"道统的传递要靠修身。不修身,虽然父子至亲,也难以私相传授。'大道之行也,天下为公,选贤与能,讲信修睦'。这是可以说得明白的道统。可惜得很呀! 周公精神,圣人学问,被一代一代传承得走了样。就说你们考试的第一道题,'所谓大臣者,以道事君,不可则止'。当年圣人在鲁国当了三个月司寇,发现当道无道,臣强主弱,国主热衷于女色玩乐,于是遵循不居乱邦的原则,毅然辞职,背井离乡,周游各国,传布道学。这就是孔圣人的'以道事君不可则止'的精神。传到汉代,变成了三纲五常的'君叫臣死不得不死'的荒谬理论。君臣之道,在于君义臣忠。"王阳明不想说得过多,点到为止。

孙乐年龄最大,他发现大家都沉默了,便接话说道:"父叫子亡不得不亡,也不是圣人的意思。关于这一点,圣人与曾子还有个故事呢。曾子起初没有正确理解孝的真实意思。有一次他一家人在地里干农活,曾子不小心锄掉了一棵庄稼苗,曾老先生大发雷霆,抄起锄把子就往曾子身上抡。曾子站着不动,结结实实地挨了一顿痛揍。挨了揍的曾子怕父亲伤心,回到家忍着一身伤痛,装模作样,又是抚琴又是唱歌。结果呢,这事把圣人郁闷得一天没有搭理他。圣人郁闷什么呢?是郁闷自己教学不得法,是郁闷曾子榆木脑袋不开窍。圣人教训他说:'儿子挨老子的打,不伤筋动骨的皮肉之苦,可以忍受,这是孝顺;伤筋动骨的暴打,就要逃跑,这同样是孝顺。不跑,自己吃苦头不说,还给了父亲暴力不仁的名声。这才是不忠不孝。'"

冯裕摇了摇头,长吸了一口气,犹豫着,心里拿不定主意,是说还是不说,最后下了决心,说道:"有些经典,配合着书上的注释,结合有些事儿,真想不通。就比如,就比如……"冯裕又犹豫了,最终也没有"比如"出个什么具体对象。

王阳明心里明白,有些注释是注释者的私意,有些纯粹是自己昏昏,以盲导盲,这样的注释者,简直浪费读者时间;有些注释者,出于某种目的,牵强附会,揣着明白装糊涂,睁着眼睛说瞎话,愚弄世人,那就不仅是可叹,已经是可恨了。眼前这些年轻的读书人,也和自己年少时一样,都要靠自己的聪明才智,靠自己的生活经历,去慢慢理解经典,作为负责任的老师,点还是要点他们一下,于是他说道:"你们既然已经取得了功名,有了生活实践,在实践中去理解实证经典是最可靠的办法。学习经典,最好抛开各家各派的注释,直接学习。慢慢体会,慢慢吃透它。在生活中理解经典,用自身修养体证经典。好了,不多说了。伯潜,你继续吧。"

大家出了庙门,穆孔晖提议道:"我们在离开周公庙之前,最后再给周公行一次礼吧,只要个心诚,仪式就简单些,就一鞠躬吧。"

于是大家排成一行,面对庙门,由穆孔晖做司仪,行礼如仪。行礼后,王阳明对大家说道:"曲阜有周公庙,北京有周公庙,南京有周公庙。这只是地域有别。先贤张载说过'为天地立心',圣人精神就是天地精神,就是天地之心。天地无心,以圣人之心为心。真正理解了这一点,大家就会明白,圣人精神无处不在。

只要我们心诚,无论何处都能感受到圣人的精神。"

穆孔晖和陈鼎,不约而同地点头表示认可。穆孔晖领着大家往孔庙方向去,路上边走边介绍道:"恩师,由此往南五六十里地是圣诞之地尼山,尼山东边是沂河。我们明天是否去沂河岸边看看呢?"

王阳明一笑,说道:"齐鲁大地,处处圣迹。圣人精神留存在经典中,留存在天地间,留存在我们心中。明天还是去登泰山吧。"

泰山之巅　仰望星空

与王阳明一同登泰山的有翰林院庶吉士王司献,陆偁的助手国子监见习学生欧阳光,新科举人穆孔晖、陈鼎、冯裕和许东望。导游仍然由穆孔晖担任。一行人头天晚上住在山下东岳庙。第二天一早,大家开始登山。路线是一天门、中天门、南天门和玉皇顶。

下午,大家到达南天门,住宿在南天门,等待明日黎明到玉皇顶看日出。

晚上,王阳明一个人徜徉在天街上,他只想静静地一个人独处。秋风凉爽,繁星缀满夜空,星星不时地眨着眼睛,像是在跟这位不速之客打招呼……

第二天下山后和举人们分手时,王阳明嘱咐几位门生道:"你们四位,个个都是进士之才,明年山人在北京候着你们。"

第二十二章　遇湛若水　定交终生

弘治十八年(1505)，王阳明三十四岁。

王阳明自山东主考乡试返京后，被从刑部调到兵部武选司，仍是六品主事。在六部的排序上，后三位依次是兵部、刑部和工部，王阳明进入仕途以来，从工部见习官员做起，如今升到了兵部，这是升职。兵部规模小于刑部，与刑部十三个司相比，兵部只有四个司。武选司排在四个司的首位，负责全国卫所军官的选拔任用、升迁、世袭和功罪赏罚。全司编制四人，正五品郎中和从五品员外郎各一人，六品主事两人。相对于民法刑罚，王阳明更喜欢军事工作，这是他多年来梦想的工作。

新春伊始，鞑靼小王子率狼兵围困宁夏灵州，洗劫韦州和环县，一举攻陷了清水营。对朝廷来说，这不是新春大吉，而是当头一棒。困坐衙门的王阳明巴不得亲赴前线，领兵打仗，和不知天高地厚的狼主小王子一决高下，灭灭他的嚣张气焰。可是选派边帅，不属于他小小一个六品主事的职权范围，他自身更没有资历毛遂自荐。他不得不继续熬磨心性，等待机会。

山东门生　登门求学

弘治十八年是个会试年。今年的会试,与王阳明关系甚大。诸翠的妹夫、内阁大学士谢迁的二儿子谢丕,在去年夺得浙江乡试解元之后,以二十四岁的年龄高中进士第三名;他幼时的玩伴倪宗正高中二甲第六名,他蒙学同学胡东皋是同榜进士;他去年在山东录取的门生,穆孔晖、陈鼎、孙乐,也高中进士;还有一个关键人物,今年的二甲第三名湛若水与王阳明成了终生的道友。进士榜中的吴江才子徐祯卿成了他的诗友。

山东新科进士穆孔晖、陈鼎、孙乐以及孙乐的同门兄弟孙檠,相约登门拜访王阳明。

寒暄已毕,穆孔晖说道:"有阳明先生栽培,学生们才有今天的进步。先生去年在山东说过,'四书五经'经典奥义多有被曲解的地方,有误解,有故意曲解。过去在读诵经典时,确实发现有这种现象,但是不敢妄加怀疑前辈先贤的注释,只是惭愧自己的学养不够,以为是不能理解前辈的注释。同时为了科举功名,为了自己不至于离经叛道,也不敢往注释出错那方面想。过去学习经典,是为了考取功名,多半流于口头背诵和记忆,用于自己心性的修养上,不多。去年听了先生的说法,茅塞顿开。确实如此。经典实在是身心学问,它先是身心学问,其次才是科举学问。我们几位商量过,想趁在京师这段时间,烦请先生多多指教。"

陈鼎接着话头说:"去年在泰山,先生嘱咐门生登高自卑、轻装前进、正心诚意、空心致道,由此来体会夫子的一贯之道,门生一直琢磨此事,却总是不得要领。和先生分手后,门生全力以赴地准备今年的会试,没有顾及此事。现在,科举之事可谓船到码头车到站,一个新的里程要开始了。能到京师亲近先生,时常聆听先生的教诲,真是幸事一桩。子贡说过,夫子的文章能够读一读看一看,绞绞脑汁,还能理解,夫子关于性与天道的学问却是闻所未闻。曾子说,夫子的大道不过'忠恕'两个字。门生愚鲁，不比子贡聪明，更比不上曾子先贤。《周易》说过，天地之间充满着大道，俗人天天使用着大道，竟然不知道大道。实在是可怜！惭愧得很，门生也是俗人一个。今天既是登门谢师，也是登门拜师。"

孙乐接着说道："多谢先生知遇之恩。门生在科举路上已奔波了二十多年，几近绝望，去岁我心中暗暗立誓，这是最后一次参加乡试，中了是万幸，名落孙山是我学识不够，不怨天不尤人，就此彻底断绝仕途之梦，老老实实回家开一个学馆，安安生生坐馆教那么几个学童，以慰余生。想不到幸遇先生，得蒙提携。过去门生一直怀疑，市面上这些'指南''必读'里收的八股文章和经典注释，可能不少观点背离经意。我是个怪人，脾气倔，不喜欢人云亦云，考场上，我认准的观点，就直抒胸臆。我做八股文，只写自己的观点；我答时务策，就事论事，喜欢干脆利落，不愿意拖泥带水，不愿意啰唆。因此，门生多亏遇到了先生，得到先生赏识。我这个年龄，估计很快就会被外派州县，以后很难再有很多机会亲近先生，聆听高见。所以想趁还在京师，多来打扰先生。这是我堂兄孙檠。"

孙檠再次起身鞠躬施礼，就座后说道："听舍弟介绍了先生，一直仰慕得很。我的情况和舍弟类似，估计很快也要外派州县，也渴望在外派之前，有机会听王先生讲讲圣人学问。请王先生不吝赐教。"

孙檠比孙乐年长两岁，已近五十。

王阳明很开心，满脸笑着应承道："难得有你们这样热心圣贤学问的同道，我们志同道合。以后，学道求道路上，我们互相切磋，共同进益。"

穆孔晖和陈鼎起身再次鞠躬后说道："先生请勿推辞，学有深浅，学高为师，行高为范，师生有别，师道尊严，尊的是圣人之道。请先生安然承当。"

孙乐和孙檠两兄弟也起身鞠躬施礼，双双请求道："先生请勿推辞，闻道有先后，有道不在年高，请安然受礼。我们已经商量过了，改日将再次登门，敬奉挚见之礼，正式拜师。请先生万勿拒绝。"

王阳明起身,笑意盈盈地说道:"恭敬不如从命。以后,大家共同探讨圣学吧。"

相交若水　如饮甘泉

王阳明接受了穆孔晖、陈鼎、孙乐和孙檠求学的请求,开始了身心学问的讲学。这是王阳明真正讲学的开始。过去他虽然也有关于身心学问的讲述,但那总是零星的,不系统的,即兴的,往往是头顶上一句,脚底下一句。现在可是正儿八经的传道授业解惑,学生求道若渴,老师要搜索枯肠。如果说过去是给人供奉学问的小吃,现在可要给学生提供开胃的甜点、助食的靓汤、荤素搭配、主食齐全,得成龙配套,缺一不可。当人老师,自己没有一河水,不敢给学生一瓢饮,因为不知道学生要喝哪一口。你都得准备着。

给人以物资的帮助,是施舍,是帮衬,急人之难,纾难解困,物资的失去换回来的是高高在上的充实感,是一种道义的神圣感,是一种精神享受,输出去的是物资,收回来的是精神。给人以学问的讲解,给人以智慧的启迪,传播光明,输出去的是精神,收回来的是愉悦。什么也没有失去,却得到了精神上的富足。得天下英才而教之,其乐无穷。

王阳明在享受诲人不倦的快乐的同时,心中隐约藏着一丝不安。这种不安只有自己心里最清楚,是无法与外人道的。不安什么呢?自己在阳明洞天体证到"浑然与物同体",因此知道了《识仁篇》说的"仁"的境界,仁者爱人;但是后来身子空掉以后,"仁"的境界好像也跟着空掉了,从此心中时常生出一种难以名状的喜悦,这,究竟是不是那个"仁"?是的话,会不会也像一种食品一样,适合这个人的口味,却不适合那个人的口味?就像自己喜欢喝绍兴的黄酒,而穆孔晖他们却更喜欢喝山东的高粱烧酒。这是不是"道",是不是天下唯一的?这种问题,跟谁探讨探讨呢?一个人站在五层楼上,跟一个只能爬到二楼的人,探讨五楼房间的布局,无疑是毫无意义的。跟前的同僚们,话题好像千篇一律,不是说谁谁品秩又升高了,谁谁小妾好漂亮,就是絮叨各家房子的大小,比较谁家的轿子配置更高;文雅一些的也不过是谈谈诗赋,聊聊天气。到哪里找这么一个老师? 要求再低些也行,找一个道行接近的同道,至少可以在一起倾诉一下,哪怕争吵几句也行,总是可以擦出些智慧的火花。哪里有呢? 现在的王阳明更加理解了《诗经》中那句"嘤其鸣矣,求其友声"的渴求朋友的心情。

老祖宗早就说过,"德不孤,必有邻"。王阳明在急着找同道朋友,今年新科进士,会试第二名、殿试二甲第二名的湛若水也在急着找同道朋友。同声相应,同气相求,不是道中人,不踩道中门。有缘总有机会相聚。兵部主事王阳明与翰林院庶吉士湛若水终于聚在了一起。

王阳明与湛若水两双力举乾坤的大手终于握在了一起。

王阳明说:"甘泉子,今日一见,阳明子如六月暑天得甘霖,渴盼已久呀! 幸会幸会!"王阳明激动得甚至眼中涌出了泪花。甘泉是湛若水的号。

湛若水同样激动地说道:"幸会! 我一来北京,就四处打听,想找到志同道合的学友。大家都向我推荐你。阳明子,今天见面,可是千里缘分,道学做媒。实在是幸会!"

王阳明说:"前年在绍兴,认识一位山野异人,许璋先生。许先生曾经跋涉山水,前往岭南,拜谒尊师陈白沙先生,中途许先生遇到了白沙先生的高足李承箕先生,他便在大崖山向李先生请教学问。在下曾受益于这位许璋先生。在下一直敬仰陈白沙先生的道德学问。听说甘泉子是陈白沙先生的关门弟子,衣钵传人,真是幸会! 哎呀! 失礼得很。请坐! 请坐!"

两个人分宾主坐下,王阳明居左,湛若水居客位。

湛若水说:"我们是很有缘分的。闻说阳明子曾经受教于广信娄一斋先生。"

王阳明虔诚地应道:"是呀。娄一斋先生说过,圣贤可学而至。这句话给了我莫大的信心。"

湛若水恭敬地说："先师白沙先生和娄先生都曾经求学于江西吴康斋先生的门下。从吴康斋先生处论起来学脉渊源,我们可以说是叔伯师兄弟。"

王阳明边听湛若水说话,边打量湛若水,他发现这位道友长着一张典型岭南人的脸,一张瘦长脸上,颧骨高隆,瘦脸两旁挂着两个厚长的耳朵,左耳根处的脸面上像贴着一张北斗七星图案:七颗黑痣长在一张白净的脸上,很显眼。湛先生的个子不高。

王阳明听湛若水说到师兄弟,马上请教道："敢问甘泉子春秋几何?"

湛若水已经平复心情,现在是一脸醇和之气,他一拱手,答道："在下虚度四十春秋,不惑之年,多有疑惑,惭愧得很呀!"

王阳明拱着手,客气道："小弟小甘泉兄六岁。以后请甘泉兄多多指教。"

湛若水客气道："道学无边,人生有涯,以有涯识无边,往往是盲人摸象,各得一边。我们兄弟自当多交流,互通有无,融会贯通,方能识得全体,透彻学问。"

王阳明心有所动,诚心诚意地问道："小弟一直未能有机会追随哪位前辈个二三年,得其亲传。像东汉时代山东的郑玄跟随关中马融从学三年,得其衣钵。郑玄辞别老师后,马融说:'我的道已经随着郑玄东去了。'同样的故事有宋代杨时在洛阳学成后,辞别程颐夫子,程夫子说:'我的道南去了。'甘泉兄作为白沙先生的衣钵传人,能否说一说白沙先生的道学,以慰小弟日思夜想的渴望?"

湛若水回忆起仙逝的陈白沙,一脸的感激之情,缓声说道："先师一生以圣学为己任,年轻时刻苦求学求道,孜孜不倦,中年后传播圣学,诲人不倦。可以说先师的一生是求学讲学的一生。先师的追求可以概括为:勤职业,修心术。换句话说就是,在工作中学习,在学习中工作,边工作边修身。

"先师不墨守成规,鼓励怀疑。他的名言是'学贵有疑,大疑则大进,小疑则小进。疑而能问,已得知识一半'。他老人家说怀疑是觉悟的开始。先师的教学方法可以概括为两点,一是静坐读书,二是自学自得。先师曾经为了静坐读书,闭关过十年。他在家乡山麓修筑书房,封闭门窗,彻底断绝尘世的干扰,只留下一个小洞口,用来传递食物等日常所需。就这样,他静坐读书十年之久,终有大成。所以,先师一贯强调静坐。老人家自己这样做,教学生也这样要求:读书前一定先静坐。"

王阳明闻言调整着自己的坐姿和身姿,若有所思地说:"娄一斋先生书房四壁张挂着条幅,让我印象最深刻的是'静'和'敬'两个字。可见,两位前辈所见略同,做学问关键是一个'静'字。"

湛若水继续沿着自己的思路说道:"有人说,先师闭关十年,主修一个'静'字。在下却不这样认为。先师说过,在行事中修身。这就是说,学习修身,不见得只是静止不动,更不是无所作为。"

王阳明若有所悟地接口道:"程夫子《定性书》不是说吗,静可以定,动可以定,动静都可以定。"

湛若水仍在继续着自己的思路:"我二十七岁考过乡试,二十九岁开始亲近先师。一见面,先师就告诫我说,求学成道,必须抛弃一切身心牵累,无牵无挂。他说,若有悬崖撒手的气魄,奋不顾身,忘我无我,何事不成!"

王阳明觉得,这悬崖撒手和禅家的贫无立锥之地是一个道理,是不是陈白沙先生有禅家的路数?他心里怀疑着,想问一问,但又囿于儒家都忌讳自己的学问和佛家发生牵连,所以,他张了张嘴,欲言又止。

湛若水仍在按照自己的思路讲述道:"我当时求道心切,急于抛弃牵挂,当时唯一挂心的就是第二年京师的会试。去北京考试干什么?还不是为了从政亲民,行圣人之道,实现自己修己安人的抱负。可是自己身上没有道学,没有道可行,没有修己怎么能安人呢?罢了!考什么试呀!先修身修学!我当场掏出进京参加会试的凭证,嚓嚓嚓几下撕得粉碎。就这样,一直跟着先师,一晃三年就过去了。回想一下,三年时光,好像一无所得,但是我自己心里清楚,无所得才是真正的大得。究竟得到了什么?天地好像成了自己的身体,身心与天地一样,心中富足得很，无欲无求，安详得很，心中时时充满着难以言状的喜悦。"

王阳明听到这里，十分兴奋，忍不住插言道："这是什么境界呢？"

湛若水仍沉浸在对先师的回忆中，继续语气轻缓地诉说道："先师有一天，认可我说，这就是孟子说的'万物皆备于我'，这就是程夫子说的'廓然与物同体'，这就是……"

王阳明脱口而出："这就是仁者爱人的仁心？！这就是白沙先生传给你的衣钵？！"

湛若水闻言，一下坐直了身子，仿佛面对的是陈白沙先生似的，他一脸感激地说道："这确实是先师的心传，说是先师衣钵，毫不为过。先师说，这也是千古圣贤代代薪传的衣钵。"

王阳明一脸激动，心里有股冲动，这冲动让他一下子立起身来。这，等于是陈白沙通过自己的高足湛若水，给王阳明这位虽然一直敬仰和渴盼亲近陈白沙，却又一直没有缘分、没有机会与他见面的求学者，印证了他学问的境界。王阳明掌心发热，搓着手，想说话，张口之间，只听湛若水说道："衣钵是不假，衣钵得之容易，守之难。"王阳明自觉冲动地站起来有些失态，他又马上落座，一边安抚着自己那颗怦怦跳动着的心，一边自责，怎么就像个毛头小伙子一样，容易冲动。

湛若水见王阳明起身，以为有什么事，中断了讲述。王阳明见状，忙说："甘泉兄，喝口水！润润嗓子。"王阳明再次起身边为湛若水续茶，边请求道："受益匪浅！请接着说！接着说！"

湛若水礼貌性地抿了一口茶水，继续不紧不慢、言语轻缓地讲述："先师告诫我道，境界得之容易，守之太难。一瞬间的境界，不少人只要心静心诚，都可以体会到。圣人却是时时刻刻安住在这个境界中。境界可以靠自身修习得到，也可以靠侥幸的机缘得到，得之一瞬间，守之要年年月月、时时刻刻。要时时刻刻安住境界，只有勤学不懈，等功夫纯熟，就可以勿忘勿助，非迎非将，自由自在了。"

王阳明听到这里，更加自责刚才的冲动，听听人家湛若水说的，得之一瞬间，守之却要时时刻刻,自己有这个境界不假,但是,并非时时刻刻安住在这个境界,今天听湛若水讲述才知道,这是自己功夫不纯熟。自己是偶然有得,虽时常能够享受心中无欲无求的富足感,但是细心自问自查,确实是无欲无求吗?答案却是否定的。自己心中一直渴望建功立业,渴望一朝有机会安坐中军帐,指挥数万军,谈笑之间,十万强虏铁骑灰飞烟灭;渴望尽忠朝廷,安保黎民;渴望显名扬亲,不枉人生。难以实现理想的现实,让自己心头总少不了怀才不遇和怨天尤人。这确实是功夫不纯熟!试想,机会不到,理想也是空想,遐想纯粹是幻想,乱思乱想有何益?徒乱身心,不得宁静。王阳明心里暗下决心,要加强修习,必须功夫纯熟。湛若水可以毅然撕碎晋身京师士大夫权力圈子的会试赴京凭证,那才真是练到了佛家禅宗的悬崖撒手的功夫。哎呀,想到佛家禅宗,自己得识此境界正是由佛家的空性中悟得的,这位陈白沙先生会不会也是禅家的功夫路数呢?

这时只听湛若水继续说道:"自由自在,听起来像佛家的观自在,好像佛家的解脱。有学者怀疑先师死守一个静,怀疑那是禅宗求的死寂。其实,儒家的仁心虽然与佛家的慈悲心几乎等同,但是两者毕竟还是有差别的,差别在哪里呢?主要表现在一个是主动,一个是被动。佛家坚守一个'空',人躲进了空门,心有慈悲,空怀慈悲;儒家知道有个'空',才不再患得患失,而是轻装前进,建功立业,施仁爱于黎民苍生。这好像是一动一静的关系。到了我这里,为了避免落入被人非议的死寂境地,我坚守着这样一个学问的方法和境界,那就是'随处体认天理'。天理周流天地间,自然可以随处体认,事事物物都有天理,这也是前贤说过的一理万殊。"

王阳明听到这里,想起了自己心中的疑团,就是过去格竹子得病的事,现在正好与湛若水探讨一下,他说:"甘泉兄说的这个随处体认天理,有这个雄心固然好,但是天下万事万物,数无穷尽,怎么能体认得完全呢?刚才我兄曾说,人生有涯,大道无边,以有涯识无边,不过是各得一边,往往容易犯以偏概全的毛病。"

湛若水答道:"物有千千万,物性皆一般,统一的物性就是天理。程夫子说过，格物中的'格'字，是'至'的意思，物就是天理，格物就是得到天理。天理就是我们世人心中的本性。"

王阳明紧接着问道："如何恢复心中这个本性呢？"

湛若水答道："先师一直推崇静坐观心，心一清净，本性自然恢复。"

王阳明再问道："怎样算是清净呢？"

湛若水答道："心无一念为清，心无一尘为净。"

王阳明再问道："生生不息，一念不存不就死人一个吗？"

湛若水答："一念不存，这才天理周流，天理灵明觉知，朗朗独照。这不正是'仁'的境界吗？"

王阳明终于没有了疑虑，此时的他，就像坐在阳明洞天的躺椅上，默对着蓝天白云，坐看白云飘飘，心头却无一念。

王阳明和湛若水两个人默默对坐着，享受着这份安静，享受着这份和谐，享受着知音的心有灵犀。

第二十三章　弘治托孤　太监密谋

　　王阳明的父亲王华状元及第以来，一直在翰林院，即便身兼詹事府的职位后，也一直未脱离翰林院。从弘治九年起，他开始了给弘治皇帝讲课的生涯，同年被弘治皇帝和朝廷大臣推举为东宫太子的侍讲。弘治十一年，他升职为太子的讲课老师。弘治十四年，他升迁为詹事府少詹事，兼翰林学士，执掌翰林院院务。日常工作仍是讲课。弘治皇帝欣赏他的课通俗易懂、深入浅出，所以王华既给弘治皇帝上课，又给翰林院庶吉士上课，还要给太子上课。

　　翰林院是御用文秘智囊团，詹事府是太子教育和辅助机构，两块牌子，一个衙门，分开来是为父子俩服务，合起来是为现任和继任的皇帝服务，一肩担两代，责任重大。

　　弘治皇帝一生生育两个孩子，一个夭折，只剩太子朱厚照一棵独苗。朱厚照弘治四年生，弘治五年被立为太子。王华从太子六岁时起，开始接触、教育太子，至今已经九个年头。九这个数字，在中国文化中是最大的数字，是阳数的顶点，再往上就要生变，变得好是有积累的重新开始，变得不好，就一切归零。王华本人，教育太子九年后的今天，已经发生了变化，从当初的从四品中级官员晋身为正三品的礼部右侍郎。弘治皇帝喜欢听他讲课，他这位三品侍郎仍肩负着为皇帝上课的重任。给皇帝上课固然重要，但是作用毕竟有限，对成年的皇帝，上课也只是起一个提醒作用。给太子上课,则是在塑造未来,太子能否成为未来的英明君主,关系着大明未来是否能国运昌盛和国泰民安。

王华看着太子一天天长大,心里充满着期待。期待之中,既有喜又有忧,喜的是太子聪明伶俐,经典背诵,当日功课,三天后温书之日,一定能够熟读成诵;习礼演礼,一点就会,弘治皇帝几次前来视察,太子迎送大礼都有模有样。这样的聪明太子,将来治国,如果是一位明主,自己这位帝师不仅脸上有光,也一定会青史垂名。忧的是,聪明太子太顽皮,玩性太重,坐不住,虚岁十五的年龄,马上就要成亲了,还没有一点稳重的男人样子。男孩子好动不好静,不算坏事,自己儿子王守仁小时候也这个样子,现在他不也成了稳如泰山顶天立地的男子汉吗?不过,太子和自己儿子还是不一样,最主要的是成长环境不一样,自己儿子一直成长在多方约束和规范下。太子呢?实为父子名为君臣关系的两代人,长辈给晚辈教育影响机会太少,烦琐的礼仪疏离着父子的亲密关系。师生关系呢?一受君臣礼节限制,几乎不是教育,而是劝导,甚至是谏言,不像是真正的师生关系,教育效果有局限。师傅言传身教一天的成效,没有围绕在他跟前的那些小太监侍候他玩一个游戏的影响大。十五岁的孩子性格和品质还没有定型,还有很大的可塑性。可是自己马上就要离开这个太子老师的岗位了,这才是王华心中最忧虑的。不能在自己手里把太子这块璞玉打造成一个明君,实在是遗憾。

王华还有最后一次给太子上课的机会,他希望这最后一次课上把要说的话一定要说到,尽量不留遗憾。

最后一课　循循善诱

今天是皇太子学习日。一大早,王华率领着詹事府侍讲和侍读官员五人,来到文华殿。太子的六位老师在文华殿殿外的台阶上,行罢四拜礼,王华和两位经学老师从文华殿左门进入大殿,另外两位史学老师和一位书法老师从大殿右门进入，然后在大殿内分东西两排站立候讲。六位老师一直耐心等着，等着后殿内皇太子宣老师进讲。这一等等了近半个时辰，从卯末等到辰初，竟然不见有小太监从后殿出来召请老师进去。

王华年近花甲，一直站着，站得腿肚子发酸，身子有些倾斜不稳。身边的年轻侍读老师发觉后，小声说道："少宗伯，太子殿下是否忘了今天是学习的日子？是否请人前去敦请一声？"

少宗伯是对礼部侍郎的雅称。

王华站稳身子，轻声说道："再等等！昨日已经安排妥当了，应该不会忘记。"

皇太子居住的钟粹宫内，执事太监罗祥一直跟在皇太子朱厚照身边，多次欲言又止，这已经提醒了三四次了，今天是太子学习日，耽误了太子学习，追究起来，太子没有人敢罚，罚的总是误事的太监，自己是要受皮肉之苦的。于是他瞅准机会，请求道："主子爷，今天是文华殿学习日子，那帮翰林老爷个个勤快得像打鸣的公鸡，总是盼着天明。往日上课，总是天一明就在外殿候着。今儿个这太阳都升起老高了，就怕……"朱厚照不耐烦地斥责道："怕什么？没见我正忙着吗？这狗和人一样，关了一晚上了，不遛遛能有个好身子骨？"

朱厚照手里牵着狗缰绳，弯下腰，一只手拍了拍狗脑袋，然后直起身子，一扬手，一使劲，把手里一根骨头扔出了老远。手里缰绳一松，藏獒呼地追着骨头蹿了出去。看着藏獒威猛的出击动作，朱厚照高兴得哈哈大笑，嘴里称赞道："好一只黑豹！"看着黑豹把骨头衔了回来，朱厚照吩咐罗祥道："赏！白公鸡一只！"驯狗太监抱来白公鸡一只。朱厚照吩咐道："老规矩，放飞白公鸡，让黑豹吃口活物。预备，放！"黑豹一看到白公鸡，马上精神抖擞，支棱着耳朵，喘着粗气，就要挣脱缰绳。驯狗太监两手把白公鸡往空中一抛，被吓得魂飞魄散的白公鸡，使劲扑棱着笨拙的翅膀，惊慌失措。不等白公鸡落地，朱厚照把狗缰绳一松，黑豹一个猛蹿，一口把白公鸡从空中拽了下来。眼见黑豹三两口把一只挣扎着又蹬腿又扇翅膀的白公鸡撕得只剩一地狼藉的鸡毛,朱厚照心里一个缩紧,有些扫兴,不愿再看,扭脸吩咐道:"更衣!去文华殿!"

太子在后殿就座稳当,吩咐太监道:"宣先生进讲。"

老师们已经等了一个多时辰了,一听宣讲,王华带领五位侍讲、侍读和书法先生,鱼贯而入。王华在前,五人跟在后面,站成一行,向着太子行四拜礼。老师们齐声自报家门道:"臣詹事府少詹事、翰林学士王华恭请太子殿下千秋圣安!""臣某某……"太子平淡地吩咐道:"各位先生平身!"

王华安详沉稳地磕罢头,两手撑地,缓缓起身,因为长久站立,起身有些费劲儿。年轻的老师已经早早起身,王华还慢腾腾地没有起来。太子看在眼里,吩咐门口侍候的太监道:"快扶王先生起身。"

太子书案在文华殿后殿西侧。那里摆放着两张桌子,北面是书桌,南面是写字台。太子朱厚照坐在书桌后面,头戴乌纱翼善冠,身着圆领便装,白白净净的瘦长脸,一双眼睛细长如柳叶,微微向上撩着,清澈的眼神中有着几丝顽皮,顽皮之中隐含着高贵的、冷冷的、藐视一切的神情;两绺细长的眉毛与两眼平行,上翘到最后突然向下一弯,就像书法中一横收笔时的下沉,两眉与两眼离得很远;瘦长脸上,细长高隆的鼻梁有些下坠,坠得两个鼻孔离小小的薄嘴唇很近很近;两只厚长的耳朵,挂在脸庞,有些招风。

第一堂课是经学。第一位经学老师进前去,陪太子读书。

经学老师第一次见太子,给太子行礼时,心里根据太子面相做出了性格的判断:眉眼为清神,轻清者上扬,代表正人君子;鼻孔与口唇为谷神,重浊者下沉,代表世俗小人,就面相上来说,五官中鼻为土,居中央,太子鼻宫靠下,意味着什么?亲小人远君子?经学老师心里一震,马上清醒过来,不可以貌相取人,不可以貌相评判君上。不过经学老师心里还是有些不惬意,因为太子眼神有些冷傲、有些拒人千里。太子冷傲的眼神让经学老师心里有些发冷,他蹑手蹑脚地来到书桌右首,陪太子读书。太子书桌左首站着太监,专门给太子翻书。

按照昨天的安排,今天再次学习《大学》第一和第二段。于是经学老师战战兢兢,站在书桌边,配合着太子读书的快慢、声调的高低,一起陪读了十遍。经学老师作为先生,应该是主动的角色,应该主导太子读书的速度和腔调,但是太子眼神中的冷意冻结了经学老师的胆量,经学老师变得很被动。太子看年轻经学老师的拘谨模样,心里浮现出了早上被黑豹撕吃的白公鸡的可怜相,于是心生怜意,一本正经地读起了《大学》。年轻经学老师受到了太子的感染,也跟着太子神态庄重地吟诵着《大学》。师徒二人都是熟读能诵,不知不觉间,太子进入了学生的角色,忘记了血统的高贵,吟着诵着摇头晃脑起来;经学老师慢慢也身心放松地吟诵起来。

十遍下来,侍读老师完成任务,退到书桌正东面,向太子磕头后告退。

太子稍事休息,吩咐太监道:"宣先生进讲。"

王华近前来给太子讲《大学》。九年的师生关系,太子客气道:"有劳先生了!"王华在书桌前躬身扬声道:"辅助殿下是臣的荣耀!"太子淡淡地笑了笑,说道:"王先生,快请平身!前日看《邸报》,得知王先生已经荣登大臣行列,可喜可贺!"王华来到太子书桌右边,太子再次吩咐小太监道:"给王先生看座!"

王华有些受宠若惊,他说道:"臣王华谢太子殿下隆恩!只是侍讲的礼仪是君尊安坐,臣卑恭立。臣已经习惯了。"

太子淡淡地笑着说道:"王先生,先生多次讲课都说师道尊严,既然师道尊严,为什么就不能坐着讲呢?这怎么体现师道尊严呢?"

王华躬身说道:"回殿下,我华夏礼仪,就方位来说,是北尊南卑,东高西低。今天讲堂里,太子殿下没有面南背北,没有坐东朝西,而是西坐东向,以皇家天子和龙子龙孙的高贵,已经充分表示了对圣学和圣人门徒的尊重了。臣已经心怀感激!臣守礼心安!"

太子淡淡地笑着,微笑之中已含了一丝嘲讽的意味,笑着问道:"王先生,你说守礼心安,繁文琐礼,究竟是让人心安呢还是给人添乱呢?就比如穿衣服,人人腰坠金带、银带、玉带,这些还不算,腰里还要再垂挂上翡翠玛瑙;帽子不要干净利索,非要拖泥带水,又是流苏又是帽坠,走起路来叮当作响。这是有理还是无理?"

王华心里咯噔一下,哎呀,这个问题问得太业余了,自己几十年主修《礼记》,曾经精心研究过所谓的君王礼、诸侯礼和庶人礼。礼越往上走越烦琐,因为越往上走越尊贵,人人在追求着这种尊贵和烦琐,倒是乡野俗人日常简单,可是越简单越质朴,越粗俗无礼。读书人不但不嫌麻烦,还千方百计追求这种麻烦,因为越麻烦就越尊贵。这还用问吗? 于是他答道:"太子殿下,礼,在人为文明,在天,为自然。正是先贤们仰观天象,俯察万物,摸索出了这种自然的秩序,自然的道理,就是自然的礼,周公圣人们遵循这种自然之礼,制定出了我们中华的文明礼乐。"

太子多次听说过周公制礼乐,因为制作礼乐,周公才成了圣人,这圣人难道喜欢绞尽脑汁,制作出这些枷锁来束缚人吗? 这王先生也真怪,你好心让他坐,舒服舒服,他倒认死理,站着说话不嫌腰疼。随他去吧。人也真怪了,放着舒服不舒服,非得自找麻烦。自己与这些先生打交道,自己不麻烦,一大堆礼仪的反而是他们;天天与太监打交道,不厌其烦磕头作揖的也是他们;只是与父皇相见,与皇后娘娘相见,被礼仪绊腿缠身就变成自己了。唉,还是逃脱不了这些麻烦。于是他有些感慨道:"人与人中间横着这些繁文缛节,真束缚人!"

王华正色道:"太子殿下,礼不是用来束缚人的,而是用来约束和规范人的日常行为的,礼可以帮助一个人从自然人上升为道德之人。道德之人彬彬有礼。不仅规范人的行为,有道之士,有道明君,人前有礼,人后慎独,不欺暗室,照样守礼。如果一个人人前一个样,人后一个样,前后不一,那是装模作样。虽然显得有礼,但明眼人一眼就可以看穿他。内心有修养的人,身上的气质会发生变化,从内到外都彬彬有礼。这就是我们今天要说的《大学》中的一个诚意的'诚'字。"

太子淡淡笑着,含着嘲讽和调侃,说道:"王先生,一个'礼'字绕来绕去,还是被你绕到《大学》上了。"

王华肃然正色说道:"太子殿下,《大学》专讲修身,下自平民百姓,上至尊贵帝王,要修身,都是《大学》讲的这个路数。"

太子笑眯眯地问道:"王先生,修身修身,修到最后,是明明德。明明德究竟是个什么样子?"

王华肃然而答道:"圣人说过:克己复礼,天下归仁。还是离不了一个'礼'字。恢复什么样的礼呢? 刚才说过,礼是天地自然的状态。克己克什么呢? 克制心头的私欲,恢复天下为公这种大公无私的心体。这是天下明君的应有之道。"

太子不再戏谑,正色答道:"天下是我朱家的天下,天下臣民是我朱家的臣民。我自然会像爱自己家人一样爱他们。这是不是先生说的亲民?"

王华心里舒了一口气,他终于把太子引到正途上了,于是他如释重负地答道:"太子殿下颖悟解经,无愧圣明,真是我皇明天下的福德呀!"

太子见这位多年来不苟言笑的王先生竟然面露喜色,也被感染了,他喜笑颜开,边笑,边琢磨:像爱自己的家人一样爱天下臣民,这就是有道明君吗? 这个不难做到呀! 可是自己好像也没有怎么爱自己的家人,坐在皇帝宝座上的父皇,慈爱地搂抱自己的次数,从小到大,简直屈指可数,自己对父皇与其说是爱不如说是敬;对自己的母后,自己心里竟然会一直生不起来亲近感,是母亲不亲呢还是自己不懂事? 说不清楚! 自己唯一能心生爱敬的只有慈祥的奶奶,就是王太后,这爱家人,好像只爱奶奶这一位家人。罢了,不去想它了。倒是这位王先生,憨态可掬,笑得很开心,自己小时候也有这样的笑,那是真开心,无忧无虑。

王华想不到太子今天把《大学》里的"亲民"悟通了,这个太不简单了,未来的皇帝能把这一项悟通,能做到爱民像爱自己的家人一样,即便不是尧、舜、禹三王一样的圣明,在历代帝王中,这也已经是凤毛麟角一样的明君了。这意味着什么呢? 国家有福! 自己有名了! 真是太幸运了! 竟然让自己赶上了这么一个未来的明君,竟然让自己赶上当这位未来明君的老师。三生有幸呀! 读书人,十几年老翰林,还奢望啥,知足吧!

太子见王先生一直开心地笑着,也很开心,开心之中却有了疑问,于是他止住笑,认真问道:"王先生,你说明君就是爱民,那么,亲民爱民之后不是还有'止于至善'一句吗? 做到了止于至善,是不是就是像尧、舜、禹三代明王那样的圣主了?"

王华想不到太子小小年纪,竟然不满足于亲民爱民,还要追求至善,这样的储君有史以来能有几个? 王华因此眼中竟然涌出了热泪,他深深鞠了一躬,哽咽着说道:"太子殿下,爱民如家人已经不容易了。止于至善,难上加难。说难也不难,只要诚心诚意,坚守爱民亲民这一条,做得好,就是止于至善。"

太子很开心,接着问道:"王先生,你以前讲《资治通鉴》,介绍不少仁主明君,做到了爱民一条,是不是就可以有汉武帝、唐太宗、宋太祖和本朝太祖、成祖那样的成就?"

王华哽咽着说:"殿下,能做到! 能做到! 单单爱民如家人这一条做到了,就可以有他们那样的成就,甚至远远超过他们。"

太子非常开心,开心得像个孩子一样,他笑着说:"王先生,以后请给我讲一讲军事。这些前辈人君,个个都是叱咤疆场的盖世英雄。我要做这样的威武仁爱之君,军事是非学好不可的。"

王华正色道:"殿下,他们多是开国之君,是马上打天下。您是太平仁君,只需要做好一个亲民,就足够了! 您会下象棋,您看,象棋中的老将哪能轻易出动,九五之尊,以爱安天下,以礼治天下,足不出户,而天下太平。"

太子不悦地说:"王先生,我是皇明未来的第十位君主,要十全十美,要文武兼备,文能安邦,武能定国。岂可做一个困坐皇宫的文弱人君? 军事一定要学。"

王华耐心劝解道:"殿下,一个国家好比一个人,人君就好似心脏,文武百官就是人君的四肢十指,心脏一个号令,动动嘴,天下文武百官个个勤王执行。文武百官办好了天下百姓万家的事务,就等于人君办好了天下的万事万物。这叫心安天下平! 何必劳动至尊至贵的人君奔波操劳呢?"

太子有些扫兴,不满地说道:"北边鞑虏猖狂,南地流寇肆虐,《邸报》多是不安的消息。君主亲征,往往能起到鼓舞士气、事半功倍的效果。军事,寡人一定要学。王先生,你准备课程,以后开讲。"

王华一鞠躬回禀道:"启禀殿下,这次是臣陪殿下学习的最后一课。皇上差遣,臣明日就到礼部报到了。"王华说着,从袖口里掏出一本书,双手呈递给太子,说道:"这是臣为殿下精心编辑的《历代明王得失鉴》,请殿下细心研读,自会受益。"

太子接过来《历代明王得失鉴》,翻看着说明,主要说的是仁、义、礼、智、信,发现没有军事,他有些扫兴,将书随手放到书桌上,说:"谢谢王先生费心! 我有些累了!"说完,太子便疾步走出了大殿。

按太子学习日的流程,上午陪读"四书",然后讲四书;休息后,再陪读"五经"或者历史,然后讲经或者历史,中午赐宴予先生们;下午陪太子练书法。今天因为太子来得晚,讲过"四书"已经中午了。下午,东宫小太监来传话,太子身体不适,下午学习活动取消了。

临终托孤　三位阁老

弘治十八年的端午节,弘治皇帝病危,托孤于内阁三位阁老:内阁首辅刘健、阁老李东阳和阁老谢迁。

太监密谋　八虎抓权

端午节后一天傍晚,东宫太子朱厚照被司礼监太监迎请到乾清宫,与父皇弘治话别。趁此机会,东宫总管太监刘瑾溜到了钟粹宫门前。待到门前,他弯下腰去,提了提脚上的靴子,趁提靴机会机警地观察一下身后:自己是否引起了什么人的特别注意? 发现身后没有什么异常情况,刘瑾一闪身窜进了钟粹宫门。进了宫门,刘瑾快步来到钟粹宫的配殿,吩咐执事小太监招呼人来。

不大工夫,东宫太监谷大用、马永成、丘聚、高凤、罗祥、魏彬,应约陆续钻进了刘瑾所在的配殿。刘瑾端坐在一张太师椅上,与来人一一打着招呼。谷大用军人出身,马永成过去是跑江湖的,魏彬进宫前读过几年私塾,高凤入宫前做过鸭子相公。罗祥是京郊三河人,是个穷苦人家的孩子。三河有进宫当太监的风气,当了太监既可以衣食无忧,又可以补贴家用,干得好还有可能一人受宠,全家受用。高凤和罗祥这两位年龄小,但是因为与太子年龄接近,整日耳鬓厮磨,几乎形影不离。

最后进门的是张永。张永四十来岁,与刘瑾互相知根知底,张永一张四方黑脸,虽然面色平和,眼神却有些深不可测。

刘瑾看看应邀人员到齐,便吩咐一直在门外放哨的两位心腹小太监:"看好门户,闲杂人员一律不得靠近。"

聚集在钟粹宫的八位太监都是侍候太子的东宫同事,刘瑾与其他七位太监多年来私下里都有交流联络,但是像今天这样八人齐聚却是未曾有过的。谷大用、马永成、丘聚、魏彬,这四个人相当于东宫太监中的中层管事的,张永和刘瑾一样已经算是高层管事的了,高凤和罗祥虽然年少职卑,却最贴近东宫核心,虽然机灵,也只是太子的狗腿子,一个陪太子吃喝玩乐,一个侍候太子铺床叠被、穿衣整装、抱夜壶擦屁股。张永经历多,心中隐约知道刘瑾葫芦里装的是啥药。这么多年宫廷生涯，与刘瑾一样，他也一直在等待机会。进来后，他一直闭目养神，静观进展。其他六个人不知所以，都看着召集人刘瑾。刘瑾注意到了大家的眼神，他咳嗽了两声，清了清嗓子，拖着公鸭嗓子开了腔："今天我们八兄弟相会，好比是八仙过海，我们要同舟共济。八仙过海，各显神通，这个不好。像朝廷内阁大臣坐的八抬大轿，八个人如果各抬各的，八个人，八个方向，还不把八抬大轿抬零散了。"刘瑾为自己的话笑了笑，笑得年少胆小的高凤和罗祥一脸紧张。

刘瑾继续说道："神仙们神通广大，各自逍遥，天上天下，随心所欲，吃喝不愁，美酒美食，美女娇娘，左搂右抱。"刘瑾说到这里，停顿了一下，好像有些羡慕，咽了一口吐沫，之后果断一挥手道，"神仙们的事，我们不去管它。可是我们呢？我们逍遥过吗？哪怕逍遥过一天半晌。我们这些、这些、这些，我刘某也不避讳了，我们这些刑余之人，残缺不全，虽然不缺吃喝，毕竟是残羹剩饭；虽然眼前美女晃悠，也是心有余力不足。"刘瑾再次停顿了一下，再次果断挥手，继续说道，"谁不是爹娘生父母养的，我们凭啥这么倒霉。是天生的吗？如果是天生的，我倒落得心甘情愿。我刘某今年五十五岁了，自从六岁上跟了义父刘太监，净身入宫，天天夹着尾巴做人。"听到夹着尾巴做人，魏彬苦笑了笑。刘瑾停下话头，看着魏彬，有些不悦地问道："有什么好笑吗？"魏彬摇摇头，叹了口气。倒是谷大用军人出身，快人快语道："魏师傅也是为我们自身苦笑，我们、我们、我们想夹着尾巴，也得有尾巴夹呀！"谷大用说着话，不由自主地缩了缩魁梧的身子。刘瑾明白了谷大用的意思，不仅没有生气，反而顺势说道："是呀，我们想夹着尾巴做人，连夹尾巴的资格也没有了，凭什么呀！大用兄弟，你认命吗？"谷大用摇了摇头，无奈地说道："不认又能怎么着！"刘瑾瞪了一眼谷大用，干脆地说道："做人不能没有志气！开国时的三宝郑和太监比你多个什么物件吗？"谷大用既受到了刘瑾的斥责，却又受到了郑和太监榜样的鼓励，刚才有些萎缩的肩膀再次扩张开来，一抱拳大声说道："谢谢刘公公启发！"刘瑾再转向丘聚问道："丘聚兄弟，你说是不是这样，人不能没有志气。你也是丘，孔丘也是丘，孔丘额头上长座山，你丘聚兄弟额头上照样长一座山,孔丘能千古留名,你丘聚兄弟就自认脓包吗?"丘聚阴阴地恶狠狠地答道:"龟孙才是脓包呢!"刘瑾转向魏彬,问道:"你满腹才学,你就甘愿屈就一生吗?"魏彬再次摇了摇头。刘瑾回到原来的思路,继续说道:"人贵有志。有了志气,不管是在什么地方,在什么圈子里,都要力争出头。指鹿为马的赵高公公就是一位志士,汉代十常侍手握废立大权,唐代鱼朝恩前辈一度一人之下万人之上,宋代郭槐前辈,享用九千岁的殊荣;不说远的了,就说我们本朝的王振公公,何等的威风!文武百官,被他把玩于股掌之上。各位前辈为我们做出了榜样,他们是太监,我们同样是太监,我们就自认是脓包吗? 大臣们能治理国家天下,我们太监就不能吗? 我们治理天下,就不能风调雨顺、国泰民安吗?人人都是一张脸两只眼,我们就不能当大臣吗? 我们不想天下安居乐业吗?"

魏彬很有风度地点着头,说道:"百官尊荣来自圣上。各位前辈,关键是获得皇帝的信任。"

刘瑾击了一下掌,称赞道:"魏先生一语道破了谜底。俗话说,一朝天子一朝臣。据乾清宫值殿公公可靠消息,今上……"刘瑾右手食指指了指头顶上方,悄无声息地从太师椅上下来,往前挪了两步,两只胳膊往前一伸,往内一搂,招呼大家近前来,他本人就势直接坐在了地砖上,八个人围成一个小圈子,个个都坐到了地板上,几乎头顶头头碰头,个个支棱着耳朵,听刘瑾说话。刘瑾把右手食指往嘴唇上一竖,悄声说道:"可靠消息,千真万确,当今圣上快……"刘瑾话不出唇,食指再次往头顶上空戳了戳,继续说道,"今明之间的事。太子爷这是去乾清宫话别,接受遗命。刚才魏先生说过,事不宜迟,我们要早下手早准备,紧急抓权。一旦大权在手,我们就可以逍遥做神仙。万岁爷就太子爷一根独苗。我们要紧紧地……"刘瑾伸出右手掌,往空中紧紧地一抓一握,继续说道,"紧紧地把太子抓在手中,侍候好太子,依托好太子,利用好太子。刚才我们说了,八仙过海各显神通,我们要团结,要拧成一股绳,众人拔河力气大。为了劲往一处使,力往一处用,必须得有一个方向,有个喊号子的,明说了吧,就是得有一个头儿。大雁没有头雁不知道方向……"刘瑾停下来,看了看其他几位,继续说道,"等打下大雁,我们论功行赏,大家有酒同喝,有肉同吃,有钱同使,有权同用。不要怕,这么大个天下,这么多的肥缺:东厂和西厂各需要一位当权的公公,京军十二营各需要一位司令的公公,边军九边各需要一位监军太监,十三省各需要一位镇守太监,皇宫内二十四监局,江南各地织造局,需要的管事太监,得多少呀。各位也要趁早物色。"刘瑾再次停下话头,默默地看着大家。然后扭脸向着张永,问道,"张公公,你说说吧。"

张永开言道:"刘公公谋事在先,有先见之明,也是为我们大家着想,也是为了天下着想。刘公公说得好,大家同打虎,大家同吃肉。打虎也得有个领头的,咱要支持刘公公,刘公公今后就是我们八人的头儿。"

其他六位听了刘瑾开列的那么多的职位,早已在心里打小算盘了,现在又见老资格的张永已经表态了,于是纷纷表态,共同推举刘瑾为八人的领头雁。刘瑾底气足了,说:"既然大家这样抬举我,我刘某一定不负大家。我们要统一思想,统一行动,要步调一致,目标一致。目标就是忠心为太子,不,忠心为皇上服好务,我们八个人,要为皇上抬好轿,让皇上舒舒服服,乐而忘忧,乐呵得不管正事最好。现在分一下工:张公公配合我,应付大的局面;谷大用服务好皇上,准备担军队统帅的大任;丘聚做好接任东、西两厂厂公的准备;高凤、罗祥,跟紧皇上,弄清楚皇上已经厌烦了什么,又有了什么新的喜好,及时汇报,及时沟通,侍候好皇上,就等着光宗耀祖吧。别人的父母能当一品老爷,能当一品夫人,能蟒袍金带,能凤冠霞帔,你高凤、罗祥的爹娘就应该一辈子面朝黄土背朝天地锄一辈子地?魏先生,充分施展你熟读'五经四书'的本事,制定一个稳妥的全面的接管文案。永成兄弟,不要急不要躁,做好准备,这么多好职位,尽着你挑。"

听了这话,几个太监个个跃跃欲试,兴奋得头上冒火。

…………

刘瑾看看时间不早,怕太子突然回宫,该说的已经都说了,该布置的已经都布置了,大家的积极性都已经鼓动了起来,就总结道:"兄弟齐心,其利断金。我们兄弟应该一起拜拜赵公公。来,跟着我起誓。好,大家跪过来。"

刘瑾摆上一尊赵高半身瓷像,八个人排成两排,刘瑾、张永、谷大用、魏彬四人在前,向着赵高瓷像三跪九拜。八个人行罢礼,跟着刘瑾发誓道:"头可断,血可流,忠义心,不可丢;八个人,结金兰,同生死,共患难。大富贵,人有份,纵死难,不眨眼。我刘瑾(张永、谷大用、魏彬、马永成、丘聚、高凤、罗祥),今发誓,亲兄弟,不相背,不相弃,不瞎话,若昧心,五雷轰,千刀刮,下油锅,堕地狱。赵公公,作见证,讲忠义,心相伴。"

前面一排四个人,回转身子,与后排四个人,两两相对,再次互相磕头。然后起身,每人割破食指尖,往一个酒碗里滴上两滴鲜血,八个人的鲜血混合后,每人一碗血酒,仰脖一饮而尽。

第二十四章 正德上位 紊乱朝纲

五月初七,弘治皇帝驾崩。

当天,皇太子朱厚照一身素服、披麻戴孝,匍匐在弘治灵位前哭奠。第二天,朱厚照率领文武百官会聚在奉天殿前,恭听由内阁首辅刘健肃立泣读的遗诏。遗诏由李东阳起草,经过内阁三位大学士集体通过。遗诏以弘治皇帝的口吻,交代即将即位的太子,要求是,传承祖宗家业,延续朱家国祚。遗诏可以用十六个字概括,即"修学进德,任贤使能,节用爱人,毋骄毋怠"。遗诏实质内容涵盖了刘健等三位阁老几十年的政治抱负,涵盖了弘治皇帝想施行但一直未来得及施行,以及没有胆量和魄力施行的一些具体政治措施,充满了对新君的希望,并且针对皇太子朱厚照年少放逸、痴迷玩乐的特点,满满地罗列了几十条新皇帝行为规范,试图给新皇帝指明前进的方向,并且标画出行进的轨道。

圣朝以孝治天下。文武百官要为父母守孝三年,三年之间不得举办娶妻纳妾之类的庆典活动。国不可一日无君。天下百姓,政事繁杂,文武百官走了一个张三去守孝,候补愿意做官的李四一大群。天子才一个,所以皇家的守孝可以打折扣,百官守孝期限虽然号称三年,可以缩短为二十七个月,天子守孝二十七个月可以浓缩为二十七天。弘治皇帝为国事着想,临终托孤时特意交代三位阁老,太子即位不必死守二十七日的期限,太子大婚不必死守三年的礼制。

传位诏书一经颁布,虽然还没有举办大典,皇储朱厚照俨然已是皇帝了。为了孝道,登基大典要过了守孝的头七才能举办。守孝的二十七日内,朱厚照要每日早晚两次到弘治灵位前祭奠哭灵。

国丧热孝　不耐礼制

弘治驾崩的第五天上午,准皇帝朱厚照一身孝服,从灵堂回到了钟粹宫,只见他一脸汗湿,到得钟粹宫,他顾不上皇家威仪,一屁股坐到床上,懒散地仰躺着,吩咐高凤和罗祥道:"高伴当,速速为我打扇;罗伴当,快快为我更衣。这天儿太热了,怎么会赶上这么热的日子!哎呀!哎呀!"

高凤、罗祥听到朱厚照召唤,忙聚拢到朱厚照跟前,齐声问道:"爷,哪儿不舒服?"

朱厚照调整好身子,让自己仰靠得舒服些,摆摆手道:"这身粗麻衣磨得难受。"原来是粗麻衣的粗硬边线刺疼了朱厚照汗湿的脖子。

高凤马上俯身在床头,双手为朱厚照急急地扇着凉风,嘴里附和着朱厚照:"这天儿真是太热了,看把万岁爷热的。"

一个小太监端过来一盆凉水,罗祥捞出盆里的一条白手巾,绞好手巾,走到床边,轻柔地为朱厚照擦拭着脸上的汗。擦完汗,罗祥垂手恭立着,回禀道:"爷,这孝服不能轻易脱换。司礼监王公公特意嘱咐,太祖爷《皇明礼制》中有这规定。"

朱厚照不耐烦道:"这能算衣服吗?衣服是让人舒服的。这身麻布片穿在身上,让人动也不敢动,一动就刺痒。一身汗,走起路来,粗麻布更是蜇得人难受。"

罗祥小心翼翼地辩解道:"爷,王公公说,这衣服叫斩衰,特意用最粗的麻布缝制。穿斩衰就是为了难受,让人体会爹娘养儿孙的辛苦。"

朱厚照一边踢甩着脚上缝着一圈白孝布的麻鞋,一边讥讽道:"不仅难受,还捂一身汗。这前胸后背又多缀了一层补子,捂得不透风。"

罗祥一边为朱厚照脱着脚上的麻鞋,一边小心地回应道:"王公公说,这层补子叫衰。麻布的毛线不缝边,叫斩。爷,难受也就二十七天,忍忍就过去了。王公公说,十八年前,先帝爷守孝时,为了尽孝,二十七天过后,又多守了七十三天,满满守了一百天,不吃荤,不……"

朱厚照坐起身子,伸直着两只胳膊,恶狠狠地命令道:"少啰唆!快脱。什么王公公李公公,天下马上就是我一个说了算。哪个王公公敢再多嘴多舌,一律给我滚蛋。"

高凤吓得一吐舌头,点着头,小心地应道:"咱万岁爷说得对,整个天下都听爷您一个人的……"说着,他扇得更起劲了。朱厚照仍然余怒未消,不满地吩咐罗祥道:"狗才,还不快脱!"再命令高凤道:"远些去,慢些扇。"

罗祥不敢再坚持,侍候着朱厚照脱下粗硬生涩的粗麻布孝服,干脆一不做二不休,他直接从里屋拿出来一套登基后才能穿的皇帝常服,给朱厚照穿戴起来。

朱厚照站立着,配合着罗祥,打扮停当了,他喜笑颜开,笑眯眯地说:"守孝尽孝全在一心,岂在于穿什么衣服!父皇是让我做皇帝的,是让我舒服的,不是让我做囚犯的。这劳什子斩衰像个枷锁一样,我一穿上就喘不过来气。"

高凤打着扇子,端详着皇帝打扮的朱厚照,啧啧称赞着:"瞧瞧,我们万岁爷,威风凛凛,难怪人家说,天上云霄殿,人间帝王家。威风!威风!"

朱厚照摆脱了粗麻布孝服的束缚,一下子自由了,舒展了,来回耸动着两个肩膀,扭动着腰身,享受着无拘无束,自我欣赏着,心里回味着这几天的经历。仿佛是做梦一样,一切都来得太突然,突然得应接不暇:父皇突然走了,灵前流泪,人之常情,心里舍不得父皇走,没想到父皇会走得这么早,走得这么突然。五天前跪在龙榻前与父皇诀别时,觉得天都要塌下来了,这么大个国家,眼看着就要压在自己肩上了,自己还没有一点心理准备,觉得不能应对好,虽然以前心里也曾暗暗地祈祷过,父皇别像太祖老祖宗,皇帝位子一坐几十年,把太子都熬死了,只好传位给皇孙子,隔代传位,才惹出了燕王夺嫡的靖难之乱,不过要不是有燕王的靖难之乱,皇帝宝座也轮不到自己这一旁支皇亲坐。但是,父皇走得确实太早,自己还没玩乐够呢,就像一匹野马就要被套上缰绳了,听听刘阁老哭着传达的即位遗诏,一条条规矩,一个个要求,像一把把绳索,马上要套到自己头上了。哈哈,绳索?让他们自己套自己去吧。只要我穿上这身衣服,我就是一言九鼎的皇帝了,我就是金口玉言的皇帝了,我就是手握天下生民生死大权的皇帝了。以前我虽然贵为太子,可是就算要出出这个东宫大门,我还要请示汇报,我还要被逼着去听几位迂腐的老先生,絮叨已经絮叨了上百遍的、味同嚼蜡的这个规矩那个礼仪。今天,往后,我……太好了!朱厚照打量着身上的皇帝常服,黄袍、盘领、窄袖、胸前两肩上绣着金色盘龙,腰间系着金色腰带,脚上蹬着软皮便靴。摸了摸头上,头上是乌纱镶玉石折角向上的帽巾。哈哈,这就是帝王了。朱厚照甩开两臂,装模作样地往前踱了两步,笑眯眯的。高凤、罗祥两个太监急忙跑到朱厚照前面,双双趴伏在地,齐呼道:"皇上驾到!奴才高凤(罗祥)给皇上请安!"朱厚照拖着长腔,唱道:"两位爱卿平身!看座。"朱厚照说完,自己先哈哈大笑起来。

玩闹已毕,朱厚照刚刚坐下,听到了外面黑豹汪汪汪、嗷嗷嗷的叫声,收住笑容,不满地问道:"罗伴当,是谁吃了豹子胆,敢惹黑豹将军不高兴了。这叫声一听就知道是黑豹将军受了委屈。"

罗祥躬身回禀道:"万岁爷,这两天黑豹将军一直不高兴。宫里吩咐,国丧期间,人人吃素。奴才谁也不敢犯禁,黑豹将军一直跟着我们忌荤腥,可是它又不吃素。这是饿得慌了,才嗷嗷叫呢。"

朱厚照一听,有些冒火,斥责道:"狗才,畜生懂什么事,也要跟着吃素?难道畜生也死了亲爹不成……"朱厚照猛然意识到说走了嘴,缓了缓语气,吩咐道:"人尚且不能忍受这么多臭规矩,何况一个畜生。从今天开始,给黑豹将军解禁。"朱厚照说着,就往东宫后院走去。黑豹嗅到朱厚照熟悉的气息,呜呜呜地叫着,往朱厚照这边窜扑过来,一个小太监扯拽不住,跑着跟在黑豹后面。黑豹窜到朱厚照跟前,呜呜地嗅着朱厚照的脚,嗅了这只脚,嗅那只脚,然后站直身子,伸出舌头,亲热地舔着朱厚照的一只手掌。朱厚照一只手抚摸着黑豹的头,安慰着黑豹说:"乖乖大将军,你受苦了!看看,前两天还黑亮的绒毛,几天不见,竟然不黑不亮了。"朱厚照一手抚摸着狗,一手被黑豹舔得舒服,他扭脸训斥道:"快些放白公鸡来,我要补偿黑豹。"

罗祥躬身小心地回禀道:"万岁爷,国丧期间,外面不再进贡活鸡活兔了。"

朱厚照恼怒道:"混账!谁不让进的?"朱厚照发着脾气,扫视着后院里的马厩、走兽栅栏、飞禽笼子,目光停留在远处一张大网下的孔雀园,犹豫了一下,他果断命令道:"放只孔雀出来,慰劳黑豹将军,越漂亮越好!"

罗祥犹豫着,支吾着,哆嗦着说道:"太子爷,不不,万岁爷,这孔雀,这孔雀,可是爷您平常喜欢的……"

朱厚照犹豫了一下,听到黑豹呜呜嗷嗷的叫声,于是不再犹豫,亲昵地拍了拍黑豹的头,果断命令道:"别再啰唆,放一只白孔雀出来,它命大造化大,就飞走了事;它命小该死,那是黑豹福大。快去!"

罗祥慢腾腾地往孔雀园走去。朱厚照望着罗祥,望望孔雀园,低头瞅一眼黑豹,拿不定主意,摇了摇头,撇下黑豹,离开了后院。朱厚照边走边对跟在身后的高凤吩咐道:"传谕光禄寺,从今个起,专为黑豹将军采办活鸡、活兔、活羊。"

正德上位　八虎忠臣

君位不可久虚。大行皇帝头七一过、二七未满的五月十八,朱厚照登基,正式即皇帝位,年号正德。

刚刚即位的正德皇帝不急着搬进乾清宫,一下朝,他就回到了钟粹宫。刘瑾率领七虎一齐跪倒在正德脚下,齐声欢呼道:"恭贺万岁爷大喜!恭祝万岁爷龙体圣安！万岁万岁万万岁！万寿无疆！"

被庆典活动折腾了一天的正德皇帝疲乏着、兴奋着，哈哈一笑道："朕龙体好着呢！哈哈！好得很着呢！刘伴当、张伴当、马伴当，都起来吧！各人赏细葛布一匹，给爹娘做几件凉快衣裳。"

刘瑾八人跪着齐声道："谢圣主隆恩！"并再次磕头，磕罢一个头，八个人起身了七个，剩下刘瑾一直跪在地上，连续磕头，一直磕了九个头，磕得啪啪作响，磕得前额发红。正德瞧着鸡啄米一样的刘瑾，笑眯眯地问道："刘伴当，头都磕红了，不疼吗？"

刘瑾流着汗，喘着气，跪着回禀道："回禀万岁爷，刘瑾对万岁爷忠心耿耿，为了万岁爷，不疼。"刘瑾说着，一只手拍着胸口，继续说道，"奴才这颗忠心怦怦怦跳得欢着呢，都快要跳出来了。为了万岁爷，这颗忠心愿意被千刀万剐。"

正德皇帝笑嘻嘻地问道："刘伴当，怎么知道你是忠心呢？"

刘瑾回答道："忠心是一颗红心。奴才对万岁爷正是一颗红心。"

正德仍然笑嘻嘻地调侃道："忠臣比干为了表示忠心，敢把心挖出来。刘伴当可有这个胆量？"

刘瑾从后腰间拔出一把折扇，突然浑身一震、脸色一变，他猛然意识到自己这举动会暴露自己腰间这把扇子的秘密。原来这把扇子内藏一把超薄的锋利刀片。刘瑾本意是拔出刀子比画比画，假装要挖出自己的心，在正德面前表示忠心，现在又怕暴露扇子的秘密，只好急中生智，打开扇子，扇了几把，去去热汗。

不想正德皇帝玩性大，指向大殿墙壁上挂着的一把宝剑，示意罗祥去取宝剑。罗祥取来宝剑，正德示意交到刘瑾手上。刘瑾把扇子插到腰间，双手捧着宝剑，心里一哆嗦，慢慢从剑鞘里抽着宝剑，心里盘算着如何过今天这一关。他转念一想，小皇帝无缘无故不会要自己的命，于是加快了手上的速度，拔出宝剑，解开大襟上的系带，也不再多想，一把扯开衣襟，露出赤裸裸的胸膛，双手长伸，宝剑一指，对准了自己的胸膛。正德皇帝像看把戏一样，一直笑嘻嘻的，刚才只是玩笑话，现在倒真想看看，天下有没有这样的忠臣义士，敢为皇上挖出来自己的心。张永与刘瑾一样吃了几十年的咸盐，也想知道刘瑾葫芦里装的啥药，他站在边上轻蔑地看着刘瑾。谷大用兵痞子出身，正是因为犯了杀人死罪，才自阉躲进了皇宫，他对刘瑾这种戏台上杀人不流血的鬼把戏，既嫉妒又遗憾，嫉妒刘瑾狡猾，鬼点子多，遗憾自己没有想到利用这样的机会表忠心，他看刘瑾已经把宝剑点向心脏了，却不见正德叫停，心里又有些幸灾乐祸。谷大用就这样站在一边眼神复杂地看着刘瑾表演。罗祥小孩子一个，心思单纯，自己蛋子没了，落得不男不女，自认命苦，胆更小了，心更善了，天天看黑豹吃活鸡、活兔、活羊，见到鸡兔羊临死挣扎的可怜相，他都要吓得心里打哆嗦。罗祥不想别人跟着倒霉，何况刘瑾手里这把要杀人的宝剑是经自己的手递给刘公公的，现在眼看着剑尖已经扎上了刘公公的皮肉。刘瑾把剑尖点向自己的胸膛，一半儿精力放到两手上，别一不小心，真扎进心脏了；一半儿精力用到了两只耳朵上，在等正德一声喊停的命令。久等没听到正德喊停，刘瑾一不小心，双手一晃，宝剑剑尖儿在他胸膛划出了一道血印。罗祥一直在盯着宝剑剑尖，心里揪紧着，一见到了鲜红的血印，腿一哆嗦，不由自主地跪了下去，情不自禁地哭喊道："刘公公！"

正德皇帝不想玩笑开得见了血，便收起脸上轻浮的笑容，正色道："罢了！刘伴当，朕知道你的忠心了，起来吧。"

刘瑾一直提着心，等不来正德喊停，他就没办法下台，甚至横下心来，准备认命。正要双手使劲，意外地听到了正德皇帝的救命声，一直提着劲儿的气一泄，身子软软塌下来，他就顺势趴到地上磕头道："奴才刘瑾正要为报答皇上的知遇之恩，前往阴曹地府，想不到半路被圣主叫了回来。奴才这第二次生命是万岁爷恩赐的，这条命为了万岁爷，赴汤蹈火在所不惜。"

正德皇帝闻言笑眯眯地说道："好了，刘伴当，朕知道你的忠心了。"其他七人一见正德认可了刘瑾的忠心，也纷纷下跪，齐声拖着公鸭嗓子喊道："奴才张永（谷大用等）对皇上一片忠心，愿洒热血，愿挖心肝。"

正德笑眯眯地摆摆手说道:"罢了!都和刘伴当一样忠心。朕放心你们。"

刘瑾并不起身,继续跪着说道:"万岁爷,奴才自从爷您入主东宫,就一直跟着您当奴才。奴才就像黑豹一样,不,黑豹毕竟是个畜生,奴才是有心有肉的,知冷知热的,奴才一直对万岁爷忠心耿耿。俗话说,一个好汉三个帮,八个臭皮匠顶一个诸葛亮。万岁爷,奴才虽然不是进士出身,却是对万岁爷最忠心的。世上的人,有爹有娘,有儿有女,他们有牵挂,要为爹娘儿女争名争钱;奴才无儿无女,没有家小,这皇宫就是我们的家,奴才没爹没娘,万岁爷就是我们的爹娘。奴才们无牵无挂,一心只想着万岁爷,论忠心,天下恐怕没有比我们对万岁爷更忠心的。"

正德皇帝一直懒散着的身子一下子坐直了,盯住刘瑾,然后依次打量着八虎的眼睛,正色道:"刘伴当这几句话倒是千真万确。好,都起来!从今儿个起,你们就是朕的八大金刚,八大忠臣,是最忠心的八虎上将。加上黑豹,朕就有了九虎上将。"

刘瑾等八虎再次齐呼:"谢万岁爷赏脸!谢万岁爷封典!"八虎一齐磕下头去,连磕了九个响头。

正德尚武　太监将兵

一直以能征善战的太祖和成祖皇帝为榜样的正德皇帝,在刚刚即位的五月,就看到了一份令他觉得既惊喜又刺激的战报。内阁奏报,草原狼主小王子率领狼鞑骑兵,侵犯京师西北不远处的宣府,总兵官张俊吃了败仗。内阁票拟处理的建议是派保国公朱晖为征虏将军,充总兵官,由他率领京军增援宣府。小皇帝不满意内阁的建议,为什么要派朱晖?新君上任三把火,我这第一把火不能烧到边关吗?我就不能像成祖一样御驾亲征吗?他手拿奏报,在屋里着急地走来走去,吩咐道:"罗祥,传谷大用、马永成,速速备马,小校场练兵。"

几年来,在东宫,谷大用一直侍候皇太子朱厚照骑马学兵法,身份相当于东宫太子的教师爷。皇太子时的朱厚照喜欢骑马射箭。东宫和詹事府作为储君的培训学校,也像外面的府学和国子监一样,文学"四书五经",武教骑马射箭。经过东宫小校场几年的摔打,朱厚照十八般武艺虽然样样不精,却也能挥舞上两三下。最大的受益是他身子骨很结实,不像弘治皇帝幼年时为了逃避万贵妃的迫害,整天提心吊胆,东躲西藏,落得一辈子弱不禁风,窗户一开就着凉,大夏天也要穿着夹衣。当然,身强体健也正是弘治皇帝有意放纵太子骑马、遛狗、放鹰、肆意游戏的原因。

　　正德皇帝与八虎披挂整齐,威风凛凛地奔驰在小校场上,十几个太监和黑豹,排起来的队伍太短,让正德觉得意犹未尽。有些扫兴的正德喊住谷大用,吩咐道:"谷大用,勒马整队!"谷大用把十几匹马排成一个横排,一起对着正德,听候正德的将令。

　　正德勒马在前,激动地宣讲道:"内阁奏报,北元胡虏小王子侵犯宣府,边兵受挫。兵部奏报,京营兵额编制十六万军队,现在实际在营军兵只有六万多人。这怎么能打仗!各位将军要加紧操练,朕不日要亲征边关。"

　　刘瑾打马出列,往前走了两步,说道:"刘瑾启禀万岁爷,为了万岁爷将来的亲征,眼下应该选派得力太监,分赴九边各镇,出任镇守太监,出任监枪太监,京卫十二团营,也要选派能干的太监,替万岁爷掌管兵权。太监是最忠于万岁爷的。臣这里有份太监人员名单,请万岁爷选用。"

　　正德兴奋地夸奖道:"刘伴当想得最周到。成祖朝时,三宝太监能率领几万军队,几十艘战船,巡视南洋各国,宣武扬威。可见太监之中大有能臣。"

　　刘瑾带领太监在马上齐声欢呼道:"为保万岁爷,臣等愿冲锋陷阵,赴汤蹈火,万死不辞。"

　　正德激动得满脸通红,当即宣布道:"今儿个起,朕赐你们八位将军,每人一套二品武官飞鱼服,以后都要精神点,扬我皇明的军威。刘伴当说得对,马上往各边各省派出我们身边的得力太监,替朕牢牢地看住兵权。”

五月二十六,刚刚即位八天、龙椅还没暖热的正德皇帝,在弘治皇帝热孝期间,急不可耐地要抓住兵权,他下旨任命刘瑾统率京军卫戍部队的三千营,张永统率京军卫戍部队的神机营,谷大用统率禁军中的腾骧四个卫的军队,派遣二十四位亲信太监,分赴九边沿边要塞,充当监枪、分守、守备太监,掌握实际兵权。

内阁建议派保国公朱晖增援宣府,刘瑾推荐太监苗逵监军援军,正德皇帝批准了人选。苗逵和朱晖援兵到达宣府,小王子已经抢杀完毕。车载马驮着战利品,唱着胜利的欢歌,撤回草原了。援军胜利地斩杀了八十名鞑靼掉队的老弱残兵。

英勇击退侵略军大获全胜的捷报很快报送到了皇宫。刘瑾拿着捷报,召集八虎们在钟粹宫开会。

刘瑾喜不自禁:“万岁爷说得对,太监之中有能臣。这次咱家推荐苗逵监督军务,果然马到成功,一战杀死了八十多个狼兵。这说明什么? 一是我们万岁爷英明果断,当皇帝不出一个月,就打了个大胜仗;二是苗公公会监军;三是咱家有识人之明。万岁爷说了,重赏之下必有勇夫,为了鼓励当兵的以后英勇杀敌,要大力奖赏军功人员。这次军功名单一共两万人。万岁爷不是说了吗,京营当兵的编制缺员十来万,我们要为万岁爷补满这个缺额。这就是忠臣,这就是忠心,万岁爷缺啥,我们给万岁爷补啥。咱家带头当兵,咱家推荐自己的侄子刘大汉出任都督府从一品都督同知,张公公推荐了自家弟弟张固出任都督府正二品都督佥事,大用兄弟推荐了自己弟弟谷大成出任锦衣卫从三品指挥同知,你们剩下的几位,咱家也有心成全,可你们总得报个名字上来。虽然家里父兄侄男没有上战场杀敌,但是作为万岁爷的忠臣,人没上战场,谁心里没有牵挂着战场的胜负呢? 大家哪怕有一点功劳也不能埋没。大家报报名,魏先生记录下来。”

魏彬兴奋得眼睛发亮,激动地说:“世人读书求功名,还不是为了升官发财。升官发财还不是为了显亲扬名、光宗耀祖。我们太监也不是从石头缝里蹦出来的,也是爹娘生爹娘养的。我希望这次军功最好给爹娘封个大夫和诰命夫人,也不枉咱读了几年'四书五经'。刘公公,您意下如何?"

刘瑾和气地笑了笑:"魏先生到底肚里有墨水,想得周到。咱家也才把爹娘从陕西老家接来北京。咱家同意魏先生的建议,这样吧,圣朝的先例,先有儿孙的功名,才能封赠爹娘祖宗。各位兄弟还是先报兄弟侄男,然后再封赠爹娘祖宗吧。"

魏彬眼睛发亮地说:"还是刘公公想得更周到,这叫两全其美,兄弟侄男有了,爹娘祖宗也有了。好!我报两个弟弟,魏林和魏杉。"

刘瑾道:"魏先生,两位兄弟就封为锦衣卫正四品指挥佥事吧。你看怎么样?"

魏彬笑得合不拢嘴,一迭声地说道:"刘公公,行!只是三品才算大官,这个,这个,不为兄弟打算,也得为爹娘考虑,是不是?"

刘瑾略一沉吟,果断答道:"罢了!难得魏先生一片孝心。兄弟两人中哥哥为先,升为锦衣卫指挥同知,从三品。满意了吧?"

魏彬眼睛笑成了一条缝,他点头似鸡啄米连声答道:"刘公公,非常满意!非常满意!"魏彬说着,顺势趴到地上,给刘瑾磕了一个头,说:"谢谢您,刘公公!您是恩人!您让我尽了孝心,了了多年的夙愿。"

魏彬开了先例,马永成一口气报了三个,两个弟弟,一个侄子。丘聚一不做二不休,一口气报了四个,一个弟弟,三个侄子。高凤报了三个哥哥和一个外甥。罗祥觉得无功受禄,于心有愧,只报了两个哥哥。

刘瑾一直笑眯眯地听完报名,笑呵呵地总结道:"两万多军功,也不多咱兄弟这几个。这样吧,为了满足大家尽孝心的愿望,一家给一个三品大臣的官位,其他最低也不会低于锦衣卫千户正五品的爵位。"因为忘不了那天晚上学比干挖心时罗祥的下跪求情,刘瑾特地对罗祥说:"罗祥兄弟,有哥哥没有侄子吗?不要只想着哥哥忘了侄子,多报几个有啥。魏先生,给他记上,再加两个。就是五个也不嫌多。罗祥兄弟年纪不大,却跟万岁爷最亲近。"罗祥嗫嚅道:"侄子太小,大侄子十岁,小侄儿才六岁。"刘瑾笑眯眯地劝慰道:"罗祥兄弟不动脑子,当今万岁爷两岁就做了太子。选人不在年龄大小,我们这些忠臣子弟可凭祖荫,又不是让他上战场打仗。先当着锦衣卫千户,吃皇粮长大的孩子长大更忠于皇上。"刘瑾转向高凤说道:"高凤兄弟,咱家马上要派给你大用场呢。好了! 咱家这就去请万岁爷批准,明天我们兄弟各家各户都是大臣之家了。高凤、罗祥兄弟,你们去侍候万岁爷踢球,踢到热闹时,让人给咱家回禀一声。"

高凤望着刘瑾,狡黠一笑:"刘公公,您就放心吧!"

正德皇帝和高凤、罗祥在小校场上踢球踢得那叫一个热火朝天。刘瑾疾步走到正德皇帝身边,请示道:"万岁爷,您登基才一个月,就取得了边境大捷,真是圣德威武、惊天动地。小王子一个草寇草包,闻您的盛名丧胆。这是派往两个直隶省和十三省的十五个镇守太监名单。这是派往各地太仓仓库的太监名单,这是派往京师四门守备的太监名单。"刘瑾捧着名单,将之呈到正德眼前。正德一脸大汗,扫了一眼,说道:"好! 派出去吧! 要训导他们,好好替朕看守门户。"

刘瑾收起太监名单,再呈上厚厚的一本军功登记册,打开第一页,不紧不慢地请示道:"万岁爷,这是按您的吩咐,重赏有功将士的名单,一共两万一千二百一十一人,请万岁爷过目。"

正德刚扫了一眼军功册,就听见远处高凤高声惊慌的提醒:"万岁爷,小心,球!"皮球正飞速地向正德胸前袭来,正德飞身后撤,两臂快速向前一伸,稳稳地接住皮球。正德为自己矫健的身手自豪不已,扭头见刘瑾还在面前弓着身子,便训斥道:"没见朕正忙着吗? 不长眼色吗? 去去! 自己看着办吧!"正德说着,转身把球开了出去。

太监阴谋　青楼伴君

正德元年新春过后，刘瑾在大宅门内亲切地接见了高凤，一同参加接见的还有八虎谋士魏彬。

刘瑾给魏彬递了个眼色，魏彬从座位上拿起四本画册，递给高凤，说道："这是四册画册，姑苏才子唐伯虎画的，你晚上放到万岁爷床头，要让万岁爷爱上这一口，小心观察、仔细侍候着，过个两三天，待火候一到，你便可见机行事，晚上领万岁爷去你相熟的本司胡同，去逛窑子、去逛相公鸭子店。"

刘瑾说："这是一条龙服务，有一班子人马呢。我已经安排好，你唱主角，有人在暗中配合你、保护你，当然更是保护万岁爷。晚上锦衣卫军校便装小轿，在西华门外候着你们，进的不管是窑子还是相公鸭子店，都会有便衣锦衣卫在暗中保护。你的任务是让万岁爷上瘾，让他乐不思归，乐不思政。记住，一定要保密，而且一定要天黑出宫，黎明前一定回宫。"

高凤跪在地上，磕头对刘瑾发誓道："为刘公公效劳，万死不辞。"不等高凤起身，魏彬手捧一座赵高金质塑像，来到高凤面前，说道："这是一尊我们祖师爷赵公公的纯金像，是刘公公赏你的，过年图个吉利。"

高凤再次磕头说："谢刘公公恩典！"

刘瑾笑眯眯地说："高凤兄弟，我们是自家兄弟，都是为万岁爷效劳尽忠的。互相联手帮衬，侍候好万岁爷，也是我们的福分。俗话说，一年之计在于春。今年是正德元年，我们要开个好头。过两天就是元宵节，太热闹，人多眼杂。正月十六一过，可以开始行动。好了，今天就在本府，大家吃个便饭，给你鼓鼓劲。"刘瑾说完，对着门外扯着公鸭子腔吩咐道："来呀！"门外两旁一直候着的答应小太监小跑来到门里，垂手躬身。只听刘瑾吩咐道："传饭！"

青楼接驾　满城风雨

　　没出正月，正德皇帝已经迷上了青楼。他爹弘治皇帝勤于政事，每天早朝还觉得时间不够，后来又加上了午朝；正德皇帝上朝，两天打鱼五天晒网，按礼每五日要到慈宁宫给张太后请安，实际上十天半月张太后也见不着皇帝的影子；一切国家大事全部委托放任刘瑾刘公公代为打理；本司胡同已经成了正德的行宫和寝宫，一群人老鼠一样昼伏夜出。几十家高档棋琴院、中档茶艺馆和低档的窑子铺，被一家家巡视过了。

皇庄皇盐　卖官捞钱

　　正德频繁地微服私访的传闻已经闹得风雨满城。主管监察的一百一十位御史和四十多位给事中，只要是在京没有出巡的人员，或者单独谏言，或者多人联署，谏阻的奏章雪片一样轮番地飞入内阁，由通政司呈送给宫内文书房。司礼监太监王岳很少能见着皇帝的面。正德小皇帝每天在外面忙了一夜，白天回宫的主要任务就是补上一个回笼觉。时刻掌握正德行踪的内宫监刘瑾公公，为皇帝的健康着想，一怕惊了正德的清梦，二担心刺耳的忠言逆了龙鳞，就一直扣押着群臣的奏章，隔离着正德和文武百官的直接联系。

　　刘瑾有聪明办法瞒着睡觉的正德不看奏章，却没有胆量拒绝睡醒后的皇帝要奏章看。刘瑾和魏彬小心翼翼、担惊受怕地侍候着正德批阅奏章。

　　正德想大体翻阅浏览一下全体奏章，然后重点处理。连续浏览了十几份后，他脸上的笑容逐渐被恼怒取代。他突然摞下奏章，右掌啪一声拍打在桌面上，呼地站了起来。只见他两眼冒火，气呼呼地怒视着刘瑾和魏彬。一直躬身哈腰侍立在一旁、观察正德脸色的刘瑾和魏彬条件反射似的两腿出溜就跪到了地上。

正德指着刘瑾和魏彬,怒喝道:"你们……"见刘瑾和魏彬像哈巴狗一样蜷缩在御案前,像棉花一样软弱无骨,他意识到自己脾气发错了对象,只好又咚的一声,一拳擂在桌子上。一掌拍打,一拳擂击,心头怒气已经泄了一半。正德站了一会儿,做了一个深呼吸,将剩下的一半怒气长长地呼吐了出去。正德坐下来,望着一摞子奏章,苦笑了一声,再次浏览起来。翻阅着,浏览着,头上冒的火越来越炽,突然他狰狞一笑,左边看过的一大摞奏章,右边根本未翻过的一小摞奏章,被他一齐扫落到了地上。手上的动作伴随着嘴里的怒吼:"犯上作乱!要造反吗!这是什么存心?朕就昨个夜里才睡了个安生囫囵觉!朕出去玩玩,朕查看民间疾苦,这皇宫四面高墙,天天闷在这里,朕是个囚徒吗?啊!朕……出去看看,你们、你们,他们、他们,他们谁……"

刘瑾和魏彬听到正德说"他们",知道皇上的怒火转移了枪口,这才抬起刚才一直伏在地面上的头脸,偷眼对正德察言观色,心里琢磨着应对言语。

正德一时找不到指责谏言朝臣的理由。老祖宗说过"食色,性也",由这句话可知,古人并没有反对男人好色;不过孔圣人说过,好色要像好德一样。天天晚上泡在妓院里毕竟不对,作为天下百姓的道德榜样,正德自觉理亏。只是,只是,美好的享受实在诱惑太大,有没有什么办法两全其美呢?正德两手扶着御案,两眼望着天花板发呆。他脑子里一会儿回味着昨晚的甜蜜,一会儿翻滚着群臣众口一词的反对,有决心做一个守规守矩的万人敬仰爱戴的圣明君主,可又割舍不下颠鸾倒凤的刺激和动人心弦。当下,他脑子里乱糟糟的,于是干脆不去想它。正德目光散乱地盯着天花板。

刘瑾和魏彬互相对视了一眼,互相点了点头,觉得时机成熟,要拿出这几天合计出来的对策。刘瑾小着心,试探性地说:"最近我们派到广东去监管对外生意的市舶司小太监回来说,广东那边有一种花柳病,是从佛郎机商人那里传到陆地上来的,男人得了这种病,裆里会烂掉。"刘瑾停下来,观察正德的反应。正德好像无动于衷,仍望着天花板。刘瑾声音大了些,继续说道:"这种病,佛郎机男人传给女人，女人再传给男人，广东海边一些男人都成了、成了太监了。"

正德望着天花板，仍然无动于衷。刘瑾声音再大些，干脆挑明了说道："这种病就是通过窑子铺传染的。"

正德正在思念窑子铺，听到刘瑾说窑子铺，嘴里下意识地蹦出了"窑子铺"，说着窑子铺，好像突然醒过神来，他问："刘伴当，你说什么？"说着，低头看刘瑾。

刘瑾这次刻意加重语气说："我们派到广东的小公公说，佛郎机商人通过窑子铺女人传染一种病，男人得病会烂裆，变成和我们一样的、一样的阉人。"

正德脸色一变，苦笑着说："还有这种病吗？真是桃子好吃，怕烂嘴。"

刘瑾试探性地说道："要是万岁爷想吃桃子，能不能在宫里面建一座街市？街市上有吃的、有喝的、有玩的。"刘瑾说着，停了下来，以观察正德的反应。正德闻言一脸惊喜，发觉刘瑾突然没了声，便催促道："说说，说下去！起来说话。"

刘瑾站起身子，胆子大了，声音高了，不再躬身哈腰，继续说道："万岁爷，咱们自己在宫里建一座'八大胡同'。这样一来不仅不怕佛郎机男人传病，那些喜欢多嘴多舌的朝臣也再找不到机会，这样岂不一拳打两人，一举两得。"

正德的烦恼被风吹到了爪哇国，他咧开嘴，喜笑颜开，说道："好主意！好，可是，可是……"正德脸上又浮现出了愁容。

刘瑾哈下腰，小心地问道："万岁爷，既然好，还愁啥呢？"

正德苦笑着说道："去年八月，宫里向户部要二十万两银子，一班大臣东推西躲的，还是朕狠了心，硬追着讨要了两个月，才要这么一点。看看这奏章……"正德说着，一掌拍打在一摞奏章上，继续说道："就知道哭穷，哭穷！说什么，朕即位庆典花了二十万两，朕即位赏赐天下花了四十万两，先皇陵寝营建殡葬花了一百〇二万两，修缮宫室十八万两……"正德顿了顿，户部汇报为他准备大婚庆典的四十万两，正德最终没有说出口，"朕现在才知道，户部一年才收这么一点银子，一年一百四十九万两，现在库存六十万两，说是连年打仗，要储备军费，又要发放文武百官的俸禄，又要治河护漕，又要赈灾备荒，又要修。唉，朕富有天下，天下原来这么穷。"正德苦笑着摇头,眼神中有迷茫有落寞。

魏彬一直默默地注视着正德,见正德愁眉不展,他往前凑了凑身子,小声提醒道:"万岁爷,咱宫内承运库,不是每年有各省和户部分流来的银子吗?先帝爷一直节俭,积存了三百多万呢!"魏彬以为正德不知道宫里有这么座承运库,好心地提醒一下,不想马屁拍到了马蹄上,正德狠狠地瞪了一眼魏彬,喝道:"朕就不能有点看家的本钱嘛!这你们也要算计!"魏彬身子一缩,脖子立马短了。

刘瑾觉得应该全盘端出自己的灵丹妙药,来治疗万岁爷的穷病。他自认为手握锦囊妙计,于是谄笑着,再凑近正德一些说道:"魏兄弟不懂事,别说万岁爷了,小户人家谁家不留点压箱底。哪能轻易动压箱底。万岁爷,户部不给钱?万岁爷,咱自家挣,自家挣钱自家花,不求人,气势!"

正德兴奋得眼睛发亮,忙问:"有啥好办法,快说!"

刘瑾眉飞色舞地说:"挣钱,有快钱,有慢钱,不知道万岁爷是挣快钱呢还是挣慢钱?"刘瑾本想卖卖关子,停顿了一下。正德听得眼里光芒四射,他着急地问:"快钱慢钱都要挣,快说说!"

…………

第二十五章　九卿廷议　誓杀八虎

　　正德与刘瑾定下了挣钱路数,任由刘瑾八虎去实行,自己落得当个逍遥天子。他白天抽空去南苑遛狗放鹰,晚上瞅准机会,照样出去"私访",当然还要督促刘瑾从速建设宫内街市。

　　刘瑾八虎内部分工,各掌一路,都是与权和钱打交道。有在北京坐地收钱出卖武官爵位的,有到京师周边撺人圈地建设皇家庄园的,有到江淮盐场倒卖盐引的,有在京城督建皇家商店的。八虎个个公私兼顾,既为皇上捞钱,也为自己捞银子。一通折腾,最先惊动了主管天下赋税和银钱的户部。

　　正德皇帝花钱如流水,因为爱好武装,就大肆赏赐边兵和京军;因为好吃好喝,天天传宴光禄寺,大摆宴席,一开几十桌;因为好排场,宫内大小太监,宫外皇亲贵戚,胡赏乱赐蟒袍金玉。在过去,这些都是皇帝自掏腰包,现在正德是捂住宫内的钱库,可着劲挤榨户部的银两。既从里面掏空户部,又从外面封堵户部的来钱路。

户部缺钱　尚书发愁

　　正德元年十月,位于承天门对面、坐落在天街南侧、坐南朝北的户部衙门里,户部尚书韩文,坐在值房里看着一堆公文,发愁。发着愁的韩文,像个被勒紧脖子的鱼鹰,他自觉憋闷得喘不过气来。

韩文,山西人,字贯道,成化二年进士,时年六十六岁。在韩尚书独自发愁的时候,户部侍郎顾佐手拿一沓文件,气呼呼地来到尚书值房。顾佐,南直隶人,字良弼,成化五年进士,六十四岁。

顾侍郎一进门,压低声音抱怨道:"贯道学长,你看看,户部还能撑得下去吗?"顾侍郎把文件递给韩尚书。韩尚书愁着眉苦着脸,接过来文件,招呼道:"良弼兄,坐。"顾侍郎就座,也没有耽误说话,"今天我检查俸禄发放清单,一个月工夫,锦衣卫一下子冒出来一万多新官,四品指挥佥事、五品千户、从五品副千户。这得多少俸粮!佥事一年二百八十八石,千户年俸一百九十二石,副千户一百六十八石。除了一万多武官,还多出了四千多莫名其妙的传奉官。这一年下来,户部凭空要多支出两百多万石粮食。您是知道的,咱这漕运,就那么宽的运河,还要摊上三个月的结冰期,一年满打满算,也就四百万石的运量,边军吃饭,京师吃饭,全靠这个。我们这掌柜的给他们发西北风吗? 他们愿意吗?"韩尚书默默浏览着顾侍郎拿来的文件,听顾佐牢骚发完,他叹了口气,指了指桌上的文件,感叹道:"良弼兄,我们这穷掌柜的,屋漏遇着了连阴雨,瘸子被人拿棍敲。这是昨天刚收到的圣旨,不经过内阁,圣上直接下旨,宫里再次索要盐引九十万引,连月来,已经拿走了八十万引了,想不到这次更是狮子大开口,一次就要九十万引。"

顾侍郎吃惊得张大嘴,结结巴巴问道:"这这这,这盐引可是户部的命根子呀。宫里要这么多盐引干啥呀?"

韩尚书鄙视道:"看看这些呈文!部里派往运河漕运的官员说,满河都是挂着'钦赐御盐'皇榜的马船,横冲直撞,不仅不交税,宫里内官还拦河收税。"

顾侍郎闻言目瞪口呆,缓了一会儿他才说:"盐业收入这一项失去的话,我们可真要揭不开锅了。过去先帝爷也批过私盐,不过就周太后和张皇后两家。当今圣上好像也没啥新亲戚呀！"

韩尚书无可奈何地说："这次是宫里内官们自己倒腾的。你没听说，大栅栏一条街上已经开张了几家皇店了。"

顾侍郎吃惊地说："圣上开店，谁敢收税！这是既要从户部掏钱，又劫了户部进钱的道。"

韩尚书气愤得声音大了一些："不仅抢盐引，还要抢田赋。看看这些呈文，顺天府和真定府，几个月间被围起来三百多座皇庄。三百七十万亩良田呀，硬说那是荒坡滩涂。京师周围，人口稠密，哪里来的荒坡滩涂？十几个县的田赋，不再属于户部了。"

顾侍郎吃惊得合不拢嘴，只听韩尚书叹着气说道："外面谁会想得到，我们户部两位财神爷，会为钱作难。这几天宫里一直来催要银钱，说要建宫内街市，又是绕过内阁直接下旨。"

顾侍郎问："不是刚刚解送过十八万两，要为圣上大婚修缮寝宫吗？"

韩尚书摇了摇头，有些有气无力了："那是修缮，这是新建。库里只剩六十万了，这还有大长一年呀，边兵、京军、文武百官，全靠这个了。万一再摊上打仗……"

两个人正说着话，户部司务厅一个从九品司务进来禀告道："大司农，宫里马公公来宣谕圣旨。"

大司农是对户部尚书的雅称。

韩尚书吩咐道："速去大开中门，中院摆设香案。"

韩文和顾佐快步前往户部大门，迎接圣旨。来者是马永成，他率领着十几位宫中内侍和十几位锦衣卫校尉。马永成眼见韩文和顾佐到了大门外，才慢腾腾下轿。韩文和顾佐双双抱拳施礼，齐声说道："韩文（顾佐）恭迎圣旨！"马永成鼻子哼了一声，算是回礼，然后，大摇大摆地走进了户部院内。马永成径自走到香案以内，瞅了一眼韩尚书和顾侍郎，然后半仰着脸，看着半空，拿着腔捏着调，拖着公鸭嗓子,喊道:"韩大人,顾大人,接旨!"

韩文和顾佐,一前一后,一左一右,前后稍错半个身位,跪倒在香案前,磕了三个头,扬声呼道:"臣韩文(顾佐)恭听圣训。"

马永成看着两个老头儿磕头,也不着急,只撇着嘴角,淡淡笑着,半是得意,半是嘲讽,借着天字招牌,受着朝廷大臣的磕头。两位大人磕完头,只见马永成一条腿支撑,另一只脚前伸,前伸的脚尖一上一下地晃着。这是想让两位老头儿多跪一会儿。老头儿磕一个头,马永成脚尖晃一下,老头儿磕完了头,马永成继续晃着脚尖,心里数着数。在马永成心里,老头儿前三个头是给万岁爷磕的,后三个是给自己磕的,虽然老头儿没磕后三个头,但是马永成脚尖在晃,晃脚尖的时间就算老头儿给马永成磕头的时间。马永成晃完心中预定的次数,这才拖着公鸭嗓子,说道:"万岁爷圣谕……"马永成说着圣谕,却不见手里有圣旨,只听他说:"卿等奏章知悉。遵照前旨,着户部速解银两,勿再延迟。钦此。"

韩文和顾佐一直恭敬地听着,等着接圣旨,一直跪在地上聆听。马永成讥讽地一笑,说:"韩大人,这次是口谕。这是咱家第二次来催了。韩大人要抗旨吗?"

韩文一听"抗旨",吓了一跳,心头一惊,身子一颤,继而心里一定,脖子一扬说道:"臣有臣道,不敢抗旨!"韩文说着,两手撑地,缓缓起身。

马永成语带讥讽地说:"不敢抗旨就好,谅韩大人也不敢抗旨。咱家就静候佳音了。"马永成说完,不管不顾,掉头就走。

九卿连奏　誓诛八虎

焦头烂额的韩尚书接受了户部浙江司郎中李梦阳的建议,要九卿联名上奏,誓诛八虎。

韩文揣着李梦阳熬了一夜心血写就的"八虎不死,国难未已"奏疏,前往皇宫会极门内的内阁值房。李梦阳洋溢着战斗激情的奏疏,像一把嘹亮的号角,把韩文的内心吹得澎湃。

朝廷六部衙门在天街路南,个个坐南朝北,寓意是六部衙门一直在仰承着皇宫的圣意;路北的内阁虽然坐北朝南,内阁里坐北朝南的主座却永远空置着,因为好多年前永乐皇帝他老人家曾经驾临过,坐过这个主座。现在内阁内,首辅刘健坐东朝西,李东阳和谢迁一西一南地陪坐在其两侧。

刘健读完奏疏,眼里也染上了激情,他抬眼望着韩文,右手食指往桌面一顿,说道:"痛快!贯道兄激情不减当年,不能再这样活马被拖瘦、瘦马被拖死地混下去了。西涯、子乔,你们看,贯道给我们吹响了行动的号角。"刘健说着,把奏疏递给李东阳,继续和韩文说着,"贯道,这篇奏疏文笔犀利,针针见血。只是有一条,这份奏疏只是站在你们户部的立场说话,内阁要再附上一份更全面、更详细的。"

李东阳看完奏疏,张了张嘴,欲言又止,最后只是把折子递给了谢迁。刘健继续着自己的话题:"单说这个皇庄圈地,户部只站在田赋流失的立场说话,实际上这个问题要严重得多。贯道,从你拿来的鱼鳞册田地简图看,这些被圈占的田地都是良田,不是什么盐碱荒地,这个祸害就大了。一、你们户部说的田赋流失,国家税源枯竭。二、几十万人丁成了皇庄的家奴,国家流失了服役的人丁,没有人为这些府县支应差役。三、这些田地原来的地主愿意当皇庄的家奴吗?如果不愿意,他们不就成了无地无业的流民吗?开国一百多年来,流民一直是天下稳定的乱源,就眼下,湖广荆襄地区几十万流民,已让内阁头疼不已。各地报告已经汇总上来了,京畿之地,因为皇庄圈地,民乱已经数起,隐患的根已经埋下来了。四、前有车后有辙,圣上圈皇庄,藩国会不会圈王庄?土地兼并,历朝历代都是大乱的根源。这已经不单单是经济问题,已经是社会问题,这关乎着天下的稳定。"

韩文对刘健的话,非常认可。刘健继续说道:"正如你这奏章所言,盐税流失,不仅仅盐税流失,内官已经插手到了每个收税环节,几大太仓,不管是京师还是外地,都由内官把持;单单运河漕运,已经派驻了五十多位内官;广东和福建市舶司对外贸易,也由内官监守;各省除了镇守太监,又加派了织造太监,强购强买。"

刘健越说越激动,韩文越听越气愤。刘健继续说道:"这是赋税。天下兵权已经彻底落入内官手中。就连宫内圣驾仪仗、侍卫、警备,过去由兵部车驾司负责,现在也统统由内官把持了。贯道,你也见到了,祭祀天地大典,内官竟然身着蟒袍,腰横金带,堂而皇之地排班在侍郎和五军都督前面。"刘健说完,叹了一口气。

谢迁摇着头插话道:"《兵部规制》和《内臣守则》不再有用了。各地上报来的信息,各地镇守太监已经参与到刑名政事中了,他们开始监管刑法和钱粮了。礼崩乐坏呀!"

刘健摇着头,悲切地说:"老臣愧对先皇托付呀!顾命!顾命!"说着,两手蒙着脸,悄悄用手指抹了一下泪水。

李东阳低声劝慰道:"晦公,千万别气坏身子。咱内阁只有建议权,屡屡建议,都被留中。您也尽力了。"

刘健号晦庵。

刘健稳定一下情绪,放下蒙在脸上的手,说道:"不能辜负先帝的重托,得扭转乾坤。"刘健果断地吩咐道:"贯道,今天你起了个好头,九卿联署,你分头去办。"刘健再吩咐李东阳和谢迁道:"子乔出主意,西涯动笔,内阁要附上一份奏疏。这一次,贯道开了个好头,内阁要跟进。"刘健说着,脸色凝重起来,只见他右掌往桌面上一顿,站起身来,腰背挺直。李东阳和谢迁也陪着刘健起身。四位老头儿个个挺直腰身,站立着,个个一脸凝重。刘健挨个儿看了三位老伙伴的眼睛,每个人眼里都是坚定,于是他干脆利落地说:"不再含蓄,不再婉转,要清楚明确,清君侧,黜群小,擒贼擒王,断草除根,誓杀八虎,永绝后患。"

谢迁心有所动,说道:"司礼监王岳公公,几年来与内阁打交道,人品忠厚,又手握东厂权柄,这次九卿联署和内阁附奏,我们直接递给他本人,他一定会亲手转呈圣上的。"

刘健点点头说道:"这样最稳妥。贯道,事不宜迟,快去办吧!"

韩文与三位阁老各自拱手,互道珍重,然后毅然决然跨出内阁门槛,快步而出。

正德护短　八虎得势

韩文马不停蹄,挨家挨户拜访同僚,联署奏章。联署进展顺利。连一向被认为是刘瑾阉党同伙的吏部尚书焦芳,也义愤当胸,咬牙切齿地签上了自己的大名。好了,实际由李梦阳起草,名义上由韩文出头的弹劾八虎的奏章已经得到朝廷九卿联署:吏部尚书焦芳、礼部尚书张升、兵部尚书许进、刑部尚书闵珪、工部尚书曾鉴、都察院左都御史张敷华,以及通政使和大理寺卿。尚书是二品官阶,通政使和大理寺卿是正三品。三位阁老附一份内阁奏章。两份凝聚着满朝大臣一致意见的奏章,经由司礼监太监王岳公公亲手呈递给了正德。

…………

刘健、李东阳、谢迁和九卿大臣,聚在左顺门,翘首以待,等着圣上痛下杀手,处置八虎。三位阁老个个身穿大红蟒袍,腰垂白玉带。蟒袍,这是弘治皇帝对三位阁老的恩宠,也是为臣的至高荣耀。蟒就是龙,天子龙袍上的滚龙是五只爪,大臣蟒袍上的蟒龙,四只爪,只比天子龙袍上少一爪。刘健是从一品的少傅,李东阳和谢迁都是从一品的太子太保。六位尚书大人和左都御史,官服补子上是一只锦鸡;通政使和大理寺卿三品官,补子上是漂亮的孔雀。

那边厢,刘瑾八虎在一群锦衣卫校尉的簇拥护送下,浩浩荡荡地开了过来。八虎个个明黄蟒袍,威风凛凛。

来到左顺门前,八虎一字排开,一位锦衣卫指挥使扬声吆喝道:"司礼监提督太监、京师团营提督刘瑾刘千岁现在宣旨。"

刘健三阁老,率领九卿跪倒在地,跪倒在惨淡如血的夕阳下,跪倒在秋风扬起的尘沙中。刘健排头,李东阳和谢迁排在第二排,后面是九卿,大臣跪成一个扇面。那边厢,刘瑾千岁,出列前站,手捧圣旨宣读。

一场轰轰烈烈的抗争,胜负就这样决定了,落幕了。

第二十六章　奏疏谏君　招祸入狱

刘健、李东阳和谢迁,三位阁老受弘治皇帝临终托孤后全心全意,准备拼尽几十年积累的政治智慧,辅助幼主做明君行仁政,造福天下苍生。但是一年多来的经历告诉他们,自己这个内阁实际上成了空阁,三位位尊望重的阁老成了摆设。经自己的手转呈上去的百官奏章,多少有一点刺耳的忠言——比如劝圣上花钱省着点,劝圣上不要太放纵内官们——毫无例外地都石沉大海了。阁老们百思千虑的一些治国大政小策,不是被宫里束之高阁,就是被驳回。圣上有什么政令,往往自行其是,直接下达"中旨",干脆绕过内阁,直接指令六部和大小院寺。大事小事,上情下达,只通过各地派驻太监这个渠道输送。内阁成了传达室,三阁老成了名副其实的接传文件的老大爷。阁老们不愿无功受禄,之前已提出过一次辞职,当时,辞呈递上去,石沉大海。

这次九卿出头、内阁做后盾的向圣上请愿诛杀八虎行动彻底失败后,刘瑾做了司礼监提督太监。司礼监是内阁和皇帝之间传输文件的中转站。三位阁老过去做圣上的傀儡,忍气吞声,现在要他们做刘瑾的傀儡,这事三阁老连想也耻于去想了。当天傍晚,三阁老抗争的失意被心中辞职返乡的决意取代了,像过去内阁行文一样,谢迁参谋,刘健口述,李东阳执笔,三人合写了一份辞职奏章。

这次正德皇帝雷厉风行,上午接奏,下午批准。历朝历代官场上盛行的三次请辞、三次挽留的虚文缛节，被正德废除了。不过最终李东阳被挽留在了内阁。刘瑾要拿李东阳做招牌，他还把焦芳安插到内阁做次辅。

太祖皇帝开国时在宫里竖一块铁牌，铭文"内官不得干政，违者杀无赦"。到了成祖皇帝时，他重用三宝太监，为后代子孙皇帝开了个头。正德皇帝的太爷爷重用太监王振，正德的爷爷重用太监汪直，正德父亲有段时间重用太监李广，这几位太监都当过司礼监提督太监，他们可以替偷懒贪玩的皇帝代笔，批准或者批驳内阁附奏在文武百官奏章上建议性的"票拟"。相对于内阁，司礼监提督太监被称为内相。刘瑾这位内相，因为正德皇帝的年少贪玩，几乎拥有了相当于半个皇帝的权力。

刚刚得势的八虎要反攻倒算，要顺者昌逆者亡，要立威。丘聚指挥东厂的大小特务四出活动，谷大用指挥西厂的大小探子，扒窗户听墙根，各处刺探文武百官的隐私。东厂因为位于东安门而得名，西厂因为位于西城灰厂而得名，西厂过去被关闭，现在被正德恢复了。在东西两厂之上，刘瑾成立了一个自己直接指挥的内行厂，监控东西两厂。十月十四刘健和谢迁辞职后，各衙门门口都被派驻了锦衣卫校尉。

一时间，三厂扰京师，八虎闹天下，锦衣卫震慑百官。北京城里，黑云压城，风声鹤唳，人心惶惶，文武百官，大户人家，人人自危。

梦阳被贬　哭笑送别

随着刘健和谢迁两位阁老辞官，户部尚书韩文被罢了官。韩文被罚了一千石粮食，还要求他负责送到大同边境作军粮。户部被整顿，李梦阳被投入监狱，李梦阳出狱后被贬谪到老家陕西省布政司做书吏。

十一月下旬的一天上午，几位诗友赶到京师西门外给李梦阳送行。大家聚在一座凉亭下，凉亭名叫"阳关"。淡淡的冬阳，凛冽的北风，阵阵寒意袭击着人们。来的诗友有王阳明、王九思、康海、边贡、何景明。石桌上摆着几碟点心和几杯水酒。

几位诗友都久久沉默着。王九思年纪最长,他首先打破沉默,故作轻松地说道:"献吉,各位,来,先饮一杯酒暖暖身子。"王九思缓缓地端起一杯酒,将之凑到唇边,但他没有喝。他没有心思喝酒。其他人连酒杯也没有端。李梦阳扫视一圈,落寞沉寂的眼神中燃起了愤怒,他提起精神,坐直身子,端起酒杯,道:"来来来,各位诗友,天冷更应该喝酒,外面冷我们心里不能冷。"李梦阳说着,一饮而尽,然后逼让道,"喝了喝了! 他们逼我们效忠这帮……"李梦阳闭嘴四下看了看,接着说道,"逼我们效忠这帮阉货,呸! 老子是读书人,老子心中有个'仁'字,老子只效忠一个'义'字。"

康海默然地喝下一杯酒,说:"献吉兄,为了你这个义字,兄弟我可是爬过狗洞呀。"原来李梦阳入狱后,为了救李梦阳出狱,作为刘瑾的老乡,康海甚至放下读书人的身段,登门求刘瑾释放李梦阳。康海说:"刘瑾这老小子倒是怪看重乡情,听说我到,慌着出来迎接,连鞋都穿倒了。还说……"

大家注视着康海,康海停了停,漠然的脸上生出一股愤怒,愤怒着扭脸吐了一口痰,说道:"谁稀罕他的狗官,咱大小是朝廷的命官,是个干净官。"

何景明带着点玩笑的意思说道:"德涵兄,你这状元才子哪一天坐上八虎的八抬大轿,那可是入阁拜相……"何景明一言及此,目光触及康海的眼睛,那眼中的冷意,像千年的寒冰,他讪讪住了嘴。

康海继续说:"献吉兄,这次算你福大造化大。刘瑾不知道九卿上奏的奏章是你写的。要是知道了,不知道还能不能救得了你。"

李梦阳双手抱拳,冲着康海一拜,满眼感激,却没有一句话。

王阳明淡淡笑了,笑意淡得像此际天上的太阳,毫无暖意,他说道:"献吉,古人说西出阳关无故人,才劝君更尽一杯酒。圣朝做官讲究回避,这次你倒因祸得福,可以回家乡了,家乡的水土更养人,家乡美酒更醉人。你也落得离开是非地,不做是非人。"王明阳说完,自顾自地饮了一杯酒。

李梦阳沉重地说:"是呀,眼不见心不烦,以后我清静了! 只是你们各位……"李梦阳说到此顿住了。

何景明仍想活跃气氛,戏谑道:"眼下,我们更安全了,天天上班,衙门门口有锦衣卫站岗放哨。"

边贡气呼呼地说:"六科给事中,都察院御史更安全了。锦衣卫校尉堵门坐班,要求各位给事中和御史早签到、晚汇报,不得私自出衙门。亏他们想得出来,就是让言官们没时间写奏章,写了奏章,大家也递不上去啊。这等于封了各位言官的嘴呀。"

王九思说道:"前些时候,言官们纷纷上奏,矛头对准八虎擅权;现下,言官的矛头转向了抗议罢退阁老。这下,堵了言官的门,封了言官的口。没人吵了,天下太平了。"

王阳明仍是淡淡笑着说:"怕是封了言官的口也捂不住纸里的火。"

王九思接口道:"都察院中丞张介轩先生,工部大司空杨贞庵先生又在牵头联署,还要斥退八虎。听说李阁老躲着不见,不知道能不能联署起来。"

中丞是都御史的雅称,张敷华号介轩。大司空是工部尚书的雅称,杨守随号贞庵。

何景明不再试图开玩笑活跃气氛了,他正色道:"防堵民口,能防得住吗? 这边按下葫芦,那边又起了瓢。听说南京那边六科给事中和御史联合起来了,连上奏章。先前是指斥八虎欺蒙圣上,这次是讽谏挽留两位阁老。团结起来力量大。"何景明对自己最后这句话心里没底,说的声音很低很轻。

康海一直郁闷、漠然,这时少气无力地接口道:"言官们的嘴硬得过锦衣卫的枪吗? 硬得过东厂西厂那些人的黑心肠吗? 硬得过诏狱吗? 硬得过圣……"康海咽下后半截话,停顿一下,满脸忧戚,语调低沉地继续说道,"尚宝卿崔璇,湖广按察副使姚祥,工部郎中张玮,给事中吉时、吕翀、刘蔺,一个个都因为弹劾八虎,被捕入狱了。估计南京几十位科道官也……"康海后面的话不知道是声音太小，还是他没再说，大家谁也没有听见。几个人陷入了一种沉重的沉默中。

边贡正在嚼一块点心，嚼完才发觉大家都沉默着，气氛很凝重，于是，他含混地说："不会吧！法不责众。南京科道编制人额本来就不多，像给事中，六科才七个人，都逮进去，还不关门吗？南京御史，满打满算，三四十人。不能都关门吧？"边贡问完，并没有人应他，大家仍保持着沉默。边贡望望李梦阳，再看看何景明，最后望了望康海。

何景明和边贡对视了一下，说道："德涵兄，你是刘瑾老乡，你刚才说，刘瑾为了欢迎你，慌得连鞋都穿倒了，可见你在他心目中何等重要。以我之见，你不妨上门劝说一番。这动不动把人关到诏狱里去，这能是……那可是鬼门关呀！献吉兄两次入狱，两次不少一根毫毛地出来，这只是个例外，第一次赶上先帝仁慈，为了应付张皇后娘娘，这第二次，幸亏有德涵兄与刘瑾的老乡关系。现在形势比过去紧，三个厂大小特务乱窜。诏狱不像过去那么好出来了。对了，还有敬夫，你也是……"

康海恶狠狠地盯着何景明，眼里都是寒光。王九思听这话扯上了自己，他瞪了一眼何景明，呵斥道："住嘴，仲默。与虎可以谋皮吗？"

康海忍不住了，咆哮道："仲默，开玩笑不讲个场合！人心黑了，能听人劝吗？刘瑾什么用心呀？你知道小人得志是怎样的吗？你知道他会怎么打算吗？你知道太监怎么对付女人吗？不正常的人，要的就是虐待！虐待！虐待！懂吗？"康海话说得有些歇斯底里，他在宣泄，宣泄心里的压抑，宣泄为了救李梦阳而不得不低声下气去求一个无耻下贱、猥琐丑陋的太监的郁结。这件事令他一世英名被污啊！康海说完话，满脸通红，说完，他扭头向后咳出了嗓子眼里的浓痰。

何景明一脸尴尬，欲辩无词，发窘地向后撤着身子，好像担心康海突然失控，会给自己来上一拳。王阳明理解康海的苦闷，听完康海的宣泄，劝慰何景明道："仲默，德涵心里难受，不是冲你来的。"王阳明说着，望了一眼李梦阳，说道："献吉,你这一去,还不知道什么时候能回来。这次几位兄弟为你送行,我们号称诗友,诗人送诗人,怎可无诗?"王阳明说着,从怀里摸出一页诗稿。

李梦阳双掌相对,搓上几把,搓热双手,然后双掌捂脸,上下来回干洗几次,甩了甩头,一下子变得红光满面,他激情洋溢地说:"伯安说得对。惭愧!我号称空同子,还是修行功夫不够。罢了!忧愁不往心里去,今天只说喝酒和诗歌。这算是我们今年诗友会的最后一次聚会。我想着,大家都不会空手而来。"李梦阳爽朗地笑了笑,继续说道,"我可不是贪图你们的吃喝礼物。多了路上我也嫌累赘。我说的是诗歌。今天就以送别为题,天黑才最需要光明,送行需要的是欢笑,不是流泪,不是离愁别恨。今天,谁的诗最欢快最阳光,谁就是今天的诗魁!伯安,就先亮出你的好诗吧。以后,虽缺了我李梦阳,也希望我们的诗友会别散场。我们让伯安做诗友会的召集人如何? 诗人,越是压抑就越需要喷发,越是苦闷就越需要欢歌。"李梦阳见大家都赞许地点了点头,就望着何景明,说道,"仲默,别忧伤,我们虽然地距千里,我们还可以写信争吵,我保证不会再像过去那样,动不动就脸红脖子粗,我一定心平气和,你就是骂我我也不再生气。"李梦阳说着,眼中涌出了泪水。

何景明眼圈红了,伸出手,与李梦阳紧紧地握在了一起,两个人不再说话。

王阳明也激动起来,提议道:"我们歌诗吧。大家看看谁的诗更朗朗上口。今天我们为献吉送行,就像献吉说的,送行要用欢笑,用欢歌,不能用流泪。"

李梦阳和何景明各自擦把脸,努力着挤出笑的模样。李梦阳说:"伯安说得对,我要笑着上路,我也想看着大家笑着送我。"

几位中年朋友,在京师西门外,在阳关亭下,尽情地,扯着喉咙,歌着诗,脸上笑着,眼里流着泪。

义字当前　舍生取义

　　送别李梦阳,王阳明心情沉痛。王阳明与李梦阳相熟,都知道两个人性格的差别,王阳明认为李梦阳是个才子,容易冲动,言语尖刻,容易惹祸上身,作为好朋友,王阳明也多次净劝过他。看看,这不,眼下的事,他年纪轻轻,已经两次进出监狱了。这次,十几年积累的官职一捋到底,五品郎中出溜到书吏。王阳明为他感到惋惜。可是反过来想,面对邪恶,人人都当缩头乌龟的话,那不是更放纵了邪恶的气焰,好人不更难过吗? 李梦阳挺身而出,自己受苦受难,还不是为了一个义字。仁义道德不能只天天挂在嘴上,更应该落实在行动上。从这方面看,李梦阳虽冲动、疾恶如仇、有豪侠性格,虽然他吃了亏,但能唤醒一部分麻木的人,能提醒和震慑邪恶者,也够了。这恐怕也是他吸引人的原因。

　　这世道真邪性! 短短一年时间,自己所在的兵部武选司,要办理认证的从五品副千户以上的武官竟然达到一万多人,全是圣上直接下达的指令,四品指挥佥事中竟然出现了三岁娃娃,还不止十个八个。自己能怎样? 心里生气,该办还得办。圣命难违! 刚从送别会上知道,自己的同年,都是弘治十二年中进士的吕翀和刘苩,两位给事中,一个在刑科,一个在户科,二位倒不辱使命,多次进谏,劝圣上远小人、亲贤臣、少贪玩、省花钱。给事中的任务就是提醒和规劝圣上,可惜忠言逆耳少人听,不听倒也算了,竟然,竟然二人各挨了三十杖,被削职为民了。辛辛苦苦十年寒窗,到头来又做回了平头百姓。可惜! 可是,辛辛苦苦考出来做官又是为了什么呢? 是为了锦衣玉食光宗耀祖吗? 如果是的话,这两位同年,得过且过,闷着头领银子当官算了,何必自讨苦吃。读书干什么? 学仁义! 当官干什么? 行仁义! 这是学道、行道。吕翀和刘苩两位同年,正是这样做的,不愧是一个真正的读书人! 他们不愧是合格的监察官员。可是,有时候,比如眼下,心怀仁义,主张正义,意味着什么? 意味着蹲监狱,意味着屁股上挨棍子,意味着削职为民。仁义难为呀！仁义意味着约束，意味着吃亏。就比如八虎这几个小人吧，他们现在耀武扬威，是占了很大的便宜。现在他们可以多吃多占，可以想收拾谁就收拾谁，可以顺我者昌逆我者亡。历史上这样的小人多了去了，他们善终了吗？三五年，最多十年，他们无不身败名裂，遗臭万年。而生前吃了大亏的于谦这样的人，一心仁义，一身正气，个个流芳百世。王阳明心中不再疑惑了，还考虑啥？几十年来自己孜孜追求的不就是学圣贤做圣贤吗？自己不就是要做仁人志士吗？李梦阳面对恶势力敢于挺身而出，不计后果，不计荣辱，敢于斗争，就不愧仁人志士的称号。还有吕翀和刘茞，虽然因为进谏，惹来圣怒，被削职为民，也不愧仁人志士的追求和称谓。吃了亏，但心里安生。

从这一年多的《邸报》看，给事中和御史们大多都没闲着，一份份奏章，不是要求斥退刁滑太监，就是规劝圣上多学习，别玩物丧志。这些言官多是弘治六年、九年和十二年的进士，是和自己一样的中年人，都年富力强。既是余姚老乡又是进士同年的牧相，在南京兵科当给事中，也连续上奏劝谏，他也挨了廷杖。上奏进谏是好事，为什么会挨杖打呢？是圣上听不得忠言，还是言官们出言不慎？是不是上奏也和打仗一样，不能冒失硬攻？是不是需要策略？是不是要像孟子劝各国的大小国君那样，说寓言，打比喻，绕着弯子，顾全国君面子，且能让其接受建议？回想自己第一篇奏章，就是那篇《陈言边务疏》，开头就指责"国事坏就坏在大臣们"……王阳明回忆起自己年轻时做的莽撞事，自嘲地笑了。

李梦阳总嘲笑我王阳明四平八稳、性格温曦，这对也不对，我王阳明是稳中取胜，是稳扎稳打。义字当前时，我照样勇往直前，但是前提是要先保护好自己。先保护好自己？这个也很难说呀！到底是保护自己为主，还是仁义为重？要不要舍生取义？要不要杀身成仁？

王阳明一路思索着这些，从京师西门回到了值房。坐在值房，他仍没有个确定的答案，是明哲保身呢还是舍生取义。

十二月初六，不知道是刘瑾的监旨，还是正德的圣旨，但是是以圣旨的名义下达的，要逮捕南京联署劝谏奏疏的科道官员，包括给事中陆昆、戴铣及御史薄彦徽、葛浩、贡安甫、王蕃、史良佐、李熙、任诺、姚学礼、张鸣凤、蒋钦、曹闵、黄昭道、王弘、萧乾等三十人。这其中，史良佐、黄昭道、王弘是王阳明的同年进士。这些人要么是南京的给事中，要么是御史，职责就是谏言，他们十月份以前曾联署奏章劝圣上提防赵高一样的太监迷惑圣主，十月份以后，再次上奏，劝圣上留用顾命阁老。这些，没有一句是刘瑾喜欢听的。祸从口出，因谏得罪，三十位言官要用囚笼从南京千里迢迢押解到北京接受杖打。

因为有刑部和兵部的当官经历，王阳明知道长途押送的风险，有一次，从南直隶押送二百名被判充军的罪犯到山西边境，最后活着到地方的只剩五十人。仗打三十棍、四十棍、六十棍，都有可能要人命，长途囚车押送也要人命。三十条人命，里头既有同年又有熟人，就这样眼睁睁看着他们一步步走向末路吗？自己不是言官，平常上奏，就事言事提提建议，固然应该，但是谏劝圣上好像是职业言官们的事。自己装聋作哑，视而不见听而不闻，管好自己手头兵部武选司的事，没有谁会指责自己失职。轻易劝谏，有风险。这不，就是眼下的事儿，出差在外的御史王良臣，上奏谏阻圣上不要逮捕南京科道官员，结果是被打三十棍子，直接削职为民。

根据过去的经验，尊长发怒，旁人劝一劝，也就化解了怒气。就比如唐太宗和魏征。可是京师的给事中和御史衙门都被锦衣卫封堵了大门。这次南京给事中和御史几乎被连窝端，谁来劝解正在气头上的圣上呢？

得有人劝！不能就这样看着同僚受难，不能任由正义遭受磨难凌辱。怎么做到既能维护正义又可以明哲保身呢？就像路过池塘，见有人溺水呼喊救命，见死不救？那是没有人性！不会洑水，冒失地捞人，弄不好就是同归于尽，虽然有人性，但也可能变成鬼。这就要求自己弄清目的，讲究手段。目的是救人。不能把奏章写得让人难以接受；更不能像李梦阳那样，写得尖刻犀利，刺疼人眼。写谏文，不能写成檄文，圣上不是敌人，没有必要痛快淋漓地刺疼他；写谏文，不是参加诗文比赛，圣上不是评委，没必要挥洒文采，掩盖了主题；写谏文，得学学孟子老先生劝梁惠王。劝人要有智慧，得言语平和，迂回曲折，起码让人能够心平气和地看下去。

王阳明松弛下来了，他拿定主意，上疏救人，义不容辞，奏疏写作，力求平和。好吧，就这样写，就这样干！事不宜迟，早一刻递上去，早一刻劝动圣上，就可能免除三十人的磨难。

王阳明静静地坐在书案前，平心静气，遣词造句，腹稿已成，铺纸蘸墨，一气呵成：

"古人说过，圣上仁慈包容，臣下正直敢言，这是相辅相成的。戴铣这些人之所以敢于说话，正说明了这些人相信圣上有着仁慈和包容的胸怀。说的有用，圣上自然会从善如流；说的没用，也许圣上能包容包涵，如此，可以广开言路。如今，您竟然下令，千里迢迢，押送南京三十位言官来京。南京北京，地隔千里，此际又是数九隆冬，天寒地冻，差役稍事虐待，一众言官会凶多吉少。圣上的本意，不过是稍稍惩罚他们一下，让他们以后再进言时，考虑得更周密些，绝对不是让他们因言害命。可是老百姓没有知识智慧，胡乱猜疑，怕误会了圣上的一片好心。这正是微臣所担心的。如果真造成这样的误会，以后国家大事再有疑难，怕是没有人敢轻易出头说话了。圣上到时，若想听听大家的意见，也就难了。圣上圣明圣裁，如果这样的话，怕皇上心里也会不舒服。所以，微臣恳请圣上，收回前面的圣旨。在圣上您，这表现出的是公正无私的智慧之心和垂怜臣民的仁爱之心，以及知过改过的勇猛之心。因为这件事，圣上智仁勇的美德一定会传扬天下。这样的话，岂不万民颂扬，天下和谐，其乐融融！这一定是圣上您乐意看到的美好局面！"

文字致祸　阳明入狱

正德皇帝看到的奏章是刘瑾过滤后的二手资料。

刘瑾的家成了内相府。刘瑾识字少，跟前却不乏追腥逐臭、识文断字、读书不明理、进士出身的投机钻营者。七十三岁的焦芳，天顺八年（1464）进士，此人不学无术，喜欢打小报告，因为巴结上刘瑾，成了从一品的内阁次辅。五十一岁的张彩，弘治三年（1490）进士，此人仪表堂堂、风度翩翩，文笔不错，能说会道，得焦芳推荐，被刘瑾延揽为文旦，一年之间，张彩连跳七级，从六品兵部主事直升二品吏部尚书。刘宇，成化八年（1472）进士，在边境贪污了大笔兵饷，他一次孝敬刘瑾一万两银子，开了圣朝贿赂大手笔的先河，这个被弘治皇帝评为小人的小人，被刘瑾重用为兵部尚书。四十一岁的王云凤，五短身材，瘦削体态，成化二十年进士，职务是国子监祭酒，是刘瑾的吹鼓手。三十岁的石文义，刘瑾老乡，是军人家庭出身的国子监生，举人身份，被王云凤推荐给刘瑾，出任锦衣卫都指挥使。石文义从从九品的举人老爷直升到正三品的都指挥使，如今身穿亮黄蟒袍，享受正二品待遇，职责是：外保护正德，内保护刘瑾。

这是刘瑾阉党核心。焦芳字孟阳，张彩字尚质，刘宇字至大，王云凤字应韶。

十二月的冬夜，阉党核心聚集在刘瑾家中，议论国事。屋里生着暖融融的炭火，三品大员石文义亲自在门外巡逻站岗。

刘瑾首先开腔道："自从撵走刘健和谢迁后，天下……"刘瑾说着话，伸出一个巴掌，比画着，把巴掌紧紧握成拳头，好像天下在他手心里一样，"天下局势就算控制住了。李东阳……"刘瑾举在空中的拳头里伸出一个小指头，"胆子小，像老鼠一样，也就是躲在屋子里写写诗，发发牢骚，用不着怕他。内阁有孟阳照看着……"刘瑾目光转向焦芳。焦芳点点头，咧开瘦瘪的嘴唇，讨好地笑着，笑得瘦脸上的皱纹挤成了一排，白山羊胡子一抖一抖，身子向刘瑾方向靠拢，上身前倾,说话习惯性地左右瞄两眼,好像担心有人偷听,说话声音细小,相当鬼祟,焦芳笑着小声说道:"刘公公只管放心,内阁有门下给您看门,也替您看住李东阳。"焦芳说完,再次讨好地笑了笑。

听张彩说吏部平安无事,刘瑾目光有些冷淡地看向刘宇,从桌上扔给刘宇一份奏疏,说道:"看看吧,你兵部的一个主事,要救南京那些乱臣奸党。"

焦芳、张彩和王云凤一一看了这份奏章。焦芳讨好地笑着说:"刘公公这釜底抽薪的办法真是高明,京师科道那些不知天高地厚的言官,被锦衣卫看着,不再兴风作浪了。南京竟然抱团和刘公公唱对台戏,不整治那还得了!"

张彩接着话头说道:"整治了南京这三十个喜欢多嘴多舌的愣头青,绝对能压制住歪风邪气了。"

刘宇已经看完奏章,他对刘瑾大咧咧地说道:"刘千岁,是我管教无方,这是那个叫王守仁的小官。您看他这胆子,奏章里面没有一个字敢提刘千岁您。只是些温汤寡水。回头我好好训斥他几句。"

刘瑾不满地看了刘宇一眼,转头问王云凤:"应韶,这份奏章,你有啥想法?"

王云凤眉飞色舞地说:"下官可不敢小看这份奏章,俗话说,大风起于青蘋之末。星星之火,可以燎原。"

刘宇对他这话不满意,他这不是把责任往兵部推吗?于是刘宇打断王云凤说:"王大司成,不要捏着芝麻当西瓜,一个读书人,说几句不疼不痒的话,有什么可怕的。"

大司成是对国子监祭酒的雅称。

刘瑾瞪了一眼刘宇,鼓励道:"应韶,说下去。"

王云凤得意地说:"学生虽然……"王云凤本想说自己不学无术,但话到嘴边,还是改了口,"虽然和这个王守仁接触不多,但是知道监生中流传着他的不少诗文。李梦阳、何景明,他们这帮号称才子的,有个诗友会,经常在一起,你唱我和,同流合污。这王守仁是诗友会的核心人物;另外,最近一年来,京师学界,有一帮子读书人，聚在一起，讲什么身心圣学，这个王守仁，也是核心人物。这个人，会写诗，会作文，很多人以能得到他的诗文为幸。有些人出书续家谱，也邀请他作序。他几乎是个青年领袖。所以说……"王云凤瞄一眼刘宇，对着刘瑾，一本正经地说："以学生看来，这份奏章不是不疼不痒，里面隐藏着火药味。"刘瑾点了点头，眼神示意王云凤继续说下去。王云凤继续说道："我们老千岁手握江山。"王云凤看了看刘瑾，再看了看张彩，见张彩眼神里有些鄙夷，于是不再眉飞色舞，他正色道："老千岁替圣上手握江山，需要人才……"王云凤也学着刘瑾的样子，举起一只巴掌，再捏成拳头，"人马齐，权力结构才更稳固，老千岁也才能在位子上坐得更稳当。"刘瑾听得笑眯眯的，边听边点头。王云凤继续说道："抓住了王守仁这样的核心人物，学生以为，就抓住了一大片读书人，和一大片与王守仁有着一样追求的人。"这些话听得焦芳烦躁。

张彩喜欢干练，讨厌王云凤的不着边际，于是他再次提醒道："应韶，有事说事，直接说事。"

刘瑾赞同了张彩的话。

王云凤不再长篇大论，说出了自己的打算："是不是先关起来，让他知道厉害。然后，学生代表，代表老千岁，或者代表文化界、读书界、学术界，去看望他，去说服他，让他为老千岁效劳。"

王云凤说完，眼巴巴地看着刘瑾，像一只哈巴狗表演完了把戏，在等待主人的奖赏。刘瑾只是将右手中的扇子一下一下有规律地敲着左手掌，并不吭声。王云凤看着刘瑾敲扇子，以为他不太满意，心里有些凉，脸上有些失落。刘宇知道刘瑾的习惯，扇子敲左掌，就等于鼓掌，于是他赶紧鼓掌。

刘宇鼓完掌，建议道："既然是个有影响的人物，能为刘千岁效劳，万事大吉。一旦不能，就……"刘宇说着，观察着刘瑾的表情，见刘瑾不易察觉地点了下头，这才说道，"不为刘千岁所用的话，干脆……"刘宇以掌做刀，向下狠狠一砸。

几双眼睛都望向刘瑾。刘瑾总结道："最近，各位辛苦了，京师基本平静，没有人能翻起风浪了。南京这三十个恶徒，打压下去，就雨过天晴。眼下，马上逮捕写这份奏章的，叫什么名字？"刘宇赶紧说"王守仁"，刘瑾继续说道："应韶今天出了个好主意，这步棋走活的话，会收到很好的效果。说客就由应韶去做。"刘瑾说着扫视了大家一遍，继续说道："应韶，动动心思，争取成功。"

刘宇接话："万一不成功呢？"刘瑾不满地瞪了一眼刘宇，指了指门外一直巡逻的石文义，说道："那就锦衣卫、东厂西厂出马吧。"

第二十七章 威逼利诱 生死抉择

正德元年十二月中旬,王阳明递上救助南京三十位科道官员的奏疏,结果是比要救助的人更早地进了诏狱。

诏狱位于锦衣卫镇抚司,专门关押钦犯。

阉党探监 名位利诱

寒冬腊月,北风呼号,诏狱院子里光秃秃的树枝,像一个个青皮无赖,在寒风的唆使下,鸣着尖利的哨音,肆虐地、漫无目的地胡乱抽打着。

监舍里没有风,只有寒冷。

王阳明在诏狱吃了五天窝头就咸菜。几年前在会稽山阳明洞天,五天的辟谷经历,让王阳明有非常奇妙的体验,原来饿着的轻灵喜乐竟然比吃饱的慵懒沉重美好。刚进来的前两天,吃窝头时,他还觉得粗涩、拉喉咙,到了第四天头上,一样粗涩的窝头,不仅不觉得拉喉咙,反而觉得清淡、清爽和清香,他这才体会到了颜渊说过的,啃一口干馍喝一口凉水的自在快乐。对这种饮食感觉上的变化,王阳明知道,这是因为自己的心态改变了。

自己写这份奏疏,可谓字斟句酌,力求避免刺激性的字眼,力求四平八稳,尽管目的明确,为了救人,还曾经动过绵里藏针的心机,但是后来为了保险,担心藏针刺痛圣上,就只剩下了软绵绵的、拐着弯抹着角的劝解话语。逆耳忠言难听,自己这顺耳的忠言,竟然也惹恼了圣上。唉!一个十六岁的少年天子,自己也十六岁过,知道年轻是怎么回事,也怪不得天子。更何况,写这份奏疏前,已经想过了,前有御史因为救人被廷杖、被削职为民。自己是明知山有虎,偏向虎山行。大不了回余姚老家,像爷爷一样教书,也是一辈子。会不会有更坏的结果?听说,进了诏狱的人,挨三十杖,是个固定的规矩,有的受不住三十杖当场毙命。既来之则安之,当死则死,该生就生。心里干净了,不怨天尤人了,连窝头吃着也惬意。刚吃了窝头,打了坐。身子凉了,走几步,活动活动,琢磨琢磨《易经》。

对了,说到《易经》,何不问问卦。

狱舍里找不来蓍草,摆卦只能因陋就简,就用邵康节先生传下来的"梅花易数"。一身囚衣的王阳明,摸遍全身,连三个铜钱也没摸到。只好找出来三根席片,做上阴阳两面的记号。静静心,画出了第一卦,上山下风,得一个"蛊"卦。王明阳用木棍在地上画着卦,卦爻分别是初六、九二、九三、六四、六五、上九。这是个中卦。从朝廷说,被小人养了蛊,害了人。这正如眼下的朝政,八虎蛊惑圣上,乱了朝政。弘治

蛊卦

皇帝苦心经营了十几年的太平局面,就要盛极而衰了,乱世已经开了头。针对自己,正如上九的解释,"不事王侯,高尚其事",怎么解释?做个隐士,自由自在,清者自清,不蹚朝廷的浑水了?王阳明望着地上的卦,愣着神,心里想起了会稽山中的阳明洞天,想起了那张竹躺椅,想起了那棵红柿子挂满枝头的柿子树。如果能够活着出去,辞职不干了,到阳明洞天做神仙去。心里有了主意,有了目标,王阳明不再抱怨了,不再急躁了,心情安静了。

翌日,王阳明再起一卦,得一"遁"卦。王阳明望着地上的卦,心里有些发沉,这是个下下卦,艮下乾上,组成是初六、六二、九三、九四、九五、上九。小人得势,宜在远遁。昨天的蛊卦说"不事王侯",今天的遁卦更是可以望文生义。王

阳明忆及了在阳明洞天时许璋总结的六十四卦口诀,遁卦的解释是"浓云蔽日不光明,劝君切莫出远行,婚姻求财皆不利,提防口舌到门庭"。王阳明望了望监舍的门,苦笑了一下,摇了摇头。既然决定听天由命,还逃什么?还怕什么?看书吧!

遁卦

突然,监舍的门被从外面推开了,随着一股寒风,进来一位身披鼠皮大氅、五短身材的男人。这是王云凤,只见他手里提着小巧的手炉,嘴里哈着白气。王云凤一进门就把手炉递给王阳明,然后一边拍打着身上的落雪,一边说:"伯安,先暖暖手。外面冷,这屋子里也不暖和。"

王阳明疑惑着,伸手接过来手炉,另一只手捂在手炉上。

王云凤收拾完身上的雪花,两只脚在地上交替跺着,站了一会儿。王阳明递给他手炉,王云凤伸了伸手,又缩了回去,嘴里说道:"伯安,你多暖一会儿。"

王阳明把王云凤让到了唯一的一把椅子上,自己顺势坐在床上。因为疑惑,王阳明一直沉默着,等着王云凤开口。王云凤打量完监舍的陈设,感叹道:"伯安,你受苦了。"

王阳明淡淡回应:"诏狱不是驿馆,进来不是让享福的。"

王云凤见王阳明手里拿着《易经》,便问:"伯安,听说你对《易经》很有研究。"王云凤一转眼又瞅见了地上的卦,马上蹲下去,嘴里惊叫:"伯安,这是个好卦呀!第三十四卦,大壮。"王云凤把这个卦看倒了。王云凤蹲的方向与王阳明刚才画卦的方向相反,于是,他把下下卦看成了中上吉卦。

大壮卦

王云凤背着卦辞:"卦占工师得大木,眼前该走上路,时来运转多顺当,有事自管放心宽。"王云凤坐回椅子上时,有些眉飞色舞,笑着说:"伯安,看来我今天是来对了。"王云凤见王阳明面带疑色,便说:"哦,伯安,你看我忘记介绍自己了。兄弟山西人,说起来咱是一家人。天下王姓发端于咱们山西太原,老祖宗是周灵王太子,这样说起来,我们是兄弟。伯安兄弟……"王云凤观察着王阳明,发觉自己的嬉笑不合宜,便正色道:"为兄王云凤,字应韶,号虎谷。"不等王云凤介绍完毕,王阳明马上拱手道:"啊,久仰久仰!虎谷先生。当年先生上奏弹劾孝宗的宠宦太监李广,因言获罪,五品郎中被降为从五品知州,从京师被外放,虽然吃了苦头,却赢得满朝的敬重。"王阳明说着,一脸敬重。王云凤听着,有些尴尬,顾左右而言他道:"看看,屋子里到底比外面暖和。"说着伸手搓了搓脸。因一时找不到合适的话头,王云凤只好沉默着。王阳明很疑惑,问道:"虎谷先生,您不是在国子监吗?怎么到……"

王云凤稳下情绪,看了看王阳明手中的《易经》,笑了笑,说道:"伯安兄弟,还是先从你手里的《易经》说起吧,这大壮卦是个好卦。我们可以不尽信那些牵强附会的卦辞,可那毕竟可以参考,就比如刚才卦辞中说到的'得大木',就正应在伯安身上,你就是朝廷的大木呀。兄弟你的文采,你的学问,我仰慕已久。也巧了,为兄最近推荐的人才,都得了朝廷的大用场。"发现王阳明眼神里还是疑惑,想想,早晚得让他知道,晚说不如早说,王云凤看着王阳明,犹豫了一下,说道:"就比如,一个监生,充其量也就一个举人,我推荐给了……"王云凤最终没有好意思直接说出刘瑾,"推荐给了朝廷。举人按规矩也就是从九品,经我一推荐,直接升到了正三品,享受正二品的待遇。"王云凤没敢正眼看王阳明,偷眼观察着王阳明的反应。王阳明的疑惑变成了鄙夷,但仅是一瞬间的鄙夷,他的表情迅速恢复了平静,摸清了王云凤登门的目的,现在只用存住气,静观其表演。王云凤看到了王阳明的平静,就继续大着胆子说道:"人上一百形形色色,太监中有坏人也有好人。就比如当下……"全天下文武百官都骂八虎,骂刘瑾,王云凤还是没好意思说出来刘瑾的大名,"伯安,眼下,朝廷里,辞官的辞官,被罢官的被罢官,被贬官的被贬官,被夺官的被夺官,不少位置缺人缺官。正常时期,升个一级二级得好多年头熬,现在乏人之际,连升三级的也大有人在。吏部张大冢宰,一年之内升了七级,从主事直升尚书。"

大冢宰是吏部尚书的雅称。

王阳明心里清楚，是石文义做了锦衣卫都指挥使，成了刘瑾的走狗；是吏部张彩投奔了刘瑾，连升七级。随他表演吧，自己一个人坐着也是坐着。正好可以锻炼、检验自己，能不能守得住平静和平淡，能不能守得住安静和安详？

王云凤观察着王阳明，摸不清他的心思，该说的话总是要说的，还得往太监身上扯，于是说道："人好人坏很难说得清。比如我们这些读书人，读了几十年'四书五经'，天天张嘴闭嘴仁义道德，可是心底里，谁能说得清，谁是真仁义道德。宫里的公公也一样，远的说东汉蔡伦公公，发明了造纸术，我们这些读书人都是托了这位公公的福，才有这么方便的书读……"王云凤指了指桌子上的《易经》，继续说，"才有我们后来的书法艺术。对了，伯安，他们都说你的书法自成一家，哪天有空，能否给为兄写幅中堂？"王阳明没有回应。王云凤无奈地、轻轻地叹了口气，继续述说太监历史，"这蔡伦公公，是太监中的豪杰。近的说本朝郑和三宝太监，一个残疾人，统率那么多战舰，七进七出南洋和西洋。"王云凤观察着王阳明的眼神，没有发现反对或者反感的神色，于是他说出了心里话，"眼下宫里又出了一位豪杰公公。刘老千岁，刘公公深得圣上信任，他整顿朝纲，让我朝有了中兴之势。刘公公很重视贤能，礼贤下士。他听了为兄对你的介绍，非常重视。"王云凤多么希望王阳明顺着自己搭的杆子往上爬一爬，免得自己这么费劲，可是王阳明却一直无动于衷，"伯安，识时务者为俊杰。眼前的天下是公公说了算，各省，各边境重镇，各税关卡，各码头，就连京师各城门，都是太监说了算。就上个月，福建镇守太监杖责一位卫指挥使，把人打死了，圣上下诏免责。伯安……"王云凤看着王阳明，"明白吗？人在屋檐下怎敢不低头！是吧？"王阳明的回应只是顺手拿起桌子上的《易经》，翻看起来。

王云凤有些尴尬，动念想一走了之。可是自己已在刘瑾面前夸下了海口，连送人富贵这样的小事都办不成，这叫刘公公怎么看自己。劝降，难是有些难，事成之后，升官发财的奖赏，沉甸甸的实惠，把王云凤牢牢稳稳地按在了椅子上。豁出去了，王云凤打算直截了当，这是一本万利的买卖，而且一钱银子的本也不用投进去，就是一个不要脸就够了，出了这个门，谁知道自己今天干了啥呀。于是他先清了清嗓子，拿出从四品国子监祭酒的派头，开腔道："王守仁，虽说咱是自家兄弟，兄弟我半是私人身份，半是，半是内相府的代表。咱开诚布公地说，兄弟我是代表刘老千岁的意思。咱一笔写不出两个王字，不知道哪辈子咱弟兄结下的缘分，我在刘老千岁面前保举了你。伯安，你知道，现在刘公公一手遮天，每天晚上刘公公家门前，磕头送礼的排着长队，有银子不见得能送进门去。有时候刘公公为了显清廉，还要扔出来几份礼单，吩咐送到都察院去曝光。现在，便宜让兄弟你摊上了，不用花一钱银子，只要……很简单，就两件事，第一件，写两首诗，做篇文章，把刘老千岁的高洁品行宣传一下。这在你，能算个事吗？平常没事发发牢骚不也是写诗作文吗？"王阳明的表情还是不置可否。王云凤改变了心态，不再关注王阳明接受不接受，只观察他拒绝不拒绝，不拒绝，就意味着默许。写诗作文，对于王阳明来说，简直是举手之劳，举手之劳就能升官发财，别说别人，王云凤都有些羡慕。王云凤继续说："第二件，也不难。刘老千岁执事以来，有不少嘉言善政。本官征得千岁的同意，准备组织一帮好手，编纂几册《刘公公嘉言善政录》。兄弟我提携帮衬自己兄弟，初步计划聘请你协办总理此事。事成之后，兄弟你中意哪个职位，我都可以跟刘老千岁说。就这么简单！你可以现在答复我，你也可以考虑些时候，只要你同意，不论早晚。怎么样，兄弟？"

王阳明放下手中的书，双手一拱，诚恳地说："虎谷兄，您说得对，一笔写不出两个王字，咱确实是自家兄弟。兄弟刚出仕时，到大名府浚县出差，去督造威宁伯王襄敏公陵墓，事成后，一查威宁伯家谱，兄弟竟然和襄敏公攀上了叔伯侄儿关系。您看看，浙江绍兴和直隶大名府，几千里地，竟然找到了血亲。虎谷兄，您是山西本地人，山西是我们王姓的发源地，自然是兄弟。虎谷兄，多谢您的美意。不过人各有志，人有志不如天有命。昨天我排了一卦，是个蛊卦，说的是'不事王侯，高尚其事'，不解释您也知道，我没有吃皇粮的命了。今天您来之前，兄弟我又排了一卦。"王阳明说着，手指向地上的排列，解释道，"您刚才看倒了，不是大壮卦,是遁卦。昨天和今天两卦,一个让我做隐士,一个让我逃命。这是天意,也合吾志。"

王云凤闻言有些失望,有些恼怒。他不满地说:"兄弟,诏狱是座鬼门关,进来容易出去难。你不怕死?"

王阳明淡淡一笑道:"虎谷兄,生死由命。"

王云凤有些生气,说道:"兄弟,生死由命? 你怕是不知道吧? 这里的人,生死既不由天命……"王云凤向前探着身子,压低声音说,"也不见得由着皇命,全凭千岁一句话。"

王阳明应道:"不管谁的命,还是听命吧。阎王叫人三更死,绝不留命到五更。人算不如天算。"

王云凤说:"咱弟兄别扯命了,你就说个痛快话,你是要富贵还是打算……"王云凤想起刘瑾说的不成功就让锦衣卫收拾残局的话,就生气地说道,"继续对抗朝廷?"

王阳明平静答道:"我没有对抗朝廷呀?"

王云凤气急败坏地说:"王守仁,咱别绕弯子了,不同意就是对抗刘公公。"

王阳明装出吃惊的表情,问道:"虎谷兄,怎么,不同意就是对抗刘公公?"

王云凤一脸恨意,恶狠狠地说道:"王守仁,我好心把你当兄弟,你总给我绕弯子。咱打开窗户说亮话,同意就给个痛快话,不同意的话,三十杖只是开胃酒,接下来是吃不了兜着走。想逃没门,想坐牢,不见得有地方!"王云凤瞪着王阳明,"你考虑吧,想明白了,告诉这里的人,或者过几天我再来。"王云凤说着站起身,往外走。

王阳明起身拿起桌子上的手炉,跟着起身,朝王云凤喊道:"虎谷兄,您的手炉,省得您再来。"

同监结识　三位忠烈

正德二年的大年初一,王阳明是在诏狱里过的。

正月的京师,到处仍然是一派隆冬的肃杀。

监舍中的王阳明,有时候打坐,有时候来回走步,像无相寺的和尚在行香。过去的事,回忆来回忆去,徒增烦恼;将来的事,自己不见得做得了主,不如听天由命,落得清静自在。王阳明在心里把这间监舍比作会稽山中的阳明洞天,心态一变,在哪儿不是修炼。

正月十五花灯节,皇宫里,喜欢热闹的正德,对乾清宫的失火烈焰,只一句:好一棚大烟火。在皇宫内新建的仿大栅栏御街上,他一会儿在南货店推销丝绸,一会儿在小酒肆贩卖高粱酒,一会儿钻进皇家勾栏院,充当嫖客。此际,他正与一个个世俗打扮的太监、宫女,还有外来的乐女、乐工,忘情地体验着民间的世俗欢乐;诏狱院子里,挂着几盏宫灯,闪着昏红的光。

一过十六,诏狱里热闹了起来。人多了,一直沉寂沉闷的诏狱多了一些生气,多了一些人气,但是王阳明感觉到了戾气和杀气,还有弥漫着的死气。从南京方面押送过来二十一位得罪了圣上的给事中和御史。王阳明上疏就是为了救助他们,现在施救者与他们在诏狱里团聚了。这些人从正德即位以来,一直秉承着中国历史上言官的传统,时刻大睁两眼,聚焦权力顶峰,关注权力与道德这两条腿,是否步调一致,是否步伐稳健。他们想以自己的忠心换取最高权力的正步直行,他们秉承着儒家的守则,君义臣忠、舍身成仁,舍自己的身,成就最高权力的仁,实现天下的仁政和德政,造福天下苍生黎民,借以实现自己成仁的理想。他们"知不可为而为之",目的是"取法乎上,仅得其中",高标准严要求,最后落个中,也万事大吉了。可是,摊上眼下这个圣上……唯一的指望是,天子毕竟年少。孔圣人不也十五岁才知道立志学习嘛,虚岁十六的正德,正是立志的时候。

要对他有要求。

正德若能做个好皇帝,是天下苍生有福;一旦他学坏学懒了,事就难了。眼前最需要教育的是,上下颠倒,内外紊乱。圣上轻浮狂躁,一个个该在宫内侍候皇上的内官,却满天下乱窜乱跳,对国家大事指手画脚。

这些人先前都曾上奏,要求弹劾某一个太监,劝解圣上。现在他们被刘瑾一锅端了,人家要算总账。

刘瑾的意思,押他们来京师,想打造一个轰动效应,震慑天下。

不知道是因监舍少,还是为了恐吓王阳明,他的监舍里被投进三位狱友,分别是蒋钦、薄彦徽和戴铣。其中蒋钦是被两个人架着膀子拖进来的,一条腿打着简易的夹板,显然他的腿断了。

王阳明慌忙起身迎接狱友,一边帮助把蒋钦安置床上,一边关切地问道:"这是怎么了?这么严重!"

蒋钦趴到床上,扭脸看王阳明,惨然一笑,问道:"兄台是?"

王阳明的眼神里有同情和凄苦,他马上答道:"王守仁,字伯安,浙江人。三十六岁,看面相,您应该是兄长。"

蒋钦将脸埋在床铺上。旁边戴铣插话介绍道:"这是子修兄,蒋钦,是我们的老兄,四十九岁。这是子俊兄,大名薄彦徽,四十岁。他们两位是南京御史。兄弟我戴铣,字宝之,南京户科给事中。我们三位都是弘治九年同年进士。子修兄,在从南京来的路上,被杖责两次,六十杖,现在,唉,一条腿断了,身上被打烂了,不能挨地。伯安兄,您是因何进这诏狱的?"

王阳明不想告诉他们自己是为了搭救他们,才身陷囹圄,免得双方不自在。更何况他也没帮上忙,他们还是被打伤打残了,颠簸劳顿的罪也没少受一丝一毫。他应道:"劝谏圣上,因言获罪。咱们彼此彼此。只是想不到,子修兄会提前遭罪。"

薄彦徽道:"我们是一而再地上书劝谏,子修兄是再而三,三而四。权阉恼羞成怒,先对他下了毒手。最早是我们南京十三道御史联名奏劾八虎,他们六科给事中联名奏留刘阁老和谢阁老,后来我们南京御史和给事中联署,请留两位阁老。子修兄是指名道姓,专骂刘瑾一人,谏言圣上诛杀刘瑾。奏章针针见血,刺疼了权阉。子修兄手笔如剑,痛快淋漓,是我们在路上互相鼓劲的战歌。"

一言及此,旁边的戴铣眼中好像点燃了一把烈火,他站起身,握紧拳头,低声却坚决地吟诵道:"贼刘瑾,小混混! 圣天子,做腹心,做耳目,当忠臣,实在是,走了眼,看错人。贼刘瑾,祸天下,殃万民。索贿赂,十三省,三千两,五千金,没有钱,难做官,贬为吏,削为民。贼弄权,无忌惮,天愤怒,神抱怨;天下士,皆心寒。明天下,如危卵。圣天子,听忠言,不杀瑾,国难安。圣天子,听忠谏,朝廷正,百邪远;君心正,万心安。说一千,道一万,杀刘瑾,天下安!"

薄彦徽跟着戴铣吟诵,床上的蒋钦,也加入进了吟诵的行列。王阳明眼含敬重,望着他们。

王阳明受到了感染,紧握着拳头,为他们打着节拍。

戴铣吟诵完毕,担心蒋钦累着,走到床前,轻抚蒋钦后背,劝慰道:"子修兄,你还是趴下吧。"原来蒋钦用双肘撑起了上身。

蒋钦眼神里洋溢着火热的激情,低声、坚毅地说道:"这是止疼药,能提神,能镇痛。我们接着吟诵。"蒋钦腾出一只手,艰难地从身上掏出一份叠着的纸稿,指了指王阳明。王阳明会意,接过来,展开一看,是奏章底稿。蒋钦说:"我们一起吟诵!"于是蒋钦带头吟诵起自己的另一篇奏章。王阳明看着奏章,和薄彦徽、戴铣一起低声吟诵起来:"臣蒋钦,贼刘瑾,忠与奸,善与恶,不两立,不并存。瑾作恶,非一日,有蓄谋,贼本性。圣天子,受欺蒙,与嬉戏,与亲近。当事迷,旁观清。臣受杖,皮肉烂,腿骨折,手能写,口能言,不惧死,复谏言。圣天子,听臣言,睁大眼,辨忠奸,臣与瑾,谁忠奸? 全天下,都明鉴! 圣天子,心知晓。为什么,仇于忠,亲于奸? 臣再谏,为社稷,洒热血,捐身躯,舍父母,抛子男,满心愿,求一事:杀刘瑾,谢天下! 臣以命,抵刘瑾,尽臣道,学比干,保圣上,成圣贤。"

王阳明的心情不再平静,他敬重蒋钦的忠肝义胆,他在思考,自己的奏章追求四平八稳,是对是错?蒋钦因为匕首一样的奏章进了诏狱,自己写的是四平八稳的奏章,却也进了诏狱。

集体廷杖　百官陪刑

刘瑾把这些触犯了自己并惹圣天子生气的南京给事中和御史,不远千里,押送京师,是为了在京师公开实施廷杖。一则从肉体折磨甚至消灭反抗者,二则是震慑京师潜在的反抗者。三十位南京反抗者押送到京师二十一位。

圣朝的刑罚分五级,由轻到重分别是笞刑、杖刑、徒刑、流放和死刑。廷杖由圣朝太祖爷首创,史无前例,不在国家的司法序列内,和东厂(监狱)、西厂(监狱)、锦衣卫(北镇抚司监狱)一样,属于圣天子私人的。它们和刑部、大理寺和都察院毫无关系,逮捕谁关押谁,全凭圣天子的一张纸条,这张纸条号称驾帖。廷杖的原因也许复杂也许简单,历史上最简单的案例是有人在奏章中写了一个别字。南京陪都没有圣天子,却有六部各衙门,从成化爷开始,出于圣天子的恩典,照顾南京因为抗谏而应受廷杖的御史和给事中,为免他们旅途劳顿,京师派出锦衣卫,远赴南京午门,执行廷杖。到了正德爷时,南京官员享受的送杖上门这项福利,被刘瑾取消了。

二十一位南京客人还没喘匀气,翌日,他们就得接受廷杖了。

他们到达京师之前,午门内,一座高高的监刑指挥台已经搭建就绪。他们接受廷杖当天,天刚蒙蒙亮,顺天府府尹和府丞,亲自带领人役,来清理午门广场的积雪。辰时,一队队的锦衣卫士兵已经把午门广场包围起来。承天门外的天街上,三步一岗五步一哨。

锦衣卫都指挥使石文义率领两位指挥同知和四位指挥佥事,骑马沿着午门广场四周和天街,来回巡查,扬着马鞭,扯着嗓子吆喝:"提高警惕!严密防守!

保卫皇上！保卫刘公公！"

诏狱位于西城，离午门有三里多地。一大早，王阳明和南京二十一位囚犯，就被驱赶到院子里，人人套上木枷。陆昆、戴铣、薄彦徽因为是奏章联署的牵头人，蒋钦因为是刘瑾最憎恨的，这四个人都被套上特号大木枷。一队红衣囚犯，排成一列纵队，被两队锦衣卫士兵夹在中间，每个囚犯被四个士兵押护着，向午门进发。断了一条腿的蒋钦和戴着一百五十斤重特号大木枷的主犯们，被士兵用板车押送。

承天门外的天街南侧是衙门密集区，从东往西，东边是吏、户、礼、兵、工五个部，西边是三法司的刑部、大理寺和都察院，再往西是太常寺、光禄寺、鸿胪寺和翰林院。辰时时分，一个个锦衣卫百户，领着一队队的锦衣卫士兵，操刀端枪，钻进各衙门，要求各部侍郎以下、各院寺少卿以下，各衙门郎中和主事级别的中青年官员，尤其是在京御史和给事中，到午门广场集合。

午门广场上，囚犯被集中在监刑台前。各衙门百官按衙门站成一列纵队，按官阶高低，从前往后排。给事中和御史被排在最中间位置。

已时，刘瑾、丘聚和谷大用，在一队校尉和一队小太监的簇拥护卫下，登上了监刑指挥台。指挥台东西北三面蒙着黑绒布，前脸横挂着大红横幅，上书"首恶严惩，从恶必究；镇压邪气，抵制歪风"，两边的木柱上，竖吊着两幅红布，左右一副对联是"提倡忠孝，忠于朝廷孝敬圣上；弘扬仁义，仁施者苍生义待万民"。指挥台上三张虎皮交椅，刘瑾居中而坐，丘聚和谷大用陪坐左右。随着三位大太监的上台，一队内行厂探子和一队锦衣卫校尉分散到指挥台四周，护卫着指挥台；同时，指挥台两侧的乐队擂起鼓，敲起锣，吹起长号。诸事已定，锦衣卫都指挥使石文义驱马向前，扯着喉咙禀报道："钦差锦衣卫都指挥使、刘千岁门下、小的石文义，特向司礼监提督太监、钦差提督内行厂厂公刘公公、丘公公和谷公公禀报，经小的仔细巡查，集体廷杖准备事宜，已经一切就绪，受刑囚犯全员到位，陪刑百官，除了出差在外的，人人到场。特别需要禀报的是，门下严格遵照刘公公的指示,在京给事中和御史,已全部押送到此。门下禀报完毕,请刘公公示下。"

刘瑾威严地扫视全场,之后,他点了点头,两手捧起桌子上黄布包裹的大印,扯着公鸭嗓子宣布道:"本太监宣布,集体廷杖现在开始!"刘瑾一手指着台下的石文义,"第一项,请给事中和御史,出列,绕行,集体参观戴枷囚犯。"

石文义转身吩咐执行刘瑾口令。四十多人一队的给事中,六十多人一队的御史,被逼出列,绕着红衣囚犯,列队转了一圈,然后回到原来的位置。

指挥台上,刘瑾恶狠狠地打量着囚犯和百官。谷大用指点着囚犯方向,对刘瑾笑着说:"刘哥,你……"刘瑾闻言脸上的笑一下子消失了,他表情变得冷淡而有薄怒。谷大用一愣,发觉自己失言了。刘哥已今非昔比,自己虽然掌管着西厂,这西厂是刘瑾建议万岁爷恢复的,在宫外西厂可以为所欲为,但是它还要被刘瑾掌管的内行厂监督,于是谷大用改口叫:"刘公公!"他伸着大拇指,脸上堆着笑,赞叹:"还是您老有新点子好点子。这一百五十斤的木枷,坠在脖子上,就是楚霸王在世,怕也支撑不了几天。过去那些十几斤重的木枷,简直是玩具,对付这些嘴硬、脖子硬、不怕死的主儿,不动重刑还真不行。"

丘聚指着台下的给事中和御史,奸笑着说:"刘公公,您这招高。真是杀鸡吓猴,打十儆百。打残了南京,吓瘫了北京。您看您看,那个人,吓得腿都打弯了,差点栽倒。刘公公,咱宫里,要论有办法,您刘公公,永远是第一。"三个太监,像三只意外发现了一堆蚯蚓的公鸭子一样,嘎嘎嘎地笑了起来。

参观完毕,行刑开始。

东厂、西厂、内行厂的探子和锦衣卫校尉,分成四个行刑小队,卫卒执行,内官监刑。王阳明和首犯被分在一个组。

第一位是戴铣。四个锦衣卫卫卒卸除戴铣身上的木枷,把戴铣两只胳膊往两肋一贴并,用一个绳兜,从头往下一套,网住戴铣身子,把戴铣捆成了一根木棍形,就势放倒在地;四个卫卒蹲在戴铣东北、东南、西北、西南四个方向,拉拽着绳子;六个手拄木杖的卫卒在一旁等着,由专业行刑的卫卒上来行刑;站在旁边的一位锦衣卫百户和一位小太监,一个喊数,一个计数。

锦衣卫百户高声叫喊着"一、二、三、四、五",看着木杖的起落,控制着喊号的间隔;行刑卫卒根据锦衣卫百户的号子,掌握着行杖的快慢。行刑有行刑的潜规则。行刑前,卫卒要先看计数内官的暗号,暗号在两只脚上,两脚平行站立,是正常,既没有恩典,也没有必要无辜加重;两脚内八字站立,从轻;外八字站立,从重;丁字步,要命。

卫卒看了一眼内官,见内官是丁字步,第一杖下去,便下了狠手。戴铣每挨一杖,伴随着击打的噼啪声,都要本能地哎呀一声,随着哎呀声,身子本能地上抬和上翘。一个卫卒杖打五次。第二个卫卒打完,血肉模糊。第三个卫卒打完,已经听不到哎呀声,也不再有身子的上翘了。第四个卫卒蹲到戴铣头旁,伸手探了探他的鼻息,对内官说:"没气了。还用打吗?"

内官说道:"万岁爷的圣旨,三十杖。你敢抗旨吗?"

已死的戴铣又挨了十五杖。

薄彦徽也立毙杖下。

轮到蒋钦了,这可是刘瑾的眼中钉。石文义、丘聚和谷大用陪着刘瑾,来到主犯组的行刑处。刘瑾要看看,这个一直嚷着要诛杀自己的蒋钦,这个天不怕地不怕、连阎王老子也不怕的蒋钦,到底是血肉凡躯还是铜头铁臂。石文义过来问锦衣卫百户:"蒋钦打过了吗?"

百户恭敬地答道:"马上就是。"

刘瑾哈哈笑道:"来得早不如来得巧。我倒要看看你蒋钦……"

蒋钦正在被套绳兜,听到身后这公鸭嗓子,心知肯定是刘瑾一伙的,便扭头问道:"何人要看我蒋某人?"蒋钦早有死志,也已见识了戴铣和薄彦徽被拖下去的场景,心里很平静,杖刑已经领教过两次了。它就是一个疼,身上的疼在强大的精神支撑下,是能忍受的。只有死亡还没有体验过,人死如灯灭吗?绝对不是! 昨晚上在梦中,已经过世的爷爷和太爷爷,还在苦劝自己低低头、忍一忍,不要争一时之短长，说起家中还有七十二岁的老父亲。自己昨天夜里犹豫过吗？确实有过一闪念的犹豫，生不能孝养死不能送葬，是做儿子的不孝，可是孝有大孝和小孝，一家之孝，再大，和忠孝国家比起来，也是小孝。国家蒙难，多一个人疾呼，就多一分希望，早一些疾呼，就有可能早见一天光明。要抗争，就可能有死亡。为大孝舍小孝！所以面对死亡，蒋钦很坦然。

石文义斥责道："混账！这是刘公公，刘千岁！"

蒋钦讥讽道："可是叫刘瑾的阉人？"

石文义冲上来，抬脚就要踩上去，被刘瑾喝住道："退下！待咱家问问。蒋钦，咱家与你，往日无仇，近日无冤，你为何口口声声要置咱家于死地？这就是你们读书人的仁义道德吗？"

蒋钦怒目圆睁，呵斥道："呸！贼刘瑾，一个无赖混混，也配说仁义道德！我蒋某人与你贼阉人，是没有私仇，可是有公恨。你惑主乱朝，祸国殃民，天下读书人谁不想得而诛你！"

刘瑾恼羞成怒，咆哮道："死到临头，还在胡言乱语，咱现在看看谁杀谁。行刑！"

蒋钦狂笑后道："呸！贼胚子！老子死得光荣！老子流芳百世！倒是你，要遗臭万年！吾心圣上可鉴！"

刘瑾狞笑道："蒋某人，你抬头看看，城楼上，黄罗伞下，万岁爷也正在观刑呢。万岁爷他在看你们这些乱臣贼子挨打。"刘瑾指了指城楼上，然后右手向下一砸，恶狠狠地、咬牙切齿地下着命令："给我狠狠地打！"

蒋钦呸的一声，一口血痰喷向刘瑾。刘瑾忙向后撤着身子，因为太慌乱，他仰面向后倒去，被站在身后的石文义和丘聚伸手扶着才没有跌倒。

蒋钦被按倒在地，被绳兜捆得结结实实，他想看看城楼上他心中的圣上，是否像刘瑾说的，真在看他挨打，他挣扎，身子却起不来。行刑卫卒不用看小太监的暗号，直接下了死手。蒋钦狂笑着，声嘶力竭地喊道："贼刘瑾，我蒋钦变成厉鬼,也要找你算账!"在噼啪噼啪的击打下,蒋钦扯着喉咙吟诵起了自己的奏章:"贼刘瑾……"

不怕死的人最可怕,厉鬼更可怕。刘瑾见状心里发慌,脚下发虚,踉跄着,恨不得赶紧逃离刑场。

生死一念　触及灵魂

王阳明眼睁睁地看着戴铣、薄彦徽在自己眼前死去,活生生的正气凛然的大丈夫,好像一眨眼的工夫,由生到死,由阳入阴。正义意味着死亡,邪恶者却正得意扬扬。这是为什么? 生命真的这么脆弱吗? 这不见得! 自己格竹子得病,虚脱出汗,气若游丝,几乎踏进鬼门关,可是最后自己仍顽强地活了下来。自己奶奶,慈祥善良的老寿星,看着儿孙满堂,家庭和睦,快九十岁了,还活得有滋有味。奶奶要是知道自己孙子的生命马上就要走到尽头,真不知道会怎样伤心。不敢想! 还有父亲,父亲会怎样呢? 好在自己还有三个弟弟,守俭、守文和守章,大弟弟已经十二岁了,即便现在自己死了,父亲老了还有人照顾。只是自己,唉! 一大把年纪了,膝下空虚,竟然没有一男半女。走了就走了,将来连个到坟头烧纸的孝子贤孙也没有。真是空手来,空手去,赤条条一个人! 好不凄凉! 好不孤单!

求学路上,师友难寻,一直孤独地摸索圣贤学问。好不容易,去年才遇上了一个湛若水,刚刚有了个伴,又要分手了。一念及此,王阳明潸然泪下。

三十六年了,活出个啥名堂没有呢? 金戈铁马,保境安民? 一直存这个痴心,一直没这个机会。泼墨挥毫,激扬文字? 一直藏着这个夙愿,回忆检索一下自己以往的笔头,好像还没有能拿得出手的。想做个圣贤,像孔圣人一样,立坛讲学,传续孔孟儒家智慧学问,可叹到现在八字还没有一撇呢! 怎么会没有一撇呢? 周围人的心思都奔着升官发财去了,人人步履匆匆,没有谁顾得上圣贤学问。自己是不是已经学问在身呢？也不敢确定。虽然自己在会稽山阳明洞天证到了身空，可是这个世界毕竟没有空；虽然在阳明洞天体证到了大爱，可是孔圣人是时时刻刻安住在这个大爱的境界，自己呢，有时候身心能仁，有时候，比如现在，就仁不了，安住不了，心定不了，神静不了。王阳明眨巴眨巴眼睛，挤落眼角的泪水，做了几下深呼吸，平定一下情绪。看来佛家是对的，一切都是空，就像自己这三十六年，忙忙碌碌辛辛苦苦，就是一个空。怎么竟然会是这个结局呢？

王阳明抬头，看看指挥台上，望望城楼上的黄罗伞，是他们！是他们让自己一切成空，是他们要剥夺自己的生命。怨他们吗？没有抱怨！自从证得仁的境界后，王阳明心中已没有了恨，没有了怨，只是还有烦恼。不恨不抱怨，道理得弄清楚。读书不就是为了明理吗？读书人，死也要死得明明白白。他们是尊长，忠孝他们，这是应该的。可是忠孝就要被打死吗？孔圣人怎么说忠孝来着？忠心是不偏不邪的心，是正直的心，是中庸的心。孝呢？圣人说过，"小杖则受，大杖则走"。眼下是打死人的要命的大杖。谁忠孝要谁的命！这是不偏不邪的忠孝吗？愚忠愚孝呀！王阳明想到了逃遁。可是抬眼看看，这午门广场，天罗地网，插翅难飞！看来《易经》上的卦辞，也多是骗人的，或者是自己摆卦没摆对，或者是老祖宗骗人。王阳明想起了狱中的那个遁卦，摇了摇头，只有苦笑，只有凄惨的笑。

逃遁，看来是不可能了；死，看来是躲不过了。奶奶，父亲大人，是我不孝，不能在你们床前尽孝了。"四书五经"，再见吧！不知道是我耽误了你们，还是你们耽误了我。天地众神，不知道我们还能不能再见面，都永别了吧！一切都是个空！王阳明凄然了，麻木了，早一刻，晚一刻，就是个等死。王阳明的眼神空了，心空了，天地空了。广场上的嘈杂，广场上的五色斑驳的人群，好像都安静了，连受刑者的呻吟和号叫声，也恍如隔世。

蒋钦的言语举动，还是惊醒了王阳明空寂、恍惚、缥缈的心智。王阳明目睹、听闻了刘瑾和蒋钦的交锋。蒋钦的浩然正气，冲击着王阳明的胸怀；刘瑾虚弱的邪气，像风中的炊烟，是虚飘的，是颤抖的。这，是正与邪！这，是圣贤与奸佞！这，是浩然正气与污浊邪气！这，是光明正大与卑鄙苟且！

生死一念间？哪有什么生死呀！佛家是对的，没有生没有死，是涅槃，是永恒的寂静和光明。佛家说空，却不昧因果。都是个死，却有死得伟大，重于泰山，也有活得无耻，轻于鸿毛。圣贤如何面临生死？一定会像蒋钦一样！既然不能生，不能活着做圣贤，那就像于谦忠烈一样，像蒋钦、戴铣、薄彦徽一样，视死如归，死也要死个圣贤的样子。王阳明胸中生起了浩然正气，神情变得庄严。

刘瑾溜走了，蒋钦被拖走了。该王阳明了。杖刑还得进行。行刑的卫卒已经摸着了规律，这一组里的囚犯都得死。第一个上来的卫卒，没有序幕，也不看小太监的暗示，恶狠狠地敲了五棍；第二个上来的卫卒，又是要命的五棍；到了第三个卫卒，正要举杖，听到了小太监暗示的咳嗽声，举起的木杖停顿在了空中。卫卒扭脸看小太监，小太监指指自己脚下，眼下受刑的是个要照顾的。原来，小太监被蒋钦镇住，神鬼怕恶人，邪鬼怕正神。太监们被剥夺了做男人的资格，多多少少都信命，这辈子看着女人有心无力，这辈子断子绝孙，这辈子晚景凄凉，都多少有个积德的心，求盼着下辈子做个完整的男人。这要是碰上蒋钦变成厉鬼索命，那下辈子也没指望了。小太监心里打着冷战，腿脚有些哆嗦，也忘了看名单，哪里还顾得上做暗号。只呆呆地看着卫卒下死手。待醒过神小太监见地上的王阳明已奄奄一息，真怕再多一个索命的厉鬼，于是，他手哆嗦着，手里的名单被哆嗦得扇动着。这才想起来看看名单。一看名单发现，这是一个陪刑的。小太监马上蹲过去探探鼻息，谢天谢地，这个不能做厉鬼了，还有口气。圣旨不能违，三十杖要打完。剩下的四个卫卒，都有经验，杖杖高举轻落，杖头落在地上，木杖似挨身似不挨身。休克过去的王阳明保住了一条命。

朋友探监　生死无畏

王阳明醒过来只觉得痛,火烧火燎的、刺骨的痛。啊?怎么这么痛!心里除了痛一片空白,思索起来也费劲,依稀记得自己是诏狱里的囚犯,是圣上的敌人。啊,明白了,自己和南京来的二十一位因言惹祸的囚犯,被拖到午门受廷杖,戴铣、薄彦徽和蒋钦,自己眼睁睁地看着他们舍身成仁。自己不也成仁了吗?是呀,只记得自己挨了十杖,是行刑的发了善心,还是圣上法外施恩?王阳明试着抬了抬头,头,听使唤,再抬了抬手,手还能动,自己还活着。王阳明的感觉复活了,这才感到嗓子眼里火辣辣的,干得冒烟。想喝水。王阳明嘴里喃喃着"水、水",只听旁边有个压抑不住的惊喜的声音:"醒了!醒了!"随着声音,一杯水被捧到王阳明嘴边。王阳明本能地抬起头,凑近,贪婪地喝进一大口水,一下子被呛着了,甘洌的温水润泽着干涸的喉咙,咳嗽声震动着整个身躯,全身的感觉复活了。身边有人道:"伯安!你醒了?慢些喝!"

王阳明抬了抬上身,想坐起来,旁边人说道:"伯安,还是别动了,趴着好受些,你一时半会不能坐。"

王阳明抬起头,扭着脸,平静中有着惊喜,惊喜中有着淡然,说道:"是本端?"

倪宗正俯身轻声应道:"伯安,我和甘泉先生,还有仲默,来看你了。"倪宗正说完,看了看王阳明,表情相当凄楚,他摇着头,撇开身子。湛若水和何景明凑近床前。湛若水俯下身子轻声道:"伯安,好了,挺过来了!大难不死,必成大境界。生死关一过,学问该熟了。"

何景明声音稍大些:"伯安兄,你昏睡了一整夜。醒了就没事了。本端兄我们在大栅栏老黄家药铺买的跌打损伤药。本端说,你是万幸,没有伤筋动骨,躺上七天八天,就没事了。"

王阳明看监舍,戴铣、薄彦徽和蒋钦,他们三人的确没有回来。

湛若水俯身问道:"伯安,现在感觉怎么样?"

王阳明静静地惨淡地笑了笑,小声说道:"虽然痛,能忍受。"

湛若水也笑了笑,再问道:"除了痛,还有呢?"

王阳明道:"没有了生死,没有了天地,没有了过去,没有了未来,没有了四肢,没有了头脑,只剩下眼前的痛。除了痛,"王阳明摇着头,"再也没有了。"

湛若水笑出了声,笑着说道:"痛着,安详着,过几天,去了痛,就是好境界!"湛若水直起身子,自言自语道,"不经一番彻骨寒,哪得梅花分外香!"

倪宗正和何景明,疑惑地看着湛若水。湛若水笑了笑,说道:"皮肉之苦,何足道哉!心灵煎熬,才真难受。好了,伯安现在,就像我们老家的甘蔗,身经煎熬磨难,熬出糖了。"

三个朋友一起看着王阳明,王阳明虽然一脸憔悴,憔悴中却透着纯粹的安详恬淡。王阳明品味着湛若水的话,回味着这一天一夜的经历,他少气无力地说:"甘泉兄所言极是。昨天在午门,看着他们一个个从生到死,好像一眨眼的事。当时心中一无所有,像打坐入静一样,没有天地,没有生死。那时和现在比,就是多了一个痛。昨天面临的死,今天所谓的生,好像没有什么差别。"

倪宗正一脸疑惑。何景明伸手去摸王阳明的前额,疑惑地说:"药劲发散了,不烧了。"

湛若水哈哈笑出了声,说:"伯安,磨难像烈火,越猛烈越能锻造出好兵器。过了这一关,就是晴空万里。"

何景明听了这话,不满地望着湛若水,指了指王阳明破布娃娃一样的身体。湛若水摇了摇手,不再说话。

何景明关切地说道:"伯安兄,几位诗友等着你出去召集聚会呢。大家很关心你,都想来看你,可都进不来。可恨康海那个驴脾气,甘心看着你受苦,就是不登刘瑾的大门。"

倪宗正的脸阴沉下来,湛若水脸上也没有了笑意,何景明不明就里,还在抱怨。何景明从兜里掏出一张纸,道:"伯安,我写了首诗,有空请你看看。历朝历代,忠臣坐监的多了。冤死屈死没办法,活着出去,就像甘泉先生说的,越磨难越纯粹。经过磨难的正气才是真正的浩然正气。"何景明把诗稿放在王阳明床头。

王阳明有些疑惑,不解地问道:"仲默,你们怎么能进来?"

何景明看着倪宗正,回答道:"本端兄叫我来的。本端兄神通广大,认识锦衣卫的有权人。"

倪宗正俯身下去,对王阳明说道:"伯安,安心养伤。锦衣卫的人,我根本不认识,我也犯不着认识这些人。有人托我、托我,给你捎话,我想着正好趁机会来看你。昨天只知道你受杖,不知道死活,不知道轻重。没想到这药真派上了用场。是我叫上甘泉先生和仲默兄弟的。"

王阳明疑惑地看着倪宗正。倪宗正继续说道:"伯安,他们让你写几篇诗文,就在诏狱内写,写好马上可以出去。他们说要登在最新的《邸报》上。我想问清楚,他们说,你自己知道。我为了进来看你,也没详细问。伯安,这是怎么回事?"

王阳明心里明白了,淡淡一笑,说道:"这是阉党在招降。"

倪宗正听了这话,紧张地问道:"国子监祭酒王云凤是阉党? 那怎么办?"

王阳明坚定地答道:"一片丹心在,生死何所惧! 此心通天地,光明耀日月。仁心不存邪,哪容一点尘。"王阳明吟诵完,轻轻笑了笑。

湛若水若有所悟,对倪宗正说道:"本端,我们难得有机会看看伯安。机会没有善恶,没有对错,你不要在意,他们有他们的目的,我们有我们的打算。泾渭分明,清者自清。我们光明正大,胸怀坦荡,正好有机会给伯安敷药治伤。这一切都是缘分,是天意。你放心,伯安不会怪罪你,伯安不会有事的。"

王阳明一直俯卧在床,现下,他抬起身子,扭头说:"本端,你放心吧! 我没事。过了生死这一关,天宽地阔,满心都是艳阳天。甘泉,你我心有灵犀,此心相通。谢谢你了! 仲默,回去,请你代我向大家致谢。"

第二十八章　贬谪贵州　七千里外

王阳明杖伤好利索时，监舍才又进来一位狱友。新狱友叫林富，字省吾，福建莆田人，弘治十五年进士，大理寺评事，比王阳明小三岁，他给王阳明带来了外面新的消息。

林富告诉王阳明："伯安兄，令尊到南京去了，吏部尚书，从京师吏部侍郎到南京尚书，也算升迁，是好事。"

王阳明没有惊喜，没有惊讶，很平淡地应道："南京闲职，是养老的。怕是受了我的牵连。"

林富说："有这样的传闻。根据先例，就比如刘阁老吧，在先帝爷当太子时，他是詹事府少詹事，后来升礼部侍郎，再到吏部侍郎，先帝爷登基后，马上入阁。令尊按这个路数，也是该入阁的。只是如今，文武百官，升迁荣辱，个个都要到石大人胡同拜码头，磕头不说，还要携金带银的。"一言及此，林富忽然压低声音道，"听说刘公公，念起和令尊同在东宫，一同侍候过太子，有这层关系，托人给令尊捎话，不要金银，只要登门一趟，认认石大人胡同这个门槛，马上可以入阁。不过这只是传说，不知道真假。估计令尊没去。"

王阳明松了一口气，说道："到南京，远离是非之地，未尝不是好事。"

林富苦笑了笑说道："令尊侍郎升尚书，这是个好消息！还有个坏消息。"林富见王阳明没啥反应，接着说道，"你们余姚人，一律不准留京做京官。"

王阳明闻言有些吃惊，他看着林富，期望林富继续说。林富说道："好像是因为去年举荐民间遗贤的事，你们浙江省举荐了四位，其中三位是你们余姚的。当时谢阁老还在，他们认为是谢阁老搞的鬼。这下一橹打翻一船人。"林富听到了王阳明轻轻的叹息声，对王阳明说："伯安兄，你们余姚进士做官的多，你们绍兴在京的也多。他们可能对此有些忌惮。"

王阳明起身走了几步，缓缓地做了几下深呼吸，之后，他拿起湛若水上次留下的赠诗，轻声吟诵道："皇天常无私，日月常盈亏。圣人常无为，万物常往来。何名为无为？自然无安排。勿忘与勿助，此中有天机。"

王阳明待心情平静，这才坐下，说："我们老家，耕地少，读书人多，做官人就多。读书明理，读书人多有啥好怕的。贵地读书人也不少，尊驾不是和令叔是同年进士吗？省吾，你是为啥进来的？"

林富叹了口气，说道："石大人胡同这帮人为了立威，把边境九个重镇的各个巡抚都御史和管粮郎中一股脑全逮回来了，枷在三法司门前示众三天。这么冷的天！在我们大理寺衙门门前，有人向我讨水喝，我给端了几碗热水。我呢，立场不稳，界限不清，执法枉法，包庇坏人。就这个罪名。"林富苦笑着。

王阳明赔着苦笑道："又是御史，还是不让说话。这次又多了些管军粮的，与钱有关。省吾，不让说话，我们说书吧。"

林富笑着说道："好呀！伯安兄，以前只读过你的诗文，现在能听你说书讲学，那简直是进诏狱的意外收获。讲什么？"

王阳明笑着说道："我们互相讲，互相听，既当学生，又当先生，一则消磨时光，二则探究一下命运的奥秘。圣人说过，思而不学则殆。我进来后，主要琢磨两件事，一是我要反省自己，检讨自己。以前，我每日三省；进来后，为了打发时间，每日十省。有时候检讨过去的荒唐事，心慌脸红，想躲闪过去，逃避过去后，脸不红了，心不慌了。过段时间，自己强迫自己再回忆同一件事，三番五次，磨自己的心,啥时候坦然接受了,悔而无疚了,才算过了关。"

林富不敢笑了,有些惭愧地说:"伯安兄,听你这么一说,我自惭形秽,真觉得都对不起自己这个名字。反省自己需要勇气。我勇气不够。"

王阳明不去看林富的脸,免得他尴尬,他眼睛看着手里的书卷,说道:"省吾,人同此心,我也时常这样。至诚不息,不扫掉心头上的尘土,尤其是多年积累的垃圾,心就诚不了。我不是好为人师,这话,我是说给我自己听的,如此我好捋捋思路,也加强一下认识。往往说着说着,心里嘴里会蹦出来新的想法,这就叫智慧的火花吧。你说人为啥会犯错?"

林富摇摇头表示不知,摇头后又试探着说:"万事皆因忙里错。没有考虑好呗。"

王阳明好像自言自语地说:"为啥会忙呢? 为啥没考虑好呢? 圣人到了知天命之年还后悔呢,还说要是我早早学通《易经》,该会少犯多少错误呀! 从这里可以得知,过去常说的,人非圣贤孰能无过,是不对头的,圣贤也照样有困惑,也照样会犯错误。省吾,你说,我们不小心翼翼能行吗?"

林富点点头,之后,又疑惑地问道:"小心翼翼只是个态度,要是目标错了,方向错了,再小心又有什么用呢?"

王阳明闻言若有所悟,只见他两掌一拍,拍在书本上,拍得书本啪啪响,他笑着说道:"省吾,你这句话说得太好了。这就是互讲互学的好处。我在这里琢磨的第二件事,就是研究《易经》,一个人闷着头琢磨,不如两个人互相启发。有时候《易经》倒能给人指指方向。刚进来时,我一是委屈,二是前途未明,有些坐立不安。省吾,你刚进来,是不是这样的心情?"

林富挠了挠后脑勺,不好意思地笑道:"是呀! 做不到宠辱不惊,做不到闲看庭前花开花落。只怪自己道行浅呀!"

王阳明理解地说:"按你这么说,我也是道行浅。我们倒是想看花开花落! 这诏狱,连荆棘也不长。要是心花怒放,心里就有花了!"王阳明又说:"我刚进

来时画了一卦,得个蒙卦,"王阳明指头在地上画着六爻,"上艮
下坎,上山下水,要前进,前头有山横着,想后退,后面是不知深浅
的水,很困顿。这是刚进来时的心情。后来得个遁卦,那天在午
门受刑,眼睁睁地看着排在前面的几位难友,一个个杖下被夺命,
我对《易经》很失望,既然是个遁卦,却又双脚踏到了鬼门关的门槛上。结果,省
吾,你看,我还是从鬼门关逃出来了。"

蒙卦

林富惊奇地望着王阳明说道:"《易经》号称'五经'之首,看来是有道理的。"

王阳明点着头说道:"文字确然十分精妙,要我说,最妙的是八个字。"王阳
明在书本上翻找着。

林富好奇地问道:"哪八个字?"

王阳明指着书本说道:"乾、坤、震、艮、离、坎、兑、巽,八八六十四,千变万化,
包罗万象,天地万物,人我你他,无不涵盖。"

林富好奇地问:"伯安兄,遁卦既然应在了午门受刑逃离了死亡,是不是意味
着,你能顺利地逃出诏狱?"

王阳明默然了,他疑惑地盯着监舍的门,缓缓地摇了摇头,轻声说道:"不知
道!"王阳明心里在想,我不愿意投顺,不愿意给刘瑾写赞美诗,这命运恐怕相当
莫测。刘瑾能一手遮天吗? 王阳明一念及此,心下有些凄然,随他去吧! 王阳明
再次吟诵起了湛若水的赠诗。

直降六级　贬谪荒原

监舍的门被从外面推开了,两个狱卒,一前一后,一个提溜着一大串钥匙,把
在门外,一个手捧一纸公文,进到门里。狱卒进门恭喜道:"王大人,王老爷,小人
给您道喜了,恭喜您! 您该出去了。"

王阳明听到狱卒口称道喜,心里有些疑惑。按照惯例,钦犯得罪了圣上,向

上升的少，少到微乎其微，向下沉的多，沉得深的沉到了地狱，就像戴铣和蒋钦他们，沉得浅的，或者削职为民，回家做个老百姓，或者贬官为吏，能保住乌纱帽的话，顶多是发配到县里做个见官磕头的县丞。这狱卒口里的大人，能有多大？二品尚书是大人，从九品驿丞也是大人。林富听到狱卒口称"王大人""王老爷"，很为王阳明高兴，他脸上挂着笑，口中祝贺道："伯安兄，你的遁卦又应验了！"

狱卒见林富喜笑颜开，欲言又止，对着王阳明，他带着有些同情的神色，递过公文，说道："王大人，这次去的路远，快办手续吧。"

王阳明接过来公文细看，新任命是兵部武选司的，自己被贬斥到了贵州龙场驿，做从九品驿丞。正六品主事，一下子被打落六个台阶。官大官小，还在其次，贵州荒蛮之地，远在天边。王阳明被打击得头有些蒙，身子一晃，手一哆嗦，手里的公文差点飘落地上。

狱卒见王阳明身子摇晃，试探性地伸出两手，想要扶持，又见王阳明并未被击垮，他摇了摇头，叹了口气，逃也似的转身出了监舍的门。

林富脸上的笑退去了，吃惊地问道："伯安兄，怎么了？出啥事了？"

王阳明有些自责和惭愧，还是功夫不成熟！前几天还自吹生死无惧呢，眼下一个贵州荒原就让自己的方寸大乱。大丈夫，死就慷慨赴死，活着，就别怕苦，刚才还读湛若水的诗呢，"圣人常无为"，自己不是一直在孜孜以求、亦步亦趋，在学圣贤做圣贤吗？湛若水常说"天地我一体，宇宙本同家"，这还用湛若水说吗？自己不也有过这个境界吗？贵州再远，还能远到天外去吗？龙场驿再荒蛮，能比死还恐怖吗？自己不是生死无畏吗？王阳明再次做了几下深呼吸，待内心的激荡平息，他缓缓地呼出心底的惊乱之气，平静地对林富说道："没什么，被贬到了贵州，从九品驿丞，"王阳明苦笑着又说道，"这是天下最小的大人了！"

林富愣怔住了，苦笑着说道："贵州，十万八千里，荒蛮之地，还不如削职为民呢。起码还能安心读读书。"

王阳明沉吟了一下，像是在自言自语地说："逃遁？读书？读书！隐士？"

林富听到王阳明再次说起了他一直念念不忘的遁卦,便问:"怎么?伯安兄,你打算逃遁到贵州去读书做隐士?"

王阳明喃喃道:"我在兵部,知道贵州这个地方,远在西南,离京师七千六百多里,这是直线距离。要绕道运河,再转长江,走湖广,怕在万里之外。要读书,要做隐士,到处都有终南山,何必跋山涉水到贵州?"

林富疑惑不解地问道:"伯安兄,这么说,你打算,你……"

王阳明心想,与其跋涉上万里,去野狼窝里做什么从九品小官,不如回家当老百姓;要做隐士,要读书,会稽山阳明洞天,正在虚洞以待。无拘无束的洞主,无忧无虑的神仙,读读书,学学道,那是自己以前多少次梦里的向往。对重游阳明洞天,他总是心驰神往,就是脚步难移,说来说去,割舍不下经天纬地、安邦定国的志向,一心想辅助明君,如今好了,自己决心难下,说不上是糊涂的君主还是明白的君主,替自己下了决心,脱靴挂冠,无牵无挂,到山中去吧。

前途未明时,往往心中忐忑不安,如今主意已定,目标明确,反倒心中坦然。王阳明心中坦然,脸上安然,他笑眯眯地对林富说:"省吾,生死有命,人各有志,人算不如天算,看来庙堂圣贤难做,干脆去做山中圣贤。"

第二十九章　疑兵迷阵　钱塘脱险

　　正德二年,闰正月。二月里,运河已经开冻,可以行船了。大批滞留在通州过冬的南方运粮船,成群结队地南下。圣朝经济中心在东南,偌大个京师,吃喝拉撒用的,如粮食、布匹、油盐、果蔬,甚至锅碗瓢勺,都要靠这些漕船从南方装运过来。北上进贡的船,负重满载,南下的船则空空荡荡。空船经不得大风,捎些人客,总比搬石头压仓合算。

　　王阳明夫妻二人,带着一个丫鬟,租了一艘运粮船的一个舱间。两个男仆人,一个叫王祥,一个叫王金,都是余姚老家人。这帮运粮船是浙江省运军的,总共十艘船,都是标准的运粮大船,每船载重四百石。船队由一个百户级别的总旗负责,每艘船上有九个军人,由一名小旗指挥。船上的规矩,每到一个码头,除了总旗和小旗,军卒不得私自上岸。本乡本土,一口乡音,听着乡音,很是亲切的。互相照应,安全可靠。

　　太阳已经偏西了,王阳明在船舱里翻看着朋友们的送别诗,心中有些忧伤。今天一大早,朋友们聚集在朝阳门外的接送亭,吟诗,洒酒,有的红眼圈,有的涕泪流,连湛若水,这位知己,他虽送别诗写得很洒脱,送别话说得也很平静,但也是眼泪止不住。是呀,自己想一想,万里之外,山水阻隔,荒蛮之地,一去上万里,一别数年。加之自己究竟有没有归期还说不定,别说好朋友分别了,就是自己,一想到要去这么个遥远的未知之地，心中也会升起一股战栗。

因为有心理准备，与众友分别时自己一直平心静气，一直没有流泪，可现在一看到这些诗句，怎么竟会不争气地落泪呢？王阳明用手帕搌了搌眼角。

这个动作被诸翠发觉了。诸翠一直关注着丈夫，他心里苦，不能说，不能表露出来，自己既然不能替丈夫排忧解难，起码不能让丈夫替自己担心。作为女人，一直怀不上一男半女，是自己太笨了。丈夫现在已是中年人了，鬓角都长出白发了，有福人他这个年龄已经当爷爷了。诸翠一直没有开怀的身子还像当姑娘时一样苗条，只是在她瘦削的脸上，鱼尾纹已经爬上了眼角，她的眼神中藏着一丝化解不开的忧郁。这种心里的苦，不是喝甘草水能治好的，这段时间又苦上加苦，丈夫入狱了，好不容易把他盼出狱了，一家人又要被流放到天边去了。天边就天边吧，自己会跟了他去陪着他，给他当个知冷知热、铺床叠被、端茶倒水的人。在丈夫跟前，以前装坚强，担心丈夫愁上加愁，现在丈夫自己流泪了，诸翠憋了一路的眼泪哗就下来了。

王阳明拭罢眼角的泪，发觉妻子在耸着肩膀抽噎，有些自责，自责自己还是不够强大，竟然当着妻子面流泪，让这个一直跟着自己担惊受怕的女人流泪。保护女人是男人的职责，自己不是一直心存挥兵疆场、保家卫国的志向吗？怎么连自己身边的女人都保护不了？这个女人十几岁就跟了自己，十多年来，两人一直没有一男半女。当不了娘的女人心里苦，就像自己空有一腔热血，一心想辅助明主，总是漫野地烤火一面热，委屈呀！自己委屈也就算了，不能再给自己女人增添委屈。王阳明接过来丫鬟递上的茶水，笑着转给诸翠，说道："倪本端到底是咱家从小的邻居，他了解我，他知道再大的困难挫折也打不倒我。你看，他有三首送行诗。"王阳明挑出倪宗正的三首诗，对诸翠说道："你听听，这首《送王伯安》，'形容何落落，意气复依依。远道琴为伴，清时剑有辉'，他是真了解我。娘子，你不用担心我，一琴一剑，就当是你陪在我身边了。"诸翠擦干眼角的泪花，不愿意丈夫看到自己的红眼睛，她低着头说道："相公，我要陪你去，患难夫妻，应该同甘共苦、生死与共。"

王阳明笑了笑说道："你莫非是想跟着我游山玩水？你听听倪本端咋说我的，这首《送王阳明谪官》'此去逍遥历九州，山水与君真有分'。你知道，我生来喜欢山水自在，只是从来没有游历过远处的山水，这次是圣上恩典。"诸翠闻言，再次抑制不住情绪，抽噎起来。王阳明拍了拍诸翠的肩膀，扭脸吩咐丫鬟道："照顾好少奶奶，我出去透透风。"说完他走出了舱门。

山东临清是个大码头，卫河在这里与运河交汇，临清成了一个商品集散地。南来北往的大小船只都要在这里停靠，或者装卸货物，或者补充给养。

王阳明手扶在船帮上，眺望着码头上的一派繁忙景象，熙熙攘攘的人流，红男绿女，老爷仆妇，老老少少，挑担的，推车的，叫卖的，询价的，各色人等，一片嘈杂；形形色色的货流，上船的牛羊，下船的猪，人扛的花布，驴驮的瓷碗，百货万品，热热闹闹；乌压压的船群，大船小船，万船云集。这是一个流淌着欲望的世界，这是一个真实的滚滚红尘，这是一个鲜活的世界，这是一个丰富的世界，这是一个有哭有笑有喜有悲的世界，这是一个有善有恶的世界。这样一个世界，在乐观的人眼里，是人间天堂；在悲观者心中，可能是人间地狱。在王阳明眼里，这是一个安详和谐的世界。他的心静静的，他好像在观察着这一切，他好像在欣赏着这一切，他似看非看，他只是那样站着。他没有去细看这个花花绿绿的大千世界，哪个男的胖，哪个女的俏，这与他有什么关系？既然没有关系，何必动细看的心思。这一切确实与他无关。他的心好像很迟钝。为什么迟钝？因为与自己无关。他的心却又是细密的，因为心静，所以敏感。周围和谐愉悦的气氛，能感染他，而身边异样的、邪恶的气氛，王阳明也能够很敏锐地捕捉到。就比如岸上那两个人，他们鬼鬼祟祟地，不时往自己身上打量，虽然装得若无其事似的，但是眼神异样，自己和他们对视的一瞬间，能觉察到他们眼神的戾气和邪性。这两个人，一高一矮，高的瘦，瘦得精干，矮的胖，胖得壮实。两人走路干净利索，虎虎生风,眼神犀利,隐露寒光。不用问,这都是练过多年拳脚的人。临清码头,自己虽然多次路过,却从未下过船上过岸,既没有恩人也没有仇人,这会是谁呢?不管是谁,一定是对自己心怀恶意的人。会是刘瑾阉党他们?看他们对待戴铣和蒋钦那恶毒残酷的手段,真是无所不用其极。自己并没有像蒋钦那样指名道姓地骂他们呀。是不是因为自己没有投顺他们,没有给他们写赞美诗?有可能!人不招惹狼,狼也是要害人的。这是豺狼的本性。害人之心不可有,防人之心不可无,出门在外,小心为上。

假善真恶的人也不少,有时候还让人眼花缭乱,真假难辨。那是离得太远,如果离得近,从眼神中,从神色上,不经意间,也许一瞬间,也许就一个眼神,就会原形毕露。伪装的总不是自然的,伪装得了一时,伪装不了每一个瞬间。看看,连王祥也发觉了异样。站在王阳明身边的王祥,指点着岸上那两个人,对王阳明小声说道:"老爹,那两个人看你的眼神不对,鬼鬼祟祟,不像好人!"

岸上的瘦子发觉船上的王祥对自己指指戳戳,他扯了扯胖子的衣襟,两个人赶紧装作若无其事的样子,离开了。

王阳明望着两个人的背影,对王祥说:"王祥,出门在外,心细是对的。不过也不要疑神疑鬼,哪儿那么多坏人!这前船后船,百十号浙江军人。不要怕!你和王金,看护好你大娘。不要跟她们说这种事,免得她们无谓地担惊受怕。小心提防着这两个人。"

王阳明心里已经有防备。每到码头,稍一留心,就能察觉到这两个幽灵的影子和那邪性的眼神,尽管他们比在临清码头躲得离船更远、更隐蔽。王阳明清楚,这是来者不善。好在是运军船,又成群结队,一路上倒也相安无事。

二月底三月初,船过长江,王阳明改变了送诸翠去南京的计划,决定顺着运河,一家人一起下浙江。不能把坏人引到南京去,给父亲添麻烦。

三月下旬,船到杭州。王阳明想,该下船了,运军的保护不能指望了,得靠自己了。必须在杭州甩开他们,绝对不能把他们引到余姚去。好在他们的目标只是自己,只有靠自己引开他们了。

在船上,王阳明对诸翠说了自己的打算:"娘子,王金送你们先回余姚,王祥跟着我在杭州再办些事。这也方便,运河连运河,到了码头,直接上绍兴的客船。一下船,我就送你们上绍兴的船,你们快些回去,免得奶奶挂念。"

送走诸翠三人,已经中午了,王阳明和王祥来到钱塘江边码头旁边的一座饭店,饭店名叫观澜楼,两人直接被酒保领到二楼雅间。王阳明点好饭菜,两荤两素,一份西湖醋鱼,一份西湖狮子头,一份油焖春笋,一份干煸梅豆角,一笼包子,一盆江米甜酒,一壶黄酒,两碗白饭。店小二送来小菜、点心、茶水,让客人消磨时间。王阳明走到窗前,往外观察着江边的风景,哪里是树林,哪里是芦苇荡,哪里有泊船,他在心里筹划如何逃脱。菜饭上桌,王阳明已经成竹在胸,他吩咐王祥:"王祥,我们一路上吃喝都是对付着过来的,你也辛苦了。不要着急,存住气,好好吃一顿。我们在这儿好好歇歇脚。傍晚我们去江边看风景。吃饱喝好,如此一来,需要逃的时候,跑起来才有劲。如果我们走散了,明天中午以前找不见我,你就直接回余姚。"

王阳明主仆进了观澜楼,从京师一直跟踪到杭州的两位锦衣卫探子,也鬼头鬼脑地进了饭店一楼,在靠门边的桌子就座。两位探子一身便服,身穿青布曳撒,腰系小皂绦,头上戴着圆帽,脚穿白皮靴,完全一副外地游客的装扮。高个儿的瘦子叫殷计,矮个儿的胖子叫沈玉,都三十来岁。

店小二弓着背,殷勤地侍候着点菜:"两位客官,想吃点啥?"胖子谄笑着看了一眼瘦子,吩咐店小二道:"报报你们的看家菜。"店小二一脸巴结地说:"听口音,客官是北方来的。咱这是杭帮菜老店,总店在西湖边上,这是分店,都是清一色的西湖名菜,您请听好了!西湖名菜三十六,咱家酒店样样有,个个都是拿手菜,色香味道惹人醉,一顿享用了咱的菜,保管您,回到家里想杭州。"胖子不耐烦地催促道:"快报菜,爷儿们喜欢实在的,说这些虚头巴脑的,不当吃不当喝。"店小二忙鸡啄米似的点着头:"客官说得对,您看我这张嘴,真是啰唆,抱歉抱歉!

您请听好了：先报鱼，咱西湖好水养好鱼，吃鱼请您一定要点西湖醋鱼……"

胖子听得流着口水，讨好地笑着对瘦子说道："殷哥，啧啧啧！听听！上有天堂下有苏杭，杭州可是鱼米之乡，这杭州菜，别说吃了，听着就是一种享受。咱兄弟俩这嘴亏屈了一路了，都淡出个鸟，今儿个好好弄几个好菜。"胖子扭脸问店小二道："有啥本地好酒？"店小二一躬身答道："客官爷，您算是问到家了，咱家真有好酒！西湖米酒，杭州女儿红，坛坛香醇！"胖子空嚼着嘴巴，眼巴巴地笑看着瘦子，乞求道："殷哥！你看……"

瘦子沉着脸，指着旁边桌子，吩咐道："就要那桌上客人吃的，两碗凉面，两个大饼，一壶好茶！"店小二闻言十分失落。他脚步磨蹭着、眼神乞求着，不想离去。瘦子催促道："去吧，去吧，快点上来，我们还有事呢。"等店小二离开后，瘦子回头低声安慰胖子："胖子，我们辛苦了一路。一路上，是这帮运军碍手碍脚。好在运军不能陪着他一辈子。眼下他是个落单的大雁，好戏马上开演，等天黑夜静，瞅个机会，"瘦子手掌做刀，砍着桌面，"唱完戏，我们兄弟好好游西湖，吃好菜，喝好酒，潇洒几天。说不定还得谢谢他老倌儿呢，要不，我们兄弟咋有机会来这人间天堂呀。"

楼上，王阳明和王祥吃饱喝足，一直在闭目养神；楼下，瘦子和胖子不时地偷眼瞅着楼梯，茶水喝了一壶又一壶，把个肚子涮了一遍又一遍，涮得肚子咕咕叫，又不敢再点饭菜，总得提防着楼上的人会突然下来。把个胖子急得坐立不安，几次要冲上楼去，探个究竟。还是瘦子沉得住气，他瞪着胖子，小声呵斥道："怕什么，前后就这一个门，还怕他长翅膀飞了不成。喝茶！"

酒保一趟又一趟地往门里探看，一次比一次不耐烦。看看太阳快要落了，王阳明吩咐酒保撤去杯盘碗盏，端上笔墨纸砚。王祥研磨，王阳明展纸落笔，蝇头小楷，刷刷刷，写就两首小诗，分别是：

绝命诗一

序：获罪于圣上，遗羞于家门，谪途万里外，冤屈方寸间，身骨抛钱塘，追随屈子去。

学道无成岁月虚，天乎致此意何如。

身曾许国惭无补，死不忘亲恨有余。

自信孤忠悬日月，岂论遗骨葬江鱼。

百年臣子悲何极，夜听涛声泣子胥。

绝命诗二

敢将世道一身担，显被生刑万死甘。

满腹文章方有用，百年臣子独无惭。

涓流归海今真见，片雪填沟旧亦谈。

昔代衣冠谁上品，状元门第好奇男。

大明正德二年余姚王守仁绝笔于钱塘江畔

站在一旁，看着王阳明写的诗，王祥眼圈红了，他两手撑在桌面上，抽噎着劝慰道："老爹，这是为啥呀？咱大狱里遭罪都挺过来了，打也挨了，不都过来了吗？这眼看着就到家了，咋能寻这个短见呢？"

王阳明把两首诗分叠成两份，平静地安慰王祥道："王祥，这个世道，假作真时真亦假，坏人骗好人，欺侮好人，好人就要老实巴交地任人宰割吗？诚实是对好人说的。放心吧，吉人自有天相。两个小坏蛋。"王阳明叠着诗稿的两手中翘起了两个小指头，"小鱼翻不起大浪，小虾米只有啃泥巴的本事。不会有事的，我水性好，淹不死人。一会儿到了江边，按我说的去做。记住！明天中午前找不到我，也不要为我担心，你就回余姚。好了，我们该走了。天黑好走路。"

王阳明主仆歇足歇够，下了楼。

楼下瘦子和胖子，两人轮流，一人闭目养神，一人监视着楼梯。这时正好胖子值班,他偷眼望向楼梯,见王阳明下楼,他心里一惊,呼地离座,要站起来时,意识到自己的慌乱,这才稳住神,重又落座,在桌下伸脚,踢了踢瘦子,瘦子马上惊醒。王阳明已经走到桌前,他笑眯眯地,对瘦子和胖子,轻轻点了点头,好像自言自语又好像是对他们说:"辛苦一路了。你们也该回去交差了。"王阳明主仆刚迈步出门,胖子忽地一下站了起来,瘦子摇了摇头,止住胖子的冲动。胖子手指着门槛外面,只见王阳明的袖口里飘落一张叠着的纸片。

等王阳明稍稍走远些,瘦子、胖子紧步过去,胖子蹲下身子,拾起纸片,展开递给瘦子,嘴里问道:"殷哥,写的是啥?"瘦子心里有些吃惊,嘴里念叨着:"是绝命诗!"胖子问:"啥意思?"瘦子盯着前面的王阳明主仆,说:"胖子,你知道,你哥我识字也就那几个。不过,这个我能看得懂。读书人穷讲究,临死也要写几句诗,好显摆自己认识几个字。"

胖子问道:"怎么? 他知道自己要死了?"瘦子不满意地说:"胖子,就你那个冒失样,脸上都写着呢。读书人认得字。"

胖子摸着自己的脸,吃惊道:"他知道,我们要……要做了他?"

瘦子看着胖子,示意他跟上去:"他要跳江,看样子是想留个全尸。"

瘦子和胖子跟在后面,胖子嘴里叨叨着:"他小瞧咱哥儿们。咱这活,一向干净利索,心窝一刀。与人没有深仇大恨,犯得着砍人脑袋吗? 上次,在临清驿站,做老太监那个活办得多干净啊,听说那人过去是宫里的大太监,最大的太监,叫王岳,他得罪了宫里现在的大太监。"

瘦子扯了一把胖子,催促道:"别啰唆,快跟丢了。一会儿天黑,别找不到人。"

胖子加快着步伐,嘴里还在说:"殷哥,他这要跳江,算不算咱哥儿俩的活。"

瘦子疾步走着,回答道:"不是我们在后边逼着,谁愿意跳江呀。他是真跳还是假跳,我们得眼见为实呀。江湖上讲个'诚信'二字,不能让他坏了我们的名声。这两年宫里的活多了去了,有名声,钱好赚。"

王阳明主仆已经下到了江边,天色渐渐暗了下来,已是黄昏了。前方远处江边停泊的渔船和江中的渔船,已经燃起了一点点、一簇簇的灯火。王阳明主仆来到了岸边的一片树林旁,前方是密集的岸边渔火,船多人众。王阳明留心着岸边的大小石块,选准地点,他从王祥身上的包袱里掏出来换洗用的衣袍、鞋袜,对王祥说道:"我抱着石头好潜水,你往前跑,听到我投水的声音,你只管大声喊救人。按说好的办。跑吧!"王阳明看着王祥往前跑,自己把衣袍和鞋袜丢在岸边,随手搬起大石头,扔到了江中。随着扑通一声响,王阳明一头钻进了乌黑一片的树林中;王祥听到扑通声,奔跑着,大喊着:"救人呀,有人跳江了! 救人呀! 有人跳江了! 救人呀!"一边喊,他一边朝着前面渔船密集的地方跑去。

瘦子和胖子,两个锦衣卫刀客,跟在王阳明主仆身后,虽然双方心照不宣,但他们不能光明正大,不敢跟得太紧,心里拿不定主意,是瞅准机会趁着天黑人少,自己动手做了他呢,还是像猎人设陷阱一样,只在后面驱赶,让猎物自己往陷阱里跳? 盗亦有道,能不动手,能刀不血刃,就能把活做了,那要比祖师爷荆轲还要有能耐,也落得自己身后少一个厉鬼纠缠自己。敢得罪太监的人,多半是得罪了皇上,听说这人写文章骂太监,批评皇上,不是为了钱,也不是为了升官,都是为了一个义字。好吧,算你跳江而死。纵使你不跳江,谅你也跑不到天边去,你去贵州,只要有大价钱,咱跟着你,路上再找机会。现在这样,就省得咱哥儿们动手了。皇帝还讲究个春天不动刀,都要留到秋后问斩呢。

瘦子和胖子深一脚浅一脚,只见前面影影绰绰,像人又像鬼,心里拿不定主意,是快跑几步跟上去呢,还是就这样……听到前面扑通一声,胖子一惊,喊出了声:"读书人说话算数,还真自己跳了?"

瘦子甩了甩头,甩掉心头的胡思乱想,侧着耳朵细听,嘴里自言自语道:"真跳了! 这是……"话没说完,只听前方传来了喊救人的呼救声。

这练武干啥来着? 这身武艺干啥来着? 听到呼救声,瘦子扯了一把胖子,向前方跑去,两个人深一脚浅一脚,跟跟跄跄。跑着跑着,胖子扑通一声,被绊倒了。他摸摸脚下,是团衣物。

瘦子跑在了后边，他是奔着这个扑通声音跑过来的，跑近了，就放慢脚步，搜寻着江水里的动静；胖子是奔着前面的呼救声去的，所以跑过了。胖子摸索到了衣服、鞋子、袜子，嘴里喊道："从这里跳的，从这里跳的。这是衣裳，还有鞋子、袜子。临死还把衣裳、鞋子、袜子脱了。真他娘一个小气鬼！"胖子摸索着，喊道："好像也有一沓纸呀。"

瘦子自言自语道："这黑灯瞎火的，是真跳还是假跳呀。别像老家那个谁谁，他娘的进宫当太监了，裤裆里还留着一个蛋子，糊弄皇上。就是真跳，是不是他呀？会不会正好赶上另一个淹死鬼呢？"

顺着岸边，从东边向这里飘过来十来支火把，只听有人喘着粗气喊道："还远吗？到底从哪儿跳的？"只听王祥喊道："就在前边，快到了！"

十几个渔民上气不接下气地赶到了响过扑通声的地方。瘦子和胖子正在原地徘徊，既听不到水里的动静，也看不清纸片上的内容。看到来了一群人，胖子吓了一跳，小声对瘦子说道："哥，咱咋办？跑吧，别让人赖上是咱俩把人逼跳江的。可别偷鸡不成蚀把米，把咱自家搭进去了。"瘦子扯了一把胖子，小声吩咐道："强龙不压地头蛇，好汉不吃眼前亏。抱好衣裳，拿好纸片。将来是个交差的见证。我们躲一边看看。"瘦子和胖子转身躲进了树林。

王祥站在岸边，一手挠着后脑勺，喊道："好像就是这里，对，就是这里，我还被这个高埂绊了一跤，差点摔倒。"王祥说着，扯着哭腔，对着江面喊道："老爹！老爹！余姚的王守仁老爹！你听得到吗？有人来救你了！老爹，你不用怕了！有好多人呢！还有咱余姚的船，有咱余姚的人。"

几个人下到了江水边，举着火把，大声问道："你真是余姚的吗？这得划船过来，要下水打捞。"岸上有人问道："你不是说有俩坏人攥着逼你们吗？在哪儿？好好搜搜！不能就这样白白把好人逼跳江。"

瘦子和胖子大气不敢出，蹑手蹑脚地走了。

王阳明没有机会看到这一切，他已经潜进杭州城了。

第三十章　避祸逃难　巧遇贵人

　　早在观澜楼饭店，王阳明就打定主意，杭州毕竟是自家地界，街道地形，自己了然于胸，方言风土，耳熟能详。这两个北方人，人生地不熟，要甩掉这样的尾巴，到西湖游逛半天，或者就近钻几条里弄，保管他们晕头转向。反正他们做贼心虚，谅他们也不敢明砍。眼前可以摆脱他们，之后呢？他们会善罢甘休？他们会不会去余姚？那不是给家里招祸吗？他们会不会去南京？那不是给父亲添麻烦吗？最好的办法，一死百了。自己何罪之有？为了刘瑾几个跳梁小丑，牺牲自己，这样的牺牲不值当。

　　既不想牺牲，又要斩断后患，怎么办？智者千虑，计备三策，第一策，就是刚刚实行的，既迷惑了他们，又摆脱了他们。好在没有用到中策和下策，用不到不可惜，不能不多动脑子，不能不宽备窄用。上策失利的话，可以向渔船密集停泊的岸边跑，边跑边呼救，虽然有失读书人的稳重和优雅，可稳重和优雅真没有生命重要；中策再失利的话，那只好动用下策了，就是直接跳江，这可是真跳江，弄假成真了，虽有淹死或者被船撞死的风险，毕竟还有活下来的希望。目前看，虽然进展顺利，戏还没有唱完。下一步怎么办？那要看这两个家伙怎么办。

　　在饭店时，王阳明已经预估了这两个家伙可能的行动，第一种可能，他们被迷惑了，但是死不见尸活不见人，他们将信将疑，晚上黑灯瞎火，根本没指望弄明白，第二天白天他们会再去打听调查，那又有什么用，前天晚上的江水已经流到东海去了，自然调查不出来个所以然；之后他们会在码头暗中搜寻，以防我王阳明坐船走运河回余姚，一无所获后，他们会在杭州搜索个十天半月，所以杭州不可久留；还有一种可能，他们直接去余姚，去打听，去窥视。这一着已经防备在先，这就是没有让王祥知道跳江实情的原因。现在接着走下步棋，针对以上种种可能，余姚不能回，绍兴会稽山阳明洞天不能藏，杭州不能待，最保险的方向是向北，这绝对出乎大家的预料。

俗话说，没有脑子的人，只埋头走路，不抬头看路；有脑子的人，走一步看一步；聪明人，走一步看两步；要说智慧，走一步，至少要看三步。看得远，可供选择的路就多，不至于事到临头，只有一座独木桥，战战兢兢，甚至无路可走。不管看几步，都要踏实地走好脚下这一步。眼下怎么走？

事不宜迟，既然杭州不可久留，就不能留恋，向北可去湖州，可去嘉兴，这都是浙江界内，自己还比较熟悉。如果风声紧的话，再往北，到吴县去，那儿有同年都穆可以投靠，弘治十六年自己曾经造访过那里，都家老太爷豫轩先生年高德厚，前年八十大寿时，随着儿子被恩封为六品主事，自己还曾为他敬献过受封贺文。

王阳明在一条河街，从容地上了一艘乌篷船，去北新关码头。北新关有夜行船，只要先离开杭州，湖州、德清甚至乌镇、嘉兴，去哪儿都行。在北新关码头，他正好赶上去嘉兴的夜行船。夜行船分两层，底层是男人，上层是女客。随着夜行船起锚，王阳明长长地舒了一口气，奔波了半天半夜，是非之地马上要被扔在身后了，他这才感觉到脑困腿乏，应该，也可以放心地睡上一觉了。

船舱内是一个小江湖，四面八方、各色人等，会集在这个小小的空间内，天南海北、道听途说的江湖新闻在这里交流碰撞，有身份的男人慢条斯理地一句一个之乎者也，跑惯江湖的人在旁若无人地高谈阔论，整天为生计奔波的靠体力换饭吃的人，早早就扯起了雷鸣般的鼾声。船舱内，脚臭味、汗臭味、烟臭味，众味杂陈。王阳明一只耳朵已经进入了梦乡,一只耳朵还留在梦外,留在梦外的这只耳朵飘进了自己熟悉的名字,只听一个江湖人士说道:"兄弟,听说了吗?朝廷出大事了!我一个兄弟,他大舅哥的小舅子,吃衙门饭,这消息是板上钉钉,实打实的。"旁边一个声音催促道:"老哥,快说说,多大的事呀?"被称为老哥的说道:"万岁爷出了个皇榜,是个奸臣榜,一大串奸臣,想不到官老爷中也有这么多坏人,一窝端出来五十三个奸臣。"旁边的声音好奇地问道:"这么多奸臣呀!有没有咱听说过名字的大奸臣?是不是像秦桧一样陷害忠良?""不陷害忠良能叫奸臣吗?领头的是原来的阁老,河南的刘阁老。知道吗?第二是咱浙江人,姓谢的阁老。""啊!咱浙江也出大奸臣了?""有大奸臣,也有小奸臣,有个叫王守仁的,也是。"正在迷糊的王阳明听到有人叫自己的名字,条件反射地答应了一声。随着这一声,王阳明清醒了。接着耳边传来两声威严的干咳声,接下来是大声地呵斥:"闭嘴!无知小民,休得胡言乱语!"说这话的是刚才说之乎者也的读书人,"你知道什么是奸臣忠臣?老实坐船,休再胡说!"刚才最早发布奸臣消息的人腾地起身,气势汹汹地咆哮道:"谁他妈吃饱撑的,敢管老子?!也不打听打听。""放肆!这是咱吴中范秀才,范老爷。"说话的是与读书人一起的一个人,这声音很有震慑力。"小的该死!小的胡说八道!请秀才老爷息怒!小的这就闭嘴!"黑暗中的范秀才再次干咳了两声,冲突结束。

王阳明心里感激范秀才,他心里想,无风不起浪,奸臣榜的传闻应该不是胡说八道。好在,至少船舱里,没有谁知道,奸臣榜中的在册之人,就在他们身边。这一夜是可以安生睡觉的。

船到嘉兴,王阳明登岸就发现,码头上已经张挂了五十三奸臣榜。原内阁首辅刘健和谢迁领首,接下来是原户部尚书韩文、原工部尚书杨守随、原都察院左都御史张敷华、原南京兵部尚书林瀚,再有京师和南京得罪刘瑾的给事中和御史……虽然名单密密麻麻,自己的名字还是被自己一下找到。看到自己的名字,王阳明脑袋有些蒙,稳了稳神,他叹了口气:唉!这啥世道呀!黑白颠倒,是非不分。王阳明叹着气,心里判断着,嘉兴也不见得是安全之地,自己虽有些文名,但眼下名声不是护身符,而是会暴露身份的标签,年轻时刚刚有了举人头衔,就不知道天高地厚地给人诗集作序、给人升官贺喜、给人远行写诗送别、给人家抄宗谱写前言做后记;一个浙江省,同年举人有八九十人,人心隔肚皮,不是人人都跟昨夜船上遇到的那位范秀才一样,火眼金睛,能够分辨清楚忠奸善恶。浙江熟人多,要躲要藏,最好离开浙江。王阳明没有走出嘉兴码头,便直接搭上了去苏州的运河航船。

同年进士都穆的家在苏州南濠里。都穆字玄敬,以地名为号,号南濠子,比王阳明大十四岁,任工部主事。王阳明来到南濠里,这里的街道与四年前相比有了变化,他一时迷路,困顿中他看到前面有四个人,像是两主两仆,其中两位是秀才打扮的书生,于是就紧走几步,赶到前面,双手一拱,问道:"两位相公,请问……"没等王阳明问出话来,便听一个秀才惊异道:"我们与兄台真是有缘。"王阳明抬眼一看,这是从杭州到嘉兴,从嘉兴到苏州,一路上同船的船友,他心里的好感立即变成了脸上的笑容,马上再次拱手,笑着说道:"真是幸会!咱们竟得一路相伴的缘分。你们这是要去哪里?"

旁边一位秀才回答道:"我们是学友,范兄台是武进人,以前曾游学于南濠子先生的门下。这次我们路过姑苏,利用换船等船的时间,特来登门拜访,看望一下故旧。"

王阳明问:"范先生,这位兄台是?"范秀才答道:"这是朱秀才,福建崇安人。我们一起游学,从武夷山,结伴到杭州万松书院。兄台是?"

王阳明稍一沉吟,不打算隐瞒身份,自我介绍道:"鄙人余姚王守仁,来拜访南濠子。"

对范秀才,"王守仁"这三个字,如雷贯耳。他在万松书院游学时,听人说过,知道王先生是个正派的读书人,王先生还曾在万松书院讲过《礼记》。范秀才在杭州镇守太监衙前公告栏见过奸臣榜,也见过这个名字,现在闻言,不由心头一震,一瞬间露出了惊讶的神色,继而很快心生感佩,眼前这个人现在名列奸臣榜,对素昧平生的路人,竟然不隐不讳,这该是多么坦诚、多么光明磊落呀。范秀才对时事已有所了解,明白现在的奸臣榜正好可以反着读。范秀才三十多岁,当过都穆的学生,今天见到都穆的同年进士,自然要用对先生的礼节,于是他对着王阳明深深作了一个揖,敬佩地说道:"王先生,学生范思哲,是南濠子先生的学生。我们太老师,就是豫轩老太爷,前年八十大寿上,收到的那些贺词、贺诗、贺联和贺文,是由我们和先生一起编辑成册的。学生拜读过您的贺文。今日得见先生本人,万分荣幸。"王阳明闻言心里很欣慰,他欣慰地点着头,欣慰地看着范思哲。范思哲继续说道:"王先生,南濠子先生在京师未回。您这次来?"范秀才用探询的眼光注视着王阳明。王阳明眼神中有些失落。范思哲注意到了王阳明眼中的失落,心里明白了王阳明的处境,就试探似的问道:"王先生,学生家在武进,算是个大族。"旁边朱秀才插话介绍道:"范兄台祖上是大宋范文正公,积善之家,家学源远流长。一句'先天下之忧而忧,后天下之乐而乐',传诵了几百年。"范秀才接着说道:"学生祖上文正公,立德立言,传下祖训。传到我们父兄,不求做官,只求兴义田,办义学,不敢忘了祖上的训诫。现在学生常年游学在外,家里义田和义学由兄长经理。王先生既然来到了吴中,如果您不介意,学生打算劳您的驾,请您多走几步路,光临舍下,到范家义学给学生们讲讲学。"

王阳明听闻这是大宋范仲淹的后代,便理解了范秀才在船上的仗义。看来,范文正公的学风、家风被承继下来了。范仲淹是王阳明崇敬的先贤之一,他比孔圣人多了军事实践,给后人留下过经由实践验证的军事理论;他比思想家多了从政的经历,给后人留下过庆历新政的实践;他比文学家多了担当道义的胸襟,他的《岳阳楼记》和《渔家傲》传诵千古;他比一般的政治家多了主持正义的执着,为了正义,他三次被朝廷贬谪,三次贬谪没有消磨掉他对朝廷的忠贞。文正谥号,恰如其分。心怀对范仲淹的敬重,王阳明连带着对范思哲也多了一份尊重。王阳明想去武进范家,去敬礼先贤,这样的忠厚人家,讲学、躲藏,都是最好的去处。王阳明得到了范思哲的诚挚邀请,心里像吹起了一股清凉的风,三月底的天气,他这一路走来,汗流浃背,心里却清凉得如春风拂面。但是对着忠厚人不能不说实在话,王阳明担心自己去是否会给人家招惹什么麻烦,于是诚挚地问道:"范兄台,想来你也知道,眼下鄙人得罪朝廷,名列奸臣榜,到府上去,您看?"范思哲再次深深作揖,然后说道:"先祖文正公,三次得罪朝廷,三次被贬,都为仗义执言。文正公有诗句'宁鸣而死,不默而生',宁愿得罪朝廷,不能不正义。王先生,请不要顾虑,武进范家,最讲究一个正义。再说了,学生家大人多,讲学、求学、访学的,各地学人,络绎不绝。住一两个生人,不会有人在意。"王阳明心里踏实了。

王阳明、范思哲、朱秀才,到都穆家,给八十二岁的豫轩先生磕过头,当天回到码头,赶往武进范家。

第三十一章　藏身武进　见贤思齐

　　范思哲家在武进县大宁范家塘。范家塘村前是一座迎宾牌坊,正面横额四个大字"文正风范",两侧柱子上的一副对联是"忠义一心炳日月,忧乐两字传千古";背面横额四个大字"诗书传家",两侧对联是"上承先祖仁义礼智信,下传子孙寿富康善德"。家主是范思哲的兄长范思贤。范思贤四十多岁,秀才功名,无意做官,既是范家的家主,又是范氏家族的宗主,经管着范氏家族的义田,照管着范氏家族的义学,他还是方圆十里二十都的粮长。乡村恬淡悠闲的生活,让范思贤保养得心宽体胖;一家、一庄、十里的大大小小的日常杂务,把他磨炼得精明强干,他的神色是恬淡中透着精干,不像他弟弟范思哲,弟弟的眼中含露着坚定和执着。范思哲执着于自己心中的追求,坚定于对这份追求的坚守。他追求什么呢?追求着先祖一直追求的道学,坚守着先祖一直坚守的忠义,他应该还没有追求到自己的追求,还没有见着道的影子,因为他眼中的执着像一团浓浓的火花,凝聚着一种渴盼和恨意。这与王阳明不一样,王阳明眼中执着的坚冰已经融化了,变得清澈醇和。

　　范思哲有着豪侠气质,他可以毫不顾忌地把王阳明延揽到自己家,说要王先生给学生讲学。世事阅历丰富的范思贤要比弟弟考虑得周详,上了奸臣榜的人,还是少抛头露面的好。藏身避难,这是忠义之家义不容辞的道义责任。藏哪儿呢？家里？家大业大，人来人往，不行。义学？人多嘴杂，孩子的一句话可以传遍半个村子。祠堂？对，祠堂最僻静，一年四祭，其他时间都是闲置。

王阳明被安置在了范家祠堂，他接受了范思贤的建议，在这里，他暂时不称名不用字，只用"阳明先生"为称谓，既是尊称又可以不显山不露水。

义学东边邻着祠堂，祠堂的朱红院门上，横额是"伟哉我祖"，门框上一副对联是"甲兵藏于胸中，宋廷西北做长城；忧乐观乎天下，华夏范氏燃心灯"。

当天晚上，王阳明被安排在范家祠堂西厢房住宿，朱秀才为了请教学问，陪着王阳明一起住祠堂。范思贤陪着王阳明，为他介绍环境。祠堂正堂三间五架，前后很深，便于家族集会。范思贤介绍道："咱这是范氏总祠，所以始祖文正公居中。这与本朝礼法稍有差异。按照太祖爷《洪武礼制》，咱范家现在没有朝廷品官，祠堂只能祭祀曾、祖、考三代，但是宋代大儒程夫子推崇过祭祀始祖和先祖的礼法，咱家古为今用，至于宋代的以西方为尊，咱家不再拘泥，尊崇当朝礼法，以正中为尊。"王阳明说："范兄台所言合乎礼法。礼法既要与时俱进，更要适宜。"范思贤领王阳明到靠东墙摆放着的一排书柜前，继续介绍道："这里有范文正公的诗文著作。还收有范氏宗谱，从有范姓以来，脉络清晰。阳明先生和朱同学，如要翻阅学习，请自便。你们阅读，也是传扬我们范姓先贤的德名。如果书不够读，咱家义学藏经阁还藏有不少书。以后，你们只管在此安心读书，不会有人来打扰的。好了，奔波一天了，早些歇息。我就不打扰了。"

藏身之处　不速之客

到了五月，朱秀才住不下去了，武进太热了，他要回自己老家武夷山避暑。碰上范氏兄弟这么仗义，又有范文正公的诗文陪伴着王阳明消暑，王阳明打算在此再住一段时间。

七月末，暑天快熬过去了，范家祠堂来了一位不速之客。

一天上午,正在埋头读书的王阳明,被连续的干咳声惊扰,他抬头一看,门口进来一位身着官服的男人。由于王阳明一直专注于书本上密密麻麻的小字,眼睛有些酸涩,来人挡在门口,刚好背光,他看不清来人胸前官服补子上的图案,王阳明揉了揉眼睛,想看得仔细些,好根据官服补子判断来人的官阶,根据官阶高低好采用相应的礼节。可来人已经有些不耐烦,有些生气,他再次干咳一声,扬声怒问道:"面前何人?貌似读书人,却如此无礼!是藐视本官吗?"随着声音,门外钻进来一个衙役,对着屋内喝道:"这是我们县上佐堂胡老爷。"胡老爷再次威严地干咳一声,宣示着自己的身份和权威。干咳后的胡县丞向内迈了几步,转身面南而站。

王阳明很快摆正了自己的身份,现在自己不再是兵部的六品主事了,是一个从九品的驿丞,比眼前这位官服补子上绣着两只黄鹂的八品县丞还低两阶呢,人在屋檐下,不能不低头,于是他马上起身,面东而站,侧身向胡县丞双手拱手,口称:"鄙人王阳明,幸会胡佐堂。"胡县丞一脸怒容,质问道:"好一个读书人!是真不知礼法,还是故意藐视本官。乡下小民,见了本官,不知道面北磕头吗?"四十多岁的胡县丞趾高气扬、气势汹汹,黑胖的圆脸上,一双小眼睛,因为发怒显得有些恶狠狠的。一旁的衙役一手指着地面,帮腔道:"读书人,没有功名,还想占便宜!快给我们佐堂老爷磕头。"

胡县丞学着堂上知县老爷问案,扯着长腔喝问道:"你是什么功名?见了本官,为何不跪?"

王阳明心里快速权衡着,是忍气吞声,还是说出名号?如果隐瞒身份,编两句瞎话,还要向这个芝麻官磕头行礼,这是乱了朝廷礼法。如果实话实说,会有什么麻烦呢?从杭州到武进,转眼已经三个月了,虽然是在躲避杀手,自己毕竟不是老鼠,怕见什么光明?自己没有做什么见不得人的事。王阳明心里打定主意,开口说:"鄙人弘治十二年两榜进士,不知胡佐堂今日光临,事起仓促,没有准备公服,还请见谅。"

胡县丞听到是两榜进士，一下子从椅子上弹了起来，自己一个监生，对进士从心理上相当畏惧，在衙门，在进士知县面前，自己从来都小心翼翼，今天来到乡里，是到范秀才家查看一下夏粮贡赋的进展情况的，他好不容易才找到个机会，抖抖身份，不想又抖错了地方。惊慌着的胡县丞，镇静一下，捋了捋思路，觉得不对，没有听范秀才说起过呀。有些人为了充排场显身份，往往喜欢自吹自擂。得弄清楚。胡县丞稳住神，一脸严肃地问道："既然是两榜进士，请问，先生在哪里高就？为何，为何置身范家祠堂？"

这个问题，要不要实话实说？没等王阳明拿定主意，门外传来范思贤的声音："胡佐堂，真是失礼！招待不周！我转身处理个事，一眨眼，您就不见了。原来是在祠堂里。"说着话，范思贤已经进到祠堂内，看着祠堂里的情形，对着胡县丞，深深作一个揖，自责道："范某失礼，范某失陪，给佐堂老爷添麻烦了。"范思贤见胡县丞与王阳明双方好像不大自在，便笑眯眯地一手指向王阳明，介绍道："胡佐堂，想必您二位已经认识了，这是余姚王阳明先生。"然后对着王阳明，指向胡县丞，说道："这是咱县上佐堂胡老爷，我们是多年的老交情了。走走，该吃中饭了，我给二位端酒赔罪去。"

既然已经藏不住了，索性不再掖着藏着，大大方方地与他们一起喝酒，省得叫胡县丞起疑。饭桌上，胡县丞带来了朝廷的新消息：京师内，刘瑾权势熏天，私下里有"站着的刘皇帝"的称号（正德是坐着的皇帝）已经从京师传到了武进；刘瑾整治老臣下手狠绝，刘健、谢迁两位阁老，已经退休的尚书雍泰、马文升、许进、刘大夏，一个个被剥夺了官籍，被削职为民；全天下六百七十五人被夺回先皇的封诰封敕，有的成了平头老百姓，有的入狱了，有的被流放戍边去了；北京以外，太监的手已经伸到了权力的各个角落。

胡县丞走了。王阳明知道，范家塘藏不住了。饭桌上，胡县丞既然说到刘阁老、谢阁老被削夺官籍的事，他不会不知道奸臣榜的事。自己也该走了。去哪里呢？南京？杭州？余姚？绍兴？王阳明在心里一个个地排除着这些备选的落脚点、藏身处。去做官吗？从九品的驿丞，当这样的官能做什么？去贵州吗？那里藏身是好藏身，可与此隔着千山万水，既然决定不去当官，犯得着藏那么远吗？那去哪里呢？得想想！王阳明一抬头，看到了墙上挂着的范仲淹画像。范仲淹雍容醇厚的面庞、气定神闲的眼神启发了王阳明。拜读了范仲淹的作品，他心里也打定了讲学育人的人生航向，要避难，要躲祸，也要与人生航向一致。这次不是东躲西藏，起码不是纯粹的躲藏，所以不能慌不择路。王阳明心里盘算着，目光落在了另一张书桌上，另一张书桌是朱秀才坐过的。朱秀才回武夷山了，他是朱熹朱文公的后代。朱文公四十一岁被罢官后，回到武夷山修建武夷精舍，讲学传道，点化四方青年学生。朱文公的后半生是讲学传道的后半生，地点就在武夷山。王阳明想象着武夷精舍的模样，设想自己正置身武夷精舍的讲堂，侃侃而谈。王阳明回过来神，心里产生了对武夷山的向往。王阳明心不在焉地望着朱秀才坐过的桌子，脑子里浮现出朱秀才临别时的恳求："王先生，与您相处一个多月，学生受益匪浅。您是个学问人，哪天您得空，请您一定到武夷山去看看，旅游也好，讲学也罢，学生都会诚心欢迎您。"

王阳明心里目标明确了，去武夷山，讲学也好，隐藏也罢，总有朱文公的武夷精舍吧。比朱文公早的、曾经程门立雪的杨时和游酢，从程颢和程颐那里学成后，也回到武夷山讲学。看来，武夷山真是一个讲学的好地方。何况眼下，北方无道，更应该南下。

王阳明拜别范文正公画像，辞别范家兄弟，踏上了前往武夷山的水路征程。

第三十二章 武夷山中 再遇道长

王阳明走运河,从武进,经杭州,转道江西,到武夷山。

朱秀才接到王阳明,真是喜出望外。武夷山,一半山水自然,一半人文精神,山水与人文融合成了浑然天成的武夷山精神。喜欢山水的王阳明,在朱秀才的陪同下,畅游了武夷山的九曲山水。

这天,朱秀才陪同王阳明来到了冲佑宫。朱秀才作为东道主,担负起了导游的职责,他一路上指点山水构造,讲说冲佑宫的人文脉络。

"王先生,这座冲佑宫,始建于唐朝天宝年间。先祖文公曾在这里担任过提举一职,文公在武夷山的讲学,发端于此。大宋年间,不仅仅是先祖文公一人,像陆游、辛弃疾、岳飞这些豪杰,都曾在这里担任过提举一职。"

王阳明插话道:"念喜,你知道提举是个什么官吗?"念喜是朱秀才的字。

朱秀才答道:"提举不就是宫观的道长吗?统领宫观,一观之长。"

王阳明淡淡地笑了笑,他笑得有些苦涩,提举的职责让他联想到了自己的处境,于是,他苦笑着解释:"提举这个官名全称叫提举宫观。统领寺院和道观,应该都是出家人的事。为啥让陆游、辛弃疾、岳飞,包括贵先祖文公先生,这些声名赫赫的,文能安邦、武能定国的大人物,来管理一座小小的道观?这是不是让状元郎给杂货铺当账房?"

朱秀才惊异地望着王阳明,好像自言自语道:"是呀,听先生您这一说,学生也发现这真是莫名其妙、岂有此理呀。学生过去还真没有考虑过这些事。"

王阳明想象着远在贵州的龙场驿,恐怕那里不会比这座冲佑宫更大,自己这个从九品驿丞,比提举宫观还要低贱。王阳明轻轻叹了口气,解释道:"提举宫观是个闲职,专门安置得罪朝廷的罪人。南宋朝廷怯弱立朝,甘当儿皇帝,像辛弃疾、岳飞、陆游,这都是主战派,都是有血性的大丈夫。赶上投降派当国,这些人,只有靠边站的份儿。你想想,宫观有道人自己治理,哪会用得着指挥千军万马的岳元帅?"王阳明说完,再次轻轻叹了口气,联想到自身,自己如果能有他们几位的待遇也还好一些,起码可以不用远涉山水、投身荒蛮了。看来,自己来武夷山的决定是对的,去啥贵州呀! 就隐居武夷山吧,远学老乡严子陵,近学朱文公,隐身武夷,传布道学吧。心里默思着,还多少有些惭愧,范文正公被贬谪三次,尚能够做到"不以物喜,不以己悲",这是何等的洒脱呀! 自己境界还是不够。

朱秀才陪着王阳明来到三清宫的殿廊下,那里立着一位老道人,此人须发皆白,怀抱拂尘,看须发,该有八九十岁,而那一脸童颜,也就五六十春。朱秀才朝大殿走去,王阳明却停住了脚步。泥塑的神仙该拜,肉身的尊长更不能忽略。王阳明扭身深深一个鞠躬,口诵道:"无量天尊!"

不等王阳明直起身子,便听得老道长笑语:"来者可是伯安小友? 别来无恙!"

王阳明惊异地打量着老道长,用力去回忆,九华山? 不是! 余姚? 不是! 京师? 不是! 南昌? 铁柱宫? "您是德一道长?! 铁柱宫德一道长!"惊喜得王阳明眼噙泪水。人在难处特别怀念友情、亲情,即便萍水相逢的一个陌生的微笑,也让人感动。王阳明紧走几步,上了台阶,双膝跪下,连磕三个头。德一道长挥起拂尘,往跪在地上的王阳明轻轻地掸拂了一下,说道:"伯安小友,还没有忘记铁柱宫呀! 记性这么好不是好习惯,高兴的事能记住,痛苦的事也不能忘怀。南昌铁柱宫叫万寿宫,这里也叫万寿宫,那里有个许真君,这里供着武夷君。许真君,武夷君,修炼成真,都是三清化身。"

王阳明起身,惊喜中有疑惑,他问道:"伯安流落此处,敢问道长怎么会在这里?"

德一道长淡淡笑应:"山河大地,何处不是家!走,吃茶去!"

王阳明跟着德一道长,来到三清宫后一间静室。德一道长进屋,拂尘在一张椅面上左右一扫,吩咐道:"伯安,坐。"两人落座,一个小道童进屋,给两人沏上茶。

德一道长说道:"贫道落脚此山多年了。伯安,南昌一别,倏忽一十八个春秋。可记得贫道说过的后会有期?"

王阳明点了点头,说道:"看道长变化不大,真是驻颜有术。"

德一道长呵呵一笑说道:"容颜易老,人心善变,只是性情难改。所以,这次见到伯安,贫道才能一眼认出来。只是伯安,贫道看你一脸晦气,这次孤雁南飞,定是经受着一场磨难。不妨说说看,让贫道为你破解破解。"

王阳明被说到了痛处。在长辈面前,他竟像一个遭受了委屈的孩子,一脸悲戚,肩膀有些耸动,心里发酸,几个月来的这场变故,好像是凭空而来,一篇字斟句酌的恭顺奏章,意外地惹来了牢狱之灾,惹来了一场痛打,然后是大运河上的长途追杀,再就是眼下的东躲西藏、颠沛流离。王阳明眼圈红着,鼻子发酸,忍住委屈,压抑住悲愤,缓声说道:"去年新皇上登基,年幼贪玩,被宫里一帮太监操弄着朝政,京师内外,小人得势,正人君子纷纷落难。晚辈因言获罪,先是入狱,后是廷杖,再后是杀手追杀,晚辈只好东躲西藏。如今⋯⋯"王阳明说不下去了。

德一道长同情地看着王阳明,轻声缓语道:"伯安,这都是劫数。不是你一个人的劫数,不是你一家人的祸患,是整个天下的劫难。魔王下凡,妖孽当道,天下要大乱了。"

德一道长轻声细语的话,让王阳明如雷贯耳,他吃惊地张着嘴,看着德一道长。如今京师邪气弥漫,邪在根本,邪在根基,根子已经邪了,一心倾力扶持的正人君子,伸不上手,说不上话,一个个被驱逐,长此以往,天下不乱才是怪事。这些,王阳明心里多次隐约模糊地考虑过,只是没有明确过,今天听德一道长明明白白地说出来,他还是吃惊不小,吃惊之后就是担忧,他问:"天下大乱,多少无辜人家要遭殃呀。清清白白的人家为什么要跟着遭殃?圣贤君子岂能坐视不管!"王阳明说着,语气坚定起来,刚才是为了自己的遭遇而委屈而心酸,现在变成了为天下无辜遭难的人而心里难受。

德一道长正色道:"贫道世外之人,身在人世间,心在红尘外。人世间的苦难,最终还要靠你们这些人设法维持。"

王阳明喃喃地说:"眼下,晚辈是戴罪之身,贬谪之人,芝麻小官,社稷将倾,无力挽阻呀。"

德一道长看着王阳明,不易察觉地点了点头,心里认可了王阳明的正义感,他缓声说:"出家人不敬王者,只坚守着一个道心。贫道也不避讳,眼下大乱未成,小乱已萌,根子就在京师一人。至于说这个太监那个公公,不过是助纣为虐罢了。人间大乱,天道有好生之德,自然不会坐视。国难有忠义,自有忠臣良将出世,收拾残破河山。眼下呢,邪气正盛,正气势弱,要蓄积力量,要安守本分,潜蛰待时。"

王阳明听了这话,刚才一瞬间蓬勃的阳刚之气有些蔫,他挺直的上身不由得有些下坠。德一道长发觉了这个变化,他看着王阳明的眼睛,说道:"这不是说有志之人应当消极地躲藏和等待,阁下不能碌碌无为,而应积极主动地修炼,要修身养德,在磨难中涵养德行,最终德成业也成。伯安,你这次南来,有何打算?"

王阳明叹了口气,有些羞涩,有些扭捏,吞吞吐吐地说道:"晚辈原想、原想隐身武夷山,学习朱文公,讲学传道,流布天下。"

德一道长欣赏地看着王阳明,用拂尘指向王阳明的腰间,关切地问道:"伯安,你坐姿不对,是不是腰椎这儿……"德一道长起身走到王阳明身后,用手按住王阳明的命门穴部位,问道,"是不是这里痛,平常弯腰起身疼痛,蹲下去,起身难?"

王阳明站起身,说道:"常年看书写字,都是坐着,落下个腰肌劳损疼痛的毛病。推拿过多次,不见效。道长,您可有妙方?"

德一道长再次坐下,说道:"伯安,这些年你没照我说的做,你根本没有坚持每天站桩。贫道在南昌教过的站桩,你没有坚持练。你现在腰肌劳损,肾虚,气脉不通畅。看似你夫妻长期没有同房,但是你有漏丹的毛病。"

德一道长眼观拂尘,不看王阳明。王阳明的脸腾地红了,他嗫嚅道:"晚辈甚是惭愧!恳请道长再次指点。"

德一道长说:"我们还是先看看眼下的路,看看你该往哪儿走。无论如何,隐身武夷山不是长久之计。伯安,你想想,你虽然在钱塘江瞒过两个杀手,可是后来,又让武进县县丞知道了根底。你藏身武夷山,朝廷找不到你,怪罪下来,会不会怀疑你投奔了草原鞑子。如果那样的话,会不会给余姚惹上祸端?这都需要考虑。来,我们摆上一卦,问一问。"

德一道长掏出三个铜钱,递给王阳明。王阳明掷钱,德一道长画卦,得了一个明夷卦。

明夷卦

德一道长说:"伯安,你来背卦辞,我给你解卦。"王阳明背诵完卦辞,虽然自己心里明白,还是想听听德一道长的解释。

德一道长说:"卦象与眼下的处境是一致的。明夷卦,上坤下离,大地在上,太阳在下,在地底下,光明埋到了地下。光明被埋没了,是个中下卦。虽然埋没了,毕竟还有光明。就像你这身体,虽然有毛病,正气仍在。小心调养,自会好转。困难是暂时的,总有云开雾散的时候。但是既然被埋没了,就不能强出头,要忍耐。你刚才说,你被贬到了贵州龙场,贵州是荒蛮之地,你去了那里,就等于光明被埋到了地下。但是,你想想,这一切好像都是劫数,是个定数。这么个地方,叫龙场!你伯安属龙,命相也是条龙,龙到了龙场,不等于是龙游东海吗?正好修炼。修身修道。"

说到自己属龙,说到驿站叫龙场,听着德一道长的解释,王阳明如醍醐灌顶,觉得龙场好像是专门为自己开辟的。看来这个龙场是非去不可了。蛟龙不入龙场去哪里?

德一道长继续解释道:"说到这里,伯安,你该知道眼下往哪里走了?"看到王阳明点头,德一道长继续说道:"好了,方向定了,我们再解决你身体的毛病。"德一道长起身比画着姿势,说道:"一个站桩功夫,就可以根治你这些毛病。天地不过一气罢了,一气生阴阳,阴阳生万物。人身说到底也是一气。练气,练精练纯,纯粹之后,气质变化。来,你跟着站,两脚平行站立,与肩等宽。两膝微曲,全身上下挺直,尾闾像有个尾巴一样,向下垂直;头顶像有根绳子从上面吊着一样,全身上下一线贯穿,保持一个直。眼睛微闭,或者睁开。舌尖抵住上颚。这个是连接任督二脉的桥梁。抬起两臂,在胸前抱圆,两肘上举,十指张开,两掌相对,相距半尺。"看着王阳明跟着自己做,德一道长放下自己的姿势,给王阳明指点之后,他继续说道:"两臂高低范围,上不过两眉,下不低于肚脐。目的是采气、养气强身健体的话,就下举;如果为了道学练功,就高抬。高低可以根据目的和体力自由掌握。每次以三刻钟为宜。长短时间不限,长了多受益,短了少受益,长短都受益。每天至少一次,三个月到半年,身体就强壮了。"见王阳明姿势已规范,德一道长继续说道,"道家讲究精气神,这是人身三宝。三者是一体,精足不思淫。你将来在龙场时间不知道多长,精气足,你日子好过不想家。精足化气,气足不思食。气足化神,神足不思睡。神足还虚。到了虚静,你就见……"德一道长打量着王阳明,见王阳明仍认真地站着,很虔诚,便接着说:"你就见三清了。日后天下大乱,多龙治水,你身心道成,正好可以出山,匡扶社稷,救黎民于水火。"

王阳明试探着问道:"就这一个姿势?"

德一道长呵呵一笑说道:"一生万物。一就是多,万物最终还要归于一。一,还要归于虚。好了,你姿势正确,坚持下去,铁杵磨成针。可不敢再看不起简单的东西了。大道至简，最终归于无为。等你日后成就了，什么姿势也不需要了，一切还于虚了，无为无不为。"

王阳明再问道："道长，不讲究意念呼吸吗？"

德一道长微笑着说："聪明人问糊涂事。大道至简。心清净了还有杂念吗？和打坐一样，站到最后，修到最后，都是修一个心。对了，啥事都讲究个善始善终。站桩功也一样，练功不收功，等于一场空。注意看我的示范。"德一道长两掌相叠，左掌在内，捂到肚脐上，说道，"捂在肚脐上，静静心，让身内气机平复下来。然后，抚揉肚脐部位，左旋三十六次，右旋三十六次，一补一泻，调理肠胃。之后，两掌互相搓，搓热，用两掌干洗脸，上下来回九次，九代表多。最后，用十指梳头。这是收功动作。"德一道长看着王阳明比葫芦画瓢，等王阳明结束动作，再问道，"还有要问的吗？"

王阳明摇了摇头，双膝跪倒，磕罢三个头，起身说道："听了道长您老人家的教示，晚辈心如明月，一下子豁然开朗。我这几天就回家准备，免得家里担忧。安置告别后，就去贵州赴任。只是大教无以言谢。"

德一道长摆了摆右手，说道："这不是私恩，无须言谢。"

王阳明再问道："敢问道长，晚辈还能再见到您老人家吗？"

德一道长呵呵一笑，道："天下何处无山水。一气满宇宙，何处不得见。记住铁柱宫贫道给你的偈语。"

第三十三章　南京探亲　父子团聚

　　王阳明跪别德一道长,话别朱秀才,告别武夷山,打消了心中的隐居念头,转道广信,走水路,向西过贵溪、绕鄱阳、穿湖口,进入长江,经长江水道,十月底到达南京,探望父亲。

　　父亲王华,六十二岁,胡子已经白了。南京的吏部是个清闲衙门,吏部尚书是个养老尚书。永乐皇帝夺了自家侄儿的御座后,把首都搬到了自己当燕王时的根据地北京。他担心当惯了皇帝、喜欢热闹、喜欢发号施令的父皇朱元璋在南京孝陵里寂寞,过不惯孤家寡人的寡淡日子,特意在南京留下了徒有虚名的六部和文武百官,给地下的父亲装点门面。南京吏部,过去大臣只有尚书一人,弘治皇帝时,又给尚书配备了一位侍郎,清闲难耐时,两位大臣可以聊聊天,打发日子。尚书和侍郎下属一个司务厅以及文选、考功、验封和稽勋四个司,司务厅有一位司务,四个司各配郎中一位,主事一位。十一位官老爷所有的政务,是对南京本地的官员进行六年一次的考核,考核的结果提供给北京的吏部。六年忙一回,其他时间,学学圣旨精神,翻翻《邸报》,喝喝茶水。

　　王尚书天天忙着培养自己的三个儿子。此时,他的二儿子守俭十二岁,三儿子守文八岁,四儿子守章四岁。他还会时不时地想起大儿子。老年丧子,人生大悲。大儿子三月份钱塘江投江,死不见尸,活不见人,虽然私下里摇过几十次文王八卦,有卦说"人沉东海水晶宫,龙王殿勤座上客",有卦说"此男吉人有天相,大难不死成大业",有卦说"鸿雁念旧不忘本,冬去春来捎佳音",每一次卦有每一次卦的说辞,众说纷纭,莫衷一是。好在王尚书不迷信,算卦不过为了解解心焦罢了,岂能当真。人又不是鱼,沉到江里还能不淹死。淹死鬼太委屈,随身也不见得带银子,到了阴间恐怕没钱花;这孩子命苦,三十好几了,也没有个一男半女,生前孤单,身后凄凉。孩子好读书好作文,阴间有没有笔墨纸砚? 唉! 苦孩子! 得好好给他操办丧事,不怕多用白纸,要扎糊一大群童男童女,给他当儿女,多叠元宝银锭,多烧笔墨纸砚。隆重地办了丧事,王尚书心里多少得到些慰藉。

此时,王尚书正在家里翻检大儿子的诗文,他要将这些编辑整理,出版成纪念文集。睹物思人,你说说,半年前一个活生生的大男人,如今就剩下这几十篇诗文,王尚书的眼泪在眼眶里打转。

"老爷,鬼! 鬼! 见鬼了! 他说他是大少爷。"护院跌跌撞撞地跑进屋子通禀。

听到有鬼,四岁的守章吓得一下子钻进了杨氏的怀里。正埋头在诗文间的王尚书愣了一下神,呵斥道:"慌里慌张,成何体统!"

这时,王阳明已经急匆匆地冲进院子,来到门前,在门槛外他扑通一声跪倒在地,连磕三个头,口称:"不孝儿回来了! 让爹娘担惊受怕,不孝儿罪孽深重!"

当时,守俭和守文正趴在一张桌子上温书。守文吓得从板凳上出溜到了地上,守俭吓得一下子蹿了起来,两个人各自碰翻了身下的椅子。杨姨娘怀里抱着守章,她脸上惊恐的神情吓哭了怀里的守章。王尚书稳了稳神。王华从不怕鬼,少年时在余姚龙泉禅寺读书,他就曾戳穿过寺僧装神弄鬼的鬼把戏;后来在湖广宁良家教书,他曾经在闹鬼的屋子里安生地居住过三年。王华坚信:人心邪,鬼神欺;人心正,鬼神敬。陌生的鬼可以驱逐,自己儿子,哪怕是鬼,也要问清楚。王华坐着没动,威严地问道:"是伯安吗?"

王阳明再次磕头,说道:"是不孝儿伯安! 让父亲大人和弟弟受惊了。"

管他是人是鬼，王华都真的想过去抱抱孩子，摸一摸孩子的脸，但是屋子里鸡飞狗跳，要靠自己这根定海神针镇场子，于是他仍然坐着说："我儿伯安，一生忠孝，生不忤逆，死必善神。是人，进来说话，是鬼，别惊吓了弟弟和你姨娘，阴阳两隔，你且远避。"

王阳明起身，进屋，再次跪倒在父亲脚下，流着泪说道："不孝儿伯安，这几个月来死里逃生，东躲西藏，不敢给父亲大人通音信，怕连累家里，让父亲大人挂念了。不孝儿给父亲大人请安！"

王华也流下泪来，说道："我儿，想不到为父还能再见到你。"王华弯下腰，伸出手，抚摸着王阳明的头顶。

门外，四十多岁的继母赵夫人呵斥着身后跟着的护院："休再胡说！青天白日，哪来的鬼！我们王家几世忠义传家，哪有鬼敢上门惊扰。"赵夫人说着，挪着小脚，快步进了屋子，见了屋里情状，她会心一笑，亲切地招呼道："伯安你可回来了，你父亲想你想得天天晚上睡不着觉。"

王阳明扭过身子，给赵夫人磕了三个头，说道："不孝儿给母亲大人请安。这几个月来，让母亲大人受惊了。"

赵夫人用手绢拭着眼泪，说道："回来就好！平平安安就好！你几个弟弟也天天念叨你。"赵夫人说着，一把拉起地上跪着的王阳明，吩咐下人道："翠儿还不知道吧？赶紧去个信，叫她来团聚。翠儿是个可怜人，从听说你投江到现在，她已瘦得不成个样子了。守俭、守文，快给你哥哥见礼。"守俭、守文过来给王阳明作揖。杨姨娘也推了推自己怀里的守章。守章学着二哥和三哥的样子，给大哥作揖。王阳明两手依次抚过每个弟弟的两肩，对他们说道："我给你们带回来几册书，是我在范家祠堂抄录的范文正公家范氏宗谱，范家诗文传家，讲究忠孝仁义。无论你们以后为学做人，从政做官，都可以之为榜样。"

一张方桌，东西两把椅子，王华居东，赵夫人在西边就座后，吩咐道："伯安，看你这风尘仆仆的，可比去年瘦多了。守俭、守文、守章，你们去书房温书。杨姨娘,我们去安排饭,今天是我们家的大喜日子。"赵夫人说着起身,对着王华和王阳明说道:"伯安,陪陪你父亲,你们爷儿俩好好说说话,亲热亲热。"杨姨娘起身,给父子两个倒上茶水,跟着赵夫人出去了。

客厅里就剩下王阳明父子。近一年来的磨难,颠沛流离,父子至亲,再也不用硬撑着装坚强,真情流露,两双眼睛四行泪,王阳明诉说了几个月来的经历和遭遇。

王华听着儿子遭受的苦难,沉默着,除了偶尔悄悄抹去眼角的泪,他维持着一脸肃穆。儿子的遭遇,儿子的磨难,从朝廷方面来说,是人祸。父子对此都无能为力。儿子小时候,摔倒了,父亲可以伸伸手,拉一把;落水了,父亲可以跳进去把他托出来。现在,儿子遭此大难,当爹的却束手无策。

听王阳明诉说完,王华起身给孩子续上茶水,慌得王阳明起身双手捧着茶杯接水。

王华回到座位上,亲切中透着严肃,说道:"伯安,擦干你的眼泪。不管好坏,日子还要过。是我们福薄德浅,没有赶上好时候。现在,形势一天比一天坏。西北修筑长城抵御鞑虏的银两被抽调回了京师,在皇宫西边修建了一座新皇宫,号称豹房,养着一堆西域花和尚,藏着各地收罗来的女人,圣上又认领了一帮干儿子,这些干儿子个个号称皇子,皇子再认皇孙,一群乌合之众,在豹房里,胡作非为。各地大小事,都是太监说了算。皇庄一座座扩张,山东,北直隶,皇庄失地农户民心沸腾。现在小乱不断,眼看着难以维持。孔圣人说过,'大臣者,以道事君,不可则止',为父一直想着回家照顾你奶奶,会争取早一点离开朝廷。至于你,伯安,京师自然不可去,官场也难为。为父老了,不再做别的打算了。你还年轻,就按明夷卦的指点,隐忍养德,修身养性,积蓄德能。天作孽犹可违,人作孽不可活。胡闹不可能长久,权奸红不了一辈子。世事早晚要靠忠义之人来力挽狂澜。你要隐居,为父不反对;你要赴谪,为父也支持。只有一点,为父嘱咐你,保证有个好身体,保证有个好心态,没有机会,就享清闲的福,一旦有了机会,有了能识才的朝廷,就好好施展自己的本事,为社会造福,利己利人,不说青史留名,起码不枉自己的一生。"

王阳明听着父亲的教诲,他联想到范文正公范仲淹,范公三次被贬谪,三次人生起伏,都没有消磨尽他一腔忠义;他又想起了德一道长的点拨,于是他心里坚定起来:逃避没有用,是福不是祸,是祸躲不过。如今朝廷邪气炽盛,如果离得近,守着朝廷,难免遭邪气欺凌,贵州地僻皇帝远,远离是非之地,倒可以避祸。只是那是荒蛮之地,瘴气吃人,过去诸葛亮大军巡视南方,无数人被瘴气夺走了生命。天高地远,会不会水土不服?蛮夷之人,化外之民,性情如何?能不能相处?山高林密,瘴气能不能避?自己身子单薄,长途跋涉,旅途颠簸,能不能走得到?亲老弟幼,奶奶和父亲大人,谁来照顾?远隔千山万水,还能不能有机会相见?一连串的疑问,在心里翻腾,最后翻腾出来他两眼的泪水。王阳明哽咽着说道:"父亲大人教诲的是,不孝儿觉得我还是应该去贵州,俗话说,良玉成于琢磨。儿不惧沿途艰险,儿不怕深山荒蛮,儿只担心,此一去,奶奶和父亲大人少人照料。"王阳明说着,离座跪到王华的膝下,说道:"儿此去上万里,不知何时才能回来,弟弟们年幼,儿实在放心不下你们。"王华擦了擦眼角,右手掌抚在儿子头上,平复了一下心情,说道:"我儿既然要去贵州,只管放心前去。路上多带几个帮手,也好照应。你要照顾好自己的身体。你喜欢山水,此行就把它当作游山玩水。我知道你喜欢李白,那李白浪迹天涯,游山玩水,写诗作赋,虽然潇洒自在,却是漂泊,又抱着一个弃妇心态,心态不好多生病。我儿就当朝廷恩典,指派你去考察山水,心情要放松,权奸可以虐待我们,我们不能自己虐待自己。山水哪有什么好坏?不像人有善恶。天阴不能总天阴,有苦难,我们不怕苦难,要把苦难当作磨炼的机会。文王受难演《周易》,屈子遭难赋《离骚》,但屈子只能做一个诗人,成不了政治家。因为政治家能沉得住气,能屈能伸,大政治家没有自杀的,因为只要活下来,就有翻身机会。"王华用力按了按儿子的头,问道:"明白吗?"王阳明知道父亲的心意,眼噙热泪颤着声音答道:"不孝儿一定谨记父亲大人的教诲，谨守《孝经》教诲，'身体发肤受之父母，不敢毁伤'。儿请父亲大人放心。"王华继续说道："至于奶奶和为父，我儿不必太过挂心，再难总是在家，我们家大人多；你娘子在家，为父找人照顾好她。我儿心里不要存事，轻装前去。为父在家等着你回来。起来吧，在这儿领着弟弟玩几天，看看南京城，然后回余姚住段日子，陪陪奶奶和媳妇。"

第三十四章　正式收徒　三个弟子

王阳明在南京陪伴着父母和弟弟住了半月。此前那近一年的时光里,他一直提着心吊着胆,强撑着精气神,时刻警惕着不让杀手近身,从不敢懈怠。眼下和父亲分析形势,奸臣榜上名头更大的谢迁,虽然被剥夺了官籍,被没收了历年的奖状荣誉,但作为平头老百姓的他,在余姚活得倒也自由自在。远在河南的刘健刘阁老,也没传闻有生命之忧。这意味着,王阳明的杀身之忧可以解除警报了。没有了杀身之忧,又打定了去贵州当驿丞的主意,包袱放下了,一年来积攒的疲劳疲惫终于活跃起来,王阳明病了。为了不让父亲担心,王阳明告别父亲,赶到了杭州,选择在西湖边上的圣果寺栖身养病。王阳明把在寺院养病看作舍身寺院,算是短暂的身心出家。

十二月,王阳明回到余姚,陪伴奶奶和诸翠,走访远亲近邻,告别家庙祠堂,做远行的准备。

王阳明的妹妹、两年前嫁到余姚马堰的王守让来看哥哥,一同来的有妹夫徐爱。谈到了学问,大舅哥和妹夫相谈甚欢。

徐爱中等个儿,面色白而纯净,脸很圆润,说他是圆脸,却圆中带方。徐爱眼神像孩子般纯净,纯净中含着坚定和执着,他走路很稳重,稳重中又有轻盈。这是那种心中有信念、一直心无旁骛地追求信念、活在自己信念中的那种人。他心思单纯,气质温厚醇仁;因为心中有坚定的信念,并且敬畏着心中的信念,反映在形容上,就是恭谨。王阳明在心里给他下了两个字的评语"温恭"。王阳明喜欢这个妹夫,喜欢这样好学上进的青年人。徐爱的好学上进是在自己身上、自己心里用劲,这是块做身心学问的好坯子,他的面色,他的身材,整个儿都透着一股圆润的、温厚的、和谐的气息。这是一块璞玉。得到可雕琢的玉材,雕工爱不释手。对徐爱,王阳明心里痒痒的。

徐爱向王阳明作过揖,在客位就座。兄弟俩谈到了学问。

王阳明说道:"曰仁,你今年二十一岁,能够秋榜题名,可喜可贺! 希望你明年百尺竿头再进一步,考中进士,为官做宦,造福百姓。从为兄的经历来看,纵考中进士,也不能止步的。"徐爱字曰仁。

徐爱一直正襟危坐,像在课堂上听先生讲课一样认真,大舅哥的年龄,大舅哥的学问,大舅哥在北京做官多年的经历,这一切都是恭敬的缘由。听到大舅哥最后这句话,他心里疑问。

王阳明注意到妹夫疑问的眼神,他这样的虔诚,这样的疑惑,恰似自己当年,王阳明接着说道:"《大学》八目讲究'格、致、诚、正、修、齐、治、平'这样一个次序。要做官,要治国平天下,前提是修好身。要修好身,就必须做好学问。为兄在京这么多年,发现不少人进士及第,获得了晋身阶梯,当了官,做了老爷,但是并没有安顿好自己的身心,没有修好身。这样的人当官做老爷,不过是为自己打算,想要升官发财。这都是学问缺失,学问没有做好,身心没有修好,对人对己,没有益处。当然,这其中也包括我自己。我虽然没有修好,却一直在努力,没有放弃。"王阳明停顿下来。

徐爱有了疑问,恭敬地问道:"小弟愚钝,敢问兄长,以您之见,修好身、治好学问,有个什么标准呢?"

王阳明温和地笑了笑,说道:"问得好。具体说起来,可能十条一百条,归结到一句话,拿《大学》来说,用三纲'明德、亲民、至善'来检验,是一个标准;拿《论语》一个字,就是你表字中这个'仁'字,也可以检验。"

徐爱憨厚地笑了笑,说道:"长辈给我取字曰仁,有两重意思,一是这个'曰'字通'乐',让我以仁为乐;第二重意思,这个'曰'字当'日'字用,期望我天天为仁,像圣人一样,天天、时时都在'仁'中。可是这个仁的标准,我一直拿捏不准。《论语》中说到这个仁,据愚弟细查,一共一百零九次,意思各种各样,莫衷一是。请教兄长,您能否为我解释一下这个'仁'字?"

王阳明赞许地点了点头,笑着说道:"问得好。圣人用一个字,为兄用两个字,圣人说'仁者爱人',取一个'爱'字,为兄用《大学》'亲民'两个字。亲民可以作为试金石。这个民,可以是亲人,可以是陌生人,可以是不喜欢的人,甚至可以是敌人。"

徐爱听到"不喜欢的人"和"敌人",惊讶得睁大了眼睛,插话道:"愚弟对不喜欢的人,一向是退避三舍;对坏人,一向坚持疾恶如仇。"

王阳明听妹夫说完,笑了笑,说道:"这是一个境界和心态。至于怎么处理和对待,一会儿再说。这个民还不仅仅是说人,一个人真到了仁的境界,"王阳明回味着自己在阳明洞天体证到的境界,缓缓说道,"对一草一木,飞禽走兽,山河大地,都会爱心发露。"

徐爱闻言惊讶地睁大了眼睛。王阳明好像沉浸在自己对仁的体验中,缓声细语地述说着:"真到了仁的境界,就像程夫子在《识仁篇》中描述过的,'浑然与物同体',山山水水,山河大地,蓝天白云,你会觉得那都是你的身体。人没有了私心杂念,无忧无虑。所以,程夫子在《识仁篇》开宗明义说,'学者须先识仁'。曰仁,你的表字,时时提醒着你,学仁,做仁。"

徐爱温厚地笑着问道:"兄长,怎么学仁做仁呢?"

仆人王祥进来禀告道:"老爹,姑爹,饭菜已经备好,太奶奶吩咐喊你们过去。"

王阳明起身说道:"曰仁,先吃饭,你的问题一句话说不完。现在世上最缺少的就是你这样的好学精神。你能不整天想着怎么升官发财，而是时刻想着修好自己的身心学问，实在难得！"

徐爱跟在王阳明身后说道："兄长，愚弟有两位好朋友，是同年举人，都是山阴人，我们经常一起切磋怎么做好身心学问。我们求道若渴，可惜一直苦于找不到先生。愚弟今天听您一席话，有茅塞顿开的感觉。愚弟有个想法，请兄长答应。"王阳明停住脚步，扭脸看着徐爱，只听徐爱说道，"愚弟想拜兄长为师，求学圣贤学问。"

王阳明听这话，心里很高兴，但是他有个疑虑，于是说道："天下醉心于道学者，为兄只见一人，就是广东湛若水。道学不兴，天下无道，以道学为己任者太少，这是最大的原因。曰仁，你我本是兄弟，为兄怎么敢以师自居？"

徐爱坚定地说道："道者为尊，以道为师，师者传道授业解惑也，能传道、能授业、能解惑的人就是老师。请兄长不必推辞。更何况兄长年齿为长，胸怀道学，实堪为师。"

王阳明脸色肃然，说道："曰仁，你说的有道理。道学不兴，师友之道缺失也是一个主要原因。"王阳明想起了在南京和父亲的谈话，父亲做过当今圣上的老师，讲"四书五经"，讲为君之道，眼下这样的世道，圣上用邪人走邪道，父亲悔恨自己教学无方，自己有愧师道。当时王阳明担心父亲自责太深，伤了身体，就劝解父亲说，父亲没有教好，圣上没有学成，祸根在师生关系没有摆正，老师给学生磕头，老师还有尊严吗？道学还有尊严吗？俗话说只有来学，没有往教，没有诚恳求学的态度，没有正确的师生关系，道学是承续不下去的。现在看，徐爱说的完全在理。

徐爱笑了起来，笑得天真无邪，笑着说道："师徒之礼不可草率。愚弟回去好好准备拜师仪式。愚弟的意思，就近选定吉日，早成礼早受教。"

徐爱的两位朋友，一位是朱节，字守中，比王阳明小三岁；一位是蔡宗兖，字希渊，和徐爱年龄相仿。朱节和蔡宗兖对王阳明都是久闻大名，尤其是蔡宗兖，他与王阳明还有另一层关系,蔡宗兖的"四书五经"入门授业先生是王文辕。所以,听徐爱一说拜师的事,这两位都是数着指头盼吉日,希望能同入王阳明门下。

拜师仪式定在冬至后第一天。冬至祭罢祖宗,徐爱、朱节、蔡宗兖及许璋、王文辕,加上三位仆人,一行人起大早,乘船从绍兴赶往余姚,来投拜王阳明。

拜师仪式在王阳明家祠堂举办。

祠堂门外台阶东侧是一个盆架,崭新的铜盆里是清澈的温水,盆架上搭着一条新手巾。台阶西侧,立着一架鼓,挂着一面铜锣。

大厅已经做了布置,中堂张挂一张大幅圣人行教图,行教图两侧的对联是"道贯古今,永久明灯;德配天地,万世师表",横批是"至圣先师"。小对联两侧,墙面上垂挂着一副更宽、更长的对联,是"替天传道继绝学,为人师表;学仁造命安身心,利己惠人"。靠墙是一张条几,条几上,在长对联的角下,摆放着两个烛台,烛台上燃着两支粗壮的红蜡烛。两个烛台之间,是两个盛放供品的漆盘,左盘上摆着果脯,右盘上盛着菜蔬。两个漆盘外,放着两个盛满了酒水的酒杯。靠条几是一张方桌,桌面正中立着一个铜香炉。

方桌东侧一把椅子上端坐着王阳明,方桌西侧椅子上坐着诸翠。大厅东侧,比王阳明的座椅稍靠南一些,一把椅子上坐着王文辕。王文辕南侧摆放着两张桌子,靠北桌子上放着两个托盘,一只酒壶,一只茶壶,三个酒杯,三个茶杯。靠南桌子上放着三只金华火腿。

大厅西侧靠北,一把椅子上坐着本次拜师仪式的司仪许璋。许璋坐南边。与他坐的地方间隔一段空间,三把椅子依次坐着朱节、徐爱、蔡宗兖。

大厅中央地面上铺着一领新蒲席。

巳末午初时刻,司仪许璋起身往前走了一步,咳嗽一声,清了清嗓子,朗声宣布道:"传布道风、承续道学拜师仪式正式开始,第一项,襄礼、师生各就位!"

随着抑扬顿挫、不疾不徐、不高不低的唱礼声,王阳明整理了一下衣冠,襄礼王文辕起身走到门外西侧的锣鼓前,三位学生各自起身,移步到大厅中央,三人一排,面北肃立。

司仪看看各就各位后,亮声宣布:

"吉时到,锣鼓鸣。锣三槌,鼓三通。三学生,听分明,驱私心,逐杂念,诚一心,敬一念,正衣冠,肃容颜,今对师,如对天。"

门外王文辕锣、鼓各敲三点。三位学生各自整理衣帽,肃穆容颜。王文辕结束敲锣打鼓后,回到刚才的位置。司仪敞声告白:"维正德二年腊月十八,北风不寒,南阳暖照。姚江水畔,四明山麓。道风绵延,德学流传。古有先贤,舜传禹中;今有守仁,阳明先生,道接孔孟,胸怀天下,感念世间,道学不兴,传承无人,忧心发心,延续绝学;感我绍兴,古来有之,德不孤单,必有芳邻,既有良师,自有贤徒,朱君名节,徐君名爱,蔡君宗兖,三君一心,崇尚道学,孜孜追求,重塑身心,改造性命。三位书生,心存礼数,重道尊师,敬仰阳明,一心伏拜,承续道学。此时此刻,黄道吉时,天地作证,成就礼数。"司仪宣布:"第三项,弟子盥洗净手。"王文辕引领三位学生向门外鱼贯而出,铜盆洗手。三位洗手后,回到座位。

"第四项,三弟子上香,敬茶酒。"随着许璋的唱礼,襄礼王文辕分别递给朱节三炷香,给徐爱酌上一杯酒,给蔡宗兖倒上一杯茶。三人依次到供桌前插香、敬酒和献茶。之后,三人再回到原位。

"第五项,学生向至圣先师致礼,行再拜礼,一拜,兴;再拜,兴。"

三位学生各自跪下,举手齐眉,俯身叩首。两次跪倒,四次叩首。

"第六项,弟子代表读祝文。"

朱节年龄最大,宣读祝文道:"万世师表,千古明灯。宪章文武,道学大成。作传《周易》,演示天道,天人合一,惠泽苍生;笔述《春秋》,信史隐喻,树正崇正,鞭挞邪佞;编校《诗经》,剔除淫风,选三百首,曰思无邪。儒家经典,勒石刻经,润泽身心,塑造性命。后世子孙,承续慧命,点燃心灯,弃暗投明。光明宇宙,世界大同。我等三人,伏拜至圣,今请先师,做个见证。伏惟尚飨!"

"第七项,行拜师礼。"

这时,王文辕请王阳明起身,帮王阳明把椅子搬到方桌前面中间位置;司仪许璋请诸翠起身,帮诸翠把椅子搬到与王阳明的座椅并排。安排好椅子,司仪请王阳明夫妇就座。

司仪唱礼道:"第八项,弟子向师行再拜礼。一拜,兴;再拜,兴。"

王阳明正襟危坐,一脸严肃,面对三位学生的再拜叩首,以两次颔首答礼。

司仪唱礼道:"第九项,弟子向师献贽礼。"

三位学生依次从王文辕手里接过来每人带来的金华火腿,各自双手高举过眉,捧送给王阳明。王阳明坐着接过来,再递给王文辕。

等三位学生回到原来的位置,司仪唱礼道:"第十项,弟子代表恭读拜师文。"

这次是三人齐声读诵:"弟子朱节(徐爱、蔡宗兖),今天有幸,俯身跪拜,阳明先生,身列门墙,仰承训令。弟子愚钝,智力蒙昧,总有一善,知耻好学。以前迷茫,学无路径,今有师承,暗夜明灯。严师苛责,成就高徒,此一名言,弟子服膺。恳请先生,视作家童,训骂责罚,请勿姑息。既做弟子,心随先生。诚敬恭谨,慎独克己,以师为镜,修正身心,再造性命。承接传递,圣贤慧命。伏请先生,颁赐师训。口说无凭,立字为证。这是我们的拜师帖。"

三个人呈上自己的拜师帖。王阳明接过套着红封套的拜师帖,递给诸翠,由夫人先收着。

司仪唱礼道:"请先生致训词。"

王阳明清了清嗓子,说:"今天我很高兴,不是为我当了老师收了徒弟,而是为道学路上又多了三位同路人。人多力量就大,举火把的人多了,能照亮更广阔的夜空。我们说圣人的智慧是心灯。如果这盏灯一直被埋在故纸堆里,没有人举起来,那不等于没有灯吗? 如果有灯,我们的眼睛却被遮着,那不等于没有灯吗? 圣人已经不在了,圣人给我们留下了点燃心灯的方法。我们要点燃的是自己的心灯,我们自己的灯亮了,除了自己受用,也能惠及别人。我们要传布的就是这个点灯的方法,方法有很多,就像从余姚去京师一样,有很多路径,我们只要找准一条最适合自己的路子,持之以恒,铁杵也能磨成针。啊,半圭兄,司舆兄,你们两位请坐,守中,你们三位也坐。"许璋、王文辕、三位学生各自就座。

王阳明继续说道:"最近京师吏部出台个政令,京师文武百官,请假违限和病假满一年者勒令退职。我的凭证马上要满一年了,不敢再耽搁,年后一过初五我就要出发。以后,我们师徒可能要相隔万里了。所以我今天多为你们介绍一些方法路径。眼下道学不兴,学道行道的人太少。这有它的历史原因。孔孟以后,圣贤学问被人戴上了假面具。圣经被训诂,被肢解,变得支离破碎。此后以盲引盲,大家都是盲人走夜路,摸不着东西南北。这种情况一直持续到两宋,有周濂溪、二程夫子、朱子,几位前辈大儒新辟门径,接上了孔孟的香火。可惜,宋儒之后,心灯再次失传。原因在哪里?师道缺失了!我在求道的路上,一路磕磕绊绊,求不到明师,走了很多弯路。尽管走了弯路,却收获不少心得。最大的心得,就是立志。这一点,上个月,我在南京给弟弟们临别写诗赠言时,着重强调过。立什么志?立学圣贤做圣贤的志向。不怕不知学,就怕不立志;不怕学不成,就怕志不坚。这一点,我希望与你们三位共勉。如今在道学上,我虽有心得,却是断续的。就像守中的表字一样,圣人是'时中',时时能守住中,我呢,有时能守住中。做你们的老师,我不太够格。我们先亦师亦友吧。道学路上,多一个人,就能多一份影响,一传十,十传百,百传千千万。星星之火,可以燎原。这也是我今天特别高兴的原因。你们三人,守中眼神明亮,心思机敏,这是聪明。智慧靠心静,要把心思静下来,把聪明转变成智慧。曰仁,温纯恭敬,守住这个恭敬,心一定,就能开智慧。希渊,内秀内敛,内敛要有度,上善若水,水能柔顺万物,但是一内敛成冰,就太坚硬了。冰易伤人。所以,内敛可以,不要尖刻,否则自伤伤人。最后,送三位四个字:诚敬,慎独。不要贪多,越少越精,守好一个字最好。你们年后进京参加春试,是个磨炼。举人,进士,做官,做学问,处处留心,处处都是学问。为师不在的时候,你们就请教半圭先生和司舆先生。我们是好朋友。"

王阳明说完这些，扭头对诸翠说："《别三子序》。"诸翠从身后拿过来三个纸筒，递给王阳明。王阳明说："这是三幅字，《别三子序》，功夫不在字上，在内容。赠给你们。"王阳明起身，三位弟子，排队上前双手接过来。王阳明说道："这不是师训，是临别赠言。好了，我们师徒四人，这第一堂课就以齐诵《大学》第一章结束吧。"于是王阳明和三位弟子唱诵了一遍《大学》第一章。

等唱诵结束，司仪宣布道："弟子向师父、师母敬茶！"三位弟子排队到王文辕跟前，王文辕给三位倒上茶。排在前面的朱节、徐爱分别给王阳明和诸翠敬上茶。诸翠起身把一杯茶捧给司仪。

最后，司仪许璋喝了一口茶，爽朗地哈哈一笑，宣布道："礼成！这是第十一项，既是十的结束，更是一的开始。祝三位学友，好好学习，学做圣贤，学成圣贤。"

第三十五章　离别亲人　谪旅宦游

正德三年正月初六,王阳明踏上了万里长征的赴谪之旅。

一行四人,随行三人有书童王祥、力夫王金、厨子王舍。三人都是余姚老家王氏家族远房族人。王祥十七岁,略通文墨,身子单薄,瘦削的小长脸上,眼神机灵。爹娘打发他跟着王阳明,希望他既可以挣钱补贴家用,又可以学习识文断字,期望将来有朝一日他能出息了,或者跟着王先生学着当个师爷,或者到哪个衙门当个文书吏员,总之,想要他风光。王金二十八岁,膀阔腰圆,憨厚的四方脸上,眼神木讷,嘴唇厚实,一看就是个沉默寡言的汉子。王舍二十出头,小个子,胖墩墩的,黑黑的小圆脸上泛着油光。王祥身背一个带有抽屉的竹编箱子,上下两层,箱面漆着防水的桐油。这是王阳明的移动书房,内盛着:小梳匣(梳头的梳子和篦头的篦子)、茶盏、茶盒、香炉、香盒、匙箸瓶、小砚台、墨锭、笔筒和毛笔、小水注、图书匣、文具匣、诗筒、镇纸、竹筒酒樽、药匣、拂尘、纸扇。竹箱上面横着一把装在布袋里的古琴,竹箱后面挂着一顶斗笠,竹箱边上插着一把桐油布雨伞。王金担着一副担子,一头是铺盖和随用杂物,一头是王阳明的漆过防水桐油的藤条编织的衣箱。王舍担一副担子,一头是提盒,一头是提炉,提炉包括铜火炉、茶壶、小锅。王阳明腰里挎着威宁伯家赠送的那把宝剑。

一大家子亲人在码头,流着泪,挥着手,目送客船驶离码头。

王阳明擦干眼泪,坐进船舱,开始翻看一册《皇明天下驿路图引》,算计着路程。身边的王祥问道:"老爹,贵州有多远呀?"

王阳明指着图引说道:"贵州到南京,国道是四千二百五十里,走长江,过洞庭湖,经常德,到贵州地界。到我们余姚大概有四千里。我们不走南京,咱从江西过,也要经洞庭湖。"

王祥问道:"咱余姚到京师三千二百四十里,路上走一个多月。到贵州比那远一千里地,恐怕得两个月吧?"

王阳明答道:"这不一样,去京师水路顺畅。去贵州,崇山峻岭,有水路有旱路,路难走。有的地方听说叫鸟道。"

王祥再问道:"老爹,您驿丞这官儿都管啥事?"

王阳明答道:"驿丞管驿站。天下十三省,每个省都有通往两京的国道,官员上任,举子赶考,就走这些路。各地军情飞报,朝廷政令传递,各地物品上贡,来来往往,天黑总得有地方住宿吃饭,马累了总得有个换马的地方。水路有船,旱路有马。旱路三四十里,或者五六十里,就要设置一座驿站。水路间隔远一些,六七十里,或者八九十里,设置一座驿站。两京到各省有国道,各省到各府县有省道府道。京师设有会同馆,是这些驿站的总站。通过这些道路和这些驿站,把天下串起来,全国就成了一盘棋。你说重要不重要?驿丞就管这些。"

王祥小孩子好奇心重,再问道:"一个驿站有多少人马呀?管多大个地方呀?"

王阳明回答道:"这要看在什么地方,驿站有大有小,交通要道,人来人往,驿站就大,有的配备马匹八十四、六十匹、三十匹;偏僻的驿站,可能二十四、十匹,或者五匹,甚至有可能只有驴和牛。马匹分三等:上、中、下,马脖子上挂着小木牌,写着等级。水驿,大驿站十艘船,小驿站五艘船,每船配十名水手。马有马牌,船有船牌。驿站里有吏员,有驿卒、馆夫、房夫、厨子。就管这么大个地方。"

王祥不解地问道:"老爹,驿站有厨子,咱为啥还带着王舍哥呀?"

王阳明看着图引,头也不抬地回答道:"驿站提供食宿。我们路上得防备万一,说不定哪天会赶上雨呀雪呀的耽误了行程,或者到前不着村后不着店的地方,得自己想办法。况且到了地方,不知道吃得惯吃不惯当地的饭食。"

　　王祥扭捏着问道:"老爹,驿站这些人有俸禄吗?"

　　王阳明笑着看了王祥一眼,说道:"吏员应该有。其他人都是当地衙门派来服劳役的,是差役,恐怕没有俸禄。"

　　王祥有些失望,又保留着一丝希望,呢喃道:"老爹,您好好教教我,我说不定可以当个吏员。"

　　王阳明哈哈笑了笑,说道:"好好读读书,做个学问人,怎么眼光就看到吏员这个级别? 啊!"

　　王祥不好意思地笑着说:"俺爹娘要我跟着老爹念书,长大了当师爷,当吏员。"

　　王阳明哈哈笑道:"那是你爹娘的眼光。既然跟着我了,就把眼光放长些,看远些。读书不分贫富,不少进士都是穷出身。"

　　王祥忸怩着说道:"那老爹您得教我。"

　　王阳明点了点头,说道:"你自己要留心,你人机灵,教学求学,有言传有身教,不要只用耳朵,要多用眼睛,处处留心,处处都是学问。古人说诗言志。我每到一地都要写诗,祠堂寺观,码头驿站,名胜山川,我们给它题写到墙壁上,一则是风雅事儿,过往朋友互相交流,二则也是人过留名。这些诗稿,你可以认真誊写,收藏好。这就是一个学习过程。我给朋友唱和诗词,到了驿站,要小心寄送。"

　　王阳明一行四人,从余姚到钱塘江,向南转富春江,经浙江江山,进入江西,过玉山到广信。元宵夜,王阳明在广信葛阳驿江面船上,与登船相访的广信府同知蒋益一同赏月看灯。之后,穿过江西一路向西,过袁州、萍乡,到醴陵进入湖广地界。

浙江的国道多是水路，水边为了便于拉纤，多傍着河边铺有石塘路。从江西萍乡到湖广醴陵，因为不是国道，道路泥泞不堪。

在江西萍乡，王阳明顺路拜谒了周濂溪祠堂。当时站在周濂溪塑像前，王阳明自认是这位先贤未曾见过面的私淑弟子，心里默诵一遍《太极图说》和《爱莲说》，感佩着先贤的高洁人格，感叹后人只知道塑立先贤的木像，把先贤当木偶供着，却把先贤的学问弃置一边，这种种想起来令人伤感。如今，孔孟、周程的学问绝户失传了，传续道学的担子只能自己承担了。拜着周濂溪，王阳明心里渴望着能早一点赶到长沙，因为那里的岳麓书院曾经是道学传布的重镇，那里有先贤朱熹和张栻讲学的遗风留韵。

道路崎岖多泥泞，谪官马上感艰难。一进入湖广，王阳明在广信与朋友一同观灯赏月、把酒赋诗的情怀消失殆尽。随着进入长沙，王阳明的心情像天气一样糟糕。长沙迎头给这位谪官泼浇了一场毫不停歇的雨水。

船到湘江，天空飘着冷雨，王阳明情不自禁地想起了屈原。长沙是屈原被贬谪九年的地方，在这里，屈原曾经问过天，曾经问过湘江里的水神。我王阳明的疑惑不多，就两个吧，一是"四书五经"到处书声琅琅，为什么天下有学无道？二是人越正直越是被小人欺凌，难道君王们都喜欢小人？

长沙这个地方，是太势利吗？连老天爷也不给谪官们一个好脸。开创楚辞文体的屈原被贬到长沙，首创汉赋的贾谊被汉文帝从长安流放到长沙。遭难的总是文人，文人就是颠沛流离的命？自己刚进长沙，就迎面遭遇了漫天大雨。

中午，王阳明四人冒雨上岸，入住湘江岸边的寿星观。王阳明随身带有广信府同知蒋益托转长沙知府赵维藩的一封私人信函，蒋益和赵维藩是同年进士。入住妥当，王阳明马上打发王祥，带上自己的名帖，冒雨把信送到位于正南门内的府衙。

在长沙，王阳明忍受着牙疼的折磨，由长沙知府赵维藩、长沙府推官王教陪着，游览了岳麓书院，凭吊了朱熹和张栻讲学的遗迹。

王阳明一行四人赴谪小分队,离开长沙,顺着湘江北去,渡洞庭湖向西,跨常德,穿辰州,越辰溪,经沅州,眼看着就出了湖广,进入贵州地界。

辰州的地形地貌迥异于浙江故乡。在王阳明老家,有山,峰不高,有水,浪不急,沃野鱼米香,市井方音亲。而这里,山间路径如羊肠,时而钻山谷,抬头看不见峰顶,望不到太阳;时而攀山崖,脚下深深无底渊,一脚踏空见阎王。山水多怪异,人物也异样。人们穿衣说话,好像是另一个世界。这里好像是山的世界,前后左右满眼都是石头山,好像是一个山的迷魂阵,好像永远也走不出去似的。狰狞的山峰,幽深、蜿蜒、看不到尽头的山谷,沉重地挤压着王阳明。听不懂的语言,吃不惯的饮食,戏弄着王阳明的听觉和智慧,折腾着王阳明的肠胃。

"老爹,那天我们过洞庭湖,刮大风,起大浪,木船撞到了礁石上,眼看着要翻沉。我开始怕得要命,后来见您没事人似的,没有一点害怕,我也就不怕了。水我在咱老家见得多了,我不怕水。可是这山,这里的山好像没有尽头,过了山还是山,咱们啥时候能走到龙场?"在沅水驿,王祥愁眉苦脸地问王阳明。

王阳明坐在桌前,抬手拍了拍脑袋,驱赶着心里的沮丧,做了一次深呼吸,说:"有脚不怕路远,有船不怕河长。王祥,研墨!"王阳明铺展着纸张,他心中的沮丧还流连着、盘踞着,不愿意离去。当年李白被贬谪到夜郎,走到武陵,接到了解除贬谪的圣旨。自己会不会有这样的命运? 恐怕不会,自己已经被贬谪近一年了,要是朝廷改变主意,恐怕早就改变了。自己要去的贵州和比贵州更远的云南,究竟是些什么地方呢? 自己在刑部时,要流放的罪犯,只有两个方向,一个是西北,甘肃和陕州,一个是西南,就是贵州和云南。自己是被贬谪外放的,能去什么好地方,既然贬谪就是惩罚,那就别抱怨道路艰险了。可是为什么被惩罚呢?还是一篇奏章的事。仅仅因为一篇奏章,就把自己流放到这穷山恶水来。自己是朝廷的一个弃儿,是一个弃妇,是痴情女遇上了负心汉。弃妇的形象在王阳明心中挥之不去,弃妇! 弃妇! 王阳明挥笔宣泄,一气呵成《去妇叹》,不停笔,连写五首。

"老爹,您想俺大娘了?"王祥侍立在一边,侍候着,疑惑着。

王阳明写完,做了一个深呼吸,心里顺畅了,轻松了,所答非所问地说道:"王祥,诗以言志,作诗歌诗,可以抒发自己的情怀。一个人高兴了,可以放歌;郁闷了,可以宣泄。写一写,吟一吟,心情就可以平复、平和。要学文,就要学着写诗。"

进入贵州地界,一路西行,过了平溪卫、清浪卫、镇远卫、偏桥卫,来到了一个叫月潭的地方,人困马乏的王阳明四人在此应邀停留了一天。

月潭位于偏桥卫和兴隆卫之间。月潭岩头上正在修建一座新寺庙,住持叫正观,督工的是兴隆卫指挥佥事逯远。新寺刚刚落成,剩下一些扫尾活计。寺庙的规模不大,一座殿堂和两间供僧人居住的寮房。殿堂正面供着释迦牟尼佛,佛的左右两位菩萨是谁呢?不像观音和大势至菩萨,也不像文殊和普贤菩萨。王阳明站在佛像前沉思着,百思不得其解,自嘲似的摇了摇头。于是,他向身旁的正观和尚双手合十后,问道:"请教师父,佛祖两旁的侍者是何方菩萨?"

正观双手合十道:"阿弥陀佛!咱们深山小庙,不比外面大寺院。外面寺院,人们求富贵求智慧,观音菩萨和文殊菩萨,大家最喜欢。咱们这里,穷山恶水,外来的官宦军旅,旅途劳顿,山间瘴气重,水土不服,难免大病常犯小病不断。这个地方,夹在两个卫所中间,前不着村后不着店,修这座寺庙,算是给来往的施主们一个歇脚喘气的地方。佛祖身边这两位菩萨是药王菩萨和药上菩萨,这两位菩萨是一对兄弟。哥哥俗称星宿光,弟弟俗名叫电光明,兄弟俩一辈子悬壶济世、治病救人,后来修成了菩萨。"

王阳明点点头,说道:"哦,原来是给人治病的菩萨。"

正观说道:"菩萨不仅仅庙里有,世间也有菩萨。先前这座庙年久失修,房顶露着天,佛菩萨天天风刮雨淋,来往行人也缺个歇脚的地方。老衲云游到此,于心不忍,就落脚下来,发愿重修寺院。两个月前,遇上从云南回京师的按察司副使朱文瑞施主,是朱施主捐献的功德钱,兴隆卫的军爷们和十方善众,众人拾柴,促成了这件事。你看,庙是新修的,旧庙原有的石料木材,"正观指着庙后的月潭公馆,"就成了施主歇脚的公馆。这样一来,来往的旅人,翻山越岭,累了,走到这里,可以歇脚;病了,拜药王菩萨,可以治病。周围苗家兄弟,知道有佛祖,慢慢就不会再去乱拜邪神恶鬼了。这件功德无量的善举,老衲不想埋没了施主们的一片善心。听说,王施主是京师来的学问人,不知施主可愿意了结老衲这个心愿?"说完正观眼含期盼地望着王阳明。

王阳明双手合十道:"吃水不忘挖井人,恭敬不如从命。"

正观欢喜道:"善哉善哉!菩萨处处有,老僧今又见。不知王施主什么时间方便?"

王阳明笑了笑说道:"重修寺庙的来龙去脉,师父已经说得明白。师父只管准备桌椅,就在这庙门前,对景抒怀,现在就写,门额对联,一并给老和尚写就。"

王阳明就在庙门前写成了《重修月潭寺建公馆记》和一副对联"佛祖悯苍生,深山野林心有驿;善士慰旅人,烈风苦雨身可栖",横批是"药王济世"。

第三十六章 贵州城内 拜访毛科

离开兴隆卫，一路向西南，经过平越卫、新添卫和龙里卫，就到了贵州的省城贵州城。王阳明一行四人入住到了驿站。通过《余姚缙绅录》，王阳明知道，在贵州城里他有一位老乡毛科，毛科字应奎，号拙庵，成化十四年（1478）进士，现任贵州按察司副使，主要按察学校、司法和军赋。出门在外，既是老乡又是长辈，王阳明一到贵州城，即去拜访毛科。

提学衙门在贵州城中心地段。毛科时年五十六岁，鬓发胡须已经灰白，偏远异乡见到故乡人，毛科很高兴；陌生异域，听到乡音，王阳明也很高兴。

毛科热情地问道："伯安，一路吃得消吗？万里跋涉，路上难免要吃不少苦头，对年轻人来说，吃苦头不见得是坏事。俗话说，行万里路，读万卷书。不来云贵，不知道天朝天下之大；不来云贵，不知道天下群山连绵、无穷无尽。"

王阳明想到路上吃的苦，苦笑着说："山路苦，风雨苦，饮食苦，疾病苦，身上苦，心里苦，苦虽苦，毕竟已经来到了贵州。人生百味，苦辣酸甜都是味，都要尝一尝，人生才更丰富。"

毛科笑着说："好，有这个精神好。没有挂上被贬谪的酸苦相。没有尝过这个苦头，天天坐在京师衙门里，你也不知道是甜还是苦。吃过苦才知道甜。贵州总要有人来管理，苦头总要有人吃。老夫弘治十五年（1502）从云南调任贵州，任提学副使。贵州各类政事都要比外省慢一拍,这里的提学道直到弘治四年才开设。提学衙门,是老夫一手操办建设的,弘治十八年才建成。提学衙门旁边的文明书院,与衙门一起建成的。"

王阳明对书院很感兴趣,问道:"啊,还有书院。想不到这么偏远的地方,竟然有书院。晚辈路过兴隆卫,听说一位乡宦周瑛老先生曾办过一个草庭书院。拙庵先生督学办学,开化民智,功德无量。"

毛科手捻胡须,得意地笑着说:"办学校,行仁政,布德风,一直是老夫的心愿。城里还有一座中锋书院,是程番府办的府学。另外,老夫还在东北靠近湖广的铜仁府,督办了一座铜江书院。眼下贵州城里,社学二十四处,学童七百人,其中苗彝土著学童一百多。如今听着学童们书声琅琅,老夫如闻天籁,舒畅呀!"

王阳明惊讶地问:"土人读汉书、学汉礼?这是先贤们说的垂裳而天下治呀。读一样的书,行一样的礼,天下大同,妙哉妙哉!"

毛科不再笑了,严肃地说道:"前景是美妙,只是眼下学童还不够多,称职的先生更稀缺。学生少,生员少,贵州乡试还没有单独开考,生员要长途跋涉到云南去考试。这也是老夫的一个心结呀。按老夫的意愿,多办学校,广招学生,争取早日在省内开考乡试。"毛科说着,眼里充满着对未来的憧憬。

王阳明安慰着老乡说:"拙庵先生一片苦心,按目前的路子,一步一步走,这个心愿会实现的。"

毛科摇了摇头,说道:"也难说。贵州情况不同于咱们老家。伯安,你在城里转了没有?"

王阳明摇了摇头说:"初来乍到,想着先来拜访前辈,没有顾上游览。"

毛科起身道:"走,伯安,老夫领你到城里各处走走,了解了贵州城,你对贵州省的情况,就会有个大致的了解。"

王阳明跟着毛科出了提学衙门,到了街上。毛科走着说着:"伯安,贵州城虽然是省城,与杭州是没法比的,与我们余姚城倒有一比。这城南北四里长,东西三里多宽。我们一会儿工夫就转完了。省里衙门都在中间偏东南方向。咱们这一块是中心,西边是布政司、按察司、都司衙门。脚下这条街是主街,叫都司大街。"

两人站在十字街口,王阳明听着毛科的指点,观察着周围。毛科指向北方说道:"贵州城里,三分天下,三者是省里各衙门、安宣慰使和宋宣慰同知。北门和西门属于宣慰司安宣慰使的通道,这一片街区,都是安宣慰使的地盘。宣慰使衙门在北边。出了北门是安氏庄园,汉民不得随意进入。东门和大南门是宣慰司宋宣慰同知的通道,宣慰司同知衙门在东南面。省里衙门就在这中间和西南角,贵州卫和贵州前卫,都挤在这个区域。小南门是各衙门控制的通道。城里情况类似省内各地的情况。"

王阳明惊讶地说:"拙庵先生,照您这样说来,朝廷自由伸展的空间很有限呀。"

毛科说道:"是呀!省衙门统领八个府、一个州、一个县,一个宣慰司和三十九个长官司。这八个府、一个州和一个县,却远在东北和西南,大体沿着湖广通云贵的驿道。一个宣慰司占了一半的土地,他们自己管理自己,司法狱讼自己按家法审结,赋税自愿完纳。"

王阳明不解地问道:"这么说朝廷的政令到不了宣慰司的地盘?"

毛科说道:"也不能这样说。这些苗人和彝人都是半放牧生活,粮食少,要他们缴纳赋粮也勉强。朝廷要打仗,可以征召他们。宣慰司的地盘,我们汉人不得随便进入,就是老夫有心办学,有心在全省各地开办学校,也是有心无力。这些大山里的野蛮人,仇杀、械斗,更应该办学教化,但老夫办学不全是为了科举,实在是想教化这些人。"

王阳明刚进入贵州时就因为两股苗人互相仇杀,被阻留耽搁了行程,他感慨道:"民智是需要教化,但我们也只能尽力。拙庵先生,根据您说的这些情况,您应该欣慰了,您已经尽力了。"

毛科摇了摇头，沉默了一会儿，突然问道："伯安，对你要去的龙场驿站，你心里有数吗？"

王阳明摇了摇头，说道："只是从地图上知道个大概方位，在贵州城北，距此七八十里，万山之中。"

毛科解释道："哦，那老夫应该给你介绍一下，好让你有个心理准备。刚才我跟你讲过，在这城里，安宣慰使的地盘是北面和西北，宋宣慰同知的地盘是在东面和东南。听起来这两位好像是宣慰司衙门里的上下级关系，实际上不是这样。他们是两个衙门，各有各的属地，互相不隶属。早年贵州只有都司衙门，没有布政司和按察司。宣慰司就相当于布政司衙门，他们俩一位掌印，一位掌文书，这也是为了让他们谁也不能独揽大权。城外的地盘，安宣慰使主要占西部和西北部，宋宣慰同知主要占东部和东北部。这位宋同知是我们汉民，宋家在贵州经营已经几百年了，他领地内有苗人不同的部落，可惜的是，他等于是被夷化了。"

王阳明吃惊地说："被夷化了？ 这是晚辈想不到的。过去，孔圣人倒是曾用华夏文化成功教化东海边上的东夷。"

毛科说道："天长日久，近朱者赤，近墨者黑。安氏祖先早在蜀汉时，跟着诸葛武侯出征，参与了七擒孟获的战争，立有战功，被封为罗甸国国王，一直传承了下来。元末时的首领叫霭翠，他归顺了太祖皇帝。当时，朝廷要收复云南，需打通湖广通往云南的驿道，这条驿道正好在霭翠和宋氏领地。因为保护驿道这个功劳，太祖皇帝赐姓霭翠家族安姓。安氏是这么个来历。老夫为啥这么长篇大论呢？ 伯安，这跟你要去的龙场驿站有关系，而且关系重大。当年朝廷对安氏官封从三品。霭翠死后，霭翠夫人奢香摄政，在南京朝觐时为了报答朝廷的厚赏，她承诺修建贵州城通往西北直到四川的驿道，这段驿道一共九个驿站，龙场是其中之一。贵州境内西北有两个军卫，毕节卫和赤水卫，这条驿道一通，整个西北就连为一体了。"

王阳明随着毛科在贵州城里漫步，毛科的介绍，王阳明并不觉得其内容与自己这个驿丞有多大关系。但是总算多了解些情况。

毛科继续介绍道："早年间，贵州只有都司衙门，安氏和宋氏权力大得很。随着省内一些地区改土归流，废除土司，改设为府州县，以及后来布政司和按察司衙门的建立，尤其是随着东部香炉山周边几股生苗的反叛被平复后，安氏发现自己好像没有以前的权力大了，朝廷征召他们出兵打仗，他们也就没有以前积极了。出兵时磨磨蹭蹭，讨价还价，战后索求不止。过去，没有布政司和按察司衙门时，他掌握着官印，朝廷怕耽误公事，诫令他不准无故出城，出城巡视领地要申报。现在呢，他干脆躲到自己领地不回来。好在现在衙门齐全，也不需要他再盖章什么的，他愿意躲在领地，也没人追究他。只是逢着节庆，或者迎来送往，他竟然也不出来走动行礼，这让省里很不喜欢。最近有个大的矛盾，朝廷要在西北安氏腹地建设一座军卫，就是水西卫，在鸭池河西边，这是安氏的心腹之地。安氏认为这是朝廷往他眼里揳钉子，所以很抵触。伯安，你是不是觉得这与你关系不大？"

王阳明笑了笑说道："与晚辈关系是不大，与朝廷关系很大。"

毛科没有笑，他一脸严肃地说道："这与你关系很大。龙场驿我路过过。贵州向北去四川播州，向东北去思南州，驿道要经过龙场驿站。龙场是安氏和宋氏领地的交界处。龙场通往西北的九个驿站，从奢香夫人开始，一切供应，人役物料，都是安氏独自承担。"

王阳明笑着问道："天下驿站不是都归属于兵部车驾司吗？"

毛科正色道："归属兵部车驾司不假，供应和内地一样，都要靠地方呀。在这里，龙场九驿要靠安氏。现在，安氏抵触朝廷削权，嫌出征打仗的赏薄，为了反抗在他的心腹之地建设水西卫，他已经断了九个驿站的供应。我路过那里时，那地方要房没房，要人没人，要马更是没马，一片颓废，一片狼藉。因为离贵州城近，我们来去紧走半天，也就过去了。我索性把安氏的情况给你介绍得更详细一些，眼下安氏当家的是安贵荣，这位安贵荣和老夫年纪不相上下。伯安，你知道，他们山野之人,爬山骑马,个个矫健神勇,能打仗。安贵荣成化十年(1474)袭任宣慰使,因为军功,朝廷封赏他从三品参政,他嫌低,因为他父亲按军功曾被封过正三品的昭勇将军。为了宣泄对朝廷的不满情绪,弘治十四年(1501),安贵荣向朝廷上表,自称年老,要让位给儿子安佐。现在,他实际上是太上皇。安贵荣,老夫见过,有心机,很狡猾。他不知道,此一时也彼一时,现在不是他父亲那个时代,更不是他祖先那个时代了。安宣慰下面是个大家族结构,分十三个则溪,十三个则溪下面是四十八个部,有远支,有近亲,号称一部一万人口。就这个情况。伯安,你要常驻的话,可怎么办呢? 怎么相处? 吃住怎么解决?"

王阳明听到这里,笑不起来了,他问:"有没有别的办法呢?"

毛科沉默了半晌,试探性地说道:"伯安,老夫早就听说过,我们余姚又出了一个才子王守仁,学问好,文笔快。我这里正缺少先生,文明书院你倒可以落脚。咱爷儿们别说级别了,驿丞从九品,教授也是从九品,都是每月两石俸粮。这样你也算替替老夫,帮帮老夫的忙。文明书院,先生难找,老夫多是亲自上讲席,有时候也请城里同僚帮忙讲课。可这样走马灯似的换先生,毕竟不是常法,先生不稳定,学生也难安心。伯安,你意下如何?"

王阳明沉吟半晌,应道:"讲书教学,正是晚辈的心愿,替拙庵先生上台教书,更是晚辈义不容辞的责任。只是驿丞虽官小职微,大小也是个朝廷命官。如果晚辈留在省城,就怕别人闲话,以为晚辈怕艰苦,贪安逸,违背朝廷命令。更何况晚辈现在是戴罪之身,他们正在找余姚人的麻烦,到被人挑刺的时候这可是有嘴也说不清的事,怕还要连累到拙庵先生。"

毛科沉吟着,轻轻地点了点头。

中午,毛科招待王阳明在自己家里吃饭,菜是一条鱼、一盘鸡蛋、一盘木耳和一盘笋,两碗米饭,很简单。毛科的餐厅名为"远俗亭"。饭后,两人谈论起了"远俗"这个名字和内容。应毛科的要求,王阳明把讨论的内容写成了《远俗亭记》。

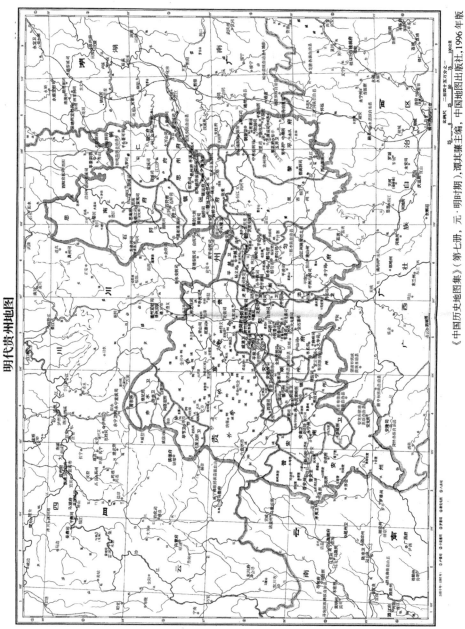

明代贵州地图

《中国历史地图集》（第七册，元·明时期），谭其骧主编，中国地图出版社，1996年版

第三十七章　龙场驿站　一片废墟

　　从贵州城向北偏西方向，走上不到八十里，就是龙场驿。王阳明赴谪之旅，这是最后一程，他们一行四人各骑一匹马，前往龙场。驿道好找，不用问人。出了贵州城，顺着驿道一路走来。驿道是将近三尺宽的石板路，脚下的石板路就是最好的向导。他们还有两位贵州城驿站的驿卒护送。几个人下午就到了龙场驿。所谓的驿站，除了残垣断壁，就是一块刻有"皇明龙场驿，贵州宣慰使司摄政顺德夫人奢香立，洪武十八年"的石碑。人常说，船到码头车到站，一路奔波后，终于可以松口气了。王阳明望着这片驿站废墟，轻轻地叹了口气，在马上少气无力地喊了一声："我们下马吧！"说着跳下马来。王祥、王金、王舍没有立即下马，他们疑惑着，难道朝廷命官的王阳明老爹就是到这里当驿丞吗？不可能吧！给谁当驿丞呢？给鬼吗？王祥嘟囔着："老爹，咱是不是还没走到地方呀？要不就是走错路了。"旁边陪着前来的两位贵州城驿站的驿卒督促道："三位小哥，快下马吧，这就是龙场驿站。我们还得趁天黑前赶回去呢。"

　　两位驿卒看三位不愿意下马，就对王阳明说道："王大人，来前我们驿丞大人特意吩咐过，您要是打算回城里，让我们俩直接原路护送您回去。"

　　王阳明随口应道："啊，辛苦你们了，你们俩回去吧。替我谢谢你们大人。"

　　王阳明打发走两位驿卒，一个人愣怔着。离开贵州城时，王阳明对驿站的状况可着劲往糟糕处想,随便你如何设想,既然是驿站,总得有驿丞衙门,让朝廷命官有个办公的地方;总得有铺舍,让来往官宦有个睡觉安歇的地方;至少得有马棚吧,让马有个遮风避雨的地方;总得有个厨房……路上王阳明比照着一路上走过来见识过的那些驿站的规制,想象着自己将要发号施令的龙场驿站的样子。一切的想象毕竟是虚幻的,眼前的真实状况大出所料。驿丞衙门的影子看不到,房子的痕迹还有,只是有墙没有房顶,墙也是半半拉拉的,残垣断壁,可以遮风不能挡雨。废墟之上,是蓬勃的荒草。

"这可咋办呢? 晚上睡哪儿呢? 要下雨咋办呢?"王舍都有哭腔了。

王祥指着西北方向远处平缓的坝子上成片的茅棚说道:"老爹,刚才驿卒说,那个方向是彝族村寨,要不我们晚上借住到村寨里?"

王阳明心里打定了主意,果断地说道:"入乡要问俗,这是未开化的山野蛮人,我们初来乍到,不知道风俗,稍不注意,会闯祸的。既来之则安之,晚上就住这儿。好在阳春三月,晚上冻不着人。王金,你会搭茅棚吧? 就是咱们老家野地里看庄稼的茅棚。"

王金点着头,说道:"会搭。我搭过。"

王阳明果断地吩咐道:"那好,我们开始折树枝,拔茅草,搭窝棚。就依着这面墙搭。墙虽然残缺不全,总比野地里搭窝棚没有啥依靠强。"

王阳明根据太阳的方位判断,驿站的废墟南靠一座小山包,北面是一条东西方向流淌的小溪流,西北方向是一片山民村寨,门前的驿道一直向西延伸,穿过河谷,经过村寨,向西进入山谷。

在这里,荒山野岭,没有一个驿卒可以让王阳明发号施令,没有一把椅子可以摆官架子,山上林间叽叽喳喳的不知名的飞禽不可能嘲笑这些远客,溪水里的鱼虾对这些落魄者熟视无睹,还有天上的太阳,它一如既往地、毫不势利地普照着山里山外。一股山风吹来,吹面不寒。王阳明在四周了解了一下环境,眼前要解决晚上的睡觉问题,太阳已经西沉,得抓紧时间。王阳明看看自己这身儒士衣

裳,心里思忖着,朝廷命官的架子摆给谁看? 文人的之乎者也说给谁听? 老爷大
人的矜持装给哪位同僚看? 三个小伙子低落的士气靠什么激发? 王阳明一捋袖
子,长袍下摆往腰里一掖,高声吩咐道:"来,王祥,我们两个清理地基。王金,你
们两个带上家什,到屋后山上,砍些树枝,拔些茅草,窝棚天黑前一定要搭成。"王
阳明说着,弯腰开始拔除废墟上的荒草。

大家分头行动。王金和王舍,两人来回几趟,抱回来一堆松枝、茅草和藤条。
四个人一齐动手,依靠着两堵石墙形成的三角,终于搭成了简易的茅棚。顶上,
茅草覆盖得厚厚的。

王金边干活,边不放心地说道:"老爹,这茅草铺得再厚,也会漏雨呀。老家
看庄稼的茅棚,都是中间起脊,中间高,两边低,这样的斜坡才存不住雨水。"

王阳明看着松枝茅草搭成的平顶茅棚,说道:"天气晴朗,一时半会儿不会下
雨。先凑合过去今天晚上,明天从长计议。兴隆卫逊挥使说过,贵州这地方,山
多溶洞多,他们往年到山里追剿叛苗,叛苗往往钻进山洞里,看着不起眼的小洞
口,就可能躲藏着几百上千人。"王阳明回想起了会稽山阳明洞天那个虽然不大,
却给他带来无限欢乐的小山洞,说道:"明天,我们两个任务,一是到屋后山上找
找有没有山洞,二是与周围邻居打打招呼。"

茅棚搭成,外面堆在地上的行李搬到了茅棚里。再简陋,四个人也总算有个
安身之处了。

晚上打起火石,燃起篝火。王阳明坐在门外的石磴上,仰望满天的繁星,聆
听小河的流水,心里没有忐忑,明天怎么样,谁知道呢? 到了明天再说明天的事,
关键是今天要顺利过去,至于明天,再坏能坏到哪一步呢? 总比后面跟着锦衣卫
的杀手好一些。山上野兽多,这堆篝火算是一个屏障。

彝寨边上来了四个奇装异服的汉人,驿站的废墟上再次升起了炊烟,这是个
新奇事。第二天,这个新奇事最先吸引来了几个彝族光脚小孩子。几个好奇的
小孩围拢到驿站茅棚附近,躲在树后,怯生生地往茅棚这边窥探。小孩子光着

脚,光身子上各自套着一件羊皮坎肩。

远亲不如近邻。走亲戚要带礼物,交朋友不能空手,这些王阳明早就盘算过了。在贵州城时,他让王祥采购了大包的贵州卫军生产的波波糖,准备了一铁桶的高粱酒。现在这些可派上了用场。看到王祥朝自己走来,几个彝族小孩撒丫子就跑,最终没有跑过王祥,被王祥一人塞了一块波波糖。

光脚小孩子走后,不大会儿来了两位彝族男子,三十多岁,每人头上盘着大波浪包头布,上身是一件对襟窄袖青布小褂,下身是一条直筒黑裤子,脚上趿拉着一双草鞋。两个人边往驿站走,边讨论着:"子日,听俺家二娃子讲,驿站来了几位老爷,咱们去看看,看看能不能回去当当差。不就是来回牵牵马吗,又累不着,碰上哪位老爷大方,随便赏件什么东西,都是咱们没有见过的稀罕物件。"

被叫子日的不情愿地说道:"日木哥,当差好是好,比在寨子里替头人干活舒坦,可惜咱们自己说了不算,能来不能来,最后还是得听头人安排。要是让头人知道了,咱偷偷摸摸到驿站当差,怕差事没干上,皮鞭子已经挨上了。"

王阳明刚才派王祥给孩子们发放波波糖后,现在正在茅棚外的石磴上,等着邻居们来串门呢。看到子日和日木往自己这边走来,王阳明笑眯眯的。

日木和子日两人来到驿站茅棚外,朝王阳明跪下磕了头,说:"老爷,我们俩原来在驿站赶马,您这里要不要我们回来赶马?我们两个小时候都放过马,对马很熟悉,什么坏脾气的马,到了我们手里,都会变得像小孩子一样老实听话。"

王阳明笑着说:"起来吧,赶马将来一定需要,只是现在没有马赶。王舍,端两碗酒来。"

王舍端出来两碗酒,王祥送出来两块波波糖,各自递给日木和子日。子日接过来酒和波波糖,右手把糖捂在鼻子下,深深地吸了口气,再小心翼翼地咬下一点点,然后左手把酒凑到鼻尖下,轻轻地吸嗅着,用舌尖沾了沾酒,在嘴里吸溜着,赞叹道:"大人的赏赐真香呀!"

王阳明笑眯眯地说道:"香就喝吧。"

日木两眼瞅了瞅酒,再看看波波糖,说道:"酒,小人喝;糖,回家老人吃。"

这句话感染了王阳明,王阳明感慨道:"王祥,你们听听,苗人汉人,都是人,都知道孝敬老人。再给他们每人拿两块糖。"王阳明问两个彝族汉子道:"日木,子日,这最近的山上有山洞吗?"

日木喝完了酒,脸红着,兴奋着,回答道:"山洞?这山上就有一个。"

王阳明闻言开心了,他哈哈一笑说道:"有山就有洞,有洞就有居。走,日木,领我去看看山洞。"

日木和子日,领着王阳明和王金向着山后走去。驿站后边这座山,是这片河谷平地上孤零零的一座小山包,它比老家龙泉山还要低,王阳明随口为它命名为小孤山。转到小孤山的西面,从山脚,往上爬不了几步,荒草藤蔓遮掩之下,是一个洞口。王金挥起宝剑,左劈右砍,把洞口清理出来。见到变大的洞口,王阳明很开心。洞口足有一丈来高,日木带头钻了进去,王阳明跟在后边,随着洞内空间的开阔,王阳明的心情也舒展了。不用住茅棚了,不用再担心下雨了,洞里可以睡觉,洞口可以看书,再能填饱肚子,再有欲望那就是奢望了。

第三十八章　开荒种地　土中刨食

　　小孤山上，石洞可以安身。行李搬进了山洞，王阳明心里还挂念着驿站废墟这儿。王阳明在废墟处茫无目的地踱着步，打量着刻有"皇明龙场驿"的石碑，心里想象着昔日人马喧闹的热闹景象。

　　马嘶鸣声和马喷响鼻声钻进了王阳明的耳膜。起初，王阳明没有理会，他以为那是自己想象出来的。可再听听，那分明是从身后的远方传过来的。身边的王祥耳朵尖，指着西方惊喜道："老爹，那边来了一队人马，一大队！"王阳明扭转身，发现从西方河谷里，沿着驿道跑过来一队人马，足足有四十几骑。人马越来越近，人欢马叫，马蹄声声，一阵嘈杂。人马来到跟前，只听一个声音喝问道："奇怪！这荒废的龙场驿站，怎么有汉人活动？过去问问清楚！"

　　这声音王阳明听得清楚，竟然是江淮口音的汉人。只见一个三十多岁的军人，翻身下马，疾步跑到王阳明跟前，一扬马鞭，正要喝问，看到王阳明一脸威严，并非山野之人，马上马鞭朝下，一抱拳问道："先生哪里人？为何在此活动？啊，鄙人是毕节卫指挥使帐下经历司经历。"

　　王阳明一抱拳，说道："鄙人王守仁，是这里的驿丞。"旁边的王祥补充道："我们老爹原来是兵部武选司主事。"

　　经历听到是个驿丞，眼神中浮现出了鄙夷，再听这人竟当过兵部武选司主事,眼神中的鄙夷马上退去了,他笑嘻嘻地问道:"王驿丞,这儿房倒屋塌的,你怎么当驿丞?"

卫所经历是个从七品,按品阶王阳明作揖施礼,之后,他问道:"经历大人,你们这是从哪里来到哪里去?"

经历发牢骚说:"我们西北毕节、赤水、乌撒、永宁四个卫,每年春天,挥使大人要到贵州都司晋见都阃。前些年,一路上驿站侍候吃住,省了好多事。这两年驿站都抛荒了,卫里没办法,只好自带行李帐篷,沿途吃住。唉,王驿丞,你还在这儿穷守啥呀!那个宣慰使一心要废驿站,你怕是不仅房住不上,耽搁久了还会饿肚子的。我劝你,趁早赶紧收拾收拾,走人吧!"经历说完,他扭身跑向自己的人马。都阃是都司都指挥使的雅称,挥使是对卫指挥使的雅称。

四个卫四位正三品指挥使结伴而行,一旦失礼吃罪不起。王阳明随在经历身后,紧走几步跟了过去,跪在道边,等经历禀告完毕,开口说道:"龙场驿驿丞王守仁,给各位挥使大人磕头。下官无房无粮,不能供应侍候,实在是抱歉得很。"

马上一个白胡子老头哈哈笑道:"也真难为你了,你还是先管饱自己的肚子再说吧。几位老弟,我们走吧!"随着几声"驾驾"的吆喝声,一队人马扬长而去。

王阳明有些沮丧,骑马的老头说得对,自己这个驿丞恐怕一时半会儿行不了驿丞的职责了,巧妇难为无米之炊!山洞可以住,吃饭呢?看样子,是指望不上宣慰使供应吃喝了。从贵州城带来的粮食有限,三个壮小伙子正是填饭长身子的年纪,他们跟着自己一路吃了不少苦,不能让孩子们吃不上饭。怎么办?回去吗?逃走吗?没有朝廷的命令,擅离职守,那是罪上加罪。不走得吃饭,吃饭,王阳明拍着自己的肚皮,自言自语道:"可惜不是神仙呀!是人都得吃饭!"远处河滩里是彝家寨子里的庄稼地,一片一片,绿油油的。王阳明心里一动,对身后的王祥说道:"王祥,你知道这些卫所军人平常都干什么吗?"

王祥说道:"军人不操兵打仗还能干什么?"

王阳明笑了笑,说道:"俗话说,吃粮当兵,兵马未动粮草先行。没有粮食打不成仗。长途运粮,山山水水,重重阻隔,比种粮食还难。兵法讲,就粮于敌,就是说最好是吃敌人的粮食。远在汉代,一位政治家曹孟德想出了屯田的办法。当兵的哪能天天打仗。军队一半时间操练,一半时间种粮,半农半兵,战守结合,从这一点上来说,本朝太祖爷建立的这个卫所制度很是英明。王祥,你会不会种地?"

王祥笑了笑,问道:"老爹,你讲书时不是讲过吗? 孔圣人说过,庄稼活都是小人的事。"

王阳明哈哈一笑道:"没有小人,大人都得饿死。前几天在贵州城里,我给老前辈写过一篇《远俗亭记》:俗不俗在于事,雅不雅在于心。这话,你懂吗?"见王祥摇头,王阳明继续说道,"慢慢懂吧。我们读书人讲究耕读传家,读书人不能废了农事,庄稼小民如果能够读书,那会是一个什么情景呢? 人人有饭吃,人人读书明理,会不会是大同世界呢?"王阳明停下幻想,果断地说道,"王祥,我们租上几亩地,自力更生吧! 现在正是春天,还没有耽误农时。"

经过日木和子日的奔走,花了一钱银子,从寨子里头人那里租来了四亩地,在小孤山东面。在驿站二里地外,有座小山岗,叫龙岗山,租的是那山脚下西边的一片平缓的坡地。

王阳明领着王祥、王金和王舍,亲自下手,日木和子日也跟着帮忙,几个人,刀耕火种。王阳明安排说:"第一步,先把荒草用火烧了,草灰可以做肥料。然后我们松土、平整,筑成水畦土垄,好插秧好浇水。"

王金有疑问,道:"老爹,咱老家人多地少,山里山外,没有荒过一片平地,没有闲过一片坡地,他们这里成片的坡地都撂着荒,真心疼人。"

王阳明笑笑说道:"要是到了鞑靼草原,你更心疼,一望无际的平原,都是草。生活方式不同,草原上人吃牛羊,不靠粮食。哦,对了,日木,你们过日子都吃啥粮食?"

日木答道:"老爹,咱们这儿一半吃粮食一半吃牛羊。谁家羊多,谁家最富。

听寨子里长老说,当年皇帝大人老爷爷,赏给俺们大统领奢香夫人三十袋子白米,说是要她拿回来做种子。老辈人没见过白米,都当宝贝一样地供在祖宗牌位前。长老们说,俺们贵州,地无三尺平,没地方种。以前俺们宣慰司老祖宗应承过,给皇帝大人老爷爷每年上贡八万石粮食,后来供应不上,就减为三万石,听说现在是两万石。没有平地,哪有粮食呀!听长老们说,早年为收粮食上贡皇帝大人老爷爷,势力小些的土司老爷收不够,还有被逼得自杀的。"

王祥闻言应声道:"是呀,从湖广一路过来,就没见过大片平地的。就这河滩里,还多少有些平地,也被他们荒了不少。日木大哥,你们都种啥粮食呀?"

日木说道:"这里种莜麦多,麦子人吃,麦秆马羊吃。还有谷子、黄豆、芋头、山药。种的菜有萝卜、白菜、韭菜、元根。听说,俺们宣慰司地面上,靠近卫所的地方,有跟着军人学种白米的。收米时,那些军人只割米穗,米秆留给冬天从山顶回到山谷过冬的牲口吃。"

王舍问道:"老爹,听他说这话,好像咱老家好多东西他们这里都没有呀!我在外面学厨,吃过一样东西叫红薯,还有花生,他们这里都没有。"

王阳明说道:"一方水土养一方人。你说的红薯、花生,都是海外传过来的,才传到福建和浙江沿海地区。北京还没有呢。我们这块地,能借势把龙岗山泉引过来,可以种上水稻。水上不去的坡地种谷子,湿地种些菜。"

王金说道:"老爹,菜我们可以从山里摘。我见后山有山韭菜,有蕨菜,有蘑菇,有山葱,有竹笋。他们这些人不会做,不知道吃。"

王阳明说道:"哦,萝卜白菜总是要种的。按我们老家的方法种上水稻。王金,你种过地吧,育过苗插过秧吗?"

王舍抢着回答道:"老爹,育苗插秧,我就会。"

王阳明说道:"那好,我们种上水稻,收割后我们自己有粮食吃,也把他们这块闲地开荒了,还能给他们做个榜样,待将来他们学会种水稻,会发现大米比莜麦、小米,既产量高又好吃。是不是这样,日木?"

日木笑着回答道："老爹，你说得对。我在你这儿吃的白米，又香又黏，有嚼头。等我学会了，我们也种水稻。"

一场火燎过之后是一地的黑灰，王阳明、王祥、王金、王舍，一起动手，刨地松土。几天工夫，一块坡地被划分成三部分，平地围成垄沟田畦，接上山泉做水田；坡地存不住水，做旱田；再留一块，做菜园。

春末农时，伴随着汗水，伴随着希望，一粒粒种子被播撒下去。

春种夏收，现在是夏初，要吃饭还指靠不上地里的庄稼。带来的大米很快被四张嘴报销了。托日木和子日到寨子里买大米，寨子里没有大米。退而求其次，买荞麦和小米吧。谁知道，两个人却空着手回来了。

在山洞口，日木哭丧着脸说道："老爹，头人不让卖给你们粮食。我们买不来粮食。"

王舍喊道："为什么？嫌银子扎手吗？要是……"

王阳明对王舍喝叫道："闭嘴！不得胡说。"王阳明心里清楚，这事恐怕原因不在头人这儿，应该与宣慰使有关，这明显是撵人呢。王阳明对日木说道："日木，先从你们家借个十几斤。明天我们去城里买。"

送走日木和子日，王阳明写了一封信，递给王祥道："明天一早，你和王金去城里，把这封信交给毛宪副。买了粮食，雇牲口驮回来。"宪副是对按察司副使的雅称。

第三十九章　学做仆人　照顾病友

农历五月天,骄阳把人晒得头晕,石头直烫脚板。

第二天,王祥和王金从贵州城回到龙场时,已经是晚上了。王阳明和王舍早早地迎候在山下。黄昏之中,王祥见到王阳明,叫了一声老爹,就一头栽倒在地上。王阳明吓了一跳,忙问:"王祥,王祥,怎么了?"

王祥有气无力地喃喃道:"老爹,我,浑身……"王祥说着话,上下嘴唇颤抖着,"打、冷战,腿、发软,头、晕。"王阳明伸手摸着王祥的额头,吩咐道:"王舍,搀王祥回洞里。这是疟疾。"

王阳明领着两个马夫,把两驮四袋大米送进山洞。王阳明来到地铺旁,摸摸王祥的额头,正要问话,却被王金打断了。王金勉强送走两个马夫,疾步冲到地铺前,一下子扑到了地铺上,喃喃道:"老爹,我也不行了。我们是一样的病。"地铺上响起了轻轻的、断续的叩齿声。这是王祥和王金在打冷战。

"老爹,我冷!冷。"听到王祥的呻吟声,王阳明又摸了摸王祥的额头,出着虚汗的额头滚烫,但是王祥冷得浑身颤抖。王阳明轻轻抽出王祥身子下被压着的被子,小心翼翼地盖到王祥身上,四周四角给王祥掖好。盖着被子的王祥仍然不时地打着冷战。盖了被子的王金也在打冷战。

王阳明判断:这是病,不是单纯的冷,盖被子解决不了问题,怎么治病?应该按疟疾治。

"老爹,晚饭烧好了。吃饭吧!"王舍在洞口忙活完了晚饭,走到王阳明身后招呼吃饭。

"王舍,他俩都病了。"王阳明心里有些烦躁,你们年纪轻轻,跟着来侍候我的,现在倒好,反过来了。不过这想法只是一瞬间的事,他们跟着我王阳明不远万里到此,不是为了挣几个小钱,如果守在老家那个鱼米之乡,不缺吃不缺喝,不会得这个病。他们俩得这个病,分明是受了自己的拖累,自己遭罪倒也罢了,现在又拖累这俩孩子。有病得看病,哪里有医生呢? 寨子里应该有医生。明天找寨子里医生看看。今晚上呢? 先吃些饭,增加些力气,等明天看病吧。

"老爹,他们怕是累着了,要不就是中暑了。这来回一百多里地,这么热的天,又累又渴,要是再喝了路边水沟的脏水。"王舍蹲在地铺边摸着王金的额头说道。

王阳明轻轻叹了口气,说道:"可能是中暑,也可能是疟疾,更有可能是瘴气。你说这个脏水提醒了我。"

"老爹,怎么办? 哎对了,咱带的有药呀,你看给他们熬啥药,我这就去熬药。"

王阳明说道:"对,我们带的有药。当年马伏波将军在武陵山里边得病,还有后来诸葛亮七擒孟获时,在这云贵大山里,士兵得的就是瘴气病。当年伏波将军对治这个瘴气,是吃薏米仁,熬粥喝。因为这个薏米仁,伏波将军还遭受了诽谤冤枉。正是这桩冤案,让我记住了薏米仁粥治瘴气这个偏方。王舍,熬薏米仁粥太慢,先让他们喝些粥,晚上多准备些水,别让他们缺水。把火炉搬过来,在地铺旁边烧上火堆,好照明。再把粥端过来。"

王阳明与王舍一人照料一个病人,王阳明把王祥上身垫起来,动作虽然小心翼翼,也没能让王祥舒服。只听王祥呻吟道:"头晕,眼冒金星,坐不住。"王阳明只得任由王祥往下出溜,只是头部稍微抬高一些。王阳明投了投手巾,给王祥抹了脸,之后,他端起半碗粥,侍候王祥吃粥。王祥两眼痛苦地闭着,皱着眉,喃喃道:"老爹,我不饿,吃不下。"

王阳明说:"吃饭长力气,能抗病。来,张嘴。"王祥喃喃道:"让老爹侍候,罪过! 我,怕遭报应。""傻孩子,别瞎想!"

王祥勉强吞进一口半干半湿的水泡米饭,因为一直出汗,嗓子眼儿火辣辣的,又是平躺着的身位,一下子呛着了喉咙,只见王祥上身一弓,呼的一声,一口饭喷到了王阳明的前胸。接着,王祥连着咳嗽了几声,嘤嘤地抽噎起来,边抽泣边嘟嘟囔囔道:"罪罪罪过,老爹,我我我、会遭报应的……"

王阳明闻言很是惭愧和愧疚、自责,听到王祥哭,他默默地拿起手巾,为王祥拭去了嘴角的污物,安慰王祥道:"别瞎说了! 你们来遭受这份罪,都是因为老爹。老爹照顾你们,正好是回报。别哭了,吃饭吧。"

第二天早上,王阳明打算看看王祥和王金有些好转没有,过来摸了摸两人的额头,还是滚烫,连身上的被子都是湿漉漉的。王祥还在熟睡,王金睁着眼睛,王阳明问王金道:"王金,好些了吗?"王金小声说:"一阵儿冷一阵儿热,头晕,恶心。"不用再问了,这是没有好转。再看两个人旁边躺着的王舍,因为照顾病人,王舍一个晚上没怎么合眼,熬到天快明了,他才躺下,现在正呼呼大睡。只是王舍的呼吸很粗,两颊通红。这恐怕不是累的缘故,别也是染病了吧? 王阳明心里有些忐忑,他伸手探了探王舍的额头,滚烫! 三个年轻人,不会一起躺倒吧?"王舍,王舍,醒醒!"

王舍啊了一声,猛地坐了起来,刚刚坐起来,马上又出溜了下去,两眼痛苦地紧闭着,皱着眉头,一脸痛苦的样子。"怎么了,王舍? 王舍,怎么了你?"王阳明心里担心着,又不愿意相信自己的直觉和判断,还是想让王舍自己来证实这件事。王舍皱着眉头说道:"老爹,天旋地转,不敢动,晕! 我,怕是也病了!"

王阳明放弃了去洞外站桩的打算,他蹲在三人的地铺边上,落寞、沮丧、无奈、无力压得他喘不过气来,一股无名火生在心头,像炉膛里熊熊燃烧的旺火,舔舐着火上的锅炉,脑袋像被旺火一直熊熊蒸烤着的锅炉,膨胀着、蒸腾着,脑袋发蒙,他要爆炸。王阳明真想大喝一声。他呼地一下站了起来,因为起得太猛,一个趔趄,他差点向前栽倒到地上。王阳明赶忙伸手扶住身边的洞壁,缓缓地出溜到地上。王阳明蹲坐在地上,心里揪着疼,头颅沉重着、麻木着。委屈? 委屈! 两眼发涩,眼泪不争气地、情不自禁地流了出来。这都是为什么? 王阳明想喊,却半张着嘴,没有喊出声来,这火不是冲着这仨孩子来的,别惊吓着孩子。王阳明双手紧紧地攥着拳头,狠狠地捶向地面。地面是石头,捶在地面上的拳头震得像断了一样疼。当年王阳明在国子监当监生时,去长城考察地理,意外坠马被摔断了手臂,就是这个滋味。拳头连带着手臂都疼了起来,疼得有些钻心。疼是冷却剂,王阳明的脑子不再麻木了,不再迟钝了,心里的无名火被浇灭了。三个孩子得病,无疑是因为自己。既然是因为自己,干脆就直接冲自己来吧。怨谁呢? 是朝廷吗? 是阉党吗? 不完全是。还有谁呢? 是这些野人的头人吗? 是安宣慰使吗? 好像也不是。那到底是谁,是老天爷吗? 如果是老天爷,你就直接显形,别搞这些偷偷摸摸的、背后整人的伎俩。王阳明想发火却找不到对象,《中庸》上说,找不到别人,还是自责自怨吧。是不是自己无德无能,招惹了天的怨恨?《周易》说,积不善之家,必有余殃,那一定是自己还有什么需要忏悔的罪恶,丑恶的行为? 丑恶的话语? 丑恶的念头? 就说刚才,竟然要大发雷霆,这恐怕不是有德的表现;来龙场不到两个月的时间,心里头多少次抱怨,怨天尤人;在贵州城时,在老乡前辈的远俗亭,竟然好为人师地开导教育一位父辈的老者……真要检讨起来,真要追究起来,自己心头远远没有纯净,没有惟精惟一。王阳明不再怨天尤人,开始自怨自艾。他在心里默默忏悔着:"刚才抱怨天,抱怨老天爷,实在是做错了,很惭愧! 现在请老天爷,发脾气就直接冲着我发吧,有病有灾,我王阳明自愿承受,这仨孩子是无辜的。"祈祷上苍也许有用,因为孔圣人也喜欢祷祝。自怨自艾有用吗? 于事有补吗? 没有! 至少这仨孩子的病……看着地铺上三个躺着的病人,王阳明摇了摇头,叹了口气,手撑在地面上,缓缓起身,自言自语道:

"惩罚仨孩子,最终惩罚的还是我。要高贵必须学会下贱,何为高贵？何为下贱？不在于事,全在于一心。侍候病人,消我的罪吧。"

王阳明淘好薏米仁,放到锅里。要生火了,他找出火石、火镰和纸媒,把纸媒放到锅下面,左手捏住火石,右手捏住火镰,嚓、嚓、嚓,连续不停地划了十几下,每划一次,总是火星四溅,火星四处乱飞,就是不往纸媒上去。一直弯着腰忙乎的王阳明腰累酸了,纸媒上还没有燃起一点火星。王阳明支起身子活动一下腰身,继续蹲到地上,弯着腰摩擦火石火镰。嚓、嚓、嚓,连续十几次,光芒四射的火星子还是没有引燃纸媒。纸媒上没有着火,王阳明心头的火差点着了起来。老祖宗燧人氏钻木头都能取火,现在自己手里这火石火镰,竟然点不着火。点火难道比考进士还难吗？王阳明直起腰做了一个深呼吸,熄灭心头的火星,平心静气,再次趴下身子,嚓、嚓、嚓,好,纸媒终于被火星燃着了。王阳明笑了,他拿起纸媒,往纸媒上吹着,把纸媒上的暗火吹成明火,再用明火点燃了茅草和松枝。王阳明擦了一把脸上的汗,一张斯文脸上被涂抹了一脸的黑灰。

薏米仁粥煮好了。王阳明想不到,煮一锅粥会折腾得一身汗。

王阳明学着淘米,学着打火石生火,学着到山里分辨蕨菜,学着采摘山韭菜,学着熬薏米仁粥,学着侍候三个人吃喝,学着为三个人端屎倒尿,学着不再高贵,学着做一个普通人。龙场这里,从此没有了王进士,没有了王主事,没有了王驿丞,没有了王大人,没有了王老爹,没有了王诗人,只剩下一位会看书、会刨土、会插秧、会做饭、会吃喝、会睡觉、会呼吸的王阳明。

② 王 阳 明

龙场悟道

王程强 著

河南文艺出版社
· 郑州 ·

目录

第四十章 古洞玩易 易道有方

五月的大部分时间,王阳明的生活限定在两点一线之间,一部分时间,往东到龙岗山西面的山脚下,去侍候几亩庄稼,更多的时间是待在小孤山的山洞里,照料三个生病的孩子。忙完这些活计,为了打发寂寞发呆的日子,就手捧一本《易经》。王阳明发现,这本《易经》已经成了自己最好的、最知心的朋友,长途跋涉的一路上,心里寂寞了,它是聊天的话友;烦闷了,它是疏导自己的良师;迷茫了,它是一盏指路的明灯。良师难遇,益友难得,良师益友不可能永远相伴相随,总是相聚时间短、分开时间长,而这册《易经》却一直无怨无悔地陪伴着自己。

看到《易经》,想到北宋的邵雍邵康节,邵康节玩《易经》玩出了名堂。邵康节为自己安身的茅棚取雅号"安乐窝"。而在这荒蛮之地,这小孤山,这朝西的野洞,安不了身立不了命,但好歹算是个窝。玩易的窝?好,小孤山上这孔野洞有名字了,就叫"玩易窝"。

今天,王阳明在捧读之前,给《易经》作了一个揖。

圣人说过,四十而不惑,王阳明今年三十七岁,心里面还埋藏着不少疑惑,比如眼下,自己好像成了真的隐士:虽然是个官身,却没有一间半间衙门存身;虽然有个驿丞的官帽,却没有一匹马一个人供自己役使;种着几亩薄田,栖身山洞打发日子,清闲得很呀。说实在的,这是自己过去梦寐以求的生活呀,这样的隐士生活,比在会稽山阳明洞天还要隐得彻底。那时,离家十几里地,想老婆了,骑马半个时辰的工夫。后来做入静功夫,竟然把自己的身体做丢了,找不到了,空得干干净净,空得竟然看破红尘,有段日子竟会一门心思想着出家,可是最终还是割舍不下父亲大人和奶奶。为什么呢?是人就离不开人伦,上面的生养之恩断不了线,自己不敢固执地认为这世道是一个空寂的世界。这是自己一直没有放弃一切,躲到山里做隐士的原因。冠冕堂皇的理由是放不下父亲和奶奶,其实心底里还有一个自己不愿意承认的原因,自己做不到像老乡老前辈严子陵那样,可以放弃富贵,可以把高官厚禄看作粪土一样,舍弃功名,挂冠而去。自己并不是真的心甘情愿地躲到荒无人烟的地方的。躲进深山,没有人聊天;躲进深山,自己这手好文章写给谁看呢?吟诗作赋吟诵给花草听吗?是的,自己好名,想当名士。不过,是不是人人都好名?不好名的话,严子陵钓鱼为什么不披一身蓑衣,非要别出心裁地反穿着一件羊皮袄?"商山四皓"不好名的话,这后世的名声从哪里传出来的呢?算了,不褒贬古人先贤。王阳明承认自己好名,有名士情结,可至于嘴里吃好吃赖,身上穿锦穿麻,他还真没有计较过,唯有这个好名之心难以抑制。说到好名之心,还得承认,自己还有个好为人师之心。自己认定的使命就是传布道学,就像煮饭熬粥打火用的纸媒,自己要传接天地之火,来引燃这个世界,给这个世界照明。算了,现在说这些、批判这些又有什么用呢?好名,在这深山老林里,好给谁看呀;好为人师,在这样的乡野世界,给谁当老师?

这个世界,恐怕已经把自己遗忘了。几个月来,京师的道友、诗友、同僚、熟人,没有谁来过一封信问候一声。至于刘瑾,恐怕也把自己忘到脑后了。圣天子呢?这个连面也没见过一次的少年天子,恐怕只顾自己玩乐呢,根本不知道万里之外有自己这个落魄的芝麻小官了吧。在他们这些人眼里心里,自己无足轻重,是死是活都是轻于鸿毛的。奶奶呢?父亲大人呢?娘子诸翠呢?他们一定会挂念自己,自己不也牵挂着他们吗?挂念、牵挂又有什么用呢?远隔千山万水。连三个这么壮实的孩子,也一个个都病倒了。自己说不定……王阳明不敢再往下想了。他闭目静一静心。怎么？我王阳明怎么不敢往下想，怕死吗？真怕死吗？王阳明咳嗽了一声，他不愿意往这个话题上深究，但咳嗽过后，怕死不怕死的念头还执拗地纠缠在心头。他哈哈一笑，还是光明正大地承认吧！我王阳明还真是很怕死。去年在钱塘江，不怕死就不会假装学屈原投水。不怕死就不会大暑天躲在范家祠堂三个月捂痱子。不怕死就不会南下武夷山。好了，承认了心里就干净些。王阳明检视着自身，再看看洞里仨孩子，五六天了，可别……当年诸葛亮大军征南，多少人在云贵大山里丢掉了性命，自己呢？自己真会死在这里吗？人们不是常说，医生能治病却救不了命，富贵在天生死由命。命到底是个什么东西？能把这个疑问解答了，生死不就明明白白了吗？明明白白，谁还会害怕呢？人都是因为未知而害怕。怎么能明白呢？

命，这个概念一直占据着王阳明的脑海。到哪里找答案？当年周文王被商纣王囚禁在羑里，随时有生命危险，这位先贤是如何脱离危险的呢？从他为后人留下来的后天八卦图，王阳明找到了两个解释，一是用八卦消磨一下监狱难耐的寂寞，二是从八卦中受到启示、找到脱险的办法。从八卦中找办法？王阳明手中的《易经》，正好翻到《易经·系辞下传》第六章，这章开头就说明，《易经》正是先贤为了解决心中和现实的忧患才产生的。再翻到《易经·说卦传》第二章，圣人作《易经》，正是为了顺应性命之理。这与我王阳明的心思是一样的，我正是要顺应这个命。接下来《易经》说到天、地、人三才之道。人道的仁和义，王阳明通过这么多年的学习，尤其是通过在阳明洞天的修炼，已经证得了仁的境界，至于随时随地把自己身心安置在这个境界中，那是功夫火候的问题。关键是这个天道的"阴和阳"、地道的"柔和刚"，王阳明心里没有一点把握。在《易经·序卦传》和《易经·杂卦传》中，前辈圣贤通过八八六十四卦，把万事万物从头到尾串联了起来，就像布满夜空的杂乱无序的繁星，被圣贤们找到了排布的规律。规律是什么呢？这是最关键的。六十四卦不过是一事一议，谁主导的这些事呢？是命。命在哪儿呢？如果抓住这个源头的话，后面那些零零碎碎的八八六十四卦，甚至三百八十四爻,就不那么重要了,这就像兵法讲的擒贼要擒王。这个最根本的东西在哪儿呢?王阳明漫不经心地翻着书,随手翻到了《易经·系辞》第十二章,孔圣人在这一章一开头就说,"书不尽言,言不尽意",这是什么意思?难道书里没有说全?没有说透彻?既然是圣人,怎么不说全、说透彻呢?心里琢磨着,他翻到了《易经·系辞下传》第九章,看到了"易无思也,无为也,寂而不动,感而遂通",啊,我明白了!这是佛家说过的"不可说,不可说",一旦形成概念、组织成语言、说出口就变了味,看来是不可言传。孔圣人这是在说什么?暗示什么?王阳明思索着。那就是说,"四书五经"是圣贤们自己身心学问体验过后的记录,但是语言文字不能完全体现和描述出圣贤们的真实体验。如果是这样,只读书是不行的。

王阳明心里不敢确定,继续随意地翻着书,《易经·系辞上传》第一章:"天地之道,贞观者也。日月之道,贞明者也。"这个"贞"字看来很重要,六十四卦第一卦乾卦,开始就是"元、亨、利、贞",而《易经·系辞下传》第五章一开始,孔圣人就说过,乾坤两

乾卦

卦是进入《易》的门径。看来这个"贞"太重要了。"贞观"是不是佛家《心经》说的"观自在"?怎么贞观?怎么观自在?王阳明知道,《易经》包含三个部分:象、数、理。六十四卦和三百八十四爻呈现给人的最明显的是"象"和"数",这个"理"怎么弄明白?靠推理吗?圣人不是说过"无思无为,感而遂通"吗?看来这个命是要靠无思无为来感通。

王阳明放下手中的《易经》,心里琢磨着这个"无思无为",这不就是《大学》中的静虑吗?王阳明心里默诵着《大学》的第一段:大学之道,在明明德,在亲民,在止于至善。知止而后有定,定而后能静,静而后能安,安而后能虑,虑而后能得。物有本末,事有终始。知所先后,则近道矣。

《大学》第一段就把这个问题说清楚了,《大学》中的"明德"就是大光明,就是仁的境界,是《易经》"象、数、理"中六十四卦和三百八十四爻中没有显现出来

的"理"，也正是"贞观"中的"贞"。达到"明德"这个境界，这是得到了"易"的"理"。得到了"理"，就能做到亲民。亲了民自然不会再怨天尤人。王阳明检讨着自己，这些天来的抱怨说明自己没有做到亲民这个境界。俗话说，心安理得。首先得心安。心怎么安？王阳明把《大学》第一段和《易经》联系起来以后，心里有了数，《大学》第一段包含着性命双修的方法，有境界有方法，接下来的"止、定、静、安、虑、得"就是具体的方法。其中的安，就是心安。这下好了，找到办法了，《易经》中"无思无为"，就是《大学》"止、定、静"，《易经》说的"感而遂通"就是《大学》"安、虑、得"。好了，方法明确，次序明了。

说到命，《中庸》更是开宗明义：天命之谓性，率性之谓道，修道之谓教。道也者，不可须臾离也，可离，非道也。

绕来绕去，又绕回了修道，绕回了身心学问，绕回了身心修炼。还是回到命上吧。人命天命，一以贯之。《论语》中子贡曾经发过牢骚，说孔圣人的文章还有机会学习，孔圣人关于"性与天道"的学问根本就没有听的机会。这恐怕是孔圣人以后的曾子和子思两位先贤著作《大学》和《中庸》的动机吧。

王阳明找到了办法，松了一口气，心里踏实了，《大学》和《中庸》说出了明确的方法，前者注重一个"静"字，后者推荐一个"诚"字。要做到静和诚，王阳明有经验，有方法。

第四十一章　静以养气　诚以安心

六月初一大早上,王阳明起身,到王祥、王金、王舍三个人的地铺前,站成一个马步蹲裆的站桩姿势,开始了每天固定的早晨站桩功课。三个小伙子,王祥最先醒,他发现王阳明站在三个人的脚头,便惊讶地问道:"老爹,咋没到洞外站,下雨了吗?"

王阳明站着桩回答道:"没有下雨。我想陪你们说说话,省得你们整天胡思乱想,越想越心里烦。王祥,躺几天了?"

王祥边向上拱着,边扭捏着道:"整整八天了,我们三个不能侍候老爹,反倒拖累老爹侍候我们,我、我、我心里……"

王阳明笑着说道:"王祥,我这几天学了不少本事,会用火石打火了,会煮米粥了,会蒸米饭了,这两天就没让你们吃蒸煳的米饭。我还会炒菜了,还能分辨庄稼地里的杂草了。"

王祥回答道:"老爹,你不是说过站桩是求静吗,说话不耽误你站桩吗?"

王阳明笑着说:"以前只知道定生静,后来看程夫子在《定性书》中答复张载前辈的话,我才改变了认识,程夫子在文章开头就说,'所谓定者,动亦定,静亦定,无将迎,无内外'。所以说只要心定,不管动静,心都是静的。就像现在,我虽然和你说话,我的心是定的,是静的。王祥,你这几天一直躺着,心里静吗?"

王祥哭丧着脸说道:"老爹,我躺着,看是身子不动,但脑子里整天乱七八糟的,躺了一天,脑子里比跟着老爹干一天活还累,胡想八想的。"

王阳明笑着说道:"我发现这个问题了,所以我今天要给你们说说话,帮助你们排解排解心里的烦躁。养病靠一个养,养身养心。这几天你们一直喝薏米仁粥,加上日木给你们拿来的草药。你们身上的病,我揣摩着,应该差不多了。剩下的主要是心上的病。现在你们是只养身没有养心,心病害身病,身体受了心的拖累。前天,日木说要请寨子里的毕摩巫师来给你们驱鬼,我没有同意。为什么呢?老爹每天晚上都要给你们祷祝,要是有邪鬼侵扰,你们哪个身子骨都要比老爹好,那老爹早就该躺下了。"

王祥嗫嚅道:"老爹您是贵人,有神保佑,我们是下人呀。"

王阳明笑着说:"神只保佑善人。鬼神眼里只分善恶,不分贵贱。老爹祷祝时承诺过,你们三个是跟着我来的,有啥灾难应该让我承担,不应该有你们什么事。你想想,你和王金是因为去城里买粮,来回赶路,中了暑,染上了瘴气。这个病传染,王舍是因为照顾你俩,才感染上的。"

王祥嗫嚅道:"那老爹咋会没感染上呢?"

王阳明笑道:"一阴一阳谓之道。病气和瘴气就是一种阴气。老爹天天练气,气比你们纯净,阳性多,阴性少。人是没有贵贱之分的。王祥,老爹在北京时,见过江西一个进士,他原来是一个县里的书吏。"

王祥惊喜道:"真的吗,老爹? 书吏还能考中进士?"

王阳明笑眯眯地说:"老爹啥时候骗过你? 不只书吏能考中进士,还有石匠做到工部尚书呢。"

王祥闻言一下坐了起来,急切地说:"老爹,请你好好教我读书,我也要考进士。"

王阳明哈哈笑道:"老爹正等你这句话呢。老爹爱好不多,一个是爱好写文章,一个就是爱当老师,你王祥可是近水楼台。"王阳明说着,见王祥马上要爬起来，马上阻止道，"你先坐着，坐在铺上抱一会儿桩，坐着也是桩功。"王祥没有坐着，而是直接起身，好像有些头晕，他站起身子扶着洞壁，待了一会儿，稳好神，说道："老爹，没事了，我好了。"

王金和王舍一直在闭着眼睛听王阳明和王祥的对话，对此，王阳明心里明白，他对王祥说："王祥，有时候人的心病比身上的病还难治。人吃五谷杂粮，都有生病的时候。你看看这大山，有山谷就有山峰；再看看天，有阴天就有晴天。人也一样，有落难的时候，一定就会有走运的时候。比如说王舍，学过厨子，眼下我们被困在深山里，天天不是蕨菜就是韭菜，偶尔到河里逮两条鱼，因为没有油，只好清炖，一手好厨艺没地方施展。但是你想过没有，哪天我们回到大都市，山珍海味不就多了，有他露脸的时候。但是眼下，最重要的是要保住一个结实的身子骨，不要等到有露脸的机会了，染了一身病，举不起刀来，那不可惜了吗？"

王舍睁开眼，问道："老爹，咱们还有机会出去吗？你不是说过诸葛亮几万大军都瘴死在这大山里了吗？"

王阳明心里自责着，自己说话的时候不注意，吓着他们了，于是对王舍，他笑着说道："王舍，你也醒了。诸葛亮那个时候，他们哪里有薏米仁粥喝呀！他们哪里有日木给他们拿来草药熬药喝呀！再说了，你看子日和日木他们这些蛮子，他们几辈子在这山里，不也活得好好的吗？老爹天天给你们熬薏米仁粥，给你们熬草药喝，老爹还天天晚上给你们祷祝，祈祷善神保佑你们。老爹还等着你好好练练手艺，要是你愿意，将来你可以一直跟着我呢。"

王舍惊喜道："老爹，我能跟着你去京师做饭吗？"

王阳明笑着说道："老爹就是到京师不也要吃饭吗？可是你先得养好病呀！回去我帮你娶房媳妇，让你像王金一样，生养一群儿女。你不养好身子，哪能有好未来？活着就要挺起心劲儿，心念一起来，小小的头疼发烧算得了什么！你们跟着老爹跑到这大山里吃苦，老爹是那没良心人吗？回去一定会好好补偿你们。"

这时候，王金也不再装睡了，他揉着双眼，装着睡意蒙眬的样子，口齿不清地问道："老爹，你在这儿练功呢？"

王阳明笑眯眯地说道："王金，你也醒了。王金是个直性子，躺这些天，天天想家吧？想老婆孩子是吧？本想着享福来了，没想到会缺粮，会没盐吃，会没房子住，是吧？"

王金坐起身子，不好意思地说："老爹，不敢瞒你，我真是这样想的。原来想着跟着做官的老爹，吃好的，穿好的，玩好的，结果全是一场空。啥也没有。害得我有几顿都没有吃饱肚子，还不如，还不如当初不跟老爹来呢。"

王阳明闻言没有了笑容，他正色道："王金，虽然我当初跟你说过，贵州可能很苦，可到了这里，情况还是让我意外。刚才我已经跟王祥说了，人哪有一直走背运的，你是这样，我是这样，任何人都是这样。背运的时候，想想走运的时候，心里就有了奔头。人要是心里泄了气，再强壮的人也禁不住一场病折腾。人这一辈子，受多大的苦，就会享多大的福。就像地下挖多深的坑，地上就会堆多高的土。你跟着老爹吃苦了，老爹不会让你白吃苦，今天吃多少苦，明天给你多少甜。等将来回去了，老爹给你买上几亩水田，你也不要当佃户了，自己安生过日子去吧。"

王金欢喜极了，喜滋滋地说道："侍候老爹，是我们的本分。你给不给买水田，我一样尽心侍候您老人家。"王金停顿了一下，怕王阳明误解自己的意思，接着说道，"老爹，我可不是不愿意要水田。您要真给我买水田，我也一定收下。然后，尽心侍候您一辈子，做牛做马，报答您！"

王阳明做着收功动作，说道："以后，不会缺粮了。老爹这驿丞官不大，每月也有两石的俸禄，这是皇粮，只要我们按时去城里领回来就行。这些粮，足够我们吃饱了。好了，该做饭了。"

王金用胳膊肘捣了捣王舍，王舍起身道："老爹，我做吧。"

王阳明搓着手，说道："躺着躺着，别再胡思乱想，把心里弄清净了，气顺了，心思正了,病就好了一大半了。老爹不怕再多做几天饭。"

王阳明收功后到洞口做饭,王祥跟着要做帮手,王阳明把王祥也赶回到了地铺上。到了下午,三个病人都起了床,都好了。

三个帮手病愈后,做饭的事,庄稼地里的事,日常杂务,这些都不需要王阳明再费心思。他可以腾出手来破解心中的疑惑:人命和天命,究竟是个什么。《中庸》说"天命之谓性",这就意味着,天命就是性。子贡抱怨"夫子性与天道不可得而闻也",子贡作为孔圣人的十大高徒,竟然没有听闻老师"性与天道"的传授,是因为子贡太笨智慧不够,还是孔夫子不愿意说呢? 这是不是意味着,从孔圣人留下的典籍中找不到"性与天道"这方面的信息? 找关于命的窍门时,可以绕过《论语》了。《孟子》有说到"性和命"的内容,在《孟子·尽心上》,孟子开口就说:尽其心者,知其性也。知其性,则知天矣。存其心,养其性,所以事天也。殀寿不贰,修身以俟之,所以立命也。

这一段说得很清楚很明白,只要"尽心"就可以"知性",怎样才能"尽心"呢? "知性"后就可以"知天"了,"天"当然就是"天命"了。只要"存心",只要"养性",就可以和天打交道了。到了这一步,活得年龄长和短已经没有什么差别了。要达到这一步,靠"修身"。"修身"成功,就算"立命",这就是先贤们说的"君子造命",这就意味着命的问题解决了。方法说得很明白,可只是大体明白,细节还是模糊不清,到底怎么"尽心"呢? 王阳明在《孟子》的语句中翻检着,想找到"尽心"的具体办法。顺着《孟子·尽心上》翻找到《孟子·尽心下》,翻到了一句孟子的话"尽信书不如无书"。这样的话,孔夫子在《易经·系辞》第十二章也说过,孔夫子说"书不尽言,言不尽意"。这句话对王阳明来说,好像兜头浇了一桶凉水,好在是六月天,浇水不冷,不过已经足够让王阳明的脑子清醒了,清醒什么? 书里面不会找到答案的! 王阳明有些失望,这深山老林里,只有靠自己了!

孟子通过"尽心"来"立命"这一门径,王阳明只好放弃。王阳明一个人徜徉在小河边,河水清澈,一群小鱼在河水里自由自在地游戏。小鱼们,你们知道命吗？王阳明询问着小鱼，没有哪条小鱼理睬这位落魄者。河水因为鱼群的游动，破开小小的涟漪，金色的阳光在水面荡漾着。太阳是大光明，大光明就是大智慧，大智慧应该无所不知。王阳明仰头想从太阳那里找答案，可六月的阳光太过刺眼。天命一定在这天地之间，可惜看不到。人命一定在人身上，王阳明在心底里扒捡着，突然脑子里蹦出来一句：诚者，天之道也；诚之者，人之道也。诚者，不勉而中，不思而得，从容中道，圣人也。这是《中庸》上的话。王阳明摇了摇头，不信书，书它偏偏又热情又纠缠。好吧，我王阳明知道这个"诚"字的重要性，天道是个"诚"，人道也是个"诚"，到了"诚"的境界，就是圣人的境界。圣人自然知道天命、人命。可是这"诚"有什么标准呢？怎样算"诚"呢？就像这漫天灿烂的阳光，让人欣喜，可是你想抓一把，抓不住呀。《中庸》和《孟子》一样都是说半截话，让人丈二和尚摸不着头脑。王阳明摇了摇头，驱逐了脑海中的"诚"字。

　　王阳明脑子里乱糟糟的，也走得累了，就在河边一块石头上坐了下来，甩了甩头，要甩去纷乱的思绪，要静一静，静静心。静？这个静，几十年来，多少次老师、尊长都耳提面命过，课堂上老师要求静，爷爷、父亲多次要求过自己要静心，辛得理老师，娄一斋先生，德一道长，九华山上的和尚们，阳明洞天的许璋老友，都说过要静心，《道德经》也说静。从《道德经》的静，王阳明自然联想到了《大学》中的静。《大学》第一段说得也很清楚，"止、定、静、安、虑、得"，像登山的梯子，一步一步就"近道"了。王阳明忆起京师格竹子事件，格了七天竹子，格出了一身病，格得会试考场上考得一塌糊涂。为什么会这样呢？《大学》给的路径是"格物、致知、诚意、正心、修身、齐家、治国、平天下"，格物是这条路径的最低一级台阶，可是就这最低一级，我王阳明也摔了个大跟头，摔得鼻青脸肿。按朱熹前辈的说法，要格遍天下万事万物，才能有知识有智慧。《中庸》上也说，要"博学之，审问之，慎思之，明辨之，笃行之"。怎么博学？一棵竹子就挡住了去路！思及此，王阳明有些失望。好吧，我落魄，这"治国平天下"和我这个驿丞不搭界；我离家万里，无儿无女，"齐家"也与我这个落魄户不搭界。我退而求其次，我修身总可以吧,我只是想弄明白这个疑惑,我只是想活个明白。王阳明驱逐着脑海里一直盘旋着不愿离开的"治国平天下"的念头。既然不走这条路了,"格物"这个门槛也就绕过去了。天下本无事,庸人自扰之,还是要静静心。又回到了这个"静"字上。

怎么得到静的境界呢?王阳明为自己排列出了"止、定、静、安、虑、得"这个阶梯。这是《大学》第一段"近道"给的方法。书本虽然指出了方法,也只是指了个大体的方向,路还得自己一步一步地走。怎么走?《大学》说,静的前提是"定",定的前提是"止"。怎么止呢?什么是止呢?王阳明心里多少有些安慰,现在他总算捋出了一个头绪,那就是要"止定"。王阳明心里琢磨着,"止定"总比格遍天下万事万物要简单。我不想事,不想就是个"止",我保持着不想事这个状态,不就是"定"吗?保持一段时间,自然不就"静"了吗?这个方法,王阳明有经验,有收获。多年来,每晚临睡前默诵《大学》第一段和《心经》,就是一个排除杂念的好办法。临睡前默诵,念着念着,不知不觉脑子就干净了。清净了,就无念了,每当无念的时候,总觉额头会出现一个明亮的光点,开始它是红色,后来变成了黄色,再后来变成了亮黄、晶白色,最近变成晶蓝色。这是心光。这几年来,只要心一静,心头无念,它就会出现。这几天,这个光点好像要爆炸,要变大。

王阳明在石头上坐着,心里空净,光点不时地光临。王阳明心里静了。王阳明开心了,这几天一直琢磨着"命",说到底是"性与天道",绕来绕去,最后归结到一个"静"字上,而"静",和王阳明已经是老朋友了。从老朋友这里找新朋友,不难。一念及此,王阳明笑了,这一笑,山河大地好像都笑了,都笑得那样安详,山、河、人融为了一体,王阳明心里,只留下一个祥和,只留下一个混沌,这是浑然与物同体!这是仁!王阳明直觉中知道,明明觉知,这是那个仁。这是那个"尽心",这是那个开心,这是那个"诚"……王阳明安心了、喜悦了。

第四十二章　功夫做足　龙场悟道

　　王阳明以前得静,主要靠静坐,在会稽山阳明洞天时的静养修炼功夫主要是静坐和静卧。十七岁在南昌铁柱宫结识德一道长时,被传授了站桩功夫,得来得容易不知道珍惜,年轻时手拿宝贝不识宝,随手扔掉了。去年武夷山再次遇到道长,又捡起了被扔掉的站桩功。这次捡起来,才尝到了甜头。天有三宝日月星,人身三宝精气神。王阳明身上这三宝,德一道长在武夷山说过,精气神不是太足,宝贝成色不足。王阳明先天上禀赋不均,智慧有余,肉身孱弱,后天上精关不固,中气不足,不耐劳累。王阳明知道自己的身体:一是人已中年,膝下没有一男半女,早先曾经以为是诸翠肚子不争气,后来收了一个陪房丫鬟,一年的时间,丫鬟肚子和诸翠一样,没有一点儿动静,这说明责任在自己。二是自己很愿意静坐,可是每次打坐,总是坐不直,脊柱挺不起来,气不足。自己照镜子最清楚,瘦削的脸上,有智慧缺醇厚,有青白缺红润,有病色缺健康。有人静坐越坐越舒服,自己打坐多数时间是坐得腰酸背痛。所以,在阳明洞天修炼静养时,静坐的时间少,静卧的时候多。三是容易疲劳,看书时间长了,走路时间长了,身心疲惫。去年在武夷山,出于治病强身的考虑,出于对德一道长的信任,王阳明开始坚持站桩,早晚各一次,雷打不动,风雨无阻。收效明显。王阳明把练功的情况都记到了日记里:

戊辰正德三年六月初六

晨,阴天,玩易窝外站桩。

晚上子时,在洞内站桩。

刚入静,晶亮的光点一闪,不像以前,稍一关注光点,它就消失了。这次可以盯住光点一直关注它,它好像不害羞了,不再急着跑了。不过最终还是躲起来了。躲了一个小的,却来了一个大的。心里静静的,无思无虑。忽然,身子一紧,浑身像铁板一块,一收缩,从头顶左上方飞过来一个椭圆形的、火红色的光团,光团一下子钻进了我的身体。这是什么东西,抬头看看,我是站在山洞里。我明白无误地知道,这个椭圆形的火红光团进入了我的心。这是什么天外来客呢?是好是歹呢?我相信不是不好的东西,因为我自问王阳明一心纯善,无牵无挂,过去挂念奶奶和父亲大人,现在是亲人们远隔千山万水,没有心也没有力去挂念他们了;我赤诚坦白,胸无一点害人之心,没有一点损人之意。所以,这绝对不是害人之物。那究竟是什么呢?

疑是"性光"。我读过的书上介绍过,书上原话是这样的,"圆坨坨,光灼灼"。莫非就是那个东西。看来古书先贤是不骗人的。书上是告诉过你,你不下功夫,书上是书上,自己还是自己。只要下功夫,不求自来。

收功后就寝。头一沾枕头,立即入静。入定后,我两腿发烫,这是气足的缘故。下丹田发烫。胸口燃起了一团蓝色的火光,这种火光没有见过,过去见过的火光只有红色、橘红色,这次是晶蓝晶蓝,一团火燃烧得很旺。身边有一个一丈多高的金盔金甲的人,长着一张乌鸡色的脸,他用心意对我说,你心肾相交、水火相济,可以活上一个甲子了。

戊辰正德三年六月初七

晚上就寝后，头一挨枕头，马上入静。入定后，我两眉间光点一闪即逝，接下来我见到了一个大大圆圆的太极图，一个是金黄色的鱼形，一个是晶蓝色的鱼形，两条鱼形的黄色和蓝色光点，一直在你追我赶地旋转。我注视着它们。我心里好奇，我故意让它倒过来旋转，意念一起，太极图马上按照我的意念倒转起来。这是第二次境界中出现太极图，上一次没敢施加意念。只是观照它，任它自来自去。

戊辰正德三年六月初九

晚上洞内站桩。

白天王祥说我眉心像点了朱砂，有个鲜红的红点，还说我眉毛中突然之间长出来三根长长的白眉毛。我用手捻一下，确实很长。记得书中说过，"太极中间一点红"，应该是这个意思。

下丹田灼热，命门灼热。几乎没有了呼吸。心里干干净净。两眉间金黄的光点一出现，马上扩散开了，整个头部变成金光一片，突然全身一紧，金光一下子弥漫开了，整个身体、整个宇宙，一团金光，身体和宇宙不分你我，全罩在金光中。全身冒出火苗，向上蒸腾，笼罩在金黄色的火苗中。整个身躯在气体中向上拔高。整个人若有若无。

戊辰正德三年六月初十

晨，洞外站桩。

天人合一，念念灵明，宇宙我心，惟精惟一，不可名状。宇宙与我像水一样不分，比水稠，比水精，密无缝隙，块然一物。灵明觉知，这就是那个东西。

身体好像天地的核心,但是这个核心与天地其他部分又是一体的,其他部分只是这个核心的发散外延。性光柔和,圆圆的,淡红色,这是仁光,天地之仁。

白天,王祥说我面色红润。我自感身轻如燕,精力充沛。晚上入一会儿定,没有一丝困意。这是不是书上说过的,神足不思睡?好像不吃饭,也没有了饿的意思,这应该是气满不思食。

晚上,洞内站桩。

两眉之间光点,开始的时候有些暗淡,后来变得金黄,心一清净无念,马上它变成明黄。然后我的整个头部,整个身体,都融汇在光明中。心里有念头,不去管它,任它来来去去。偶一失去念头,马上就是大光明。

晚上就寝。马上入静入定。直觉清清楚楚,镜像历历如在目前。我好像进入了冬眠状态,进入了无意识阶段,一些淡淡的像断断续续,出出入入,大光明出现了,淡淡的,黄黄的。念头自由出入,不观照它,不理睬它。

图景中,出现了一个婀娜多姿的少妇,她俯身我的床头。少妇面色清秀,一双秀目流露着渴求疼爱的神色。我心里明明白白,这荒山野岭,哪里会有良家少妇,一定是阴性的魑魅魍魉在试图蛊惑人心,我正色喝道“正人君子,岂容欺蒙,马上离开”。少妇悻悻地走了。紧接着,诸翠来了。我现在心里有定光,有定性,岂是这些魑魅魍魉欺蒙得了,不等所谓的诸翠靠近,我正色呵斥道:“呸,邪魔外道,某乃圣人门徒,自古邪正不两立,速速滚开!”邪不压正,邪魅不敢再来了。

好了,还来照顾我的念头。念头来来去去,连绵不断。一旦前个念头逝去,后一个念头还没有来时,立刻放大光明,天地融入一片纯净的黄红光中。面部一直温热,下丹田温热,膝部以下包括膝部,温热,如三四月份的阳光照抚一样。念头时断时续,我只是不理睬。对身上的温热,我稍微给了些关注,并不刻意理睬它。有直觉,并不守护直觉。洞内,三个孩子打鼾声清清楚楚,不去注意它。一直是黄光,有淡有浓。突然之间,前一个念头消失了,后一个念头还没有跟上来,出现了一片白光,说它是乳白色吧,没有牛奶浓稠。说它是白绫吧,不恰当。那光淡淡的,清雅得像荷花一样。白色中隐含着若隐若现的粉红,说不出来的美丽。这是恰好的东西,任何语言描述起来都显得苍白无力。一缕缕白光,稍作停留,接下来是圆盘一样的白光,这是纯仁呀!

我知道,这是虚玄的实德呀,在天为道,在人为德,这就是道德。这就是那个千百万年来千千万万人一直苦苦寻觅的东西呀。得到之难,难于上青天,但此际,为何我却怎么没有一丝一毫的惊喜呢?好像没有得到什么,当然更没有失去什么,一切自然而然。我心中明明白白。得吗?得到了!见到了?见到了!有朋自远方来,不亦乐乎。从哪个远方来?天地是我的身,我心包宇宙,它又从哪里来?乐不乐?没有觉到乐,也没有觉到不乐。千万年千万人难遭难遇,却又是这么平常,真的那么平常吗?却又是奇妙无比!谢谢了!谢谢谁呢?这本来就是自己心中的东西,是故友重逢,与我根本就是一家人嘛!干脆握握手,欢迎回家!既然回家了,就一起过日子吧!

我心中清醒,没有了一丝一毫的睡意。我起身到洞外,后半夜的月色皎洁如水,天地一片祥和,我心包含着这片天地,天地融汇了我整个的身心,天人合一,其乐融融。说乐有些不恰当,是安详。

戊辰正德三年六月十一

晚上就寝。突然身子一沉,浑身一紧,失去了念头,进入了一种难以描述的状况,身体与宇宙融为一体。似看到了一棵果树,像桃树,有三个桃子之类的东西,摘下来自己吃了。然后是满园的果树,繁茂的绿叶中隐藏着绿中泛红的累累的果实,像王母娘娘的蟠桃园。

第四十三章　格物致知　迎刃而解

戊辰正德三年六月望日

晚上就寝。

右侧卧，很放松，进入无念状态。不经意间，脑袋中"叭"的一声，好像什么东西爆炸了，很轻微，却很分明，一瞬间的事，随着这"叭"的一声响，从我心中爆发、弥漫、扩散出来一种明亮的光芒，这光亮黄色中杂有蓝色，明亮而柔和。这光一闪即逝。这是怎么回事？虽然莫名其妙，我却没有一丝一毫的惊慌。我的整个身心安住于这种状态中。我虽然闭着眼，却能觉知到周围弥漫着橘红色的光芒，整个世界都处于这种柔和、舒适的橘红色光芒中。周围的声音历历分明。

戊辰正德三年六月十六

晚上就寝。

很快入睡。睡眠中听到王金在说话："这里种的稻子，没有老家的好吃。"已经不是第一次听到他们的说话声了。以前听到说话，我会出定听一听，后来发现，他们根本没有说什么话，这不过是他们睡梦中的心意识罢了，被定境中的直觉捕捉到了。有时候在定境中,我还能觉知到他们起身跑出洞,其实,跑出去的只是他们的意识。

我保持着这种浅定的状态,心里有些念头,念头提出问题,直觉回答问题。念头问:《孟子》中说的"尽心""知性",究竟什么样子?直觉答:所谓尽心,就是没有意念和念头的心境,因为没有了思维的限制,心变得无边无际,就是陆九渊先生说过的"我心即宇宙",这是先贤体证过的,以前自己没有亲身体证,根本不相信。所谓"知性",尽心时的心量就是这个性,在人身上,就是圆坨坨光灼灼的光团,就是人身太极。尽心知性,就是大光明境。

念头问:什么是诚的境界呢?什么是贞的境界呢?直觉答:这不过是一个东西的不同叫法,就像我本名王守仁,表字伯安,号阳明子,阳明子是道家的叫法,佛家的称谓是王守仁居士。同样的道理,"尽心"的境界,佛家叫"不思议",道家叫"虚静",儒家叫"诚"、叫"贞",俗家叫"开心",《易经》中叫作"易"。二程夫子叫什么呢?对了,他们叫作"理"。这是不是说"理"就是"尽心"呢?可以这样说!这就是说"我心"就是"理",简单说来,就是"心即理"。

还有一个叫法"中",也是这个"尽心"的境界。

"心即理",这可是一个新说法。"尽心"从哪里来的呢?从"静"中来的。"静"又是从哪里来的呢?从"定"中来的。怎么算是"定"呢?心意专注就是"定"。怎么算是"静"呢?前念已逝,后念未来,中间这个无念无虑的清净心,就是"静"。这是《大学》第一段的功夫阶梯。过去天天读这些,可以倒背如流,但是没有真正的体证,经典语句是语句,自己是自己,水油两层皮。现在,我可以说,自己知道了。什么是"安"呢?"安"就是知而不守,任其自然而然,绵绵若存。具体反映在身心上,头顶清凉,浑身轻若无物,身心柔润,处于一种不可言状的舒适中,就是心安身安。什么叫"虑"呢?就是不思而得,不动思维念头,一切却明明白白,可以叫直觉。最后的结果是

"得"，得什么？什么也没有得到，反而失去了很多，失去了什么？失去了心体上的尘垢，恢复了心体本来的、人之初性本善的光明，失去了忧愁烦恼，失去了怨天尤人，失去了贪婪嗔恨，失去了愚昧无明，得到了身心安泰，得到了无畏无惧，得到了无缺无失、没有一丝一毫亏欠的圆满富足。还怕死吗？心体融入了宇宙中，还怕什么死！宇宙只是安住在永恒的一个点上，既没有昨天，也没有明天，哪里还有个死呢？

"得"，就是明德。整个天下都是一心，山河大地，万事万物，一草一木，鸡狗牛马，甚至小到一个蚂蚁，都是心里面的东西，人会不亲它们吗？有"明德"，自然就会"亲民"。那什么是"至善"呢？至善就是时时处处处于这种"明德亲民"的境界中。

真想不到，心竟然有这么大的量，天地不缺丝毫，心就完美无缺，心，是天地间最富足的主人。

过去为什么那么傻，会去格竹子呢？《大学》的"止、定、静、安、虑、得"，我走到了"明德"和"亲民"，只要我功夫纯熟，一定可以达到至善。过去格竹子，现在想想真是可笑。"格物致知"，"格"什么物？格去心中的杂念就是"格"，让心中的杂念头和歪念头，变纯变正，就能"致知"。

既然《大学》"格物致知"有这么简单的捷径，为什么程夫子却说《大学》是道德修学的入门功夫呢？是不是登天梯子，有直梯，有斜梯，有胆有识的攀登直梯，像六祖慧能大师，这种方法叫顿悟；胆小力弱的人爬斜梯子，像神秀大师，这种方法叫渐悟。是呀，十个指头伸出来都有长短，人的智力体力确实有差别，要不为啥有的人短短几年从最低层级，噌噌爬到了位极人臣的地位，有的人一辈子一直做一个小小的书吏。《大学》是为了修身，书中明确说，从高高在上的圣天子，到不分白天黑夜一年四季忙活在地头田间、大字不识的升斗小民，都要学《大学》，学修身。我得承认，我是个聪明人，是个有智慧的人，之所以以前格竹子能格出一身病，是方法路径不对，是我当时过分崇拜先贤的缘故。现在看,朱熹先生这种格遍天下万事万物的路径,自己这个有智慧的人走不通,那些乡间耕读传家的乡绅小民,更走不通。但是《大学》怎么让小民修身呢?古人记录《大学》这册修身总结,总得有个让小民们修身的方法吧?过去孔圣人删减诗书,态度是很严谨的。既然朱熹先生这个"格物"方法不可取,那就意味着朱熹先生改了《大学》的结构,并私自加进去了章节,也是不可取的。要破解这个修身方法,还是得从古本《大学》下手。

在《大学》的第一段,有"物有本末,事有终始"句,这里《大学》文本中出现了第一个"物"字。"知所先后,则近道矣"。这是"近道",不是见道,更不是得道,这意味着没有"明德",只是接近了。从我的体证看,顺着"止、定、静、安、虑、得"这六级台阶,是可以见道的。由此可见,第一段中,"物有本末"以上两节,自成一个完整的体系,有功夫有境界,完全可以见道、得道。它与"物有本末"以下四句没有多大关系,那四句只是说"近道",这要比前九句低一个层次。这四句应该是启下段的,即:

古之欲明明德于天下者,先治其国。欲治其国者,先齐其家。欲齐其家者,先修其身。欲修其身者,先正其心。欲正其心者,先诚其意。欲诚其意者,先致其知。致知在格物。物格而后知至,知至而后意诚,意诚而后心正,心正而后身修,身修而后家齐,家齐而后国治,国治而后天下平。

以上古本《大学》第二段中"格物、致知、诚意、正心、修身、齐家、治国、平天下",是《大学》的八目。我是从《大学》第一段中"止、定、静、安、虑、得"这个功夫阶梯走过来的。"格物"对我来说,只是格去心中的杂念,正一正念头,念头一纯,直接达到"直觉"智慧,根本不需要后面的"诚意"和"正心",这无疑是顿悟,是捷径。现在既然我要立志传布道学,教育学生,学生有快有慢，就需要摸索出来这个渐悟的方法门径。既然"物有本末"以下四句只是为了启第二段，那就要与第二段联系起来看。第二段中的"格物"，说不定格的正是这个"物有本末"中的"物"。要格的这个物究竟是个什么物呢？确定不是朱熹先生说的万事万物，那就意味着应该是一个很简单的"物"。"物有本末"，此"物"是"身、家、国、天下"，身是根本，家国和天下是末节。古本《大学》第三段说得非常明白，修身是"本"，知道了这个，就是"知本"，就是"知之至也"。

"事有终始"，是什么事呢？是"修身、齐家、治国、平天下"这些事，这是事业，其中修身是开始，齐家、治国和平天下，是之后的事，修身是一辈子的事，所以说终始，不说始终。

我知道了！

我出定了，待我疾步走出洞外，一轮圆月直挂中天，万籁俱寂，四野祥和，天地和谐圆融，我在这一圆融中。

第四十四章 迁龙岗山 得阳明洞

火把节到了。

全寨子里的人，人人手举火把，会聚到了河边的开阔地上，点燃了一大堆的篝火。男男女女、老老少少，围聚在篝火四周，女人载歌载舞，男人吹笙敲锣又打鼓，公鸡在啄斗，公羊在抵头。这是寨子里一年一度的狂欢节。他们是在感恩土地的无私奉献，他们是在欢庆自己辛勤的丰收，他们是在用光明驱逐黑恶的瘴气瘴毒。欢庆活动之一是，男男女女手举火把，从大堆的篝火旁分散到各个山谷、山坡、河滩间的田间，祈愿着焚烧瘴毒，祈求着下一季的丰收。

龙岗山西边山脚下庄稼地，也迎来了丰收，收获的有稻谷、谷子、黄豆、芋头。收获的心情是喜悦的。

火把节中，日木和子日来到了洞中，送来了彝族的坨坨肉、一只大公鸡和高粱酒，并用火把照遍了山洞的角角落落。王祥陪着日木和子日，巡照着山洞，两人一脸虔诚，好像在做着多么严肃和神圣的祭神或者祭祖的仪式。巡照完毕，日木和子日告诉王阳明："老爹，这洞里太潮湿，我们刚才请火神帮忙，给你撵撵潮湿鬼。今天火神把潮湿鬼撵跑了，明天、后天会不会回来，我们也说不了。寨子里有邻居，从前房子失火，没地方住，一家人就住到了山洞里，山洞里从洞顶垂下来一根一根的石头棍，石头棍子往下滴水。滴下来的水又阴又冷，邻居一家住了不几天,有的腿疼,有的腰就直不起来了。治也治不好,腰弯了十几年了。"

王阳明随口接道:"那是风湿病,得用火治。"

日木说道:"原来想着,老爹在这洞里住不了几天,就会搬到驿丞衙门里,没想到一下子住了这么长时间。走吧,老爹,我们请火神去你田里撵撵邪鬼,再顺路去看看龙岗山上那个洞,那个洞里没有水,两边还透气。"

四个人跟着日木和子日往龙岗山走去。

路上,王祥问王阳明:"老爹,这田里也有鬼吗? 以后再干活,我可不敢一个人来了。"

王阳明笑着说道:"啥是鬼? 隐蔽的、不好的、邪性的东西,就像这山里的瘴气瘴毒。鬼是阴性,火是阳性,鬼怕火、怕光明。所以,他们用火烧瘴气。你年纪轻轻,一身阳气正旺,鬼都怕你。做人,只要自己心中没有鬼,就不怕鬼。不做亏心事,不怕鬼上门。"

日木和子日举着火把,绕着王阳明租种的田地,转了一圈,请火神撵走邪鬼。然后他俩带领着攀爬龙岗山,从西坡上去,到半山腰,停了下来。日木把火把递给子日拿着,拔出腰间的砍刀,对着一簇缠绕着枝枝蔓蔓的灌木丛,唰唰唰几刀下去,那里露出来一个洞口。

王金欢喜道:"我来过这里几次,都没有发现,这里会有个山洞。"

这个洞口没有几个人住的洞洞口大。日木和子日举着火把,弯着腰进了洞,几个人跟随着进了洞。洞很深,越往里走越开阔。王阳明惊喜道:"真是别有洞天呀!"王舍高兴地说道:"老爹,这里能住几十上百口子人。"在火把的映照下,大家发现,洞顶很高,这里像一个大宫殿,很宽敞。王金兴奋地跨着步子丈量宽度,量完,他惊喜地喊道:"老爹,足足有三丈宽。"日木往左走了几步,对身后的王阳明说道:"老爹,这是个岔道。我给你照照,好让你心里有数。大洞口在朝着太阳的一面。"

两支火把举到了大洞口,那里有从一排绿色的藤蔓之间透进来的斑驳光线。

日木用砍刀挑开一道缝,让几个人鱼贯而出,自己最后出来。日木出来之后,扭转身,对着从洞口上面垂落下来的一排树藤、树蔓、灌木,挥舞着砍刀。洞口清理出来了,足足有一丈来高,很宽阔。洞口正对着太阳的方向,没有了树枝藤蔓的遮挡,洞内显得很敞亮。王阳明反身回到了洞内,在自然光线的照耀下,他再次打量着洞内,从洞口一直向里走去,经过中间的大殿——王阳明心里把中间这块开阔地儿称为大殿——再往西走,空间收窄了,一直走便能到刚才进来的小洞口,这是一个东西贯通的山洞,从空间上看,东高西低,里面很平坦,虽然往南有个小岔道,但它迷惑不了人。

山洞里,王金再次惊喜地喊道:"老爹,我丈量过了,东西深十一丈。太好了!"

日木跟在王阳明身后,喜滋滋地问道:"老爹,比那边好吧?喜欢吗?"

王阳明对着日木一拱手,笑着说道:"日木,多谢你了。这个山洞跟你很有关系。"

日木疑惑地问道:"老爹,这是给你找的山洞,跟我有啥关系?"

王阳明笑笑说:"不好解释。是跟你的名字有关系,你叫日木,日,就是太阳,从方位上来讲,在东方,太阳就像你举着的火把,能给我们带来光明,能给人带来热量,驱逐瘴魔鬼怪;你名字中的木,就是树木,在五行上,木在东方,树木喜欢春天,东方也代表春天。你看,这个洞口正好对着东方。日木,你给我们带来了光明和春天。这个洞我很喜欢,宽敞明亮,东西通透,干燥不潮湿,没有你说的潮湿鬼。"

王阳明边说边钻出西洞口,听着淙淙的流水声,顺着水声,他发现在洞口北边,从山坡上顺着一条石缝,往下垂挂着一道水帘,他自言自语道:"东观旭日,西赏夕阳,北伴琴声,心歌欢唱。"王祥在身后疑惑道:"老爹,我好久没有听老爹抚琴了。这山洞真好,西边那个洞,门朝西,又暗又潮湿。来到这里,我心情也好多了。"王阳明笑着说道:"王祥,想听琴了?抚琴有有弦的琴,有没有弦的琴。"王阳明说着,指向洞口北边的水帘,说道:"这就是无弦的琴!王祥,听琴既要会用耳朵听,又要会用心去听。会用心听的话,天地间就是一把大琴,时时都在弹奏着一首美妙的乐章。"

几个人钻回山洞,来到东洞口外,王阳明指着洞外一块平地说道:"门前这块平地我们要平一平,山坡边上圈上石块,平常我们可以坐着晒太阳,晴天就在这里教寨子里孩子念书。"几个人说着,开始整理洞口外的平地,从四周找来大石块,在山坡边上摆成一圈,这算是院墙。

干着活,王祥提议道:"老爹,我们得找一块大石头,您可以当琴台,我们可以当饭桌,学童们可以当书桌。"

日木听到书桌,接口道:"老爹,我的孩子跟着你读书,现在好多文章都熟得顺口能往外流。我听得多了,也记住了几句,什么'人之初,性本善。性相近,习相远。苟不教,性乃迁'。过去我想,读书有啥用,我们人老几辈子,没有读过一本书,不也活得挺好。可小孩自从跟着你读书后,比以前懂事了,知道了长幼有序,知道关心人了。每天早上起床,都要去问问他爷爷奶奶,晚上睡得好不好;每次吃饭,都要先给他爷爷奶奶盛上饭、端上饭,等他爷爷和我动筷子,他才开始吃饭。有次我们头人到我们家来,我不在家,他一点儿也不知道害怕,见了我们头人,鞠躬作揖,搬上板凳,安置头人坐好,倒上茶水,让头人稍等,自己出来找我。我们头人见了我,使劲夸他好。头人问我怎么把他教育得这么好。他说一个八九岁的孩子,不怯生,懂礼貌,像宣慰使大老爷家的人一样有教养。想不到过去从来不正眼看我一眼的头人,因为我的小崽子,对我客气起来。我给你送的坨坨肉和大公鸡,其实不是我家的,是头人给的,他让我给你送来。那罐高粱酒,才是我送给你的。我们火把节,要请神,要祭祀,头人担心外来的汉人冲撞了我们祖先,所以没有邀请您参加火把节。这个洞就是头人让我邀您搬过来住的。他说等你在这儿安置好了,要让寨子里所有男娃娃都来跟你读书,学礼貌。头人还说,你种的田以后不收你钱,你只管种。粮食不够吃的话,不用再大老远跑到城里去买了。老爹,你看,啥时候搬过来?我和子日帮你搬家。"

王阳明很欣慰，真是一分耕耘一分收获。王祥听着日木的述说，一脸羞愧，当时他曾抱怨王阳明，说教寨子里小孩读书，吃力不讨好，费那个力气不如睡一觉舒服。现在看看，山里野人也知道好歹，人心换人心，不求回报，也不见得没有回报。寨子里的头人早点对我们这么好，我也犯不上大暑天跑到贵州城去买粮食了。为了将功补过，王祥自告奋勇地对王阳明说道："老爹，以后寨子里孩子读书的多了，您忙不过来，我当他们的先生，《三字经》《神童诗》《名贤集》《千字文》《朱子治家格言》，我都能教。"

　　日木惊喜地看着王祥，问道："你也会当先生？你也会教书？这么年轻？老爹，你知道吗？寨子里的火把节，热闹得很，是大姑娘小伙子谈恋爱的节日，要是寨子里姑娘们知道了王祥会教书，是个先生，好多人会爱上他的。我们彝人里分五个等级：最上等的是土司，我们称为'兹'；接下来是贵族，我们称为'诺'；第三等就是我们这些'曲诺'，我们算自由人；再往下第四等，我们叫'阿加'，已经是奴隶了；最低一等的是'嘎西'。识文断字的只有土司老爷和贵族老爷。"日木对着王祥说道，"王祥，你去火把节玩吧，要是看上哪家姑娘，就留到我们这儿吧，你识字，将来一定能当老爷。"

　　王祥被这话吓得直往后躲。王阳明笑眯眯地说道："王祥，他们山里人也会开玩笑。王祥，你知道教学相长吗？"见王祥摇了摇头，王阳明继续说道，"教书也是学习，教和学，互相促进，在教书中学习，在学习中教书，你愿意教孩子们，这本身就是一个学习的过程。自己已经懂的东西，在教书时，会更加深入；不懂的东西，会有疑问，有了疑问，就会思考，通过思考，就可能自己找到答案。要是百思不解，再来问我。好了，我多了一位助手，好事！现在正赶上夏末，天气潮湿，这个洞正好东西通气，日木和子日现在又给我们打开了东西两边的洞口，通几天风，等到立秋，我们乔迁新居。"

　　王金和王舍高兴地拍手道："要住大房子了！"

　　日木和子日说道："搬家时我们来帮忙。"

几个人说着话,下了龙岗山。路上,王阳明笑眯眯地对王祥说道:"王祥,你不是一直想跟我学《易经》吗?今天教你一卦,就说这个山洞,洞内东西通风,就是山下有风,我们就以此起上一卦,山为艮,风为巽,艮上巽下,得一个蛊卦,蛊卦是个中卦,不好不坏,这和我们目前的处境是一致的。初六爻,意味着以前的事业被人败坏了,被谁呢?或者是父母,或者是尊长。败坏了不可怕,虽然有困难,但是已经可以开始挽救了,只要勤勉奋发,就会有一个好的结果;九二爻,象征一个很有智慧的儿子,

蛊卦

虽然不能谴责败坏事业的前辈尊长,要坚守中庸之道,且可以为将来着手谋划了;九三爻,是正位,说明儿子智慧能干,不违背尊长,只要他心思纯正,不会犯过失;六四爻,提醒我们不能宽容、姑息过失;六五爻,待挽救了被败坏的事业,贤能的儿子会声誉日隆;上九爻,提醒我们要像隐士一样,淡泊名利,坚守自己高尚的节操。王祥,你懂我的话吗?"见王祥摇头,王阳明继续说道,"回去把卦画出来,对着书本,一爻一爻地比对,慢慢悟吧。结合这个卦,'《象》曰:山下有风,蛊;君子以振民育德',我们今后的任务,你教寨子里的娃娃,我呢,也该讲学了。"

王祥听着王阳明的讲说,虽然一肚子疑问,但因为尊重和相信老爹,他还是坚定地点了点头。王阳明笑眯眯的,这番话正是他刚才说过的"教学相长",王阳明更是在对自己讲学,让自己心里接受这个蛊卦,自己见道了,该传布道学了,正像卦上说的,该"振民育德"了。更何况现在有了这个大山洞,有了龙岗山,自己该上山冈了。

一立秋,王阳明就搬到了龙岗山,他把这座洞穴称为阳明小洞天。

第四十五章　山洞蒙学　书声琅琅

　　秋日的夕阳下，在阳明小洞天洞口外的平台上，九个彝族男孩子，有十来岁的，有七八岁的，分成三排，坐在竹板凳上，听他们的先生王祥在布置功课："今天下午，我们一共讲了四句，是哪四句呀？"孩子们一起拖着长音，像唱诵一样回答道："为人子，方少时，亲师友，习礼仪。"王祥再问："大家记住我讲的内容了吗？阿姆，你来说一下。"阿姆是最大的学生，是日木的儿子。阿姆站起来，回答道："这四句话是说，我们小孩子小时候，要尊敬师长，亲近朋友，学习礼仪，对人讲礼貌。这样的小孩，大家都喜欢。"王祥等阿姆说完，吩咐阿姆坐下，接着说道："阿姆理解得很对，说得很好。我们今天的课就学到这里，下课之前，我们老规矩，背诵一段《三字经》，预备，'小学终，至四书'，开始。"

　　"小学终，至四书。《论语》者，二十篇；群弟子，记善言。《孟子》者，七篇止；讲道德，说仁义。作《中庸》，子思笔；中不偏，庸不易。作《大学》，乃曾子；自修齐，至平治。《孝经》通，四书熟，如六经，始可读。诗书易，礼春秋，号六经，当讲求。有《连山》，有《归藏》，有《周易》，三易详……"

第四十六章　君子亭下　小人嚣张

一位从辽东来的从九品吏目带着儿子和一个仆人,前往毕节卫赴任,晚上他们在王阳明的居所歇过脚,第二天早上出发,中午,他们死在了西去二十多里地的蜈蚣坡。王阳明主仆埋葬了他们。

从蜈蚣坡回来的第二天上午,日木陪着寨子里的头人奢吉来到龙岗山,他们要来拜访王阳明。离山洞还有一段距离时,日木就高声喊道:"老爹在家吗? 我们头人老爷看你来了。"王阳明迎出洞外,双方互相拱手作揖。这是王阳明第一次见奢吉。奢吉五十岁开外,个子不高,是寨子里少有的胖子,他面皮油光光的,很黑,身着黑缠头、黑对襟褂子、黑直筒裤子,大热天还披着一个黑披风。奢吉神态上很威严,一半的威严来自头人的世袭血统和身份,一半的威严是端出来的。王阳明和奢吉的交谈要靠日木做翻译。王阳明把奢吉让到洞前石凳上就座,客气道:"山洞阴暗潮湿,没有外面敞亮,就不请头人先生进洞去了。"奢吉威严地说道:"阳明先生来到我们山里,教我们寨子里的娃娃学礼仪,是来帮我们忙的。娃娃们学会了背书念经,明白了事理,长大都成了好人,寨子里坏人自然就少了。寨子里太平无事,我这头人就省心了。所以说,阳明先生是在帮我的忙。这是五斤高粱酒,是我的一点心意。"日木把酒递给边上的王祥。王阳明客气道:"我们远道而来,寨子里头人和日木他们帮了我不少忙。我也十分感激!"

头人继续说道："我的寨子把守着老祖宗顺德夫人修的第一座驿站。阳明先生不知道听没听日木说过，咱们贵州宣慰司水西这块地界，自古以来，有两大家族，一是宣慰使安家，再一个就是我们奢家，历史上形成的规矩，安家做宣慰使，我们奢家是宣慰使夫人。从我家老姑奶奶顺德夫人开始，就与你们汉家朝廷结成了亲戚关系。本人官职不大，汉家朝廷是省、府、县三级衙门，我们宣慰司是则溪、部，到我这里是寨子头人这一级，也是三级衙门。听日木说过，汉家一个县就有五六万人口，抵上我们几个部的人口。不过，萝卜不论个头大小，是论辈分的。我这寨子虽然人头不多，地面却不算小，山连山，峰连峰，山羊如云，圈马成群。当年汉家皇帝大老爷对我家老姑奶奶很厚道，又封官，又赏赐。礼尚往来，今天阳明先生到了我这地界，帮助我教育孩子，我很感激却没什么能给你。但我想帮你，报答你。人不能天天住山洞，见不着太阳火神，没有太阳火神的保佑，人会生病的。我们山里面，山洞不算家，只有没有家的山猫、山狼、山老鼠，才住山洞。所以我要派给你几个人，帮助你建茅棚，让你像我们寨里人一样，天天住茅棚，天天接受太阳火神的保佑。不知道阳明先生，愿不愿如此？"

　　王阳明一直笑眯眯地听奢吉叙说，当听到奢吉说自己比照着汉家朝廷，相当于县一级衙门时，心下有些不以为然。来到贵州有些日子了，他对贵州宣慰司的组织结构有了了解，这些化外之地，地广人稀，朝廷为了笼络土司们，传统上是高配官职，一地一个习惯，不重样，安宣慰使这里是则溪和部两级组织结构，到了宋宣慰同知那里，就变成了长官司和码头两级结构，六品级别的长官司，就相当于内地一个无品无级的乡一级组织。奢吉头人这个级别，顶多相当于内地的一个里长，权力上可能比内地大一些，因为他手里有奴隶。不过现在王阳明的生活已经与行政级别没有多大关系，再说了，能不能帮助人，与人的级别没有关系，能够帮助自己的人，地位哪怕再卑贱，那也是自己的贵人。听到奢吉要派人帮助自己建房子，王阳明很感动，山洞的确阴暗潮湿。而且前几天老乡老前辈毛科介绍了三个秀才来，三人从贵州城来到龙场，要跟自己请教学问，却没地方吃住，只好在山洞里迁就一个晚上,第二天他们就不得不离开龙场。于是,王阳明马上拱手当胸,真诚地说:"头人先生,你能急人所难,真是令人感动。当年顺德夫人不辞劳苦,修通了这条驿道,真是有着巾帼丈夫的大气派。如今头人先生,竟然也有着顺德夫人的担当,实在是令人敬佩。头人先生说得对,山洞不能长住,在山洞里,读书认不清字,抚琴嗡嗡净是回声,住得久了免不得腰酸背痛。您这样做,让以后来此求学的年轻人有地方住了。谢谢头人先生!"王阳明说着,起身给头人作了一个揖。

第二天,奢吉派过来的十来个人,在日木和子日的带领下,开始伐木、平地、建房。王阳明是总设计师。

王阳明领着日木和王祥,在龙岗山山顶上指指点点,规划着建设方案。王阳明对日木和王祥说道:"建房要结合地理地势,善用风水。这龙岗山像一艘船一样,南北长,东西窄,是一座孤零零的山冈,我们的山洞位于山冈的南头,算是船的掌舵处吧,山顶要在北端建房,那相当于压舱,这样这座山冈才能平衡,不至于翻船。正中间建一座亭子,居高可以眺望四野,可以抚琴;晨观朝阳,夕送落霞;秋高气爽的夜晚,可以赏月,向北可以遥望北斗七星,要知道北斗七星是天地的枢机,是宇宙的太极;闲情来时,小亭高坐,可以把酒临风;亭子南面建一座轩,夏天迎接南风吹拂,凉爽宜人,可以读书,可以讲学;北为上、为尊,我们在北面建一座堂屋,作为接待宾客的堂馆,冬天又可以阻挡寒冷的北风。"王阳明沉浸在自己的想象中。王祥笑着问道:"老爹,你不是想长住吧? 说不定我们还没建好呢,朝廷就把您召回北京做大官去了。"王阳明笑眯眯地说道:"王祥,当官一任造福一方,老爹虽然不是什么官,也想回报他们这些未开化的山民。他们帮我们,我们也回报他们,你看看他们那些茅草棚子,不能算真正的房子。我们在这里建房子,起轩堂,造亭子,为他们做个示范,做个样板房,他们虽然纯朴,也不傻,一比较,他们就知道好歹了。将来他们慢慢就住上与我们一样的房子了。就像日木,就像子日,他们不是慢慢跟我们学会了一些礼节吗? 读书明理,就是为了安置好自己的身心，为了生活得更好。要生活好，当然得住好。"

十几个人忙活了一个月时间，在阳明小洞天的上方，一座轩房有模有样建成，可以入住使用了。石块堆砌做墙，正门开在北面，房顶起脊，覆盖茅草，四面墙四个大亮窗，读书写字，光线充足。轩内一个石桌上，摆放着古琴。在石桌上，王阳明就着一块白色的木牌，题写着"何陋轩"三个字。

日木正在把王阳明写好的匾额往何陋轩正门门楣上挂，王祥站在下边校正。正在这时，王金从下面上来招呼道："老爹，来了三个官差，他们说是镇守太监衙门的，要您下去。"

王阳明随着王金，下到阳明小洞天洞口，在石桌北面，坐着一位身穿武官官服的人。从官服后背补子上绣着的彪形图案可知，这是一位六品或者七品的武官。王阳明从北面下来，咳嗽了一声。见王阳明下来，武官大模大样地坐着，甚至故意挺了挺身子，让自己官服上的补子更清楚，让王阳明知道自己的品级。王阳明转到石桌南面，这才看到武官的面目，一张三十多岁的脸，瘦瘦的，神色粗俗，眼神狡诈。王阳明凭直觉知道，这不是个善茬。王阳明一拱手，道："不知上官驾到，有失迎接，还请见谅。"武官旁边站着的两个校尉中的一个校尉，介绍道："这是我们贵州镇守太监衙门经历司经历胡嘉大人。"

武官坐着一拱手问道："你，可是龙场驿丞王守仁?"来者操着一口京师口音。

王阳明对胡嘉点了点头，算是回答，然后吩咐道："王舍，快给胡大人上茶。"

王舍从洞里小跑出来，怯怯地嗫嚅道："老爹，他嫌咱家的茶赖，给泼地上了。"王舍说着，指了指地面。

王阳明看着地面的茶迹，颇有些不悦，但没说什么，他再次对胡嘉拱手说道："荒野之地，招待不周，请胡大人见谅。"

胡嘉端着架子，两手搁在石桌上，拿腔捏调地说道："本官一个武人，招待好坏，那倒没什么要紧。过去在京卫当从七品经历的时候，赶上野外拉练，河里的水也是喝过的,武人嘛,就不瞎讲究了。可是现在不同了,现在是代表着,"胡嘉说着,两手抱拳,往左上方一拱,"镇守太监胡公公,那就不得不讲究了。虽然靠胡公公的恩典,本官现在是从六品经历,茶水好坏,本官还可以不讲究,但是,胡公公,那是宫里刘公公跟前信得着的人。是刘公公信得着的人,就意味着是万岁爷信得着的人。眼下,胡公公为万岁爷镇守着贵州,为万岁爷看管着贵州,看管着都司衙门,看管着布政司衙门,看管着按察司衙门,为万岁爷开采水银,为万岁爷开采朱砂,为万岁爷运送楠木,为万岁爷搜集珍宝,为万岁爷大事小事操着心。操了地方上的心,还得操卫所的心。这西北四家卫所,胡公公一直挂念着,一直想去巡视,一直想去替万岁爷看看。本官得为胡公公安全着想。这次,本官正是奉了,"胡嘉说着,再次双手抱拳,向着左上方当空一举,"镇守太监胡公公之命,从省城,前往西北四卫,沿途查看驿道路线,为胡公公巡视做准备。你这个龙场驿站,自然也在查看之列。如此一来,你们的接待好坏,性质就变了,这根本不是对本官的态度问题了,而是对镇守太监胡公公的态度问题,是对司礼监刘公公的态度问题,说到底,这是对万岁爷是否忠心的验证。王守仁,就凭你招待本官的茶水,你知罪吗?"

　　王阳明一直站着听胡嘉趾高气扬地显摆权势,这样的人,自己要是跟他坐得太近,怕是会沾染上他的俗气,而且更吓人的是他满口四溅的唾沫星子。胡嘉见王阳明一直不敢就座,以为他是慑于自己的官威,是畏惧镇守太监的权势,所以他越说越放肆。贵州镇守太监胡维,王阳明听说过,胡维和全国各地的太监一样,仗着后台老板,气焰嚣张,军事要插手,行政要插手,矿产要插手,司法审判也要插一脚。王阳明还听说,贵州宣慰司安宣慰家之所以敢明目张胆地废弃九个驿站的人力物力供给,就是仗着买通了北京的太监,有太监刘瑾撑腰。王阳明在北京吃过太监的亏。他听说,刘瑾现在在朝中一手遮天,小皇帝天天领着一帮子男男女女、花和尚淫道士,在有着二百多个房间的豹房里,寻欢作乐,疯玩得昏天黑地,哪有时间顾得上朝政。这些个太监,不男不女,心量没有男人宽广,胸怀没有女人柔软,祸害起人来,没有底线。现在的天下,小人得志,正人君子个个远避。王阳明自觉已经躲到了天边,想不到还是和太监断不了干系。一朝被蛇咬,十年懒得摸井绳。王阳明打定主意,不得罪太监跟前的小人。他要好言好语,打发走此人。于是,王阳明开口道:"请胡大人原谅,容我给你解释一下,等你明白了情况,一定不会怪罪王某人。你也看到了,龙场这个地方,有驿道,没有驿站,王某人来当这个驿丞,但这里没有驿丞衙门,甚至连个睡觉的地方也没有。你也看到了,这个山洞,就是王某人的栖身之地。你说这是驿丞衙门也行。来往人客的供给,要靠宣慰司承担,可是王某人上任近半年来,没有见到过宣慰司一粒粮食,没有见过宣慰司派遣来一个差役。王某人吃饭,"王阳明指了指山洞方向,"要靠西边山脚下几亩薄田的收成,再有就是一点俸粮。我们这个驿站有名无实。我们自己喝茶,热水里能漂两片茶叶就行,喝着有些苦有些涩,这是没办法的事。所以你看,胡大人光临,我们拿不出来好茶叶。无论多么热情好客,我们一端上茶水,就可能被误会。据王某人所知,不只龙场这里,往西一路下去,其他八个驿站,都是这个状况。胡大人大驾光临,是本官的荣幸。胡大人心很细,对镇守太监胡公公更是忠心耿耿。幸亏你先来走一遍,否则,若胡公公前来,一路上没人接待,没有吃喝,没有地方睡觉,他若怪罪下来,我们谁也吃罪不起。"

胡嘉听了这话,狐疑地望着王阳明,待他耐着性子听王阳明说完,清了清嗓子,说道:"王驿丞,本官不知道你是咋想的。本官只知道,全省文武官员,政绩优劣,政声好坏,万岁爷和刘公公,远在京师,既看不到,也听不到,好坏都要靠咱家胡公公一张嘴。有的官老爷是个明白人,想着法子邀请胡公公去巡视,胡公公没时间,他们就到镇守衙门去拜门磕头。你一个小小的驿丞,莫非想阻止胡公公巡视?"

王阳明压抑着心中的反感,笑眯眯地说道:"胡大人,王某人非常欢迎胡公公巡视西北四卫。我这样说不是为自己考虑,而是为胡大人着想,你设想一下,若胡公公来了,沿途九个驿站,长途跋涉,缺吃少喝,一路遭罪,胡公公除了怪罪我们，你恐怕也得承担责任。为什么呢？胡公公派你考察路线，不就是为了避免路上遭罪吗？"

胡嘉仍然将信将疑，狐疑地笑着，说道："都说读书人心眼儿多，张口就是瞎话，我今天是真正领教了。王驿丞，你一直哭穷，说自己揭不开锅，这是哄三岁娃娃的吧。"胡嘉猛地站了起来，指着山顶，喝叫道，"没有钱？没有钱你盖什么房子？本经历刚到，就听你这里的人说，你在上面盖房子呢。"胡嘉说着，快步往山顶爬去，王阳明只好跟了上去。胡嘉站在君子亭旁边，朝上指指君子亭，朝南指指何陋轩，怒喝道："王守仁，你对本经历什么态度？你对胡公公什么态度？欺蒙本经历，我治不了你的罪，欺蒙胡公公，就是欺蒙刘公公，就是犯上，就是欺君之罪！王守仁，好大的胆子！竟敢欺蒙万岁爷！你知罪吗？"

王阳明听着胡嘉虚张声势的咋呼，一脸的苦笑，忍着心中的鄙夷，解释道："胡大人，欺君之罪，谁也不愿意担。欺蒙胡公公，王某人也没有那个胆子。你看看这房子，不过是几棵树木、一堆石头，上面盖着些茅草，花不了几个钱，都是寨子里山民无偿出劳力，帮助建造的。这样的房子，能接待胡公公吗？让胡公公这么尊贵的太监住这样的房子，那才是欺蒙胡公公呢！胡大人，你说是不是？所以王某人一开始就说，这也是为胡大人着想。"

胡嘉被说愣怔了，他皱着眉头，在原地兜着圈子，焦急地走了几步之后，他突然站下来，说道："王驿丞，本官也可以相信你。这样吧，在别的地方有这样的先例，为了迎接胡公公的巡视，沿途衙门大小官员，都要孝敬一些黄米白米，供胡公公回京帮着大家打点，在刘公公和万岁爷面前替大家说说好话。我这也是好意，来而不往非礼也，既然承蒙王驿丞替我着想，我这次也为王驿丞着想一次。接下来，我要去下一站，六广驿站，如果真像你说的那样，缺吃少喝，又没住的地方，等我回城里禀报一声，说不定胡公公还真就不来了。所以这次，你这里的黄米白米，我也不怕麻烦，索性直接带走。"

王阳明心里明白这是怎么回事，多一事不如少一事，早打发走早安生，于是问道:"胡大人,还请明言,需要多少黄米白米?"

胡嘉笑道:"王驿丞是个明白人,痛快!这也没个啥标准,各看各的心意。有的地方三五千两的也有,恐怕你也听说过,在福建,镇守太监把一个狗眼看人低的卫所指挥使,活活杖死了。公公们出宫,是替万岁爷看守门户,刑罚上也比照着金銮殿的来。杖死也就杖死了。要说理,只有上北京找万岁爷。王驿丞你这里是个驿站,虽然没有卫所富裕,那也看你的心意了。三百五百不嫌多,五十一百不嫌少。胡公公还能缺这几个,他也不过是想着给万岁爷上密信时,为大家美言一句两句。王驿丞,一看你就是个明白人、痛快人,回城我在胡公公面前一定替你说说好话。龙场这算啥地方,鬼不下蛋的地方。这次可是一个机会,王驿丞?"

王阳明要是想走太监的路子,在京师他早答应刘瑾的诱惑拉拢了,哪里还轮得上什么胡公公。于是他说道:"胡大人,"王阳明指了指山脚下,"这几亩田地,夏天收获了两石多黄米、两石多白米,已经吃了一部分,现在还剩一些,三个跟着王某人的小伙子总要吃饭,想孝敬胡公公,也不敢多孝敬。好在城里还有我每月两石的俸粮白米,如蒙胡公公不嫌弃,那就孝敬他一个月的白米。你看,胡大人,这样可以吗?"

胡嘉笑眯眯的脸一下子涨得通红,继而是恼羞成怒,他红着眼睛,恶狠狠地瞪着王阳明,右手抓住腰间的佩剑,气势汹汹地、情不自禁地朝王阳明身前逼近着。王阳明静静地站着,眼神不躲不闪,镇静地盯住胡嘉的眼睛,淡淡地笑着说道:"胡大人,你气色不对头,是不是着凉了?这山里瘴气可是会要人命的。上个月,辽东一位吏目带着儿子、仆人,到毕节卫上任,染上瘴气,可怜三个人都留在了蜈蚣坡。还是我帮助埋葬的。可怜呀!"

日木正领着几个工人,在君子亭四周移栽竹子,按王阳明的意思,君子亭四周是竹林,君子亭是竹林竹园的中心,竹子的栽种要形成众星拱月的气氛。工人们拿铁锹的拿铁锹,抓镢头的抓镢头,各忙各的,他们听不懂两个汉人在说些啥内容。日木模模糊糊听了个大概,这是姓胡的在索要王老爹的粮食呢。老爹的粮食不多,再逼着要他的粮食,不是成心让老爹饿肚子吗? 日木心里判断着:姓胡的,不是个好人!

胡嘉憋了一肚子气,恨不得拔出宝剑,给王阳明戳上一剑,以解心头的羞恨。胡嘉浑身都是虚火燥气,他在王阳明一身正气和静气的震慑下,不由得止住了逼近的脚步,望着王阳明一脸威严相,他浑身颤抖着,两拳哆嗦着。他有一腔怒气憋在心里,鼓鼓的,似要爆炸,他要找个地方发泄,嘴里喷出恶言秽语,或者,拧碎个什么东西。要发泄,要爆炸,但他又不敢对着王阳明发泄,看看四周几个在胡嘉眼里和牲口一样卑贱的山民,他不敢对他们发泄,这些山民手里有铁器,惹恼他们,比被牲口踢一蹶子厉害得多。胡嘉瞥见了竹子,这些竹子在山民们忙活的手中,被摇来晃去,枝枝叶叶沙沙作响,像在嘲笑胡嘉。胡嘉找到了发泄的对象,竹子没有王阳明身上的镇静气势,没有山民手中的铁器,于是胡嘉拔出佩剑,带着满腔怒气,一剑扫去,削倒了一片竹子。削倒那么多竹子,他仍余怒未消,竹子太小,太弱势,显不出来自己的权势,胡嘉越步迈上君子亭,对着一根柱子,起脚恶狠狠地跺了下去。结果却是疼得他哎呀哎呀直叫。

日木一直在观察胡嘉,见他怒气冲冲的,担心他冒犯王阳明老爹,后来见他削倒一片竹子,心里已经不高兴了。这是刚刚移栽过来的竹子,这人凭什么糟蹋大家的劳动成果。又见他用脚跺君子亭的柱子,刚刚埋下的柱子被胡嘉一脚踹下去,整个亭子都晃了。大家忙活了一个多月呀! 日木想也没想,冲上去就是一脚,正跺在胡嘉的腿弯处,只见胡嘉扑通一声跪在地上,手里的佩剑嗖一声脱了手。日木紧跟着又是一脚,几个工人纷纷围了上去,各自要伸腿出脚。王阳明大声喝叫道:"日木,别打! 别打! 胡大人不是坏人!"他边喊边跑了上去,拉开日木,并伸手去拉扯胡嘉,嘴里关切地问道:"胡大人,没伤着哪里吧!"胡嘉艰难地起着身子,张了张嘴,有气无力地说道:"你你,他们他们……"

王阳明搀扶着胡嘉,安慰道:"这些个山民,缺少教养,不知道礼节。他们是寨子里头人派过来干活的，这是宣慰司地面，咱也管不了他们，还请胡大人别跟他们一般见识。"胡嘉又羞又怒，脸红通通的，恨得牙齿咯咯响，甩开王阳明搀扶的手，咬着牙说："好你个王守仁，竟敢纵容刁民，殴打、冲撞本经历，你等着瞧！"胡嘉一拐一瘸，急急下到洞口，招呼两个校尉一声："走！"三个人悻悻地离开了龙岗山。

又过了一个月时间，最北端坐北朝南的宾阳堂也竣工了。

到了中秋，月亮最圆的晚上，王阳明、王祥、王金、王舍，爷儿四个已经可以在君子亭下把酒赏月了。

王阳明静静地仰望着明月，手捧酒杯，对三个小伙子说道："来，我们祭拜明月。"三个人站成一排，跟在王阳明身后。王阳明念念有词："桂花飘香夜，游子思故乡。拜托嫦娥和吴刚，道声珍重捎故乡。孝心皎洁如明月，思亲眼泪似夜露，请予呈达亲尊长，抚育恩情不敢忘。奶奶、父亲大人，不孝儿孙这里给您敬酒了！"王阳明说着，神情庄严肃穆，动作谨慎虔诚，连洒三杯水酒。

之后，王阳明就座抚琴，一曲《思亲泪》，透过圆月，传递给了余姚的故乡。

第四十七章　龙岗书院　圣贤学堂

何陋轩、君子亭和宾阳堂落成后,陆陆续续有学生上门求教。兴隆卫指挥逖远的两个儿子逖智和逖勇结伴而来。哥哥二十三岁,字乐水;弟弟十八岁,字好义。哥哥瘦高个子,眼睛明亮机智;弟弟逖勇长得敦实,憨厚纯朴。逖智和逖勇哥俩来后,何陋轩内才算有了讲学的气氛。

湖广常德的蒋信、冀元亨、刘观时,与逖智和逖勇兄弟前后脚到了龙场。蒋信二十六岁,字卿实,个头不高,身材精瘦;冀元亨二十七岁,字惟乾,瘦削的身材,瘦长的小脸,眼神纯朴而坚定;刘观时二十四岁,字恒一。

五个学生,何陋轩的讲堂可以开讲了。一张白木桌子是王阳明的琴台,墙角上挂着威宁伯家所赠宝剑,地上几个蒲团,王阳明坐西朝东,五个学生背东面西。王阳明笑眯眯地开讲道:"五位同学虽然是龙场的新客人,却是王某人的旧相识。大家能如约前来,不嫌山高,不嫌路远,足见大家求学的志向是坚定的。师生师生,有学生才有老师。学生好学,老师好教,学有所得,人生大乐;教有所成,也是人生大乐。师生聚在一起,学什么?教什么?学生,学生,学生存!学生活!学生命!先学生存的技能,再学生活的艺术,最终要学会把身心生命安顿好。学是学这些,教也是教这些,学方法,教门道。目的都是往圣贤路子上走。为什么学圣贤做圣贤?圣贤干什么?圣贤能干什么?圣贤会干什么?圣贤修身,圣贤齐家,圣贤治国、平天下。自己身心修好了,人生有大乐,无忧无虑,有智慧,有仁义,有勇气,所谓的智仁勇,是身心修成的标准。"王阳明说着,再指了指外面的亭子,"这样的亭子,让有道之人、先贤颜渊来住,简陋吗?颜子为什么一碗白饭,一瓢凉水,都吃得那么有滋有味,喝得心情舒畅?要知道,我们自己的心灵是个宝藏,百宝具足,有智慧,有财富,有仁义,有勇气。这就是经典说的,'行有不得,反求诸己',一切都要从自己身心上去找,找到了我们自己心里的智慧,有了智慧,我们自己就安心了,安心不就是大乐吗?圣贤不仅仅是为了自己的安乐,更是为了利益别人。没有机会的话,圣贤们固守着自己的安乐,一旦有了机会,圣贤就要给周围人,给家族,给天下,带来安乐。带来什么安乐?无形的安乐,是开启大家的智慧;有形的安乐,那就是有了从政的机会,行仁政,给大家创造安居乐业的生活。这就是修身和齐家、治国、平天下的关系。根本上是修身,是修德,是修心。从大家的名字上看,大家都有这个追求,乐水和好义兄弟俩,一智一勇,各守一个仁义。卿实,你就坚守你这个实字,怎么守这个实字呢?实的重点在于行,践行,践行什么?践行仁义礼智信。怎么践行?一举手一投足,开口说话,心思动念,都要践行。圣贤怎么说话?圣贤怎么思无邪?圣贤怎么待人接物?圣贤怎么做我就怎么做,亦步亦趋,我们模仿圣贤,时间久了自然会有心得。内心守一个诚,诚是不自欺;身外守一个敬,敬是不欺人。归结为一句话,就是不自欺欺人。惟乾的乾是什么?乾是先天的纯阳,纯阳就是大光明,纯阳就是心里没有一点尘垢,就是思无邪,就是尽心开心,尽心开心就可以知性,明心见性了,就是知天命了。"王阳明说到哪位同学的名字,就亲切地注视着这位同学的眼睛,亲切地解释着这位同学的名字,最后,王阳明说:"单从同学们的名字看,大家都是真心求学,一心慕道,只要坚守自己名字的宗旨,持之以恒,大家都会成功。首先,大家要找到一个适合自己的修身方法。具体什么方法呢?因人而异,老师教的,书本上学的,生活中摸索出来的,关键是适合自己。'四书五经',是先贤们修身的总结,满书都是方法。要学习要修身,离不开圣贤书。说到这里,我还要感谢大家,因为你们的到来,龙岗这座小山岗有了新的名字:龙岗书院。大家来书院,好好读书,好好修身,希望大家将来能从这里起飞,个个成蛟龙,翱翔于苍穹,行云布雨,造福于天下黎民百姓。大家有信心吗?"

掌声热烈而响亮。王阳明示意安静,继续说道:"千里之行,始于足下。足下在哪里? 要从心开始,修心是第一步。现在我们开始每堂课的静坐观心时间,每次一刻钟。大家开始吧。"

第四十八章　巡按御史　来做说客

　　龙岗书院何陋轩里变得鸦雀无声。这时,王祥蹑手蹑脚地进来把王阳明叫了出去。在山洞口,一个随从模样的人向王阳明禀告:"启禀王大人,我家老爹、贵州巡按御史王道长前来拜访,已经到了山下。"道长是巡按御史的雅称,还可以雅称为天使,或者侍御。

　　王阳明不敢怠慢,疾步来到山下,迎接巡按御史王汝楫。巡按御史虽然只是七品官,但他是代表圣天子巡按地方,在省城可以与从二品的布政使、正三品的按察使,分庭抗礼;到了地方,知府、知州、知县,都要跪接跪迎,怠慢不得。王阳明远远看见,这位御史大人也就三十岁出头,个子不高,瘦瘦的。王阳明快步走到他近前,口里称:"余姚王守仁迎接天使来迟,罪过罪过!"说着就双手撩起袍子下摆要跪下行礼,被王汝楫一把拉住。王汝楫客气道:"阳明先生不必拘礼。鄙人承受不起。论出道,阳明兄是科场前辈;论学问,阳明先生早就是京师名流了,眼下你屈居山野,不过一时蛰伏罢了。兄弟我岂能以一时的地位品级看待阳明兄。兄弟前来打扰,不是公事,也不纯是私事。"王阳明左手一摆,做个引路手势,说道:"请天使上去歇息。"

　　二人边说边走,到了山洞口,王阳明指着洞口介绍道:"刚来时只能栖身山洞,现在好了,山顶上建了几座小房子,总算敞亮些。"王汝楫停下脚步,往山洞里探了探头,摇了摇头说道:"上古时代,黄帝教人修建房屋,于是人们搬出了地下洞穴,才开始了文明生活。想不到阳明兄还能回到上古,体验洞穴生活,体味古人心境。只是,现在这世道,人心不古,再也回不到从前了。"王阳明笑着说:"蒙王天使吉言,我还真是体味了上古人的心境。古人之心就是一个淳朴自然,没有蒙蔽,没有贪欲的牵绕,没有纷繁的妄想,乃是一个光明境界。"王汝楫怔怔地望着王阳明,突然大笑道:"阳明兄,看来这个穷山恶水成了你的风水宝地了,远离尘世,反倒成就了你。阳明阳明,身心光明。这样说,兄弟我号渡舟,我要在你这里住上两天,也体味一下上古人的心境,看能不能乘上古人智慧的渡船。"

两个人来到君子亭下,在石凳上就座,王阳明南向坐,王汝楫西向坐。王阳明扭身指着宾阳堂说道:"渡舟兄,要是早来一个月,那只有委屈你栖身山洞了。现在好了,宾阳堂已成,不愁没地方住了。"

王汝楫望着宾阳堂,点头称好。望着君子亭四周的竹林,王汝楫称赞道:"阳明兄,竹林之中君子亭,林中有君子,人中是君子,常常伴竹坐,身如竹节直,心似竹心空,品茗听风声,身心得清净。名为凡间人,实是天上客。阳明兄,阳明子,你才是真潇洒呢!"

王阳明当胸拱手道:"渡舟兄谬赞了!我这不过是黄连树下抚琴,苦中作乐罢了。"

王汝楫说道:"那是阳明兄心量大。心量大,身居深山也能胸怀天下;心底无私,即便落魄山野,"王汝楫马上察觉到自己的失言,于是看着王阳明,哈哈一笑,说道:"落魄不落志,才是真功夫。身居山野,身怀圣贤学问,兄弟我佩服。"

王阳明淡淡地一笑,缓声说道:"落魄是真的,不落志也是真的。志为气之帅,人一旦没了志气,那才是真潦倒,那真就没有了精神。"

王汝楫点着头说道:"阳明兄说得对,志气是人心中的定盘星,在身上是气质,写成文章,那就是文风,是文章的风骨。兄弟我拜读阳明兄的文章,佩服的就是这个风骨。在王都宪处,我拜读了阳明兄为王都宪写的《卧马冢记》,印象深刻的是，阳明兄在文中说过，世俗的人为祖上选择坟地，多是算计着好风水保佑子孙升官发财；孝心纯正的人，一心考虑的是让祖宗入土为安，没有风水虫蚁侵扰，祖宗安生，自己安心。这是孝子贤孙选择坟地的出发点。"王汝楫再次拱手道，"阳明兄说得对，孝敬也有着不同的发心。兄弟我还在施爵爷施总兵处，拜读过阳明兄的《气候图序》，文章从人道说到天道，从人心向善说到天道善恶有报。兄弟我深有同感。可惜，不少人认为天是虚无缥缈的，做起事来，肆无忌惮，无所畏惧，真是可怜又可惜！"

都宪是对巡抚的雅称。施总兵是贵州都司都指挥使怀柔伯施瓒。施瓒组织编写了一册《气候图》，请王阳明写了一篇序。

王阳明也感慨道："是呀！人心善，感应到的天心也是善的。人心恶，感应不来风调雨顺。说来说去，人心要向善，要向善，就不能不修学。"

王汝楫道："阳明兄，我们是所见略同。兄弟我担任风纪纠察之职，对此是深有感触。人心好坏，官风、政风是个风向标。官风、政风正，人心自然向善，否则会带坏世风。要培养官风，科举场上是第一道关口，所以说，修学从秀才这个层级就要开始。过去，太祖爷实行严刑峻法，大小官员个个战战兢兢，轻易不敢徇私枉法；如今，哈哈。"王汝楫没有接着说下去，他苦涩地笑着，轻轻地摇了摇头，望着王阳明，见王阳明点头，才接着说道，"过去靠悬在头上的天子宝剑约束，现在只能靠官员自我良心的约束。贵州学校少，生员少，教材也少。兄弟我和毛学宪商量着，要多办学校，培养读书人，读书人多了，才好申请在贵州单独开科取士，否则，秋试都要跋山涉水，奔波到云南，这也影响了全省秀才的投考的热情。我在闲暇时，凭记忆，把宋代先贤谢枋得编辑的《文章轨范》六十九篇誊写一遍，后来遇到机会，又与原文对照校正，现在整理妥当了。这册书，虽然在内地是极平常极普通的一册书，但是在贵州这个地方，却是稀有之物。我把这事和郭方伯说了，郭方伯也是急公好义之人，愿意捐资助印。现在是我们两人，共同出资，准备印成书。出书要师出有名，得有个前言后记。这前言，毛学宪举荐了应由你写。郭方伯也认为你是不二人选。阳明兄,你看?"方伯是对布政使的雅称。

王阳明笑眯眯地说道:"各位大人的抬爱,守仁岂能推辞。再说,讲书教学,是我的夙愿。能有只言片语有益于学生,都是我求之不得的。先贤谢枋得的《文章轨范》,我们都曾从中受益。这些规范收集的都是从汉代到宋代以来的科举范文章法技巧。参加科举考试,不懂不行。不过,这些只能算知识,充其量也只是技巧,如果不开发智慧,不做身心学问,考再好的成绩,也考不出来官德官风。我并不是说科举考试与身心学问是水火不相容,而是要提醒秀才们,既要学知识,又要学智慧,既要应对科举,也要勤修身心。要修身心,最简单的方法是要做好日常的洒扫应对。诚心诚意,一丝不苟,天长日久,就可以修成圣贤。这样考出来的人才,即便达不到圣贤的境界,也不再需要各位巡按御史天南海北地跑,眼睛眨也不敢眨地盯着官场,生怕哪位贪赃枉法。我要写的也就这些。一句话,不要把科举当成名利场,而遗忘了身心学问。你看这样写如何,渡舟先生?"

王汝楫一拱手,说道:"如此甚好!这册书得此一序,成了彻底的善书。这也正是兄弟我来拜访的意思。感谢阳明先生玉成此事,为我们锦上添花。这是公事。"王汝楫看着王阳明,问,"听说你得罪了镇守太监衙门,可有此事?"

王阳明淡淡地笑道:"镇守太监衙门门槛我都没踏进去过,何来得罪?"

王汝楫松了一口气,说道:"那就好!镇守太监权势熏天,惹不起!看来城里传闻是谣传。"

王阳明仍然淡淡地笑着,说道:"倒是镇守太监衙门有个胡经历,前几天路过这里,连茶也没喝,就走了,走时候不大高兴。"

王汝楫哦了一声,说道:"看来传闻不是空穴来风。得罪了胡经历,难保他不胡说八道,得罪了他,就意味着得罪了太监胡公公。真得罪了,阳明兄,兄弟我以为,最好是你上门谢罪。"

王阳明哈哈一笑,说道:"胡经历为胡太监巡视西北四卫,事先勘察路线,路过这里。正赶上山民们在移栽竹子,他一时兴起,挥剑砍倒了一片竹子。"王阳明指了指边上被砍的一片竹子，接着说道，"这座亭子山民们刚刚建好，胡经历一脚把柱子跺歪，惹恼了干活的山民，被山民踢了两脚，好在我及时拦住了。"

王汝楫疑惑地问道："胡经历不会无缘无故地发怒吧？"

王阳明淡淡地说："嫌这里下人端上的茶水不好。渡舟兄，你知道，山民野性未化，不懂华夏礼节，我们隔着宣慰司，管理不到他们。山民们不是我指使的，何来我得罪镇守衙门一说。再说了，胡经历来这里嫌弃茶叶苦涩粗糙，因此发怒发威，恐怕也不会是镇守太监胡公公指使的。这正好是互不得罪嘛！"

王汝楫摇了摇头，缓声说道："阳明兄，我们可以这样认为，你也知道太监们的心胸！我觉得你最好还是，低低头，道个歉。这是兄弟为你考虑。先声明，兄弟我还不至于卑贱到为随便什么人当说客的分上。"

王阳明淡淡地笑了笑，点了点头，说道："渡舟兄，你是好意，我心里清楚。不是朋友，不会说这些。这事，我是这样考虑的，我自认确实没有得罪镇守太监胡公公，当然也不认为是镇守太监得罪了我。别人怎样认为，那是别人的自由。我从六品主事降到从九品驿丞，从京师贬到了贵州大山里，这里语言不通，瘴气肆虐，再差还能差到哪一步？再坏还能坏到哪里去？从九品还能往哪一品降？除了贵州，还能往哪里贬？前段时间，一位京师来的吏目，带着一主一仆，到毕节卫上任，三人客死在了从此往西去二十多里远的蜈蚣坡下。人很脆弱，朝不保夕的时候，功名富贵荣辱，真是像天上的浮云。过去我们在京师，说粪土功名万户侯，也只是嘴上说说。等到身陷其境后，才知道真正的滋味。真是碰上胡搅蛮缠、是非不分的权贵来找麻烦，随他去吧，我只当是摊上了瘴气瘴毒，那是我的命，我甘愿承受。无缘无故地道歉认错，在我这里，是不会有的。职位可以卑，人格不能贱；处境可以恶劣，人心不能低劣。渡舟兄，你说是不是？"

王汝楫起身，后退一步，作揖后，说道："君子亭下见证了君子人格，佩服佩服！"

王阳明也赶紧起身，作揖还礼。

第四十九章　龙岗开讲　入门学问

王阳明送走巡按御史王汝楫，与同学们开始了何陋轩的讲学。何陋轩内多了三个贵州城里来的学生，一位是陈文学，一位是汤吁，一位是叶梧桐。何陋轩内，三位新同学做了自我介绍后，王阳明对三位新同学的自我介绍作着点评："我喜欢研究名字，这里我要分析一下陈文学的名字。陈文学，你背诵一下《论语·学而》，'子曰，弟子入则孝'。"

陈文学虽然不明所以，仍然背诵道："子曰：弟子入则孝，出则悌，谨而信，泛爱众，而亲仁。行有余力，则以学文。"

王阳明止住了陈文学的背诵，说道："好，就背到这里。陈文学，你会背诵，背得滚瓜烂熟，可是你想过没有，圣人说在什么情况下可以学文？"

陈文学搔了搔头，语气不太肯定地说道："行有余力？"

王阳明笑眯眯地鼓励他："行有余力是什么意思呢？什么是行呢？行什么呢？"

陈文学十五岁，眼神很机灵，但这大山里长大的孩子，在讲席下仍有些拘谨，他吞吞吐吐地说道："行孝悌，谨慎守信，亲爱大家，这是行。做好这些，开始学文学。"

王阳明一直笑眯眯的，等陈文学说完，他点了点头，问道："陈文学，你觉得你可以开始学文了吗?"

陈文学的脸一下子红了。

王阳明笑着说道:"陈文学,这个问话不只针对你,是对我们所有人,包括我自己而问的。我们每个人,一辈子行的也就是这个行,能行好这个,就是圣贤了。好了,我们再说'学'。什么是'学'? 学什么? 汤吁,你背诵一下'则以学文'接下来的'子夏曰'一节。"

汤吁二十四岁,中等身材,圆脸胖乎乎的,一脸纯阳之气,干干净净,眼神像龙岗山下小河里的流水那样清澈,背书的音质因为体内阳气充足而显得清亮:"子夏曰:贤贤易色,事父母,能竭其力;事君,能致其身;与朋友交,言而有信。虽曰未学,吾必谓之学矣。"

王阳明笑着对汤吁点了点头,说道:"这就是我们要学的内容,学的是做人做事。'学'的是刚才陈文学背诵的圣人要我们'行'的内容。学,不是要我们只知道背书,学,是为了要我们行,学行要一致起来,是用心学,用身心去学、去行,学的落点是行。好了,从名字我们引申出来这些话。回过头来,我要问,陈文学,你的名字,为师想给你补充一下内容,刚才说到'贤贤易色',就是要见贤思齐,学,学圣贤的学问,行,行圣贤的行为。为师送你一个表字'宗鲁',鲁就代表着孔子、孟子、曾子、颜子,代表着这些前辈圣贤。你看如何?"

陈文学红着脸,点着头,怯怯地说道:"谢谢先生赐字,谢谢先生给我指明了学行的目标。"

王阳明笑眯眯地说道:"好了,宗鲁,有了新名字,就意味着有了新的学习方法和新的学习目标。汤吁,为师给你取一个表字,字伯元,伯元,就是你的人生追求。元,《易经》乾卦,开宗明义'元亨利贞',元就是开始,是天地的开始,是万物的开始。在国家来说,元就是元首;在天地来说,元就是仁;在人来说,元就是心。你学习的任务,就是找到你身上的元,找到它,也就是找到了天地之中的元,守好它,你的天下就太平了。明白吗?"王阳明笑眯眯地望着汤伯元,汤伯元红着脸,摇了摇头,又点了点头。王阳明笑着对汤伯元点点头,再转向叶梧桐问道:"叶梧桐,你这个名字是不是'栽下梧桐树,引来金凤凰'的意思?"见叶梧桐羞红着脸,王阳明笑着鼓励他说:"娶个贤惠的娘子是金凤凰,学来学问,自己变金凤凰。"叶梧桐像一棵梧桐树一样,个子高高的,很直挺,只是有些消瘦。王阳明问道:"刚才我们说到学行,学要用心学,行要用身行。草木无情,草木无心,怎么学?所以,为师稍给你改动一下字的结构偏旁,梧字的木旁改为心旁,桐字去木旁,就成了'悟同'。你哪一天学通了,悟通了,心就通了,那就是'悟同'。你想简单的话,一个悟字也可以做人名。为师为你取表字子苍。苍就是苍天,以天为师。同学们可以看看《论语·学而》中'而'字的篆字写法,它和'天'字是一个字。学而,就是学天。大家看这个天字的结构,这个天字,顶上一个阳爻,阳爻下面是一个阴爻,一个人字穿过阴爻中间的缝隙,站在阳爻下面。这就是一阴一阳,加一个人,是天、地、人三才,它们合起来就是天。《易经》一阴一阳谓之道。按《易经》说法,天就是道。学而,就是学道,学天地之道。这就是'子苍'这个表字的意思。陈宗鲁、汤伯元、叶子苍,能接受新名字吗?好,现在不明白,将来总有明白的一天,你明白了,也就是你们学问成熟的那一天。明白不是等来的,要追求!怎么追求?

"第一条,立志。志气志气,志就是'精、气、神'的统帅;志向志向,志就是人生努力的方向。

"第二条,勤学。学什么?学做人,学做事;学生存,学生活,学生命。

"第三条,改过。人非神仙,孰能无过。要像颜渊一样,不贰过,不能在同一个地方摔倒两次。

"第四条,责善。师友、学友,互相督促,助学向上。"

第五十章　安氏问计　阳明劝善

九月初，安贵荣的使者来到了龙岗山。使者安佑是安贵荣的小儿子，今年二十岁，个子虽然不高，在彝族中已经算是高个子了，一张圆脸，朴实俊朗之中带着斯文；一双眼睛，尊贵而内敛。安佑脊背挺拔，步履轻健，一身黑色装束，黑色筒子裤，黑色对襟窄袖小褂，身披黑色斗篷，头缠黑裹头，裹头顶部靠前部位耸起一个黑布独角。这是安佑第三次拜访龙岗山。等随从通报到山顶，王阳明迎接出来时，安佑已经来到了半山腰。

安佑双手一拱，躬身，笑着说道："再次打扰阳明先生，抱歉得很！"

王阳明一拱手，笑道："安公子光临书院，满山欢喜，山人也欢喜！请！"

两个人来到山顶，进入宾阳堂，分宾主落座。王阳明抱拳在胸，客气道："令尊安大参身体可好？"大参是对布政司参政的雅称。

安佑对着王阳明一拱手，道："多谢阳明先生动问，家父身体安康！"

王阳明道："山人得罪朝廷，闭门思过是自己的本分。到了龙场，从礼上说，令尊是守土前辈，山人早该登门拜访。只是觉得，戴罪之身，不便打扰。反而劳动令尊多次派公子前来看顾，得馈赠米面、鸡鸭鱼肉，甚至骏马银两，实在是感激不尽。"

安佑笑着说道："阳明先生来到我们彝家山寨，开办书院，教化山民，实在是大大有助于我们彝家呀。龙场寨子里的头人,把先生在龙岗山上为彝家子弟开班办学的事,都禀报给了宣慰司,家兄、家父都很感激先生。听说,寨子里,孩子们《三字经》《千字文》《神童诗》,个个都是倒背如流。孩子们知礼守礼,是先生的功劳。晚生在京师国子监读书五年,知道'四书五经'的教化功用。当年祖奶奶顺德夫人,从南京回来后,一心要开办宣慰司司学,要在十三个则溪办学,在四十八部办学,可惜的是一直缺少先生,多少年来,这个愿望难以实现。所以,家父对你很是敬佩。读书的多了,动刀动枪的就少了,一个孩子可以改变一个家庭,一个家庭可以带动整个寨子,听寨子头人说,寨子里比以前安生得多,这真是功德无量的事业。上次得家父命,给你送来良马一匹,银马鞍一副,遗憾的是,先生不受。彝家山野放牧,物力艰难,先生如此不爱物,不贪财,我的家人很难理解。晚生在国子监读书五年,知道读书人的节操,我能理解,故而更敬佩。"安佑说着,再次拱手当胸,对着王阳明行礼。

王阳明笑眯眯地说道:"多谢参政公挂心!既然参政公和安公子,都知道读书的好处,真希望这山里面,能像内地一样,寨寨都能办上学。"

安佑点头说道:"京师读书士子多,个个雍容文雅,言行礼让,真是一派和乐气象呀。山里人一辈子没见过书本,多是粗野俗鄙。希望先生多培养些人才,给山里留下火种。"

王阳明笑眯眯地说道:"安公子所言,山人很是赞同。山再深,路再远,也是朝廷的天下,朝廷是应该为山寨建设学校。安公子祖祖辈辈驻守在这块土地上,是为朝廷守土的功臣。"

安佑听到这里,脸色有些不自然,脸颊稍微泛着红晕,为了掩饰,他端起茶杯,轻轻呷了一口茶水,稳了稳神,这才说道:"先生,贵州宣慰司这块地面,除了东北宋家的土地,其余土地都是我们安家的领地,祖祖辈辈一脉相承。我们安家对朝廷,可谓仁至义尽,最先,祖爷爷霭翠公早早地脱离了元廷,投奔了大明,帮助汉家朝廷,修通从贵州到云南的驿道,为朝廷打败元廷残余收复云南,立下过汗马功劳;祖奶奶顺德夫人,帮助朝廷修筑龙场到西北四川的驿道。您说是不是仁至义尽? 即便远的不说,就说近的,成化年间,我爷爷和父亲,率领的是我们彝家的两万家兵,吃穿用的是我们自家供应,帮助朝廷,在凯里香炉山,肃清了东苗叛乱,功劳大不大? 朝廷为什么还这么吝惜赏禄呢? 我爷爷当年封了正三品昭勇将军,到了家父,这不应该是自然而然的事吗? 自然也应该是正三品,可是家父只被封了个从三品参政。这说明什么?"

安佑看着王阳明,王阳明只静静地坐着,没有言语。安佑发觉王阳明没有回答的意愿,就自问自答道:"这说明,朝廷对我们没有从前好了。现在不打仗了,东南平静了,用不着我们安家了,这是狡兔死走狗烹。"安佑苦笑了一下,摇了摇头,接着说道,"朝廷对安家没有以前好,这也罢了,现在竟然不放心安家。过去朝廷不让我们修建城堡,是不放心我们安家,好,我们不修城堡。现在更是变本加厉,要在我们的腹地,就是水西,修建水西卫城,要驻军,这是不是太过分? 就连水西这个名字,也是强加给我们的。我们的领地一直到龙场,再往东才是宣慰同知宋家的领地。叫我们水西,好像只有六广鸭溪河以西才是我们的领地。这分明是对我们不信任,是对彝家不信任。阳明先生,您给评评理,弘治年间,在贵州西南与云南搭界的普安州,发生了米鲁事件,一个土司衙门说废就废了,土司老爷说杀就杀了。那是我家的远亲呀。这些事情令我安家伤心呀! 家父正是在米鲁事件后,才把宣慰使的职位让给家兄的。"

安佑语毕仍看着王阳明,王阳明面色严肃,不发一言。安佑只好接着说道:"很长时间,家父为此茶饭不香,凭家父的性格,朝廷对我家无情,就别指望我家能有情有义。先生您来这里半年多,虽然有着驿丞的名号,却没有一匹驿马可供骑乘;没有一个驿差可供差遣,甚至连一间房子也没有,驿站废了,驿道几乎断了。这并不是针对您的。既然不信任我们,我们凭什么还要给朝廷保护驿道。"

安佑看着王阳明,王阳明仍没有发言的意思。安佑接着说道:"安家天下,一千多年,绵延不绝,我们连地千里,十三则溪,四十八部,人马两万,精兵五千。朝廷山高皇帝远,我们安家可自得其乐。您说,是不是这样,王先生?"

王阳明沉吟了一下,慢条斯理地说道:"安公子,恕我直言,你说这些事,都是关系到安家安危的生死大事,在下一个小小的驿丞,不敢轻易插言。"

安佑见王阳明回绝,连忙起身,离开座椅,对王阳明深深一揖,说道:"正因为是关系到我家安危的事,晚生这才恳请先生,请敞言无妨。"

王阳明摇了摇头,没有言语。

安佑东跨几步,对着王阳明,双膝跪倒,拱手当胸,恳求道:"先生,晚生此次前来拜访,实是受命于家父。晚生在国子监时,曾经听说过先生,也得以拜读先生的诗文,知道先生胸中有丘壑。先生这次因为直言得罪朝廷,在先生,是个人的不幸,在我们,实是大幸。先生赢得了贵州城里各衙门各官佐的赞扬,据晚生所知,城里各位官老爷,都以得到先生的诗文为幸事。晚生知道,诗赋文章,都是练达的人情世事。以先生大才,先生绝对不会久困在我们这大山里面。这意味着,先生是这大山里的过客。你是这里纷争的局外人,旁观者清。而且你是不爱财的人,人不贪财品自高。你人品高,你才识高,所以家父要晚生来求先生的高见。"安佑说完,磕了两个头,磕完头,并不起身,就那样跪着。

见他真诚,王阳明就离座俯身,拉了一把安佑,同时说道:"承蒙令尊抬爱,阳明心怀感激。安公子,你是个实诚人,人与人相处,关键是一个'诚'字,你敬我以诚,我报你以诚,这就是信。你说的这些关系到安家的生死存亡,山人本不应置喙,但缘分到了,山人只得谈谈浅见。令兄安佐虽已经接任了宣慰使,但令兄是一个孝顺之人,大事还是要听令尊大人裁决,是不是这样?"

安佑已经回到了座位上,听到这里,他连忙点头。王阳明继续说道:"你说是两件事。第一件事,令尊想撤了龙场通往西北的九个驿站。这件事,从小上说,是为了节省九个驿站的供应;往大里说,是想断了这条驿道,目的是阻断外人进入水西,进入安家的核心腹地,阻止水西卫的建设。第二件事,就是令尊大人觉得从三品参政官衔太低,想继承令祖正三品昭勇将军。这两件事,归结到一个理上,就是朝廷不像以前信任你们安家了。"

安佑连连点头。王阳明接着说道:"山人给你分析一下,先说这个正三品和从三品的关系,宣慰使本来就是从三品,本朝定制,只有参加过开国(太祖)、靖难(成祖)和平叛战争的王、公、侯、伯的这些爵位,才能世袭继承,其他官职,子孙继承,要比上一代下降几个品级,这是一直沿用的规矩。令祖正三品昭勇将军,不是常例,是不能世袭的。"安佑再次点了点头。王阳明继续说道:"据山人看来,令尊参政这个官职,不见得有益于令尊。为什么这样说呢?参政只是布政司衙门布政使的属官,属官不是一把手,不是一把手倒也罢了,关键是此职位是朝廷的流官,流官是要流动的。宣慰使是安家世袭土官,土官世世代代安守本土。流官呢,朝廷一纸调令,或者四川,或者福建,或者辽东。"王阳明说着一直注视着安佑的眼睛,观察着他的反应,说到辽东,见安佑有些吃惊,就点着头,有意加重他的吃惊,他接着说道,"万一有一天被派到辽东、山西这些地方,令尊这把年纪,安公子,那形势便大大不利。"见安佑连连点头,王阳明继续说道:"再说撤销驿站的事,一个家庭没有家规家训不行,一个国家没有国法不行,家规能传承几辈子、几十代人,国法关系着一个国家的稳定。九座驿站,是朝廷早就定下来的法规,也是顺德夫人对朝廷的一片忠心。轻易撤掉,对国家是不忠,对顺德夫人是不孝,不忠不孝的人,从来不会有好结果。驿站可以随意撤的话,宣慰司当然也可以撤掉。天下之大,有十三个省、两京两个直隶省,与之相比,贵州才多大个地方?宣慰司才多大个地方?水西才多大个地方?安家四十八部,几十万人口,在内地,这不过一个大一点的府县规模。朝廷以仁义领天下,宽大为怀,安家撤去驿站,朝廷不过是观察等待,如果朝廷一直等待,却等不到改正,安公子,你想想,一纸军令,北有播州(遵义)大土司杨爱,东南有凯里大土司杨友,东北保靖有大土司彭世麟,这些土司要瓜分你安家领地,你一家难敌四手,不出三个月,贵州宣慰司就会成为历史。"安佑惊恐地点着头。

王阳明接着说道:"至于怀疑朝廷没有以前信任安家了,我们可以分析一下,说你们是水西安家,是说你们核心在水西,就像说朝廷代表天下一样,是承认你们安家是这片领地的统领者,这是汉语言的习惯,并不是说鸭溪河以东,就不归你们管了,这龙场不还是你们安家的地面吗?安公子说到普安州的米鲁事件,米鲁,作为女人,对丈夫不贞;作为长辈,为长不尊;进而作乱,攻打丈夫,还变本加厉,反叛朝廷,作为臣子,这是不忠。朝廷诛米鲁,不是要诛灭彝族土司,而是诛灭一个不忠不孝的淫妇叛妇。安家世代遵守朝廷成法,朝廷岂能无辜加兵于安家!至于朝廷要驻军水西,要修水西城,安公子,你想想,朝廷在全国驻军,在各地修卫城,难道是对全国老百姓都不信任?大山荒僻,汉人带来了'四书五经',带来了先进的耕作方法,带来了科学的作息方式,你看看,这房屋,这叫宫室,又敞亮又干净;你再看看寨子里人住的,那叫房屋吗?只是一些像鸟窝一样的窝棚,床上睡人,床下养猪,床头拴马,人猪混住,容易得病。得了病,却不吃药,而是去求鬼神。正如刚才安公子所言,我来山里是有助于彝家的,汉人是来帮助山民的,这是不信任吗?据我所知,水西卫城已经停工了。人与人之间可能会产生一些误会,像米鲁事件,个别官员贪财索贿,处置不当,小小的家庭矛盾,却酿成了牵累几万人、牵扯几个地区、迁延几个年头的恶性群体事件。这就像一个家庭一样,父兄之间,言差语错,矛盾难免,但是祸乱是应该尽量避免的。家和万事兴,国和天下平。我们何不把劲儿往一处使,真做一家人,互相帮助,把日子过得一天比一天好呢?"

安佑连连点头,笑着说道:"听先生一席话,胜读十年书。晚生在国子监五年,道理心里很清楚,家父没有走出过贵州大山,听不进晚生的话。先生,您看这样如何,晚生担心自己禀报家父,传话传走了样,您能不能修书一封,就把您说的这些写下来,晚生好回去复命。"安佑说着,起身,对着王阳明,鞠躬,深深一礼。

王阳明点了点头。

第五十一章　驿站恢复　象祠重修

　　正德四年阳春三月，龙场驿站等九个驿站恢复通驿庆典仪式正在举办，龙场驿站站前广场上，彝族男女载歌载舞，男人敲着羊皮鼓、吹着唢呐，女人跳起了罗圈舞。

　　龙场驿站恢复了几年前的热闹景象，从附近几个寨子里征调来十匹马、十几个人，日木和子日终于实现了在驿站赶马牵马的愿望。王阳明这才算正式当上了驿丞。

　　参加庆典的来宾有贵州省都指挥司正三品赵指挥佥事，贵州省布政司从四品胡参议，贵州省按察司正五品佥事陆文顺，西北毕节、赤水、乌撒、永宁四卫经历司的从七品经历。最尊贵的来宾是安贵荣。

　　安贵荣年近花甲，脸黑而细嫩，一直笑眯眯的，一双细细的眼睛眯缝着，偶尔睁大时，可见眼神中坚毅、机智、锐利的光芒。退居二线后，操心事儿少了，人显得发胖，但是稍显肥胖的身材，丝毫掩盖不了他的精干。安贵荣领着安佑，与各位来宾拱手致意。

　　今天的另一个主角是王阳明。王阳明来到安贵荣面前，口称："安大参深明大义，慷慨出资，恢复了驿道畅通，对朝廷对祖宗，可谓是忠孝两全，成就了一桩盛事。王守仁深感敬佩。"王阳明说完，撩衣就要下跪。一直笑眯眯的安贵荣哈哈笑着说道："阳明先生。"安贵荣边示意一直跟在身后的儿子安佑扶住王阳明，边说："老夫现在是无官一身轻，参政虚衔已被老夫辞去，事情都交给年轻人了，逍遥自在，爬爬山，看看水，很是得趣。以前忙着公事，抬头低头都是大山，没觉得有啥好。待孩子，"安贵荣说着，指了指儿子安佑，接着说道，"从龙岗书院抄回来阳明先生的诗文，老夫闲暇时看看，又听孩子一讲，便也体味到了山水的乐趣。阳明先生，你是先生呀！驿站修复了，老夫觉得有些惋惜。惋惜什么呢？阳明先生去驿衙了，书院不就散了吗？孩子正要去龙岗书院跟着你念书呢，老夫同意了。家中还有几个亲戚家的孩子也要一起来。念书好呀，书上有道理呀，懂道理的话，衙门就省心了。驿站修复了，书院却要散了，这可如何是好？"安贵荣说着，睁开眯缝着的双眼，瞥了一眼王阳明，马上又眯缝起眼来。

王阳明作了一个揖，说道："安公的识见，令王守仁深为敬佩！驿站迎来送往，书院说书讲学，我尽量兼顾，还是以书院为重。欢迎安公子和其他求学者来书院读书。"

安贵荣哈哈一笑，两掌一拍，说道："痛快！阳明先生，听孩子说了，龙岗山上，学舍狭窄，老夫出资，再添建几间房子。念书能明白道理，老夫支持。祖宗和山神保佑我们彝家子孙平安无事，建祠修庙，老夫也支持。我们水西灵博山上新近修了一座象祠，等阳明先生忙完这摊子事，"安贵荣说着，指了指驿丞衙门，说，"老夫邀请阳明先生，到我们水西看看。贵州山水美，美在我们宣慰司；宣慰司山水美，最美就在我们水西灵博山。"

灵博山在鸭溪河西，过了六广驿站，离驿道不远。

选在一个天气晴好的日子，安佑来龙岗书院迎候王阳明前往灵博山。王阳明特意带上了书院的八位同学一同前往。

安贵荣从水西直接去了灵博山，在灵博山下等候王阳明。与王阳明会合后，安贵荣父子陪着王阳明攀爬灵博山。王阳明为象祠写了一篇《象祠记》，文中明里赞扬大舜的弟弟象受到了哥哥感化变成了好人，暗中劝诫安贵荣要像象一样谨守守土大臣的本分。

第五十二章　知行合一　三顾茅庐

正德四年四月末，夏初天气，在龙场龙岗山下，王阳明跪在道边地上，迎接新任的贵州省按察司提学副使席书。席书四十九岁，小个子，一张圆圆脸，下巴上蓄着一撮黑胡子，眼神坚毅执着。席书在马上看到跪在地上的王阳明，立即翻身下马，快步走向王阳明。王阳明说道："龙场驿驿丞王守仁，迎接学宪大人，席学宪一路辛苦了。"

席书笑哈哈地说道："阳明先生，本道是来寻访龙岗书院的山长，可不是来看什么驿丞的。"席书说着，俯身拉起王阳明。两人一路往山上走去，边走边谈。席书说："本道在和毛宪副职务交接时，毛宪副一直叮咛，说眼下城里文明书院，学生求知若渴，师资缺乏。一座书院，没有称职的明师，那只能是徒有虚名。说到明师，毛宪副就提到了你这位龙岗书院的山长。毛学宪也提到，他有意礼请你出任文明书院主讲，阳明先生考虑到是老乡关系，有意避嫌。阳明先生没有出任文明书院主讲，这是毛学宪在贵州主持学政的唯一遗憾。阳明先生，本道在京师户部做员外郎时，曾经听说过阳明的诗名。现在本道主持贵州学政，要为文明书院选聘主讲。你看，上任伊始，就来拜访阳明先生。"王阳明客气道："下官承蒙毛学宪抬爱。毛学宪在贵州学政任上，做了不少实事儿。现在席学宪上任伊始，就光临龙岗，可知学宪大人绝非坐而论道、流于空谈的人。"

二人说着,已经来到了山顶。听到从何陋轩传来的琅琅书声,席书笑着说道:"本道此行,既是拜访阳明先生,也是视学龙岗。"席书说着,走到何陋轩窗前,探头往里面看了看,看到了十几位书生,看到了桌上的古琴,看到了墙上挂着的宝剑。席书笑着,颔首赞叹道:"圣学道场,一派古朴气象!"

两人走到了君子亭前,王阳明右手一摆,示意席书道:"席学宪,我们就坐在亭下如何?既可以听风,又可以观景。"席书抬头望着亭子上的匾额,哈哈笑道:"君子亭下,竹君相伴,雅趣天成。好!君子林中容不得俗人,席某不是君子也只能当君子了。鄙人字文同,号元山。阳明先生,在这里一口一个学宪官称,不是你俗就是我俗了。"二人落座,王祥送上茶水。

王阳明说:"元山先生,请用茶!有好山就有好水,有好水就能沏好茶。"

席书品了一口茶,接口道:"阳明先生,茶是不错!按你说,有好水就有好茶,那有好书就该有好学生吗?不见得吧!让我说,是有了好先生,才能有好学生。"

王阳明哈哈一笑,说道:"元山先生,有好书不一定就出好学生,同样道理,有好先生也不一定就出好学生。俗话说,师父领进门,修行在个人。"

席书呷了一口茶,点点头,说道:"阳明先生,说到好先生,鄙人想到了朱文公,他是本朝钦定的'四书五经'的宗师,是读书人的好先生。'四书五经'圣人经典,天下读书人都读这些书,但读书人出身的大小官老爷,仍然有好官和坏官之分,仍然有君子和小人之分。这还真是修行在个人。'四书五经'把道理说得善恶分明,可是一些官老爷,平常满口仁义道德,做起事来,有的自私自利,有的损人利己。嘴上说的和做的,两副嘴脸,两副心肠。鄙人在山东郯县做了几年知县,后来到户部做员外郎,之后到河南做按察司金事,与形形色色的人打交道。这些人让我思考,尤其是主持学政后,我更常思考,这究竟是因为什么?"

王阳明笑着说:"元山先生,天下之大,无奇不有。我们不到贵州来,可能根本想不到,天下竟然还有供奉祭祀象的祠堂。前几天去水西灵博山,参观了象祠,我很有感慨,连象这样的恶人,也能被舜的大贤能大智慧感化成善人,可见,人性是本善的。孟子说,人性本善;荀子说,人性本恶。孟子说的是先天之性,其实说的是天理;荀子说的是后天人心,实质上说的是人欲。这两副心肠,就是天理和人欲,人要老老实实地修行的话,就会明白,天理和人欲都是一个心,心清清净净的话,就是道心;心被私欲蒙蔽污染的话,就是欲心。道心是圣贤的心,欲心是我们的心。修行就像磨铜镜一样,磨去心上的尘垢,心底无私了,心底光明了,人心就成了道心,也就成就了仁者爱人的仁心。"

席书聚精会神地听,听完王阳明的分析,他笑着问道:"阳明先生,城里传闻,你在山里悟道成仙了,可是真的?"

王阳明淡淡地一笑,说道:"修行修行,全在于行。在家行孝道,在国行忠道,在外行悌道,说是身在行,还没有说到实质。实质是心在行。修的是这个心,行的也是这个心。修的是人心,行的是道心,是仁心。我这两年,身居大山,忠君爱国,也只能心里忠爱,见不着君上;孝敬尊长,也只能心里孝敬。所以我只修心,修诚心,修敬心,修静心。敬到极点,静到极处,诚到极致,惟精惟一,至诚如神,通体光明,这才体证到,我心就是天地世界,天地世界就是我心,天理就是我心,我心就是天理。心外哪还有什么事事物物,心外哪还有什么天理。"王阳明最后感叹道,"经典是不骗人的,古人是不骗人的。"

席书惊喜地说:"阳明先生,你今天说的这些和陆象山先生说过的一样呀,我心即宇宙。鄙人平常也喜欢琢磨陆象山先生的学问,只是觉得朱文公是天下公认的贤人,不敢怀疑朱文公的学问。因为朱文公批驳过陆象山,所以我也就不敢深入研究陆象山的学问。今天你话赶到这里,也算是个机会,我正好想请教你,朱文公和陆象山两位前贤的学问,有什么区别,有什么一致的,为了什么,两人生前争来辩去的?"

王阳明说道:"元山先生,你一直关注陆象山,说明你也在一直关注自己的心。只有体证到我心即宇宙,也就是体证到心即理以后,才会清楚什么是知,这个知不是知识,是心的一种直觉,对万事万物,是映照,像照镜子一样。"席书听得有些迷惑。王阳明见状转了一下话题，说道："元山先生，我们先不谈陆象山与朱文公争什么，我们还接着刚才的话题，继续说两副心肠、两副嘴脸。为什么有的人嘴里说着仁义道德，行的是自私自利？他真知道什么是仁义道德吗？"席书疑惑道："读书人谁不知道仁义道德？"王阳明笑着摇了摇头，接着说道："如果一个人把《孝经》背得烂熟，讲起《孝经》头头是道，做起文章来妙笔生花，算不算是知道孝敬爹娘？"席书摇了摇头。王阳明接着说道："如果一个人竭力供养父母，听父母的话，把父母侍候得整天快快乐乐，工作上尽力尽责，家里家外，处理得井井有条，爹娘不担心、不操心，这算不算既知孝又行孝？"席书点了点头。王阳明继续说道："这个世上，有的人，一辈子窝到书斋里，钻到书堆里，背背书，做做文章，嘴上说一说，这样的人，即便一肚子书本，教书也不见得是个好老师。为什么？《论语》说，我们要教授给别人的，一定要是我们实践过的，教的是自己行动的心得。有了行动实践，才算真懂，才算真知。我们再往高处说一说，说说道学，我们真正知道了，才能行道，行道那一定是知道。如果一个人不知道，哪能行什么道？所以说，道学，仁学，或者说心学，知道、知仁、知心，才能行道、行仁，才能有这个心行。能行一定是知，知即能行，知行是一体的，知是行的开始，行是知的完成，知行就像一枚铜钱的两面，缺一不可。知是行的本体，行是知的功夫。说到行，有的是鲁莽行为，比如三国时的许褚，逞匹夫之勇，赤膊上阵，被戳了几个窟窿。这是不知兵法，是有行无知。这样的行不要也罢，我们要的是知行合一。"

席书听着，时而会心地点头，时而又疑惑地摇头，待王阳明讲毕喝茶，席书说道："阳明先生所言虽然有理，古人却为什么要说知行是两个阶段呢？想来古人毕竟有古人的道理吧？"

王阳明放下茶杯，笑意盈盈地说道："万事万物，既有现象又有本质，就像《大学》讲的修行方法一样，进步快的，从'格物'一步到了'明德'，这就像唐代慧能大师提倡的顿悟方法；步子慢的人，从'格物、致知、诚意、正心'一步一个脚印，最终也能达到'明德'境界。这是慧能的师兄神秀师父倡导的渐悟方法。这些都是现象,本质上说,都是心上的事。悟通了心,人心变仁心,天地世界人身人心都是一心,都是一回事,知和行更是一回事了。这是为了大智慧的人,有心学道的人,也就是像元山先生这样一直关注自心的人,说的一个最简单也是最根本的道理。"

席书点了点头,又不易察觉地摇了一下头,迟疑地说道:"阳明先生,天下大智慧的人毕竟少,多的还是像、像、像席书这样的普通人呀,普通人怎么理解呢?"

王阳明点了点头,笑眯眯地说道:"元山先生,本朝'四书五经'成了读书人的晋身台阶,仁义道德人人说,多数是能说不能行,这就是元山先生刚才说过的两副嘴脸和两副心肠。原因就是他们把知行分作了两截,如果大家都知道,知行是一回事,能说不能行的,自然要想一想,可能会闭上嘴抬起腿;鲁莽妄行的人也会放慢自己的脚步。"

席书笑了笑说道:"这已经不是学问了,是功利。"

王阳明哈哈一笑道:"求道不求功利,也脱离不了功利。就像我们办学一样,学生学习'四书五经',明白了道理,知道了仁义道德,践行着仁义道德。学圣贤做圣贤,一旦智慧开启,考场上下笔就是锦绣文章,照样帮助读书人取得功名;一旦做官,像周公和伊尹一样,就能上辅天子,下济群生。把仁义道德落实知行合一的官,才能行仁政,才能善待天下黎民苍生。这才是真正知行了《大学》'格、致、诚、正、修、齐、治、平',才是真正的内圣外王。元山先生,读诵'四书五经',如果只是嘴上夸夸其谈,行动上却没有一点变化,就不能指望这样的人,这就是说和做两张皮。读书是为了知道行道,读书人做官才能更好地行道,做官可以利用的资源多,存仁心行仁政的话,受益的人少则是一方百姓,多则就是全天下。做官,知道行道的话,功德大,成道也就快。反过来说呢,做官不知道,行邪道,作恶也就大,堕落得也就快。"

席书眼里含着惊喜,一直聚精会神地盯着王阳明,手里端着茶杯,一直没有顾上喝一口。

王阳明察觉了席书的心思,道:"元山先生,喝茶!"席书只是点了点头,并没有喝茶。王阳明继续说道:"这一切的根本,就是知行脱节,说一套做一套。如果做到了知行合一,非圣即贤,做官则青史留名,做人则乡邻敬仰。想做到知行合一,根本是要做到一心,古往今来,天下的圣贤都是一心。一什么样的心? 没有私心的心,没有杂念的心,天人合一的心,这个一心就是天理。这就是孟子说的'尽心知性',这就是孔圣人说的'克己复礼天下归仁',这就是'仁者爱人'。得了一心,天宽地阔;得了一心,身心安然;得了一心,无忧无虑;得了一心,无死无生;得了一心,与天地同在;得了一心,就是开了心,就是心花怒放,就是身心无我,就是程子说的'浑然与物同体'。所以程子在《识仁篇》开头就说,'学者须先识仁',识了仁,体证到了仁的境界,尝到了仁的滋味,自然就能知行合一。仁,是知行合一的本体,一心才能识仁。尝到了仁还不够,这只是见道,见了道、知了道,更要行道。就是说,知道了理,还要在事上磨炼。怎么磨炼,就是知行合一,践行知行合一,天长日久,持之以恒,理上纯熟,事上纯熟,就是至善,就是孔圣人的'时中'。这是相辅相成的,达到了一心,可以知行合一;知行合一纯熟了,自然归于一心。如此一来,元山先生,哪里还会有两副嘴脸和两副心肠的笑话!"

　　席书越听越欣喜,听王阳明语毕,他一仰脖,喝掉了一杯茶水,抹了一把嘴,激动地说道:"茅塞顿开!"席书说着,突然起身离座。王阳明背东而坐,席书职位高年龄大,坐北朝南。现在,席书绕到石桌西面,后退两步,双手撩起袍子下摆,对着王阳明跪了下来,磕了一个头,说道:"这不就是道嘛! 踏破铁鞋,我竟然在这荒山野林里寻到了它。我席书今天不来这里,也许今生今世,都没有这个机会听这样一番教诲。先生,请受我一拜!"

　　慌得王阳明赶紧起身,边过来搀扶席书,边说:"元山先生过誉了! 道无处不在,岂止在这荒山野林! 道弥漫天地,充满天地,放心扩充于四海,收心则退藏于密处。与日月同光,和天地一色。"席书听到这里,浑身一激灵,挣脱王阳明拉扯的手,再次跪到地上,带着哭腔说道:"先生,请再受席书一拜!"王阳明再次俯身双手去拉席书。席书起身时,用袖子抹了抹泪眼,起身就座,拱手当胸,说了一句"先生",眼中噙泪,哽咽着。王阳明不愿意让席书难堪,以低头品茶掩饰,给席书平复心情的时间。席书心情平复后说道:"先生,口说不足以言谢,您且稍待一天,席书这就回城,明天再来拜访,再来礼请先生。"

第二天一早,席书不等通报,直接来到山顶。王阳明正在带领学生站桩。席书坐在君子亭下等待王阳明。王阳明收功后,来到君子亭下。席书起身拱手,开门见山说道:"阳明先生,昨天受教,晚上我躺在床上,辗转反侧,琢磨了一夜,体会先生说的知行合一。知行合一,的确是良方。"

王阳明见席书眼睛通红,一脸疲倦,可见昨夜真是未眠之夜。王阳明一摆手,示意席书就座,笑眯眯地说道:"元山先生,您请说下去。"

席书急切地说道:"只是先生说知行合一的本体是一心,还说一心就是道,一心就是仁,一心就是'克己复礼天下归仁',一心就是'仁者爱人',这个席书难以理解。孔圣人一心传道,周公一心辅助成王。这都是圣贤功德。可是,夏桀暴虐恶政,商纣无恶不作,他们难道不是一心? 就像小偷偷东西,就像奸臣祸害忠良,就像贪官搜刮民脂民膏,他们也能做到一心。这样说来,一心不见得就是仁,不见得就是道,不见得就会知行合一。阳明先生,还请赐教!"

席书眼里充满了焦急、疑惑和执着,他眼巴巴地盯住王阳明。王阳明点了点头,说道:"一心即是天理,天地有好生之德,如果害生,就不是天理。元山先生,一心要靠无思无虑,要人心中没有恶念,没有邪念,没有杂念,没有执着,没有分别。清清净净时,一念不生时,才是一心。一心不是想来的,不是求来的,求之不得,不求而得。"

席书满眼的疑惑,他张张嘴,又无话可说。

王阳明继续说道:"一心是实证来的,说出来的不真切,听进去的不完全,不可以意会,不可以言传,只能用身心体证。恕我不忌讳佛家儒家,《坛经》说得很好,没有对待,没有分别,不是黑,并不意味着就是白,当然也不是不黑不白,更没有什么黑白混合颜色。既不是两端,也不是中间。那到底在哪里?到底是什么?什么也不是,又什么都是。既不肯定,也不否定。不是说恶不好,善就好,它既非恶又非善,《大学》把它说成'至善'。什么是至善?一句话,就是要去除概念,去除心念,无善无恶,这才是一心。一心究竟是什么滋味?要知道梨子的滋味,就要亲口尝一尝。还要去掉要尝的心,不刻意,就是不能去求;不放逸。知行合一,既是道理,又是功夫。"

席书仍然莫名其妙,听得一头雾水。他像个孩子一样,一手搔着后脑勺。

王阳明继续说道:"要得一心,最直接的方法,静坐和站桩。元山先生,您可以试一试,不能急,急就是有求,欲速则不达。"

席书若有所得,又怅然若失,心情复杂地下山了。

第三天一大早,席书又来到了龙岗山,这次同来的有文明书院的十几位秀才。君子亭下,席书和王阳明对坐。席书说道:"阳明先生,席书昨夜静坐一晚,恍恍惚惚,似有所见,老子说过,道是恍恍惚惚的。只是席书所见,不太真切,不像先生说过的,灵明妙觉,清清楚楚。这,可能是席书功夫不熟,见得不真,知得不切。这个,等席书慢慢打磨吧。有一点,席书自认知得切,见得真,那就是,阳明先生是一个好先生,是一个称职的传布圣学的好先生。文明书院,敬请先生的尊驾。"

王阳明沉吟道:"龙岗书院,地处深山,我一人维持。若我离去,书院也就散了。城里各衙门,多少进士出身,文明书院不缺我一人。元山先生这一请,可是损其不足、补其有余,还望元山先生深思。"

席书真诚地说道:"阳明先生所虑,席书已有考虑。我问过了何陋轩这十几位学生,他们愿意跟随先生,就学于城里文明书院。至于寨子里十来个小学童,可以把这里办成社学,聘请一位社师。阳明先生,文明书院、龙岗书院,虽然没有高下之分,城里的讲席毕竟更广阔,可以辐射整个贵州,可以带动全省的教育事业。举起文明书院的大旗,就意味着举起了全省的教育大旗。您不是说过,做官是为更好地传道行道吗？到了城里，功业更大，成道不是更快吗？您悟通的这个知行合一，到彼时，会像一盏明灯，照亮黑暗，匡正时弊。阳明先生，还请您三思！"

王阳明点头应允。

于是，在龙岗书院，王阳明背朝大树，面南而立，席书率领十几位秀才，跪朝王阳明，席书左手一举，十几位秀才跟着手势，齐声呼道："我等文明书院师生，恳请先生移驾文明书院，主讲圣贤学问！"十几位秀才说完，连着磕了三个头。

王阳明道："感念元山先生和十几位同学一片诚心，阳明山人乐从所请，决定移教文明书院。元山先生，大家快快请起！"王阳明说着，两掌平伸，向上一托，示意大家起身，接着说道，"阳明山人，几十年来，虽然孜孜求学求道，可惜的是学无所成，遗憾的是道无所见。一路走来，成功的经验不多，失败的教训不少，但多少有一些心得。我愿意把这些心得，与同学们交流共享。经验，你们可以沿用；教训可以让你们少走弯路。山人愿意与同学们，一同学习，共同进步，学圣贤学问，做圣贤事业。"

第五十三章　修书一封　智平苗乱

　　贵州城内文明书院,收了来自全省各地的生员,共百余人。龙岗书院有一二十个学生,就像孔圣人当年的杏坛学馆,孔圣人是把大杏树下当教室,而在龙岗书院,则可在老桧树下席地而坐开讲。可以侃侃而谈,随心所欲,想到哪儿讲到哪儿。文明书院是官学,官学内要的是皇家的大一统,统一思想、统一认识到儒家思想上来,儒家的思想又被限定的是朱熹的儒家思想,与朱熹不同的其他东西都是异端。王阳明在龙场悟通的那些东西,在官学内,会不会被视为异端呢? 王阳明总结自己所悟,归纳为三点,一是格物致知,二是心即理,三是知行合一。这三点都与朱熹的观点相冲突,比如格物,朱熹说,格的是天下万事万物,王阳明格的是心上的念头。第二点,心即理,在朱熹看来,心是心,理是理;在王阳明看来,心和理是一回事。如果朱熹活到现在,难保不把王阳明当作陆象山,要找上门来争论一番。第三点,知行合一,朱熹倡导先知后行,害得许多读书人墨守成规,一辈子钻到故纸堆里出不来。到了文明书院,讲什么? 怎么讲? 前两点,一个是修行方法,一个是修行理论,只有第三点,既是理论又是方法,既是本体又是功夫,有大智慧的人,自然不会争论,一时不明白的人,只管去行,也用不着争论,对匡正说一套做一套、心口不一的时弊,正是对症下药。最后,王阳明决定,在文明书院,重点讲知行合一。席书非常支持这一决定。于是,知行合一成了文明书院明伦堂内的揭示(相当于校训)。

王阳明四月末到文明书院主讲知行合一,转眼就到了秋末。九月的一天,文明书院门外,突然开过来十来个军人,他们把守在大门两边。军人把守大门,给书院制造了一种紧张的气氛。书院要的是斯文,只有衙门要的是权威,衙门的权威要靠门前的石狮子和全副武装的军人来装饰。王阳明决定去找席书。提学署就在隔壁。王阳明出了书院,来到大街上。大街上,气氛更紧张,一队队的军人来回穿梭着,一律是跑步行进。王阳明远远地望见,在巡抚衙门门前,跪着一片人,跪在前头的人,光着脊背,背上捆着一束荆条。这是唱的哪出戏?王阳明心里嘀咕着。

提学署门前也被军人把守着,席书不在署内,到巡抚衙门开会去了。王阳明决定等一等席书。

巡抚衙门门外跪着的是贵州宣慰司同知宋然,宋然身后跪着的是他的一队亲兵。衙门内聚集着贵州城内的正四品以上文武官员。接替已奉调回京的王汝楫巡按御史职务的是刘寓生,虽然是七品官,也列席其中。

官厅内,居上就座的是巡抚徐文华,右首是镇守太监胡维,左首是巡按御史刘寓生,下面排班在两列,右是文官,布政司和按察司,郭布政使领首;左是武将,有都指挥使衙门、贵州卫和贵州前卫指挥使,都指挥使施瓒排头。

大厅内鸦雀无声。一声咳嗽打断了这种寂静,咳嗽的是巡抚徐文华,巡抚花甲年纪,一把山羊胡子已经灰白。咳嗽之后,徐文华威严地喝问道:“下跪何人?”

大厅靠门一位苗人被五花大绑,跪在当堂。苗人三十来岁,一张脸又瘦又黑,表情麻木呆滞。通过翻译,苗人仰着头答道:“阿麻!”

徐文华喝问道:“阿麻,你们头人阿札、阿贾现在何处?”

阿麻回答道:“昨天我和阿札王爷都在水东大羊肠。阿贾王爷不知道在什么地方。”

徐文华问道："你们为什么反叛朝廷？"

阿麻回答道："朝廷要粮食太多，我们不够吃，活不下去了。"

听到这里，镇守太监胡维拖着公鸭嗓子呵斥道："一派胡言！朝廷何尝要过你们粮食，每年不过是几匹马、几桶生漆的贡品。"

巡按御史刘寓生解释道："这是宋然惹的祸，是他盘剥当地苗人，朝廷背黑锅。"

徐文华喝问道："水西安贵荣送给你们多少刀枪？多少弓箭？"

阿麻回答道："我们大鹰国有两万战士，我们这一队是雄鹰营，是精兵，八百人，用的都是水西进贡给我们大鹰国的刀枪和弓箭。"

徐文华问道："阿麻，你知道水西为什么送给你们刀枪弓箭吗？"

阿麻说："只要我们攻打水东宋然，灭了宋然，水西和我们平分水东。"

徐文华一声断喝："带下去！"徐文华与镇守太监胡维、巡按御史刘寓生沟通着："综合各个渠道的情报分析，有几点已经非常明朗，一是这帮生苗自立国号，反叛朝廷；二是宋然打着朝廷的旗号横征暴敛，让朝廷背黑锅；三是水东宋然的大本营大羊肠已经失守，大羊肠离贵州城不到一百里地；四是安贵荣退而不休，在暗中捣鬼，怂恿这帮生苗作乱，朝廷要求他出兵讨伐，他却阳奉阴违，进兵迟缓，造成官军孤军冒进，孤悬在外，陷入困境，不仅如此，他不剿杀叛军，反而纵兵杀掠无辜村寨；第五……"徐文华放低了声音，对镇守太监胡维说道："胡公公，贵州进出湖广的驿道，昨夜已经被截断，我们催讨援兵的奏章送不出去。援兵一时半会儿指靠不上。"胡维是刘瑾的亲信，自恃代表天子，喜欢端架子，他此刻就座的姿势，不是端坐，而是后仰，身子的重心在椅背上。巡抚衙门上奏催讨省外援兵，胡维也附上一封密函，直接呈给了刘瑾。为此胡维一直洋洋自得，觉得贵州的安危，要靠自己一封密函来拯救。现在听到驿路断了，援兵指靠不上，叛军离城只有几十里地，这可怎么办？脖子上的脑袋要是搬了家，那可啥也没有了。胡维心里长了草，有些慌神，心里一慌，重心不稳，两腿一翘，后背一仰，大嘴一张,眼看就要倒栽过去。亏得徐文华眼明手快,一把拉住了他。胡维被这一变故惊得合不上嘴,待喘息稍定,他拱着手,嗫嚅道:"徐都宪,贵州安危,都要仰仗你了。"

徐文华冷静地说道:"众志成城,我们先守好城池。"徐文华扭脸对刘寓生商量道:"目前湖广一路援兵指靠不上,我们只好请调云南方向卫军,南催广西援兵,北求播州支援。"

刘寓生说道:"固守城池是重中之重。只是求播州,恐怕是远水解不了近渴。调播州土兵,还要等朝廷兵部兵符。第二重要,是调动西路卫军,但是卫军守城绰绰有余,爬山攀岩,与叛苗格杀。"刘寓生摇了摇头,"眼前最紧要的是,怎么让安贵荣扔掉自己的小算盘,全心全意征讨叛苗。"

徐文华点了点头,咳嗽一声,下面窃窃私语着的文武官员,一时住了声。徐文华说道:"现在形势很严峻,东北方向,叛苗已经攻占了大羊肠,这是水东大本营。据宋然禀报,就在城外,宋然的庄园附近,已经发现可疑人员,叛兵已经近在咫尺了。通往湖广的驿道被截断。我们目前要做的,第一,固守城池。各衙各官都要参与省城防守,其他事务一律暂停。城防由都司衙门统一调配。"徐文华望着施瓒,"一会儿,施都指挥使给各衙门划分区段,宣慰司同知宋然防守的东门和大南门,可以接管过来;安宣慰防守的北门和西门,必须加派兵力,进行监督。第二,施都阃要抽调西部卫军,增援通往湖广的驿道,东西夹击,必须尽快打通驿道,这是我们的生命通道。"徐文华巡视一遍文武官员,说道,"第三,宣慰使安佐带兵在外,进剿磨蹭,我们必须立即选调得力人员,进山督战。同时须派出得力人员,前往水西,劝幕后的安贵荣助剿叛军。城池分段分区布防,由布政司配合都司落实;催调军队打通驿道,由按察司协助都司完成;赴水西走访安贵荣,由按察司经办。本院将和镇守太监、巡按御史组成巡视组,检查督促。此次行动关系到贵州城的安危存亡,也关系到我们每个人的前程荣辱,大家须竭诚尽心,以求共渡难关。"

席书回到提学署，王阳明正在静坐。听到声响，王阳明起身问道："元山先生，什么情况？街上兵荒马乱，乱民是不是要攻城了？"

席书心事重重。第一重心事，苗乱三个月来，省里已经三次催调宣慰司家兵，要安宣慰家出兵平乱，开始安家一直按兵不动，后来推托不过，磨磨蹭蹭地出了兵，出了兵却不出战，反而纵兵杀掠，几乎和叛苗一个样。衙门决定派席书去水西，自己怎么才能说动安贵荣呢？第二重心思，自己去水西，名义上是慰问，既然是慰问使节，自然不可能带兵，没有军队护送，苗乱近在城外，万一……席书一路上皱着眉头，脚步沉重，一进门，便听到王阳明的问询，他愣了下神，一下眉开眼笑起来。他快步近前，一把抓住王阳明的手，摇晃着说道："阳明先生，席书正盼着诸葛亮，家里就真来了个诸葛亮。我可是先盼来援兵了！"

王阳明探询地打量着席书，没有吱声。席书热情地招呼道："快请坐！"见王阳明默默就座，席书哈哈笑道："是我一时心急，阳明先生还不明所以。"王阳明坐着，席书干脆就站着，解释道："苗乱两三个月了，起初，官军出动，指望着安家家兵配合，结果呢，安家始而抵触，继而敷衍，出兵不出力。你知道，苗人个个山里生山里长，像猴子一样麻利，又一辈子放牧骑马，骑马像我们走路一样稳当。官军进了大山，就像虎落平川、龙陷浅滩。没了安家家兵的配合，官军处处被动，别说打仗了，能自保就已经不错了。如果安家真心出力，哪还用官军作难、衙门犯愁。现在，这伙叛苗已经攻占了水东的大本营，马上就要兵临城下了。通往湖广的驿道被截断，援兵一时指靠不上。"

王阳明接口道："水东大本营是大羊肠，离城也就几十里地。水东苗人也分几部分，有宋家十二个码头，是宋家的嫡系；有十个长官司，归宋家代管；再有，就是夹在各个码头和长官司之间还没有归化的生苗。我看，宋家嫡系和长官司不会造反，这次反的应该是生苗。"

席书跷着大拇指，说道："是的。这次是生苗作乱，他们起兵两万，自立国号大鹰国。都是宋然打着朝廷的旗号，横征暴敛造成的。"

王阳明说道："这些生苗,安家和宋家不见得真心想要他们归化,不归化的话,正好可以成为他们两家与朝廷讨价还价的筹码,目的是抵制朝廷设置府县,编制里甲。"

席书说道："这次苗乱,虽然是宋然惹祸烧身,背后却是安贵荣在煽风点火。安贵荣公开放言,宋然惹祸,自己屁股上的屎自己擦,与他们水西没有关系。水西山高沟深,兵多将广,即便不为宋然出一兵一卒,谁也奈何不了水西。这也太嚣张了!"

王阳明说道："安贵荣误判形势,思想还停留在他们前辈的辉煌时代,以为朝廷离不开他们。他想在水东挑起祸乱,他好出兵平叛,趁机扩大地盘。这是山里人的见识!宣慰使和宣慰同知,尽管他们各管各的领地,但在朝廷看来,他们是上下级关系,有共同的守土责任。如今,宋然在水东惹出了乱子,宣慰使也脱不了干系!朝廷真追究起来,罪责难逃。"

席书说道："阳明先生,你这是秀才不出门,洞悉天下事。省里已经防备着这一招,早早出兵平叛。只是现在,官军扛不住了。"

王阳明说道："生苗在此地神出鬼没。但是他们有个缺点,没有根据地,没有后方,打到哪儿吃到哪儿。要收拾他们,先断了他们吃饭的路子,官军这边要坚壁清野;还要截断叛苗的后方支援,就是切断安贵荣这条输送线。如果能说动安贵荣,断了他们的接济,苗乱不平自灭。如果安贵荣愿意出力剿杀,那就是加速平叛。"

席书热切地望着王阳明,说道："劝说安贵荣的任务,被分配到了我们按察司。衙门人认为,这要靠嘴皮子功夫,所以这活儿就落到了我这里。我明天就要起程,还望阳明先生给我出出主意,让席书这次马到成功。"

王阳明笑眯眯地说："对安贵荣,只能攻心。没出过大山的人,只看得见头顶上的一片天,他认为,没有他,对此次苗乱,官军一定束手无策。他没想过,倾全国之力,朝廷平这样的乱易如反掌。一个水西,几十万人口,叫板朝廷,是不自量力。他算计宋然的水东,周围那些大小土司,算计不算计他的水西?"

席书道:"阳明先生,席书是文明使者,可以说是朝廷使节,这些话,说出来,怕他安贵荣认为我们是以大欺小。"

王阳明笑笑说道:"元山先生,关键是把握分寸。这一点,山人相信,元山兄能拿捏稳当。元山先生明修栈道,阳明山人暗度陈仓。你走你的,你走以前,我会修书一封,以旁观者的身份,晓之以利害。安家小公子安佑,现在书院读书,是山人弟子。山人遣他回水西送信,给你暗中加油。你在明面多说利益,我在信中多讲利害。利害交加,可保成功。安贵荣这个人,心中还是有道义这根弦的,只是心思总是游移在利益和道义之间。只要心中有道义,我们就有争取到的希望。"

席书俯身拱了拱手,道:"得阳明先生相助,席书信心倍增。明日,席书放心起程! 争取不负重托,不辱使命。"

王阳明起身,道:"山人现在回书院,争取让安佑比你早一些回到水西。"

第二天一早,安佑带着王阳明给安贵荣的书信回水西了。第三天一早,席书出发前往水西。

第四天,书院门前的士兵撤岗了,城里戒严解除了。

第五天,席书兴高采烈地回到城里。

第六天,阿贾和阿札点燃的苗乱已经平息了。

第五十四章　离别贵州　讲学辰州

言能惹祸，也能造福。当年，王阳明因为一篇奏章，被从北京贬到了贵州；今天，因为一篇对安贵荣的劝诫文章，协助贵州平定了阿札、阿贾苗乱。记录军功的巡按御史刘寓生，把有功人员名单汇报到了北京。在这之前，上一任巡按御史王汝楫，正德四年五月已经离任回北京复命。王汝楫在贵州巡按了一年零五个月，王阳明先后给王汝楫写了三篇文章，《重刊文章轨范序》《恩寿双庆诗后序》和《骢马归朝诗序》。这三篇文章，都是灶王爷上天的好话。投桃报李，王汝楫把王阳明的好话早早地说到了北京。

王阳明正德元年年底在北京入诏狱，到正德四年年底，整整三年。三年，为官是一任。综合各种因素，谪官生活该结束了。就在年底，吏部的调令到了，王阳明被分派到江西省吉安府庐陵县做知县。

贵州既是王阳明的伤心地，又是王阳明的开心地。在龙场，生活艰苦；在贵州城里文明书院，知行合一，曲高和寡，除了席书，知音难觅。王阳明归心似箭，赶在年尾，便起程东下。如果还有什么牵挂，那就是自己的弟子。陈宗鲁、汤伯元、叶子苍、逊智、逊勇、安佑、蒋信、冀元亨、刘观时，十几个学生一直依依不舍，个个满面悲戚，送了一程又一程，一直送了上百里。

到了龙里驿站，弟子们被王阳明止住了。陈宗鲁、汤伯元、叶子苍、安佑，个个泪流满面。王阳明一脸沉重,他一一看着每个弟子的眼睛,说:"月有阴晴圆缺,人有悲欢离合,此事古难全。你们拜我为师,我有责任指引你们进步。学不可无师,但师有有形之师,有无形之师,为师走了,你们还有老师在。我在龙场为你们制定的《学规》,你们还记得吗?"

陈宗鲁几个人流着泪,点了点头,哽咽着说道:"立志、勤学、改过、责善。"王阳明点了点头,继续说道:"学规,能帮助我们时时检讨自己的心。有了学规的规范,我们的身心就会像大树一样,挺拔向上,不会被周围的藤藤蔓蔓缠绕着。学规就是我们的老师,'四书五经'是我们的老师,古今圣贤是我们的老师;我们还有一个根本老师,它时时刻刻陪伴着我们,不分白天黑夜,不管富贵贫贱,它一直在忠诚守护,"王阳明再次巡视着弟子们的眼睛。十几位弟子愣愣地、泪眼婆娑地望着王阳明,只有陈宗鲁会意地点了点头。王阳明继续说道,"这位老师,守护着我们几百上千年,古人以它为师,我们今人也以它为师,它无时无刻不在,它无地无处不在。"王阳明顿了顿,道:"拜老师,要的就是一个心诚,心不诚,老师就不露面。心一诚,老师就来了。其实老师天天都在,不自欺,不欺人。"弟子们点了点头。王阳明继续说道,"宗鲁,你就学好一个'古'字,你看看这个'古'字,嘴上画个十字,这是封口。为什么封口? 开口神气散,神散心君乱。闲话少说,多静心,养神养心,心就是我们的老师。"陈宗鲁默默地点着头。王阳明对汤伯元说道:"元就是心,心就是元,守好你的心,成就你的元。"王阳明对叶子苍说道:"悟通了,就会悟到天人同心,就是悟同,就是见到老师了。"再对安佑说道:"吉人天相。谁是吉人? 心安的人就是吉人。怎么心安? 诚意正心! 汉人彝人,心是一样的。"

王阳明看了看冀元亨、蒋信、刘观时、逊智、逊勇,笑眯眯地说道:"你们几位,我们还能相伴一程,有些嘱咐的话,到船上再说。"王阳明看了看王祥,说道:"拿来!"王祥递上几张诗稿。王阳明展开诗稿,说道:"学不可无友。老师离开了,你们自己要互相切磋,互相督促,以圣贤为师,做圣贤事业。这是给你们众人的赠诗,你们互相传抄一下。"陈宗鲁接过来诗稿。王阳明郑重地点了点头,说道:"千里相送,总有一别。我们师生就此别过。记住,找到了心,老师随时就在你们身边。"

王阳明转身上船,几位同学在岸上一直目送。

在兴隆卫,王阳明婉谢了逖智、逖勇兄弟留他在当地过年的邀请,一路顺水东下。出了贵州,赶在新年,到了湖广地界。沿途,路还是两年前来时的路,景物还是来时的景物,驿站还是来时的驿站,寺庙还是来时的寺庙,就连僧人也还是来时的僧人,所不同的是,心情已经不是来时的心情了。就连王祥,也发现了王阳明身上的变化。辰州府城西郊,虎溪山山麓的龙兴寺,再次成了王阳明的歇脚地。在龙兴寺的客舍,王阳明对同样欢喜的王祥说:"王祥,两年前在这里,你可是发愁来着。现在你把一副愁肠扔在贵州大山里了?"王祥笑嘻嘻地说道:"老爹,您也是一样呀。两年前去贵州,路上很少能见到您的笑脸,哪像现在,天天都是笑眯眯的。这也难怪,去的时候,前途未卜,我们都是心事重重。就连这路,也是越走越窄。好在,总算熬出来了。老爹,您也升官了,我们前头的路该越走越宽了。嘻嘻嘻!"

王阳明笑眯眯地说道:"王祥,来时,往西,我们是爬山,又人生地不熟,历尽磨难;现在,我们往东,是顺风顺水,路越走越平。不吃苦就不知道甜,没有爬过山,就体会不到走平地的快乐。年轻人,别怕磨难,别怕吃苦。"

王祥笑嘻嘻地说:"老爹,我知道,不吃苦中苦,难为人上人。吃过苦了,才敢说不怕苦。"

王阳明笑眯眯地看着王祥,赞许地点了点头,说道:"王祥,这两年苦你没有白吃,你现在的水平不比秀才低了。回家想进学,老爹送你进县学,怎么样?"

王祥笑嘻嘻地说:"进县学?最好的老师也不过监生、贡生,我还是跟着老爹学本事吧。"

王阳明点了点头,说道:"咱们在龙兴寺多住些日子吧。"王阳明心里有个念头，这里叫龙兴，自己在龙场蛰伏了两年，像熬盐一样，一摊浑水受尽煎熬，终于熬成了晶莹剔透的精盐，自己属龙，在龙兴之地，是该兴盛一下了，这是否意味着，自己悟通的圣学该发扬光大了？也许吧！这个寺名，听起来就让人舒心。王阳明笑了笑，接着说道："我一位朋友杨名父要来这里，我们等一等他。"

辰州府城与沅陵县城同城。沅陵是刘观时的老家。刘观时呼朋唤友，王阳明一下子多了十来位弟子，有王嘉秀，字实夫；唐愈贤，字子充；另有张明卿、董道夫、董粹夫、汤伯循、李秀夫、刘易仲、田叔中，还有一位苗人吴鹤。这位吴鹤，只比王阳明小四岁。应弟子们的邀请，王阳明在龙兴寺讲学。

讲席设在龙兴寺禅堂。僧人洗尘、洗心和无尘三位师兄弟，也在听众席中。晚上，讲座进入互动环节。吴鹤举手发言："先生，您说修行在日常，弟子在日常修行中，觉得自己最大的障碍是好色。请先生开示，如何治好色。"

王阳明笑眯眯地说道："色心不除难见真心，难见道体。色，在儒家，单指女色；在佛家，是指与心相对的万物。说到女色，当年孔圣人在卫国，登门去见卫夫人南子，其事至今被说三道四。这是误会了圣人，圣人眼里有女人，心中没有女色。我们不妨以一个佛家的公案为例。有一次，一对佛家师徒要蹚水过河，碰巧一个年轻女子也要过河，女子求和尚帮忙。老和尚示意年轻力壮的小和尚背女子过河。小和尚吓得连连后退。老和尚只好自己蹲下来，背起女子，蹚过河去。过了河，和尚与女子分道扬镳。小和尚一直闷闷不乐，心里一直在抱怨师父，后来实在忍不住，就埋怨道：'师父破了戒，竟然背女人过河。'老和尚叹了口气，开导小和尚说：'师父只是过河时背了她一会儿，一过河就把她放下了，你却一直放在心上。要知道，修行修行，修的是心。背女人过河是慈悲，过河放下是智慧，没有慈悲，难成佛；没有智慧，更难成佛。'就是作亲人想，年长于我的作长辈想，年龄相仿的作姊妹想，青春年少的做子女想，就会有所收敛。"

第五十五章　庐陵赴任　先拜城隍

湖广常德府武陵是蒋信和冀元亨的家乡。王阳明受弟子的请求,在武陵城西二圣寺的潮音阁落脚讲学,停留了几日。之后一路东南,于正德五年三月十七到了江西吉安府的庐陵。冀元亨、蒋信和刘观时,也一路跟随他到了庐陵。

在赣江岸边的螺川驿,王阳明在县丞杨融和主簿宋海的引领下,下了船。岸边来接的人簇拥在道路的两边,一边是十几位乡宦和乡绅,由一位退休的御史领头;一边是县学的十几位秀才,由县教谕领头。秀才和乡绅像一棵棵向日葵,一张张笑脸谦恭地朝向王阳明,一个个的身子像弯腰的老榆树,谦卑地弯向王阳明。王阳明笑眯眯地巡视着路边的欢迎人群,拱在胸前的双手,左右来回晃着。

庐陵县城又是吉安府城,在赣江西岸,沿江而建。南门叫兴贤门,一进兴贤门,迎面就是庐陵县衙。县衙隔壁是香社寺。王阳明当晚落脚香社寺,这里与县衙近在咫尺。在香社寺客舍,王祥疑惑地问王阳明:"老爹,您好不容易升官了,为什么还住寺院呀? 在老家余姚,我路过县衙,看到那门前的石狮子,就会害怕。现在终于等到机会了,想着我能沾老爹的光,随老爹住住县衙。有威风凛凛的石狮子给守门,多神气啊。"

王阳明笑眯眯地说:"王祥,住进寺院是为了斋戒。你觉得老爹升官了吗? 老爹在京师是六品主事,现在是七品。"

王祥笑嘻嘻地说:"我说的是从从九品驿丞,升到了七品知县,从绿色官服换上了青色官服。"王祥边说边整理着知县官服,"补子上的小鹌鹑也换成了现在的鸂鶒(xīchì)。这么大个县,还出过欧阳修和文天祥这样的豪杰。老爹,您说过,过去周代分封诸侯,方圆七十里、百十里,就是一个国家。您现在治理庐陵,在过去,就是一个国君了。写诗写文章,我发现,您总是把知县称为县侯,或者君侯。过去,诸侯替天子治国,现在是县侯为天子守土。老爹,我说的对吗?"

王阳明板着脸说道:"不可乱说!诸侯是一国之主,世袭传家,国就是家,家就是国。县侯是流官,三年五年,替天子守护一方土地。知县吃的是俸禄,俸禄之外,多拿一针一线,都是非分之财。"王阳明说着,已经完成了一副对联的书写。王祥念着对联:"贪一文,不值一文,难欺吏卒;宽一分,民爱一分,见佑鬼神。"王祥念完,在心里琢磨了一会儿,问道:"老爹,明天您要去城隍庙拜城隍,是为了求城隍保佑吗?"

王阳明摇了摇头,说道:"心正何惧鬼神!新官上任先拜城隍,是太祖皇帝定下来的规矩。聪明正直为神,城隍就是正直的土地神,他要保护一方土地平安。新官在城隍面前宣誓赌咒,让心存贪念、心里有鬼的人,时刻想着因果报应。你刚才说到的文天祥,就被太祖皇帝封为城隍了。鬼神难欺,人心更难欺。人心动念,是善是恶,自己的良心清清楚楚。欺人容易,自欺难。人要不自欺,就是至诚如神。"

王祥说道:"如此说来,那就不必拜城隍了?"

王阳明摇了摇头,说道:"人不自欺太难太难。所以只好借助鬼神监督。"

第二天清晨,王阳明沐浴更衣,穿上官服,在县丞和主簿的陪伴下,来到城隍庙。庐陵城里有两座城隍庙,一座是吉安府城隍庙,位于西城墙外。庐陵县城隍庙在城内,位于东门以里,与县儒学比邻。王阳明到达城隍庙之前,县衙礼房书吏白明礼带领衙役,已经在神像前摆好了三牲果品。县学教谕唱礼,主管全县道教事务的道会司一位道会赞礼。

教谕站在左前方,拖着长音唱礼道:"上香——"

王阳明从道会手中接过来一束香,插到城隍像前神案上的香炉里。教谕再唱道:"三献——"道会一样一样把供品递给王阳明,王阳明小心翼翼地摆上神案。

教谕唱礼道:"跪——读祝文——"

王阳明跪到神像前,手捧祝文,诵读道:"维正德五年三月十八,余姚王守仁受命,前来庐陵执掌县政。今谒城隍,神前发誓:神章幽冥,阴阳表里。操持政务,鞠躬尽瘁,造福万民,安居乐业;如有不周,请神默助,务求政通人和,风调雨顺,六谷丰登,县域祥和。如若悔誓,欺神欺心,怠政祸民,贪求索取,谋害僚属,欺凌下民,神其降殃,报在自身,报在现世,报在当前。谨以牲礼致祭,神其鉴之!尚飨!"

教谕唱礼道:"三叩首! 一叩首! 再叩首! 三叩首! 礼成——"

杨融和宋海,跪在王阳明身后,陪着磕头。

宣誓已毕,教谕引领着王阳明步出城隍庙,杨融、宋海跟随其后,一干人等前往县衙。知县的仪仗队在礼房书吏的组织下,开始运作。一顶蓝色的圆伞盖举到了王阳明的上方,最前头一个衙役敲着一面铜锣开道。铜锣后面跟着两个衙役,两人各举一面木牌,一面是"肃静",一面是"回避"。两面牌子后,四个人排成方队,各擎一杆蓝色大旗。四杆大旗后面,走的是王阳明,王阳明身后跟着四个衙役,四人各执一根水火棍。

教谕引领着王阳明来到县衙前。县衙前,常年难得打开的仪门,为了迎接新官,敞开着。王阳明穿过仪门,进入正堂前的大院子。通往正堂的甬道上立着一座亭子,这是戒石亭。王阳明走进亭子。亭子下卧着一方石碑,上书"公生明"。王阳明对着石碑,作了一个揖。礼毕,他绕到石碑后面。石碑上题十六个大字"尔俸尔禄,民脂民膏;下民易虐,上天难欺"。王阳明对此再作揖,才离开戒石亭。在大堂前的月台上,早有礼房陈设好的香案,上面摆放着王阳明的任命书。

王阳明站在香案前，听从站在香案左前方的教谕唱礼。

教谕拖着长音喊道："新任县尊谢皇恩，行三跪九叩大礼。"

谢过皇恩，王阳明正式升堂。新官上任后的第一次点卯开始了。王阳明翻阅着花名册，接受着下属一拨一拨的再拜礼。点卯拜见的次序从下到上，第一拨是三班衙役：皂房十六人，这是负责内勤和站堂的；壮班二十六人，这是负责行刑、催粮、催款的，干的是力气活儿；快班二十人，其中步快十人、马快十人，专事刑侦缉捕。

第二拨是县衙吏、户、礼、兵、刑、工六房书吏，每房各三人。

第三拨是杂职官，有医学会训科官、阴阳会训术官、佛教会僧会、道教会道会。

第四拨是教官，县学的一位教谕和两位训导。本朝向来重视教育，三位学官虽然官不入流，仍然单独排成一拨。

第五拨是属官，有典史、派驻各要道负责治安的巡检司巡检（从九品）、驿丞、仓库大使、税课司大使、河泊所大使、查验茶盐专卖许可证的批验所大使。

以上或者属官，或者书吏，或者衙役，每拨人排成队，自报职位姓名，然后是再拜礼，磕完头，点卯结束。王阳明稳坐书案后，坐而受礼，不必回礼。

第六拨是佐贰官，正八品的县丞杨融，正九品的主簿宋海。

杨融五十多岁，一把胡子已经灰白；宋海也五十多岁，须发皆白。二人跪倒在大堂书案前，各自口称："下官县丞杨融（主簿宋海）拜见县尊！"

王阳明起身拱手算是还礼。

点卯已毕，杨融和宋海，在左首就座。巡检司巡检、驿丞、大使、教谕、训导等在右首就座，其他人聚集在大堂上。王阳明做到任感言："各位同僚，各位吏役，前任知县离任后，幸赖各位维持，大家辛苦了！本县初来乍到，百事生疏。各衙主官、各职主管、各房主事、各班班头，请诸位在最近几天，把以前积压的文书案宗整理清楚，大事尽快禀报，小事听候查询。本县希望我们上下一心办好县政。"

王阳明说着,指了指大堂外的戒石亭,继续说道,"太祖爷立下的戒石,本县一定严遵戒律,做官做人,公正廉明,下不压民,上不欺天。今天在场的各位,都可以做个见证,如果有人发现本县违背了这些戒条,偏听偏信,断事不公,贪人财物,他可以当面唾骂本县。如果让我发现了谁打着本县衙门的旗号欺压百姓,败坏本县的名声,败坏朝廷的法纪,我绝不宽容,绝不手软。我们聚到一起是缘分,让我们一同干好庐陵的事,让庐陵老百姓在我们的守护下,过上安生日子。"

第五十六章　镇守太监　逼征葛布

当天下午,县衙里举行了新任知县接印仪式。和上午一样,仪式由礼房操办,县教谕任司仪。仪式从仪门前开始。在爆竹声中,王阳明在仪门前一跪三叩,之后进入仪门,在正堂大院的甬路上,在戒石亭前一跪三叩。在司仪的引导下,进入县衙大堂,大堂内的暖阁前,摆有香案。在香案前,王阳明朝北三跪九叩。北方代表着朝廷,代表着正德圣天子。行礼已毕,王阳明升座大堂。先前替知县看守大印的县丞杨融捧出包裹着黄色锦缎的知县铜印,小心翼翼地递给大堂书案前站着的礼房书吏。书吏接过来铜印,小心翼翼地打开包裹,检看着铜印上的铭文"皇明庐陵县七品正堂大印",然后躬身向王阳明禀告道:"庐陵县县衙礼房总办白明礼禀告堂尊,朝廷命官,礼部铸印。庐陵县正堂铜印,方二寸一分,厚三分,完美无损。宝印所赋,朝廷权威,堂尊主政一县,此为印信。"礼房书吏说完,手捧宝印,恭恭敬敬呈递给王阳明。王阳明虔诚地接过来宝印,放置在面前书案的角上。

上午,王阳明给衙门发放各色果品,慰问酬谢;下午,衙门各属官敬奉果品,祝贺新知县上任。

第二天,县丞杨融、主簿宋海,陪同王阳明到府衙拜访。府衙在县衙北面,离县衙百十来步远,在城中心。知府任仪是四川阆中人,同知杨珮是山东阳谷人,通判陈瓒是福建莆田人，推官王耀是福建漳州人。

下午，杨融陪同王阳明熟悉县城面貌。跟从的有工房书吏顾建和王祥。四个人出了县衙，一路向北。王阳明向杨融赞叹道："庐陵自南宋以来文风一时盛于东南，是理学之邦；自从文山公就义，又以气节名于天下。真是山水甲秀，地杰人灵！"

杨融点着头，附和道："堂尊所言极是。庐陵地处赣江中流，乃几省通衢。"

王阳明接着说道："是呀，来时见赣江边上，码头繁忙，很是热闹。杨佐堂，这城里怎么显得有些冷清呀，既见不到商店，也不见叫卖？"

跟在后边的王祥不解地问工房书吏："顾相公，老爹称呼杨大人佐堂，是什么缘故呀？"

顾建小声回答道："堂尊是正堂，县丞是佐堂，是辅助官员。正堂被人称为大老爷，佐堂只能被称为佐堂老爷。"

杨融笑着说："堂尊初来，自然有所不知。庐陵城里，只有文武官署，除了衙门、军营，就是学校、贡院和仓库。商业民居，码头仓库，热闹去处，都在西门和南门外。"

几个人说着，来到了广丰门。杨融指着广丰门介绍道："这是小东门。县城一共有五座城门，县衙门前是南门，迎恩门是大东门。县城沿着赣江，五座城门，三座都开在东城墙上。"

王阳明不解地嗯了一声。杨融道："县衙前的兴贤门，虽然号称南门，实际上却开在东城墙上。嘉禾门是北门，开在北面。永丰门是西门，开在县城的西南角上，离兴贤门很近。城内，衙门布局上，高踞北面的是吉安千户所，中心是府衙，府衙西南边，有贡院，有府学；往东是通判厅，照磨所；再往东是我们县学。"

出了东门，王阳明回望城楼，赞叹道："城墙坚固，东依赣江天险。北面和西面怎么样？"王阳明问工房书吏顾建。

顾建巴结地笑着说："老堂尊，我们庐陵县城，是国初都督朱大帅督工建造，周长九里又十丈,高两丈五,厚一丈,城头建有守兵营房;西边和南边,城外挖有壕沟,深三丈五,长一千四百七十一丈。后来又经过修补。从建筑上来说,县城城防可以说固若金汤。"

王阳明笑眯眯地点着头。

杨融再介绍:"这是金牛寺,那是龙王庙,江面上就是白鹭洲。堂尊,您是否去洲上看一看?"

王阳明摇了摇头,笑眯眯地说道:"先去西门外看一看。"

一行人顺着原路,要去西门外。在县衙门外,他们被一个人声嘶力竭的叫喊声拦住了去路。

"佐堂老爷,救命呀!"随着喊声,一个中年汉子,紧跑几步,来到杨融面前,扑通一声跪倒地上,连磕三个头,急切地求告道,"佐堂老爷,小人冤枉呀!救命呀!"

跟着喊声,一个黑衣公差、一个军官和两个军士,快步窜到中年人身后。校尉恶狠狠地吆喝道:"给我押起来!"两个军士马上扑上去,扭住中年汉子的胳膊。中年汉子哭告道:"佐堂老爷!佐堂老爷!"

杨融以恳求的眼神看着王阳明,说道:"这是粮长陈江。"王阳明点了点头,没有言语。杨融转向军官,从军服补子上的彪形图案判断,这是个从七品武官,杨融抱拳道:"敢问上差,是哪个衙门的?"

军官乜斜了一眼杨融,大大咧咧地答道:"本经历奉江西镇守太监王公公钧旨,前来提拿庐陵县抗拒贡赋的人犯。你是何人?多此一问!"

军官跟前的黑衣公差郭孔茂是吉安府差人,郭孔茂来到杨融跟前,一躬身道:"佐堂大人,经历大人受镇守太监差遣,催征葛布。您安排的这位陈粮长,负责召集各乡粮长,征缴庐陵八乡九十一都六百里的贡布。"郭孔茂说到这里,有些欲言又止。杨融皱着眉说道:"郭上差,这是我们刚刚就任的堂尊大人,你们这样,不是存心为难俺们堂尊?"

郭孔茂作了一个揖,赔着笑脸说道:"小人不过跟着各位大人混碗饭吃,庐陵正堂大老爷新来,小人岂能不知,又怎敢喜庆门头哭丧,自找倒霉。只是,经历大人是京卫出身,没来过咱吉安,没想到赶在正堂大老爷刚上任,就来……"郭孔茂哭丧着脸,两手一摊,"小人不能不陪着前来。您看,您看! 这……"

杨融探询地望着王阳明。王阳明点了点头,心里琢磨着:京师京卫一个从七品经历,或是靠祖上荫恩,或是捐粮换官,如果是实职授官,根本不会出来跟着太监瞎跑,他跟着太监出来,估计是为了挣几个见不得阳光的银子。于是他打定主意,示意杨融招呼经历。

杨融上前对经历说道:"上官,这是我们庐陵县正堂王县尊,昨天刚上任。"

经历乜斜了一眼王阳明,仰着脸说道:"怎么,是嫌本经历官职低贱? 告诉你,本经历虽然是从七品,蒙镇守王公公看得起……"经历说着,两手一抱拳,向左前方空中一举,继续说道,"把咱家当五品、四品、三品使用。别说你们一个小小庐陵县,就是在你们吉安府,四品的任仪,见了本经历,都客气得很。"经历一张胖脸仰得高高的,"前几天,本经历到按察司衙门传达王公公的钧旨,正三品的按察使,见了本经历,也是赔着笑脸。"经历说着,漫不经意地望着杨融。

杨融赔着笑脸,恳求道:"经历大人受镇守太监的差遣,镇守太监是代表天了,谁敢不尊。不过,上官出来一趟,目的不还是为了把事办成。办成了事,这就是对镇守王公公的尊重。事办不成,王公公一定会怪罪下来。怪罪我们基层官员,我们无话可说。只是,王公公远在南昌,万一他错怪了经历大人,以为是经历大人您办事不力,恐怕这对经历大人您也不好吧。如今,庐陵新来了正堂大人,您看是不是听听他的说法?"杨融说着,左手一摆,做了一个请的手势。

经历眼珠子转了转,说道:"好吧!"

经历撑着派头,走到王阳明跟前,鼻子哼了一声,问道:"你,就是庐陵新任知县?"

王阳明笑眯眯地说道:"正是! 朝廷命官,庐陵七品知县王守仁。敢问上官是?"

经历鼻子哼了一声,仰着脸,不耐烦地说道:"本经历受江西镇守太监王公公差遣,前来催提皇宫贡品。"经历说着,再次两手抱拳,向着南昌方向的空中举了举。

王阳明笑眯眯地说道:"本县上贡朝廷贡品,纯属民政民事。不知是上贡什么宝贝,要靠军人来催提? 本县以前在京师兵部任职,据本县所知,军人出动一兵一卒,都要有兵部勘核。听上官口音是京师人,您来到我庐陵,是要办理什么军务? 省里有都指挥使司,府里有千户所,上官是否来错了地方?"王阳明一直笑眯眯地看着经历。刚才经历一直仰着脸,不把对方放在眼里。根据过去的经历,打着镇守太监的旗号,江西十三个府,谁都会来巴结,自己有镇守太监罩着,镇守太监有刘瑾公公罩着。经历听这县官的话,听得怒不可遏。可是这个小小的庐陵知县,好像根本不怕自己。最后,他有些撑不住架子,自己不过是保驾护航的,出来催征贡物,捉拿人犯,还真不是自己的本职。

王阳明把经历的变化看在眼里,笑眯眯地说道:"本县刚上任,百事不熟。但是,朝廷要求上纳的贡物,一定会保质保量催办完纳,本县要对朝廷负责;百姓该缴的,本县会一一落实,百姓是朝廷的百姓,是天子的子民,本县哪一头也不能亏。上官催的什么贡品?"

经历道:"葛布!"

王阳明笑眯眯地说道:"上官,您看这样如何? 您先把人放了,有啥事,只需找本县。待本县把事情弄清楚,再来答复上官。"

经历将信将疑地看着王阳明。王阳明只是对他笑着点了点头。经历对两个军士命令道:"放人!"

获得自由的陈江一下子扑跪在王阳明脚下,磕着头,喜极而泣道:"谢谢大老爷! 谢谢大老爷!"

王阳明笑眯眯地说道:"这是经历大人的宽宏大量,你应该谢谢他。"王阳明吩咐杨融道:"杨佐堂,通知各乡乡头、粮长,再找三五个里长,两天后到县衙开会。"

如释重负的经历突然想起了什么,只见他一溜小跑,在斜前方拦住王阳明,一抱拳问道:"王县尊请留步,卑职要等多长时间?"

王阳明停下脚步,笑眯眯地说道:"摸清情况,得三五天;全县征收齐,恐怕得十到二十天。无论如何,都会对镇守太监衙门有个交代。"

经历轻轻舒了口气,说道:"那卑职就不在此耽搁了。还请王县尊早日促成。卑职就此别过!"

王阳明笑眯眯地说道:"如此也好,免得耽搁上官的工夫。"两个人互相拱了拱手,各自走开。

第五十七章　到任伊始　查问税粮

第二天,在后堂,王阳明坐在书案后,杨融坐在书案左前方,户房总办书吏甄有财站在书案右边,书案上摊着庐陵县户口黄册和土地鱼鳞册。

王阳明指着靠书案一边墙壁上的三个字"清慎勤",说道:"清、慎、勤,这三个字,是对本县和你们的要求。杨佐堂主持全县钱粮,甄有财主管全县户口、土地簿籍。'清'字要求我们自身清正廉明。财务上清清楚楚,明明白白,坦诚无私,这就是'清'。"王阳明轻轻拍了拍书案上的一摞簿册,继续说,"多少人口,多少田土,收百姓多少税,多少赋,要一清二楚,要经得起查找。多收一升,就是不清。只按簿册行不行? 不行! 庐陵县水多,田地有没有被大雨大水冲毁? 有没有田地已经没有了,我们还在收百姓的地租和赋税的情况? 有没有乡下的粮长盘剥百姓中饱私囊?"王阳明并没有刻意去看杨融和甄有财,但是杨融和甄有财都脸红了。王阳明继续说道:"只有把事情弄清楚了,才能公正。第二个字,慎,要求我们谨慎。一件对我们衙门来说可能微不足道的小事,对小户百姓,可能就是吃饱饭吃不饱饭的事,严重些来说,可能就是生死问题。多收谁家两三石粮食,对全县几万石税赋,可能算不得什么。对小户人家呢? 可能就是活命的口粮。和百姓打交道,我们不谨慎能行吗? 谨慎,既是对百姓负责,也是对我们自己负责。再说第三个字,勤。天道酬勤,懒人种不好庄稼,懒官理不好政务。这就是'清慎勤'的意思。衙门里对联门匾，不是像年画一样装饰用的，这都是我们的座右铭，低头抬头，入眼入心，时时提醒着我们。"王阳明说完，笑眯眯地巡视着杨融和甄有财。杨融起身，双手一拱，说道："老堂尊教诲得极是。卑职一定谨遵教诲。"甄有财趴到地上，磕了一个头，说道："多谢大老爷指教！小人一定听从大老爷教诲，时时刻刻想着'清慎勤'。"

王阳明笑眯眯地，左手向下一按，示意杨融就座，又吩咐甄有财道："起来吧！只要愿意上进，不亏良心，都会是个好官好人。先说说县里的情况。"

杨融对着甄有财点头示意。甄有财汇报起庐陵县里的情况："庐陵全县共有八个乡，九十一个都，五百一十个里，总共八万一千八百七十六户，成年男丁七万三千四百七十二人，成人女口七万三千九百九十二人。官田，包括田地山塘，一共一千六百一十七顷；民田，田地山塘全算上，一共一万三千四百五十七顷。官田每年应收米二万九千四百八十六石，民田应收米五万五千四十五石，夏税米麦六千八百八十四石。这是田赋。每年的贡赋和丁役是：军装五百套，楠木五百根，木炭一万斤，牛一百头，猪羊各三百头；衙役六百，马夫七十，儒学寝室管理员十个、伙夫六个，巡检弓兵一百八十名，南京皂隶四百四十名，南京站堂皂隶一百七十名，抬柴夫役四百名。听差银两千九百两，驿站交际银一千二百两，春秋祭祀九十七两银子，乡饮酒二百两银子。"甄有财汇报完毕，退到一边。

王阳明对着杨融和甄有财点了点头，说道："户口黄册上八万一千八百七十六户，有多少逃亡的人家？田赋是对每户收取的，一个里一百一十户，如果逃亡二十户，是不是这二十户的田赋就均摊到其他九十户头上？这些要查明。"王阳明问杨融道："杨佐堂，楠木五百根，怎么会需要这么多楠木？听差银竟然两千九百两，怎么会这么多？"

杨融起身回禀道："回禀王堂尊，前些年并没有要这么多，自从正德爷改元以来，上面衙门催索连年增多。楠木从五十根增加到五百根，听说是皇宫里修建豹房用，还有宣府修建行宫用。楠木本身很贵，要把这些楠木送到京师，一路上的人力物力花费，更比楠木贵上几十倍。下官核算过，正德爷以前，弘治爷时，庐陵全县这些杂赋，一共也就三千一百两银子，去年已经增加到了一万一千二百五十两。"

京师是全国风气的源头，在贵州时，来往京师的官吏就私下传说，圣天子年纪轻轻，不知道物力艰难，登基以来，一改弘治爷的勤俭作风，穷奢极欲，大兴土木，随意封官晋爵，肆意赏宝赐宴。花费最后自然落到了百姓身上。王阳明示意杨融坐下，再问道："那么，镇守太监衙门催要的葛布是怎么回事？"

杨融刚刚坐下，再次起身说道："回禀王堂尊，庐陵县的贡赋清单中，原本没有葛布一项，因为庐陵根本就不产葛布。镇守太监衙门从前年开始征收葛布。我们县域不产葛布，把情况汇报给了吉安府，听说府里又汇报给了布政司衙门。最后布政司衙门和镇守太监衙门联合下文，在江西省，生产葛布的县份，就上贡葛布，不产的县份，折算银两，上贡银子。我们折算出了一百〇五两银子。可惜，"杨融苦笑了一下，"前任镇守太监姚公公定下来的规矩，等现任王公公，又变了法子。我们庐陵一百〇五两银子照样上贡，王公公下拨给我们庐陵一百两银子，要我们购买葛布。"杨融再次苦笑了一下。

王阳明不解地问道："照数买布又有何难？"

杨融一拱手道："王堂尊有所不知，这一百两银子，要我们买两千匹葛布。前年，我们安排粮长陈江办理此事，在庐陵周边，赣州产葛布，最上等的葛布，一匹要一两银子，中等的也要几钱银子。陈江他们八个乡八个大粮长，当时每人倒贴了几十两银子完了贡。去年，我又把镇守太监下拨的一百两银子交给坊郭乡的粮长陈江。王堂尊，您也知道了，他拖着没有办。大人，下官一个正八品县丞，一年俸禄七十八石白米，赶上丰年，米不值钱，也就合三十九两银子，遇上荒年米贵，也不过七十八两银子。陈江他们也贴不起呀。本来，这几年，杂税从三千两增加到一万多两，县里已是怨声载道。陈江他们不敢从民间加征这个差额。而且这两年，邻近的赣州和南安，都不太平，盗贼四起。拿一百两银子逼着人办两千多两银子的事,自己要贴银子,谁也不干!摊派下去?万一激起民变,那就,那就……"杨融没有说下去。

王阳明点了点头。王阳明知道,这几年,民变四起,先是京师附近因为皇庄圈占民地,弄得人心惶惶。湖广郧阳,流民生事,几十年平息不下来。近在跟前的赣州府和南安府,流民啸聚山林,地面不安生,衙门四处救火。王阳明随口吟诵出一副对联:"法规有度天心顺,官吏无私民意安。"王阳明笑眯眯地看了看杨融,再看看甄有财。杨融起身拱手道:"谢谢王堂尊教诲。"杨融不好意思地笑笑,继续说道,"王堂尊能否赏赐卑职一幅墨宝,下官会将这副对联作为为官处世的箴言。"

王阳明朝杨融轻轻颔首,笑眯眯地说道:"什么是天心?民心就是天心!民心善,天心就顺。我们做官做吏,劝善民心,顺从民意,自然天下和谐,太平无事。无事就是福,就是善政,就是好官。好了,明天粮长、里长会议在二堂召开。你们准备去吧。"

第五十八章　体恤民困　拒征葛布

八位粮长、两位都长代表、两位里长代表，老早地聚集到了县衙二堂。县丞杨融、吏房总办书吏任宣、户房总办书吏甄有财，站在大堂左边，八位粮长和四位都长里长代表站在右边。大家在等新知县升堂。

王阳明在书案后就座。杨融躬身禀告道："王堂尊，八位粮长和四位都长里长已经到齐。"王阳明笑眯眯地说道："开始吧！"杨融望了一眼身边的吏房总办书吏任宣，示意他开始。任宣出列，手捧名单，一一点名："坊郭乡粮长陈江。"陈江撩衣跪倒，俯身连磕两个头，口称："小民、坊郭乡粮长陈江拜见大老爷，感谢大老爷的搭救之恩。"

王阳明坐着拱了拱手，笑眯眯地说道："陈粮长起来吧。"

陈江起身站到一边。

任宣继续点名："儒行乡粮长向富贵。"

这些粮长第一次拜见新任知县大老爷，像商量好了似的，清一色着大红葛布长袍。向富贵三十多岁年纪，圆脸圆身子，长袍像裹在身上似的。向富贵费劲地磕完头跪直，结结巴巴地说道："小民、儒行乡粮长向富贵拜见大老爷。小民向富贵给大老爷磕头，祝愿大老爷在庐陵过得好、吃得好、睡得好、玩得开心！"

随着任宣的点名，延福乡粮长宋礼、安平乡粮长郭安、永福乡粮长郝财、儒林乡粮长岳守信、宣化乡粮长朱培志、淳化乡粮长朱天贵，一一走到大堂中央与王阳明见礼。接下来是第一都都长祁智和第六十都都长蒋浩仁，这两位都长也是小粮长，都四五十岁，也是簇新的长衫。祁智穿着一件蓝衫。蒋浩仁和大粮长一样，也是一身大红装扮。两位里长是排年里长，一个来自永福乡积善里，一个来自坊郭乡明德里，一个叫梁书，一把白胡子，一个叫白大鹏，都是葛布短衫裤，尽管不新，却也干净。

十二位粮长、都长、里长参拜完毕，被书吏引领到大堂右侧，靠边站成一排。

王阳明一直笑眯眯地，等大家参拜结束，说道："本县一直想着早早见到你们。庐陵是个大县，南北长二百四十里，东西宽一百五十里。衙门里有官身的不过本县、县丞和主簿三位，国初，太祖爷颁有圣谕，怕官老爷下乡扰民，不准大小官吏随便下乡。现在朝廷改变了政策，官员可以下乡。但是，这么大个县，本县也走不完。上传下达要靠你们，传递朝廷的恩典，传输父老们对朝廷的孝心，主要就靠你们了。你们这些粮长、都长、里长，虽然不领朝廷一两银子的俸禄，却忠心踏实地为朝廷办事，实在是朝廷的忠义之民。"王阳明说着，对着下面拱了拱手。慌得下面十几位粮长、都长、里长马上下跪磕头。动作快的已经跪下了，动作慢的像向富贵，也要屈身下跪，被王阳明及时制止住了："不必拘礼！本县敬的是你们的忠义。你们八位粮长，是乡头，又是大户。据本县所知，咱们庐陵县选用各乡大粮长，最低限是每家贡粮不少于一千石。一千石就意味着，你们每家至少有双百顷好田。听说，陈粮长一家贡粮就有五千石。"陈江自豪地笑了笑。王阳明接着说道："你们这些大户当粮长，衙门放心，老百姓也不会无故地猜疑。因为你们自己的粮食吃不完，财富享用不完，在办理粮差时，也犯不着挖空心思去盘剥刻薄升斗小民。古人说，积善之家必有余庆。能够大富大贵的，一般都是积善之家，否则的话，就不会长久。你们说，是不是这个理？"

陈江等人连连躬身作揖，纷纷附和道："大老爷说得是！大老爷说得是！"

王阳明继续说道："没有善心的人，可能会以小人之心猜疑你们，说什么无利不起早,你们到底有利没有利呢?本县认为,有利!"陈江等有些惊慌,有些不自在,狐疑地打量着王阳明。

王阳明巡视着大家的表情,继续说道:"有什么利呢?自己家的粮差,反正你们家自己要办,帮助别人办粮差,是顺便的事儿,也是积德的事。帮助了别人,受人抬举,受乡邻敬爱;帮助了别人,心里踏实。是不是这样?"

陈江等再次躬身作揖,纷纷说道:"大老爷说得是。小民图的就是这个。"王阳明继续说道:"家财万贯的不少,能不被人仇富,受人真心敬爱,靠什么?靠的就是一个'德'字。没有德,只是一个土财主。要想安心,就要积德,就要帮人。是不是这个理?"

陈江笑得很豪爽,对着王阳明连连作揖。

王阳明继续说道:"陈粮长,葛布的事,本县想听听进展如何。"

陈江出列跪倒在地,正要开口,王阳明对他吩咐道:"起来回话,不必拘礼。"

陈江起身作揖,然后说道:"回禀大老爷,本县不生产葛布。前年,佐堂杨老爷召集我们,让我们到县丞署听训。当时有府衙的上差、镇守太监衙门的一位军爷在,给了一百两银子,要我们办两千匹葛布。当时小人见佐堂杨老爷作难的样子,明知道难办,也只好应承下来。葛布要到赣州去办,银子又不能跟乡里爷儿们要,为什么呢?四年来,衙门催要的银子一年一年地往上涨,这才四年光景,我们坊郭乡出的银子翻了俩跟头。父老乡亲不明真相,以为是我们从中间捣鬼。如果再莽撞地催要葛布,那还不火上浇油。我们八个商量,自己认了,别让佐堂老爷左右为难,小人也知道,官老爷俸禄也不厚实。就这样,我们八家每家贴些银子,跑到赣州采买齐了葛布。一年贴,第二年,小人不想再贴了。何况这两年赣州地面不太平。出银子捐粮,帮助乡邻,正如大老爷刚才说的,小人还落得个心里踏实。这贴银子上贡,不明不白,不清不楚,算干啥呀!再说,咱县里又不产葛布。大老爷,这是小人贴九十两银子的字据。"陈江说着从怀里摸出一个小布兜,从布兜里掏出一份字据。其他七位粮长纷纷拿出了自己的字据。一个皂隶从八个人手里收起字据,呈递给王阳明。王阳明仔细瞅了瞅第一份字据,再翻看着下面几份,看完,点了点头,说道:"难得你们八位重情重义,你们为下面升斗小民,担着道义,宁愿自己吃苦,甘愿自己吃亏。"王阳明说着,再次向下面拱了拱手,"本县岂能坐视不管。"王阳明神色凝重,坚定地说道,"本县既然不生产葛布,而且葛布一项又不在上级衙门颁发的征缴清单总汇中,这是乱征,乱征就是乱政。本县将呈文府衙和布政司衙门,力争免除葛布一项征缴。"

陈江跪到了地上,口称:"谢谢大老爷恩典!"其余人等也纷纷跪下磕头。

王阳明笑眯眯地说道:"都起来吧!这是你们应该得到的,这也是本县应该为你们争取的。从葛布这事上看,各位粮长不愧义士的称呼。各位义士,"王阳明说着,指了指自己头顶上方"正大光明"的牌匾,"我们平时行事会不会忽视了细节?比如哪一家小户人家,十亩、二十亩田地,这应该是可以自给自足的人家。如果田地发生了什么变故,被大水冲毁了,被山崩石裂掩埋了,十亩地,其中五亩变成河道了,我们会不会因为不明真相,仍然按照鱼鳞册上原来的亩数征粮?或者一里之民,逃亡了一半,我们会不会把逃亡的这些损失的徭役,摊派到另一半没有逃亡人家的头上?多收了一两石,哪家人会不会因此饿肚子?这些就要靠我们这些粮长、都长、里长操心了,是守着良心实事求是,帮人解困?还是私心懒心,睁一只眼闭一只眼,懒得操心。懒得操心,害人穷困,甚至害人性命,就是大事了。你们这些排年都长、里长,可能也不富裕,只是排年轮流当上了这个长,那就更应该操心每一家的疾苦。粮长看不到的,你们要及时看到,禀告给大粮长。"王阳明盯住四位都长、里长。四个人马上跪下磕头,纷纷说道:"小人一定记住大老爷的训教!"

王阳明问陈江道:"陈粮长,你们一亩地按什么标准征收呀?"

陈江愣了一下神,所答非所问地说道:"回禀大老爷,县上的运军接收粮食,每次都要狠心扣除一成五的水分,不答应的话,就要让小人反复曝晒,有一年小人被刁难连晒三天。"

王阳明微微颔首,以示理解。

陈江继续说道:"早年要粮长直接送到京师,不说一路上的毁损,到了京师,太仓里的太监老爷还会再做甄选。县里不少前辈粮长因此家破人亡。"

王阳明一直不动声色。陈江继续说道:"小人来回折腾,从每里到每都,大秤小秤,有秤高有秤低,风干雨淋,老鼠糟蹋,鸟雀破坏,麻袋破漏……"陈江一时似不知如何说下去了,于是,他扭脸看看杨融。其他七位粮长一个个面面相觑,向富贵身上的长衫已经被汗水湿透了。

王阳明默默地注视着陈江,面无表情。

陈江扭捏了一阵,磨磨蹭蹭,最后脸一仰,振作一下精神,直接说道:"大老爷,看您处理葛布的气派,小人知道您大人有大量,小人也不能不仗义,小人跟您也竹筒倒豆子,讲清情况。粮食不交到运军军爷船上,都不算数。军爷按比例算水分,中间环节损耗多少,年年都不一样。刚开始两年,小人年轻没有经验,心里只讲一个'义'字,只怕亏着父老爷儿们,就死板地按着朝廷的定额,一等地,一亩征收五升,二等地,一亩征收三升,结果一季忙下来,小人倒贴上几十石白米。后来和别的粮长协商一致,每亩都按着七升五的标准征收,这样每年都有些结余。不过,小人也不敢贪占便宜,最后结余的又都用回到了乡里的公事上。刚才小人结巴啰唆,实在不是贪着这个便宜,只是觉得毕竟不是光明正大的事。大老爷,以后怎么办,任凭您老人家裁决。"陈江再次跪下。

王阳明皱着眉头问道:"你是乡头,你的标准是按七升五收,那到了都里、里里,是不是要按一斗收呢?"王阳明说着,望向四位都长和里长。

都长和里长慌忙下跪磕头,祁智说道:"童生祁智启禀大老爷,小人虽然没有功名,也不能枉读了几十年的圣贤书。我们这些里长、都长,说起来都是族长。一个村、一个里,甚至一个都,往往都是一家一姓,近支的都是叔伯兄弟,远一些的,上溯七辈八辈,不出一个祖宗,大家都守着一个祠堂,敬着一个祖宗。我们这些都长、里长,不过辈分高一些,为着大家族操心,即便不凭着圣贤教诲的仁义礼智信,也会凭着自己的良心办事的。家族里,晚辈们尊敬我们,不全凭我们辈分高,而是因为办事公正,亲疏远近,一碗水端平。所以说,大老爷担心的事,在小人这里,是没有的。陈粮长要七升五,我不加一个子。"

蒋浩仁、梁书、白大鹏,三个人马上附和道:"不曾妄加。"

王阳明点了点头,说道:"如此甚好! 你们都起来吧!"王阳明转向陈江,"陈粮长,运军的事本县去协调。你们八个粮长,还是要仔细核算,不倒贴自家粮食是个什么标准。不能多收。"

正在这时,一个班头慌里慌张地奔进大堂,单腿跪地,禀报道:"大老爷,不好了。乱民聚众闹事,大门塌了,人流血了。"

王阳明威严地嗯了一声,吩咐道:"不必惊慌! 慢些说! 什么人伤了? 伤了几个? 伤得严重吗? 多少人闹事? 哪里大门塌了?"

班头禀告道:"伤着快班兄弟了,伤了三个,皮外伤。闹事的有几百人,都聚在衙门大门前,把仪门都挤塌了。"

王阳明皱着眉头问道:"宋主簿不在吗?"

班头回禀道:"佐堂宋老爷在。步快、马快,我们两班弟兄全部上岗,弹压不住。佐堂宋老爷,让小人请示大老爷,下一步怎么办?"

王阳明问道:"知道为什么闹事吗?"

班头禀道:"不知道。乱民口口声声要见大老爷。"

王阳明对杨融说道:"杨佐堂,你们计算一下,税粮标准从七升五降多少,粮长才不倒贴。下午把数据汇报给本县。"王阳明说着,起身离开书案,健步走向大堂,对班头说道:"带路。"

衙门口、仪门前,像庙会一样挤满了人,人头攒动,群情激愤。仪门已经坍塌。沿着仪门一条线,二十多个步快、马快,各自手持木棍,棍与棍相接,组成了一道人墙。远远地就能听到人群的吵闹声,隐隐约约能听到呼声:"我们要见大老爷,我们要见新任的大老爷。"既然要见大老爷,总不是来打架的。王阳明很镇定,疾步来到了仪门前。主簿宋海满头大汗,一溜小跑到王阳明跟前,气喘吁吁、惊异地说:"王堂尊,您出来了。下官知道您在大堂议事,一直没敢打扰。现在是弹压不住,人还在越聚越多,不可收拾了。所以只好打发人请您老的指示,是不是上报府衙,请派军队?"

王阳明望着人群,问道:"什么原因闹事?"

宋海说道:"要见王堂尊您,要求减轻赋税。"

王阳明问道:"有领头的吗?"

宋海说:"没问出来,他们不说。"

王阳明巡视了一下人群,望不到后边,就对宋海说道:"宋佐堂,你宣布一下,本县要讲话。"

见王阳明身着官服出来,人群再次骚动起来,呼叫声也变换了内容:"要活命!要减税!要活命!要减赋!要活命,要减役!要活命,要减租!"语调很统一,不像乱民,倒像一帮有组织的请愿队伍。

宋海站到了仪门坍塌后的砖石堆上,扯着嗓子喊道:"大家静一静!静一静!听大老爷训话!"

前面听得见宋海喊声的人群安静了,后面还是人声鼎沸。

王阳明几步跨上砖石堆,挥动着两只手臂,提起丹田气,用丹田气发声道:"各位父老乡亲,本县要谢谢你们!也欢迎你们!"站在前面的人群听到他说谢谢,有些莫名其妙。王阳明继续喊道,"本县初来乍到,这么热的天,你们大老远跑来,要见本县。本县是你们的父母官,你们却是本县的衣食父母。你们来看本县,本县按理应该请大家到衙门里喝喝茶,凉快凉快!只是人多屋子小,照顾不到每个人。咱们庐陵是文化之乡,是节义之乡,是欧阳修的故乡,是文天祥的故乡。今天看到大家这么热情,这么好客,果然名不虚传。本县刚来,一切政事还没有摸着头绪,你们上门来,本县正好可以了解了解县里情况。本县后堂里有好茶,你们能否选几位能替你们说话的人,把你们的想法好好跟本县说说。"

人群的呼喊声没有了，变成了嘈杂声。

王阳明停了停，见人群并无动静，只好再次道："乡亲们，请你们推选出三五位能替你们说话的人，若选好了，请能替你们说话的人到前面来！"

这时，从最后面的人群中，有几个人向前移动着，很快，四个人来到王阳明面前，其中一位穿长衫的，三位泥腿子。四个人也不下跪，对着王阳明只是拱了拱手。王阳明也不计较，笑眯眯地问道："四位是？"

穿长衫的四十多岁，瘦瘦的上宽下窄的国字形脸，脸色青白，面相斯文，斯文中带着几分穷困相，两条眉毛宽而散地连在一起，像在两眼上方画了一道粗粗的淡淡的黑杠。王阳明从面相上判断，这样的长相，是个聪明人，聪明而任性、执拗，缺乏福禄。这样的人对自己认准的道，不撞南墙不停步；但是一旦收了他的心，那绝对是一个死心塌地的义士。

斯文先生作了一个揖，说道："小人牛金星拜见老父母。小人是坊郭乡社学的社师。"

王阳明笑眯眯地说道："那是牛先生了。牛先生，请你们来跟大家打个招呼，让大家先散了，大家有什么要求，可以通过你们四个来传达。"

牛金星不屑地笑笑，说道："老父母，俗话说，人多势众。大家一散，就凭我们四个，大老爷这些步快、马快，捉拿强盗不一定在行，要对付我们四个，那还不是老鹰抓小鸡。"

王阳明点了点头，吩咐宋海道："宋佐堂，撤了捕快。"

宋海吩咐捕快班头："收队回衙！"

二十多个马快和步快排成两队离开了。随着捕快拦阻人墙的撤离，人群呼啦一下子围到了王阳明的周围，准确地说，是围到了坍塌的仪门周围。

牛金星不等王阳明再次吩咐，与三个同伴点头示意后，跳到了砖石堆上。

牛金星对着人群喊道："鄙人，坊郭乡崇仁社学的社师，蒙各位爷儿们推选，和这三位兄弟，向大老爷请愿。有人可能认识鄙人，鄙人家有薄田，不过十几亩，还能糊口。加上社师一点薪水，虽然微薄，日子还算过得去。可这几年杂税杂差翻番，日子就过得紧巴了。这到底是朝廷不懂民情，还是官老爷横征暴敛，打着朝廷的旗号，往自己兜里捞，我们争取弄清楚。前任大老爷，我们争取不到，新任大老爷，我们继续争取。大家散了吧，等着我们的消息，万一我们出不来，大家别把我们忘在里面。"

人群有些分化，没有散的意思，大群中出现了小群，三五位、十几位，各自围了小圈子，争论不休。

号召力没有充分显现出来，牛金星多少有些尴尬，他与三个同伴嘀咕了几句。三个同伴依次扯开喉咙，喊道："我是永福乡二十五都崇文里的李坤民（我是安平乡六十都德化里的马二汉、我是儒行乡集贤里的康百万），大家要是相信的话，就先散了回家吧。"

王阳明观察着，盘算着：自己刚刚上任三天，就聚集了几百人，怎么会这么快的速度？谁在组织？目的是什么？牛金星的号召力有限，他不会是真正的组织者，会不会与今天开会的这些人有关系？陈江他们与眼前这群人，既有面对朝廷时一致的利益关系，又是对立关系。不过目前还是先劝散人群。王阳明对牛金星说："牛先生，本县初来，只能先摸清哪些情况就先解决哪些问题。你知道要上贡葛布的事吗？"

牛金星点了点头，说道："亏得陈粮长他们仗义，第一年自己倒贴，第二年拖着不办。前天多亏大老爷您救了他。"

王阳明心里有了明确的判断，于是说道："牛先生，一旦陈粮长拖不住，或者真被镇守太监衙门逮走了，葛布这一项负担最终还是要落到各家各户头上，是不是？"

牛金星点了点头。王阳明继续说道："别的事情，本县一步一步会弄清楚的。葛布这个事，本县已经心中有数了，可以提前告诉你，本县要为庐陵乡亲们争取免除葛布这一项负担。本来，本县想等呈文给府衙和布政司衙门申请豁免后，再行宣布。可你牛先生能为了大家的利益,直接面对衙门,不怕碰钉子坐监狱。你讲义气,本县也豁出去了。好吧,本县可以先斩后奏,现在就告诉你们,葛布这一项负担,免除了。庐陵县乡亲不用再负担葛布了,全部免除。朝廷追究下来,一切后果,由本县一人承担。至于其他事,本县承诺,弄明白一件,就解决一件。牛先生,你宣布吧!"

牛金星不再尴尬了,四个人个个面露喜色。牛金星有些激动,生怕被人抢了说话的机会,马上剖白:"大老爷,小人活了几十岁,见到的官里,您最讲道义,您是好官,您贤明,您圣明。"牛金星说着,双膝一软,直接跪到了砖石堆上,他激动地说道,"坍塌的仪门,小人给您修。"其他人跟他一起跪倒。

王阳明俯身拉起来牛金星,嘴里喊着:"都起来! 都起来! 砖石地硌得很。"

牛金星挺直身子,喊道:"街坊邻居,父老爷儿们,乡亲们,老表们,我们庐陵遇上百年不遇的好官了。大老爷刚来庐陵,就给我们免除了葛布一项负担。大老爷说了,绝对不会亏待我们。"

听了这话,前面的人群一片欢呼,根本不再打算听后面什么亏待不亏待的事了。前面人群的欢呼声感染着后面的人群。整个人群组成了一片欢呼的海洋。王阳明脸色凝重地望着欢呼的人群,乡亲们真是太容易满足了,但是这意味着得罪了镇守太监衙门,会不会……管他呢! 大不了回老家,回阳明洞读书去。王阳明释然了,脸上再次堆上了笑,他对牛金星说:"牛先生,本县请你们到衙门喝茶去!"

牛金星有些羞涩,四个人快步走下砖石堆,一起趴到地上磕起头来。牛金星毕竟是读书人,知道礼节,大庭广众之下,表演起了三跪九叩的礼仪。一跪三叩,再跪三叩,三跪三叩。王阳明笑眯眯的,没有阻拦,一则,先前牛金星有些失礼,这是补偿;二则,这让人群看到比费多少口舌解释还要有效。

人群还是没有散的意思,不过这已成欢呼的海洋。

第五十九章　府学秀才　贪占风水

第二天,王阳明把工房总办书吏顾建叫到了后堂。顾建躬身垂手站在书案右前方。王阳明让王祥拿来了银子。王阳明吩咐道:"顾相公,昨天民众来看本县,人多地狭,天热心躁,把衙门仪门挤坏了。仪门代表着衙门的威仪,应该尽快恢复起来。此事因本县而起,理应本县承担。这十两银子,是这几天庐陵人给本县到任送的贺礼。在本县这里,一时也没有用处,而且,庐陵的银子,最好还是用到庐陵的地面上。"王阳明示意王祥,把银子交到顾建手上。

顾建不知所措,两手在身后,跪在地上,说:"大老爷,您这是为难小人! 仪门又不是大老爷的,再说了,庐陵大县,也不缺这十两银子。"

王阳明笑眯眯地说道:"顾相公,本县也不缺这十两银子。本县在学生时代,读太祖爷《教民榜文》,知道江西这个地方,山多地少,米贵情薄,太祖爷评价是'好讼成风'。本县到任这几天,对此已有了切实感受。前天听户房禀报,庐陵一个县,有八万多户,而成年男丁才七万三千多人,这说明,家家都是小人口,怎么会这样呢? 别的地方,一个大家庭十几口、几十口甚至上百口。这只能说明一个问题,庐陵人斤斤计较,计较什么? 朝廷政策,每家四十亩地摊派一个丁役。小人口,小地块,可以少出丁役。本县不责怪老百姓,百姓较真,倒是提醒监督本县少犯错误。顾相公,你明白了吧? 拿上吧!"王阳明再次示意王祥,王祥把银子硬塞到了顾建手里。

庐陵县衙门的规矩,每月三、六、九是大老爷放告的日子。三月二十三,王阳明上任以来的第一次放告、第一次升堂理案。卯末辰初时分,两个皂隶把放告牌摆放到衙门口。大门外早早就聚满了告状的人群。只听皂隶喊了一声:"告状的听着,告状的听好了,都到大堂院里等候,大老爷已经升堂了!"

人群呼啦一下往大堂院冲了过去。告状的人群拥挤在大堂院子里,有几百人。皂隶班头站在月台上吆喝道:"告状的各位爷儿们,不准靠近月台。大老爷吩咐,能分清来得早晚的按顺序排队,分不清早晚的,按年纪大小排队。"

人群喧闹起来。一个站在中间的年轻人举手喊道:"我来得最早! 第一个来!"年轻人边说边往前挤。随着这一声喊,人群中一下子举起来十几双手,个个吵嚷着:"我来得最早!""我第一个来!""我先来!""我最早! 我来时天还没明呢!""我最早! 我正月里就来过了,就是没有大老爷升堂。""我最早! 我去年就来过好几次了。"

班头站在月台上急得抓耳挠腮,眼看着人群纷纷往月台上挤,只好吆喝道:"不准上月台! 不准上月台! 快拦住他们! 快拦住!"两个皂隶抓住水火棍横在胸前。

这时,王祥从大堂里出来,站到月台上,对着下面喊道:"大老爷吩咐,按年龄排队,每拨十个人。下面我开始喊,符合条件的,到月台上来。第一拨,六十岁以上的,有没有? 有没有?"

王祥扫视着整个人群,看见人群中有动静,就大声喊道:"前面的给老人让一让,让一让!"

第一拨,五个人,一起跪在月台上。

大堂前的月台上,靠左边摆放着一张书桌,书桌后边坐着两位刑房书吏,一位中年人,一位年轻人,负责登记案件。很快,月台右边又摆上了一张书桌,刑房总办书吏何晏清坐在了桌子后边,参加到了案件登记中。

第一拨登记完毕。王祥把五份状子呈递给王阳明。王阳明把状子举到眼前一一详读。五份状子,四份是坟地纠纷,一份是山林争端。其中一份引起了王阳明的注意,儒行乡三十都的王珍状告府学秀才张应奇:张应奇把自家老人的坟埋到了王珍家的田地里。状子写得很清楚,王珍家和张应奇家田地搭界,张应奇家是山地,王珍家在山麓,去年有一场山洪,山地发生了山体滑坡,山地的泥土滑到了王珍家的田里。张应奇认为泥土是自家的,就仗着秀才的身份,硬把自家老人埋到了王珍认为属于自己家的田地里。王珍家挖出了埋在地下的界石来证明张应奇家做得不对。状子应该是县衙附近代写状子的专业户写的,笔锋犀利。其中有一句如此写:"如果张家的泥土被冲到了赣江里,顺着赣江流到鄱阳湖,是不是张应奇也要把鄱阳湖占为己有?"王阳明很认可这份状子的设问,这张应奇的确是仗势欺人。王阳明把王珍传唤进来问询。

　　王阳明问跪在大堂里的王珍:"王珍,你状子上说,张应奇把坟埋到了你家地里,界石是物证,还有人证王尚和王瑾。本县相信你,本县只想问你,如果张应奇愿意出高价,买你的地,你愿意卖给他吗?"

　　王珍道:"大老爷,这是祖田。守好祖田,是小人的本分。张家曾三番五次表示要买,小人都没有答应。结果,张家竟然半夜偷偷把人埋进去了。挖人家的祖坟犯法,小人知道。半年多里,县衙里没有大老爷坐堂,张家坟头上的草都长得半人高了。小人不愿卖祖田,宁愿不要张家一毫银子的赔偿,只求大老爷明断,判张家自己把坟起走。"王珍说着,磕起头来。

　　王阳明点点头,说道:"王珍,你且起来,本县一定为你做主。回家听候传唤吧。"

　　王珍口称"谢谢大老爷",起身离开了大堂。

　　很快,堂案上摞起了厚厚的状子。王祥奉命到月台上宣布:"各位告状的父老乡亲,今天状子太多,大家登记后回家听候传唤吧!"

　　一上午,王阳明看状子看得头晕眼花。他把手边的状子进行归类,山林、地界纠纷放归一类,婚姻矛盾放归一类,吵架斗殴归为一类。整理后,王阳明感慨:一、庐陵人酷信风水,一百六十份状子,三分之一是坟地纠纷。天下到处走街串巷的风水师多出自江西,这是一个很好的印证。二、一多半是山林争执,说明庐陵山地多,有越界盗伐别人家林木的,有在已经卖出去的山地上私自采伐林木的。三、同姓、同宗、同族内部纠纷的很多。四、同一件案由,双方互相告,而且状子竟能出于同一人。

在王阳明看来,很多不过是些鸡毛蒜皮的小事。

月台上负责登记的刑房书吏,中午轮流吃饭。一天下来,王阳明一共接到三百八十份状子。

二十四日,王阳明足不出衙,在后堂,对一些显而易见、明确无误、对错分明的状子,拟定着初步的判决结果,只等传唤原告和被告当堂对质,或者派差役下乡取证,以核虚实,就可结案。下午时分,有客人拜访。

来人是案件当事人张应奇。张应奇四十多岁,瘦瘦的小小的个子,一副刀削脸,两颊塌陷,尖下巴,鼻子很高、很尖,圆眼睛很大,黑眼珠像玻璃鱼缸里受了惊吓的小鱼,不停地在游动。为什么不停地游动呢? 王阳明马上就明白了。张应奇眼神有些阴,两只眼睛像隐藏在大山深处的千年老水潭,因为多年见不着阳光而显得阴森冷酷。

张应奇欢笑着,作着揖,寒暄道:"学生张应奇给老父母请安! 老父母光临庐陵,学生早就应该登门请学,因为在府学里值日,一直拖延着,虽然府学和县衙近在咫尺,这么晚才到老父母跟前请安,惭愧得很!"

王阳明坐在书案后,拱了拱手,说道:"学生的任务就是学习,学习'四书五经'。太祖爷当年发谕旨,禁止学生奔走衙门,也是有道理的。一则耽误学习,二则担心学生请托拉扯,包揽词讼,影响公正。"

张应奇盯住书案上的一摞状子,转着眼珠,趋近到书案前,手里摇着扇子,给王阳明轻轻地扇着风,说道:"天儿这么热,老父母还在操心着小民的疾苦! 可见老父母爱民勤政的仁心呀！"张应奇眼珠滴溜溜地不时瞄瞄书案上的状子。

王阳明左手一摆，示意张应奇到靠左边墙边的椅子上就座。

张应奇没有就座，他把扇子别在腰后，双手展开一幅卷轴，边打开边介绍道："老父母，这幅字是乡贤文丞相的诗句，是府衙任府尊的墨宝，新年拜年时，他赏赐给了学生。学生时常拜赏把玩，这诗句满纸正气，这墨宝笔力醇厚。学生听说老父母喜欢诗文字画，不敢自专，特来孝敬老父母。"

王阳明打量着知府任仪的墨宝，录写的是文天祥最有名的两句诗"人生自古谁无死，留取丹心照汗青"，行书字体，功力熟稔，只有落款，没有题赠。

王阳明点着头，赞许道："任府台一笔好字！张应奇，如此墨宝，本县岂能夺人之爱。"

张应奇媚笑着说道："只要老父母喜欢，学生心甘情愿孝敬老父母。再说，上面正好没有题款。"

王阳明摇了摇头，笑眯眯地说道："张应奇，本县以后可不敢给你写字，免得你不知道爱惜，再胡乱转送别人。这事，任府台要是知道了，不仅要怪本县贪人便宜，更要责怪你张应奇，把尊长的爱心不当回事。你还是拿回去，好好珍藏吧。文丞相的正气，我们都应学到心里去。"

张应奇有些尴尬，自嘲地笑了笑，说道："老父母教训得是！老父母教训得是！"张应奇卷起卷轴，放到身后的椅子上，接着他又从怀里掏出一个蓝布卷儿，把蓝布卷儿捧给王阳明，谄笑着说："老父母，这是一两碎银子。学生一心想扯上两身布料，孝敬府里太太，听说太太不在老父母身边，只好拜请老父母转交学生的一片孝心吧。"

王阳明收起脸上的笑，正色道："张应奇，本县感谢你的一片孝心。银子你拿回去。本县做官不图发财，俸禄虽然不多，吃喝却也不愁。本县不图清廉的虚名，可也不愿意落个贪污受贿的恶名。"

张应奇谄笑着说："老父母，哪里有贪污受贿，这不过是学生的一片孝心，世事人情,礼尚往来罢了。学生不孝敬一些心意,老父母不收下一点东西,那孝心不就成了空口说白话吗? 老父母,您还是……"

王阳明脸沉了下来,不悦地问道:"张应奇,你说礼尚往来,本县收了你的银子,能给你什么礼物? 你想要什么礼物?"

张应奇弓着身子,巴结道:"学生不敢要老父母什么,学生不敢想老父母的一针一线,只想求老父母几个字。"

王阳明神色冷峻,明知故问道:"什么字? 本县给你写一幅字,好让你再胡乱送人?"

张应奇欢快地笑着说:"老父母的字,学生可不敢随便送人,一定供在家里。"张应奇腰弯得更低了,眼里的小鱼游得更欢了。张应奇欢笑着,把银子布包放到了书案角上。

王阳明不动声色,问道:"想要什么字?"

张应奇放下银子,直起腰来,讨好地笑着说:"老父母,学生只要四个字,'驳回状子'! 就这么简单! 老父母!"张应奇谄笑着,观察着王阳明的反应。

王阳明对着外面喊了一声:"王祥,研墨!"

张应奇闻言,开心地笑了,眼里的小鱼游得更欢了。

王阳明吩咐张应奇道:"你坐下!"

张应奇坐着半张椅面,上身端直,两手拄住两个膝盖,眼里欢笑着,等候着一两银子的回报。

王阳明问道:"张应奇,你是不是把自家坟埋到了王珍家的地里?"

张应奇欢快地笑着说道:"老父母,一笔写不出来两个孔字,学生读圣贤书,不能说假话,要说学生埋坟的地方,泥土确实是从学生家山上冲下来的。学生把坟埋在自家的泥土里,竟然惹得被人恶告。如今这世道,真是做人难呀! 想给祖宗在自家的泥土里找个好坟地,尽尽孝心,都惹人告状,这还有天理吗?"

王阳明问:"这么说,张应奇,你是相信风水了? 你知道坟地风水的真意吗?"

张应奇笑着说道:"老父母,江西历来是风水之乡,出风水先生。想来老父母也知道,南京孝陵、北京长陵,都是咱江西人帮助选的地方。风水不就是让祖宗占个好穴地,保佑后代子孙升官发财吗?"

王阳明摇了摇头,说道:"张应奇,你自己想想,王珍家的先后几辈人都埋在那里,他家出过什么富贵人吗? 是有人有一官半职,还是有人家财万贯?"

张应奇笑得更欢了,笑着说:"他们王家,几辈子穷守着一小块地,几辈子穷酸命,学生几次要买过来,他们还不肯。好风水宝地,搁他们手里,也是叫花子的金饭碗。"

王阳明点头说道:"可见,风水不风水,还真不见得有多大用。俗话说,要富贵,一靠读书,二要积德。本朝规矩,要做官,只能读书中进士。积德,老辈人为子孙积德,现世人也要自己积德,积阳德,积阴德。即便风水有作用,也是排在读书和积德后边。王家几辈子占有这块地,他们也没有大富大贵。你们张家,没有这块地,不也出了你这位秀才吗? 你安心读书,将来有一官半职,不也光宗耀祖吗? 光宗耀祖,显亲扬名,这不是《孝经》里说的孝吗? 为祖宗选坟地,选风水,是什么样的孝心呢? 是选那些地下没有阴风骚扰、没有水湿泡坏棺木、没有白蚁蛀蚀棺木的清净地,好让祖宗入土为安,祖宗安心了,子孙也就是尽了孝心了。至于保佑子孙升官发财大富大贵,孝心真诚,百善孝为先,善心自然有善报。风水与富贵,是这样的关系。你们张家,既然出了你这位秀才,说明是祖上有德。俗话说,祖上积德,只管人生前四十年的福禄命运。张应奇,你今年春秋几何?"

张应奇不再欢笑了,老老实实地应道:"回老父母的话,学生今年四十有三,已过不惑之年。"

王阳明一脸郑重地说道:"四十,圣人可以不惑。我们普通人的迷惑还多着呢。四十以后,要想命运好,只有靠自己积德了。富贵不是算计来的,不是刻薄别人就能得来的。张应奇,你知道,秀才犯法,可是要被褫夺功名的。往上走,你可以中举人做进士,晋升到七品、六品、五品、四品,虽然难,只要争取,就有希望,有奔头;往下堕落,就又变回了白丁庶民。到成了白丁的时候,你再想见本县,想见府衙任府尊,就难了。一旦侵夺民田,仗势欺人,罪名坐实,进了大牢,那可就……"王阳明注视着张应奇的眼睛,他眼里的小鱼,像被红烧过的,已经僵硬了,王阳明接着说,"就不值了! 得不偿失呀!"

张应奇愣愣地坐着。

王阳明决定趁热打铁,继续说道:"王珍虽然大字不识,他说的一句话,本县认为很有道理。他说,哪天你家的泥土冲到了赣江,顺着赣江,流到了鄱阳湖,那是不是鄱阳湖也要姓张呢?"王阳明不再往下说,让张应奇自己在心里盘算利害得失,他手里拿起毛笔,饱蘸浓墨,书写了一幅大字:"读书明理,行善积德;君子造命,好运自来。"题头是"与府庠生张君应奇共勉",落款是"余姚阳明子署庐陵知县事王守仁,正德庚午年暮春"。

张应奇愣了一会儿神,偷眼瞄着王阳明,见王阳明在桌子上写着什么,他心里狐疑,会不会是写的"驳回状子"? 不可能呀! 这么着说了一大堆道理,话里话外都是一股子正气。那是写的什么呢? 一两银子能买来什么呢? 一幅字不当吃不当喝的,值一两银子吗? 他心里嘀咕着,又不好意思站起来瞅一瞅。张应奇眼里的两条小鱼,又活泛起来。

王阳明搁下毛笔,说道:"张应奇,记住,福人居福地,福地福人居。心好风水好,心善福报善。我们每个人,尤其是读书人,心里少些算计,少些私心,多一些阳光,即便富贵一时没来,祸患已经远离了。张应奇,本县再问你,你家的坟地是不是因为山洪暴发,泥石流冲击,模糊了地界,一时分辨不清,埋过了界,埋到了人家王珍的地界里去了?"

张应奇眼里的小鱼转了两转,突然停下来。他忙不迭地点着头,并起身给王阳明深深地作了一个揖,说道:"老父母,学生一时眼拙,误判了地界。"张应奇瞄了瞄桌子上的字,那不是自己想要的"驳回状子",他好心疼白花出去的一两银子,苦笑着说道:"老父母,学生知错了,学生愿出两倍的好田,换王珍家的地。"

王阳明笑眯眯地说道:"张应奇,本县已经问过了,王珍家是祖田,不愿意出让。本县是这样认为的,你仓促把老人安葬在别人家的地里,引起风波,老人地下有知,也不得安息。这已经是不孝!你求好风水、好坟地来保佑自己子孙富贵,孝心已经打了折扣。人往高处走,鬼神喜欢高坟头。本县听王珍说过,你家山坡朝阳,前有小河流过,背山面河,本身就是好风水。把坟移往高处山坡,还免了水湿的祸患。"

张应奇点头哈腰道:"学生没想到,老父母也是个好地理师。学生恭敬不如从命,学生回去就起坟迁坟,向祖宗忏悔!"

王阳明和颜悦色道:"还有呢?"

张应奇眼里的小鱼又僵住了,小鱼僵住了,头却摇了起来。

王阳明笑眯眯地说道:"礼尚往来,失礼在前,之后呢?"

张应奇又欢笑起来,点头哈腰道:"赔礼在后。老父母教训得是!怪学生一时鬼迷心窍。"

王阳明点了点头,笑眯眯地说道:"人人都有好心,一有私心贪心就生鬼。鬼就是阴,就是暗。阴暗一把扫除掉,好人还是好人!张应奇,你说是不是?"

张应奇突然跪在地上,磕了一个头,说道:"谢谢老父母苦口婆心!学生愿意做好人。"

王阳明笑眯眯地说道:"张应奇,起来吧!想做好人就能做好人。否则,书就白读了!这是本县给好人写的字,上面有题款,你不能随便再转送人了。银子,你还拿回去。本县一开始就说过,读书人向着读书人,本县不想让你迷了路,礼尚往来,你是不是也该向着本县呢?"

张应奇心里少了算计,少了贪念,眼里也光明起来,眼里的阴冷变得柔和起来,小鱼得到了温暖,也温柔起来。

最终,张应奇的贪心虽然没有得到满足,却欢天喜地地离开了县衙。

二十六日,第二个放告日,王阳明又接了三百多份状子。

二十九日,县衙门前告示牌子上张贴的是"止讼通告"——

　　查四月初至七月末,是庐陵县域夏收和秋种的农忙时节,夏收抢天晴,秋种趁墒情,靠天吃饭,不误农时。夏粮不入仓,不算真收成;秋秧晚下地,可能误一季。为此,本县决定,即日起,至七月末,不再受理一切民事案件,命案及人身伤害案件,可随时击鼓申告。望全县民众,一心扑到农事上,粮食最要紧。邻里相处,互谅互让,退一步海阔天空。息心火,自清凉;宽心量,多包容。且听本县《息讼歌》:

　　人多事杂莫结怨,人家安然,我也安然。

　　听人教唆到衙前,告也花钱,诉也花钱。

　　公差如狼又似虎,锁也要钱,开也要钱。

　　地保证人要招待,茶也要钱,酒也要钱。

　　衙役书吏讲情面,审也要钱,和也要钱。

　　典当家产卖良田,失了钱财,丢了脸面。

　　一日三餐难为继,爹娘受苦,儿孙抱怨。

　　古今没有后悔药,悔也枉然,恨也枉然。

　　教子读书与耕田,名望有份,利益当前。

　　民众要听本县言,在家安生,出外体面。

　　刁民若有不听劝,儿遭惩办,父受牵连。

庐陵县七品正堂王守仁

皇明正德庚午三月晦日

第六十章　老人劝谕　调解坊里

六月,坊郭乡青原山下的甘家坊、浒头岗和下磨三个村,生了瘟疫,衙门上上下下忙活了一个月;七月,县城南街失火,一条商业街烧光了,救灾重建,持续了两个月。九月,南街的新街道建成了。王阳明、礼房书吏白明礼、工房书吏顾建、坊郭乡乡头陈江、知县长随王祥、南街坊长殷德,一行人在南街新街道上巡视。南街口耸立起来一座崭新的牌坊,四根门柱,内外是两副对联,内联是"赣水送财,源远流长;庐陵聚宝,古往今来",外联是"仁义礼智信,商业最讲诚信;东西南北中,良心要放正中",横批分别是"义利南街"和"民风淳厚"。王阳明站在牌坊前,笑眯眯地点着头,说道:"对联虽然通俗,含义却不俗。"坊长殷德介绍道:"这是街上陶家百年老店'良心酱菜'的祖训,大家都认可,街上的秀才也认可,于是就刻了上去。"王阳明笑着点了点头。

新南街,宽宽的街道,石板铺地。一街两行店铺,有砖墙,有石墙,有瓦顶,有草房。王阳明走在最前面,一直笑眯眯的。殷德跟在王阳明身后,开口说道:"本来一把火烧光了家当,幸亏大老爷指点,乡邻互助集资入股,家家都能重建家园。小人听大老爷的话,跟着陈粮长到南昌,请来了五家商户,让他们来南街开分号;陈粮长又会商全县的粮长大户,各自在南街开设商行。这下可热闹了,这石板路,还有前面的旌善亭和申明亭,都是他们几家大户捐资修建的。"

陈江跟上来,笑着说:"南昌商户来我们庐陵挣钱,给爷儿们铺铺石板路,也是应该的。我们八家粮长出资捐建旌善亭和申明亭,也是应该的。有四家粮长本来在城里没有商号,这次给他们个机会,他们出钱给贫户盖房子,自己可以落块宅基地,做商号挣钱。有十几家贫困户,就是这样住上了砖瓦房。"

王阳明笑眯眯地说道:"嗯,互帮互助,有钱出钱,有力出力,有地出地,各得其所。陈粮长,殷坊长,最近都在传说,太祖爷当初划分的士、农、工、商四民,现在划分得更细了,已经细化到了二十四民,你知道是哪二十四民吗?"

陈江笑着说:"以前的士、农、工、商,如今加上兵和僧,变成了六民。后来新添了十八民,小人给大老爷数一数——"陈江扳着手指头,"道士、医生、算卦的、看星象的、相面的、看阴宅阳宅的、围棋手、行户经济、摆渡船的、抬轿的、梳头的、修脚的……我知道的就这些了。殷坊长,你帮忙接着说说。"

殷德说:"卖身的、说书卖唱的、耍把戏玩猴的,最后就是土匪绑票的。"

王阳明笑着说道:"这才二十二呀!"

陈江笑着说:"还有听差跑堂吃衙门饭的。"

王阳明笑眯眯地说:"还是不全。本县发现,衙门口有专门替人写状子的,有包揽词讼替人打官司的,还听说城里有冒充官亲诈人钱财的,有假嫁闺女真放鸽子骗老实人钱财的。"

陈江说道:"老实巴交的人都在乡下种田,城里这些不种庄稼的……"

一群人说着闲话,来到了南街的中间地带。那是个小广场,路东一座亭子,路西一座亭子,路东是旌善亭,四根柱子被漆成了大红喜庆颜色;路西是申明亭,四根柱子被漆成了黑色。旌善亭下是一方石碑,碑文是朱红色阴文《太祖六谕》:孝顺父母,尊敬长上,和睦乡里,教训子孙,各安生理,毋作非为。申明亭的北面立着一方石碑,碑文是《南街公约》,一共十条,分别是:一、做人遵守六谕;二、经商童叟无欺;三、防盗十家互保;四、防火各备水缸;五、门前各自清扫;六、红白事不铺张;七、不请巫婆神汉;八、俭办社火神会;九、行善商会奖励;十、犯过记名亭下。落款是"南街百姓公约,正德庚午季秋立"。

殷德介绍道:"按大老爷的吩咐,旌善亭基座比申明亭高二寸。"

王阳明赞许地轻轻点头。亭下候着的两个人,看到王阳明走近亭子,跪下磕头道:"小人韩德才(仝一山)叩见大老爷。"

殷德介绍道:"这是南街街坊推举出来的人,韩德才是南昌来的客商,仝一山是本地住户。"

王阳明笑眯眯地说道:"起来吧!韩老板来庐陵经商,吃住习惯吗?"韩德才三十多岁,气宇轩昂,身穿精纺葛布衬衫,人很精干。韩德才回道:"南昌、庐陵,地分南北,吃的都是一江水。习惯得很。"

王阳明笑眯眯地说:"韩老板有陶朱公的气派,刚来庐陵,没有挣钱,已经开始散财了。听说这石板路是你们南昌客商铺设的。"

韩德才笑着说道:"和气生财。小人外来户,大家都不认识,这也是和大家结个善缘。"

王阳明说道:"有人说无商不奸,本县不这样认为。奸商骗人只能一回。坐地商户,要的就是信誉,要的就是回头客。俗话说,邪道来的财,一定会歪道出去。"

韩德才哈着腰说道:"大老爷教训得是!小人店前挂着'童叟无欺'的招牌,这是祖传几代的招牌,是小人家的祖训。从不敢违背!"

王阳明笑着点点头,转身对仝一山说道:"你们作为被推荐的人,要为街坊们、商户们裁断矛盾纠纷。俗话说打铁还需自身硬,你们为别人评判,一条街的人也在评判你们。自身不过硬,被人戳脊梁骨,自己说话也不会硬气。是不是?"

仝一山六十多岁,胡子有些花白,瘦长脸,眼神纯朴。听王阳明说完,仝一山说道:"大老爷教训得是,小人看守的这一爿杂货店,已传了几代人。要是它毁在小人手里,小人将来有何脸面见地下的祖宗。也正是因为小人凭良心做人开店,才蒙街坊们抬举,被推举到这个位子上。"

王阳明点着头，说道："朝廷派官有限，城厢街坊，乡下都里，最终还是要靠爷儿们自己管理自己，互相帮助，互相监督。殷坊长，亭子建起来了，公约也刻到碑上了，你们打算怎么利用它？"

殷德哈着腰说道："大老爷，街坊上共有一百五十八户，按照您老的布置，每月初一、十五，各家各户主事人要集合到这里，听仝一山讲《太祖六谕》和《南街公约》，然后在旌善亭表彰良善人家，在申明亭批斗犯过作恶人家。对那些敢不孝敬老人的，敢欺蒙顾客的，敢给南街抹黑的，我们要给他抹个大黑脸，让他丢人。对于屡教不改的，我们要孤立他，让他在南街混不下去。"

王阳明笑着说："表扬良善，可以大张旗鼓。对犯过的人，得给人家改过的机会，不能动不动就批斗人家。初犯，可以含蓄地批评；再犯，公布到申明亭下；一而再，再而三，那就不用客气。你们聚会的时候，本县也要来观摩。效果好的话，我们要让全县各都里，派人来观摩学习。"

殷德闻言有些紧张，说："这个……这个……小人怕办不好，惹大老爷笑话。"

王阳明对礼房书吏白明礼说："白相公，你给他们辅导几次。"

相公是对书吏的雅称。

王阳明再对仝一山、韩德才和殷德说道："太祖爷颁布的《教民榜文》，你们都要好好看看。你们三位裁判街坊们的矛盾纠纷，主事是仝一山。最终裁定权在他，裁判证书上，以仝老先生的签押为准。"王阳明继续说道，"在裁判纠纷时，仝老先生地位高于坊长和乡头，甚至高于县衙六房书吏。在县衙大堂排班的话，老人的地位仅次于秀才。仝老先生，有权力，就要负责任，就要尽义务。每月两次，你要手持木铎，游走街道，宣传《太祖六谕》和《南街公约》。"仝一山作揖打拱说道："树要皮，人要脸。蒙大老爷这么抬举，小人定然尽心尽责！"

王阳明笑眯眯地说道："城里人见多识广，要给乡里老人们做个榜样。白相公，各乡情况怎么样？"

白明礼禀告道："大老爷，庐陵县在洪武年间，一共建有九十八座旌善亭和申明亭，后来这些亭子都废了。大老爷要重建老人制度。全县九十一个都，在秋秧下地后，利用农闲时间，把旌善亭和申明亭都恢复了起来。老人们已经开始理判户婚田土纠纷了。"

　　王阳明说："效果已经出来了。进入八月份以来，告状的已经很少了。"王阳明问陈江道："陈粮长，各坊各都已经建了旌善亭和申明亭，老人们都走马上任了。你们八个乡的乡约所建得怎么样了？约正和约副都选好了吗？"

　　陈江笑着说："让大老爷挂心了！先说坊郭乡，小人正好有座闲房子，三间正房，一个独院，打扫粉刷后，用作了乡约所。约正一位，约副两位，约史一位，礼生请了位秀才担任。其他七个乡，听说都找好了地方，人员都确定过了。"

　　王阳明说道："形式是有了，关键是实际。乡约所最近的任务是，抓紧时间对全乡新上任老人进行培训。明天我们到乡下随机抽查个地方，验证一下实际效果。"

第六十一章　施政半年　初显成效

　　回到县上的次日，王阳明把吏、户、礼、兵、刑、工六房总办书吏召集到了后堂。王阳明坐在书案后，各房书吏的站班排序，与大堂前院子里左右两厢的值房位置一样，东边从北往南，依次站着吏房任宣、户房甄有财、礼房白明礼，西边从北往南，依次站着兵房魏武、刑房何晏清、工房顾建。六位书吏垂手恭立，王阳明笑眯眯地看着大家，说道："本县到庐陵将近半年，半年来，各位跟着本县，可以说是忙得团团转，各房不仅仅经办分内的差使，还被本县派了不少分外的活，甘家坊瘟疫防治的半个月里，没有谁叫苦叫累，没有谁偷奸耍滑，没有谁怕死撂挑子，本县谢谢大家了！"王阳明说着，拱了拱手。六房书吏纷纷躬身作揖回礼。

　　王阳明继续说道："催粮催赋，庐陵在九个县中没有落后。"王阳明说着朝户房甄有财点了点头，"南街重建，工房出谋划策，跑了不少腿。"王阳明朝顾建点点头，"几个月来，全县旌善亭和申明亭，一百九十六座亭子，从无到有，九十一个都各里老人到任办事，这都是我们大家共同努力的结果。民事纠纷，被各都里老人就地解决了，我们衙门清净了，大小差役清闲了。本县闻说，过去告状的络绎不绝，刑房书案上的状子堆积如山，其他五房书吏也帮助办案，都可以跟着捞些外快。听说递个状子有挂号费，传个状子有传呈费，状子待批有买批费，状子批出有出票费，名目花哨，还有什么升堂费、坐堂费、取保费、纸笔费、出结费，连双方调解讲和还有和息费。"六个书吏个个紧张得心头怦怦跳,何晏清更是紧张得额头挂汗。王阳明和颜悦色地继续说道:"一件寻常案子,从头到尾,竟然要花去原被告十来两银子! 小户人家,吃不穷,穿不穷,打官司却打到穷。现在,打官司的少了,小户人家钱是省下来了,你们的收入受了影响。你们不在编制,口粮微薄。以后怎么办? 官司少了,办差用人也相应少了,如此一来,节省下来的人头杂费,本县打算补贴给你们,虽然比不上过去那些不明不白的收入,但好在名正言顺。另外,办差少了,你们可以忙时应差,闲时各自回家经营自家的营生,两项收入相加,有衙门的体面,还是要比小户人家风光。你们看这样办合适吗?"

六房书吏听说大老爷要增加津贴,还准回家干私活,以后公事、私事,自己可以一肩担两头,一手抓两头。六个书吏一齐作揖,一齐答谢道:"多谢大老爷体谅!"

王阳明笑眯眯地说道:"俗话说,铁打的衙门,流水的官。本县总是要走的,你们呢,都是坐地户。这衙门破破烂烂,影响衙门的威严和体面。大门没有,且从仪门到大堂,通道狭窄。本县计划,趁着闲暇,做一些建设,修建大门,修造两廊,更主要的是,要在大门外盖起全县示范性的旌善亭和申明亭。"

六房书吏面面相觑,最后一齐疑惑地看着王阳明。

王阳明笑眯眯地说道:"建造大门,起两座亭子,修建两廊,没有地方,那里周围被民房包围着。这要靠我们做工作,我们不能强制民房拆迁,比照民房现有规模,在官地儿上给他们盖上条件更好的房子,草房子换瓦房,不信他们不换。"六个书吏这才明白过来,个个点头。

王阳明开始分配任务:"建设,按老规矩还由工房负责,拆迁置换由礼房主持,礼房、户房各自负责一家一户。工作原则,是劝说,动之以情;诱导,诱之以利;不能以势压人,是平等置换,公家可以吃些亏。本县希望的结果是,和和美美,双方都满意。去办吧!"

金秋十月,衙门大门建成了,两廊两排厢房落成了,大门外的旌善亭和申明亭竣工了。

甘家坊的傅有粮扛着一篮子甜橙来看望王阳明。他跟着王祥,被引进了后堂。进入后堂,看见王阳明,他腿一弯跪在了地上,结结巴巴地说道:"大老爷,俺爹俺娘托小人,给大老爷送上俺家树上结的果子。这是大清早刚下树的。俺爹说,让大老爷尝尝,今年天旱,旱天果子甜。俺爹说了,大老爷救了他的命,也没啥孝敬大老爷的。"

王阳明弯腰一把拉起来傅有粮,笑着说:"好好!本县要尝尝!回去给你家老人说,本县谢谢他们。"王阳明边说边接过王祥递来的橙子,嗅了嗅说道:"鲜果子就是甜!家里老人身体还好吧?"傅有粮说:"好着哩!"王阳明问道:"今年收成咋样?粮食够吃吗?"傅有粮说:"托大老爷的福,虽然天旱减产,也还够吃。"王阳明说:"好,有粮食吃就好!王祥,领傅有粮去伙上吃饭。"王祥把篮子递给傅有粮时,篮子里多了个草纸包。王阳明对傅有粮说:"这是一包黑糖,是本县送给你家老人的。"傅有粮跪在地上,磕了头,跟着王祥出去了。

王阳明坐到了书案后,把玩着黄澄澄的橙子。王阳明左手捏着橙子,右手食指指着橙子,教训道:"刘瑾,多行不义必自毙!作恶多端,古往今来,都是这个下场!不是不报时候不到。五年前王某人就知道你有今天,五年前你就走上了断头台。"说着,他把橙子放到书案上,手持一把短刀,把橙子分成了六份。

王阳明吃罢一个橙子,拿起桌子上新到的《邸报》,再读一遍:"四月,分封在甘肃的安化王朱真镭反叛朝廷,游击将军仇钺计擒叛王;五月,大学士焦芳退休;六月,圣天子自号大庆法王和西天觉道圆明自在大定慧佛,同月,刘宇被罢免;八月,刘瑾因谋反罪被捕入狱。同月,吏部尚书张彩被捕入狱。同月刘瑾被凌迟处死。凌迟!凌迟!极刑!圣谕:刘瑾乱政全部恢复如旧!"王阳明兴奋地在屋子里踱着步,念叨着:"刘瑾阉党一锅端了,该拨乱反正了!王某不会久留此地了!"王阳明停下步子,自言自语道:"忙活了几个月,县政是理顺了。只是,庐陵是文化之邦,一直忙于县政,县学都没顾上去一趟,白鹭洲书院近在咫尺,也没有去看看,禅宗七祖青原行思的灵塔还没有去拜谒。如果现在接到调令,那不太遗憾了吗?"

　　第二天上午,王阳明带上王祥,和一直寄居在县衙隔壁香社寺读书的蒋信、冀元亨、刘观时,师徒几人,前往青原山净居寺参访。

　　白鹭洲书院一直吸引着王阳明。白鹭洲书院坐落在赣江中游的白鹭洲上,离县衙很近。这里有周敦颐、程颢、程颐、朱熹几位前辈学问大家的足迹遗韵,是文天祥等仁人志士修学养志的地方。王阳明最终还是得以来洲上瞻仰先贤的遗迹。

第六十二章　京师故地　诗友相聚

　　十月里,王阳明接到了进京的吏部公文。王阳明与蒋信、冀元亨和刘观时告别。王阳明与他们约定:"为师此去北京,下一步要去何地,还不得而知。你们先回湖广,等为师有了落脚处,我们师徒再聚。为师不在身边的时候,你们要互相提醒,好好读书。书已经读了一二十年,内容早已谙熟。求道关键是要向身心找。不管将来是求学做官,还是求道做圣贤,皆可沿《大学》已经给出的路径走,《大学》的关键在'诚意',诚意的功夫在格物,格什么物? 格去心头的恶念、邪念和杂念。心念一正,就是正心。心正了,就是正大光明,就是明明德。怎么正心? 多静坐! 静坐才能拴牢心猿意马,心定才能心静。"三个学生告别王阳明,挥泪返乡。

　　王阳明顺赣江转浙江,走京杭运河,于十一月底到了北京。暂时寄住在刑部街上的鹫峰寺。王阳明在刑部上班时,就已很熟悉鹫峰寺。到吏部递上文件后,王阳明开始拜客。要拜访哪些老朋友,在路上已经盘算过了,第一位自然是湛若水,这是道友;接下来要拜访乔宇、储柴墟,这两位是诗友,年纪要比自己大一轮;还有汪俊、顾璘……

　　在吏部递文件时,得知了一些老朋友的近况。随着刘瑾的垮台,在朝的刘瑾大小党羽被肃清了,有的处死,有的罢官,有的贬官;被刘瑾迫害过的大小官员,冤死的恢复名誉,罢官的和贬谪的,一律官复原职。刘瑾制定的新政,一律废除,恢复原政。江西人不能入阁做大学士的政策被废除了,余姚人不能做京官的政策被取消了。大批官位空缺着。等吏部的安排吧!王阳明心情舒畅地往门外走去,在门口迎面碰上了李梦阳。

"哈哈!伯安,我们兄弟又重逢了!"李梦阳拱着手,快步迎上来,一把抓住王阳明拱在胸前的双手,"伯安,你和我一样,霜染鬓角了。整整四年了!"

王阳明的手被李梦阳紧握着。李梦阳眼里的激情点燃了王阳明心中的热情,王阳明激动地说:"献吉,一别四年,你过得好吗?"

两个人互相打量后,一齐笑了。李梦阳哈哈大笑,还是很豪爽,四年书吏生涯并没有磨掉他心中的激情;王阳明咧着嘴,笑得很纯净。李梦阳先开口:"咱两鬓的白发就是这段时光的见证。还有一个见证——诗歌。伯安,我们……"几乎是同时,王阳明和李梦阳一同喊出了"诗友会"三个字。两个人又开心地笑了。李梦阳笑着说:"这两天我召集人,我们举办诗友会。只是,听说德涵(康海)和敬夫(王九思)受了刘阉的牵累,被罢官了。"李梦阳说着,黯然地摇了摇头,"德涵当年是为了救我才踏上刘阉的门槛。我得为他申诉。"

王阳明闻言点了点头。

诗友会还是在兴隆寺举办。在一间禅堂内,一张方桌周围,出席的有汪俊、王廷相(字子衡)、徐祯卿(字昌谷)、何景明、李梦阳和王阳明。六人中除了年龄最小的何景明,其他五位都蓄上了小胡子。每个人跟前搁着一沓诗稿,厚厚的。

论年龄,王阳明最大,虚岁三十九,李梦阳三十八,汪俊三十八,王廷相三十七,徐祯卿三十二,何景明二十八。李梦阳坐在正座主持,左首坐着王阳明和王廷相,右首是汪俊和徐祯卿,下首是何景明。王阳明和王廷相在被刘瑾贬官前,一个兵部主事,一个兵科给事中,勉强算是同僚。

李梦阳说道:"我们这个诗友会从前是一月一次,这次时隔四年,真是太久了。四年里,沧海桑田。四年前也是这个时间,大家为我送行。四年后,我已经升级当爷爷了，多了一辈人。"几个人都笑着拱手，口称祝贺。李梦阳继续说，"人世无常，想聚齐很难了。我们这些诗人，个个心直口快，疾恶如仇。边贡自从当上了兵科给事中，今天弹劾这个，明天弹劾那个，得罪的都是位高权重的。眼下他在卫辉当知府呢。王敬夫，受累于刘瑾，从吏部郎中任上被贬到寿州当同知去了。康德涵直接被罢官了。想当年，我在户部郎中任上时，替大司农起草奏章，发动九卿，竟然动不了刘瑾一根汗毛。我呢，银铛入狱，蒙德涵相救，回到陕西布政司做了四年书吏。各位也一样，都受苦了，伯安兄被发配到了贵州，抑之被贬到南京做员外郎，子衡被外放做御史，仲默被罢了官。昌谷呢，从从六品的大理寺寺副，被贬到国子监从八品的博士。"

徐祯卿苦笑了一下，摇了摇头，苦涩地说："鄙人降级是因在大理寺任时失职，有犯人脱逃。虽然刘瑾臭不可闻，鄙人降级与这堆臭狗屎却没有关系。"

李梦阳笑着对徐祯卿点点头，说："这几年，刘瑾这厮把天下祸害得一团糟，阉党徒子徒孙，为了孝敬一个刘瑾，刮尽了天下地皮。伯安，你在下面当县太爷，对此深有体会吧。"

王阳明点点头，一脸沉重，说："这次进京，路过河北地界，船上人人提心吊胆。霸州刘六、刘七纠集几千乱民，正在攻打州县。"

徐祯卿激愤地说："只要听听刘瑾一个人搜刮了多少黄金白银，就知民有多深的积愤。从石大人胡同这个阉窝，抄出来黄金二百五十万两，白银五千万两。其他零碎就不用说了。"

王阳明有所悟地说："难怪一个县短短五年时间杂税银会翻番。"

徐祯卿说道："听说圣上为抄到的金银高兴，只是他知道了刘瑾两把扇子的秘密后，才开始仇恨刘瑾。"

何景明急问："什么秘密会惹恼圣上？"

徐祯卿说："刘瑾带在身上的扇子，貂皮扇面，内藏一把匕首。无论春夏秋冬，他都将之带在身上，侍候圣上时也一样。这让圣上很后怕。而且刘瑾家里还藏着大批弓箭盔甲,这也让圣上震怒。"

王廷相说道:"私藏大批弓箭盔甲,这是谋反罪。恐怕刘瑾是死在了这上面。"

汪俊说道:"错用一人,百官遭殃。阉党一倒一大片,内阁焦芳、刘宇、曹元三个阉党已倒,北京六部尚书除了礼部,倒了五个;南京六部尚书,除了吏部和兵部,倒了四个。往下都御史、侍郎、郎中,更是一大串。这次的阉党榜比几年前的奸臣榜名单还要长。"

徐祯卿说道:"恶有恶报!八月二十五,在西四刑场,刘瑾被凌迟三日千刀万剐了。三天割了三千三百五十七刀。"

李梦阳恨恨地说:"这种恶人,我恨不得吃他的肉。"

何景明说:"好了,恶人死了,太平日子该来了!"

徐祯卿哼哼冷笑起来,把几个人笑得莫名其妙。五双眼睛一齐盯住徐祯卿,眼里都是疑惑。

在大家的注视下,徐祯卿哼哼的冷笑声变成了无声的苦笑,他笑着摇着头,眼里满是激愤。徐祯卿个子不高,身材消瘦,一双眼睛在瘦削的脸上显得有些过大,眼神明亮。眼睛明亮得好像全身的精气神都集中在眼里,好像眼里在燃着一把火。李梦阳催促徐祯卿道:"昌谷,这几年,咱们兄弟几个,就你一直在京师没动窝,你知道的秘密最多,别吞吞吐吐!"

徐祯卿皱着眉,叹了口气,说:"献吉兄,当年你的奏章可是弹劾八虎的。"徐祯卿意味深长地看了李梦阳一眼,继续说道:"刘瑾派到甘肃丈量土地的狗腿子,为了贿赂刘瑾,大肆克扣屯田军人,激起了兵变,安化王朱寘鐇借机谋反。张永公公和杨制台督军平叛,大军还在途中,叛王已经被游击将军仇钺擒获了。因为这次胜利,论功行赏,朝廷一共封赏了六位伯。仇钺被封为咸宁伯,张公公的兄长张富、弟弟张容,太监谷大用的兄长谷大宽,太监马永成的兄长马山,太监魏彬的弟弟魏英,都封了伯。如今,四川民乱,江西南赣民乱。太平日子?"徐祯卿摇了摇头,沉默下来。

制台是三边总制的雅称,总制延绥、宁夏和甘肃三边重镇。杨制台指杨一清。

几个人沉默下来。李梦阳看看这个看看那个,最后一拍桌子,挺着脖子说:"怕什么!我李梦阳从来不向任何野兽低头,只要我有一口气在,恶龙来了,我剥它的鳞,恶虎来了,我拔它的须。"

王阳明淡淡地笑笑,说道:"昌谷,天塌不下来。恶虎为祸了这么些年,我们不是都挺过来了吗? 真有伤人的恶虎,不还有献吉在吗?"王阳明说着,望着李梦阳笑了笑。李梦阳将了一把下巴上的胡子,又一掌拍在了桌面上,扬声说:"怕处有鬼,恶鬼都是欺软怕硬。老子不怕它!"

王阳明望着徐祯卿,说道:"其实人生有些磨难,说不定就成了财富。这几年我最大的收获是把心磨亮堂了,心越软越不怕磨。以前鄙人总是两眼向外,要格尽天下万事万物,要格物致知,结果呢? 把自己格得头破血流。在贵州龙场,没有官可做,没饭吃,没有屋子住,没有书看,没有人可以说话,就剩下赤条条一条命在龙场,很多内地人适应不了那里的水土风气,把命留在了大山里。我并不比别人强壮,所以,当时我对能不能回到北京,心里没底。当时,只好豁出去了。于是,我就研究自己这命。"

几个人默默地听着。听得最认真的是徐祯卿和汪俊。汪俊问:"怎么研究?"王阳明说:"静坐观心。这一观,我观到了与天地万物同体,我心就是宇宙,心就是理,孟子说过的'万物皆备于我'……这么说吧,这个时候,我发现,学问学问,根本就是身心学问。当我观到了我心与万物同体的时候,我知道这是程子在《识仁篇》中说过的'仁'。当时,手边没有书看,我就凭着记忆,一句一句,一条一条,一本一本,拿'四书五经'来验证。古圣先贤确实是不骗人的。这是我的验证记录,我起名《五经臆测》,一共四十六卷。"王阳明说着,两手捧起桌上的两册书稿。

汪俊和徐祯卿两人伸手去接《五经臆测》,正好一人一册。

汪俊接过来一册,问:"伯安兄,我心即宇宙,这是陆象山的东西。陆象山的东西,早在他活着的时候,已经被朱文公批得一塌糊涂了。如果说他的东西是对的,怎么文公的东西会流传下来成了正统? 如果文公错了,那就等于说,全天下读书人都跟着错了,而且是一错就错了几百年。你觉得这有可能吗?"

王阳明笑笑,说:"抑之,我们暂且绕过朱文公和陆象山,往上追溯,到二程先生,《识仁篇》中说,'学者须先识仁。仁者,浑然与物同体';再往上追到孟子,孟子说'尽心知性''万物皆备于我'。我们人怎么浑然与物同体? 世上万物怎么皆备于我? 只有亲身体证过,才会相信。古代圣贤传下来的东西,都是自己习练过,体验过,证明过的。我们体验不到,就去怀疑;而怀疑,正是因为我们没有去体验。"

汪俊(号石潭先生)手里翻着书,问道:"那请阳明先生说说,怎么去体验?"

王阳明一直笑眯眯地,"石潭先生,鄙人刚才说得很清楚,静坐观心,这是一个方法。只有心静了,空了,自然装得下大千世界万事万物。"

汪俊不以为然地说道:"伯安,你这分明是佛教那一套东西,什么净了空了,恐怕流落到禅家堆里去了吧?"

王阳明笑眯眯地问道:"抑之,为什么不能到禅家去呢?"

汪俊笑着说道:"禅家可是不要爹娘不要朝廷的。"

王阳明笑着问道:"抑之,你看鄙人不要爹娘不要朝廷了吗?"

汪俊不再吱声,低头翻看《五经臆测》。

徐祯卿一直羡慕地看着王阳明,这时他马上接过话头说道:"伯安兄是身不出家心出家,对不对?"见王阳明一直笑眯眯地不置可否,徐祯卿接着问道,"伯安兄,你这些话,在小弟看来,可是得道的境界呀。你说静坐观心,小弟想请教你,你这个静坐观心与道家的静坐,与道家的'致虚极,守静笃,万物并作,吾以观复'是不是一回事?"

王阳明正要开口，何景明先说话了："昌谷，你这不是多此一问吗？伯安说得很明白，他是用'四书五经'来印证的。这是儒家的东西，怎么会扯上道家的东西呢？"

王廷相一直注意听着，这时插话说道："说儒家还好，不要扯上道家、佛家。即便说儒家，最好不要扯上陆象山。学问有正学有杂学，我们都是圣人门徒，最好不要走岔路。"

汪俊说道："子衡所言，鄙人很赞同。陆象山说'我心即宇宙'，一辈子钻到了心里出不来。人不格物，不做官，不治河害，不去兴修水利，不判民事，不断刑狱，心里就能有世事吗？一个人，拳头大一个心，有什么好研究的？天天打坐，还有时间干正事吗？"

王阳明应道："石潭先生，鄙人说的心，可不是你说的一个拳头大小的心，我说的是性，心性。"

李梦阳早就不耐烦了，他右手一根指头无声地敲打着桌面，几次张嘴，都欲言又止。此时他看到有争论的苗头，才使劲一敲桌面，咳嗽一声，说道："嗨！大家四年不见，先说我们没有争论的，争论留待以后吧。要让我说呢，伯安，你说静坐观心，我赞成，我们儒家也要静坐，只是，你看，我们从小一入私塾，就是天天'四书五经'，到了二十几岁，要考举人要中进士，还是天天'四书五经'，怎么，现在人到中年了，还没烦透是不是？你们没有烦，我可是不愿意再听这些陈芝麻烂谷子了。言为心声，诗歌就是诗人的语言。我也静坐，我静坐是为了寻得好句。我们今天是诗友会，来来，说诗，说诗。四年时间，每个人一定都有惊人的好诗。这样吧，各选五首，我们还是评出来一、二、三等。伯安，你静坐观心了几年，修炼了几年，一定会有不同凡响的好诗。来来……"

听着李梦阳的话，王阳明有些尴尬。身心学问上的变化，不像一首诗那么明显，写了就是写了，没写就是没写，一目了然。他心里动了一个念头：你们这些俗人，哪里知道什么是道学。此念一生，王阳明有些自责：心里诋毁别人，自己也就成了俗人。可是怎么才能让他们知道,我见了道,我王阳明心里快乐无比呢? 可又为什么非得让他们知道我见了道呢? 是为了炫耀自己,还是为了传播道学? 既然自认为快乐无比,为什么心里又有这些杂念? 孔子在《论语》中给君子立有这样一个标准,"人不知而不愠",别人不了解自己的学问境界,甚至误会自己,君子是不会生气的。于是,王阳明自嘲地笑了笑。笑什么? 啥事都不能性急,传播道学,总得有人愿意学。王阳明净了净心,笑眯眯地,开始阅读大家的诗稿。

第六十三章　老友相逢　坐而论道

　　湛若水仍在翰林院,已经从庶吉士毕业,升为编修,租住在长安西街灰场附近。湛若水见到登门拜访的王阳明,喜出望外。两个人相向拱手,一个笑得真诚开心,一个笑得阳光灿烂,"元明兄,甘泉子。""伯安兄,阳明子。"两双手紧紧地握在了一起,两双眼睛互相打量着对方,坦诚而欣喜。湛若水点头笑着,一手扯着王阳明的一只手,"快进屋! 快进屋! 天寒地冻的。"两个人随即进了客厅。

　　"甘泉子,我在庐陵接到你的信,心里就一直盼着赶紧见到你。"刚刚落座,王阳明捧着热茶暖手,对湛若水说。

　　湛若水说道:"阳明子,四年修炼,四年云游,物是人非了。"

　　王阳明点着头说道:"是呀,年年岁岁花相似,岁岁年年人不同。北京街道房屋还是老样子,只是官场像走马灯一样,又换了一轮。"

　　湛若水淡淡地笑了笑,说道:"阳明子的眼神告诉我,此心已非四年前的那颗心了。刚才在院子里,我就发现,阳明子两眼既纯净又淡定,心明了,性定了。"

　　王阳明呷了一口水,说道:"甘泉子过奖了,鄙人不才,虽然稍见光明,心间还时常有片云飘过;虽然略得定境,有时还难免松懈动摇。倒是甘泉子,面色更加醇厚,气质更加淡定。"

　　湛若水笑着说道:"好了,阳明子,现在是十一月,还没到腊月二十三,我们就不必灶王爷上天——净说好话了,帽子高了也压人。四年沧桑,有什么心得,说来听听,启发启发在下。"

王阳明拿起茶几上的布包裹,打开包裹,取出两册书稿,递给湛若水,说道:"四年时间,一言难尽,虽然写了上百首小诗,回想起来,不过是一些苦闷时的牢骚,或者西去东来时到此一游的日记,不值一提了。倒是在贵州时,手头没有书看,身心闲暇时,我凭着记忆,两年时间随手记下了这两册四十六卷的《五经臆测》。如果说四年的心得,也就这两册《五经臆测》了。与先儒们的注解有异有同,仁者见仁,智者见智吧!"

湛若水虔诚地捧着《五经臆测》,小心翼翼地翻阅着。《五经臆测》按《易经》《书经》《诗经》《春秋》《礼记》的顺序排列着,内容是对经典一条一条的解释。前四经各有十卷,《礼记》六卷。湛若水翻着书,问道:"阳明子,你上学时主修的《礼记》,现在为何反而写得最少?"

王阳明说道:"说到礼,孔圣人说得好,一以贯之,在天为天理,在世为人伦。要我说呢,是一心贯之,我心就是天理,人心动静就是秩序。"

湛若水抬起头来,惊讶地看着王阳明。王阳明继续解释道:"在下说的我心,是私欲排除干净后的道心,是光明澄亮的人心。这样的心,上合天理,下契……怎么说呢?现在的人情秩序,夹杂有人欲私欲,不能尽合天理。所以说,世上的礼,与天理有不贯通的地方。"

湛若水说道:"等一下,阳明子,你这个说法,我心就是天理,这话好像是前贤们说过的。"湛若水停了停,说道,"对了,陆象山说过,陆象山在一封信里说的。只是,这是朱文公驳过的话。"

王阳明眼神里,落寞一闪而逝。为什么落寞?这是自己的心得,是自己经历了千辛万苦后得到的,是自己的一颗心经过千锤百炼后磨炼出来的。自己视为自己心得的"心即理",到了湛若水嘴里,成了陆象山的心得。此情此景,就好像一个月子婆娘,正在产房里,喜滋滋地捧着自己的孩子欣赏陶醉呢,突然听到接生婆说道："哎哎，抱错了，这是别人家的孩子。"月子婆娘一定会急切地询问："我生的孩子呢，我的呢？"

　　王阳明也要问，"我王阳明自己的心得呢，在哪里？"刚进屋时王阳明就告诉湛若水，说自己急着见他。为什么？放眼世上，学道的千千万，别说成道的了，就是见道的又有几个？在贵州，在文明书院，自己辛苦地讲说知行合一，可除了一个席书，几乎没得一个知音。即便席书比别人见识上高那么一筹，但是要说见道，还差得远。在庐陵，连一个席书那样见识的人也没有遇到。急着回北京，有一个重要原因，就是想和湛若水说一说，不为炫耀，是想听到一个肯定的声音："对，阳明子，你是对的，你真见道了！"是我王阳明没有信心吗？是我王阳明不自信吗？那是笑话！我王阳明自信，我王阳明信心满满，我坚信我见道了。我见了什么道呢？我见孔圣人的道了？我见孟子的道了？我认为我见到了孔孟之道，孔孟之道就是我的心，就是我没有了私欲的心，就是我大公无私的心。我承认我见到的是孔孟之道。可是，为什么听湛若水说是陆象山的心得，我就不高兴呢？陆象山见到的是不是孔孟之道呢？哈哈！道是公共的，是无私的，既不是陆象山的，也不是我王阳明的，当然也不是孔孟先贤的，不是老子的，也不是释迦牟尼的，是天地间公共的。王阳明心里释然了，于是对湛若水说道："甘泉子，我记得我离京时，咱们探讨过，就是程子《识仁篇》上说过的，'浑然与物同体'，就是仁的境界。在下今天说的，也就是陆象山说过的，心即理，就是对'浑然与物同体'的注解。虽然是注解，却是在下自己体证体验过的，是自己的心得。"

　　这话引起了湛若水的注意。湛若水问道："阳明子，道是公道，天下都是一个道。只是各人入门有各人的门径，在下很想听听阳明子入门的门径。"

　　王阳明点点头，心里认可湛若水的话。对，道是公道，自己见道的门径方法才是自己独特的。王阳明说道："首先说，求学求道，锲而不舍的精神是需要的，但是在方法上不能锲而不舍，否则就是南辕北辙。好比在石头山上打井，铁钻磨成了绣花针，也不见得能打出水来。"

湛若水听到这个比喻，会心地笑了起来。

王阳明继续说道："在下的心得'心即理'也曾是陆象山的心得，这意味着朱文公的格物致知方法在我这里，已经被抛弃了。当年在下闷着头傻干，格竹子格出了一身病，连累到考场失利。"听到这里，湛若水点着头，王阳明继续说道，"格竹子格不出名堂，世上万事万物，无穷无尽。"王阳明摇了摇头，"在武夷山，在下向德一道长学习站桩，目的是为了练气，强壮身体。甘泉子，你是知道的，在下身体一直不硬实。以前打坐，腰背挺不直。听德一道长说，那是因为中气不足。站桩正好可以练气。你知道，在下如果有什么优点的话，就是持之以恒。自从学会站桩，在下一天没有间断过。哦，对了……"王阳明自嘲地笑了笑，"在下早在十七岁时，在南昌，就跟这位道长学过站桩，当时年轻没当回事儿。丁卯年（1507）在武夷山再遇德一道长，我才认真起来。站了半年，中气一通，不管是打坐还是睡觉，很快就能得定、入静。定静境界中，身心体证'四书五经'，历历分明。像'惟精惟一''渊渊其渊''允执其中'这些真实的内涵，在境界中，迎刃而解。这才知道，'四书五经'都是古圣先贤们习练过的心得。古人没有骗人，传下来的东西，都是自己亲身体证过的。"

湛若水郑重地说道："阳明子这话不假，古人不骗人。这个站桩，在下要学，要站。"

王阳明说道："其实站桩只是辅助，根本的方法，在下总结为'格物致知'。不过这个不是朱文公的，他那个是格外物，眼睛盯在身外，心思用在了身外，功夫用在了身外，在下是一心向内。"

湛若水疑惑地问道："心里能格什么物？"

王阳明说道："借用佛家一句话，叫'自净其意'，把心放空，空心，人空心空，念头空。只有空，才能浑然与物同体，心即宇宙，心即理，自然而然。"

湛若水摇了摇头，说道："阳明子一说空，会让人误解为佛家，有失我们正学的身份，不免混同杂学。眼下，虽然圣天子自号为大庆法王，皇宫里天天围拢着百十号西域和尚,可是天下读书人,还是不愿意沾染上说空住空的佛家。我们倒不是怕人误解为媚俗从俗,只怕会被人先入为主,拒之门外。如此一来,我们要传播道学,传布给谁?"

王阳明沉吟了一下,说道:"不说空也可以,这要看怎么理解'格'字和'物'字。"

湛若水点点头。

王阳明说道:"格,在下解释为'正';物,在下解释为'念头'。把念头一正,没有邪念恶念,不就是正心吗?"

湛若水摇头说道:"空,自然不对;正,怕也不对。"

王阳明说道:"当然,既不空,也不要正。要一个静,一个净。"

湛若水还是摇头,说道:"这又混同于禅了,又走岔路了。"

王阳明摇了摇头,说道:"甘泉子,道是不可言传的东西,说出来就有些不像。你说怎么混同于禅了?"

湛若水说道:"说静就是禅,古人是没有说静的。孔子说,在事上磨炼,在事上找仁。"

王阳明笑了笑,说道:"甘泉子,我记得清清楚楚,陈白沙先生说过,'端坐澄心',于静中养出名堂。这怎么解释?"

湛若水说道:"所以,不少人误以为先师是禅。"

王阳明摆了摆手,说道:"说实话,我们儒家和禅家,这个心体是一样的,都是道心。他们说禅心,我们说正心。"

湛若水说道:"佛禅盛行了几百年,只是到了本朝,儒学正学才站稳了正统的脚跟,我们要传播正学,不能给人留下把柄。"

王阳明问道:"甘泉子,在下想听听你这几年的心得。"

湛若水说道:"我也说格物致知,格,就是'至';物,就是'天理'。你阳明子说'心即理',我甘泉子说'随处体认天理'。你说心即理,分明说的是静坐观心,是禅家那一套,一个小小的肉团心脏,怎么包括得了大千世界的万事万物?"

王阳明摆手说道:"你甘泉子说格物致知,与朱文公又有什么两样? 你说随处体认天理,是要人两眼盯住外面,好,就算盯住外面吧,谁在盯住呢? 是心,是内在的心。这样一来,有盯住的,有被盯住的,心与外物成了两部分,怎么'浑然与物同体'? 怎么天人合一?"

湛若水辩解道:"阳明子,我这格物致知,是上接二程夫子,与朱文公没有关系。我这'随处体认天理',是不分内外的。不分内外,自然与物同体,自然天人合一。"

王阳明端起水杯,送到嘴边,没有喝,又放下水杯,说道:"这杯清茶,同样的茶,为什么一个人喝出来一个味呢?"

湛若水说道:"同样的茶叶,炒制方法不一样,味道自然不一样;同样的茶叶,泡的方法不一样,味道自然不一样;同样的茶叶,不同的人,自然喝出不同的味来。要想喝出一个味,除非⋯⋯"

王阳明笑着说道:"除非沐浴更衣,斋戒三天,焚香静坐,虔诚品味,自得茶中三昧。"

两个人哈哈大笑起来。湛若水笑罢,说道:"阳明子来做客,甘泉子没有祝贺道友四年的心得,却与你争论不休,实在是失礼!"湛若水一拱手:"抱歉! 抱歉! 请喝茶!"

王阳明一拱手笑着说道:"在下尘心未灭,有些沾沾自喜,没想到兴冲冲而来,却被浇了一头甘冽的清茶。浇得好! 俗话说,理不辩不明,灯不拨不亮。争论好,能互相启发。争论才是诤友,诤友才是道友。学道路上有你甘泉子,阳明子就不再寂寞。总结我们两人所说,甘泉子的'格物'是至天理,可以'随处体认天理';阳明子的'格物'是正念头,可以'心即理'。就像喝茶一样,炒的方法不一样,泡的方法也不一样,但是,茶叶蕴含着的天地精髓却是一样的。"

湛若水笑着说道:"阳明子,这个东西是说不出口的,就像老子在《道德经》

中说的，恍恍惚惚，难以描摹。也许我们嘴里说出来的，根本就不是我们心里体验到的，这样我们只好抱怨自己的语言贫乏。在下坚信，在下所见与阳明子所见，应该就是那个东西。如果有差异，有不足，原因还在于我们的心体没有真正通明透亮，只要我们继续磨，继续寻觅，功夫不负有心人，该来的一定会来。"

王阳明笑着说道："甘泉子，在浑然与物同体上，也就是说'仁'这个境界，我们都是体证到的，我们是一致的，都认同这一点。其实往上追一追，从二程夫子追到孟子，追到'尽心知性'，追到'万物皆备于我'，追到孟子的'放心'，我们还是非常一致的。你说是不是？"湛若水点点头。王阳明继续说道，"我们辛苦求道，不是为了自己这一辈子活个明白，而是因为这个世道，那么多人糊里糊涂，那么多事不明不白，想给大家点盏灯，照照亮。有这个基础，我们愿意争论，争一辈子也不怕，只要能争个明白。"湛若水一直点头。王阳明继续说道："如果有那么一天，能帮助到圣天子，那就是帮助了天下人。不过，看孔孟圣贤的一辈子，东奔西跑，南北漂泊，劝这个国公，谏那个君上，结果呢……"王阳明摇了摇头，"上面不见得好劝，下面倒还能听进去些。懂道理的人多了，就像点灯一样，灯越多，黑夜就越亮堂。"湛若水一直点头。王阳明继续说道，"昨天在诗友会上，我提了提道学，想不到大家都不感兴趣。恐怕在他们眼里，'四书五经'不过是背诵作文的材料，是中举人考进士的敲门砖。做了官，这砖都不要了。在下对此有些伤心。后来想想，这个也不能全怪他们，是我们的方法不对头。要说身心学问，他们可能不以为然，要说仁义礼智信，他们不敢不以为然。我想到了'仁'字，现在它是单人旁一个'二'字，可在以前它是上下结构，上面一个'身'字，下面一个'心'字。如果他们认识这个古字，只要他们认可仁义道德，哪怕是口头上认可，他们就会知道，孔孟学问就是身心学问，他们就不会两眼一直盯在身外了。甘泉子，你说是不是？"

湛若水郑重其事地点着头，说道："阳明子所言极是，如果大家知道'仁'就是身心学问，就有入手的地方了。孔圣人的学问不就这个'仁'字吗？把仁学还原成真实的身心学问,就要讲清楚古仁字,这是一个很好的方法。阳明子,有了你阳明子,在下求道路上不再孤独。学无止境,活到老学到老,学不可无友,我们就是一辈子的学友道友。学不可无师,我们哪怕有一得之见,只要是我们真实的心得,只要有人愿意学,我们就责无旁贷地愿意做这个师友。至于我们,求同存异,你看?"

王阳明笑了起来,笑着说道:"最终结果总是要相同的,天无二道,是不是?"

湛若水说道:"阳明子,在下很羡慕你,很仰慕你,廷杖下死而复生,又万里跋涉荒蛮瘴疠之地,这都是求道路上的必然风光。不经历风雨生死,谁能轻轻松松见到彩虹?四年不见,阳明子今非昔比了,初一见面,见你步履轻盈,飘飘然好像神仙,眼神沉静干净,身心纯净,这就是见仁的境界。"

湛若水起身,对着王阳明深深地鞠了一个躬。

王阳明笑眯眯地,马上起身,也深深鞠躬下去,说道:"甘泉子过奖了。我们是仁者见仁,智者见智了。"

两个人哈哈大笑。湛若水停住笑,说道:"我们算是师友见师友吧。既然仁学在我们身上……"王阳明接口与湛若水一起说道,"身怀仁学,传播仁学,责无旁贷。"

第六十四章　结交黄绾　三人会讲

十一月的北京,街上的寒风像刀子一样,把没有急事的人都逼进了屋子里。家里有炭炉的围着炭火打发日子,没有炭火的钻进被窝消磨时光。王阳明没有出去拜客,他在鹫峰寺僧舍内,烤着炭火等待一位访客。

门帘掀开,一股寒气挤进僧舍,进来一位头戴貂皮帽、身裹臃肿棉袍、外披棉布大氅的中年人。来人叫黄绾,字宗贤,号久庵,比王阳明小五岁。王阳明迎上来,拱着手。黄绾吐出一口白气,深深吸进一口屋子里的暖气,然后,匆忙地褪下棉手套,向王阳明拱了拱手,马上搓起了双手,搓着手说道:"黄岩黄绾前来拜访阳明先生。"王阳明道:"哎呀,这么冷的天,有劳久庵先生登门。大冬天,我们南方人在北京可是遭罪了! 快快,赶紧烤烤火。"

黄绾解下大氅、脱下帽子,递给站在一边的王祥,马上坐到了炭火跟前。黄绾个子比王阳明稍矮。坐到火前,凑着炭火,王阳明发现,黄绾圆圆的脸说不上胖,他气质醇厚,眼神干净,干净之中有一股执着劲。黄绾烤着手,说道:"阳明先生历经磨难,据说在贵州悟通了圣贤学问,如今能悟通圣贤学问的人已经不多了。鄙人一直亲近方山老人。老人家今年弃世了,鄙人一下子觉得心里没了依靠。"

谢铎,号方山,著名理学家,浙江人,做过国子监祭酒。

王阳明递上一杯热茶。

黄绾继续说道："方山老人家有个藏书阁，名为朝阳阁，藏书数万卷。鄙人平生就一个爱好，就是读书。读着读着，脑子里就有了疑问，读书是为了什么呢？人生来不能仅仅是为了读书吧。后来老人家告诉我，读书是为了变化气质，塑造心性，把我们凡人的心性塑造成圣贤的心性。"

王阳明惊喜地附和道："对对！这就是身心学问！"

黄绾闻言惊喜地笑着说："今天找对人了，鄙人自从走上身心学问这条道后，功名心也淡了。可是，先考早早弃世，黄家门户没有人支应，家慈苦劝，让鄙人出来。母命难违，这就蒙祖荫，到了后军都督府，做了都事。"

王阳明笑着说道："身心学问不见得要整天躲在山洞里，苦修苦练。昨天我还和湛甘泉先生探讨这个问题，身心学问不是躲清闲，得在事上磨炼。所以说，黄都事能来北京做事，既尽了孝心，也不耽误自己做学问。"

黄绾点着头，说道："储柴墟前辈也是这样说。正是这位前辈，介绍鄙人来拜访阳明先生。"

柴墟是储罐的号。

王阳明笑着说道："我们是诗友。我正要拜访他，听说他不在北京。"

黄绾说道："刘阉横行时，独独对柴墟前辈很尊重，见必称先生。为避嫌，先生病退了。刘阉失势后，朝廷征召柴墟先生为南京户部侍郎，先生婉拒了。阳明先生，柴墟先生说您是得道的亚圣人。"

王阳明心里有些得意，笑眯眯地，摆着手，说道："这可是过誉了，实不敢当！孔孟以下，再没听说过有圣人出世。宗贤，你做学问有哪些心得呢？"

黄绾轻轻叹了口气，说："本朝钦定，朱文公是儒学集大成者，做圣贤学问，自然是以朱文公学问为准绳了。我本不打算出来做事，只求一辈子能把身心修好。循着文公格物致知的路子，我打算把方山先生朝阳阁的藏书读完，希望读书能读通天理。有天，我读书累了，头昏脑涨，到楼下花园散步。文公不是说要格物吗？

我站在一棵老树下，看着树干上的蚂蚁上上下下，就突发奇想，我来格这个蚂蚁吧。我整整在树下站了一天，不眨眼地观察，一窝蚂蚁，川流不息，沿着老树，你来我往。"

王阳明听着，像个孩子一样竟然笑出了声。黄绾停下来，发窘地看着王阳明，脸红了。

王阳明摆摆手，说道："宗贤，我不是笑你，我是笑自己。我也有过这种经历，你是格蚂蚁，我是格竹子。当年，我也像你一样，傻傻地盯住一丛竹子，格了七天，格出一身病。我是在北京，那年我二十一岁，拖着病体参加会试，考得一塌糊涂。哈哈！不说我了。你说，宗贤，格出来什么名堂没有？"

黄绾不好意思地笑了笑，说："这些蚂蚁有名堂，上上下下，来来往往，都各走各的一条线，好像有人指挥一样。个个不空手，都很勤劳，往窝里搬运东西。虽然很有秩序，却没有见谁像人间只动嘴不动手的官老爷。蚂蚁互相之间很友好，好像有它们自己的语言，互相头对头，说上几句，各自走开。到了树下蚂蚁窝，空手出来的，衔着粮食进去的，互不干扰。可惜看不到地下窝里的情况，估计里面也有蚂蚁朝廷，有蚂蚁天子，有蚂蚁天后，会不会也有内阁和六部，也有我们这样的五军都督府。我倒是想刨开蚂蚁窝，一看究竟，只是担心伤着蚂蚁，只好作罢。这些蚂蚁也和人一样，有和平有战争，两窝蚂蚁碰到一起，就是你死我活的战争。我看两窝蚂蚁长得都一样，还担心它们分不清敌我呢。蚂蚁比我想象得聪明，走近闻一闻、嗅一嗅，就分清了敌我，是一窝的，就友好地走开，是敌人，就互相咬起来。一场仗打下来，虽然没有血流成河，却是尸骨累累。"黄绾说着，摇了摇头，叹息着。

王阳明严肃起来，等黄绾停下来，说道："这些现象，和我们人一样呀。不外乎吃饭、工作、睡觉、和平、战争、死亡，各有各的秩序，就像天上的日月星辰，各走各的道，各有各的活法。"

黄绾说："看样子，一窝蚂蚁就是一个宗族，或者是一个国家。有一点，可惜没见到它们的天子，没见到它们的朝廷，没见到它们的官老爷，它们好像个个平等似的，都是自己走路，没见谁坐轿子谁抬轿子。"

王阳明哈哈笑了起来，笑着说道："真是佛家那些话，一花一世界，一窝蚂蚁一个世界。宗贤，通过观察这些蚂蚁，你最终得出什么结论？"

黄绾叹息了一声，小声说道："我们常常视而不见的蚂蚁，这么微不足道的蚂蚁，我都难以弄明白，它们怎么说话呀？它们怎么想呀？它们靠什么生活呀？它们考不考举人和进士呀？它们排队怎么排得这么齐，而且竟然没有人指挥？这么一窝蚂蚁，有没有小家庭？它们结婚不结婚？这么大的家庭怎么做到不闹矛盾？它们……阳明先生，您说我笨不笨？小小的蚂蚁，我竟然也弄不明白。是这个世界太大太复杂，还是我黄绾脑子太简单？这短短的几十年，面对这么大个世界，我能活明白吗？难呀！"

黄绾这些话，旁人听起来很可笑，但是王阳明不觉得可笑，因为自己也有类似的经历。王阳明想，这么执着求道的人，这么执着要活个明白的人，很少见。世上不少人有过这么可笑的追求经历，但是因为碰壁，因为难以弄明白，因为觉得可笑，很多人最后苦笑几声，摇摇头，绕道而行了。黄绾不仅敢于袒露自己的可笑往事，如今年近中年，竟然还没有放弃这份执着。但是这已经钻到了牛角尖里，如果出不来，最终也是半途而废。王阳明看着发窘的黄绾，安慰道："锲而不舍，是求道的志向；有取有舍，是求道的方法。好在来北京的路不止一条。"

黄绾愣了愣，脸上突然浮现出了笑容，他热切地看着王阳明，问道："阳明先生，我一来北京，朝阳阁的几万卷藏书是没办法读完了。柴墟先生说你在贵州得道了，快成圣人了。既然你格过竹子，我格过蚂蚁，都撞过南墙，想请阳明先生赐教，你是怎么回头的，是怎么走上正途的？"

王阳明笑眯眯地说道："宗贤，孟子说过，尽信《书》，则不如无《书》。我们中年人，书读得不少了。朝阳阁的那些藏书，先不用可惜。朱文公的格物致知，这条路看来是走不通了，你没有走通，我也没有走通。如果我和你说，陆象山曾经指出来过一条路子,即便你不反对,外人也会质疑。我们这样吧,干脆绕过朱文公和陆象山,连二程夫子也绕过去,我们直接到孟子那里。孟子说过,尽心知性,知性就是知天。天不就是天理吗?"

黄绾身子往前倾着,问道:"看来,关键是尽心。怎么算尽心呢?"

王阳明笑眯眯地说道:"孟子还说过,收心放心,就是做学问的方法。尽心就是放心。"

黄绾追问:"怎么算是放心呢?"

王阳明一直笑眯眯地,说道:"宗贤,你静坐过吗?"见黄绾点头,王阳明继续说道,"真正入过静吗?"

黄绾一直伸着脖子,与王阳明隔着炭火炉坐着,因为身子太靠前,棉袍子前襟几乎压在了炭火上。王阳明指了指炭火。黄绾眼睛盯住红通通的炭火,说道:"只见书上描述过,如果见到自己心上圆坨坨、光灼灼的东西,那就是见性。你是说只有见了这个东西才算入静?"

王阳明开怀大笑起来,笑着说道:"这误会闹的! 一会儿你的袍子着了火,你胸前就是圆坨坨、光灼灼了,可是那不是见性,那是袍子着火了。"

黄绾明白过来,红着脸不好意思地笑了笑往后撤了撤身子,摸着胸前,说道:"哎呀,烫手! 惭愧惭愧!"

王阳明笑得很开心,笑着说道:"宗贤,若袍子烧坏了,我阳明子可是不负责赔偿的。"见黄绾脸红着,王阳明继续说道,"你这一误会,倒误会到了最高的境界。"

黄绾被"最高境界"吸引着,下意识地往前倾着身子,袍子又快压到了炭火上。王阳明再次指了指炭火,黄绾不好意思地往后撤了撤身子。

王阳明说道:"你说得对。这有个前提,就是入静。静,就是《大学》说的'止定静安虑得'中的静。什么是静? 心不妄动就是静。"

黄绾问道:"怎么算不妄动呢?"

王阳明笑眯眯地,说道:"知止就是不妄动。你一定会问,怎么算知止呢?止,就是有了一定的方向。什么方向? 就是往心上用功。《孟子》劝人'反求诸己',反求诸己,就是往自己身心上用功。我们格竹子格不出名堂,格蚂蚁格不出名堂,好,按《孟子》说的,反求诸己。我们不再两眼向外了,我们往自己内心去找。这就是知止。心不妄动,日常生活中你就能从容不迫,这就是安。具体体会上,可能会浑身轻松,步履轻盈,头顶清凉,有一种莫名其妙的快乐。身安心安,办什么事,自然考虑周详,这就是虑。计划周详,办事自然妥当,这就是得。这是简单说。如果细说,每一个字有每一个字的体验和体证,有每一个字的身心变化。这都是古人亲身体证过的,然后流传给我们后代子孙,具体就是'四书五经'。"

黄绾惊喜地看着王阳明。王阳明继续说道:"宗贤,刚才你的袍子快烧着了,你却浑然不知,这就是一心专注,这就是止,是定。顺着《大学》说的阶梯,一步一步体会吧。听人说饭吃不饱肚子。"

黄绾意犹未尽,他仍前倾着身子,问道:"阳明先生,你一定见过圆坨坨、光灼灼的东西,是吧?"

王阳明笑眯眯地,不置可否。

黄绾问道:"阳明先生,明心,是不是明明德?"

王阳明笑着点了点头。

黄绾再问道:"'亲民'应该是'明明德'的结果,明明德后的亲民,亲不亲坏人和恶人?"

王阳明笑眯眯地盯住黄绾,没有开口,只是指了指黄绾的前胸。黄绾低头看看前胸,离炭火远着呢,他抬头疑惑地看着王阳明。

王阳明说道:"一心专注到极点,就像你刚才袍子快烧着的时候,你竟然浑然不知,已经不知道了热和凉。明明德以后,仁心升起来了,仁心就是爱心,大爱心,没有止境的爱心。佛家叫慈悲,无缘无故的爱。"

黄绾惊异地说道："已经不识好歹了?"

王阳明笑眯眯地说道："正相反,不会不识好歹。自己心里明明白白的。明明德是心性的体,用起来的时候,好坏分明。"黄绾仍然眼含疑惑,热切地盯住王阳明。王阳明停了停,说道："要知道梨子的滋味,宗贤,你还得亲口尝尝。只是,要一步一步来,别天天想着圆坨坨、光灼灼,好高骛远,会想出毛病的。你说是不是? 喝茶喝茶!"

黄绾迟疑着端起茶杯,没有心思喝茶,愣了一会儿神,起身,迟疑着,犹豫着,曲了曲膝盖,后来心里坚定起来,两腿站直,对着王阳明深深一鞠躬,说道："阳明先生说得对,在下今天收获太大了。求学求道,好比登山。您说得对,得一个台阶一个台阶攀登,心急吃不得热豆腐。学不可没有师友,阳明先生,如果您不反对,在下很想能够天天和您一起学习上进,自然是向您学习的多。您看?"

王阳明在黄绾鞠躬的时候,已经站起身,拱着手回礼,听黄绾说到求学求道好比登山,会心地笑着。等黄绾说完,王阳明指了指天,说道："求学好比登山,学道就是登天。好好悟,悟通了,一步登天。这在佛家来说,是禅机,是机锋。"

黄绾愣住了。

王阳明继续说道："北京城里,还有一位道友——湛若水先生,很有境界。既然宗贤有求道志向,古有桃园三结义,我们今有杏坛三道友。一人自学,容易懈怠;三人为众,互相督促,大家一起进步,是不是更好?"

黄绾喜出望外,说道："那太好了! 三人行必有我师!"

王阳明笑眯眯地说道："好,就这样说定了。这两天我们聚会,互相讲,互相听,互相学。"

第二天,在长安街灰场附近的湛若水寓所内,湛若水、王阳明和黄绾,三人在一幅《孔子行教图》画像前,燃香为盟,共同发誓："湛若水(王守仁、黄绾),我等三人,圣人像前,真诚起誓:尽此一生,缔结同心,一心求道,修道行道;以圣人为师,以公心为照;承续圣贤心灯,践行身心学问;接引有志后学,传递圣贤智慧;为天地立心,为生民立命,为往圣继绝学,为万世开太平。誓言一出,天地鉴照。我湛若水(王守仁、黄绾),永不反悔!"

三人发完誓,各自把手中的香插到圣人像前的香炉里。三人并排给圣人磕了三个头。三个人约定,成立三人格物学会,共同修学,共同进步,培补天地元气,匡扶世道正气,敢于出头,倡引道风,普化群生,滋济天下。

三个人商定了会讲制度,一人讲两人听,轮流讲听,讲中自我促进,听中互相启发。湛若水和黄绾推王阳明第一个讲。王阳明针对黄绾立定了求道的志向却缺少实在用功的情况,第一讲以《志向坚定,学道必成》为题目,结合自己的求道经历,算是对自己的求道做了一个总结,同时又是对黄绾求道入门的一个开示。

到了十二月,王阳明的吏部派遣通知下达了,他被分配到了南京刑部四川清吏司当主事。王阳明得到派遣文书,觉得很好笑:今年三十九岁,自己成了南京刑部主事,二十九岁时已是北京刑部主事,十年走了一个圈。有些可笑,并不是可悲,也不是可怜,职务上的变化,没有影响王阳明的心情。他还在喜悦之中,为有了两个共修道友而喜悦,为新成立了格物学会而喜悦。

南京刑部的职责范围仅限于南京地面上的衙门,是个清闲衙门。

一次会讲后,黄绾神秘地对王阳明说:"阳明子,有个事情要告诉你。在下和甘泉子,背着你这位当事人,有一个阳谋,这个计划成功了。为此,在下和甘泉子很庆幸。庆幸之余,也要感谢你阳明子。当然,你可能也要感谢我们了。让我说,你不要感谢我们,应该感谢大冢宰杨邃庵先生。"黄绾只管卖关子,且笑着。旁边的湛若水也只是笑,笑得阳光灿烂。大冢宰是吏部尚书的雅称,杨一清号邃庵。

王阳明看了看黄绾,又看看湛若水,开怀而笑,感染得湛若水跟着开怀大笑。湛若水止住笑,说道:"宗贤,我早就告诉你,我们别在阳明子面前卖关子。阳明子何许人也?这是纯阳之人,小计谋,迷惑不了他。"

黄绾愣了愣神,不服气地问道:"甘泉子,是不是我这个关子卖得太明显了？"

湛若水说道："你一提到大冢宰邃庵先生，就露馅了。还是坦白告诉他吧。"

黄绾这才一本正经地说道："阳明子，你被派遣到了南京，我们这个三人格物学会刚刚成立，眼看着要折一条腿，我不甘心呀！我和甘泉子一商量，决定去找邃庵先生，行不行试一试呗。想不到出奇顺利，邃庵先生一口答应。哈哈，你也别谢我们，我们都要谢谢邃庵先生，是他保全了我们这个三人格物学会。"

王阳明朝东，面向吏部衙门方向，高高拱着手，说道："邃庵先生，您能提携后进，有长者风范。阳明子在这里多谢了！"

湛若水、黄绾两个人跟着一起拱了拱手。湛若水笑着说道："我们谢过邃庵先生，也要感叹前人栽树，后人乘凉，前人积德，后人受荫。邃庵先生念旧，他提到，刘阉横行时，他从延绥、宁夏、甘肃三边总制任上被罢了官，在老家丹徒闲居时，那是正德二年，令尊大人龙山公，在南京做大冢宰，他不避嫌疑，前往邃庵先生家中看望他。难中一句好言安慰，就是雪中送炭。所以一提到你王守仁，再说到我们三人成立的格物学会，邃庵先生满口答应。他已经把你阳明子改派到了北京吏部，验封司主事。我们谢天谢地谢人吧！"王华号龙山。

王阳明拱着手，一本正经地上下左右前后拜了个遍。

第六十五章　长官拜师　下级收徒

正德六年(1511)，王阳明四十岁，不惑之年。

正月里，王阳明从刑部街的鹫峰寺僧舍搬了出来，租住到了长安街的灰场附近，和湛若水做了邻居。

吏部验封司一共三个人，五品郎中一人，从五品员外郎一人，六品主事一人。验封司的业务主要是办理赏封爵位、官职世袭、封赠荣誉等文件手续。业余时间，王阳明一心投入到了和湛若水、黄绾的格物学会的会讲中。

在二月份的会试考试中，王阳明做同考官。在为朝廷选拔人才的同时，王阳明借着近水楼台的方便，收了四位新科进士做弟子：一位是山东武城人王道，一位是山东东平人梁谷，一位是江西进贤人万潮，一位是浙江仙居人应良。

多一个学道的人，王阳明心里就多一份欣慰；少一个学道的人，王阳明心里就多一份忧伤。徐祯卿刚刚萌生了求道的志向，刚刚踏上学道的正路，刚刚起步，就撒手人寰，王阳明心里既悲伤又惋惜。悲伤又惋惜的王阳明和湛若水一起，吊唁过徐祯卿，回到了王阳明灰场附近的寓所。

在寓所，王阳明和湛若水默默相对。沉默了一路的王阳明说："甘泉子，虽然死生有命，我总觉得这话是安慰人的，甚至是麻痹人的。我们儒家不是讲究君子造命吗？做君子就要改变自己的命运，就要把握自己的命运。可惜昌谷兄起步太晚了。就是我们,也不敢耽误岁月呀。"

湛若水叹息着说:"念念不敢松懈呀,谁知道我们哪天……"

吏部验封司有两间值房,五品郎中独占一个,从五品员外郎和六品主事王阳明合用一个。正月里,王阳明初来吏部上任时,员外郎一职空缺,王阳明暂时享用单人值房。到了二月,新任员外郎到任。员外郎叫方献夫(字叔贤),年方二十七岁,弘治十八年(1505)进士,广东南海人。办公场所,论爵不论齿,作为长官,方献夫的办公桌自然占据上位。从爵位上论说,从五品官可以封为奉训大夫,或者奉直大夫,正六品可以获得的爵位是承直郎或者承德郎。从五品和正六品之间,正好是大夫的分界线,是基层和中层官僚的界限。

早上点过卯签过到,王阳明来到值房。方献夫后到,刚刚进门,王阳明马上从自己的座位上起身,迎到屋子中央,对着方献夫深深一揖,慌得方献夫只好把腰弯得更低。

二人落座办公。王阳明手持一沓文书,来到方献夫的桌子前,恭立在桌子右侧,双手呈上文书,请示道:"方员外,这是今年应该恩封的天下百官双亲名录清单,下官已经整理妥当,请您审阅。"

方献夫马上起身,双手接过文书,说道:"阳明先生,今天散衙后,如果您方便的话,我找您有事谈,请您晚走一会儿。"王阳明说道:"好的。"

散衙后,王阳明坐在自己的座位上,等候着方献夫。方献夫搬着自己的座椅,来到王阳明的办公桌前,摆下座椅。王阳明马上起身侍应着,看方献夫朝自己深深地鞠躬,立即作揖还礼。

方献夫慌忙说道:"阳明先生,现在已经散衙,请您一定不必拘礼。您请坐!请您坐下!"

王阳明执意站着,诚挚地提请道:"请方员外坐!"

方献夫见王阳明坚持,只好自己先坐下。等方献夫坐下,王阳明搬起自己的座椅，撤身到桌子外边坐下，避免和方献夫形成己上人下的座势。

方献夫苦笑了下，等王阳明坐好，说道："阳明先生，晚生和您相处两月有余。"看王阳明有些吃惊，方献夫停顿了一下，继续说道，"阳明先生，能和您共处一室，晚生既觉得荣幸，又觉惶恐。"

王阳明谦恭地笑着，听到这里，他笑眯眯地说道："方员外何出此言？天子脚下，尊长有序，一切都是循礼蹈矩。如果让方员外觉得有什么不便，那就是下官的罪过了。请方员外明言，下官何处有失周到。"王阳明端坐着，两手搁在两个膝盖上。

方献夫往前倾着身子，苦笑着说道："阳明先生，您做得太周到了，让我学到了不少东西。虽然您没有开口教导我什么规范规矩，但是您的不言之教，让我受益匪浅。所以说，晚生很荣幸。但是，正是因为太周到了，晚生觉得惭愧。论德、论学、论齿，晚生坐在上位，每天都坐立不安。论德行，您堪称典范，言谈举止，无懈可击；论学问，京城传言，您在贵州得了道；论年齿，您已经两鬓染霜。过去说学而优则仕。晚生惭愧得很，二十岁中进士，莽莽撞撞就做了官，先到礼部做主事，磨炼了几年。来吏部前，晚生自认，早早地中了进士，是因为自己聪明、有才智。在礼部磨炼了几年，自认可以走遍天下，到随便哪个衙门都能应付自如。可是，自从结识了您阳明先生，晚生才心生大惭愧。过去同年进士聚会，也曾听过穆孔晖和陈鼎他们谈论过您。当时曾想有朝一日，遇到机会，要去拜访您。后来听说您蒙冤去了贵州。刘瑾弄权时，大批像您一样的正直之士，被罢官的被罢官，被贬官的被贬官，留下了大量的空缺职位。这是晚生进步快的原因。道理晚生也知道，树长得太快，经不得大风大雨，禾苗长得太猛，经不得霜冻。一句话，晚生自觉才学有限，人家说学而优则仕，我是学还没有成就先做了官。我得补课。我一直想求学上进，却苦于找不到良师。现在得遇阳明先生您，真是荣幸。"

王阳明一直笑眯眯地听着，满面春风。

方献夫看了看王阳明，继续说道："阳明先生，还有，晚生观察，您来来去去，步履轻盈，您的面色气质清净无尘。您整天笑眯眯的，和颜悦色，好像无忧无虑，没有一丝牵挂。刮风下雨,阴天晴天,从没听见您有什么抱怨。好像世上的好歹,已经打动不了您的心。晚生虽然被人认为聪明,我也不否认自己聪明,毕竟二十岁能考中进士的也不多。但是天道公平,老天爷给一个人聪明多了,别的方面就难免有欠缺。比如晚生,身子骨一直有些弱。"

王阳明打量着方献夫。方献夫一副典型的广东人身材,个子矮矮的,瘦瘦的,一张瘦脸上,颧骨出奇的高,连额头也高高的。王阳明心里判断着:嗯,对了,这是天庭饱满,饱满的天庭正是方献夫聪明和少年得志的面相基础。卧狮鼻子,厚实地耸在中央,意味着一生官禄富贵。再看他的下巴,圆润肥厚,预示着晚年安详。嗯,天庭饱满,两颊突起,官星高隆,加上敦实的下巴,这叫五岳朝拱。富贵相! 聪明人多,像徐祯卿,聪明却短寿。再观方献夫,一副富贵相,却又追求上进,知道进退长幼,没有因为自己官高一级而有丝毫的架子,反而是位高谦下。不恃才傲物的才子是真才子,是可造之才。王阳明赞许地点了点头。

方献夫继续说道:"阳明先生,明师难遇今已遇,晚生请求您,成全晚生拜师的愿望。"说着,方献夫站了起来,对着王阳明来个九十度的大鞠躬。

王阳明坐着没动,笑眯眯地说道:"叔贤,好学,求学,学问有书本学问,有身心学问,有道学,有俗学,你想学什么? 为什么要学?"

方献夫听到王阳明不再称呼自己方员外,而是称呼自己的字,一下子兴奋起来,他问:"先生,这么说您是答应晚生了?"

王阳明笑眯眯地说道:"富贵场上的学生,为了荣华富贵,如过江之鲫,多不胜数;身心学问的独木桥上,门可罗雀。叔贤,你呢? 你是为求身体没病没灾,好继续升官发财的吗?"

方献夫一脸严肃,像发誓一样说道:"书本学问,已经学了二十年,凭此升官,也已经做到了。晚生求学的目的,往小里说,做官总得有做官的学问,当年孔子还讲为政之道呢,晚生吃着朝廷的俸禄,得为朝廷把事办好,得为天下苍生黎民把事办好。怎么才能办好? 晚生要学,学为政之道。人一辈子总不会是仅仅为了做官吧,总得活个明白吧,从哪里来? 到哪里去? 活明白了,心里才会干干净净。心里干净了,人还会得什么病! 先生,一句话,我要向您学道,学为政之道,学身心学问。"

王阳明笑眯眯地,笑着微微颔首,等方献夫说完,缓声说道:"道是天地的公道,不是哪一个人的私家宝贝。叔贤,多一个人学道,天地间就多一份正气。"

方献夫很兴奋,激动地说道:"先生,这么说您同意了?"见王阳明点头,他马上双膝跪地,连着磕了三个头。

王阳明端坐受礼,等方献夫磕了头,两掌向上一抬,示意方献夫起身,再示意方献夫就座。等方献夫坐好,王阳明笑眯眯地说道:"求道人拜师,并非这么简单。这是人间一桩大事,是天地间一桩大事,必须焚香敬告天地,隆而重之,天地鉴照,日月为证,道友为证。等休沐日,我们在兴隆寺举办拜师仪式。格物学会的湛甘泉先生和黄宗贤,一同参加。这次还有四位新科进士,你们一起拜师。表面是跪拜老师,其实是跪拜天地,跪拜大道,认祖归宗。我们来于道,我们归于道,与道合一,与天地合一。一以贯之……"王阳明说着,指了指方献夫的胸口,"用什么一,就是一心,在心上用功夫。好了,我们该回家了!"

王阳明说着起身。方献夫再次作揖,说道:"谢谢师父!"

师徒二人一前一后,出了值房。

四月的一个休沐日,格物学会王阳明收徒仪式在兴隆寺举办。四月天,天气已经开始透露热的意思,街上开始有人穿短裤短衫了。在寺院禅堂的一间厢房里,坐东朝西,靠东墙立着一块木板,木板上贴着一张大红纸,红纸上写着拜师仪程。王阳明端坐正中,右有湛若水担任司仪,左是黄绾担任襄礼。作为王阳明的前期弟子,又是方献夫的同年进士,穆孔晖、陈鼎也要参加拜师仪式。新科进士应良、王道、梁谷、万潮,和方献夫一起拜师。另有十几位朋友和同事观礼。

仪式结束后,是王阳明对新入门弟子的第一次开示性讲学。湛若水作为副讲人,陪坐在上面。二十来位听众盘腿坐在蒲团上。

王阳明笑眯眯地望着大家,语速轻缓、声音清亮地开了言:"今天我很开心,我发现大家都很开心,大家都是一脸喜悦。开心好呀! 我们学道求道,为什么? 简单说就是为了开心。心量一开,开到什么程度? 开到无边无际。无边无际的心,是什么? 就是天理! 天理是什么? 不就是我们要求的东西嘛! 到哪里求? 大家这下该知道了吧? 好,拐回来说,我们为什么开心? 我去年回北京后,和甘泉子、宗贤,成立了这个格物学会,三个人互讲互学。可能是我们发心真诚,一下子感召到了你们。多一个道友,天地间就多一份正气,越多越好,多多益善。所以我们开心。今天是给你们第一次正式开讲,讲究个师出有名,就把这次讲学命名为《师父领进门,修行靠个人》。有三个内容:第一个,也是求道的第一步,立定坚定志向,简单些,就是'立志'两个字。第二个,学道就在日常,学在日常,用在日常。我们大家都是进士出身,有做了官的,新科进士正在等着做官,都是要从政的。可能有些人觉得,将来从政,主管一个州县甚至一个府、一个省,政务繁忙,不一定有时间学习。我要告诉大家的是,我们求道、学道、行道,就在我们的日常生活中。从政,既是学道,也是行道。第三个,日常怎么用功? 在心上用功。以上就是我要说的内容。刚才有人问我,我们儒家正学,怎么跑到佛寺里来举办拜师仪式。这一问把我问愣住了。是呀,为什么? 我们没别的地方吗? 还是我们习惯了到这里? 刚才看到为我们帮忙的两位出家人,看到了他们光头上香烧的戒疤,我突然开悟了。我们选这里,就是要告诉大家:立志,是学道的第一步。立志,要坚定。怎么坚定? 和尚们在这方面,有值得我们学习的地方。和尚在光头上烧出来几个戒疤,就是立志。立志,就立这样的坚定志向。"

第六十六章　弟子赴任　临行请益

十月，王阳明升为从五品员外郎，改文选司。排在六部首位的吏部，一共四个司，文选司又排在第一位，掌管天下百官的升迁调动。

王阳明的弟子王道，虽然是新科进士，年龄只比师父小四岁，已经三十六岁了，他被分配到了南直隶应天府府学做教授。赴任前，他来向王阳明辞行。

王道落座后，从袖口里掏出一张纸展开，对王阳明说道："先生，弟子读书几十年，一直与书本打交道，马上要上任了，还是有些担心，觉得自己学问还没有成熟，临行想请先生再讲一讲。"

王阳明笑眯眯地，点点头，说道："这一段时间，新科进士到各地上任，好几位来辞行请益，担心的问题有共同性。"王阳明笑着指了指王道摊在桌面上的问题清单，"说说你的担心。"

王道说道："以前只是读书，听先生讲学后才知道，圣贤学问是身心学问，弟子自己还没有学到身上心上，怎么去教学呢？教什么呢？"

王阳明笑眯眯地说："诚甫，我要先祝贺你了！"

王道疑惑道："祝贺我？弟子正诚惶诚恐呢。"王道字诚甫。

王阳明笑着说："不管干什么事，信心最重要。孟子说过，有三件事，是君子人生中最快乐的事，一是父母健在。诚甫，你家二老身子骨很硬朗，你打算把双亲接到应天,随时尽孝?"

王道点了点头。王阳明接着说道:"第二件事,我们圣贤的门徒,挺立天地间,问心无愧,坦坦然然,可以用一个'诚'字概括。什么是诚? 不欺人,不欺天,不自欺。做到了诚,问心无愧。多自在! 第三件事,就是你要做的事,得天下英才,教育他们,教育他们学圣贤做圣贤,培补天地正气。三件事你占全了,诚甫,我还羡慕你呢。"

王道笑着说:"快乐是快乐,但弟子怕误人子弟。"

王阳明点点头,说道:"你这种谨慎态度正是我们要提倡的。好了,言归正传。诚甫,你现在应该快乐,应该自豪,管理一所府学,又是南京应天府的府学,是应该高兴。你现在要把担心变成信心。你问教什么? 你学了什么就教什么。"

王道不解地问道:"我都学的什么呢?"

王阳明说道:"古代的君子,自己做到了什么就教什么,教的是自己践行过的、验证过的。比如,诚甫,你这一个'诚'字,你体验到哪一步,就教到哪一步。因材施教,最终目的是要归于善。孔子已经给我们树立了榜样,一个仁字,对张三是这样的解释,对李四又是那样的解释,这就是因材施教。这是不是说,教学就没有一个规矩呢? 有呀! 因材施教,就是规矩。千教万教,教人为善,就是规矩。为什么因材施教? 因为人各自的禀性不一样。教人为善,因为人性是一样的,人之初,性本善。教学,就是教学生恢复他们各自的本性。自古以来,教学就是教这个。这是教学的内容,这是教学的规矩。"

王道点了点头,说道:"弟子明白了。一句话,教是教善,学是学善。教学就是恢复人性中的善。先生,关于学校的学规,您有什么建议吗?"

王阳明说道:"如果想省事,古人有现成的,就是朱文公为白鹿洞书院制作的《揭示》。如果自己制定,"王阳明对屋外喊了一声,"王祥,把书柜中陈文鸣制作的《学规》找出来。"王阳明对王道接着说道:"这是我在朋友杨名父书房里见到的。陈文鸣,号静斋,静斋先生曾在湖广任学宪,也是朋友。我随手抄了一份。"

王阳明接过王祥递上的《学规》，交给王道，"你可以抄一份。这本《学规》，很细很周密。周密是优点也是不足。记住，《学规》贵在简明扼要。"

王道接过《学规》，笑着说道："先生这又是对弟子一个身教，处处留心皆学问，心勤手勤。"王道浏览过一遍，道："这对弟子很实用。先生，府学教授虽然官居末品，大小也是个一把手，一把手免不了管人，人员管理上，还望先生指教。"

王阳明笑呵呵道："人人都要这样问。管理别人与管理自己实质上是一回事儿。知道怎么管理自己，自然就知道如何管理别人。能管理好自己，就能管好别人。人性是一样的，自己喜欢的，别人也喜欢；自己讨厌的，别人也不会喜欢。以身作则，就是不言之教。"

王道再问道："先生，这些都是学校的事。关于身心学问，再请先生指教。"

王阳明笑着说道："诚甫，学问哪能分这么细？学校的事，既是教务，又是政务。无论教务还是政务，说到底，都是身心学问。别说教务政务，我们日常大事小事，呼吸之间，没有一处不是身心学问，没有一时一刻不是身心学问。睡觉有学问，呼吸有学问。小处说是养生，大处说是学道修道。前几天，朋友汪景颜过来辞行，他要到直隶大名县当知县老爷，也是说到政务。我告诉他，功夫要用到变化气质上。他以为这是身心学问，我给他一解释，他认可了，政务离不开身心学问。方圆百里，几万人的身家性命，责任大，比不得一家一人。一个人的时候，你想哭想笑，是你一个人的事。当了县太爷，利害当前，受磨难遭屈辱，即便你一肚子火，你能随便发吗？大事当前，你能惊慌失措吗？能制怒，能沉静，这是需要功夫的。诚甫，天下事纷纷扰扰，随它千变万化，出不了喜怒哀乐这四者。这四者，也正是我们身心学问的关键所在。教务、政务，都在其中。"

王道听了高兴得直搓着两手，等师父说完，说道："先生，万变不离其中，万变不离其和。这是中和之道。"

王阳明笑眯眯地，为王道的开窍而高兴。

王道好像又想起了什么，不再搓手，不再笑了，张着嘴，迟疑着。

王阳明笑眯眯地说道："诚甫,尽管说。身心学问讲究的就是一个坦诚。"

王道说道："说到中和之道,圣贤说过,刀山能上,火海能过,中庸却比上刀山下火海还难。先生说的道理,弟子懂。但是,弟子眼下还是担心。过去,弟子求学的时候,遇到难缠的人,因为大家都是上学,没有利害冲突,忍一忍,让一让,也就过去了。以后,教务中再遇上这号人,如果弟子做不到先生说的一心不乱,"王道倒吸了一口气,又搓起了手,"毕竟不能一直忍一直让一直躲避。"

王阳明点点头,以示理解,然后说道："我曾和储柴墟先生、乔白岩先生专门讨论过这个问题,就是君子如何与小人相处。首先,君子就是君子,决不能同流合污。小是小非,不是原则问题,不违背道义,能忍就忍,能让就让。如果被小人诽谤,被小人中伤,最好坦然一些,眼下世道,正人君子少,圣贤学问没人讲,世风民风恶,道德之士格格不入。如果我们过于义愤,疾恶如仇,不仅于事无补,还要招致小人的怨恨。这是私事。如果是公事,如果是大是大非,只能以直报怨了。"

王道一直听着,想听听"直"是个什么标准。王阳明却沉默了。

王道等了一会儿,打破沉默,问道："先生,以直报怨,怎么直? 怎么才算直?"

王阳明直盯住王道的眼睛,平静地看着,沉默着。王道被盯得低下了头。王阳明说道："怨气是浮气,浮躁之气,我以静气和定心对待。浮气总是要飘散的。什么是直? 直就是直心。直心就是道,直心就是德。德的古体字,就是上面一个'直'字,下面一个'心'字。直心就是道心,道心就是明明德的心。有了直心,自然知道怎么对待。"

王道被绕迷糊了。他抬起头来,不解地看着王阳明。王阳明再次盯住王道的眼睛,说道："直心就是无私的心。心底无私,怎么报怎么对!"

师徒两人沉默着,坐了一会儿,王道说道："先生,弟子赴任应天府学,还因自从去年直隶霸州闹起来民乱后,刘六、刘七匪首,来往奔袭山东,山东又有内乱,一年间,九十余座城市被攻陷。弟子南下,也是为了逃难避乱。"

气氛变得沉重起来,两人默默无言地对坐着。

第六十七章　静坐空谈　受人讥讽

　　王阳明的弟子来来去去,王道、梁谷、万潮、应良四位新科进士离开北京,到各地去做官;方献夫因病休假,回老家静养去了。王阳明新收了方献夫的同年进士顾应祥和郑一初。顾应祥和郑一初在与同年进士方献夫、穆孔晖、陈鼎的交往中,认可了王阳明的学问。正德三年进士唐鹏和路迎,两位一起递上弟子帖,磕头拜师。唐鹏和路迎是王阳明妹夫徐爱的同年进士,通过徐爱的介绍,认可了王阳明在贵州龙场的悟道。通过徐爱、朱节和蔡宗兖的介绍,在北京国子监就学的绍兴举人孙瑚、魏廷霖、萧鸣凤,一起拜师入门。萧鸣凤是弘治十七年浙江省秋试解元。

　　王阳明在北京出道早,早些年结交的都是比自己长一辈、半辈的诗友文友。诗友林见素是福建人,现在是右副都御史,巡察湖广和四川,他把自己在国子监学习的儿子林达托付给了王阳明。

　　王阳明、湛若水、黄绾三个人的格物学会,在兴隆寺的会讲,吸引了不少国子监学生。

　　十月的一个休沐日,格物学会的会讲在兴隆寺开讲。会讲由黄绾主持,主讲人是王阳明,副讲人是湛若水。听众有在京弟子和国子监十几位学生。王阳明和湛若水在讲台就座,听众各自坐在蒲团上。

黄绾主持着开讲仪式："今天是格物学会的一个例会。今年天下多事,从正月开始至今,各省乱民暴动,越演越烈,刘六、刘七流窜直隶、山东、河南、湖广;四川、广东、山西,暴民作乱,攻打州县;江西瑞州和南赣,一个省南北两处作乱。北方边境外寇袭扰,边境部队却陷于内地剿匪。朝廷只好抽调凤阳守陵部队到北方守卫边境。整个天下,除了南直隶和浙江还算平静,其他地方烽烟四起。大家知道,黄某在后军都督府做事,透露这些内容,不是为了惊扰大家。我们京师因为霸州暴民作乱,已经戒严过几次了。同学们都经历过戒严,我们今天讲的内容,也正是应国子监学生提出来的问题,针对性会讲。会讲的题目是《仁与勇》。主讲王阳明先生,副讲湛甘泉先生。现在请两位先生开讲。"

黄绾坐到了听众席。王阳明和湛若水两个人笑眯眯地,向大家点着头。

王阳明笑眯眯地开讲道:"我们还是老规矩,会讲前先静坐一刻钟。刚才大家鼓掌热烈,现在让我们从热烈到安静,体会一下静,让身子静下来,让心静下来。俗话说,扫净屋子,才好请客。有的听众可能知道,我主张心即理,类似于陆象山的'我心即宇宙'。心静了,请哪位客人来呢? 天理就是我们的客人。说客人也行,其实这位客人还是心里的主人,说它宾至如归也行,说它返回故乡更好。大家体会一下,心静了没有? 心静后,再体会一下,程夫子在《识仁篇》里说过的,我们修学圣贤学问,首先要体会这个仁。仁,是孔圣人学问的核心。怎么体会?《识仁篇》说得很明白,与物同体,天人合一。我们体会到了仁,得了仁心,干什么? 有什么用? 我们儒家讲究'智、仁、勇',有了仁心,仁心中自然而然生出智慧。有了智慧,我们可以少犯错,不犯错,我们待人接物,周到无缺;仁心和智慧中,自然会生出来勇猛。作为个人,我们讲究'智、仁、勇';作为朝廷,要保家卫国,我们既要有文化,武备也不能缺少。就比如眼下,外寇袭扰,我们要武备,我们要武力,我们要反击;内匪滋事,我们也要武备,我们也需要武力,我们要剿匪。不管是内乱还是外乱,我们的父母妻子儿女,都不得安生。所以,我们儒家的仁心中,应该有勇猛。大家都知道,仁心是爱心。镇压匪乱,剿灭匪乱,好像对这些土匪强盗用的是恨心狠心，其实这个恨心狠心，才是对良善平民的仁心。"

听众自觉已经坐够了一刻钟，安静的气氛变得活跃了，大家纷纷抬眼望着王阳明。王阳明笑眯眯地巡视了一遍听众席，缓声说道："哦，半炷香时间到了。你们不想太拘束，可以放松一些，但是，心最好一直静着。怎么听讲是门学问，也是修行功夫。注意听，不要太用力，不要太刻意，还是要放松，但是不要松懈，自自然然的心态，保持一个静心。不要专注地去捕捉我的声音，声音来了，你就让它来，不要太热情，声音走了，你就让它走，不要企图挽留，自然坦然。如此做，还是要你静心。心静，天理流行，仁心显现。天下不靖，坐在书房读书的时间就少了，我们可能要放下书本，走出书斋，可能会去协助守城，可能会跟着军队去剿匪。军事上需要仁心，更需要智慧和勇猛。在座的顾应祥同学，戊辰年，在江西饶州做推官。饶州属下的乐平县暴民作乱，围攻县衙，知县被暴民掠走。当时全县大小官吏，束手无策。顾应祥骑着一匹瘦马，带着一个上了年纪的向导，独闯暴民大寨，靠着一张嘴，解救了知县。这是不是大勇猛？这是大勇猛！这不是许褚赤膊上阵的勇猛，那是鲁莽。惟贤，你说说，你当时的勇气是哪里来的？"

顾应祥二十九岁，字惟贤，南直隶人，现在是锦衣卫经历。顾应祥个子不高，很瘦弱的样子，脸瘦瘦的，瘦却有精神，眼睛发亮。顾应祥两手撑在地面上，要站起身。王阳明伸手示意，说道："惟贤，坐着说。"

顾应祥羞涩地笑道："听了师父刚才讲的，勇气应该是从心里来的。现在仔细想想，其实真不知道是从哪里来的。"

王阳明笑眯眯地，朝顾应祥点点头，说道："大勇猛从哪里来？从仁心中来。所谓的仁心，就是我们刚才说的静心，干干净净，干净到你根本不知道有什么仁心不仁心。仁心中绝对没有私心。怕死是私心，不怕死要立功，为了升官发财，这也是私心。仁心说到底，就是大公无私的心。有位弟子叫方献夫，他要回家乡养病，来我这里辞行，临别要我的赠言。我给他写了篇送行的小文章，主题就说，道心就是大公无私的心。惟贤，你当时就不害怕吗？"

顾应祥羞涩地笑了笑，说道："师父，很惭愧，开始有些害怕。单人匹马，闯到土匪窝里，说不害怕是假话。土匪是干啥的？杀人放火，连眼都不眨。土匪为了恐吓我，当着我的面杀人。当时，我真没怕，真是大义凛然。打算去的时候害怕，后来想，为朝廷办事，太平无事的时候，吃着朝廷的俸禄，有事了，胆小怕事，事后怕再也没脸面活在世上了。杀身成仁，舍生取义，'仁义'二字，不正是我们读书人的精神吗？当时要真退缩了，弟子现在怕是没脸面坐在这里了。"

王阳明一直笑眯眯地，等顾应祥说完，点着头，说道："仁义心里生勇气。仁心里生出来的勇气，不是鲁莽，是伴随着智慧的勇气。大家看看，惟贤并非人高马大，并非膀大腰圆，只是一个江南文弱书生。勇气不是力举千斤的楚霸王才有，霸王之勇是匹夫之勇，有自杀的勇气，却没有东山再起的智慧，这就是鲁莽。从惟贤这里，我们能看出来，勇气是从仁义心里生出来的。目前天下不靖，正是需要我们读书人拿出勇气的时候了。勇气是仁心里来的，仁心从哪里来呢？仁心是圣贤的心。要有仁心，就要学做圣贤。要做圣贤第一步做什么？立志。林达同学要回家探亲，昨天到我这里辞行，要我临行赠言。志道，你说说，赠言是什么？"

林达，字志道，二十来岁，一脸清秀，稚拙之中有一副生硬的成熟老练的样子。林达正襟危坐，说道："弟子回禀师父，师父从我的名字中发挥，要我立志，立志学圣贤做圣贤，立志坚定，就等于成功的一半。学圣贤，就从'四书'中学，'四书'中古人已经说得很充分了。师父，我的理解到位吗？"

王阳明朝林达点点头，说道："志道这个字取得好，立志重要，立志干什么？志于道，立志学圣贤做圣贤。学圣贤，要学圣贤教给我们的方法，下功夫，开发我们自己的仁心，得到了仁心，智慧和勇气自然而然就来了。最后说两个重点，大家回去用心琢磨，第一个是，心即理；第二个是，格物，就是正我们心中的念头。好了，谢谢大家！"

黄绾上来做了几句总结，然后请湛若水开讲。湛若水讲后，黄绾再次做了总结性发言,然后宣布会讲结束。听众席上很安静,听众在等待主讲先生们先退席。王阳明和湛若水正要起身,听众席中一个四十多岁的听众急忙起身,快步赶到讲席前,朝王阳明作了一个揖,双手捧上一封信,说道:"阳明先生,我们素不相识,在下已经听了两次二位先生的讲学。在下从山东逃难来的,明天要回去。有几句诤言给先生。"

王阳明只好再坐下来,对黄绾说道:"宗贤,让其他人先走吧,我要会一会这位学友。"

黄绾宣布道:"各位同学先走吧。"

众人纷纷过来向王阳明和湛若水告别,然后离去。

禅堂里只剩下格物学会的王阳明、湛若水和黄绾,还有那位四十多岁的中年人。中年人向着三位拱了拱手,立在一边。王阳明打量着中年人。中年人身材五尺出头,骨架大,有些瘦,一身灰色粗布棉袍,一张瘦瘦的四方脸上,两颊布满了短短的黄色络腮胡楂,下巴上的一绺黄胡子,胡子梢倔强地向上卷翘着,一双黄色的眼珠像一团没有融化开的冰雹,冰雹里包裹着坚毅和执拗。中年人不说话,默默地站着。

王阳明朝中年人颔首笑了笑,说道:"请问这位山东来的儒士高姓?你说逃难来,明天就要回去,又是诤言,我们当面探讨不是更好吗?"

中年人点点头,说道:"在下姓高,号烈君,靠着教几个学生糊口。山东兵荒马乱,正好在下有个学生在国子监,在下就进城来避一避。还有个原因,上个月,黄河山东清河口到柳铺一段,浑水变清了三天。俗话说,黄河清,圣人出。在下一辈子盼着有个圣人出现,也好让老百姓过个太平日子。听学生说,兴隆寺里出了一位亚圣人,在下心里猛地一亮,心想这是不是和黄河变清对应着的,就满怀希望地过来,想一睹圣人的圣容。可是这一听一看,根本不是心中想象的那么回事。"

黄绾不悦地问道:"你心中的圣人是个什么样子?"

高烈君不在意黄绾的不悦,平静地说道:"圣人长什么样子,是不是和敝乡孔圣人一样,在下不得而知。但是圣人不是什么样子,在下还是有些判断的。"

湛若水平静地问道:"烈君先生,不妨直说。"

高烈君平静地说道:"这位先生,每讲必静坐,静坐格物,是格脑子里的念头,这与朱文公的格物格格不入。朱文公是格天下万事万物,格一物长一物的见识,格一物明白一物的理,格得多,格得深,万理汇成一理。"这时候,一个身穿百衲衣的和尚从禅堂门口一晃过去了。高烈君指了指门口,继续说道:"对,就像和尚身上的百衲衣。一物含有一物的道理。万事万物的理,合起来,这就是朱文公说的万殊归为一理,一理就是天理。这位先生呢,说脑子干净了,心干净了,就是天理。按在下的理解,这个干净是佛教的空。难怪这位先生选在佛家寺院来会讲。原来先生挂的是儒家招牌,讲的却是佛家禅学。"

王阳明脸色有些阴沉。他一直沉默地听着,开始有些尴尬,后来有些生气。北京的进士举人,没见谁说三道四的,一个乡巴佬,一个私塾先生,竟敢来,敢来——王阳明脑子里突然浮现着张载在东京汴梁讲学时的虎皮交椅,北宋时代的虎皮交椅与眼下的场面联系了起来——一个乡巴佬竟敢在老虎头上蹭痒!私下里两人独处时,提提意见,也许能够接受,可是现在湛若水与黄绾都在场,这是丢脸的事。王阳明后悔刚才要与高烈君当面探讨的决定,真不如回家私下里看这封信,是好是坏自己一个人知道。这乡巴佬说自己的格物与朱熹的格物格格不入,这是他有眼力,但是说自己是禅学,是佛教的空,这个……这个……岂能让人接受。如今,自己座下已经有了员外郎这样的弟子,和几乎与自己同龄的官员弟子,现在这情形一旦传扬出去,这才刚刚开始收徒讲学的事业,会不会受影响?想到这里,王阳明脸露不悦。

高烈君察觉了王阳明脸上的不悦神色,他不仅不害怕,反而笑了笑,只是淡淡的笑,笑得很平静、很镇定,笑得没有丝毫的不自然。心底无私才自然。王阳明看着高烈君的笑,那么自然平静的笑,平静之中好像隐含着一丝轻视。王阳明意识到了心中的念头是阴暗自私的。这位乡巴佬和顾应祥一样,有勇气,一介平民敢冒犯官老爷,凭什么?凭的就是无私心,无欲无求。王阳明心里自责,惭愧。王阳明站起身,搬起身下的椅子,放到了高烈君的身后,谦恭地笑着说道:"烈君先生,能批评我的,就是我的老师。您请坐!"

高烈君大大方方地坐下。王阳明对着高烈君作了一个揖,说道:"烈君先生,您说说,在下讲学中还有哪些不足的地方,在下洗耳恭听。"

黄绾随着王阳明,收起了脸上的不悦和轻视。湛若水一直是一脸平静。

高烈君平静地说道:"我们儒家提倡修身、齐家、治国、平天下。在下时运不济,年轻时功名路上没有走成,可是这颗心还是儒家的心。列位先生高居庙堂,如今天下乱糟糟,为什么不干儒家的事,却一头钻到佛家的空里面去呢,整天坐空说空?坐空说空,能把刘六、刘七这些暴民说成良民吗?能把天下说太平吗?世道乱,根本在哪里?人乱心先乱,国乱君先乱。乱的根子在君上。大臣不应该以道事君,劝谏君上吗?俗话说,浇树浇根。要想天下太平,不敢劝谏君上,却躲在寺庙里静坐观空,这是儒家大丈夫的作为吗?不敢劝谏君上,吃着朝廷的俸禄,坐看天下百姓遭受匪乱,能忍心吗?自古以来,出来做官的不外乎两类,有的是替天行道,有的是家贫,为了孝养父母。两位先生是为什么呢?我不明白,黄河水为什么变清?但是我明白,黄河水变清,绝对不是应在兴隆寺出了圣人。我一个乡巴佬,我一个读书人,明天也要到午门,击鼓谏君去。官老爷,指望不上了!在下的话说完了,得罪就得罪吧!宁得罪君子不得罪小人。"

王阳明脸上有些红。湛若水也不再平静,有些尴尬。黄绾则一脸羞赧。

第六十八章　道德学会　人各西东

　　王阳明、湛若水和黄绾三个人把高烈君送出门外。王阳明回头对两人感叹道："义士!"黄绾赞同道："民间有奇人呀!"湛若水说道："虽然他可能穷其一生，也见不着道的影子，但是一个人，正如今天阳明子说过的，只要有一颗公心，一颗大公无私的心，不斤斤计较个人利害得失，就会无所畏惧。一个普普通通的乡下私塾先生，他就敢到午门击鼓，敢去进谏圣上。不管有没有效果，都勇气可嘉!我们坐而论道，可能真是空谈。"

　　王阳明附和道："这就叫无欲则刚，无私则无畏。至于他对我们的评价，说我们是空谈，是佛家禅宗，这个也怪不得他。甘泉子、宗贤，外面天儿太冷，我们还是到屋里说。我们今儿个得把问题说透。"

　　三人进入禅堂，各自就座。王阳明说道："这位儒士抗议我们的两点，一说我们是禅家的空谈，二说我们坐而论道，没有行动，不敢去进谏君上。我们是不是禅家的空谈，我们自己心里清楚，他一个乡下人是理解不了的。"

　　黄绾插话道："伯安兄，别说他一个乡下人误会我们，北京城里说我们是假装儒家真说佛话的，我听到的就不止一次。说你阳明子是陆象山的私淑弟子，陆象山早就被朱文公批倒批臭了，你阳明子的空谈学问，也只能躲在寺院里，不敢正大光明地到外面说，到外面去传播。"黄绾边说边看着王阳明，发现王阳明有些尴尬的神色,就解释道:"伯安兄,我们自己不能掖着藏着,我是有啥说啥。首先,我信你的学问是正学,但是外面的闲话也提醒我们,我们也得反省反省。这是说你阳明子的。说到甘泉子,外面也嘲讽是禅宗空寂学问,说甘泉子正好是广东人,唐代的慧能是个不识字的卖柴火的,大明的甘泉子是个识字的,说空卖空的翰林院编修。"

湛若水淡淡地笑着,说道:"对慧能的评价还是比我高,至少他还卖柴火,谁家买来还能烧火做饭。我是卖空气的,空气就像公道一样,我拿公道卖钱,是个十足的骗子。伯安兄,你是说空,我是卖空,问题比你严重呀。"

王阳明苦笑了一声,说道:"说我们躲到寺院里,说我们偷偷摸摸地讲学,我们两人这罪状是一致的。我们有罪同担吧。"

黄绾苦笑着问道:"伯安兄,元明兄,你们听没听到大家说我什么?"

王阳明和湛若水摇了摇头。

黄绾向两个人拱了拱手,苦笑着说道:"我倒想让别人说我,可惜我还没有资格。两位兄长学问上有自己的心得。伯安兄,你有自己的格物说,有自己的'心即理'说;元明兄有自己的'随处体认天理'说,在下还没有自己的心得,自然也就没有资格被人背后说了。"

王阳明笑着说道:"宗贤,这也提醒你了,学问要落实到身心上。心得,就是学问学到了身上心上。有了心得,才能说有学问,有自家的学问。今天高烈君是当面抗议我们了,宗贤自己也听到过旁人的嘲讽。我们没有听到的呢,可能还会有。这也怪不得别人,要怪只能怪我们自己。"

黄绾问道:"伯安,这怎么能怪我们自己呢?"

湛若水说道:"圣贤学问失传太久了,大家都不知道底细,误会是难免的。为什么失传这么久? 没有人讲学。我们出这个头讲学,有人可能会认为是出风头。我们也要自问,我们是不是自身有什么不妥当的地方,引起了别人的误解。"

王阳明说道:"甘泉子说得对。首先我检讨一下,我对格物的心得,与朱文公明显不同,与朱文公不同,就是与天下读书人不同,所以难免遭人非议。当初我们学会起名格物学会,是因为我的坚持。现在我不坚持了,格物只是一个手段,目的还是修道修德,你们看改为道德学会如何? 这个名字更明确,谁也说不得闲话。"

湛若水说道:"这个名字好!"黄绾也随声附和。

王阳明笑着说道:"这并不是说我对格物的心得变了。我在贵州时提出过一个心得,叫知行合一。今天我们在会上说到勇气,说到无私才能无畏。高烈君说我们不敢到金銮殿上劝谏君上。是不是我们能说不能行呢? 其实,儒家的道德讲究智慧、仁心和勇气。有了智慧,才能避免匹夫之勇。劝谏君上,我们也不是没有劝谏过。唉! 不说也罢。"要说劝谏君上,王阳明从庐陵回到北京,过了没多长时间,就上了一篇奏疏,题目是《自劾不职以明圣治事》。接受正德元年劝谏受刑的教训,这次从自我批评入手,对万岁爷他老人家的胡闹毫不避讳,劝谏万岁爷学习尧舜圣贤学问。可是,有什么结果呢? 这些告诉高烈君,又有什么意义!

三个人沉默了一会儿,湛若水说道:"学会改名为道德学会,好! 我还想说,我们的会讲地点最好搬出寺院,免得别人联想。"

黄绾皱着眉道:"搬到哪里去呢?"

王阳明笑着说道:"如果听众多的话,就改到吏部议事厅吧。回头,我和杨公邃庵先生说说。听众少的话,就在家里讲吧。日头过午了,我们也别饿着肚子说学问了。高烈君抗议得对,坐而论道,空谈学问,谈不饱肚子。走,我们吃饭去。"

正德七年,王阳明四十一岁。

道德学会没有会讲几次,湛若水和黄绾都要离开北京。湛若水奉命出使安南。朝廷要册封安南国王,湛若水是册封使团的团长。黄绾因病休假,要回老家浙江黄岩养病。湛若水二月份出发,黄绾三月份南下。二月初,在王阳明家里举行一次会讲,这次会讲算是给湛若水和黄绾送行。会讲的主题是《道德学会要坚持下去》,三个人约定的会讲内容是,各自结合自己的人生经历和修学实践,总结修学心得,谈一下下一步的修学计划。因为是为湛若水和黄绾送行,王阳明是主讲。

湛若水和黄绾各自讲后,王阳明最后讲,他说:"要讲道德,要推广道德,确实不容易。人间不讲道德,官不像官,民不像民,杀人放火,祸乱四起,就像现在这个样子,这个世道;天地不讲道德,今天干旱,明天地震。结果只有一个,天下老百姓受苦遭罪。我们这个道德学会,就是要讲道德,要为天地间培补正气。这刚刚起步,俗话说,好事成双,三人成众。我们三个人刚刚拧成一股绳,可这就要被拆散了。难道真是天地不想要我们人间讲道德?"王阳明说着,看了看湛若水和黄绾。湛若水摇了摇头,黄绾叹了口气。王阳明继续说道:"不管是天意还是人意,都说明天地间正气不足,需要人来培补。真是天命难违吗?什么是天命?有天命吗?可以说有天命,也可以说没有天命。为什么这么说?天心就是民心,民心一定,就是天心定。孔圣人后,圣学失传了。好在有曾子的一贯之道,传给了孟子。孟子后,直到宋代的周濂溪和二程,才接续上道学的香火。可惜的是,二程之后,再次失传。什么是一贯之道?什么是一? 一就是一心。人心变仁心,就是一心。仁心就是天心。所以说,人与天地,都是一个仁心。这就是说,人心定就是天心定。从这里说,人心就是天心。为什么天心乱?说到底是人心乱了。人心要定,靠谁?我们儒家说,君子造命。造什么命?修正自己的命运,创造自己的命运,君子多了,天命就被君子改造过来了。君子怎么才能多起来?要讲学!难道说世上就没有讲学的吗?有!只是讲的不是道学。原因在哪里?二程以后,书出得越来越多、越来越厚,学术分得越来越细,道理讲得越来越琐碎,可是越来越离道万里。为什么?方向错了,南辕北辙。人人两眼向外,从一摞摞故书里面扒拣,东找西找,天上地下,上下索求,就是不往自己身上用功夫,不知道从自己心里找。古人做学问,讲究个心得自得。怎么得到?一心就得到。什么是一心?大公无私的心。有了心得,才算有了学问。有了心得,才可以讲学。讲

学是讲的圣人学问。回头看看我这几十年走过的路，"王阳明深深地叹了口气，
"走了多少弯路！开始是往身外忙，在写诗作赋上与人比高低，后来又痴迷于佛
家和道家，甚至想抛下爹娘，躲到深山里去。这一荒废就是几十年。万幸的是，
老天开眼，我终于找到了正学的路子，沿着周濂溪和程夫子的路子，接续上了孔
孟的道脉。一个人孤独前行，力量有限，后来得与甘泉子同行，互相扶持，又得宗
贤兄弟同行，路应该会越走越宽。一路行来，甘泉子对我帮助很大。"王阳明说着
对湛若水拱了拱手，湛若水回应一个拱手，"我与甘泉子，心有灵犀，志同道合；我
与宗贤，同心同志，"王阳明向黄绾拱了拱手，"世道越来越颓废，越颓废越需要
讲学。讲学的前路上，一定会困难重重，三个人合力，六条腿使劲，会站得更稳。"
湛若水和黄绾连连点着头，只是点得有些沉重，神色有些忧郁。

王阳明笑了笑说道："甘泉子这次出使安南，朝廷赐予一品官服，这是钦差大
臣的威仪。祝贺你，甘泉子！"两个人互相笑着拱了拱手，"甘泉子路远难行，就
像我们的讲学路。宗贤，这次南返，到山里盖几间房子，等着我，来日我要与你一
同静修。"黄绾不解地看着王阳明。王阳明说道："我已经递了申请，想回家静
修。杨公邃庵先生多次挽留。再争取吧！宗贤，说心里话，我羡慕你！"王阳明苦
笑着，"国事，我们无能为力，何必窃取皇粮俸禄，问心有愧呀！"

三个人沉默了一会儿，黄绾说道："阳明子，临别前，关于身心学问，还是再给
我几句建议吧！"黄绾期盼地看着王阳明。

王阳明点了点头，笑眯眯地说道："建议有三点。第一，宗贤，你敢于从小放
弃科举路子，立志于圣贤学问，这是志向坚定呀。孔子说过，我求仁心，仁心就成
了。为什么一直没成呢？你和我一样，都走了弯路，受了误导，这才越走越偏。
偏到哪里去了？偏到身外去了。第二点，圣贤学问就是心学，要把心弄明白。心
本来就是明白的——就是孟子说过的，人之初，性本善——只是后来被欲望和习
气蒙蔽了。第三点，孔子说过的，克己复礼。这里的礼，就是心的本然状态，光明
透亮。到自己身上用功夫，自己心明了，这个世界就明白了。"王阳明看了看黄

绾,再看看湛若水,郑重其事地说道,"甘泉子,宗贤,我们人散了,你南、他东、我北,道德学会可不能散,我们讲学的心可不能散。"

湛若水点点头,郑重说道:"一定不会散!"黄绾也郑重地点头。

王阳明笑着说道:"好了,我们就这样说定了。"三个人六只手掌,上下叠在了一起。三个人,个个神情专注,专注得像在会试考场上;个个神情肃穆,肃穆得像在祖宗祠堂里祭祀。三个人共同发誓道:"学圣学,讲圣学,学圣贤,为天地立心,为生民立命,为往圣继绝学,为万世开太平!"

三个人发过誓,王阳明笑着说道:"今天我做东,请两位喝酒以壮行色。请吧!"

第六十九章 结伴南下 讲说《大学》

正德七年三月,王阳明从从五品员外郎升到了正五品郎中,转到了吏部考功司。考功司主管对天下官员的考察。京外官员,三年考察一次,六年第二次考察,到了九年,综合考察。考察的结论分三种:称职、平常和不称职。考察结果是官员升降奖惩的依据。

兄妹团聚 时事艰难

六月里,王阳明的妹妹王守让夫妇要来京城。妹夫徐爱中进士后,被分派到了北直隶保定府的祁州做知州。徐爱任满,进京朝晋。

兄妹师徒已经整整四年没有见面了。王守让挺着个大肚子,在丫鬟的搀扶下,由徐爱陪着,来见王阳明。王阳明迎候在院子里。

"兄长!"王守让夫妇同声喊着,同样的激动,同样的惊喜。

在徐爱夫妇同声呼叫哥哥的同时,王阳明也激动地招呼着:"阿妹!曰仁!"招呼着,快步迎上前去。

兄妹互相打量对方,妹妹淌着眼泪,哥哥红着眼圈。站在旁边的徐爱眼里噙着泪水,看一眼这个,望一眼那个。

王阳明与妹妹对视着,关切地说道:"阿妹,还是没有吃胖呀! 现在有身子了,不吃胖哪行呀!"

王守让瞅着哥哥鬓角上的白发,眼里流着泪,嘴唇颤抖着,抽噎着:"兄……兄……"半天,才说全一句话,"兄长,你有……白头发了!"

王阳明红着眼圈点着头,应道:"我要当舅爹了,白头发就白头发吧! 阿妹! 曰仁,快屋里坐!"

三个人进了屋,王守让靠近王阳明坐着。王守让用手帕拭了拭眼睛,抬眼再次打量着哥哥,声音颤抖着说道:"兄长,妹妹想你呀!"说着,刚擦干的眼泪又流了出来。

徐爱对王阳明说:"兄长,阿妹跟着我在祁州,三年来,天天想岳父母大人,想兄长,想弟弟。整天为兄长担着心,怕兄长在贵州那边没吃没喝。整日茶饭不思。医生劝她,我也劝她,思虑伤身。这不是,都想出毛病来了! 看看这气色!"

王阳明眼圈红着,对妹妹说道:"阿妹,兄长让你担心了! 你得心疼自个身子了。"

王守让点着头,幸福而羞涩地笑了笑,小声说道:"兄长,见了亲人,我轻松多了。"

王阳明关切地问道:"几个月了?"

王守让脸红着,小声说道:"八个月了,八月份足月。"

王阳明幸福地笑着,劝慰道:"一路劳累,进屋歇歇吧! 现在安静对你最重要。我们兄妹有说话的时间。"

王守让在徐爱和丫鬟的照顾下,进内室歇着去了。

徐爱从内室出来,师徒两人开始了男人之间的谈话。

王阳明与徐爱对坐着,徐爱激动的神情还没平复下去,"先生,想不到我们绍兴一别四年。"

王阳明已经恢复了往日的平静,他问:"曰仁,学问如何?"

徐爱二十六岁，经过世事磨炼，成熟了，淳厚的眼神中，比几年前多了些忧郁。徐爱诚挚地回答道："学问，有长进；烦恼，也有长进。"徐爱轻轻叹了口气。

王阳明点了点头，说道："当了四年知州老爷，一方父母官，给百姓造福了，还是造孽了？造福了，就是学问有长进。学问也只有在日常生活中才能磨炼出来。日常生活，小家庭的柴米油盐，一方百姓的柴米油盐，这都是学问。日常生活，人事繁杂，千头万绪，烦恼避免不了。有烦恼，说明有责任心。小民的烦恼，自然也是官老爷的烦恼。学问，就是为了消除烦恼。"

徐爱说道："我的烦恼，靠我自己的学问消除不了。我所在的祁州离霸州很近，霸州在京师所在的顺天府，离京师也就二百来里地。刘六、刘七这伙暴民已经成气候了，纠合了几万人马。听说京师已经戒严几次了。先生，这究竟算什么世道呀？堂堂的京畿之地，一伙暴民竟然如入无人之境，攻打州县，杀人放火。我在祁州，天天操心的就是守城，可以说是提心吊胆。脱离祁州，对我来说，真是一种解脱呀！"

王阳明轻轻叹了口气，问道："听说这刘六、刘七以前也是吃衙门饭的，什么缘故起来和官府作对？"

徐爱重重叹了口气，黯然神伤，缓声低声说道："一句话，是逼上梁山。细说起来，话就长了。"徐爱看了一眼王阳明，发觉王阳明在认真地听，继续说道，"京畿之地，大片大片的皇庄，连地数百里。农民手里没地，就变成了流民。流民多，盗贼就多。刘六、刘七兄弟原先是霸州衙门的捕快，专门捉拿强盗的。皇庄之间还有大太监的庄园。有位大太监的家人，向刘六、刘七兄弟索要好处，没有得手，就诬陷这两兄弟是强盗，还把他们的家人收监。没想到，这刘六、刘七后来就成了真强盗，拉起一竿子人马，攻破霸州，救出了家人。对付这些暴民，京军束手无策，后来不得不调来边防军。听说这些暴民已经乱到了山东、河南、陕西、湖广，而且越闹越厉害。"

王阳明听着，脸色阴沉。徐爱继续说道："这些人打的是替天行道的旗号。"

王阳明听到这里苦笑了笑,说道:"我们讲道学,替天行道。如今,土匪也替天行道!"

徐爱小声说道:"先生,这还真不好说。这些土匪还真有些替天行道的味道,在直隶,他们的矛头指向官府和皇庄。听说这些土匪攻城,还有个讲究。前兵部尚书马文升大司马的家乡是禹州,他们知道马大司马是个清官,竟然绕过禹州不打;他们知道焦芳是刘瑾阉党,竟然特意绕过禹州,攻破泌阳,烧了焦大学士的家,挖了焦大学士的地窖,刨了焦大学士的祖坟。只是焦芳提前跑了。先生,你说,这是不是替天行道?焦芳阉党,侥幸在刘瑾事败前退休,躲过了朝廷的处罚,想不到,被土匪惩罚了。"徐爱摇着头叹了口气。

王阳明一直沉着脸,等徐爱说完,说道:"曰仁,天下全乱了。内,到处是乱民暴动;外,鞑靼人东西两线,处处点火。祁州乱,霸州乱,除了南直隶和我们浙江,没有一处不乱的。我们坐看乱起,束手无策,吃着这份俸禄,心里愧疚呀。我一直想退休,到会稽山阳明洞天修习,眼不见为净。可是,老奶奶不同意,父亲大人反对。吏部杨公邃庵先生一直挽留。"王阳明叹了一声。

徐爱望着王阳明,疑惑地问道:"怎么会这样呢?刘六、刘七一伙人里,还有个读书秀才,叫赵燧。读书人也跟着乱。"

王阳明没有说话,看了看徐爱,指了指自己的心窝。

徐爱不理解,问道:"先生,你是说,人心乱了?"

王阳明看着徐爱,说道:"一个人乱,说到底是心乱了。作为一个国家,一个朝廷,君上就是国家朝廷的心。"

徐爱若有所悟,拖着长音,哦了一声。

王阳明沉默了一会儿,说道:"曰仁,一个人修学,下手处就是修心,修自己这颗心。为啥《大学》说'修、齐、治、平'呢?去年有一位儒士嘲讽我,讥讽我不敢劝谏君上。他哪里知道,"王阳明抬头指了指上方,"水火不入!忠言逆耳,从来不听。对谗言,倒如饮甘露。"王阳明再指指自己心窝,又说:"心不正!整天一味地荒唐胡闹。好好的皇宫不住，要另外盖宫殿，号称豹房，一再扩建。就在皇宫西面，到处是强制拆迁。豹房里养着一帮子西域和尚、戏子，几千人。随便收干儿子，不管地痞无赖，只要喊一声爹，就赐姓国姓。这些干儿子一步登天，都成了王子殿下。几年间，网罗了一百二十七个干殿下。只要改姓国姓，就要封伯、封都督、封都指挥、封千户、封百户。是王子，都要修造王府。还要给那么多花和尚修造佛寺佛塔。你去走走看看，北京城里到处大兴土木。这都要花钱。皇宫内库的钱从来不动，要国库的银子。国库只能向天下的老百姓伸手。到处打仗，国库早就空了。王府、佛寺，还照样建。哪来的钱？城里，挂钦赐黄旗的商店，都是皇店，是为了挣钱而设。钱不够，向文武大臣索要，向暴发户家里索要，向大太监家里索要，把宫里大小太监私藏的财宝搜索净尽。还有更过分的，索要财宝，连太后也不放过。好在还顾及太后的面子，没有像在别处那样明抢。"王阳明苦笑着，摇了摇头，"有时候是派人请太后出来看戏，向太后求赏；有时候请太后出来游玩，太后前脚出去，后脚就派人进太后宫去搜检财宝。太后回来，他们没有搜够财物，竟然让小太监堵住门，不让太后回宫。太后上当次数多了，又不敢不出去。没办法，就贿赂来传圣旨的小太监，推说自己有病，行动不便。谁能想得到，太后也会这么可怜！"

徐爱眼睛睁得大大的，吃惊得嘴都合不拢。

王阳明再次指指自己心窝，叹着气，说道："心乱了。豹房里整天炮声轰鸣，领着一帮子太监，天天军事演习，吵吵闹闹，喊打喊杀。刚开始，城里惊慌过一阵子，时间长了，也习惯了。就像一个人一样，这心一乱，四肢没有不跟着乱的。剐了个刘瑾，来了个张永。他比刘瑾更狡猾，更老谋深算。自己一手遮天，到处卖好处，一切怨恨都引到上面。"王阳明伸手指了指上空，苦笑着摇了摇头，"二十多岁的人，只一味胡闹。这个张永，还不知道安的什么心呢！几伙乱民，竟然把天下闹得一团糟。京城里的军队，兵少官多，官多也是只拿钱不干事。各地的军队，除了老弱就是病残，青壮年快跑完了。内地的军队指望不上，只好抽调边防部队。边兵到了内地,没吃没喝,人生地不熟,东奔西跑,被土匪的游击战拖疲沓了,士气没有了。所以,几十万军队,制伏不了几万暴民。这是人祸! 还有天灾。北京地震,云南地震,后震连着前震。天怒人怨呀! 我写信建议父亲大人,不聚财,不藏财,保持低调,乱世财多招祸;叮嘱几个弟弟,不要两眼只盯住科举,要积德养善,要退步让人。这个世道,会变成什么样子?!"王阳明皱着眉,沉重地摇了摇头。

两个人默坐了一会儿,徐爱小声问道:"先生,真想不到会是这个样子。难道大臣们就这样不闻不问吗?"徐爱看着王阳明的眼睛。

王阳明摇了摇头,沉缓地说道:"李阁老西涯先生,过去为刘瑾树碑立传,现在换了主人,在为张永歌功颂德。朝中不能说没有正直的大臣,但是碰上这样的君上,好话一概是不听的。杨公邃庵先生,是借着张永的势力上来的。杨公最近还劝谏天子,勤上朝、勤听政。劝谏后还是老样子,一个月上朝一次两次。杨公是个明白人,现在宫里乱成一锅粥,干儿子、太监、亲随,三伙人斗来斗去,没有消停过。张永这么猛的势头,总有刹不住车的时候。杨公也一直想着退避。"

徐爱忧郁着,对王阳明说道:"先生,看来还是回南方安稳些。"

王阳明默默地点点头。沉默了一会儿,王阳明幽幽地说道:"'忠义'二字,没处伸展呀!"

南下途中　讲说《大学》

王阳明当了半年多的正五品郎中,年底,升为南太仆寺少卿,正四品。南太仆寺是兵部下属的二级机构,负责军马养殖的管理工作,衙门设在南直隶的滁州。有别于北京太仆寺主管全国马政,南太仆寺只负责南直隶几个府的马政。太仆寺有一位从三品的正卿,下属两位少卿,两位正六品的寺丞,一位从七品的主簿。王阳明成了清闲衙门的闲散官员。

从正德三年离开老家,王阳明再没有回过老家,九十三岁的老奶奶在余姚,
六十七岁的老父亲在绍兴。老父亲做官正派,不肯归顺刘瑾,正德三年被罢了
官。王阳明决定,上任之前先回家探亲。妹夫徐爱被分派到了南京兵部做员外
郎。滁州和南京离浙江很近,兄妹结伴回家探亲。王守让的孩子没有成。赶上
要回家见爹娘,一直在苦痛中的女人蜡黄的脸色才添了几抹红晕。王家这些年
一直不利生养,王阳明和夫人一直没有给王华添上个孙男孙女,这让王华的退休
生活少了很大的乐趣。王华来信告诉王阳明,已经十七岁的二弟王守俭,媳妇刚
刚生了个儿子,孩子一出生就夭折了。王华的信中隐隐约约感慨道:在王家,生
孩子比升官难,当爷爷比当尚书难。人生自古难的是十全十美。

九十多岁的老奶奶,看一次少一次。王阳明回想起正德三年与奶奶分别的
情景,老奶奶颤颤巍巍地捣着拐杖,挪着一双三寸小脚,执意把孙子送到运河码
头。她站在码头边,立在寒风里,一直目送着驿船远去。寒风吹乱了老奶奶鬓角
的白发,寒风冻颤了老奶奶的呼唤,"云儿,奶奶等着你回来!"奶奶无力地、缓缓
地挥着手,挥在寒风中的那只手,枯瘦得像腊月里寒风中光秃秃的枯枝,老奶奶
的眼中含着无奈,含着期盼,含着绝望。在老奶奶心中,贵州好像是在天外,好像
是另一个世界。老奶奶的呼唤一直封存在王阳明的心底。王阳明归心似箭。

赶在年底,王阳明和徐爱夫妇踏上了回家的路途。一路上还算平静,北直
隶、山东、河南的贼乱已经平定。只是运河结冰,不能通船,一家人只好坐车走陆
路,到了淮河以南,这才下河坐船。

到了船上,一家人相处的时间就多了。徐爱除了躲在船舱里陪伴安慰夫人,
绝大部分时间一直贴在王阳明身边,他有想弄明白的事。这天中午,赶上风和日
丽,王阳明在甲板上静坐晒太阳,徐爱坐到了王阳明对面。徐爱默默地注视着王
阳明,王阳明默默地坐了一会儿,感觉到了徐爱的目光,笑眯眯地睁开眼,问道:
"曰仁,在我脸上发现了什么?"

徐爱憨厚地笑了笑,说道:"先生,都说你在贵州龙场悟道了,我想看看悟道

后的人,身上有啥变化?这么多天,我一直在观察,好像也没什么不一样的地方,仔细品味一下,又好像还真有些不一样。与我们分手时相比,先生的笑容更纯净了,你别怪我,有个比喻最恰当,先生的笑像婴儿那样纯真无邪;先生的笑比以前多了些慈爱,像咱家老奶奶一样的慈爱;先生的眼神看起来很坚定,又不像一般的坚定,因为我们一般说到坚定,好像是很硬,先生的定像春冰化水一样,是活泛的;先生的脸色好像透明一样,应该说是透气吧;先生的步履,很轻盈,像阿妹没有出嫁时一样。先生,我说得对不对?"

王阳明笑眯眯地,等徐爱说完,问道:"曰仁,你知道吗?这是我们儒家说的变化气质。气质已经变化了。你知道是因为啥吗?"

徐爱憨厚地笑了笑说:"不是因为悟道吗?"

王阳明笑着说:"这个回答太笼统!儒家讲究变化气质。气质变化的根子在哪里?"

徐爱一笑,说道:"这个我知道,先生多次说过,在于心。"

王阳明颔首赞许道:"对!不管是佛家、道家,还是我们儒家,都要在心上下功夫。你想想,道在天上,空空洞洞,无形无相,谁也抓摸不到。怎么合于道呢?人心也是无形无相的,只有心,才能合于道。你说这是为什么?"

徐爱笑着说:"先生已经明说了,空对空,都是个空,合于空了。"

王阳明点着头说道:"说空,不能说不对,但是容易造成误会,别人会攻击这是佛禅。说虚,也未尝不可,但是别人又要攻击这是道家。如果我们停留在这个空和虚的境界上,别人会说,我们成了枯坐山洞古寺的那些人了。说空说虚,不是我们儒家正学。《识仁篇》说'浑然与物同体',我把它说成无形无相,免得受人指责。道是无形无相的,落到人身上,就是德。德就不是无形无相的了,德是人的一言一行,是人的气质变化。一个人的浑身上下,无不透露、放射着德的气象。前提是这个人得有德。气质,说到底,就是一个人的性命,就是一个人的道德。道是先天的,德是后天的,怎么把道德贯通在一起呢?"

徐爱笑笑说道："这个，我知道，就是一心。先生说过多次的，要把心底打扫干净，干净到一尘不染。"

王阳明赞许道："这就是一贯之道，用一心，贯通天道和人德，是天人合一。"

徐爱突然皱起了眉头，迟疑着说道："先生，这么说，你一直在说的'心即理'跟陆象山的'我心即宇宙'一样啊，这可是朱文公批判过的禅家的东西。"

王阳明笑笑说道："咱们老乡、你的本家徐守诚，去年与一个同僚争论这件事，他们找我裁判。徐守诚紧跟朱文公，批驳别人的'尊德性'。尊德性，就是侧重于在心上下功夫。朱文公侧重于'道问学'，就是把功夫用到了事上。你想想，事是谁做的？是人做的！谁指挥人做的呢？说到底还是心。我在贵州时，弄明白的就是这个。"一听王阳明说到贵州，徐爱眼神专注起来。王阳明继续说道："我以前的路弯在了格物上。朱文公让大家格遍天下万事万物，他认为万事万物都有一个理。前些日子，有位叫高烈君的儒士，把这个格物比喻成老和尚的百衲衣，格一物得一物的知识，一物一物的知识积累起来，就成了无所不包的天理。这个说法错在哪里，曰仁？"

徐爱说道："人生有涯，知识无涯。先生的格物是正念头，是在心上做功夫。"

王阳明轻轻点头，说道："格物，就是格去心头的物欲私念。但是这样说，别人容易误会到佛家的空。为避免误会，就说正念头吧。说到空，我们儒家有家庭，有爹娘，总是要干事的，哪里来的空？"

徐爱点着头，说道："不过，颜渊年纪轻轻，后人却都说他有道，他一辈子好像根本就没干过啥事。孔子遇到围困时，他竟然会掉队，没有跟着保护孔子。"

王阳明说道："有德之人，有机会了，利益大众；没机会，点亮自己的心，自得其乐。我也一直想退休，想回到阳明洞天享清闲去，也是这个理。"

徐爱若有所思地说："这样说，我也想早些退休，去修道。不管有机会还是没机会干事，这道我是一定要修学的。怎么修，怎么学，先生能不能系统地讲一讲？

我过去得到的知识,都是东一榔头西一棒槌,不系统。"

王阳明做了一个深呼吸,说道:"好吧,我也一直打算找个时间给你讲一讲。今天正赶上你有这一问,也是机缘成熟,该有今天这一讲。王祥,准备些茶点。"

王祥送上茶点。王阳明和徐爱吃了些点心。午后的阳光像金光一样洒在航船的甲板上,洒在运河河面的波纹上,河面上像铺了一层金砖。周围一片安详。

王阳明捋了捋胡须,笑眯眯的,开始了讲学:"曰仁,《大学》一书,是我们儒家修学的纲领,这一点有疑问吗?"

徐爱摇摇头,说道:"圣人的书不做纲领,要用曾子的《大学》做纲领,这不等于说《大学》比《论语》和《孟子》还重要吗?"

王阳明点点头,说道:"你说说,《大学》为什么到了朱文公,才从《礼记》里抽出来,单独成书?"

徐爱摇摇头表示不知,两眼写满了困惑。

王阳明缓声说道:"曰仁,我再问你,孔子从鲁国跑到洛阳,向老子问礼,为什么说问礼,而不说问道?"

徐爱还是摇头。

王阳明笑眯眯地,说道:"我再问你,《论语》是孔子弟子们编辑的,孔子的话都要在前头加上个'子曰'。"徐爱摇头变成了点头,"《孟子》是孟子弟子们编辑的,里面处处是'孟子曰'。你再想想,《大学》里有'子曰'吗?《中庸》里有'子曰'吗?那么《大学》第一段,这五十八个字,是谁说的呢?"徐爱还是摇头。

王阳明再问道:"那么孔子到洛阳向老子问的是什么礼呢?仅仅是怎么磕头、怎么作揖吗?"徐爱眼里充满了疑问。

王阳明继续说道:"人间的礼是人间的秩序,天地间的礼呢,不就是天地间的秩序吗?孔子问礼,是问的天理。"

徐爱突然张开嘴"哦"了一声,之后说道:"礼,就是天地秩序,是天理,就是道。"

王阳明点点头,笑眯眯地,看着徐爱。徐爱憨厚地咧开嘴笑了。

王阳明笑着说:"《大学》第一段这五十八个字,就是孔子向老子问来的礼。后人为了维护圣人的形象,把圣人说成天才,说成生来就知道。孔子本人怎么说呢? 他说他自己是学来的。到了后代,儒家为了撇清和道家的关系,更是竭力避讳这件事。老子是从哪里学来的呢? 如果追问下去,就成了鸡生蛋蛋生鸡的绕口令了。所以,这五十八个字,前头没有'子曰'。现在回到正题。我说《大学》是儒家修学的纲领,大学大学,就是大道的学问,不是年龄大的学问。从这个'学'字就知道,大道是学来的。学问学问,学不懂就问,问谁? 问老师! 问自心! 你看第一段开始,'大学之道,在明明德,在亲民,在止于至善',我们习惯称为'三在'句;你再看看《中庸》第一段,也是三句;《论语》开首,也是三句。你再想一下,《易经》第一卦乾卦,乾卦是三根阳爻,"王阳明用右手食指在摊开的左手掌上比画着三横,"这个乾卦,是一元复始,是万物的开始。一、二、三,三句,这不就是《道德经》说的道生一、一生二、二生三、三生万物吗?"

徐爱听到这里,突然一仰头,两手臂向上一扬,咧开大嘴巴"啊"了一声,很惊喜的样子。意识到自己有些失态,他又马上正襟危坐。

王阳明会心地笑了,然后继续讲道:"这三句就是大道,有先天大道,有后天大道。你看'明明德',第一个明是先天大道,第二个明是人身上的后天大道,在天为道,在人为性,先后天贯通,就成了德。道是空的,德是实的。这也是孟子说的,'尽心知性','万物皆备于我',先天后天一以贯之,与天地合德。天地间的人事物,都是我自己身上的东西,我能不亲吗? 这就是亲民。亲民是明明德后的自然结果。朱文公把'亲民'改成'新民',违背了《大学》的本意呀。"徐爱兴奋地搓着两手,像是想说些什么。

王阳明继续说着:"'止于至善',这是与道合一的自然结果,做人做事,自然无不恰当。修学有个性命双修的说法,性命就是道德,这前三句就是修性,是修道,俗话叫性功。接下来是命功,叫六字功法,六字就是止、定、静、安、虑、得。这六字就是修学的阶梯。'知止而后有定,定而后能静,静而后能安,安而后能虑,虑而后能得'。'止于至善',至善在哪里?人们都习惯两眼往外看,往外找。大千世界,万事万物,纷繁复杂。你到哪里止?方向错了!"王阳明说着,右手食指指着自己两眉之间,"修学人知道在自己心上用功,就是有了方向。有了方向,心就再不妄动了。不妄动,就有静。能静,心里就干净了,佛家叫空,道教叫虚。开始不是说吗,道是空,心空,空与空和,这就是先天后天合一了,叫天人合一。到这一步,日常生活中,就能从从容容、平和安详。办事考虑周详,没有不恰当的。虑,不是思虑,不是用脑筋想的,而是无思无虑,是心体光明时的自然直觉,佛家叫明心见性,儒家叫至诚如神。得,就是德,道与德合一,成了道德,性命圆满了。这个六字功法,是第一段的第二节,是命功修炼方法。第一节是先天,第二节是后天。第三节,'物有本末,事有终始。知所先后,则近道矣'。这是总结前两节。先说先后,道是先天,法是后天,就是说性功是先天,命功是后天,先天是本,后天是末。另外,先后是相对的,明明德是先,亲民是后;对至善来说,亲民是先,至善是后。从六字功法来说,'知止'是始,'能得'为终。"王阳明看看徐爱,说道:"这个需要亲身体验。读得多,听得多,不如悟得多;悟得多,不如行得多。《大学》,说到底是用来实行的。这第一段五十八个字,是来自老子。道家讲究无为,只讲修身,只讲内圣。我们儒家有家庭有朝廷,既讲内圣,也讲外王。第一段之后的第二段,即从'古之欲明明德于天下者',到'此谓知之至也'这一段,才是孔子的发挥引用。孔子把道学引申到了'齐家、治国、平天下'方面了。这就把道家往天上修神仙的秘诀,引申到了儒家在地上修圣贤的方法。'事有终始,知所先后,则近道矣',既承接了上文,又启发了下文,即启发了'修、齐、治、平'的顺序。"

徐爱问道:"先生,您好像说过,现在流行的《大学》版本多了一段朱文公自己添加的'格物'?"

王阳明笑笑,说道:"就因为添加的这一段,我才格竹子格出一身病。记住,格物是格心的。这五十八个字,佛家在用,道家在用,他们只用到了修身,我们儒家才延伸到了'齐家、治国、平天下'。我们儒家脚踏实地,在人间躬行实践。"

王阳明停下来,端起茶杯,呷了一口茶。

徐爱若有所思,沉思了一会儿,突然说道:"先生,我好像刚刚过了个大年,吃了一顿大餐。肚子里一时间还难以消化,脑子里一时间理不出来个头绪。但是,我心里有两个疑点,很强烈。"

王阳明笑眯眯地,搁下茶杯,说道:"说说看。"

徐爱说:"第一点,就是先生说的格物,先生主张在心上下功夫,朱文公在身外万事万物上下功夫。可是朱文公说话都是有依据的,都是引经据典,比如……"徐爱引述了孔子、孟子、程子说过的话。

王阳明笑眯眯地,看着徐爱,说道:"曰仁,我用两点回答你。第一点,圣贤学问得亲身实践,得有心得。否则的话,圣贤的话是圣贤的话,不经过自己亲身体验,根本不会知道圣贤的本意。我是经过一番生死才尝到的这个滋味。朱文公一辈子著作等身,功夫都用到了看书和注疏书上了。我们不能轻易说先贤的是非;但是,心里,我们不能不分清楚孰是孰非。第二点,我这个理论也是有依据的,孟子说的'尽心''知性''知天''万物皆备于我',等等。《孟子·尽心》上下两章都是说的这个道理。"

徐爱点点头,说道:"我总觉得,只在心上下功夫,包括不了世上的万事万物。"

王阳明笑着说道:"心即理,你想想,万事万物都是这颗心中的万事万物。这个是要体证的,不是用脑子能想得明白的,是要靠'止、定、静、安、虑、得'这个六字功法的。一个人,体证到了,就是明白了道理,还要去实践,在事上去磨炼,磨炼成熟,才是至善。你看看,处处都离不开一个'行'字。"

徐爱皱着眉,说道:"理上我一时半会儿也难以体证,我还是从事上说吧。先生,我们儒家孝悌是第一门功课,如果一个人闷在屋子里,只在心上孝敬爹娘,于

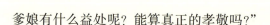

爹娘有什么益处呢？能算真正的孝敬吗?"

王阳明哈哈大笑,笑过后说道:"曰仁,要孝敬不在自己心上用功,难道要到爹娘身上找孝敬吗? 如果一个人双亲都不在了,这个人就不孝敬了。天理中自然有孝敬。孟子说过,一个人的孝心做到了纯净,没有一丝私欲杂念,就可以达到尧和舜的道德品质。尧和舜有什么道德品质? 不就是一个天理心吗? 天理心就是道心,道心处事,对爹娘,就是孝敬,对朝廷就是忠义,对朋友就是诚信。关键还是要按照《大学》的方法修学,下功夫。格物是为了诚意,诚意是为了正心。心正,就可以明明德。说一千道一万,还得扎实用功! 在心上用功。"

第七十章　阳明学问　命名心学

　　从北京到浙江绍兴老家,从陆路转水路,从马车换航船,一过淮河,顺着京杭大运河,再转浙东运河,航船一个驿站一个驿站地换,离北京越来越远,离家越来越近。离开北京时是冬季,冬天多刮北风,一路走的是顺风船;过了长江,是春天,南风迎面,好像是在欢迎归家的游子。上一次从北京顺着运河南下,沿途有贼人惦记着,王阳明提着心吊着胆,有家不能回。虽然一路向南,却不是回家,是在逃难。这次不同了,这次刚刚升了官,正四品已经是中级官员的最高级别了,离大臣也就一步之遥。稍微再努努力,跨步到从三品、三品,就是朝廷的大臣了。南太仆寺衙门远离北方,接近南方,南方人还是喜欢在南方生活。南方的风物,南方的水土,甚至南方的鸟儿啼鸣得也比北方婉转悦耳。一方水土养一方人,移栽一棵树还要带着一把老娘土呢。南方人在北京,最受不了的是腊月的寒风,任凭你包裹得再厚实,像针尖一样尖细的北风也能千方百计地钻进南方人厚厚的棉袍里,钻进南方人缩成一团的瘦瘦的皮肉里。寒风中夹裹着黄沙,像打磨家具的纱布一样,打磨着南方人的细皮嫩肉。方献夫受不了北京的气候,病了,回广东养病去了;黄绾受不了北京的干燥严寒,病了,回天台山养病去了。王阳明打娘胎里就带的有肺病,他更受不了寒风的侵袭。肺病就像南方喜欢温湿空气的花朵,在南方会变得更温顺。能回南方,别说王阳明喜欢,就连经常找事的肺也安生多了。南方,我的家乡!

王阳明闲暇时,喜欢站在甲板上,沉浸在从小就非常熟悉、非常适应的南方氛围中,沉浸得深了,身心就和这个氛围融合为一体了。

王阳明的心可以融入天地,可以包裹天地,但是回家的路还是要一里地一里地地走。从正德七年年尾,一直走到正德八年二月里,终于到家了。

绍兴府城西北角光相桥东的尚书府第,是这几年新修的,王阳明几乎认不出来了。三个弟弟迎到了码头上,大弟守俭在南京国子监读书,二弟守文和三弟守章在绍兴府学读书。父亲王华和继母赵夫人,一左一右,端坐在大厅里,杨姨娘坐在大厅东侧,等待着儿女回家。王阳明和妹妹王守让结伴回家,尚书府一下子喜气洋洋。

给老奶奶磕过头,王阳明跟着父亲到位于穴湖的祖坟地里烧纸。从五世祖王纲坟头一直烧到爷爷王伦坟前,最后烧到叔叔王衮的坟前。叔叔弘治十一年四十九岁上亡故。拜祭过亲人的坟地,王阳明与夫人一起到乡下拜望岳母张老夫人。岳父诸让弘治八年(1495)死于山东布政司左参政任上。之后,他到城北乡下看望老娘舅;拜望了退休的启蒙老师陆恒、南京礼部尚书任上退休的黄珣、内阁大学士任上退休的谢迁。

进入三月份,天已经有些热了。徐爱和王阳明坐在院内凉亭下,继续着师徒间的交流。

王阳明问徐爱:"曰仁,回来这些日子,天天走亲访友,累不累?"

徐爱摇摇头,有些不耐烦地说道:"腿倒不累,就是心太累。天天走东家串西家,说过一百遍的话还得照样说,有些烦。"

王阳明理解地笑笑,问道:"比在祁州衙门治理一个州还累吗?"

徐爱不解地看了王阳明一眼,说道:"在祁州,知州说了算,只要自己认为正确,说怎么办就怎么办。后来闹土匪,才整天提心吊胆。其他时间不算累。走亲戚,长辈小辈,男男女女,老老少少,礼节不敢疏忽。先生,听说在余姚,你比我忙多了。你不觉得累吗?"

王阳明笑着说:"咋能不累? 我是腿累、嘴累,和你相反,我的心不累。心真不累的话,回头想想,腿和嘴好像也没有多累。"

徐爱羡慕地看着王阳明说道:"这是先生说过的,累不累在心。"

王阳明说道:"炼心还就是要在办事中磨炼。要是躲在书斋里,或者藏到山洞里,就像温室里的花朵,经不得风雨。"

徐爱笑着说道:"在事中磨炼,这个事那个事,这个物件那个物件,都要磨一磨,炼一炼。这又变回到朱文公格物的老路上去了。朱文公格这个物、格那个物。"

王阳明笑着说道:"朱文公的格物,把学问变成了技术技艺。我说的磨炼,只磨心。他是磨物,我是磨心。而且,我说这个磨心,并没有离开磨物。我和你说过,一个人的心放开的话,无边无际,万事万物都是自己心里的东西,磨物也就是磨心。我说的心和物是一体的。朱文公说的,心和物是两半截。"

徐爱若有所思地说:"我这段时间一直在琢磨这事,我把先生的学问总结为心的学问,简单说叫心学。先生看可以不可以? 一门新学问,总要师出有名。就像新生的孩子,总要马上起个新名字,也好给人介绍。"

王阳明本来是仰靠在椅子上的,听到这里,马上坐直身子,朝徐爱郑重地、赞许地点着头,说道:"心学? 很准确! 曰仁,你给起了个好名字。心学,包括了我说过的心即理,包括了我说过的知行合一,包括了我说过的与物同体。也符合孟子说的尽心知性,符合孟子说的'万物皆备于我'。好,曰仁,就按你说的。很简洁! 很直接! 很明白!"

徐爱喜形于色,笑着说道:"先生,其实,我还没有体证到,我只是从理上知道,算是理解。"

王阳明笑着说:"曰仁,有第一步就会有第二步,有理解,就会有悟解,接下来就是行解。"

徐爱笑着点点头。

王阳明继续说道:"学问不能没有师友,不能没有环境。我心里一直想着,去看看上虞的许璋,去天台看看黄宗贤,顺便去四明山走走,看看山水。"

徐爱说道:"那就去吧。我还有假期,正好陪着你。"

王阳明苦笑了一下,说道:"余姚那边还要我再回去一趟,爹娘这边要人陪,夫人要人陪,弟弟侄子,要人指点,分身无术。我已经写信约了在天台山静养的黄宗贤,等他来到,我们一起出发,顺便带上几个侄子,也好随时指点。从上虞入山,正好顺路看看许璋。曰仁,你知道曾点的快乐吗?曾点喜欢春暖花开,在沂河岸边,领着几个学生,戴上柳条编织的草帽,放风筝,蹚河水,躺在像地毯一样的青草上,晒太阳。多自在!连孔圣人也很羡慕这种快乐。"

徐爱听着点着头,眼神里含着向往。

王阳明继续说道:"曰仁,这种快乐,既是山水之乐,也是自得其乐。这种乐,不是多挣了几两银子的快乐,不是写了一篇好文章的快乐,也不是农夫多收了三五斗粮食的快乐。那种快乐是物欲满足带来的,是有条件的,是有前提的。"

徐爱不解地问道:"这种快乐不也需要前提吗?必须要有山有水!"

王阳明摇摇头,说道:"山水不是前提。物欲满足的快乐是得到的快乐,必须得到什么,是增加的快乐;自得其乐,是失去的快乐,必须失去某些东西,是减少的快乐。"

徐爱问道:"先生是说,为道日损,为学日增?"

王阳明笑眯眯地说道:"是这个道理。自得其乐,是自己心上的灰尘,被打扫干净后,心上自然而然生起来的快乐。如果非要说有前提的话,前提就是把心上的灰尘打扫干净。心底越来越干净,干净到一尘不染,干净到心上空空净净,快乐就生起了。这是真正的快乐。"

徐爱专注地听着,等王阳明停下来,马上问道:"先生,你总说空空净净,你还说过无形无相,这个空不怕被人说成禅宗的'空寂'吗?"

王阳明摇摇头，说道："这个空是个比喻。无形无相这个说法最恰当。既然无形无相，心上要干净的话，空空净净还有个空相，就连空空净净这个形象，也要扫除干净。没有这个空空净净形象的干净才是真干净。"

徐爱摇着头，说道："这个不好理解！"

王阳明说道："曰仁，你要把这个'理解'也扫除干净。好理解也罢，不好理解也罢，都要扫除干净。"

徐爱问道："先生是不是说，心上就留一个干净？"

王阳明笑出了声："哈哈！曰仁，干净也不能留。到了真干净，就只剩下灵明觉知了。"

徐爱有些愣怔了。

王阳明缓缓地说道："到山里走走转转，游山不是为了玩水。山里人迹罕至，远离人间烟火，山风纯净，让它好好吹一吹我们身上沾染的世俗人情；山水清澈，让它好好洗一洗我们身上附着的七情六欲。真有功夫，不管在哪里，心都是定的，不沾染灰尘。一般人，在世俗这个大染缸里，经过多少次沾染，已经分不清颜色了。圣贤学问，就是要清理后天的人情，恢复先天的人性。到山里，曰仁，知道了吧？为什么？"王阳明看着徐爱。

徐爱说道："心学，是在心上下功夫。游山看水，目的是给身心洗澡，主要是给心洗澡。是吧，先生？"

王阳明笑着点点头，说道："我想利用这个机会，让你和黄宗贤到四明山里，泡一泡，蒸一蒸，洗干净。"

第七十一章 滁州上任 太仆少卿

徐爱五月底假期结束，到南京上任去了。王阳明在家乡度过了秋天。九月底，他告别奶奶和父亲，带着夫人，前往南太仆寺。太仆寺在滁州。滁州在南直隶江北地区，与南京隔江相望，是南京西北面的防卫门户，是南京和北京陆路交通的要道。江北乌衣镇，是南京通往北京的第一个驿站。在驿站，太仆寺的迎候人员迎到了他们的少卿王阳明。

太仆寺衙门在滁州城南。第一天，第一件事是拜见太仆寺正卿，拜见了正卿，就算正式上任了。正卿是于凤喈，山东莱阳人，与王阳明的父亲王华是同年进士。正卿和少卿，一个从三品，一个正四品，按大明礼制，两人相差一个级别，长官在东，下官在西，东西叙礼，见面作揖。

于凤喈是山东大汉，年近花甲，身材魁梧，面色紫红，国字脸上，浓眉大眼，一脸正气，两鬓和一把胡子花白着。

王阳明弯腰作揖，于凤喈站着拱了拱手。王阳明谦恭地说道："下官王守仁拜见太仆卿王大人。"于凤喈哈哈笑着，回应道："一路辛苦了！坐！坐！"

见过礼，于凤喈这才回到主位，背北面南而坐；王阳明到了东面，面西而坐。王阳明说道："于太仆，下官初来乍到，百事不熟，各方面还请太仆卿多多指教！"

于凤喈哈哈一笑，说道："马政之事说起来并不复杂，只要用心，很快就能接手。本官正德五年从云南左参政任上转到了太仆寺。"于凤喈扳着指头,"五、六、七、八,过得真快呀,已经四个年头了!"

王阳明说道:"四年时间,太仆卿肯定已是马政专家了!真是劳苦功高!当年太祖爷说过,从有天下国家以来,马政都是非常重要的国家政策。回头看看历史,确实是这样。汉代面对的是北方的匈奴,唐代和北方的突厥对垒,本朝时刻遭受着北方鞑靼的侵扰,这都是马上的敌人。还望太仆卿多指教。"

于凤喈哈哈笑着说道:"马对国家来说,是很重要。只是现在的政策一年一年变化,我们面对的事务也有变化。不再是单纯养马了。"

王阳明看着于凤喈,说道:"愿闻其详!"

于凤喈笑着说道:"现在战场在北方,敌人是鞑靼骑兵。我们南方水草养出来的马,个子矮小,经受不住北方的严寒,跑不过鞑靼人的马。现在朝廷重点是在北方养马,主要在北京太仆寺,马厂在北直隶、河南和山东;又在辽东建设行太仆寺,在陕西建设行太仆寺,在甘肃建设行太仆寺。"于凤喈看了看王阳明,笑笑说道,"这也并不是说我们的事务毫无意义。起码,我们上缴的马匹和银子要占全国太仆寺的三分之一。"

王阳明不解地问道:"怎么还要上缴银子?"

于凤喈笑着说道:"养马户,两年为期限,五个男劳动力要上缴一匹成马。后来马匹太多,边境军队接收不了。对京师部队,供过于求,储备马太多,太浪费,朝廷就改变了政策,一半的任务量可以交银子抵任务。一匹马十五两银子。不少养马户嫌养马是个拖累。这一下,两全其美!这是一项收入。养马户不养马了,草料省下来了,也折算成了银子。原来一匹马的任务量,一年要上缴二两银子,这是草料银。太仆寺在南直隶有很多闲置草场,出租出去种地,每亩每年也有几分银子的地租。还有一项,南京四十九个军卫,每年向我们缴纳马匹损失抵押金。这些都是寺里的财政收入。"

王阳明不解地问道:"南方这些军卫需要的马匹,不正是我们南太仆寺的马吗?"

于凤喈笑着说道:"是呀!我们养的马更适合南方军卫。太仆寺有几个直属马厂,集中饲养,分大、中、小三个级别,大马厂存栏上万匹,以下是七千匹和三千匹的存栏量,可以供应南方军卫和南京用马。各马厂有牧监和大使在照管。两京御史每三年来巡查一次,烙印编号,登记造册。王少卿,你刚到任,先歇两天,然后利用半个月到一个月时间,下到各马厂转转,熟悉熟悉情况。南直隶中的六府二州,都有太仆寺的派出衙门。本官已经接到了调令,要到南京大理寺上任。目前只是在等待和新任太仆交接。"

王阳明马上拱手,祝贺道:"恭贺太仆卿荣升大理寺卿。"王阳明起身走到大厅中间,说道,"刚才是下官拜见太仆卿。现在容晚生拜见年伯大人。"说着,王阳明跪下磕头。

于凤喈马上起身,走了过来,两手向空中一托,示意王阳明起身,嘴里说道:"伯安,令尊龙山公身体还好吧?愚叔与老年兄已经好多年没见面了。"

王阳明起身。于凤喈拉着王阳明的手,示意他与自己挨近坐下。两个人坐在了靠东墙的茶几两边的椅子上。

"托年伯的福,家父退休后,身体安好,在老家奉养老祖母,享受天伦。"

于凤喈笑着说:"还是龙山年兄有福。在云南左参政任上时,老叔就上奏朝廷,要回家奉养老母亲。看看,说着说着,四年过去了。到了大理寺,不知道又要羁留到啥时候呢!树欲静而风不止,子欲养而亲不待。伯安,老叔早就接到了公文,知道年侄你要来。年侄休假半年多,是好好孝敬龙山年兄的机会!"

王阳明点着头,说道:"小侄六七年没有回过老家了。只是这半年多,没有替年伯跑跑腿,很是惭愧!"

于凤喈哈哈笑着说道:"太仆寺这档子事务,看似有几万匹马在养着,都不缺少人手照管。伯安年侄,新任太仆是你的同年。"

王阳明脸上不由得露出了一丝的惊喜,但他马上掩下喜悦,淡淡地问道:"是哪位？"

　　于凤喈笑哈哈地说道："江西泰和罗家的罗氏三杰，最小的弟弟罗钦忠。"

　　王阳明笑笑说道："这位罗同年当年皇榜排在二甲第三名，比我靠前。罗同年的哥哥罗钦德也是我们同年进士。小侄正德四年，在庐陵县执掌过半年多县政，知道吉安那个地方，那里真是人文荟萃。罗氏三杰的大哥罗钦顺，弘治六年，我们一起参加会试，他高中探花，晚生名落孙山。"

　　于凤喈笑哈哈地说道："老叔前些年在你们浙江嘉兴府执掌府政，知道你们浙江和他们江西，历来是出才子的地方。"

　　王阳明笑着说道："老年伯，贵乡莱阳挨近蓬莱神仙之乡，是多少人向往的地方呀。"

　　于凤喈笑哈哈地说道："蓬莱仙乡太远了。这里的琅琊山，出门就到，山下是我们的马厂，山上山下，方圆几十里，都是我们太仆寺的地盘。我们这里是个清闲衙门，琅琊山就是我们太仆寺的神仙洞天。走，伯安，时间还早，老叔陪着你看看滁州城。"

　　于凤喈带着一个随从，王阳明带上王祥，出了太仆寺衙门，来到了滁州城里。于凤喈做王阳明的导游。

　　休整几天后，趁着十月初冬的季节，不冷不热，王阳明在寺丞单麟的陪伴下，开始了对马厂、马户和草场的视察旅程。

　　十月后半月和十一月前半月，王阳明在寺丞单麟的陪伴下，骑马跑遍了南太仆寺属下的大小马厂。王阳明把马政看了个明明白白。马政有两个关键点：人性和马性。对人性，几十年的人生磨砺，王阳明对人性有着透彻的观察。余姚的人性这样，贵州的人性也没有两样；吏部的人性这样，太仆寺的人性也没有两样。说到马性，就是马的脾性，王阳明少年时在北京跟着鞑靼人巴特尔学习骑术，后来又到鞑靼草原检验自己的骑术。军事离不开马，王阳明喜欢军事，自然少不了对马的研究。这一个月时间，在各个马厂，他了解了马是怎么生的、怎么喂的、怎么训练的。了解了人性和马性,就是熟悉了马政事务。

十一月底,罗钦忠到任滁州南太仆寺。

太仆寺是中央衙门,虽然在滁州有自己的地盘,但总有借住的味道。滁州州衙和太仆寺比起来,品级卑微,一个从五品衙门,一个从三品衙门;滁州下属全椒和来安两个县,全州人口加起来不到五万。现任知州张悌出身举人,越发显得滁州衙门卑微。卑微是卑微,东道却又不能不做,巴掌大个州城,太仆寺、滁州卫、州衙,三家衙门,大家抬头不见低头见。离任的寺卿于凤喈要送行,何况是高升到大理寺正三品寺卿;到任的寺卿罗钦忠要接风,这是历来的规矩。

于是,知州张悌在城南的醉翁酒楼设宴,亲送请柬到太仆寺和滁州卫,请柬上既不说饯行也不说接风,免得亲近了这个、冷落了那个,名义是地方衙门和中央驻滁州衙门的联欢,这样滁州卫也避免了单一的陪客身份,和太仆寺卿一样,成了宴会的主角。

第七十二章　滁州弟子　陆续拜门

衙门联欢会的第二天,滁州卫指挥使朱源领着儿子朱勋来太仆寺拜访王阳明。双方分宾主坐定,朱勋侍立在父亲的身旁。

朱源武人做派,坐姿像马步蹲裆,两手豪放地朝王阳明一抱拳,爽朗一笑,说道:"阳明先生,兄弟我虽然算半个粗人,可我天生喜欢读书人。为什么这样说呢?兄弟我从小到大,一直在卫里,打小跟着父亲,到兄弟我自己做了指挥,天天眼前晃悠的都是些粗人,大字识不了几个,不知道个规矩礼数,吃饭打嗝,点卯放屁……哎呀,不提了!比较比较卫里少有的几个读书人,就文明得多。"

王阳明淡淡地笑着,不置可否。

朱源看了一眼王阳明,继续说着:"家中有四个儿子,这是老三。将来,老大可以接班,老二受荫可以进国子监。两个小的,只有从读书上谋出路了。习武讲究名师出高徒,一样道理,学文也得拜个名师。在咱滁州地面上,有三个大衙门。我们滁州卫,清一色的半老粗。滁州州衙,张悌是个举人出身,张悌的前任陈塘,也是个举人出身。更别提卫学和州学了,学问最高的才是个监生,是些胡子考白也没考上举人的贡生出身。指望他们教孩子?简直是瞎子带路。"朱源头摇得像拨浪鼓,看了一眼王阳明,"数来数去,滁州地面,就你们太仆寺有大读书人。昨天那个饭局,兄弟我虽然酒没喝好,没有喝足喝够,但是兄弟我很高兴。"朱源一手捋着下巴上的胡子,咧着大嘴哈哈笑着,"这才送走个有学问的于太仆,一下子来了你们两个大学问人。说到学问,罗太仆说你最有学问。说你阳明先生,曾经在山东当过主考官,在北京当过同考官,在北京吏部讲学。论学问,不比在演武场上,搁在演武场,是真练家子,还是花拳绣腿,瞒不过兄弟我这双眼睛。兄弟可能分不清读书人学问高低,但是咱就认个理儿。论当官,全天下,北京官最大。论学问呢? 还用问吗,敢在北京讲学,敢在吏部讲学,没有两把刷子谁敢呀!"朱源看着王阳明,竖起大拇指,"在咱滁州卫,说当官,兄弟我是老大。论武艺,咱还真排不到前五名。这么着一想,兄弟我就信了罗太仆。学问,不能只看官职大小。阳明先生,兄弟我办事有个特点,喜欢雷厉风行,与喝酒一样,看着婆婆妈妈就烦。昨天酒桌上,你可是喝过兄弟我的敬酒的,喝过酒就是答应兄弟我了。这不是,今天兄弟我就把三小子领来了,咱这边是铁了心了,相信阳明先生,把孩子交给你,兄弟我放心。早一天交给你,早一天跟着你学东西。阳明先生,你说咋着吧,是今天磕头拜师,还是改天咱们兴师动众,在醉翁酒楼,排排场场地办?"朱源看着王阳明,等着回话。

王阳明昨天酒场上对朱源感觉还不错,觉得朱源豪爽坦诚,不像不少读书人说话藏一半掖一半,好听些说是委婉是含蓄,实质上是虚伪。早些年,王阳明学习说话技巧,想说得更委婉、更优雅,但是他自知,有技巧不是玩弄技巧。学道以后,王阳明更觉得说话简洁干脆、直截了当、明白无误,才是坦诚无私,因为诚实的心才能说出诚实的话。言为心声,有什么样的话,就有什么样的心。要学道,第一条就是要诚心诚意。朱源这样的人,要学道的话,比那些心思细密、肠子弯弯绕个十八道的读书人更有优势。至于昨天对一个从九品的魏进言语粗暴,这是朱源质朴中的粗俗,说是他朱源的脾气暴戾也行,实质上是权力的暴戾。更何况,魏进这个畏畏缩缩的人,像个大雪天挨饿的冻鸟,既可怜它挨饿,又讨厌它猥琐。一句话,王阳明不反感朱源。有其父必有其子,质朴的父亲,儿子还不至于沾染上浮华和虚伪。儿子没有做官,没有权力,还不至于有暴戾之气。收学生,那是王阳明梦寐以求的事,自己一肚子学问就像一把盛满滚烫茶水的茶壶,不倒出去,分散到各个茶杯中,好像憋得慌,烫得慌。这只是个不恰当的比喻。再饱满的茶壶,水倒出去也就空了;肚子里的学问,好像是个不竭的源泉,是个长流水,越倒越有,越倒泉眼越旺。

朱源见王阳明一直没有表态,就扭脸看儿子,示意儿子往客厅当中站一站,见儿子站到了客厅中间,便对王阳明说道:"阳明先生,昨天你说看看孩子再说,现在看过孩子了,该说了!"

王阳明从父子俩一进门,就观察了儿子。朱勋身子虽然单薄,却很直顺,小圆脸,一脸孩子的稚气,一脸纯阳之气,就像一张白纸,还没有涂抹上墨迹,纯朴,纯洁。脸上看不到愚笨的影子,是个好学生!

王阳明微笑着,看着孩子,问道:"朱勋,取的什么字呀?"

朱勋学着卫军点名时候的样子,响亮地回答道:"报告先生,学生字汝德,卫学里先生给起的。"

王阳明笑着问道:"汝德,今年十几岁了?"

朱勋响亮地回答道:"报告先生,学生今年十六岁了!"

王阳明笑眯眯地问道:"汝德,你想跟先生学什么呢?"

朱勋响亮地回答道:"报告先生,学读书,考举人,中进士,当官,保护我们老朱家的万岁爷。"

王阳明一直和颜悦色,再问道:"汝德,怎么当官,你知道吗?"

朱勋瞅了瞅父亲,再看看王阳明,不知道如何回答。朱源自己拍了拍后脑勺,眼睛瞪着儿子,骂道:"臭小子,怎么当官?天天没见你老子怎么当官吗?"

朱勋一脸迷茫。

王阳明和颜悦色地说道:"汝德,你会背《大学》吗?"

朱勋点点头。

王阳明笑着说:"怎么当官,怎么做人,《大学》说得很清楚。只要学,学到心里,行到身上。先生愿意教你!"

朱源咧着嘴大笑着:"臭小子,小三子,快跪下磕头!"

朱勋跪下磕了三个头。

朱源起身朝王阳明一抱拳,说道:"阳明先生,明天,不,你定个日子,咱们还在醉翁酒楼,举办拜师宴。"

王阳明起身拱手还礼,说道:"朱挥使,我讲学主要讲圣贤学问,讲这个身心学问。拜师宴就免了吧,只要汝德这孩子愿意好好学,那对我来说,比喝酒吃肉还要高兴。"

朱源笑着说:"阳明先生,圣贤学问,兄弟我也是愿意学的。这样吧,本指挥,兄弟我,正式邀请你,阳明先生,日子由你定,到咱们滁州卫学,给学生讲讲圣贤学问。"

王阳明开心地笑着,说道:"好吧! 张太守邀请我去州学讲学,州学、卫学,我都要讲。我就去给学生讲讲《大学》。就这几天吧!"

朱源笑哈哈地说道:"好,到时候兄弟我去听讲。"

王阳明笑着说:"既然朱挥使这么好学,那在下就多说一句。做人做官,不生气最高明。俗话说,末等人,没本事,有脾气;第三等人,没本事,没脾气;第二等人,有本事,有脾气;最上等人,有本事,没有脾气。很惭愧,在下我和朱挥使一样,都有脾气。"

朱源认真地听着,心里明白,王阳明这是对着靶子放箭。昨天三个衙门联欢宴上,自己发脾气,吓跑了州衙陪客的从九品吏目魏进。听王阳明说完,朱源拍拍后脑勺,咧开大嘴笑着,说道:"阳明先生说得好,说得好! 兄弟我有脾气,要改。兄弟我要做第一等人。"

王阳明哈哈笑着说道:"先生讲学发脾气,会把学问讲歪;将军战场上发脾气,会把战略战术做偏。是不是,朱挥使?"

朱源愣怔了一下,张着大嘴傻笑着说:"会做偏! 会做偏!"

朱勋是王阳明到滁州后的第一个弟子。

在滁州州学,讲学的当天,知州张悌、判官仇惠和吏目魏进,都来到了学堂,陪着州学里的秀才们一起听讲。魏进病歪歪的样子,一张苦瓜脸像霜打后的茄子,瘦瘪的脑袋,沉重得身子支撑不住似的,勉强硬挺着,缩在椅子上,两眼看着讲台上的王阳明,胆怯中含着巴结。张悌听着讲,眼珠子一直在转个不停,身子陪听在讲堂里,心思不知道算计到了哪里。王阳明结合孟子说过的,做学问没有别的诀窍,就是一个放心和收心。针对着张悌,就是要求收心;针对魏进,就是放心,放心能治魏进的病。说来说去,都归结到心上,是心的学问。最后,王阳明结合自己在龙场的悟道经历,告诉秀才们,这些候补的官老爷,遵照《大学》给出的台阶次第做学问。要做官,先修身;修身要在身心上修,心要正;心地坦诚就是心正;要坦诚,就要格物;格物就是格去心头的杂念;心底干净了,智慧就来了;大智慧,就是《大学》中的明德,有了大智慧,自然能够亲民;能亲民,做人一定是个好人,做官一定是个好官。

讲学结束了。讲堂一改往日的死气沉沉,活跃起来,秀才们在下面窃窃私语。

《大学》还有这样简单的讲法,仇惠很高兴,自己跟着王阳明的讲学,学着放心。听到会心处,他情不自禁地点了头。搁在以前,要点头还是摇头,他先要看看张悌,张悌点了头,自己再跟着点。今天放心了,管他张悌会怎样呢,由着自己性子,先鼓了掌再说。

今天听来的可有不少新说法,张悌有些不解,有些疑惑,有些紧张。张悌算计着,难道是北京新出的学问?这位王阳明从北京来,可能代表着朝廷的意思,既然是代表着朝廷的意思,那就是对的。张悌热烈鼓掌。

魏进听讲过程中,按照王阳明介绍的方法,一直在尝试着放心,听到最后,身心舒展了不少。因为注意听讲,因为放心,就忘记了那天在饭局上被朱源训斥的事。这些日子,揪着心就为这件事。得罪了那么大的官,他一直惴惴不安,甚至等待着厄运的降临。被知州大老爷罚了一个月的俸禄，罚就罚吧，少吃两口，勒勒裤腰带，也就过去了。只是还不知道那个大军爷有什么整人的手段呢。今天因为放心，听着听着，忧心都暂时放下了。魏进坐直身子，大胆地热烈地鼓着掌。

秀才们很热烈地鼓着掌。真是北京来的大人物，难怪能在龙场悟道，大学问被人家一说，变得像《三字经》一样简洁明白。真是外来的和尚会念经，就是不一样。鼓掌！州学总共三十个秀才，二十多个都把手掌鼓得生疼。

州学一把手叫林蕃，训导叫王鼎，两个人见此情景相当感慨。听听人家今天讲的，林蕃和王鼎虽然一时接受不了，但是也觉得讲得简洁明白。过去自己讲学，讲到《大学》，说实在的，啥是格物？怎么诚意？怎么正心？怎么算知止？怎么算知至？就怕秀才们刨根问底，因为自己心里根本就没底。就像游泳潜水一样，自己根本就没有探到水底，鬼才知道水有多深呢。秀才们问起来，总要声色俱厉地训斥他们，学问要自得，要自己琢磨，自己去钻研。今天，听了王阳明这个悟过道的人讲学，以后再也不用怕秀才们问了，谁再问《大学》，我也能给他讲个一二三四。做先生嘛，自己不先明白，那还叫先生？过去一直糊里糊涂，好在也没有人知道个根底。林蕃和王鼎看到张悌大老爷鼓掌，两个人也跟着起劲鼓掌。

大家都鼓掌，看来是众望所归，都认同王先生的学问，即便不认同学问也不要紧，先认同人家的身份。第一，是高官，当过山东秋试主考官，做过北京会试同考官，是出题的专家；第二，北京来的，就凭这一条，就是有真学问；第三，听说人家老爹是状元，你想想，状元的儿子，本来也该考上状元的，听说万岁爷圈阅名单时，因为打瞌睡，手一哆嗦，圈到别处去了；第四，别第四了，一二三，足够了！拜师！这是名师！先磕头，后送礼！把滁州特产辣子鹅，作为拜师礼。

州学讲学的当天，王阳明收了几个弟子，其中有孟源和孟津，兄弟两个一起入门。弟弟向来是以哥哥为榜样。孟源字伯生，孟津字伯通。

同时磕头入门的还有秀才刘韶，字之曰；秀才石玉，字仲良；秀才戚贤，字秀夫。

趁热打铁,讲学和收徒弟也要趁个热乎劲。王阳明第二天到滁州卫学讲学。因为是指挥使老爷邀请的,全卫大小军爷,除了值班的,都挤到了讲堂。一来见见北京来的大学问家,自己没有机会到北京,人家北京来的是见过金銮殿的人,听说还和万岁爷一起吃过饭,那一定是大学问人。二来也是给指挥使老爷面子。一把手老爷喜欢学问,咱弟兄们也跟着喜欢学问。和一把手啥时候都要待在一个战壕里。即便是掉到井里,只要是紧跟着领导,就不算掉队。

在卫学讲学,王阳明要针对朱源的脾气。王阳明觉得,爱发脾气的指挥官,顶多也只能做到敢死队队长的位子。发发脾气,一鼓作气,气势如虎,拿下敌人的堡垒,自己也跟着同归于尽。做大指挥官,得心静如水,即便兵临城下,即便刀架到了脖子上。在州学,王阳明鼓励他们放心、收心和开心,讲《大学》最合适。要朱源不发脾气,要指挥官老爷们学诸葛亮,能有空城城楼上弹琴的气派,讲《中庸》最合适。七情六欲,都要恰如其分,这是《中庸》一再强调的"中和"。《大学》说诚意,《中庸》说诚身,都是修身。修身,说来说去,是要管理好自己的七情六欲。

讲学中,王阳明结合自己的经历,自我批判,自我表扬。修身,怎么修?发现错误,自我批评,不能把错误推到别人身上;发现错误,改正错误,争取第二次不犯同样的错误。这是颜渊的修身方法,也是王阳明的修身方法。

听听人家阳明先生,大学问人,以前甚至包括现在,也经常犯些大错误小错误。发现错误,改正错误。这容易!圣贤原来这么容易做呀!

军爷们不时会会心微笑:大学问人和我们普通人原来一个样子,同样的一个鼻子两只眼,犯错误竟然也犯同样的错误,比我们普通人好些的,或者说有过人之处的,那就是人家知道错了,能及时改正。我们普通人以后不再自卑了,不再跪在地上仰着脸看那些圣贤了。我们犯过的错误,圣贤能犯;圣贤能改的错误,我们普通人照样也能改。这就是说,我们这些普通人,也能做圣贤。今天算活明白了!老子,不!不!我,一个普通人,也是顶天立地的,即便现在不是,将来一定是！

滁州卫讲学后，王阳明又收了几个弟子。

滁州下属的来安县和全椒县，两县的秀才很快就听说了太仆寺有个大学问家，是个悟道高人，叫王阳明。屠岐，字致道，是全椒县学的秀才，与几个同学结伴，听了三次王阳明的课，就磕头拜师。

王阳明早先与贵州、湖广的学生有过约定，一旦稳定了做官的地方，就发信通知学生来跟着学习。湖广的刘观时、冀元亨、蒋信十来个人，来到了滁州。

讲堂安排在了丰山脚下的幽谷。幽谷在滁州城西南，城外二里地远，抬腿就到。幽谷再往南，七八里地，是琅琊山山谷。琅琊山山谷中有座醉翁亭，有座洗心亭；丰山幽谷中有座丰乐亭，有座醒心亭。

王阳明领着学生游走于山水间，顺着山谷，踏雪探幽，沿着小溪，逆水溯源。在醉翁亭下，王阳明说："醉翁先生有两篇美文，一篇是《醉翁亭记》，一篇是《丰乐亭记》，两篇文章成就了一座城和两座山的美名。欧阳公讲究文以载道，身以行道。道是靠修靠行出来的。我猜想，这就是欧阳公单名一个修字的原因。文章靠修改，越修改越精练；学道靠修行，越修行心越明。谁能讲讲欧阳公修改《醉翁亭记》的故事？"

朱勋说道："先生，欧阳公写好《醉翁亭记》初稿后，把文章贴到几座城门上，悬赏求修改。开始大家都说好。因为他是滁州太守，而且文章确实好。直到有一天，一个从琅琊山下来的樵夫进城卖柴，也不直接说文章哪里不好，只是建议欧阳公再到琅琊山游览一趟。欧阳公游览后，发现了问题，原来文章开头太啰唆了。这篇《醉翁亭记》，正是因此才有了现在的开头。"

王阳明笑眯眯地说："说得好，总结得也好。好在哪里？谁说一说？"

滁州学生一时没了言语。刘观时毕竟跟随过王阳明一段时间，接口道："第一，学问学道，讲究精益求精。到了精处，就是惟精惟一。一，就是诚一，一就是一心，身心天地合一。第二，学道，是一个修行过程，修改自己的错误。自己能发现错误，能发现就是长进。不能发现，就请师友指出来，三人行必有我师，能指出自己错误的人就是老师，就是净友，哪怕是个砍柴卖柴的。有错误，改正错误。错误越改越少，改到错误净尽，心上一尘不染，心性光明就显现出来了。这就是明明德。"

王阳明笑眯眯地说道："说得好！我再问你们，这里有座醉翁亭，隔壁是洗心亭，北边丰山幽谷有座醒心亭，谁能说一说，这与修学是什么关系？"

滁州学生都是二十来岁的在校秀才，一时间还难以回答。蒋信说道："先生，弟子以为醉翁的意思是，我们的人之初性本善的善性，被日常的习气蒙蔽了，像喝醉了一样。我们除去习气，去除心上的尘垢，去除后天的习性，就像喝醉的人醒了一样。欧阳公要隔一座山峰，把醒心亭修到北边幽谷。就是说，醒酒和醒心，需要一个过程，醒酒还容易些，醒心难些，有的时候可能还需要攀越高峰。醒心，心醒了，修正了错误，我们性本善的心性光明重新出现。这就是醉翁亭、洗心亭、醒心亭与我们修学的关系。先生，请指教！"

王阳明笑眯眯地看着滁州新学生。几个学生发了一会儿愣，热烈鼓起掌来。王阳明点了点头，说道："说得好！我们修学就是要醉了习气，醒了光明。为什么洗心亭和醒心亭之间，南北要隔几座山峰呢？卿实说得非常对，从洗心到醒心，就好比我们从知道修学开始，到我们心地干净，我们天生的善性大放光明，中间是需要长年累月的修学功夫的，就像隔壁的一片梅花，只有在这大雪天，才开放得这般烂漫。记住，不经一番彻骨寒，哪得梅花扑鼻香！"

第七十三章　山水课堂　幽谷歌声

滁州,正德八年的冬天,雪下得比往年多,山间的蜡梅比往年鲜艳。到了正月,琅琊山和丰山背阳的地方还堆积着厚厚的冰雪。一冬天的雪水,滋养得春天的百花和绿草,比往年更加丰美和茂盛。正德九年的春天,丰山脚下的幽谷,榆树、银杏、雪松、油松、楸树、石楠、广玉兰、修竹,都抖擞着精神往上生长;黄鹂、杜鹃、山雀、柳莺、金腰燕、灰喜鹊、鹭鸟,叫声悠扬婉转。

王阳明入住此幽谷。王阳明的学生越来越多。滁州本地的读书人,互相间的问候语都变了,过去都是"吃饭了吗",现在变成了"听阳明先生讲学了吗"。听过王阳明讲学的人,应答后总要加上一句"阳明先生,那是在下的老师",虽然嘴里说着"在下",脸上却洋溢着自豪之情。要是没有听过王阳明讲学,在社交场合简直都插不上话。幽谷的听讲学生来自大半个南方,有贵州的、湖广的、浙江的、南京的。最多的时候,有上百人。不少时候,幽谷的歌声响彻山谷,连百灵鸟都惭愧得闭上了嘴。幽谷好像成了世外桃源,幽谷里响彻着《大同歌》。世界大同,大道风行天下,万民幸福和谐,是这些学道人的共同愿望。

大道之行也,天下为公。选贤与能,讲信修睦。故人不独亲其亲,不独子其子,使老有所终,壮有所用,幼有所长,矜、寡、孤、独、废疾者皆有所养,男有分,女有归。货恶其弃于地也,不必藏于己;力恶其不出于身也,不必为己。是故谋闭而不兴,盗窃乱贼而不作,故外户而不闭。是谓大同。

青年学生的歌声停止了,王阳明的讲学也就开始了。上百名学生盘腿打坐在草地上,他们眼含虔诚和渴望地望着王阳明。学生们打坐在丰乐亭周围,围坐在被太祖爷金口御封过的紫薇泉四周。怀抱大道的先生,面对着一双双渴望的眼睛,喜悦着、兴奋着。

因为人多,今天王阳明站着讲学,他的声音清亮柔和、空灵:"各位同学,在今天以前,我常常一个人叹息,叹息什么? 不是叹息我的官位低,不是叹息我的俸禄少。我叹息,孔孟以后的圣贤学问就像一颗宝珠一样,被埋在了土里,一埋就是上千年。这是我们后辈人的损失。孔孟学问,是什么? 是仁义学问,是智慧学问。它的内涵是智慧、仁爱和勇猛。没有了智慧,人生充满着痛苦和烦恼。同学们,智慧人生是没有痛苦和烦恼的人生,没有了痛苦和烦恼的人生,是自由自在的人生。

"智慧从哪里找? 痛苦和烦恼是从哪里来的? 孔孟之后,有心学道的人,没有了老师指引,把路走偏了。人们都是两眼向外,有的从书本里找,有的从金钱上找,有的从权势上找,有的从女人身上找。历史上有无数这样的例子,我们不说这些。我们举一个正面的例子,先贤颜渊,能有一碗白饭、一瓢凉水,就快乐无比了。他这个快乐叫什么? 叫自得其乐。他的乐是从自己心中得来的。

"记住,智慧和快乐,不是他从先生这里听来的。先生只是告诉你们自得其乐的方法。这个方法,先贤们早就说得一清二楚了。孔子让我们'克己复礼',克什么? 克心中的私欲,克心中的不正的念头。复礼,礼就是我们心的自然状态,是我们人之初性本善的那个善性。善性恢复,就是光明显现。这个光明是真的,不是比喻,我们功夫到了,我们的心是光明的。功夫境界中有虚室生白的说法,什么意思呢? 就是我们干净心底的光明,在黑夜里,你的功夫到了,心的光明能照亮你住的黑屋子。心中的光明就是心中的智慧。

"孟子怎么说？他让我们从自己身上找。找什么？找光明，找智慧。找到了光明，找到了智慧，做人，是个快乐无比、自由自在的人；做官，一定是一个亲民勤政的好官。这些在《大学》中，都说得清楚明白。

"由《大学》，我们知道，我们儒家讲究脚踏实地，平平常常，说人话，干人事，先做好人，人做好了，平常之中有神奇。这就是《中庸》说的'至诚如神'。什么是神呀？我们的心一旦打开，开心了，心通了，就有享用不尽的妙处。

"《中庸》说到一个'中和'。我们天天唱的《大同歌》，有三层意思。第一层，我们唱歌，不是让我们扯着喉咙，唱得热血沸腾。要人热血沸腾的，是战场上的歌。我们学道人唱歌，是要我们唱出中和音。唱歌是练功夫，唱了歌，我们心平气和，要生和气。第二层，《大同歌》中，有男有女，有残疾，有孤独。这是说我们自己的身体，就像一个国家，如果我们有了功夫，心平气和了，身心和谐了，就是身心大同。第三层，身心和谐了，就是《大学》说的修身。自己身心修好了，出来做官做事，就能帮助实现世界大同。让自己做官的地方，男的有活干，女的有归属感，都能安居乐业，弱势群体都得到了周到的照顾。就是天下大同。

"所以说，学道求道，就是学中和、求中和。中和，一个最简洁的办法，就是静坐。怎么静坐？我们已经讲过多次，现在开始静坐。谁有疑问，我们私下交流。注意，一说到静，不是要我们自己把自己禁闭到黑屋子里。那是死静。我们这个幽谷，百鸟欢叫，热闹得很。我们如果能做到闹中取静，那才是静的功夫。"

二月份吏部签发了调令，三月份调令到滁州，王阳明升任南京鸿胪寺卿。为了和下一任太仆寺少卿吕元夫交接，王阳明四月底才离开滁州。

如果说是升官，也只是从少卿变成了正卿，算是成了一把手，但还是正四品。鸿胪寺主管朝廷对内对外的大型礼仪，朝廷在北京，南京鸿胪寺的设置只是给太祖爷面子。如果说多少有个事可以办办，免得脑子生锈，那就是偶尔接待一下去北京朝觐路过的各藩属国使者。

过去的太仆寺闲，即将就任的鸿胪寺也闲，如果对鸿胪寺多少可以有些期待，那就是南京讲学的课堂，那课堂场面会更大。

　　辞别滁州山水，还有南京风景；告别滁州弟子，还有南京学生。这次告别，王阳明的心里没有喜，没有忧，很平静。他经历的告别已经不少了。

　　滁州的弟子们难以平静。朱勋、孟源、孟津、刘韶、屠岐、石玉、戚贤，个个眼里噙着泪水，从来没有遇上过这么好的先生，学问刚刚有了眉目，先生却要走了。这么好的先生，以前没有，以后能不能再遇到，只有天知道。弟子们从滁州城南门外的滁阳驿站起送，一直送到乌衣，仍然依依难舍。

第七十四章　鸿胪寺内　弟子广进

王阳明五月赴任南京鸿胪寺卿。

南京城里的百官衙门还和太祖爷时一样，各就各位，院落还是那些院落，架势还是那个架势，只是权势小了，官也少了，自然，事就更少了。北京鸿胪寺一个正卿，下面配两位少卿，两位寺丞；到了南京，正卿是个光杆司令，没有少卿，没有寺丞。北京的主簿厅，在南京就剩下从八品主簿一个人。办事机构倒还算齐全，保留有司仪署和司宾署，各有一位署丞，署丞是正九品。另外有鸣赞四人，序班九人，都是从九品。这是王阳明的全套人马。

南京鸿胪寺要担负南京一年四季大型祭祀的司仪，偶尔也会有些零碎差事，比如南京国子监里，有来自各属国的留学生，有琉球的，有安南的，有朝鲜的，有日本的，有吕宋的，有满刺加的，有苏门答腊的，有柔佛的，等等。这些属国的王子王孙，赶上哪天去北京磕头，都要事先集中到鸿胪寺宽敞的排演大厅，学习和演习礼仪。

南京鸿胪寺比南太仆寺衙门还要清闲，没有下属衙门可以去视察，接待日本朝贡使团了庵和尚属于偶然事件。滁州有琅琊山可以游山看水，南京城周边的山水更佳，东北有钟山，南有牛首山、清凉山，山山有寺院，夏天好避暑，春秋躲清闲。喜欢山水的王阳明，同样喜欢南京的山水。携上酒菜，与南京的诗友、道友、僚友、同年、乡党、学生在山水间吟诵风月,虽然比不上绍兴会稽山阳明洞天的神仙日子,也有半个神仙的逍遥自在。南京的闲散官员多,王阳明的饭局和诗会就多。诗文会友,酒桌交际,初进南京的一段日子,他忙的都是这些事。

徐爱在南京兵部做员外郎。正德八年,徐爱和王阳明结伴返乡探亲,一路上聆听王阳明讲学;在绍兴和余姚度假的几个月,徐爱一直和王阳明探讨学问。徐爱把王阳明的学问命名为心学。徐爱了解心学,喜欢心学。心学学问,随着徐爱,进入了南京。王阳明还在滁州时,南京这个大都市已经形成了心学小圈子,有徐爱的进士同年,有老乡,有僚友。如今王阳明来到南京,心学的爱好者有立刻磕头拜师的,有想跟着听讲、观望、考察的。

鸿胪寺变成了心学在南京的学堂。

最先来拜访的是绍兴老乡。三十岁的季本,字明德,是王文辕的弟子,今年刚中举,被王文辕介绍到了王阳明门下。绍兴举人何鳌、郑骝、朱簋,在南京一起拜门。在北京拜师的弟子林达,介绍自己福建莆田的老乡马明衡,拜在了心学的门下。马明衡再介绍黄宗明到鸿胪寺拜师。黄宗明是宁波人,与季本和马明衡是同年进士。

从滁州跟来南京的湖广学生刘观时、王嘉秀、萧琦、唐愈贤,随着王阳明一起入住到了鸿胪寺的房舍中。先后慕名而来求学拜师的还有湖广举人陆澄和郭庆。陆澄字原静,归安人;郭庆字善甫,黄冈人。广东举人薛侃(字尚谦)、江西举人刘晓(字伯光)、浙江衢州江山举人周积(字以善)、浙江海宁举人许相卿(字台仲),还有举人饶文璧、乐惠(字子仁)、白说(字贞夫)、王激、诸偁、张寰、陈杰、杨杓、彭一之,一众人,先后拜在王阳明的门下。

王阳明的大弟弟守俭在南京国子监学习,因此,国子监的不少学生也成了鸿胪寺心学讲堂的常客。

第七十五章　阳明夫子　宣说心学

正德九年的九月初,王阳明刚刚从周边地区巡视回来,徐爱赶来看望师父。一对师徒分宾主坐定,王阳明与徐爱交流出巡的感受。王阳明说:"曰仁,你看人果然很准!"徐爱听到夸奖,脸上露出了淡淡的微笑。

王阳明说:"曰仁,你以前多次给我提过的王天宇,即平川先生,这次在苏州,我终于见到了他,与他做了彻夜长谈。话逢知己嫌夜短,痛快!"王阳明说着,知足地笑着,捋了捋下巴上的胡须,接着说道,"平川先生,比我大七岁,早年在老家开办了一座弘道书院,讲圣贤学问。哈哈,在弘道这方面,我们是同道,是知音呀!有学问,有气质!才智敏捷,却又虚怀若谷,难得!"平川先生是王承裕,字天宇,号平川,是吏部原尚书王恕的小儿子。王恕谥端毅。

徐爱笑着说道:"平川先生,七岁作诗,出手不凡。二十岁创作《太极动静图说》。后来得罪刘瑾,再后来在家守孝,现在是太仆寺少卿吧?"

王阳明点点头,说道:"与平川先生见面,我有两点感想。第一点,心学被人误会,在于不了解。很多人不了解,误会心学是禅家的空寂。平川先生,在我们见面之前,对心学也有这样的误会。经过交流,他理解了;第二点,圣贤学问修炼智慧,是为了用,不是为了单纯的求静,甚至逃避人世。平川先生自小在衙门随侍端毅公,端毅公在北京吏部尚书任上时,平川先生小小年纪替端毅公接待宾客,历练充分,这种历练没有增加他的世故,却历练成了他的沉稳老练。对照平川先生,回头检视我们的心学学生,有的学生一味求静,如果任其静下去,可能真会陷入空寂里去。"

徐爱点点头,说道:"先生的心学,在目前,是新学,人们要了解它,需要一个过程。平川先生是这样,我们这里也一样。汪汝成,抱着将信将疑的态度先后来了九趟,在先生您这里求教,在我这里验证,在别的同学处打听,最终打消了疑虑,相信了;衢州来的郑德夫,从周以善那里知道了心学,觉得好,后来听人谣传是禅学,又中断了,再后来,不甘心,跑到先生您跟前验证,反复多次,在这里十九天,一直心存疑虑,他亲口给我说,直到第十九天,他终于相信了,这才磕了头,从旁听生变成了弟子。再说眼前,这位陆澄陆原静和汪汝成、郑德夫,都存着一样的心思,走的是一条道。开始时,将信将疑,一个月跑来听一次课,后来十天来请教先生您一次,再后来三五天来一次,您看看现在,铁了心了,成了心学的忠实学生,都住到了鸿胪寺库房里,天天随侍先生。人们误会心学,在于不了解。不了解,是我们的宣传不够。至于您说到的第二点……"徐爱正要说下去,陆澄进来了,打断了徐爱和王阳明的谈话。

陆澄现在成了王阳明的长随,只要王阳明在衙门,他总是随时在跟前,干些杂活,请教学问。堂堂的举人,变成了听差。陆澄一进门,说道:"弟子听说夫子回来了,马上过来给您请安。"

王阳明笑眯眯地问道:"原静,为师离开的这几天,你做学问可有疑虑?"

陆澄二十二岁,不胖不瘦,不高不低。陆澄脸上有了些静气。徐爱笑着看了看陆澄,对王阳明说道:"先生,我先替原静说几句,原静这一个月来,气质上有了明显的变化,刚来时一脸的躁气,站到那里,两条腿静不下来,说话一开个头,就滔滔不绝,像长江水西来东去,没有个停歇。现在再看看,站有站相,话也少了。"

王阳明笑眯眯地打量着陆澄,笑着点点头,并接过陆澄双手呈递的文章,浏览一遍,说道:"原静,曰仁说的,你自己感觉到没有?"

陆澄不好意思地笑了笑,点点头又摇摇头。

王阳明接着说道:"言为心声,字如其人。你看看,这文章,已不像刚来时那样花哨了;这字迹,不再像初来时那样轻浮,无根无骨。文章语句朴实了,写字横竖撇捺平稳了,字里透露着一股静气。"王阳明看着陆澄,笑着说,"原静,你刚来时下巴是往上扬的。哈哈!好,有进步!心一变气质就变;心不骗人,什么都在脸上写着呢。"

陆澄不好意思地笑了,三个人都笑了。陆澄请教道:"夫子,弟子心中有二事不明。"

王阳明笑眯眯地看着陆澄,眼神中含着鼓励。

陆澄说道:"第一,夫子多次说过,惟精惟一,人心要归到一。弟子要问,这个'一'既然是专注,那么我把心专注到一件事上,比如弟子写字,把心专注到写字上;弟子吃饭,把心专注到吃饭上,这是不是要归一的那个'一'?"

徐爱心领神会地笑着。王阳明示意徐爱给陆澄解释。

徐爱笑着说道:"原静,你写字时把心专注到写字上,是专注,不见得是归一。你想想,如果赌博的人把心专注到赌博上,偷盗的人把心专注到偷盗上,这算不算归一?"

陆澄惭愧地笑着点点头。

王阳明接着话头说道:"能专注,对世人来说,已经不简单了。就像舞剑,舞剑人专注的话,能舞到心剑合一。写字也一样,专注的话,能写到心字合一。专注是什么?就是心无杂念。早年我在刑部监狱做提牢官,发现有的犯人不再怨天尤人,不再想着越狱逃跑,变得听天由命,安心改造。因安心而心无杂念,因为心无杂念,人就变得很安详,气质变得纯净和善。这样的犯人,在监狱的改造下变化了气质。做事专注,就是用心,投入到忘我的地步是什么样的?就是大公无私。大公无私是什么?就是道心。但是一般人投入,都没有忘掉他专注的事,所以说,一般人不能见到道心。有的人投入得既能忘我又能忘事,但是不知道什么是道，见了道也不知道，所以也就不能修道，不能行道，当然更不能得道。回过头来再说归一，归一是归到至善上，归到诚上，归到仁上，归到天理上。"

陆澄点着头，说道："弟子明白了，谢谢夫子！谢谢横山先生！弟子第二个疑问是，静坐时怕鬼怎么办？"横山是徐爱的号。

徐爱笑着说道："鬼向来不欺蒙正人君子！关键是我们要心正！"

陆澄眼神中有迷茫，再问道："要是碰上邪鬼恶鬼呢？"

王阳明不再笑了，严肃地说道："原静，人存着怕鬼的心，就是心不正。心正，干干净净，何来一个怕字？既没有怕，也没有不怕！怕这个念头就是不正，正心就是要正不正，格物就是要把念头正过来。"

正说着，王嘉秀和萧琦进来了，他们也是来给王阳明请安的。王阳明在陆澄文章上写好批语，同时说道："这批语你要好好琢磨。修学不怕有疑问，解决疑问就是进步。"王阳明说着，把陆澄的文章还给陆澄，同时又递上另一份文稿，说道，"这是为师在苏州为平川先生题写的评语，你们都传看一下。"

陆澄双手接过来文稿，退到一边，捧读王阳明的评语。

王阳明这才与一直恭立在一旁的王嘉秀和萧琦搭话："实夫、子玉，你们来了！"

王嘉秀和萧琦一起给土阳明鞠躬作揖。王嘉秀递上自己的一幅画后，萧琦递上自己的一首诗，两个人要王阳明检验他们的画和诗文。

王嘉秀和萧琦二十四五岁，两人面目清秀，是好朋友。王嘉秀中等身材，四方脸有些圆，大眼睛像湖水一样平静，甚至有些空洞。萧琦个子瘦高，长着一张闺房大小姐一样的鹅蛋脸，丹凤眼，嘴唇不擦胭脂也整天红嘟嘟的，眼神里却没有大小姐的柔情蜜意，有的是一种坚定；向师父呈递自己的诗作时，他勾着兰花指。

递上自己的作品，王嘉秀和萧琦退立在一旁，静候师父的点评。

王阳明默默地浏览着王嘉秀的画，画名《九年心学》，画的是达摩在嵩山山洞里面壁而坐。王阳明细细端详一会儿,然后拿起笔,题上一首小诗。再看萧琦的诗作,看过一遍,他略作沉思,提笔写上四句批语。然后放下弟子们的作品,对王嘉秀和萧琦说道:"实夫、子玉,你们还记得吗?春季在滁州琅琊山,在南天门,你们问为师,你们说天门在山上,我说是呀,泰山有南天门,九华山有南天门,琅琊山有南天门,大概每座山都会有个南天门。你们有疑问,人心怎么与天门相接,为师是怎么答复你们的?还记得吗?实夫,你说说!"

王嘉秀低声说道:"夫子说,只要做到一心,天门就在自己心上。"

王阳明点点头,说道:"天门在自己心上。而从你们的画作诗文看,你们还是老毛病,两眼望着天上,至少是望着山上的天门。为师今天再说一遍,心学不是学佛,也不是学仙。心学是人世间的学问,是日常生活中一举一动的学问。做好人事,即是天道。要明天道,就要踏踏实实做好人事。"

王嘉秀和萧琦略带羞怯地点了点头。

正说着,又有人进门了,是滁州来的孟源和孟津兄弟俩。王嘉秀和萧琦退立一边。孟源和孟津兄弟两个把两个竹筒递给王阳明,再把诗文呈给王阳明。哥哥孟源说道:"两桶茶叶是滁州贡菊,新下来的,请夫子尝尝新。弟子的文章,请夫子批评。"

陆澄接过来茶叶,搁到一边。

王阳明笑着说道:"伯生,伯通,不看文章,就看你们的气质,就知道你们已取得进步。但是进步不小,问题也不小。你们总想说话,想说说自己在静坐中的见识,见山见水了,见云见雾了,见神见鬼了,是不是?"

孟源尴尬地笑着。孟津惊奇地说道:"夫子真是啥都知道!"

王阳明不再笑了,正色道:"为师要提醒你们,修学别修偏了,偏到神鬼那里去了,要脚踏实地。为师何来神机妙算?前段时间,之日(刘韶的字)来过了,他说了滁州弟子们的情况。由此,我了解了你们存在的问题,一是流于空虚,二是喜静不喜动,归结起来还是一个问题——空虚!"王阳明对徐爱说道:"曰仁,还是我们刚才谈的那两个问题,有必要统一一下认识。你通知他们,我要讲学!"王阳明对孟源和孟津说道:"伯生、伯通,你们住一晚,明天在排演厅听课,要把走偏了的路子纠正过来。"

第二天,在鸿胪寺排演厅,在南京的心学学员几乎全部到场,后几排坐着国子监的十几位学生,以及鸿胪寺的十来位鸣赞和序班。济济一堂,有几十位。

王阳明开门见山:"最近,我们同学中出现两种倾向。第一种,就是喜欢静,不愿意动,打起坐来有些陶醉,不想起坐,总想着往山里去,越荒僻越好,一心想着与鬼神打交道。外面有人攻击我们是禅,是空寂,是死寂,这也不是没有原因的。第二种,与第一种正好相反,喜欢热闹,坐不住,有机会就高谈阔论,多少有一点功夫了,就存不住气,心浮气躁。这都是病,是心不正。是我过去没有说清楚,今天我们要统一认识,圣贤学问,就是心学,心学就要在自己身心上下功夫。为了避免大家理解偏差,我今天不引经据典,就说大白话,不再像过去那样说仁,说义;说尽心,说知性;说诚,说明,说中和;说明德,说至善;说惟精惟一,说无形无相。就像一个人有十几个名字,这个人喊张三,那个人喊张四,还有喊张五的,都喊乱了,让大家不好把握。今天我说的有形有相,简单易懂,好操作,只要能听进去,每个人都会做,都能做到。心学既不在天上,也不在地上,就在我们人世间,就在我们日常生活中。心学是要开发我们自己心中的智慧,开发智慧是为了指导生活,解脱烦恼,这是最起码的。有了本事,有了机会,我们再帮助别人解脱烦恼。怎么开发智慧?怎么下功夫?很简单!在家孝敬爹娘,出外尊重他人。就这十二个字,看似谁都能做,实际上却是有的会做,有的不会做。先说第一桩,孝敬爹娘,这是天经地义的,不能讲条件,要全心全意,一门心思,一丝不苟,踏踏实实。第二桩,看似简单,做起来真正是难。一般人,比我们强的,我们羡慕嫉妒;不如我们的,我们轻视,甚至不屑一顾。如果静下心来,心上下功夫,我们就会谦卑起来。比我们强,我们学习,见贤思齐,哪怕有一星一点儿比我们强的地方,就是我们的老师;不如我们的,我们检讨自己,我是不是有这样的错误,有了我就改正,所以别不把不如我们的人不当作老师。好人坏人,都是一面镜子,能照见我们自己身上的不足。啥时候终于松了一口气,我终于没有一丝一毫的不足了,十全十美了!"

王阳明苦笑了一声,说道:"很惭愧!我直到如今,每时每刻都是战战兢兢,今年回头检视去年,发现去年有不足;今天回头检视昨天,发现昨天有不足。不足好像是与我永远相随相伴。没办法,我只得随时提醒自己,谨慎小心。啥时候自己觉得没有不足了,觉得圆满了,这种感觉才是最大的不足。"

有人叹息着,遗憾着小声说道:"这样一辈子提心吊胆,活着还有啥乐趣?"

王阳明点了点头,说道:"天天提心吊胆,活着是没趣。战战兢兢不是提心吊胆,只是谨慎。功夫到了,心中常常有一种无以言状的喜悦,喜悦不影响这种谨慎,心上有什么风吹草动,哪怕非常微弱,马上就知道了。"

又有人说:"低头抬头都是老师,见谁都得作揖磕头,像个奴才一样,遇到路上人多,怕是路也走不动。"

王阳明说道:"尊重,只是在心上下功夫。我们五尺身躯能高过钟山吗?能高过江边的阅江楼吗?不能!那为啥圣贤能心包宇宙呢?圣贤的心谦卑,谦卑到了无以复加的地步,忘我了,空掉了。因为空掉了,自然和天地融为一体了。这个时候我们最谦卑,也最高大,高大到与天地一个身体。天地都是我们的身体,我们还是奴才吗?到了这一步,天地,我们都能平等看待。记住,尊重每一个人,实际上是在尊重我们自己。"

下面有些人眼神迷茫。王阳明哈哈笑道:"这是最高处的风光!想体味这种喜悦,只有下功夫,先爬山。功夫就是尊重所有的人,不斤斤计较这个该尊重,那个不该尊重。觉得有谁不该尊重,那是我们的心不正,要检讨。尊重到心里不含一点杂念,心地像阳光那样纯净透明。这不是口头说说的,都是实在功夫。这都是人事!人事上功夫做到十二分,才有资格说天道。做足人事,就是天道。总结一句话,在家孝敬爹娘,出外尊重所有人,踏踏实实。这就是功夫,铁杵磨成针,水滴石穿。只要功夫做足,就有成熟的那一天。有疑问吗?"

不少学生摇头。孟源笑着说道:"夫子,您说的毛病,好像说的就是我。可不可以这样理解,这十二个字作为口诀,弟子应牢牢记在心头。"

王阳明笑笑,点点头,说道:"是口诀! 要牢记! 牢记就要立志。立志是入门,是第一级台阶。孔子三十而立,立的什么? 还是立志! 他十五岁立志,到了三十岁,志向坚定了! 有人怀疑,老师讲学会不会保留,会不会分亲疏远近。守文!"

王守文应声站了起来,怯怯地问道:"夫子,有何见教?"

王阳明笑笑,说道:"我给你写的那篇《示弟立志说》,散学后,你给大家传看传抄一下。"王阳明示意弟弟坐下,接着说道:"立志是一辈子的事。立志要坚定,守志也要坚定。立志学圣贤,做圣贤。志向坚定,没有不成功的。我给自己弟弟的秘诀也就是立志和守志。立志就是最大的功夫,一辈子战战兢兢,随时检讨志向坚定不坚定。立志干什么? 立志孝敬爹娘,立志尊重每一个人,这就是圣贤的志向,这就是圣贤的学问,这就是圣贤的功夫! 这就是我们心学的功夫! 是不是简单明白?"

孟津最先响应,大声说道:"简单明白! 一条直路,再不会跑偏了!"

坐在前排的陆澄,像村子里黎明前最先睡醒的大公鸡,第一个鼓起掌来,一声鼓掌引起了听众席中热烈的掌声。

第七十六章　拜访湛母　送行三弟

正德九年，甲戌年，是百官进京朝觐的一年。朝廷规定，北京之外的官员每三年进京朝觐一次，在十二地支"子丑寅卯辰巳午未申酉戌亥"中，纪年中每逢"丑、辰、未、戌"，是进京朝晋的年份。每年的朝觐，从十二月十六日开始，十三个省和两个直隶地区的文武官员分别到奉天殿外，遥望金銮殿，给万岁爷行朝觐大礼。这样大的排场照例由鸿胪寺主持仪式，鸿胪寺卿亲自担当司仪。不过那是北京的鸿胪寺。南京鸿胪寺卿王阳明来北京只有磕头的任务。

北京和南京两个京城的官员，六年一考察，时间安排在纪年中逢"巳、亥"的年头。甲戌年接下来就是乙亥年。四品以上的官员，可以自我鉴定。王阳明是学圣贤学问的，圣贤鉴定总是喜欢检讨自己的缺点。乙亥年的春节，王阳明在北京。回南京前，他到湛若水家辞行。

湛若水五十岁，王阳明四十四岁，两位鬓角斑白的半老头一见面，都是满心欢喜。王阳明顺便拜望了湛若水母亲陈老夫人。

吏部尚书是杨一清，最近入了内阁，参赞机务。王阳明自我批评的《自我鉴定》，被吏部认为是道德高尚。

到了五月，王阳明接到讣告，湛若水的母亲陈老夫人已于正月三十在北京去世，棺椁正好路过南京。王阳明用白纸包上碎银子，带上香烛和瓜果供品，来到江边码头,祭奠陈老夫人。在船上,头戴孝布的王阳明安慰着湛若水,一身孝服的湛若水悲戚地要求王阳明为母写祭文,王阳明同意了。

祭奠过陈老夫人,回来的路上,王阳明坚定了回家孝养老奶奶的决心,为湛若水母亲写过祭文的第二天,就写了一封辞职奏疏《自劾乞休疏》。

六月,来南京看哥哥的三弟王守文要回绍兴。在码头上等船的时候,王阳明拉着弟弟的手,说道:"三弟,我在南京回不去,你二哥在国子监学习,只有你和四弟在家守着,回去多照顾父亲,替哥哥多去看看奶奶。我先后写了两份辞职奏疏,想辞职却辞不下来。"

十八岁的王守文点着头应承。

王阳明嘱咐道:"哥哥歌诗一首,给你送行。"王阳明心情平静,仰着脸,吟诵道:

弟来哥心喜,弟去哥心悲。不为爹娘盼,哥不让弟归。赶上暑热天,路上多小心。凉茶要少喝,吃饭别过饱。船边要扶好,岸边别嬉闹。收心多静坐,心静好看书。理不在声高,声高长浮傲。见人少说话,沉默真如愚。交际莫轻率,忠信加谦卑。要修圣贤学,慎独是根基。欲望嗜好多,弟弟要注意。去年是童子,今夏已成人。在家千日好,爹娘多关照。长辈要尊敬,幼小多关爱。做到这些个,全家都欢喜。学问要做好,去拜王司舆。学问不图名,只求圣贤心。弟弟记心头,诵与四弟知。

送走王守文,王阳明迎来了内弟诸用文和内侄诸伯阳。

这个时候,从北京传来个消息,在南京城里传得沸沸扬扬。万岁爷要派太监,万里跋涉,学习唐僧去西天取经,去迎请西天的佛菩萨。北京满朝官员,劝谏的奏章像雪片一样飞到了金銮殿。王阳明很纳闷,要说西域和尚,豹房里天天围拢在万岁爷身边的,就有一百多号。这些僧人经常见圣颜,朝臣们只有初一和十五才有机会在承天殿见一见圣上,哪天万岁爷没兴趣,初一和十五都不一定能见得着真龙天子。万岁爷几年前已经被封为大庆法王、自在大定慧佛了。自己就是佛了,还要去西天请佛菩萨?

去年万岁爷为新建乾清宫,增加天下赋税一百万两。今年刚过了年,北京、南京和山东就闹饥荒需要救济粮。去西天迎请佛菩萨的大队人马浩浩荡荡,又得花费一大笔银子。这不是雪上加霜吗?不行,得劝谏!鸿胪寺本来就是清闲衙门,平白吃着朝廷的俸禄已心里有愧,遇到朝廷有事,再胆小不敢劝谏,就更不合自己的脾性。王阳明知道当今万岁爷耳根子硬,听不进去忠言,说不定自己又会像正德元年那样,又廷杖又贬官。贬官就贬官吧,最好是罢官,罢了官,正好回家孝养老奶奶。

王阳明学佛几年,学儒几十年,要写儒和佛比较的文章,最有心得。两千字的《谏迎佛疏》,一气呵成。奏疏写好了,去西天迎请佛菩萨的大队人马已经上路了。奏疏成了马后炮,没用。王阳明正要把奏疏扔掉,正好赶上王嘉秀和萧琦来辞行,他们要回湖广老家。等两位弟子行过礼,王阳明笑着说道:"我刚写了一篇奏疏,本打算劝谏去西天迎请佛菩萨的队伍,只是队伍已经上路了,奏疏派不上用场了。奏疏没用了,文章还有用。正好给你们,实夫,你抄去好好看看。子玉,你喜欢神仙,文章虽然是说佛的,与神仙一个道理。你也看看!"

王嘉秀接过来《谏迎佛疏》,与萧琦两个人一起阅读起来。

王阳明介绍道:"这篇奏疏的主题就一个,西天的佛,是我们东方的圣人;我们东方的圣人,就是西天的佛。西天的佛,修行要爬雪山,过草地;我们东方的圣人,在屋子里端坐,不出门,就把天下治理好了。说到神仙的长生,尧帝活了一百二十岁,舜帝活了一百一十岁。"

王嘉秀抬头问道:"夫子,传说,您要去国子监当大司成。什么时候到任?"

国子监祭酒雅称大司成。

王阳明笑道:"那只是传说。杨侍御举荐过,奏章被内阁压住了,没有上报。"

　　萧琦遗憾地叹息道："夫子要是能去国子监,我们的心学会传播得更快,会帮助更多的人!"

　　王阳明沉默了一下,说道："我们自己好好修学,给天下人做个榜样,就是传播。你们回去,就等于心学的种子撒到了你们辰州和常德。"

　　王嘉秀和萧琦郑重地点点头。

第七十七章　天降大雪　人遭诽谤

正德十年的腊月。

有功夫的人，睡眠少。大雪天的早晨，王阳明和往常一样，早早醒了。经过了一夜的休息，脑子里一片空白。等意识到自己身体的存在感，和存在感一起到来的是满心的喜悦和浑身的舒适。这是自得自乐！王阳明笑了。王阳明笑着起床，笑着洗漱，笑着出了门。大地、房屋、树枝上，银装素裹，天上地上，浸润在一派宁静、清新的喜悦中。

衙门外，同样是雪的世界。下雪真好！王阳明轻轻地踏在积雪上，小心翼翼地，担心践踏了雪的安详和宁静。现在，王阳明的心境和雪境一样宁静安详。安详和宁静是一种享受，不需要招摇的仪仗，不需要前呼后拥的排场，不需要衙役们举着肃静和回避的大招牌。大雪已经肃静和回避了一切的喧闹。王阳明徜徉于衙门前的大街上，看着眼前纯洁安详的雪地，手有些痒痒，就像看到了展开在自己面前的诗笺，想涂上几笔。但回头一看，自己走过来的一串脚印，不就是一首简洁的诗赋吗？这是最简洁的《雪赋》。王阳明静静地欣赏着自己的诗。大雪本身就是天地间一篇绝妙的诗赋，如果多加一笔，就是狗尾续貂的败笔。街上赏雪的人渐渐多了起来。天作之美，没有了。王阳明要回衙了。

鸿胪寺衙门前的仪门是个牌坊。牌坊是衙门的门面。王阳明每次进出仪门，就像和一个熟人打招呼一样，都要看一看这个门脸。咦！牌坊的立柱上多了一张招贴，就像一个人脸上被贴了一张膏药。啊！不是一张，左右立柱上各贴一张，还保持着对称。王阳明以为是谁家为晚上不睡觉的哭闹孩子写的治病招贴，无非是"天皇皇地皇皇，我家有个夜哭郎，行路君子念一遍，一觉睡到大天亮"之类的文字。王阳明苦笑了一下，把自己做圣贤的心思降降标准，先做个"行路君子"，念一遍文字，帮人家这个夜哭郎治治病。张张嘴的功夫，就能为孩子治病，自己路过不念一遍，辜负了人家的一片苦心；因为懒得张嘴，就不是"行路君子"了，就变成了小人，这样的小人当得有些冤枉。万一将来自己摊上晚上哭闹的孩子，别指望人家为自己帮忙。

王阳明嘴里念叨着"天皇皇地皇皇"，出于对文字的敏感，想走近看一眼。这一看，看得脸上连苦笑也没有了。原来是一首无题打油诗，只见上面写着：

明明石头城，偏偏叫金陵。城市有何辜，俗人好虚名。
明明是参禅，偏偏号心学。屁股在庙堂，空掉爹和娘。
朱子倡格物，小子正念头。灭祖求奇异，盗名又欺世。
学问有虚实，人物有邪正。投师要睁眼，勿入魔道门。

一群卫道士

王阳明草草扫过一遍，心生火气，火一下子膨胀开来，心里盛不下了，瞬间从心底蹿到了头顶，头顶有些涨，火气弥漫到了眼里，近视眼变成了昏花眼，昏花得看不清墙上的字。眼里看不清，心里记得清，"空掉爹和娘"？谁空掉爹和娘？亲娘早已辞世，自己还经常做梦梦到亲娘。造谣！污蔑！"灭祖求奇异"，灭谁了？自己是不赞同朱子的格物说法，但是并没有否认他是先贤。"盗名又欺世"！呸！不赞同朱子的格物说法，是因为自己找到了正确的解释。谁欺世了？盗谁的名了？小人！小人！谁是邪？谁是正？谁是魔道？我是邪？我是魔道？

真他妈的小人！躲在阴暗角落里的小人！不是小人？你就光明正大地来鸿胪寺，咱们当面辩论。有理不怕辩论，理是越辩越明。不愿意当面辩论，书面也行呀。为什么要这样？不分青红皂白，肆意攻击污蔑呢？

一场大雪竟然遮盖不住这泡肮脏的臭狗屎！呸！王阳明的脑子越来越涨，涨！涨！要冒火！要爆炸！我呸！来人！来人！给我……

我……我……我……王阳明的脑子里出现了一连串的我，我是正四品鸿胪寺卿，虽然不是大臣，虽然是小卿，虽然没有进入大九卿的行列，但是一说到卿，自古以来都是象征着位高权重。人活着为了什么？当官为了什么？有人为了权势，有人为了排场，有人为了发财，我是为了一个清名。树活一张皮，人活一张脸。脸面不就是一个名吗？这些年来，有个清名容易吗？弟子大多数不都是慕名而来吗？清名一旦被污损，那……

一会儿衙役来了，要撕这两份招贴，不会不看内容。一看内容，理解了还好，误解的话，还真以为我是假学问，以为我是欺师灭祖，以为我是欺世盗名，以为我是魔道，不行！不能让人看到。王阳明冒着火，走上前去，伸手使出拉硬弓的力气，"嚓"的一声，只撕扯下来一绺。哼！连这张招贴也敢给我较劲，粘到墙上不下来？呸！带着狠劲，嚓、嚓、嚓，王阳明一绺一绺地撕扯了个干净。两张招贴全撕碎了。王阳明气冲冲地要回衙门，一眼看到地上的碎纸片，不行，不能留下！王阳明弯腰捡拾起来碎纸，揉成一团，要带回去烧掉。

进了仪门，两个衙役迎面跑过来："鸿胪大人，有何吩咐？"

王阳明怒气冲冲，呵斥道："这么好的雪，不知道出来看看，只知道睡懒觉！鸿胪寺是干什么的？"王阳明还要说下去，看着两个无辜的衙役瞪着无辜的眼睛，胆怯地看着自己。王阳明！颜渊不迁怒！小人的卑鄙勾当，与衙役有什么关系！王阳明，你……你……我……唉！王阳明心头之火小了些，平静地对衙役说道："雪景好，空气清新，大早上，出去走走！活动活动！"

两个衙役眼神里露着狐疑，惶恐地应道："小人遵命！小人遵命！"

王阳明匆匆回到值房，一屁股坐在了椅子上。心里有两股火气在乱窜，小人的卑鄙伎俩，让人头大冒火；自己功夫不得力，惭愧！王阳明呀王阳明，你平常道貌岸然，有时候为了自己身上多少有些功夫，免不了沾沾自喜，自以为经过千辛万苦，找到了心底的光明，自己比着朱熹……惭愧！不能对先贤无礼！王阳明惭愧着，从椅子上起身，弯腰鞠躬，算是向朱子道歉。道歉后，缓缓落座，心里继续忏悔：自以为比先贤朱子高明，比同辈人心高一筹，总以为自己掌握了真理，自己占领了道德制高点，自己成了道德的裁判，自己经常谆谆告诫弟子们："要谦虚，要虚怀若谷，要诚实，要克制心中的自私自利，要恢复心底的美好道德，恢复人类所有的美好品质，要……"

　　自己虽然时常检讨自己，克制沾沾自喜，克制自以为是，甚至有时候为梦中的松懈放纵而惭愧。自己修学修心，是有些成绩，平常无事时心如止水，心地光明，就像今天早上刚刚睡醒时，心中充满喜悦的享受状态，可那是无事时。有事时才是真验证，才是试金石。还真像招贴上说的，自己不是纯金，就是块石头，却偏偏标榜自己是金的。招贴说自己的学问是禅，不可否认，过去确实有禅的倾向。招贴说自己灭祖，说自己欺世盗名，自己是有些好名，但是欺世盗名，太严重了！

　　自己的毛病，有时候会下意识隐瞒，有时候还会自己为自己辩护。修学确实需要师友，需要诤友。但是，因为慢慢有些虚名了，朋友也不好意思给自己指出来。能指出我的缺点和不足的人，就是我的老师。这不是自己过去多次告诫自己和弟子们的吗？好！这张招贴，就是我的老师，是严师！王阳明展开被揉成一团的碎片，想把碎片拼起来。

　　这时，门外传来弟弟的声音。

　　王守俭气喘吁吁地跑进屋，激动地说道："大哥，太气人了！真是卑鄙！"王守俭捧着一张招贴，要递给大哥，却看到哥哥正在桌子上拼对着同样内容的招贴，"大哥，您也见到了！"

　　王阳明平静地看着弟弟。弟弟满脸通红，一半是因为急着赶路，一半是因为气愤。王阳明平静地说道:"二弟,喝杯水,小心热身子着凉。"说着接过来王守俭手里的招贴,浏览了一遍,字迹不一样,内容一样。王阳明放下招贴,问道:"在国子监门上揭下来的?"

王守俭捧着杯子喝了口水,点点头,问道:"大哥,您怎么不生气?这么污蔑人,要追查!我回去就发动同学们追查!"

王阳明平静地说:"哥哥也是刚平静下来。二弟,招贴虽然言过其实,但也不能说都是空穴来风。哥哥心里有愧!"王阳明犹豫了一下。俗话说长兄如父,弟弟比自己小二十四岁,对自己非常尊重,今天如果当面说出自己的毛病,会不会影响自己在弟弟心中的形象?不会!在亲人面前袒露心中隐私,抖搂自己的自私自利,才是最好的忏悔。圣贤对天地,对亲人,对任何人,都应该没有什么隐私。王阳明平静地说道:"二弟,大哥有需要检讨的地方。"

王守俭吃惊地看着哥哥,水杯搁在嘴边,没顾上喝。

王阳明对弟弟点下头,说道:"大哥好虚名,这是多年来的毛病,一直改不掉。俗话说,医生对自己下不了刀子。如今被人家指出来了,也正好割去这块烂肉。弟弟,大哥过去有虚伪的地方,不是彻底诚实。虽然我也时常劝自己,提醒自己,可这点私心就是顽固,像铁石一样。"

王守俭目瞪口呆地望着哥哥。

王阳明继续平静地说道:"好名也是杂念、邪念。心头有一丝一毫的杂念邪念,就是心不正。二弟,今天你来了,我也不用再拼这份撕碎的招贴了。我就把你拿来的这份招贴贴到桌子前,这就像一根银针,看一眼,就像扎一针,让它扎一扎心中的麻木不仁。"

王守俭遗憾地望着哥哥,问道:"大哥,你就这样放过那些卑鄙小人了?"

王阳明平静地笑笑,说道:"要真查出来,大哥还得登门作揖道谢呢!倒是让人家不好做人!算了,二弟,安心读书吧!修学修自己,与别人关系不大!"

弟弟吃过早饭走了。

王阳明自己动手,把招贴贴到了抬头就能看到的墙上,准备把它作为镜子,时时照一照,提醒自己。

弟子中,陆澄最先见到这份招贴。陆澄进屋替王阳明收拾桌子时,看着这份招贴很惊异,见王阳明心平气和,他不解地问道:"夫子,这是谁写的? 这是攻击呀! 这不是无中生有吗? 您咋贴这儿了?"

王阳明笑着说道:"有则改之,无则加勉。自己不好改,让别人骂着,改得更快一些。治病就得用猛药。就像我平常要求你们自省一样。我催着你们,监督着你们,你们改得快一些,改得彻底一些。你们有老师,我现在没有老师。这骂人的,就是我的老师。师严道尊!"

陆澄仔细看着王阳明,发觉师父今天的笑有些勉强,有些不坦然,就说道:"这是谁写的? 这是诽谤! 这是污蔑! 弟子要去替您问问。"

王阳明平静地说道:"是谁写的不重要,写的内容重要。说我好名,也不能说是绝对的诽谤。我的确有这个私心。这次被人揪了出来,正好在太阳底下晾晾晒晒。公之于众后,就再也藏不进去了。"

陆澄埋怨道:"夫子,您自己不在乎,您想过吗? 圣贤学问埋没了多少年,夫子好不容易悟通,这能救多少人的性命! 现在诽谤了心学,大家跟着误会了心学,这么简洁直接的学问被人误会,那就可惜了!"

王阳明笑了笑,赞许道:"原静思考问题细密了! 你说得有道理。"师徒正说着话,徐爱匆匆进了屋。他一脸焦急。陆澄把墙上的招贴指给徐爱看。徐爱对陆澄点点头,问王阳明道:"先生,虽然说谣言止于智者,但是毕竟智者少。攻击您,就是攻击心学。大家误会了心学,拒绝了心学,那损失就大了! 我们得有个应对。"

王阳明说道:"曰仁,你也知道了。已经满城风雨了吗?"

徐爱说道:"那倒没有。守俭从您这里走后,找我去了。就国子监和您这衙门。我估计,问题出在国子监。"

王阳明向徐爱摆了摆手,说道:"出在哪里,是谁,都不重要。你说得对,原静也担心这批评影响心学的传播。我这样想,我们解释格物,与朱子的不一样。我们还从朱子这里找办法。我们查阅《朱子全集》,要从朱子身上找身心学问的共同点。找得到的话,这些人就找不到攻击我们的把柄了。"

徐爱临走,再次把招贴看了一遍,气得脸通红。陆澄摇摇头,继续收拾屋子。

王阳明看着这份招贴,心头时不时冒火,火得头昏脑涨,气得两肋生疼。跑到雪地里,狂走一通。在雪地里,泄了火,消了气,再回来。回来继续查看《朱子全集》。第二天,对着招贴,还是冒火,还是生气。老办法,出屋子,到雪地里疯走一通。第三天,还是冒火,生气,不过,火气的对象变了,主要是惭愧和自责。第四天,照样惭愧和自责,不想多看一眼招贴。躲出去!眼不见为净。第五天,惭愧和自责。想逃避,坚持着不逃避,一直待在屋子里,直接面对招贴,与招贴面对面。第六天,忏悔。心里已经平静了。第七天,已经能够平静地对着招贴说谢谢了。就在这一天,王阳明觉得招贴的火力不够,已经刺不痛自己了,坐在桌前,要添把火,于是展开宣纸,写下了《四箴》,四把火烧向自己的四个毛病:

阳明小子,麻木不仁。人家诽谤,是剂良药。不知感恩,还要发作。不识好歹,需要忏悔。

阳明小子,四十五岁,表里不一。多批评自己,要从善如流。

阳明小子,说话太多。话多事多,麻烦也多。道德在行,不在言说。表扬良善,不能过分;说人是非,一句也多。话多心昏,少言修心。

阳明小子,文章花哨。为了盗名?为了欺世?虚伪故作,惹人讨厌。古来文人,耗尽性命;圣贤学问,一世无成。吸取教训,弃文从道。

阳明小子,好好修心吧!

丙子年正月

余姚阳明山人自警

王阳明大年初一把这份《四箴》贴到了那份招贴旁边,时时警醒自己。开始的时候,看到这些话,总有被针扎的感觉,扎一次,惊醒一次,扎一次,脸红耳热一次,越扎越清醒,越扎越亮。缺点被一针一针挑出去了。挑到最后,心里踏实了,脸不红了,心不跳了。

过去,没事的时候,心如止水;现在看着这份招贴,也一样心如止水。谁心如止水? 我吗? 有我,就是私心! 这种沾沾自喜的感觉,就是杂念! 心已经不是止水了! 谁心如止水? 是那个人之初性本善的性呀! 就是那个大智慧呀!

徐爱来了,这次脸上轻松了,眼里甚至藏着笑。王阳明正在翻看《朱子全集》,翻着圈点着。徐爱一进门,师徒两人相视而笑。王阳明笑着指了指桌子上摊开的《朱子全集》。厚厚的一摞子书,不少地方都折出了角。徐爱拿起一册,翻开折着的地方,哈哈笑出了声,笑着从兜里掏出来几张稿纸,小心展开,指给王阳明看。

王阳明点着头,笑着说道:“朱子晚年是赞同陆象山的。那就等于说……”徐爱接上话头,师徒两个人一同说道:“赞同心学!”

第七十八章　南京饯行　绍兴辞行

正德十一年（1516）的九月十四，四十五岁的王阳明接到了吏部的通知，他被升迁为南赣佥都御史。虽然仍然是正四品官阶，但毕竟是从一个清闲衙门升到了巡抚一方的封疆大吏。都察院御史的级别从低到高分：七品御史、四品佥都御史、三品副都御史和二品都御史，再细分的话，有左右都御史，以左为上。乔宇（号白岩）先知道了这个升职消息。乔宇已经从南京礼部尚书升职为兵部尚书。虽然同样是尚书，在南京的六部尚书中，只有兵部尚书的委任状中加有一个备注：参赞机务。

王阳明在吏部几年，知道重要官员的任用要由朝廷大臣推举。谁推举的自己呢？

乔宇第一个来给王阳明祝贺。

花甲之年的乔宇还像以前一样穿着朴素，见到王阳明，他一脸春风，一向不苟言笑的脸上都是笑意。两人落座后，乔宇笑着说道："伯安，今天这个祝贺，菜虽然简单，"乔宇指着桌子上的四个菜，两荤两素，一份桂花鸭，一份菊花青鱼，一份姜丝莲片，一份芦蒿炒香干，还有一坛金陵佳酿，"我等道友，简单中才见真情。"

王阳明笑着说道："白岩先生，这就太丰盛了！要我说，大司马府如夫人的手擀葱花面,加上你们山西的老陈醋,才再好不过!"大司马是兵部尚书的雅称。

乔宇笑着说道:"今天不同,今天半公半私,公心是高兴,私心是祝贺。高兴是为南赣九个府州几十万百姓高兴,祝贺是为伯安你一肚子学问,有了用武之地。来来,伯安,祝贺就得有行动,先敬你三杯酒。"

乔宇一杯一杯递上酒,王阳明毫不推辞,一杯一杯喝干。乔宇笑着点着头,说道:"伯安,你喝酒一点不拖泥带水。带兵打仗也应该这样,干净利落。"

王阳明笑着说道:"大司马敬酒,伯安岂敢怠慢。余姚人喝酒,就像贵乡吃醋一样,一滴也不敢洒。这都是粮食。只是说到打仗,我这几天一直战战兢兢。"

乔宇笑着说道:"临事而惧,谋定而后动,好谋而成。这都是兵法。对你现在这个职位来说,这个心情是对的。"

王阳明苦笑了一下,说道:"我战战兢兢,是因为⋯⋯在贵州几年,荒蛮瘴疠,我的身子被掏虚了。"

乔宇端详着王阳明瘦削的脸颊,说道:"伯安,你瘦归瘦,精神头很好嘛。"

王阳明苦笑着说道:"老奶奶九十七岁了,我一直想着退休,回家孝养老奶奶。"

乔宇不再笑了,说道:"伯安,南赣这个地方,土匪啸聚山林,几十万百姓遭难。去年朝廷任命文宗严去南赣,他因病没有去。朝廷专门下文申斥。"

王阳明沉默了一下,说道:"文宗严与我在太仆寺是同僚,比我大十岁,身体是不太好。"文森字宗严,苏州府长洲人。

乔宇说道:"没事时,朝廷养兵千日,我们闲散官员,喝喝酒作作诗;一旦有事,我们做臣子的,就是爬着也得爬到前线去。"

王阳明点点头,说道:"我一介书生,怕误了朝廷的大事呀!战场上,因为我才能不足,死我一个人,我无话可说。可是历史上的例子多得很,一将无能累死三军,上对不起朝廷的信任,下对不起黎民百姓。"

乔宇摇摇头,说道:"我这南京兵部尚书不也是个书生?北京兵部尚书王晋溪是我老乡,与我是同年进士,这不都是书生?伯安,实话告诉你,正是王晋溪举荐的你。我知道你的经历,你年轻时一直渴望着驰骋疆场,一篇《陈言边务疏》,八条建议,有大战略,有小战术。我那里有底稿,兵部档案库有底稿。王晋溪大司马研究过这篇奏章。"北京兵部尚书王琼号晋溪。

王阳明苦笑了一下,说道:"那是年少轻狂,不知道天高地厚。一个毛头小伙子,即便读过几册兵法,也不过是赵括似的纸上功夫。现在我倒是长功夫了,会讲学了,这也不过是嘴上功夫。战场上,是要真功夫的。"

乔宇说道:"伯安,早年我读到你的《陈言边务疏》,就知道你是个帅才。我在兵部时,一直留心着,为你找机会。你不是说别人诽谤你的心学是禅吗?说你是光说不练的假把式。现在,你出来真刀真枪地干过了,有了成果,还怕谁诽谤造谣吗?学问不经过检验,还真不好说就是真学问。"

王阳明缓缓地点着头,迟疑了一下,说道:"白岩先生,你知道,战场上形势瞬息万变。古代有不成文的惯例,将军在外,皇帝的命令可以不听。可是我们天朝呢,我虽然没有上过战场,也耳闻得多了,练兵的各卫所指挥,不能领兵;领兵的统帅,是来自五个都督府的爵爷,不练兵;这还不算严重,严重的是,指挥打仗,最高统帅会是一个可能一辈子没摸过一本兵书的太监监军;还有个监督,就是御史。福建林见素巡察四川,屡立战功,却被一个临阵逃跑的御史告了黑状,被罢了官。近年来的大小战斗,北直隶刘六、刘七一伙蟊贼,就能横冲直撞天下,祸乱南北几个省。为什么?求安稳,求自保,四平八稳的战术就是四面合围。早年广西的战例,十几万军队围困一座山,围了半年,不了了之。劳民伤财不说,还贻误战机!军队打仗能这样乱指挥吗?这是互相掣肘!"

乔宇点着头说道:"伯安,我了解王晋溪,他虽然没见过你,却与你神交已久。我们是朋友,你担心的这些,他会考虑的。王晋溪在户部,治理漕运,头头是道;主管边务军粮,井井有条。他到什么岗位都是干才。"

王阳明点点头,沉默了一会儿,小声说道:"大司马,天下小民作乱,小民不过是树上的树梢罢了,乱在根上,根不治,总是想治梢。不能根治呀!"王阳明说着伸出手指,指了指上头,又指了指地上。

乔宇沉重地点了点头,说道:"我在礼部任上时,上奏劝谏过,一共列举了十条。唉!"乔宇摇了摇头,"我们做臣子的,只求自己尽心尽职了。伯安,你的顾虑,我知道了。来来,既然是祝贺,喝酒喝酒!出发时,我再为你饯行。"

王阳明心里很矛盾,他担心自己的身体经不住战场上的折腾,又惭愧几年来在太仆寺和鸿胪寺吃朝廷的闲饭。

十月,王阳明回到绍兴。给王华和赵夫人磕过头,他在客厅东首坐下,打算向父亲汇报一下自己职位的变化。王华笑眯眯地说道:"伯安,公事一会儿再说,我先和你说一件家事。"王华说着,向着客厅西边招招手,"仲肃,过来过来,给你爹娘磕头。"

王阳明有些莫名其妙。一个七八岁的小男孩怯生生地走过来,走到王阳明和诸翠跟前,跪了下来。

赵夫人笑着说:"这孩子,快叫爹娘呀!不是教过你吗?这是你爹、你娘,叫呀!"

小男孩看着王阳明和诸翠,小声叫了一声:"爹!娘!"叫了爹娘,磕了三个头。

王阳明摸了摸小男孩的头,柔声说道:"起来吧!"

小男孩起来,怯生生地看看王阳明和诸翠,有些不知所措,最后瞅着赵夫人喊了一声奶奶,磨蹭着走到赵夫人跟前。

王华看着王阳明说道:"伯安,我们家人丁不旺。你今年已经四十五岁了,我去年给你立了一房儿子。这是你三叔家你守信兄弟跟前的,是守信家老五,今年九岁了,我连名字也起好了,大名正宪,字仲肃。伯安,这就是我们王家长门长孙了。家谱上已经续过了。"

赵夫人看着诸翠,笑着说道:"招弟他娘,我给孙子起了个小名,叫招弟。指望招弟给你们妯娌几个招引招引孩子。"

诸翠虽然出生在读书人家,有个诸翠的名字,但是未出嫁时的称呼只有"大妞"和"大姐",出嫁后变成了"伯安家的"和"他嫂子"。现在得了赵夫人赐予的这个新头衔,这也是自己梦寐以求了多少年的头衔呀,总算遂了自己多少年的心愿,简直是心花怒放。诸翠有些脸红,朝着正宪招手道:"招弟,来,来,到娘这儿来。"正宪看了看赵夫人,赵夫人笑着,眼神中满是鼓励。正宪怯生生地走到诸翠跟前。诸翠迟疑了一下,伸手一把抓住了正宪的一只小手,生怕他跑了似的。

王华静静地看着这一切,最后说道:"伯安,歇一两天,去余姚看看奶奶。你奶奶天天念叨你。"

在绍兴陪父亲两天后,王阳明夫妇带着儿子回到了余姚,在老奶奶身边,端饭递茶,尽尽晚辈的心。

十一月,兵部的催促公文追到了余姚。该出发了。晚出发一天,平民百姓就要多遭受一天的残害。王阳明在余姚祠堂拜别祖宗,回到了绍兴。

临行前,王阳明约上王文辕,到上虞向许璋辞行。举人季本一同前往。季本三十二岁,中等身材,一脸清秀。季本原来是王文辕的弟子,考上举人后,被推荐给了王阳明。现在算是两个人的弟子。

许璋的头发和胡子已经花白。许璋家在山坡上,四周稀疏的竹林就是院子的围墙和篱笆。酒席安排在院子里的丝瓜架下。丝瓜藤爬成的凉棚,比贵州龙场的那座君子亭实惠,既能纳凉又能结果。山野人家,实用中透着野趣,野趣中透着清雅。

许璋年长,又是东家,坐在酒席的上首,王阳明和王文辕陪坐两边,季本坐下首。

许璋笑着说:"伯安,我这里只有这些粗茶淡饭。"许璋指着桌子上的素菜,一盘蒜香茄子,一盘炒鸡蛋,一盘炒丝瓜,一盘秋黄瓜段,一盘凉拌萝卜丝,一盘煮花生,"官有官的山珍海味,民有民的萝卜白菜。"

王阳明笑眯眯地说道："当官的也是一张嘴两个鼻孔，比一般人多吃不了多少。"

王文辕笑着说："多吃不了多少，占的就多了。过去你在庐陵是县太爷，现在到南赣，成了都老爷，打旗的、打伞的、扛水火棍的、抬轿的，前呼后拥，排场更大了。"

王阳明淡淡地笑了笑，没有说话。

许璋看了看王文辕，说道："到哪座山就应该唱哪座山的山歌。人到哪一步就说哪一步的话。喝酒！家酿的果酒。伯安、司舆、明德，你们喝惯了黄酒，喝着我这山野之人酿出来的家酒，可能会觉得淡。"明德是季本的字。

王阳明笑笑说道："淡有淡的滋味。"王阳明端起酒杯，呷了一口，品味着，然后说道："半圭兄，我在寺院听他们说过，寺院里的饭头都是开悟了的和尚。一个人做出来的饭，都包含着大师父的心情。果不其然，半圭兄这酒，淡而不寡，淡而清香。"

季本端起酒杯，一口喝进去半杯，还没顾上品味，听王阳明说得这么神奇，马上小心翼翼地品尝了，没有找到清香。他疑惑地看着王阳明。

王阳明说道："明德，品酒要用心。"王阳明看了看四周，说道，"半圭兄，你这山野田园，才是真正的贴心生活。"

王文辕笑着说道："伯安，你这也是人心不足。当了官的，稀罕老百姓的随意清闲。我们了解你，别人听了会以为你这是站着说话不腰疼，是得了便宜显摆。多少人一辈子苦读，熬不出来，生计也耽误了，落得穷困潦倒。"

王阳明缓声说道："百姓有百姓的福，当官有当官的苦和责任。这次我去南赣，四个省的八府一州，江西、湖广、福建和广东几十个县，穷山恶水，上百年的匪窝，说不上显摆和享福，是去真刀真枪做事的。"

王文辕惊讶地说道："我以为只是江西南安和赣州两个府呢！这么说，我们王都宪要巡察四个省呀！"

许璋笑呵呵地说道："伯安这把刀磨了几十年，正该出去用了。别说四个省，八个省的贼窝，也照样戳它个底朝天。《大学》不是说吗，修身，治国，平天下。一步一步来，隔过去，不行；该往前跨，不跨也不行。"

　　王阳明淡淡地笑着说："半圭兄，你们为什么不往前跨一步呢？"

　　许璋呵呵笑着说："母鸡下蛋，公鸡打鸣，各干各的事。"

　　王文辕笑着说道："我这教书先生，也不是你这位都老爷想干就能干得了的。"

　　许璋指向季本，说道："伯安，明德和你一样，是要吃朝廷俸禄的。我呢，生来是和山竹清风做伴的。"

　　王阳明笑笑说道："半圭兄，巡抚衙门场面大了，比你这山坡还开阔呢。你上知天文下识地理，请你去给愚弟我助助威风吧！"

　　许璋笑呵呵地说道："打仗又不是靠人多势众，是靠脑子，靠计谋，套用你现在的学问，是用心呢。兵学，就是心学。"

　　王阳明哈哈笑了起来，笑得很痛快。

　　王阳明笑过之后，说道："现在带兵打仗，兵头都要捎带一册一册的亲朋故旧请托的子弟名单，打了胜仗，好添加到军功册中。我们不干这个，不过，衙门大了，需要人手。半圭兄、司舆兄，你们两位仁兄跟前的几个侄子，能不能派给我？一来给我帮帮手，二来也出去历练历练。"

　　许璋笑呵呵地仰脸看着丝瓜架，好像是在查数架子上垂吊着多少丝瓜，没说话。

　　王文辕讥笑道："王都宪，王都老爷，你没听说过吧？一辈做官，十辈做牛。一辈子做官，说的亏心话，做的亏心事，自己一辈子断子绝孙还不算，还要靠十辈子当牛才能偿还得清。"

　　许璋听到断子绝孙的说法，不再看丝瓜架了，而是看着王文辕，直盯住王文辕的眼睛。他的眼神虽然很平静，但劝止的意味非常明显。王阳明弟兄四个没有儿子，王华没有孙子。这话说给王阳明听，不管是有心还是无意，都太薄情，太损！不是读书人应该说的话，更不是修道人应该说的话。

王文辕不管不顾，继续说道："现在天下乱糟糟的，天下除了南直隶和我们浙江，没有一个省不闹土匪强盗。你刚才说，南赣四个省八府一州，有的地方闹了上百年土匪，你王伯安去了就天下太平了？江西离我们近，这都有传说，县太爷、兵备道、指挥老爷，都有丢命的。孩子跟着你去，不是去杀人，就是被人杀。别以为别人都跟你一样，是个官迷，不当官，没有吆五喝六，就活不成！"

许璋越听越不像话，便一直瞪着王文辕。王文辕好像是憋着一股劲，坚持着把话说完。许璋再看王阳明，只见王阳明一直很平静。

王阳明听着，王文辕说话这么尖刻，这是过去从来没有过的。按照朝廷的礼制，有功名的人高人一等，公共场合的座位，除了亲戚血缘关系的人论长幼就座，没有血缘关系的人，根本没有资格坐到一张桌子旁，更别说一个盘子里吃菜了。如果必须在一个屋檐下吃饭喝酒，有功名的人要单独占用一张桌子。一直以来，自己和他们两位都是按读书人同学的身份交往，从来都非常小心，不曾带丝毫的优越感。今天不也是这样吗？许璋是老兄，坐上座。王阳明检讨着自己，没有啥不妥当的呀。自己好心帮衬他们的孩子，这难道是自己自私自利吗？不是，是真心拉扯他们。那怎么？这就太过分了！是过分！过分又怎么着？要生气吗？王阳明想到了在南京的诽谤招贴，想到了自己对自己下的猛药《四箴》。有什么气生呀！王阳明的心情一直很平静，等王文辕说完，他淡淡地笑着说道："司舆兄，我刚才说话是有些自私，想着让孩子去帮我。是呀，你说得对，战场上，刀枪不长眼。当我没说！来！司舆兄，我借半圭兄的酒给你赔罪。我先自罚三杯！来来！喝酒！"王阳明说话和敬酒，脸上一直挂着淡淡的坦然的微笑。

王文辕喝罢酒，气呼呼的情绪已经没了。

许璋笑呵呵地说道："伯安，你要出征了，山野之人，敬你三杯酒，一壮行色。来喝酒！"王阳明和许璋一碰一杯，连喝三杯。

季本一直没有吃菜,没有喝酒,一直观察着王阳明的神情变化。王阳明一直淡淡笑着,淡淡的笑好像是他天生的神情。季本点点头,和王文辕对视了一眼。王文辕说道:"明德,知道了吧,这就是不动心,这就是《大学》上说的'定'。为师把你介绍到阳明先生门下,是你的福分。你好好学吧!"

季本听王文辕说完,起身后退,斜对着王阳明,跪了下来,磕了三个头。

王阳明笑着问道:"明德,不年不节的,这是磕的哪一路呀?"

许璋莫名其妙地看看季本,再看看王文辕。

王文辕说道:"伯安,刚才多有得罪。"王文辕说着,起身对着王阳明拱拱手,然后坐下,继续说道,"这是鄙人的一个教学法。路上明德问鄙人,什么是定?不动心到底是个什么样子?你阳明先生功夫到了哪一步?正好,鄙人也想验证一下。伯安,你考了一百分。苏东坡号称八风吹不动,那是号称;你阳明先生,算是经过了八风考验。雷打不动了!"

许璋笑呵呵地说道:"司舆,原来你葫芦里装的是这味药呀。我说呢,司舆今天不至于还没喝酒就已经先醉了。今天能静若处子,明天必能动若蛟龙,伯安该成大事了!来来,今天一醉方休。"

王阳明笑笑说道:"明德,起来吧。来,司舆兄,喝酒!我们今晚就住这儿了,学习半圭兄,与山竹清风做伴。"

第七十九章　南赣赴任　南昌拜客

王阳明九月十四接到圣旨：

　　王守仁升都察院左佥都御史，巡察南、赣、汀、漳等处地方。

　　你前去巡察江西南安、赣州，福建汀州、漳州，广东南雄、韶州、惠州、潮州各府及湖广郴州地方。抚安军民，修理城池，禁革奸弊。一切匪寇作乱、军马钱粮，小事自己处置，大事及时汇报，听候朝廷决断。钦此。

十一月十四接到兵部公文：

　　奉圣旨，地方匪盗猖獗，百姓遭难。王守仁速去上任，不得推托延迟。

十二月初二接到吏部公文：

　　奉圣旨，驳回王守仁退休申请。现在南赣地方多事，速去上任，用心巡察。

正德十一年十二月初三，王阳明从杭州出发南下，走水路前往江西。这次是拖家带口，夫人诸翠、儿子正宪一同赴任。随行的有王祥，厨子王舍，一个丫鬟和两个勤杂人员。王祥已经二十五岁，成了王阳明的助手。

正德十二年的大年初一是在船上过的。大年初三，到达江西南昌。

南赣巡抚衙门在江西省赣州。赣州接受江西巡抚和南赣巡抚的双重领导，接受江西巡按御史的监督，接受江西都指挥使司、江西布政使司和江西按察使司这三司的对口领导。南赣巡抚所辖区是一个军事区域，南赣的剿匪战功，要通过江西省按察使司向朝廷上报。

南赣巡抚需要和江西巡抚协调工作。王阳明把家人安置在南昌的南浦驿站宾馆，自己带着随从上岸，到江西巡抚衙门拜访。

巡抚衙门在南昌城永和门内。巡抚是王阳明的余姚老乡孙燧。孙燧字德成，号一川，正三品右副都御史。王阳明与孙燧曾经同船从余姚赶往杭州参加弘治五年的乡试，一同高中浙江省秋榜，孙燧比王阳明早两届中进士，现在同是都察院的都御史，既是同僚，又是同乡。孙燧从仪门外把王阳明迎进后堂，两个人再次叙礼。孙燧东，王阳明西，互相作揖，然后分宾主坐下。

王阳明打量着孙燧，只见孙燧的眼睛还像年轻时一样，炯炯发亮，胡须有些斑白，脸有些瘦削。孙燧打量着王阳明，只见王阳明的脸上宽下窄，脸颊凹陷，不知道是不是为了遮掩修补脸颊和下巴的窄小，耳根以下留着整齐的长长的络腮胡，下巴飘垂着长长的胡须，嘴唇上方的短胡子与下巴上的长胡子把嘴围拢了起来。王阳明的眼睛眉毛和年轻时一样细长，眼神是淡定的、沉静的，没有了年轻时的热情洋溢。孙燧略显惊异地看着王阳明前额两眉的上方，怎么？像寺院里的天神一样，那里有一个竖着的若隐若现的肉眼。真是奇怪！王阳明小眼睛小嘴巴，大鼻子大耳朵，尤其是一对耳朵，像乌纱帽的两个帽翅，大得有些出奇。麻衣神相书上说，鼻为土星，鼻子大意味着官大财多。耳朵大呢？孙燧不知道耳朵大意味着什么。王阳明的气色不像一般儒家那样充满着人间烟火味的红润，倒像刚刚从深山下来的道士，一脸清奇和飘然。孙燧心里自言自语着"奇人奇相"！

两位老乡对视着，好像约好似的，突然间一齐哈哈大笑起来。孙燧说："伯安兄，我没记错的话，你今年应该四十六岁了，比我小十二岁。你瘦了！坐，请坐！"

王阳明笑着说："德成兄，一川先生，你也瘦了！"

孙燧问道："伯安兄，赶上年尾年头，在船上吃的年夜饭吗？"

王阳明说道："上命一直紧催，不敢耽误呀！这次拜访一川先生，一来是看看乡党，二来也是想从你这里了解一些南赣的最新情况，还有将来到任，少不得江西省的各方面支持呀。"

孙燧脸上没有了笑意，一下子严肃起来，说道："江西这些年多事，赣中闹土匪，赣南闹土匪，连省城周边，也不安宁。赣南已被土匪强盗祸害了几十年。南赣，东起武夷山，西到罗霄山，南是南岭，这些山脉山峰毗连江西、福建、广东、湖广四个省。官军从东打，土匪往西跑，一跑就到了外省；官军从北打，土匪往南跑。一个省的力量，不济事。南赣离南昌远，文书往来快则二十天，慢则需要一个月，耽误时间。弘治爷时，省里上奏申请设置南赣巡抚衙门，这个衙门整合了四个省的力量，很有成效。到了正德爷，正德六年周都堂巡察南赣，九年升职离任。正德十年，我从河南布政使任上来江西，听说与我一同来的应该有新任南赣巡抚文森，文都堂一直没来。这几年南赣巡抚缺任，我们江西南安的上犹和大余两个县，匪患成灾。整个南安府也就一万多户，六万左右的人口，山上的土匪就有七八千。上犹、大余和湖广接壤。湖广巡抚陈金陈都堂，一直与我们协商，要与广东等三省夹攻合围。另外，福建要和我们夹攻大帽山地区的土匪，广东要和我们夹攻浰头的土匪。这些大土匪小土匪称王称霸，什么征南王、金龙霸王、盘龙王，个个气焰嚣张，劫掠大户，攻打州县，绑架命官。这些都需要三省夹攻。南昌周边，也是连年闹匪乱，对南赣是鞭长莫及。阳明先生，你来了，就好了。你等等，"孙燧说着，起身到书桌旁的公文柜里拿出来一摞公文，递给王阳明，"这些都是这两年岭北道上报的匪情。岭北道是布政使司和按察使司派驻南赣的,布政使司派出的参政或者参议驻守南安,叫岭北分守道,分守南安和赣州;按察使司派出的副使或者佥事驻守赣州,叫岭北分巡道,巡守南安和赣州。这里还有……"孙燧把手里剩下的一摞公文递给王阳明,"这是福建、湖广和广东三省与江西来往的公文,南赣巡抚衙门都堂缺任,公文都直接到了南昌我这里。现在一并给你,你正好接手。"

王阳明翻阅了一份公文,说道:"这对我真是及时雨。一川先生,南赣说起来,还是江西的地面,交粮交税还是江西的事。我到了南赣,还需要一川先生做后盾。"

孙燧笑着说道:"天下都是朝廷的天下,你要人要物,江西全力支持。我给你介绍两个人,一位是布政使司衙门的黄宏,弘治十五年进士,我们浙江人,以前在万安县做知县,熟悉江西情况,我可以协调布政使司衙门派他到岭北道协助你。另一位是按察使司的副使杨璋,湖北孝感人,这几年他一直在江西协助剿匪,我会协调按察使司衙门派他出巡岭北道,助你一臂之力。"

王阳明起身,对孙燧作揖,谢道:"得一川先生相助,在下心里有底了!"

孙燧起身还礼,说道:"天下一盘棋。这只是开始。这也正是南赣巡抚衙门设立的初衷,朝廷要的就是四个省全力配合。"

王阳明看着孙燧,问道:"一川先生,依你之见,江西这几年为什么土匪闹得这么凶?"见孙燧欲言又止,王阳明接着说道,"知道了原因,我们才好根治呀。否则的话,就像割韭菜,割了头,不除根。"

孙燧缓声说道:"这两年,我一直在思索这个问题,根不一定在我们这里。闹土匪,不管在哪里,不外乎两个根本原因:一是吃不饱饭;二是贪心。吃不饱饭,有两个原因,一是天灾人祸,二是好逸恶劳,想不劳而获。江西这个地方,人多地少,人情凉薄;山野蛮夷,民风彪悍。"

孙燧停顿了一下,见王阳明一直看着自己,等着听下文,就继续说道:"这几年天灾人祸多。前两年,万岁爷在北京扩建皇宫;后来乾清宫大火,要重建;这两年,又到塞北宣府建行宫。到处都要花钱。天下各省比着赛着闹土匪。"

王阳明默默地点头。孙燧继续说道:"平原地带,土匪剿灭就剿灭了。山区,尤其是南赣四省毗连的奇山险峰,官军有攻不到的地方,只好招安,又花钱又封官。可以想象,良民百姓既要交粮又要出丁应差,土匪一不交粮,二不应差,没吃没花的时候就抢,抢罢了,还能挣个官身,还不更加耀武扬威!再抢,再招安,如此反复。"

孙燧说完,轻轻叹了口气。

王阳明默然了一会儿,说道:"恶贯满盈的,屡教不改的,斩草要除根。"

孙燧点点头,说道:"是呀!"

王阳明说道:"公事说完了。一川先生,大年下的,怎也不见你的家人?"

孙燧又严肃起来,说道:"伯安,来江西,我是只身上任,只带了两个家仆。贱内和孩子,都被我从河南直接打发回余姚老家了。"

王阳明收起脸上的笑容,问道:"这是为何?嫂夫人在身边不是可以有个照顾吗?"

孙燧沉默了一会儿,幽幽地、缓缓地说道:"江西巡抚这个位子不好坐呀。我的前任余谏,前任的前任任杰,两位都没干满一年十个月,就被罢了官。再往前说,王哲王都堂,正德八年被人毒死了。"孙燧眼含深意地看了看王阳明,继续缓声说道,"我们的同年举人胡静庵,正德七年,在江西按察使司金事任上被诬陷,下了锦衣卫狱,定了死罪,后来好歹留了条命,现在被发配辽东戍边去了。伯安……"孙燧看着王阳明,缓声说道,"南昌,有个司马昭!"胡世宁,号静庵。

王阳明哦了一声,说道:"在下对此曾有耳闻。现在听一川先生说,还是吃惊。万岁爷眼下没有子嗣,储君未立。有野心的人,难免会打歪主意。"

孙燧说道:"我这个巡抚位子,前面有车后面有辙,只要不投顺,不是罢官就是丢命。从河南来这里,来前我心里就打定主意了,只要我心不歪,生死听天由命吧。他们可能看收买不了我吧,前些日子,派人给我送来了几样礼物,有枣,有梨,有姜,有芋。"

王阳明接道:"早离疆域!"

孙燧点点头,说道:"朝廷不让我离开,我没办法。我该干啥干啥,尽我的职责。做一天和尚撞一天钟,当一天巡抚做一天都堂。伯安,这位司马昭,与土匪有关系,这周围的土匪都把他当靠山。他与南赣土匪有没有拉扯,还不得而知。不管怎样,我们做臣子的,只管尽臣子的忠心。你去南赣,这一路不会平静,伯安,我会安排都指挥使司衙门,给你派十来个军人,路上多少有个警戒。"

王阳明起身,深深鞠了一个躬,说道:"一川先生,'司马昭'是远忧,南赣土匪是近患,救民如救火,我也不敢在南昌耽误,以后……"

孙燧说道:"伯安,这还用说吗,全力支持! 只要我活着。"

明代江西

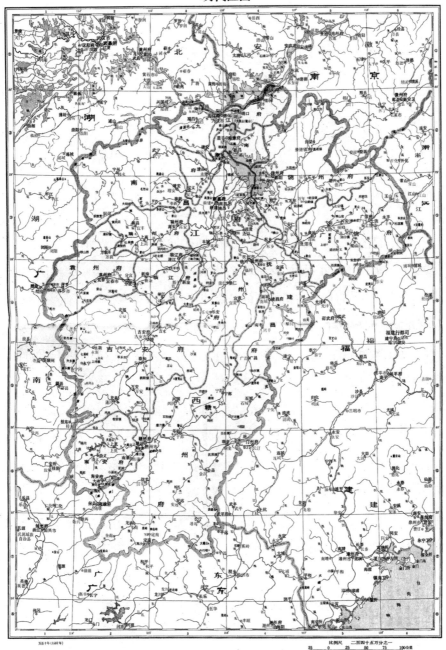

《中国历史地图集》(第七册、元·明时期),谭其骧主编,中国地图出版社,1996年版

第八十章　虚张声势　吓退土匪

王阳明在南昌盘桓了两天，对巡按御史衙门、都指挥使司衙门、布政使司衙门、按察使司衙门进行了拜访，然后顺着赣江南下。在船上，王阳明仔细审阅从江西巡抚衙门拿到的有关南赣匪情的公文。王祥在旁边帮忙。二十六岁的王祥比在贵州龙场时成熟了，稳重了。王阳明看公文看累了，示意王祥把公文收拢起来，自己静坐闭目养神。王祥轻声说道："都老爷，老先生，王祥有一事不明，想请您指教！"

王阳明睁开眼，对王祥缓声说道："王祥，你身兼两种身份，到了南赣，等巡抚衙门开府后，你是书吏；现在，你是家人，称呼上，公是公，私是私。都老爷是民间对巡抚的尊称，老先生是北京衙门场合对德高位尊者的尊称，老爹是对巡按御史和民间有身份没有官职者的尊称。老爷是家庭中对尊者的尊称，如果家中有爷爷或者父亲大人在，一个人不管在外面官做多大，都只能称呼大爷，或者老爹。记住了，处处留心都是学问，人情就是学问。王祥，有啥疑问，你说。"

王祥作揖说："谢谢老爹指教！巡抚衙门经常要打交道的官老爷都有哪些衙门，哪些官衔？王祥第一次经历大场面，怕弄乱了给老爹丢脸。"

王阳明闭着眼说道："巡抚是中央官员，隶属中央都察院，到地方来，是京官出巡。省里面的都指挥使司、布政使司和按察使司，是常设机构，有自己固定的一套班子,都设有经历司、照磨所、审问所、司狱司等机构。经历司,负责公文的收发。府以上的衙门基本上都有经历司,经历司的首领官叫经历,都察院的经历是正六品,省布政使司的经历从六品,按察使司的经历正七品,知府衙门的经历正八品。照磨,掌管衙门文件卷宗的清查、审核,各衙门的照磨大多是八品和九品。像布政使司,他的官员有左、右布政使,是从二品;左、右参政,是从三品;左、右参议,是从四品。布政使司是行政衙门,参政或者参议,被派往各地驻守,一般主管两个府,被称为道员。按察使司是司法衙门,全名叫提刑按察使司,首官是按察使,正三品;下面有副使,正四品;佥事,正五品。按察使司兼管学校教育和与军队相关的一些事务。副使和佥事,被派往各地巡视,像参政和参议一样,一般主管两个府,被称为巡道或者兵备道。这个称呼和布政使司衙门的道员不一样,一家称为守道,一家称为巡道。都指挥使司,是军事衙门,主管全省驻守在各府州的军队卫所。像江西省,在十三个府驻有四个卫和十二个所,都归都指挥使司管辖。都指挥使司的首长是都指挥使,正二品;下面有都指挥同知,从二品;都指挥佥事,正三品。为什么朝廷要派巡抚出来呢?因为这三家衙门各自为政,互相谁也管不到谁,遇到火烧眉毛的贼情匪情,可能会互相扯皮。巡抚出京,就是为了整合三家衙门。但是,巡抚衙门只有临时设置的六房,对应着中央六部。具体说到南赣巡抚衙门,南安和赣州同属于岭北道,这四个省的八府一州,大体每两个府属于一个道,福建是汀漳道,广东有南韶道和惠潮道。南赣巡抚衙门通过各道与下面的府县打交道。知府正四品,下面有同知正五品,通判正六品,推官正七品。各官的分工是,同知和通判管行政,推官理司法。赣州卫,我们应该会经常跟他们打交道,也要了解,卫指挥使一人,正三品;指挥同知,两人,从三品;指挥佥事,四人,正四品。一个卫下面一般管辖五个所,所的首官是千户,正五品。再下面是百户,"王阳明指了指被孙燧从南昌派来随船保护的百户程彪,"像程彪,就是正六品百户。"

王祥一直认真地听着,不时地点头。

王阳明嘱咐道："以后与人打交道,别乱了礼数。巡抚门房七品官。衙门大,一定要谦虚,越谦虚,人家越尊重。"

王祥说道："王祥谨记老爹的教诲。"

在船舷边游走对外观察的百户程彪不经意一回头,发现王阳明在指自己,以为有什么事儿,马上疾步走了过来,躬身抱拳,问道："百户程彪听候都老爷吩咐!"程彪三十多岁,很精壮,举手投足,虎虎生风。

王阳明看了一眼程彪,笑眯眯地说道："程百户,看你办事很细,很注意观察周围的环境。辛苦了!"

程彪再次抱拳,回答道："卑职为都老爷效劳,一定尽心尽力!"

王阳明笑眯眯地问道："打过仗吗?"

程彪道："回禀都老爷,卑职参加过剿匪。正是因为剿匪,才被朝廷赏赐为百户。"

王阳明呵呵笑着,说道："哦,是个英雄!"

程彪头一仰,说道："卑职不敢!"

王阳明问道："都参加过哪些剿匪呀?"

程彪声音洪亮地回答道："卑职跟随总督陈都老爷,参加过抚州东乡剿匪,参加过南昌桃源剿匪,参加过瑞州华林剿匪,参加过赣州大帽山剿匪。"

王阳明笑呵呵道："哦,是个年轻的老英雄!"

程彪自豪地答道："卑职不敢!请都老爷指教栽培!"

王阳明坐直身子,问道："程彪,你且说说,军队为啥能打胜仗,又为啥会打败仗?先说说你自己,再说说你周围的战友。"

程彪憨厚地笑了笑,吞吞吐吐地说道："都老爷,这个……这个……能说实话吗?"

王阳明笑着说道："说实话!"

程彪挠挠头,说道："人都有良心,卑职看着被土匪烧毁的村寨,看着被祸害的大姑娘小媳妇,就想到自己爹娘住的村子,就想到自己妹子和侄女!我一想就来气,恨得咬牙切齿,恨不得把土匪的老窝给端了。都老爷,卑职老泰山家就是华林的,我不能让这些土匪祸害那里。这恨劲一上来,就变成了狠劲,就啥也不怕了。啥也不怕了,就能打胜仗。"

王阳明赞许地点着头,问道:"为啥又会打败仗呢?"

程彪张了张嘴,迟疑着。

王阳明笑着鼓励道:"程彪,说说自己的战友为啥会打败仗?"

程彪鼓起勇气说道:"小人们聚在一起,嘀嘀咕咕,今天剿匪,明天剿匪,狠劲有用完的时候。狠劲一用完,就需要新的刺激,再把狠劲刺激起来。要刺激就要用钱,就要赏。可是,打一场胜仗,要领赏,得等几个月,得等打完仗。打完仗,再鼓劲,再有狠劲,又有什么用呢?"

王阳明点点头,问道:"程彪,你是说战功赏赐要及时,最好在战场上,好给大家鼓劲,是不是这样?"

程彪使劲点着头,说道:"对对!都老爷,奖赏在战场,及时鼓劲;惩罚也在战场,惩罚及时,也是鼓劲。"

王阳明起身,拍拍程彪的肩膀,赞许地笑着说:"程彪,说得好!去吧,沿途继续注意观察!"

等程彪离开,王阳明继续给王祥介绍道:"王祥,县一级衙门,你在庐陵已经知道了,但是县与县不同,庐陵是个大县,大县小县是按人口和赋税划分的。大县有县丞、主簿,县丞正八品,主簿正九品。小县只有知县和典史,典史没有品级。在县下面,在各处要道关口设有巡检司,巡检司由民兵组成,它的任务是盘查、堵截和剿捕非法人员。首领官是巡检,从九品。这是省、道、府、县、巡检司各级衙门的官职和品级。另外,还有一类人,各衙门都有,一律被称为舍人。舍人就是官宦人家的子弟,有的在等着接班,是接班之前,到各衙门锻炼实习的。这类人,今天是舍人,明天就可能接替父兄的职务,成了正四品指挥佥事,甚至是正二品都指挥使。所以，在衙门里，处处都要小心，人人都要尊重。"

王祥郑重地点点头，沉默了一会儿，再问道："老爹，一个省，有巡抚，有巡按，这巡抚和巡按御史是什么关系？"

王阳明笑着说道："巡抚主要是为了协调和整合省里面三司关系的，巡按御史主要是监督百官的，也包括监督巡抚衙门。"

王祥问道："老爹，巡抚和巡按既然都属于都察院，一个是都御史，一个是御史，不应该是上下级关系吗？"

王阳明笑着说："各有各的事。"

沿着赣江，逆流而上，正月初十，船到庐陵，王阳明在庐陵住了一晚，次日出发。庐陵往南是泰和县，过了泰和是万安县。万安再往南，就是赣州地界了。

正月十三船到万安。在万安县城下，王祥立在船头，眺望着万安县城临江的芙蓉门，一脸兴奋，感叹道："总算快到赣州了！"

程彪一脸凝重，对王祥说道："王相公，赣江最危险的河段要到了。"

王祥压抑不住脸上的兴奋，问道："能有多危险？"

程彪说道："赣江最危险的河段有十八个险滩，万安县九个，赣县九个。一出万安县城，往南十来里地，就是第一道险滩，也是最危险的滩，叫惶恐滩。"

只见：岸边的悬崖峭壁，狰狞吓人。江里水势汹涌，怪石林立。一处处怪石有像群狮盘踞的，有像蛟龙昂首怒目的，有像下山虎张牙舞爪的，有像野猪一样龇牙咧嘴的。官船在滩师的指引下，像一个武林高手在练梅花桩，忽东忽西。

船进入赣州江界。下一处险滩是狗脚滩。过了狗脚滩，离赣州只剩七十里地。可是离狗脚滩还有很远的距离，官船不得不停了下来。

程彪在官舱门口禀告道："禀告都老爷，前头商船和官船拥挤堵塞，不能通行。卑职刚才派出两个军士打探清楚了，在狗脚滩，有三五百流民在拦江抢劫。所以商船不敢前进。"

王阳明沉吟一下，问道："打听清楚了，是流民还是土匪？是三百还是五百?"

程彪回答道:"回禀都老爷,据军士报告,那些人拿兵器的少,拿农具的多,据此卑职判断,应该是流民。到底是三百还是五百,卑职没有打探清楚。都老爷,卑职马上再派人前去打探。"

王阳明说道:"不必了! 三百五百,关系不大。"

程彪说道:"启禀都老爷,官船昨天路过的攸镇巡检司,离此有四十来里地,是否需卑职派人去搬兵?"

王阳明沉吟道:"四十里地,来回得一天。一个巡检司,不过三五十人。程彪,你这十来人,就一个小队,你怕不怕?"

程彪抱拳说道:"回禀都老爷,卑职是从死人堆里爬出来的,不怕!"

王阳明道:"好,程彪听令!"

程彪一躬身一抱拳,扬声应道:"卑职在!"

王阳明命令道:"程彪,十个军士,两人一组,前去通知,船船通知到。告诉大家不要惊慌,钦差巡抚南赣都御史王都宪正在率领船队前往赣州,命令各船一律停靠右边,排成一列,待本院官船通过后,紧随官船前行。各船都有号令纤夫的大鼓,命令各船擂起大鼓。程彪! 率领手下军士,立即回船,在船头列队,以壮声威。去吧! 快去快回!"

程彪声音洪亮地喊道:"遵命!"

程彪领着十个军士办事去了。

王阳明吩咐官船上竖起彩旗,甲板上摆上一把圈椅,自己换上四品官服,在椅子上正襟危坐,静候程彪回来。

程彪等回来后,都手抱战刀,护卫在王阳明两边。赣江水道上,原来横七竖八的一条条商船、官船排列得整整齐齐,空出来江心航道,让王阳明的官船通过。

王阳明的官船顺利前行,最终成了船队的头船。官船后各船的大鼓咚咚咚地响着,各船纤夫的号子配合着各自船上的鼓点响彻赣江,像万人厮杀的大战场。官船放慢了速度,一点一点地接近流民聚集的狗脚滩。已经看得到人群了,王阳明吩咐官船向岸边靠近。

岸上有几十号人,有的手拿梭镖长矛,有的抱着长短砍刀,另有十来个年轻人,每人左胳臂上挂着一盘缆绳,缆绳一头拴着一个像船锚一样的铁抓钩,铁抓钩抓在右手里,缆绳的另一头被捆在身后的大石头上。这些人个个虎视眈眈地盯着江面,迎候着江中的"猎物"。他们后边的树林空地上,又是人群,那些人聚拢着,有的抱着木棍,有的端着渔叉,有的揣着镰刀,随时准备接应江边的几十号人。再往树林深处,还有影影绰绰的人。

江边的几十号人中,最靠近官船的是一个二十多岁的男人,他缠着黑缠头,一张黑脸,眼神充满血性,两眉紧皱,一手拎一把砍刀,一脚踏在一块石头上,盯住官船,像一只下山虎,在伺机出击。这年轻人身旁站着一个穿长袍的四十多岁的男人,小声劝告道:"三爷,千万别冲动!来者不善啊。船上打的旗号,我念给你听,'钦差巡抚南赣都御史王',这是朝廷的大官,他敢开到前头、敢停到岸边,依我看,后边一定有大队人马。我们劫道抢劫,还不是为了活命?如果不能活命,我们还抢劫干啥呀?"

年轻人有些不耐烦,说道:"吴军师,你真啰唆!三爷我刚上山,正要逮只肥羊,露一手让弟兄们见识见识,孝敬孝敬大爷和二爷。你说是大官,保险更肥实。弄套大官服,也让大爷风光风光。"

吴军师劝解道:"三爷,留得青山在,不怕没柴烧。"

这时只听船上喊话了:"岸上的人听着,钦差巡抚南赣都御史王都老爷问话,你们是什么人?在此聚众,是何用意?是良民还是流寇?说清楚,免得被军人误伤。谁是头人,出来说话!"喊话的程彪站在船头,两个军人,立在程彪身后。

吴军师扯了扯三爷的衣袖,对着船上一拱手,说道:"回禀船上的军爷,我们里长在后边,等小人去请里长出来,给军爷回话。"

程彪威严地喝道:"快去快回!"

吴军师小声劝阻三爷道:"三爷,好歹听我一句,千万别硬来! 等我请示大爷。"

吴军师一溜儿小跑,跑进了树林深处。树林深处有一座被人废弃的小木屋,能遮雨不能挡风,门口站着两位彪形大汉,二人各抓一把砍刀守门。

吴军师气喘吁吁地说道:"有急事禀告大爷!"

两位"门岗"一抱拳一努嘴,放过吴军师。

木屋里有把太师椅,椅子上放着一条棉被,大爷虚虚盖着被子,正在打盹。

吴军师道:"大爷,今天恐怕有大麻烦,您老快说句话吧!"

大爷四十来岁,圆圆的脑袋上盘着发髻,圆圆的黑脸上,都是横肉,圆圆的眼睛里透着一股恶气。大爷瞪着圆眼睛,喝问道:"吴军师,你慌什么慌,读书人脑子还管用,就是个老鼠胆,改不了!"

吴军师赔着笑脸,说道:"大爷,今天这个麻烦! 大爷,您听听这惊天动地的鼓声!"

大爷不耐烦地说道:"吴军师,惊天动地,他惊动不了我。快说吧,啥麻烦?"

吴军师说道:"钦差巡抚南赣都御史王都堂带兵路过这里。南赣巡抚就是为了征讨南边征南王和金龙霸王他们的。本来咱们和他井水不犯河水,咱爷儿们要是硬往上撞,他就变成割猪草打兔子,把咱们捎带进去了。是撤是打,大爷您可要当机立断。三爷正憋着一股劲要立功呢!"

大爷听到要打征南王和金龙霸王,一下子坐直了身子,着急地说道:"哎哎! 征南王他敢去打,我们犯不着替征南王堵枪尖儿。快告诉老三,撤!"

吴军师赔着笑说道:"大爷,我就佩服您这一点,您不只有胆,关键时刻还有见识,遇到事能当机立断。好,我这就去! 大爷也快撤吧!"

大爷干脆地吩咐道:"告诉三爷,山寨里会合! 快去快去!"

吴军师疾步跑到岸边,对着三爷耳语几句,然后拉着三爷一齐跪下来。后边见三爷和吴军师都跪下了,几十号人也齐刷刷地跪了下来。吴军师对着船上高声喊道:"请军爷回禀王都老爷,小民是附近村寨里的饥民,去年收成不好,因为饥荒,赶上青黄不接,大家就商量聚在江边讨要些吃的。小人都是良民。"

王祥站到了程彪身后,与程彪耳语几句。程彪吩咐船工往岸上搭木桥,然后王祥在前,程彪在后,带上两个军士上了岸。

程彪问吴军师:"你怎么称呼?"

吴军师起身,点头哈腰道:"小民吴德,是附近夏府村的人。"

程彪威严地说道:"吴德,这是巡抚衙门王相公。"

吴德对着王祥作揖,说道:"吴德给王相公请安。"

王祥把墨研好,纸铺开在一块石头上,说道:"吴德,你是哪乡哪里,那里有多少饥民?多少成口?多少小孩?等都老爷回到赣州,安排赈济!"

吴军师随口报出了云泉乡夏府里,又胡诌了一些人数人名。王祥心里有数,这些人操枪弄刀的,即便是真饥民,也不是真良民。王祥耐着心写了乡名里名,看了一眼程彪。程彪威严地吩咐道:"吴德,既是饥民,暂且回家等候官府赈济。不得聚众闹事,不得惊扰邻里村寨,不得骚扰过往商船,你等速速散去。"程彪转身,对着官船高声禀告道:"回禀都老爷,饥民资料登记完毕!"

王阳明坐在太师椅上,端着官架子,默默地威严地点了点头。

吴军师再次跪地,高声喊道:"谢谢都老爷救命!"岸上的人齐声呼喊道:"谢谢都老爷救命!求大老爷救命!"

王阳明对着岸上挥了挥手。程彪命令吴军师道:"快快散去!免得官军误伤了良民!"

吴军师扯了扯三爷的衣袖,高声喊道:"乡亲们,老表们,爷儿们,都回吧!都回吧!回去等官府的救命粮吧!"

乌压压的人群像一群黑乌鸦,呼啦一声,钻进树林,钻进了山岭深处。

在官船停靠岸边这段时间,大队商船一直在继续溯江南行。等岸上的人群散去后,王阳明的官船加入了南行的船队。

第八十一章　赣州开府　会商匪情

　　王阳明正月十五抵达赣州。在赣州西津门外的水西驿站接官亭前,迎接王阳明的队伍冠盖云集,来的有江西省按察使司驻赣州岭北道兵备副使杨璋、江西省布政使司驻岭北道参议黄宏、守备南赣二府以都指挥使体统行事的指挥使郏文、赣州知府邢珣、南安知府季敩、赣州卫指挥使冯翔、赣县知县宋瑢,以及福建汀漳道、广东南韶道和惠潮道、湖广郴州驻南赣巡抚衙门的代表。巡抚衙门在西津门里稍微靠南一点的位置,在知府衙门的西南,与兵备道道署衙门比邻。

　　打发走迎接的官员人群,稍事休息,王阳明在巡抚衙门礼房书吏的引导下,由王祥陪着在巡抚衙门内外散步,熟悉周边环境。

　　晚上,王阳明顾不上欣赏元宵节的灯会,在后堂阅读一段时间以来衙门里积压的各地上报文书。

　　第二天,巡抚衙门正式开门办事。王阳明端坐中堂,岭北道兵备副使杨璋、岭北道参议黄宏、岭北道守备指挥使郏文、赣州卫指挥使冯翔、赣州卫指挥佥事余恩、赣州知府邢珣、南安知府季敩、会昌千户所千户郭璞和信丰千户所千户林节、赣县知县宋瑢,文官在东,武将在西,十位文武官员,分坐两列。

　　王阳明接受过大家的到任祝贺后,开门见山地说道:"今天还算元宵节,虽然是节日,各衙门并没有张灯结彩,大家都知道为什么,我们想安生,土匪不让我们安生。就现在这个时候，福建和广东两省官兵，一直在大帽山围剿土匪。福建上万官军人马，从去年七月开始，一直驻扎在山里，在等候广东军队的夹攻合围。去年，广东军队却被拖在广西府江，在府江剿匪。南安境内邻近湖广的土匪，我们在等待湖广军队的夹攻合围，湖广军队却被拖在贵州偏桥，在偏桥平叛。我们在重兵保护的府城里，虽然没有心情过年，但也没有生命之忧；可在各乡各里，缺少城墙和军队保护的手无寸铁的老百姓呢，他们天天过的恐怕是提心吊胆的日子。土匪要过年，免不了要大肆抢劫；江西和广东的土匪，为了策应福建的土匪，这段时间会更加频繁地四处烧杀；本院估计，土匪已经知道本院到了赣州，为了迎接本院，他们也要更加猖獗一段日子。土匪不灭，民无宁日；土匪不灭，我们这些主政一方的朝廷命官，也不会有安生日子。衙门中堂门匾上的'肃清'两个字，是朝廷设立南赣巡抚衙门的用意和目的。肃清土匪，清净地方；肃清吏治，清净官场；肃清军纪，保护一方。眼前的头等大事，就是要尽快地、干净地肃清土匪。要肃清土匪，首先要有三个重要保证。一是摸清匪情，这是情报工作；二是兵强马壮，这是战斗力；三是我们有多少粮食，俗话说'兵马未动，粮草先行'。本院初来乍到，急需摸清这些情况。岭北道杨兵宪，你介绍一下南赣地面的匪情。"

杨璋向上一拱手，说道："启禀王都宪，下官从正德七年开始，在江西参与剿匪，后来回家守孝三年，今年刚刚复任，对匪情只有一个大致的了解。据下官所知，南安府的三个县，县县都有匪巢，几乎是匪巢连匪巢，大匪巢三五百人，小匪窟三五十人，主要盘踞在左溪、横水和桶冈三个地方，有贼众约八千人。大贼首谢志山，自号征南王，手下大小贼头都封有都督、总兵称号。南安南边是广东乐昌，西边是湖广郴州，三省三地的土匪互相勾结，祸害三省。赣州府境内土匪集中在龙南县。龙南县南接广东龙川县。龙川县的浰头盘踞着池仲容一伙土匪，有五千贼众，是龙南县土匪的靠山，这伙匪徒时常流窜赣州信丰、龙南、安远等县。对浰头这股顽匪，江西、广东和福建三省，已经先后夹攻合围过三次，都没有除根。这股土匪东与闽粤交界的土匪勾结，西与南安左溪、桶冈、横水的土匪勾连，东西互相呼应，最为狡猾。十几年来，他们攻打、洗劫、焚烧州县，最为嚣张。王都宪，下官目前所知道的匪情就这些。"四十岁出头的杨璋，穿着正四品官服，中等身材，不胖不瘦，四方脸膛，一双眼睛细长，眼神寂静中含着机警，人很精干。

　　都是初来乍到，王阳明虽然觉得情报工作做得不细致，却并没有不满意的表示，他点点头，亲切地说道："杨兵宪，知己知彼，才能百战百胜。匪情要继续搜集，要详细到细节，详细到哪座山峰、哪个洞口，有多少匪徒，进攻路线，周围地形，可能的逃窜路径，也就是堵截的地点都收集齐备。另外，大贼首多大年龄，什么出身，什么性格，因何为匪，做匪多少年，有什么亲戚，有什么朋友，是死不改悔还是一时糊涂，能不能招安。二贼首，三贼首，四贼首，是狡猾还是顽固，下面有多少死心塌地的匪众，有多少被迫胁从，是外来流寇还是土著刁顽。这些信息都要有。"

　　杨璋仔细听完，拱手说道："下官遵命。"

　　王阳明扫了一圈西边的几位武官，最后目光停在指挥使郏文身上，问道："郏都指挥使，你介绍一下南赣的军队情况。"

　　郏文三十多岁，世家出身，个子不高，却很敦实，一张粗糙黝黑的脸圆鼓鼓的，小眼睛亮晶晶的，一看就是在太阳底下摔打过的。郏文起身抱拳，说道："回禀王都宪，南赣两个府境内，驻守有一卫三所，分别是赣州卫、信丰千户所、会昌千户所、南安千户所。每个卫满员兵额应该是五千六百人，每所满员兵额一千一百二十人。但是现在逃兵多，都不足额。具体情况，请冯挥使给您汇报。"

　　郏文身穿正三品的官服，补子上绣着老虎的图案。

　　王阳明点点头。冯翔抱拳说道："启禀王都宪，赣州卫全卫共有十九员指挥，全卫下辖前、后、左、右、中五个千户所，一共有正军和军余四千七百八十七人；经常操练能出兵打仗的，有一千三百四十四人；分散在赣州各地的屯田军兵，有两千七百六十九人；另外有六百七十四人是运军，专职往南京运送税粮。五个千户所,分别驻扎在赣州城的五个城门内外。"

军余是军人的兄弟或者儿子。

冯翔四十多岁,清瘦,留着一撮稀疏的胡子,像个读书人。

王阳明年轻时一直醉心于军事,对军队卫所的情况有些了解,知道军官靠世袭,不是靠本事,军户军人也是世袭。当兵的靠种田吃饭,比农民还穷,不少人会逃跑,不愿当兵。听到赣州卫正常操练能打仗的只有一千三百多人,他还是有些吃惊,他知道剿匪不能靠军队。王阳明对冯翔说道:"冯挥使,兵不在多而在精,将不在勇而在谋。安排明天到大校场出操,本院要阅兵。"

冯翔一抱拳,说道:"下官遵命!"

接下来,信丰千户所、会昌千户所和南安千户所,各自汇报了自己的兵力情况。信丰所出操军人和军余七百四十一人,会昌所五百八十六人,南安所六百一十七人。

王阳明听过军队的情况介绍后,对邢珣说:"朝廷的军事政策一直是藏兵于民,全民皆兵。邢府台,三湖先生,你说说赣州府的情况。"

邢珣五十七岁,比王阳明早两届中进士,南直隶人,号三湖。他个子矮矮的,一张圆脸面相敦厚,眼神坚毅。邢珣拱了拱手,说道:"赣州十个县,包括各县的机兵、打手和各巡检司的弓兵,共有民壮五千二百多人。"

王阳明笑呵呵地说道:"手中有兵,心中不慌。三湖先生,听说你曾经只身闯贼巢,劝说招抚了大盗满总。本院实在敬佩!有勇,才能无所畏惧;有谋,敌人也能为我所用。"王阳明说着,向邢珣拱了拱手。

邢珣拱着手,说道:"王都堂过奖!现在满总还是赣州的剿匪主力。他很仗义。"

王阳明说道:"能招安一定要招安。土匪也曾经是良民,剿匪的政策是主恶严惩,惯匪必灭;胁从从宽,招为新民。惯匪就是那些屡抚屡叛的、罪大恶极的。除了惯匪,能不杀就不杀。剿匪不比抵御外寇,不能以杀人多少论英雄,安定是目的。"

王阳明看着季敩，问道："季府台，南安府有多少民兵？"

季敩拱拱手，说道："王都堂，南安三县共有民兵一千六百人。"

季敩浙江瑞安人，四十多岁，有些瘦弱和憔悴。

王阳明巡视了一遍文武官员，说道："两府官军民兵，满打满算，已经是上万人的大部队了！留下守城部队，应该有不少于两千人的机动人员。关键是战斗力。邢府台，后天安排赣县民兵，在小校场操练，本院要检阅民兵的战斗力。"

邢珣拱拱手，说道："下官遵命！"

王阳明对邢珣和季敩说："要有战斗力，首先要让战士们吃饱穿暖。两位府台介绍一下各府的钱粮。邢府台先介绍。"

邢珣说道："赣州十个县，编户三万九千九百九十三户，人口十五万五千口，田地一万七千八百顷。全府总共三百四十个里，赣县和宁都是两个大县。赣县下辖六个乡，一共有一百一十个里，人口将近五万；宁都人口六万八。小县，像龙南和安远，每县只有五个里，龙南人口不到五千，安远人口五千出头。赣州地薄民穷，连年匪乱。每年夏税一千九百五十三锭，秋粮七万石，商税一万两千四百锭，人头税四十二万七千贯。上缴国库后，目前府仓府库存量有限，仅能供日常开支，打小仗还能支应一段时日，要打大仗，下官以为，只有寻求外援。王都堂！"

王阳明点了点头，看着季敩。

季敩说道："南安一共三个县，大余县、南康县和上犹县，编户一万二千户，人口五万五千口。上犹一个县，只有六千来人口。全府田地八千零九十九顷。王都堂。"季敩哭丧着脸，继续说道，"您刚才也听杨兵宪介绍了，南安府三个县，县县闹土匪，三县合计，有八十多个贼窝，贼众八千多。另外，西有湖广桂阳县和桂东县，南有广东乐昌，府境内外，遍地贼窝。匪徒所到之地，像蝗虫一样，抢掠净尽，一座寨堡，一座巡检司，一座驿站，一座村里，地图上有这个地名，实际上已经名存实亡了，都被土匪祸害了。土匪到了富户抢粮、抢耕牛、抢女人，来到贫户直接抢人。现在他们成了国中之国了,征南王,都督,总兵,都指挥,千百户,有官、有旗、有印,他们征税征粮比我这个四品知府还要威风。去年,上犹县被土匪攻破,知县被绑;今年听说您要来南赣,土匪正在大肆准备,扬言要打破南安府城。王都堂,下官请您给南安加派援军!"

王阳明脸色凝重地听着,等季斅说完,说道:"疯狂到头是灭亡。土匪有胆下山,也省得官军爬山钻洞了。援军一定会派的,不仅仅守南安,更要进山去扒匪窝。季府台,这些土匪的来历,你知道吗?"

季斅说道:"最早是广东流窜过来的流民,后来有江西逃避徭役的逃户和逃荒的流民加入,像滚雪球一样,越聚越多。"

王阳明向季斅沉重地点点头,转向冯翔,问道:"冯挥使,赣州卫有多少田地?"见冯翔有些警惕的眼神,王阳明说道:"本院是想了解一下,你们的粮食能不能自给自足。"

冯翔不再紧张,说道:"国初时,朝廷给军人每人的份地是三十亩或者五十亩。赣州地少,每军合不到三十亩,还达不到最低标准。全卫一共八百三十顷地,暂且能够自足。"

王阳明点点头,对邢珣和季斅说道:"我们有多少兵多少粮,这是知己。哪里有闲地,可以开垦,可以增加收入;哪里有浪费,可以节约,这是减少开支。减少开支,就是增加收入。哪里有大家族,可以依靠;他们帮助官军,就是帮助自己。善用民心,处处皆兵。发现灾民饥民,及时赈济;赈济不及时,饥民就可能变成土匪。各县的民兵,是名副其实,还是徒有其名?练兵了没有?练得勤不勤?练得真不真?练兵了,就是兵,剿匪战场上就是战斗力;没练兵,或者敷衍应付,这是自欺欺人。这也是知己。知己还包括,县城有没有坍塌的,有没有损毁的,坍塌的要修筑,损毁的要修补、要加固。各要道的巡检司,寨堡坚固不坚固?没有寨堡的,加紧修筑。这是看得见的城墙。还有看不见的,我们衙门里自己身边这些人,有没有吃里扒外的?有没有土匪的耳目?我们要招安土匪窝里的人,土匪会不会拉拢衙门里的人？篱笆扎不牢靠，城池哪来的安全？"王阳明说着，看了看杨璋，再看看各位，继续说道，"打仗，我们可以用计，前提是一定要防间谍。各官要仔细审视自己身边的人。同时，我们要更细致地了解土匪的内情，要收买内线；外围要培养。我们要组建我们自己可靠的向导队伍。土匪一动，我们要了解动向；进山剿匪，我们要认识路径。内线和向导队伍建好了的话，静，我们就不会躲在城里被动挨打；动，我们进山，就不会两眼一抹黑。仗是靠大家打的，情报是靠大伙搜集的。杨兵宪，本院马上下文，你负责岭北道的催促落实，我们刚才说的这些，匪情、我方的详细资料，要求各道、各府、各州县衙门、各掌印官、各首领官，每官开列一份清楚明白的文书，尽量详细，匪情一定画出图画，详细标明方位路线。文书要根据敌情和我方情况提出自己的剿匪计划，这等于人人是军师，官官是剿匪的参谋。我们群策群力，选出最好的剿匪计划。期限一个月，不得拖延，不得敷衍。本院成文后，同时下发四省八府一州。在座的各位文武要员，以十天为限。各道都要选派得力军事人员，驻守巡抚衙门，及时联络沟通。好了，大家下午去巡视赣州城防，我们首先要保护好自己的大本营。"

下午，王阳明、杨璋、黄宏、郏文、冯翔、余恩、邢珣、宋瑢等一干文武官员骑马考察赣州城防。

第八十二章　大小校场　检阅军兵

百胜门外是赣州卫的牧马场,过了牧马场,离城二里来地,靠近贡江岸边,是大校场。

第二天,大校场里旌旗招展,一千三百多名赣州卫军人,拉开阵势,展示武艺。检阅台上,王阳明端坐中央,江西省都指挥使司驻南赣守备指挥使郏文,赣州卫指挥使冯翔、杨璋、黄宏、邢珣陪坐左右。

校场内,赣州卫的前、后、左、右、中五个千户所分列成五个方阵,每个方阵内又按百户列队,每个百户队中分两个总旗,每个总旗五十人,每个总旗再分五个小旗。按兵种分,有骑兵队,有火铳队,有长矛队,有腰刀队,有狼筅队,有蒺藜队,有弓弩队。

操练总指挥余恩一身戎装,来到王阳明桌前,一抱拳,高声请示道:"赣州卫指挥佥事余恩,谨向钦差巡抚南赣都御史王都宪禀报,赣州卫一千三百多名军士列队完毕,请检阅!"

王阳明起身高声宣布道:"操演开始!"

在检阅台的左前方,竖着一座指挥塔楼。余恩朝着指挥塔楼上的指挥员姚玺高声命令道:"操演开始!"

随着姚玺手中两面令旗的上下左右挥舞,大校场内一时间战鼓雷鸣,五个方阵会合、组阵开始操练。

操练结束，冯翔从座位上起身，一抱拳："本卫不才，请王都宪指教！"

王阳明笑眯眯地说道："冯挥使，本院看这场操演，阵法基本上熟练，步调基本一致，气势和效果基本上也出来了。本院评价两个字，'及格'！赣州卫的操演没有荒废。这比外地别的卫所的情况要好。外地一些卫所，贫穷军士一把白胡子了，还在拖着枪应付操演；富裕军人怕吃苦，花钱雇人代为出操。本院还听说，往年江西和广东、湖广三省夹攻土匪，广东和湖广都是出动大山里的悍蛮土著，因为善于攀爬，生性彪悍，被称为狼兵和土兵，土匪惧怕狼兵、土兵，总是选择江西方向逃窜。为什么？这就说明，我们江西兵训练不到位。我们江西剿匪，要摸索出一套山地剿匪的战略战术。兵部的《练兵操典》要遵照，江西要加上山地剿匪的操练项目。至于怎么针对山地剿匪进行操练，赣州卫这几年参与过剿匪实战，要总结经验和教训。还有，兵员要增加，从屯田兵中选拔一些军士，屯田可以租赁出去；从军余中补充一部分。"

冯翔脸色严峻，一直点头。

王阳明接着说道："冯挥使，本院评价不重要，重要的是剿匪的战果。"

第二天，王阳明来到小校场。小校场在镇南门外，离城五里地，是赣州府民兵的演武场。王阳明、杨璋、黄宏、郑文、邢珣，在阅兵台就座。赣县知县宋璙、县丞李白达、领兵主簿周鉴、典史王瓒，一直在校场里来回穿梭忙碌。宋璙，广西藤县人，监生出身；李白达，广西梧州人；周鉴，广东化州人；王瓒，南直隶芜湖人。四位都是典型的南方人，个子都不高。四个人都准备完毕后，知县宋璙登上阅兵台，来到王阳明面前，躬身作揖，禀报道："赣县知县宋璙，谨向钦差巡抚南赣都御史王都宪禀报，赣县民兵四百七十一人，分机兵、弓兵和打手三个兵种，已经列队、列队完毕，请、请王都宪训示！"宋璙五十多岁，人颇干瘦，因为是个监生，在国子监苦熬了十来年，在知县这个级别，比起进士出身的知县缺少些自信，在今天一排阅兵的高官老爷面前，他说话有些不利索。

杨璋自己精干,说话干脆利索,见宋瑢说话结结巴巴,下意识地皱了皱眉头。

窘出了一头汗的宋知县对着王阳明退后几步,这才转身,对着台下的领兵主簿周鉴挥了挥手,小跑着下台去了。

王阳明扬声喊道:"本院宣布,岭北道赣州府,赣县民兵操演,现在开始!"

周鉴听到王阳明宣布操演开始,又看到宋知县挥手示意,手中的令旗一举,向下一挥,战鼓手甩开膀子擂起了战鼓。踏着鼓点,校场内的民兵队伍开始移动。每个总旗五十人,每五十人排成一个方阵,每一方阵排成五列纵队。第一方阵是旗手方阵,方阵前突前的是两杆大旗,大旗上绣着五个大字"皇明赣县壮",方阵中的五色旗,每一列一个颜色,大旗上分别绣着"宋"字和"周"字。第二方阵,突前的两杆大旗上绣着斗大的"乾"字。乾字总旗是弓兵,每个人在胸前挎着弓弩。接下来的方阵分别是兑、离、震、巽、坎、艮、坤七个总旗,是机兵和打手,有端梭镖的,有挎刀的,有扛木棍的。队伍绕着圈子,踏着鼓点,喊着口号:"剿灭土匪,保境安民。"通过检阅台时,队伍走起了正步,一起向检阅台行着注目礼,弓兵在胸前端起了弓弩,机兵在胸前执起了刀枪,打手把木棍举在了胸前。

检阅台上,王阳明听着鼓点,听着震山响的口号,听着唰唰唰的脚步踢踏声,感觉到鼓点节奏分明、铿锵有力,同时也听出了整齐的口号声和脚步声中的杂乱。王阳明问邢珣道:"邢府台,民壮是怎么选拔的?"

邢珣说道:"王都宪,当民壮就是服徭役,每一顷田或者二十石税粮出一丁。农闲时节集中到县里操练,官府供应口粮。"

王阳明问道:"富户如果不愿意出丁呢?"

邢珣说道:"富户如果不愿意应差,出钱给县里,县里招募。"

王阳明说道:"全府一万七千顷地,满员的话应该是一万七千民壮。"

邢珣说道:"其他有服杂役的,有到府衙县衙的,有去南京、北京支应差使的。再有,就是衙门里暂存一部分富户缴纳的银两。"

王阳明心中有数了，说道："目前的中心任务是剿匪，仅仅应付徭役很难选拔到好战士。战士选拔和训练，要一个一个过关。"王阳明指了指校场，"这种大阅兵，少不得有滥竽充数的。一会儿，我们近前看看去。"

校场内的阅兵结束了，队伍七零八落地回归到了出发前的位置。宋瑢和周鉴一起来到了阅兵台上。宋瑢一脸汗，看起来比刚操练过的民壮还要累，他紧张地偷瞄着王阳明。周鉴三十多岁，虽然瘦，却很干练。宋瑢和周鉴来到桌案前躬身作揖，宋瑢示意周鉴汇报。周鉴高声说道："赣县领兵主簿周鉴，谨向王都宪禀报，赣县民壮操演完毕！"

邢珣不满地瞪了一眼宋瑢。王阳明平静地说道："宋县侯、周佐堂，陪本院下去看看。"

王阳明一众人来到台下，走进民壮。民壮队伍像刚刚经受过风灾的庄稼地，腿脚硬实的，站还有个站相，但有不少人已经蹲到了地上。邢珣不时地瞪宋瑢。杨璋眉头紧皱。众人随王阳明，从队首走到队伍中间。

周鉴疾步跑到前面，使劲吆喝道："都给老子站起来，站好！"吆喝着，拿脚踢跟前蹲着和坐着的民壮。县丞李白达和典史王瓒四处游走，吆喝着民壮。随着县丞和典史的吆喝，各总旗和小旗之类的小头头开始纠察民壮的纪律。

王阳明站在一个瘦弱的中年人面前，笑眯眯地问道："你是哪乡人呀？"

中年人刚才还在蹲着，现在站起来，肥大的民壮制服套在他干瘦的身上，像一根竹竿上晾晒的衣服。制服皱巴巴的，胸前胸后的标识"壮"字，被皱巴的衣服遮掩着。制服毫无生气，人也无精打采。主簿周鉴训斥道："妈的，还不给钦差都老爷跪下！"

王阳明朝周鉴拖着鼻音嗯了一声，然后向中年人吩咐道："站着回话！"

中年人已经弯曲了的两腿又直了起来，虽然是直的，却哆嗦得像风中的禾苗，中年人头也不敢抬，结结巴巴地说道："小、小、小民，四、四、四会乡人！"

王阳明平静地说道："你现在不是小民了，是民壮。愿意来当民壮吗？"

中年人点着头结巴地应道:"小、小、小壮愿意!"

小壮是这个中年人发明的新名词,惹得狼狈得出了一身一头大汗的宋璐笑出了声,刚出唇的笑声被邢珣冷峻的目光给压了回去。

王阳明平和地说道:"你可以称自己为'旗下'。旗下,记住了?为啥愿意当民壮呀?"

中年人见钦差都老爷说话一团和气,胆怯感退去了一些,稍微抬了抬头,瞄了一眼钦差都老爷,回答道:"小壮,不不,旗、旗下是佃户,东家老爷吩咐小的来,小的就来,来一天就省一天家里的口粮,爹娘就能多吃一口饱饭。"

是个孝顺汉子。王阳明微笑着点点头,嘱咐道:"好好训练,打跑了土匪,才能保护爹娘。"

王阳明往下走去,在一个壮实的小伙子跟前停住步,他目带欣赏地打量着小伙子。小伙子很朴实,朴实中有一股子英气。王阳明笑眯眯地问道:"小壮士,练家子?"

跟在王阳明身后的周鉴呵斥道:"钦差都老爷问你话呢!"

小伙子一抱拳,答道:"回都老爷的话,小的耍过几年把式。"

王阳明赞许地微微颔首,问道:"愿意当民壮吗?"

小伙子干脆地答道:"愿意!"

王阳明接着问道:"为啥愿意当民壮?"

小伙子回答道:"三太爷说,我们徐家是个大户,徐家的围屋结实,围屋再结实,也是死的。人是活的,人要操练,才能保护我们徐家大家族。三太爷派小的来跟着官老爷学防守,学攻击。"

王阳明笑着问道:"三太爷是谁?"

小伙子回答道:"回都老爷的话,三太爷是小的徐家的族长。"

王阳明问道:"小壮士,叫什么名字?"

小伙子回答道:"回钦差都老爷的话,小的叫徐保君。"

王阳明笑着说道："徐保君,回家代本院问候你家三太爷!"

王阳明从队首走到队尾,又绕到另一边,从队尾走到队首,巡视了一遍。出了民壮方阵,他吩咐身边的杨璋道："杨兵宪,明天辰时,在巡抚衙门肃清堂议事,会商民壮事宜。通知黄少参、邢府台、江西都司驻南赣守备郏文、赣州卫冯翔指挥使、赣县知县宋瑢、主簿周鉴参加。"

正月十九上午,会议在巡抚衙门中堂准时召开。文东武西就座。王祥和另一位书吏分别做着随堂记录,两人记录,会后校对,确保无误。

王阳明虽然面色平和,脸上却没有一丝一毫的笑意。他说道："本院今天早上接到广东南韶道、湖广郴桂道和岭北道的紧急匪情报告,正月十六,正是本院开府的那天,湖广桂阳大贼首龚福全,率领数千匪众,出劫广东乐昌和江西南康等县;一伙贼众八百余徒,攻陷了乐昌县城,绑架了知县韩宗尧,洗劫了县仓和银库,劫走了监狱犯人;同一天,另一伙匪徒,七百余众,打劫了南康县秀才谭明浩家;另一伙匪贼六百余徒,从兴宁县出劫;又一伙土匪,五百余徒,从湖广桂东县出劫。这个自号延溪王的龚福全,作恶多端,正德三年就曾杀死过守备都指挥邓旻,虽然官府屡次征剿,但一直不能斩草除根,兵备衙门只好招安,封为瑶官,赐予官服。安生了不到两个月,竟然再次为匪作乱。去年七月,龚福全成了草头王,自号延溪王,穿起了龙袍,四处大肆抢劫。兵备衙门再次招安,给贼众各封瑶官。不到半个月,又反叛了。屡抚屡叛,招安招安,招而不安。前天和昨天,本院检阅了卫军和民壮,官军这样的战斗力去剿匪,像不像赶着羊群去狼窝?本院曾听说,江西兵一触即溃。就在昨天,一伙龙南贼徒出劫,一队民壮遇敌胆怯,四散奔逃,致使首领官被贼俘虏。兵无斗志,民无所依,良民也会跟着土匪跑,跟着土匪他才能保命。剿匪保民,需要一支精兵。精兵是选出来的,精兵是练出来的。今天议事,我们就是要商量一下民兵的选拔和训练。先说选拔,官府选兵是来守城的,是来保民的,是来打仗的,不能胡子眉毛一把抓,剜到篮子里都是菜。从赣州府一个府的民壮来看,现有规模要扩大,赣县和宁都两个大县要各保持在一千人。要经常操练,平时轮换,战时可以齐上阵。按现有规模来说,剔出来三分之一的老弱病残,解散回家。三分之一的空额,重新选拔,要精挑细选!要选精选优!要打造出一支精兵、尖兵、铁兵。标准是敢于深入敌巢的,能冲锋陷阵的,或者力举千斤的,或者胆大的,只要优秀,待遇可以提高。每县多则十来人,少则八九个。如果本地挑选不到,就出钱招募。江西和福建两个兵备道,各自规模五六百人;广东和湖广,规模为四五百名。各级头领就从这些精壮中选拔。选拔来的这些精兵,跟随各兵备道驻扎,选派有胆有识的得力将领,分别统领训练。训练方法,因人而异;训练器材,因地制宜。勤加训练,随时考验。这些精兵随时待命,听候本院调遣。其他三分之二,由各县委派得力官员统领,加强训练,用来防守城池和驻守关隘。招募费用,从各县商税中出。能够做到这些,我们才算手中有兵,有守有战,能战能守,有贼即发,可以设伏堵截,可以声东击西,可以攻巢拔寨。这样,土匪有了畏惧,良民就有了依靠。杨兵宪、邢府台,先从赣州开始,马上推广到四省八府一州。宋瑢,能做到吗?"

宋瑢马上起身,躬身作揖,答道:"回禀王都宪,下官有信心做到!"

王阳明继续说道:"选拔民壮,重点有三。一是有勇有力。二是大户人家。大户人家有自己的护家队伍,那多是些训练有素的人,招进来就能用。三是受过土匪祸害的,这些人苦大仇深,报仇心切,不用鼓劲,就有勇气。打仗,一是要纪律,二是要士气。说到士气,口号是少不了的。昨天小校场上,赣县民壮的口号是'剿灭土匪,保境安民'。本院再加几条,更贴近民壮的切身利益,一是'英勇杀敌,保卫爹娘',二是'吃苦训练,守护妻女',三是'提高警惕,保护耕牛',四是'听从号令,保护口粮'。有了这些关乎切身利益的口号,民壮士气必然高涨。打仗打的就是气势。说到训练,郑都指挥使、冯挥使——"郑文和冯翔一起向王阳明抱拳,应道:"卑职听从王都宪吩咐!"

王阳明说道:"这两天,南赣各县民壮领兵首领,要集中到赣州卫培训,七天时间,培训技战术。一是纪律,二是战术。"

郏文和冯翔说道："末将遵命！"

　　王阳明对所有人说道："纪律要严明，怎么严明？严明的一个标准是，民壮怕指挥官，不怕敌人。这就是纪律严明。有了严明的纪律，赴汤蹈火的气势就出来了。再来讲讲战术，进攻分三个梯次。第一梯队，就是我们要训练出来的精兵，本院把它叫作铁兵，像上山虎一样。冲锋陷阵，击溃敌人的前锋，攻陷敌人的阵脚。第一梯队，要的是勇猛的气势，目的是要压制和击溃敌人的气势，不是为了砍杀一两个土匪。第二梯队，大队人马仍然是冲锋，要鼓角连天、声势震慑人。彻底击溃土匪的气势，把土匪冲得胆破心惊、七零八落。擒贼先擒王。第三梯队，由记功官员和后续人马组成，可以追杀零散的土匪。谋大事，不贪小功。我们就要训练这样的精兵。这样的精兵铁兵，一靠选拔，二靠训练，训练为主。郏都指挥使、冯挥使，军队要支援地方，要给各县派去有经验的千户、百户，帮助训练。"

　　郏文和冯翔再次抱拳应声道："末将遵命！"

　　王阳明看着大家，继续说道："剿灭土匪，靠群策群力。一人千虑，难免一疏。杨兵宪、黄少参、郏都指挥使，各位，看看再补充些什么，政令一出，力争完善无缺。"

　　杨璋拱了拱手，说道："启禀王都宪，大人关于民壮选拔和训练的决定，下官非常赞同，这对目前的匪患猖獗是对症下药。大人提到士气，两军对阵，勇者胜，胜就胜在士气，勇就在于敢于摧毁敌人的意志。下官以为，匪患猖獗，就在于招抚太滥，就像您刚才提到的那个龚福全，屡招屡叛，狼性不改。招抚太滥，原因是兵力不足。兵力不足，是真不足吗？不见得！下官以为，是由于赏罚不明。王都宪，您刚才提到激励士气，下官以为，赏罚分明，比口号更能够激励士气。《大明律》有赏罚条例，下官前几年参与剿匪，发现这个赏罚时机对激励士气有重大影响，目前制度缺陷在于赏与罚严重滞后。赏罚是为了激励，赏额也很有诱惑力，比如阵地擒斩匪首一名，赏功银五两；擒斩两名，赏功银十两，官升一级。英勇阵亡者,官升一级,子弟世袭……还有,奖赏只是赏给大规模军事行动的官兵,剿匪呢,功夫却在平常。罚呢?《大明律》说得很清楚,'不听将令者,临阵脱逃者,斩!'但是,罚和赏一样,都要拖延到战后。这样拖后的赏罚,在战时起不到激励士气的作用。所以,临阵时,听到鼓声,畏缩不前;遭遇强敌,一哄而散。剿匪剿匪,越剿越多。"

王阳明点点头,说道:"杨兵宪所言,本院完全赞同。赏罚要当时,在战时能起到立竿见影的激励作用。要改变《大明律》的明文规定,这个,且待本院向朝廷申奏。有利于剿匪的一切措施,我们都要力争实现。杨兵宪,南赣两府的民壮选拔和训练,由你督促落实,既要扎扎实实,又要加快进度。落实的情况、民壮名单,及时上呈本院,好及时在四省八府一州推广。"

杨璋一拱手,声音干脆地说道:"下官遵命!"

王阳明把目光投向黄宏,说道:"黄少参,杨兵宪督兵,黄少参要督粮了。邢府台说现有银粮不足以供应大的战役,没有钱粮,饿着肚子打不了仗。筹措粮饷的事,你考虑考虑。月底前,要拿出来个计划。"

黄宏,字德裕,四十岁出头,浙江鄞县人,弘治十五年进士。他向王阳明一拱手,说道:"下官一定尽力!"

第八十三章　十家牌法　防堵奸邪

　　巡抚衙门中堂和后堂之间的院子里，中间是座轩，匾额为"光明正大"，光明正大轩东侧长着一棵大榕树。衙门会商一般在肃清堂举行，日常办公在抑抑堂。办公累了，王阳明习惯到大榕树跟前散步。往日，王阳明围绕着大榕树散步，只是想静一静脑子。今天下午，王阳明看着大榕树，联想到了山上的土匪。大榕树怕有几百年的树龄了，树干很矮却很粗。有一次，王祥好奇，想看看究竟有多粗，他和另一个书吏两人一起搂着树干，两人竟然互相摸不到手。榕树的树冠很大，榕树下的地面常年不见阳光，一直很潮湿，一场雨后，地面总是要长出地皮菜和苔藓。即便是晴天，正月的阳光暖洋洋的，树下也是阴凉的。榕树的繁殖能力特别强，树冠上的枝条垂落到地面，马上就能入地生根。王阳明记得巡视城墙时，曾看到过一个榕树林，听邢知府解释，这片榕树林其实是一棵榕树。三年前，南赣巡抚辖境内不过三千土匪，现在根据各地报上来的情报，怕三万也不止了。山上的大小土匪，大贼首罩着小土匪，小土匪拱卫着大贼首。王阳明看着眼前的大榕树，想着城墙外的榕树林。长着一棵大榕树的地方，周围的小树小草，就别指望能得到天上的阳光和地下的水分。这就像贼窝四邻住不得良民一样。

　　今天王阳明坐的时间长了，觉得腰有些酸，散了会儿步，仍没有缓解腰的酸乏，于是他干脆在树旁站起了桩功，两手一架，两眼微闭，打算疏通一下身上的气脉。站了一会儿，感觉两只小腿有些热烫，像在泡温泉一样。随着两只小腿热烫，只觉命门灼热，灼热后变成了清凉。王阳明心里清楚，这是命门气穴已经通畅，腰不酸了。接着，命门处的清凉，辐射到头顶，百会穴感觉到了丝丝清凉。好了，周天气脉已通，可以收功了。这是经验，平常睡一晚上，早上起床后，腰腿难免会酸，早上一站桩，浑身气血一通，自然全身轻捷舒适。站桩中的王阳明心境是空灵的。空灵的心境，对周围的环境是敏感的。

王阳明站了一刻钟，收功后浑身轻松，脚步轻盈地往抑抑堂走去。王阳明从小心念比较干净，算是天生的脚步轻盈。在会稽山阳明洞天静养了几个月，又在贵州龙场修炼了两年多的身心功夫，此后走路养成了稳而不重、轻而不浮的脚法，虽然不像轻功高手那样踏雪无痕，却也能做到抬脚不带风、落脚轻无声。王阳明来到门前，轻轻咳嗽了一声。这是从小养成的习惯，是信奉道教的爷爷教授的习惯。小时候，进门前给长辈个招呼，是礼貌；成年后，进门前给个声响，是给屋子里过路神灵一个提醒，免得互相冲撞。门是虚掩着的。王阳明一推门，迎面见一个人，那是一个身材干瘦的小老头——工房书吏。书吏本来正在案前翻看文书，听到门外的咳嗽声，他手忙脚乱地归拢桌上的文书，时间紧心里急，担心没有恢复到文书原来摆放的样子，又急于离开，一条腿已经迈开了步，上半身还留在后边，两手在摆弄桌子上的文书。书吏刚刚扭转身子，王阳明已经进屋了。和王阳明一照面，书吏眼神中掠过一丝惊慌，但他马上故作镇静，弓着背，谄笑着，问候道："都老爷！"可他额头上因惊慌冒出来的汗没顾得上擦去。

王阳明平静地看着书吏，心里明白了怎么回事。原来，王阳明初到赣州，官场的俗例是，下属各官既有拜见礼又有接风宴。六房书吏没品没级，即便脚下垫块大石头，也够不上给巡抚都老爷接风，就退而求其次，给都老爷跟前的亲随王祥接风。酒席上的话不外是：希望都老爷的亲随以后多关照自己，都老爷是来南赣剿匪的，弟兄们好好做事，将来剿匪成功，立功名册上别漏掉了六房兄弟。这不过是人情往来的俗套。六房书吏合伙做东接风过后，工房书吏林中果，又单独接风。一个人做东,比六个人做东时席面还高档。酒桌上,林中果说话的内容,全是打听都老爷本人有啥爱好,是啥性格,喜欢喝哪口茶,爱品哪口酒,喜不喜欢听采茶戏……林中果自己解释,这是要向圣贤学习、见贤思齐。听说都老爷健身的方法是站桩,林中果马上要王祥教授。王祥当时就多了一个心眼,立即汇报给了王阳明,王阳明让他留心观察。由于对当地衙门不熟悉,王阳明把程彪十来个人暂时留在了巡抚衙门,担当自己的贴身卫队。王祥和程彪一起,对林中果的留心观察已经延伸到了书吏的工余时间,延伸到了林中果的家庭。

"都老爷!小人林中果给都老爷磕头!"林中果跪了下来。

王阳明脑子里有这个人名,问道:"工房书吏?"

林中果装着受宠若惊的样子说道:"都老爷知道小人!"

王阳明平静地说道:"林中果,本院不仅知道你,还想知道你是想死还是想活?"

跪着的林中果心里一惊,上身一抖,然后稍事镇定,抬起头来,说道:"都老爷的训话,小人不明白。小人负责都老爷治下的建造修缮,衙门房屋维护自然包括在内。刚才,小人巡察时,发觉一只老鼠溜进了都老爷的后堂,所以才追了进来。"王阳明走到靠墙的木椅上就座,林中果跟着转了跪着的朝向。

王阳明平静地说道:"本院也看见一只老鼠进了后堂。"

林中果问道:"都老爷,你也看见了?"

王阳明正色道:"看见了,是土匪派进来的老鼠。"

林中果身子一抖。

王阳明继续说道:"林中果,正月二十晚间酉时时分,一个书吏到鸳鸯桥头一家刘记中药铺,送交了一张药方,却没有拿药,空着手离开了。第二天早上,一个操上犹口音的背篓客卖了药材,取走了这张药方。你想知道这个背篓客现在哪里吗?"

林中果一下子坐到了地上。

王阳明问道："林中果,本院再问一遍,你要死还是要活?"

林中果身子一哆嗦,像一摊泥一样趴到地上连着磕头,边磕着头边说："要活,要活! 都老爷饶命,都老爷饶命,小人要活!"

王阳明问道："你什么时候与土匪拉扯上关系的?"

林中果带着哭腔说道："几年前。小人想想,对对,小人想起来了,是戊辰年。那天山上来人,也是问小人要死要活。都老爷,小人吃着衙门的饭,也是有良心的呀。山上那些人,把刀架到了小人脖子上,现在这里还有疤呢。"林中果摸着自己的脖子。

王阳明问道："你现在不怕土匪的刀再架到脖子上了?"

林中果沉重地摇了摇头,说道："既然都是死,小人犯不着当土匪死。都老爷救命呀!"

王阳明问道："城里还有哪些土匪眼线?"

林中果低着头说道："都老爷,小人只知道中药铺。"

王阳明不满地嗯了一声。

林中果哭诉道："都老爷,小人真不知道别的。听他们隐约透露,城里不是一个两个。"

王阳明问道："林中果,你摸进本院后堂,要找什么情报?"

林中果惊恐地问道："都老爷,小人能活吗?"

王阳明平静地说道："为土匪做事,等于帮助土匪杀人放火,自然死路一条。如果为官府做事,立功赎罪,自然活命,功大还可以受奖。想死想活在于你自己。"

林中果擦了擦眼泪,脸上带着残留的惊恐,谄笑着说道："谢都老爷活命之恩。山上,不不,土匪急着知道都老爷是个什么样的人,采取什么政令,啥时间发兵,先攻打哪一路。"

…………

处置过林中果事件,王阳明陷入了沉思:林中果和中药铺被发现了,没有被发现的怎么办呢? 赣州城内两三万人口,谁脸上也没有写着一个贼字。难怪过去剿匪屡屡无功,官军兴师动众,别说难以攻打到藏在奇峰险洞的贼巢,即便千辛万苦摸到了贼巢,也往往是贼去巢空。根据调查,往年剿匪,往往是城里官军刚刚出了城门,山里土匪便已得到消息,他们有时间从容地化整为零。胆小的躲藏到更深更荒僻的山里,嚣张地摇身一变,变回了良民,可以大摇大摆地走到山村村民中间,甚至心存嘲讽地打着小旗,站在路边迎接官军。剿匪变成了游戏,变成了官军与土匪之间的捉迷藏,而且游戏的主动方是土匪。更严重些说,已经不是游戏了,而是有些像街头耍猴的,官军成了被耍的猴子。官军的一举一动被土匪掌握了,官军在明处,土匪在暗处。军事和行政的差别在于,行政讲究一个正大光明,军事刚好相反,"兵者,诡道也",最忌讳正大光明,讲究的是隐晦,让敌人摸不着虚实。

一定要清除赣州城里土匪的眼线,要清除四省八府一州各座城池里土匪的耳目。耳目藏身在居民中,如果把居民都动员起来,人人擦亮眼睛,土匪这些像老鼠一样总喜欢躲在黑暗中的东西,总没有老鼠钻地洞的本事。怎么才能把居民都动员起来呢? 保甲法! 王阳明想到了在庐陵当知县时施行过的保甲法,那是在乡村互相监督、互助、互保,防盗防贼;现在要移植到城镇里。这是个办法!保甲法从乡村到了城里,内容有了变化,名字也要变化,就叫"十家牌法"。

晚上,王阳明经过深思熟虑,把十家牌法的各个细节谋划妥当。第二天,吩咐下去,找木匠制作几块木牌,让王祥书写制作成样板。

隔天上午,推行十家牌法动员会议在巡抚衙门肃清堂召开,到会的有杨璋、郏文、邢珣、冯翔、宋瑢等。

大堂上,竖着五张十家牌法样板。参加会议的人,每人面前摆放着一张十家牌法的内容介绍。

王阳明开门见山地说道:"打仗,必须防间谍! 三五个间谍,比起千军万马,好像微不足道。但是,千里之堤,溃于蚁穴。怎么防间谍?靠衙门仅有的几个校尉,是远远不够的。最有效的办法是人人动员,人人参与。为此,本院拟定了一个十家牌法。各位看一看这个样板。"

大堂里竖着的五张样板,都是长方形,有三尺长、二尺宽。右首上下书写着三个字"十家牌",从右到左依次竖排写道:

> 赣县尚书坊街坊长李有信下:
>
> 甲户五口:匠籍,马得草、马杨氏、马乾一、马坤二、马震三;
>
> 乙户一口:匠籍,龙甘霖;
>
> 丙户五口:民籍,朱有才、赛金花、朱大能、朱二能、朱小妞;
>
> 丁户五口:军籍,杨豪贤、牛玉兰、杨伯顺、杨仲顺、杨季顺;
>
> 戊户十口:军籍……

大牌子上,从右到左,按甲、乙、丙、丁、戊、己、庚、辛、壬、癸顺序,依次排列着相邻十家的全部家庭成员名单。

四张小些的牌子是每家每户用的牌子,二尺长、一尺宽,右首三个竖字"一家牌",其中一张的内容是:"赣县尚书坊街、坊长李有信下:庚户七口,民籍。萧朝贵家,四男丁:萧朝贵,四十二岁,水西驿站马夫;萧有裕,二十岁,察院轿夫;萧有良,十五岁,府衙杂役;萧有智,未成丁。三女口:萧薛氏,六十五岁,萧吕氏,四十岁;萧大妞,十六岁,在家女红。"

第二张是:"赣县卫府里、小旗苏慧剑下:辛户九口,军籍,白英勇家,三男丁……"

第三张是:"赣县县衙、宋知县璿下:丁户八口,舍人胡谭家,五男丁……"

第四张是:"客户黄金、原籍福建上杭县仁爱乡十八都,现开'慈济'中药铺,租住西大街盐官巷,保人白银……"

五个衙役举着五张牌子，在杨璋、郑文、邢珣、冯翔和宋瑢面前展示了一遍。

　　展示完毕，王阳明说道："十家牌法，就是把每相邻的十家编为一牌，十家互相检查、互相监督，共同防贼。十家牌，是十家所有人员的名单。这张牌每天在各家轮值，轮到谁家，谁家值日，每天下午酉时，拿着这张牌子到各家去对照检查。谁家今天夜里少了谁，去哪里了，干什么去了，什么时间回来；谁家今夜多了谁，姓甚名谁，从哪里来，干什么来的，必须查问明白，并要通报各家各户。十家牌上留有一块黑板，每天的动态信息记到黑板上。发现可疑，立即报官。胆敢隐瞒，一旦败露，十家同罪。小牌子各家各户自己摆放，尽量详细。房子是自己的还是租住的，租谁家的，某人有什么技术，有什么疾病；来了客人，从哪里来，干什么的，客人情况要写一张纸条，张贴到自己家的牌子上。啥时间客人离开，才可以撕掉贴条。

　　"各位看看手里的资料，牌子后边是本院《告谕各府父老子弟》。十家牌法是强制执行的；《告谕各府父老子弟》是化心的。人人都有良心，能学好谁也不愿意学坏。能劝到居民心里，人人成为良善，土匪就少了帮手，就少了藏身之地。"

　　《告谕各府父老子弟》有言：

　　　　目前土匪狡猾，躲藏城内暗处，利用小恩小惠，设法引诱良善。本院告谕父老，各自教管子弟，切记戒恶劝善，长辈多慈爱，晚辈要孝敬；夫妇和为贵，兄弟要友爱；勤俭守家业，谦让待邻里；勿生奸诈心，遇事少纷争；谋利不忘义，利己不损人；待人多谦让，祸患远离身；衙门打官司，破财又耗神，父母多担心，家宅不安宁。本院有爱心，却少有德政，牌法添麻烦，却能保平安。父老多谅解，互助渡难关。

　　王阳明见大家在看《告谕各府父老子弟》，便接着刚才的话说道："这一张张牌子,就像一把把梳头的篦子一样,只要认真梳理,虱子纵有孙悟空的本事,也能把它梳出来。攘外必须先安内。剿匪也是这个道理。牌是死的,人是活的。要认真执行,还得靠人。不能怕麻烦!目前剿匪是大局,一切都要服从剿匪这个大局。杨兵宪、郏都阃、邢府台、宋县侯,各位有什么补充和完善,现在就提出来。"

杨璋笑着说道:"古有宋代王荆公推行保甲法,互助互保;今有皇明王公推行十家牌法,互相监督、防匪防奸。下官赞同推行!"

郏文说道:"王都宪,土匪的眼线在暗处,甚至能够藏身巡抚衙门。谁也不能保证守备衙门和卫衙的围墙与门户就没有一点漏洞。十家牌法真像王都宪说的,是一把把篦头的篦子。守备和卫所衙门一定积极配合。"

邢珣说道:"十家牌法好!各衙门官员都是外省的,吏员和衙役都是本地坐地户,难保不被拉拢腐蚀。这下好了,民户、军户和官户,谁也不搞特殊,谁也不遗漏,自然就少了漏洞。王都宪,赣州府和赣县……"邢珣看了一眼宋瑢,"明天就着手推行十家牌法。"

王阳明点了点头,看着杨璋说道:"杨兵宪,一个月之内,也就是二月二十五之前,岭北道要推广到各县城。"杨璋一拱手,说道:"下官遵命!"

王阳明朝向坐在书案后边记录的王祥,说道:"明天行文四省各道,两个月的期限,推行十家牌法。"王阳明巡视了一遍四位参会官员,又说:"十家牌法,重在落实,重在督促,重在真干。只要真干,一定有成效。"

第八十四章 疏通盐法 调整商税

布置过十家牌法后,王阳明着手剿匪经费的筹措。王阳明召集杨璋和黄宏会商。

王阳明说道:"杨兵宪、黄少参,本院已经陆续接到各道上报的详细匪情。综合起来看,匪患蔓延于四个省交界的大片地区。说是四个省,其实是一个地区,就是南岭山脉这一大片地区,南岭正是江西、福建、广东和湖广的交界地区。群匪主要盘踞在三大区域,从东说,就是福建和广东交界的大帽山,匪首詹师富,匪众数千人。福建南靖县和广东饶平相连的山区是上百年的贼窝,詹师富这一伙,主要盘踞在漳州南靖县小溪地区,已经为害十来年。朝廷议定,漳州剿匪要靠福建和广东一同举兵围剿,江西参与围堵。去年七月,福建官军已经进山,广东兵一直在广西府江地区剿匪,去年底才撤回部分兵力。去年十一月,两省官兵开始南北合围。本院虽然是本月到任,其实早在去年十一月,就已经接手了福建漳南大帽山剿匪的布置事宜。"

听王阳明说已于去年十一月就接手了福建汀州和漳州剿匪的指挥事宜,杨璋和黄宏都有些惊讶。王阳明继续说道:"看目前的剿匪进展,本院近日有可能东去福建,就近指挥作战。朝廷指示,巡抚衙门赣州为主,福建上杭为行台驻地。这是东部的匪患。中部,赣州龙南县的土匪不足虑,主要是浰头,包括上浰、下浰和中涮,外号池大鬃的大贼首池仲容,是一个惯匪和悍匪。涮头开国以来就匪患不断。官军从来没有打进这个匪巢。池仲容是最狡猾的土匪,他是龙南土匪的依托和后盾,东西又可以呼应福建、江西和湖广的大小土匪。这股土匪不可小视。西部的匪患,也就是江西、湖广和广东三省交界的山区,那里山脉连绵,匪患连绵,南安的大余、上犹和南康三个县,湖广郴州的桂阳、桂东、永兴、宜章和兴宁五个县,广东乐昌、仁化、乳源三个县,这一大片地区县县闹匪患,其中所谓的征南王谢志山势力最大。谢志山老巢在上犹县,他与盘踞在湖广郴州的延溪王龚福全、盘踞在广东乐昌的外号高快马的高仲仁,有聚有分,时常联合作乱。湖广巡抚秦都宪已经上奏兵部,呼请三省围剿,合围时间定在今年五月,本院以为太仓促,最好争取把时间推至七月。不管是五月还是七月,朝廷已经有了初步的围剿战略计划。本院不赞成兴师动众的围剿,但是围剿的圣旨下来,本院就一定要执行。既然是围剿,用兵量就大,时间会拖得很长。秦都宪公文中说,湖广要集兵三万,有官军,有土兵。南赣这里,等福建战事结束,至少也要调集一万两千名。杨兵宪!"

杨璋一拱手,应道:"下官在。"

王阳明看着杨璋,说道:"加紧练兵!最要紧的是要加紧训练铁兵。"

杨璋说道:"下官遵命!王都宪,下官有一言,请王都宪考虑。狼兵、土兵,生性彪悍,能打仗,能冲锋。但是这些狼兵、土兵野蛮成性,他们所过之处,滥杀良民,抢劫财物,为害民女,作恶和立功一样多。"

王阳明点点头:"我们练好自己的铁兵,就可以禁止狼兵、土兵入境扰民害民了。杨兵宪,你加紧练兵,组建我们的一万两千人部队,同时留心访察江西省内的各府、各卫所、各县的知府、指挥、知县,哪些人能领兵打仗,你开列个名单,呈本院备选。时间上不必急,要精选!"

杨璋拱手道:"下官遵命!"

王阳明转向黄宏,问道:"黄少参,钱粮的事,你谋划出来个眉目没有?"

黄宏一拱手,举到与眉齐的高度,说道:"王都宪,下官想知道,这次剿匪大战,需要的钱粮底线是多少?"

拱手礼的规矩,下级要举手至眉,上级端到心窝部位即可。

王阳明拱了拱手,说道:"就说三省围剿南安的谢志山、郴州的龚福全和广东的高仲仁这一战役,时间按半年算,南赣这边一万两千兵力,每人每天三升米,一天就需要米三百六十石;每人每天赏银一分五厘,一天合一百八十两。半年时间呢,需要米六万五千七百石,用银三万两千八百余两;各级将领日用、四省人员往来、火药军费,以及战后赏功犒劳所需要的羊、酒、银牌、花红等费用,还需要大约两万两。合计用银需要五万多两。最好能宽备窄用!"

黄宏说道:"王都宪,您把谋划钱粮的事安排给下官后,下官一直为这件事奔走,下官去南安折梅亭、赣州龟尾角调研过,走访了赣县几个渡口和桥头,调查了省内各府的仓储和库藏,查询了南赣两府各县的仓储和库藏。先说粮食,这个较为宽裕,仅仅赣县、大余、南康和上犹四个县,仓储稻谷七八万石,这个是陈年稻谷,一定会有损耗,不会足斤足两,但是根据您刚才说的数目,应该够用。目前是缺银子。南赣两府商税银在库总共四千余两,远远不够军用,何况这个数目还要支应两府的日常开支。经查,省布政司和各府县没有宽裕银两。只有应该上解南京的折粮银子和各府县罚没款,这些还暂存在省内。如果急用,是否可以商请孙都宪,暂时借用。"

王阳明点点头,哦了一声。

黄宏继续说道:"王都宪,这笔折粮银和罚没款,即便借用,总是要还的。另外,围剿了谢志山和龚福全后,不是还要围剿涮头吗?这还需要钱粮。长远看,下官以为,如果请得朝廷的恩准,采取一些新措施,不出南赣二府地域,我们就能筹得足够的钱粮。"

王阳明笑着看看黄宏,说道:"什么措施?说说看!"

黄宏说道:"两个措施,一大一小,下官先说一个小的。先说商税。大余县梅关南接广东南雄,北通章江水道,自古以来是中原和岭南的交通要道,几乎是唯一通道,折梅亭税关把守在梅关,税收应该是很可观的,但是目前每日的税额却有限,下官查看了一个季度的税额,发现与几年前比相差甚远。下官抽查了税簿文书,内容简陋,只草草地记录着每日税银若干,没有哪一笔,哪一位商人,什么货物,税额多少。下官经调查发现,折梅亭税关管理混乱,官吏贪污腐败,中饱私囊,有当官的请托,便私自放行。税关大使由典史和书吏担任。这些人没官没品,不讲名誉,只管捞钱。这是税银流失的原因。岭南货物进入江西,在折梅亭收税后,经章江进入赣中和赣北,这一路上,朝廷不准重复征税。下官以为,如果把税关从南安大余县的折梅亭移到赣州龟尾角,在巡抚衙门跟前,派官监管,仅商税这一项,就可以增收两三倍。下官给您汇报一个往日的数据,从正德六年十一月,到正德九年九月,龟尾角共抽商税银四万两千六百八十六两。此处所得税款供应了前次大帽山剿匪和省内桃源和华林两地的剿匪军用。"

王阳明点点头,赞许地看着黄宏。

杨璋说道:"这是前任都宪向朝廷申奏施行的。剿匪既没花国库的银子,又没有向老百姓摊派。只是剿匪结束后,也就停收了。"

王阳明点着头,说道:"有先例就好!这笔银两还不够,黄少参,接着说!说第二项大措施。"

黄宏说道:"这是把商税税关从折梅亭移设到龟尾角。商税税银是三十抽一。盐税呢,是十抽一甚至五抽一。"

王阳明哦了一声,等着黄宏继续说。

黄宏继续说道:"王都宪,先说历史,过去朝廷规定,江西十三府都吃淮盐。实际情况呢,淮盐从长江沿赣江南来,是逆流,到了吉安往南十八险滩,盐商们望滩生畏,不愿意冒险。淮盐只顺畅地流通在南昌周围的三个府。您知道,下官除驻守岭北道外,还兼守湖西道。下官知道,湖西道三个府,连高价盐也很难吃上。其他府都是私盐泛滥,广信吃浙江的私盐,建昌和赣东各县吃走私的闽盐,还有南赣走私的粤盐。过去朝廷规定，粤盐只通行广东省内。早年，就是正统年间，为了两广筹款剿匪，才放粤盐进入南赣，粤盐在岭南征税后，在南赣不准重复征税。前任巡抚南赣都御史周都宪为筹措军费，向朝廷奏请，粤盐进入南赣后，被允许征税，是十抽一。从正德六年十一月到正德九年五月，此项共抽银四万零八百四十余两。现在，如果向朝廷奏请，批准粤盐流通到湖西道三个府，会是什么结果呢？王都宪，南赣两府人口加到一起才二十一万出头。吉安府九个县，四十万人口；袁州府四个县，三十九万人口；临江府四个县，六十六万人口。每年每口吃十斤盐，是个很大的量！往年湖西道三府，盐价向来高昂。盐商走私私盐，利润翻一番。淮盐过不来，粤盐不让去，给走私盐商留出了大空当。"黄宏说着，扬了扬手中一份文书，"这是下官在龟尾角调查的情况，这是龟尾角税关主官、赣州府照磨汪德进呈送的一份说明，走私盐商往往聚集上百艘盐船，明火执仗地冲撞税关。更何况，还有通过山间小道背背篓走私盐的。那些走私私盐的，在山中，像一队队蚂蚁，多不胜数。"黄宏再扬了扬另一份文书，"这是临江、袁州和吉安三府各县投递给下官的请愿状。商民彭龚、刘常、郭闰、彭秀四人联名状，请求允许粤盐放行湖西三府，即便官府五抽一他们也心甘情愿。王都宪，这是请愿状。"

王祥走过去接过来请愿状，递给王阳明。

王阳明接过来一看，笑着说道："既然官民两便，又有先例，本院即刻奏请朝廷实行。这不仅仅筹措了剿匪经费，也确实方便了湖西三府的老百姓。黄少参，剿匪战还未开打，你已经立功了！"

黄宏答道："这是下官的分内事。"

王阳明看着黄宏说道："黄少参，你把历史现状、前因后果写成详细材料，给本院看看。这件事涉及兵部、户部和工部，三家要协调，所以尽量详细。本院即行上奏。"

黄宏一拱手，说道："遵命！"

杨璋插话说："王都宪，因为黄少参筹划，大笔经费有了希望，既然如此，各地的桥头、关卡也该整顿了。下官既然替朝廷纠察风纪,对目前桥头关卡的税收就不能坐视不管。先前为了筹钱,境内遍地设税卡,每座渡口,每座桥梁,征税人员个个如狼似虎,眼睛盯着大商小贩的车子和篮子,连走街串巷拿头发换针的拨浪鼓贩子他们也要敲诈。"

黄宏说道:"士、农、工、商四民,都是朝廷的子民。商人的利益也需要维护,无商不活,没有这些小商小贩走街串巷,百姓连根针也用不上。"

王阳明点点头,说道:"抓大放小,给商人生路,给百姓方便。小本生意,比如小户出售自家养的鸡、鸭、鹅、蛋、柴火、木炭,一律不得抽税。桥头关卡一律取消,渡口码头可以收税,但是不得上船。"

第八十五章　巡察汀漳　靠前指挥

　　王阳明要去福建汀漳前线指挥作战了。临行前，在巡抚衙门中堂，他对杨璋、黄宏、郑文、冯翔、邢珣和宋瑢进行临别告诫。王阳明说："汀漳山贼土匪主要集中在漳州南靖县靠近广东饶平的小溪地区，大贼首詹师富、温火烧，为非作歹十来年。本院于去年十一月接到朝廷任命时已经接手了兵部转来的漳南道相关呈文，并且为两省围剿制定了战略战术。漳南的剿匪，前期进展顺利，目前遇到一些挫折，需要本院前去现场督促指挥。各位！"

　　王阳明向各位拱了拱手，几位马上回敬了个举至眉心的拱手礼，齐声说道："敝道（下官、卑职）谨听王都堂吩咐！"

　　王阳明说道："南赣四省八府一州，是一盘棋。山贼土匪也依托南岭东西大庾岭、九连山、大帽山，互相勾结、互相策应。朝廷正是因为四省土匪的狼狈为奸才设立南赣巡抚衙门。四省土匪地分东、中、西，却仍然可以看作一伙。目前，福建前线剿匪进入中期相持阶段，中部盘踞在广东龙川浰头的池仲容一伙，和西部盘踞在江西南安，湖广桂阳、桂东，广东乐昌的大小土匪，为了策应东部福建土匪，一定会肆意嚣张，四处作乱，杀人放火。杨兵宪！"

　　杨璋一拱手应道："下官在！"

　　王阳明吩咐道："本院前往福建前线这段时间，你留在赣州，要小心谨慎，做好两件事。一是小心防备各地土匪,督促各府、各卫所、各县、各巡检司,严守城池,不得有失;二是加紧操练民壮铁兵,随时接应、堵截和追歼四处出劫的土匪。赣州境内,要严防涮头池仲容土匪北上袭扰龙南、信丰和安远三个县境;南安境内,严守南安府城和南康、上犹县城池,并要随时接应协防南安境内各寨、各堡。最近有情报显示,南安境内大贼首谢志山,桂阳、桂东大贼首龚福全,乐昌大贼首高仲仁,在蠢蠢欲动。他们野心不小,企图联手攻打南安府城和南康县城,妄图得手后南窜广东。杨兵宪,岭北道要看作一盘棋,全盘计划,全盘协防协守,协调赣州、南安两府。赣州知府邢珣!"

邢珣拱手道:"下官听命!"

王阳明说道:"督促各县加紧防守,配合杨兵宪,确保城池万无一失!"

杨璋、邢珣齐声应道:"下官遵命!"

王阳明对宋瑢说:"宋县侯,本院将带领赣州卫军兵东去汀漳,赣州城的防守,本院寄希望于赣县民壮,一定要勤加训练、严加防守。本院的抚台衙门和赣州城就交给赣县民壮了。"

宋瑢眼中掠过了一丝惊慌,忧心地看着王阳明,张了张嘴,迟疑着,欲言又止。

王阳明看着宋瑢,说道:"宋县侯,不必惊慌!"王阳明转向杨璋说道:"赣州府十个县的精壮民兵,坚持轮换班次,来府城校场训练。民壮络绎不绝,往来于府县之间,一能安抚民心,二能震慑土匪。"

王阳明交代郏文道:"郏都指挥使,本院此次东去汀漳前线需要两千军兵,命你三日之内点齐一千五百名军兵,随本院出征。"

郏文起身抱拳说道:"遵命!"

王阳明对杨璋说:"杨兵宪,本院需要五百精壮民兵助阵,命你在宁都和兴国两县民壮中选调五百民兵,三日内直接开到瑞金,与本院会合。"

杨璋应声道:"遵命!"

王阳明吩咐邢珣道："邢知府,赣州府推官危寿精明干练,本院拟选调危寿随本院出征,统领民兵。"

邢珣说道："遵命!"

王阳明最后对黄宏说："黄少参,汀漳剿匪结束,紧跟着就是南安剿匪。本院命你加紧筹划军费钱粮,不可懈怠!"

黄宏拱手应道："遵命!"

从东方流来赣州与章江汇流成赣江的贡江,发源于汀州府长汀县北部的新乐山,沿途流经赣州的瑞金、会昌和雩都。从赣州到汀州,四百一十里路程,走水路,逆流溯江而上。剿匪部队从大校场出发,浩浩荡荡。

二月初二,军队开到福建省的汀州府。汀州府城与江西瑞金是邻城,一东一西,相距不远。前来迎接的福建官员有福建按察司整饬兵备兼分巡汀漳道佥事胡琏、分守漳南道右参政艾洪、福建行都司驻汀州守备都指挥佥事徐麟、汀州知府唐淳、汀州卫指挥使王铠、长汀县知县谢溥。

唐淳腾出自己的府衙给王阳明办公,自己暂时搬到闲置着的考棚住。军情紧急,王阳明立即升堂,询问战事进展。

王阳明道："胡佥宪,你简述一下目前的战况。"

胡琏,淮安府人,比王阳明大三岁,中进士比王阳明晚两届,从南京刑部郎中任上转任佥事。胡琏拱拱手,道："王都堂,福建三司衙门一直认真筹备漳南剿匪事宜,训练民兵,筹集钱粮。原来议定和广东方面从去年七月开始围剿,因为广东军兵误了约定的日期,所以一直拖延到今年。正月里,广东军兵到位,福建官军遵从王都堂的剿匪方略,于正月十八发动了剿匪战,参战兵力有镇海卫、汀州卫、上杭所官军,以及汀州八县和漳州五县的民兵,总兵力一万多,兵分五哨,从东往西攻,广东军兵从西往东合围。这是官军方面。土匪方面,主要集中在南靖县南部山区与广东接境地方,悍壮土匪五千多,分布在大大小小的山寨,山高林深,地势险绝,往来道路多挖有陷阱,埋设有竹签。开战初期进展顺利,官军连续攻破长富村、阔竹洋、新洋、大丰、五雷、大小峰等贼巢,先后擒斩首从贼犯黄烨等四百三十二人,俘获贼属一百四十六名,烧毁贼巢四百余间。大股贼众退守南靖县象湖山、广东箭灌大寨和可塘崇山寨。这三座大寨道路奇险,是土匪的大本营。敝道正德八年到任,几年间,这几座贼巢,官军从来没有攻上去过。接近这几座贼巢时,官军出现了一次大的失误。本来,大溪哨所指挥高伟与莲花石哨所指挥覃桓约定,一起发动对象湖山的进攻,正赶上广东方面一位叫王春的指挥攻击到了广东大伞,三哨兵力正好可以互相配合。高伟、覃桓和县丞纪镛,按约定时间率军对象湖山发起了进攻,不料大伞贼众突围,势不可当,指挥覃桓、县丞纪镛的马陷到了泥潭里,脱身不及,舍生取义。这次受挫,还阵亡了军丁七人、民兵八人。大伞贼众逃窜到了箭灌大巢。这次失利,对士气打击很大。现在战事处于相持阶段,官军在莲花石附近安营扎寨,与土匪对垒。官兵中出现了畏敌情绪,包括广东方面官军,大家议论纷纷,说是,这些瑶僮惯匪个个像猿猴一样敏捷,像虎狼一样凶悍,对付他们,只有请求巡抚衙门上奏朝廷,调拨两广的狼兵和湖广的土兵,待秋冬季节,才能收拾詹师富这帮恶匪。王都堂,这是大家的意见。”

胡琏说着,与各位同僚对视了一遍。艾洪点头附和着胡琏的意见,说道:“这次,指挥覃桓和县丞纪镛战死,与广东方面不及时救援有直接关系。”

艾洪,山东济南人,比王阳明早一届中进士,在兵科给事中任上干了多年,后来得罪刘瑾,被罢过官。

王阳明一直默默地听着,等他们说完,问道:“艾大参、胡金宪,你们干脆直接说,是兵力不足、兵不堪用,还是战术有误?”

胡琏与艾洪对视了一眼,说道:“王都堂,兵力是不足,民兵虽然训练有素,要对付这些山中惯匪悍匪,还是显得不堪大用。说到战术,王都堂制定的剿匪方略,下官认为没有遗漏。”艾洪也点头表示认可。

王阳明脸色严肃起来,说道:“唐知府,本院知道你在汀州多年,正德三年就在汀州剿匪,因为战功从同知升为知府。"

唐淳拱了拱手,说道:"王都堂,下官不敢称功!"

王阳明继续说道:"唐知府,本院说句话,宁用两万乡勇,不用一万客兵。你认可这句话吗?"

唐淳点点头,说道:"王都堂,作为地方官,下官非常认同此语。狼兵和土兵,就是两广的瑶兵、僮兵和湖广的苗兵,所过之地,抢劫、强暴和屠杀良民,即便剿灭了土匪,老百姓遭受的兵害也不亚于土匪的祸害。乡勇本乡本土,总有乡情亲情在,一般不敢肆意妄为。"

王阳明点点头,对胡琏和艾洪说道:"胡金宪、艾大参,目前闽粤两省兵力已经达到两万,本院又带来赣兵两千,兵法说,'十倍于敌,可以围歼;五倍于敌,可以进攻',区区五千土匪,还需要再请狼兵、土兵吗?"

胡琏和艾洪默默无语。王阳明继续说道:"胡金宪、艾大参,战争初期,锐气饱满,可以乘敌不备,一鼓作气,战而胜之。目前的局势,已经成了疲兵钝锋,土匪龟缩巢内据险防守,我们必须改变战术。有机会进攻,就采用三国邓艾明修栈道、暗度陈仓,智取蜀国的战法;缺少进攻机会,就采用汉代老将军赵充国围困西羌的战法。待明天本院到上杭进一步调研后,再发布新的剿匪方略。另外,覃桓和纪镛战死这件事,要调查清楚,原因何在? 高伟既然受命督哨,与覃桓又有约定,就应该与覃桓、纪镛共同进退,见机行事。中贼奸计,是不是冒险轻进? 等到了上杭,本院也要听听广东方面的说法,是王春见危不救,还是另有什么别的原因? 战场上,一切行动听指挥! 没有统一的号令,怎么能够取胜! 用兵受挫,指挥统领,人人有责。一定要调查清楚原因。清楚了原因,才能吸取教训。"

胡琏说道:"王都堂,敝道也有统领不深入、不细致的责任!"

汀州府属下的上杭县城,是汀漳分巡道和漳南分守道衙门的驻地,也是朝廷指定的南赣巡抚衙门的行台驻地,在汀州府城南方向,乘船走汀水河道,顺流而下，三百里路程。两天后，王阳明移驻到了上杭县城。上杭县城离南靖县剿匪前线还有二百多里地。在上杭迎接王阳明的有福建都指挥佥事李胤、广东按察司分巡岭东道的佥事顾应祥、上杭千户所千户张应基、上杭县知县谢浩。

当天晚上，顾应祥作为弟子，来看望王阳明。

王阳明问道："惟贤，学问做得如何？"

三十五岁的顾应祥道："先生，弟子天天在琢磨怎么剿匪，几千人的队伍，怎么摆布？十几号将领，谁主哨？谁副哨？谁善于防守？谁善于进攻？派出去的哨探，侦察来的情报是真是假？是不是真要等府江战事彻底结束后再调狼兵？没有狼兵，就剿灭不了土匪吗？为什么剿灭不了呢？如果我是土匪，面临两省两万大军围剿，我该怎么办？先生，每天这些，已经让弟子焦头烂额了，哪还有闲心思做学问呀？"

王阳明淡淡一笑，说道："惟贤，除了这些，还考虑什么了？考虑没考虑，作为佥宪，剿匪胜败，自己责任攸关，胜则升官受赏，败则颜面扫地？作为佥宪，别人的建议比自己高明，能不能立即接受，会不会因为嫉妒别人高明而拒不接受？是不是自己的脸面比军壮的生命还重要？"

顾应祥愣愣地望着王阳明，沉默了一会儿，说道："先生，您是这样看弟子的吗？"

王阳明笑着沉默着。

顾应祥沉思了一会儿，缓声说道："先生，弟子考虑最多的是怎么剿匪成功，至于升官受赏和脸面，心里只是偶然的一闪念，"顾应祥停顿了一会儿，轻声说道，"惭愧得很！弟子还是心存杂念！"

王阳明点点头，说道："惟贤，学问学问，没事时，做学问；有事时，问着学。问谁？问别人，详细了解情况。问自己，问自心，有没有私心杂念？没有私心杂念，一心只想怎么摆布兵力、派遣将领。设身处地，一心只想土匪会怎么办、情报真假，一心只想把仗打好，没有了个人私心干扰，这就是大公无私的心。公心则明，公心可以明白地判断事情真伪,可以明白地判断将领有何长短,可以明白地摆布兵力配置,可以干净利索地打胜仗。"

顾应祥闻言有些羞涩。王阳明继续说道:"做学问,闲时候修身养性,修身养性是为了干事用的。我在滁州以前,一直强调弟子们静坐,结果有人误会了静坐,以为做学问就是图清净;到南京后,我为了避免犯这个错误,不再刻意提倡静坐,而是教弟子们在做事时体会,在动中找静,找什么静?就是当你手也忙、嘴也忙、脚也忙的时候,你的心一直是静的。有学问没学问,就看有事时,你手忙心能不能闲。剿匪生死关头,最能做学问。"

顾应祥惭愧地笑笑,说道:"谢谢先生指点!"

王阳明脸色一沉,说道:"指点之后,就是批评。惟贤,福建指挥覃桓、县丞纪镛阵亡,你说说到底是怎么回事?"

顾应祥说道:"弟子与福建胡金宪虽然没有谋面,但是一直在通过属下往来沟通。漳南大贼首詹师富是福建南靖县人,大贼巢也在南靖。二贼首温火烧来自广东饶平。粤闽两省官军遵照先生剿匪方略,福建方面正月十八在南靖开战,弟子这边正月二十四开战。开战很顺利,广东官兵先后攻破了饶平县境内古村、朱窖、禾村、大水山、柘林等贼巢,擒斩大贼首小贼徒多名。官军乘胜前进,并与福建方面约定同时行动,目的是斩断广东土匪和福建土匪之间的联系,分割包围各自境内的土匪。行动中发生了意外,饶平大伞众贼突然突围,杀死了福建方面的一位指挥和县丞。广东官军随即进兵策应,官军奋勇,贼众自焚巢穴,急窜进饶平箭灌大寨。先生,这就是弟子事后调查的结果。"

王阳明看着顾应祥,说道:"惟贤,这次事故,虽然不算大,但是影响不小,它挫伤了官军的士气。官军由开战初期的势如破竹被拖进了相持阶段。福建方面指责广东见死不救,不管指责对与错,出了事故,就一定是哪里出了疏漏。我看,两省围剿没有围到一起,最根本的原因,还是心没有合到一起。惟贤,金宪就是兵宪,负有统率协调的责任,出了事故,就有责任。"

顾应祥点点头,肯定了先生的说法。

王阳明说道:"惟贤,这次失利吓着了福建官军,他们竟然要求请调狼兵土兵。广东官军有依靠狼兵剿匪的历史,你是不是也在等候狼兵来救?"

顾应祥羞涩地笑了笑,说道:"先生,广东官军在府江清剿山匪,主力军就是狼兵,所以在漳南剿匪,稍一受挫,就裹足不前,就有了依赖和等待狼兵的心理,都想等到秋后调狼兵来剿匪。"

王阳明说道:"惟贤,你过去只身闯敌营,救知县,这是勇猛。战争不仅仅需要勇猛,更需要智慧,需要谋略。谋略到位,可以以少胜多;将帅有法,可以率领绵羊打败狮子。谋略就在于心。"王阳明指着自己的心窝,说道,"这世上千千万万的事,都离不开这里。剿匪,剿去心中的匪,才好剿灭山中的匪。"

顾应祥说道:"先生,弟子心中有谱了。这里不再需要狼兵,只需要先生的心学。"

王阳明说道:"只需要两省一心!只需要官兵上下一心!惟贤,事故出来了,责任要承担,可以惩前毖后!事故最大的原因是,不遵方略。什么是一心?一心,就是全军遵一个号令,全军统一思想。不能等靠狼兵,要两万官兵上下一心,依靠自己剿匪成功。惟贤,有信心吗?"

顾应祥高声说道:"回禀王都堂,下官有信心!"

王阳明笑着说道:"我们今晚上都宪和金宪的公心,师徒之间的私心,公心私心也合成一心了。惟贤,有信心说服官军一心吗?"

顾应祥高声应道:"先生,千军万马,主事一人。只要您做到了一心,弟子相信,旗下两万军兵都会一心的!先生,旅途劳顿,您早些歇息吧!"顾应祥说着起身,准备告辞。

王阳明点点头,吩咐道:"惟贤,明天大堂上,我要公布新的剿匪方略。"

第八十六章　明言撤军　暗捕战机

第二天,辰时,漳南剿匪战略会议在漳南道署衙门召开。参会人员有福建兵备佥事胡琏、福建都指挥佥事李胤、广东兵备佥事顾应祥、广东都指挥佥事杨懋。王阳明坐在大堂上,看着分坐东西的两省官员的座次,皱了皱眉头,说道:"座位虽然有主位、有客位,但今天是我们南赣巡抚衙门的会议,没有客人,大家都是东道主。巡抚衙门会议,仍然是文官东序,武官西列。顾佥宪、杨都指挥佥事,调换位置。"

原来,福建、广东两省官员依照福建东道主、广东是客人的身份就座,胡琏和李胤坐在东,顾应祥和杨懋坐在西。听了王阳明吩咐,顾应祥和李胤各自向着堂上拱手,说道:"遵命!"说着各自起身,调换位置。

等两个人重新坐稳,王阳明才捋着胡须,笑着说道:"两省虽说地分南北东西,剿匪战场上,却是目的一致,所以大家要执行一个号令,要行动一致。战场上,虽然攻击位置不一样,却需要互相策应和补防。前期,福建指挥高伟和广东指挥王春在莲花石受挫,致使覃桓和纪镛阵亡,本院以为原因就在于,两个省号令不一,行动步调不一,心思不一。福建高伟、覃桓,小胜骄傲,骄兵轻敌,贸然突进;广东王春保守懈怠,存在着等靠狼兵的心理。战前,本院曾经布下方略,但是目前看,剿匪方略并没有很好地贯彻下去。战场上必须听从一个号令。违者就是违法,出了事故就要追究责任。直接责任者是高伟和王春这些一线指挥者,间接责任呢,两省兵备道、守道、守备,有没有计划不周详的责任? 有没有约束不严的责任? 有没有轻敌冒进的责任? 有没有畏敌不前的责任? 有没有不遵方略的责任? 等进一步查清事故责任,本院要就这次事故上奏朝廷,追究相关失事人员的责任。"王阳明扫视了几位官员,继续说道,"追究责任,不是为了惩罚,而是要警醒两省官兵,下一步,一切行动听指挥,两省官兵同心同力,剿灭漳南为祸十来年的惯匪悍匪。顾金宪、杨都指挥金事,"王阳明看着顾应祥和杨懋,"不要一听说是漳南土匪,就觉得这与广东关系不大。大贼首温火烧是广东饶平人,箭灌大贼巢是在饶平。福建这边官兵追杀得紧,漳南逃贼一旦流入广东,就会成广东的祸害。所以大家都得提起精神,地不分南北,不能等靠狼兵。"

王阳明停顿了一下,继续说道:"勇敢者追着土匪跑,等于是听从土匪的号令。要知道,山贼土匪进入山林,就如恶龙入海。官军被拖得晕头转向、精疲力竭。智谋者,让土匪往我们划定的圈圈里跑,往我们的布袋里跑。剿匪,要有谋有勇,缺一不可。目前,土匪据守悬崖峭壁,虽然如惊弓之鸟,却坚拒不出。象湖山、箭灌、可塘岽这些天险,开国以来,官军从来没有攻进去过。可以说是一匪当关万夫莫开的险地。土匪为了保命,像狐狸一样警惕,像豺狼一样玩命,硬攻当然不是办法。但是土匪能上去,就意味着官军也能上去。狐狸有松懈的时候,豺狼有打盹的时刻,我们就要捕捉这个狐狸松懈和豺狼打盹的时机。"

下边坐的胡琏没有忍住,笑出了声,马上又止住了笑。

王阳明盯住胡琏,说道:"胡金宪,我们谈军机大事,本当肃穆森然,你却不经意地发笑!"胡琏红着脸,窘出了一额头的汗,站起身,对着堂上躬身作揖,嘴里说道:"王都堂! 下官……"

王阳明两手下压,示意胡琏坐下,继续说道:"你知道不该笑,你也不想随意发笑,但是你竟然笑了。为什么? 这就是你的心思一瞬间松懈了,一瞬间打盹了。"王阳明看看顾应祥,再巡视一遍李胤和杨懋,说道,"顾金宪、李都指挥金事、杨都指挥佥事，大家可以想想，胡金宪是朝廷的精英，读圣贤书多年，可谓训练有素，却在不该笑的时候发笑。我们是不是可以联想到这些土匪，这些为了丁点儿利益就上山做匪，为了争一口闲气就杀人放火的莽汉，他们有没有松懈的时候，有没有打盹的时刻？"

胡琏马上拱着手、绷着脸附和道："王都堂言之有理！王都宪言之有理！"

李胤和杨懋两个人抱拳当胸，绷着脸跟着说道："王都堂，只要土匪稍一松懈，稍一打盹，就是昆仑山，我们也照样打上去。"

顾应祥笑着说道："要等待和捕捉这个他们松懈和打盹的时机，甚至要创造这个时机，让土匪听从我们的号令。该松懈和打盹的时候，一定要及时松懈和打盹。"

胡琏、李胤和杨懋绷着脸，听顾应祥笑出了声，又见王阳明也跟着笑，笑着还直点头，三个人一直紧绷着的脸也松弛下来，浅浅地笑了笑。

李胤和杨懋止住笑，抱拳齐眉，说道："王都堂，只要土匪松懈打盹，卑职不怕滚木礌石，一定带领队伍，踏平象湖山，戳烂可塘崟！"

王阳明笑着说道："好！打破山寨，就要靠你们这股勇劲。让土匪松懈和打盹，就要靠大家了。胡金宪！顾金宪！"王阳明一声威严地喝叫。

胡琏和顾应祥一拱手，齐声应道："敝道在！"

王阳明吩咐道："且听本院发布新的剿匪方略。

"第一，扬言撤军，迷惑土匪。就说现在天气转暖，马上要进入春雨季节，山林茂密，道路湿滑，又赶上春播农忙时节，朝廷要等秋后天凉、秋收结束，再调集现在在广西府江剿匪的狼兵前来进剿。山中只留驻一两处官军，留驻目的是监视土匪山贼，保护春播安全。这个信息要大肆宣扬，传扬给周围百姓，宣布给官军上下。真实情况五品以上官员才能知道。选择一两处无关紧要的官兵撤离前线，不必撤远，要做到随时能够投入战斗；大肆犒劳官兵，做出解散的假象，一则庆贺第一阶段的剿匪成果，二则为了动员开始下一阶段的战斗。

"第二,外松内紧,捕捉战机。留出包围漏洞,放出土匪探子,让他们把撤军的消息带回贼巢。选派得力密探,打探土匪消息,寻觅土匪松懈和打盹的时机。

"第三,夜间突袭,齐心协力。胡金宪! 顾金宪! 战机稍纵即逝,盯准战机,不可放过。用兵要稳、准、狠!"

胡琏和顾应祥齐声应道:"下官遵命!"

王阳明转向李胤和杨懋,说道:"李都指挥金事! 杨都指挥金事!"

李胤和杨懋亮声应道:"卑职在!"

王阳明说道:"战机一到,就需要你们的英勇精神,要一心专注,一心想着剿匪,一心想着进攻,要有进无退,要把生死置之度外,两军相逢勇者胜,稍一犹豫,就会出事。李都指挥金事! 杨都指挥金事!"

李胤和杨懋起身抱拳,高声说道:"王都堂,尽忠朝廷,保护百姓,是卑职的职责。卑职当英勇陷阵,万死不辞!"

王阳明拱着手,赞许道:"好! 好! 各位,胡金宪! 顾金宪! 李都指挥金事! 杨都指挥金事!"王阳明一一与四位文武官员对视着,眼神里充满着冷峻,"最后一条,也是最重要的一条,各部队必须要严肃军纪,一切行动听指挥,全军一个号令,全军一个步调,全军一条心。一个号令,就是本院的号令;一个步调,就是紧跟本院的步调;一条心,就是与本院一条心,与朝廷一条心。这一战略战术,各位谨记在心,全军上下,敢有违反,"王阳明再次依次和四位文武官员对视一遍,然后斩钉截铁地说道,"以军法论处!"

四位文官武将个个起身抱拳拱手,齐声高喊道:"下官(卑职)谨遵宪命! 如有违法,以军法论处!"

王阳明起身站立在书案后,扬声说道:"福建指挥高伟、广东指挥王春,要戴罪立功! 各位也有间接责任。大功不计小挫,剿匪战前,全军上下要同心协力,争取一战成功,上报朝廷,下护黎民! 各位,用心准备去吧!"

顾应祥与杨懋回到广东饶平,后撤了包围箭灌贼巢的山下兵力。胡琏和李胤安排后撤包围象湖山和可塘崇的山下兵力。各营杀猪宰羊,大宴军士。

二月十八上午,胡琏陪着一位官员来漳南道道署衙门后堂,拜见王阳明。胡琏介绍道:"王都堂,这是漳州府钟府台呆夫先生。"

钟知府给王阳明作揖,口称:"下官漳州府钟湘拜见王都宪。"王阳明边拱手还礼,边打量钟湘。但见钟湘个子不高,面色清和,眼神沉静。王阳明心里知道,这是一个心性有修为的人,因为心静眼神自然净;心性不动,眼神自然定,定得像木鸡一样,就是所谓的呆若木鸡。王阳明点点头,赞许道:"呆夫,好一个字号!呆夫先生,请坐! 请坐!"

胡琏在东面就座,钟湘挨着胡琏下首就座。

王阳明等两人坐下,问道:"呆夫先生,哪里人氏呀? 哪年到任的呀?"

钟湘回答道:"下官湖广兴国人,去年才到漳州任上。"

王阳明笑眯眯地说道:"呆夫,一个呆字,用得好! 看呆夫先生这气质,知道你的《大学》'正心、诚意'功夫做得好。"

钟湘说道:"惭愧惭愧! 王都宪过誉了!"

王阳明问道:"不知道呆夫先生用的是什么表字?"

钟湘说道:"王都宪,下官字用秀。"

王阳明朝钟湘点点头,转向胡琏,说道:"南津先生,呆夫先生的字号就是我们目前战略的核心,从呆夫到用秀。"

南津是胡琏的号。胡琏望着王阳明,说道:"王都堂意思是,官军现在静若处子、呆若木鸡,一旦捕捉到战机,就要动若蛟龙,势如上山猛虎?"

王阳明点点头。

钟湘看着王阳明,说道:"这好比王都宪说过的正心功夫,静心如木鸡,心性起用的时候就是智慧,就会非常灵秀。"

胡琏笑着说道:"王都堂,官军静若处子已经十来天了,是不是该动若蛟龙了? 让呆夫先生给您汇报吧。"

三个人停止了说笑。钟湘道:"王都宪,漳南惯匪詹师富,乃敝府南靖县芦溪乡连村编户,本来是一个篾匠,本名詹茂财,他笼络一群蒙昧凶顽,正德二年开始作乱。他的匪众主要盘踞在南靖县西南,祸害闽粤两省。因为是篾匠出身,山匪中惯称他为詹师傅,官府匪情文书写作詹师富。下官去年到任后,就着手调查山匪,想摸清情况,看能不能招安。下官试图能不动刀兵,就尽量不动刀兵。去年下官曾经招抚了一小股山匪,但是其中一部分顽匪凶残成性,匪性难改;另一部分山匪受胁迫,怕报复,难下贼船。不动刀兵,地方难靖! 詹师富为害一方多年,其手脚已经伸到了官府衙门,这次覃桓和漳浦县县丞纪镛死难,下官怀疑官军中有土匪的密探,以致行动走漏了风声。"

王阳明听到这里,点点头,插话道:"城镇之中一定要严密推行十家牌法;乡都村里,尽力推行十家保甲法;所招民兵,一定要严格把关。钟府台,接着说!"

钟湘往下说道:"下官现在说正题。胡金宪给敝府分派了任务,让敝府多派哨探,查访贼巢动静。南靖县西南山地,多是匪巢,山民与匪贼多有往来,大户有被抢的,有被绑上山的,小户有被裹胁上山的,因此不少山民知道上山路径。敝府分派了几批哨探。河头有位乡绅曾崇秀,是个大户,这次他进到了贼巢,还见到了大贼首詹师富本人。下官以为,曾崇秀刺探到了非常有用的情报。所以,下官把曾崇秀本人带来了。"

王阳明吩咐道:"让曾崇秀进来!"

一位衙役领着曾崇秀进入后堂。钟湘向王阳明介绍道:"王都宪,这就是曾乡绅。曾乡绅,你把探明的情况汇报给王都宪。"

曾崇秀跪倒磕头,口称:"都老爷治下漳州府南靖县小民曾崇秀,拜见都老爷!"

王阳明说道:"曾乡绅为大义不顾个人安危,辛苦了! 起来回话!"

曾崇秀起身,被胡琏示意在西面就座。

王阳明观察着曾崇秀,曾崇秀四十岁开外的年纪,身材精瘦,脸庞瘦削,人很精干,眼神敦厚中带着沉静,下巴上一撮灰白胡子。王阳明问道:"曾乡绅,你是童生?"

曾崇秀坦然一笑,说道:"回都老爷的话,小民圣贤书读了二十几年,德薄命赖,惭愧得很! 一直没有考取秀才功名。"

王阳明说道:"读书为明理,读书为修身。曾乡绅能不计个人危险,为朝廷办事,这才是真正的功名。曾乡绅,你是怎么进到象湖山贼巢的?"

曾崇秀说道:"都老爷,小民与这位詹师富算是有一面之交,是不打不相识。小民是九峰人,想必都老爷也知道,那一带一向偏僻,穷山荒岭,山高官府远,听老一辈人讲,上百年来九峰从没有断过土匪山贼。这里的人,要么当土匪,要么被土匪祸害。小民祖传有几顷薄田,一直被土匪惦记着。好在祖上修筑有土楼围屋,小民家族大,人丁多,我们自己保护自己。土匪攻打曾家围屋,非止一次两次,靠祖宗保佑,虽然被抢过几次,所幸还没有出过人命。一来二去,就认识了这个大土匪。这位詹师富,说起来也是个仗义人。"曾崇秀说着,听到胡琏不满地哼了一声,尴尬地笑了笑,说道:"小民失言!"

王阳明说道:"一个人登高一呼,几千人响应跟随,不仗义是做不到的。土匪有土匪的仗义! 这话没错! 我们不必讳言。曾乡绅,说下去!"

曾崇秀接着说道:"小民这话不是凭空胡说的。有次詹师富深夜围攻曾家围屋,围屋四周到处是土匪的火把。家母受了惊吓,高烧不止。小民只好登高与楼外谈判,小民指名要与詹师富对话。小民质问他:都说你仗义,山民拥戴你,你这个义是什么义? 你打贪官? 我曾家别说贪官,连个官也没有,我们都是平头百姓。你打土豪? 我曾家并非豪强,没有抢过谁家的一男半女,没有夺过谁家一分田产。詹师富说曾家水田多旱田多,地多就是劣绅。小民地是多了几亩,可是曾家人多,一座围屋,几百口人,就这几顷田地。你说山寨劫富济贫,我曾家办有义仓,灾荒年景都要周济乡邻。小民说得詹师富有些动心。詹师富跟小民回话说他的队伍要吃饭,小民就让人用绳子往下放了十几袋稻谷。后来,他们就撤围了。"

胡琏不满地说道："曾乡绅，你这是资匪、通匪，知道吗？"

王阳明向胡琏摆摆手，说道："官府力量达不到，小民也要活命。曾乡绅是个坦诚人，能和盘托出，就是心底无私。不是父母高堂，不是乡里乡亲互相依靠，曾乡绅恐怕早搬离九峰了。"

曾崇秀感激地点着头，说道："是！小民说这些，只是为了让都老爷相信，小民探得的情报是可信的。小民这样做，也是担着生命危险的。詹师富闹腾了一二十年，正德二年，三省夹攻，土匪队伍损兵折将，詹师富却毫发无损。读书人，不是为了心中这个义字，小民才不会这么做。"

王阳明赞许地点点头，胡琏也点头认可。

王阳明说道："曾乡绅，本院相信你。只身闯匪巢是冒险，军前说假话也是冒险。只是，你是怎么让土匪相信你的？"

曾崇秀说道："小民也费了一番心思。前几天晚上，小民让几个家丁把犬子送到了府城，先藏起来。这几天让人四处寻找犬子的下落，自然是找不到。这不，前天小民带上两个人，赶着两只羊，前往象湖山大寨，指名要见詹师富。他可能急着了解外面的情况，所以很快小民就被蒙上眼，带进了山寨。小民问是不是他的人把犬子给绑走了，这个老狐狸，他一直不说是还是不是，只一味询问外边的情况。小民说，附近的官军都撤走了，传闻官军要等秋后搬狼兵攻打大寨。小民说，路过的军营，都在大吃大喝，吆五喝六的，营门外都是横七竖八歪倒的醉鬼。小民注意观察詹师富，他在询问小民时，虽然看起来很镇静，眼神却隐含着紧张和不安，听了小民的述说，他明显放松了，不经意间，眼神里还有得意的微笑。都老爷，小民也不明白，既然要撤军，秋后围剿，为什么还派小民进山打探？"

王阳明淡淡地笑了笑，说道："什么时候围剿，都要详细了解土匪的情况。曾乡绅，接着说，越详细越好！"

曾崇秀想了想，说道："进寨出寨，小民一直被蒙着眼睛，看不到进山的路径。进山时护送的山贼一直不停地问，都说外面官军撤走了，是不是真的，问秋后要搬狼兵,是不是有这个传闻。都老爷,这就意味着,山上一直有探子下山打探。撤兵的消息早在小民上山寨之前就到了山上。出山时,护送的山贼一直问外面早稻是不是有人已经开始插秧了,说他们山下的水田也该插秧了。都老爷,不少山贼是半民半匪,农闲进山当土匪,农忙回家侍候庄稼。"

王阳明问道:"曾乡绅,你仔细想想,护送你进山出山的土匪,情绪是紧张还是放松?"

曾乡绅回忆了一会儿,摇了摇头,不敢太确定。王阳明不动声色地看着他,等待着。曾崇秀终于肯定地说道:"以小民看来,应该很放松。一路上他们不时地说笑。"

王阳明点点头,说道:"曾乡绅,你辛苦了! 钟府台,赏银二两。曾乡绅,这是小赏,秋后剿匪成功,还有大赏! 下去歇息吧!"

曾崇秀磕罢头,出去了。

王阳明问胡琏道:"胡金宪,这个情报,你如何看?"

胡琏说道:"王都堂,钟府台和敝道看法一致。综合各路哨探的情报,山贼已经放松了警惕。"

王阳明与胡琏对视着,互相点了点头。

王阳明问道:"进山路径,向导是否已经找好?"

胡琏看着钟湘。钟湘说道:"王都宪,十几位向导,有樵夫,有猎人,有弃恶从善的土匪,已经被集中封闭到了南靖县衙。"

王阳明缓声说道:"象湖山扼守闽粤通道,荡平象湖山匪巢,就等于斩断了闽粤两省土匪的联系纽带。"王阳明看着胡琏,果断地说道,"胡金宪!"

胡琏一拱手,应声道:"下官在!"

王阳明吩咐道:"广东布政使司邵方伯路过福建,前往广东赴任。布置下去,选调五千军兵,护送邵方伯入粤。十九日夜子时准时出发,人衔枚,马勒嚼,秘密行进,直捣象湖山贼巢。本院将亲自督兵,一举剪灭象湖山顽匪!"

第八十七章　子夜突袭　剪灭惯匪

二月十九子时，满天繁星把一弯月亮比衬得昏暗无光，山区的夜空湿气重、雾气大，山上山下，山前山后，到处是一片黑幽幽和影影绰绰的树林。一队人马在夜色中匆匆行进，杂乱的脚步声，像山间小路两旁的竹林在夜风轻摇下的沙沙声。

这队人马五千多人，分作前后两阵，前锋是精兵，一千五百人；后阵是重兵，四千二百人。前锋由都指挥金事李胤领兵；后阵分作两队，一路由漳州府知府钟湘领兵，一路由汀州守备都指挥金事徐麟领兵。三队人马从三个方向逼近了位于南靖县西南，与汀州永定县和广东饶平县交界的象湖山。王阳明一身戎装，亲率数十骑，与李胤率领的前锋部队走在最前面。

临近寅时，队伍已开到了象湖山前。快到山口时，王阳明叫住李胤，两个人下马，布置攻山任务。王阳明吩咐道："李金事，你这一队是精兵，是主攻。主攻部队分作前后三队，前锋第一队五百人，后两队各五百人。第一队要悄无声息地摸上山口，夺取隘口。如果第一队顺利，后两队合成一队，作为后续部队，要鼓噪而进，以声势夺人胆魄。第一步只要夺取山门，就是第一大功，后续部队跟进，与其他两路进攻部队一起清剿山匪。叫高伟来！"

高伟来到王阳明和李胤面前。王阳明问道："高指挥，你准备好了吗？"

高伟说道:"回禀王都宪,一切就绪! 只等都宪下命令了,卑职是戴罪之身,这次即便豁出性命,也要一雪前耻!"

王阳明说道:"本院这次就给你个机会,希望你能戴罪立功。尖兵五百人,需要一员勇猛将领,此人要胆大心细,能悄无声息地夺取山门关隘。你有这个勇气吗?"

高伟果断地回答道:"卑职舍得一身剐,也一定夺取贼巢关隘!"

王阳明对李胤说道:"李金事,寅时已到,抢夺山门!"

李胤一挥手,对高伟命令道:"冲锋队,抢夺山门,出发!"

高伟率领一队尖兵,乘着夜色,向山门摸去。

王阳明和李胤率领后续部队悄悄接近关隘,在外围等候着冲锋队的信号。等有半个时辰,只听贼巢关隘内响起了喊杀声,喊杀声中一堆火光忽然燃起。这是占领关隘的信号。李胤一声令下,后续部队快速扑向贼巢。

天已经亮了。王阳明守候在山下,静坐在一棵大树下的石头上,闭目养神。

贼巢内的鼓噪声响彻了半个山腰,说明进剿行动在进行,但是鼓噪声一直停顿在半山腰,说明遇到了顽固的抵抗。一会儿打探消息的亲兵回来汇报道:"启禀都老爷,山匪从山顶往下放滚木礌石,冲锋部队受阻。"

王阳明睁开眼,说道:"知道了! 再去打探,观察一下其他方向的官军有消息没有?"

辰时,亲兵打探消息回来,回禀道:"启禀都老爷,满山都是官军的鼓噪声,土匪已经乱了阵脚,其他两路官军已经攻上山腰。现在土匪已经被撵到了天寰嵫,官军正在一阶一阶往山顶清剿。李金事让小的回禀都老爷,清剿进展顺利!"

王阳明闻言,松了口气吩咐道:"造饭!"

待太阳照到头顶上方时,官军的鼓噪声已经响遍了象湖山的多个山头。亲兵打探回来禀报道:"启禀都老爷,三路官军已经在山顶会师,官军正逐洞清剿。"

临近傍晚,胡琏来到山下见王阳明。胡琏微笑着说道:"下官祝贺王都堂,象湖山匪巢已经扫荡,具体战果还要等待进一步统计。"

王阳明没有笑,问道:"胡金宪,捉到大贼首詹师富了吗?"

胡琏不再笑了,摇摇头说道:"目前还不清楚,斩杀了不少大小贼首,向导人员还在辨认。已经辨明身份的,斩杀的大贼首有黄狸猫、游四以及广东大贼首萧细弟、郭虎等二百多名,俘虏一百多名,坠崖而死者不计其数。至于詹师富,直到下官下山时,还没有得到关于他的确切消息。"

王阳明面色严峻地说:"胡金宪,围剿象湖山成功,就斩断了闽粤两省土匪互相勾结的咽喉通道。下一步,闽粤两省可以针对独立的贼巢,各个攻破。但是目前看,还算不得彻底胜利,一是詹师富一定要擒斩,死要见尸活要见人;二是不必急于撤军,要清剿彻底,一条山谷,一个山洞,一处密林,都不要轻易放过,免得死灰复燃。据本院分析,土匪应该是消灭了一部分,藏匿了一部分,逃窜了一部分。斩杀和俘虏的人数很有限。通知南靖县和永定县,做好官军后勤供应,保障官军彻底清剿残匪。胡金宪,通知官军各领兵官,晚上扎营,严防劫营和炸营,虽然是临时营寨,也要高筑深垒,不得敷衍了事;旁人不得靠近营寨,营中严禁喧哗惊慌,违反者军法从事,格杀勿论!明天一早继续清剿。"

王阳明当日晚上住在象湖山下的大帐中。

次日一早,各路部队继续清剿。

下午,军事会议在王阳明大帐中召开,到会的有胡琏、艾洪、顾应祥、福建布政使司经理军务的左参政陈策,以及福建按察使司副使唐泽。陈策五十多岁,从三品官阶,论官衔,他比王阳明还要高半级;论官职,他却是下级。二人东西相对,互相作揖见礼。唐泽与王阳明是同年进士,论官衔,与王阳明同级,二人也东西相对作揖见礼。

等大家就座,王阳明道:"胡金宪,象湖山剿匪战已经进行了两天,你给大家通报一下战果。"

胡琏朝各位拱了拱手，说道："这次象湖山剿匪，承蒙王都堂战前运筹帷幄，两天来的剿匪战进展顺利。开战前，我方扬言班师，麻痹土匪。得到战机后，我方子夜突袭，战中王都堂亲临前线，直接提调兵力；此战，陈大参和唐副宪调配福建全省财力兵力，顾金宪统领广东兵力大力支援，汀州府和漳州府各府各县出钱出粮出兵，不遗余力。象湖山山高坡陡路险，惯匪詹师富选择在此盘踞以来，十来年间官军从未涉足过，这次因为是突袭，贼众猝不及防，贼巢终于被打破。继昨天擒斩和俘虏大小贼首贼众四百二十四人外，今日继续清剿，再擒斩和俘虏大小贼首贼众一百〇六人。匪众失魂落魄，坠崖送命者不计其数。今天一天，各路官军主要是清剿残匪，打扫战场，焚烧贼巢。预计明日可以彻底清理完象湖山战场。"

王阳明巡视一下会场，问道："各位谁还有新情况？"

顾应祥说道："首先祝贺福建官军取得了象湖山剿匪的胜利。刚才蒙胡金宪感谢广东官兵，敝道很惭愧，觉得有冒功的嫌疑。这次象湖山剿匪，广东官军实际上未参与。"

王阳明说道："顾金宪不必自责，广东官军虽然未上战场，实际上也参与了象湖山剿匪战。广东官军把守在象湖山对面，对象湖山土匪就是一个震慑。广东官军要养精蓄锐，等待时机。福建境内剿匪结束，广东境内的土匪就成了惊弓之鸟，正可以一鼓作气，荡平匪巢。陈大参、唐副宪、艾少参，谁还有新情况？"

唐泽说道："象湖山剿匪，贼众有三个去向。一是被擒斩和坠崖；二是逃往广东，主要有流恩山冈、黄蜡溪、上下漳溪；三是逃往福建境内的可塘峇山寨。据土匪供认，大贼首詹师富已经逃往可塘峇，准备恃险固守，扬言要拖垮官军。"

王阳明点点头，正色道："综合各方面的情报，本院认为，象湖山一战有三个重大意义。一是截断了闽粤两省土匪的勾结通道，两省内的匪巢成了孤点，有利于两省官军各个击破。二是土匪自以为官军从来不能攻上去的象湖山天险，这次被官军英勇荡平。这次行动狠狠地打击了顽匪、惯匪的气焰。三是象湖山一役,彻底扭转了正月里官匪对峙的局面。陈大参、各位,下一步的部署是这样的:一、十天内,现有象湖山官军,继续战后的善后工作,由漳州府知府钟湘统领,南靖县知县施祥配合,清剿顽匪,安抚民心。弃恶从善的新民,官府要从没收的赃产中拿出一些分配给他们,让他们谋生计,或者租借土地、耕牛和种子,给新民以希望,同时分化瓦解追随詹师富和温火烧的匪众。目的是,军事剿匪在前,民政安民跟进,收复一方,巩固一方。剿匪是在招抚民心,安民更是收复民心。民心平,则国不乱。二、唐副宪、胡金宪动用一切侦察力量,摸清詹师富是否确实藏身可塘崟。一旦落实情报,紧接着就走第三步。三、动用后备官军,作为前锋和主攻,象湖山参战官军作为副攻和后备,扫荡可塘崟匪巢,不给詹师富喘息的机会。四、广东官军继续把守拦截,一方面截杀福建逃窜广东方向的残匪,一方面封锁箭灌匪巢,打消广东贼众策应福建可塘崟的企图和妄想。最关键的是捕捉战机,扫荡箭灌匪巢。"

可塘崟在南靖县境内象湖山东北方向,在芦溪以北,西邻永定县境的永丰里,山高四百多丈,悬崖峭壁,道路奇险。

二月二十六子时,官军兵分五路进剿可塘崟贼巢,汀州知府唐淳为前锋,率领一千五百名精兵,福建都司都指挥佥事李胤、福建行都司驻汀州守备徐麟、镇海卫指挥高伟、汀州卫指挥王铠各自率领一路人马,于寅时开始强攻可塘崟贼巢。

王阳明的中军大帐跟随着官军,来到了可塘崟山寨外围扎营。可塘崟大寨内,震天动地的喊杀声从天明响到黄昏。

天完全黑下来了。参政陈策、副使唐泽、佥事胡琏和知府唐淳一起来到王阳明的大帐。几个人脸上都带着掩饰不住的喜悦,纷纷朝着王阳明抱拳拱手。陈策笑着说道:"可塘崟贼巢已经被打破,大贼首詹师富被擒斩。详细情况,胡金宪!"

胡琏说道:"王都堂,邻近黄昏时,指挥王铠报告,已经擒斩了大小贼首詹师富、江嵩、范克起、罗招贤、范兴长五人。已由多位向导验明正身。"

王阳明说道:"大家辛苦了!擒斩了大贼首,让土匪群龙无首。但是百足之虫,死而不僵,千万不可掉以轻心。今天晚上各营加强戒备,明日一早,继续搜山,清剿残匪。仔细辨认,擒斩的是不是詹师富真身,如果确实无疑,就把消息传播出去,进一步涣散残匪的斗志。小股土匪要清剿,更要严防土匪化整为零,隐身于村庄,或者藏身于山洞密林。不必急于撤军,精锐部队要四处追击逃窜的残匪;后备部队,把附近村庄一家家梳理辨认,不留隐患,不留后患,免得以后死灰复燃。漳州府和南靖县,要招安投诚、召集流亡,让投诚流亡的土匪及时安定于地方。陈大参、唐副宪、胡金宪、唐府台,大家辛苦了!"

王阳明向各位拱着手。

胡琏说道:"王都堂,情报显示,贼众逃窜到广东境内不少,需要与广东方面会剿。"

王阳明说道:"联络广东方面,越境追剿。广东箭灌贼巢也到了该拔除的时候了。"

十天后,王阳明的中军大帐随着追剿官军进入广东境内。顾应祥、杨懋、潮州知府郭灌、程乡县知县张戬来到大帐参见王阳明。

王阳明对大家说道:"漳南大贼首詹师富已经伏诛,大贼巢象湖山和可塘峃已经扫荡。这些天来,广东官军配合福建官军堵截斩杀了不少越境逃窜的残贼,也相继拔除了不少贼巢,广东境内的箭灌贼巢已经成了孤立无援的孤巢,"王阳明突然提高了声音,"按察佥事顾应祥!都指挥使杨懋!"

顾应祥和杨懋一抱拳应道:"下官(卑职)在!"

王阳明说道:"春播农时已到,为了不误农时,不耽误民壮解甲归田,箭灌贼巢围剿战务必于三日内打响,准备好了吗?"

顾应祥应道:"回禀王都堂,广东官军养精蓄锐,随时准备出击。"

王阳明说道:"好!福建官军李胤一部、高伟一部,配合广东官军,于三月初十子时,发动箭灌剿匪战。今天是三月初六,还有四天准备时间。顾金宪,你要与福建胡金宪密切合作。杨都指挥使,郭知府,张知县,不得疏忽! 力争无失! 用心准备去吧!"

各位一一起身抱拳拱手,齐声应道:"下官(卑职)遵命!"

三月初十子时,广东都指挥佥事杨懋、指挥王春和通判徐玑、程乡县知县张戬、福建都指挥佥事李胤、指挥高伟,统率五路官军,乘着夜色悄悄逼近了箭灌大寨。

黄昏时节,顾应祥来到王阳明中军大帐,汇报战况。

顾应祥说:"启禀王都堂,五路官军已经会师箭灌大寨,尽管是子夜突袭,但是土匪防守森严,贼众殊死迎战,搏杀惨烈。初步统计,共斩杀贼众二百二十四名,俘虏八十四名。"

王阳明问道:"顾金宪,温火烧可曾擒斩?"

顾应祥应道:"回禀王都堂,不曾擒斩温火烧。"

王阳明说道:"继续追杀,顽匪惯匪,必须歼灭!"

三月二十一,顾应祥、杨懋、郭灌、张戬来到王阳明中军大帐。

王阳明笑着说道:"各位勤劳王事,辛苦了! 顾金宪,战果统计出来了,你向大家通报一下!"

顾应祥说道:"各路官军,十天时间,不怕疲劳,连续作战,前后大战十余阵,小战几十阵,清剿大小贼巢,追剿或整或零土匪,擒斩了大贼首温火烧。"

王阳明听到温火烧的名字,点点头。

顾应祥掏出一份清单,念道:"擒斩了大贼首张大背、雷振、蔡晟、赖英等,先后荡平水竹、大重坑、苦宅溪、靖泉溪、白罗、南山、竹洋峚、三角湖峚等贼巢,一并擒斩贼众一千零四十八名,俘虏八百三十八名。王都堂!"顾应祥抬头看了看王阳明,"这是十天来的战果。合计正月以来的全部战果,是这样的:擒斩大贼首十四名,擒斩贼众一千二百五十八名,俘虏贼属九百二十二名,夺获水牛、黄牛、马一百三十九头,赃物布帛二千一百五十七件,藏银三十二两四钱八分,铜钱一百四十二文。"

王阳明点点头,说道:"战果辉煌! 各位辛苦了!"王阳明轻轻叹了口气,心里感叹道,这么穷的土匪,是宝贝埋藏到什么地方了,还是本来就这样穷苦? 如果安于这样穷苦的土匪生活,并不比平民百姓过得更富裕,那为什么放着太平日子不过,非要去当土匪呢? 仅仅就是喜欢为非作歹,喜欢杀人越货? 天生的坏人吗? 不应该是这样的! 人之初性本善,圣贤们早就有定论。那又是为什么呢? 这些人,几天前,也许就在昨天,他们还是鲜活的生命,还是父母跟前的孝子,不对! 既然进山当了土匪,就已经不再是孝子贤孙了。这些生命,虽然不是我王阳明亲手杀死的,却是我下达命令杀死的。一念及此,王阳明心里一沉,心中隐痛。他觉得仿佛自己双手沾满了鲜血,于是,他下意识地看看自己的双手,双手是干净的,是柔软的,这双手连只鸡也没有杀过。稻田里的杂草,虽然本身没有善恶,如果长在山沟里,随它享尽天年,随它自生自灭;但是,长在稻田里,那就是作恶。土匪! 该杀! 除恶就是扬善!

顾应祥近前一步,把手里的统计清单呈递给了王阳明。

王阳明拿着战果统计清单,笑着说道:"剿灭土匪,安定地方,造福一方百姓。各位都有功! 顾金宪,详细统计战果,会同广东巡按御史胡侍御,等本院上奏朝廷,为大家请功!"

第八十八章　平和设县　上杭祈雨

　　四月初,王阳明回到福建境内。他要做两件事:一是赏功罚罪。赏罚分明、及时,才能激励、警诫人心。如果事前官兵人人用心,山匪毛贼又怎能够坐大,又怎能够绵延十数年为害两省? 二是怎样才能斩草除根,还百姓一个长治久安的平和生活。有什么良策呢? 烧杀抢掠的土匪,也曾经是青天白日下的良民,良民怎么变成了无恶不作的土匪呢? 说来说去还是教育。教育,有书本教育,有言教,有身教。以身作则的身教更重于书本教育和言语教育。乡村里乡民看乡绅,学堂里学生看先生,社会上群众看官府,官府里衙役看堂尊。主官身正,不令而行;主官身正,惩戒也是教育。一路上,王阳明看着前呼后拥的仪仗队,感觉到自己肩上的担子沉甸甸的。自己是四省八府一州百姓的父母官,土匪就像犯了错误的孩子,虽然犯了错误,但也是自家孩子。亲手处置掉自家犯了罪的孩子,也会心痛,心痛之后是自责。就像自己小时候一样,淘气顽皮,正月十五用弹弓打破了邻居家的大红灯笼,七月十五到姥姥家乡下的河边撒欢,偷摘了邻居家的大西瓜,事后,都要由家长领着登门道歉。自己治下的百姓中出了土匪,祸害了一方百姓,自己无论如何是逃脱不了责任的。皇帝他老人家每逢天灾人祸,都要昭告天下,下罪己诏,向老天爷谢罪,向老百姓表示慰问。就连当今这位因为贪玩而天天忙得一塌糊涂的万岁爷,每逢大旱和地震也要下罪己诏呢。王阳明脑子里构思着自己的《告谕新民书》，多年来遭受土匪祸害的良民需要慰问，投诚招安的新民需要安慰和训诫。路上，一篇《告谕新民书》腹稿已经成文，分三部分：第一要学好，这是胡萝卜；第二要训诫，这是大棒；第三，是自责，虽为巡抚，"所恨才识短浅，虽怀爱民之心，未有爱民之政"等。爱民之政？政治？"政"这个字，左右结构，一个"正"字，就是要求为政者自身要行得端做得正；一个"文"字，就是文化教育。做到这两条，天下大治。王阳明自认自己承受得了一个"正"字，至于治下各级大小官吏，自己正好是纪检官员，可以督查他们。文化教育？长富村、象湖山、可塘崇，这些曾经的贼巢，都是山高衙门远的地方，怎么去教育教化这些质朴而又蒙昧的山民呢？

　　王阳明决定去巡视曾经遭受匪患的村寨，耳听不如眼见，百姓安生了，才算剿匪彻底成功。陈策、胡琏、钟湘、施祥陪着王阳明，巡行在长富村，沿途问询乡民。到了下午，钟湘看看太阳，与陈策、胡琏商量后，对王阳明说道："王都宪，天色已晚，这里山野僻壤，地方窄狭，无处筹措。行辕是否去漳州府驻扎？"

　　王阳明抬头看看偏西的太阳，问道："钟府台，漳州离此有多远的路程？"

　　钟湘说道："二百里山路。王都堂！"

　　王阳明再问道："离南靖县呢？"

　　钟湘回答道："五日路程。"

　　王阳明心里明白了，府衙县衙太远，衙门管治和教化力量难以达到。土匪就是这样形成的。王阳明说道："钟府台，河头不是有位乡绅曾崇秀吗？他家围屋总可以住吧？"

　　钟湘说道："那好，下官这就派人去通知他们收拾。"

　　晚上，王阳明一班人入住河头曾家名为崇德楼的土楼。在曾家土楼祠堂内，王阳明召开了漳南剿匪总结会议。陈策、唐泽、胡琏、艾洪、李胤、钟湘、唐淳、施祥参加了会议。

　　胡琏首先通报漳南剿匪战果："在圣上圣德的庇护下，在兵部英明的运筹帷幄下,在王都堂精明的统率下,在以陈大参、艾少参、唐副宪、李都指挥使等福建三司衙门的大力支持下,在钟公、唐公两位府台以及施县侯充分的后勤保障下,经过全体官兵英勇无畏的战斗,"胡琏说着,向提到的各位官员一一点头致意,"漳南剿匪战役,前后历时三个月,先后扫荡贼巢八十余处,一共擒斩首从贼犯詹师富等一千四百二十余名,俘获贼属五百七十余口,烧毁贼巢两千余间,招安贼众一千二百三十五名,招抚贼属二千八百二十八口。以上数据,已经详细审验。"

王阳明平静地说道:"托圣上的洪福,漳南剿匪战,在在座各位的辛苦努力下,千军万马英勇奋战,目前看,是取得了决定性的胜利。本院马上上奏朝廷,为大家请功。但是我们要看到,剿匪的胜利只是军事胜利,民政上要进一步跟进。征剿打杀,是万不得已;仁政安民,才是根本。政治,政治,官府要立身正,身正不令而行,行什么? 行教化! 行教育! 下午钟府台说,此地离漳州府有二百里的山路,离南靖县衙有五日的行程。政教太远,鞭长莫及。正面的例子,有汀州永定县,有漳州漳平县,过去那里也经多年匪患,因为设置县治,就近教化管理,得享多年太平;反面的例子,就是詹师富和温火烧十来年的作乱,正德二年曾经征剿,可是官军一撤离,不到两个月,残匪再次啸聚山林,为害地方,祸害百姓。各位看看,有什么好的施政方略,能够给这一方百姓长治久安的日子?"

陈策说道:"王都宪高瞻远瞩,并且已经指明了措施,就看福建方面各位的行动了。"陈策说着,看了看在座的各位。各位都点头认可。

胡琏拱手道:"王都堂,看来这次我们上下真是默契一心,可谓同心同力。俗话说,上下同心,其利断金。这几天,王都堂前往广东督战,钟府台和敝道在本地处理善后事宜,钟府台就曾有这个提议,具体还是让钟府台给您汇报吧。"

王阳明点点头。

钟湘说道:"敝府倒没有想到王都宪前面去。这是民意所驱。敝府遵照王都宪的宪令,招抚安置新民。下官发现新民纷纷迁往河头这块土地,目前这里已经聚集了近两千人。更有本地秀才张浩然、老人曾敦立。曾敦立就是曾家家主曾崇秀的父亲,王都宪您刚才见过的。"王阳明点了点头。

钟湘继续说道:"张浩然、曾敦立以及乡老人林大俊等,联名呈请到南靖县,再转呈到敝府,说芦溪、平和、长乐三处地方,远离南靖县治,政教不到,百姓不知道王法,盗贼作乱,不时抢劫乡村,肆无忌惮,最终酿成大祸。惊动三省官军,兴师动众。虽然歼灭了贼首,扫荡了贼众,但是难免有漏网贼徒,就怕日后土匪死灰复燃。河头这个地方,邻近象湖山和广东饶平的箭灌、大伞,与南靖和饶平县城各有五天的路程。民意是在河头这个地方,设立新的县治,有衙门有学堂,可以就地教化。有教化,就能移风易俗。承蒙胡道台督令,敝府与南靖县知县施祥,带领张浩然、曾敦立、林大俊以及山民洪钦顺等详细勘察,发现河头大洋陂地方,地势宽平,背山面水,可以设立县治。又发现枋头地方,地势雄伟,可以设立巡检司,防御监管芦溪和饶平邻境。至于新的县治县境如何规划设置,是否由施县侯具体回禀王都宪和各位长官?"钟湘给各位拱了拱手。

见王阳明点头,施祥说道:"敝县很是惭愧。在敝县治下,土匪横行,祸害了百姓,惊动了朝廷,劳动了王都宪和各位大人,实在是敝县德能不足。可是,詹匪已经坐大多年,是在敝县到县的多年前,虽然……"听到王阳明不满地嗯了一声,施祥马上转入正题,"根据民意,又据胡道台、钟府台的授意,割南靖县清宁里七图、新安里五图,归新县管辖。这样,敝县将来只剩一十八图,县小事多,难办粮差。"

陈策说道:"王都宪,南靖县分割出新县,是否可以从周边漳浦县和龙溪县调补一部分田地人口?"

王阳明说道:"各位,设立新县,看来已经达成了共识。最终结果,还要等待本院奏明圣上,等待圣裁!"王阳明向左上方空中拱了拱手,"既然有先例,为安定地方,朝廷一般来说都会俯采众议。本院提几点建议,各位在做进一步勘察准备时请加以考虑。第一,衙门要精干。新县大多是新民,要用能干官员。因为是小县,衙门,只设一个知县和一个典史;县学只设一位学官。第二,新县建设经费从漳州府各属县罚没款中支出,不得动用军费。军费还剩余多少,艾少参?"

艾洪说道:"一万余两,王都堂!"

王阳明继续说道:"第三,城墙修筑,衙门建造,一定要做百年计。第四,这是本院拟就的《告谕新民书》,要及时印刷张贴下去,安抚民心。还有,钟府台,别忘了赏曾崇秀,他为我们的成功付出过努力。由于各地匪情紧急,本院在漳州不能久留。明天上午,本院实地勘查新县治的选址后,就要西返。漳南安危,还要有劳各位费心!"王阳明说着拱着手向各位画了个半圆。

四月十四,王阳明率领南赣军兵回程路过上杭,入住位于县城内东北一隅的察院。察院是都察院御史巡行时的临时驻扎地。一个省几十个县,巡按御史三年也难得降临到一个县份,但是因为是天使,为了表示尊重,各县都修有察院,以备不时之需。现在此处修缮一新,用作了巡抚大人的行台。

察院与漳南分巡道和汀漳分守道衙门比邻,胡琏和艾洪作为地主,冒着大雨登门来拜访王阳明。

胡琏说道:"敝道和艾少参多次挽留王都堂多停留两日,怎奈王都堂急于回兵赣南,倒是老天爷圆了漳南百姓的心愿,一场大雨劝留了王都堂。"

王阳明说道:"胡金宪、艾少参,冒雨过衙,辛苦辛苦!虽说大雨阻挡了本院回兵的道路,这毕竟是场及时雨。旱天遇甘霖,漳南百姓今年丰收有望了。"

胡琏说道:"王都堂来漳南前,漳南百姓祸不单行,身心俱苦,一遭土匪祸害,二遇天旱,仨月不雨,秧苗无法下田。幸得王都堂登坛祈雨,春雨下了一天,春苗得以及时下田。这次王都堂回程再过上杭,老天不求而雨,连着下了两天,真是一场及时雨,一场透彻雨,畅快淋漓,漳南今年丰收在望了!王都堂,您给漳南百姓送来了两场及时雨,一场及时雨浇灭了为患多年的悍匪凶焰,滋润了老百姓的心田;一场及时雨浇灌了漳南的稻田。敝道和艾少参,代表漳南百姓,多谢王都堂的大恩大德!"

胡琏和艾洪起身作揖。

王阳明回罢礼,说道:"这是托朝廷的洪福,本院何德何能,敢贪天功！胡道台,艾少参,我们为官一方,就是民心的代表,只要去除私心杂念,公心就能合于天心,天人感应,就能风调雨顺,造福一方百姓。"

胡琏和艾洪的心上及脸上比刚才多了一层肃穆。

艾洪拱了拱手,请教道:"王都堂,敝道一直想请教您。二月份王都堂初来上杭,承蒙为漳南百姓着想,当天祈雨,当天下雨,既没有见您掐指念咒,也没见您道袍羽扇踏走禹步。前段时间,匪情紧急,敝道不敢请教。现下想请王都堂赐教,您这祈雨究竟有什么诀窍?"艾洪说着,起身规规矩矩地作了三个揖。

胡琏对此也很感兴趣。

王阳明笑着说道:"艾少参,道士用法术求雨,儒家用诚心祈雨。说简单是简单,说复杂也复杂,复杂和简单都在于心。你说简单,真简单吗？事前要斋戒三日,想必你也知道。戒,是戒身外,不合礼节的不吃,不合礼节的不看,不合礼节的不听,不合礼节的不做。戒的目的是斋,斋就是为了清净自己的心。什么是清？就是正心！就是诚意！什么是净？心头一念不生！三天时间没有一个私心杂念,有的只是一个大公无私的心。如果一动念头：或者自傲,我求雨成功,就说明我是个有道君子,于是沾沾自喜；或者自卑怀疑,我能不能求雨成功？这就像剿匪冲锋一样,事到临头,心念一动,结果立马就会改变。艾少参,简单吗?"

艾洪下意识地摇了摇头。胡琏也跟着摇头。

王阳明接着缓缓说道:"天心就是公心。心诚则灵。诚心中,说出自己的心愿,心愿就变成了天心。祈雨,祈什么,艾少参?"

艾洪不敢肯定地低声说道:"祈天？祈雨？"

胡琏脱口而出:"祈心?"

王阳明对胡琏笑着点点头:"对,祈雨就是祈心,天雨就是心雨。要知道,心即理,心外无物。这是本院的心学。"

艾洪起身,走出座位,对着王阳明跪了下来,恳切地说道:"王都堂,不,先生,下官受教了!"艾洪说着磕下头去。

王阳明起身扶起艾洪,说道:"艾少参,祈雨的道术学会了吗?"

艾洪回到座位上,说道:"先生,下官还想学习您的心术,啊……不不,是心学。不知道,先生可有心学著作,颁赐下官?"

王阳明说道:"'诚意正心'四个字,就是本院的心学。再简单些说,就是'诚意'两个字。祈雨要诚意,做人也是诚,做官还是诚。推而广之,做臣子、做父亲、做儿子、做同僚、做朋友,都是这个诚意。"

艾洪拱着手,说道:"受教受教!胡道台说王先生给漳南带来了两场及时雨,对下官来说,王先生是带来了三场及时雨,先生的诚意心学令下官如沐春风。"

胡琏拱手说道:"三场及时雨浇灌了漳南大地。归根结底,三场雨都来自先生的心学,是不是,艾少参?"

艾洪点着头,说道:"对,归根结底是心学。"

胡琏笑着说道:"察院这座后堂就命名为时雨堂吧。敝道代表漳南百姓,烦请王都堂题记题名,以纪念王都堂剿匪和祈雨的功德。"

王阳明沉吟了一下,说道:"本院不敢贪天之功!"

胡琏说道:"不为记功,只为纪念,这样一来,百姓也有了个颂念朝廷恩德的地方。"

王阳明道:"既然这样,本院也不好拂了两位的雅意。"

王阳明因雨在上杭耽搁几天,在汀州耽搁几天,于月底离开漳南。陈策、胡琏、艾洪、唐淳,以及汀州卫、长汀县大小官员一直送他到了江西边界。抵江西时,王阳明巡抚仪仗队的后面多了几把万民伞,分别是漳州府、南靖县、汀州府、上杭县、长汀县各地乡绅百姓敬送的。

五月初一,进入赣州。第一站是瑞金,王阳明入住瑞金察院。迎接王阳明的有巡抚衙门留守官吏、岭北道官员、赣州府官员、瑞金县署印主簿。迎接官员带来一大堆问题,归结为两条,一个是匪情,一个是旱情。

第八十九章　总结初战　申请令牌

五月初八，王阳明回到赣州，立刻召开会议，总结漳南剿匪战的经验教训，部署、应对江西和广东严重的匪患。参加会议的有杨璋、黄宏、郏文、冯翔、余恩、邢珣、危寿、宋瑢等。

看到王阳明步入中堂，杨璋等纷纷起身拱手，齐声说道："恭贺王都堂漳南剿匪旗开得胜，恭迎王都堂凯旋，坐镇南赣，督剿悍匪！"

王阳明招呼大家坐下，沉静地说道："承蒙朝廷圣德，漳南剿匪，侥幸获得成功，十几年的顽匪，三个月内被剿灭。漳南剿匪的胜利，还漳南百姓以安宁，也让我们看到了江西和广东剿匪的希望。这是好的一面。远离战场的人看到的更多的是胜利的光芒，亲历战场的人，可能看到的更多的是问题。发现问题，吸取教训，才有利于未来的剿匪事宜。本院曾经说过，闽、赣、粤、湖广四省东西匪患，漳南土匪只是下肢，匪患的源头在南安三县和湖广的桂阳、桂东，龙川的浰头是心腹。现在可以说是已斩其两肢。漳南詹师富和温火烧的灭亡，会让赣南的谢志山、桂阳的龚福全、乐昌的高仲仁、浰头的池仲容等贼首兔死狐悲，他们可能会变得更狡猾。杨兵宪，你把三个月来各地匪情简要地通报一下。"

杨璋说道："漳南剿匪战进行时，各处土匪变得比往常更加猖狂，四处抢掠烧杀。王都堂在漳南时，敝道疲于奔命。但是还是出了不少漏洞，很惭愧。"杨璋说着向王阳明拱手,再向各位拱手,"敝道现在把这三个月来的主要匪情汇报一下。据南安府南康县呈报,三月,上犹贼首谢志山勾结乐昌贼首高仲仁,纠合两千匪众,攻打南康县城;同在三月,赣州府龙南县呈报,浰头池仲容纠集三千匪众,攻打王受总甲寨所。以上是两次大的匪乱。"杨璋手里拿着一沓文件,"匪徒四处抢烧,抢劫大户,掳掠人口,牵人耕牛的事,几乎每天都有。王都堂,正月,巡抚衙门下发通告,要求各道各府各县,详细统计匪情,描绘匪巢地理位置和进出路线等项,目前南赣各县已经统计上来,南安府南康、上犹、大余三县,小贼巢不算,大贼巢就有三十余处,出了名的大贼首有谢志山、谢志海、谢志全、赖文英、赖文聪、蔡积昌、蔡积庆、陈曰能、蓝天凤、蓝文亨等,贼众八千余。赣州府境内主要在龙南县,大贼首有黄秀魁、黄万山、黄秀玉、黄积秀、赖振禄、钟万光、钟万贵、钟万璇等。龙南贼众一直依附于浰头大贼首池仲容。浰头贼众主要抢掠赣州信丰、龙南、安远等县,所以敝道把这两处贼众统计在了一处,共有贼众五千余。王都堂在漳南时,敝道代为接收各地的呈文,据湖广郴桂兵备道副使陈璧呈报,郴州五县有贼众四千余;据广东岭南道兵备佥事黄昭呈报,乐昌高仲仁贼众两千余;据湖广桂阳县禀呈,该县县境四周都是龚福全的贼巢。王都堂!"

王阳明平静地说:"各位,我们面临的匪患是很严重的,与匪患相比,我们目前现有兵力很薄弱。匪患一日不除,百姓一日不得安宁。剿匪,一在兵强马壮,二在粮草充足,三在谋略得当。黄少参,钱粮之事筹划如何?"

黄宏一拱手说道:"王都堂,各府县官仓存储稻谷绰绰有余,商税和盐税,按王都堂的安排,敝道已经谋划得当,形成呈文,只等巡抚衙门上奏朝廷批准了。"

王阳明点点头,说道:"好!漳南道还有一万多两军费银可以借用。下面说一下兵力和谋略,本院结合漳南道剿匪的经验教训来谈。余挥使!"王阳明看着余恩,"这次漳南剿匪,你有什么经验教训?"

余恩一抱拳说道:"说到经验,只能从王都堂谋略上总结,一是扬言班师,麻痹土匪;二是子夜突袭,乘其不备。卑职实在是佩服!"

王阳明平静地说道："说教训！"

余恩说道："说到教训，我们赣州卫军参加的是外围堵截，这个……这个……卑职以为，土匪太过强悍，太过矫捷。我们卫军……卫军，就像……就像……就像老牛上山，撵不上，捉不住，土匪像泥鳅一样滑溜，像豺狼一样凶残。卫军……我们卫军，不少是屯田种地兵，还要好好训练，好好训练！"

郏文和冯翔不满地看着余恩。余恩因尴尬而脸红着。

王阳明说道："好！余挥使总结得好。能够知道自己的不足，就可以称得上贤人。知耻而后勇！漳南剿匪战场上，余挥使派给本院一个总旗当亲兵，护卫本院，战场上本院很放心。今天听了余挥使的总结，本院对卫军有了信心。危节推，你总结一下发现的问题。"节推是对推官的雅称。

危寿看了看邢珣，邢珣温和地对其点点头。危寿说道："王都堂，各位大人，下官跟随王都堂，统领兴国和宁都两县的五百民壮，参加漳南剿匪。王都堂让下官说问题，"危寿再次看了看邢珣和杨璋，看到的是两个人微笑的鼓励，危寿说道，"两个县民壮，来自各个乡村里都，互相很陌生，下官与他们也不熟悉。这就产生了两个问题，一是命令贯彻不到每个人。其原因，下官认为，各县指定的带兵义官、总旗、小旗这些头领，选拔的标准是哪个大户家族人多，这一家就推出来一个头领。恕下官直言，这个……这个……就是不少头领，根本不是领兵打仗的料。"

王阳明微笑着说道："说下去！"

危寿说道："俗话说，这个……这个，"危寿再次看看邢珣，接着说了下去，"兵熊熊一个，将熊熊一窝。下官德薄技浅，这也是一个原因。不少总旗、小旗这样的头领，下官以为，如果拿包包子来比喻，"危寿绞尽脑汁，"各个民壮就好比包子馅，头领、义官就是包子皮，包子皮不好，有漏洞，那包子馅就成了一盘散沙。下官以为，小旗、总旗、义官、头领，一定要选人得当。"危寿发觉王阳明和邢珣一直点头，就接着往下说，"二是民壮之间配合不好。就像猎户围猎打狼，配合不好,就露出了破绽,土匪就能溃围逃窜。这个是有例子的。下官失职!下官失职!"危寿继续说道,"要配合好,必须互相熟悉,熟悉了才能生死与共;必须严明号令,纪律严明,才能形成战斗力。"

王阳明道:"说得好!发现问题,才能解决问题。一支军队和一个官员一样,要勇于发现自身的问题,能够发现和认识到自身的错误和不足,这是贤人标准,勇于改正自身的错误和不足,这是圣人标准。一点一点地发现,一点一点地改正,好军队和圣贤官员就是这样磨炼成的。护短隐恶,就像身上的暗疮,捂住盖住,时间长了,脓包就烂了。危节推说的这两个问题,本院在漳南也曾听福建带兵官说起过,要剿灭顽匪,自身必须过硬。本院已经考虑多时,队伍训练,关键在于攻守和行进纪律;队伍的统领,关键在于职责分明。为此,民壮队伍要重新编练。本院先简略地谈一谈思路,下一步,危节推会同宋县侯、赣县主簿周鉴,在赣县民壮中先行编练。然后,杨兵宪!"

杨璋一拱手道:"下官在!"

王阳明接着说道:"赣县民壮编练成形,迅速推广到岭北道,推广到四省八府一州。重新编练的内容主要有三条。第一条,这个我们以前已经多次强调过,就是号令严明。号令一出,赴汤蹈火在所不辞。号令上下贯彻,队伍如同一人,一声号令,千万人同一个步伐,千万人同一个声音呐喊,千万人就汇成了排江倒海的气势,就像每年八月十五钱塘江畔惊天动地的钱塘潮,具有摧枯拉朽的气势和威力。别说是剿灭一两千土匪蟊贼,就是要他们移山填海,只要人心齐,也照样做得到。在漳南剿匪战中,出现有指挥和县丞不听号令、不遵方略,因为几个人的失利而影响整个战局的例子。这就好比人的身体一样,身上某一处气血阻塞不通,整个人都不得顺畅安生。为此,本院将上奏朝廷,申请加强指挥权,申请战场直接赏罚的权力。第二条,民壮队伍各级将领的选拔,不论资格,不论出身,不论贫富,凭实力选拔任用。第三条,实行兵符制度。队伍组织结构重新编制,废除总旗、小旗制度。设置从低到高的架构:最低一层为伍,每二十五人为一伍,一伍选一个小甲为头领；两伍为一队，一队选一个总甲为头领；四队为一哨，哨有一个哨长和两个协哨；两哨为一营，一营有一个营长和两个参谋；三营为一阵，一阵设一位偏将；两阵为一军，一军设一位副将。头领选用，刚才已经说了，具体是小甲从伍中选，总甲从小甲中选，哨长从千户、百户和义官中选。副将有权罚偏将，偏将有权罚营长，营长有权罚哨长，哨长有权罚总甲，总甲有权罚小甲，小甲有权罚伍众。这样号令上下贯彻，全军团结如一人，必将士气如虹、锐不可当。编选后，每五人给一牌，牌上开列全伍二十五人名单，便于伍众互相熟悉。熟悉了，战争中才能结成生死同盟，这个牌叫伍符。每队配发两张牌，编立字号，一张牌由总甲掌管，一张牌本院收藏，这个叫队符。以此类推，每哨、每营各配发两张哨符和营符。剿匪出征和收兵，凭兵符听号令，防备有诈。杨兵宪、危节推、宋县侯，注意队伍编排时，要考虑到家族和亲情，不要拆散父子兵；头领选拔时，既要考虑亲族关系，也要考虑剿匪经验。黄少参、邢府台，南赣两府各县民壮轮班来赣州校场操练，要保障好后勤供应，加盖营房，让民壮睡得香，吃得饱，穿得暖。有情有义，有恩有威，是练兵和带兵之道。大练兵，大比武，人人成精兵，个个是好汉。各位，南安、赣州两府十三个县的民壮，境内的一卫三所的军兵，都要加强训练。根据漳南的经验，本院以为，不一定要兴师动众地三省围剿，精兵练成后，就像小孩子上树掏鸟巢一样，一窝一窝地掏。杨兵宪，有没有信心？"

杨璋迟疑了一会儿，低声说道："练好精兵，自然有信心。"

王阳明说道："好，本院先树这个信心。本院要向朝廷立这个军令状。"

属下们吃惊地看着王阳明。王阳明解释道："掏鸟巢的方法和三省围剿比较起来，好处是，不劳民伤财，不急功近利；风险是，不像围剿一样，责任由三个省共同担着。掏鸟巢的战术，意味着一旦失利，领兵官就要责任自负。本院把话说在前头，杨兵宪、郏都阃、邢府台、余挥使、危节推，你们只管放心地干，出现问题，由本院承担。"

下午，王阳明封发两份奏疏，即《闽粤捷音疏》和《申明赏罚以励人心疏》。

第一份奏疏向朝廷报捷,第二份奏疏向朝廷申请赏罚分明和及时赏罚的政策。

报捷的奏疏,写的都是朝廷喜欢听的。对第二份奏疏,王阳明很慎重,他放下正要密封的信封,闭上眼睛,静静地坐着。王阳明权衡:向朝廷申请新政策,意味着要求朝廷改变现成法规,要改变成法,意味着对成法有批评。成法是太祖爷定下来的,批评成法,会不会被看作在批评太祖爷? 王阳明睁开眼睛,拿起奏疏展开,他要再检查一遍。

写这份奏疏,起因于漳南剿匪战中的失利,对失职官员高伟等人的处罚。三月就上奏,到五月战事结束,处罚的圣旨还没有下来。奏疏中,论述了赏罚不分明和不及时的种种危害:对军队,士气和斗志激发不出来,士气敌不过土匪的嚣张气焰;面对悍匪,官府只好放下身段,招抚招安;土匪受招安,赏身份赏金银,等于是在鼓励百姓作乱,所以土匪越来越多,越来越猖狂,四省八府一州境内,从几年前的几千匪众滋生到现在的数万贼众。

这份三千多字的奏疏,有论有据,博古通今,层层递进,归根结底是两条请求,一是赏罚要及时,二是赏罚要分明。

王阳明看着奏疏,不时地点头,自言自语道:"战场需要决断权!"他点头,是因为奏疏中论述充分:剿匪战场,形势瞬息万变,机会稍纵即逝,如果有了权力,就不必事无大小,事事请示万里之外的京师,不必事事会商四个省的巡抚、镇守太监和巡按御史。要知道,这一圈官员一个个会商下来,土匪早就逃之夭夭了。有了权力,就可以随时捕捉战机,随时出兵剿捕,积小胜为大胜,就不必兴师动众三省围剿。三省围剿,惊天动地,三省官军集合到位,得半年时间,等官军到位,土匪早就躲藏到更远更深的大山里去了。

为了争取战场决断权,王阳明在奏疏末尾立下了军令状:如果有了赏罚及时的权力,如果有了军事民事自主的权力,自己若还不能成功剿匪,只有以死谢罪。

王阳明看到结尾处,自觉有些凛然。为了剿匪,自己破釜沉舟,把自己的身家性命押了上去,值得吗? 王阳明脱口而出道:"值得!"尽管声音很低,低得只有自己能听见,却说得干脆。真值得吗?真值得!王阳明心里再次确认了这个答案。修身、治国、平天下,不一直是自己人生的目标吗?自己修学修身几十年,为了什么?大丈夫,有了机会,不就是要造福一方吗?土匪猖獗,祸害百姓,任何一位圣贤也不会袖手旁观;三省围剿,兴师动众,拖延时日,同样是拖累百姓。为了消灭匪患,为了不因三省围剿而扰民,自己只有豁出去了。自己的权力仅仅限于赣州一座城池,四省各府各州还是直接归各省巡抚号令,就连二月涮头悍匪围攻信丰县城时,小小的五品千户和七品知县失职,自己都没有处罚权力。一位七品的巡按御史有权力当场处罚五品以下官员,自己这位佥都御史却只有建议权。在南赣巡抚这个位子上,剿匪就是自己的唯一事业。剿匪事业,需要全力以赴、全心全意。

王阳明没有立即密封奏疏,他还在权衡,不是权衡个人的利害得失,而是在思谋如何说服当权者。要改变朝廷现成的规矩,创新者认为是创新,保守者呢?会不会以为是标新立异?替皇帝看奏疏的内阁老先生们总喜欢说,祖宗成法不可变,抱着这样的成见处理奏疏,不是找成法,就是套旧例。自己要改变成法,如果被理解成了标新立异,自己被误会事小,申请不来权力,影响剿匪,损失就大了。圣贤做事出于公心,只要是公心,不妨动用各种关系。兵部尚书王琼是自己的荐举人,他荐举自己,纯粹是出于公心,自己根本就不认识他,连面也没有见过,更别说花钱请托了。这样没有私心的人,一定会替自己做解释工作的。奏疏不方便说的话,是不是给他写封私信,说一说?

王阳明铺开信纸,给兵部尚书王琼写信。

晋溪大人:

　　明公学问政事举世称誉,晚生守仁,虽然无缘亲聆明公的教诲,却是仰慕已久。守仁诵读尊驾往日的奏章,总是击节叹服。尊驾的奏章,是非洞察秋毫,决断果敢刚毅,应对绝妙无匹,剖析透彻入微,学理正大光明,文风凛然,晚生受益良多。

晚生懂事以来,也见识过一些大臣公卿,有的也曾名冠京华。这些大臣公卿,寻常时节的议论,也有可取之处,但是一旦面临大是大非、生死毁誉,则难免心动神摇,站不稳脚跟,如墙头草,以求免祸。明公奏章中的浩然之气、沛然之辞、真知灼见,在这些大臣公卿文章中是绝对见不到的。

明公大异于常人之处,不显山不露水,晚生认为,这是明公的过人之处。守仁生来鄙视阿谀奉承之词,对别人来说是阿谀奉承之词,但是对明公又是恰如其分,比如古人说的社稷大臣、王佐之才、知大义守大节,这些赞誉也只有明公才能承受得起。

守仁不过一愚笨的病马,遇到了伯乐,才勉强奔走百里。漳南剿匪,十几年的悍匪,三月剪灭,守仁不过是认真执行了明公的锦囊妙计。守仁取得漳南寸功,对明公感恩戴德,不知此生如何报答。晚生只有祝愿明公,为了国事天下事,为了天道自然,保重保重!

晚生有一事,必须向明公解释说明……

第九十章　保护夏收　六月扫荡

　　五月二十八,在衙门后堂,王阳明连续拟定了两份奏疏,即《攻治盗贼二策疏》和《类奏擒斩功次疏》。王阳明每次写好的文字资料,都要交王祥誊写一份备存。王祥誊写后,把原稿交还给王阳明:"老爹,誊写完毕。"王阳明点点头。王祥看着王阳明,迟疑地说道:"老爹,王祥与老爹虽然名为主仆,实际上却情同亲人。王祥有句话,不知当讲不当讲?"

　　王阳明点头。

　　王祥说道:"老爹,每次誊写您的公文私辞,王祥都是怀着一颗虔诚的心,小心翼翼地拜读敬写,几年来受益匪浅。这份《攻治盗贼二策疏》,王祥……知道老爹一直反对三省围剿,一心主张自主灵活、见机行事。您知道吗,老爹,私底下,衙门里不断有传闻,大家都主张三省围剿,轰轰烈烈、热热闹闹。王祥在公堂上做会议记录时,发现杨大老爷他们也是主张围剿的。小人连着誊写公文,发现湖广衙门、朝廷,都倾向于三省围剿。老爹,您力排众议,立军令状,这……这……这意味着压力都在老爹您一个人的肩上了。老爹,王祥为您一直担着心呢!"

　　王阳明感激地看着王祥,感激他的良善,出于培养王祥的心理,向他解释道:"王祥,你的担心有一定的道理。老爹肩上的压力,是老爹自己一个人的。可三省围剿却要几十万人承担压力。先说军队，湖广预备出动三万军兵，其中土兵上万人。我们去贵州曾路过的湖广和贵州交界处的辰州，土兵就来自辰州北边的保靖和永顺，士兵们长途跋涉，自己辛苦，沿途对百姓有损；两广狼兵远在广西。几万大军征讨，集合解散，来来回回，得一年半载，整个战区几十万老百姓会因此没办法过安生日子，该收的庄稼可能被踩坏，该种的庄稼种不上。几万军队要吃要喝，要穿要住，这都需要钱，钱从哪里来？最终还是从老百姓兜里掏。最关键的一条，王祥，几万大军要集合到一处得多长时间，土匪愿意坐以待毙吗？"

王祥摇了摇头。王阳明继续说道："几万大军浩浩荡荡地来了，土匪化整为零，钻山洞、藏树顶，跑了，躲了，热闹是热闹，有多大战果？大军撤走了，土匪再纠合。剿匪不能图热闹，要看战果。有人迷信围剿，是想用泰山压顶的气势，压死土匪。王祥，泰山虽然高接蓝天，不见得能压死一窝蚂蚁。有人迷恋围剿，是出于逃避责任。单打独斗，滥竽充数的南郭先生就露了馅；轰轰隆隆的围剿，责任大家分担。王祥，你说，老爹一人承担压力，能减轻几十万人的压力，值得吗？"

王祥道："值得，老爹！王祥无用，不能替老爹分担丝毫压力。"

王阳明说道："你替老爹誊写公文，一丝不苟，不出一丝差错，就是替老爹分忧了。这份《攻治盗贼二策疏》就是要争取朝廷的支持，给衙门及时赏罚便宜行事、灵活机动的权力，给衙门训练精兵的时间。这份《类奏擒斩功次疏》，是在为第一份奏疏加强论证的证据，向朝廷汇报衙门推行'十家牌法'的成效，向朝廷汇报衙门发动各道、各府、各县、各寨堡、各村、各户，家家动员，人人有责，大打一场全民剿匪战争的成效，让朝廷知道剿匪除了三省围剿，还有以精兵机动为点、以百姓防治为面这样的全民剿匪战。王祥，无论做官还是剿匪，只要去除私心，就不怕压力，就能有大智慧。"

六月初，南赣巡抚衙门接到兵部五月十一签发的命令三省围剿的公文：

奉圣旨，兵部命令：七月天气炎热，时间仓促，围剿时间改定为九月，着两广总督左都御史陈金、江西右副都御史孙燧、南赣左佥都御史王守仁,钦遵执行,不许误期失误!

王阳明面对这份命令,皱眉沉思着。命令是兵部尚书王琼五月十一签发的,这就意味着王琼签发命令时,还没看到自己的奏疏,自己《攻治盗贼二策疏》和《类奏擒斩功次疏》晚发了半月。

六月,离朝廷确定的围剿时间还有三个月,这段时间要为三省围剿做好充分准备,筹备粮饷、调集军队、约会兄弟省份、部署围剿。王阳明召集杨璋和黄宏在巡抚衙门中堂,部署围剿准备工作。

三人就座后,杨璋呈递一份公文给王阳明,说道:"王都堂,会议之前,向您汇报一件事。这是《南安府请兵策应呈文》,季府台说南安贼巢众多、兵力薄弱,请求添兵协助防守。敝道建议,把南康县四班民壮中的第二班归属南康县丞舒富统领,兴国县义官谢庄所领民壮、雩都县张英才所领民壮划归上犹县冯廷瑞统领;命令南安府修建兵营两处,安置新到民壮扎营。"

王阳明说道:"杨兵宪建议适当。本院补充一点,军营选址和建设要慎重,尽管是短期驻扎,也要按长期驻扎的标准选建,地势要雄伟,深沟高垒。杨兵宪,兵可以添加,但是这种用兵思路要改变。兵不在多,而在精;军不在众,而在用。怎么用? 要用奇兵! 南康、上犹,各处屯兵,每处不少于两千人。防守进攻,已经足用。好,我们转入正题。"王阳明对杨璋和黄宏说道,"杨兵宪,黄少参,本院正式向两位道台通报,朝廷已经正式下达了三省围剿湖广郴州、江西南安、广东乐昌及其周边土匪的命令。虽然本院极力主张尽量不搞兴师动众的围剿,也曾经屡次向朝廷争取自主灵活剿匪的权力,但是湖广为了围剿,已经努力了一年多,人马粮草已经筹备多日。朝廷既然确定围剿,南赣巡抚衙门就要配合围剿,争取利用机会,剿灭匪患。现在匪情已经调查清楚,需要做的一是调集兵力,二是筹备粮饷。杨兵宪,既然是围剿,江西就要集中一省的力量,本院曾经让你留心查访省内的领兵官,进展如何?"

杨璋一拱手说道:"王都堂,敝道经过调查,得知九江知府汪隶、吉安知府伍文定、抚州府东乡县知县黄堂、建昌府新城县知县黄文銮、袁州府萍乡县知县高桂、吉安府龙泉县知县陈允谐,都有剿匪实战经验,可以军前效用。"

王阳明点点头,说道:"本院在漳南发现,汀州知府唐淳、潮州程乡县知县张戬都是领军的将才,又查得惠州知府陈祥,也堪大用。加上南赣两府的邢府台、季府台,宁都县知县王天舆,合起来十二人,十路人马的统兵官已经可以落实。杨兵宪,南赣两府能够出动剿匪的兵力,现有多少?"

杨璋说道:"南安一府三县,有民兵两千四百人,赣州信丰、宁都两县各一千,石城县县小兵少,不在选调之列,其他七县,合计有三千。另外,安远县和龙南县招安过来的新民叶芳和王受等,各有一千名。算下来有近万人。"

王阳明点点头,说道:"汀州府上杭县一千名,潮州府程乡县一千名,都可以调用。还有赣州卫、南安所、信丰所、会昌所,四千多军士。这就一万六千人了。除去防守城池的,可以集足一万两千人,正好符合本院去漳南以前谋划的兵力。杨兵宪,湖广和广东多是土兵狼兵,江西兵最弱,江西会成为土匪溃逃的方向,他们一旦潜入江西,必成大患。弱兵变强兵,一靠训练,二靠军法军纪。杨兵宪,前日本院去大小校场查看,发现军士和民壮训练已有起色,进退有序,攀高越障,都有模有样。但是本院发现,弓弩骑射是这些南方兵的弱项。骑马快速灵活,便于攻击;射箭远距离取胜,利于防守。这方面要加强训练。另外,现有弓矢太弱,本院试了几把弓箭,像儿童玩具,这简直是把剿匪看作儿戏!本院查访得知,福建福州制作的弓矢质量上乘,是以本院已经行文漳南道,转行福建都司衙门,选取四名弓矢制作军士借调到南赣巡抚衙门军器局,制作弓箭。总体来看,训练已经有了初步效果,但是究竟如何,还是得靠剿匪战果来检验。杨兵宪!"

杨璋一拱手应道:"王都堂,下官听命!"

王阳明说道:"最近各地纷纷呈报,临近夏收,土匪一直在蠢蠢欲动,要出劫百姓辛苦一季换来的夏粮。为此,要调动人马,保护夏收。单纯的防守,不如出击。选定几处贼巢,约好向导内应,出动两府兵力,剿灭几处顽匪,扫荡几处贼巢。一来保护夏收,二来检验军兵训练成色。从漳南剿匪回赣后,本院综合各路消息得知,南安三县大贼首谢志山、湖广桂阳大贼首龚福全、广东乐昌大贼首高仲仁,大造凶器,准备攻打南安府,妄图得手后趁着广东兵力集结在广西府江剿匪造成的后防空虚,南进广东,要跳出南安府三县的大山,逃避三省围剿。如果土匪逃窜广东,三省围剿的计划就落空了。所以,现在攻打、剿灭几处顽匪,可以拖着土匪,让他们不至于流窜广东。杨兵宪!"

杨璋说道:"下官遵命! 只是,王都堂,自从漳南剿匪胜利后,南安三县土匪都加强了戒备,把财用都远藏到了深山密林。强悍贼徒,白天出工下田,夜晚则像耗子一样躲到了深山。各贼巢穴,往往仅留几十人看守。这个时候攻击贼巢,会不会扑空?"

王阳明笑着说道:"跑了和尚跑不了庙。贼巢没有了,没吃、没住、没穿,贼众就成了困兽,饥寒交迫的贼众,三省围剿起来,就——"王阳明看着杨璋不再说话。

杨璋说道:"敝道明白!"

王阳明说道:"贼占地利,官军只能得天时和人和。天时,要攻其不备,一是子夜突袭;二是利用各县民壮来赣州校场换班训练的机会,迷惑贼众。人和,就是要善用贼巢周围被害人要复仇的心理,并充分利用贼众中有天良的人。日子……"王阳明掐指合计,然后说道,"就在这几天。杨兵宪,你先准备,选定贼巢,筹划进攻路线,选定兵壮,要做到随时征调随时出发。"

杨璋果断应道:"下官遵命!"

王阳明看着黄宏说道:"黄少参,经费是剿匪胜利的后盾。目前进展如何?"

黄宏一拱手说道:"官仓稻谷储备足用。盐税、商税,措施已经准备到位,只等圣旨了。王都堂!"

王阳明说道:"好!本院马上上奏,申请圣旨批准实行。两位道台,我们各负其责。本院继续向朝廷争取赏罚分明的权力。"

下午,王阳明封发了《疏通盐法疏》和《议南赣商税疏》。盐法、盐税一向归户部主管,商税分别归户部和工部主管,即便名义上是申请圣旨,奏疏还是要批转户部和工部审议。随着奏疏封发,王阳明再次给兵部尚书王琼封发一封私信,请求帮助向户部和工部解释,并再次请求朝廷颁赐令旗和令牌。

晋溪大人:

晚生虽然没有频繁问候明公的生活起居,但是晚生心中时时以弟子的礼节祝福明公。晚生愚钝,承蒙尊驾抬爱荐举,放置在南赣剿匪重任上。晚生无时无刻不战战兢兢。晚生竭尽全力,力争把事情做好,不辜负了明公的荐举美意。

最近,朝廷确定三省围剿,三省经费各自筹措,晚生筹措范围仅限于南安和赣州两府,先前申请实行新的盐法,被户部批驳。湖广和广东为三省围剿,各自筹划了十万两银子,晚生这里地偏民穷,不敢多想,精打细算,分分毫毫,拟定了三万至五万两的预算,除了盐税和商税,别无生财之路。在南赣和吉安、袁州、临江实行新盐法,只是替代和驱逐了私盐,没有与户部争利,没有向百姓摊派经费,也避免了申请太仓官银。这一点,请老先生在廷议时详细说明,费心周全。

三省围剿,先前已经召集进行过两次,战果有限,原因在于政出多门,事权分散。一件事情、一个决定,既要向巡抚汇报,又要向镇守太监请求,还要向巡按御史沟通,来回往返几个月时间,密谋外泄,战机失去。晚生先前不赞成三省围剿,也正是出于这一原因。晚生这次接到兵部公文,既然兵部已经确定围剿,尤其是在公文中看到"远地用兵,贵在兵权统一;剿匪作战,忌讳万里遥控"这句话,明公这一大公无私的举措,一扫多年来的陋规旧习,这样的围剿是有取胜把握的。

　　因为经费制约,南赣只能聚集一万两千兵力,其中南赣两府近万人,晚生计划调用汀州上杭和潮州程乡两县两千兵力。领兵官除了从南赣选用外,还将调用江西省吉安、抚州、建昌、袁州等府官员。晚生一介文官,若无军权,若不能军法行事,一旦外调官员拖延敷衍,误了战期,甚至战场上不听号令,误了战机,剿匪大业,岂不功亏一篑? 晚生恳请明公,促请朝廷颁赐令旗和令牌,以壮军威、以严号令,以成就剿匪大业,以报明公知遇之恩,以显朝廷爱民之心。

晚生阳明子稽首

六月十八,王阳明与杨璋在后堂闭门密谋。

王阳明问道:"杨兵宪,保护夏收剿匪战的准备工作,进展到哪一步了?"

杨璋说道:"王都堂,一切就绪,只等王都堂的出击命令。这几天,敝道督同南安知府季敩、南康县县丞舒富选定了出击的贼巢,定下了出击路线,确定了出击兵壮。先说贼巢的选定,南安土匪大寨,主要分布在上犹县的左溪、横水和桶冈。盘踞在大余县的陈曰能、钟明贵、唐洪,比上犹县境内左溪、横水、桶冈的大贼首蓝天凤、谢志山相对弱势。我们先打大余县境内的十五处贼巢,扫荡这十五处贼巢,可以减轻南安府城的防守压力。王都堂,您看,"杨璋指点着南安府地图,"带箭头的红线是进攻路线,蓝线是敝道接应的阵地,同时防堵上犹贼众的增援兵力。"

王阳明点点头。

杨璋继续说道:"出击,兵分三路。一路由季府台统领大余和上犹民壮,一路由舒富统领南康民壮,一路由赣县义官萧庾统领赣县民壮;接应和防堵的事,由敝道统领的赣州各县精干民壮来做。战术上,地势平坦的贼巢,围剿扫荡;地势险要易守难攻的贼巢,堵住出口,四面纵火,焚烧巢穴。"

王阳明看着地图说道:"你们考虑得很周密,也很得当!本院补充一点:为确保旗开得胜,要集中优势兵力,不可贪多,弱中选强,选定一两处贼巢,比如鸡湖贼巢,地势险峻,盘踞的贼众一定多。就按你说的战术,扎紧口袋,一战成功,鼓舞士气。然后乘胜扩大战果。这是实行兵符制度、改选将领后的第一次作战,既要检验战斗力,又要鼓舞士气。士气鼓起来后,进攻摧城拔寨,退兵路上仍可以扫荡贼巢。进退都有战果。"

杨璋点着头,说道:"王都堂言之有理!那就选定鸡湖贼巢作为围剿重点。王都堂,我们哪天出击?"

王阳明掐指一算,说道:"明天十九,是赣州校场民壮换班训练的日子,后天是二十。杨兵宪,六月二十子时,保护夏收剿匪战准时发起攻击!"

杨璋一抱拳,应道:"下官遵命!"

六月二十四,保护夏收剿匪战役胜利结束。庆功表彰会在巡抚衙门门前的赏功所举行,参加者有杨璋、黄宏、郑文、邢珣、季敩、冯翔、危寿、宋瑢、舒富、周鉴、萧庚等。

王阳明宣布道:"各位,南赣巡抚衙门正月开始编选民壮,五月实行了兵符制度,重新选拔了一批小甲、总甲和义官。到今天,民兵训练已有起色。这次战役,正是对民壮训练工作的检验。过去,南赣民壮训练不足,见贼如羔羊见虎狼,溃败是常事。这一次,他们竟然能够夜袭贼巢、奋勇杀贼。有了这样的民壮,有了这样的训练成效,何愁匪患不能消灭。杨兵宪,向大家通报一下战果!"

杨璋出前一步,宣读战果:"敝道遵照钦差巡抚南赣等处地方左佥都御史王都宪的剿匪方略,督同南安府知府季敩、赣州卫指挥使冯翔、南康县县丞舒富、赣县义官萧庚,兵分五路,于六月二十子时,向南安三县鸡湖等贼巢发起攻击,历时一个日夜,生擒大贼首陈曰能、钟明贵、唐洪三名,小贼首和从贼五十四名,斩获首级六十八颗,杀死射死贼众二百四十余名,烧死贼众二百余名,扫荡贼巢禾沙坑、船坑、石圳、上龙、狐狸、朱雀、黄石等十九处,烧毁房屋仓库八百九十余间,俘获贼属二十九口,水黄牛、马、骡、羊一百四十四头。"

黄宏、郏文、邢珣等纷纷抱拳拱手祝贺。

王阳明拱着手回礼,说道:"老百姓能够顺利夏收,一个春季的汗水没有白流,下半年的吃饭有了保障,对我们来说是最值得祝贺的。此次剿匪成功,杨兵宪出力最多,季府台各官深入贼寨,各位军士民壮奋勇拼杀,本院要向朝廷给大家请功。本院六月十五接到圣旨,圣旨说,漳南剿匪失职指挥高伟、王春等,先有过,后有功,功是功过是过,奖功罚过,停发俸禄半年,令其戴罪杀敌,立功赎罪。朝廷这一处罚,也提醒各衙门,勤劳王事,要尽心尽责,不可大意。这一圣旨,要尽快转发四省各道八府一州各县、各巡检司衙门。罪当罚,功当赏。这次剿匪各位英雄,包括现在仍然坚守在南安剿匪前线的各英勇将士,大赏等待朝廷圣旨,本院的奖赏立马兑现。邢府台!"

邢珣上前一步:"敝府在!"

王阳明吩咐道:"支用商税银,置办羊酒花红,与赏功银牌一起,派遣官员,调用府学、县学秀才,敲锣打鼓,红花彩带,迎送各官、各勇士。赏功银两,唱名给赏;伤亡兵夫,各给抚恤。这是表彰先进、安定民心。散衙后立刻去办!"

邢珣高声应道:"敝府遵命!"

王阳明接着说道:"最后胜利尚未取得,在土匪没有彻底剿灭前,要保持警惕。庆功后,立即各就各位,各履其职,各负其责,尤其是南安三县,要严防谢志山报复性出劫。各城、各寨、各堡,严谨防守,不可大意! 杨兵宪、郏都阃、冯挥使,三位留步,其他人散衙!"

杨璋、郏文和冯翔留了下来。

王阳明对杨璋、郏文、冯翔说道:"这次保护夏收剿匪战,虽然擒斩不多,但是对谢志山、蓝天凤、高仲仁这些横行了十来年的悍匪来说,应该是震动很大的。这么多年来,就南安剿匪来说,这应该是最大的一次胜利。谢志山、蓝天凤、高仲仁这些悍匪,一定会恼羞成怒,他们不会甘于吃亏,一定会报复。用兵,就要想在土匪前面。杨兵宪,冯挥使,你们回赣州庆功,本院已于今日上午巳时,督同郑都指挥使,派遣指挥姚玺统领'坎'字营一千二百人,发兵南安;指挥来春统领'艮'字营一千二百人,发兵上犹县。杨兵宪,南安原有军兵,加紧防守,防止悍匪攻城劫营。知府季教统领'巽'字营一千二百名,布防大余县。舒富统领'震'字营一千二百人,驻扎于三县贼众来往的要道,防守上犹和南康县贼众。最好的防守是进攻,'坎'字营和'艮'字营用作机动,要声东击西,行踪不定,捕捉战机,剿匪灭巢。要注意,这次被扫荡的十九处贼巢的贼众,已经成了丧家犬,饥饿狼狈。为了活命,他们要么投奔土匪大寨,要么结伙出劫。要督令各官,同心协力,互相拱卫,勤劳王事,一心剿匪。杨兵宪,郑都指挥使,冯挥使,你们三人明日一早前去南安,督率各兵,不得有误!"

三人抱拳应声道:"遵命!"

第九十一章　筹备围剿　提督军务

七月初五，王阳明封发了《南赣擒斩功次疏》，向朝廷报功，为有功人员请赏。

七月十五，王阳明向九江知府汪隶、吉安知府伍文定、汀州知府唐淳、惠州知府陈祥、潮州府程乡县知县张戬、抚州府东乡县知县黄堂、建昌府新城县知县黄文銮、袁州府萍乡县知县高桂、吉安府龙泉县知县陈允谐发送征调命令，催令他们准备，听候南赣巡抚衙门的随时调用。

七月二十六，朝廷对漳南剿匪功劳赏赐的圣旨到了赣州。巡抚衙门摆设香案，王阳明、杨璋、黄宏、郑文、邢珣、冯翔、宋瑢一起跪迎圣旨。传达圣旨的是北京行人司衙门的一位行人，是今年的新科进士季本。季本面南而站，手捧圣旨，宣读道："漳南剿匪成功，得益于你号令严明、指挥调度有方，各级官员忠心勤劳。捷报奏来，朕心嘉悦。各有功人员按功行赏，王守仁俸升一级，赏银二十两，纻丝布两匹，另行文嘉奖，以资鼓励。望你尽心竭力，修明武备，多方设法，剿灭四省边界十来年来的顽匪，安靖地方，勿负朕望。钦此！"

季本宣读完毕，把圣旨交给王阳明。与季本一同前来的两位舍人，分别用托盘把四锭白银和两匹纻丝布转交给季本，季本再一一颁赐给王阳明。仪式结束，大家纷纷向王阳明道贺。王阳明即席发言："各位同人，漳南剿匪成功，本院功劳微薄，为什么这样说呢？剿匪计划出自朝廷，战略战术谋定于兵部，指挥作战归功于各级官佐将领，驰骋战场奋勇杀敌的是官军民壮，这其中，本院仅仅是严明号令而已。大家知道，本院曾经有《申明赏罚以励人心疏》，就是请求朝廷赏罚要严明及时。今天看，朝廷是接受了本院这个呈请。赏微功鼓励人心，罚小过使人警诫。俗话说，敢重金买死马的人，不愁买不到千里马。朝廷的用意，大家要清楚。现在剿匪大战当前，我们上上下下，不能辜负圣上对我们的期待，人人要尽心竭力。战场上剿匪，要奋勇杀敌；城池防守，要小心谨慎，不给山贼土匪有机可乘；后勤保障，要及时迅速，保质保量。本院一定秉承圣旨要求，有功必赏，有罪必罚。"

大家各自散去。季本这才向王阳明行弟子礼："弟子恭贺先生得此殊荣！可喜可贺！"

王阳明笑着示意季本起身，说道："明德，祝贺你金榜题名。说祝贺，听听可以，但是要不动于心，宠辱不惊，一心做事。尤其是刚刚进入官场，俗话说，人在江湖身不由己，一个人面对强大的官场，就像风中的柳絮，这就更需要站稳脚跟。怎么站稳脚跟呢？身不由己，官身不能不听从衙门的号令，但是心，一定要自己做主。只要心定，身子就不会歪。"

季本一直点着头，听王阳明说完，说道："先生的话，弟子记住了。先生，弟子来时路过南京，听说……听说……先生……"季本欲言又止，望着王阳明，神情悲伤。

王阳明不解地看着季本，责怪道："明德，做人要坦诚，说话要坦率。"

季本不安地看着王阳明，说道："先生……先生……曰仁他……"季本眼中有些泪光。

王阳明疑惑地望着季本，问道："曰仁春上有病，我知道。是不是……"季本点了点头。

王阳明说道："病重就快些治，别耽误了！"

季本苦着脸，摇了摇头。

王阳明问道："是不是走了？"

季本点了点头。

王阳明愣住了。季本叫了一声"先生"，哭丧着脸，再次郑重地点点头。王阳明回过神来，狠狠地抓住季本，问道："你说曰仁……他走了？"

季本再次点着头，眼泪流淌了下来。

王阳明突然发了脾气，咆哮道："明德？你！"一声"你"字后，突然住了口，他闭上眼，一手按着前额，深深地吸了一口气，再缓缓地呼了出去，缓声问道："明德，你说曰仁他……"

季本淌着泪说道："先生，曰仁没了，五月十七。"

王阳明喃喃道："曰仁没了！没了！"王阳明泪眼婆娑地仰望着天空，好像在搜寻徐爱的影子，嘴里有气无力地诉说道，"曰仁……这是老天在要我的命呀。曰仁，你……你是我阳明的颜回呀。"

季本着急地喊道："先生，先生，你没事吧？"

王阳明摇摇头，眼睛不看季本，悲戚地说道："曰仁买了地，等着我回去，开荒种地，过田园生活呢。"王阳明缓缓摆手，示意季本，和他缓步向后堂走。王阳明像自言自语，又像对身后的季本说道："曰仁说过，他有一次做梦，到了南岳衡山，有个老和尚拍着他的背说，曰仁与颜回一样多的学问，一样短的寿命。"

王阳明回到后堂，吩咐王祥道："《闻曰仁买田雪上携同志待予归》，把这首诗找出来。"王祥去柜子里找诗稿。

王阳明坐在书案后，眼里噙着泪，说道："明德，俗话说人生有命，我们儒家说君子造命，我命在我不在天。你看看曰仁，做梦也成了真。做梦怎么会成真呢？"

季本俯身在桌案前，贴近王阳明，说道："先生，这梦恐怕是定境吧？"

王阳明看着季本轻轻点点头，自言自语道："曰仁说过，要挂印归田，跟着我学道，说朝闻道昔死可矣……王祥，研墨！"

王祥递上诗稿,磨好墨。王阳明把诗稿看了一遍,掏出手绢擦了擦眼,一气呵成一篇《哭徐曰仁》。

毛笔刚刚搁下,南安报警使者来到了后堂。使者气喘吁吁,跪地禀报:"岭北道兵备副使杨大老爷,差遣小人禀报南赣巡抚衙门都堂王都老爷,今日寅时,大贼谢志山,勾结高快马,围攻南安府城。"

王阳明立刻镇定精神,平静地问道:"多少贼众?"

使者说道:"回禀都老爷,有两千来人。"

季本新来乍到,吃惊不小,吓得后退了一步。王祥心里一惊,收拾文稿的手一哆嗦。

王阳明简单写了几个字,递给王祥,说道:"封给杨兵宪!"王祥看了一眼,内容是:"攻打贼巢,中途截击。大胆用计,小心用兵。"王阳明问使者:"杨大老爷有什么请求吗?请兵还是求计?"

使者说道:"回禀都老爷,杨大老爷只让小人汇报贼情。"

王阳明吩咐道:"本院知道了。你下去用饭歇息,然后把信带给杨大老爷。"

使者拿着信下去了。季本不解地问道:"先生,赣南土匪这么猖獗,胆敢攻打府城。大胆用计,用什么计呀?"

王阳明说道:"蟊贼的伎俩早在为师的掌握中。为师早已颁授了退贼之计,前方将领只需依计而行。攻城,他们也赚不到什么便宜。不过,这是几窝老贼,有十几年的道行,城中已有重兵把守,他们竟敢光天化日之下攻打府城,可见气焰嚣张。为师已有部署,现在是军马钱粮陆续到位,他们嚣张不了多久了!"

季本离去后,王阳明坐在书案前,对着《哭徐曰仁》的文稿黯然神伤。徐爱是王阳明的第一位入门弟子。世俗家庭,一家一姓,要延续香火,要传宗接代,都很看重长门长孙;学问门派,一宗一派,要延续慧命,要传播道学,对首座弟子也很看重。徐爱对心学能理解能践行,亲和力强,仁爱醇厚,能团结人。在南京,能有二三十位弟子聚集到鸿胪寺演礼大厅,听讲心学。他们几乎都是徐爱宣传感召来的。这几年,徐爱有心记录了王阳明讲学的言行,没准过几年,他也会有像《论语》和《孟子》一样的书卷面世。徐爱在老家买了地,原本师徒有约,希望都能早早辞官归田,求道自乐呢。往后……王阳明一脸悲戚。"我失去了首位弟子,我妹妹年纪轻轻,就守了寡。曰仁……"

九月初十下午,南赣巡抚衙门礼房几位书吏参加,赣县知县宋瑢亲自指挥,在巡抚衙门大门前搭建彩棚,摆设香案。彩棚横额一行大字"庆祝南赣巡抚衙门王都宪提督军务",彩棚两侧是一副对联,上联是"万岁圣明,四省八府一州大地同沾雨露",下联是"皇恩浩荡,千山万峰两江生灵俱蒙恩泽"。第二天上午,迎接圣旨仪式正式开始。

行人季本宣读圣旨:

着王守仁提督南、赣、汀、漳等处军务,换敕与他。钦此。

江西南安、赣州地方,与福建汀、漳二府,广东南、韶、潮、惠四府,及湖广郴州,地界接壤,山岭相连,其间盗贼不时生发,东追则西窜,南捕则北奔。原因在于地方各省,各自为政,彼此推诿。先年设都御史一员,巡察前项地方,但是责任不专,不能申明赏罚以励人心。今因你所奏《申明赏罚以励人心疏》及兵部覆奏,特改命你提督军务。军马钱粮,由你方便筹划;盗贼生发,设法剿捕,不得肆意招抚蒙蔽,遗留后患。官员兵壮,文职五品以下,武职三品以下,如在军前违期、逗留、退缩,由你军法从事。

……钦此!

杨璋、黄宏、郏文、邢珣、季敩、冯翔、余恩、危寿、宋瑢,以及赣州卫、南安所、信丰所、会昌所各指挥、各千户,赣州府学、赣县县学的秀才,福建漳南道、湖广郴桂道、广东岭东道和南韶道各道派驻巡抚衙门官佐列队站班,陪着王阳明跪迎圣旨。

宣读完"提督军务"的圣旨后,季本再宣读"颁赐令旗令牌"的圣旨。

圣旨:王守仁提督军务,为提振军威,特颁赐令旗令牌八面,供你调度军马使用。小心爱惜,不得损坏。钦此!

王阳明接过来圣旨、令旗、令牌。

王阳明面对大家,道:"本军门一介文弱书生,承蒙朝廷看重,授予提督重权,本军门深感惊惧。只因手中的权力越大,肩上的责任就越重。朝廷赋予重权,目的是彻底剿灭匪患,还地方安宁。过去剿匪屡屡失利,正如圣旨所言,盗贼猖獗,是因为招抚太滥;招抚太滥,是因为兵力不足;兵力不足,是因为赏罚不明,是因为赏罚不及时。为此,本军门一定会赏罚分明,激励人心,提振士气,剿灭顽匪,以报皇恩。衙门各级官员、卫所、巡检司、民壮中有敢违抗军令、懈怠失职、败军误事者,定将军法从事,绝不宽贷。"

杨璋首先抱拳高声祝贺道:"祝贺军门! 恭喜军门!"然后再宣誓道,"下官愿听军门号令,用心勤劳王事,剿灭顽匪,上报浩荡皇恩,再报军门知遇之恩,下济南赣黎民苍生。"

其他官员也表示将遵王阳明军令。

然后是游街宣传。巡抚衙门出动了全副仪仗。与寻常仪仗不同的是,游行队伍最前头撤去了"回避"的大牌子,只留一张"肃静"的大牌子。肃静大牌子后,四个人举着一面硕大的红色托盘,托盘上面垫衬着金黄色的绸缎,绸缎上面是一方锦盒,锦盒内是圣旨。接下来是一块硕大的牌子,两个人一同举着,牌子上书四个大字"提督军务",再后面并排四个人,各自擎着一面令旗。再后并排四个人,各自托着一个托盘,上面各是一枚令牌。然后是骑在马上的新任提督王阳明。再后面是百官、秀才、军士方阵、民壮方阵。游行队伍从西门大街东行到涌金门,向南穿行,绕过卫府衙门,再回巡抚衙门。

巡游沿途的道路两边站满了看热闹的人群。人群都遵循巡抚衙门的告示,男人两手拃腰,肃然站立;女人两手相叠,安放腹部,做一个万福手势;小孩两手自然下垂,立正站好。

九月十二,剿匪战备会议在巡抚衙门中堂召开,参加会议的有杨璋、郏文,以及湖广郴桂道和广东南韶道的两位代表。王阳明端坐大堂,身后大堂上,头顶上方的匾额已经改成了"提督军务";左侧,插竖着四杆令旗,右侧悬挂着四枚令牌。

王阳明笑着说道:"八月二十五,大贼首谢志山勾结广东高快马,再次纠集两千贼众,攻打南安府城。这次和上次一样,他损兵折将。上次生擒七匪,斩首四十五颗,杨兵宪,这次具体是多少?"

杨璋一抱拳说道:"这次生擒四十二人,斩杀一百五十七人。贼众狼狈逃窜。王都堂,现在土匪的嚣张气焰被打下去了,只龟缩在贼巢中不出。湖广大军已经集结,南安境内,根据王都堂的部署,各兵已经把守要害位置。知府季敩和指挥来春屯兵府城,指挥姚玺和县丞舒富屯兵上犹,指挥谢昶、千户林节屯兵南康。防守的态势已经形成。敞道以为,这个时候正可趁势出兵进剿。"

王阳明点点头说:"三省围剿要在九月开始行动,大军已经开始集结。三省围剿得有一个总计划,方便互相协调。本院这段时间一直在考虑。为了节省时间,本院先说思路,各位再补充。本院以为,围剿事涉三省,地分东西南北,围剿要遵循这样几个原则:一、要分先后主次。匪区主要分布在江西南安府上犹、南康、大余三县,湖广郴州的桂阳、桂东两县,广东乐昌、仁化、乳源三县,和龙川、龙南两县。龙川距离上犹有四百里,即便三省合围,也围不了这么大的地方。这就要分先后。二、当合兵则合兵,当分兵就分兵。上犹县的横水和左溪大贼巢,深入南安腹地,离湖广有三百里远,江西一省兵力就可以剿灭。桂阳、桂东匪区和上犹桶冈贼巢,地处江西和湖广两省交界,这个就需要江西和湖广两省围剿。广东兵刚刚打完广西府江剿匪战,队伍集结慢,军马疲乏,江西湖广两省围剿时,广东兵只在边界把守拦截,防止流贼流窜广东和严防广东贼众接应即可。广东乐昌、仁化、乳源三县与湖广的宜章、桂阳两县接壤。剿灭南安和郴州土匪后,广东军队以逸待劳,和湖广军队围剿乐昌、仁化、乳源三县的土匪,江西军队只在大余县边界把守拦截。西线剿匪成功后,再由江西和广东军队围剿龙川浰头和龙南县的土匪。这样围剿减兵省粮,有劳有逸。第三,原则上各省军队不得越界,湖广土兵和广东狼兵不能进入江西境内。这样就可以避免土兵狼兵不分青红皂白滥杀无辜,尽量减轻对战区百姓的骚扰。杨兵宪、郏都阃、各位,这是本院的初步计划。具体细节,各位再补充。"

杨璋说道:"王都堂,有一点,敝道提请王都堂考虑,就是战区内土匪和良善百姓的分辨问题。根据往年的剿匪经验,大军压境,土匪溃败四散,不少土匪或者买通或者威胁,躲藏到守法百姓家。分辨不清两者的后果,要么是枉杀无辜,要么是土匪蒙混过关,留下遗患。往年曾经发放小旗,作为标志,但是弊端不少。请一定想一个万全之策。"

王阳明点点头,说道:"杨兵宪言之有理。我们不能滥杀无辜,守法百姓一定要发给标志,战时派兵守护,但是更不能遗漏放跑土匪。善恶如何分?这个通过十户编甲联保,应该已经很清楚了。关键就是抓落实,一人窝匪,全家连坐;一户通匪,十家有罪。鼓励大义举报,奖励有罪投官。土匪头子,一个也不能放过。大战过后,必须搜索,一家一户,要搜索一遍。还有什么?"

郏文说道:"王都堂,卑职有一个想法,回禀给王都堂。围剿,就要围而不漏。您说的上犹匪区,由江西和湖广军队围剿,江西兵在东,湖广兵在西,南有广东兵把守拦截,那么北边谁来把守拦截,会不会有漏洞?"

王阳明点点头,说道:"郏都阃这个顾虑很及时。围剿如果三面围,一面漏,那就成了驱狼,是以邻为壑,等于祸害了北边吉安府的龙泉县、万安县,甚至是赣州府的兴国县。这个疏忽不得。本院将命令龙泉县知县陈允谐统领本县及万安和永新三县民壮在北边拦截。杨兵宪、郏都阃，你们还有什么要补充的？"

杨璋说道："王都堂，官军集结到南安境内，势必造成赣州后方空虚，惠州知府陈祥也被调赴南安参与围剿，这样龙川所在的惠州后方兵力虚弱。龙川浰头池仲容这只老狐狸，会不会为策应西线土匪，趁机出劫？或者直接就是为了财货而出劫？"

王阳明答道："土匪的本性是争利。有利则出头，无利不起早。南安境内大军压境，浰头池仲容不至于敢出兵救应。若说乘虚劫财，倒有可能。不过这个，本院自有办法。池仲容顽匪，祸害地方近二十年，屡抚屡叛，贼性不改。但是为了防备池仲容捣乱，影响南安围剿，这次还要安抚他。等西线剿匪腾出手来，再来处理他。"王阳明没有再说下去。

第九十二章 仁心喊话 告谕浰头

在巡抚衙门后堂,王阳明向秀才黄表和义官周祥交办前往龙川县浰头招抚大贼首池仲容的事项。

王阳明说道:"黄秀才、周义官,你们一位是龙南人,一位是龙川人,前段时间奔波辛苦,收获不小,分别招安了山寨酋长黄金巢、刘逊、刘粗眉、温仲秀,为朝廷立了功,为地方除了害。这次你们两人配合,前往龙川浰头。周义官祖居浰头,后来为避贼,搬到了县城,熟悉那里的道路,并且胆大心细。黄秀才熟读'四书',深明大义,言语周详。本院期待着你们再立新功!"

黄表一躬身,说道:"学生承蒙王都堂看重,为报效王都堂知遇之恩,为了地方安靖,赴汤蹈火在所不辞!"

黄表三十多岁,虽然瘦弱,但人很精干,两只眼睛炯炯有神。

周祥躬身抱拳,说道:"蒙都老爷看得起,前往贼巢,招抚恶人,义不容辞!"周祥五十来岁,是一位精干的瘦老头。

王阳明说道:"黄秀才、周义官,你们这次去浰头,是和平使者。危险还不至于,成功却需要努力。时间紧,本院不多留你们了,就等着为你们庆功了。这就出发吧!"王阳明说着,起身送客。

浰头离赣州五百来里地。黄表、周祥带上几位民壮,备好礼物,来到了广东省惠州府龙川县的浰头大寨。浰头,位于南岭的九连山脉中,沿着浰水河,分上浰、中浰、下浰三地。浰头处在赣州府龙南县与惠州府龙川县交界处的大山中。池仲容的大本营是他的老家曲谭村,池仲容自号金龙霸王,王宫是一座围屋。

黄表和周祥黑布蒙眼,被带到了王宫前。除下蒙眼的黑布,两双眼睛被阳光刺晃得有些头晕,两人定了定神,发现刺晃眼睛的不仅仅是天上的阳光,还有眼前的刀枪阵。他们面前是两排人墙组成的走廊,人墙上方是梭镖对梭镖、大刀对大刀搭建成的屋脊,大刀片和梭镖尖在太阳的照射下,反射着耀眼的光芒。黄表心里一紧,头又晕了起来,但他闭上眼,稳稳神,心里自我安慰:两军交战不斩来使,这是上千年的规矩。再说,我们是送礼来的,十两银子,五匹布,十坛好酒。他一个霸王,领众几千人,不会不懂一点规矩。怕他什么! 即便万一,自己把命搁到了这儿,就是烈士,身后要进县里忠烈祠的,不仅自己荣光,还给儿孙挣来了功名。他打量着眼前的刀枪阵,但见刀枪阵的匪众,都是精心挑选出来的,清一色的小伙子,胖子胖得敦实,瘦子瘦得精干,穿着统一的一身黑衣,胸前后背像官军一样,也印有标明身份的字号,有的印“天兵”,有的印“江龙”,每个天兵和江龙的头上都缠系着统一尺寸的红布条。刀枪阵有三四丈长。黄表为了表现镇静,故意扭脸抬眼,四下里观察一下,只见刀枪阵后边是一座大门,门檐是黄色琉璃瓦覆盖。黄色瓦当,是皇家的专用物,仅此一条就是造反了。大门两旁竖着两根旗杆,上头飘扬着两面杏黄旗,一面上书“替天行道,劫富济贫”,一面上没有写字,只绣有一个红色的蜈蚣图案。

“黄秀才,这是我们金龙国鸿胪寺卿高鸿胪!”押送黄表和周祥进来的一个小首领介绍道。

高鸿胪身上套着一件大红袍,前胸补子上绣着一条小蜈蚣,他的头上没有像官老爷那样戴着乌纱帽,而是同天兵和江龙一样系着红布条。高鸿胪脸上堆着笑,说道:“本职金龙国鸿胪寺卿,特来欢迎黄秀才和这位浰头老乡。请吧! 敝国金龙王爷要召见二位。”

黄表一冷脸，说道："高先生，看来你也是读书人。本秀才和周义官此次前来，是代表官府，代表南赣巡抚衙门提督王军门到南赣巡抚衙门治下龙川县，向浰头反叛酋长池仲容送达都堂大人劝谕书的，不是来拜见什么王爷的。"

高鸿胪愣了愣神，说道："黄秀才，敝鸿胪也曾熟读诗书，可惜没有挣到功名。现在咱们是各为其主。俗话说，到什么山唱什么歌，这样吧，我们自说自话。请吧！敝国金龙王爷要召见二位。"

黄表说道："本秀才上奉官府文书，下携金银布帛礼物，这刀枪阵不应该是迎客的礼仪吧？"

高鸿胪冷笑一声，说道："入乡随俗吧！黄秀才是不请自来，不是我们金龙国的国宾。如果惧怕刀枪阵，那就请回吧。"

黄表右手一撩长衫下摆，平静地说道："高先生，请带路！"

黄表、周祥进入刀枪阵。排成人墙的天兵、江龙齐声高喊"威武"。黄表和周祥穿过刀枪阵，进入围屋。围屋正北方是一个前后很深的大堂。高鸿胪让黄表和周祥等在门外，自己进去通报。等了一会儿，只听大堂内一声吆喝："王爷有旨，宣赣州来使黄表二人进见！"

高鸿胪领着黄表和周祥进去。大堂里有些暗，大白天也燃着两盆灯火。透过灯火，黄表发现，大堂两侧坐着两排十几位身穿大红袍子的大汉，个个头上系着红布条。大堂正中，高高的是一张桌案，桌案上铺着红艳艳的桌布，桌案后是一张高高在上的虎皮交椅，虎皮交椅上坐着的正是池仲容。

黄表和周祥来到池仲容桌案前，被高鸿胪喝叫道："赣州来使，跪谒我金龙国王爷金龙霸王！"两排座椅上的"大红袍"高声喊道："跪下！跪下！"

黄表厉声说道："本秀才功名在身，只跪天地和爹娘，从来不跪官府。在南赣王都堂面前，本秀才也是站着的。"

池仲容笑道："哈哈哈！与本王一个脾性！不跪官府！好，就凭这一条，本王免你跪了！说吧，你们来我金龙国，干什么？"

池仲容声音虽然不高，说话却干脆利索，声音很洪亮，底气很足。黄表打量着池仲容，只见他一张圆盘脸上，满脸大胡子，络腮胡子像老虎嘴边的胡须，粗硬地刺向两边，他头上同样系着一根红布条。金黄袍子外披着一件大红的披风。

黄表咳嗽了一声，一拱手，说道："本使二人蒙南赣提督军门王军门派遣，向浰头池大首领送大礼来了！"

"大礼？多大的礼？"池仲容一听大礼，急忙问道。

黄表说道："白银十两！"

池仲容接口道："十两？寒酸！"

黄表说道："池大首领有所不知，今年二月，王军门剿灭漳南詹师富和温火烧，万民欢庆，官府高兴，朝廷也才奖赏了王军门二十两银子。池大首领又为朝廷立有什么功劳呢？十两银子还不算大礼吗？"

池仲容一拍大腿，叫道："好你个王守仁！不仗义！搞突然袭击！唉，也怪詹兄弟，不小心！啊，呸！这么说，你小子是来吓唬老子的？"

黄表呵呵一笑，说道："大首领此言差矣！本使手无缚鸡之力，拿什么吓唬大首领？倒是大首领有称王称霸的胆子，没有称王称道的心量。对送礼之人，摆什么刀枪阵？想吓唬人？俗话说，虚张声势吓唬人，往往是自己心里有鬼。不知道池大首领心里有什么鬼？"

高鸿胪站在一边，呵斥道："不得胡说！"

池仲容摆了摆手，说道："这你可说错了。本王一不怕官府，二不怕鬼！本王不仅不怕官府，还专门攻打官府。本王打破过翁源、河源、龙川、长乐，还在你们的龙南、安远，捉过知县、主簿，逮过经历、千户。本王知道，府城县城，城城供着个城隍庙。官府供着鬼，供鬼的人心里才有鬼。"池仲容为自己嘴里突然冒出来的这个说法而高兴，他顿了顿道，"黄秀才，你是读书人，你说本王说得对不对？"

黄表心里一惊，池仲容这个说法还真没法驳斥，他只好转换一下说法，说道："鬼也有好坏之分。我们家里供奉祖先，是孝敬祖先。孝敬祖先的人才会有朋友。"

池仲容哈哈笑道："黄秀才，你说话和本王一个脾性。本王孝敬祖先，做朋友讲义气。本王座下这些元帅、都督、总兵，都是因为义气，才和本王走到了一起，同甘苦共患难，不愿同日生，但求同日死。黄秀才，本王国内最有学问的人也才是个童生，"池仲容看了一眼鸿胪寺卿，"你如果不嫌弃，本王这里缺个大学问人，你来做个丞相或者礼部尚书，怎么样？"

黄表冷笑一声，说道："池大首领要说讲义气，你们四处烧杀抢夺，这能叫讲义气吗？"

池仲容说道："哎哎，这个，黄秀才你可说错了。本王人马出动，只杀富，不打穷。本王一辈子打抱不平，帮穷人。我大金龙国，人人有田种，人人有饭吃，人人有衣穿。即便有困难，也是官府给本王捣乱。"

黄表说道："大首领说起来好像杀富济贫，做起来又不分青红皂白。富人，有安分守己勤劳致富的，这样的富人，杀了是不是冤枉？是不是坏良心？穷人，有好吃懒做游手好闲变穷的，你救济这样的穷人，谁还愿意辛辛苦苦干活？"

池仲容哈哈笑着说道："本王做事是会事先打探清楚的，我只杀恶霸富人。在我金龙国，好吃懒做，是没饭吃的。"说到兴奋处，池仲容跷起右脚，双手一抱，右脚搁在了虎皮交椅上。

黄表说道："大首领，据本人所知，大首领打杀抢劫的对象，有我们龙南县远近闻名的大善人，那人办义仓，兴义学，灾荒年景，发药施粥。这能叫只杀恶霸富人吗？"

池仲容叫道："有这种事？有这种事吗？"座下的大元帅、大都督，包括鸿胪寺卿，没有一个人吭声，"哦，免不了误杀，赶上灾荒年景，大家都要吃饭。再说了，富人动不动就修造围屋土楼，这分明不够仗义。"

黄表说道："富人修造围屋土楼，是防土匪的，大首领这里修造深宫大院，是防谁的？"

池仲容笑着说道："哈哈！黄秀才，你是读书人，这还用问？防官府嘛，官府就是金龙国的土匪。"

黄表说道："本使此来，就是给大首领送大礼的，有了这份礼，大首领白天晚上可以安心睡觉，不必防什么官府官军了。"

池仲容坐着没动，说道："官府的伎俩，就是招安。黄秀才，你是来招安的？"

黄表说道："招安有什么不好吗？你们这样为非作歹，杀人放火，白天晚上提心吊胆，也没见你们发财，听说不少跟着大首领的人，穿不上衣服吃不上饭。大首领讲义气，吃不上饭对得住跟随大首领的人吗？"

池仲容说道："这……这只怪官府捣乱！"

黄表说道："官府要保护良民百姓。本使二人，这些天招抚了黄金巢、刘逊、刘粗眉、温仲秀，官府答应他们，头领发官服，有身份有地位，众人分田地。大首领既然讲义气，是不是应该为跟着你的弟兄家口考虑考虑？哪朝哪代，也没有做贼安生过一辈子的。二月围剿漳南土匪时王军门发现，擒斩的六七千土匪，无恶不作的占极少数。当时大军本打算趁从漳南回军时，顺路围剿浰头，但是王军门仁心仁政，想给众人留条活路。池大首领，本使就是代表王军门，前来浰头招抚招安的。"

池仲容说道："本王从弘治末年起义，如今也快二十年了。说到围剿，江西兵，本王见识得多了，都是些豆腐兵。怕他什么！"

黄表说道："这次可是三省围剿，参与的有广东狼兵、湖广土兵，可不是只有江西豆腐兵。"

池仲容哈哈笑道："狼兵土兵，本王见识过。三省围剿，老子见识过两次。他山南地北地来，得用半年时间，我这九连山千里大山，藏起来只需半月时间。狼兵土兵总不能在这里守一辈子，他们一走，这儿又是老子的天下。哈哈哈！"

黄表说道："收拾詹师富和温火烧，没调狼兵，没有土兵，王军门三个月就……池大首领？"

池仲容沉默了。

高鸿胪看到池仲容一只脚搁在了虎皮交椅上，有失体统，就咳嗽一声，指了指池仲容搁在椅子上的右脚。

池仲容不耐烦地应了一声。高鸿胪再次咳嗽一声。池仲容放下右脚，假惺惺地说道："招安招安，哪有当贼自由自在！唉！黄秀才，你且说说条件，要是……本王先看看你带来了什么大礼。"池仲容看着黄表。

黄表喊了一声："来呀，把礼物抬上来。"

几个人捧上十两白银，托上五匹葛布，抬上来十坛好酒。池仲容睁眼看了看，没有言语，闭上了眼睛。

黄表说道："大礼在此！"说着掏出来一封书信，递交给高鸿胪。高鸿胪双手举到池仲容面前。池仲容训斥道："高鸿胪，想出老子洋相吗？自己念！"

鸿胪寺卿展开书信，看了一眼题目，抬头看了看池仲容，有些迟疑，结结巴巴地说："王……王爷，这个……这个不方便读！"

池仲容哈哈一笑说道："你只管读，本王知道，他不外乎称呼我们土匪山贼，我们平常喊他们官贼官匪，本来是对头嘛，哪里会有好话！读！"

高鸿胪抑扬顿挫地念道："《告谕浰头巢贼》：本院巡察南赣、汀、漳、南、韶、惠、潮和湖广郴州地方，职责就是防治盗贼、安定地方。到任以来，就听说你们是多年来的惯匪，抢劫乡村，杀害良善，流着泪来告状的百姓成群结队。本院二月去漳南督战，计划回军路上顺便荡平你们的贼巢。漳南剿匪擒斩贼众七千六百余，本院审问后知道，作恶多端的大贼不过四五十人，贼众也就四千来人，其他人都是胁从。由此想到你们巢穴内，也会有被迫当贼的。听说，你们这些人中，也有不少大户人家的子弟，也懂道理。我到任后，若未派遣一个人去劝说你们，便对你们进行剿杀，实在是于心不忍。这次派人去劝说你们，给你们一个机会，不要以为你们人多势众，不要以为你们地势险要，漳南詹师富、温火烧，人不比你们少，地势不比你们平坦，三省围剿，个个擒斩。"

黄表观察着池仲容，只见他闭着眼睛，仰靠在虎皮交椅上，皱着眉听。听到詹师富和温火烧的名字，他嘴角抽搐着，突然坐直身子，望着高鸿胪，一掌拍到桌子上，训斥道："高明德，你他妈读得有滋有味，读得摇头晃脑，是不是有想法？这屋子里就你他妈的是胁从，是老子胁迫你来的，怎么着，你想向官匪投降吗？"

高鸿胪愣住了，身子一抖，跪在地上，结巴着说："王……王……王爷，鄙人说不方便读，是王爷，是王爷您……您老人家让读的。"

池仲容猛地举起掌，却轻轻地按在了桌子上，嘴里说道："是老子让你读的，让你这样读了吗？"

高鸿胪结巴着："那……那就不读了吧？"说着他往前递着《告谕浰头巢贼》。池仲容突然哈哈笑了起来，说道："老子在自己的王宫里，怕他个什么！读！读！詹师富，你个篾匠，想不到这次这么熊包！老子逮过猛虎，"池仲容说着，两手使劲拍了拍虎皮交椅扶手上的虎皮，"不信他王守仁比老虎还厉害。读！高鸿胪，想怎么读就怎么读！"

高明德接着读，声音低得像蚊子嗡嗡："谁也不愿意被人喊作盗贼，这是人之常情。"

池仲容再次打断道："高鸿胪，高明德，大声读，老子听不清！"

在座的元帅、都督们也齐声拍打着椅子，高声喊道："老子听不清，高鸿胪，别像个娘儿们，大声读！"

高明德看了看池仲容，再看看各位元帅、都督，偷眼瞄了瞄黄表，咳嗽一声，恢复到了刚才的样子，又像小时候在私塾里读书一样摇头晃脑、抑扬顿挫起来："……今天改恶从善，是死人求活路，为什么就没有胆量呢？为什么这么傻呢？为什么不拿出当初去做贼的胆量，拼着命出来，改恶从善？官府又为什么要杀一个改恶从善的人呢？"

高鸿胪又被打断了，只听一声断喝："别他妈读了！你们听听，这是想把老子的队伍拆零散了！啊！别他妈做梦了！"池仲容坐直身子，一一看着他的元帅和都督，再看看黄表，突然指着黄表咆哮道，"你给老子滚蛋！老子的金龙国有上万人马，几十座山寨！赣州城里，他王守仁说了算，这浰头大寨，上浰、中浰、下浰，这九连山，老子一跺脚，老虎也吓得拉稀屎。"

元帅、都督们跟着喊道："滚蛋，官匪的狗，滚回赣州去！"有的喊道："去舔官府的屎吧！"有的喊："快滚！小心老子剁了你！"

黄表突然仰脸哈哈大笑起来。池仲容一脸怒气地问道："你笑什么？你敢笑老子！"

黄表止住笑，说道："俗话说，有多大的心量，做多大的事业。能拉起来浰头这么几千人的队伍，三十九座山寨，几万亩田地，与官府周旋近二十年，敢称金龙霸王的人，一定是一个大英雄，胆识大，心量大。这位首领，本使敢保证，你不是真的池仲容，池仲容绝对不会像你这样小肚鸡肠，听不进去一点刺耳的声音。俗话说忠言逆耳。心量大的英雄，好话赖话都能听得进去。本使代表南赣提督衙门王都老爷，要见你们池大首领，要见真正的池大首领。高鸿胪，高先生！"

黄表看着高明德。高明德看着池仲容。池仲容仰靠到椅子背上，皱着眉头，迟疑了一下，坐直身子吩咐道："来呀！给赣州客人看座！"等黄表和周祥坐下，池仲容说道："黄先生，你说得有道理。你知道金龙国为什么敬奉蜈蚣吗？你可能也看到了，蜈蚣就是我们金龙国的金龙，蜈蚣毒却能治病，我们打打杀杀，就像毒蜈蚣一样，目的是让世上的富人不再欺负穷人，也算是以毒攻毒。蜈蚣几十只脚，抬着一个身子，跟着一个头，这是众人拾柴火焰高，大家伙儿奔着一个目标，指望着人人都能过上有衣穿有饭吃的日子，起码跟着我这些人，得有衣穿有饭吃。我得为跟着我的这些人着想。这些人在我这里，我能保护他们不被土匪抢劫，我能保护他们不被官匪抢劫。你们想把这里的人欺哄走，我是不会答应的。"

黄表说道："这么说，你确实是池大首领？"

池仲容说道："除了我，没有人敢坐到这把椅子上。"

黄表说道："池大首领真为大家考虑的话，就该让大家来去自由，就该让大家晚上能睡个安稳觉。若到时有人发现上当,再回来也不迟。"

池仲容说道:"我这就是为大家考虑。大家伙儿在我这里,元帅、都督、总兵当着,自由自在。官府招安,也不是一次两次了,像南安上犹征南王谢王爷、郴州延溪王龚王爷、乐昌大都督高快马,对这些人中豪杰,官府太小气,一人给戴了个老人的帽子。老人算个什么官? 里有里老人,乡有乡老人,一个里就有三个老人,一个乡该有多少老人! 我被封过老人,"池仲容伸出一个小指头摇晃着,"芝麻大一个老人,见了一个巡检司的从九品巡检,平常被我打得屁滚尿流的家伙,我还要给他磕头见礼。你说,有这个道理吗? 官府不是让磕头吗? 好吧,三浰这地方两个巡检司巡检都被我打发到阎王爷那里磕头去了。本王手下几十位元帅、都督、总兵,本王当老人,没职没品,他们怎么办? 黄先生,你替他们想过没有?"

黄表一拱手说道:"难得池大首领这么看顾手下人。朝廷的规矩,从九品以上官员,只有朝廷才有权任命,文官呢,是进士出身,得考试。你看本使,秀才当了二十年,也还是个秀才。武官呢,靠长辈福荫,或者靠战功。"

池仲容说道:"我这要带给朝廷几万亩地,几十座山寨,上万口人,可不比一些县小呀。"

黄表说道:"有两点,本使请池大首领考虑。第一点,能封多大个官,需我们回去请示王军门王都老爷;第二点,现在是浰头面临着三省围剿,大兵压境,兵临城下,眼下我是来送一个活命的机会,能活命才能说到当官。池大首领,您还是听一听王军门的告谕吧,听听他都说些啥,也好心里有个底。"

池仲容吩咐道:"高鸿胪,继续念!"

高明德接着读:"你们作恶多年,把杀人看作儿戏。要知道,我是仁人仁心,无缘无故杀一只鸡,也于心不忍,更何况是杀人。善有善报,恶有恶报,或者报应在自己身上,或者报应在子孙身上。我实在恐惧,担心万一错杀好人,给我自己的子孙后代招致报应。你们不为自己考虑,也要为儿孙考虑,怎能让儿孙从小就背上盗贼的恶名？我一想到将来要剿灭你们，就整夜睡不着觉，说到底，也是想为你们指一条生路。如果你们不知道好歹，非要一条路走到黑，将来我动兵剿灭你们，那就不是我要杀你们，而是天要杀你们。说实话，要说我一点也不想杀你们，那不是真话；要说我非得要杀你们，这也不是我的本心。你们现在是盗贼，过去也曾经是良民。你们如果继续祸害良民，我不能不杀你们。你们如果改恶从善，我为何还要杀你们？

…………

"南赣百姓，都是我的百姓，万一你们不听劝，执迷不悟，一旦动了刀兵，也是令人痛心呀！唉，写到这里，我情不自禁地流下了热泪。"

高明德读完，自己先流了泪，为了不被池仲容发现，他只好一手把《告谕浰头巢贼》挡在眼前，一手用衣袖擦拭着眼睛。

黄表观察着池仲容，见池仲容皱着眉头，表情似很痛苦，无力地仰靠在虎皮交椅后背上。黄表故意咳嗽了一声。池仲容听到咳嗽，坐直身子，两手在脸上上下揉搓了几把，咳嗽几声，清了清嗓子，说道："念完了？就这些？"

黄表说道："官府能做的就这些了，下面该看池大首领的了。前面几家，黄首领、刘首领、温首领，听说王军门要到南安剿匪，都准备率领自家寨兵，去帮王军门。按说呢，三省围剿，也不缺各位酋长、首领这些寨兵，但是这是一个态度。不知道池大首领，下一步打算怎么做？"

池仲容已经稳定了情绪，他哈哈一笑道："王军门到底是大官，写这些东西，让娘儿们听了会掉泪的。但是本王不见兔子不撒鹰，本王要看看，黄金巢、刘粗眉、刘逊、温仲秀这些人有个什么结局。不看清楚，本王是不会轻易动的。再说了，本王不是被吓唬大的。黄先生，谢谢赣州送本王这些礼物。你想多住两天，本王不撵人；你想立马走，本王欢送。赣州和浰头，都需要好好考虑，走一步看一步！高鸿胪，送客！"

第九十三章　南安誓师　钢铁军纪

九月,王阳明派出代表前往南安府,开设提督军门行辕,命令杨璋、黄宏接待安置各地集结过来的军队,分配营寨,分发口粮,保障后勤,并行文广东南韶兵备道,一方面做好把守拦截,一方面瓦解分化当地土匪内部人员。

十月初七,王阳明在南安行辕举行誓师大会。

誓师前,王阳明在中军帐内召开战前军事会议。王阳明端坐桌案后,脸上一改往日笑眯眯的模样,表情肃穆,他的眼神沉静,甚至有些死寂,像千万年的琥珀化石,虽然清澈透明,却没有一丝一毫动的意思。他的心是安定的,他的眼神是镇定的。王阳明安定的气场笼罩着整个中军大帐,大帐内鸦雀无声,但是王阳明感觉到了有些人的紧张,有人虽然站着不动,心却在一个劲地怦怦惊跳。大战当前,不紧张的人不多。

王阳明提起丹田气,声音不高却底气十足地宣布道:“开始点卯!”下面的人一听,各自赶紧绷直了身子站着。

“江西按察司整饬兵备带管分巡岭北道副使杨璋何在?”

杨璋跨前一步,高声应道:“下官在!”

“江西都司都指挥金事许清何在?”

许清跨前一步出列,高声应道:“卑职在!”

"守备南赣二府地方、以都指挥使体统行事、指挥使郏文何在?"

郏文跨前一步出列,高声应道:"卑职在!"

"赣州卫指挥佥事余恩何在?"

余恩应声出列。

以下依次是南安府知府季敩、赣州知府邢珣、汀州知府唐淳、吉安知府伍文定、宁都知县王天舆、程乡知县张戬、南康县县丞舒富。十一个人按官职大小排成两列。

王阳明一手展示着一面令旗,一手举着一枚令牌,说道:"本院先后接到圣旨,'南赣地方贼情,着都御史王守仁自行调集官军,设法剿捕','南赣剿匪所领官军,俱听王守仁号令'。诸位!"王阳明看着大家,沉默着。

杨璋一抱拳说道:"下官一切听从军门号令! 不敢违背!"各官纷纷抱拳高呼:"卑职(下官)一切听从军门驱使! 不敢违背!"

王阳明这才继续说道:"大战当前,本院先说用兵之道,一是奇谋,二是铁兵,三是责任分明。先说奇谋,要出其不意,攻其不备。这次三省围剿,分三个阶段,每个阶段其实都是两省围剿。第一阶段是江西和湖广东西合围上犹、桂阳、桂东贼巢,广东在南边把守拦截;第二阶段是湖广和广东合围乐昌、仁化、乳源贼巢,江西在大余把守拦截;第三阶段是江西和广东合围龙川浰头贼巢。现在是第一阶段,江西和湖广约定十一月开始合围。上犹三大贼巢左溪、横水、桶冈,其中桶冈离湖广边界最近,左溪和横水离湖广边界三百里远。三大贼巢,平常人都会以为两省要先围剿桶冈。眼下,土兵还远得很,贼众又素来不把江西兵放在眼里。所以桶冈、左溪、横水贼众在防备上一定会疏忽。据俘房交代,桶冈天险,易守难攻,官军曾在那里围困半年,最后无可奈何,招抚了事。桶冈后山悬崖峭壁,上下进出要靠搭建的梯子。下了悬崖,就是湖广的范阳大山,那山绵延千里,人迹罕至。土匪现在的如意算盘是,打得赢就打,打不赢就窜入范阳大山。本院的原则是要消灭土匪,不能让他们跑了,以绝后患。我们出兵,要出其不意,封锁土匪逃跑的道路。第二，本院这里说的铁兵，是一支攻无不克战无不胜的军队。铁兵必须是有组织有纪律的军队。组织上，我们实行了兵符制，半年来这项制度已经磨炼成熟。本院这里要特别强调纪律，现在本院公布战场纪律，适用于全军上下文官武将、军士民壮。

"第一条，队伍分正兵和奇兵两类，正兵用于冲锋，奇兵用于搜扒。

"第二条，贻误军机者斩！临阵退缩者斩！违反号令者斩！

"第三条，宿营和打仗，敢拿百姓一草一木、骚扰百姓者斩！

"第四条，扎营和出征、取火做饭，拖延迟缓者军法从事，因而误事者斩！

"第五条，安营扎寨，时刻警惕，不许私相往来，不许脱卸衣甲器械，违者军法从事，因而误事者斩！

"第六条，安营驻扎后，私自出入营门者，或者钻翻营寨栅栏出入者斩，守门人私自放纵者斩！

"第七条，军中呼号奔走、惊扰大众、引起炸营者斩！遭遇土匪劫营，将士惊慌大呼小叫者斩！

"第八条，军中遭遇失火，如果不是奉命救火，而奔走喧哗以及擅自离队者斩！

"第九条，军中不得私下议论军事机密，乱说乱传胜败祸福吉凶，扰乱人心者斩！

"第十条，深入贼巢侦察，无故推托不去或者胡乱禀报侦察结果者斩！

"第十一条，遭遇土匪冲锋或者埋伏时，必须保持完整队形进行抵抗，违者斩！

"第十二条，遭遇土匪投降，要严密防备，保持距离，待投降者互相捆绑后，才能接近。同时立即报告中军大帐，听候处理。遭遇自称官吏人员，或者地方乡绅迎接队伍时，不许靠近，要严密警备，立即报告中军大帐。违者斩！

"第十三条，土匪代表进入军营，将士不得私自与其交谈，因而泄露军情者斩!

　　"第十四条,战场上与贼交战,一伍失败,全伍斩首;友邻队伍不互相策应救援,友邻队伍全队斩首!

　　"第十五条,擂鼓进攻,鸣金收兵,违令者斩!

　　"第十六条,贼巢财物,敢有私自收藏者斩!乘胜追击,不准争抢首级;进攻道路上有金银财物,不准低头拾取,违令者斩!

　　"以上是军纪。有了铁的纪律,才会有铁的军队。第三项,责任分明。具体内容是,统一指挥,独立行动,各司其职、各负其责、互相配合、互相接应。现在部署十路大军各路进攻和策应路线。"王阳明离开座位,转身向后,拿起指挥棒,斜着身子朝向后壁上的大幅军事地图,"赣州府知府邢珣!"

　　邢珣应声道:"下官在!"

　　王阳明指点着地图说道:"你统领本部官兵,从上犹石坑进军,经上稍、石溪,推进到磨刀坑。过白封龙,兵分两路,展开奇兵,搜扒茶潭、鸢井、杞州坑;正兵经朱坑、旱坑,进入杨梅村,攻打白蓝、横水大巢。破横水大巢后,与都司许清,指挥谢昶、姚玺,知县王天舆各营兵会合,集结成一大营,各选精锐,由向导引路,带足三天干粮,搜扒附近山寨,比如茶潭、鸢井、杞州坑、寨下等处地方。要像梳头一样搜扒净尽,各兵互相策应,互相救援,不能遗漏,不留后患。左溪各贼巢搜斩净尽,再分兵前进,兵发背鸟坑,穿越牛角窟,跨越梅伏坑,过长流坑、果木口,搜扒芒背、思顺、鸟地,进入上新地、中新地、下新地,与知府唐淳、指挥使佥事余恩、指挥谢昶等合兵围剿桶冈各贼巢。打破贼巢后,与各路官兵连为一体,结为一个大营。各营精锐,全线展开,搜扒溃散贼众,斩草除根,永绝后患。听到班师命令,才能撤军。赣州知府邢珣!"

　　邢珣一抱拳道:"下官听命!"

　　王阳明从书案上拿起一份地图递给邢珣,道:"详细进兵路线,已经标注在地图上。如有重大情况,随时禀告中军大帐。你要严守进兵路线,尽心竭力,严督所领官兵,勇往直前,扫荡群贼,安靖地方。敢有懈怠敷衍,误事败军,有军法在,绝不轻饶!"

邢珣抱拳说道:"下官邢珣,回禀军门大人,剿灭土匪,安靖地方,肝脑涂地,在所不辞!"

王阳明从桌案上拿起一份清单,公布道:"邢珣所领官兵,有安远县义官崔结实名下民壮打手八百名,'乾'字营哨长赵天赐名下机兵四百名,以及弓箭手一队、火铳手八名、向导二十名。火药八十斤,军令小旗八十面,大小兵旗九十面,信号布一千五百面,令字蓝绢大旗一面。"王阳明公布完毕,把清单递给邢珣,从桌案上拿起一枚令牌,说道,"赣州知府邢珣接牌!军令凭证,任务完成之日,交回本院。"

邢珣接过令牌,退到一边站立。

接下来是汀州知府唐淳、南安知府季敩、江西都司都指挥佥事许清、守备指挥使郏文、赣州卫指挥使佥事余恩、宁都县知县王天舆、南康县县丞舒富。他们各自统领一千二百名编制的一阵官兵,各自申领一份标注有详细进攻路线的地图,各阵官兵责任细化到了每一个村寨、每一个坑口。各阵官兵分别从南、东、北和西北面进入上犹县,西面充分利用湖广官军的威慑作用,所有人一起对左溪、横水和桶冈大小贼巢形成围剿态势。

吉安知府伍文定、潮州府程乡县知县张戬两阵人马作为战略预备队,做好把守拦截。

王阳明分派已定,最后说道:"本院亲率中军,进攻横水大巢,与各阵会合后,再宣布下一步命令。好,誓师大会后,各阵官兵立即行动。"

誓师大会的主要内容是祭旗。在南安府大校场内的一个大祭坛上,王阳明率领文官武将,祭告天地和南安、郴桂神灵。

维正德十二年十月乙酉,南赣等处提督衙门提督军务都御史王守仁,祭告天地和南安、郴桂神灵：

横水土匪谢志山、桶冈强盗蓝天凤、郴桂山贼龚福全，十数年来，蔑视王法，称王称霸，纠集贼众恶徒，四处烧杀抢劫，杀人爹娘，夺人妻女，焚人房屋，牵人耕牛，荼毒三省百姓，恶贯满盈，罪恶滔天，人神共愤。我皇明天朝，此次出兵，誓剿顽匪，剪灭惯盗，斩草除根，不留后患。还天地清明，显圣朝威严，保百姓平安。

祈祷天地神灵，保佑此战成功，大军到处，魑魅现形！天兵所指，蟊贼必灭！

大兵剿杀，迫不得已；恶贼不除，天地不宁。仁人用兵，见血垂泪；保护百姓，别无选择！

尚飨！

大校场内几千名军士、民壮齐声高呼："剿灭土匪，除暴安良！剿灭土匪，除暴安良！杀——"喊声震天动地。

祭旗已毕，大军出发。杨璋随军监督及供应粮草，黄宏留守南安府保障后勤。

第九十四章　疑兵惊敌　计破横水

初十，王阳明中军进驻至坪。推官危寿来到大帐禀报："启禀提督大人，据各路侦察呈报，官军各阵突然进军，各贼巢猝不及防，惊慌失措，一团慌乱，各贼寨鸣锣聚众、奔走呼号。虽然惊慌，显然已有准备，山路埋有竹签陷阱，险要关隘备有滚木礌石。"

王阳明平静地应道："知道了！危节推，通知中军，连夜进发，抵近贼巢，距贼三十里，安营扎寨，竖立坚固栅栏，深挖沟堑，让山贼知道官军要长期驻扎防守。"

十一日下午，王阳明在中军大帐部署军务。危寿领进来两个人，两个人跪地禀报："下官雷济（小人萧庚）前来听从都老爷差遣！"

王阳明说道："雷济，本督知道你在候任吏部派遣，等待期间你愿意随军报效，精神可嘉。本督今晚给你一个立功的机会。"

雷济说道："多谢提督大人栽培！"

王阳明对萧庚说道："萧义官，七月剿匪你带领赣县民壮，已经立有战功。本督希望今天晚上你再接再厉，再立新功。"

萧庚高声说道："谢都老爷栽培！小人愿效犬马之劳！赴汤蹈火在所不辞！"

王阳明说道："好！雷济！萧庚！起来说话。"

雷济、萧庚齐声应道："下官(小人)听从都老爷驱使！"

王阳明吩咐道："你们二人，挑选四百樵夫、猎户和能爬山能攀岩的民壮，各自随身携带砍刀、火铳、鞭炮和旗帜，今天晚上选择小路和偏僻道路，攀登横水贼巢四面各山峰各山头，远近高低，要插竖旗帜，垛立干草树枝两千堆，派专人站到高处瞭望，明天一早，发现官军攻打到险要处，命令各人一起放铳放炮，点燃草堆树枝，摇晃旗帜，齐声呐喊。重复一遍！"

雷济和萧庚重复了一遍命令。王阳明点点头，吩咐道："快去准备吧！"

雷济和萧庚去后，危寿又领两位军人进入大帐。

两人躬身抱拳，齐声说道："赣州卫指挥佥事谢昶(冯廷瑞)参见王军门！"

王阳明说道："谢昶、冯廷瑞，你们二人刚刚袭替父兄军阶，正需要历练。本督命令，你们二人率军，明天子时出发，从贼巢后山攀登山峰，寅时攻击，偷袭贼巢背后，焚烧贼巢山寨。不得有误！"

谢昶和冯廷瑞高声应道："卑职遵命！"

危寿再领二人进入大帐。

二人躬身抱拳，齐声说道："千户陈伟(高睿)参见王军门！"

王阳明说道："陈伟、高睿听令！"

陈伟、高睿齐声应道："卑职陈伟(高睿)听从军门大人差遣！"

王阳明吩咐道："本督命令，你们二人挑选精壮一百人，今日子时悄悄出发，攀缘山壁悬崖，明早寅时，准时抵达贼巢关隘附近，趁机夺取关隘，控制贼巢滚木礌石阵地。迎候官军。"

陈伟和高睿齐声应道："卑职得令！"

王阳明说道："准备去吧！"

十二日黎明时分，王阳明亲率中军，进抵十八面隘。开到大门口，横水大寨土匪才慌乱地占据关隘防守迎战。横水四周各山峰，雷济和萧庚观察到各路官军纷纷逼近贼巢，立即命令樵夫、猎户、民壮一起行动，放铳放炮，引燃两千堆干草树枝,摇摆旗帜,呐喊呼叫。四面峰头,旌旗猎猎,炮声阵阵,火光点点,浓烟弥天。横水四面四路官军齐声呐喊,攻打山寨。一时间,山峰山谷,东西南北,成了官军呐喊的海洋,成了官军烽火的海洋,成了官军布下的天罗地网。贼巢把守关隘的精壮贼众贼心摇动,很快放弃了抵抗,退向山顶和后山贼巢。后山贼巢已经被偷袭的陈伟、高睿率军点火焚烧。山寨贼众像遭受了群狼惊吓的羊群,一哄而散。丢了魂失了群的贼众,要么做了刀下鬼,要么坠落悬崖,要么在烈火中升天入地,其余的则侥幸地躲进了大山深处。

横水大寨是贼巢左溪、横水、桶冈三大组团的三个核心之一,攻占横水大寨,横水周围各贼巢失去了主心骨。十二日一天,邢珣、许清、王天舆与王阳明中军,势如破竹,摧城拔寨,扫荡了长龙、十八面隘、先鹅头、狗脚岭、庵背、白蓝、磨刀坑、茶坑、茶潭、樟木坑、石王、鸡湖、新溪、杨梅等巢,最后会师于横水大巢。

南路,知府唐淳、守备指挥使郏文、指挥佥事余恩、县丞舒富四阵人马,于十二日一天扫荡了羊牯脑、上关、下关、狮寨、义安、苦竹坑、长流坑、牛角窟、鳖坑、箬坑、赤坑、竹壩、上西峰、狐狸坑、铅厂,最后会师于左溪大巢。

晚上,王阳明在中军大帐,吩咐危寿道:"各阵官军,连日急行军,又经今天一天激战,已经人困马乏,甚至精疲力竭。所幸已经扫荡了左溪和横水大巢。通知各营,扎营歇兵,不可大意,严防漏网贼众劫营。"

第二天大雾,对面看不清人脸,大雾之中夹杂小雨。连续几天,浓雾一直笼罩着山峰山谷。王阳明命令各营人马休整,让杨璋犒劳官军民壮,同时要几十位向导侦察溃逃土匪的下落,并打探还没有被攻打的贼巢动静。

十五日,危寿向王阳明禀报最新侦察结果:"启禀王都堂,综合各路探子禀报和俘虏供称,溃败贼众纷纷逃进未破贼巢,躲到山顶,在险绝地方树立栅栏,据险防守。因为各贼巢没有料到官军这么快进剿,积存的粮食还都没来得及搬运。"

王阳明哦了一声,说道:"没有吃的,贼众已成强弩之末。"王阳明明白,如果不及时清剿横水和左溪附近的残余贼巢和贼众,让他们得到苟延残喘的机会,他们定会死灰复燃,届时,官军围剿桶冈时就有腹背受敌的危险。离与湖广官军围剿桶冈贼巢的约定时间还有半个月,此去桶冈有百里之遥,山路虽然陡峭,却只是三日的行程,时间还来得及,于是王阳明吩咐危寿:"通知各营,各分正兵和奇兵两哨人马,正兵前攻,奇兵后截,趁雾出击,贼众猝不及防,又是惊弓之鸟,必能大有斩获。"

从十六日开始,到二十七日,各阵人马纷纷出击,先后荡平了旱坑、窝井、稳下、李家、观音山、梅伏坑、石头坑、白封龙、芒背、黄泥坑、大富湾、白水洞、寨下、杞州坑、朱坑、杨家山、李坑、川坳、长河洞等贼巢。

第九十五章 重兵压境 说客促降

王阳明的中军大帐随着剿匪进度向桶冈方向移动。二十七日清剿完左溪和横水的残贼后,杨璋和郏文来到中军大帐见王阳明。

杨璋说道:"王都堂,敝道和郏都指挥使代表各营向您请战来了。不到一个月时间,官军势如破竹,扫荡了横水和左溪大小贼巢。将士们虽有死伤,但因战事顺利,士气高昂。各营将领请求乘胜前进,进剿桶冈。"

王阳明笑眯眯地看着郏文,问道:"郏都指挥使也是这个意思?"

郏文一抱拳:"卑职愿意跟随王都堂,一鼓作气,荡平桶冈贼巢!"

王阳明道:"杨兵宪、郏都指挥使,士气可用,这是人和! 桶冈天险,四面悬崖峭壁,山顶广阔百余里,俘虏说山顶有旱田,可以种植旱稻和芋头。那里积存的粮食可以吃上一年半载。往年围剿,封锁半年,官军竟然被拖垮了,最后只好招安他们了事。眼下,官军占有人和,强贼占有地利。这是一对一。官军没有优势。要找优势,就要靠天时,有了天时,就是二比一,就有取胜的把握。"

郏文说道:"王都堂,恕卑职浅见,天时要靠老天爷了,可那要等到什么时间? 眼下虽然一比一,但您曾说过,两军相逢勇者胜。卑职怕等的时间长了,士气被拖疲沓了。"

王阳明笑着说道:"什么是天时? 人力尽到了,就是天时。天时可以等,天时也可以人来创造。"

正在这时,危寿默默进帐来,站在一边。

王阳明看着危寿,对杨璋和郏文道:"杨兵宪、郏都指挥使,你们看看,天时马上就要到了!"

杨璋和郏文看着危寿,疑惑不解。

王阳明对杨璋和郏文说道:"稍等片刻,你们就知道了。"王阳明吩咐危寿道:"领他们进来!"

危寿转身出去领进来三个人。三个人一进来,就跪下了。危寿介绍道:"启禀王都堂,这个是上犹县私通山贼的义官李正岩!"

李正岩四十来岁,像鸡啄米一样忙不迭地磕头求告:"都老爷,小人给强盗办事,是刀架到脖子上了呀!他们拿小人一家老少的命威胁小人,小人不得已。求都老爷饶命!"

王阳明厉声说:"私通强贼,罪该万死!"

李正岩一个劲地磕头,不断求告着:"求都老爷饶命呀!"

危寿呵斥道:"住嘴!这是什么地方?你敢在这里喧闹!"危寿继续介绍道,"王都堂,这是上犹县私通山贼的医官刘福泰!"

刘福泰五十多岁,磕了一个头,平静地说道:"都老爷,小人是被贼绑架到贼巢去看病的。是死是活,全凭都老爷处置。"

危寿继续介绍道:"这是俘虏的桶冈贼巢探子,叫钟景。"

钟景二十多岁,磕了三个头,也不说话,看起来很平静,一副死猪不怕开水烫的架势。

王阳明问道:"钟景,哪里人呀?做贼多少年了?"

钟景说道:"有几年了。吉安府龙泉县人。"

王阳明问道:"你知道做贼是死罪吧?"

钟景说道:"小人知道!"

王阳明问道："钟景,你现在想死还是想活?"

钟景道："是人都想活着。小人被官军抓了,官府不杀我,回去大头领也要杀了我。横竖都是死! 怕死有什么用? 想活又有什么用!"

王阳明说道："年纪轻轻,能这么镇定,可惜做了贼。尽管是贼,贼也可以立功,就看你怎么选了。"

钟景眼里燃起了希望的光芒,他惊喜地看着王阳明,问道："我还能活吗?"

王阳明点了点头。钟景、李正岩、刘福泰三个人嘭嘭嘭比赛似的磕头,额头都磕出血泥,三人皆磕着头连声哀告："小人想活! 小人想活!"

王阳明看着危寿,吩咐道："危节推,具体你去安排!"

危寿带着三个人出了大帐。

王阳明看看杨璋和郯文,问道："郯都指挥使,你说说桶冈贼巢有几处出入口?"

郯文还没有从刚才三个人的故事中明白过来呢,闻言一激灵,马上抱拳说道："回禀王都堂,桶冈贼巢,共有五处入口,分别是锁匙龙、葫芦洞、茶坑、十八磊、新地。不过那都是光秃秃的陡峭山壁,要靠架设梯子攀爬。另外有一路,在湖广境内的上章,还算平坦。"

王阳明说道："悬崖峭壁,强贼易守,官军难攻。上章入口远在湖广,绕道过去需要半月路程。湖广官军可以就近攻击。刚才三个人,本院正要派他们往桶冈贼巢去劝降。眼下,横水和左溪残贼纷纷逃入桶冈。本院推测,桶冈大贼首蓝天凤威慑于横水和左溪贼巢的覆灭,也许愿意出降,但是横水和左溪拥入的残匪必定不同意,要投降,他们早在横水和左溪自己被围剿时就投降了,现在他们手里已经没有了投降的资本。谢志山还没抓获,应该是逃进了桶冈。如果官军步步紧逼,两伙强贼必将抱团对付官军;如果我们待他们的政策稍微宽松一些,两伙贼首贼众就一定会争论不休,军心一动摇,防守就会出现松懈。出其不意,就是天时!"

杨璋和郏文笑了。郏文说道："这几个月跟着王都堂学兵法，最大的收获就是出其不意。"

　　杨璋说道："出其不意，掩其不备，还得看人用！敝道只见过王都堂运用自如，游刃有余！"

　　王阳明平静地说道："规划是本院做，用计还得靠你们和各位将士。促降，要靠重兵威慑，靠压力，要兵临城下，围而不攻。现在，横水和左溪贼巢的覆灭，这对桶冈就构成了形势上的压力。派我们的几路人马，就近屯扎，蓄势待发，形成兵力压力。各阵人马，都指挥佥事许清驻扎横水，赣州卫指挥使佥事余恩驻扎左溪，继续清剿漏网残敌。知府季敩驻兵聂都，防止桶冈之敌南逃广东。其他各阵，这几天养精蓄锐，三十日夜乘夜向桶冈进发。杨兵宪，郏都指挥使，就命知府邢珣屯兵茶坑，知府伍文定屯兵西山界，知府唐淳屯兵十八磊，知县张戬屯兵锁匙龙。但等李正岩三人于二十八日夜进入桶冈，约会贼众，劝说强贼于十一月初一上午到锁匙龙投降。投降，就万事大吉；不投降，众贼也会犹豫不决。"王阳明说着，挥右掌，做了一个刀劈动作。

第九十六章 两拨贼首 战降难定

十月三十深夜,桶冈贼巢聚义厅的大厅中央吊着一口大铁锅,铁锅里伸出来四根粗大的灯芯,四根灯芯燃起的亮度相对于大厅的空旷,还是不足,四下有些昏暗。坐在昏暗中的十来个大贼首,从门口看,影影绰绰的,像鬼影一样。

聚义厅的正上方位置,摆着两把交椅,靠中间的位置,坐着桶冈大贼首蓝天凤,与蓝天凤并排,但是位置靠近西边边上的一位是横水大贼首谢志山。大厅东西两排交椅,居东坐着桶冈贼首蓝八、蓝文昭、蓝文亨,以及雷明聪;居西坐着横水漏网贼首谢志富、谢志海,左溪漏网贼首薛文贵等。

每个人面前的茶几上,摆着一片狼藉的碗碟,地上散乱地扔着鸡骨头、兔骨头。

东西就座的几个大贼首一起斜着上身,看向坐在高处的蓝天凤和谢志山,等蓝天凤和谢志山做最后的决定。

蓝天凤跟谢志山说:“大王还是宽宽心。俗话说,识时务者为俊杰。留得青山在,不怕没柴烧……”

谢志山瞪着通红的眼睛,不认识似的打量着蓝天凤,抢白道:“我的大都督,别俗话说了,到天明,我们可能就被官匪烤熟了。这次官匪比我们狠,我们往日出去,遇到小户人家,看老头娘儿们哭求,心一软,还能留下一两家活口,免得我们下次出去,连个喝水的地方也找不到。官匪可是三光政策。人,杀光! 东西,抢光! 屋子,烧光! 这是要我们绝户呀! 想让我们断子绝孙呀! 投降? 招安? 我劝你可别白天做梦。桶冈天险,我们守着,守它一年半载,不缺吃不缺穿不缺乐子,我们能活得有滋有味。让官匪围上一年半载试试,那些个大老爷,还舍得下舒舒服服的衙门? 舍得下娇滴滴的小老婆? 围累了,围烦了,自然滚他娘的蛋。往年不就是这样过来的吗? 大都督,你这几天是咋了? 不像老爷儿们了,婆婆妈妈的!"说完,谢志山盯着蓝天凤,等着他像往日那样说:"好吧! 就听王爷你的了。"

蓝天凤听到自己被指责婆婆妈妈的,心里不满,皱着眉头,也不看谢志山,他盯着自己脚下地板,说道:"年初福建詹兄弟几千号的队伍,说没就没了。大余陈曰能,这都十几年的交情了,说玩完就玩完了。还有,现成的例子,这身边的王……谢大首领,十几年的大王,几天时间就变成了孤家寡人。"

谢志山见过去一口一个大王地叫自己的蓝天凤,今天竟然改了口称自己为大首领,心中不太踏实。想想过去,桶冈虽然地势险要,却窝在深山里,往西、往西北、往南都是高山,自己的横水大寨接近人烟稠密的地方,出门就可以得手,还曾接济过他蓝天凤,往年遇到官匪攻打,自己都要挡在他前面。这人,不知道好歹。想到这里,他心头生起一股怒气,右手下意识地高抬起来,但听蓝天凤说道:"我这桶冈大寨,不见得比詹兄弟……"谢志山这才意识到这是在人家桶冈大寨,自己是个丢了王宫的王爷,是个丢了几千号兄弟的王爷。人一旦落魄,志气就矮了三分。于是谢志山高高抬起的手,轻轻地搁在了自己的大腿上,嘴里说道:"这大半夜,哪来的蚊子?"

蓝天凤看着谢志山,说道:"谢大首领,蚊子喝人血,不要人命。詹兄弟没了,想翻身再也没机会了。你那里,薛大首领那里,几十年的家当说没就没了。要翻身,又得三五年折腾。兄弟我这桶冈大寨要是被官匪攻破的话,我们大家连个睡觉的地方也没有了。拉队伍,不能只知道硬来,冰琉璃怪硬,轻轻一敲,就断了碎了;水是软,刀剑都砍不断。能低低头过去的,我们何必仰着脖子等着碰头。我就听他招安,给他磕头,接受他封的老人身份,过上三天五天,官匪一撤围,老子照样扬眉吐气。这叫能文能武,薛大首领应该能理解能接受。薛文贵,我喜欢你这名字。文贵,我们粗人武人也知道文贵。我这两个孩子,一个叫文昭,一个叫文亨,我给他们起这名字,就想着我们活着不能只知道舞刀弄枪,也得动脑子。我活这几十年,年轻时只知道硬,硬得不拐弯,一切事用拳头说话。我弟兄八个,如今八个人只剩我和老八了。看这势头,这次再硬下去,不知道还能剩下几个。前几天,浰头金龙王爷派使者来联络,说起赣州招安他们的事,我就疑惑,我们一样做贼,为什么不来招安我们? 为什么不招安龚王爷? 看这动静,这是在安抚金龙国,如此一来,三省才能一心一意地对付我们。这次恐怕对手是下了决心要往死里收拾我们了。俗话说,好汉不吃眼前亏。低低头,先过了这一关再说。谢大首领、薛大首领,兄弟我理解你们,你们,地盘没有了,弟兄们死的死、散的散,你们也没有被招安的资本了。我桶冈这里,如果这次能安生下来,这上百里地界,任你们选一块地方,往后和兄弟我一块儿吃喝快活! 怎么样?"

谢志山叹了口气,说道:"兄弟,你这是放着金饭碗去要饭。我们活这几十年,你何曾见过官匪打到这桶冈上来? 弟兄们服我们,愿意跟我们,是因为敬服我们是英雄。英雄动不动给别人磕头,低三下四,弟兄们会怎么看我们? 现在,官匪气盛,你这不是招安,是投降。招安和投降,你要分清楚。薛大都督,你识字,你给蓝兄弟讲讲,招安和投降有啥不一样?"

薛文贵一抱拳说道:"蓝大兄弟,叫我说呢,最好不投降。兄弟我读过几本书,远的说,刘禅投降晋国,最后被毒死了。近的说,南唐后主投降大宋,一大群老婆被霸占了,最后照样被毒死了。你想想,我们也算大丈夫吧,连自己床头的小老婆都保护不了,以后谁还会认我们是英雄? 还有,衙门那一套,哪里有我们山寨自在。听说皇帝老儿想到北边鞑子那里去撒欢,满朝文武又是磕头又是寻死,死活不让去。你想想,连皇帝老儿动一动都不自由呢。所以你还是打消投降的念想吧。再说了,你再怎么磕头,再怎么作揖,我们做过贼的身份是改变不了的。大丈夫,站着生,站着死,死活都是大丈夫。兄弟我这里,带过来几十号弟兄,谢王爷那里跟过来几百号弟兄。这死人堆里钻出来的,刀枪阵里打出来的,都不是孬种。只要我们拧成一股绳,这桶冈,它就像玉皇大帝的南天门,不是说谁想上来就能上来的。说不好听些,万一打散了,天大地大,哪里容不下我们这五尺血肉? 找个山洞,躲个一年半载再出来,再聚弟兄,再拉队伍,照样耀武扬威,照样吃香喝辣。怎么样,蓝大都督?"

蓝天凤沉吟半晌,说道:"我们年过半百,半截入土的人了,这样闹腾到啥时候是个头呢? 开会开会,又闹腾了一夜,他娘的肚子也不愿意了。来人呀! 再上一份夜饭!"

谢志山笑着说道:"大兄弟,怕是该上早饭了。吃了饭,我们兄弟巡视各寨口,严防偷袭。我们带来的几百弟兄也分插下去,帮着你守寨。这些官匪说得光明正大,干起事来总喜欢他娘的偷偷摸摸,连贼都不如。"

蓝天凤吸溜着嘴,说道:"吃了早饭,就是初一了,不招安的话,就……"

谢志山劝慰道:"我们讨论了一夜,天下了一夜的雨。即便投降,也总不能冒着雨投降吧。别急,还有时间考虑!"

这时,一个被雨淋得像落汤鸡一样的匪兵慌慌张张地冲了进来,指着身后:"报……报……报告大都督,官匪……官匪从茶坑攻上来了!"

蓝天凤呼地一下子从交椅上起身,一手指着匪兵惊问道:"兔崽子,你再说一遍! 你没看错吧? 这大雨夜!"

聚义厅里,除了谢志山,其他首领都惶恐地蹿了起来。谢志山看着蓝天凤,脸上挂着笑意。在谢志山看来,攻上来几个官匪并不可怕,官匪攻上来还可以打下去,要紧的是蓝天凤不会再想着投降了,那谢志山就有了存身之处,就有了东山再起的根据地。

报信的重复了一遍。

蓝天凤大步跨下平日里显得自己高人一等的高台,来到大厅中央,举手准备高呼什么,手举在半空。这时,从门外飞奔进来两个匪兵,他们气喘吁吁,跪着结结巴巴地禀报道:"报……报大都督,葫……葫芦洞入口,发现……官匪!""报……报……报大都督,西山界隘被官匪攻占!"

蓝天凤原地跺着脚,气急败坏,叫骂道:"他娘的,官匪!官匪!老子上当了!来人呀,敲锣集合弟兄们,都给老子顶上去!"蓝天凤扭转身,朝向谢志山,"大哥,唉!兄弟悔不该……"

谢志山这才起身,不急不慢地说道:"老弟,悬崖峭壁,上来几个人,没啥可怕的!退一万步说,桶冈方圆百里,有我们周旋的地方。"谢志山说着,下了高台,来到大厅中央,对蓝天凤说道,"水来土掩,兵来将挡。生死都痛快!"谢志山朝向西面站着的薛文贵和谢志富几个贼首吩咐道:"我们几百号弟兄统一听蓝大都督指挥。他们熟悉地形。"

蓝天凤感激地说道:"王爷,你是真兄弟!我们兄弟一同指挥。"

谢志山说道:"走!分头迎战!"说着,几个人钻进了大雨中。

第九十七章　扫荡桶冈　贼王落网

初一晚上,危寿走进中军大帐,向王阳明和杨璋拱手后说道:"王都堂,杨兵宪,下官汇报一下各阵官军今天的战况和位置!"

王阳明点点头。危寿说道:"昨夜下了一夜雨,山贼疏于防守,今天五更时分,赣州邢堂尊督兵冒雨强登,从茶坑攻入桶冈,知县张戬从葫芦洞方向攻进桶冈,吉安伍府尊从西山界方向攻入桶冈。众贼惊慌失措,千余贼众抱团迎战,被官军包围,邢堂尊正面直接对敌,右有知县张戬,后有吉安伍府尊。从早上混战到中午,众贼败走。中午雨停后,知县王天舆从锁匙龙进入桶冈参与战斗。众贼败走十八磊,被知府唐淳迎头痛击。天色已晚,现在,官军和山贼各自据险相持。"

王阳明笑着点点头,说道:"贼众失险,已经乱了阵脚,乱了贼心。明天一天最关键,要围剿贼众,又要防止贼众溃逃,"王阳明张开两掌,把两掌搭成一个圆形,"聚而歼之!"王阳明看着杨璋,继续说道,"杨兵宪,保证后勤供应,要让大家吃好。"

初二一早,各阵官军形成合力,与桶冈贼众进行决战,彻底击溃了桶冈山贼。官军势如破竹,兵分各阵,分路扫荡贼巢,知府邢珣领兵扫荡了桶冈大巢。从初二到十四,各阵官军分别扫荡了梅伏、鸟池、西山界、锁匙龙、黄竹坑、十八磊、铁木里、土池、背水坑、太王岭、下新地、板岭等贼巢。初四,湖广官军与江西官军形成了对江西桶冈溃败逃散贼众和湖广桂阳、桂东贼巢的围剿态势。初五,王阳明中军大帐移驻桶冈西山界的茶寮。随着围剿包围圈的缩小,上新地、中新地、杉木坳、原陂、木里、天台巢、东桃坑、龙背等贼巢一一被攻占。十五日,江西官军在向导的指引下,成立追歼小分队,进入桶冈西侧位于湖广境内的上章。在一个山洞内,他们当场捕杀了大贼首蓝天凤,擒获了自封征南王的谢志山。蓝天凤和谢志山的覆灭与落网,意味着桶冈山贼土匪彻底灭亡。

十六日,王阳明、江西巡按御史屠侨、南安府同知朱宪、南安府推官徐文英、建昌府新城县知县黄文鸾等一干人等,在茶寮附近勘察地理地形。王阳明眺望着四周的山川,对屠侨和杨璋等说道:"屠天使、杨兵宪,剿匪应该军事和政治相结合,也就是文武结合、恩威并用。根据本院在漳南剿匪的实践,匪乱猖獗,与政教太远有很大关系。漳南在匪乱地区,选择了要害位置,设立新县治。据他们汇报,这样做效果不错。各位想想,横水、左溪、桶冈,大小贼巢八十多处,东西南北方圆三百里,远离南康、上犹、大余三个县县城,王法进不来,盗贼肆无忌惮,良民被屠杀净尽。本院驻军横水时,留意勘察了横水地势。桶冈离横水有一百一十里,如果在横水建立县治,茶寮这里建立巡检司,另外改设上堡、铅厂、长龙三个巡检司,这样横水在中,四个巡检司分列西北、西部、南部和东南部,四个巡检司对县治形成拱卫和翼护之势。如此一来,此地必能长治久安。"

屠侨一拱手说道:"王都宪所言甚有道理。险要地位,官军提前占据,就绝了心存不良者为非作歹的念头。人上一百,形形色色,难免有善有恶,训恶为善是一方面,不给他们留作恶的机会也很重要。设县提议,如有定论,本使将奏闻朝廷,为民请命。"

杨璋说道:"王都宪、屠天使,两位大人所言,敝道深以为然。设县防贼,各处都有不少先例。横水这个地方,山水环抱,地势平坦,有设立县治的条件。那里原是上犹县崇义里。"

王阳明接口道："崇义,这个地名不错。人人讲仁,户户崇义,两三年内,必成文化之邦。好,就设崇义县,你们看如何?"

众人纷纷念叨着"崇义、崇义、崇义",像在品味一杯好茶,品味之后,都赞一个好字。

正在这时,危寿来到王阳明面前,面带喜色,躬身施礼道："启禀王都堂、屠侍御、杨兵宪——"危寿欲言又止,迟疑地看着王阳明。

王阳明说道："既然有喜事,何妨和大家分享?"

危寿笑着回禀道："王都堂,刚刚接到捷报,湖广官军在桂阳县鱼黄峒地方生擒大贼首龚福全。"

王阳明笑着说道："哦,延溪王和征南王一样束手就擒了。好!"

危寿再说道："王都堂,不好的消息是,湖广溃围贼众千余流窜到江西境内的鸡湖、稳下、朱雀坑等地。还有一个消息——"危寿用探询的眼光看着王阳明,不再往下说。王阳明笑着说："但说无妨!"

危寿为难地说道："大贼首谢志山,叫嚣着要会一会王都堂。"

王阳明说道："莫非这个阶下囚想学孟获,求本院来个七擒七纵?"

屠侨说道："瓮中之鳖,还讲什么条件!"

王阳明看着危寿,吩咐道："传令下去,南安知府季斅追剿朱雀坑流贼,吉安知府伍文定追剿稳下流贼,守备指挥使郏文追剿鸡湖流贼,赣州知府邢珣相机配合。好,提谢志山来见!"王阳明对屠侨和杨璋说道："屠天使、杨兵宪,你们和本院一起来见识一下这个横行多年的魔头吧!"

大帐里,王阳明居中正坐,巡按御史在东,杨璋在西。危寿从外面进来,身后跟着四位壮汉,中间押着的人是被五花大绑的谢志山。

谢志山进入大帐后,四处巡视,想看清官军大首领王阳明是什么模样,好知道自己败在了怎样一个人手里。还没稳住神,只听一声断喝"跪下",谢志山的两个腿弯就被身后的两位壮汉狠狠地踢了一脚,他不由自主地跪了下去。谢志山试图扭脖子反抗,无奈肩膀被人死死按住。

王阳明、屠侨、杨璋一起打量着谢志山,发现这个杀人不眨眼的魔头,并非什么虎背熊腰的彪形大汉。看身材,他不过一个干瘦的小老头;看面目,甚至有三分斯文。真是人不可貌相。

王阳明等三个人默默地看着谢志山,许久无语。谢志山也在观察着王阳明,心里琢磨,原来以为打败自己的人有三头六臂呢,竟然不过是一个清瘦的半老头,倒与自己有几分相像,一副慈眉善目,动起手来却凶狠无比。怪只怪自己太过自信,低看了眼前这位清瘦的白面书生,疏于防备;怪只怪蓝天凤这个鲁莽的武夫,不听自己的话,不早做防备;怪只怪这个官匪大首领,太不讲信义。江湖上比武,还要约定个时间,说定个方式。突然袭击、背后下手,这些连江湖人士也不齿的勾当,竟然出于满口仁义道德的官匪身上。官匪! 官匪! 谢志山眼神里流露出鄙视和嫌恶。

王阳明但凭静心的灵敏,就感受到了谢志山身上散发出来的邪气。屠侨和杨璋发觉阶下囚竟然敢鄙视统率千军万马、战场上说一不二的王提督大人,都等着王阳明做出反应。王阳明只是平静地看着谢志山,胜利者可以享受胜利,你不能指望阶下囚遭受阶下囚的待遇时会有好心情,不过王阳明感兴趣的是,这么一个山野小老头,手中既没有高官厚禄,也不会有豪华宫殿美女,他凭什么蛊惑人心,拥有了几千号跟随者?

王阳明好奇地问道:"谢志山,听说你要见本院,什么事?"

谢志山高仰着脸,矜持地说道:"王都堂,本王……"

王阳明不满地嗯了一声,嗯字音长而重。屠侨鄙视地说道:"死到临头还嚣张!"杨璋朝着谢志山呸了一声。

谢志山冷笑一声,说道:"好,鄙人有一事不明。读书人,你们官匪天天满口仁义道德,王都堂,漳南、左溪、横水、桶冈,你屡屡得手,都是靠偷袭这种小人勾当,这里面有仁吗? 有义吗? 有信吗? 有光明正大吗? 你敢不敢像诸葛先辈对待孟获前辈那样,咱们将对将、兵对兵?"

王阳明哈哈大笑,笑过之后,说道:"本院倒是想学诸葛亮,给你七次机会。可是有国法在,本院也不见得做得了主。说到仁,为了保护百姓不被土匪荼毒,本院剿灭土匪,剿灭得越干净,越是得仁。与你们土匪讲仁义,就是对百姓不仁义。只要有仁心,怎么方便怎么就是义。偷袭就是方便,偷袭是为了仁。本院与老百姓约定,与良心约定,要剿灭土匪,要保护百姓,这就是信!"

谢志山冷笑一声,道:"王都堂,你旗下这些官军,不是靠你嘴里的义,死心塌地跟着你的。鄙人身边的弟兄,都是敬服鄙人心中一个义字。兄弟们有肉一块儿吃,有酒一块儿喝,有难一同顶着。为了义气,死又算什么!"

王阳明平静地说道:"最讲义气的当数关云长,你听说过关老爷抢老百姓、杀老百姓吗?你抢的、杀的都是与你一样的百姓,你这叫什么义?本院告诉你,什么是义,让你死个明白。义是仁的兄弟,仁义仁义,用一颗仁爱之心做事,才叫义!没有仁爱之心的义,是恶人的江湖义气。懂了吗?"

谢志山的头没有刚才仰得高了。

王阳明再说道:"本院倒想七擒七纵,让你见识一下仁义,不怕你逃到天外去,不怕捉不到你,只是担心老百姓跟着遭殃。"

谢志山叹了口气。

王阳明看向危寿,向门外摆了摆手。四个壮汉押着谢志山出了大帐。

十一月二十到十二月初三,邢珣、伍文定、郏文、季敩清剿了湖广流窜到江西境内的千余残贼。

王阳明派吉安永新千户所千户高睿前往湖广郴州军营,送去银质赏功牌和酒肉,用以奖励湖广参将史春等众人,并以南赣巡抚衙门的名义颁发了奖状。

高睿离开大帐后,随侍在跟前的管登不解地问:"先生,湖广官军并未进入江西地界,并没有参与扫荡桶冈贼巢,奖励他们,这不是无功受禄吗?"

王阳明笑着说道:"正是因为湖广官军堵在西面,桶冈贼众才得以被聚歼。

他们的声威就是功劳。"

初九,阳光明媚,微风不寒。各阵将领齐聚茶寮,王阳明望着面前的一堵高高的石壁,笑眯眯地。屠侨道:"左溪、横水和桶冈悍匪,为害多年,此次朝廷举兵,王都堂指挥筹划,一举歼灭,实在可喜可贺。本使为大家记功,即日将上奏朝廷。剿匪安民,当地不可不记。不如在此勒石记功,一则震慑邪恶,二则流芳百世。各位意下如何?"

王阳明笑着点点头。

屠侨笑着说:"本使给大家通告一下战果,左溪、横水、桶冈剿匪战役,两个月时间不到,扫荡贼巢八十四处,擒斩大贼首谢志山、蓝天凤八十六名,擒斩贼众三千一百六十八名,俘虏贼属家口两千三百三十六名,缴获赃银一百一十三两八钱一分。可喜可贺!"

王阳明在摆好的书案上,一挥而就《平茶寮》,文中表功不漏一人。

第九十八章　制造冤狱　麻痹浰头

十二月十五,王阳明进驻南康县城,入住蓉江门内的县公馆。

负责浰头招安的黄表和周祥来到南康汇报浰头的动向。

黄表说道:"王都堂,学生和周义官受您差遣,十一月底前往浰头查访,池仲容为了表示投顺,这次没有蒙上我们的眼睛,学生得以对周围情况有所观察。浰头大巢附近有座山寨,处处是铁匠炉,打铁声叮叮当当,老远都能听得见。仅此一点,就说明池仲容的狼子野心丝毫没有收敛。十一月初,他派过来二百老弱病残投军报效,纯粹是敷衍。这派人来投军,据学生推断,应该是官军剿灭横水和左溪贼巢后,池仲容产生了畏惧心理,是他迫不得已的一个姿态。桶冈贼众覆灭后,池仲容更加惧怕,现在是大肆备战,各寨都在砌墙和立栅栏。听卢珂说,铁匠寨在大量打造长刀短剑,各山寨日夜演兵操练,各山头在准备滚木礌石,大路小路在挖设陷阱。王都堂,这次随学生前来的还有龙川投顺朝廷的酋长卢珂,他要向都堂您投诉池仲容。卢珂手下有三千人,浰头周围大小山寨,迫于池仲容兄弟的淫威,都臣服于浰头,被浰头授予了元帅、都督、总兵一类的伪官,唯有这个卢酋长不肯低头。"

王阳明听完说道:"你们二位辛苦了! 先下去歇息吧。"王阳明吩咐站在一旁的危寿:"请龙南的黄金巢和浰头的池仲安来! 然后安排卢珂一同来这里。"

过了一会儿，黄金巢和池仲安被人领进大堂。黄金巢是一位精壮中年汉子。池仲安和他哥池仲容一样，一脸络腮胡子，长得虽然不高大，却面相威猛，因为心里有鬼，他的眼神有些躲闪。两个人磕过头，王阳明安慰道："此次官军剿灭横水、桶冈贼众，也有你们二位的功劳，黄首领带领五百人投军助战，参加了横水和桶冈围剿战；池首领带领二百人虽然来得晚，却参加了桶冈围剿的把守拦截，辛苦你们了！立了功，官府自然要按功行赏。"

这时卢珂被领进来了。卢珂跪地磕头，口称："都老爷治下小民、龙川县盘龙寨卢珂拜见王都堂王都老爷！"

听到卢珂这个名字，和黄金巢并排面向王阳明站着的池仲安身上一哆嗦，下意识地后退了半步。

王阳明和声问道："卢珂，你拜见本院，有何事禀报？"

卢珂说道："回禀都老爷，小民是来向官府告变的。浰头恶霸池仲容反叛朝廷！"

池仲安听到往日的对头这话，大吃了一惊，连忙说道："血口喷人！血口喷人！都老爷，卢珂这是小人告恶状！"池仲安说着，扑通一声跪到了地上，"都老爷，都老爷，您千万别听小人胡说。这些日子，小民跟着都老爷剿匪，十分用心。都老爷！我们浰头跟着都老爷您剿匪，这……这……"

王阳明安慰道："你不要慌张。"接着对卢珂严肃地说道："卢珂，反叛朝廷，罪大恶极，可是杀头的罪。无凭无据可不能乱说！"

卢珂跪在地上，想起身和池仲安理论，却没有听到王阳明让自己起身的话。面见王阳明前，他已经被黄表训练了见官的礼仪。卢珂压着火，急巴巴地说道："回禀都老爷，小民不是乱说，小民不敢乱说。这是浰头威吓小民时的证物。"卢珂说着从怀里掏出一份文书。危寿过来接起文书，呈递给王阳明。王阳明浏览着文书，出声念道：

"委任状：兹委任盘龙寨寨主卢珂为金龙国兵部第四十路总兵官。接命后，随时听从本王调用，不得有违。金龙国国主池仲容。金龙国国玺宝印。"

王阳明吃惊地问道："卢珂，这是什么时候的事？"

卢珂说道："就是月初的事。恶霸池家老二池仲宁被人称为大元帅，池仲宁带人到小民山寨威吓小民。池仲宁说，三省围剿快开始了，各寨人马必须听从金龙国国主的调遣，三浰四十个大寨要共同抗击朝廷军队。都老爷，这不是反叛朝廷吗？"

王阳明看向池仲安，厉声问道："池仲安，浰头竟敢自号金龙国，还要丧心病狂地抗击朝廷，有这事吗？你怎么向本院解释？"

池仲安结巴着道："都……都……都老爷，这……这……这是血口喷人。要反叛朝廷，小人还……还……还敢……敢站在都老爷面前？还……还帮……帮都老爷杀贼？文书一定是假的。过去，小人兄弟不懂事，是当过山贼，是反叛过朝廷。自从小人兄弟听了都老爷的《告谕浰头巢贼》，小人兄弟都改邪归正了。都老爷，您刚才不是说，小人和黄头领，我们都立功了吗？"

王阳明点点头说道："对！反叛朝廷，也是过去的事。卢珂，本院念你也是好心，为了报效朝廷，恕你无罪。你且退下！"

卢珂发急地喊道："都老爷，您……您不信好人，竟信恶霸。如今，浰头各寨都在赶造兵器，要举大事。官府还蒙在鼓里，要误大事呀！都老爷！"

池仲安说道："都老爷，卢珂才是反叛朝廷！我们浰头替朝廷杀贼，卢珂却想着背后攻打我们。"

王阳明生气道："竟有这种事！这么说，卢珂不仅诬告好人，竟然还擅自攻打良民山寨！来人呀！"

四个武士应声进入大帐。

王阳明起身一指卢珂说道："山贼卢珂，诬告好人，攻打村寨，给我拿下，关入大牢。"

卢珂扯着嗓子喊："冤枉呀，都老爷！冤枉呀，都老爷！小民说的句句是实话呀!"见王阳明不理不睬,卢珂咆哮道:"呸呸! 不辨忠奸! 什么都老爷!"气急败坏的卢珂被架了出去。

王阳明说道:"黄首领、池首领,这几天你两位随本院回赣州,衙门要论功行赏,要庆贺几天。南安贼巢已经扫荡干净,涮头池家兄弟归顺了朝廷,南赣境内太平无事了,劳累了几个月的民壮也该回家团聚了。池头领,到赣州庆功后,你马上赶回涮头,告诉池酋长小心守好山寨,防备盘龙寨偷袭涮头。"

池仲安磕头道:"都老爷明察秋毫,小人代我家大哥谢谢都老爷!"

南康县公馆外边,危寿、黄表尾随着一路咆哮的卢珂,到了南康县县衙的监狱。在监狱一个房间内,面对一脸愤恨的卢珂,黄表笑着介绍道:"卢酋长,这是提督衙门王都堂帐下的中军参随——危节推,危大老爷。"

卢珂已经咆哮得没有了力气,只是怨恨地无奈地瞪着黄表,没有吱声。

危寿笑着说道:"卢酋长受惊了。这是一场苦肉计。这顿苦头不让你白吃,吃了苦,苦尽甘来,接下来就会给你报仇。只是,还要再委屈你一段时间,在监狱蹲一段日子。"

卢珂将信将疑地看着危寿,不满地问道:"蹲多长一段日子?"

危寿笑着说道:"这个,王都堂倒没有说。不过据本官看来,也就是年前年后。你如果怕吃苦,不想让官府替你报仇,你现在就可以走。你自己看吧!"

见卢珂迟疑,黄表插话道:"卢酋长,蹲一两个月牢,除掉你一辈子的心头大患,你自己想想这买卖合算不合算?"

危寿说道:"在监狱,也不会让你吃苦的。"

卢珂毅然说道:"既然能报仇,蹲仨月我也认了。"

危寿说道:"一会儿,本官安排你手下人过来看你,你交代他们,回到山寨要小心防备池仲容攻打山寨。"

③
我心良知

王 阳 明

王程强 著

河南文艺出版社
· 郑州 ·

目录

3

第九十九章　劝诱贼王　走拜赣州

　　十二月二十,王阳明大军回到赣州,庆贺横水和桶冈剿匪胜利,在巡抚衙门大门东侧的赏功所犒赏将领,在城外的大校场犒赏卫所军士,在小校场犒赏各县民壮。犒赏完毕,当场宣布,各县民壮各自返县回家团聚。黄表和陈祥,陪着池仲安,随着返县回乡的民壮队伍前往广东省龙川县浰头。

　　闰十二月初二,王阳明上奏《横水、桶冈捷音疏》,向朝廷报捷,为杨璋、黄宏、许清、郏文、邢珣、季敩、伍文定、唐淳、王天舆、张戬、冯翔、余恩、舒富等一批立功将领请功。初五,上奏《立崇义县治疏》。初六,收到广东南韶道捷报,报称:本月初二,韶州府通判邹级和仁化县知县李荨设计在痢痢寨生擒了乐昌大贼首高仲仁,乐昌县知县李增生擒了逃往湖广乌春山姜阳峒的大贼首李斌,韶州知府姚鹏率军擒斩贼众一千三百二十名。如今南赣巡抚各府州县境内,唯一的大股匪患,就剩下了浰头。

　　新年将近,新皇历要颁行各地。赣州卫指挥使佥事余恩被王阳明派往浰头颁发新皇历。黄表一直是南赣巡抚衙门与浰头池仲容之间的联络专员,自然随行。闰十二月初六,南赣巡抚衙门官方代表团一行前往浰头,受到了池仲容山寨的热情接待。

　　在浰头聚义厅,池仲容放下金龙霸王的架子,他不敢再坐往日的虎皮交椅,而是把正座敬献给了官府代表余恩,自己坐到了东首;也不再像第一次黄表和陈祥来时那样,显摆夸耀自己山寨那些张牙舞爪的元帅、都督和总兵,这一次,他只让识文断字的高明德陪坐在身边。余恩不愿坐虎皮交椅,池仲容让人换了一把椅子。黄表陪坐在左首。

池仲容一直不把官府和官老爷放在眼里,几十年来打杀的对象就是官府和官老爷,现在不同了,十几年来互相捧场的江湖弟兄,篾匠詹师富、猎户温火烧、征南王谢志山、延溪王龚福全、钻天豹蓝天凤、高快马高仲仁、满天星李斌,一个个都走了,不能陪池仲容玩了。过去十几年,在四省边界东西横贯上千里、南北纵横数百里的南岭一座座大山中的大舞台上,几个人像魔王一样,率领着魔子魔孙烧杀抢劫,天不怕地不怕;大户富家,想抢谁就抢谁;男人,看不顺眼,努努嘴,一刀毙命;女人,看上谁就是谁,多么潇洒自在。这些魔王中,因为地处中间,东能得到漳南詹师富的支援,西能指靠南安、乐昌、桂阳的策应,池仲容有人缘。因为曾经力擒猛虎,池仲容把自己看作这些魔王中的魔王。龚福全小家子气,当了一条溪流的王;谢志山,心里畏惧北京的朝廷,只敢号称征南王,一有风吹草动,就想着流窜广东老家;池仲容不仅看不上老虎头上的王字,也看不上地上的王,称王就称天上的王。在天上的王中,还要当霸王,所以他要叫金龙霸王。但是池仲容自己心里清楚,自己虽然心比天高,两只脚还是离不开地面,天上的金龙霸王的说法,也就是忽悠忽悠自己手下这些弟兄罢了,自己实质上也只是几十座山寨的酋长。尽管龙川县五十五个里的县民被自己十几年驱逐屠杀,如今只剩下七个半里,但是自己的霸权也仅仅限于龙川和龙南两个县的大山而已。夸张些说,霸权算是霸到了两个省,县官和府官可以不放在眼里,但是眼前这个对手,南赣巡抚王阳明,却是管着四个省八府一州的。桶冈天险,他也能捉到蓝天凤;高快马,跑得比豹子还快,还是被打成了死马。这真是道高一尺,魔高一丈。听黄表说,这个王阳明还真是得道高人。得道不得道,池仲容不在意;一份《告谕浰头巢贼》能把高明德哄得泪流满面,池仲容不在意。十几年的杀戮,心已经被鲜血浸泡得麻木不仁,但是脖子上被砍上一刀,像詹师富、谢志山他们那样的结局,池仲容怕。黄表拱着手往左上空举了举说道:"南赣提督衙门王都堂,为了表示对池大首领的看重,这次特意派遣正四品朝廷命官、赣州卫指挥使佥事余挥使,来看望浰头池大首领。"

余恩正襟危坐,朝池仲容点了点头。

高明德看着身边的池仲容,咳嗽一声。池仲容马上朝余恩抱了抱拳。这是池仲容的要求,高明德有责任提醒他遵从官方礼仪。

余恩点头表示回礼。

黄表继续介绍:"池大首领,高先生,你们看,第一次来浰头,是敝秀才和周义官;第三次来,是敝秀才和雷听选候任官;这第四次,是正四品余挥使。由此可见,池大首领,您在王都堂心目中的地位是一直上升的。可喜的是,池大首领的心也一直在向官府靠拢。池酋长能够接受官府的皇历,表明浰头是效忠朝廷的。"

黄表侃侃而谈:"上次敝秀才来,听说浰头各山寨正在伐树堵路,大造兵器,挖设陷阱,放置滚木礌石。听池大首领解释,这都是为了防备酋长卢珂的偷袭。为此,王都堂为了保护浰头,把恶人先告状的卢珂押入了大牢。可是官府是讲王法的,判人有罪要有证据,卢珂虽然被认为是诬告,但是卢珂天天在大牢里喊冤,官府也不好轻易定他的罪。就像敝秀才在王都堂跟前屡屡为池大首领辩护一样,那是一面之词。即便王都堂相信,也不好堵外人的嘴。最近江西巡按御史屠道长正在赣州,都老爷再大,也受巡按御史的监察,这就让卢珂诬告池大首领的案子不好结案。屠道长的意思,卢珂投告的是反叛朝廷罪,此罪非同小可。反叛罪,要经朝廷审问。屠道长的本意,是派人来拘拿池大首领到堂对质。王都堂在为池大首领说情。但是您知道,御史是天使,都御史管不了巡按御史。如果官府最终派人来拘拿,戴上木枷,对池大首领这样有身份的酋长,怕也不好看。您说是不是,高先生?"

高明德对池仲容说道:"黄大秀才言之有理! 言之有理!"

池仲容将信将疑,一拍大腿说道:"唉! 想不到官府判个案子,这么麻烦! 一个小酋长卢珂，一个大巡抚王都堂，还非得我本人去一趟。要是搁在山寨，我也就一句话。黄大秀才，按你这么说，本酋长不去一趟赣州，卢珂还就死不了？官府还真要来人捉拿本酋长？嗯？"池仲容两手一起拍打着双腿。

黄表笑笑说道："敝秀才来山寨几次，以前对土匪，抱歉！以前对山……山中的蛮子一向鄙视，经过这几次接触，敝秀才改变了对山中蛮子的看法，抱歉！不能说蛮子，是山中山民，改变了对山民的看法。发现池大首领仗义，够朋友，以前可能是不知道仁义礼智信，现在听读了王都堂的《告谕浰头巢贼》，又得高先生的提醒，敝秀才发现，士别三日，当刮目相看。"

池仲容扭脸望着高明德，嘟囔道："别……别，刮什么目？"

高明德小声解释道："黄大秀才称赞王……王，称赞您懂道理了！"

池仲容朝着高明德一瞪眼，没好气地说道："本……本酋长难道以前不懂道理？嗯？"

黄表说道："池大首领以前懂的是江湖义气的道理，现在懂了官府的道理——礼义廉耻。"

高明德赶紧接上话茬，挽救自己在池仲容面前的失言，说道："对对！大首领现在懂了朝廷的礼义廉耻。"

黄表说道："说到礼义廉耻，礼占第一位。礼，讲究个礼尚往来。官府王都堂三番五次派遣各级官员来浰头看望，按理说呢，池大首领是不是也到赣州走一趟，回回礼，即便是拎上浰头一只鸡，那也是浰头的心意，是不是？这样一来，一则免得闲人说闲话，说这么有身份的酋长，连人之常情的礼尚往来也不知道；二则呢，趁着这个机会，到赣州把话说清楚，当场和卢珂对质，让卢珂死了心，既堵了屠道长的嘴，还避免了戴上木枷丢面子的事，也好让王都堂为池大首领说话。是不是，高先生？我们读书人，辅助明主，就要用真心。明主一时考虑不周，有什么缺失，我们读书人不能不从旁提醒。敝人跟随余挥使，也曾提醒过余挥使，比如了解浰头的规矩呀，要入乡随俗呀。这样做，看似驳了官长的面子，实际上是帮了官长。是不是,余挥使?"黄表说着,朝余恩一拱手。

余恩一本正经地说道:"官长事多,不正要你们这些人跟着提醒的吗?"余恩说话时看着高明德。

高明德对池仲容说道:"王……王……大酋长,不到赣州走一趟,从礼节上说,是有些失礼;从结果上看,万一官府来拿人,又失了我们堂堂大山寨的面子。大酋长,您看?"

池仲容一拍大腿说道:"看来,本酋长还真得走一趟赣州,去拜访拜访王都堂这位三头六臂的大提督!"嘴里这样说,池仲容心里想着,不入虎穴,逮不着老虎崽,就走一趟赣州,摸摸王阳明的底。

第一百章　贼王进城　衙门磕头

池仲容率领一队四十多人的精壮卫兵,跟随余恩和黄表,于腊月小年这一天来到赣州。到了赣州,余恩和黄表赶往巡抚衙门复命,由危寿在城门口迎接池仲容。池仲容安置卫队在镇南门外小校场兵营驻扎,自己带上四个亲随,抬着给王阳明准备的礼物——涮头花菇、杨梅柿饼、白果、茶叶等,进了镇南门,顺着南门大街前往西津门内里的巡抚衙门。危寿沿途介绍着沿街风光:"池大酋长好福气呀,你看看一街两行,张灯结彩,那边有唱戏的、耍把戏的,这是多年来都没有过的。今年,南安土匪剿灭净尽,你们涮头也归顺了朝廷。王都堂高兴,特别下令,过年要热闹热闹,扫一扫往年的晦气。池大酋长,以前您来过赣州吗?"

池仲容拘谨地、小心翼翼地、贪婪地打量着周围的新奇、热闹,听到危寿问来过没有,随口接道:"来过来过! 不过,啊……"以前自己是改装易容、偷偷摸摸、像贼一样地进的城,现在不一样了,自己是提督大人的座上客。想到这里,池仲容不由得深深吸了一口气,抬头看看冬日的阳光,很明媚,暖洋洋的。以前进城,只嫌阳光太亮,现在也可以在城里享受光天化日了。

危寿看着池仲容,在听他继续说。池仲容接着说道:"以前日头可没有现在亮,也没有现在暖和。"

危寿笑着说道:"是吗? 本官也有这个感觉,往年没有现在这么多的大红大绿,红红火火,热闹喜庆,这股热闹劲就让人觉得暖和。"

池仲容听了这话,开怀大笑起来,忙应道:"对对对! 你说得对,危大人,到底是官大人！"嘴里应着，池仲容心里想的是，自己归顺朝廷？归顺个屌呀！只不过是看王阳明这厮手段狡猾、兵力太猛，往日一起横行的弟兄——詹篾匠、谢王爷、龚王爷、高快马，一个个横行到阎王爷那里去了，自己有点怕，来打探虚实，只是暂时委屈自己罢了。铁打的衙门流水的官，这位王阳明连打胜仗，三两天还不高升到北京去？浰头是自己铁打的江山。哼！你王阳明在桶冈假招降真剿灭，我金龙霸王可不是蓝天凤那样的猪心肝，人在屋檐下，我暂时低低头，山寨里，临来前我安排妥当了，严密防守。手里没有几千弟兄，你上赶着归顺，谁也不稀罕你。如今，我山里有三十九寨重兵，城外校场有我四十位力能伏虎的能手，手里有兵心中不慌。不慌？我这五个人去见王阳明，会不会是飞蛾扑火呀？一念及此，池仲容心里一惊，脚下又发起飘来。

　　站在巡抚衙门三座高大的牌坊前，池仲容心里将之与自己山寨的围屋土楼比较，他的身子不由得往下缩了缩。危寿指点着最外的一座牌坊，介绍道："池大酋长，这座是新修的，王都堂巡抚改提督军务后才修的，你看四个大字'提督军务'。"

　　池仲容看着，尽管不识字，但是听到"提"，不由得联想到了以前进城，在城门外大木杆子上悬挂的人头。池仲容心里后悔，是不是来错了？不该来？

　　池仲容随危寿进入大堂，听着危寿介绍："回禀王都堂，卑职接来浰头酋长池仲容，拜见王都堂！"

　　冬天的屋子里有些阴冷。池仲容感觉自己身子有些发紧，听了危寿介绍，他两膝不由自主地就软了下来。跪着的池仲容，偷眼瞅了瞅王阳明，目光和王阳明一对接，他一直觉得自己能吓哭孩子的凶狠、邪恶的目光，就像一把冰琉璃剑，在王阳明柔和敏锐的光芒下融化了。

　　只听王阳明柔和地说道："池酋长来了？！"

　　池仲容磕了个头，说道："草民池仲容拜见都老爷！"

　　王阳明笑着说道："池酋长过去是草寇，现在归顺了朝廷，就是义官了。路上走了多少天呀?"

池仲容坐在自己的小腿上,回答道:"八九天。"

王阳明问道:"带了几个弟兄呀? 吃住都安排好了?"

危寿答道:"回禀王都堂,池酋长带了四十多个手下,池酋长坚持安排他们在城外小校场住。"

王阳明稍微提高了些声音说道:"这怎么行? 四五百里地赶来,到了赣州,不进城,是怕官府麻烦还是不相信本院?"

池仲容说道:"都老爷,山野小民不知道礼数,怕给您惹麻烦。"

王阳明说道:"既然归顺了朝廷,就要习练朝廷的礼数。懂了礼数,就不惹麻烦了。池义官,比如你回话时坐在自己小腿上,就是礼数不周。以后经常要和官府来往,在涮头百姓面前,你就代表着官府的形象,礼数还是要学习的。这样吧,你的手下全部进城。危节推,地方打扫妥当了吗?"

危寿回答道:"回禀王都堂,祥符宫宽敞明亮,已经打扫干净。"

王阳明对池仲容说道:"你的手下全部搬入祥符宫,学习礼仪。官府给你们每人置办一套新行头,在城里好好玩几天。你们正好赶上个热闹年。长途跋涉,一路辛苦,下去好好歇歇吧。"

池仲容心中一直惦记着盘龙寨卢珂的事,他试探性地说道:"王都堂,草民有一事要向都老爷说,盘龙寨叛贼卢珂那个恶贼,一直惦记要攻打涮头山寨,听说他又在都老爷面前诬告草民。都老爷,草民是冤枉的,求都老爷给草民做主。"池仲容注意观察着王阳明的表情。

王阳明笑着说道:"池义官,你能来,就说明卢珂是恶人告黑状。你回去吩咐人伐山开路,本院要派兵前往龙川剿灭盘龙寨叛贼,逮到卢珂同党,一并开刀问斩。"

池仲容急道:"不不,不用都老爷派兵,草民自己就能灭了盘龙寨。"

王阳明说道:"这怎么行? 朝廷法度,叛贼要由官军出兵剿灭,你们切不可擅兵仇杀。下去歇息吧！危节推，安排为池义官接风洗尘！为涮头来的弟兄接风洗尘！替本院好好招待这些贵客！"

出了巡抚衙门，危寿问池仲容道："池义官，王都堂让本官好好招待你们，除了好吃好喝，你们还想玩些什么、看些什么？本官好安排。"

池仲容将信将疑地问道："危大人，这么说，下官可以提条件？"

危寿笑着说道："那是当然了，你现在是王都堂的贵客。"

池仲容诡秘地一笑，说道："下官想先看看监狱。"

危寿会心一笑，问道："你是想看看你的死对头卢珂？"

池仲容诡诈地笑了笑，说道："这个嘛，看看犯人在监狱里受罪，人就不想作恶了。"

危寿笑着说道："池义官，你有这份心，本官现在就安排你进监狱看看。走。"危寿领着池仲容来到不远处的赣州府衙前的赣州大狱。池仲容的四个亲随被留在监狱门外。危寿领着池仲容直接来到死囚犯人的牢前，走到卢珂牢门前，他朝池仲容摆头示意，轻轻嗯了一声，接着他快步继续向前走。池仲容放慢脚步，仔细看了看，正是卢珂，人正被大木枷铐着，于是池仲容得意一笑，小声哼哼起了采茶戏《四姐反情》的戏词："吃了酒，上了路，三步并作两步走，呐呵嗨，两吊铜钱身上带，一路走来乐悠悠，一路走来乐悠悠。"池仲容快步向前跟上危寿。走在危寿身后，池仲容脚步比先前轻松了，个子也显得比刚才高大了。

在监狱见到了卢珂，池仲容心里踏实了些，第二天他打发一个手下回山寨报信，让山寨解除临战戒备，筹备过年。

池仲容和他的卫队被安置到了祥符宫，每人发放一套崭新的青衣长衫、一双黑色皮靴。巡抚衙门礼房书吏领着赣州府学一位教谕，在祥符宫院子里，给这些涮头来的粗野山民集体培训礼仪。

第二天中午，余恩出面，危寿、黄表、雷济作陪，在位于盐官巷的"香飘四省"酒馆为池仲容接风。上菜的过程中，余恩问道："池酋长，上午都游览了哪些地方？"

危寿提醒道："启禀余挥使，王都堂称呼池酋长为义官。"

余恩微笑着叫道："哦，池义官！"

池仲容一拱手，笑着说道："不敢不敢！回禀余大人，我上午到瓦肆街看看耍把戏的，听听采茶戏，听听瞎子说武松打虎。后来看看龟尾角，总算见识了赣江。"

余恩问道："池义官，耍把戏的、采茶戏，这些东西你们浰头都有吧？"

池仲容笑着说道："有呀！咱们浰头的细妹子唱采茶戏，嘿嘿，实话说，不比赣州城里差。官府有乐户，浰头有戏班子。嘿嘿！"

余恩自觉一个堂堂四品武将，今天竟然要和一个强盗同桌喝酒，相当憋屈。为了贬低池仲容，余恩故意说："池义官，你是不是也会唱采茶戏，本官看，趁乐师、乐户还没来，你就给大家助助兴。"

池仲容一抱拳，张扬地笑着说："那本酋长就唱两句《王婆骂鸡》？"见余恩点头，池仲容清了清嗓子，唱道："铁匠偷吃了我的鸡，铁星子蹦到眼窝里；石匠偷吃了我的鸡，十根指头都砸劈；和尚偷吃了我的鸡，死了变个大秃驴；教书先生偷吃了我的鸡，教的学生光淘气；读书人偷吃了我的鸡，考不上秀才干着急；做官的偷吃了我的鸡，撞上御史蹲大狱……"池仲容本来一个草寇，现在却女腔女调地扮起了戏子。余恩鄙夷地笑着。危寿和黄表是读书人出身，知道民间这个戏，骂人太恶毒，丢一只鸡，竟然把天下七十二行职业骂了个遍，这种场合唱，成何体统！危寿和黄表互相对视一眼，危寿高声咳嗽一声，趁池仲容换气的间隙，问道："说到武松打虎，你们浰头山里有老虎吧？"

池仲容唱戏的兴头被危寿截断，不由得愣愣神，就顺着危寿的话题接了上去："啊啊！老虎？有老虎！有老虎！听瞎子说武松打虎，把听书人吓得吱哇乱叫，嘿嘿，哈哈！本……本酋长就打死过老虎，"发现余恩有些吃惊，池仲容越发自信，一挺身子说道，"打老虎，武松是酒壮英雄胆，本酋长是艺高人胆大，说害怕？根本顾不上害怕，我就那么，"池仲容张牙舞爪地比画着，"三下五除二，就……就……老虎就死了。"一时兴起的池仲容得意忘形,说到兴头时,却发现余恩沉下了脸,危寿皱着眉,这才意识到这里不是涮头自己的聚义厅,自己不可以肆无忌惮,打虎故事只好讲了个虎头蛇尾。池仲容的这一番放肆,让危寿陷入了沉思:池仲容这厮当过打虎恶魔,武松要靠酒壮英雄胆,酒能壮胆,也差点要了打虎英雄的命,后来武松到十字坡,喝了下有蒙汗药的酒……危寿在心里翻滚着:池仲容、池仲容的卫队、蒙汗药、酒。危寿诡秘地看了一眼池仲容,称赞道:"赣州有好酒,今天就让池义官喝好。"危寿说着,指了指旁边桌子上两个十斤装的酒坛,"这是章贡老酒,十年陈酿。池义官好口福。"

说着话,菜已上齐,八菜两汤:糯米鸡、生煎鸭、呹米卤鹅、小炒鱼、炒东坡、竹筒粉蒸肠、酿豆腐、米粉南瓜、蛋菇汤、米酒汤圆。

刚才池仲容唱戏时,外面一对父女怯生生地候在房间门外。正要开席,余恩朝危寿示意门外。危寿招了招手。这对父女进入房间,对着桌子磕了三个头。危寿一指靠墙的两把凳子,老者就座,调好二胡,女子站稳丁字步,开始了演唱。唱的是莲花落《王二姐思夫》,姑娘开口唱道:"哎!唱的是哎,八月里的秋风,人人都喊凉……"

池仲容刚刚灌了三杯酒,听着声音悦耳,扭头一看,见唱戏的姑娘一身紫衣,头包绿头巾,楚楚动人;再看老年男子,腿上搁着一把二胡,一身褐色衣服,头上同样包着一片绿头巾。池仲容觉得,细妹子小小年纪唱《王二姐思夫》,有些怪,不过细妹子怪讨人喜欢。

第一百〇一章　摆鸿门宴　擒池仲容

　　腊月二十五,池仲容到巡抚衙门辞行。王阳明劝池仲容道:"池义官现在回去,五百里地,路上得八九天。眼看着就过大年了,你们无论如何赶不上回家过年了,途中过年,冷冷清清。即便回到浰头,大年初一、十五,按礼数,你们又要来赣州拜年。这样来回折腾,不如就在赣州过年,热热闹闹,过了年再回去。"

　　危寿在一旁说道:"池义官,不能辜负了王都堂的一片好心呀。再说赣州还有好多地方你没吃没玩没看呢。"

　　王阳明吩咐危寿道:"危节推,要过年了,给浰头新民每人发放些零花银子,让大家乐和乐和,有个过年的样子。"

　　此时,池仲容耳边又响起了"香飘四省"酒馆那个细妹子唱《王二姐思夫》的甜美声音,他心里不由得痒痒的。留与走,各有利弊。走了,能趁着过年,和山寨弟兄们大碗喝酒,痛痛快快;留下,听听小曲,抱抱城里的细妹子,把玩一下细妹子的细嫩小手,也不错。心念一动,池仲容道:"谢都老爷招待安排。"

　　出了巡抚衙门,池仲容问危寿道:"危大人,那天唱《王二姐思夫》的那个细妹子住在哪里?"

　　危寿一笑,道:"以前这些乐户贱民都在城外龟尾角住,赶上过年,衙门为安全考虑,把乐户搬迁到了城里。就在——"危寿看着池仲容渴望的眼神,会意道,"瓦肆街。"

　　池仲容有些淫荡地笑着说:"危大人,听说这些乐户,不少人过去是做官人家。真有这回事？"

危寿道："做官人家？啊，有这回事。乐户，有前朝的俘虏，有罪臣家眷，这些还算高等乐户，吹拉弹唱，侍候官家。再有就是……"危寿看着池仲容，加重语气说道，"土匪、强盗、罪民处斩后，妻子儿女有的官卖，给大户人家做家奴；有的直接罚做乐户，或者罚入军营，男的戴绿头巾，做龟儿子，女的做妓，卖艺卖身。池义官，今年南安剿匪，官府又增加了不少乐户。"

池仲容闻言开始是尴尬，后来是皱眉，心里恨恨的：奶奶的！老子搞就搞做官人家出身的。

接下来的几天，每天中午，巡抚衙门中军参谋、六房书吏轮流做东请池仲容吃饭，晚上池仲容就嫖宿到了瓦肆街的乐户家。有了零散银子的池仲容的卫兵，也不时投宿乐户家。池仲容银子多，可以常宿常嫖；卫兵们嫖心大，零散银子不经花，不时干些过去轻车熟路的土匪勾当。

大年初一，池仲容要到巡抚衙门拜年，半个头被缠着纱布，成了独眼龙。为了图个过年的喜庆颜色，白纱布外又缠上了红绸布。

瓦肆街到巡抚衙门之间，有一段距离。上午，危寿陪池仲容走在欢闹的街道上，脚下满地是被炸碎的红红的炮仗碎屑。从东往西走，沿途路过的府衙门前，有唱花灯戏的，一红男一绿女，女的挑灯，男的打伞，你一来我一往。这是民间艺人在向府衙讨喜钱。府衙边上的驿站门前，是一队踩高跷的。驿站小吏在大门前放上一挂鞭炮，送给高跷队几粒碎银子。再往西走，是岭北分巡道署衙。池仲容感受不到外面的喜庆，他心里有些冰冷，他怀念山寨过的大年，除夕夜一场酒能喝一长夜，初一天明一挂万字头的长鞭炮，然后高坐虎皮交椅，坐等各山寨寨主前来拜年。接下来是和寨子里脸蛋最好看、嗓子最动听的细妹子来一段采茶戏。真是美滋滋的……唉！为什么会鬼迷心窍，在别人的地盘过年呢？倒霉！

进了巡抚衙门大院，路遇拜年的官员像走马灯，一拨一拨的。池仲容在赣州见官小一辈，像虔诚的朝圣者朝圣似的，走几步就要磕回头。磕到大堂，昨夜受过伤的头早就晕乎了。

王阳明一见池仲容，惊问道："池义官，大过年的，你这是怎么了？"

人活一张脸，要强的池仲容强打起精神，磕了个头，说道："小民给王都堂王都老爷拜年！"

王阳明朝危寿怒吼道："大胆危寿！你知罪吗？本院令你招待贵客，这是怎么回事？"

危寿扑通跪到地上，解释道："下官失职！下官失职！昨天晚上，池义官的手下弟兄在乐户家闹事，府县巡捕官吏弹压时，误伤了池义官。"

王阳明仍然怒气未消，喝问道："好个危寿，误伤池义官时，你在哪里？你为什么不及时保护？"

危寿嗫嚅道："下官失职。这段时间，池义官歇宿在乐户家，下官不方便，"危寿看了一眼池仲容，"不方便保护；再说，池义官力能伏虎，下官也想不到他会被几个寻常巡捕误伤。"

池仲容往日要横打人的气焰消失了，有些不好意思，吞吞吐吐说道："醉酒误事，搁往常，三五个壮伢子，不在话下。"

王阳明关切地问道："眼怎么样？"

危寿说道："不要紧，还能看到。就是为了保护眼睛，才包扎起来的。"

王阳明见池仲容点头，安慰道："真是万幸！好好歇两天，调养调养！危寿何在？"

危寿仍然跪在地上，应道："下官在！"

王阳明声色俱厉地吩咐道："严惩肇事者，巡捕官，狠狠罚上二十杖，巡捕吏卒，每人三十杖，替池义官出气。请最好的医生给池义官疗伤。立即去办！不得再次玩忽懈怠，如有差错，定要严惩！"

池仲容心中五味杂陈，是抱怨王阳明，还是感激王阳明，他不清楚，但是有一个念头是确定了的，他说道："谢谢王都堂几天来的款待，虽然……唉！小民还是回到山寨养伤吧,只求王都堂准行!"

王阳明说道:"哎呀!出门一日难,在家千日好。出了这事,本院也不好再留你。池义官,你打算哪日上路?"

池仲容说道:"就明天吧!"

王阳明说道:"明天你歇上一天。衙门要准备准备,就搁在初三吧,好好给你们饯行,犒劳犒劳!你能归顺朝廷,大功一件!危寿,好好安排池义官的生活。"

初二,祥符宫内,赣县主簿周鉴组织十几个人忙忙碌碌,扎搭彩棚。彩棚门脸上一副对联,上联是"三浰愚顽弃恶从善成新民",下联是"两江百姓既往不咎享太平",横批是"好事成双"。宫内后花园,十几个人杀猪宰羊,埋锅架案,准备炊事。一头猪在煺毛燎毛,散发着一股熏鼻的煳臭味,三三两两的浰头寨兵时不时探头探脑,兴奋地往后花园打探,或者干脆朝着后花园方向,使劲吸溜几下鼻子,提前闻闻肉香味。

正月初三午时,祥符宫内一派喜庆,祥符宫左邻右舍的光孝寺、城隍庙、海会寺、武庙、五道庙,钟声齐鸣,寺庙钟声在为赣州百姓消灾祈福,祥符宫内的一口大钟,浑厚的嗡嗡声把大院内桌子上酒碗里的酒都震得荡起了涟漪。

地面上的一片喜庆气氛,丝毫没有感染到天上,天空阴沉沉的,飘起了若有若无的雪花。

院子里八张大方桌摆成个棋盘方阵,每桌或五人或六人,坐着一色青衣的浰头寨兵,各桌陪坐一两个赣县的褐衣捕快。靠近三清大殿门前,单独摆着一张桌子,危寿主座,客位是池仲容,黄表和周祥陪坐。

三清宫廊庑下,摆着三张桌子,居中靠后是王阳明,左右稍微靠前些是杨璋和郏文。钟声刚刚停下,余音还在袅袅,只见黄表起身,清了清嗓子,高声道:"池义官、浰头各位兄弟,年前因听读了王都堂的《告谕浰头巢贼》,"黄表说着,朝向王阳明方向拱着手,"池义官深明大义,弃恶从善,归顺朝廷,兵戈化为玉帛,皆大欢喜。如今,各位兄弟就要回家,王都堂为大家饯行,下面,恭请王都堂为大家训话!"

王阳明起身,端起黑瓷酒碗,说道:"池义官,各位新民,天冷,热话不如热酒暖心,一切都在这三碗热酒里,本院为大家送行!喝好酒,吃饱饭,大家好动身!"说着,王阳明一口气连喝三碗。

杨璋、郏文、危寿、黄表、周祥纷纷起身,池仲容跟着起身,各桌陪客纷纷起身,涮头各寨兵纷纷起身。刚才,钟声嗡嗡震耳时,各桌陪客纷纷给每个人面前的三只瓷碗倒上了热酒。这时候几十双眼睛一齐看着王阳明三碗酒连续一饮而尽,与池仲容同桌的危寿、黄表、周祥也连饮三碗。榜样的力量是无穷的。天冷,有些人早就贪着碗里的热酒;有些人贪着这顿大吃大喝,从昨天晚上就开始空肚子,急着喝了酒赶快吃肉;有些人盼着早早干了三碗酒,上路回家与亲人团聚。加之有各桌陪客软硬劝酒,涮头一众人三碗热酒先后下肚。

看着大家喝尽三碗热酒,王阳明身子一晃,险些晕倒,他强打精神,也不说话,起身离开了三清宫殿廊。杨璋、郏文跟在王阳明身后,一起绕道匆匆离开了祥符宫。

第一百〇二章 扮贼捉贼 剪灭悍贼

未时末,危寿来到巡抚衙门后堂,见王阳明。

王阳明仰靠在椅子后背上,皱着眉,闭着眼。危寿当胸拱手说道:"启禀王都堂,浰头众贼已经全部处置。"

王阳明身子猛地前倾,"哇"的一声,一口鲜血喷到了书案上铺开着的一张宣纸上,点点鲜红的血迹在粉白的宣纸映衬下,像一树怒开的蜡梅。

危寿顾不得上下尊卑,一步窜到桌子前,边扶王阳明边喊着:"王祥! 王祥!"

王祥跑进来,递上手巾。

王阳明擦拭掉嘴角的血迹,喝上一口茶水,漱了漱口,看着危寿缓声说道:"你们辛苦了! 危节推,你没事吧?"

危寿说道:"下官事前已经安排稳妥,要求陪客一律事前服用解药。王都堂,您……您没事吧?"

诸翠闻讯来到后堂,看见书案上被染红的宣纸,她一脸焦急地说:"先生,到后面躺着去吧?"

王阳明朝诸翠摆了摆手,示意危寿跟着自己,站起身,往中堂走去。

中堂里,杨璋、郏文早已到齐。

王阳明就座后,道:"危节推,通报一下最新情况!"

危寿说道:"王都堂,一切遵照钧旨,依计而行。早在池仲容从浰头动身时,已经传令赣州、南安、惠州境内各卫所、各府县集结军士、民壮,随时待命,准备出击。赣州卫千户孟俊派人汇报,孟俊率兵以逮捕卢珂同党的名义,借道浰头,已经到达盘龙寨,集结了卢珂手下的人手。卢珂本人在池仲容探监后,已经放归龙川盘龙寨。更早在王都堂发布《告谕浰头巢贼》时,就已经组织起龙川和龙南两县的受害苦主,建立了向导队。惠州府知府陈祥已经呈报了浰头各山寨详细的地理、地形和进攻路线图。"

王阳明闭着眼睛,强打精神,指着大堂书案上,吩咐道:"这是《进剿浰贼方略》,你向杨兵宪、郏都指挥使通报一下各路兵力部署。"

危寿拿起方略,向杨璋和郏文宣读道:"《进剿浰贼方略》,围剿浰头官军从龙川县、龙南县和信丰县三个方向,分九哨进攻……提督王都堂亲自督战,并亲率中军谢昶、萧庾、雷济等官军,从龙南县冷水方向,直捣下浰大巢。命令各哨,于正月初七寅时,准时进入各自攻击位置。命令副使杨璋,督办粮饷,在记功御史到来前,负责记录功次,并催督各哨。"

危寿向杨璋和郏文宣读围剿方案的时候,王阳明闭目养神,心里头几个概念来回翻转:金龙霸王、龙川、龙南、龙场、成化八年自己出生的那个龙年,这些龙都聚到了一起。见危寿读完围剿方略,王阳明振作精神,坐直身子,斩钉截铁地说道:"浰头恶贼,为害多年。广东河源、翁源、长乐,江西龙南、安远、信丰,都曾被攻陷城池。龙川一县,原有五十五里,人烟稠密,六万多人口,因被众贼杀掠荼毒,如今仅余七里半,人口不足一万。如此恶贼,虽官府屡次征剿,但因为行事不密,总被他漏网。后又多次招安此贼,可此贼总是阳奉阴违,贼性不改,招而不安。杨兵宪、郏都指挥使,如今贼首已经伏诛,事不宜迟,若坐等广东狼兵,必将失去良机。奉圣旨,"王阳明说着,起身拱手当空,"南赣等处地方贼情,着王守仁自行调用官军,设法剿捕。"

正在坐着的杨璋、郏文、危寿一起起身,抱拳道:"卑职一切听从王都堂的安排!"

明代广东地图

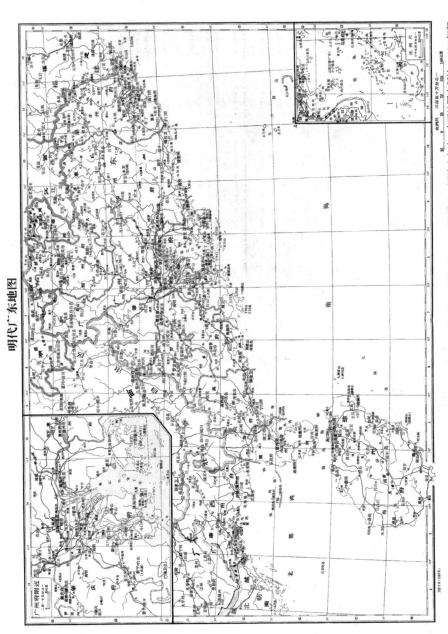

《中国历史地图集》(第七册，元・明时期)，谭其骧主编，中国地图出版社，1996 年版

没有必要再背诵朝廷恩准自己"提督军务"的圣旨了,王阳明直接说道:"命令:火速通知下去,各自连夜出发,围剿浰头!"

正月初六夜里,浰头各巢贼众,在三十九座大小寨巢中,仍沉醉在过年的欢庆气氛中。初七寅时时分,拜年、喝酒、赌博、耍龙灯、放社火、看大戏的贼众,兴奋了一天,忙累了一夜,一个个都枕着枕头在做美梦。各寨的老公鸡,因为被贪吃的贼众杀了许多做迎神的供鸡,做客来客往的下酒菜,同命相怜,心情沮丧,已经懒得打鸣;各寨巢的狗过年跟着主人大嚼骨头,吃多了醉酒主人的呕吐物,醉倒在狗窝,已经失去了警觉。

九哨官军人马,在熟悉贼巢路径的向导人员带路下,按照东西南北中、东北西南、东南西北九宫方位,悄无声息地收紧了围剿的口袋。有备而来,攻其不备,初七这一天黎明,许多贼人睡梦中稀里糊涂地成了刀下鬼。

在中浰大寨,仓促集合起来的上千精锐贼兵,在惠州知府陈祥、赣州卫千户孟俊、赣州府推官危寿三哨人马和四倍兵力的围攻夹击下,土崩瓦解。初七一天,上浰头、中浰头、下浰头三大贼巢被扫荡净尽。

荡平了核心贼巢,官军士气大涨,胆大的要立功受赏,胆小的怕军法从事,个个奋勇,势如破竹。官军所过之处,三十多座贼巢山寨,如遭台风,一片狼藉。

正月十六,王阳明中军大帐进驻中浰头。晚上,在帐外,王阳明、杨璋、郏文在月光地里赏月论兵。

郏文笑着说道:"王都堂,卑职先前说过,卑职跟随王都堂,学到的最有用的兵法就是,出其不意、攻其不备,在漳南如此,在上犹如此,在浰头还是如此。"郏文说着,抬头望着明月,"月亮还是这个月亮,贼兵还是这些贼兵。早年间,三省围剿,三万人马,一围一年半,耗费十来万银子,总也不济事。看来,这个突袭,咋用咋灵呀! 杨兵宪,你说是不是?"

杨璋说道:"郏都指挥使,你说得对,突袭是王都堂的拿手戏。敝道再补充一条,集中优势兵力,打歼灭战。这也是王都堂的一着妙棋。"

王阳明举头看着圆月,说道:"两位说得不错。今晚,还有一出好戏。俗话说,疑人不用,用人不疑;用兵上是另一个说法,疑兵必用,用兵不疑。"

杨璋疑惑不解,道:"疑兵必用,这是怎么说?"

王阳明只管赏月,没有说话。

郏文解释道:"涮头各寨,还残余有八百精锐,他们纠合到了一起,逃窜到了天堂寨。这个天堂寨,名副其实,高得像在天上一样。南北西三个方向,上山下山就一条路,又是悬崖峭壁,山上的滚木礌石,像下雨一样。东面是九连大山,几百里地深远,从东边进山,绕道需要半月时间。我们耽误不起。若贼众逃进深山,必成后患。王都堂只好用起了疑兵,选派盘龙寨七百精干民壮,那个个都是攀高爬低的好手,个个都说龙川方言,个个报仇心切。那些人,穿上涮头贼众前胸后背绣着'天兵'的黑衣服,头上缠着红布。他们会趁天黑,蒙混上山。我们只等明天的好消息了!"

杨璋沉吟着,自言自语道:"这么明亮的月光,能行吗?"

郏文看着王阳明,说道:"卑职相信王都堂。"

王阳明笑着说道:"如果天太黑,伸手不见五指,山上贼兵心中没底,反而不敢招人上山。月光似明不明,能看清服装,听清口音,反而心里放心。杨兵宪、郏都指挥使,疑兵不能总是空城计,空城计唱得了一时,蒙混不了长久。今晚,七百精兵上山,从东边往下撵贼,山下各哨人马已经张开了口袋阵,在迎候着山上的溃逃贼众呢。等消息吧!"

第二天下午,在中军大帐,王阳明、杨璋、郏文在一起汇总一天来的战果。郏文朝王阳明深深鞠一个躬,说道:"王都堂,今天卑职跟王都堂再学习了一个兵法,叫'大张疑兵,浑水摸鱼'。今天下午,卑职督领下的余恩、姚玺、孟俊各自派人前来禀报天堂寨发生的战况,完全按照王都堂的计划进行。孟俊率领盘龙寨新民卢珂和卢珂的寨兵,趁着夜色,一直在天堂寨下徘徊,被山上把守的贼众误以为是被打散的同伙,被招呼上了天堂寨。趁黑上山的七百勇士摸到了山顶,黎明时分,居高临下,放滚木礌石,贼众支持不住,只好溃下山来,结果被山下官军围歼。杨兵宪,卑职对王都堂用兵用计,从来就不怀疑。"

杨璋笑着说道:"敝道昨晚不是怀疑王都堂,只是担心月亮。"

精锐悍匪覆灭后,剩下的就是清剿残匪。

二月十五,在下涮头,王阳明设坛祭祀涮头山神。

三月初三,各贼巢已经难见人影,只剩下张仲全手下二百来人的老弱病残队伍跪在九连山口,连着号哭了三天,因为是胁从,被免予死罪。

三月初七,在下涮头中军大帐,王阳明、江西巡按御史屠侨、广东巡按御史毛凤、杨璋、郏文、广东按察司朱昂、惠州知府陈祥对围剿涮头匪帮给以总结。

王阳明说道:"从正月初七到今天,前后两个月时间,涮头剿匪基本结束。赣州知府呈文请求班师,说春播马上就要开始,各县民壮都盼着回家春忙。今天我们会商两个问题,这两个问题确定下来,就可以放心撤兵了。第一个问题,由屠天使、毛天使检验确认战功,本院先行赏功,好让各军士民壮放心回家。至于各官佐将领的请赏,可以等朝廷圣旨。第二个问题,为了长治久安,根据别处的成功经验,计划在涮头设立新的县治。这段时间,本院和杨兵宪、朱兵宪、陈府台,以及龙川县知县、主簿,召集地方秀才、里老,一起走访勘察了上中下涮头,最终看中了和平这个地方。根据惯例,如果设立新县,县名就叫和平。现在请两省天使通报确认战果!"

毛凤拱了拱手,说道:"还是请屠侍御通报吧!"

王阳明点点头。

屠侨拿着战果统计文书,念道:"两个月时间,官军先后打了大小战斗三十余场,一共扫荡贼巢三十九处,擒斩大贼首二十九名、次贼首三十八名、贼众两千零六名,俘虏贼属八百九十名,收缴牛马一百二十二头(匹),赃银七十八两六钱六分。坠落山谷而死者不计其数。下面,本使公布一下各哨人马具体到各队、各人的详细战果……"

第一百○三章　山洞小住　县学劝俗

　　王阳明会同各官、地方里老规划好未来和平县的选址,选定两处巡检司的新址,布置好留守兵力,于三月初八开始撤军,向北翻过九连山,于三月十五途经龙南县的玉石仙岩。

　　平生喜好山水的王阳明,被这座平地而起、高达百丈的玉石岩留住了脚步。玉石岩色如白玉,分上岩、下岩和新岩。更吸引人的是岩上有孔山洞,洞内宽敞,容得下数百人聚会。这座洞名为玉虚洞,洞顶有圆形天窗,可以承接日精月华;洞底有一眼龙井,深不可测,像人心一样深奥。撤军前的三月初四,还在浰头的时候,王阳明已经写好了向朝廷要求退休的《乞休致疏》,他在疏中说,朝廷派遣自己来南赣的任务就是剿灭四省边界的土匪,如今任务完成,朝廷应该让自己解甲归田了,自己很想回到绍兴会稽山上的阳明洞天去养养病,补补精气神,养心修道。打了一年多仗,对解甲归田越来越向往。去年打罢桶冈,在茶寮驻扎时,他就谋划着战后的退休生活,在《茶寮纪事》诗中就表明了心思"乞身已拟全师日,归扫溪边旧钓台"。在更早的漳南剿匪时,他也一门心思地想着,回到浙江和徐爱一同开荒种地,像陶渊明一样,"采菊东篱下,悠然见南山"。

　　杨璋、郏文、邢珣、危寿跟在王阳明身后,攀岩观览。龙南县知县卢凤跟在队伍后头做导游。卢凤因为去年二月池仲容攻打信丰县城时堵截不力,被王阳明奏明朝廷,停发了半年的俸禄,曾经心中尽是不满,好在如今池仲容已经彻底完蛋,他没有了后顾之忧,心情这才好转。卢凤热情地介绍道:"王都宪,龙南比邻涮头贼窝,县内又有本地贼众,敝县到任的五年来,百姓流离逃命,田地抛荒。如今有王提督挥军剿匪,王师告捷,为民除害。现在,老百姓吃了定心丸,全县四野,到处一片忙碌,都在忙着春播,"卢凤说着,指着山脚下,"山脚下是桃江,夹江两岸都是桃花。满山谷盛开的桃花,就像敝县上万百姓一样,都在热情洋溢地迎接王都宪呢!"

王阳明很高兴,桃江的名字让他不由得再次联想到了陶渊明和他的《桃花源记》。陶渊明有自己的桃花源,王阳明有自己的阳明洞天。会稽山中的阳明洞天,与这个玉虚洞相比,就显得太浅太小,如果不是洞外搭建上屋棚,住人都很勉强。和贵州龙场的东洞相比,龙场缺少了桃江水的灵气。更主要的是,在龙场时,自己是龙落平川,不得不缩着脖子,夹着尾巴;在这里,则是龙翔九天。剿匪大捷,扬眉吐气,山民里老沿途欢呼慰劳,感恩戴德。前者小吏欺凌,后者百官拥戴;一个失意时,一个得意时;一个地上,一个天上。

邢珣因为强烈要求撤军,与王阳明剿匪要斩草除根不留后患的思路不合,招致王提督不悦。虽然最终王提督听从了自己的撤军请求,但在邢珣心中,因为没有毫无保留地和上官保持一致,心里还是多少有点不踏实。这时候,他稍微带着讨好献媚的口味说道:"王提督,下官听说您在会稽山有自己的阳明洞天,不知道那和这座玉虚洞相比,有何高妙之处?"

王阳明笑着说道:"不如这里!"

邢珣说道:"唉!玉虚洞虽好,可惜不能搬到王提督仙乡绍兴。"

王阳明笑着说:"人在天地间,不过一个匆匆过客,哪里是家?能在哪里住上两个晚上,都可以叫家。"

邢珣赔着笑说道:"对对!人生处处都是家!下官有个提议,绍兴有个阳明洞天,龙场有个阳明洞天,赣州不能没有个阳明洞天。这里干脆就叫阳明别洞吧,杨兵宪、郏都指挥使,你们二位意下如何?"

杨璋笑着附和道:"王都堂刚才可是说过,住过两晚上才能叫家。"

卢凤揣摩着顶头上司邢知府的心思,猜准了手握"军法从事"大权的王阳明的心思,不失时机地介绍道:"王都宪,各位长官,这山洞里有宋代万岁爷御赐的图书一百多卷,下官斗胆请求各位官长,在此耽误两日,帮助小县鉴赏一下这一百多卷古书。搁平常往日,小县请也请不到各位老先生、老大人。"卢凤说着,对着王阳明就跪了下来。

　　杨璋、邢珣、郏文纷纷看着王阳明。王阳明有些心花怒放,点着头说道:"如此甚好! 甚好!"

　　邢珣赔着笑说道:"王提督一旦住过,就可以称家了。这个阳明别洞的名字,是否可以定下了?"

　　王阳明乐得脸上笑开了花,说道:"如此甚好! 甚好!"

　　王阳明当晚驻扎在了玉石岩,就住在阳明别洞,他在此一连住了四天,不忍离去,并且诗兴勃发,写了《回军龙南》三首组诗。杨璋、郏文、邢珣、危寿、卢凤,各自与王提督唱和了一首。雁过留声,人过留名,王阳明在玉石岩写就了记功碑文,勒石《平涮头碑》,作为留念。

　　三月十九,王阳明来到龙南县城,住进了城西北的县公馆。龙南县城周长四里多,只有西、南、东三座城门。王阳明率领文官武将,在城隍庙举行了献俘仪式,之后视察县城。在被连绵春雨泡得塌了架的南门前,见门匾"熏风门"掉落到了地上,王阳明沉了脸,邢珣陪着皱眉。卢凤跪在泥地上,磕头磕得前额上满是泥。最后来到了县学。小县的县学只有十二个秀才。县学教谕缪铭是王阳明的浙江老乡。受缪铭的邀请,王阳明在县学明伦堂给秀才们做了一场讲学,同时也算一场现场办公。王阳明拿出三份文稿,一份是在南安剿匪后发布的《谕俗文》,一份是新近写就的《告谕》,一份是在回军途经九连山时所作诗稿《回军九连山道中短述》。

　　杨璋、郏文、邢珣、危寿、卢凤等官陪坐在明伦堂后面,缪铭在台前站着主持。

　　王阳明拿起诗稿,说道:"这次讲学,就从这首诗的其中两句说起,'莫倚谋攻为上策,还须内治是先声'。诗意就是学问,学问是修身的学问,学问就是政治。就以这次剃头剿匪作比,和我们修身、养生一样。懂得养生,就会注意自己的饮食起居,别饿着,别撑着,别冻着,别热着。如此一来,即便一时疏忽,染上风寒,头疼发热,稍微调理一下就好,还不至于伤筋动骨。如果平时对身体不管不顾,等大病上身,就只好下重手了。修身是这样,修心也是这样,平常看管好自己的心,不惹事不惹祸,自然平平安安。如果自己看管不好,要靠别人来看管,不是牢狱之灾,就是杀身之祸。我们这些秀才,读书人,知书达理,将来做了官,管理一府一县,用的就是这个道理;即便不做官,教书育人,教的也是这个道理;再退一步,即便不做官,也不教书,读书人也要为社会做个榜样,以身作则。社会出乱子,根源在于风俗不美,要想社会和美,就要改变风俗。因为我们是读书人,我们知书达理。"说到这里,王阳明面向后排的官员说道,"危节推,本院新近制定的这份《告谕》,就是为了改变民俗民风,你要把它和这份去年在南安颁发的《谕俗文》放在一起,在龙川、龙南两县广泛张贴。"危寿起身拱手,说道:"下官遵命!"

危寿被委托经办和平新县的筹备驻防工作。

王阳明继续说道:"我们读书人,自己修身修心,引领社会风气;不识字的老百姓,我们以身作则,教书育人。教书育人,就要多办学校。多建兵营,不如多建学校。办学校,请先生,能花几两银子!兴师动众,几万大军,一年半载,花费多少银子!这账一算,谁都能明白,哪一个合算。更何况,教书育人,是吉祥;动刀动枪,对朝廷,对官府,对百姓,都是大凶大恶!杨兵宪、邢府台,回到赣州,你们的首要任务是兴办社学,要用诗书礼乐熏育子弟。"

第一百〇四章　痴心弟子　胡子学生

四月初,王阳明回到赣州,在赏功所犒赏过各路有功将领后,又摆酒设宴,答谢各位弟子。天气转热,工房在后堂东边新盖了一座轩房,答谢弟子的酒宴就设在新盖的轩房内。王阳明一心盼着退休回家,干脆为新轩房命名为"思归"。

在座弟子有何春、何廷仁兄弟,黄宏纲,管登,邹守益,陈九川,欧阳德,薛侃,冀元亨,梁焯,袁庆麟。

何春字元之,举人;何廷仁字性之,秀才;黄宏纲字正之,举人;管登字宏生,秀才。四个皆雩都弟子。

邹守益,江西安福人,字谦之,二十九岁。正德六年,王阳明在吏部当会试同考官时,慧眼识才,选拔邹守益为会试的会元,后来殿试时他被钦定为探花。中进士后,邹守益入选翰林院编修,但他只干了一年,便辞职回家继续读书。

陈九川,字惟濬,江西临川人,二十五岁,正德九年进士。在南京鸿胪寺见识了王阳明心学。

欧阳德,字崇一,二十三岁,吉安泰和县人,十五岁中举。

薛侃,去年的进士,在南京鸿胪寺拜师入门。

冀元亨,正德十一年中举。

梁焯,字日孚,广东南海人,三十六岁,陈九川同年进士。

袁庆麟,雩都县秀才,六十四岁。字德彰,号雩峰。

王阳明面南正坐,大家按年龄排座,袁庆麟左边首座,冀元亨三十七岁,右边首座。

酒宴开始，王阳明巡视一圈后，说道："一年来，我四处奔波，一直没有时间与大家一起畅饮过。我先喝三杯，算是对你们各位表示谢意。"先生感谢弟子，这是唱的哪一出戏？各位面面相觑，一起站起身，恭敬而疑惑地看着王阳明连喝三杯。王阳明喝罢三杯，说道："你们每人三杯，三杯酒代表为师的心意。"

欧阳德年龄小，不解地问道："先生一年来金戈铁马，为了朝廷，为了百姓，屡立战功，弟子们应该给您接风庆功才对呀，这是弟子们失礼在先吧，先生？"

大家一起看着王阳明。

王阳明笑眯眯地说道："小秀才，你有疑问，喝罢三杯酒，听为师解释。"王阳明笑着等着弟子们喝酒。

欧阳德十五岁中举，个子又小，被王阳明亲昵地称为"小秀才"。

弟子们个个举杯，喝了三杯。

王阳明示意大家就座，说道："我们常说教学相长，为师指点你们的同时，自己也受益匪浅。由此也可以说，我们互为先生。"弟子们有些诚惶诚恐地看着王阳明，王阳明继续说道，"圣贤学问，修自身，化别人。为师有言传有身教，说别人容易，修自身难。无权无势时，自身还容易掌控，有了权势，会不会放纵自己？不放纵自己，不容易做到。你们知道，战场上不是生就是死，要想不死，必须要有铁的纪律。朝廷授予了为师军法从事的权力，这是生杀予夺的权力。手握重权的人，能不能做到赏罚分明？能不能做到大公无私？能不能做到问心无愧？战场上的处罚，战后赏功所的赏功，赏罚后我能不能心安理得？我平常跟你们说的大道理，关键时刻，我能不能做到言行一致？漳南剿匪后，回军路上，检讨我的一切作为，我担心见了你们要内疚。结果，回到赣州，面对你们各位，我没有内疚，没有不安。这次浰头剿匪，为师一直心中坦然。为什么？为师做到了言行一致，做到了公而无私。原因就在于，我的弟子是我的一面镜子，我对你们说过的所有言语，就是我的一面镜子。所以为师要谢谢你们！"

弟子们闻言一个个表情庄重。袁庆麟起身离席，后退两步，斜对着王阳明，拜倒在地，激动地说道："能得遇您这样的先生，弟子一生知足了!"修学了几十年圣贤学问的袁庆麟一向沉稳，此时他却激动得满面红色。

　　欧阳德起身离席，后退两步，磕罢三个头，起身说道："弟子没有生在孔圣人时代，遇到先生，如见圣人。"

　　王阳明双手在空中下压，止住其他几位要跟风磕头的弟子，说道："一直没有充裕的时间考查你们的学问进展，不过呢，考查学问进展，不见得非要听你们怎么说，读你们怎么写，也不见得非要端详你们的气质变化，我以前多次说过，修学最关键的一步，就是立志，就是修学的态度。我虽说没有与你们多交流，但是知道你们一直坚守着求学修道的志向。雩峰年过花甲，胡须斑白，修学了几十年，而且很有心得，一本《刍荛余论》是他静悟得来的。你们看看他这个态度，这个年纪还要拜师求道，'刍荛'两个字，自谦是砍柴割草的人。这也是为师的一面镜子，我自己的学问做不到，我怎么能心安理得面对这样的弟子。"

　　趁王阳明说话的间隙，袁庆麟起身，这次没有离席，一拱手说道："请先生还是叫我的字吧，先生称呼雩峰，弟子担当不起。"

　　王阳明看着袁庆麟说道："德彰，你先坐下。"等袁庆麟就座，王阳明看着冀元亨说道："惟乾已年近不惑，前年中了举，还是不远千里，长途跋涉，来赣州就学。"冀元亨正要起身，王阳明止住不让他起身，继续说道，"学无止境，教学也是一种学习。南赣各地要大办社学、书院，赣州城里，除了修缮原有的濂溪书院外，还要再建五所书院。惟乾，为师准备让你主教濂溪书院。"冀元亨刚开口说了一声"先生"，就被王阳明止住了。王阳明继续说道，"元之、正之、性之、宏生为了求学，竟然不顾生死，去年跑到南安战场去拜师。生死置之度外，那才是大学问。"

　　见何春、何廷仁、黄宏纲、管登四个人又要起身，王阳明止住他们，说道："心无生死的人，心中更不需要有这些繁文缛节。修学，《中庸》说一个'诚'字。心诚,不在于你起身坐下,这样来回折腾,"王阳明说着,指了指胸口,"全在于心。诚,在一心;礼,在于心;敬,同样在于心。"

王阳明说着,转向邹守益问道:"谦之,你放着翰林院编修不做,跑回江西老家,天天闷在家里读书吗?"

邹守益说道:"先生,古代人是书读好了,学问在身,才出来做官;现在,正好相反,书没读好,心上身上没有丝毫学问,想等做了官,再学再问。您说,先生,这不是把当官做实验吗? 如此作为,对老百姓,能问心无愧吗? 就是因此,干了一年史官后,弟子干脆回家闭门读书。读来读去,多年来一直卡在朱文公说的'格物致知'上,如果不是碰到先生,不知道还要闷多少年,还要卡多少年。所以,弟子要敬酒!"邹守益起身去给王阳明倒酒。

王阳明看着邹守益倒酒,说道:"你卡到了'格物致知',德彰也卡到了'格物致知',日孚也卡到了'格物致知'。说到日孚,"王阳明看着梁焯,"日孚,你这是不去北京听候吏部分配了? 听他们说,你把家眷都打发回了广东。"

梁焯说道:"弟子刚中进士,就赶上丁忧三年,一天官没做过。弟子赞成谦之刚才所言,我也想在做官之前把学问学好。包括崇一小兄弟,早早考上举人,却不急着考进士,真是沉得住气。弟子和正之、性之、元之、宏生他们比起来,自觉悟性太差,比起雩峰先生也是自愧不如。正之他们四位没有见过先生,仅仅是在赣州听冀惟乾介绍了先生的心学,就直接到南安战场上拜师了;雩峰学兄与先生见了一面,听先生讲了一遍'格物致知',当天就磕头拜师。弟子愚钝,去年与先生争论了几天,这几个月先生不在赣州,弟子和冀惟乾、邹谦之探讨了这么长时间,才自觉摸着了门径。这才拜师! 既然摸到了门径,我就想跟着先生,随时请益,把学问做熟、做透,待将来有道在身,做人才能无愧天地,做官才能无愧朝廷和百姓。所以,做官可以再等等。正好战事结束,就请先生多多指教!"

王阳明笑眯眯地说道:"日孚这个求学修道的劲头,为师很佩服。去年年底,日孚带着家眷去北京候任,路过赣州,趁换船的机会到衙门与我见了面。当天说了一会儿,他就起身离开了;第二天,坐了半天;第三天,竟然坐了一整天。不巧那几天,为师忙于准备涮头战事,在涮头耽搁了三个月,我以为日孚早去北京听选候任去了,想不到他竟然还在这里等着我,一等就等了三个月,竟然把家眷也打发回家了。能够舍去官场名利,一心学道的人,实在是难得呀!你们广东人学道,一个个志向坚定。比如湛甘泉、方叔贤。"

梁焯说道:"弟子正是从甘泉先生和方叔贤那里听说了心学。唉!先生,刚才您说到谦之、雯峰学兄都和我一样,卡在了朱文公解释的'格物致知'上,包括先生您,最早也是为这个吃尽了苦头。估计天下读书人,吃这个苦头的太多了。天下读书人千千万,解开了这个疙瘩的,目前看,也就先生您。有福分亲近您,像我们这些弟子,全天下又能有几人?听说,文公晚年认识到了自己早年的错误,而您在南京时收集有文公三十四封书信,可以佐证。先生,能否把您收集的这些书信,刻印成编,惠及天下?"

袁庆麟、冀元亨、邹守益等人纷纷赞同。

王阳明说道:"为师当年真是为这个吃尽了苦头。直到在龙场时,才解开这个疙瘩。日孚说编印成书,确实可以惠及天下读书人。"

袁庆麟起身说道:"先生,刻书印书这事,请您让弟子承当。《刍荛余论》就是弟子自己雇人刻印的。"

王阳明看着袁庆麟,笑着说道:"那就辛苦你了,德彰。座中你年齿最长,就劳你写一篇序言吧。德彰,你过了'格物致知'这一关,心物合二为一,那就是天人合一,就是《识仁篇》中说的'浑然与物同体',这就是仁呀!"

袁庆麟再次起身离席,后退两步,拜倒在地,说道:"谢谢恩师认可!"说着磕了三个头。六十四岁的老学生,眼里噙着泪。王阳明对其他人说道:"德彰如何得仁?就是从克己复礼中来的!"王阳明再对袁庆麟说道:"德彰,你学问已成,回去把《朱子晚年定论》刻出来,自己的学问不能埋没了,要传播下去。雩都的社学,就由你负责培训老师。"

噙着泪的袁庆麟起身后说道："恩师，读书人被'格物致知'几个字卡住，一切根源就在于《大学》古本被篡改。弟子既然刻印《朱子晚年定论》，一本也是刻，不如好事成双，弟子索性把《大学》古本也刻印出来。先生，您意下如何？"

冀元亨几个人欢欣鼓舞，一个个眼神热切地看着王阳明。

王阳明心花怒放地看着袁庆麟，点点头，说道："如此甚好！甚好！德彰此举对天下读书人功德无量！"

等袁庆麟坐下，王阳明对大家说道："赣州要新办五所书院，按东西南北中五个方位，分别是义泉书院、富安书院、镇宁书院、龙池书院和正蒙书院。目的就是启蒙养正，美好风俗。刚才说，惟乾主教濂溪书院，书院刚成立，先生一时找不齐，你们各位都要抽空当当先生，带一带新先生。也包括你，小秀才！"

第一百〇五章　书院说教　培训师资

　　社学在建设,师资在培训。南安和赣州两个府的师资培训安排在濂溪书院,第一课由王阳明亲自讲授。

　　书院明伦堂内,坐满了各县来的社学先生,这些人都是读书人,因没有取得秀才的功名,一律被称为童生,老、中、青各个年龄段的人都有。袁庆麟、冀元亨这些王阳明的弟子坐在最后边,观摩教学。

　　因为是巡抚大人讲课,赣州知府邢珣、赣县知县宋瑢都来当学生。按察司是全省教育的主管衙门,杨璋自然不能缺席。杨璋担当讲课的司仪。

　　大家行罢礼坐下,杨璋陪坐在讲台旁。

　　王阳明开讲道:"朝一张圣人画像行礼,不知道大家行礼时是怎样的心情,有的人可能说,我把圣人画像看作圣人本人,这个很好,祭神如神在。我呢,用这张画像,应照我自己的良心。画像我们不能随身带着,但是良心时时刻刻都在。只要我们时刻敬着自己的良心,守着自己的良心,小心谨慎,别让良心染上不干净的东西。如此一来,我们,"王阳明本想说我们也就成了圣人,话到嘴边,改了口,"就能时刻安详。如果我们察觉到自己不安详,那就意味着良心被污染了。今天这里没有巡抚老爷,只有一位讲课先生。"王阳明笑眯眯地,"这是一堂示范课,我们给你们示范,你们回去给你们的学生示范。要示范,就要求我们自身先有个先生的样子,不仅说话有个先生样子,一举一动,行住坐卧,都要像个先生的样子。有什么样的先生,就有什么样的学生。将来学生不成器,做先生的就应该自责。以上是今天讲课的引子，归结为一句话，就是示范示范，老师要做模范。下面正式开讲。今天的题目叫《训蒙大意》，通俗讲，就是'儿童教育要点'。

"先说教学教什么。在古代，教学就是教孩子们伦理常识，就是孔圣人总结的五伦，虽然是常识，却是人生最根本的东西。我们扳着指头数一数，第一条，父慈子孝；第二条，夫和妇顺；第三条，尊长爱幼，或者叫兄友弟恭；第四条，君义臣忠；第五条，朋友诚信。伦，就是人与人之间的关系。五伦，可以包括所有人际关系。这五伦关系，归结为一个字，就是仁。我们看看这个仁字，左边是人字旁，右边是个'二'字，意味着两个人，意味着人与人的关系。一个仁字，是五伦的魂。古代教学，就是教这个。后来，都变成了背书，教是教书，学是背书，考是考书，说起来夸夸其谈，做起来离仁万里。人心不古，就是因为教学内容变了。我们这个师资班，培训是培训五伦，将来你们教学也是教五伦。五伦的核心，是把一个仁字分解成八个字，孝、悌、忠、信、礼、义、廉、耻。孩子们将来学好这个，做到这个，不管长大学什么、干什么，都能成功。

"下面说怎么教。我们分三科来教：第一，歌诗，诗可以抒发情志，又可以开阔胸腔；第二，演礼，鞠躬俯仰、磕头起坐，既可以培养威仪气质，又可以锻炼身体；第三，读，可以开发智慧。这是古代的教学内容，后来演礼和歌诗被忽视，那是因为后人不懂古人的用意。

"儿童天性活泼，喜欢游戏，害怕约束，他们就像春天的嫩草，自由生长就能根茎舒展，枝叶繁茂，生机焕发；如果百般压抑，必然茎枯叶黄，萎靡不振。教孩子也是这样，要顺着孩子的天性，培养孩子的兴趣，让孩子欢欣鼓舞，心情愉悦，寓教于乐。比如歌诗，让孩子自由跳跃欢呼，能帮助孩子疏通浑身气血。演礼，长久熏习，既能培养威仪气质，又能锻炼筋骨。读书，最好是朗读，能培养孩子的中和之音和中和之气。目前的教育，把学生当囚犯管束，禁锢了孩子的天性和兴趣；一味地灌输知识，除了背书，就是描字，缺少善恶教育。这样教的结果是，先生和学生成了敌人，学生学了几年，满肚子知识，却没有文化。

"以上，是我认为应该教学的内容，目的是养正。这一点，各位先生一定要记住。

"为了让大家好把握，我把这些内容细化到每天的课程，可以叫《教约》。我简单说一下，课后你们可以传抄。具体说，每日清晨，学生向先生行礼后，先生要问学生：在家孝敬尊长的心思有没有懈怠？对待尊长礼仪上有差错没有？在街上走路注意没注意威仪？说话做事骗人了没有？鼓励孩子实话实说，有错改错，没错要继续保持。先生要随时启发教诲。做完这些，学生才可以各自就座。

"歌诗，要态度认真，稳住气，声音要清朗，不急躁，不放纵，不拘束。天长日久，必能精神舒畅、心平气和。学生分为四组，每日轮一组唱歌，其他学生静心正坐，用心听歌。每五日，每班四个组赛歌。每月初一、十五，全校一起赛歌。

"演礼，要诚意正心，照管好自己的外貌、气质和行止。不懒惰，不拘谨，不撒野。从容不拖沓，谨慎不猥琐。熏习日久，习惯成自然。演礼，可以参照唱歌，分组比赛。

"教书，不求贪多，一定要精熟。因材施教，能学二百字的，只让他学一百字。保护学生的求知欲，别让学生厌烦。朗读，要专心致志，嘴里读着心里听着，字字句句要分明，抑扬顿挫，虚心静心。书读百遍，其义自见；嘴巴、耳朵、眼睛三官并用，天长日久，自能心开义解，开聪明，开智慧。

"每天的课程顺序，第一是考查品德，第二是背书，第三是演礼，第四是讲书，最后是唱歌。演礼和唱歌，要让学生产生兴趣，日常心里装着礼义和歌唱，心里有了礼义和歌唱，自然没时间和闲情学坏了。

"各位先生，社学的教学大体上就是这些内容。教学相长，教出了心得，你们自己会先受益的。

"今天就讲这些，这是内容和教法。下面我给大家示范歌诗，这是我刚刚写的一首儿歌，诗名《示宪儿》。宪儿就是犬子正宪。好，注意听我的发声和换气，是不是中和之音：

幼儿曹,听教诲:勤读书,要孝弟;学谦恭,循礼义;节饮食,戒游戏;毋说谎,毋贪利;毋任情,毋斗气;毋责人,但自治。能下人,是有志;能容人,是大器。凡做人,在心地;心地好,是良士;心地恶,是凶类。譬树果,心是蒂;蒂若坏,果必坠。吾教汝,全在是。汝浒听,勿轻弃!

　　王阳明歌唱完,沉默了一会儿,让大家体会,然后说道:"请注意,歌诗时,应不急不躁,不高声不低语,不拖长音憋气,歌诗时心平气和,歌诗后心情愉悦、浑身舒坦。这就是歌诗的评价标准。如果不是这样,就要检讨,检讨哪里出了问题。古人写诗作赋,不只是写写看看,关键是能歌唱,诗以言志,歌以抒情。能歌的作品太多了,《三字经》《千字文》《孝经》,古诗骈文,等等。

　　"下面我给大家朗读,这是衙门刚刚颁布的《谕俗文》。

　　"行善之人,不仅自家宗族亲戚爱戴,朋友乡邻也一样敬爱,就是鬼神,也暗中相助。作恶之人,不仅宗族亲戚嫌恶,朋友乡邻也一样怨恨,就是鬼神,也暗中作祟。

　　见人行善,我心生欢喜;我能行善,别人不一样欢喜吗? 见人作恶,我心生憎恶。我若作恶,不一样招人憎恶吗? 作恶的下场,不是家破就是人亡。为什么不行善呢?

　　有人一言不合,或者争执蝇头小利,就要闹上公堂,你要高我一头,我要压你一膀,怨怨相争,仇仇相报,以致倾家荡产、遗祸子孙。岂不知,和气生财,和睦招福?

　　有人要为子孙做牛马,谋人庄田,夺人家产,日夜算计,不择手段。然而身后尸骨未寒,家产已经败给外姓,仇家报复,子孙遭殃。呜呼! 留财难三世,道德传万年。要警诫呀!"

朗读完毕，王阳明静静地等了一会儿，缓缓说道："朗读，首先是为了开智慧，开自己的智慧，不要动不动就想着感染别人，影响别人。集体朗读，要和大家配合。大多数时候还是自己一个人朗读、诵读。朗读的目的是修自家的心。声音高呀低呀，音速快呀慢呀，自己调整，怎么合适怎么来。这是朗读。演礼示范，明天正好是十五，"王阳明对杨璋说，"杨道台，安排这些师范生明天参加府学孔庙释菜礼。"

杨璋一拱手，应承下来。

王阳明继续说道："这几天培训结束，大家赶紧回去准备，月底赣州城内要组织一次大型歌诗活动，地点在巡抚衙门东侧的射圃，我们要集合上百儿童，现场演礼、歌诗和朗诵。"

四月，朝廷批准崇义县城开工建设。王阳明安排南康县县丞舒富负责崇义县城建设的所有工作。

因南安横水和桶冈剿匪战功，王阳明收到了朝廷的升官嘉奖圣旨：

> 王守仁升右副都御史，荫子一人做锦衣卫，世袭百户。写敕奖励。钦此。

副都御史是正三品，佥都御史是正四品，与副使杨璋、知府邢珣同一级别，当巡抚时他是低级官阶高配职务，现在王阳明名正言顺地登上了大臣的台阶。

六月十五，王阳明上奏《三省夹剿捷音疏》，向朝廷汇报广东战果，乐昌、仁化、乳源三县，遵照王阳明内部策反、以贼擒贼的战略部署，擒斩贼众两千八百零九名，这一战为三省围剿画上了句号。一年来战场的紧张生活，摧残了王阳明本来就不强壮的身体。六月十八，王阳明再次上奏，婉辞升官荫子的奖励，要求原职退休。为了退休，他还写信请托兵部尚书王琼帮忙说话。

第一百〇六章　著《修道说》　刻《传习录》

七月,赣州。

心学的魅力吸引了一批读书修道的人来到赣州。薛侃介绍来了自己的弟弟薛侨和哥哥薛俊,以及一位叫杨骥的广东潮阳学友。比王阳明小两岁的薛俊,把自己儿子薛宗铠带来赣州,父子一起做了王阳明弟子。好在大道面前,人人平等,没有了辈分的界限。欧阳德带来了自己的族弟欧阳昱。赣县读书人近水楼台,余光、王槐密、吴伦、黄蓉等先后拜师。邻近的万安县,读书人郭持平、王舜鹏也做了心学的信徒。王学益、陈稷刘、鲁扶敝、周仲、周冲、周魁、郭治、刘道、吴鹤等,也先后投门拜师。

七月天,火热天。城里太热,王阳明带领弟子来到赣州城西北近郊的通天岩,把讲坛设在了凉爽宜人的岩洞内。洞内有竹床、竹椅、竹茶几。一张竹床算是道学的讲坛,王阳明盘腿而坐,十几位弟子或者席地而坐,或者坐在竹椅子上。袁庆麟拿着散发着油墨香味的《朱子晚年定论》和古本《大学》,发给每一位弟子。

王阳明静默地看着弟子各自翻阅新书。弟子们小心翼翼的翻书声和洞内深处的滴水声,衬托得山洞越发静谧安详。王阳明拿着新书说道:"德彰为大家把书印出来了,德彰这篇序写得很好。今天这里有新同学,德彰,你现身说法,给新同学介绍一下自己的求仁得仁过程,要知道,听的比看的印象更深刻,书留着回去慢慢看。"袁庆麟试图起身,王阳明摆摆手,"德彰,就坐着说吧。"

袁庆麟坐着朝先生和各位同学拱了拱手,说道:"先生,各位学兄,通天岩这个地方,我不止一次游览。大家知道,过去这里有位学道的前辈,叫阳孝本,他一辈子默默学道修道,不求仕进闻达。苏东坡路过赣州时,给他写下了一段评语,其中有几个字,是'道无二德不孤'。这句话,其实我莫名其妙。我很愚钝,《四书章句集注》我研学了三十多年,就困在了'格物致知'上。我一直两眼向外觅道,三十多年一无所获。这里有座广福禅寺,当年有位老和尚启发我说,'大千世界都是人心创造出来的,通了心就是通了天,心不通的话,就是站到通天岩顶上,也够不到天的尾巴'。我当时年轻,认为佛禅说的空虚,空了爹空了娘,不人道。老和尚的话也没往心里去。我活了六十多年,见不着道的影子,心里一直不踏实,自从幸遇恩师,"袁庆麟感激地望向王阳明,王阳明点点头,"如果不是恩师,恐怕我这一生就白活了。先生启发我,格物要在自己心上格。格,是正念头,念头就是物,正了念头,就是正心,就是诚意。归结一句话,心就是天理。啊!我的天呀!"袁庆麟拍着自己的心窝,"恩师说得对,过去我是捧着金饭碗要饭,原来我自己家里啥都有,都在我心里呀!我不来通天岩,照样通天。过去我走了弯路,把朱文公中年的学道心得当成了真理,不知道朱文公自己也是晚年才摸着了门道。所以,恩师把《大学》恢复古样,可以说是给我们读书学道人修了一座桥。恩师!弟子此生无怨无悔了!"

王阳明笑着说道:"德彰说得很好!德彰走了几十年弯路,为师我也走了几十年弯路。在几十年的一团漆黑、生死煎熬后,我才摸着了路,才找到了光明。这些体悟在这两本书的序言中说得很明白。方法很简单,就是往自己心里看。正之、元之、性之、宏生,你们四个在南康拜师时,我告诉你们,为师要剿灭山中贼,你们要剿灭心中贼,心中贼剿灭了没有?"

王阳明笑着看何春、何廷仁、黄宏纲和管登。

四个人不好意思地笑着,管登尴尬地笑着挠着头,其他三人摇着头。

王阳明笑着说道:"不容易吧?灭山中贼容易,灭心中贼难呀。人心莫测,就像这天空,晴空万里,好像一览无余,可是实际上我们又能明白多少？人心呀,就像龙南白玉岩阳明别洞中那口井,深不可测。所以别轻看了修心功夫,以为轻易就能找到方法,三两步就能到家了。外面山壁石刻上的人物,他们也是学道人,为学道,他们舍弃家庭爹娘,躲到深山里,为什么？也是为了灭心中贼,图山中清静。我们有朝廷,上有爹娘,下有儿女,中有朋友,躲不掉,也不能躲。那怎么办？这些处理不好,都会成心中的贼。处理好了,该吃吃、该喝喝、该睡睡,不影响学道修道。怎么处理？找到良心,良心会告诉我们怎么办。什么是良心？良心就是《大学》上说的'至善'。至善怎么来？《大学》介绍了学道修道的方法,《中庸》讲了学道修道的理论。读书,得会读。要会找要点。《大学》的要点,就是'诚意'两个字。诚意从哪里来？从格物中来。诚意功夫成熟,就到了'至善'的境界。至善就是良心。大家要细细品味古本《大学》中的这篇序。《中庸》的要点归结为一个字,就是'诚'。我把《大学》和《中庸》糅合到一起,写了这篇《修道说》。我简单解释一下。天性,就是道。天性自自然然,天性的本身,就是诚。修道,《中庸》称之为'诚之'。这个'之'是什么？就是我们的人心。天性,落入人心,不纯了,就是不诚了。我们再把它修复回去,恢复到诚,恢复心的天性。这个天性,我们看不见摸不着,却一刻没有离开过。离开它,人就死了,这个世界也不存在了。看不见,不等于不存在,看不见的东西,我们要同样谨慎、敬畏。这也是诚意的功夫。最直接地说,修好自己的七情六欲,修到恰如其分的地步。《中庸》说的'中和',就是恰如其分,这就是至善,就是良心,就是诚,就是德,就是有道。尚贤,这些你能听懂吗？"

薛俊字尚贤。薛俊看看自己的儿子,也许是怕在儿子面前露怯,只是苦笑。

王阳明说道:"尚贤新来,一时难以消化。正之呢？"

黄宏纲点点头,又摇摇头。

只有袁庆麟会心地微笑。王阳明看着袁庆麟,说道:"德彰,书印出来,有时间还要帮助大家读懂书。"

袁庆麟点点头。

何廷仁说道:"弟子以为,先生这篇《修道说》像程子的《识仁篇》一样短小精粹,虽然短小,也需要弟子们一个字一个字精研品味。不如在濂溪书院勒石立碑,将此文刻于石上,作为院训。先生意下如何?"

冀元亨说道:"先生,性之所言极是。书院有了院训,就是有了魂。弟子们修学就有了准绳。"

黄宏纲说道:"最好立到郁孤台上,高屋建瓴,文字的光明像个修学的灯塔,可以照耀得更远。"

王阳明笑道:"如此甚好!甚好!"

薛侃说道:"先生,德彰学兄为大家把古本《大学》和《朱子晚年定论》刻印成书,方便了大家。弟子手里有两卷书稿,是弟子在南京时从徐曰仁学兄和陆原静学兄处抄录的《传习录》,是他们各自记录的先生在平时讲学的要点。弟子以为,曰仁和原静学兄记录的这些资料,就是修学理论和方法的实践,记录的有时间、地点、人物、对话、场景,读起来如身临其境。如果先生同意,弟子想把这些资料刻印成书,也算是帮助在学道路上还没有摸着门径的读书人。先生意下如何?"

大家一起看着王阳明,期盼着王阳明的首肯。

王阳明听到徐爱的名字,很是悲伤,他本想让徐爱做自己的传道弟子,不想徐爱却英年早逝。知心人难觅呀!这些年遇到的这些弟子,唉!这位袁庆麟倒是个知心人,可是他比自己还年长十七岁,怎么指望得上!自己年近半百,功成名就,也有资格出这个书。出此书,既可以缅怀徐爱,又是大家衷心所盼,于是王阳明说道:"出书也未尝不可,只是内容尚需我再仔细审阅。"

薛侃兴奋起来,请求道:"请先生赐书名。"

王阳明说道:"'传习录'这个名字就好,我传的都是我实践得来的心得。大家要记住,大道是难以言传的,语言有语言的局限性,出书成篇,只是为了记录古人的智慧。为师以前忙于战事,没有专门的时间与大家一起学习。以后,有时间了,大家可以一起进步。书是为那些没机会和我们在一起的人准备的。"

因为横水和桶冈剿匪战功,王阳明得以升官荫子。八月,因为浰头剿匪战功,王阳明发了一笔小财,朝廷奖励四十两银子和两匹纻丝细布。

九月,赣州聚集的心学信徒越来越多,濂溪书院只好扩建。濂溪书院所在的郁孤台上,王阳明手书的《修道说》刻石立碑。在《修道说》石碑右边,还立起一方周濂溪《太极图说》和《通书》碑文。

在立碑仪式上,王阳明现场讲话:"濂溪书院,是为了纪念周濂溪先生才有的。先贤不在了,先贤的精神在,先贤的文章就是先贤的精神。我十八岁在广信拜访娄一斋先生,娄先生告诉我一句话,鼓舞了我几十年。什么话呢?娄先生说,圣贤是修身修学来的。大家看看这里,"王阳明指着石碑,"濂溪先生在《通书》中说,圣贤是通过修学修成的,修学的要点是'克制私欲',修到身心世界合一,就是天人合一,就成了圣贤。如果我们把圣贤看作是高高在上的,让他们高到了凌霄宝殿,就理解错了。夏天时,在通天岩,我写了首诗,是与邹守益唱和,其中两句是'莫道圣贤全脱俗,三更日出亦闻鸡'。这话说的是圣贤也是吃五谷杂粮的人,所以,一定要记住,圣贤是凡人通过学习修身修成的。同学们,对此,你们有没有信心?"

濂溪书院主教冀元亨与同学们一齐庄严高呼:"我们有信心,修身养性做圣贤!"

王阳明说道:"好!有了信心,就容易树立坚定的志向。有了方向,有了方法,一步一步走,人人都可以成圣贤。"

讲话完毕,现场发放新书《传习录》。

第一百○七章 《乡约》自律 仁施民生

九月,秋高气爽。赣州第一届童子歌诗大会在巡抚衙门东侧的射圃举行。赣州新建的义泉书院、正蒙书院、富安书院、镇定书院、龙池书院,以及其他各私塾的读书少年三百多人,会聚在射圃内。王阳明、杨璋、邢珣、宋瑢等人到场,府学和县学的秀才们是会场的服务志愿者。各书院读书郎先后站到主席台上,唱诵《三字经》《孝经》《千字文》《百家姓》《神童诗》《名贤集》中的自选内容。最后是全场集体唱诵《三字经》。

十月初二,王阳明接到朝廷对自己的退休申请的答复:王守仁带病剿匪,劳苦有功;身有小病,善加调理;重任在肩,不允辞职。

为了慰留安抚王阳明,朝廷追加了对浰头剿匪战功的奖励,在先前奖银四十两和纻丝布两匹的基础上,把因为横水和桶冈剿匪战功对王阳明儿子奖励的官衔,从六品锦衣卫世袭百户提升到了五品世袭副千户。

十一月,巡抚衙门召开了一次民生会议,参加者有杨璋、吴大有、邢珣、季敩、危寿、宋瑢、施祥、舒富,以及福建漳南道、湖广郴桂道、广东南韶道和岭东道的驻赣州代表。五十多岁的吴大有是江西布政司左参政,接替黄宏出任布政司驻岭北分守道。赣州府推官危寿、南靖县知县施祥、南康县县丞舒富,三人因为分别负责和平、平和和崇义三个新县城的建设而出席了会议。

王阳明开场白道:"年底了,今天我们召开一个各衙门联席扩大会议,会商的要点已经提前分发给了大家,主要有以下三个内容:一、南赣巡抚境内民生上有什么需要衙门来做的;二、怎么有效进一步安定新建县境内的新民生活;三、赣州城北龟尾角税关盐税的征收问题。三个问题,其实是一个问题,就是民生问题。各衙门主官分别说一说。今天发言依问题的轻重为序。危节推、施县侯、舒佐堂,你们三位先说。"

危寿、施祥、舒富分别汇报了新县城的建设进展和遇到的问题。

王阳明说道:"三座新县城已经初具规模,就等礼部铸印、吏部选官了。新县初创,更要精兵简政,只需要一个知县和一个典史,在平和和和平两个县,知县听凭吏部选派。崇义经由杨兵宪推荐,本院认可由南康县舒佐堂来坐崇义县知县这个位子。舒佐堂虽然不是学校出身,但是'四书五经'都能理解。在横水、桶冈、浰头三地剿匪中,他独领一哨官军,屡立战功,并且亲自擒获了大贼首谢志山。一年来,除了负责崇义新县城的建设,他还负责大余、上犹、南康三个县的联防工作。他不仅有功劳,对南安境内情况也非常熟悉。"

杨璋点点头。舒富感激地看了看杨璋,又看王阳明。

王阳明继续说道:"新县建设,城墙、公署、县学,这些建设固然重要,但本院以为,人更重要,主要是新民的转化问题。这些新民过去当贼,是胁从,官府给了他们新生的机会,他们能不能新生,能不能做良民,会不会走回头路,官府有很多事情要做。首要是恩威并用,威——土匪的剿灭已经起到了杀一儆百的作用。恩,怎么施恩?首先官府从精神上不能歧视,要安抚。新民既然弃恶从善,就要一视同仁。要让过去那些受害者不寻仇。精神上安抚,物质上照顾。土地划分上,要一视同仁;没有口粮,官府要开仓出借;没有种子,没有耕牛,官府要出借或者贷款。新县城新县境内,要推广十家牌法这样的保甲法,互联互保,防贼防盗。新民安居乐业,是官府的责任。这是本院为新县起草的一份《乡约》,"王阳明示意王祥,王祥把三份《乡约》分别递给危寿、施祥和舒富,"剿匪,是官府以力服人。以力服人,新民不见得信服。所以官府待新民,不懂道理的给他讲道理,要教他们互联互保的保甲方法,这样才能长治久安。"王阳明巡视了一遍全体与会人员,说道:"这份《乡约》不仅适用于新建县境,也适用于乐昌、仁化、乳源这些过去闹过贼患的地区,还适用于四省八府一州所有地区。好,吴大参,你说一下盐税的情况。"

吴大有说道:"王都堂,敝道对龟尾角盐税征收情况做了调查。吉安、临江、袁州这三个府,为能吃上粤盐,百姓对巡抚衙门感恩戴德。过去粤盐不让卖,淮盐因为路途艰难进不来,百姓连高价盐也吃不上。但是百姓怕随着剿匪战事的结束,这好事也会结束。"

王阳明说道:"既然是好事,半途而废就太可惜了。从前私盐贩子猖獗,官府要打击走私。现在虽然没有了战事,赣州和南安因为战事,官库已经唱起了空城计。如果盐税继续收下去,两府衙门经济上有了源头活水,盐税的结余部分可以上交朝廷太仓,这就成了老百姓、衙门和朝廷三方的好事。为什么放着好事不做呢?本院要上奏朝廷,争取办下去。好,盐税这个问题就这样定。邢府台,赣州府呈递的石城县申请开仓放赈的呈文,本院已经批示,"王阳明拿着批文,"石城是个小县,官仓储粮有限,赣州府府仓要接济。本院要对发放方式做一个说明,要吸取以往的教训,过去,近郊的人重复冒领,深山里的饥民路程远,赶到了官仓,已经无粮可领。要从两点上做好防范:一、选人要得力,从县学秀才和里老人中选,有分发有监督;二、要等深山远路的饥民到齐,再统一开仓放赈。好事要办好!"

邢珣拱手说道:"一切听从王都宪裁处!"

王阳明看向宋瑢,一脸严肃。宋瑢缩着脖子,不知道自己何事惹上了巡抚大人。

王阳明不满地说道:"一府一县,你的辖区有没有人受灾,有没有人饿肚子,你清楚不清楚?宋大老爷?"

宋瑢最初接触王阳明时,因为民兵训练吊儿郎当,就曾遭受过巡抚大人的冷眼,后来在南安剿匪时立了战功,被朝廷升了一级官品,因为战功,再到巡抚衙门时,脊梁就比过去挺得直溜了些。现在被王明阳冷淡地称了一声"宋大老爷",他激灵一下站了起来,人站起来了,心却往下坠着,连膝盖也是弯着的。

宋瑢怯怯地应道:"下官在,都老爷!"

王阳明厉声说道:"赣县退休县丞龙韬,在官时清正廉洁,年老退休,家贫如洗,一日三餐竟然难以为继。乡邻乡亲,不知道互相救助,反而冷言冷语、挖苦嘲笑。小民不知道好歹,只眼馋贪官污吏的锦衣玉食。先贤曾子说过:'做官一任,在我的土地上有饿肚子的,就是我的耻辱。'宋县侯,本院命你筹措官银十两,白米两石,米酒一坛,亲自登门慰问。不仅如此,以后每逢年节都要慰问,保证龙先生不缺衣食。并且,你应告谕父老子弟,移风易俗,改过扬善。你慰问的结果,要及时汇报本院。"

宋瑢哆嗦着腿说道:"回禀王都宪,下官一定照办。"

王阳明示意宋瑢坐下,巡视了一遍所有人员,说道:"各衙门各主官,勤加访查,要做到各自辖区内没有饿死的、冻死的,最好是安居乐业。这是我们做官的本分!"

第一百〇八章　宁王密使　赣州拉拢

正德十三年十二月二十九,王阳明接到了再次驳回退休申请的圣旨。

正德十四年,王阳明虚岁四十八。大年初二,王阳明接到家书,家书中说奶奶已于去年十月去世。王阳明夫妇、儿子正宪,一家人在巡抚衙门的后院,摆设供品,跪向余姚所在的东北方向,烧纸、磕头、哭奠。

家书中还说,父亲身体欠安。因为亲娘早逝而对自己有养育之恩的奶奶,王阳明未能奉养送终,王阳明以为这是自己一生的大亏欠。老父亲是一定要奉养的。但是他的身体,蒙受过北京午门前的三十廷杖,遭受过贵州龙场瘴毒的摧残,又经过三场剿匪战争紧张军事生活的侵袭,如今已经如秋后的树木,开始凋零了。战后这半年来的静养,恢复有限。

王阳明坐在后堂的书案后,面对桌上的信笺,盯着自己青筋暴露、缺少血色的两手,苦涩地摇了摇头。这身体也该退休了! 年迈的父亲需要自己守在身边,且自己一直渴望过山野田园生活,阳明洞天在等着自己呢,该退休了! 一定要退休! 王阳明心思已定,蘸好笔墨,写下了一份新的退休申请《乞放归田里疏》。写罢奏疏,为了争取成功,王阳明又给王琼写了一封私信,请求王琼像在军事上帮助自己一样,在退休申请上也帮助自己。

端午节上午,王阳明在濂溪书院讲学,课间,衙中来人报告:“都老爷,有客拜访,来客自称是您的庐陵故人。这是拜帖。”

王阳明接过拜帖,只见上写:“山野闲人、庐陵故交、刘氏养正,就问大安。何时得空,当面请教。"这刘养正来赣州拜访自己,也算一件稀奇事。刘养正考中举人后无心做官,便在家读书授徒。因为写得一首好诗,又有一笔好字,省、府、县三级官员视之为名人,以能得到他的一幅字或者一首诗为荣。偏偏刘养正自视清高,不大喜见这些省、府、县官老爷。这样物以稀为贵,反而更成就了他的名望。当年王阳明刚刚从贵州来庐陵上任,一心想验证自己在龙场悟通的大道,总想找高人切磋切磋。当年,他以知县之尊,从庐陵前往安福县拜访刘养正,竟然吃了闭门羹。后来终于见面,他与刘养正两人惺惺相惜,成了朋友。刘养正佩服王阳明对"格物致知"的解释,王阳明佩服刘养正的静坐功夫。

王阳明提起毛笔,在拜帖上回复道:"稀客临门,虚席以待。今日下午,恭候赐教!"

下午,在后堂院子里,王阳明迎来了庐陵老友。两个人相隔老远,就互相拱手,笑意盈盈地寒暄着:"阳明先生!哈哈,打扰打扰!""卧龙先生!呵呵,稀客稀客!"卧龙是刘养正的号。王阳明打量着刘养正,和过去一样,矮矮的个子,前额凸起发亮,眼睛明亮,只是气质与过去彻底不同了。

两个人走近,刘养正做出要下跪的样子,笑着说道:"都老爷,小民给您磕头了!"刘养正的假模假式,王阳明一眼就看穿了,但他不点破,真心地伸手拉住了刘养正。

王阳明道:"名士登门赐教,请还请不来,磕头实不敢当。"

刘养正一挥手,随他来的一位书生和一个仆人各自提溜着一个五斤装的黑瓷坛子,走近前来。刘养正介绍道:"这是我们安福的特产冬醣酒,阳明先生喝过的。鄙人知道阳明先生好这一口。小小礼物不成敬意。"

王祥接过来酒。

王阳明笑着说道:"冬醣酒是好酒!多谢卧龙先生惦记。"

刘养正看见"思归轩"的题匾,惊讶地问道:"怎么,阳明先生,刚刚大展宏图,您这就要归山吗?"

王阳明笑着说道："一直羡慕卧龙先生的隐士生活呀！再说鄙人这两年，有一半时间是在山里攀爬，身体经不住折腾了；家父年高，需要孝养。"

刘养正脸色有些不自然了，他重新打量着王阳明，说道："阳明先生，你这清瘦的样子，颇似神仙。"

两人进入后堂，分主客坐下，王阳明摇着一把芭蕉扇，说道："卧龙先生，别来无恙呀？"

刘养正笑着道："阳明先生，鄙人启用了一个新号：时行。"

王阳明心里明白了，刚才在院子里，直觉这位隐士气质变化明显，也没有多想，原来，他的人生信条已经发生了变化。过去他像个道家客，气质清净，面色青白，好似不食人间烟火；如今却面色红润，脸上烟火味很浓。是不是卧龙已经出山了？王阳明笑着问道："时行，来自坤卦。识时务者为俊杰，也好。"

刘养正尴尬地说道："阳明先生见笑了！"说着，收起手中的扇子，正襟危坐起来，一脸悲戚地说，"阳明先生，养正无福，慈母离世，成了孤儿。慈母生前，养正虽然跟前尽孝，却没有一官半职，显亲扬名，慈母引为憾事。养正不孝，不能让慈母生前荣耀，那就让慈母身后扬名。阳明先生，你的心学自成一派，弟子满赣南；三场剿匪战，天下扬名。你是名士，也是名宦。养正还请你费心，给先妣写篇墓志铭，帮助养正偿还先妣的心愿。"刘养正掏出几张文稿，跪了下来，举到王阳明面前。

王阳明接过文稿，放到茶几上，起身拉起刘养正，说道："时行先生，名士和名宦不敢当。为了你的这份孝心，鄙人不能不应承下来。"王阳明理解了刘养正，原来是孝心改变了一个隐士。

刘养正说道："阳明先生能帮鄙人了了这份心愿，就是帮鄙人尽了孝。慈母临终时说，鄙人不做官，是没有尽忠，没有封赠爹娘，是没有尽孝。这样说，鄙人活了几十年，却不忠不孝，真是惭愧！想一想，这话也不是没有道理。我们饱学诗书，如果只为自己，真可惜了一肚子的诗书学问。要出来救世，也要找一位明主。俗话说，良禽择木而栖。可是，唉！"刘养正偷眼观察着王阳明的眼神，见王阳明无动于衷，继续说道，"如今天下竟然无主！这还叫天下吗，阳明先生？"

王阳明一时没明白，见刘养正问自己，就反问道："不叫天下叫什么？"

刘养正说道："这是乱世呀。万岁爷成了大将军，天下哪还有主呀！"

王阳明有些警觉，真是秀才不出门，尽知天下事呀，正德放着北京的皇帝不做，却跑到宣府边镇，自己封自己为大将军。刘养正连这也知道。

刘养正继续说道："这位大将军游逛塞外边境，游逛了一年，最近又要游逛山东和南京，忠臣良将有血书劝谏的，有自杀劝谏。三月初，因为谏阻游逛江南，六人被下锦衣卫诏狱，一百零七人午门罚跪五天。斯文扫地呀！圣人说，君义臣忠。这哪里还有道义可言！可是我们读书人，只知道愚忠，屡罚屡谏，死而不悔。三月中旬，又有三十三人下锦衣卫诏狱，一百零七人受廷杖。四月初，三十九人谏阻游逛，再受杖刑，当场杖死十一人。唉！"刘养正偷眼观察王阳明，见王阳明仍声色不动，就加重语气说道，"阳明先生当年也遭受过这样的屈辱呀。皇帝十几年前胡闹，现在变本加厉。一位叫张英的都指挥佥事在午门要剖胸掏心，剖心没有死，却被廷杖要了命。这事，不能不让人想到比干；想到比干，就会想到那荒淫残暴的纣王；想到商纣王，就不由会联想到讨伐商纣王的周文王。如果这个时候，能有周文王这样的贤明君主站出来，真能救民于水火呀。阳明先生，你刚才说，识时务者为俊杰。到底是高人高见呀。"

王阳明心里警觉着，面上不露声色。这位刘养正，什么来路？四月发生在北京的事，《邸报》还没下到江西，他从哪里知道得这么清楚：六人下锦衣卫诏狱，一百零七人午门罚跪五天，杖死十一人，还知道像比干一样掏心的张英……如果这些消息是真的，那它一定出自最高权力中心。这个消息，王阳明本人还不知道，一个正三品大臣、一个封疆大吏不知道的消息，一个身处山野的举人，又是从哪里知道的呢？王阳明虽然不知道这个消息，却相信这个消息的真实性，因为这符合喜欢胡闹的万岁爷的行事风格。王阳明想知道的是，刘养正为什么要说这些？周文王与商纣王的作比可不是儿戏，这不是要造反吗？王阳明不动声色地说："时行先生，喝茶！这是赣州上等的泥片茶。"

刘养正端起茶杯，抿了一口，见王阳明一直不动声色，让他摸不着头脑，他心里琢磨着这话该如何往下说。那就从茶上说吧。刘养正品着，赞叹道："名不虚传，好茶。说到喝茶，鄙人想到了唐代陆羽的《茶经》，真是茶如人生呀。想到《茶经》，自然就联想到了云庵道人的《茶谱》。"云庵道人是第一代宁王朱权的号，朱权是开国太祖朱元璋第十七子。王阳明来江西后，读过云庵道人的著作，因为朱权不仅仅著有《茶谱》，还著有琴谱《神奇秘谱》和《太和正音谱》，朱权是一位琴乐高手，他还亲手制作了一把琴，此琴号称江西第一琴。王阳明一直同情这位第一代宁王。朱权不仅多才多艺，还有雄才大略，当初他被太祖放到北部边境抵御外敌，却因只顾兄弟亲情忽视了阴谋。朱棣诱骗朱权说，兄弟合力，夺下侄子建文帝的江山后，二人平分。四年后，朱棣做了皇帝，朱权被打发到了南昌，没有兵权，他不得不收拾起野心，为自保，他将心思用到了道家修炼、戏曲编剧和排练、烹茶、制琴和作曲方面。这是位令人同情与尊重的人。听刘养正说到朱权，王阳明仍不动声色。

刘养正说道："当初成祖爷起兵靖难，坐了江山，听说，成祖爷曾经答应过，这江山应该有云庵道人一半。怎奈人心不足蛇吞象。老祖宗说过，天下是天下人的天下，有德者应该坐天下。现在，天下无主，即便说有，也是一个……"刘养正偷眼瞄着王阳明，"唉！无德无才，坐天下，文武百官受尽屈辱，天下老百姓只能饿肚子。"

王阳明已经清楚了刘养正的来意，他笑着问道："时行先生，过去你又为什么隆中高卧呢？"

刘养正有些兴奋，以为自己已经说动了王阳明，他答道："诸葛亮高卧隆中，是等待刘备三顾茅庐；鄙人安福闲居，是在等待明主，这就好比是渭水岸边垂钓的姜太公。"

王阳明问道:"这么说,时行先生现在等到了刘备和周文王?"

刘养正笑着说道:"天生我材必有用。当今宁王是位贤王,礼贤下士,有古代圣君作风,三次派使者下顾在下茅庐。"刘养正停顿下来,观察王阳明的反应。

王阳明说道:"也好,辅助藩王,治理封国,也是一项善举。可喜可贺!"

刘养正诡秘地笑着,说道:"诸葛亮出山三分天下,姜太公入世一统江山。诸葛亮遇到的是扶不起来的刘阿斗,可惜了! 阳明先生,当今宁王仰慕你的才学,如果不是有亲王不准随意出城的戒律,亲王殿下本想亲来南赣,要学习周文王为姜太公拉车的精神,为阳明先生拉回车呢。亲王殿下不能亲来,就委派在下礼请阳明先生。"刘养正说着,从怀里掏出一封书信,递给王阳明。

王阳明接过书信,当场拆开,只见上面写着:

王先生阳明阁下:

　　孤王知悉阳明先生南赣剿匪,屡战屡捷,保社稷安百姓,勋劳卓著。又知悉阳明先生在赣南讲学传道。于是孤王想到战场制胜,大概是心学的威力。孤王一心仰慕圣贤学问,早在正德七年,就建有阳春书院一座。孤王有意习练心学,以致修身、治国、平天下。兹劳刘时行先生南下,迎请阳明先生大驾北来,设坛讲学。

　　万勿推辞!

宁王宝印

王阳明读毕,收起信纸,平静地说道:"承蒙亲王殿下错爱,只是鄙人为官一方,身负朝命,不敢擅离辖地。还请时行先生,在亲王面前多多解释,请亲王殿下海涵见谅。时行先生,有劳了!"王阳明拱了拱手。

刘养正见王阳明没有极力反对,就进一步说道:"亲王殿下推崇文化,正德七年修建了阳春书院。北京名士李梦阳,还为之作有《阳春书院记》。亲王殿下帐下,不乏名士文人,苏州大才子唐寅也曾在杏花楼,为亲王、娄妃赋诗作画。现吏部陆大冢宰,过去做兵部大司马,剿灭了刘六、刘七流民作乱,陆大冢宰在南昌做江西桌台时,很受亲王殿下赏识。可惜,这位将帅之才,远在北京。现在亲王殿下帐下,最缺的是像阳明先生这样的将帅。"

图穷匕见了,刘养正是宁王的说客,这宁王有谋逆之心。自己的同年举人胡世宁因为举报宁王,受到宁王和当朝宁王同党的迫害,现在还被流放在辽东。算起来,胡世宁被迫害,距今已经五年了。初来南赣上任时路过南昌,老大哥孙燧就明确说过南昌有个司马昭。举报宁王的官员屡受迫害;宁王的护卫在剥夺和恢复之间,三番五次地轮回。过去刘瑾受过宁王的重贿,现在呢? 刘养正身在南昌,却对北京发生的事,一清二楚,这说明,皇帝身边有宁王的眼线,那眼线绝对不仅仅是刘养正说的吏部尚书陆完一个人。但是,仔细想想,十几年来,圣上一直没有改变胡闹的脾性,年近而立,还没有一男半女,这一切,只能让野心家的野心更加膨胀。不过即便说圣上没有皇嗣,要传帝位,宁王也不在候选之列。宁王要实现野心,只有走成祖靖难夺位的老套路,到时,遭殃的是天下老百姓。于是王阳明明知故问道:"时行先生,宁王一位远宗藩王,要将帅干什么?"

刘养正接过话头:"这不是《大学》说的吗,治国、平天下嘛!"

王阳明说道:"亲王治藩国天经地义,要平天下,只怕他号令不动天下。"

刘养正哈哈一笑说道:"这也难说。当年成祖爷到南京,遭遇了多少死硬文臣武将,结果,男人被砍头,女人入了乐户。可怜一位正学先生,被诛了十族,八百多口人。唉! 可怜呀! 阳明先生,在下很赞赏你刚才说的,识时务者为俊杰。啊! 天色已晚,在下就不打搅了。明天再来候教。"

王阳明打定了主意,就像在南赣剿匪一样,不对其教育开导一番就动刀动枪,总是于心不忍,也许到最后,对方能回心转意。宁王不是邀请自己去讲学吗,那好,明天刘养正来,让他带冀元亨去南昌,纵使不能劝说宁王回心转意,至少可以摸清楚宁王的心思,他是不是王八吃秤砣铁了心要反叛。

第一百○九章　心学弟子　周旋王府

冀元亨随刘养正北上南昌。同行的有刘养正弟子王储,王储二十三岁。在船上,王储给冀元亨介绍了拜见亲王的礼仪。进入南昌,冀元亨被安置到了进贤门里的阳春书院。

阳春书院内有几亩荷塘。王储领着冀元亨,绕着荷塘,边散步边介绍:"冀学兄,明天就要拜见殿下了。你见识过巡抚衙门,虽然知道拜见巡抚大人的礼仪,但是亲王毕竟不一样,要更小心,出了漏子,哈哈,会要了冀学兄你的命,也会影响兄弟我前程。"说到这里,王储停住脚步,认真地盯着冀元亨的眼睛,看到冀元亨郑重点头,他才肯继续往前走。

冀元亨三十八岁,身材清瘦、高挑,人看起来很年轻,一双眼睛十分清澈,他的脸上好像被过滤掉了七情六欲,看不到喜怒哀乐。

王储继续说道:"冀学兄,既然来书院了,就向你介绍一下书院的来历。亲王殿下胸怀宽广,结交三教九流。有位李师傅,啊,你是湖广人,不知道咱们江西的风俗。江西出风水师,连北京的皇宫、皇陵,都要劳驾咱们江西的风水师去操盘。七年前,李师傅帮殿下看地,站在滕王阁,俯瞰南昌城,发现东南这个地方有天子气。"说到这里,王储意识到自己说漏了嘴,他倒吸了一口气,捂住了自己的嘴巴。他偷眼看冀元亨,冀元亨好像个聋子似的,继续轻缓地散他的步。王储这才放心,刚才还在心里抱怨冀元亨是个闷葫芦,现在倒庆幸他是个闷葫芦。王储自己岔开了话题,说道:"冀学兄,这个地方风水好,殿下就建了这座书院。宁王殿下喜欢文化。说到宁王殿下,其实,唉,有国没有民,他的国也就王城和乡下的庄园,一不能做官,二不能领兵,三不能经商赚钱,只有研究学问。当年老宁王,好研究茶道,能弹琴谱曲,会编剧本玩戏班子。唉,冀学兄,当今这位宁王殿下,也会唱戏。你知道宁王殿下怎么会唱戏吗?"

王储看到冀元亨摇头,解释道:"宁王殿下从小在王府里一户乐户家长大。王府里有个叫秦荣的,就是那个乐户家的人,现在他可是王爷跟前的红人。在宁王殿下面前,千万不可轻视乐户。"王储凑近冀元亨说道,"知道吗? 宁王殿下是庶出,老王妃是乐户家的戏子。听说老宁王生前做梦,曾经梦到宁王殿下变成一条青龙,咬断了老宁王爷龙床的床腿。就因为这个原因,老宁王不喜欢宁王殿下,把宁王殿下下放到乐户家养大。无奈老王爷就这么一个儿子,喜欢不喜欢,都要继承王位。冀学兄,既然是龙,说不定将来就能龙飞九天。啊!"王储再次猛地捂住了嘴巴。

最后,王储对冀元亨叮嘱道:"冀学兄,王爷忌讳的有三项,一是不可轻视戏子;二是不可批评绿林好汉,因为王爷喜欢结交这类江湖豪杰;三是不能说朝廷的好话,要说就说万岁爷荒淫无道,或者你干脆啥也不说。冀学兄,这事你一定要记住呀。吃这个亏的人不是一个两个了。我是要对你负责的。冀学兄,一定一定!"王储一本正经地朝冀元亨拱起了手。

第二天上午,刘养正领着冀元亨到宁王府拜见宁王。

宁王殿下在存心殿接见冀元亨。宁王殿下端坐在高高的宝座上。行礼已毕,刘养正被赐座,王储侍立在刘养正身边。昨天给冀元亨培训过礼仪的王储,这个时候,紧张得额头上出汗,两腿瑟瑟地哆嗦着,也不敢抬眼看宁王,只一个劲地低着头,屏着呼吸,夹着膀子,缩着身子,像一只大雨淋过的小公鸡。

行罢礼,冀元亨被引礼官引导在西边站立。

宁王看着冀元亨,威严地咳嗽了一声,问道:"冀举人,听刘先生说,你是阳明先生的首座弟子?"

冀元亨刚才未来得及看清宁王的庐山面目,现在站着,要回话,得瞻其颜。据冀元亨观察,这位宁王,还真像昨天王储介绍的那样,有戏子的做派,他的咳嗽像戏子出场亮相前在幕后的亮声;他的坐姿,虽然故意端直着身子,却因为中气不足,有些僵硬;他的问话发声,显然再次证明他的中气不足,这或许就是师父说过的,酒色淘虚了身子;他头顶的气场,有着高贵的淡黄色,但是黄得不纯净,夹杂有丝丝的火红,师父说过的,火色是欲望太盛的缘故;宁王身边的气场不是一团静气,而是有些浮躁;宁王相貌俊俏,像《西厢记》上面的张生,只是这个张生留着胡子,已经四十一岁了,比戏台上的张生多了威严,虚张声势的权势他全部挂在脸上,但为了表示谦和,他压抑着内心的欲望。心地纯净的冀元亨,与之相对,感受到的是一团燥气、糙气,有凉、有麻、有热、有燥,因为这个气场过于强大,逼得冀元亨头顶发麻。和师父在一起的时候,纯心对静气,冀元亨头顶是丝丝的清凉轻安。由此可以判断,这个存心殿,没有存着宁王的心,《孟子》说,"存心养性",既然没有存着心,他也就养不住性。对宁王的问话,冀元亨答:"冀元亨回禀亲王殿下,首座实不敢当,只是投入师门的时间比较早,先生在龙场悟道后,学生就一直追随在他身边。"

宁王感兴趣地问道:"悟道?孤王想知道,阳明先生悟到的是什么道?"

冀元亨说道:"先生悟通的是心,通了心,就通了天,就是古人说过的天人合一。"

宁王问道:"哦,怎么才能悟通心呢?"

冀元亨说道:"亲王殿下,您这存心殿,就昭示了悟道的方法。《孟子》说过的,'存心养性',存心,就是收心放心。《孟子》说,修身做学问没有什么诀窍,就是收心放心。这个心就是良心。能收心放心,就是养性,性不就是天性吗?"

宁王哈哈大笑着,说道:"果然是阳明先生的学生,一进孤王的存心殿,就能说出这套理论。冀举人,听说阳明先生在南赣讲《大学》,说修身,这真是与孤王所见略同呀。孤王一直推崇文化,推崇王道,几年前出资修建了阳春书院。你进门看到的影壁墙上的两个大字'翰屏',就出自孤王爱妃娄氏之手。孤王欢迎文化人。阳春书院正是为了王族王子王孙读书建的。你知道'翰屏'是什么意思吗,冀举人?"

冀元亨说道:"翰,本意是笔,引申义是诗文,这是否意味着,亲王殿下要把诗书礼乐作为王府万年长青的屏障,就像我们草民说的,诗书传家万年长? 诗书礼乐,本质还是一个德字,德是最好的护身符。学生妄猜,不到之处还请亲王殿下海涵。"

宁王哈哈大笑道:"果然是阳明先生的学生,孤王如果有一天得……哈哈,冀举人,你这才识,是个大学士的才识。"

大学士,这是王储一直存在心里的梦想,如今冀元亨初来乍到,就被王爷,就被未来的万岁爷赏给了大学士的头衔,王储心里一急,脱口而出道:"殿下,我……""嗯——"刘养正重重的鼻音及时响起。

王储咽下去了下半截话。

宁王接着说:"冀学士,孤王一直把周文王作为心中的圣君。文武文武,文化永远排在第一位。古人说,马上夺天下,马下治天下。一位明君,总不能常年撇下金銮殿,骑着马扛着枪,四处乱跑。这成什么体统? 这么说,对吗,冀学士?"

冀元亨听说过,当今的正德爷,的确是自任大将军,在一年多的时间里,跑遍了山西、陕西、甘肃的边境前线。但他听到问话又不能不答,就回应道:"亲王殿下,文宣武备缺一不可,圣君既有周文王,也有贤君周武王。"

宁王哈哈一笑说道:"到底是阳明先生的学生! 圣人讲究六艺,除了诗书礼乐,还要求人要会驾车和射箭。这就是孤王三番五次要求恢复南昌护卫的原因。《大学》讲修身,修身干什么? 要治国。对孤王这个藩国,孤王行的是无为而治,现在它井井有条。治国之后,就是平天下。眼看着天下无道,眼看着天下无主,孤王岂能坐视不管! 祖宗的江山,不能被这样糟蹋,是不是,冀学士?"

冀元亨沉吟了一下,回答道:"亲王殿下,《大学》说,从天子到老百姓,都要修身,都要齐家、治国、平天下。学生的先生阳明先生,自己修身悟道,开发了智慧,屡战屡捷,剿灭了南赣山贼土匪,这是平天下。学生呢,没有一官半职,也照样修身、齐家、治国、平天下。古人说,天地大世界,人身小宇宙。治理好自身也是平天下。"

宁王哈哈一笑说道:"这样说,平天下有各人的平天下,小民平小民的身,做官平做官的辖地,孤王要平孤王的天下。哈哈!"宁王说着,夸张地张开两臂,拥抱着空中,"冀学士,你师父悟了道,剿匪如秋风扫落叶,看来这个心学,真是一把利器。为了平天下,孤王有了自己的张良,"宁王说着指向刘养正,"孤王也需要你师父做孤王的韩信。至于你,冀学士,孤王未来的功臣殿里为你留着位置。"

冀元亨说道:"亲王殿下,学生的先生,恐怕不愿意做韩信,韩信虽然能打仗,最后还是做了大汉的反贼。反贼如王莽,开始人们拥戴他,以为他是周公再世,但他最终还是身败名裂。"

宁王哈哈一笑说道:"王莽是外姓,他篡的是刘家天下,当然是反贼。孤王把汉光武帝刘秀作为榜样,他恢复的是自家祖业。这自然就是圣主贤君了。冀学士,听说你在濂溪书院做主教,大材就要大用,你先在阳春书院做主教,培训王府里的教授和伴读,将来有一天,只要你愿意,等孤王家大业大后,你就做孤王的国子监祭酒。"

冀元亨平静地说道:"亲王殿下,国子监是朝廷的国子监,王爷的只能是府学。听说,王府府学的教授是朝廷命官。"

宁王笑道:"成祖爷当年的府学后来就成了国子监,再说,哪个万岁爷不是从亲王位上上来的!如果阳明先生愿做孤王的刘伯温,府学变成国子监,又有何难!今天就到这里,明天上午,孤王要听你讲《西铭》。'为天地立心,为生民立命,为往圣继绝学,为万世开太平',这才是孤王的心声。刘先生,中午招待冀学士在王府用膳。"

第二天,仍然在存心殿,宁王受过冀元亨拜见后,下宝座,走到摆在大殿西侧的一张书案后,面朝东就座。书桌北边站着一位书童,负责替宁王翻书。书桌南边站着另一位书童,手里捧着一个金黄色的缎子包裹着的宝盒。开讲前,南边的书童小心翼翼地打开包裹,露出一个暖黄色的楠木锦盒,书童把开着的锦盒拿给宁王。宁王接过来锦盒,放在桌案上,一指冀元亨,喊道:"来来,冀学士,你来看看。"

冀元亨走近,侧身到书桌的南边,隔着书童,轻轻俯身看去,锦盒里面是一张信笺,信笺的抬头,是盘着的两条金龙。宁王指着信笺,自豪地笑着说道:"冀学士,你可知这份信笺的来历?"

冀元亨摇了摇头。

宁王说道:"当今万岁,孤王的侄孙儿,登基十几年,一直没有皇嗣。闻知孤王的德声传遍天下,就颁赐了这封中旨。冀学士,这是邀请孤王世子前往北京太庙去司香。皇太子才有资格做太庙司香。这样的盘龙信笺,只颁发给监国皇亲。这是什么意思?哈哈!阳明先生雄才大略,却只钻到山沟沟里剿匪,可惜了!本朝的规矩,要当王公贵胄,除非是开国功臣和靖难功臣。懂吗?冀学士,讲书,你是先生;讲政治,孤王是老师。"

从常识判断,正德天子要找监国皇亲,或者要过继皇子,按照血缘关系远近,绝对不会千里迢迢到南昌来,万岁爷虽然没有自己的亲兄弟,但他有自己的堂兄弟。另外,宁王说话做派简直像个戏子在表演,而且表演得还不逼真,他的表演首先连他自己也不相信。这就意味着,这份信笺也许是真的,但这件事不可能是真的。

冀元亨不动声色。宁王示意书童收起锦盒,说道:"冀学士,开讲!"

冀元亨回到大殿东侧。书案北边的书童为宁王翻开书页。冀元亨朝西恭立,开口道:"学生为王爷诵读一遍。"于是冀元亨语音轻缓、吐字清晰地诵读了一遍:

《西铭》：乾称父，坤称母；予兹藐焉，乃混然中处。故天地之塞，吾其体；天地之帅，吾其性。民，吾同胞；物，吾与也。

大君者，吾父母宗子；其大臣，宗子之家相也……

冀元亨诵读完毕，向宁王说道："亲王殿下，您博学多识，学生不敢班门弄斧。不过，学生想用心学为您解释此文。《西铭》第一段说的是天人合一，天地之间，万事万物，都与我们本身是一体的。就比如，万岁爷和宁王您老人家，虽然已经出了五服，血脉都来自太祖爷，实际上是一体的。"

宁王听到这里，点了头，说："到底是阳明先生的高徒！所以说这天下既是正德爷的，也是孤王的。讲得好！接着讲！"

冀元亨接着说道："国姓再往宋代说，先贤朱熹，与宁王您老人家是一家，是一体的。追溯到伏羲、女娲兄妹，再追到盘古开天地。实际上天下兆民都是一体。"

宁王道："虽然是一体，但是若一个人身上长了疮，是要治病的。同一个祖宗的后代也有贤愚之分。"

冀元亨说道："亲王殿下说得对！《西铭》中有这个说法，'害仁曰贼'，疮就是身上的贼，得了疮，就是'害仁'。天下的贼也是害仁。什么是仁？《西铭》说的天人合一就是仁。程子在《识仁篇》中说，仁，就是'浑然与物同体'，这与《西铭》的说法是一样的。如果一个人，能像存心殿的名字一样，做到存心养性，就能体悟到天人合一的仁的境界。"

宁王若有所思。

冀元亨继续说着："这就是我师阳明先生说的，天地万物与我是一体的。这是实践心得。具体到天下众生，孔圣人把这个仁具体化了：父慈子孝，父和妇顺。先有男女，后有夫妻，再有兄弟，兄弟讲究兄友弟恭，君义臣忠，朋友诚信。违反这五条，就是《西铭》说的'害仁'，就是贼。"

宁王若有所思，沉吟了一下，说道："冀学士，你把五伦和《西铭》合起来一讲，孤王心有所悟。君义臣忠，说得好！这就是说，武王伐纣，就是因为纣王不义，害了仁，就是贼。既然是贼，人人得而诛之。"

　　冀元亨点着头说道："对，是这样的。"

　　宁王哈哈一笑说道："就在上个月，午门外，一百〇七位忠臣被杖打，活活打死十一人，都指挥金事张英自挖心脏未死，反被廷杖杀死。这就是不义呀！"

　　冀元亨被绕了进去。

　　冀元亨在阳春书院住了七天，给王子王孙讲了几天心学，他发觉自己说服不了满腔野心的宁王，怪只怪他自己学问不深，功夫不到。他发誓要回去跟着阳明老师继续深造；宁王也发觉这个冀举人，对自己许下封侯拜相的富贵前景不热心，对自己即将到来的帝王大业不拥戴。既然如此，他何苦养着一个在自己跟前唱反调的人，因为他心里还存着拉拢王阳明的念头，又忌惮王阳明上万的民兵雄踞在赣江上游，不想招惹他，最后宁王包了一包金银和花布，打发冀元亨回了赣州。

　　冀元亨此行的结论是：宁王问鼎北京的野心一刻也没有宁静过，偌大的宁王府只能越来越不宁静。

第一百一十章　官府捕贼　王府养盗

打发走冀元亨，宁王在书房和李士实、刘养正闭门密商。

宁王轻松地笑着，对刘养正说道："刘先生，以孤王看来，你是高看王阳明了。从徒弟身上可以看得见师父的影子。这个冀元亨，不过书呆子一个。想来王阳明也不过如此。你一直顾虑赣州兵马是悬在南昌头上的一把利剑，本王看来，那不过是一群乌合之众。"

刘养正沉吟了一会儿，说道："殿下，毕竟漳南、横水、桶冈、浰头闹腾了多年的匪患灭在了他手里。殿下切不可掉以轻心。"

宁王哈哈笑着说道："这些绿林好汉、江洋大盗，说到底，也就是打家劫舍、偷鸡摸狗的货色，孤王给他们点甜头，他们就会在孤王脚下摇尾乞怜。唉，只可惜赣南那些好汉，不能为孤王所用。李先生，我们的伏兵先后截获了孙燧六封奏疏，六封奏疏一个内容，都是在告孤王的状。你替孤王分析一下朝廷的情况。"宁王看着李士实。

李士实，字若虚，南昌人，成化二年（1466）进士，现已是古稀之年，须发皆白，前几年他从都察院右都御史任上退休。李士实道："殿下，臣从四个方面来分析。第一，正德这个荒唐天子还一直在胡闹。去年和前年，他在塞北边境，打仗他打不赢，加之北方天寒地冻，应该是玩腻了那里。现在他贪着江南的山水和美女。这个天子，贪酒贪色。贪酒，酒兴发作，逞匹夫之勇，在豹房挑逗老虎豹子，在边境轻启战事；贪色，豢养着一大群番僧，迷恋番僧的春药。不管是北京的豹房,还是边境的宣府,跟前都围着各地进贡的成群的美女俊男,这还不算,沿途还要抢民女、夺人妻,即便这样夜不虚度,却养不出来一男半女,可见身子已经被淘虚了。想一想老皇帝,一辈子一个娘娘,三十六岁上就没了;再往上一辈的老皇帝,也就享寿四十。据臣看来,正德的日子不多了。"

宁王听了这话,眼里像点了一把火,兴奋得发亮。他在屋子里快速踱了几步,嘴里连声说:"好!好!好!"

宁王招呼李士实道:"李先生,继续说!说!这是好形势!"

李士实继续说道:"第二,说朝臣。大权在握的左都督兼锦衣卫都指挥使、正德的干儿子钱宁钱干殿下,是效忠殿下您的,这可以理解,眼看着正德大婚十几年,御女无数,却没有皇子。钱干殿下要延续自己的富贵,现在看,他是选定殿下您了。"

宁王兴奋得有些坐不住了,呼地要起身,却发现李士实住了嘴,望着自己,他这才耐着性子,继续坐着,示意李士实继续说。

李士实说道:"第一次恢复护卫靠的是刘公公,第二次,靠的就是钱干殿下。钱干殿下还几次派人来看望亲王殿下您。吏部陆大冢宰也是忠于亲王殿下您的。当年胡世宁诬陷殿下,被臣给驳了回去,还治了他的罪。殿下要充分利用好正德跟前的臧贤,不能小看一个说书唱戏的,他可是天子跟前的红人。只要舍得金银,朝臣们是会忠于殿下的。不是说朝臣都爱殿下的金银,实在是正德太荒唐,大家都要为自己的以后着想。说到朝臣,目前有个新情况,当年钱干殿下,靠着骑马射箭的绝技赢得了正德的好感,与天子同宿同栖。可后来有一次,正德和老虎嬉戏,惹得老虎兴起,要撕咬天子,钱干殿下有些胆怯不敢上前,旁边的边将江彬击退了老虎,救了正德。听说现在,正德跟前的第一红人是江彬,江彬已经被封为伯了。"

宁王听到这里,搓着两手,叹息道:"唉!这个钱宁,怎么这么胆小呢!一个老虎,有什么可怕的!"事实上,宁王只在画上见过老虎。

李士实摇摇头，道："钱宁在与江彬的争宠中，落了下风。这就意味着，殿下，大事最终还得靠我们自己做。殿下世子进太庙司香，事到现在没有进展，这条路怕是不通，正德还有堂兄弟呢。所以，我们要加紧行动。"

宁王有些失落，有些沮丧，仰靠在了椅背上。

李士实继续说道："第三，说南昌的现状。这些年，殿下前后制裁了几任巡抚，整治了退休的费大学士，驱逐了藩台，撵走了巡按御史，殿下的威望已经建立起来了。三司衙门、南昌府、南昌县、新建县，连大气也不敢出。孙燧不是屡屡告殿下的状吗，最终怎么样，殿下让他领衔三司衙门和府学秀才们写奏折为殿下歌功颂德，他不是还得照办吗？南昌现在已经是殿下的天下了。就一个按察司副使许某是个刺儿头，但他孤掌难鸣。尽管这样，殿下也不可掉以轻心，去往北京路上我们沿途分布的密探仍然要严加盘查，堵截个别诬陷殿下的奏疏。这是第三。第四，就是殿下的准备。就目前看，殿下的护卫，也就是南昌左卫，名义上五千六百人的编制，实际上已经超过万人了，周围的江洋大盗、绿林好汉，合起来，也有两三万人。要干大事，这些还不够，还要继续储备粮草金银，招兵买马，打造兵器。"

宁王听到这里，坐直身子，脸上又有了光彩。

李士实说道："刘先生懂兵法，懂谋略。成大事离不了谋略。刘先生！"李士实看着刘养正。

刘养正朝李士实点了点头，对宁王说道："李都宪分析得很透彻。李都宪说，正德跟前，江彬的势头已经超过了钱干殿下，这就提醒我们不能一味地等。《易经》告诉我们，这个世界的变化一刻也没有停止，我们必须以变应变。殿下恕臣下说话直接。"

宁王正听得入味，点头示意他继续。

刘养正说道："一味地等，无异于刻舟求剑。殿下是远宗血脉，与正德已经出了五服。殿下，历朝历代，改朝换代，哪一次不是枪杆子说话。近的说成祖。"宁王默默地点头。刘养正继续说道,"远的说赵匡胤陈桥兵变,一方是孤儿寡母,一方是军队在手的殿前督检点。说来说去,离不开军队。军队怎么用,什么时间用,得用得恰到好处。为臣一直在思考这些问题。"

宁王感激地看着刘养正。

刘养正说道:"为臣在赣州了解到,王阳明剿匪屡战屡胜,一个'出其不意,攻其不备'屡试不爽。这一点,殿下可以借鉴。趁着正德一直相信殿下,我们要瞅准正德在外游逛的时机,大军直击北京,保护殿下登基金銮殿。在金銮殿上号令天下,名正言顺。这是上策。"

宁王听到金銮殿,几乎又有些坐不住。

刘养正说道:"中策,偷袭南京,占领南京故宫,称帝后,号令天下。乘势北上,就是天下共主;退一步说,殿下也已拥有江南半壁江山。"

宁王点着头。刘养正看看宁王,再看看李士实,沉默了一会儿。宁王催促道:"刘先生,说下去!"

刘养正笑笑说道:"下策不必说了,用到了下策,我们的作为也就意义不大了。关于时机的选择,我想跟殿下和李都宪商榷。"

宁王和李士实一齐点头。

刘养正说道:"时机就是天时。说到战事,离不开天时、地利、人和。说人和,如今南昌内外,殿下威望日隆;杭州有殿下的秘密据点;南京,镇守太监做殿下的内应;北京,有忠于殿下的大臣。更主要的是,荒唐的正德,胡闹了十几年,已经失去了士大夫的忠心。说到地利,我们雄踞赣江,偷袭南京,顺流而下,畅通无阻。殿下,现在就看天时了,殿下皇胄血统,负有天命,殿下选定的时间就是天时。"宁王点点头。刘养正继续说,"不能仓促,仓促则准备不足;不能拖延,拖延则夜长梦多。殿下、李都宪,起大事,就选在八月十五,这个日子,南昌三司衙门、南昌府县都在为乡试忙得团团转,南京也不例外,要忙南直隶的乡试。不忙乡试的各衙门,都在忙着赏月吃月饼。殿下、李都宪,你们意下如何?"

宁王看看李士实。李士实说道:"日子是个好日子。三个月准备,时间上来说也充分。殿下您看?"

宁王坐直身子,啪地一拍面前的茶几,说道:"刘先生懂军事,李先生懂政事,有文有武,大事成了! 就这么着吧。"

正在这时,一个校尉快步进门来,直接跪在地上,只是看着宁王没吭声。宁王瞪了一眼校尉,催促道:"什么事? 只管说,这里没有外人。"

校尉说道:"启禀殿下,王府教师爷凌十一、闵廿四等几十人被按察司衙门拘捕,关进了南康府大牢。"

宁王闻言,一拍桌子,咆哮道:"反了反了! 按察司这个姓许的! 好了你出去吧。"

李士实道:"殿下,现在正处于准备阶段,保密是第一位的。如果这些江湖好汉和王府扯上了关系,那对我们是很不利的。"

宁王点点头,说道:"这些好汉大有用场呢。救人! 救人!"

刘养正说道:"殿下,出动王府护卫军人寻找王府失踪的人,名正言顺。按察司姓许的还不至于敢阻拦卫队的行动。"

宁王朝门外喝道:"来人!"

一个太监进来,跪在地上应道:"奴才喻才听从王爷差遣。"

宁王吩咐道:"喻才,速去通知娄伯,点齐三百军士,由娄伯率领,去南康府大牢抢人!"宁王吩咐完毕,狞笑着说,"谅他孙燧和许逵也不敢阻拦孤王的护卫军。"

南康府大牢被劫,惊动了按察司和巡抚衙门。按察司副使许逵赶到巡抚衙门面见孙燧。孙燧在后堂门前等着许逵。顾不上繁文缛节和寒暄,人高马大的许逵一拱手,简单地问候道:"孙都堂!"个子矮小的孙燧只是点点头,拱了拱手,做了一个请许逵进门的手势。许逵跟着孙燧进了后堂。

落座后,许逵道:"孙都堂,这简直无法无天了! 这不比先前抢占民田民宅,抢占民田民宅,他可以编造理由,可以自圆其说;这也不比去年鄱阳湖洪水时,他操纵江洋大盗四处抢劫,江洋大盗抢劫,他可以说他不在场,与他没有关系;这也不比他包庇强盗,去年官府追捕强盗,跟踪追击到西山宁王陵园,眼睁睁看着强盗躲进陵园,他仍然可以矢口否认;这次是南昌左卫护卫军直接出动劫狱,这是反叛呀,孙都堂!"

孙燧点点头,一绺没有梳扎好的白发垂落到了前额,孙燧随手一拨。许逵看着孙燧头上的白发,看着孙燧脸上增多的皱纹,看着孙燧炯炯发亮的眼神中的无奈和愤懑;与年近花甲的孙燧相反,三十六岁的许逵眼神中没有愤懑,只有坚毅,这种坚毅也反映在了他说话的语气中。看着孙燧的眼睛,许逵加重了语气说道:"孙都堂,反贼人人得而诛之,反贼不诛后患无穷! 要诛反贼,必须先下手为强! 孙都堂!"

孙燧缓缓地说道:"我们总想着恶人能改邪归正,月初,宁府软磨硬泡,半威逼半恳求,鼓动三司衙门、府学秀才,要大家一起上表为他歌功颂德。本想着,宁府既然喜欢虚名,也不至于太过放肆胡作非为,为此,本院还领衔三司衙门上奏。唉!"孙燧带着几丝羞愧,看向许逵,缓声说道,"许副宪,本院何尝没有这个心思。多年来,宁府横行无忌,司马昭之心,南昌大大小小的官员,谁不清楚! 敢与之抗衡的硬骨头,要么被毒杀,要么被逼走;退休在家的铅山费阁老,因为正德九年阻拦朝中权臣恢复宁府护卫,被诬陷罢了官,走到山东临清码头,被人烧了船和行李,回到铅山,又被宁府教唆山贼扒了祖坟、烧了祖屋,侥幸他本人没被烧死;正德十二年,宁府长史司典仪所正九品典仪官阎顺和宁府太监陈宣、刘良,结伴秘密进京告发宁王。可在权臣的庇护下,宁府丝毫无损。为了报复,宁府闭门屠杀了几百口人众。有这样的前车之鉴,剩下的南昌官员,要么敢怒不敢言,要么明哲保身,不少人更是卖身投靠。本院这抚台衙门内,也到处是他们的耳目。杨臬台刚刚上任,本院还摸不透他的底,处置宁府的事,我也只能与许副宪一个人会商了。"

杨臬台是刚刚因南赣剿匪战功从按察司副使升迁为按察使的杨璋。臬台是按察使的雅称。

许逵皱着眉说:"下官试探过杨臬台,他不置可否!"

孙燧伸出一个巴掌,说道:"宁府已经坐大,你我孤掌难鸣呀。本院连续七次上奏,告发宁府的阴谋,这你是知道的,可是折子上去了都如石沉大海,没有一点回应。"孙燧说到这里,低下了头,摇着头叹着气,说道,"许副宪,本院三番五次劝说宁府,结果呢,差点被毒死,侥幸本院当时早有防备。要走,"孙燧有些羞涩,"吏部陆和宁府串通一气,又走不了。在任一天,就尽一天的本分吧。"孙燧抬起头,看着许逵,"你的意见是对的,朝中宠臣权贵被买通了,多年来的上奏告发没有丝毫作用。你说的办法也对,宁府买通权贵的钱就是靠这些江洋大盗抢劫得来的。我们剿捕盗贼,就会断了宁府的财路。我们能做的,也只有这些了。先下手为强,怎么下手呢? 眼看着盗贼躲进西山王陵,我们束手无策;眼看着大小强盗出入王城,我们无可奈何。鄱阳湖面上的盗贼,我们可以捕杀,豢养在山林中的山贼,我们捕杀不尽呀。这不比你当年在山东剿匪,山东的强盗没有护身符。"

许逵,河南固始人,正德三年进士,初到山东乐陵县做知县,正赶上刘六、刘七作乱,山东九十多座府县城镇被强贼攻陷,府县官员跑的跑,藏的藏,有勇有谋的许逵在乐陵防守,乐陵成了强贼的禁区,横冲直撞的强贼相约:攻南打北,抢东劫西,都要绕行乐陵地面。因为剿匪战功,七品知县越级直升五品按察司兵备佥事。正德十二年,他从山东省升任江西按察司副使,他对王府狗仗人势、横行霸道的恶奴,不管是南昌宁府的、鄱阳淮王府的,还是南城益王府的,一概不徇私情。在南昌,许逵成了宁王唯一忌惮的一个衙门官吏。许逵听孙燧说完果断道:"孙都堂,下官说的是先下手为强,"说到这里加重了语气,"正是、要抓捕、这个、护身符!"许逵说着,配合着手势,左手以掌作剑,狠狠地向下一劈。

孙燧闻言惊得嘴巴半张着,但这惊异只有一瞬,其后,孙燧轻轻叹了口气。

许逵继续说道："为民除害，为国锄奸，顾虑太多，必受其害。"

孙燧直起身子，向着许逵一拱手，说道："汝登兄，你的胆气实在令我敬佩！可是，唉！"孙燧不敢看许逵，盯着地面，说道："宁府顶着亲王的帽子，我们一动就是犯上作乱。南昌两卫军人，左卫是宁府护卫，前卫各级军官不知道向谁效忠，南昌周围山林中，是宁府豢养的绿林山贼，"孙燧说着，伸出左掌，"你我孤掌难鸣！"

许逵字汝登。许逵心里嫌怨孙燧胆小怕事，但是花甲之年的孙燧口口声声尊称自己汝登兄，他也只有无奈地深深叹口气。缺少巡抚大人的支持，一个按察司副使，就更孤掌难鸣了。

孙燧觉得对不起许逵的一腔英气，眼神温和地看着许逵，说道："汝登兄，尽管宁王必定要反，可是，春秋大义在呀，王莽不到篡汉时，谁敢说他是汉贼；不到弑杀魏帝，谁又敢骂司马昭是魏贼！我们所能做的，一是继续剿贼，就按汝登兄说的，斩断宁府买通朝中权贵的财源；二是继续转移南昌城中的所有兵器战备物资，藏于外地；三是继续修筑、加固南康和九江府城，甚至进贤等南昌周边的县城，这一切还只能以防贼剿匪为名。汝登兄！老夫相信，朝中权贵不可能一直只手遮天，总有云开雾散的时候。我们也许……但是我们没有闲着，我们没有不闻不问，我们这是在为后人做准备。"孙燧神情庄重，一脸大义凛然。

许逵问道："孙都堂，南康劫狱就这样不了了之吗？"

孙燧两手一摊，说道："护卫军，官府无权管辖。我们用民壮守着宁府陵园和宁府，只要强贼一露头，出了王府，出了宁府陵园，我们就剿捕，最好当场毙命，免得无处关押。至于制裁宁府，许副宪，只有等万岁爷了！"

第一百一十一章　正德惊醒　驸马问责

被孙燧寄予厚望的万岁爷,此时正要赶往教坊司正九品奉銮官臧贤家游乐。教坊司是礼部下属的优人演出衙门,主要为朝廷大型、小型礼仪活动演出,有杂技、歌舞等。他们的大型演出有春秋祭祀大典,皇家婚礼、葬礼,军队出征、凯旋等,小型活动有为皇帝吃饭喝茶奏乐等。优人一律是乐户出身,男人一律头戴绿头巾、脚蹬猪皮翻毛皮靴。教坊司官员编制五人,正九品奉銮一人,左右韶舞官、左右司乐官各一人,从九品。

万岁爷要来,臧贤率领儿子虎儿一帮人迎候在大门前,九品官的臧贤身穿一品官的大红锦玉蟒袍。正德皇帝一身便装,领着四个小太监,一路嘻嘻哈哈走了过来。臧贤跪在地上,口称:“万岁爷跟前,奉旨祭祀泰山灵应宫钦差大臣、教坊司首长、臣臧贤迎候圣驾,恭祝圣体万寿无疆!”

正德笑嘻嘻地问道:“臧卿家,大热天,你穿着蟒袍,是要捂痱子吗?”

臧贤说道:“蟒袍是万岁爷对小的恩典,再热的天,微臣也要穿在身上,不仅穿在身上,还要在心上牢记万岁爷的恩典。”臧贤刚刚作为钦差大臣,到山东泰山灵应宫烧香,求神仙保佑正德早生皇子。他路过济南时,巡抚率领三司衙门到城外迎接,不好称呼奉銮的官衔,都称他为老神仙。老神仙已经年近半百。臧贤的儿子,趴在父亲身后,另外多磕了三个头,口称:“儿臣虎儿恭祝父皇早诞龙子,享受天伦。”

正德笑嘻嘻地应道:“好一个懂事的义子! 好乖乖! 长得虎头虎脑,没有辜负朕躬当初给你起的虎儿这个名字。都平身吧!"

正德说着便往内宅走去,臧贤、虎儿跟在他身后。院子里甬路两边的乐队,正在演奏万岁爷亲自作曲的《杀边乐》,其曲音调铿锵激昂,雄壮有力。这是正德为纪念应州战役的作品。

正德停步听了一会儿。臧贤奉承道:"万岁爷,圣手谱的曲,已经传遍了天下,微臣在济南,经常听到这首曲子。听他们说,万岁爷谱写的曲子,已经传到了广东。"

正德笑嘻嘻地问道:"是吗,臧卿家? 不是你们教坊司安排下去的吧?"

臧贤笑着说道:"万岁爷的曲子,就像强劲的北风,一路南下,别说广东,听说已经刮到了南洋。万岁威德,岂是人力所为。"

正德来到了客厅门前,门头上垂下来两幅鲜红的彩绸,吸引住了正德。门头横匾两侧被装饰着大红彩缎,横匾上是自己题写的"勉进"。这块匾已经有几年历史了,却被臧贤保养得像新的一样。臧贤见正德注视横匾,不失时机地说道:"万岁爷勉励微臣进步,微臣辜负了万岁爷的一片苦心,微臣音乐造诣上难以再上层楼;官职上,蒙万岁爷赏赐一品蟒袍,可是在教坊司这个小脸盆里,也扑腾不开呀!"

正德哈哈大笑道:"云谯先生,你九品官职,朕赏你一品蟒袍,难道你还想进内阁不成? 可惜内阁不需要弹琴作曲的。哈哈,那就只有遗憾了!"臧贤字良之,自号云谯,山西夏县人。

正德进入客厅,也不坐下,只在客厅两侧的博古架前巡视,边巡视边对身后的臧贤说道:"臧卿家,你可别不知足,朝廷大臣想见朕一面都难。钱爱卿骑马射箭有一手,朕喜欢;江爱卿,能排兵布阵,能指挥打仗,朕喜欢。他们侍候着朕,朕能扬鞭催马,驰骋沙场。而你,精通音律,你抚曲,朕能安静地休息一会儿。有了你们,朕才能一文一武,一张一弛,你们就是朕的三只手!"

臧贤应道:"谢万岁爷看重。过去有人说左膀右臂,没有万岁爷形容得好。

背上痒,左膀右臂是挠不到的。三只手才好挠遍全身的痒处。万岁爷不仅是战场上能打胜仗的六师统帅,万岁爷的文采,也能做翰林院的先生。"

正德说道:"朕不愿意上朝,就是烦那些读书人,死脑筋,他们看朕,左不顺眼右不顺眼,这个要阻拦,那个要劝谏。往北跑跑,他们说朕不知道爱惜身子,轻启战端;好,朕妥协,那就往南走走,还是不行。他们就是想把朕关在紫禁城里,关在豹房里,把朕憋闷死。读书多了,读成书呆子了。还是你们,不读书,却懂道理,知道体贴朕,连说话,朕也爱听。臧卿家,他们孝敬你这些好玩意,听说你还替吏部卖了几个官?"

臧贤笑着说道:"有些忠臣想向万岁爷表达自己的忠孝心意,苦于没有机会,见不着万岁爷,有时候会托微臣转说……"

正德盯着一把小酒壶,说道:"这把小壶倒很别致。"说着便拿了起来,在手里把玩着。酒壶是铜质的,上面用镏金镏出了铭文,一面是"乾坤"两字,一面是"春意"。贪杯的人,认为乾坤就在一把酒壶里,正德爱喝酒,乾坤已在他手里,此际他更看重"春意"两个字。这两个字,让他联想到了西域和尚进贡的春药,想到了跟前的孝子贤孙孝敬的秘方。这些春药秘方,都离不开酒。豹房美女如云,北方宣府、大同、米脂到处都是美人,听说在南边,苏杭秀色甲天下。正德想到这里,生了些燥热,他端起身后托盘上的茶水,连喝了几口。喝罢茶,正德问道:"这壶,谁送的?"

臧贤随口说道:"宁府送的。"

正德有些遗憾地说道:"宁叔祖为啥不送朕一把呢?"

臧贤说道:"宁府送给微臣,实际上就是在孝敬万岁爷。"

正德问道:"此话怎讲?"

臧贤笑着说道:"唐代大诗人李太白,斗酒诗百篇。李太白的朋友李龟年,抚琴歌咏是酒后出彩。宁王送微臣酒壶,也是想让微臣喝好酒,好给万岁爷抚琴歌咏。"

正德哈哈大笑,说道:"这么说,你们都是忠臣! 臧卿家,你跟宁叔祖也有交情?"

臧贤说道:"微臣一辈子吃音乐这碗饭,结交宁王,也是靠音乐。微臣门婿司钺,先帝爷时得罪,被发配南昌卫充军。后来,他的才能被宁王发现,宁王请他到宁府教授乐户乐工。"

正德点点头,说道:"看来宁叔祖和朕一样也喜欢音律。臧卿家,你说宁叔祖有孝心,锦衣卫的钱大都督说宁叔祖忠孝,大小内官都说宁叔祖有孝心,江西三司衙门更是上奏称颂宁叔祖贤孝,真是难得呀! 如此内外称颂,人人称颂,必是大贤。"

臧贤听了这话,说道:"万岁爷,宁王忠孝,也只是效忠于您万岁爷,万岁爷的忠孝是忠孝于天地,这才是大忠大孝。万岁爷,微臣一直想报效万岁爷,听说那帮读书人想着法子阻挡万岁爷南巡,万岁爷一时不能视察江南,微臣托人从江南弄来了几坛美酒和几个乐女,这就侍候万岁爷。"臧贤观察着正德的眼色。

听到有美酒乐女,正德笑逐颜开道:"还是臧卿家孝顺,朕豹房住闷了,今晚就住在你这儿了。"

臧贤一摆手喊道:"来呀!"

两个江南秀女,踏着莲步飘了进来。

当晚,正德天子龙宿臧贤家。

第二天,正德回到豹房。三个大太监——司礼监张雄、御马监张忠、东厂厂公张锐为了迎候正德,早早地聚在了豹房门口,三个人聚在一起,小声议论时政。太监,按太祖爷定下的规矩,最高只能是四品官衔,但是到了正德朝,司礼监继承刘瑾的惯例,凌驾于内阁之上,替正德皇帝收发奏章诏书;御马监替皇帝掌管四个亲军护卫,相当于御林军统帅;东厂是个特务机关。张忠,河北霸州人,与大土匪刘六、刘七是老乡,他与老家强盗张茂结为兄弟,把张茂引荐给正德,张茂天天在豹房里陪正德踢球;张雄一直恼怒亲生父亲缺少爱心,把自己卖为太监,他得势后,对找上门来的亲生父亲,施了杖刑。

张忠道:"两位兄弟,风向在变呀。钱都督靠刘公公引荐,成了万岁爷面前的大红人;江爵爷则是靠钱都督引荐成了大红人。打江爵爷在豹房老虎园虎口救驾后,江爵爷在万岁爷面前是越来越红;而钱都督,因为关键时刻胆小如鼠,没那么红了。两位说说,我们是锦上添花,还是雪中送炭?"

张雄嘻嘻一笑说道:"奶奶的,有炭留着自己烧呢。"

张锐恨恨地说道:"姓钱的,仗着掌管锦衣卫,和我东厂抢生意。爷儿们恨不得他遭霜打雷劈呢。"

张忠笑眯眯地说道:"看来是英雄所见略同。江爵爷够意思,万岁爷喜欢打仗,江爵爷就变着法帮万岁爷打仗。靠着应州一仗,江爵爷自己封了伯,我们弟兄也跟着沾光,家家都出了爵爷。江爵爷大红大紫,那个姓钱的,还想争风吃醋。姓钱的大红大紫时,我们得过什么好处?也就是几个小钱。我们可不能站错队,不如……"

张雄说道:"我这里有份奏疏,是御史萧淮告发宁王反叛的。我们能不能在这里做做文章?"

张锐说道:"说起来,宁王对我们算是不薄,逢年过节,没少过黄白之物。我们往井里砸姓钱的,别误砸了这位慷慨好施的财神。"

张忠说道:"姓臧的和姓钱的,是宁王的死党,沾上反叛,才好置姓钱的于死地。顾不了宁王那么多了!张公公,就上这份奏疏。"

三个人计议已定,只等正德回来。

正德兴冲冲地回到豹房,虽然疲惫却很快乐。

张忠跟在正德后面,关切地明知故问道:"万岁爷,您这是在哪里过的夜呀?奴才们为万岁爷担心了一个晚上。"

正德喜滋滋地答道:"臧卿家一片孝心,孝敬了几坛江南美酒。江南美酒,滋味绵软,绵软清香,十分醉人。"

张忠说道:"万岁爷,哪里都有好酒,人不见得到处都是好人。您怕是不知道吧?"

正德漫不经心地问道:"怎么说?"

张锐说道:"臧贤家是南昌宁府的据点,过去奴才们也偶尔去听曲,现在想想都有些后怕。想不到万岁爷竟然还被他们蒙在鼓里。"张锐一使眼色,张雄递上了萧淮的奏疏。

正德浏览着奏疏,看到反叛的内容,酒彻底醒了。正德坐直身子,问道:"这才几天呀,江西三司衙门刚刚称颂过宁王贤孝,你们,不是也称颂了吗?"

张忠说道:"那是奴才被蒙蔽了。称颂知县,可以升知府,称颂知府可以升布政使,布政使升尚书,尚书升阁老。亲王要升到哪里呢?天上总不能有两个日头吧?表面上称赞宁王勤政、忠孝,实际是在讥讽万岁爷。敢讥讽万岁爷,这心思就太歹毒了!"

正德懒惰。他有时候一个月不上朝,有时候心血来潮,大半夜上朝,文武百官半夜里挑灯往金銮殿赶。暗讥正德不孝,暗讥正德怠政,正说到了正德的痛处,正德心里一痛,一拍茶几,吼道:"好个宁王!"正德很生气,讥讽自己不孝?自己在宣府长住时,得知抚养自己长大的太皇太后驾薨,骑马奔波一天一夜,赶回来为老奶奶送终,并且他还为老奶奶守灵,送葬后在皇陵为老奶奶守墓三天。这能说是不孝吗?讥讽自己怠政?自己怠政,那是知道有文武百官在忠心耿耿地勤政。自己怠政,天也没塌下来。

张锐继续添柴烧火,说道:"奴才不敢隐瞒,奴才们都从臧贤那里得过宁府的零星好处,当时想着是宁府的好意,谁知道这都是抢夺官田民田,通过江洋大盗搜刮来的。一个藩王,在京城里养着一帮人,让这帮人天天操心万岁爷的事,不知道他安的是什么心!"

对呀,安的什么心?正德把几年来与宁王有关的事情梳理了一遍:告发宁王谋反的奏疏一直不断,正德九年有江西按察司副使胡世宁上书,后来,在宁王府负有监视职责的长史司官吏和王府太监一起来北京告发宁王谋反，这些年对宁王连续的告发恐怕有十来次，自己怎么就没当回事呢？啊，对了，都是臧贤和钱宁替宁王担保说话。好你个臧贤！原来你竟然包藏祸心。一个戏子，胆敢欺蒙朕！朕的江山岂是能随便予人的！南昌富裕，宁王又有护卫。当初自己祖上成祖就是用武装夺了建文帝的江山。正德联想到这里，一拍茶几，喊道："张锐何在？"

张锐马上跪下，应道："奴才在！"

正德恶狠狠地吼道："速发东厂校尉，搜查臧贤宅第。驱逐宁府所有驻京人员。张雄何在？"

张雄跪下磕头道："奴才在！"

正德道："告发宁王反叛奏章，下内阁议处。"

内阁议处的结果是，尽量挽救。于是，朝廷于五月二十四派出太监赖义、驸马都尉崔元、都察院都御史颜颐寿，前往江西南昌当面斥责宁王，责令其退出强占的全部官田民田，并剥夺南昌左卫的指挥权。

第一百一十二章 绕道北上 赴闽公干

正德十四年五月,王阳明接到兵部转发的圣旨:

福建军人作乱,着提督南赣等处地方军务都御史王前去处置。

王阳明的辖地包括福建漳南道,对福建的各种消息有所了解。福建军人作乱事件发生在正德十三年八月,起因是驻福州的福州中卫、左卫、右卫三个卫屯田的口粮不够吃,福建布政司应该供应的粮食迟迟不到位,拖延了三个月。此事被镇守太监罗仑利用,他挑唆一个叫进贵的军士,哗众作乱,目的是除掉政敌左布政使伍符。镇守太监收拾了政敌后,轻而易举就镇压了叛乱。福州"三卫"事件,本质上算不得叛乱,只是饿肚子的士兵要饭吃的一次骚乱。福州军士为什么会缺粮三个月呢?正德皇帝好大喜功,把军事当儿戏,一年多时间内,他率领大军在北部边境宣府、大同、延绥、陕西、宁夏、甘肃游逛,兴之所至,信口开河,武官军职随口赏赐。十几年间,北京锦衣卫挂职吃闲饭的指挥使、同知、佥事、千户、百户膨胀到十来万人。这也是王阳明上奏辞免朝廷赏赐给自己儿子锦衣卫副千户的原因之一。武官军衔已经泛滥贬值,被读书人瞧不起。更何况,在南赣等处地方剿匪战争中,民兵成了主力。福建事件显示,地方公粮征缴不及时是一个原因,军人地位日益低贱更是主要原因。

兵部命令王阳明前往福建,目的是善后。善后不是救火,更不是救命,不用着急，不用上火，不用急着赶路。

正月初二收到的余姚家信，一直沉甸甸地压在王阳明心头。老奶奶仙逝了，临终没能见上一面；老父亲卧病在床，一旦他一病不起，将会留下父子生前不能相见、临终不能诀别的遗憾。临终不能诀别，老话叫不得济，叫没有送终，那是大不孝。俗话说，自古忠孝难两全。在王阳明看来，如今漳南、浰头、乐昌、横水、桶冈，大股山贼土匪已经剿灭，这是为朝廷尽忠。尽了忠再尽孝，人生岂不是两全其美！可是辞职报告不批准，探亲假批不下来，他想利用这次出差机会，绕道浙江，回家一趟。于是王阳明决定放弃走瑞金入福建的近路，要顺着赣江，经浙江去福建。这叫公私两便、兼顾国法与人情。

福建军人作乱事件，起因是粮食，单单镇压了包括进贵在内的五十三个组织者，是治标不治本。王阳明于五月二十七，向福建三司衙门发布了一份命令，要求清查各府、县、卫、所每年的存粮、欠账，该追缴的追缴，该支付的支付，该清偿的清偿，化解矛盾，消除隐患。

六月初八，王阳明在衙门大堂布置好公务。六月初九，他带上参谋人员雷济、萧庾、龙光、黄表和家眷妻儿，坐上了赣江官船。

在船上，王阳明还在寻思，路过南昌时，要不要拜会一下野心膨胀的宁王殿下，是不是再劝劝他，再麻烦的口舌劳累，也比大动干戈好。去不去？劝不劝？

人算不如天算，去不去，到地方再决定吧！

第一百一十三章 拘押百官 宁王反朝

　　臧贤家是宁府驻北京的办事处,宁王亲信林华常住臧贤家。东厂校尉的搜查,亏得臧贤和林华早有准备,搜查时林华通过壁柜后的暗道逃脱。林华三十多岁,很精干。从臧贤家逃脱后,他躲进了京师会同馆。会同馆有一处专门接待各地王府来京人员的馆舍。正德皇帝有圣旨,驱逐宁府在京所有人员。会同馆也非林华久留之地。朝廷怎么突然搜查臧贤家呢? 怎么突然驱逐宁府驻京人员呢? 林华摸不清底细。往日的情报渠道,臧贤、钱宁都失灵了,他只隐约打听到,朝廷派遣太监赖义、驸马都尉崔元、都御史颜颐寿将前往南昌一事,与宁府有关,具体什么关系,不知道。这对宁府来说,不是好事。太监赖义、驸马都尉崔元、都御史颜颐寿五月二十四上路,情况紧急,林华匆忙上路,动用宁府多年来组建的自用通道,马歇人不歇,日夜兼程,赶在六月十三回到了南昌。

　　六月十三是宁王的生日。现任宁王弘治十二年继承王位以来,每年生日这一天,宁府都要大摆宴席,接待入府拜寿的江西省三司衙门、南昌府和驻省城的南昌、新建两县的大小官员,一来可以广收贺礼,募集经费,二来充分享受众星捧月的感觉。

　　精疲力竭的林华回到宁王府时,心花怒放的宁王还沉浸在生日的快乐中,看着趴跪在面前、面如死人、风尘仆仆、衣服像叫花子一样、浑身散发着汗臭味的林华,宁王心中的喜悦、脸上的喜色被惊飞了。

　　林华趴跪在地上,拼着最后的力气说道:"奴才林华回禀宁王殿下,臧先生家被东厂搜查,奴才被朝廷撵回来了,朝廷派出的太监赖义、驸马都尉崔元、都御史颜颐寿,正往南昌来。宁王殿下,奴才以死报答宁王殿下的恩典,奴才,尽力了!尽、力、了!"林华说完,身子一下瘫软在地面上。

宁王闻言一怔,之后,他忽地从椅子上起身,在屋子里来回快步地走了几个来回,定了定神道:"来人呀,速请李先生!"

去请李先生的人出去后,宁王吩咐下人道:"扶林校尉回家好好歇息,好好款待!"

去扶林华的人拉了拉瘫成一摊泥的林华,发现了异样,用手去探林华的鼻端,发现他已经没有了气息,赶紧回禀道:"回禀宁王殿下,林校尉,死了!"

宁王,他缓缓地从椅子上起身,朝林华方向走了两步后,停下了脚步,感叹道:"忠臣,忠臣呀!"

天黑时,李士实到了宁王的书房。不等李士实坐稳,宁王便急切地说道:"李先生,情况紧急!"

李士实不紧不慢地摇着一把纸扇,也不答话,只是看着宁王。

宁王道:"朝廷派出驸马都尉崔元、太监赖义、都御史颜颐寿来南昌,他们已经在路上了。算算日子,这几天就要到了!"

李士实仍旧默默地看着宁王。宁王往前探着半个身子,压低声音说道:"李先生,皇亲国戚到藩国,绝对不是好事。驸马都尉蔡震、太监肖敬、都御史戴珊擒拿荆王时,还曾在孤王这里停留。李先生,这次又是驸马都尉,孤王心里总想着荆王的下场。孤王不能坐以待毙!"

李士实停下一直摇着的扇子,沉吟了一下,说道:"殿下,驸马都尉上门,也不见得就是荆王灭国的结局。宣帝时,朝廷怀疑赵王,也曾派驸马都尉袁泰到藩国宣谕,诫勉赵王。其实是替万岁爷进行诫勉。殿下刚才说过,京师臧贤家被搜查,王府驻京人员被驱逐,这只说明朝廷怀疑殿下,也仅仅是怀疑,如果严重的话,朝廷不会仅仅是驱逐王府人员,一定会是拘押。所以,依老夫看来,殿下不必惊慌。不如等他们到来,弄清楚他们此行的目的,再定应对之策。"

宁王倒吸了一口气,说道:"一个赵王事例,一个荆王前车之鉴,生与死是一半对一半,孤王不能不惊,不能不担心啊。李先生,如果是比照荆王的事例,他们一到南昌,圣旨一宣读,一旦要夺去孤王的护卫,孤王靠什么谋大事! 如果孤王提前动手,假传,比如太后懿旨,孤王还能让南昌前卫为我所用。"

李士实迟疑了一下,说道:"王爷,我们计划八月十五,现在起事,王爷虽然多了一个南昌前卫,总体上还是准备不足,乃仓促起事。当年成祖靖难前,一直隐忍,忍辱负重,装疯卖傻,只私下里默默准备。准备成熟,才能势如破竹啊。"

宁王说道:"李先生,成祖时,太祖爷打下的底子还在,如今,一个荒唐的正德小皇帝,只知道胡闹,要是怕他,孤王压根不会想什么大事。李先生,孤王以为,先下手为强! 一会儿刘先生到,我们做最后决定!"

正说着,刘养正到了。

刘养正同意宁王的意见,刘养正说道:"先下手为强,虽然冒险,总还有成功的机会,一旦错过机会,被捆住了手脚,那就一点儿机会也没有了。眼前正是个机会,趁明日江西各衙门主官进府来谢宴时,我们捉人。抓住都司衙门,就等于抓住了江西的各卫所军队,赣南不敢保证,南昌附近的袁州卫、抚州所、广信所,甚至建昌所,这些军队都可以为我所用。准备虽然仓促,机会却是难得。朝廷既然是来问罪的,南京方面和京师一定想不到王爷会选这个时候起事,正好可以打他们个措手不及。"刘养正说完,摇起了手中的扇子。

李士实说道:"王爷,刘先生所言不无道理。"

六月十四,上午辰末,江西省三司衙门各官陆续到达宁王府,各官一一在王府大门内里一张桌子上签到,分别有镇守太监王宏、巡抚都御史孙燧、巡按御史王金、户部出差江西的主事马思聪和金山;布政司衙门:左布政使梁宸、右布政使胡濂、参政陈杲、参政刘斐、参政王伦、参议许效廉、参议黄宏;按察司衙门:按察使杨璋、副使许逵、副使唐锦、副使贺锐、佥事赖凤、佥事师夔、佥事王畴、佥事潘鹏;都指挥使司衙门:都指挥同知马骥、都指挥同知许清、都指挥佥事王玘、都指挥佥事白昂、都指挥佥事郑文,南昌县知县陈大道、新建县知县郑公奇,另外有从南安知府任上因剿匪战功升任广西参政的季斅、已升陕西参政的原参议杨学礼、瑞州知府宋以方等。

已时,掌管王府仪式的典仪所正、副典仪,宁府引礼舍人,引领各衙门官员,按衙门分官阶排班站定在承运殿前的广场上。等各官站好,宁府正典仪站在台阶上拖着长音吆喝道:"宁亲王爷驾到!"接着,宁王像戏台上的皇帝一样,迈着夸张的步子,踱到承运殿前的台阶中央站定。副典仪站在台阶下,拖着长音吆喝道:"各官向亲王殿下行跪拜礼,跪,叩首……"

下站各官自报衙门官衔行礼谢宴已毕。宁王清了清嗓子,微笑着亲切地喊道:"各位臣工!"喊了一声便开始仔细巡视观察官员们的反应。

并排站在最前面的三位是,居中镇守太监王宏,居东是孙燧,居西是巡按御史王金。听到宁王喊"臣工",孙燧一皱眉,用眼神提醒宁王:别坏了朝廷的规矩,三司衙门官员在王爷面前只称官或者称名,绝对不能称臣,宁王用"臣工"只能称呼自己王府里的属官。许逵不满地故意咳嗽了一声。官员中有些骚动。连一向与宁王关系密切的镇守太监也一脸困惑。

宁王巡视了一遍下站各位官员,特意以冷峻的眼神看了孙燧和许逵,他冷冷的目光最终停留在了孙燧脸上,他喝问道:"孙燧! 你熟读《春秋》,知道什么是春秋大义吗?"孙燧回答道:"回禀亲王殿下,春秋大义,就是君守君道,臣守臣道,诛灭乱臣贼子。"

宁王冷冷笑道:"说得好! 大义就是诛灭乱臣贼子! 请《皇明祖训》!"站在宁王身后的王府太监万锐朝前迈了一步,捧着一页纸念道:"朝无正臣,内有奸逆,诸王必举兵诛讨,以清君侧。"万锐念完四句祖训,向后退了一步。宁王再巡视一遍下面,突然威严地高喝一声:"请监国凭证来!"一个小太监托着打开的锦

盒,捧到了宁王面前。宁王捧起信笺,咳嗽了一声,仰头看天,假惺惺地诉说道:
"太祖爷,儿孙不孝呀!您千辛万苦打下的江山,如今落入外姓贼人手中了!嫡
孙朱宸濠发誓,一定为太祖爷夺回江山!"朱宸濠看着下面,说道:"各位臣工!
你们一直被蒙在鼓里,大明江山十四年前已经不姓朱了。这一切都源于弘治爷
时太监李广抱错了皇嗣。所谓的正德,实际是一个冒牌货,是一个野种。"

下面有些乱,镇守太监王宏腿哆嗦着,心里发紧:这是反叛呀!自己是正德
万岁爷派过来的,正德如果是假的,自己也真不了,现在宁王一发怒,自己这项上
人头怕是会保不住。他越想越怕,吓得一泡热尿顺着这腿浇湿了地面。巡按御
史王金越听越不对劲,就想转身离开,可是转身却发现,拿刀端枪的校尉已经围
成了人墙,他只好原地站着不动。

后面站着的不少官员,心里盘算着,多年来一直传闻,宁王早晚要反,今天终
于反了。他反他的,自己怎么办?忠臣不事二主?万一他像当年成祖靖难那样,
成了皇帝,做忠臣可是有风险的,自己被杀头,妻儿卖身为奴,就眼前,偷眼瞄瞄
四周,四处都是王府的兵丁校尉,敢说一个不字,恐怕马上就会脑袋搬家。怎么
办?自己做不了主的时候,还能怎么办?听天由命吧!许多人干脆低下了头,眼
不见心不烦!可是耳朵又不好捂着,人是越听得清楚越紧张。

孙燧一直皱着眉头。许逵连声地呸着。

只听朱宸濠一声高喝道:"太后密旨!"孙燧盯着朱宸濠,只见朱宸濠举着一
张信纸,继续说道,"太后密令本王监国摄政。孙燧何在?"

孙燧高声问道:"你说太后密旨,敢公之于众吗?敢让本院过目吗?"

朱宸濠一声狞笑道:"孙燧,孤王不日就将前往南京,拜祭孝陵,承继大位,你
愿意保驾吗?"

孙燧高声呸了一声,说道:"天无二日臣无二主,孙某人忠于朝廷,你现在已
是乱臣贼子,人人得而诛之!我劝你悬崖勒马,上表谢罪,说不定还能保有藩王
之尊。"

朱宸濠伸手一指，咆哮道："孙燧，本王给你个机会，也是最后机会。你来南昌四年，处处与本王作对，连续七次上奏诬陷本王。实话告诉你，你的奏本都被本王截下来了。念你最近领衔向朝廷颂扬本王贤孝，本王宽宏大量，现在也正是用人之时，你，愿意保驾本王去南京吗？"

孙燧斩钉截铁道："宁亲王爷，本院也最后提醒你，走错一步，你就不再是什么宗亲了，等待你的必是死无葬身之地！"

朱宸濠狞笑道："好吧，你这是与本王作对到底了。来呀！火信何在！把这个不识抬举的东西，绑了！"

这时，一个高大的身躯唰唰几步，冲到前排，遮挡在个子矮小的孙燧面前。这是许逵。许逵朝着朱宸濠高声喊道："朱某人，你一个藩王，竟敢擅自捆绑朝廷大臣！不要王法了吗？！"

王府校尉火信率领几个校尉已经冲了过来，围上了孙燧。镇守太监王宏吓得直往后撤，撞在后排人的身上。

朱宸濠一指许逵，喝道："好你个许逵！南昌城，也就你们两个敢与本王作对，你以为本王不敢杀你吗？"

许逵扬声道："朱某人，你敢杀我，朝廷就敢杀你！"说着，许逵撇下已经被几个校尉扭住胳膊的孙燧，疾步冲向台阶最高处的朱宸濠。此状慌得朱宸濠高声咆哮："快快！给我截住这个疯子！"

许逵疾走着，伸长两臂要抓朱宸濠。侍卫和校尉一齐冲了上去。眼看着许逵就要碰到朱宸濠，侍卫一刀砍向许逵前伸着的一条胳膊。许逵一条胳膊耷拉下来。冲到近前的校尉一把扭住了许逵的另一条胳膊。身躯高大的许逵左冲右突，试图摆脱侍卫和校尉的捆绑，但毕竟寡不敌众。被押着的许逵一直骂不停口："朱宸濠，你个乱臣贼子！你敢擅杀大臣，你死无葬身之地！"

朱宸濠喝道："把这两个奸臣，押出去砍头！"

孙燧和许逵被一群校尉推搡着，押向惠民门外。离王府越来越远，口干舌燥的许逵不再骂了,他的一条被砍断骨头的胳膊,垂在身子一侧,随着走路的步幅前后摇摆,他已忘记了疼。惠民门外,临时刑场上,许逵望着孙燧,抱憾道:"孙都堂,只恨我们当初没有先下手为强,才有今日!"孙燧说道:"汝登兄,是老夫优柔寡断,误了你呀! 不求今生,只求来世,老夫赔你的人情!"

孙燧和许逵,两个人面朝北方,各自诉说道:"圣上,臣尽忠了! 爹娘,儿不孝,不能跟前尽孝了!"

随着刽子手鬼头刀一扬,刚才还青天白日的南昌天空,突然晦暗起来,阴风习习。被砍掉脑袋的许逵,竟然屹立不倒,吓得刽子手扔下屠刀,跪在地上磕头祷告。

眼看着许逵被砍断胳膊,眼看着铁骨铮铮的孙燧和许逵被校尉们押向刑场,手无寸铁的三司衙门官员一个个低下了脑袋。朱宸濠哈哈一笑道:"并非本王残暴,是孙某人和许某人犯上作乱,他二人竟然敢不遵太后懿旨。本王要去南京登基,在座还有哪位不愿意保驾? 好,只要愿意保驾,愿意随着本王去南京、去北京,各位都是开国功臣,本王希望你们这些人中,多出几个公侯伯的爵爷,多出几个大都督。现在本监国摄政王宣布,废除正德年号,改年号为顺德。"

这时,正典仪瞅准朱宸濠的手势,及时吆喝道:"各位臣工,参拜监国摄政王!"

四周的校尉齐刷刷地跪倒在地,山呼万岁万岁万万岁!

镇守太监王宏听到山呼的万岁声,不知道是习惯了此时下跪,还是下了决心要投靠朱宸濠,他两腿一弯跪了下来。站在最前排的镇守太监做了榜样,后排腿软的参政王伦、副使贺锐、佥事潘鹏、佥事师夔,也跟着跪了下来。

朱宸濠点了点头,说道:"好,忠臣任何时候都有。这几位忠臣,好好礼遇。其他各位臣工,先集中到仪卫司再考虑考虑,不要着急,太后的密旨,本王初一接触,也转不过来弯,忠心了十四年的皇帝,竟然是冒牌货。大家可能一时都会接受不了,都退下吧!"

没有下跪的各位官员,被关进了朱宸濠的仪卫司。

第二天上午,朱宸濠在承运殿大摆阵仗,正式宣布监国,任命李士实为左丞相,刘养正为右丞相,刘吉为司礼监太监,万锐为内宫监太监,南昌左卫指挥使葛江、王春升为大都督,与宁王一起长大的秦荣升为左都督,土匪头子吴十三、吴国七、凌十一、闵廿四、闵廿八、熊十四、熊十七,各为将军;万贤一、万贤二兄弟,顾正、顾雄兄弟,周勇、周鼎兄弟等各为都指挥使和指挥使;刘养正的弟子王储如愿以偿成了大学士;朱宸濠宗亲中赞同谋反者宸涓、宸瀷、宸汲、宸汤、宸浐、宸澜、拱栟、拱樤等,各升一等爵位。

第一道诏令是由刘养正操刀的《靖难檄文》,罗列冒牌皇帝朱厚照的十大罪状,昭告天下。

第二道诏令,朱宸濠在南昌开始行使监国摄政大权。

第三道诏令,接管江西三司衙门、南瑞道、南昌府、南昌和新建二县,一切所有官印及库仓银粮。

第四道诏令,诏令天下义士踊跃投军,齐讨国贼,共赴国难,同享太平。派国舅娄伯、仪宾李琳等分赴周边收掌府县官印、军队、民壮和运船。

第五道诏令,派左都督秦荣、右都督屠钦领兵在鄱阳湖待命,作为前锋,准备出征南京。

第六道诏令,接收九江、饶州、樟树镇三家造船厂的新船,用作运兵和运送物资。

第七道诏令,派仪宾等王亲国戚前往杭州,联络原驻江西镇守太监、现为浙江镇守太监的毕真;前往南京,联络镇守太监刘瑯,约为内应,进行策应。

第八道诏令,动员一切战备力量,准备出兵南京,到南京就位,延续朱家皇脉正统。

第一百一十四章　丰城遇险　祈祷北风

六月十五午时,王阳明的船来到南昌府境内的丰城县,离南昌城也就百儿八十里地。飘扬着"提督南赣等处地方军务都御史王"官旗的官船驶近丰城城西剑江驿站,早有驿卒报于驿丞翁荣,翁荣已迎候在码头边。船一泊岸,翁荣移步进入官船,在船舷瞭望的萧庚引着翁荣进入船舱。王阳明当过驿丞,对驿丞向来友好,在南赣剿匪战争中,他曾特意选调贬谪到广东的两位驿丞参加指挥剿匪战斗。

翁荣行礼毕,王阳明笑眯眯地问道:"翁驿丞,看你一脸惊慌,所为何事?"

翁荣躬身站在一边,答道:"回禀王中丞,省城生变,传闻宁藩反叛朝廷,已经杀害都御史孙中丞和许副宪,三司衙门各官被拘禁在王府。沿江南下的都是逃难的。如今丰城城里人心惶惶,下官尽管不安,也不敢擅离职守。"

王阳明闻言心中一惊,但他马上就镇定下来,该来的总是要来的。怎么应对?消息可靠不可靠?有了确切消息,才好随机应变。王阳明安慰翁荣道:"翁驿丞,你能临变不乱,足见忠于职守。你派人速去叫来丰城知县,就说本院有请。"

王阳明被翁荣请到了驿丞衙门稍事歇息,等待丰城县知县。丰城知县顾佖听说南赣巡抚王阳明到了丰城,他就像漂泊在大海中的落水人,看到了救命稻草。江西省三司衙门官员全军覆没,南昌府知府郑献早被朱宸濠诬陷关入大牢,这样的局面,把顾佖一个七品知县变成了没娘的孤儿。面对未知的命运,他真是有些迷茫。现在好了!王阳明是个能人,他剿匪连战连捷的事迹早就传遍了赣江沿岸。顾佖策马而来,到了驿丞衙门,滚鞍下马,疾步来见王阳明。

顾佖,南直隶吴县人,出身军籍,正德九年以四川蜀王府仪卫司的一个校尉身份考中进士,十二年底被分派到丰城做知县,还是个官场上的新手。见了王阳明顾佖热泪盈眶,哽咽着说道:"王中丞,您、您来了,就好了!"

王阳明和颜悦色地说道:"顾县侯,不要怕!邪不压正,朝廷有上百万大军,天下多有像你一样的忠贞之士,岂能容一个藩王肆意横行!南赣数万名久经沙场的精兵强将,顺流而下,也就十来天的时间。现在关键是摸清情况。你把了解的情况详细说一说。"

顾佖介绍完情况,最后说道:"王中丞,现在面临两个困境:一是叛军一旦南下,小小的丰城危若累卵,不堪一击;二是城里人心惶惶,穷富人家都在逃难。王中丞,下官盼着您给下官、给老百姓做主心骨!"

听了顾佖的介绍,王阳明安慰道:"顾县侯,朱宸濠的目标是南京,是北京,丰城离南昌虽然很近,并不是他的进攻目标。你目前的任务有三个,一是做好城防,不能有丝毫疏忽。做好城防,就不怕围城,就能坐以待援。二是沿江与县城四周,多竖兵旗,多张疑兵,迷惑叛军。三是稳定人心,对蛊惑人心者,决不能手软,切记,人心稳,则城防稳。本院奉命前往福建戡乱,虽然没有南昌平叛的使命,但是本院负有提督军务的圣命,有朝廷授予的调集军队的令旗和令牌,对紧急贼情有便宜行事的职责。反叛朝廷,大逆不道,本院岂能坐视不管!只是丰城城内地方狭窄,不便于集兵,你先小心应对,本院一旦召集来军队,发第一支兵,必定是增援丰城,协助防守。顾县侯、翁驿丞,准备船只,本院马上南下,组建勤王军队。"

顾佖磕头请求道:"王中丞,下官盼着您来解救丰城合城性命呀!"

王阳明郑重应道:"顾县侯,本院答应你!"

王阳明的官船向南逆流而上。船行十五里,到黄土脑地界。一直在船尾警戒的龙光和萧庾向北望,看到满江飘扬着五色彩旗,隐约可以听到军人的呐喊声。两岸都是向南逃难的人流。从逃难的人流中,不时传来纷杂的吆喝声:"叛军追来了,快跑呀!""别牵猪了,逃命要紧呀!"……岸边牵拉官船的纤夫一哄而散,官船在水流的冲击下,打横在江心,并缓缓地顺流向北滑去。

萧庾进入船舱,向王阳明禀报。

王阳明听后,沉吟着,看着雷济。雷济建议道:"王都堂,如今江西无主,您就是平叛的主心骨呀! 江西不能没有您呀!"

龙光进来说道:"王都堂,远处河汊里有条渔船,还是条撑帆的渔船。我们换渔船吧。"

萧庾说道:"可惜渔船太小,坐不了几个人。"

龙光说道:"王都堂和夫人、公子先走吧,我们留下来再想办法。"

这时,夫人诸翠过来打听情况,站在旁边听大家说话。

王阳明问道:"小渔船到底能坐几个人?"

萧庾说道:"三五个人的样子!"

王阳明果断地说道:"萧庾和雷济跟本院先走。龙光、黄表陪夫人、公子和家人再想办法。"

诸翠取下舱壁上挂着的宝剑,擎在手里,对王阳明说道:"先生不必操心妾身,事急有宝剑在。只要先生能走!"

龙光说道:"王都堂只管走吧! 小人一定拼死保护夫人和公子。"

王阳明看着诸翠,默默地点点头,对龙光说:"你们上岸,疏散到村子里去。"

几个人收拾起贵重行李,雷济拎着官印、令旗、令牌,匆匆弃船上岸,一溜儿小跑,来到靠在河汊边的小渔船跟前,一个三十多岁的渔夫正在岸边收拾渔网。

雷济说道:"船家,快送我们去樟树镇,船钱你要多少给多少。"

渔夫打量过三个人后,手搭凉棚往远处眺望,然后,他把一只巴掌搭在耳朵边,仔细地听听,然后道:"官家,再多的船钱买不来一条贱命。这里都听说了,南昌城里王爷反朝了,见人就杀,你们没看见吗,我鱼都不打了,你听听,你看看,王爷的军队马上就要杀过来了。你们拉船的都跑光了,我这也要跑呀! 要找船,你们去别处吧!"

渔夫说着,忙着自己手里的活计。

雷济四下里看看,哪里还有船的影子,只有那艘正顺着水流往北荡去的官船。雷济央求道:"船家,这里再没有别的船了。"

渔夫头也不抬说道:"等嘛! 赣江里从来不缺船。"

萧庾一直在一旁护卫着王阳明,他边警惕地观察着周围,边听着对话。这时他走近前来,硬声问道:"你去还是不去吧? 一句话,痛快些!"

渔夫收拾完渔网,一步跨上小船,随口应道:"不去!"说着就要离岸。

萧庾掣出宝剑,一步跳到船上,站稳身子,把宝剑架到了渔夫的脖子上,问道:"最后问你,去还是不去?"

渔夫硬着脖子,迸出两个字:"不去!"

萧庾手腕一抖,宝剑上提,渔夫的一只耳朵掉了下来。萧庾再问:"去不去?"

渔夫一手捂住淌血的耳根,嗫嚅道:"官家,这么冲的南风,你就是杀了我,船也走不了。"

王阳明一直站在岸边默默地看着这场交涉。这时他面南而站,迎着呼呼的南风,心中默念道:"苍天神灵,如果怜悯江西省数百万生灵,允许我王守仁忠心报国,剿灭反贼,匡扶社稷,就请调转北风,送我南下!"王阳明默念完毕,风向突然之间变了,呼呼的北风吹得雷济身子一摇,雷济身上的袍襟带子一下子转向南飞扬。雷济对着河汉里飒飒地向南倒伏的芦苇,欢喜道:"王都堂,风向变了,转北风了! 转北风了!"

萧庾提着宝剑,指着渔夫,厉声说道:"北风! 走不走?"

渔夫哆嗦着:"走走! 天意让去,小人不敢不去!"

已经黄昏了,萧庾接扶王阳明、雷济上船,渔夫扯起风帆,向着樟树镇方向前行。

第一百一十五章 夜宿临江 判贼动向

黄土脑离樟树镇二十四里。撑帆的渔船小且风急,不消半个时辰,王阳明、雷济、萧庚就到了樟树镇。樟树镇,是临江府地界。此时,虽有十五的月色,叛军的追兵也不敢冒险深入。萧庚眼耳并用,仔细分辨,确认已经摆脱了追兵,大家才松了一口气。雷济重金打发了少了一只耳朵的船家。

樟树镇是个大码头,商业繁华,这里还有袁州卫军的运粮码头和造船厂。雷济拿出兵部公文,协调到一艘官船,乘着夜色向着四十里外的临江府城航行。

当夜,离临江府城很远,他们就被巡江的临江府哨船发现,被直接领路通过水门进入临江城。知府戴德孺兴奋地来迎王阳明一行。

"中丞大人王公值此危难之际驾临临江,无异于给临江城送来了一颗定心丸。王中丞,一时仓促,察院行台来不及打扫,不如您到府公馆将就一晚,如何?"

王阳明一路逃难,现只觉疲乏难支,便道:"戴府台,府公馆很好!"

一行人来到府公馆,戴德孺坐等王阳明洗漱吃饭。吃饭的间隙,心急的戴德孺说道:"王中丞,如今宁藩反叛,江西无主,下官虽有勤王之心,无奈官卑言轻。纵使我举一府之力,对于蓄谋已久的叛王,也是杯水车薪。下官揣测,江西十三府,除了南昌,各府执事人都是这样想的。十三府就缺少一位像您这样功高望重的领头人。王中丞,下官请求您留城调度,高举义旗!不知王公意下如何?"

王阳明简单吃罢饭,漱了漱口,这才打量起戴德孺。只见戴德孺年近不惑,身子稍稍有些发福,一张白净的圆脸,蓄有小胡子。临江向来富庶,这几年这里很平静,所辖只有四个县,地界不大,需要知府发愁操心的事情不多,比起在南安和土匪周旋了十来年的季敩,戴德孺这知府当得简直像休假,是养尊处优。王阳明在南赣剿匪时,为三省围剿选调领兵官,调阅过十三府衙门各主官的履历,因此知道戴德孺的情况:与自己是浙江老乡,台州临海人,弘治十八年进士,在工部员外郎任上到芜湖税关监税,因操行清廉,升任临江知府。王阳明一脸严肃地对戴德孺说:"朝廷还不知江西的实情。但是,任谁面对乱臣贼子,都不会袖手旁观。就职责来说,本院虽然只负责提督南赣等处地方军务,但是路遭变乱,岂能坐视百姓遭难!好在本院持有朝廷的令旗令牌,有便宜处置紧急贼情的圣谕。戴府台,临江府城防情况如何?兵力如何?"

戴德孺道:"正德六年临江城墙被瑞州华林山贼攻破后,土墙改筑砖包墙,周长十里余,高一丈四;护城壕宽一丈五、深一丈,城门十座。全城精兵五百九十八人,由一位同知督领;每座城门守兵三十五人,巡河哨船五艘,每船兵士十人。各县有各县的保甲民兵。南昌反叛消息传来后,敝府立即采取了戒严措施。"

王阳明听了戴德孺的介绍,心里有了清晰的决定,早在丰城剑江驿站向顾佖了解情况时,他就盘算着平叛兴兵大本营的选址,他首先想到了吉安,这与他在庐陵当过知县熟悉吉安有关系。听了戴德孺的介绍,与临江相比,吉安的城墙雄壮坚固,临江城墙高一丈四,吉安高两丈五,厚达一丈;吉安有兵,不说民兵,千户所就有三个,分别是吉安所、安福所、永新所,此外还有赣州卫设置在龙泉的一个百户所。临江呢,境内没有卫所,西邻的袁州卫,实际操练的军人只有三百二十七人,其他一千三百人是往淮安运粮的运军。这些资料,在为三省围剿选调兵力时,王阳明已经了然于胸。除此之外,吉安下辖九个县,人力物力较为宽裕。还有,谋略筹划和领兵打仗,吉安知府伍文定,是一个可以依靠的人。更关键的一点,临江离南昌太近,筹集调度难以从容。王阳明心思已定,便对戴德孺说道:"戴府台忠心勤王,本职也要忠义勤王,我们是同仇敌忾。正如戴府台所说,宁藩蓄谋已久,穷凶极恶,仅有我们临江和南赣现有兵力是不够的,而且现有兵力也

需要一个集结的时间；要共纾国难，有必要约会邻近的湖广、广东、福建兵力，这都
需要时间；还要尽快通报南直隶和南京，让他们做好防备，更要上报朝廷，让朝廷早
早遣将发兵，这都需要时间。临江离南昌太近，要从容筹划，还是吉安最为合适。"

戴德孺眼神中满含失落，问道："据您分析，叛军会南下还是北出？"

王阳明说道："叛军中有通晓兵法的刘养正，他们会制定上中下三策：上策，
乘虚而出，偷袭北京；中策，顺流东下，直取南京；下策，固守南昌。上策，则天下
危险了；中策，则大江南北就将陷入战乱；下策，"王阳明平静地将了将下巴上的
胡子，淡淡地笑了笑，"那还好应对。"

戴德孺点点头，迟疑着说道："按王公分析，南京、北京一旦疏于防备，就危险
了。最好还是能把叛军留在南昌。那如何能阻留叛军呢？"

王阳明再次将了将胡子，说道："戴府台说得对！得想办法拖住叛军。"王阳
明说着，会心地笑了笑。

戴德孺看王阳明竟然还笑得出来，便问："看来王中丞已经有了锦囊妙计？"

王阳明说道："试一试吧，希望能拖住叛贼！"

戴德孺问道："王中丞，敝府没有经过战阵，还请中丞大人面授机宜，如何配
合中丞的全盘行动。"

王阳明点点头，说道："戴府台有很多事要做，一是聚集各县民壮，集中操练，
等待调遣；二是筹集钱粮，筹备军械，预备军用；三是选调樟树镇兵船和各县民船
备用；四是要安定民心；五是临江紧邻南昌，如能派人刺探，及时侦察贼情，上报
吉安军门，那就更好。"

戴德孺一拱手说道："请王军门放心，敝府尽心筹备，等待军门调遣。夜已
深，还请王公早早安歇，下官告退。"说着戴德孺躬身拱手。

王阳明拱着手说道："戴府台，明天一早，在乐户中挑选五位年富力强的戏
子，将有重任！"

戴德孺愣了愣，一时摸不着头脑，见王阳明郑重其事，就点点头，退出门去。

第一百一十六章　心兵百万　吓阻叛王

第二天一大早,王阳明站桩练功后,由雷济服侍笔墨纸砚,在府公馆会客厅运笔成文:

> 提督广东、广西军务都御史杨:因紧急军情事,查照兵部和都察院公文,着都御史颜前往南昌擒拿叛藩,特率狼达军兵四十八万,已于五月五日从广州府起兵,为此紧急照会沿途卫所府县等衙门,提前预备粮草军资,供应军需,不得懈怠!兵临之日,如若准备不足、缺乏误事,军法无情,定斩不饶!
>
> 沿途通告:清远卫、韶州府、韶州千户所、南雄府、南雄千户所、南安府、南安千户所、赣州府、赣州卫、吉安府、吉安千户所、临江府、南昌府、江西都司。

王阳明写罢,告诉身边的雷济道:"准备一张火牌,仿制从广州府到临江府沿途卫所府县的确认戳记,仿后火牌通过能言善辩的乐户送达南昌。"

戴德孺一早就来到府公馆,陪伴王阳明。

雷济制作好火牌,一位早就等候着的临江府礼房书吏陪着雷济,前往临江府衙门。

五个从乐户中挑选的精干男艺人已经在衙门待命。

礼房书吏介绍道:"这是雷老爷!"

五位艺人都是三十岁左右，个个表情生动、眼神灵动，人人头上系着表明职业低贱的绿头巾。这片绿头巾给了他们敏感的神经和怯懦的神色。五个人就像虽然年轻漂亮却地位低贱的大户人家老太爷的小妾，眼睛里除了谨慎就是讨好。雷济细心地考察着五位艺人。

　　雷济说道："府尊大老爷吩咐下来，有一桩重要事情，需要两个机灵能干的人去完成。"雷济说着，向站在一旁的书吏使了个眼色。书吏托起一包银子说道："这是二百两白银。"雷济接着说道："每人的报酬是一百两，足够买房置地过安生日子了。"五个艺人眼睛发亮，一齐看向书吏手中的银子。雷济咳嗽一声，继续说道："这是物质奖励。还有大赏，事成之后，府尊大老爷将解脱办事人全家的乐户户籍，转为民籍。会分配给办事人十亩水田。"艺人们闻言纷纷激动得面色通红，人都骚动起来了。

　　雷济继续说道："官府奖励为什么这么重？因为这个任务有危险，甚至会有性命之忧。就是说，去了就有可能再也回不来了。"雷济心里一清二楚，这趟差事去了是绝对回不来的。

　　五个人好像是被掺入了冷水的烧水壶，都冷静了下来。有人向后退了半步。

　　雷济道："我们也不勉强。你们好好考虑，如果不愿意做，大家可以都回去，官府再找人。事情是这样的。两广提督衙门都老爷要往南昌都司衙门送一份重要公文，两位广东差人在我们临江得了重病，一死一残，没法继续传送公文。大家可能也听说了，南昌这几天出了乱子，具体乱到什么程度还不清楚。因为不清楚，去南昌就有危险。就是这么一桩事情！虽然危险，却是为朝廷办事，事成之日，办事人就成了功臣义士。本官现在就等大家的决定。一旦选定，每人一百两银子，先送回家，乐户除籍的事，事成之后，立即办理。临行前可以先跟大家立个字据。"

　　五位艺人，你看看我，我看看你，表情各异，心里打开了小算盘：有大钱奖励，有水田可以耕种，更重要的是，可以脱离乐户这个卑贱的身份，再也不用扎系这象征耻辱的绿头巾了，冬天再也不用脚蹬谁都可以鄙夷地踩上一脚的翻毛猪皮靴了，儿孙将来也可以考秀才考举人考进士……报酬很诱人，但是有可能要用命来换。用生命为筹码赌一把？赌赢了皆大欢喜，赌输了呢？输了也只是自己输了，家人儿女此后可以扬眉吐气地活着了，子子孙孙再也不用做人下人了。

五个艺人中，两个还在皱着眉低着头苦思冥想，有一个已扑通一声跪了下来，另两个见状，也抢着跪了下来，争着说："官老爷！小人愿往南昌！"

雷济挑选出两个，一边办理手续，一边吩咐注意事项。

龙光、黄表护着诸夫人和正宪公子、王祥、丫鬟，以及其他家人也来到了临江。

十六日下午，王阳明、雷济、萧庚、龙光、黄表，一应家人由戴德孺安排官船继续溯赣江南下，前往吉安。船到峡江，王阳明安排龙光分道前往刘养正老家安福，要他会同安福县衙门，提刘养正直系或者旁系亲属来吉安与自己会合。

在船上，由雷济侍候，王阳明继续写信，第一封：

> 提督军务都御史王为绝密军情事，奉圣旨"许泰、却永统率边军四万，从凤阳方向走陆路直赴南昌；刘晖、桂勇统率京军和边军四万，从徐州、淮安方向通过水路奔袭南昌；王守仁领兵二万、杨旦领兵八万、秦金等领兵六万，各从南赣、广东和湖广三路，约期合围南昌。各部务必遵照朝廷已定战略，齐心协力，快速推进，不得各行其是，或冒进或拖延，贻误军机。钦此"。本职在前往福建公干行至丰城地方接到公文，现已退至吉安府，组建军门，正在会集南赣等处地方和江西各府军兵民壮。本职钦遵圣旨，迎候两广兵到，将准时出击南昌叛军。本职今有机密，需要约会各路领兵统帅：兵部战略原则是出其不意、掩其不备和先发制人，是假定宁藩没有军事准备。今据各路哨探，发现宁藩叛军已经出动，有二三十万人。北路平叛官兵如不能及时了解

这一变化,势必会贻误战机。据本职判断,如果宁藩龟缩南昌老巢,占据地利之便,以逸待劳,而京军和边军风尘劳顿、人困马乏,王师必将胜败难料。如果京军和边军或者按兵不动,或者分兵防守南京,等候宁藩脱离南昌老巢,孤军冒进,则战机就将有利于王师。到时,京军和边军堵截在前,两广狼兵和本职统率的南赣、江西军队尾追其后,西路的湖广军队拦腰冲击,平叛捷音指日可待。今宁藩谋士李士实、刘养正等各人都有书信暗通本职,附叛江洋大盗凌十一、闵廿四各自派遣心腹向本职呈送密报,都表示要反戈一击,报效朝廷。据此判断,宁藩已经众叛亲离,出兵之日,就是他失败之时。据两广前导探员禀报,两广前锋已经抵达赣州地界。湖广起兵二十万,先头部队已经行进到黄州地界。本职起兵十万,遵照圣旨,前锋两万,正在吉安待命。江西各府起兵,将不少于二十万。只是本职以为,目前首要是寻觅战机,只等宁藩一离江西,叛军必将内乱,届时各路人马围剿叛军,定会马到成功。为此紧急变化,本职今用手本详细说明,烦请各路统帅相机行事,争取一战成功。如有变化,就请选派得力干员,与本职派出机要人员一同,六百里加急飞报本职。

附手本:王守仁,提督南赣等处地方军务都御史,持有朝廷令旗令牌八面,奉有"王守仁便宜行事"圣谕。

王阳明写罢,把信纸晾在桌面上。雷济读罢,又是疑惑又觉可笑。眼前这位老先生赣南剿匪连战连捷,因此他信任他、崇拜他。可是,王阳明老先生权力最大的时候,在南赣指挥的军队也没有超过五万人,现在凭空吹出来百万雄兵,兵从何来! 画出来的米饭不能充饥,纸上的雄兵百万能打仗吗? 宁王爷是被吓唬着长大的吗?

王阳明心思很静,觉察到了雷济心思的骚乱,他淡淡地笑问道:"雷大参谋,动了什么鬼心思?"

雷济老实交代道:"您信里这百万天兵天将,宁藩会相信吗?"

王阳明啜了一口茶,望着雷济,慢条斯理地说道:"是不一定相信,但他会不会起疑?"

雷济脱口而出道:"起疑自会不免!"

王阳明开心地笑道:"要的就是他这一疑!有他这一疑,大事就成了!叛军晚出动半个月,南京、北京就会有了防备,我们也会得到半个月的准备时间。宁藩一向残暴欺压盘剥百姓,旗下多是江洋大盗,一出动少不得烧杀抢掠,到时,遭殃的都是百姓,所以,叛军晚出动一天,老百姓就多得一天安生日子。雷济,一到吉安,我们要做的第一件事,就是这件事。"王阳明指了指桌面上的书信。

雷济点着头,心里惭愧自己刚才的判断。

放下茶杯,王阳明继续忙活,还有两封信要写,等刘养正亲属到了吉安,要他们往南昌交给刘养正。信的内容是:

李中丞士实先生台鉴:

接手教密示,足见老先生精忠报国的一片苦心。本职理解老先生,老先生身陷叛营实属迫不得已。先生赐教的深谋高见,令本职颇得教益。如今,又得某先生与老先生同心协力,共襄义举,当办之事看来应该万无一失。秘事要密办,一旦泄密,就会前功尽弃,不仅无益于国家天下,还会连累老先生与某先生。这也是本职最为担心的事。目前的形势是,东西南北五路大军正日益形成对南昌的合围态势,只等某人一出南昌巢穴,便可手到擒来,但是恐怕某人不敢轻离南昌。昨天得凌、闵诸将军派人秘传的消息,这无疑都得力于老先生和某先生暗中的开导和激励。本职考虑:凌、闵三四位将军,都是粗人,一向鲁莽,稍有不慎,容易泄密,这一点,一定请老先生和某先生多加防范。密信不传四目,阅后即付丙丁。知名不具。

王阳明写罢给李士实的信,再写一封给刘养正的密信,内容大致相同,只是换一换称呼。王阳明招呼雷济道:"等刘养正亲属到了,把写给李士实的密信密封给刘养正亲属,让他带给刘养正,写给刘养正这封密信派人设法送进南昌就行。"王阳明招呼萧庚道:"萧义官,宁藩一直在设法结交南赣土酋豪杰,正德十二年归顺朝廷的安远县义官叶芳,曾拒绝宁藩的拉拢;邢府台密报过,义官满总也拒绝过宁藩的拉拢,还把宁藩的使者绑送知府衙门。宁藩欲拉拢的人很多,你尽快联络上与宁藩交往的吉安、南赣地方的豪杰,设法把这些信息传递给宁藩。"

　　萧庚说道:"王都堂,据属下所知,吉安永新千户所原千户、现任指挥佥事高睿,过去向刘养正学习兵法,与刘养正往来频繁,是否可以利用这个渠道?"

　　王阳明笑眯眯地说道:"渠道越多,传递的信息就越多,信息越多就越乱,越乱宁藩就越难以判断。多发动关系,多找渠道,多传递消息。对宁府的内官万锐、刘吉、陈贤、喻才等人,都要找到与其有关系的人,投递信息,迷惑、扰乱他们。黄秀才!"

　　黄表应道:"王都堂,学生在!"

　　王阳明说道:"到了吉安,多写大字告示,说明福祸利害,说之以理,晓之以法,动之以情,生死抉择,宣传到位。叛军多是附逆人员,死心塌地的是少数。萧义官,到了吉安,你和龙光发动得力人员潜入南昌,要把这些告示,趁着暗夜秘密张贴各处,对叛军官兵发动心理战。"

　　六月十八,王阳明到了吉安。

　　得到城门守军的报告,伍文定喜出望外,心情急切的伍文定大步流星地赶到城门迎接王阳明一行。伍文定在吉安城内的文天祥祠立起了孙燧和许逵的两块木主牌位。王阳明一到吉安,就和伍文定来到文天祥祠,祭拜死难的朝廷忠臣孙都御史和许副使。

　　站在祠堂文天祥画像前,王阳明心中不由得浮现出了文天祥的《绝命词》:

孔曰成仁，孟曰取义。唯其义尽，所以仁至。读圣贤书，所学何事？而今而后，庶几无愧。

圣贤的追求，不过"仁义"两字。在宁藩叛乱的大是大非面前，什么是仁义？诛灭乱贼，匡扶社稷，就是仁义。平常无事时，仁义不过是存好心、说好话、办好事；变乱当前，仁义就意味着生死抉择。一百多年前永乐爷的靖难战争，同样是藩王反朝，结局呢？千岁摇身一变成了万岁，忠臣一夜之间成了奸臣，不仅自身遭难，还有灭族之祸。究竟什么是忠什么是奸？什么是仁什么是义？什么是善什么是恶？

王阳明在文天祥祠思考仁义时，龙光已经拘拿刘养正的亲属来到吉安。刘养正直系亲属都搬到了南昌，龙光只拘拿到了他的两个侄子。

雷济和萧庚，两人在派遣各路送信的信使。根据在临江的经验，雷济知道乐户为摆脱低贱的身份，甘愿冒险，哪怕有生命危险，这就是俗话说的"重赏之下必有勇夫"。一到吉安，雷济就通过吉安府礼房书吏和兵房书吏挑选出了三位送信使者。

刘养正的两个侄子，一个叫刘大有，一个叫刘大壮，一个三十多岁，一个二十多岁。五十多岁的龙光对刘大有和刘大壮很客气。府公馆会客厅是一个套间，龙光到的时候，三个乐户正站在外间等候。龙光招呼刘大有和刘大壮道："两位小兄弟稍坐，等一会儿我叫你们。"说完，他进了里间。乐户们一个个站着，与之相对应的，坐着的刘大有和刘大壮莫名有了优越感。

里间的雷济和萧庚，见龙光进来，彼此会心一笑。雷济对着萧庚，向外间一摆头。萧庚到外间，对其中一人招呼道："去往扬州送信的东方春，进来！"

三十多岁的东方春进入里间，对着坐在主座的雷济，怯怯地要下跪。雷济摆了摆手，说道："东方春，你肩负重任，是朝廷的义士，送完信，你就不再是乐户了，现在就要学着抬起头来做人。"

东方春感激地说道:"谢谢老爷恩典!"

雷济摆摆手,说道:"不必这样!本官应当感谢你,为了大义,你不怕危险和辛苦。你去扬州时,沿途细心打听走访,走水路从运河前来江西的边军,边军统帅是安边伯许爵爷,许爵爷讳一个'泰'字。遇到边军,你把这封信呈递给许爵爷,拿回回执,就算完成任务。这是兵部加急火牌,有了这张火牌,沿途驿站都会免费招待你吃住和马匹车船。南昌变乱,南昌附近的驿站不敢轻易入住,这一段路程要靠你自己想办法解决,最辛苦的也就是这一段路程。听明白了吗?"

东方春说道:"回老爷的话,小人听明白了。"

雷济说道:"东方春,你把自己的任务重复一遍。"

东方春重复了一遍。

雷济吩咐道:"好!路上一定多加小心,不可走漏风声,不能丢失公文,路过南昌附近,更要多加小心,防备叛匪乱贼抢去公文。"

东方春说道:"回老爷的话,小人记住了。"

雷济说道:"好了,你去府衙户房支领赏金一百两和路费五两吧。今天回去好好安顿家里,最迟不得晚于明天午时出发。午时以前,来这里领取公文和火牌,由兵房相公帮你把公文缝到衣襟里。"

东方春心里惦记着一百两银子的赏金和从扬州回来后的自由身份,满心欢喜地出了里间。

后两位是前往凤阳方向送信的马小宝和前往湖广黄州方向送信的李鸭子。

门是虚掩着的,里间的对话,外间听得一清二楚,这一点,雷济和萧庾事前已经试验过多次。打发走三位信使,雷济会意地看着龙光,向门外一摆头。龙光到外间招呼道:"两位仁兄,进来进来!"

刘大有、刘大壮进入里间。雷济朝两人点点头,示意两个人坐下。萧庾招呼道:"刘大有?刘大壮?"

刘大有、刘大壮巴结地怯笑着:"回老爷话,小人是刘大有(刘大壮)。"

雷济开门见山说道："刘大有、刘大壮，要交办二位办的事，龙佐堂路上已经跟你们说过了，是吧？"

刘大有点着头说道："回老爷的话，佐堂老爷跟小人说过了。"

雷济说道："听说你们也跟着自家伯父刘先生读过几年书，是吗？"

刘大有点头说道："回老爷的话，小人会背《三字经》《千字文》《增广贤文》《神童诗》，会背《论语》《孟子》《大学》《中庸》……"

雷济笑着称赞道："好好！是个读书人。刘大有，你说说，读书人最看重什么？"

刘大有自豪地脱口而出道："'仁义'二字！"

雷济称赞道："好！到底是读书人！刘大有，读书人读圣贤书，君臣大义应该一清二楚。最近南昌城里有位王爷反叛朝廷，而你家伯父刘先生往王府走动得比较勤，有传闻刘先生陷身其中，为叛王做军师。刘大有，你应该知道，叛朝可是砍头的大罪，十恶不赦，诛灭九族！万一你伯父参与谋反，你们两个的脑袋恐怕也保不住！"

刘大有有些色变。

雷济继续说道："官府知道，刘先生是举人功名，江西名士，熟读圣贤书，深明君臣大义，应该不会参与这等大逆不道之事。但是，无风不起浪，有传言就有可能是真的。官府为刘先生考虑，也为你们刘家一大家人考虑，托你们二位替官府送封信给刘先生，提醒刘先生早离是非之地，如能脱身，即能免除将来叛臣死无葬身之地的悲惨下场。你伯父精通兵法，他若离开，叛王身边就少了一个神机妙算的诸葛亮。如果他实在脱不开身，最好他能暗中为官府做些事。你们能明白其中的利害吗？这关系到是忠臣还是乱臣，关系到你们一大家人头上的脑袋。"

刘大壮这次比哥哥着急，抢着回答道："明白！明白！回老爷的话，生死攸关！"

雷济称赞道："到底是读书人，知道利害关系。好，就是这封信！拿去吧！路上小心,别弄丢了!"

龙光接过来信,递给刘大有。

雷济吩咐道:"龙佐堂,领他们去户房领路费。刘大有、刘大壮,千万记住,这封信就是你们刘家一大家子的性命。"

等龙光、刘大有兄弟出门,雷济朝萧庾笑着说道:"萧义官,王都堂派往南昌的这百万天兵天将,都要靠我们兄弟和龙光、黄表安排了。送信、贴告示一堆事,恐怕我们得忙几天。这才只是个开头。"

第一百一十七章　叛王起疑　龟缩南昌

　　六月十八,在宁王府承运殿,朱宸濠召开出征南京筹备会议。大殿两侧,左文右武排班站列,文有左丞相李士实、右丞相刘养正、兵部尚书王伦,武有大都督葛江、王春及左都督秦荣。司礼监太监刘吉、内宫监太监万锐分站朱宸濠两侧。

　　朱宸濠说道:"从六月十四孤王监国摄政以来,有赖文武各官各位爱卿勤劳王事,积极准备,靖难军队官军和物资基本就绪,大批军队集结在鄱阳湖待命出征,要保本监国前往南京谒陵登基。今天朝会,是要和各位爱卿商定出征日期。这两天,候驾在鄱阳湖的靖难军队前锋,已经扫清了出征沿途的九江和南康两府,可谓旗开得胜。大都督葛爱卿,你向群臣通报一下战果,提振一下士气。"

　　葛江跨前一步,一抱拳,说道:"臣葛江回禀国主,承蒙顺德国主的威德庇护,我朝靖难军队势如破竹,旗开得胜,分别于前天、昨天两天,抢占了战略重镇九江府和南康府,九江府下辖德化、德安、湖口、彭泽、瑞昌等县,南康府下辖星子、都昌、建昌、安义等县,被各个击破,府县知府、同知、通判、推官、知县、县丞、主簿,卫所指挥、千百户,各自逃窜,军兵民壮一哄而散,所占府城县城,钱粮、军械搬运一空,官府衙门放火焚烧,并打开牢房,吸纳在押犯人入靖难军队。臣葛江禀报国主,靖难军队壮大了,人多了,钱多了,粮多了。一个九江府银库,我们就接收了一万五千两白银;在九江兵备军器库,我们收获了盔甲、刀枪、火铳、弓箭十一万九千多件;在九江卫,我们接收了军械两千多件;在九江演武厅,我们接收军器一万多件;在鄱阳湖,全省各卫运军收集的各府县要运往淮安的大米三十多万石,成了我们靖难军的战利品;更有战船运船,五百多艘。回禀国主,这是靖难军三日来的战果。"

朱宸濠得意地笑道:"这三日的战果,充分显示了靖难军队的战斗力,尤其是攻占九江,很能说明问题。九江卫直属朝廷前军都督府,是朝廷直属军队,战斗力比江西各卫高上一筹。战胜强敌,离不开孤王这几年的精心经营。孤王的护卫,已发展到上万人,只有六百多员额的仪卫司,我们发展到一万多人,这两万精兵强将是我们的核心力量,是虎狼之师,是本监国摄政南京登基、北京君临天下的御林军。这几天,南昌前卫忠心加盟,各路勤王义士纷纷投军靖难,靖难雄师已经壮大到了一十八万。"朱宸濠笑着看了看刘养正。十八万的军队,其中八万,只驻扎在刘养正的头脑里,这是刘养正虚张声势的一个计谋,对外震慑敌人,对内鼓舞士气。刘养正得意地笑着向朱宸濠点头致意。

朱宸濠继续说道:"夺取南康、九江,这不算什么,这只是为出征南京清扫道路,更大的胜利在等着靖难军,更大的官职爵位在等着各位爱卿。好了! 小小的胜利不足为喜,本监国想听听各位爱卿的妙计。李相国?"

李士实上前一步,道:"臣李士实祝贺顺德朝旗开得胜,恭祝国主马到成功。臣有两点建议,第一点,靖难军队既要是战无不胜的雄师,又要是爱护百姓的文明之师和礼义之师。臣以为,这也是圣主应有的胸怀。我朝军队不仅不能抢夺民财,还要接济百姓。刚才,葛大都督言称,靖难军在攻取南康和九江时,放火烧毁了官衙。臣听说,此外,每个县还烧毁了成片的民房。攻陷城池,变成了烧杀抢掠,这是土匪作风。臣请圣主下达谕旨,约束军队。军队要知道,衙门即将变成顺德朝的衙门,百姓也即将变成顺德朝的百姓。"

朱宸濠皱了皱眉毛,又点了点头。

李士实继续说道:"第二点,南昌是我顺德朝的大本营,江西是我顺德朝的大后方,所以,江西应用心经营。江西全省各府各县,我朝都要掌握在手。现在正是用人之际,各级官员,一时还培养不出来,现关押在仪卫司的三司衙门各官,我朝可以考察他们的忠心,择优使用。三司衙门不能一直空着。各府各县,我朝也应尽快派人下去,接管接收,尽快恢复行政正常运转。臣李士实请圣主决断。"

朱宸濠笑着点点头,说道:"李相国所言极是。这也是当务之急,不能拖延的事。"

朱宸濠话音刚落,刘养正跨前一步,说道:"国主,臣有话说。"

朱宸濠笑着说道:"李相国说政治,刘相国一开口就是军事,本监国猜得对不对?"

刘养正一本正经地说道:"圣主圣明! 臣就是要说军事。圣主,用兵作战,古往今来讲究出其不意,攻其不备。这也是王阳明在南赣剿匪屡战屡捷的法宝。真可惜,那天在丰城没有捉到王阳明。圣主因此少了一位统兵之才。圣主,我顺德朝开朝已经五日,刚才圣主说,军队军备已经初步成型。这五天时间,准备出征也已经足够了。首先,我们突然出征,南京疏于防备。到时,在南京,圣主登基称帝,君临天下,名正言顺,至少可以调动江南半壁江山。依臣之见,各地各府各县政权的正常运转,固然重要,但是并非当务之急。臣以为,当务之急,是尽快出兵! 还有一点,臣不得不说,军队久屯鄱阳湖中,日子一久,士气必然受损。所以,臣请圣主立断!"

朱宸濠急切地点着头,说道:"对对! 刘相国言之有理,兵贵神速! 这正是今天朝会的主题。李相国,目前我朝,政治重要,但是军事第一。刘相国、李相国、葛大都督,三位都督,各位爱卿,今天就要定下出征的日子。不是本监国急着登基做皇帝,实在是战机稍纵即逝,不能耽误。刘相国,依你之见,哪天是黄道吉日?"

就在这时,内官喻才进入大殿,匆匆忙忙走近朱宸濠,要呈递一封书信和一副火牌。司礼监太监刘吉瞪着喻才,咳嗽了一声,小声责备道:"喻才!"喻才瞥见刘吉不满的眼神,才猛然醒悟,今天的朱宸濠已经不是昨天的宁王了,现在他是顺德朝的监国摄政,是未来的万岁爷,不能再像过去那样随意了。万岁爷有万岁爷的礼仪礼节,呈递文书,应通过司礼监太监刘公公。喻才把书信和火牌转递给刘吉。刘吉匆忙浏览了两眼,神色慌张地递给朱宸濠。朱宸濠边接信边问道:"什么事?"

刘吉小声说道:"国主爷,紧急军情!朝廷大军!"

朱宸濠一听,马上把书信举到眼前,一眼扫见"特率狼达军兵四十八万"。这正是临江府乐户送往江西都司的那封信。朱宸濠匆匆浏览一遍,心里一急,坐不住了,他呼地从宝座上站了起来,再仔细看一遍信文。看完,他自言自语道:"四十八万两广狼兵,对我一十八万,对我十万,对我十万!"朱宸濠对狼兵的战斗力很清楚,为了联络外援,他还曾派人交结过南赣、广东等处的狼兵土酋。狼兵狼兵,就像豺狼一样,杀人不眨眼。自己的靖难军队若是遇上四十八万豺狼一样的狼兵……朱宸濠不敢细想。

李士实和刘养正皆见朱宸濠神色由刚才的得意扬扬变为现在的惊恐沮丧,都心中打鼓:未来的万岁爷,连宝座都坐不稳?李士实和刘养正对视一眼。李士实假意咳嗽一声。

李士实的咳嗽声提醒了朱宸濠。朱宸濠打起精神,吩咐刘吉道:"让两位相国传阅!"

李士实接过书信,浏览一遍,再把火牌反过来正过去地看了几遍,眼神疑惑地递给刘养正。刘养正看了一遍书信,再瞅瞅火牌。李士实小声问道:"刘先生,有何高见?"

刘养正小声说道:"火牌,是衙门的规矩,鄙人没用过,不大懂。老先生,您有何高见?"

李士实沉吟着说道:"但看火牌,倒没有什么破绽。只是,只是,四十八万狼兵,这是个什么概念?怎么不见湖广和京军的消息?湖广比两广离南昌更近,朝廷为什么舍近求远?刘先生,老夫有所疑。"

刘养正闻言神秘一笑,轻轻说道:"如果说八万,鄙人还能相信,说到四十八万……"刘养正摇了摇头。

李士实沉吟道："现在太多秘密不为人知，从北京回来送信的林华死了，北京到底是个什么消息，不得而知。唉，送信人呢？这是从哪里得到的？"

朱宸濠这才想起来盘问喻才，道："对，从哪里得来的信函？信使呢？"

终于轮到了喻才说话。喻才说道："回国主爷的话，今天一早，两个临江府乐户来找江西都司衙门，要投送信件。他们说是广东提督衙门的信使死在了临江，官府高价雇他们来送信。"

刘养正说道："这就有了疑点，如果说两广衙门不了解南昌的近况，还能理解，乐户怎么会不知道南昌出了乱子，他们不怕死？喻才，你说高价，多高的价钱？"

喻才说道："一百两，还要解除乐户身份。"

刘养正哈哈一笑，说道："圣主，依臣看来，这不过是王阳明的雕虫小技。一是价钱太高，这个价钱能买十五亩水田，他临江知府一年的俸禄也不到这个数，所以，这绝对不是从临江跑一趟南昌的价钱，而是乐户卖命的价钱。这是其一。其二，如果信使是两广人，臣倒不好怀疑。十五日，王阳明到了丰城，算日子，这封信正是在临江炮制的。李相国从信件和火牌上判断，觉得信件和火牌伪造得天衣无缝，臣不是衙门中人，对火牌不了解内情，反而可以跳出从信件和火牌本身判断的局限，从情理常识来分析。圣主，王阳明的用意很明显，他这是为了吓阻我朝，给南京军队争取防备的时间。臣请圣主，早做决断，尽快出征，机不可失！"

朱宸濠犹豫不决，看向李士实。

李士实说道："刘相国言之有理。不过，一旦是真的，那就意味着，出征后，我朝军队就要破釜沉舟。不说两广军队，就算是南赣王阳明那些乌合之众北来，我们也将面临追兵，前有长江的京军、边军，后有南赣或者两广军队。国主！不可不小心谨慎！一着不慎，满盘皆输。"

朱宸濠向前倾着身子,听着点着头。

刘养正等李士实说完,马上说道:"圣主,当务之急,目标是南京,南京到手,成就帝业,号令天下,小小的江西算得了什么?请圣主抓大放小。有了南京,还怕没有江西!请圣主速定出征日子。"

李相国说得有理,刘相国说得也有理,谁更有理呢?安全第一!安全最有理!生命比当皇帝更有理。朱宸濠盘算着,犹豫着,最后说道:"刘相国从兵法上来讲,是高见;李相国从政治上来说,是稳妥。这样吧,再观察两天,最多三天,葛大都督,这两天多多派出哨探,侦察清楚,我们既不能轻率冒失,也不能草木皆兵。争取准备得再充分些,不打无准备之仗。这几天,就按李相国的高见,选择忠心的三司官员,放归衙门,维持政务,同时派人到各府县接收政权。"

六月十九,参议黄宏和户部主事马思聪绝食身亡,朱宸濠下令释放了部分拘押在仪卫司的南昌官员。二十日,南昌城内开仓放粮,家家有份。二十一日,押送左布政使梁宸、右布政使胡镰、参政刘斐到布政司衙门上班,通过布政司衙门向两京六部、府院驿递《靖难檄文》。二十二日,没有发现两广军队的音信,朱宸濠决定第二天到王庙祭拜辞庙。二十三日,朱宸濠在家庙向委屈了一百多年的第一代宁王朱权发誓,要为他报仇雪恨,也请列祖列宗保佑自己出师大捷。辞庙后,朱宸濠在南昌大校场举行出师祭旗仪式。谁也想不到的是,六月的南昌会刮起北风,竟生生把祭旗的旗杆刮断了,神圣的军旗掉到了地面上。这个天大的意外,把朱宸濠惊得脸色苍白。

两腿酸软的朱宸濠因为旗杆折断,没敢当场贸然宣布出征。他回到大校场内议事厅休息,想定定神,再找当年有本事看到阳春书院那个地方有天子气的风水先生李自然来,卜算一下,旗杆折断是自然原因还是有什么神秘寓意。这时,喻才拿着几封皱皱巴巴的信件来到议事厅。喻才把信件递给司礼监刘吉,刘吉浏览一遍,脸色变得像朱宸濠一样苍白,他哆嗦着手将信件呈递给朱宸濠。朱宸濠身心疲惫,没有抬手接信件,有气无力地说道:"什么鸡毛蒜皮事情都要来烦本王。"

刘吉哭丧着脸小声说道:"国主爷,出大事了!"

朱宸濠没好气地问道:"莫非天要塌了?"

刘吉焦急着说道:"是是……"

朱宸濠不耐烦道:"念!"

刘吉哆嗦着手,结巴道:"提督、军务、都御史王,为绝密军情。"

仰靠在椅子上的朱宸濠,听到"提督军务都御史王",因为心不在焉,没有反应过来这是王阳明,一听到"绝密军情",呼地坐起身子,脱口而出道:"绝密军情?停停!"朱宸濠伸手接过信件。这是雷济委派乐户前往扬州和黄州方向,要送给京军、边军和湖广军队的那封信。附信有王阳明的手本。手本?看来绝非儿戏!朱宸濠知道,随信附上发信人的手本,意味着这封信非常重要。朱宸濠迅速地浏览一遍,刚才的疲乏一下子消失得无影无踪,此际,他只有心惊肉跳了,手不由自主地哆嗦起来。朱宸濠心里颤抖着。看来还不仅仅是两广那四十八万狼兵,还有八万京、边军,湖广,百万军队呀!朱宸濠这些日子自己拿不定主意的时候,总是随口而出"快请李相国和刘相国",于是,朱宸濠习惯性地吩咐着:"快请李相国……"刘吉已经习惯了,不用等国主说完下半句,就要抬脚出去宣召,但他刚刚抬起一只脚,就听朱宸濠咆哮道:"好你个李士实!好你个刘养正!好你个闵廿四!好险呀!外有大军压境,内有奸贼窥视!我要众叛亲离吗?我……我……"朱宸濠扔下信件,两手抱头,一脸痛苦。

刘吉停下脚步,急切地呼唤道:"国主爷,国主爷,您?"

朱宸濠没好气地吼道:"都给我滚!滚!"

朱宸濠撇下大校场上几千个士气高昂的军士,坐在屋子里不出来,站在点将台上的刘养正有些着急:出啥事了?这节骨眼上,啥事比宣布出征还重要?战机稍纵即逝,现在趁着南京疏于防备,出其不意攻其不备,顶多半月时间,乘虚抢占南京,谒陵登基,大局就算确定了。占有南京,至少有了半壁江山,而且是富庶的半壁江山,这在东晋和南宋那样的胸无大志的小朝廷看来,也是历史壮举了。半壁江山,算是诸葛亮一辈子鞠躬尽瘁死而后已也没有实现的梦想。自己怎么会想到诸葛亮?诸葛亮没有资格做自己的榜样,这个诸葛亮,虽然顶着神机妙算的虚名,却只是一孔之明,高卧隆中荒山野岭时就透着一股小家子气,一个劲地絮叨什么三分天下,一统江山的事,恐怕他连想也不敢想。自己的目标,是整个天下。如今机会就在眼前,一鼓作气占领南京,如果乘胜北进,趁着那个荒腔走调的朱厚照或者游逛在外,或者烂醉如泥,或者被春药刺激得迷三倒四,找他个不提防,那就意味着乾坤在握了。天地生人各有分工,就像山间的藤蔓,要想爬得高,只有找棵大树攀一攀,就像一身聪明才智的姜子牙,也只有遇着周文王,才能共享天下。对,相比诸葛亮,姜子牙才是自己心中的偶像。可是自己的周文王呢?

刘养正往朱宸濠歇息的议事厅看了一眼,自己去催朱宸濠?自己只是个丞相,催朱宸濠出征,那可真是皇帝不急太监急,有失自己的身份。自己的偶像姜子牙,虽然心中急着建功立业,却能沉得住气,天天坐在渭河边等鱼上钩。刘养正看见同样站在点将台上的葛江也在不时地朝议事厅张望。葛江急等朱宸濠授旗授权,他想尽快出征南京,盼着早日封侯呢。刘养正放眼校场内,刚才笼罩在校场上空浓厚雄壮的士气已经有些稀薄零散,大校场变得有些像菜市场。士气不能散!刘养正看了一眼李士实,只见李士实摇了摇头,叹了口气。刘养正对李士实拱了拱手。李士实点点头,说了一声:“走,我们去催催!”

李士实在前,刘养正随后,两人下了点将台。进了屋,李士实发现朱宸濠正在气头上,他便沉吟了一下,对朱宸濠说道:“臣请国主息怒,保养圣躬,好谋大事。眼前的大事,就是,臣请国主即刻宣布出征,一则机不可失失不再来,国主正可以乘虚直捣南京;二则士气正旺,上下都憋着一股劲,正好利用。臣请圣主当机立断!”

朱宸濠靠在椅子上,抬眼看了一下,皱了皱眉,又闭上了眼。

李士实看了看刘养正。刘养正说道："臣右丞相刘养正请国主……"

朱宸濠不耐烦地说道："速速出征南京？"

刘养正接口道："圣主圣明！"

朱宸濠呼地坐直身子，一脸怒容，右手猛地一扬，不过扬在空中的手最终改变了轨迹，没有愤怒地拍下去，只是在空中摆了摆。朱宸濠懒洋洋地说道："孤王累了。出征的事，改日再议。"

李士实与刘养正无奈地对视着，四只眼里都写满了困惑。

出征南京的日子被耽搁下来了。

南昌城里一夜之间出现了很多标语和告示，比如："反叛朝廷，十恶不赦！""大逆不道，诛灭九族！""附叛谋反，死无葬身之地！""一人附逆，全家遭殃！""投诚官军，立功受赏！""反戈一击，忠臣义士！"南昌城里人心惶惶。

派往各地府、县、卫、所宣传《靖难檄文》的接收队进展不顺。东南近在咫尺的进贤县，捧着《靖难檄文》前往的朱宸濠妃子娄妃的弟弟娄伯被知县刘源清砍了头；前往南昌东邻余干县的接收人员"七殿下"被知县马津砍了头；响应靖难诏令的娄妃家人七十余口，在从老家广信奔赴南昌路经余干县时，被知县马津抓捕入狱；前往南昌南邻临江府的使者被知府戴德孺砍了头。派出的各路使者，去的多，回的少，朱宸濠先前一直膨胀的野心打了折扣。

第一百一十八章 留驻吉安 上疏告变

王阳明站在文天祥画像前,吟起文天祥的《绝命词》。伍文定听王阳明吟诵完,一拱手说道:"王都堂,前贤杀身成仁,孙都堂、许副宪舍生取义,文定不才,不敢偷安,愿意执刀向敌,为朝廷分忧。只是,吉安一府之力毕竟有限,全省无主,文定敢请王都堂就留城中,高举义旗,号令四方,举兵勤王,文定愿意竭诚追随。"伍文定期盼地看着王阳明。

王阳明听到"王都堂"的称呼,便知道了伍文定的心意。"都堂"是辖境内下属各级官员对巡抚的尊称,巡抚官衔是有地域限制的,出了所辖地界,王阳明就剩下了一个官衔"都御史",被尊称的话是"中丞"。王阳明心里一直盘算着把吉安作为平叛大本营,只是吉安并非自己的辖地,伍文定也不是自己的直接下属,如果贸然进驻,有些鸠占鹊巢的意思。现在有伍文定请求,那就名正言顺了。这个顾虑消除了,还有一个顾虑。没有朝廷的圣旨,就属于擅自行动,这是朝廷非常忌讳的,朝廷的原则是,哪怕一个从九品驿丞的任命,也必须通过万岁爷。比如屡立战功的南康县县丞舒富,非常适合在新设立的崇义县当知县,自己也只有向朝廷推荐。如今有了吉安这个大本营,最要紧的是向朝廷紧急汇报,一是促请朝廷早早派遣平叛军队,二是取得朝廷的任命。还有一个顾虑,一旦宁藩像一百多年前的永乐爷那样,打败了朝廷军队,当了皇帝,自己的赤胆忠心就可能被抹黑成奸臣黑心。

伍文定看王阳明沉默不语,再次说道:"王都堂,江西不能无主,朝廷如果出兵迟缓,叛王一旦乘虚东进,南京就危险了。文定请求王都堂留在吉安,督率江西全省军队勤王救难。"

王阳明了解伍文定,这位同年进士是湖广荆州府松滋县人,能文能武,胆大果断,刚出道时他在常州做推官,一个小小七品推官,他就敢判输爵爷魏国公的官司。在常州任职时,在河南任职时,在吉安任职时,他都有剿匪的战绩。这样的人值得信赖。王阳明端详着伍文定。伍文定个子不高,很精干,他一拱手一抱拳,两臂一架,整个人像一张拉满的硬弓。王阳明点点头,说道:"松月年兄一腔忠义,守仁岂能推辞?"伍文定比王阳明大两岁,字时泰,号松月。

一向严肃的伍文定笑着说:"王都堂,吉安城内,府衙最宽敞,文定马上腾出府衙,就请王都堂开设提督军门。"

王阳明轻轻摇摇头,说道:"就住察院吧!不能喧宾夺主!"

伍文定一笑说道:"有王都堂坐镇吉安,王都堂就是吉安的主人。察院已经有贵客入住了。"

察院是巡按御史和巡抚大人的行署,这个时候难道有巡按御史来吉安?王阳明不解地看着伍文定。

伍文定说道:"巡按两广御史谢天使、伍天使回京途中被阻留在了吉安。"

王阳明道:"好!松月年兄,勤王军又多了两个帮手,御史随军监军记功,不可缺少。那就借用年兄的府衙办公了。宁藩是蓄谋已久,我们是仓促应对,要办的事太多了,需要的人太多了!"

伍文定陪着王阳明,回到吉安府衙,早有三位乡官在府衙等候着王阳明。一位古稀之年胡子雪白、一位花甲之年胡子花白、一位年近半百胡子黝黑,三人拱着手迎候在院子里。伍文定远远地看见,对王阳明介绍道:"老先生也坐不住了。年老者,退休乡官王中丞;花白胡子是同年兄罗评事;黑胡子,是闲住知府刘昭。"伍文定小声向王阳明介绍完,便快步迎上前去,说道:"老先生、罗年兄、刘府台,三位是不是来挽留王提督的?"伍文定两手向两边摊着,一只手掌摆向王阳明方向,一只手掌摆向三位乡官站立的方向。

三位乡官,古稀之年的是退休右副都御史王懋中,安福人,成化二十三年(1487)进士;花甲之年的是在家养病的大理寺评事罗侨,吉水人;刘昭,庐陵人,弘治六年(1493)进士,从嘉兴知府任上被罢官。

接过伍文定的话头,王懋中对王阳明道:"老夫代表我们三个乡官,敢请王提督留在庐陵调遣军马,为朝廷平定叛王。如蒙不弃,老夫虽然老朽,却愿意追随帐下,出谋划策。"古稀之年的王懋中高高地拱着手,一脸焦急,两眼诚恳。

罗侨简单说道:"就请王都堂留驻庐陵,罗侨愿接受帐下差遣!"罗侨,字维升。

刘昭一拱手,说道:"为了赣省平安,为了天下社稷,刘昭愿在王提督帐下竭尽微薄之力。"

王懋中的年龄和老状元王华接近,进士出身的年份是在成化爷时,和王阳明是两代人。老前辈这么恳求,王阳明心里很感动,趋步向前,作势就要跪拜。王懋中看在眼里,忙撩衣作势也要下跪,边跪边说:"为救赣省百姓,老夫跪求阳明先生了!"

王阳明赶紧上前搀起老先生,道:"老前辈,使不得! 折杀晚辈了! 只要列位一心勤王,守仁愿留庐陵,与列位同心戡乱,接应朝廷平叛大军。"王阳明搀起王懋中,顺便向同年罗侨、刘昭一一点头致意。在与罗侨和刘昭的对视间,王阳明单单从眼神,已经感受到罗、刘二人的心性,罗侨一脸淳厚、两眼却满含着执拗、耿直,这样的人是好人,太过耿直,不合时宜,这恐怕是这位罗年兄常年在家养病的原因之一;刘昭,瘦削的长刀脸上,小眼睛晶亮,晶亮中含着自负和刻薄,这样的人有脑子、有主见,却太过自私。不过现在正值用人之际,大是大非面前,"忠义"两字最要紧,其他可以暂时忽略不计。

伍文定说道:"就请列位到大堂议事,一会儿人会越来越多。王都堂,不如现在就升起军门大旗,您看?"

王阳明说道:"也好! 就请伍府台派人去请两位天使,再请吉安千户所掌印官前来议事。"

伍文定把四人送进大堂,四个人共同劝说王阳明坐了主位。王阳明只是在书案前面南而坐。伍文定派人去千户所邀请掌印官指挥同知麻玺,因为巡按御史身份特殊,伍文定不敢怠慢,自己亲自去邀请巡按两广阻留在吉安的谢源和伍希儒。

王阳明一拱手说道:"王老前辈、罗年兄、刘府台,守仁这是去福建勘事,不想遭遇变乱,虽然愿意驻留庐陵,组建军门,却内无粮草,外无兵卒,千头万绪,还请三位乡贤赐教!"

王懋中道:"王都堂客气了! 老夫闻听王都堂在南赣,提一旅弱兵,剿灭肆虐了几十年的匪患,可见王都堂足智多谋,能谋善断。眼前的勤王平叛,老夫相信王都堂。不过既然承问,老夫就说说浅见。老夫认为,急需要办的事有这样三件:一、立即组建提督军门,以提督军务的圣谕,提督军务的令旗令牌,号召远近,南赣、江西全省,甚至两广和湖广,集兵平叛;二、立即上奏朝廷告变,促请朝廷防备堵截叛王军队;三、庐陵如今只要竖起王都堂的提督大旗,帐下就不会缺了来效力之人。说到参谋人员,目前居乡或者退休或者养病的官员,老夫安福老家还有几位。可以来军门做谋士的,有从福建按察使任上退休的刘逊老先生,刘老乃成化十四年进士,比老夫大几岁,虽然年迈,这出出主意动动嘴的事,还干得来。刘老先生在湖广武冈做知州时,就曾和违了法的岷王较量过。在家守孝的御史张鳌山,正德六年进士,年富力强。在家休假的浙江佥事刘蓝,弘治十八年进士,年富力强。在家养病的邹守益,是王都堂的弟子。泰和县,有郭祥鹏,与令尊天官王公是同年。"王懋中说到王阳明父亲时,向着上方高高地拱了拱手,"泰和还有在家养病的副使罗钦德,好像是贵同年。"见王阳明点头,王懋中继续说道,"维升他们吉水在家乡官也不少,维升,你给王都堂介绍一下。"

罗侨一拱手说道:"第一位,敝同年,在家养病的兵备副使罗循;第二位,在家养病的刑部郎中曾直,年富力强,弘治十五年进士;第三位,在家养病的御史周鲁;第四位,在家休假的李中,正德九年进士,工部主事,因为劝谏圣上驱逐皇宫大内的西域和尚,被贬为广东通衢驿丞,传闻他曾跟随王都堂在南赣剿匪。"见王阳明点头,罗侨继续说道,"这么说李中是文武全才呀!"

王阳明听到李中的名字,联想到了王思。南赣剿匪时,不仅仅征调了驿丞李中,与李中一同征调的还有被贬在潮州三河驿站的驿丞王思。王思是正德六年进士,也是泰和人。王思在赣州拜王阳明为师从学,三十六岁,年富力强。在此地的弟子,还有在赣州拜师入门的进士郭持平,他是万安县人,现在正是用人时,也是他们为自己家乡效力的时候。王阳明心里已经组建好了提督军门帐下的参谋部。

罗侨最后说:"王都堂,临江府清江县有位退休参政黄绣,与鄙人是朋友,弘治三年进士,做过兵部主事,驻守过山海关,后来做过山东兵备副使,懂兵法,有谋略。如果请他来,军门内就多了一位谋士。"

王阳明向王懋中、罗侨和刘昭拱了拱手,说道:"多谢三位赐教,守仁茅塞顿开。就如王前辈所说,今天,我们就竖起军门大旗,以三位刚才介绍的这些乡官为主,组建军门幕府。幕府一则出谋划策,二则执掌军门一切文字事项。幕府就请老前辈王中丞主事,请王中丞切勿推辞!"

王阳明起身朝王懋中鞠躬。王懋中丢下手中的扇子,起身拱手道:"老朽不才,为勤劳王事,为家乡百姓,愿意拿这把老骨头搏一搏。"罗侨、刘昭陪着王懋中起身拱手。

王懋中话音刚落,伍文定陪着谢源、伍希儒两位御史进入大堂,双方互相拱手见礼。

两位御史均为中年人,各自三十多岁。

伍文定礼请两位御史上座。伍希儒推辞道:"晚生这是回到家乡,有先贤前辈、中丞大人、府尊在,晚生不敢造次。"伍希儒是安福世家大族,正德六年进士。

伍希儒边这样说着,边一一向王懋中、罗侨、王阳明、刘昭拱手作揖。谢源是福建怀安人,与伍希儒是同年进士,见伍希儒谦让,他也只好止步不前。

王懋中说道:"伍天使,这里是家乡,更是公堂,老夫和罗评事、刘府台恳请王都堂留驻庐陵,提督军务,剿灭叛王。今天非比寻常,就请两位天使上座,替朝廷监军,共谋平叛大事!"王懋中说着向两位御史拱了拱手。

这个时候,雷济捧着提督衙门的宝印、令旗、令牌进入大厅,按照伍文定的指引将这些东西放到了王阳明身后的大堂书案上。两个书吏将"提督军务"和"便宜行事"的大牌子,竖到了大堂暖阁前。伍文定顺势说道:"王中丞老前辈,两位天使,我们现在请王都堂升帐吧?"

王懋中看了看谢源和伍希儒,互相点点头,说道:"好!好!升帐好办事!"

这个时候,吉安千户所的掌印官指挥同知麻玺来到大堂。大家一同道:"请提督大人升帐!"

王阳明向各位拱了拱手,走到书案后,说道:"各位,本来王某奉圣旨,前往福建公干,十五日行至南昌府丰城县地面,得知宁藩反叛朝廷。忠君勤王,是我们做臣子的本分。宁藩十数年来一直野心勃勃,此番作为可谓蓄谋已久,一旦两京疏于防备,则朝廷危在旦夕。本院与伍府台、王中丞等人沟通后一致认为,即便宁藩东进、北上道路受阻,为了祸乱半壁江山,甚至仅仅是为了抢夺军费,他也要兵指富庶的浙江、福建和湖广。挫败宁藩的阴谋,刻不容缓。兵贵神速,本院心急如焚。本院路过吉安,遇到伍府台、王中丞、罗评事、刘府台,各位满怀忠义,愿意舍身勤劳王事,一致敦请本院留驻庐陵,组建军门。各位,"王阳明双手捧起一份圣旨,"圣上敕谕:着王守仁提督南赣等处地方军务,遇有紧急贼情,着令便宜行事。王守仁今天就在吉安正式开设军门。"

王懋中一拱手,首先说道:"致仕都御史王懋中愿意接受王提督的差遣,勤劳王事,平定叛军!"

伍文定、伍希儒、谢源、罗侨、刘昭、麻玺一起道:"忠君报国,勤劳王事,愿意听从提督大人的差遣!"

王阳明说道:"大家请坐!"

伍文定礼请伍希儒和谢源就座大堂书案两侧,与王阳明一样背北面南,伍文定和麻玺坐于大堂左侧,王懋中、罗侨、刘昭就座于大堂右侧。

王阳明道:"各位,军门初开,百事繁杂,千头万绪。承各位恳求,本院提调平叛事业。百事万事,大体上可以归结到三件事:一是圣命,二是人,三是钱粮。明天,本院将六百里加急飞报朝廷,恳请朝廷命将出师,如果这样,本院一身病弱,也就是维持一段时间。尽管是维持,本院也将殚精竭虑、鞠躬尽瘁。二就是人,需要带兵官,需要军士民壮。南赣十四个县和赣州卫、南安所、信丰所、会昌所,吉安伍府台这里九个县有民壮,境内有吉安所、安福所、永新所,都要动员。本院路经临江府时,与戴府台有过沟通,当时就要他组织四县民壮,等待本院调遣。江西境内,其他各府县、各卫所,都要发动。要动员一切力量,组建父子乡兵。本院所抚的广东、福建、湖广各道有战斗经验的民壮军队,本院要调遣。对于穷凶极恶的叛王军队,这些还不够,还要请求就近的湖广、两广、福建起兵支援。粗略估计,需要二十万人。说到钱粮,如果二十万军队,以三四个月为期,需要多少钱粮?赣州的兵事,以前是靠盐税和商税供应钱粮,剿匪后,这两项分别被户部和工部裁革了,民壮也被解散了。实在可惜!要重新恢复,一时也难以筹措。现在只有看能否筹借两广储备的军费。为解燃眉之急,无论哪府哪县,无论何项银两,军用为先。这都需要人手。好在有两位天使同心协力,有王中丞各位乡官协助,军门幕府人手有了着落。吉安千户所麻掌印官!"

麻玺起身一抱拳应道:"卑职麻玺听从提督大人差遣!"

王阳明说道:"从速挑选五十名百户和军舍,明天到军门幕府报到,以供差遣奔走。"

麻玺应道:"卑职遵命!"

王阳明对伍文定说:"伍府台,本院虽然寄希望于江西各府县卫所和相邻各省支援,但是目前最有把握的也就南赣、吉安和临江府,你这里人马、钱粮情况如何?"

伍文定说道:"王都堂,下官这几天一直在心里筹算,吉安府九县四十万人口,留下看守城池的,可以出动的民壮有一万人。领兵官,吉安府有这么几位,敝府算一位,敝府通判谈储和杨昉,都可以独当一面;敝府推官王昕可以独当一面;敝府万安县知县王冕有将才;敝府泰和县知县李楫,也有将才;敝府永新县知县柯相、永新县儒学训导艾珪、万安县县丞李通,都能独当一面。王都堂,去年敝府到南赣追随帐下剿匪,很有心得,回到吉安,敝府也组织各县民壮,分班分批,定期到府城操练,重新选定了队长、哨长和总甲。练兵效果很好。说到粮食,南安、赣州两府运往鄱阳湖兑给运输军队的粮食,阻留在了吉安,真到万不得已,是否可以先借为军粮?"

王阳明朝伍文定轻轻点点头,说道:"不要说粮食,以平叛为先,全省各府县,目前要停止一切与平叛无关的事务,不急的诉讼,不急的建筑,都要停下来。"王阳明对三位乡官道,"各位乡贤,伍府台这里有兵有将,又有粮食,这是不是让各位乡贤有了些信心?"三位乡官点点头。

王阳明继续说道:"吉安这里,还有麻掌印官,还有安福千户所指挥高睿。高指挥过去在南赣参加剿匪,是位将才。"

王阳明继续说道:"为了让各位有信心,本院告诉大家,南安和赣州两府,能出动的军士民壮要多于吉安,领兵官有知府邢珣,赣州卫指挥佥事余恩、孟俊,赣州卫千户杨基、刘镗,赣州府同知夏克义,南安府推官徐文英、赣县知县宋瑢,赣州府兴国县主簿于旺。这是南安和赣州。在临江府,戴府台告诉本院,临江府能够出动六千兵力,领兵官有戴府台,有新淦县知县李美。四个府已经能够集合到三万兵力,如果其他九个府全部动员起来,江西本省的兵力已经不少了。王中丞、伍府台,各位,大家看看还有哪些当务之急?"

王懋中说道:"听了王都堂和伍府台的介绍,老夫心里踏实了。现在需要的是快速地将将士们动员起来。老夫想补充一点,要尽快提醒南京兵部,做好防备,千万别被叛王乘虚而入。"

王阳明点点头。

刘昭一拱手说道:"王都堂,鄙人认为,军事之前要先有政治。什么政治?先揭露公布叛王的罪恶面目。几天前,叛王还是高高在上、千万人仰望的亲王,作为亲王,谁敢轻易说他个不字。我们应公开宣传叛王的罪恶面目,让人们都知道他反叛朝廷,大逆不道,人人得而诛之。这样就能更好地发动平叛大军。这是第一点。第二点,鄙人居于庐陵,知道这几天城里人心惶惶。前天人群四散出逃,当时,伍府台及时惩治了一人,杀一儆百,如今城内稍微安定。但目前的安定只是表面的安定。鄙人以为,军门要发布安民告示,稳定人心。这是第二点。第三点,吉安城内,严防叛王奸细,凡是南昌户籍的,人人要到衙门登记备案。"

王阳明向刘昭郑重地点点头,说道:"刘府台所言甚是。这些都要尽快去办,要有专人办。明天要紧急组建幕府班子,分别成立前敌部、后勤部、文宣部。伍府台,贵府的六房书吏就借用到军门!动员吉安府现有官员,组建后勤部。"见伍文定点头,王阳明继续说道,"王中丞,你们马上制作公文,发往各地。"

十八日当晚,王阳明起草了第一份公文《牌行赣州府集兵策应》。写好第一份公文,王阳明想到了福建。在漳南和南安剿匪战役中,他对汀州府上杭县民壮的战斗力印象深刻,令他印象深刻的还有福建弓箭和弓箭制作师傅;福建的左布政使席书是自己在贵州的患难朋友,他是个心底无私的人;福建巡按御史周鹏是华亭人,其父与王阳明的父亲是同年进士;更重要的是,接替胡琏分巡漳南道的按察司佥事周期雍这位自己的下属官员,是江西省宁州人,早在去年冬季,周期雍到赣州公干时,他二人曾就宁藩谋反的阴谋交流过看法,并且约定,各自提前暗中防备,这是有约在先,现在这约定终于派上用场了。这样一分析,漳南道兵力和南赣兵力一样有把握,能够及时调动,估计漳南道可以出兵五千到八千人。这样公私都有关系的地方,不仅要发公文,最好再附上自己的亲笔信。王阳明分别给席书、周鹓和周期雍写了三封私信。

湖广巡抚都御史秦金去年合作剿匪时,曾出动三万人,却只取得了剿灭两千山贼的战果,他还因此抱怨南赣擅自提前行动,从此彼此间出现了隔阂,现在请求他出兵支援,不知道他会不会配合。两广呢?提督军务都御史杨旦,不是太了解。但是现在大是大非面前,相信他们知道孰轻孰重。要说调遣兵力,有把握的还是过去打过交道的,王阳明想到了赣州的叶芳、和平的卢珂。

六月十九,第一件事是上奏《飞报宁王谋反疏》。在奏疏中,汇报现状,请求皇上出兵平叛时,顺便劝谏皇上多做自我批评。王阳明派舍人来仪专程进京递送奏疏,顺道给兵部尚书王琼捎了一封私信。

从这一天开始,一份份公文密集地被分送到江西全省除南昌、南康、九江外的十府,包括南昌没有沦陷的丰城、奉新、进贤、靖安、武宁和宁州各州县。公文被分送江西境内除了九江卫、南昌前卫和南昌左卫外的赣州卫、袁州卫、建昌所、抚州所、铅山所、广信所和饶州所等十一个千户所。发往江西省内各府、县、卫、所衙门和福建漳南道的每一份公文内都加盖有一枚戳记:"如有懈怠,军法从事。"提督军门要求各府、县、卫、所集结军士、民壮,小县一两千名,大县三五千名,到各府县卫所校场操练,听候提督军门调遣;并要求各府、县、卫、所自备军粮。另有被分送南京、福建、浙江、湖广和两广的平行公文,请求相关衙门做好战备和支援。

江西各府县卫所重新有了主心骨,各路情报纷纷汇聚到了吉安临时提督军门。

六月二十,提督军门第一枚令牌派出了吉安府通判杨昉会同千户萧英,率领从吉安千户所抽调的军士,和从龙泉、安福和永新三县抽调的民壮,共两千人,前往南昌府丰城县协助知县顾佖防守城池。

六月二十一,王阳明担心《飞报宁王谋反疏》中途被截,再派舍人任光专程进京,递送《再报谋反疏》。

第一百一十九章　天下尽反　我辈尽忠

六月二十二，邹守益赶来吉安拜见王阳明。

行过礼，邹守益道："弟子想不到能在这里拜见先生。弟子这颗心总算可以归位了。先生，这几天，安福乡下传言满天飞，有人说南昌出了新皇帝，新皇帝喜欢用强盗土匪，因此到处人心惶惶，有钱人往城里躲，没钱人往山里藏。"

王阳明看着邹守益，发现一向稳重的邹守益，眼神里还残留着丝毫的恐慌。他问："谦之，你也慌了？"

邹守益一愣，脱口而出道："弟子惭愧，有些心慌。"

王阳明说道："危难时刻才能检验出来自己的功夫高低。心慌是心不定，心不定是因为心上有算计，算计的是得失利害。"

邹守益红着脸道："生死攸关，不能不慌。先生，刚才弟子到军门幕府报到，几位乡官在小声议论，大家都担着心呢。听说，某人派使者到了南赣，试图联络安远县大酋长叶芳，准备南北夹攻吉安。听说那叶芳有部众上万人！"

王阳明淡淡地笑了笑，说道："叶芳前年归顺朝廷，曾跟随为师剿匪立功。为师判断，叶芳不会反。"

邹守益仍满眼疑问。

王阳明解释道："过去他们住在山沟沟里，落草为寇，一无所有，无牵无挂，为所欲为。为师到过他们的山寨，特意允许他们砍伐大树，搭造结实漂亮的木屋。如今听说那里已有木屋上万间。过去，他们每反叛一次，家园就被官军烧光一次,这次他们不见得能舍得这些木屋了。"

邹守益摇摇头,说道:"先生,跟着某人谋反,万一成功,就是公侯、都督、将军。山沟沟里的木屋再漂亮,也抵挡不住京城里的爵位。先生,听说,还有更令人担心的……"邹守益欲言又止。

王阳明不动声色,看着邹守益。邹守益见师父看自己的眼神中似有所期待,就说道:"师父,传闻某人正在联络两广大山中的土著狼兵,一旦这些如狼似虎的狼兵北上包抄吉安……而且如今这里缺兵少将……"邹守益不忍心再说下去了。

王阳明注视着邹守益的眼睛,他的眼神虽然平和,但那平和中透着坚毅、坚定和锐利,那目光把邹守益看得头低了下去。

王阳明说道:"谦之,看来我们过去做学问,都把学问做到了书本上。大公无私、忠义廉耻都还给了书本。谦之!"王阳明指着自己的心窝,"如果这里有学问,一个'仁'字就足够了。什么是仁? 仁,就是大公无私,就是一心一意。仁者无敌,仁者怕什么! 不害怕,就是勇! 勇者不忧! 为什么害怕? 为什么担忧? 有私心,满心都是一个我、我、我。如果满心是仁,有仁就有义,有义就有忠。有了忠心,天下人尽反,我辈也要尽忠。谦之,危难时刻才见学问! 一个人,如果满腔忠义,哪里还会有担惊受怕的闲心!"

邹守益被说得出了一头汗,但他眼中的惊慌似是随着满头满脸的大汗分泌出去,慢慢地,他身子轻松了,神色干净了。

王阳明点了点头,说道:"谦之,不害怕并不等于冒险! 我们该做什么做什么,尽心尽力,至于成败,那就交给天地神灵吧! 丰城遇险时,为师就考虑,从今往后,为师与宁藩是敌我不能并存了。既然要平叛,就要先保证自身的安全,还要尽力保证家庭的安全,为师为什么会选择吉安作为平叛大本营? 为师为什么在临江打发人回浙江老家报警?"

邹守益随口说道:"弟子这就打发人回老家,请家君躲一躲,免得……"邹守益没有说下去。

王阳明继续说道："不过你也给我提了个醒,那就是两广狼兵不能用。过去为师只考虑狼兵沿途祸害无辜百姓,怕若是请狼兵平叛,会对江西老百姓造成伤害。现在才知,他们可能还与宁藩勾勾搭搭。"

　　邹守益鼓起勇气问道:"先生,弟子把您看作依靠,您没有丝毫害怕,是不是成竹在胸了?"

　　王阳明说道:"我们尽人事听天命。有仁心,就有勇气,勇气必须是智慧的勇气。有智慧,就能看清大势。先分析叛王,他是蓄谋已久,就像满江满河的大水,一旦决口,将一泻千里锐不可当。以叛王的蓄意,若他突然袭击南京,南京方面又疏于防备,那么成败十几天内就会见分晓。为了拖住叛军东进南京,为师已经用连环计迷惑了叛军。如果能拖住叛军十天时间,南京就有了防备。根据情报,叛军已于十八日攻取九江,九江与安庆比邻,九江卫和安庆卫直属于南京。从十八日起算,半月之内,消息就会到达南京。南京有备,叛军的阴谋就将落空。为师前天派出的援军现在应该已抵达丰城,他们将造出声势,继续拖住宁藩。今天二十二,为师判断,即便宁藩几天后发现中计,他也已经失去机会了。南京有了防备,而叛军的锐气也被消磨净光了。如此一来,吉安这里,就有了机会! 谦之,听了为师的分析,还担忧吗?"

　　邹守益沉吟了一下,说道:"先生,就怕某人月底前突然出动!"

　　王阳明正色说道:"那,就是天意了! 只是我们⋯⋯"王阳明指着自己的心口,没有说下去。

　　邹守益一挺身子,一脸果断,接口道:"弟子明白,一个仁字! 正如先生所言,天下尽反,我们尽忠!"邹守益沉默了一会儿,问道:"先生,弟子有一事不明,既然先生满腔报国忠义,为什么,为什么昨天一边上奏《再报谋反疏》,又同时上奏《乞便道省葬疏》呢? 这是先生一向说过的一心一意吗?"邹守益怯怯地看向王阳明。

　　王阳明看了一眼邹守益,沉默了。

七月初一，王阳明在大堂接到哨探禀报："启禀都老爷，北路巡哨在墨潭抓到叛军使者，正使是参政季大老爷，副使是南昌府儒学赵老爷，同行有十二个叛军校尉，说是护送两位老爷的。正使季大老爷求见都老爷。"

王阳明一听是叛军使者，而且还是季敩，就心想可以通过他了解些叛军的信息，他马上吩咐道："记住，为反贼办事，就是不忠不义，已经不是大老爷了，是反贼！押两个反贼进来！"

巡哨敬畏季敩的参政身份，对季敩和与他同行的赵承芳没有任何绑缚。季敩与赵承芳进了大堂，各自急走几步，往前一扑，扑通跪倒在大堂下，各自哭喊道："罪人拜见王都堂！"这一声哭喊，包含着多少屈辱，多少无奈，多少无以言说的辛酸苦辣。季敩哭喊了一声毕，趴伏在地，咬着嘴唇，任由眼泪直流，两肩抑制不住地颤抖，似有许多委屈要诉说。他的样子，就像在外面受了欺负的小孩，回家见到了爹娘。

府学教授赵承芳五十多岁，哭丧着脸，看着王阳明。

看到朱宸濠的使者，王阳明第一个念头是"不忠不孝之人"，第二个念头是，似这等不忠不孝之人，活在世上何益？要说生死面前自己做不了主，孙中丞和许副宪怎么可以杀身成仁？想到这里，王阳明鄙夷地看向季敩和赵承芳。但是听到两人心碎的哭声，看着季敩颤抖的两肩，王阳明不由得想，如果换了自己，自己能做到像孙中丞和许副宪那样英勇就义吗？即便自己能做到，如果诸翠和正宪被拿做了人质，自己能六亲不认吗？罢了罢了，这只是假设！季敩和赵承芳的作为却不是假设，而是千真万确的事实！白读了几十年圣贤书！是自己要求太苛刻了吗？是太苛刻了！人人都可以成圣贤，但是并不是人人都能成圣贤。眼前的季敩，在匪患横行的南安，奔波辛劳了十来年，没听他抱怨过一句；在上犹，在浰头剿匪，他和自己一样，钻密林，爬山沟，从未抱怨过。刚刚因为剿匪战功，升了参政，就让他遇上了这档子事，看他进门的样子，那一脸的憔悴，几个月不见，他的头发已经雪白了。唉！

王阳明问道："下面可是季敩？"

季敩应道："正是罪人季敩！"

王阳明故意漫不经心地说道："你不去广西上任，怎么替叛王当起了使者？"

王阳明开始读了一眼刚才哨探呈上来的《靖难檄文》，文章一看就是刘养正的手笔，语气犀利，像匕首，像投枪。文中开列正德皇帝十大罪状：

一、外姓野种，不孝太后；二、胡游野逛，荒废朝政；三、宠幸群丑，祸乱朝纲；四、暴同桀纣，侮辱朝臣；五、志大才疏，轻启边患；六、迷昵淫僧，放纵豹房；七、滥施名器，挥霍太仓；八、横征暴敛，遍地凶焰；九、天怒人怨，灾荒连年；十、不仁不义，鲜耻寡廉。

《靖难檄文》，有论有据，十项内容每条下都列有年月日具体事例。落款是"奉太后懿旨监国摄政宁，顺德元年己卯岁"。

王阳明心里感叹，除了第一条"外姓野种"是捕风捉影、涉嫌恶意诽谤外，其他九条半内容，都是多年来各位朝臣屡屡劝谏的内容，单从《靖难檄文》来看，朱宸濠尽管大逆不道，也不算胡言乱语。感叹过后，王阳明看向季敩。

季敩深吸一口气，抑制住痛楚，以衣袖揩了揩脸上泪，道："王都堂，您是知道的，季敩并非不忠不孝之人。罪人主政南安十年有余，三个县，县县闹匪患，县城府城，屡屡被强贼打上门，我季敩为朝廷为百姓日夜操劳，只有遇上王都堂您雄才大略，才一举肃清匪患，季敩有幸沾光，立有寸功，被朝廷赏升广西参政。升官，是光宗耀祖的事，季敩回浙江老家祭拜祖宗，这才搬取家属老小，往广西上任。路过南昌，在船上，季敩被宁藩校尉拦住，只得进府贺寿。第二天，进府谢宴……"季敩把当日的情况详细说了一遍。说到孙燧和许逵英勇就义，季敩猛地扇了自己一个耳光，抽噎着说，"王都堂，我季敩难道不知道忠义？黄（宏）少参、马（思聪）主政，两位义士，被押期间，绝食殉难，我季敩难道就这么看重自己这条命？季敩在南安十余年，宁藩谋反之心，路人皆知。孙中丞、许副宪就义时，季敩就知道不是鱼死就是网破，忠与孝难两全了。只是，唉！牵挂船上的家小。二十一那天，叛王放罪人回船上，听家人说，罪人昏死了一天。待苏醒后，罪人就与家人约定，夫死老妻殉难，母死儿女殉难。只是罪人有这个心也再没有这个机会了。二十二，罪人的家人被叛王拘押了。"

季敩说到这里，抽噎着，颤抖着，一把鼻涕一把泪。

王阳明叹了口气，说道："季敩，起来说话！"

季敩磕了个头，抽噎道："季敩知罪！"季敩艰难地起身，因为跪得久了，两腿酸痛，起身后仍一个趔趄扑跪在地。再次起身后，季敩道："王都堂，叛王指派我来传送檄文，我就想着这是个机会。罪人不知道王都堂坐镇吉安，只想着到了赣州，也顾不得家小了，直接投奔王都堂您，甘愿冲锋陷阵，像在南赣那样，即便死也要死在平叛的战场上。王都堂！"季敩说着，再次跪下来磕头。

王阳明再次叹了口气，说道："季敩，起来说话。本院问你，据你观察，叛王叛军下一步会有什么行动？"

季敩想了想说道："罪人被关在仪卫司时，和三司衙门各位大人议论，宁藩第一步可能会东进南京，谒陵继位。但是，听说宁藩攻占南康、九江后，除了派出小股部队四处抢劫，一直按兵不动，不知何故。传闻，叛王与谋士李士实、刘养正有了隔阂。"

王阳明哦了一声，说道："季敩，本院同情你的遭遇，假如当日你与孙中丞、许副宪一起英勇就义，今天你的灵位会与孙、许两位忠烈一起被供奉在文丞相祠堂里，受人敬仰礼拜。可惜，你为叛王传递檄文，一念怕死，毁了一世忠义，虽然情有可原，毕竟王法难恕。把两个罪人押下去！"

季敩愣了一下，终于明白了自己已经被归入了反叛一方，刚才的满心希望一下落空了，他身子一缩，带着满脸的失望、无奈，他张了张嘴，但最终没说什么，只是无力地叹了口气，无精打采地转身出了大堂。

王阳明根据季敩说的情况判断,叛王没有及时出击南京,什么原因呢？或者是中了自己的计,或者是这次谋反并不是有备而发,或者是突然得知朝廷有什么不利于他的消息,受了什么刺激,仓促起事。现在看,叛王不仅不急于偷袭南京,竟然还有心派季敩出使吉安、赣州、南安、南雄、韶关,妄图凭着一张檄文接收政权。想到这里,王阳明笑了,他轻轻地摇摇头,心里对朱宸濠下了一个定论:这是一个志大才疏、少勇寡谋的蠢货。刘养正虽然素有奸谋,可是奸谋对上朱宸濠的愚蠢,失效了。

形势已经明朗了,朱宸濠已经失去了偷袭南京的机会。不过,朱宸濠豢养的几万军队是不会坐以待毙的,他绝对不会一直傻乎乎地困守南昌。那样的话,邻近的浙江、福建就危险了。想到浙江、福建的危险,王阳明马上就联想到了父亲,得马上写信再次提醒父亲。

七月初五,王阳明对平叛已经心中有数,决定起草《奏闻宸濠伪造檄谤疏》,向朝廷汇报最新情况,主要是季敩带来的南昌城内的情况。王阳明动笔前心中打着腹稿,只简单地汇报情况吗？只简单汇报情况,那是哨探的职责,自己是三品大臣,大臣不仅要汇报情况,还要分析情况;不仅要平叛,还要找出变乱的原因;不仅要治标,更要治本。宁藩谋反,宁藩不忠不义,这是毫无疑问的,但是谁给了他不忠不义的野心和机会？谁有这么大的权力？追本溯源,根子出在北京。正德五年甘肃安化郡王谋反,和这次宁亲王朱宸濠谋反,都是借口正德皇帝荒淫无道。联想到这些年天下各省民乱四起,王阳明不由得吟诵起《论语》中的句子"大臣以道事君",自己就是大臣,大臣有大臣的责任,君王有君王的责任,君王不负责任,大臣有责任劝谏君王负起责任。主意已定,腹稿已成。王阳明蘸饱笔墨,聚精会神,一气呵成。在奏章最后,王阳明劝谏道:

臣听说,多难兴邦,大灾大难能启发圣主的智慧。陛下在位十四年,天下多灾多难,民心惊慌不稳。陛下常年四处巡游,给了宗室阴谋家谋反的野心和机会。天下有谋反野心的人仅仅一个宁王吗？天下有谋反野心的人仅宗室中人吗？写到这里，臣心惊肉跳，是为陛下担心呀。过去，汉武帝知错改错，悔改后，励精图治，天下太平；唐德宗痛心改过，对天盟誓，以德治国，万民拥戴。叛党檄文，为了蛊惑人心，胡言乱语，恶意攻击皇上。但是，臣还是恳请陛下，深刻检讨，自罪自责，改弦易辙，坚决罢黜身边的奸佞小人，重新笼络天下人的心；坚决杜绝无益的游逛，才好消除天下奸雄的痴心妄想；早立皇嗣，一心一意治理天下，太平盛世就有希望。这也是天下忠义之士的洪福。为此上奏，并将叛党伪檄与奏章一起密封，派舍人秦沛专程奔赴京师上达。恭请圣旨。

第一百二十章 八旬忠臣 闺门烈妇

七月初六,提督军门在吉安府大堂召开军事部署会议,王阳明、谢源、伍希儒、伍文定、王懋中、罗侨、刘昭参加会议。王阳明宣布:"各位,今天刚刚接到最新情报,叛军大部队已于初二离开南昌,开往长江安庆方向。叛军虽然号称几十万,综合各种情报,真实人数大概在十万,其中两万是叛王多年来豢养的精干,加上护卫司五千多人,加上被挟裹的南昌前卫五千多人,加之叛王多年来勾结的各地山贼土匪,剩下的就是最近在南昌周边紧急诱骗招募的闲散人员。南昌留守兵力,应该在两万左右。目前的局势是,叛军出动了,我们各地的勤王义兵也该集结了。各位看看,什么时间集结? 集结在何处最妥当? 这个集结地既要离南昌不远,又要地方宽敞。王中丞、罗评事、刘府台,你们本乡本土,熟悉地形,都说一说。"

王懋中与罗侨和刘昭商量了几句,说道:"要说水面宽敞,离南昌不远,有两个地方可以选择,一是临江府的樟树镇,那里地处赣江中游,西边有来自袁州府的袁河汇流,水面宽敞;二是南昌县市汊,那里有来自瑞州府的锦水汇入,水面也很宽敞,离南昌更近。通过这几天公文往来看,南赣、吉安府、临江府、袁州府、瑞州府、抚州府,民壮已经在各府待命,他们离这两个地方都很近。不过,两广、湖广和福建的义军,还没有丝毫动静。仅凭这几个府县的兵力,这个时候集结,恐怕只是杯水车薪。如此情状,集结义兵时间是不是应当后延?"

王阳明说道:"樟树镇地理位置适中,集结起来较为从容,就集结到樟树镇。

至于外省义军何时能来,甚至能不能来,目前还不得而知。既然没有把握的事情,我们干脆就不等他们了。伍府台,吉安府府县义军什么时间能出动?"

伍文定说道:"回禀王都堂,吉安府府县义军随时待发。"

王阳明说道:"我们能集结多少兵力,就办多大的事。有附近南赣、吉安、临江、袁州、瑞州、抚州这几个府的义军,对付南昌两万守兵,也不算少。"

刘昭说道:"鄙人插句话,王都堂,攻打南昌,南昌城高墙厚,不如顺水追击叛军。"

王阳明说道:"是攻城是追击,这个,看集结兵力而定。考虑到南赣路程较远,集结时间就定在本月十四、十五两天。王中丞,军门幕府今天要办的事,第一项,行文各府县,通知集结时间和地点;第二,派出后勤部得力人员,前往樟树镇,会同临江府,做好各项接待前期准备工作;第三,通知从南赣到南昌沿途各府县卫所,做好兵站接待工作,准备酒肉,犒劳过路义军;第四,派出一位千户,前往福建催发义军,督促福建义军务必于本月二十九日以前,抵达省城南昌,敢有拖延误期,定将军法从事;第五,通知南昌府通判陈旦,"发现王懋中有些疑惑,王阳明解释道,"通判陈旦事前被江西巡抚衙门派往外地催征拖欠钱粮,得以逃脱叛王魔掌,前天辗转到吉安军门报到。通知陈旦等人,速到进贤、南昌、新建三县,组织遭受过宁藩迫害要报仇雪恨的家族,到军前效力。"

王懋中一拱手说道:"王懋中遵命!"

王阳明看向伍希儒和谢源,说道:"谢天使,伍天使,两位天使有官印在身,正好做监军记功事项,请你们严督义军,要求他们行军沿途,不得骚扰百姓,敢有私拿百姓一草一木,军法从事;敢有临阵畏缩观望,一律斩首;敢有贪功妄杀无辜百姓,定斩不饶!"

伍希儒、谢源两人拱手说道:"勤王报国,义不容辞!"

王阳明对伍文定说:"伍知府,吉安府各县义军,定于十三日出征,十五日到位,不得有误!"

伍文定一抱拳说道:"下官遵命!"

十三日出征的日子到了,王阳明在大堂安排出征前的最后一项工作:"退休按察使刘逊何在?"

出列的是一位身材瘦削的小个子老头,老人头戴乌黑的带翅乌纱帽,大热天身上捂着一套绯红色的三品官服,补子上绣着孔雀的绯红官服,把胸前一把稀疏的白胡子衬得格外白。刘逊抱拳,应道:"下官在!"刘逊背有些驼,他刻意地挺直着身子,抖擞着精神,大睁着眼睛,凛然肃穆地看向大堂之上的王阳明。

王阳明说道:"刘臬台,本院知道,你德高望重,满腔忠义,勤王义军就要出征,吉安府知府、通判、推官各官,都要带队军前效力,吉安城池,本院就让你带队防守。吉安城关系重大,不得闪失! 不得懈怠!"

年近八十岁的刘逊挺着胸,一抱拳,激动地大声说道:"刘逊遵命! 王都堂,刘逊只恨年迈体衰,不能随军杀贼。吉安城池防守,老夫一定枕戈待旦,殚精竭虑,尽心尽力! 人在城在!"

王阳明拱着手,说道:"有劳老英雄了!"

出征前,王阳明回到家中与诸翠、正宪告别。一进院子,便见诸翠正指挥着几个家人干活。几个家人正弯着腰往正房墙根码木柴,南墙墙根从东到西快摆满了。王阳明立即明白了怎么回事,他心里酸酸的。诸翠发现了王阳明,迎上来,问候道:"先生回来了!"她的眼中有担忧,有关切,有坚毅。王阳明故作轻松地笑着说道:"一下子买这么多柴!"

诸翠没有被王阳明的轻松感染。她跟着王阳明进屋,进屋后,她指着门口一个竹编箱子道:"这是换洗衣服!"见王阳明坐下,诸翠面带忧色地继续说道:"妾身不能随侍先生照顾起居,先生身子老毛病,再忙再累,吃饭千万不能耽误,千万不能吃凉东西!"

王阳明一一点头。

诸翠脸色温和下来,朝站在一边的王正宪说道:"肃儿,你爹这次出外,不知道啥时候才能回来，给你爹磕头。"王正宪字仲肃。

十二岁的王正宪跪下来，给父亲磕了三个头。王阳明看着儿子，笑眯眯地吩咐道："肃儿，不管为父在不在你身边，读书不能偷懒，习字不能间断。"

王正宪道："爹的话，儿记住了！"

王阳明起身，诸翠跑在他身后，跟到院子里，她道："先生，别为妾身娘儿俩挂心。妾身和伍府台家伍恭人、邹谦之家邹孺人约定好了，万一、万一、前方不顺，妾身就，"诸翠指了指码得高高的木柴，"就和肃儿在火中，追随先生而去！"恭人和孺人是朝廷命妇的爵称，四品官的正妻封恭人，七品官的正妻封孺人。

王阳明停下脚步，没有回头，只应声"哦"了一声，便径直走出了家门。

他身后，诸翠、正宪倚在院子门边，一直望着王阳明远去，两人脸上都挂着泪。

第一百二十一章　丰城会议　部署战略

七月十三,王阳明的提督军门与伍文定统率的吉安府县义军一起出发,前往临江府樟树镇。十五日,临江府知府戴德孺,袁州府知府徐琏,赣州府知府邢珣,瑞州府通判胡尧元、童琦,赣州卫指挥同知余恩,南安府推官徐文英,抚州府通判邹琥,临川县知县傅南乔,新淦县知县李美,泰和县知县李楫,宁都县知县王天舆,万安县知县王冕,率兵先后进驻樟树镇。各府县集结兵力达到了三万五千人。七月十六,提督军门前移到了丰城县。

提督军门战前会议在丰城召开,伍文定、邢珣、戴德孺、徐琏、余恩、胡尧元、邹琥、王懋中、黄绣、刘昭、李中、王思参加会议。王阳明说:"如今各府县勤王义军已经集结待命,士气正旺。兵锋指向哪里? 是就近攻打南昌? 还是北上追袭叛军? 方向必须马上定下来。"

王懋中年纪最大,他看了看各位,说道:"王都堂,各位府台、各位通守、各位同僚,老夫虽然对军事并不精通,不过在老夫看来,用兵打仗,离不开一个常理。俗话说,擒贼先擒王。就像一窝蜂,没了蜂王就是一窝散蜂,三岁小孩都可以轻易地一个一个捏死它们。这是老夫的拙见。"

王阳明朝王懋中点点头。

黄绣向王阳明一拱手,然后向大家拱了个罗圈礼,说道:"王都堂、各位,鄙人赞同王大中丞的意见。叛军离开南昌老巢,就成了丧家犬,沿途有安庆、芜湖一路截杀,后边再有我们义军撵着屁股追击,前后包抄。更何况,叛军作乱已经将近一个月时间,南京一定有了防备,巡江部队一定会迎头痛击他们。这是鄙人的浅见。"黄绣花甲之年,第一任职务是兵部主事,派驻山海关,退休前的职务是山东参政,他在山东时,正赶上刘六、刘七强匪祸乱山东,这些职务都与军事有关。想不到退休后,他的军事智慧又派上了用场,所以他有些激动,语速很快,满脸通红。满脸通红的黄绣刚闭上嘴,突然想起来什么,又道:"哦,对了,当年刘六、刘七祸乱天下南北,就是……"正在这时,一声急报打断了黄绣说话。

"报——"随着急促的喊叫,一个哨探急匆匆跑进大堂,穿过中厅,来到王阳明面前,单腿跪地双手抱拳,说道:"启禀都老爷,紧急谍报!"哨探可能顾虑现场人多,没再往下说。

王阳明平静地说道:"但说无妨!"

哨探说道:"南昌城西西山附近,新坟场和老坟场两处地方,有叛军伏兵千人。都老爷!"

王阳明问道:"敌情无误吗?"

哨探说道:"据前后连续侦察,又据内线证实,千真万确。"

王阳明说道:"知道了,继续侦察!"

之后,王阳明略一沉思,吩咐道:"来人!"

黄表应声进了大厅。

王阳明命令道:"立即行文南昌府靖安县和奉新县,通知知县刘守绪和万士贤,让他们各自出动两千民壮,互相配合,寻找战机,限两日内歼灭叛军伏兵,并要焚烧所在地方一切树林房屋,免除后患。军情进展,随时飞报军门;战功战果,查实准确,依例行赏。官兵上下,敢有临阵退缩、不听号令者,准许领兵官依照本院所奉圣旨,军法从事。"

王阳明吩咐完毕,对黄绣说道:"黄大参,你接着说!"

黄绣接着说道:"当年刘六、刘七,之所以流窜祸乱天下,竟然从河北一路乱到江西,在鄙人看来,一个重要原因就是,各府县只知道一味地固守城池,各城自扫门前雪,缺少围追堵截。"

王阳明朝黄绣平静地点点头,看向伍文定等几位现任官员。

伍文定一抱拳说道:"王都堂,从刚才哨探打探的情报看,南昌西山埋伏有叛军的伏兵。现在南康、九江两处地方都落在叛军手里,一旦义军北出鄱阳湖,追击叛军,结果会是,南康和九江叛军骚扰义军,若再加上南昌守军从后面包抄义军,前头叛王再回军,义军必将陷入四面包围。敝府以为,不如就近攻打南昌。"

王阳明淡淡地笑了,朝伍文定点点头,问道:"哪位还有建议?"

"王都堂,各位前辈,"三十八岁的王思向各位拱了拱手,"下官以为,舍近求远,疲于奔命,为用兵忌讳。一者南昌就在跟前;二者叛王的注意力在南京方向,南昌守城力量有限。我方义军刚刚集结,士气正旺,若一举拿下南昌,叛军就真成了丧家之犬。"王思字宜学,被贬为从九品驿丞,是在场所有人的下官。王思是前尚书王直的曾孙,在赣州跟着王阳明学过心学。

王阳明朝王思点点头,向大家说道:"叛军七月初二离开南昌,情报显示,截至目前他们一直滞留在安庆,安庆距南昌七百里,距南京六百五十里。今天距离叛王起事已经一月有余,毫无疑问,南京已经有了战备,朝廷平叛大军应该已经南下。北面和东面的事,我们暂时可以放心。那么,目前摆在我们义军面前的紧要任务,就是收复南昌。拿下南昌,安庆也就解围了。如果叛王头脑清醒,他的攻击目标是南京,那他应该是勇往直前,心无旁骛,何须顾及沿途大小城池。南昌到安庆,顺水下行,四天的路程,如今从初二到十七,已有半个月时间,他却滞留在安庆,这说明,叛王太在乎一城一地的得失了。"王阳明呵呵地笑着说,"因此,义军攻占南昌,叛王必将回军救援。现在部署兵力。雷济何在?"

雷济应声进入大厅,一抱拳应道:"雷济听命!"

王阳明命令道:"雷济,通知各领兵官速到帐下领命!"

雷济出去后,通判、推官、各县知县一个个来到大厅。

王阳明起身,喊了一声:"各位!"下面各位纷纷起身,按照官职,分站到东西两列。王阳明手拿竹棍,指向身后的南昌地图,说道:"此次攻占南昌孤城,义军从四面八方,分十三哨进攻。本院命令:吉安知府伍文定!"

伍文定出列,一抱拳朗声应道:"下官在!"

王阳明指向南昌城图西南方向的广润门,吩咐道:"第一哨领兵官伍文定,本院命你统领帐下四千四百二十一名民壮,进攻广润门,得手后,留兵防守广润门,驻兵于布政司衙门,并分兵防守宁王府内门。"

伍文定应声道:"伍文定遵命!"

王阳明指向东南方向的顺化门,威严地喝道:"赣州知府邢珣!"

邢珣出列,抱拳应道:"下官在!"

王阳明吩咐道:"第二哨领兵官邢珣,统率帐下三千一百三十名民壮,进攻顺化门,得手后,留兵防守顺化门,驻兵于镇守衙门。"

邢珣朗声应道:"邢珣遵命!"

十三哨兵力依次部署,分别是:

第三哨,袁州知府徐琏,统率官军三千五百三十名,进攻西南方向的惠民门,得手后,留兵防守惠民门,进驻按察司衙门。

第四哨,临江知府戴德孺,统率帐下官军三千六百七十五名,进攻东北方向的永和门,得手后,留兵防守永和门,进驻巡抚衙门。

第五哨,瑞州府通判胡尧元、童琦,统率部下四千人,进攻西门章江门,得手后防守章江门,进驻南昌前卫。

第六哨,吉安府泰和县知县李楫,统领部下一千四百九十二名,夹攻广润门,进城后驻防宁王府西门。

第七哨,临江府新淦县知县李美,统领部下两千名,进攻北门德胜门,得手后,留兵防守德胜门,驻防宁王府东门。

第八哨是中军营,赣州卫指挥同知余恩,统率部下官军四千六百七十名,进攻南门进贤门,得手后,进驻都司衙门。

第九哨,赣州府宁都县知县王天舆,统领部下一千名,夹攻进贤门,进城后屯兵钟楼下。

第十哨,吉安府通判谈储,统领部下一千五百七十六名,夹攻德胜门,进城后,进驻南昌左卫。

第十一哨,吉安府万安县知县王冕,统领部下一千二百五十七名,夹攻进贤门,进城后留兵防守进贤门,进驻阳春书院。

第十二哨,吉安府推官王玮,统领部下一千名,夹攻顺化门,进城后进驻南昌县学和新建县学。

第十三哨,抚州通判邹琥、临川县知县傅南乔,统领部下三千人,夹攻德胜门,得手后,留兵防守德胜门,驻兵城外天宁寺院。

部署完毕,王阳明向大家一拱手,正色道:"国难当前,正是忠臣义士竭力尽忠的时候。藩王谋反,不比寻常贼乱,朝廷常例,靖难赏功,大功大赏。各哨领兵官,一定要奋勇报国,平定叛乱。敢有临阵畏缩观望、不听指挥的,定当军法从事!"

第一百二十二章　市汊誓师　激励人心

军事部署完毕,王阳明召集幕府谋士开会部署宣传任务。王懋中、罗侨、刘昭、雷济、黄表、龙光、萧庾围坐在一起。

王阳明道:"平叛进攻,有攻城,有攻心,攻心为上。在阻留叛王的攻心战中,龙佐堂、雷听选官、黄秀才、萧义官,居功至伟。一些秘密工作,几位不敢轻易委托别人,不是自己亲手办,就是委派自己亲近家人。本院知道,有些亲戚朋友,派出去后再也没能回来。"说到这里,王阳明停顿下来,关切地看向龙光。龙光是吉安府吉水县退休县丞,离吉安近,派往南昌送假情报和贴标语的活,他的亲戚朋友派得最多。龙光闻言轻轻叹了口气。王阳明继续说道:"战争就有牺牲,国难有忠臣,有义士。这些死难的亲戚朋友,都是忠义之士。现在又用到了攻心战。不过,这次没有危险。这些工作,既有助于义军攻占南昌,又有益于战后南昌的稳定。所以还要积极去做,做好了会减少大量的牺牲。王中丞!"

王懋中拱了拱手。

王阳明继续说道:"制作文告宣传的目的是瓦解叛军、稳定局势,宣传的中心是首恶严惩、胁从不究。宣传对象针对三类人:第一类,宁府王族各宗室、各仪宾,若能各自闭门在家,一律免罪;伪职官员、王府内臣、校尉把守人员,在我二十万义军兵临城下之日,如能弃恶从善、献门迎接、擒斩叛党,一律免罪赏功。第二类对象,江西省三司衙门附逆人员,南昌府、南昌县、新建县各在城大小官员,要抓住机会,悔罪从善,各自负起责任,张贴散发义军通告,安抚百姓,开门迎接大军,争取立功赎罪。第三类,奉公商人、守法百姓、军士民壮各安生理,不得惊慌。刘府台,关于安抚百姓,你再斟酌仔细,把本院的意思表达清楚。"

刘昭一拱手说道:"敝人领命!"

王阳明对龙光、萧庚说:"龙佐堂、萧义官,多想办法,或者派人进城,或者弓箭发射,多渠道散发布告。"

七月十九日下午,义军平叛誓师大会在南昌城以南四十里地的市汊举行,一座戏台被用作了誓师台。誓师台前左边高竖着一根旗杆,旗杆上方飘扬着的一面杏黄大旗上书两个斗大的黑字"军门";誓师台右边比军门旗杆略低一些,又一杆杏黄大旗,上书两个大字"贞肃"。军门指的是王阳明的提督衙门,贞肃指的是谢源和伍希儒的巡按衙门;军门是统兵,贞肃是监军。戏台后方中间地方高竖着一杆红色大纛,大纛边缘饰有牛毛。戏台前面的广场,排满了十三哨军士民壮的代表,各哨领兵官身披护甲,站在队伍的最前面。

誓师台上,王阳明一身戎装居中就座,谢源和伍希儒分坐两边,王懋中坐在西边担当司仪。

王懋中起身,止住喧天的锣鼓,宣布道:"誓师大会第一项,恭请提督军门王都堂宣读圣旨!"说着向王阳明一拱手。王阳明起身,手捧圣旨宣读道:"着王守仁提督南、赣、汀、漳等处地方军务,换敕与他,钦此……但有盗贼生发,便严督兵备、守备、守巡并设法调兵剿杀。其管领兵快人等官员,不问文职武职,若在军前违期并逗留退缩者,俱听以军法从事。又:如或江西别府报有贼情紧急,移文至日,尔亦要及时遣兵策应,勿得违误,钦此。"王阳明宣读的是过去在赣州接到的圣旨。

王懋中再次起身宣布道:"誓师大会第二项,控诉叛党滔天罪恶。"

南昌府通判陈旦带领着二十多位进贤、南昌、新建三个县遭受过宁王迫害的受害人,来到了誓师台。陈旦示意后,一个年轻的文弱书生出列,向台下一鞠躬,没说话先掉泪,带着哭腔说道:"各位长官,各位老少爷儿们,不才是进贤县崇信乡二十六都的刘志学，今年二十一岁，县学生员。一提到宁王，我的心就像被蝎子蜇一样痛。我爹办有义仓，每到灾荒年景，都会用义仓粮食周济左邻右舍，救济方圆十里八都的苦命人。不承想我家被宁王盯上了，他要霸占我家的水田，我爹不愿意失去办义仓的水田。今年正月十七夜里，宁王家养的强盗一把火烧了我家。我爹、我娘、兄长、嫂嫂、侄儿侄女……一大家二十几口人被活活烧死……"刘志学已哭得语不成声，他捂着胸口，蹲了下去。

站在一边的陈旦解释道："多亏刘秀才当天在县学读书，才侥幸活命！"

在陈旦的示意下，另一位年轻人出列："各位大人，各位老表，鄙人是南昌县长定乡四十三都的赵守道，我们一家都是本分人。我家的水田，不幸与宁王庄园搭界，宁王一直想霸占我家的水田，那是我们赵家的祖田。被宁王纠缠了两年，我爹一直坚持不卖。想不到这宁王竟买下了我家四周所有的水田，把我家水田圈了起来，我们一家人，只能远远地、眼睁睁地看着自家的地，就是没路进去，如今我们是有地没法种，有地没有米吃。家人都成了叫花子。"赵守道呜呜哭了起来。

第三位是郭志义。郭志义气愤地说："小人是瑞州府上高县人，搁在以前，我们那里不少人出外都很自豪，因为我们那里出过亲王，宁王过去被封在上高。本来他只有封号，没有封地。后来，这个千刀万剐的宁王要在上高建庄园，他看上了我家的地，想尽了孬主意，逼着我们家卖地，先是让地痞流氓，夜里放我家田里的水，毁田里的秧苗，后来他派人把我们家房子全烧了，让我一家人在上高没有了活路，我们只好在外县租地活命。如今，这个挨刀的老王八，竟然造反了。叫我说，好，这是他在给我报仇的机会。我要杀了老王八，吃老王八的肉！喝老王八的血！"郭志义蹦着号叫着。

接下来有被抢了老婆孩子的，有被抢了家产的，不少人因宁王的不义妻离子散家破人亡。五六个人控诉后，陈旦道："台上只是受过宁王祸害的一小部分人，南昌城里受宁王毒害的更多。宁王在南昌当王爷，就已祸害了几个县，要是他坐了朝廷,就要祸害整个江西了,就要祸害整个天下了！我们答应吗？我们不答应！我们要过太平日子！要过太平日子,就要消灭宁王。打下南昌！打倒宁王！活捉宁王！"陈旦说着振臂高呼起来。

台上的受害者一一振臂高喊,台下的各领兵官最先跟着呼喊,然后是全场排山倒海般的呼叫:"打下南昌！活捉宁王！""打倒宁王,保护家园！""消灭叛军,保卫爹娘！"

呼喊声中,一排人手执大刀,上到台上,给每位受害人一人一把大刀。二十多位受害人一齐举刀高喊:"我们要报仇！我们要雪恨！打下南昌！活捉宁王！"

陈旦领着义愤填膺的受害人,高呼着口号,走下台去。

王懋中起身宣布道:"誓师大会第三项,祭旗！主献官军门提督王都堂！监誓官巡按监察御史、监军谢道长、伍道长！亚献官,第一哨领兵官吉安知府伍文定！第二哨领兵官赣州知府邢珣！第三哨领兵官袁州知府徐琏！第四哨领兵官临江知府戴德孺！中军统兵官指挥同知余恩！终献官,第五哨瑞州胡尧元胡通守、童琦童通守……第十三哨抚州邹琥邹通守、傅南乔傅县侯！各就各位！"

王阳明、谢源、伍希儒各自起身,王阳明面向大纛,谢源和伍希儒,分列其两侧。十三哨领兵官纷纷上台,其后站立。

王懋中见各位献祭官已经就位,便宣布道:"主献官王都堂献祭！"

早有礼房书吏人等摆好祭品,手捧香,在一旁恭立侍候。王阳明接过香,移步到旗杆前,把已经引燃的香插到香炉里,再接过来三杯酒,洒到了地面上,然后一抱拳,向旗神宣誓道:

　　甲胄在身,恕不能全礼！军牙之神鉴照:宁王叛党,荒淫残暴;豢养土匪,勾结强盗;盘剥小民,欺压良善;擅杀大臣,攻打府县;不忠不孝,图谋大位;罪恶滔天,天怒人怨。某王守仁发誓:忠心勤王,舍身赴难;统率义军,誓灭反叛;报效朝廷,再造平安。伏维请求,牙神保佑;诛灭叛党,天下归仁!

王阳明献礼宣誓后,亚献官和终献官又各自献礼。

王懋中继续主持仪式,宣布道:"誓师大会第四项内容,恭请王都堂颁授令旗令牌!"

伍文定、邢珣、徐琏、戴德孺、余恩、胡尧元、邹琥、李美,八位领兵官从东到西排成一排,面南而站。王阳明从跟在身后的雷济、萧庾手中接过令牌、令旗,一一颁发给八位领兵官。

王懋中宣布道:"请各位领兵官回归本哨!誓师大会第五项内容,恭请巡按监察御史谢道长、伍道长宣布军法军纪!"

各位领兵官回归本哨。台上只剩下王阳明、谢源、伍希儒和王懋中。四个人各自就座。谢源起身指向飘扬着"贞肃"两字的杏黄旗,宣布道:"谢某和伍道长,代天子巡按两广,回京路经江西省,遭遇叛党祸乱,王都宪持有圣谕,提督军务,大军即将出征,国有国法,军有军纪。本使和伍道长,既负有监军之职,又担有记功之责,赏功罚罪,本使和伍道长保证赏罚分明!官兵人等,敢有不听军令、临阵退缩、贪生怕死者,以此为鉴!"

谢源讲话间,十二个人被十二个校尉押至主席台上,人犯在主席台前跪成一排。

谢源指着跪着的人说道:"吴小九等十二人,不听号令,有人遇敌退缩,有人侵犯百姓财物,有人强奸良家妇女,大战当前,依《大明律》军法条文,必须从严处罚!来呀!把吴小九等十二人押下去,当场问斩!"

吴小九等十二人被押了下去,被当众处斩。

谢源看了看台下的刑场,继续说道:"现在本使宣布,攻打南昌城的奖赏和纪律,奖赏:首位登上南昌城头的人,首位攻进城门的人,每人赏金一百两;纪律:第一通鼓声,第一拨攻城的军士民壮,要找好攀爬地点准备攀爬;第二通鼓声,听到鼓声,必须立即攀爬;第三通鼓声,如果畏缩不爬,一伍二十五人,全部临阵处斩;第四通鼓声,如果仍然畏缩不爬,临阵处斩领兵官。"

台下,当官的惊得倒吸气,当兵的有人双腿打战,有人上下牙打架。

只有王阳明、谢源、伍希儒、王懋中四个人知道,所谓的十二个不听号令者,是押送季敩和赵承芳从南昌前往吉安投送伪檄的叛军。

王懋中宣布最后一项内容:"请王都堂训话!"

王阳明起身,高声、果断地宣布道:"本院宣布,各哨务必于明日寅时到达指定地点,准时攻击,不得违误! 出征!"

第一百二十三章　攻占南昌　预备木牌

二十日寅时,十三哨攻城部队各自进入预定阵地。

南昌城周长十四里有余,城墙高两丈八尺五寸,墙基宽两丈一尺,红石打底,青砖包墙。城墙外围护城壕十一丈宽,水深一丈。七座城门各有城楼,城门以里是瓮城,内门和外门各有千斤重。瓮城是用来诱敌深入、瓮中捉鳖的。宁王府在章江门里,章江门是叛军的防守重点。章江门向南到广润门这一里多地的城墙高两丈九,是全城城墙最高处。

寅时天色昏暗,各哨配备的弓箭手、火铳手在各自护城壕外的阵地上,举铳张箭,瞄准城头,准备压制躲在城头敌楼、敌垛内叛军的反击。宽阔的护城壕成了登城部队的运兵线,登城军士、民壮各自乘船接近城墙。

南昌被三万多名攻城部队围得似铁桶一般。各门都是主攻方向,各段都是攻击重点。南昌城居民分布规律是北尊南卑,王府、官衙在南昌的西北城区。被宁王看作有天子气的东南是进贤门,是穷人进出的门,防守相对较弱。

寅时一到,一声号令,七门所在的各个方向,同时响起"咚咚咚"的鼓声,打破了夜的宁静。鼓声是进攻的号令,三万多军士民壮冲杀声四起,震慑得城头叛军手忙脚乱,胡乱地解放滚木,释放礌石,抛投灰瓶,发射弩箭。城下的攀登部队,勇敢者为了立功受奖,遭受过宁王迫害者为了报仇雪恨,胆小者畏惧督战的军法军刀,个个奋勇,前仆后继,不惜踩着同伴的尸体,向上攀爬。

守城叛军一万多人,归宜春王朱拱樤统领,太监万锐监军。朱拱樤是第一代宁王朱权第三个儿子的后代,朱宸濠的侄儿辈。四十多岁的朱拱樤正德二年承袭王位,虽然封号是宜春,但他在袁州府的宜春县却没有一亩地的产业,而且他祖上传下来的产业随着人口繁衍越分越薄,一家人现在每年靠年俸二千石过活,不过瘾。他跟朱宸濠造反,至少可以升一级成亲王,亲王的禄米比郡王翻了一番还多。一点点非分之想给人生增加十分的烦恼。现在的朱拱樤正烦恼着呢!烦恼是从十五日开始的。从那天开始,他就没睡过囫囵觉。朱拱樤自从跟着叔叔走上了造反路,对打仗的事就关心了起来。王阳明是个打仗高手……想到王阳明要来,朱拱樤就害怕。十六日一大早,他就派脚快的人到安庆给叔叔报信,求他赶紧回兵来保护南昌。前天的事让他愁上加愁,他遵照叔叔的部署,派往新老坟场的上千伏兵,损兵折将,抱头鼠窜回了城里。这说明王阳明已经打到了南昌城下。朱拱樤为此心惊肉跳了一天,半夜他喝了一碗镇静催眠的汤药,谁知,刚刚做上久违的美梦,他就被来王府报警的万锐吵醒了。

惊慌失措的万锐禀报道:"殿下,大事不好了!贼人攻城了!"

朱拱樤睡眼蒙眬,脱口而出:"有孤王王叔的消息吗?"

万锐哆嗦着说:"殿下,国主怕是,远水不解近渴呀!"

朱拱樤摇了摇睡意沉重的脑袋,说道:"哦,那就多派兵增援,千万守好城,得等王叔回来!"

万锐说道:"殿下,四面城墙,处处吃紧。已经没兵可派了!"

朱拱樤说道:"没兵?把老百姓赶上城头守着!"

万锐说道:"殿下,守兵都跑了,城里一片混乱!"

这下,朱拱樤彻底醒了,清醒着的朱拱樤很害怕,他和万锐一样哆嗦着:"那、那、那,那可咋办!"

"报——万公公!"朱拱樤和万锐的注意力都被这一声警报吸引了过去,只见一个校尉过来禀报道,"万、啊,殿下,万公公,大事不好!进贤门被攻破了!"

朱拱樤和万锐同声惊叫起来。

进贤门城门虽然被填塞的砖石砌死了,也没挡住义军。

进贤门被攻破了。六月十四朱宸濠谋反后,三司衙门主官个个被拘押,三司衙门各部门属官,南昌府、南昌县和新建县各级下属官吏,听闻风声,四散各处隐身躲藏。六月二十一,三司衙门主官被释放一部分。心怀忠义的官员,攻城之夜纷纷潜入街头巷尾,一见守兵溃退,就趁乱造势,火上浇油。城中变得更乱了。

一万多守城叛军早被坟场败兵吓破了胆,进贤门一失,义军的喊杀声很快飘遍了整个南昌城。义军进城后,见穿叛军军装的就杀。一万多叛军纷纷扔枪卸甲,一哄而散。

随着全城响起的喊杀声,宁王府后宫内一片火光。宁王府女眷聚在一起,焚火自尽。

上午,王阳明与幕府人员进入城内,紧急安排善后事项。王阳明安排把守王府府门的义军救火,安排人查封府库,并在伍文定、邢珣、王懋中、刘昭的陪同下,查看王府火灾现场,查获宁王扣押的三司衙门官印九十六颗。

南昌一战,擒获了以宜春王朱拱樴和太监万锐为首的叛军一千多人,按照战前宣传通告,审查释放胁从。王阳明亲自登门到王城各王府、各将军府中看望安抚,消除宁王宗亲的疑虑,杜绝了朱宸濠在城中的内应。

布政使胡濂、参政刘斐、参议许效廉、按察司副使唐锦、按察司佥事赖凤、都指挥佥事王玘等,以及在城逃散的大小官员,纷纷到军门自首。王阳明准许各官员戴罪暂时履行职事,安定地方。

二十一日,提督衙门发布《告示七门从逆军民》:

> 一切被宁府胁迫的伪指挥、伪千百户、伪校尉和护卫及南昌前卫有家属在省城的人家,各自安心在家,不准逃窜;如有捎信给自家父兄子弟弃恶从善、擒获首恶到军门报告者,官府论功行赏;逃回省城自首者,免罪。各从逆家庭,必须每天有一人到城门官处点卯登记。

二十二日，稳定住南昌局势后，王阳明马上召开军事会议，会商下一步军事行动。伍文定、邢珣、戴德孺、徐琏、王懋中、黄绣、王思等到会。

王阳明说道："攻城之日，本院接到钦差南京守备的照会，"王阳明手拿一份信稿，"南京守备担心叛军攻打南京，请求本院整备军马，追袭叛军。"王阳明放下信稿，拿起另一份文稿道，"这是从安庆逃回来的裘良辅等人的供词。"王阳明放下文稿，"裘良辅是新建县一个捐粮监生，他放假在家时，和同乡为二两银子的赏金、一石粮食的口粮参加了叛军。走到安庆，他心生畏惧，几个同乡一同逃了回来，到官府自首。裘良辅供称，叛军阻留在安庆，一直攻打不下。各位议一议，义军下一步是不是前往安庆方向追击叛王，王中丞？"

王懋中在丰城时就主张追击叛王，当时他以为南昌粮足兵足，易守难攻，想不到这么轻易就攻占了南昌，可见自己确实是老了，思想太保守，但他转念又一想，保守有保守的好处，至少不冒险。南京守备的照会，是没有上下级约束的请援信。王懋中沉吟着、迟疑着说道："依老朽看来，南昌距离安庆，与安庆距离南京，几乎一般远近。如果义军追到了安庆，恐怕叛军已经打到了南京。是不是缓不济事，王都堂？"

王阳明点点头，看向黄绣。

黄绣一拱手说道："依鄙人看来，如今义军占领了南昌，叛军已经成了无根的游匪。若我们与南京方面前后夹攻，可以一举消灭叛军。王都堂！"

王阳明点点头，看向伍文定。

伍文定说道："既然南京方面已经有了防备，敝府怀疑叛王还敢去南京。"

邢珣一拱手，道："南京有了防备，北京也会有王师南下，义军何必劳师远奔！各位想想，前有南康、九江被贼据守，一旦义军北上，必将遭受南康和九江叛军的骚扰，如果叛王再回军夹攻，鄱阳湖对义军就危险了。"

这时，哨探来报："报——都老爷！安庆叛军已经南下，要回救南昌！"

王阳明对哨探说道："知道了,再探再报!"然后对大家说道："情况有变! 大家重新会商。"

邢珣接着刚才的话头说道："好了,南京的危险解除了。叛军并未受到大的损失,义军只有坚守城池,等待朝廷发兵救援了。"

王懋中道："守为上计。叛军主力倾巢而出,这正是南昌城被义军轻易攻破的原因之一。如今,叛军劲旅回巢,一定气势汹汹。他要夺回老巢,他要拼命。"

王思在丰城会议上的发言被南昌的战果验证了,这次他很有信心地说："一个安庆,叛军攻打了几天,无功而返。一则是安庆守城有法,二则证明叛军的战斗力有限。以前,叛军是靠封侯拜将的妄想在鼓着劲,如今,他们南京去不了,还得回救南昌,甚至在一个小小的安庆前败下阵来,封侯拜将的美梦已经破灭了,战斗力已经打了折扣。王都堂、各位前辈,下官以为,迎击叛军,就像当年太祖爷鄱阳湖围歼陈友谅一样,我们可以以少胜多。"

王阳明笑眯眯地注视着王思,弟子有出息,是个开心事。

徐琏一拱手说道："进攻就是最好的防守! 南昌是叛军的老巢,他们一定会拼死围攻。与其困坐孤城,不如出击!"徐琏是陕西朝邑人,王阳明、伍文定的同年进士。

王阳明点点头说："嗯! 本院赞成这句话,进攻就是最好的防守。义军既要守好城,又要主动出击迎战。目前叛军前无出路,后无归途,如丧家之犬。"王阳明说着起身,"本院命令:伍知府、邢知府、徐知府、戴知府,四位知府各领四百精兵,兵分四路,分别沿鄱阳湖岸,赣江南、中、西三条支流河道,北上埋伏,捕捉战机!"

伍文定、邢珣、徐琏、戴德孺各自抱拳,应声道："下官遵命!"

王懋中和伍文定等人离开后,王阳明叫进来雷济和萧庾,部署任务。王阳明将半页纸交给雷济,吩咐道："雷参谋、萧义官,这两条标语,安排木匠,分别制作成两类木牌。第一条标语,制作成小号牌子,一尺长半尺宽为宜,至少制作一千块;第二条标语,制作成大号木牌,三尺长两尺宽为宜,至少制作一百块。"

第一百二十四章　安庆解围　回救南昌

　　六月二十三,朱宸濠在南昌顺化门外的大校场誓师祭旗时,大旗的旗杆被一阵狂风意外折断,他出征的信心打了折扣;令他心情更坏的是,他的探子截获了王阳明的秘密情报,情报说几路大军正在合围南昌,于是吓得他一直龟缩在南昌老巢。虽龟缩在老巢,但他心有不甘,他自己的野心加上急着立功的战将们百般请战,结果是,他派出都督屠钦、将军凌十一率领前锋部队出鄱阳湖,先行探路。

　　五十余艘战船的先锋部队沿途一路烧杀,经湖口、彭泽、望江,于六月二十八抵达安庆。

　　安庆是南京西部的一道重要屏障。六月十八日九江沦陷后,安庆得到了朱宸濠反叛的消息,随即,安庆加强了戒备。

　　去年,为防备朱宸濠,兵部尚书王琼采取了三项措施,一是颁授提督南赣等处地方的王守仁令旗令牌,二是督促江西巡抚孙燧歼灭为朱宸濠提供财富的江洋大盗,三是为安庆精心挑选了守将杨锐。杨锐祖上是徐州府萧县人,早年跟着太祖爷出来打江山,因功官居南京羽林前卫指挥使,子孙世袭。轮到杨锐,因为才干,他被选调安庆,升职为都指挥金事,守备安庆。到任后,杨锐会同安庆卫指挥使崔文、安庆知府张文锦修造战船,操练水军。

　　椭圆形的安庆城周长九里十三步,墙高两丈六,青砖包墙,墙基宽七尺,城头宽三尺五,护城壕深一丈,开有五门,南滨大江。杨锐、张文锦与崔文、安庆府同知林有禄、通判何景旸、怀宁知县王诰率军在江边迎战叛军前锋。

七月初二,朱宸濠发觉中计后,率领叛军八万,号称十万,兵分五哨,以前后一百四十余只战船的阵势,浩浩荡荡出鄱阳湖,杀入长江,他的战船队伍前后绵延六十里江面。七月初六,战船队伍到达安庆,他们把安庆围得水泄不通。

朱宸濠的亮黄色大船停泊在长江中的黄石矶旁。朱宸濠指向黄石矶,询问身边亲兵道:"这是什么地方?"

一个校尉脱口而出道:"禀报国主,此地名为黄石矶。"

朱宸濠错听为"王失机",对此,他勃然大怒。在南昌大校场誓师祭旗时,旗杆被狂风刮断,对来无影去无形的风,朱宸濠只能忍气吞声;要出征时他中了王阳明的奸计,王阳明远不可及,朱宸濠无可奈何。想不到江中一堆石头也敢嘲笑自己,这堆石头近在咫尺,终于逮到一个敢嘲笑自己又跑不了躲不掉的,朱宸濠拔剑在手,咆哮道:"来人呀!把江中这堆'王失机'给孤王拔掉!"

几个校尉面面相觑。刚才回话的校尉胆怯地说道:"启禀国主,这座小石山不叫'王失机',叫黄、石、矶!"校尉拖着重音,加重语气,指着黄石矶,"国主,您看,是金子的黄色!"

朱宸濠看着黄石矶,"哦"了一声,黄石矶没有嘲笑自己,"王失机"分明是从这个校尉嘴里说出来的。不管有意无意,这都是在诅咒自己,呸,这个乌鸦嘴,留着是个诅咒,朱宸濠一扬宝剑……

刘养正走进来,见朱宸濠手握宝剑,一脸怒容,就指着黄石矶,笑着告诉朱宸濠:"圣主,好兆头呀!江中有山,这就是圣主的江山呀!臣刘养正恭贺圣主!"刘养正躬身作揖。

朱宸濠转怒为喜,高兴地手举宝剑说道:"刘相国,有你辅助,孤王定能一统江山。"

刘养正道:"臣愿效微劳,辅助国主一剑定江山!"

恢复了信心的朱宸濠在大船内召开了攻取安庆的战前会议。左、右丞相李士实、刘养正,兵部尚书王纶、监军太监刘吉、大都督葛江、先锋官屠钦,被押在船的江西都司都指挥同知马骥、都指挥金事白昂、守备南赣都指挥金事郏文、布政使梁宸、参议陈杲、按察使杨璋、金事潘鹏、金事王畴等按左文右武排序站班。

朱宸濠得意地说："本监国战船前后绵延六十里，浩浩荡荡，想太祖爷他老人家起家时，也就几十个人、七八条枪。各位爱卿！"朱宸濠两手向外一摆，巡视着左右，说道，"靖难大军的目标是南京，是北京。安庆是我们路上的一颗钉子，安庆不除，大本营南昌、南康、九江就不能连为一体。靖难军一定要拔掉安庆这颗钉子。屠爱卿督领先锋部队攻打安庆已经八天，想不到这弹丸小城，竟敢螳臂当车，想我十万大军，一人一块砖也能把安庆城拆零散了。但是，本监国与民为善，心在仁政，不忍心打破城池，玉石俱焚。刘相国动议，我顺德朝有礼有兵，虽然兵临城下，仍然以礼为先。潘爱卿是安庆本土人，本监国命你进城晓谕城中军民，早早归顺，共享太平。潘爱卿，你可愿往？"

潘鹏出列，一躬身说道："回禀王爷，为免一城生灵涂炭，潘鹏愿往城中一试！"

潘鹏来到安庆城南的盛唐门前。一个校尉用盾牌遮挡在潘鹏面前，一个校尉向城楼上喊叫道："城楼上的兄弟听着，千万别放箭，江西省按察司金宪潘大老爷有话要说！"

校尉话音一落，潘鹏一把推开挡在面前的盾牌，喝叫道："本官正是潘鹏，本籍是安庆城里人。速去请你们杨都阃和张府台说话！"

城楼上露出一张人脸，来人向下面瞅了瞅，见潘鹏一身官服，确认是官老爷，这才现出半个身子，朝潘鹏喊道："鄙人黄洲，安庆府工房书吏。潘大老爷，看你老人家这一身五品官服，鄙人尊你一声大老爷。可是现在你与叛党为伍，真替你脸红。往日你们潘家在城里受人抬举，都是看你的面子。现在你与叛党为伍，不忠不义，怕是要给祖宗挣下万年的骂名了！"

潘鹏脸一红，客气道："黄相公，非是潘某不忠不义，眼下宁王十万靖难大军兵临城下，安庆弹丸之地，危若累卵，潘某顾念家乡几万生灵，特来规劝。圣人云,和为贵。你速去请杨都阃和张府台,潘某有话说。"

黄洲说道:"潘某人,这话一出口,就证明你是叛党一伙儿的。本爷用不着跟你客气了。现在城里官民老少都在忙着守城。忠臣不事贰主,我们就是当了烈士,将来在《府志》上爷儿们是义士,千古留名。当了叛党,你就等着遗臭万年吧!快滚回去吧,告诉你家主子,安庆城与叛党没有和气可讲!"说完,黄洲身子一闪,人不见了。

下午潘鹏转到城西正观门前,这次手里举着一份信笺,喝道:"城上的,快去禀报杨都阃和张府台,要他们迎接太后密旨。"

城西正是杨锐巡防地段,杨锐张弓搭箭,一箭射到潘鹏左脚尖前,箭到话到:"潘鹏,快滚!回去告诉叛王,有本事就来攻城,本都随时恭候!"说着"嗖"的一箭,第二箭射到了潘鹏右脚尖前。两支箭在潘鹏两脚前铮铮作响,吓得潘鹏魂飞魄散,抱头鼠窜。

朱宸濠大怒,下令攻城。叛军搭起云梯。城墙上的叛军像蜂箱门前的蜜蜂一样密密麻麻;守军投石头,浇沸水,一来一往。叛军竖起高过城头的梯楼,向城中射箭;守军白天向梯楼发射火铳火箭,焚烧梯楼,晚上派敢死队潜出城外,烧毁梯楼。

叛军几万人对阵守城的几万军民,昼夜攻打不下。

朱宸濠火冒三丈。南康一天拿下来了,九江一天拿下来了。这个安庆,自己亲自督战,竟然攻了十几天。架云梯,上不去;竖梯楼,进不去;挖地道,水太深。

朱宸濠焦头烂额时,宜春王报警求援的信使到了。

在船上,朱宸濠召集李士实、刘养正商量对策。

三个人呈三角形坐着。朱宸濠愁眉苦脸地说道:"李相国,刘相国,家里来信禀报,十五日王阳明在樟树集兵二十万,两位爱卿有何退敌良策?"

李士实说道:"国主,上个月,这个王阳明号称一百万。"

朱宸濠不愿意回忆中了王阳明奸计的事,把信递给李士实,道:"这次不同上次,是哨探亲眼所见。"

李士实浏览着信件。

刘养正说道:"圣主,有两点臣请圣主考虑:第一,即便王阳明有兵在樟树镇,不可能有二十万这个数;第二,南昌城墙比安庆又高又坚固。一个安庆,耽误了靖难大军十四天的行程。依臣看来,南昌城,坚守三个月还是有把握的。所以,圣主不必多虑。倒是眼下,最要紧的是,依臣之见,撇下安庆,直取南京。圣主一登大位,小小安庆,自然归顺。臣请圣主,考虑孰轻孰重。"

李士实看完信,接着刘养正的话说道:"国主,刘先生所言极是。一个安庆,挡不住这么宽的大江。眼下最要紧的是,攻占南京。在安庆耽误了这么长时间,臣料想南京一定有了防备。不过,仓促防备,并不可怕。"

李士实和刘养正这几天一直劝朱宸濠撇下安庆,直取南京。可是朱宸濠意气用事,不打下安庆誓不罢休。

朱宸濠说道:"两位爱卿,孤王问的是如何抵御王阳明?一旦没有了南昌,孤王的根基便没了。一个安庆就这么难打,南京会比安庆容易吗?失去南昌,万一再打不下南京,哪里还有孤王的立足之地呢?"

李士实与刘养正面面相觑。谋反本来就是赌博,输赢只有天知道。如果去南京拼一拼,总有赢的希望,若此时回师南昌,就彻底完蛋了。古往今来,南昌没有成就过任何王朝。只是现在,李士实和刘养正已经与朱宸濠是一根绳上的三只蚂蚱了。刘养正想,即便为了自己,也要劝谏,于是说道:"圣主,此去南京多不过五天行程。南京有孝陵,有皇宫,拜过孝陵,就是正统,圣主就可以号令天下。臣请圣主三思!"

刘养正离座跪了下来。

李士实说道:"攻取南京,南昌自然就保住了。臣请国主号令大军,直取南京。"李士实说着,和刘养正并排跪了下来。

朱宸濠一脸苦恼,说道:"两位爱卿的忠心,孤王岂能不知。只是孤王担心,宜春王没有经过大事,怕他应付不了。"

刘养正跪着说道:"圣主,恕臣直言,没了宜春王,影响不了圣主君临天下;没了南昌城,也影响不了圣主得天下。圣主,孰轻孰重,臣请……"

朱宸濠不等刘养正说完,说道:"两位爱卿平身! 两位爱卿的意见,孤王已经知道了。容孤王再深思一晚,明天早上做最后决定。"

七月二十一,叛军解除了安庆的围困,后军变前军,回救南昌。被围困了十八天的安庆守军,跟着叛军的屁股追打、欢送了十几里。

归途中,朱宸濠得知南昌失守,又急又气,点齐两万先锋,扑向南昌。

第一百二十五章 生擒叛王 歼灭叛军

每年农历六月中旬,长江水开始倒灌鄱阳湖,鄱阳湖的水位上涨,南昌以北地面上,到处是沟满池满的水。南昌城里低洼处容易形成内涝。位于永和门里的江西巡抚衙门由于地势低洼,前遭兵乱,后经连日雨水浸泡,已经坍塌。王阳明的提督衙门暂时入驻宁王府承运司。

二十三日,抚州知府陈槐、进贤知县刘源清、饶州知府林城、余干知县马津、建昌知府曾玙、广信知府周朝佐先后到提督衙门报到。

王阳明眉头舒展,说道:"四位府台和两位县侯来到军前勤王效力,真是好事。大敌当前,守城和迎敌,本院部署上不再捉襟见肘了。"

说话之间,只听哨探来报:"报——禀报都老爷,叛军小股人马,沿赣江已经到达樵舍,距城七十里!"

王阳明吩咐道:"知道了! 再探再报!"然后他对四位知府和两位知县说道:"你们来得正是时候。"说着,王阳明起身,从会客室来到大堂,众人跟着来到大堂。王阳明到大堂书案后就座,各位分站大堂东西两侧。

王阳明说道:"现在部署迎敌。伍文定率领本部五百人马,出赣江主航道,正面迎敌;余恩率本部五百人马,正面后续跟进;邢珣率所部人马绕到叛军背后掩杀;徐琏、戴德孺沿东西两翼推进,袭扰截杀;胡尧元、童琦、谈储、王昈、徐文英、李美、李楫、王冕、王轼、刘守绪各自率兵四处埋伏,等候伍文定接战后,参与围剿。"之后,王阳明喝令道:"抚州知府陈槐! 饶州知府林城! 广信知府周朝佐!

建昌知府曾玙！进贤知县刘源清！余干知县马津！"各人纷纷前跨一步,抱拳当胸,高声应道:"下官在！"

王阳明命令道:"陈槐、林珹、周朝佐、刘源清、马津,你等各率本部民壮,沿鄱阳湖张疑设伏,伺机围剿叛军。"

五人齐声高叫:"下官得令！"

王阳明对曾玙说:"曾玙,本院命你统率本部人马,协防南昌城池,不得疏忽大意！"

曾玙高声应道:"下官遵命！"

王阳明对王懋中和黄绣吩咐道:"命令立即送达各当事领兵官！今日子时各自到达指定位置,不得有误。"

二十三日夜,王阳明随军赶往前线。

二十四日早晨,叛军顺风行船,气势汹汹地逼近黄家渡。伍文定和余恩两部人马按照事前的军事部署,刚刚接战就丢下旗帜、盔甲、器仗,乘着风势回逃。叛军前锋为争功,挥兵紧追,前军后军很快拉开了空当。邢珣率领所部人马乘隙拦腰截断叛军,伍文定、余恩乘势反击,徐琏、戴德孺从两翼掩杀,各路伏兵纷纷投入战斗。一时间,四面八方全是义军的喊杀声。叛军前锋一时大乱,兵找不到将,将领不到兵,乱兵很快成了溃兵。义军四处追杀,先后俘虏及斩杀两千多人,叛军惊慌失措掉入水中淹死的成千上万。叛军两万先锋部队一天便失去了战斗力。叛军当晚退守鄱阳湖东部水域、邻近饶州的八字脑。

当晚,朱宸濠在船上召开军事会议,文武各官东西两侧站班,中间放着几口朱漆箱子。朱宸濠眼里含着惊恐,面上又故作镇定。他两臂高高地向前一摊,动作有些夸张,就像戏台上的皇帝,道:"各位爱卿,孤王放着好好的亲王不当,放着安逸不享,却出来一路颠簸,忍受风寒,是为了什么？实在是孤王不忍坐视昏君荒淫无道,不忍我朱家江山败坏在一个外姓野种手里,孤王有使命要拯救天下苍生。你们江西三司衙门各官,孤王不忍心看你们每人一年拿那么一点俸银禄米。

马都阃,你是都指挥同知,从二品官,每月四十八石米,还不能实额到手,赶上好年景,也就折合十六两银子,你一家人上上下下几十张嘴,难不难? 孤王不忍心呀!"

朱宸濠说话,底气不足浮躁有余,只是说话的内容很实在。按察司佥事潘鹏有些感动了,正五品的潘鹏月粮十六石,折合银子也就五两,确实寒酸。说到俸禄,三司官员点头默认。

朱宸濠高喊一声:"来呀! 打开箱子!"

几个校尉进来打开十几口箱子,黄澄澄、白亮亮的,是满箱子的金银。

朱宸濠说道:"本来,孤王打算登基后大赏各位功臣,现在孤王要提前打赏。靖难战争进入紧要关头,夺回南昌大本营,在此一战。各位爱卿!"朱宸濠看向郏文、杨璋,"杨爱卿,郏爱卿,两位爱卿这几年跟随王阳明领兵打仗,最熟悉王阳明打仗的套路,希望你们能有战功。现在孤王宣布,明天有领兵冲锋陷阵、破敌立功的,第一个攻入南昌城的,赏银一千两;孤王既爱官,又爱兵,冲锋在前的勇士,赏银百两,受伤的勇士赏银五十两。靖难军明天要与王阳明乌合之众决一死战。十几箱金银在等着你们立功受赏。来呀! 传令下去,连夜向九江、南康发出鸡毛信,尽发九江、南康守军,参与明日决战。"

朱宸濠说完,朝李士实和刘养正点点头。李士实和刘养正两个人脸上挂着淡淡的微笑。这是他们三人密谋的结果。

大帐里,王阳明在部署明天的战斗任务。伍文定、邢珣、徐琏、戴德孺、陈槐、曾玙、林城、周朝佐参加会议。

王阳明说道:"目前的局势,叛军主力还很完整,气势还很盛。义军急需外援,最近的外援是湖广,但是叛军盘踞在九江,像颗钉子,阻挡住了湖广援军东来的水道。要拔掉九江这颗钉子,南康又阻挡住了义军北去的道路。南康叛军不除,义军难以向北展开,难以配合饶州四面合围叛军。为此,本院命令,抚州知府陈槐领兵四百,配合饶州林城所领府兵,合力收复九江;建昌知府曾玙领兵四百,配合周朝佐广信府兵,寻找机会,攻占南康。"

王阳明说着,目光凝重地看向四位知府。四个人躬身抱拳各自应道:"下官遵命!"

王阳明一一巡视在场人员,然后说道:"明天将是一场硬仗。有两个作战原则:一、擒贼擒王,瞅准叛王黄色楼船,发射火炮,破坏叛军的中枢;二、在湖面张设疑兵,诱敌深入赣江中支流、南支流、抚河等河道,在河道两侧埋设伏兵,集中优势兵力,一股一股歼灭叛军。现在本院详细部署各部的位置……"

二十五日,重赏诱惑下的叛军乘着东风,向南昌方向冲击。义军和叛军互相发射火炮和弩箭。伍文定所部奋勇当先,其麾下各船逆风冲锋,已抵挡不住叛军的攻势,纷纷后退。坐镇岸边的王阳明以旗语下达与敌决一死战的命令。临阵督战的各官手起刀落,斩杀贪生怕死的后退者。后退者必死,前进才有生的希望。各军士、民壮,冒着炮火、弩箭纷纷向前冲锋。叛军的炮火引燃了伍文定指挥战船上的风帆和军旗,燎着了伍文定的半边胡子。伍文定挥舞着五尺长的砍刀,左右腾挪杀敌,腾不出手来抹一把脸上烧焦的胡须。

叛军背后遭受着饶州方向的袭扰,前方承受着义军船上和岸上火炮的轰炸。义军的每一炮都往前突督战的朱宸濠乘坐的黄色高高楼船飞。楼船上火光冲天,朱宸濠着了火的楼船仓皇后退。楼船后退,叛军立即乱了阵势。义军乘势掩杀,把叛军冲得七零八落。一天时间,义军斩杀叛军两千有余,落水淹死的叛军不计其数。叛军退向樵舍,为了安全,大小船只聚在一起,拱卫着朱宸濠被烧得残破的楼船。

王阳明战地会议在大帐内连夜召开,参加会议的有伍文定、邢珣、徐琏、戴德孺、余恩等人。

伍文定半边胡须烧焦后,剩下的半边胡须索性也刮掉了。

王阳明看着伍文定说道:"今天一把火能烧掉伍府台的胡须,也差点烧坏叛王的楼船。可惜今天的火还是太小!"

听王阳明说火太小,伍文定摸着下巴,若有所思。

王阳明继续说道:"哨探已经探明,叛军大小战船都紧紧地排在一起。当年周公瑾三十四岁,火烧赤壁,成了万世英明。松月兄,请你来当明天的周公瑾吧。本院命令:伍文定连夜准备火烧器具,备战明日火攻;邢珣从左攻,徐琏、戴德孺合兵从右攻,其他各部四处埋伏,单等火起,四面围剿。各位,连夜准备去吧!"

二十六日黎明,朱宸濠打起精神,在连夜修复后的楼船上,召开战前会议。

朱宸濠一脸倦容,两眼血丝,神色中有张皇和忧愤,有气急败坏,那是一脸缺少底气的嚣张。

李士实脸上挂着淡淡的忧愁,刘养正一脸漠然。刘养正这个时候已经知道,把自己飞黄腾达的希望寄托在朱宸濠身上,是托错了人。

十几箱金银已经被分成了一布兜一布兜。文武两列一个个叛党脸上写满了愁容和无措;被胁迫的三司衙门各官脸上则写着落寞和无奈。

朱宸濠像个赌徒一样,拿出了最后的赌注,恶狠狠地说道:"这些金银,今天每人一份,现在就赏给各位爱卿。来呀!给各位爱卿颁赏!"

几个校尉开始分发赏金。

朱宸濠突然咆哮道:"孤王有赏有罚!杨璋、郏文,孤王看重你们,期望你们与王阳明决一雌雄。可恨的是,你们出工不出力!来呀,把姓杨的、姓郏的,拖出去!"

杨璋和郏文刚从校尉手里接过来装金银的布兜,就被四个校尉扭住了胳膊。

正在这时,只听轰隆一声,邻舟传来了爆炸声。朱宸濠惊得一下子从椅子上弹跳起来,李士实、刘养正阴沉着脸,互相对视一眼,默默地摇了摇头。邻舟是朱宸濠的寝宫,上面有四个王妃,有朱宸濠的两个儿子,有他攒的金银财宝。透过楼船的窗户,但见邻舟上火势汹汹。朱宸濠惊慌地叫道:"救火!快救火!"说着,朱宸濠疾步向邻舟跑去。文武官员一哄而散。

杨璋对扭着自己胳膊的两个校尉小声说道:"没听见吗?还不快去救火!"

连同扭住郏文的两个校尉,四个校尉撇下杨璋和郏文,跑向着火的朱宸濠寝宫。

朱宸濠到了寝船,火越烧越旺,亲兵们正在七手八脚地救火。朱宸濠的正妃娄妃端坐在甲板上,一脸平静。此刻的她看起来像是自愿殉葬,在等待一个正在来临的结局。两个宫女用纸绳在她衣服上缠绕着。两个儿子跪在娄妃腿前,哭着劝道:"娘,天下这么大,咱们一起逃吧!"

娄妃一手抚摸着一个儿子的头顶,平静地说道:"找你们父王去吧!"

朱宸濠见自己的两个儿子和娄妃无恙,稍微松了口气,道:"好在你们没事!"

两个儿子听到父亲的声音,马上跪向父亲,大儿子哭着说道:"父王,娘亲要……"接下来是儿子的呜咽声。

朱宸濠对身上缠着纸绳的娄妃问道:"爱妃,你这是做什么?"

娄妃平静中带着哀怨,抬手指了指南方。朱宸濠顺着娄妃手指的方向看去,南方水面上是一片火光,一支支火箭呼啸着飞向自己的船阵;一艘艘小渔船带着熊熊的火光,顺流漂向自己的船阵;随着轰隆隆的炮声,一道道火光划破黎明的夜空,飞向自己的船阵上方。再看自己的船阵,到处是火光,已经成了火海,大小船只乱成了一锅粥,都在争相躲避火光,都在逃命。哀号声、叫骂声响彻船阵上空。

朱宸濠两腿发抖,哆嗦着嘴唇,仰天哭号道:"天呀!这是要灭我宁王吗?"

两个儿子跪在甲板上,惊恐地叫道:"父王,带儿臣快逃吧!"

朱宸濠低头看着儿子,又看看娄妃,之后向身边的亲兵咆哮道:"快备船!"

娄妃给朱宸濠跪了下来,三个妃子跟着也跪了下来,娄妃决然地说道:"殿下带着两位王子快走吧!"

朱宸濠问道:"爱妃,你、你们要……"

娄妃凄然地说道:"殿下,臣妾与殿下来世再见吧!臣妾但愿殿下来世安守本分,安享富贵!"娄妃脸上淌下来两行泪水。朱宸濠长叹一声,说道:"孤王悔只悔当初不听爱妃劝告!"朱宸濠说着弯腰要拉娄妃。

娄妃磕了一个头,说道:"殿下速带王子们走吧,只求朝廷开恩,王子们能到凤阳给祖宗守陵。快走吧! 臣妾在此与殿下诀别!"娄妃示意宫女拉自己起身,和朱宸濠的三位妃嫔向船舷走去。两个儿子同喊了一声"娘",跪行着扑向娄妃。

娄妃扭头,苦楚地催促道:"殿下,快带王子们走吧!"

朱宸濠身边的亲兵急促地说道:"国主,船,备好了! 再不走,怕来不及了!"

朱宸濠回身一望,满江满湖的喊杀声已经到了跟前,朱宸濠看了一眼娄妃和三位妃嫔,又急切地回头看一眼船外备好的小船,一跺脚,厉声喝道:"我儿,快上小船!"

娄妃催促儿子道:"我儿,好好做人!"

"爱妃,孤王这辈子欠你的!"朱宸濠慌里慌张地扒着船帮,要下大船。

娄妃和三位妃嫔一起自投深深的鄱阳湖。

朱宸濠和他的两个儿子乘上小船,朝南康和九江方向逃去。

乱成一窝蜂的叛军船队,各自向北逃窜。逃窜的船队看到江面上漂浮着成千上万块白木牌,只见大木牌上写着:"宁王已擒,我军不得妄杀!"小木牌上写着:"凭此牌免死!"大小木牌上的落款都是"提督衙门"。消息很快传遍了叛军船队,先前一直向北逃命的叛军一下子失去了方向,像死了蜂王的一箱蜜蜂,四散而逃。强盗山贼出身的叛军只顾着逃命,误上贼船的叛军纷纷跪在船上,手举"免死牌",等待着做义军的俘虏。

朱宸濠乘着小船,一直向北逃窜。沿途水面漂浮着一簇一簇的叛军尸体、叛军军旗和烧得黢黑的船板,义军的喊杀声竟然前路也有,朱宸濠小船的前后都是喊杀声。他急令小船向东拐,船入一条河汊。

朱宸濠心惊胆战。惊恐得缩成一团的大儿子一直看着朱宸濠,瑟瑟发抖的二儿子也两眼无神地看着。儿子的目光提醒朱宸濠看向自己,看到自己胸前的绣龙,看到自己身上亮黄色的王袍,他心头又是一惊。朱宸濠意识到自己身上的王袍太显眼,容易暴露,而亲兵身上的锦衣,也不安全,再看向船外,眼前一亮,附近芦苇丛中有艘小渔船,渔民的衣裳这个时候穿在身上最安全。朱宸濠急令小船向渔船划去。

渔船上的渔民是万安县知县王冕和万安县民壮。趁着换衣服的间隙,王冕俘虏了朱宸濠。

王冕押着朱宸濠来到军门大帐。王阳明端坐书案后,看着进门的朱宸濠。

朱宸濠已经从惊恐中恢复过来,接受了被俘的现实,变得很坦然。一进门,朱宸濠向王阳明招呼道:"王先生,本王愿意交出护卫,当个平头老百姓,总可以吧?"

王阳明面无表情地说道:"朝廷有国法在。"

朱宸濠无奈地苦笑道:"反不反,是本王家务事,是朱家家务事,王先生用得着替那个荒唐皇帝这么费心吗?"

王阳明看着朱宸濠,面无表情地说道:"万岁爷的家务事就是全天下的事。忠臣义士不得不操心。"

朱宸濠突然仰头哈哈一笑说道:"王先生,你这么冲撞本王,算是忠臣吗?"

王阳明平静地说道:"王?你自己已经废掉自己为王的尊崇。押下去!"

朱宸濠尴尬地笑笑,笑中有谄媚,有凄惨,乞求道:"王先生,本王知道你讲仁义。娄妃是个贤妃,她已为本王投湖殉难了。唉!可怜娄妃,自始至终都力谏本王不要走这条路。希望王先生,仁人做仁事,能安葬娄妃,让娄妃入土为安。"朱宸濠说着,两手在胸前一拱。朱宸濠一辈子从来没有用过拱手礼,是刚才见王冕进来向王阳明行拱手礼,现学现用。因为是求人,拱起手来,显得有些拘谨,有些滑稽。

王阳明知道娄妃是广信娄一斋先生的女儿。王阳明想起了他十八岁时求学娄先生的情形,记起了娄先生的音容笑貌,他记得一对活泼的小姐弟在娄先生书房的欢笑声。按年龄算,娄妃无疑就是与自己有一面之缘的那个小姑娘。那个小弟弟,按年龄算,应该是进贤知县刘源清斩杀的娄伯。一日为师,终身为父。王阳明脸色缓和下来,他对渔夫打扮的朱宸濠,郑重地说道:"本院答应你,礼葬娄妃。"

朱宸濠惨然一笑,说道:"纣王偏听妇人言,亡了国;本王不听妇人言,亡了国。唉! 王先生,拜托!"

朱宸濠撇下自己的楼船后,杨璋、郑文联合马骥、白昂控制住伪太监刘吉和瑞昌郡王朱拱栟,胁迫楼船向义军投诚。随船叛党有李士实、刘养正、刘吉、葛江、屠钦、王纶、王春、秦荣、吴十三、王储等,被胁迫的官员有镇守江西太监王宏、巡按江西御史王金、出差江西的户部主事金山、布政使梁宸、参政陈杲、按察司金事王畴、按察司金事潘鹏等。

二十六日一天下来,义军俘虏和斩杀三千叛军,烧死淹死的叛军有两万多人,江面湖面漂浮的尸体、旗帜、盔甲、军械绵延几十里。

二十七日,义军继续追杀逃散的叛军,分别在昌邑和吴城擒斩上千叛军。

二十八日,收复南康和九江的陈槐、林城、曾玙和周朝佐,各自消灭和俘虏上千叛军。

朱宸濠叛军彻底覆灭。

第一百二十六章　君臣贪功　将军出征

七月十三,应天巡抚李充嗣飞报朱宸濠叛乱的奏疏到达北京。内阁四位大学士杨廷和、梁储、蒋冕、毛纪会同兵部尚书王琼、吏部尚书陆完紧急会商于内阁值房,要票拟出初步的处理意见,供正德皇帝采纳。

王琼哈哈一笑说道:"宸濠叛军不足为虑! 四位老先生,某早有防备。某往年派遣王守仁据守赣江上游,授予令牌、令旗,就是为了防备今日之祸。以某之见,捷报快到了。"

梁储摇摇头说道:"藩国谋反,不同山贼土匪,大司马还是要小心部署。"梁储说着看向杨廷和。

杨廷和看向王琼。王琼一拱手,说道:"老先生,部署分三步。首先,褫夺叛王亲王尊号,剥去叛王的护身符。其次,做好南京守备,南京安稳,区区南昌地方,乱不了天下根本,令南和伯方寿祥防守南京,应天巡抚李充嗣防守京口,淮扬巡抚丛兰防守仪真。再次,号令天下忠臣义士讨贼,擒贼平叛者封侯! 令南赣巡抚王守仁、湖广巡抚秦金发兵南昌平叛。最后,谋反大事,大逆不道,朝廷要命将出师,发出天兵,征讨叛贼。"

杨廷和点点头,觉得意犹未尽,说道:"大司马胸有韬略,就请大司马率师出征吧!"杨廷和和梁储、蒋冕、毛纪彼此交换眼神,三位阁老个个点头认可。

王琼无可无不可地说道:"只怕路程遥远,天兵未到南昌,叛贼已经覆灭。"

杨廷和说道:"该做的必须要做。我们奏请圣上裁定吧。"

正德在豹房正与刘良女厮混呢,懒得见人,但是四位阁老和王琼在豹房门外死磨硬泡,不耐烦的正德皇帝干脆和刘良女一起接见四位阁老和王琼。

正德皇帝去年在山西视察,在晋王府看演出时,看中了晋王府的一个乐女,此女四十岁出头,没有名字,因父亲叫刘良被人称为刘良女。刘良女与正德皇帝梦中的母亲长相气质吻合,被正德皇帝带回了豹房。正德听信了宫中传言,传言说正德是京郊一家菜户女儿生的。正德皇帝昵称刘良女为良良,跟前的太监宫女错听为娘娘,于是刘良女就成了娘娘。正德皇帝将错就错,有时候喊良良,有时候喊娘娘,有时候干脆单叫一个娘。

磕罢头,杨廷和看着正德身边的刘良女,沉默不语。刘良女起身打算离开,正德一把拉住刘良女,对杨廷和说道:"杨首辅,说吧! 什么事,这么急着一定要见朕?"正德看到杨廷和手里拿着的奏章,说道,"送一份奏章还劳四位阁老的大驾吗?"

杨廷和说道:"圣上,紧急贼情,宁府起兵谋反了!"

正德一愣,只愣了一瞬间,突然一拍龙榻的扶手,欢叫道:"太好了! 太好了!"嘴里叫着,脸上乐开了花。

这一声叫好,把四位阁老和王琼叫得莫名其妙,连他身边的刘良女也一脸惊诧。

莫名其妙的四位阁老和王琼只听正德叫道:"朕正好南巡!"正德脱口而出后,意识到了自己的失态,马上改口说道:"哦,朕将统率六师出兵平叛!"

正德真心实意地欢喜着,他终于有南巡的机会了,不仅可以南巡,南巡玩乐中还可以顺手牵羊,擒获谋反的这个远房叔爷。几年来他玩够了山西、陕西、甘肃,要去江南换换口味,二月份就计划南巡,却被一帮死脑筋的读书人谏过来谏过去,杖罚了一百二十六人,杖死了十一个,硬是吓不倒这帮人。为了游玩,杀这么多忠臣,败坏了出游的兴致。现在好了,这个宁王送给自己一个南巡的机会。真是个好机会! 正德喜欢打仗,一直梦想着有朝一日立下像太祖爷和成祖爷那样的盖世战功,却一直找不到机会。应州大捷,什么大捷呀?自己最清楚,自己差点做了俘虏。鞑靼敌寇太凶悍,倒是这位宁王,打败他,小菜一碟。预计这次立功,应该是实实在在的战功了,不用造假了,可以青史留名了。

正德皇帝要御驾亲征?这是不是变相南巡?南巡还不要紧,要御驾亲征,万一有个闪失,天下无主怎么办!刚刚起身的四位阁老和王琼再次跪了下去。杨廷和劝道:"臣请圣上三思……"

正德皇帝笑着说道:"好好!杨爱卿,诸位爱卿,朕要三思,三天后决定!下去吧!"

七月十六,正德皇帝自封总督军务、威武大将军、总兵官、后军都督府大都督、太师、镇国公,命太监张永、张忠监军,带着因为应州大捷战功被封为伯的平虏伯江彬、安边伯许泰、都督刘晖,督率一万京军和边军,南下平叛。杨廷和、毛纪和王琼留守北京,梁储、蒋冕以及户部、兵部、礼部各一位侍郎随驾。皇帝朱厚照不仅自降身份为镇国公,连名字也改为朱寿,圣旨不叫圣旨,叫大将军钧帖;随驾的江彬、许泰、刘晖以及锦衣卫千百户都改姓了朱,成了皇帝的干儿子和干孙子。朱彬被任命为总督军务威武副将军,与朱寿一正一副。在朱厚照看来,是一个正将军,一个副将军;在江彬看来,是一个正皇帝,一个副皇帝。

皇帝御驾亲征是天大的事,礼部要筹办一系列的仪式,皇帝要亲自大阅兵,祭拜天地、太庙、社稷坛、旗纛神、火炮神,等等。太祖爷留有祖训,禁止皇帝随意出游,因此在正德以前,没有供皇帝显示皇家气派的战船和游船。因此,工部只好加班加点,不分昼夜,赶造御用战船和游船,一直拖到八月二十二,大军才出北京。两杆杏黄大旗,一面是一条飞龙,一面是"镇国公朱"。

太监张忠,为了显示和正德皇帝的亲密关系,请求大军绕道自己老家霸州。八月二十六,他在老家风光地招待正德皇帝。刚刚吃过晚饭,正德皇帝打了一个哈欠,张忠、江彬知道正德这是要上床睡觉了。张忠正要送正德去就寝,一个小太监进来通报道:"张公公,江西公差,说是来送捷报的。"

张忠道:"拿进来!"

　　张忠接到手里一看,是《江西捷音疏》和《擒获宸濠捷音疏》,看看日子,是七月三十发出的。张忠不敢怠慢,马上呈递给正德皇帝。正德皇帝懒洋洋地展开,一看标题,脸上露出了惊喜,最近做梦一直想要收获平叛战功,所以对"捷音"和"擒获宸濠"这样的字眼很敏感,但是脸上的惊喜很快消失了:这个捷音和擒获宸濠不是自己的战功。刚刚坐直身子的正德呼地一下靠到了椅背上,皱着眉,一脸落寞和无奈。战功成了黄粱美梦,好不容易得到的南巡机会突然间失去了借口。会不会是错觉? 正德皇帝又坐直身子,吩咐道:"张伴当,念!"

　　张忠每天最重要的功课就是察言观色,正德脸上的失落,早被张忠看在眼里。张忠捧起正德随手丢在桌面上的奏疏念起来,边念边偷眼观察正德,只见正德的眉头越皱越深。旁边的张永和江彬提示道:"张公公,念主要的。"

　　张忠快速浏览着两份奏章,最后说道:"大将军爷爷,两份奏疏两句话,王守仁七月二十收复南昌,七月二十六擒获宁王。"正德皇帝紧锁着眉头,有气无力地说道:"擒获了宁王? 这个王守仁!"

　　江彬顺着正德的思路说道:"这个王守仁,存心跟大将军过不去!"

　　许泰说道:"大将军,擒获了宁王,叛党逮完了吗? 就没有漏网的?"

　　正德脸上又现出了惊喜,他坐直了身子。

　　张忠现在琢磨明白了王守仁擒获朱宸濠对自己意味着什么:自己过去拿过朱宸濠的钱,还给朱宸濠写过感谢信。王守仁搜查宁王府,会不会搜到自己的亲笔信? 想到这里,张忠身子一激灵,眼珠一转,对正德说道:"万岁爷,据可靠消息,王守仁这两年在江西,与叛王勾勾搭搭,他擒获叛王? 这是听说大将军要亲征,他怕露馅,才……"说到这里,张忠自觉这个说法不符合逻辑,王守仁擒获叛王时,正德亲征的消息还没传到南昌,张忠改口说道,"这个王守仁,大将军刚刚上马,他就与大将军作对。"张忠观察着正德的脸色,见正德喜欢听这样的话题,接着说道,"王守仁说要亲自来北京献俘,那大将军还亲征什么?"张忠拾起奏疏,指着最后部分说道,"大将军,您听听,'尤愿皇上罢息巡幸,建立国本,端拱励精',这个王守仁,连报捷还捎带着讽刺大将军。"

许泰说道:"依儿臣看,应该把朱宸濠,呸,他也配姓朱,应该把狗宸濠放回鄱阳湖,让大将军亲自擒获。"

正德闻言很开心。

张忠马上说道:"对对!要等大将军爷爷亲自擒获叛王!"

江彬说道:"依儿臣看来,这份奏疏暂时不能公开。"

正德眼含向往地说道:"朕还真没去过大江大河,没见过大湖大海,更没有在水上检阅指挥过军队。皇儿所言极是,叛军一定有漏网的,叛党都是宗亲,有妃嫔,有郡主,有县主,王守仁一个外人将他们押送来京,不合礼制。这样,张伴当,你带两千人,走运河,经杭州,去南昌,沿途封锁擒获叛王的消息,传朕的旨意,不准献俘,要等朕亲到南昌擒拿。你还当小心观察王守仁是否有异心。张忠、朱泰,你二人充作先锋,走长江水道,速去南昌,擒拿漏网叛党,迎接朕躬大战鄱阳湖!两路并进,阻止王守仁进京献俘。"

第一百二十七章　忠心仁政　不听乱命

南昌德胜门是义军的凯旋门。城内城外、门里门外，都是欢迎义军的人群。

欢乐总是短暂的，人祸刚刚结束，天灾接其踵而至。七月初，王阳明在吉安接到吉安府旱情报告，吉安府九县普遍遭受旱灾，从三月至今没有下过一场透彻雨，禾苗不等抽穗就已经枯死，夏粮绝收。江西全省，除南康、九江、南昌外的其他十个府，壮年男人都被赶到了平叛的战场上，胜利归来时，他们要面对的却是空荡荡的谷仓。朱宸濠作乱时为了收买人心，许诺免一年的税粮；平叛前，王阳明为了招募义士，承诺上奏朝廷，减免税粮。刚刚从战场上归来的王阳明必须考虑全省人民的吃饭问题。十三个府调研下来，旱灾蔓延全省。七月三十日向朝廷报捷的同时，王阳明上奏了一份《旱灾疏》，申请户部减免正德十四年的税粮，劝请皇上裁减冗员、废止无谓的赏赐、停止不必要的军事行动。

大乱之后，百废待兴。八月初一，王阳明召集谢源、伍希儒、伍文定、邢珣、徐琏、戴德孺会商。王阳明说道："谢道长、伍道长、各位府台，承各官同心协力，平叛大事宣告结束。本院和谢道长、伍道长，都仅是路过江西。四位府台，这次平叛中，你们冲锋陷阵，都是首功，本院已经在捷报中奏明朝廷，请求朝廷论功行赏。平叛大功，按照惯例，历来是重赏。将来各位府台职位上有什么变动，还不得而知。但是，变动之前，希望各官尽心尽职，一起稳定乱后的局势。本院宣布几件事情：第一件，平叛各官加紧统计战功，以便谢道长、伍道长尽快回京复命；第二件，六月份，本院就奏请朝廷尽快任命三司官员，至今没有接到圣旨，三司衙门不能没有官员值守,就让各官戴罪暂时留任;第三件,叛军中投降的胁从人员,不如充实到南昌两个军卫。各位看看,还有什么要会商的?"

戴德孺说道:"王都堂,两位道长,南昌看来已经稳定,敝府各官如今都在南昌,府事已经搁置了半月多,您看?"

王阳明说道:"各位府台暂留南昌,协助本院稳定地方,各府可以派回属官,回府处理积压政事。"

八月十六,王阳明接到六月以来的第一道圣旨,是七月十三王琼和四位阁老议定的平叛部署。王阳明展开圣旨,凑近圣旨,一行行地看下去,看到"守备南京"和"防守浙江"的内容,王阳明脸上露出了淡淡的笑,这都成了正月三十的门神,晚了一个月了。王阳明继续看下去,"王守仁兼巡察江西地方",巡察江西?自己已经先斩后奏了。接下来看到"擒贼平叛有功,封拜侯伯,及升授都指挥、千百户等官世袭",王阳明心里瞬间动了一下,自己可能要当爵爷了,但此念也只是一瞬间的事,王阳明笑了笑,当不当爵爷,这不是自己能做得了主的。王阳明往下看,看到最后,脸上的笑凝滞了,最后一句是"这江西宁王谋为不法,事情重大,朕当亲率六师,奉天征讨,不必命将。钦此"。这句话立马成了一幅浩大的场景:天子出征,兴师动众,几万人马填满了南昌的大小街道,吃空了南昌和江西全省各座谷仓。兵灾后,南康、九江几万户逃难的灾民刚刚回家安生,全省因为旱灾夏粮绝收,靠什么供应几万人马吃喝? 这个念头太沉重,王阳明马上忽略了它。王阳明想:自己的捷报已经发出半个月了,应该快到北京了,皇帝看到捷报,知道叛乱已经平息,应该不会再亲征了。但他转念一想,不对! 春季时万岁爷要南巡,文武百官付出了一百二十六位受廷杖、十一位死亡的代价,才止住了这位喜欢游逛的万岁爷的脚步。为保险起见,还是再上一份奏疏。王阳明很快写就了《请止亲征疏》,内容主要有两条:第一,北京到江西沿途,朱宸濠可能埋伏有杀手;第二,自己将于九月十一起程,亲自前往北京献俘。

九月初六,王阳明接到南康府报告,钦差、提督军务、御马监太监张忠和平贼将军、总兵官、左军都督府左都督许泰的先遣人员已经到了南康。朝廷一定收到了自己的捷报,那为什么张忠和许泰这些皇帝的宠臣仍然执意要来南昌?来者不善!天下官场都知道江彬、许泰、张忠的老底。眼下权力最大的江彬靠枉杀蓟州一家无辜百姓二十六口的军功升官。三个人都因为虚假的应州大捷得了伯的封爵,太监张忠碍于身份,把爵位赏给了自己的两个兄弟。三个人都是打仗的受益者,他们喜欢打仗。叛军已经覆灭,他们打谁?他们杀谁?最大的可能是枉杀无辜。王阳明想到这里,马上吩咐道:"来人,请伍府台来议事。"

伍文定来到宁王府承运司会客室。没有寒暄,王阳明直接说道:"伍府台,本院定于本月十一准时起程,亲自押送叛党赴京献俘。"

伍文定问道:"王都堂,十一日起程是不是有些仓促?"

王阳明说道:"只有加紧办。南康府报告,皇上亲征大军前锋先遣人员已经到了南康。"看着伍文定一脸吃惊,王阳明继续说道,"战乱加上旱灾,江西老百姓经不起折腾了。叛党只要出了江西地面,就没有了大军前来江西的借口。"伍文定点点头。

王阳明继续说道:"这几天,本院要陆续派人北上,沿途迎候北军,说明叛党已经全部擒获,叛军已经全军覆灭,劝请北军回师北京。伍府台,这里的事靠你了!"

伍文定一脸凝重地说道:"请王都堂放心前去,下官一定尽心尽力!"

十一日,王阳明亲自押送叛党上路了,押送官员有:抚州知府陈槐、袁州府推官陈辂、进贤知县刘源清、安义知县王轼、广昌知县余莹、赣州卫指挥佥事孟俊、永新千户所指挥同知高睿、赣州卫千户刘镗、吉水县退休县丞龙光等。其中,高睿和永新县儒学训导艾珪分管王阳明的护卫和文书出纳。叛党包括朱宸濠、朱拱桳等宁府宗亲十四名,刘吉、屠钦等重犯六十七名,宫眷四十三名。

二十六日,一干人等到了广信府地界。

在广信葛阳驿宿营地,守护王阳明门禁的领兵官高睿亲自进来禀报:"王都堂,有南昌来的锦衣卫千户,说是受钦差、提督军务、御马监太监张公公和钦差、提督军务、充总兵官、安边伯朱爵爷的差遣,前来知会王都堂。"高睿说着,呈上两份公函。

王阳明打开公函,先看到安边伯许泰的手本,上面开列着详细的名头:钦差、威武副将军、提督军务、左都督、充总兵官、安边伯朱泰。公函的内容是:

> 秉承总督军务威武大将军朱钧旨,着提督南赣等处地方军务右副都御史王,押送叛党宸濠等回转南昌,就地审查叛党。

第二份是太监张忠的照会,内容比第一份严厉:

> ……在押妃嫔都是宗室眷属,竟然不通过内臣押解,一旦在途违犯名分,玷污名节,谁能负得起这个责任? ……着右副都御史王将在押叛党重犯留在南昌,听候审查。

皇帝去年在宣府自封为"总督军务、威武大将军、总兵官、镇国公",放着皇帝不当,偏要自降身份,此事很荒唐,但是今天正好可以利用这个荒唐做做文章,自己是钦差,只听皇帝一个人的,没必要听一个大将军的。王阳明吩咐道:"准备笔墨。"

艾珪马上研磨。

高睿躬身小声说道:"回禀王都堂,这位锦衣卫老爷透露,万岁爷要在鄱阳湖打水仗,要学当年太祖爷大败陈友谅的阵势,说太祖爷当年二十万人马,打败了陈友谅六十万大军。钦差督促王都堂回去,放叛王到鄱阳湖,等候万岁爷指挥打仗,万岁爷要亲自打败叛王。"

王阳明对高睿点点头,脸色凝重起来。

艾珪研好墨，王阳明拿起笔写道：

……………

　　本职正在押送叛党赴京献俘的路上，已到广信府地方。叛党大逆不道，是朝廷重犯，不容有丝毫闪失。本职不知道"总督军务威武大将军朱"是何官何人，为慎重起见，需要查询兵部，落实明白，以免放跑朝廷重犯。

钦差提督南赣等处地方军务右副都御史王

　　王阳明同样的内容书写两份，打发了张忠和许泰的信使，之后向兵部发文，咨询总督军务威武大将军总兵官朱、钦差提督军务御马监太监张、钦差提督军务充总兵官安边伯朱，各是何来历。

　　二十九日到草坪驿站，众人刚刚宿营，高睿就进来禀报："王都堂，一位锦衣卫千户，说是奉总督军务威武大将军的差遣，来督促王都堂回转南昌的。"最后高睿小声说道，"这位锦衣卫老爷，比昨天那位更神气，说是万岁爷跟前的！"

　　王阳明沉吟一下，吩咐道："通知陈副宪来！"

　　献俘途中，接到吏部公文，陈槐与伍文定、胡尧元因战功先行升官。伍文定升江西按察司按察使，陈槐升按察司副使，胡尧元升瑞州知府。

　　陈槐进来后，王阳明吩咐道："陈副宪，锦衣卫信使，本院委托你出面接待。"

　　陈槐已经知道了这个锦衣卫千户的来历，他面有难色地问："王都堂，听说是钦差呀！迎接圣旨，王都堂不出面，这，合适吗？"

　　王阳明严肃地说道："不是圣旨，是威武大将军钧旨。军令紧急，陈副宪出面接待，本院准备回函，早些打发信使回去复命。"

　　陈槐问道："请示王都堂，奉送锦衣卫老爷程仪多少？"

　　王阳明张开一个巴掌。

　　陈槐问答："五百两？"

王阳明皱着眉,斩钉截铁地说:"五两!"

陈槐张了张嘴,见王阳明已经着手回函不再理他,只好怏怏地出去办差。

陈槐出去接待锦衣卫千户。

总督军务威武大将军钧旨命令王阳明通知江西三司衙门、各府、各卫、各所、各县、各驿站,做好迎接平叛京军和边军的准备,叛党在南昌拘押,等候总督军务威武大将军查办。

王阳明在回函中不厌其烦地简述了平叛的经过和结果,说自己正押送叛党重犯赴京献俘,已经到浙江地界了。写罢回函,王阳明把信笺摊在桌子上晾墨,看着回函的内容,王阳明心里很沉重。这份信笺太重要了,信里面寄托着王阳明说服皇上结束亲征的愿望,寄托着江西六百多万老百姓免遭又一次兵灾的愿望。全省一百多万个家庭夏粮绝收,自己这颗仁心却长不出来一粒粮食,秋粮接不上顿的时候,怎么办?饿着肚子的老百姓,拿什么供应几万军队的吃喝?除了卖地卖儿卖女,还能怎么办?结果无外乎逼上梁山,打家劫舍。强盗与官府是天生的对头。自己能昧着良心镇压饿着肚子的强盗吗?满地都是强盗的话,靠谁去杀强盗?唉!王阳明叹了一口气。丰城遇险时没有现在的心情沉重,大战在即时没有现在的心情沉重,对付强盗,对付叛王、叛军,斗的是智、是勇、是力,自己能做到举重若轻,上万人的强盗,几万人的叛军,自己也没有似现在这般心情沉重。想到这里,王阳明心中很苦涩。豁免税粮,赈济活命粮,避免江西百姓再一次遭受兵灾,自己无能为力,有能力有权力的只有一个人,那就是至高无上的万岁爷。十几年来,天下都知道万岁爷的脾性,就比如这次亲征,自己七月三十日的捷报,进京送信的千户已经拿回了回执,说明朝廷已经得了捷报。可是,亲征大军还是没有停下脚步的意思。自己一门心思要行仁政,想给老百姓造福。不管是佛家、道家,还是儒家,都劝人清心寡欲,劝人不计较名利得失,王阳明自信已经做到了。自己的文名早就传遍了天下,已经尝过了名人的滋味,不稀罕了;南赣剿匪,立下大功,可谓功成名就,他早就想着功成身退;这次平叛纯粹是一次意外,可是,成功没有带给自己丝毫的喜悦。名利自己可以不计较,这不是还没退休吗?干一天就得负一天的责,眼看着老百姓受罪受苦,自己就不能不计较。计较,却又无能为力。王阳明抬头看见驿站墙壁上来往客人题写的诗赋,心中有了赋诗的冲动,于是和着墙上两首诗的韵脚,一气呵成,在墙壁上留诗《书草坪驿》两首。他将心中的沉重和苦涩,以笔墨注入诗中,泼洒在墙壁上。

第二天,锦衣卫千户来领回执。

锦衣卫千户三十岁出头,面相看起来有些老,脸皮松弛,眼角已经有了皱纹。锦衣卫千户多是赏赐得来的职务,凭的是父兄的战功或者官德,甚至是太监或者宫女亲人的恩典。正德皇帝嘴松,随便赏人当官。锦衣卫的千户百户一下子膨胀到十万人。因为这个出身,又因为锦衣卫千百户太多太滥,在北京这不算个什么官,所以他们多多少少都有些自卑心理。他们每天侍候的都是权臣高官,每天的功课是察言观色,每天的运动是躬身、哈腰、满脸赔笑,每天张口就是卑职遵命。可在北京天天压抑缩紧的心,一出京就格外膨胀,自卑变成了自傲、自狂。礼部礼制规定,千户日常有两个随从,出差公干的话,比平常多两个随从。今天这位千户名叫贾立功,四个随从两前两后,贾千户居中,像坐四抬大轿。他怒气冲冲、威风凛凛地来到王阳明行辕。

王阳明站在中庭,拱着手迎接贾立功。

贾立功挺着胸脯,道:“锦衣卫千户贾某前来求取大中丞的回执。”

王阳明笑眯眯地说道:“锦衣公远来,辛苦辛苦!某早年在锦衣卫狱住了很长时间,与锦衣卫打交道,从来没见过像贾公这样轻财重义的。昨天五两程仪是鄙人的意思,礼轻义重。贾公竟然婉拒,这令鄙人着实惭愧!鄙人别无长处,一笔文章在天下还有些虚名。日后定当为贾公传名!佩服佩服!”

贾立功气鼓鼓地张了张嘴,却无话可说,默默地接过回函,手拿回函拱了拱手,转身而出。

送别贾立功,献俘队伍很快就出发了。

第一百二十八章　闯门拜访　感动张永

　　十月初九,王阳明献俘队伍抵达杭州。钱塘江上,献俘官军和张永率领的两千京军相遇,京军的大船上飘扬着"钦差提督赞画机密军务御用监太监张"的大纛。京军大船塞满了运河口,王阳明率领的献俘船队被阻留在了钱塘江上。

　　来杭州前,王阳明已经知道了大太监张永率领两千京军走浙江水路前往江西。大太监张永,在皇宫,在京师,在天下文武百官中,是一个响当当的名字。张永是诛灭刘瑾的功臣,可以说是天下很多遭受过刘瑾迫害的官员的恩人,自然也算是王阳明的恩人。刘瑾被剐后,张永成了最有权势的太监,其兄弟张容、张富都被封了伯爵。相对于刘瑾,张永算是一个正派人。张永的发迹,起于正德五年甘肃安化郡王朱寘鐇谋反,张永当时是平叛大军的监军,平叛大军走到半路,叛王已经被擒获。张永押送叛王和叛党回京献俘,等于是白捡了一个赫赫战功。王阳明打量着河面,但见窄狭的运河河道被京军大船堵着,他明白这是张永有意为之。于是,王阳明命令船队在钱塘江靠岸停泊,自己带人上岸交涉。

　　张永下榻在镇守太监衙门。王阳明找上门去。镇守太监衙门门前同样飘扬着"钦差提督赞画机密军务御用监太监张"的杏黄大旗,衙门口呈八字形站着八个锦衣卫校尉,领哨的是一位四品衔的锦衣卫指挥佥事。王阳明掏出手本,亲自走上前去,招呼指挥佥事道:"这位锦衣公,烦请通报一声,钦差提督南赣等处地方军务、巡抚江西王某前来拜访张公公。"

　　指挥佥事瞅瞅王阳明身上官常服补子上的孔雀图案,脸上堆着笑,一抱拳躬身说道："请王中丞稍候！卑职这就去通报。"

过了一会儿，指挥佥事出来了，但他脸上没有了刚才的笑容，他冷漠地说："张公公出去拜客未回，请改日再来吧！"

王阳明明白，这是张永拒绝见面。为什么不愿见面？不愿意见面为什么又不放开运河的通道？在广信时，司礼监太监张忠、安边伯许泰派人追要叛党回南昌，是承了正德皇帝的意，正德的意思，自然也就是张永的意思。王阳明盘算着，过不了张永这一关，就过不了运河，过不了运河，北京献俘也就无从说起。皇上已经在路上了，在草坪驿时就听说圣驾已经过了淮安，北京献俘是不可能了。叛党重犯已经出了江西，圣驾还有必要去江西吗？要劝阻圣驾，自己屡屡上奏，根本无济于事，如果能说服张永，说服皇上的心腹……

王阳明沉下脸，对指挥佥事说道："本钦差押送谋反重犯抵达杭州，若有闪失，谁能负得起走脱钦犯的责任？烦请再去通报！"

指挥佥事脸上有些怵，再次进去了。

过了一会儿，佥事出来，苦笑了一下，一抱拳，道："钦差大人，张公公说偶染风寒，不便见客。"

王阳明说道："本钦差奉有敕谕，武官三品以下，有权军法从事。尔等不怕王法吗！"王阳明说着径直往门里走去。八个校尉看着指挥佥事，指挥佥事则看向了别处。

王阳明进了院子，在大堂前高声喊道："王守仁前来与老先生商谈国家大事，为什么拒不见面？"

张永从大堂里快步出来，尴尬地笑着说道："王先生，非是咱家怠慢，实在是贱恙在身。贵乡这天气，秋天就像北京的夏天。"张永作揖。王阳明脸色缓和下来，作揖还礼。

张永说道："王先生，只是没想到咱家与你在杭州见面。屋里请！"

王阳明第一次见张永，但见张永一张不胖不瘦的白净面庞上，两颊拥挤着深深的皱纹,一双眼睛,眼神深不可测,眼角是深深的鱼尾纹。王阳明从张永的眼神中没有看到邪恶,发现的是贪执,是缺少底气的傲慢。内心不强大的人,总是需要外在的装饰。此刻的张永,穿着正德皇帝破格赏赐的大红蟒袍。屋内大堂上摆着皇帝赏赐的一对金瓜、一对金钺,和一枚只有亲王、郡王才能享用的纯金宝印。

进入大堂,张永东面坐,王阳明西边坐。仅从座位安排,王阳明知道,张永还没有过分到不可一世的地步。

王阳明说道:"国家大事,只能与老先生这样深明大义的人商量。"官场惯例,只有内阁阁老等少数朝廷重臣才有资格享用"老先生"这一称谓。张永矜持地点点头。王阳明继续说道:"老先生擒拿巨恶刘瑾,至今为天下人称颂。"王阳明一脸严肃。张永也严肃地点头。王阳明继续说道:"老先生指挥提督宣府、大同、延绥三镇军务,抵御边寇,真乃谋国的柱石呀。"

张永点点头,说道:"说到提督军务,咱家听闻,王先生两年之间剿灭了祸害几十年的山贼,是真正的国家柱石呀!"

王阳明说道:"老先生说到山贼,山贼与山贼也有不同,有些是恶人作恶贼,有些贼,是被逼上梁山的。老先生,江西今年大旱,从三月至今,没有下过一场透彻雨,夏粮绝收,秋粮又种不上,六百多万人已经在饿肚子了。叛军祸乱是人祸,南康、九江、南昌三府老百姓家家流离失所,这才刚刚安定。几万京军、边军如果到了江西,老百姓拿什么供应大军吃喝? 老先生想想,大军进驻会是个什么结果? 百姓只有进山当强盗! 一旦遍地都是饿着肚子的强贼,江西还是朝廷的天下吗?"

王阳明说着,一脸诚恳地对着张永拱了拱手。

张永沉吟了很久,最终说道:"王先生的意思,咱家知道了。咱家此来,并非与王先生争功,实在是为了保驾,现在群小整天围拢在万岁爷跟前,没有出过一个好主意。"

这话张永说得真心实意。在宫里,以前刘瑾是老大,刘瑾被剐后,张永刚刚风光了几天,就被钱宁抢了风头,钱宁能骑马、能射箭、能招揽一帮地痞混混在豹房内舞枪弄棒,讨正德皇帝开心。后来又多了个江彬,江彬本是蔚州卫的指挥佥事,正德六年刘六、刘七祸乱天下,京军镇压不了,只好调边境部队镇压。江彬、许泰、刘晖这伙边境将领,就被正德皇帝留在了身边。上过战场打过仗的江彬,剿匪时脸被箭射过,留下了伤疤,正好被正德皇帝看作英雄;江彬开口兵法闭口谋略,被正德视为军事家;江彬到处抢夺良家女子,让正德天天寻开心,被正德看作知心人;江彬哄着正德皇帝,到边境骑马撒野,在宣府修建行宫,隔绝北京内阁,不理朝政;正德皇帝要亲征,内阁百官苦谏,江彬怂恿正德皇帝,建议劝谏亲征者一律死刑。刘瑾引来了钱宁,钱宁引来了江彬,最后,钱宁背叛了刘瑾,江彬一直排挤钱宁。张永眼见着这些小人胡闹,带坏了正德皇帝,也是急在心里,恨在心头。

王阳明听到张永说群小,心里有底了,他说:"老先生,您有处理甘肃安化王谋反的经验,下官已经把叛王叛党押送来杭州,不如转交给老先生,老先生这就回转北京献俘,大军能不去江西,六百多万老百姓免受兵灾,都是蒙老先生的福荫呀!"

张永沉吟着,摇摇头,说道:"王先生的意思,咱家明白,就是大军不去江西。不过,不能不依着万岁爷的性子。咱家这就奏明万岁爷,说明江西王中丞已经擒获了叛党,清剿了叛军,劝说万岁爷不要再去江西,几万大军到鄱阳湖里,见不着叛军的影子,只擒拿一个朱宸濠,传扬出去,恐惹天下人笑话。"张永看着王阳明,摇摇头,继续说道,"让万岁爷到鄱阳湖里擒拿朱宸濠,是万岁爷跟前的小人出的馊主意。王先生,咱家把你的意思上奏上去,比你上奏要有用些。但是,叛党重犯要随咱家回江西,劝谏是劝谏,万岁爷的成命,咱家要不折不扣地执行。王先生,你有你的难处,咱家有咱家的难处,见谅吧!"

能得到张永劝谏皇上的承诺,王阳明已经知足了。让张永率领这两千人的京军到南昌,看来自己是挡不住了。王阳明说道:"老先生果真深明大义。老先生也领过兵打过仗,知道这成千上万人的生死搁在我们身上的滋味,耗的都是心血,下官这十几年一直在贵州、南赣奔波,已是快熬干油的灯。下官祖母仙逝,家君悲伤过度,卧病在床。下官接到圣旨去福建公干,本想趁途中回家一趟,谁知中途遭遇叛王兴兵谋反。下官只得拖着病体,操持应对,连日大战,令我病势日益加重。到了杭州,得遇老先生,朝廷重犯有了可靠的去处,下官亦可在杭州看病养病。江西,下官就不能奉陪老先生了。"

张永同情地说:"为国操劳,鞠躬尽瘁,王先生这样的读书人,咱家佩服!王先生,咱家字德延,号守庵。以后相见不必客气,可称呼咱家守庵,不用见外。"

王阳明一拱手说道:"守庵先生,江西的事情,下官就拜托老先生了!"王阳明起身,躬身作揖。

张永咧嘴笑了,道:"阳明先生,为国操劳,不是你一个人的事,也是守庵的责任。今天真是幸会!"

张永起身送王阳明,送到仪门才停步。

第二天,王阳明在浙江都司、布政司、按察司三司官员的见证下,把叛党重犯移交给了张永。

第一百二十九章　愁别西湖　泪洒京口

当晚,王阳明入住西湖边的净慈寺。

杭州到绍兴,坐运河夜行船,一晚上可到。王阳明八月二十五上奏《乞便道省葬疏》,打算利用献俘路过杭州的机会,顺便回故里,到奶奶坟上哭一通,给奶奶烧几张纸,顺便看看父亲大人。可是一直没有接到批准的圣旨。过去在赣州时,山高水远,亲人不能相见,愁!如今在杭州,已经到了家门口,还是不能相见,既愁又无奈。

西湖还是十几年前的西湖,人已经不是十几年前的人了,如今,他已是头发胡子灰白,皱纹深深,牙齿松动,建功立业的雄心消磨净尽。文人消愁的办法,一是喝酒,一是作诗。王阳明酒喝了,诗也写了,《西湖》《太息》《寄江西诸士夫》《宿净寺四首》,这些诗每首都在写一个愁字。

王阳明在净慈寺只住了两天,第三天他就起程北上,要拦圣驾。

北上路过京口,王阳明拜访了赋闲在家的老长官杨一清。

江南的天气,十一月还没有丝毫的寒意,杨一清在花园里指挥着工人垒造一座太湖石假山,于是便在花园里接待了自己的老部下。酒桌就摆在一座凉亭下,两个人对坐喝酒。喝着酒,杨一清劝住了王阳明。

第一百三十章　以德报怨　委曲求全

王阳明在京口杨一清府第停留了三天。在京口,王阳明接到了巡察江西的正式任命。于是,王阳明顺着长江水道,于十一月底回到南昌。

南昌已经成了京军和边军的天下,连渡口码头也被边军把守着。章江门外的接官亭下,新任巡按御史唐龙,按察使伍文定、副使陈槐,新任右参政邢珣、徐琏,以及暂时戴罪值守衙门的三司官员都来迎接王阳明。

章江门的把守也换成了边军。王阳明的仪仗队来到章江门前,发现城门楼里的两扇大门只开了一扇,亲兵交涉不下来,来到王阳明轿前禀报道:"启禀都老爷,城门只开一扇,北军老爷说是为了防备漏网的叛党。"

王阳明平静地说道:"一扇门开着,能进去就行。"

仪仗队进了章江门。王阳明的大轿刚出城门楼,只听道路两边响起了整齐有节奏的呼喊声:

> 王守仁,通贼犯,
>
> 勾结叛党要谋反。
>
> 闻听天兵下南昌,
>
> 虚情假意要平叛。
>
> 樵舍逮住同案犯,
>
> 黑吃黑来充好汉。

王阳明掀开轿帘,见两边站满了排成两排的边军,就吩咐停下轿,跨出轿门,向着路边的边军拱手,微笑着说道:"北方来的弟兄们,辛苦了! 本职这段时间不在南昌,没能照顾各位远道来的弟兄们的生活,实在抱歉! 抱歉!"王阳明停步在一位小旗跟前,和蔼地问道:"大兄弟,从北方来南昌,吃得惯吗?"小旗红着脸抱拳躬身说道:"回、回、回禀都老爷,还、还行!"

王阳明笑着说道:"本职刚刚回来,这就吩咐下去,明天就犒劳弟兄们。辛苦了!"王阳明说着往前走去,走着拱着手,笑着,问候着。迎接王阳明的各官也纷纷下轿下马,跟在王阳明身后,各自挤出一丝苦笑,漫步检阅着这些骄横的边军。

被问候过的那个小旗不好意思再呼喊了,小旗领导的十个边军原来的高声呼叫变成了低声哼哼。

边军队列沿路排得很长,后边呼喊声低了,前边仍在高声呼叫:

王守仁,贪污犯,读书升官为捞钱。

闻听钦差下南昌,假装献俘逃浙江。

王府金银搬家乡,婊子门前立牌坊。

王守仁,真小人,不敬尊长违将令。

闻听万岁下江南,做贼心虚怕龙颜。

诽谤圣贤假道学,满口仁义装圣贤。

王阳明一路听着骂声,一路微笑着,一路拱着手,一路问候着。呼骂声一路不绝,走到的地方,面对着微笑的王阳明,骂声就停了下来,刚刚过去,骂声再次响起。

王阳明回到衙门,众官员散去,王阳明留下了唐龙、伍文定和邢珣。三个人就座。王阳明微笑着说道："唐天使，有你在，这里好得多。前些日子，有劳伍天使和谢天使两位过路天使了。"唐龙是浙江金华府兰溪人，比王阳明小五岁，正德三年进士。

唐龙苦笑着说道："王都宪，今天的欢迎阵势也是天下一绝。您这刚刚升任正二品大员的都御史在骂声中正式上任了。这也是没办法的事。您看，这边军人人都戴遮阳帽，由这遮阳帽上就能看出当今天下的权势在哪里，江爵爷遮阳帽上有三支天鹅翎，来南昌的许爵爷帽子上插两支，兵部大司马王晋溪帽子上只能插一支天鹅翎。"

王阳明微微一笑，说道："插不插天鹅翎，插几支天鹅翎，过去没有成法，也就长久不下去。"王阳明说着，转向伍文定和邢珣，说道，"伍臬台、邢大参，这段日子，本院不在，你们辛苦了！"王阳明说着拱了拱手。

伍文定一脸气愤地说："这是群疯狗，乱叫乱咬！"伍文定挺着脖子，右手食指向上一戳，说道，"宁府宗支各郡王、各将军几十人，全被当成叛党押起来了；门头光鲜的有钱人家，大多被当作叛党拘押起来了，花上一半家产，就不是叛党了；鄱阳湖上的渔民，被当叛军砍了头；城外贫户一家家被当叛军砍了头。王都堂，这些贫户，平叛后，都是经过各官审查过的。哦，对了，王都堂，您的学生冀元亨，被从湖广老家抓捕回来，他们说他是叛党，对他严刑拷打，说是要追查幕后主使人。"

听说冀元亨被抓，王阳明脸上的微笑消失了。冀元亨被派到王府劝说朱宸濠，回到赣州后，王阳明派人护送冀元亨回老家避祸。想不到他没有被朱宸濠祸害，反而被这些奸人迫害。

伍文定继续说道："下官也差点被这帮阉人奸臣扣押起来。"然后他一拍椅子扶手，气愤地说道，"真他奶奶的一群疯狗！一个太监，竟然声称是天子弟弟！一个假冒军功的恶棍，竟然宣称是天子干儿子。下官率领三司衙门各官迎接他们，想不到的是，那个不男不女的张某人，当场就号叫着把下官绑了起来。自称天子干儿子的许某人竟然趁我被绑着双手，一脚绊了我一骨碌。王都堂，别怪下官说话粗鲁，你是没受这个气！那个阉货还向我叫嚣，王守仁是大叛党，我伍文定是第二叛党，跑了大叛党，就抓我二叛党！这他娘的什么世道！老子冒着灭族危险，为朝廷保江山，现在自己反倒成了叛党，这才是替真叛党报仇！这才是真他娘的叛党。"伍文定说着，朝唐龙一抱拳，说道，"多亏有渔石先生在！否则，现在我可能与冀元亨一样被关在大牢里。"

渔石是唐龙的号。

王阳明听伍文定骂骂咧咧，刚开始还担心有唐龙在场，会对伍文定不利，原来唐龙却是伍文定的救星。伍文定被打成了奸臣，英雄变成了狗熊，他已经顾不上官场的斯文和体面了。

伍文定对王阳明说："王都堂，咱们冒着生命危险平叛，还怕这些疯狗！我当场就叫骂，他们才是真叛党！王都堂，本来等着你回来做主呢，今天看这架势，你也……王都堂，下官要辞官，我宁愿回家种地，不当这个官了，也不受这份气！"

王阳明微笑着说道："伍臬台，危难才显英雄本色。本院不相信，十万叛军面前横刀立马的松月兄，因为这点委屈就打退堂鼓。你走，我也走，几百万老百姓怎么办？唐天使，现在我们该怎么办？"

唐龙一拱手说道："本使要做两件事。第一件，上奏，促请皇上尽快召回两位钦差，一位张钦差，一位朱钦差，朱钦差也就是许钦差；第二件，三司从逆官员，不再姑息。愚昧无知的小民胁从可以宽大，不予追究；这些读书人，满肚子忠义，吃着朝廷的俸禄，大难当前，没有一点气节，这样的人继续在衙门做官，我替他们脸红。"

王阳明点点头，说道："现在要紧的正如唐天使所言，钦差大军早一天离开，老百姓就少遭一天的罪。唐天使上奏做上面的工作。"王阳明看向伍文定和邢珣，"我们做我们的工作，欲擒故纵，要送京边军，心里可以急，面上不能急，送也是欢送，想办法让他们受感动而离开，让他们自己急着离开，原则是人心换人心。

伍臬台、邢大参,明天开始,布政司衙门置办酒肉,犒劳大军,按察司衙门发布告示,晓谕各家各户,每家只留老弱病残看守门户,青壮年各自离城回乡。既然有钱人家已经被他们搜刮了一遍,面对一座空城,他们再耀武扬威,也缺少了观众,少了人喝彩,少了人敬畏,那他们还有什么趣味再如此作为! 渔石先生、伍臬台、邢大参,我们各自准备吧!”

第二天,王阳明礼节性地拜访了钦差张永、张忠和许泰。张永住在宁王府阳春书院,张忠入住宁王府外的别墅杏花楼。

布政司衙门的犒劳酒肉,京军和边军拒收。

拜访罢各位钦差,王阳明坐轿回衙,走到都司前街,仪仗队和一队京军走了个头对头。这边是巡抚都御史王的仪仗,那边是锦衣卫都指挥佥事朱的旗号。锦衣卫都指挥佥事朱,本姓马,叫马骥,因为是江彬的干儿子,也就成了正德皇帝的干孙子,随之改姓了朱。马骥骑在马上,见到前面的巡抚仪仗队,他故意令一队人马散开,塞满了街道。马骥在马上一声号令,几十人的马队高唱起了这段时间在南昌的军歌:“王守仁,通贼犯,勾结叛党要谋反……”

马骥,都指挥佥事,正三品。按照《大明会典》,三品官路遇二品官,要避在道路一边。可这马骥不仅不避,竟然还堵死了街道。

王阳明眼见这一切,平静地吩咐道:“停下来!”

王阳明跨下车轿,穿过自己的仪仗队,快步走到京军马队前面。他向着马队微笑着,高高地一抱拳。一瞬间,马队前头的官兵停止了叫骂。

王阳明转身回到自己车轿上,吩咐道:“调头,回衙!”

辱骂声恢复了刚才的劲头,顺着街道,欢送着王阳明的仪仗队。

到六眼井巷口,一阵号啕的哭声飘进了轿内:“姐夫,你死在外乡,叫我姐以后咋活呀! 呜呜呜! 姐夫,你这一死,叫我咋向我姐交代呀! 呜呜呜!”

王阳明在车轿中侧耳听,听口音听话音,是边军死了人。他掀开轿帘,见路边十几个边兵围在一起。王阳明吩咐停下车轿,来到边军人群前。亲随在旁边扬声叫道:"提督南赣等处地方、江西巡抚都御史王都老爷驾到!"

十几个边军纷纷戒备起来,虽个个一脸悲戚,但看过来的眼神中充满警惕。边军看了看王阳明,哭的继续哭着:"二舅……二舅,你撇下我姥姥,叫她咋活呀!我可怜的二舅呀!"

王阳明问道:"这是得啥病了? 我来看看!"他拍了拍边上的一个边军,示意让开一些。边军闪开了空,王阳明蹲下身子,左手托起死者的手腕,右手以食指和中指按在死者的手腕上。已经没有脉相了。王阳明摇摇头,对着哭姐夫的那个青年边军道:"听口音你们是宣府兵?"

死者的小舅子点点头。

王阳明说:"离家几千里地呀! 你们此行是为了给朝廷尽忠,也是为了江西老百姓,来平叛的。"王阳明起身,对着死者三鞠躬,道,"这位义士,你勤劳王事,不远千里来到江西,客死在江西。江西巡抚王某心生敬意! 王某要让你体体面面地走!"王阳明出了边军的圈子,高声喊道:"来呀!"

一个亲随一躬身应道:"听都老爷吩咐!"

王阳明吩咐道:"传令抚衙礼房和工房,抚恤这位义士五两银子,再买一口好棺材,安葬这位义士。你就留下帮着处理。"王阳明指向死者的小舅子,吩咐亲随道,"抚恤银子,就交给这位壮士!"王阳明吩咐完毕,向着边军一拱手,感叹着"真是可怜!"之后,他走向车轿。

边军一齐跪地磕头,纷纷喊道:"谢谢都老爷!""都老爷仁义!""都老爷真是好心!""都老爷,您走好!"

十一月十五,是冬至,王阳明颁布了一道告示《告谕军民》:

> ……京军和边军,顾不上家里年迈的爹娘,抛下家里幼弱的妻儿,万里迢迢,一路辛劳,顶风霜,冒暑寒,不远万里来到江西,忠心为朝廷办事。京军和边军,常年奔波在外。加之南方气候潮湿酷热,根本不适合北方人长

住,春天快到了,病疫瘴气快要生发了。江西本地人,不能只抱怨自己遭受惊扰,要设身处地地替京军和边军考虑,这些人背井离乡,撇家舍业,比我们更苦。本地居民,这些日子遭受什么损毁,遭受什么苦痛,事后朝廷一定会抚恤的。目前满城都是驻军,各衙门整天忙于供应军队,没有人力接受词讼,各军民都要互谅互让、息事宁人。本院心有余力不足,通告给各位,请多多谅解。

《告谕军民》贴遍了南昌城里的大街小巷。

第一百三十一章　以智报怨　挫损凶焰

　　冬至是南昌人的很重要的节日，这一天，穷人家也好，富人家也罢，都要祭祖。富人家全族成年男人集中于家族祠堂，给老祖宗磕头烧纸；穷人小户人家盖不起祠堂，有祖坟的就到祖坟，给祖宗坟头上添几捧新土；穷得没有根的人，也要到永和门外公墓园里给先人点几张纸钱；行商、逃荒、躲债流落在南昌的外地人，没有坟头烧纸，只好在城里十字街头，趁夜深人静，在地上画个半圆圈，算是给先人画个临时旅馆，在临时旅馆里烧上几个锡箔大元宝，手头宽绰的人，还要祭奠几杯水酒，供上一碗汤圆。

　　今年的冬至，比往年更显沉重。旱灾要人命，鄱阳湖里有跟了朱宸濠的几万亡魂，南昌城头游荡着被京军和边军枉杀的成百上千的冤魂。这些亡魂和冤魂几乎与南昌所有家庭都有瓜葛。这一天，南昌城内城外，家家有哭声，大街小巷一股股阴风卷扬着一片片的纸钱，不时会有噼噼啪啪的鞭炮声飘出。

　　动静最大的是铁柱宫。巡抚率领三司衙门，在铁柱宫组织全宫道士给在平叛战争中死难的忠臣义士举行超度仪式。灵棚里，孙燧、许逵、黄宏、马思聪的木主排在正中间，有名有姓的死难义士的名字排满了两块大木牌。

　　绳金塔、普贤寺、永宁寺等所有的寺庙，冬至这天，都要洪钟长鸣，接受各家孝子贤孙为先人的祈福活动。

　　全城各个角落，到处都有京军和边军，消息灵通的人正传播着一个消息，布政司冬至有拥军活动，衙门会在各街头巷尾摆设免费香烛纸钱，凭着京军和边军的遮阳帽,可以领取三炷香、两支白蜡和三份纸钱。于是,京军和边军,赶在冬至晚上,在各个十字街头,排着长队等候,要在街口给祖宗画圈烧纸。

过了冬至,漫骂王阳明的军歌没人唱了,街头哼哼的多是北方宣府、大同、延绥、辽东和北京的思乡小调:

………
十一月里雪花飞,
孟姜女万里送寒衣。
………
十二月里忙过年,
杀猪宰羊闹喧天。
别人家小两口多亲热,
孟姜女想汉子又空等一年。

家乡小调加剧了思乡情,南昌的汤圆,京军和边军吃不惯,他们想吃北方人的扁食,想睡北方热乎乎的土炕,想听儿女奶声奶气甜甜地叫一声爹,想给白发苍苍的爹娘磕几个头……

张永到南昌后,张忠的嚣张气焰息了不少,可是许泰是边军,是爵爷,他只接受边军军头江彬的号令,而江彬这个时候远在千里之外的运河上护驾呢。边军竟然不再骂王阳明了,边军竟然这么快就想着班师回朝。过去,许泰一直受人管制,今天难得天高皇帝远,难得江彬不在眼前,他这是第一次当钦差,第一次当威武副将军,几乎成了这里的半个皇帝。有权力就要发挥到极致,他在南昌还没威风够呢,没承想自己的权威竟然遭到了王阳明的软磨硬抗,连边军都快被收买了。许泰觉得应该亲自出马了,要会一会这个不把钦差当回事的读书人。论读书,自己甘拜下风;论武艺,自己可是武状元! 读书人向来臭硬,不拿出来些真本事,他还真不把你当大爷。奶奶的,今天非要当他这个读书人的大爷不可!

每月初一和十五这天,各地学校都要举办射箭活动。

腊月初一,应许泰的强烈要求,京边军和江西衙门举办的射箭比赛在顺化门外的大校场隆重开始。南昌府学、南昌县学、新建县学三个学校往年在各校射圃举办的射箭活动统统搬到了大校场。钦差太监张永、张忠,巡按监察江西御史唐龙,三位作为皇帝的代表,尊贵地端坐在观礼台上,既是观礼嘉宾,又是名誉裁判。在王阳明的坚持下,江西三司衙门属官和府县学校学生作为东道主,各自列阵在大校场东侧,京边军作为客军,分别列阵在大校场西侧。

在张忠和唐龙的安排下,双方精心挑选过的低级军官和秀才们,两两编组,已经进行了捉对比赛,成绩自然是军人完胜秀才。高级官员的比赛,在按察使伍文定和锦衣卫都指挥佥事马骥、参政徐琏和左都督刘晖之间展开,成绩是军方全胜。

南昌左卫和南昌前卫两卫军人,都跟着朱宸濠成了叛军,江西都司戴罪当值的各从逆军官被监察御史唐龙斥退,这次比赛纯粹成了北方军队和江西地方的比赛。两军交战,胜败全在于主帅。最后的决赛,是武状元许泰点名挑战文进士王阳明。

最后比赛的选手身份显赫,一个是钦差、威武副将军、左都督、安边伯,安边伯的爵位超越朝廷九品十八阶所有官阶,左都督是正一品;一个是都御史巡抚江西及提督南赣等处地方的封疆大吏,正二品。监察御史唐龙走出座席,到前台充当司箭官。远处的箭靶也及时地做了调换。刚才秀才们射箭的靶子是白布靶子;九品到六品官射箭用的靶子为黑白二色,装饰有狐狸头;五品到三品用的靶子为黑白红三色,装饰有米粒头形;现在要换成红白青黄四色、装饰有豹子头的靶子。射箭的距离增加了十步,是九十步。

唐龙走到射箭台中央,高声喊道:"恭请钦差、威武副将军、安边伯朱爵爷,恭请都御史巡抚江西、提督南赣等处地方王抚台登台!"

随着唐龙的喊声，许泰从西，王阳明从东，各自在南昌县学和新建县学教谕的迎送下，登上射台。许泰头戴遮阳帽，帽顶插有两支天鹅翎，身披亮黄色罩甲，踌躇满志。许泰和王阳明走到相距两步远的距离，各自当胸抱拳，王阳明躬身，脸上挂着淡淡的笑意，口称："朱爵爷，若论射箭，本职武艺不精，既承爵爷美意，就请朱爵爷指教了！"许泰下巴上扬，上身后仰，眯着眼乜斜着王阳明，眼神里藏着讥笑，说道："王抚台，朝廷规定，射箭技艺并非天下武官的专利，本爵闻听王抚台文武全才，战无不胜，是射箭的好手，就请王抚台指教了！"许泰满心兴奋，他看王阳明的心情，就像埋伏在陷阱后的猎人，正按捺着激动的心情，眼看着懵然无知的猎物一步一步地走向陷阱，结果早已经预见到了，就等着兴奋的欢呼了。

唐龙向两人各自一揖，说道："朱爵爷、王抚台，且容本司箭官试射！"

王阳明和许泰各自说道："有劳唐道长！"

唐龙取下弓箭，左手执弓，右手持箭，跨步向前，脚尖与白线取齐，调整身心，静心运气，连发四箭。只见靶子后边的掩体里钻出四个人，各自举起了红旗、白旗、青旗、黄旗。红旗意味着射中靶心，白旗是偏西，青旗是偏东，黄旗意味着射到靶子外了。

京军和边军队伍中爆发出了哄笑声。

许泰看着四色旗子，嘴唇不由得撇了起来，脸上挂着冷笑。

王阳明说道："朱爵爷，书生射箭，好比武将执笔，各有所长。天下难得像朱爵爷您这样，世家出身，天子钦点的武状元。您邀请本职射箭，无须比赛，结果已经可想而知。"许泰是江都人，父亲许宁官居都督，许泰世袭为羽林前卫正三品指挥使，中武状元后升从二品都指挥同知，后来调宣府守边，在剿灭刘六、刘七的战争中有功有过。

许泰得意地笑着说道："王抚台是明白人，不管是剿匪战，还是平叛战，都有很多偶然性。有时候，瞎猫也能撞着个死老鼠！哈哈哈！"

唐龙回转身，抱歉道："朱爵爷、王抚台，本使日久手生，让你们见笑了！好在今天的主角是朱爵爷和王抚台。朱爵爷、王抚台,请选箭试射!"

王阳明做了个请的手势,请许泰先选,等许泰拿起弓箭,王阳明也手执弓箭。

许泰往前一站,艺高人胆大,不做丝毫准备,随手张弓射箭,四支箭的成绩,三面小红旗,一面白旗。

京军边军席上一片叫好声。

该王阳明试射了。王阳明往前一站,调整身姿,平心静气,试拉弓弦,弓太硬,拉开不太容易,拉开又拉不满,为了拉满弓,王阳明弯腰把弓背抵住地面,使劲拉扯着弓弦,终于把弓弦拉满了。王阳明放下弓,把箭别在腰间,站直身子,张开两臂,来回向外画圆,活动着发酸的两只胳膊。活动罢胳膊,王阳明踩齐白线,做了几个深呼吸,一鼓作气,连射四支。结果出来了,一面红旗、一面青旗、一面白旗、一面黑旗。黑旗意味着箭还没飞到靶子跟前就落地了。

军人队列里有人哄笑有人惋惜。

许泰看到黑旗,终于没有憋住哈哈大笑起来。他笑着说道:"比赛射箭,好像是本爵欺负你们。今天如果不比赛,天下还真以为书生能打仗。由此可知,军爷们不来南昌,地方能安靖吗?"

唐龙既惋惜又多少得了些安慰,朝许泰礼请道:"试射已毕。现在进入正式比赛,请按照鼓点发箭。鼓乐准备!"

随着鼓点,许泰一步跨向白线,不假思索,随手一拉弓弦,眼睛不看靶子,却瞥向王阳明,眼神中含着挑衅、示威、卖弄和轻蔑。许泰心说,与你这样的书呆子比射箭,就是闭着眼也照样赢,现在就让你瞧瞧朱爵爷是怎么射箭的。许泰随手放箭,第一支单发,后三支连发。四支箭射完,许泰捋着胡子,得意扬扬地退向一边。看着靶子跟前的小旗,许泰高兴得嘴巴都合不上了:一面红旗,三面青旗。

王阳明站在白线前,静静心。从小到大,王阳明一直喜欢射箭,士大夫要熟练掌握礼、乐、射、御、书、数,射箭是对自己起码的要求。在贵州、在庐陵、在北京、在赣州,他书房里三件必备之物,一是古琴,二是宝剑,三是一副硬弓。每天的功课,是拉射三五十把,这么做的目的正是为了避免唐龙刚才说的"日久手生"。礼、乐、射、御、书、数,按照孔老夫子的学说,要一以贯之,就是用"一"把六艺贯穿起来,一是什么?就是一心。比如射箭,武夫把它当作体力活动,读书人还要借它修心养性。干什么能离开心性?这也正是王阳明心学的核心。

功夫在日常,可以备而不用,不能等到用的时候却没有。南赣剿匪连战连捷,南昌平叛,这一系列的战役,没有用上王阳明的射箭功夫。想不到,它在今天派上了用场。

王阳明的两臂随时可以拉开这张硬弓,刚才的前戏只是表演给许泰看的。现在不用表演了,王阳明搭弓射箭,嗖、嗖、嗖、嗖,四支连发。很快四面红旗举了起来。

大校场上东边的秀才们欢呼起来,西边的京军和边军沉默了一会儿,也只是一会儿,随即爆发出了雷鸣般的有节奏的欢呼:"都老爷神箭手!都老爷神箭手!都老爷神箭手!南昌有个都老爷,菩萨心肠神箭手……"

许泰脸色铁青。

张永对张忠笑着说道:"张兄弟,万岁爷喜欢的就是骑马射箭这些东西。万岁爷要是知道了王抚台这手好武艺,怕是要龙颜大悦了。走,咱家也过去庆贺几句。"说着站起身,离开了座席。

张忠尴尬地张了张嘴,吧唧了几声,最终无话可说,也起身跟在张永身后,走到许泰和王阳明跟前。

张永拱着手说道:"咱家想不到王抚台还有百步穿杨的本事!"

南昌县和新建县县学的教谕托过来酒壶酒杯,王阳明向各位拱了一圈手,手提酒壶,给张永、张忠、许泰、唐龙一一斟酒,说道:"今天承爵爷礼让,成全了本职的面子。感激得很呀!本职备有酒席,张老先生、张公公、朱爵爷、唐道长,请赏光!"

张永说道:"一进腊月,年就近了。宁府府库已经清查完毕,漏网叛军也已清剿完毕,地方大体安靖了。江西今年多灾多难,小老百姓家家都苦巴巴的,咱家亲眼见过路边卖儿卖女的。"张永说着看向许泰,摇摇头,"大军再住下去,怕是要饿肚子了。咱家估计,万岁爷也快到南京了,咱家也该侍候万岁爷去了! 朱爵爷,你说是不是?"

许泰尴尬地笑着点点头。

张永继续说道:"张公公,咱们内臣就是侍候万岁爷的,该去迎驾了,是不是?"

张忠轻轻地点点头。

张永再看向王阳明,笑着说道:"王抚台,你这位神箭手,送行酒,可是不能少的。鄱阳湖的银鱼,咱家还想捎些给万岁爷尝尝鲜,这事有劳王抚台了!"

王阳明拱着手,感激地说道:"老先生、张公公、朱爵爷,你们为江西辛劳了这许多日子,本职今天一定好好给各位敬几杯酒。请!"

第一百三十二章　不白之冤　无缘申诉

　　张忠、许泰赶在腊月初悻悻地离开了南昌。张忠和许泰对南昌一个多月的祸害，远远超过了朱宸濠。冀元亨被他们带走了，说是要继续追查勾结朱宸濠的幕后主使。王阳明要收拾前后遭受了旱灾、叛乱和兵难三重灾害后的烂摊子，山里的强盗再次多了起来，要安抚；冀元亨，一个淳厚书生，因为自己派遣而进出宁王府，如今他成了叛党嫌疑犯，要营救。

　　庚辰年，王阳明四十九岁。

　　年尾年头，小孩子往往为长了一岁而兴奋，有胡子的人却总要为老了一岁而唏嘘。

　　大年初一，大雾锁城，三尺开外，不辨西东；大年初二，大雨滂沱，沟满河平；大年初三，狂风肆虐，树倒房塌。

　　年尾年头，按王阳明的老习惯，他作诗送旧迎新。除夕一天，创作新诗《除夕伍汝真用待隐园韵即席次答五首》，感叹人世艰难：王阳明祈愿，江西的艰难会随着己卯年进入历史。庚辰年新年伊始，三首诗《元日雾》《二日雨》《三日风》，一首比一首写得沉重。老天爷，这难道是个下马威？家家盼着新年新气象，谁能想到开年竟是三连灾！

　　南昌城里户户悲伤多于喜庆。这样的过年气氛，连带着衙门里的团拜会也少了欢声笑语。

　　正德皇帝一路游山玩水，历时四个月，于腊月二十六驾临南京。正德皇帝路过京口时,住在杨一清宅第,他拿出自己一路创作的十二首诗歌给杨一清看。杨一清一边赞美正德皇帝的诗歌,一边劝正德把南京作为自己亲征南巡的最后一站。后来,又经张永劝谏,正德皇帝取消了鄱阳湖大战朱宸濠的战略部署。

初五,王阳明接到圣旨,要王阳明到南京朝见。船到芜湖,船头飘扬着"巡抚江西、提督南赣等处地方都御史王"的仪仗旗帜引来了几艘巡哨船的拦截。巡哨船头飘扬着皇家专用的亮黄彩旗,一艘船头上一面旗子是"干皇孙锦衣卫都指挥佥事朱",另一艘船头上旗子是"干殿下钦差威武副将军安边伯朱"。这样的旗帜他们在南昌见识过。

王阳明的船被迫停了下来。黄表到船头了解情况。前一阵子,黄表、雷济、萧庾和龙光,在张忠和许泰进驻南昌后,成了京军和边军搜捕的对象,四个人南昌不能住,家乡不敢藏,只好各自躲到了亲朋家里。

一艘小哨船靠了上来,船头站着一个锦衣卫千户。

黄表一拱手,高声叫道:"敢问这位军爷,为何拦阻王都堂的官船?"

锦衣卫千户一扬手中的佩剑,喝叫道:"可是江西巡抚王守仁的官船?"

黄表道:"正是王都堂的官船。王都堂奉旨要去南京朝拜皇上。"

锦衣卫千户喝叫道:"那就得罪了! 本职奉钦差威武副将军朱爵爷的将令,在此巡哨,拦截一切可疑人员,保卫南京,保卫万岁爷。朱爵爷明令,江西巡抚王守仁有勾结叛党嫌疑,为了保卫万岁爷,不准王守仁进入南京! 你们请回吧!"

黄表回到船舱,将这话汇报给王阳明。王阳明脸色凝重。参政徐琏不解地问道:"黄秀才,你可曾说过王都堂是奉旨朝觐?"

黄表说道:"回禀徐大参,学生特意说到王都堂是奉旨朝拜皇上。"

徐琏默然了。王阳明沉默了一会儿,吩咐道:"黄秀才,本院奉有圣旨,是不是这位千户听错了将令? 你去找他们长官交涉。"

黄表出来对千户说道:"这位军爷,王都堂确是奉有圣旨。鄙人传达王都堂的意思,能否请贵长官来问问清楚?"

锦衣卫千户说道:"这位秀才,恕本职直言相告,长官是不来这里的。拦截王中丞,本职是奉命行事。本职劝你们还是趁早回头,免得耽误时间。"

王阳明的官船只好泊在芜湖码头,一边派人交涉,一边等候巡哨部队的长官。一连等了五天,毫无音信。一道圣旨,在这些巡哨的锦衣卫和边军面前,竟然失去了力量,成了一张废纸。难道圣旨是假的?还是这些芝麻大的军官狗胆包天?与这些巡哨交涉纠缠,没有丝毫意义,管事的人又见不到,耐着性子又等了两天,王阳明心一横,调头回了江西。

正月三十,王阳明游览庐山秀峰。在瀑布附近的一块石壁上,他意外看到了李梦阳的一首诗:"瀑布半天上,飞响落人间。莫言此潭小,摇动匡庐山。"王阳明由此联想到自己芜湖受阻,心里又沉重起来。年轻时,李梦阳和自己一样都是天下闻名的才子,恃才傲物,性情耿直,太刚易折。李梦阳正德六年到九年在江西按察司做提学副使,在江西,他丝毫不改北京痛打张国舅的脾性,为全省府学、县学的秀才撑腰,阻止秀才们撇下功课,做官老爷们的仪仗队,在接官亭磕头跪拜迎来送往,阻止秀才们跪迎跪送到学校视学的官老爷。李梦阳凭着自己四品官衔,拒绝跪拜七品官衔的巡按御史;收押过仗势欺人的布政使亲信,鞭挞过狗仗人势的淮王府校尉。他疾恶如仇的性格几乎得罪了全省官老爷,结果他被投入监狱,被罢了官,剥夺了官籍。像李梦阳这样的才子怎么会有这样的结果呢?是他太恃才傲物,还是他为人做事太较真? 自己如果当初顺从张忠、张永、许泰和皇上的意思,是不是就不会有今天的一切不顺? 那样的话,自己是成了顺臣,可是江西老百姓就遭大殃了。心情苦闷,王阳明挥毫写下了《游庐山开先寺》。

随行的参政徐琏品读了王阳明的新诗,建议道:"王都堂,既然提笔作文,何不做一篇平叛纪文? 几万叛军,十几天时间灰飞烟灭鄱阳湖,这是天下不多见的奇功。若做文章在此勒石纪念,当是好事一桩。不为炫耀武功,却可以震慑天下存有非臣之心的狂妄。"

徐琏的建议,让王阳明想到了江彬。这段时间天下传闻,威武副将军江彬一路上护持皇上，俨然成了副皇帝，他随意号令天下文武百官，还率领几万边军，沿途祸乱百姓。遇上正德皇上这样的主子，朱宸濠有野心，江彬是不是也有野心？江彬比朱宸濠势力更大，机会更多。王阳明想到这里，叹了口气，点点头说道："徐大参言之有理！"随后，他略加思索，写下了《纪功碑》文：

> 正德己卯六月乙亥，宁藩濠以南昌叛，称兵向阙，破南康、九江，攻安庆，远近震动。七月辛亥，臣守仁以列郡之兵复南昌，宸濠还救，大战鄱阳湖。丁巳，宸濠擒，余党悉定。当是时，天子闻变赫怒，亲统六师临讨，遂俘宸濠以归。于赫皇威！神武不杀，如霆之震，靡击而折。神器有归，孰敢窥窃？天鉴于宸濠，式昭皇灵，嘉靖我邦国。正德庚辰正月晦。提督军务都御史王守仁书。从征官属列于左方。

二月初一，王阳明游览白鹿洞书院。书院已经残破，王阳明吩咐陪游的南康府新任知府刘章修复书院。之后王阳明到东林寺，寻访慧远和尚当年讲经的遗迹。晚上王阳明入住东林寺。暮色中，王阳明漫步在东林寺外，回想起几天里游览过的地方。由白鹿洞想到朱熹，由东林寺想到慧远和尚，南康府星子县更是陶渊明的老家。慧远和尚、陶渊明、朱熹，都是一代宗师。当年慧远和尚用儒家学说解释佛经，成了净土宗的祖师爷。陶渊明辞官归隐，淡泊田园，虽然生活艰苦，身心却是自由的。自己多年来一直向往着陶渊明无拘无束的生活，却一直没有挂印而去的勇气，是贪图名利？还是眷恋权势？辞职奏疏写了一份又一份，是皇上不批准，还是自己缺少一走了之的勇气？自己做不到，陶渊明做到了。慧远和尚一身学问，精通佛儒两家经典，却能躲到深山里头，不问世事，不恋红尘，不慕权势，不屑富贵，自然也就不会为权臣宠臣的嫉妒陷害，自然不会被上位者猜忌。自己一直要做圣贤，充其量也就做到贤人境界。慧远和尚、陶渊明，两位前辈才是圣人气象！

晚上可以思绪飞扬,白天还得照章办事。有江彬这个隐患,说不定哪天自己这个书生又要披上盔甲驰骋沙场。灭了朱宸濠,还要提防江彬。

王阳明到了九江。九江江防重地,怎么会一天时间就被叛军攻陷呢?一念及此,王阳明立刻赶往九江卫,检阅、整备军马。

在九江大校场,王阳明接待了张永的信使。

来人见过礼,被黄表客气地让在了座椅上。身着从九品官服的信使说道:"下官钱秉忠,是顺天府的检校,蒙张公公抬爱,在张公公幕下做些抄抄写写的职事。下官受张公公差遣,前来拜见王抚台,张公公有一事相告。"

王阳明笑眯眯地说道:"有劳钱检校。"

钱秉忠往前探着身子,低声道:"张公公让下官禀告王抚台,万岁爷身边有人多次假传圣旨,传召王抚台到南京朝拜,中途再阻止王抚台。因为王抚台一直没有进南京朝拜,现在他们扬言王抚台要谋反。虽有张公公在万岁爷面前为王抚台说话,但他们仍在鼓动万岁爷传召王抚台。如果王抚台不敢朝拜,这就正好中了他们的诡计。"

王阳明这才了解了情况。上个月在芜湖苦等了七八天,后来又有两次接到召见的圣旨,王阳明也就没有理睬。

王阳明朝南京方向一拱手说道:"多谢张公公!"然后吩咐黄表道:"黄秀才,重谢钱检校!"

与钱秉忠前后脚,传送圣旨的行人到了九江。

捧上真圣旨,王阳明兴冲冲地上路了。王阳明心里想着,等见了皇上,把话说明白了,皇上就不会怀疑自己了,到时任他张忠还是许泰、江彬进谗言,也不怕了。王阳明一行一路顺流而下,七八天就到了南京。

在南京城外的上新河码头,锦衣卫都指挥佥事马骥率领着一队锦衣卫军人挡住了王阳明。

看到王阳明的仪仗旗帜,马骥直接来到船边,朝刚刚踏上河岸地面的王阳明一抱拳，说道："王抚台，一路辛苦了！卑职已经恭候多时了。"

王阳明有些意外，拱拱手说道："幸会！有劳锦衣公了！"

马骥面带嘲讽地笑着说道："王抚台更辛劳，怕是要来回白辛劳一场了。卑职奉命奉告王抚台，万岁爷驾临南京，南京外城内城，城城戒严，外城门内城门，门门封锁。一切闲杂可疑人员，不得入城。"

徐瑄一脸气愤，拱着手问道："敢问马公，堂堂的正二品都御史，怎么就成了闲杂可疑人员？"

马骥乜斜着徐瑄，粗鲁地说道："正二品都御史？宸濠尊贵不尊贵？还亲王呢，照样成了叛党。"

徐瑄皱着眉说道："这位锦衣公，徐某从来没有听过这样说话的！平叛义军的提督都御史，竟然被和叛王扯到了一起。这像不像话？"

马骥一扬下巴，狞笑道："这位参政大老爷，何必揣着明白装糊涂，本职可以明白告诉你，湖广举人冀元亨已经交代清楚，在南昌，他嘴硬嘴紧，他以为自己有后台，他的后台可以罩住他。到了南京，他经不住炮烙，受不了苦，终于开口了，交代了勾结叛党的幕后主使人。"马骥瞄了一眼王阳明，"徐大参，本职可以告诉你，你想进城，请便！至于王抚台嘛，不想连夜赶回去，可以在城外驿站歇一晚上。王抚台，得罪了！听说上个月在芜湖，王抚台想见本职，可惜当时本职正忙着侍候万岁爷。嘿嘿！得罪！本职还有事，失陪！"

徐瑄还要理论，被王阳明以眼色阻止了。王阳明一拱手说道："多谢马公告知，马公走好！"

望着马骥的背影，王阳明轻轻叹了口气，对徐瑄说道："徐大参，犯不着和他辩。今晚就下榻驿站，明天你进城，到鸿胪寺登记挂号，走一步看一步。"

晚上，王阳明没有睡意，他静坐在床上，养神修心。自己本不想立什么平叛战功，可事情赶上了，竟然立下奇功一件。可是明明立下了大功，却要被加以莫大罪名，甚至是谋反这种大罪。静夜中，王阳明轻轻叹了口气。是谁，凭空给自已戴上了这顶叛党帽子？马骥？他只是一个小马仔。是张忠、许泰？经自己观察，这两个人虽然阴险、飞扬跋扈，可顶多算小河沟里的泥鳅，翻不起来冲天大浪。倒是江彬，这个手握重兵，手握天下京军和边军军权的军头，时刻如影随形地跟随在正德皇上身边，皇上北巡、南巡，传闻都是受了江彬的蛊惑。王阳明突然睁开眼，他开始为正德担心起来。正德皇帝身在危险中，危险正来自这个野心勃勃的江彬。听说江彬一路上颐指气使，他羞辱百官，甚至让魏国公魏爵爷长跪赔罪。这是他在为自己立威。用心险恶！要保驾！要保大明江山！应该把江彬抓起来，应该到皇上跟前揭露江彬的阴谋。可是自己能进入南京城吗？自己能见着皇上吗？

第二天，徐琏入城交涉没有结果。留在城外继续等候消息吗？上个月在芜湖空等了七八天，已经有了前车之鉴。马上就回江西？张永说过，这次是真圣旨真召见，万一皇上真召见，岂不白白错过了机会？于是，王阳明安排徐琏留在南京等候消息，自己离开了南京。

第一百三十三章　重登九华　再坐东崖

王阳明要去九华山。

擒获朱宸濠后的几个月,事事不顺。戴着这顶官帽子,不能不考虑老百姓的疾苦,苦在老百姓的身上,急在自己的心头。想退休,想回到会稽山中的阳明洞天,又退不了休。

九华山东崖下满山谷的桃花该盛开了吧?十几年前,在九华山住了半个多月,当时,不是雨天就是雾天,九十九座秀峰九十九朵莲花,没有机缘看清楚看明白。从去年十一月至今,三次往返于长江九华山旁,这次不能再错过了。

九华山第一站还是柯村的柯秀才家。柯崧林在河南周王府当教授,不在家,柯崧林的儿子柯乔二十四岁,是青阳县学的秀才。上一次柯崧林做向导,这一次柯乔做陪游。柯乔的同学江学曾、陶宗道一同陪游。

上一次游九华山,年轻人志向远大,在朝想执掌权柄,想建功立业,想英名不朽;在山想学世外仙术,想当天地间的神仙,想长生不老。这一次游九华,已经年近半百,手握数省权柄,建功立业的滋味已经品尝过了,建功立业并非像甘蔗一样从根甜到梢,并非像西瓜一样甜得圆圆满满,眼下,立大功却惹上了大诽谤,权力的滋味也不过如此,有多大的权力就要操多大的心,就有多大的烦恼。最有权力的是皇上,他想南巡,想亲征,惹得文武百官满地磕头苦谏。自己有权力,江西自己说了算,可是对旱灾,他无能为力;对张忠、许泰祸乱江西,他无能为力;面对诽谤,他更是一点办法也没有。权力和功业,不仅没有阻挡住自己衰老,甚至加速了自己的衰老和病苦。自己一天一天老了,十几年前的小柯乔已经长成了大人。九华山却还是这样年轻,这样花团锦簇,这样不急不躁不忧不愁。苍天不老人易老,人老也只是老的容颜,老的腿脚,老的筋骨,而仁心,是永远不会老的。到了九华山,王阳明似回到了曾经的故乡。一座座山峰,一潭潭碧水,都是王阳明心头的歌,这些歌是无声的,是无字的,经过王阳明的手笔,它们从无形变成了有形,从无声变成了有声,在这里,王阳明写下了许多诗。

王阳明最常去的是东崖。东崖下那个地藏洞,当年那个山洞异僧,那个眼睛炯炯发亮的不食人间烟火的老修行,王阳明现在想告诉他,想提醒他,想指点他,既然是人,不是一撇一捺两条腿就是人,一撇一捺意味着人与人要互相依赖,脱离人世是修不出来最终结果的。

老修行走了,地藏洞里住着一个新修行。新修行法号悟空,已经住洞三年了。

王阳明在东崖岩头打坐。几天来,柯乔、江学曾、陶宗道要向王阳明学儒家的仁心。江家和陶家都是青阳县的名门望族,陶宗道的族兄陶野是县里的医官,他要跟着王阳明学道家养生。山下的石庵和尚跟到东崖,要请王阳明题诗。悟空和尚想听王阳明说一说儒家的仁和佛家的空。于是,三月初三,一场道学讲座在东崖岩头开始了。

这时,崖头下不远的地方,两个锦衣卫百户发觉王阳明在打量他们,就走了上来。

王阳明游览九华山这几天,早已觉察到有两个人一直在远远地跟踪着自己。会是谁呢?是朱宸濠的死党来寻仇?还是与张忠、许泰有关?不做亏心事,不怕鬼拍门,随他去吧。今天他们换上了制服,原来是锦衣卫的人。

一个锦衣卫一抱拳,说道:"王抚台,卑职奉命跟踪您多日了。这几天见王抚台一直在岩头打坐,真怕您一时想不开,翻身跳下去,也担心您失足掉下去。托王抚台的福,卑职也有机会到九华山游览了几天。卑职这就去复命,王抚台除了游览,就是讲学,没有任何不法活动。这几天,打搅了,王抚台!"

王阳明起身,一拱手,说道:"两位锦衣公辛苦了! 这荒山野岭,只能慢待二位了,抱歉抱歉!"

锦衣卫说道:"王抚台,卑职告辞了!"

王阳明说道:"得罪得罪!"

三位秀才这才明白,敢情这几天一直若隐若现地尾随在后边的两个人不是王阳明的保镖。

第一百三十四章　户部追粮　赣江水患

三月初九，在池州，王阳明会同参政徐琏，在池州知府何绍正的陪同下，游览了齐山，之后回转江西。十八日，他在湖口攀登了石钟山。

石钟山位于鄱阳湖湖水入江口处，深绿色的湖水向北过了石钟山，与深黄色的江水汇成一处，东流大海。王阳明站在山头，看着深绿色的清水汇入长江，心里感慨着，湖水就像一个纯真的少年，长江就像眼前俗世的滚滚红尘，多么纯洁的心灵，要么被污染，要么就躲在山涧深谷中，远离人世，可是远离人世，也就不能成人了。好在，不管多么浊污的江水，最终总归要汇入大海。汇纳百川的大海是广阔的。

二十二日，王阳明重游庐山开先寺，二十三日再游东林寺。二十五日，王阳明上奏《三乞省葬疏》。

三月底，王阳明回到南昌。沿途他见到了九江、南康、南昌三府各县，兵灾过后残破不堪的景象，在九华山和庐山刚刚恢复起来的轻松心情再次沉重起来。

王阳明到南昌即召集按察使伍文定和新任布政使陈策，请巡按御史唐龙，一起会商。在漳南剿匪时，陈策是福建布政司左参政，与王阳明相熟。

王阳明说道："唐道长、陈方伯、伍臬台，本院途经九江、南康、南昌各县，沿途所见，民生凋敝。去年一年，全省灾难相连，先是旱灾，接着是战乱，再后是兵灾。数万京军边军吃住一个多月，全省钱粮都被调集到南昌供应军队。南昌府的南昌和新建两县，遭受朱宸濠的盘剥压榨最为严重。去年七月三十，本院上奏朝廷,申请豁免正德十四年的钱粮,至今没有收到回复。去年是缺雨,今年看,立春以来大雨连绵,也不是一个好兆头。唐道长、陈方伯、伍臬台,各位都说一说知道的情况。"

唐龙说道:"王都宪,本使职责督查各官,如今是百姓困苦,这个本使也知道,曾经的富户变成了贫户,贫户,"唐龙叹了口气,"雪上加霜;青年精壮啸聚山林。百姓贫苦,官吏穷苦。安分守法的官吏吃不饱肚子,官吏巧取豪夺,克扣压榨,几乎成为常态。"

王阳明点点头,道:"官吏层层追加克扣,老百姓除了进山,没有别的门路。唐道长、伍臬台,你们调查一下各级官吏的俸禄构成,每月发粮多少?折银多少?在法令允许的范围内适当调整,要让官吏不违法就能吃饱肚子,维护官员的体面。"

唐龙、伍文定点点头。

王阳明对陈策说道:"陈方伯,去年平叛的紧要关头,外省出兵相助的只有福建,虽然走到中途没赶上打仗,几千人的声势对平叛也是一个有力的支持。所以说,平叛胜利,其中也有福建席方伯、周道长、周金宪和陈方伯的功劳。"

陈策拱拱手,表示感谢,继而道:"下官上任江西,这段时间还是在为平叛做善后工作。刚才王都堂您说,去年七月三十奏请豁免去年一年的钱粮,至今没有得到回复。这段时间,朝廷一直在催钱追粮,催粮钦差户部员外郎龙诰龙员外,天天到布政司衙门堵门追逼,追要去年被叛军抢夺的贡粮,追要去年平叛义军挪用的钱粮,追要去年的秋粮,按龙员外合计,全省应交税银三十四万三千两,税粮四十万石。在江西,"陈策扳着指头一一述说,"一、去年旱灾夏粮绝收;二、叛军抢夺糟蹋;三、义军平叛经费挤用挪用;四、几万京军边军供应。四项算下来,官库官仓空了,百姓米缸空了,几十万两银子,几十万石粮食,从哪里来?催粮钦差天天发布牌令,全省大小粮长,怕是杖打过来一遍了。现在是邢大参负责督征全省税粮,邢大参,之前是两鬓斑白,这一个月下来,他的须发已像霜染一样。下官理解邢大参,他是两头受气。老百姓群情激愤,强梁的进山了,老实的一群一群跪在府县衙门前。有的说,朝廷还不如叛王呢,叛王免了老百姓一年的税粮;反倒是官府,说话不算数,当初号召当民壮,当义士,平叛军,承许免粮一年,现在是卸磨杀驴,叛军没有了,免粮的话不算数了。"

听到这里,王阳明手捂胸口,脸上表情痛苦。当初号召和承许免税粮一年的人正是自己,如今,自己成了说话不算数的人,全省老百姓心上的一堆困苦中,也有自己塞进去的黄连。几十年来,自己一直追求一个诚字,不欺人,不欺天,不自欺,想不到现在自己一把胡子了,却成了一个骗人的人;自己几十年来一直追求的仁心仁政,如今却成了空口白话。

陈策以为这是王阳明在为老百姓的遭遇忧心,就继续说道:"下官理解邢大参,官府有官府的难处,百姓有百姓的苦处。当初平叛时,国难当头,生死攸关,催粮征粮高于一切;后来供应几万京军边军吃喝,逼得小户人家卖儿卖女;现在,催粮钦差下命令,一味紧逼,这就好比榨油,起码得有油水可榨,难就难在早就榨干了。王都堂,如此现实,下官很惭愧。下官这是在行恶政呀! 王都堂,下官已经写好了《乞放归田里疏》。"陈策说着,拿起《乞放归田里疏》,起身递给王阳明。

王阳明好像比刚才还痛苦,他眉头紧锁着接过来《乞放归田里疏》,没有言语,只是转过头,看向伍文定。

伍文定说道:"王都堂,下官早就写好了《乞恩准致仕疏》,一直在等您回来呢。不过,下官吃朝廷一天的俸禄,就要为朝廷干好一天的活。下官这段时间一直在清查朱宸濠强买强占老百姓的田产房产。南昌和新建两个县受害最为严重。两个县三分之二的人口,都成了宁府的佃户。下官的意思是,朱宸濠强占的要退还,强买的要清退。这方面遇到的问题是,一些户主不知道是逃走了还是遇害了,找不到人。百姓吃过的亏,得尽量还给百姓。同时,百姓借用宁府的钱粮,也要追还。现在这都是赃产逆产,没收后就成了官府的官产。"

听到这里,王阳明眉头舒展开了,心里寻思着:官产? 官府要这么多财产干什么？各地官田原来是多少？几乎是一半官田一半民田，如今呢，民田五分之四，官田剩了五分之一，什么原因呢？民田有主，每分每厘土地有每分每厘土地的主人。官田呢，说是官田，却不是哪个官员的；说是朝廷的，整个天下都是朝廷的，朝廷哪有闲工夫管这么屁股大一片地方。于是几十年上百年，官田一点一点都被圈进了私田里。

伍文定继续说道："王都堂，南昌、新建这两个县，应该赈济了。赈济一次还不够，还要免粮三年。没有三年时间，老百姓翻不过来身。九江、南康和南昌各县，都应该免粮两年。这些，下官与唐道长沟通过。"唐龙看向王阳明点了点头。

伍文定继续道："民生艰难，民心不稳，过去，赣州和南安民乱，眼下这个势头，怕是要全省大乱了。王都堂，围剿这样的土匪，我们怎么下得了手？即便下得了手，又到哪里召集民壮？与其这样，不如回家，眼不见心不烦。"

王阳明长长地吐了口气，刚才听到伍文定说过朱宸濠的逆产，朱宸濠的逆产现在是王阳明的一剂解药。王阳明说："官民是一体的，是一棵黄连树上的根梢，老百姓苦，官府哪有甜？本院一直以来想退休，想着无官一身轻，远离是非之地。在这一方面，我与陈方伯、伍臬台的心情是一样的。我们都走了，老百姓却走不了。我们都年近半百，做了几十年官，最后竟然是落荒而逃，如此一来，我们一辈子也不光彩。要退休，也要官民两不欠地离开。退休的事，这里先不谈。要做的事，第一件，是向朝廷反映情况，向朝廷争取帮助。应天巡抚李中丞也曾上奏，呼吁朝廷免除江西一年的税粮；南京工科给事中王纪上奏，已经有了成效，朝廷免除了正德十四年以前个别百姓拖欠的税粮。反映和争取，总会有用的。唐道长，我们分头上奏，争取免除去年和今年两年的税粮，你看如何？"

唐龙点点头。

王阳明继续说道："能免除就是最好的结果了。说到赈济，往年，一省遭灾，还可以指望邻省多少伸伸援手。今年看来是没有指望了。近邻湖广、两广连年征战，浙、闽两省连年干旱，南畿供应亲征大军苦不堪言，淮扬、山东、河南，千里饥荒。"王阳明叹了口气,苦着脸缓缓地摇了摇头,"传闻有地方已出现了吃人事件!"话题太沉重,王阳明停顿了一会儿,"最保险的是靠自己。刚才陈方伯说,全省布政司仓库、各府县仓库已经空了。"王阳明话说得慢,显得很吃力,"官府指靠不上。刚才伍臬台说到朱宸濠的逆产,是不是可以考虑,在这方面做做文章,唐道长?"

唐龙一下子醒悟了,他有些激动,双手一拍,道:"哦,这倒是个路子。这能救不少人的命!"

王阳明对伍文定和陈策说:"既然唐道长也同意,陈方伯,伍臬台,你们加紧统计追收朱宸濠逆产。"王阳明对唐龙说:"唐道长,我们分两步走。第一步,争取朝廷豁免两年税粮。争取不到的话,走第二步,本院和唐道长分别上奏,变卖朱宸濠逆产,办纳朝廷税粮。"

唐龙一拱手,说道:"就如王都宪所言!"

陈策和伍文定如释重负,都长长地吁了一口气。

从立春开始的连绵春雨变成了夏天的连绵大雨,去年干旱了一年的江西大河小沟处处水满为患,赣江泄洪不及,开始向堤外冲泄。赣江沿岸各府县遭遇了几十年不遇的大水。

各府县报灾的公文纷纷飞向王阳明的案头。赣州、吉安、临江、瑞州、广信、抚州、南昌、九江、南康,河道溃堤,江西大地成了一片汪洋。

王阳明修了几十年的心再也安定不下来了,几百万人的生命呀!求天天不应,求地地不灵,求朝廷?已经求了很多遍了!万事不顺,只能自责!五月十五,王阳明上奏《水灾自劾疏》,自罪自责,希望启迪一直滞留在南京乐不思蜀的圣上。

自责过后,还得自己干,王阳明又投身到救灾中。

第一百三十五章　通天岩前　揭示良知

六月初,稻熟开镰,新谷入仓,民心思稳。江西的局势稳定了下来。

王阳明动身前往赣州。顺着赣江,一路上,见山朝山,遇庙拜庙,随口吟诗,随手为文。十八日,他到吉安,游青原山,在净居寺,题写了"曹洞宗派"的匾额。离开吉安前,王阳明本着诚信待人的原则,为刘养正过世的母亲题写了墓志,刘养正已死在献俘的路上。船到泰和县,王阳明与在家休假的吏部侍郎罗钦顺讨论学问,解释古本《大学》的完整性。罗钦顺认为王阳明对"格物致知"的解释是顾内不顾外,王阳明解释说心无内外。

王阳明兼任着南赣等处地方提督都御史,到了赣州,他一边督促文化教育,一边检阅军士民壮。在巡抚衙门东侧的射圃,他举办了赣州第二届童子歌诗大赛。在大校场,他教授赣州卫军人演练阵法。

岭北道兵备副使王度、现任赣州知府盛茂、赣州卫指挥使余恩、赣州府同知夏克义、赣县知县宋瑢,陪着王阳明在大校场巡视。军人操演时,王阳明对余恩说道:"余挥使,经过剿匪和平叛两次战争的磨炼,赣州卫军人的素质提高很快。素质是演习出来的,要保持素质,不能懈怠。"

余恩抱拳道:"卑职遵命! 不过,卑职也多一句嘴,王都堂,南赣和江西,在您的治理下,强盗销声匿迹,大山里土匪不见踪影。传闻过去的土匪互相告诫,有王都老爷在南赣一天,他们就是冤死憋死饿死也不再上山当强盗了。卑职大胆说一句,有王都堂在南赣坐镇,我们赣州卫怕是一时半会儿没仗可打了。"

王阳明眼含深意地看着余恩,沉默了一会儿,道:"本院还没那么大的本事。余挥使,军备军备,最好的状态是备而不用。备而不用可以,用而无备,就是失职。"王阳明巡视一下众人,道,"王兵宪、盛府台、夏二府、宋县侯,现在是农忙季节,一过农忙,各县民壮还要继续轮班集中到赣州操练。王兵宪,留心选拔各县的勇士,以备不时之需。"

王度、盛茂、夏克义、宋瑢一起应道:"卑职遵命!"

盛茂,浙江嘉兴人,正德三年进士,字景名,号爱松。夏克义,应天府句容县人,字宜之,举人出身。

王阳明到赣州后,求学的秀才、举人、进士逐渐会聚到了赣州。邹守益、陈九川、黄宏纲、欧阳德、夏良胜、周仲、刘魁、刘寅、王学益等,都来到了射圃。

晚饭后,在巡抚衙门后堂东侧的思归轩,王阳明和各位弟子讨论学问。邹守益小声说道:"先生,学生听王兵宪说,这些天,大校场周围总有几个北方人鬼鬼祟祟地在偷窥。据王兵宪侧面了解,好像是江某人派来的侦探,他们要侦探监视先生的行踪。江某人、许某人用心险恶,先生不得不防呀。"

王阳明听完轻轻点点头,没有言语。

陈九川接着说道:"先生,南京有消息传来,这些人总在圣上跟前造您的谣言,说先生派冀元亨进出王府勾结叛贼,说南昌城破之日先生纵兵烧杀,还说……算了,不说这些了。先生,南赣是您用兵的地方,您现在留在这里,会不会给这些人留下更多的话柄?"陈九川去年春天在北京谏阻正德皇帝南巡,在午门被罚跪五天,遭廷杖后被削职为民。

王阳明摇着手中的扇子,静静地听着,脸上挂着淡淡的笑。

夏良胜见王阳明无动于衷,也开口了:"先生,前天弟子见盛府尊,他也在为先生担心。弟子以为,先生还是回南昌好,免得给人留下口实。"夏良胜是建昌府南城人,字子中,与盛茂是同年进士,去年春天在北京以吏部员外郎的身份谏阻正德南巡,结局和陈九川一样,现在也是老百姓一个。

王阳明停下手中摇着的扇子，缓声说道："谦之、惟溶、子中，你们说这些，我也有所耳闻。"王阳明对王学益说道，"虞卿，后堂书案上有一首新诗，你去拿过来。"王学益，安福县人，举人，字虞卿。

王阳明继续说道："谦虚是好，谨慎过度就变成了拘谨，谨小慎微过度就变成畏首畏尾。拘谨和畏缩，就不是光明正大。心存畏惧！要驱散心中的畏惧。无私就没有畏惧。无私就是心安放得中正，不偏不倚。"王阳明接过王学益拿过来的诗稿，让人传看。诗名为《啾啾吟》：

> 知者不惑仁不忧，君胡戚戚眉双愁？
> 信步行来皆坦道，凭天判下非人谋。
> 用之则行舍即休，此身浩荡浮虚舟。
> 丈夫落落掀天地，岂顾束缚如穷囚！
> …………

弟子们传看着，刘寅和刘魁两个人甚至念念有词。

王阳明道："彦亮、焕吾，各位，这首诗就是我对你们疑虑的答案。这首诗，起头第一个字，是知。一个人有了这个知，就没有了疑惑，没有了忧愁，自然不管路高路低，便都是康庄大道。就像惟溶、子中，过去在朝做官，就一心做好官，眼下暂时无官为民，就安心当百姓。心胸开阔，顶天立地。这用焕吾的表字解释，是身心宇宙通体光明，也是彦亮这个表字的意思。每个人的名字都是修学的法门。法门就是钥匙，能打开心锁，心锁一开，就是身心光明，就是个知。"

刘寅，字彦亮，南安府大余人，正德九年进士，刑部郎中辞职，在家奉养父亲。刘魁，字焕吾，泰和县人，正德二年举人。

弟子们有的惊喜，有的愣神。

邹守益惊喜道："先生，您说的这是《孟子》说的良知呀！《孟子》说，不思而知,不虑而得,不学而能。"

王阳明道:"孟子说的是孟子的,我们要找到自己的良心和良知。这些不学而能吗?"

邹守益问道:"怎么学呢?"

弟子们个个眼含期望地看着王阳明。

这时,一个亲兵小跑进来回禀道:"启禀都老爷,有圣旨到,行人老爷已到提督军务大牌坊下。"

王阳明对弟子们说道:"改天与你们详说。"

行人送来的是钦差、总督军务、威武大将军、总兵官、太师、镇国公朱寿的大将军钧帖,要求王阳明重新上平叛奏章。去年七月三十上奏的捷音疏,距今已经过去了整整一年,这个时候要求重上捷音疏,为了什么?

王阳明人在江西,一直忧心着滞留南京的正德皇帝。宣府、延绥、大同、辽东四镇的几万精兵滞留在南京,北部边防空虚,鞑靼军队正在肆无忌惮地侵略烧杀。皇帝不回去怎么行! 去年,皇帝、张忠、许泰阻止王阳明献俘,目的只有一个——战功。有了战功,圣上应该会班师回朝吧? 皇帝归位,天下太平。王阳明在原捷音疏立功人员名单中,补上朱寿大将军、江彬副将军、许泰副将军、刘晖都督、张永、张忠、随驾的司礼监太监魏彬、随驾的兵部侍郎王宪等,于七月十七上奏《重上捷音疏》。

冀元亨的冤案一直压在王阳明心头。张忠和许泰都如愿以偿拿到了平叛战功,应该不会再纠缠冀元亨了吧? 王阳明给刑部、都察院、大理寺发去公文,解释冀元亨进出宁王府的详细缘由。

江西平静了,接到新上捷音疏的圣上应该回京了吧! 冀元亨的事情也该了结了吧! 现在可以舒心地到通天岩下享受清闲了。通天岩下,避暑是享受,喝酒是享受,讲学也是享受。

中秋节这一天,王阳明在通天岩前的树下开设了讲坛,道、府、县三级官员王度、盛茂、夏克义、宋璐等,弟子邹守益、陈九川、欧阳德、夏良胜、刘魁、刘寅、王学益、周仲等围坐在王阳明周围。

夏天的暑热已经消退,经过一个夏季炎热的孕育,树上各种各样的果实飘散着成熟后的淡淡清香,习习的秋风轻拂。秋天是一个收获的季节,秋天是一个宜人的季节。秋天果实富足,山林中的大小飞鸟吃饱喝足后,也暂停了往日叽叽喳喳的喧闹。通天岩周围是宁静的。

王阳明目光柔和地巡视着面前的听众,与每双眼睛对视。王阳明的目光像阳光一样温暖,却比阳光柔和,比阳光温润,比阳光慈爱;像月光一样清凉,却比月光清明。王阳明的眼神是清澈深邃的,王阳明的身心是宁静的,身心的宁静融入了山林中的宁静和安详。整个讲坛一片舒适的宁静和安详。

宁静中,王阳明轻轻地拨一下琴弦,问道:“大家听到了什么,谦之?”

邹守益答:“琴声。”

王阳明不置可否,等琴声消逝,王阳明再问道:“现在再听听,听到了什么,谦之?”

邹守益侧耳听听,摇摇头,道:“先生,什么也听不到。”

王阳明笑眯眯地问道:“谦之,你是怎么知道什么也听不到的?”

邹守益愣了一下,摇摇头。

王阳明举起右手,问道:“大家看这里,惟溶,看到了什么?”

陈九川说道:“看到了先生的右手。”

王阳明把右手背到身后,问道:“惟溶,现在看到什么了?”

陈九川说道:“什么也没看到,先生。”

王阳明再举起右手,笑眯眯地问道:“大家都闭上眼。惟溶,现在看到了什么?”

陈九川闭着眼道:“先生,什么也看不到。”

王阳明问道:“你怎么知道什么也看不到? 惟溶,看到黑暗没有?”

陈九川回答道:"除了黑暗,什么也看不到。"

王阳明道:"大家睁开眼,跟前有茶杯的,把茶杯举至鼻前闻一闻。焕吾,闻到了什么? 是茶香对不对? 好,放下茶杯,再闻闻,闻到了什么,焕吾?"

刘魁迟疑着说道:"先生,闻到了树上的果香。"

王阳明笑着说道:"捂上鼻子,再闻闻,闻到什么了?"

刘魁说道:"先生,什么也闻不到。"

王阳明笑眯眯地说道:"焕吾,你怎么知道什么也闻不到? 实际上你闻到了,只是闻到没什么味道。惟溶,你闭着眼也能看到,只是看到的是黑暗。谦之,没有琴声,并不等于什么也没听到,你听到了静,是不是?"

刘魁、陈九川、邹守益,各自点着头,大家纷纷点头。

王阳明继续说道:"同样道理,我们晚上睡觉,即便我们睡得再熟,有蚊子叮咬,我们睡着觉也会伸手赶蚊子;睡得再熟,有人一喊,我们也会醒来。我们每人都能听、能闻、能看、能品味、能知觉。这种能力是天生的。我把这个能力叫作知。今天,我们就讲这个知。谦之,我那首《啾啾吟》第一句还记得吗?"

邹守益应道:"知者不惑仁不忧。"

王阳明笑着点点头,说道:"知者不惑,诗句里的知,是没有任何疑惑的知,我们叫它良知;刚才我说的每个人天生能闻、能听、能看、能觉的知,每个人都有,但是并非每个人都能用得来。举个简单的例子,有的人天生敏感,睡觉的时候有风吹草动,立刻就能察觉;有的人天生迟钝,睡着了雷打不动。这是为什么? 宜之!"

夏克义说道:"先生,人上一百形形色色,有聪明的,有愚蠢的。"

王阳明说道:"表面看,人分聪明和愚笨,实际上每个人都有天生的知。就拿蠢笨的人来说,我举个战争的例子,过去江西的土匪怕湖广的土兵,怕两广的狼兵,就是不怕江西本地兵。江西兵笨吗? 赏罚不明的时候是笨;军法从事的时候,还笨吗?"王阳明看向王度、夏克义和宋瑢。

王度、夏克义、宋瑢，这三位参加过战争的人个个点头。

王阳明继续说道："再胆小的人，有时候也能迸发出来惊人的勇气；再愚笨的人，灵光一现的时候，也有出人意料的智慧。佛家把这分析得很明白了。佛家说，天生的知，随着人的出生，被遮上了无明。我们儒家不去讨论这个问题，只直截了当地说学习，学习就为了开发天生的知。天生的知被开发出来，就成了良知，就成了大智慧，写诗作文，下笔如有神；领兵打仗，运筹帷幄，从容自若。心，有人心和道心。人心杂念太多，杂念一多，就像镜子上落上了灰尘；道心就是天理。要恢复良知，就要从人心回到道心。谦之问过，怎么恢复良知。"

王阳明看向邹守益。

王阳明继续说道："《大学》说的'明德'，就是道心，明德的作用就是良知。恢复明德的功夫关键在诚意。"

邹守益有些疑惑，问道："先生不是说过关键在格物致知吗？"

王阳明说："格物，是诚意的功夫。格物、致知、诚意、正心，可以说是一回事。我们今天就从'诚意'说起。我平常反对训诂，是反对钻到故纸堆里出不来，不是绝对反对。'意'字，心上音。既然是心上有声音，声音是听来的，耳朵能听，心能听。"王阳明说着，拨拉一下琴弦，看着邹守益，问道，"谦之，说说这个琴声！"

邹守益沉吟一下，说道："先生拨了一下琴弦，我就想，今天怎么回事，以前先生开讲前都要抚琴一曲，帮助大家静心。今天为啥没抚琴，只是拨了一下。这究竟是为什么呢？"

王阳明笑着说道："大家看，我只是拨了一下琴弦，就引得谦之满脑子联想。任由你想下去，都能写一篇文章了。这就是我们平常的人心。惟濬，你说说。"

陈九川吸取了邹守益的教训，简单回答道："只听到先生拨琴弦的声音。"

王阳明笑着说道："惟濬就比谦之杂念少一些。从一篇文章，或者说一堆思绪简化到了一个概念，就是琴声。"

王阳明说着，再拨一下琴弦，问道："焕吾，听到了什么？"

刘魁立即说道："琴声。"

王阳明再问道："彦亮，听到了什么？"

刘寅答道："琴声。"

王阳明一直笑着，不置可否，问道："谦之？"

邹守益随口答道："声音。"

王阳明点着头，说道："好，杂念又少了一些。谦之的心已能做一些主了，不被声音牵引着跑了。从刚才的琴声简化到了声音。这是进步，但是还要简化。"王阳明说着，再拨一下琴弦，问道，"惟贞，听到了什么？"

王度迟疑着，最后说道："听到了音，王都堂。"

王阳明呵呵笑着说道："惟贞杂念还多。谦之？"

邹守益说道："听到了静，先生。"

王阳明呵呵笑着说道："说到静，在滁州以前，我教人静坐，结果不少人落入枯静中，喜静不喜动，就像山中有的和尚，被空拴住了。后来到南京，我教人日常省察。初级功夫，是教人省察善恶对错；再进一步，要省察念头；功夫再精进，就要省察动静。心定的话，是没有动静可分的。"王阳明又拨了一下琴弦，继续说道，"心静以后，琴声一起，你的心就像平静的湖面，荡起轻轻的涟漪，能很快平复；心定后，连涟漪也不会起了。这些知道吗，惟溶？"

陈九川点点头。

王阳明继续说道："知道不算，要真做到才算数。知行要合一。能做到吗，惟溶？"

陈九川摇摇头。

王阳明继续说道："没有体验过就难以理解。关键是做功夫，从诚意做起，从一个音做起。最后要能做到，不是没有声音，是心不为声音所动，音没有了，能听到音的我也没有了，全消失了，只剩一个明明白白的觉知；继续用功：啊，身心消失了,佛家叫作空,儒家叫作'浑然与物同体',这觉知,这空,这浑然与物同体,就是智慧。"

所有人都凝神听着。

王阳明继续说道:"这个智慧还不是良知。刚才说,山里有和尚被空拴住了,身心空了,山河大地空了,爹娘空了,连走路也空飘飘的。一旦守着个空,一辈子就空过了。到了空,还要继续用功。用功到空也没了。空也没有了,那有什么?就剩下一个觉知,这个觉知就是我们这个身心,身心就是宇宙,宇宙就是这个觉知,觉知和身心宇宙是一体的,这就是一心,这就是一,说一,说一心,都不恰当,就是一个存在。良知彻底恢复了,这个存在就是良知。这个良知明明白白,清清楚楚。为什么说突然?突然觉了,突然空了,突然良知恢复了,为什么?因为这个良知不是我们想能想出来的,这个时候,我们的心已经失去了作用,我们的心中既没有有也没有空,没有了概念,没有了思维,没有了念头,没有了动静,一尘不染,一丝不挂,所以说突然。良知是心的作用,心没有死寂。这个时候,身心逍遥自在,人情味更浓了,这就叫作,走在花丛里,片叶不沾身。一点也不世俗,一点也不市侩,是纯净的人情味。"

王阳明突然停住话头,两手抚上琴弦,恬静地笑着,眼帘微垂,一曲《高山流水》从琴弦上潺潺淙淙流淌出来。

琴声结束,王阳明发觉邹守益眼中的困惑,说道:"看来我说的良知还没有找到知音。下面是良知问答时间,谦之!"

邹守益问道:"先生,来南京之前,您是教人静坐,来南京之后是教人省察克制。刚才您说要恢复良知,我觉得静坐稳妥,只要不死守空寂。不知道这样理解对不对?"

王阳明说道:"对。恢复良知的说法,容易引起歧义,一旦碰到自以为是的人,可能误把人情做人性,可能误把知识做良知。所以,恢复良知这个说法,不如说'致良知'。致良知的核心是诚意,一个诚字,不含一点私意,不含一点杂质,就像刚才说的那个干干净净的镜子。入手功夫是制心一处。怎么制心一处？最简单的办法，可以是数息，就是观察呼吸的出入。把注意力专注在鼻头风门，功夫成熟，身心可以脱落。"

陈九川问道："先生，弟子静坐的时候，看到光，看到鬼神，有人说看到光，就是有功德。弟子心中不敢肯定，请先生开示。"

王阳明不再笑了，严肃地说道："空掉一切，才是智慧。再好看的光都要空掉，功德也要空掉。"

刘魁问道："先生，您刚才不是反对山中有些和尚的空吗？"

王阳明说道："空，也要空掉。良知无知，无知就是良知。人人都有良知。我们首先要相信自己有良知。如果相信我，照着我的方法实践，持之以恒，一定有恍然大悟的时刻。第一次可能是无意闯进去的，多实践几次，慢慢就摸熟了门径，可以自由进入。功夫熟练，时时刻刻就在这个状态中。以前不知道，现在说给你们，知道了就立刻行，知行要合一。"

一直没有开口的盛茂这时问道："王都堂，下官有一事不明，恢复了良知，是不是意味着就成了圣人？传闻圣人无所不知、无所不能，是不是真的？"

王阳明呵呵笑着，对盛茂道："景名，圣人无所不知，也只是知道人心怎样变良知，知道人心什么样，知道良知什么样。要说无所不能，"王阳明指着前方的一棵香樟树说道，"让良知用这棵树做成一套家具，恐怕还不一定比一个普通的木匠做得好。良知只是智慧，不是技术。"

王阳明说着，手抚琴弦，一曲《落雁平沙》传出，飘扬在通天岩前的山林间。

秋天是个好季节，仲秋是秋季最好的一个月，今年的秋天好上加好，闰八月。秋天里，通天岩成了良知的讲坛，成了邹守益、陈九川、黄宏纲、何廷仁、刘魁、刘寅、夏良胜、王学益等弟子习练良知的乐园，成了王阳明传播良知学的乐园。

三月在九华山，与柯乔、江学曾、陶宗道一起游览化城寺时，看到化城寺西边地势平坦开阔，王阳明便盘算着要在那里建一所书院；游览庐山白鹿洞书院时，王阳明心知,书院应该是自己今后的归宿。为什么? 学做圣贤几十年,总算摸着了门道,摸出一个良知。摸索出良知来有什么用? 孔圣人想用良知来置换治国者头脑中的恶知,来仁行天下。最初,他在鲁国碰了一鼻子灰,到卫国又碰上了软钉子,十几年时间,他周游列国,一无所获。孟子接过孔子的衣钵,到各国向诸侯们宣传仁义,也并不比孔子收获更多。倒是朱文公,碰上了同姓的太祖爷,一肚子学问被一股脑地推广到了全天下。王阳明既替孔子和孟子遗憾,他们的学问没有得到大的推广,又替天下读书人遗憾,遗憾他们跟着朱文公将错就错,一个"格物致知",堵住了读书人见识良知的门路。从十几年的经历看,自己一直以来孜孜追求的劝善君上的人生追求,碰上了当今圣上,不仅不能丝毫劝善,反倒落得自己一身的病痛和蒙受如此大的不白之冤。劝善圣上难,善治江西也不容易,自己浑身是铁,又能打几根钉? 要最大化地劝善天下,开坛讲学是最好的途径,通过讲学,自己心中良知的光明,可以像星星之火,势成燎原,引燃天下人的良知。

秋天的林间,枝头缀满累累的果实,柿子红得鲜艳,石榴鼓得饱满,葡萄晶莹剔透,橘子、橙子黄澄澄的,山楂就像满天欢快的小星星。果实熟了,自己学问成就了。

第一百三十六章 良知人少 旧知势众

闰八月里，王阳明上奏《四乞省葬疏》。

九月，王阳明返回南昌。圣旨下来了，免除江西去年一年税粮。老百姓需要的不仅仅是免税粮，还需要赈济。没收朱宸濠的逆产不用替老百姓交税了，怎么能更有益于老百姓呢？南昌各衙门还是平叛后的残破样子，部分逆产可以用来修衙门，官民两利，官府可以住进新衙门，老百姓可以以工代赈，挣到工钱养家糊口。南昌城大兴土木，一业带百业，人人有活干。南昌城恢复了往日的生机。

社会忙活起来后，官员就闲了，就像演戏一样，舞台上热火朝天，正是导演在后台喝闲茶的时候。

南京的消息传到了南昌。南京城里举行了隆重的受俘仪式，皇上率领三军，摆开战场，亲自擒获了卸去枷锁的叛王朱宸濠。余兴未尽的正德皇帝在文武百官固执的长跪下，总算班师返程了。

王阳明的良知讲坛在南昌城开张了。

正德十六年，王阳明五十岁。老传统，新年写新诗，今年新诗是《归怀》：

> 行年忽五十，顿觉毛发改。
>
> 四十九年非，童心独犹在。
>
> ……………

随着连续不断的讲学,在启发弟子的同时,良知学说日益清晰。古人说五十知天命。王阳明现在知道,有了良知自然知天命。回顾前四十九年,用良知的标准一检验,遗憾多于欣慰。遗憾是遗憾,已经没有了内疚。经历的挫折太多了,挫折已经挫不到自己的心了;体验的成功已经不少,成功的时候,心已经可以波澜不惊,即便偶尔稍有一点得意,良知马上告诫自己有成功就有失败,成功正是建立在不敢丝毫得意的基础上。良知的心是一颗富足的心,一颗圆满的心,它不缺少任何东西。但当王阳明揽镜自照,对着自己两鬓的白发,他总会想到父亲,儿子已经衰老了,父亲呢?王阳明不由得想起当年老奶奶挪着小脚执意到码头送行的场景,每想起老奶奶那怅然若失的眼神,王阳明的眼窝总会发热。良知是永恒的,亲人却是会离去的。老奶奶的坟头久未拜谒,老父亲是不是会站在门前张望,期待着父子相见?每逢佳节倍思亲!

三月十四,发生了一件大事,年仅三十一岁的正德皇帝驾崩于北京豹房。正德皇帝临终遗言有:"以前的事都是朕办错了,怨不得你们!"古人说过,知错是贤人,改错是圣人。只是正德皇帝没有了改错的机会。这个遗言给了王阳明良知学一个例证:不管多么荒唐的人,心中都有良知。

利用天下无主的一个月时间,内阁首辅杨廷和联合皇太后,逮捕了江彬、钱宁、许泰,斥退了三万多正德皇帝随口赏赐的锦衣卫各级武官,遣散了十四万多各衙门白吃皇粮的闲人,放逐了豹房内圈养的数千乐女和花和尚,边军被打发回了边境。一个荒唐的时代结束了。继位的是正德皇帝年仅十四岁的堂弟朱厚熜,年号为嘉靖。这个年号应验了王阳明去年正月在庐山题写《纪功碑》中的一句话"以嘉靖我邦国"。新皇帝新气象,各地的匪乱是不是该结束了?天下是不是要太平了?英雄是不是可以回家安居了?

王阳明计划回家了。回家之前,他打算把江西各地的弟子召集到一起,把良知学说正式教授给大家。五月,王阳明移居庐山白鹿洞书院,江西各地弟子纷纷聚集到书院。

正式讲学日选在五月十五。这一天,江西弟子邹守益、陈九川、欧阳德、黄宏纲、何廷仁、刘寅、刘魁、夏良胜、万潮、舒芬、伦以训、魏良弼、魏良政、魏良器、李遂、裴衍、王臣、吴子金等,巡按御史唐龙、按察司提学佥事邵锐、南昌知府吴嘉聪、南康知府刘章,以及从广东赶来的霍韬,还有南康府学的秀才们,一起会聚到了书院明伦堂。

舒芬,南昌府进贤人,正德十二年状元。伦以训,广东南海人,正德十二年榜眼,是王阳明的年侄,其父亲伦文叙,弘治十二年状元。魏良弼,南昌府新建人。十八岁的李遂,丰城人。举人裴衍,新建人。王臣、吴子金南昌人。

南康府学教授蔡宗充主持过开讲仪式后,讲学正式开始。

王阳明开讲道:"今天这个盛会,得益于南昌吴府台和南康刘府台。吴府台有心重修府志,无奈王某精力不济,只好借重年轻人舒国裳、夏子中、万汝信、陈惟濬他们。"舒芬字国裳。舒芬、夏良胜、万潮、陈九川四人人称"江西四谏",前年他们因为苦谏阻止正德南巡,被廷杖,这次他们被王阳明召集在一起,四人重修《南昌府志》。王阳明继续说道:"吴府台提供了机会,刘府台提供了场地,大家共襄盛事。王某只能提供一些自己修学的教训和经验给大家,我走过的弯路,可以提醒大家不再走,我摸索出来的经验,也许可以启发大家。今天要讲的主题是良知,要说的有四点:第一点,良知是千古圣贤心心相传的一滴真骨血;第二点,人人有良知,读书做官的有,贩夫走卒照样有;第三点,怎么致良知,方法得当的话,简单直接;第四点,'良知'两个字,是王某从生死苦难中煎熬出来的。现在我就把这四点具体介绍给各位……"

讲学结束后,王阳明回到山长室休息。蔡宗充兼任白鹿洞书院的山长,这几天他把自己的山长室让给了王阳明。王阳明前脚进门,唐龙和邵锐后脚就跟了进来。

大家坐下后,唐龙关切地问道:"王都宪,讲了半天,没见您喝一口水,如果您太累的话,我们可以明天再来打搅。"

王阳明笑眯眯地说道:"对我来说,讲学是一种享受。虞佐、思仰,有什么话尽管说。"虞佐是唐龙的字,思仰是邵锐的字。

唐龙一拱手说道:"王都宪,说近,咱们是老乡;说远,咱们是同僚。恕我直言,您今天讲的良知学说,我和思仰不敢苟同。"说着唐龙看了看邵锐。邵锐看向王阳明,点点头。邵锐四十二岁,杭州人,正德三年进士。

唐龙继续说道:"良知学说,过去王都宪在南昌、在赣州私下里讲讲,无伤大雅。今天搬到白鹿洞书院来讲,我们觉得有些不妥。一则,白鹿洞书院,就说您讲学的明伦堂,墙上张挂着朱文公制定的《揭示》(院规),朱文公的学说是朝廷钦定的成说,您在这里讲的'格物致知',和朱文公竟然不一样,而且您是当着南康府学的几十个学生讲的。往大里说,呵呵,您别生气,我还不至于脑筋僵化,我是怕有些人会误解您,说您这是标新立异,说您违背钦定的朱子学说;往小里说,会不会耽误这些学生的前程? 到了考棚,这些学生写文章,按照您的良知说,能不能得分? 思仰和我很担心。"

邵锐接着道:"王都堂,下官确实担心。您知道,下官和虞佐既是同年进士,又是朋友。既然身负督学责任,对您今天的讲学,下官就得有所表示。下官认为,良知这个说法,不适合在府学和县学里传播。下官要为这些学生的前程考虑。阳明先生,在您面前,晚生只有敬仰之情,敬仰您的德勋卓著,只是晚生以为,在学问方面,为尊者讳是不妥的。还请阳明先生包涵晚生的冒昧。"

王阳明和颜悦色地听着,待两个人说完,他问:"虞佐、思仰,你们担心学生考试受影响,我理解。如果不说考试,你们自己能不能认同良知学说?"

唐龙有些尴尬,笑了笑说道:"阳明先生,全天下读书人会跟着朱文公错了几百年吗? 恕晚生直言,良知说不过是陆象山'我心即宇宙'换了一个说法。这个说法,当年就被朱文公批驳过了。您正月里为抚州出版的《象山文集》作序,说圣人学问是心学,说陆象山学问上接孔孟。您在序中肯定了陆象山,别人一定会以为您否定了朱文公。这书,只要不传播到学校里,读者就有限,还不至于影响到学生的前程。"唐龙拱了拱手,"晚生得罪了!"

王阳明平静地看向邵锐。邵锐道:"阳明先生,晚生丝毫不敢隐瞒。晚生字思仰,高山仰止的对象就是朱文公。"

王阳明淡淡地笑着说道:"虞佐、思仰,你们的心意,我知道了。的确是不能耽误学生的考试。他们在赣州刻印了一本《朱子晚年定论》,你们有空的话可以看看。"

唐龙和邵锐对视了一眼,唐龙对王阳明说:"呵呵,晚生这里有《文公全集》。王都宪,您讲学累了半天,好好歇歇吧! 我们告辞了!"

第一百三十七章　告别江西　回归家乡

　　六月十六，王阳明接到了新皇帝的圣旨："几年来，你剿匪屡立战功，安靖地方，朝廷新政伊始，特此召用。接旨后，你可从速进京，不要耽搁。钦此。"

　　新圣旨让王阳明有了新想法，荒唐已去，奸人已除，退休的心思突然没了。这一去北京，恐怕又要几年不能回家，进京路上不如绕道回家一趟，上上坟，看看老父亲，这样可忠孝两全、公私两不误。王阳明上奏了《乞便道归省疏》。

　　王阳明交接过江西巡抚衙门的公务后，于二十日起程进京，一路向东，走广信入浙江。七月，到了杭州地界，他接到新的敕谕："武宗国葬，新君登基，万事繁杂，耗资巨大，平叛庆功大典不合时宜。你暂不必来京。"

　　北京去不成了，江西也不想回去，杭州虽与绍兴和余姚近在咫尺，但没有圣命，是不能擅自回家的。王阳明只好暂居杭州。北京的消息陆陆续续传到了杭州。新皇帝虽然聪明，毕竟年少，虚岁十五，和大行皇帝即位时的年龄一样。杨廷和与皇太后配合，大刀阔斧地推行新政，张永、张忠、张锐、张雄等——这些昔日先是教唆坏主子，后来又助纣为虐的太监——有的被逮捕入狱，有的被发配到南京孝陵。杨廷和不是圣贤，大公中夹带有私心，趁着新政他大权独揽，利用整治江彬的机会，他顺便把自己的政敌王琼的名字塞进了奸党集团的名单。四月二十二这天，在朝廷会议上，去年转任吏部尚书的王琼被治成了死罪。王琼的公开罪状是勾结钱宁和江彬；杨廷和心中对王琼判下的罪状还包括，在王琼主政兵部时，各地通过兵部的奏疏，总是绕过内阁，通过奸佞，直接进呈皇帝。王琼最大的业绩是支持王阳明南赣剿匪和江西平叛。王琼是王阳明在朝中的后台,是王阳明的伯乐和知音。王阳明每份报捷奏疏总忘不了把王琼列在最上,不肯捎带内阁四位老先生。杨廷和知道王阳明文武全才,而自己不会打仗,可正好现在天下太平,用不着会打仗的,来一个能臣,一旦被他把持了兵部或者吏部,甚至万一他进入内阁,即便不为王琼翻案,也要分了自己的权。自己从政几十年,这才刚刚尝到独揽大权的滋味,岂能容他!为了抑制王琼和王阳明,杨廷和干脆把江西平叛的军功册删繁就简,在其中剔除了很多有功人名,实在剔除不了的,先赏军功,事后趁着政绩考评,一一罢官回家,免得形成一个上上下下的江西平叛军功小集团。于是,王阳明便进不了京了。

王阳明过去一心盼着退休,是因为他遇上一个荒唐皇帝;现在他仍然抱着随遇而安的态度,让去北京就去北京,不让去,正好回家,孝养老父亲,设坛授徒,传播良知学。《乞便道归省疏》的批复很快下来了,朝廷同意归省,并赏升北京和南京两京兵部尚书,参赞机务。参赞机务,意味着已经进入了朝廷权力核心。

能回绍兴,王阳明很开心,他终于可以见到父亲,可以到奶奶坟头磕头了。

当过礼部侍郎、一辈子谨守礼节的王华,得知儿子回来了,不顾七十六岁的年迈,不顾老少礼仪,赶到码头来接儿子了。

当年奶奶送走了孙子,却再也没有迎回来孙子。奶奶带着遗憾走了,王阳明心里也一直揣着这份遗憾,他一直记得码头送别时奶奶的模样。如今,又是在码头,他见到了满头白发、颤颤巍巍的老父亲,修炼了几十年定心功夫的王阳明,流下了热泪。前年听说江西叛乱,王华就为儿子的安危揪着心,后来他为自己年老有病卧床,能不能再见儿子一面而忧心,老了老了,好像就是为儿女们活着,满心里装着的都是儿女,想不到,又见着儿子了,只是儿子也成了老儿子,儿子的头发胡子都灰白了,瘦骨嶙峋,像是没吃过饱饭。儿子要是一直在自己身边,自己督促着,关照着,定不会这么瘦弱。

王阳明疾步向前,扑通跪在了父亲的膝前,泪流满面,长跪不起。

第一百三十八章　余姚收徒　七十四人

王阳明在绍兴陪伴父亲几天后,赶到余姚穴湖山王家祖坟给奶奶上坟,并祭拜列祖列宗。王家的老宅和王家的祠堂在余姚县城内龙泉山东北方向的秘图山麓,秘图山麓有个小湖,叫秘图湖,王阳明的四世祖王彦达号"秘湖渔隐",他曾在这个小湖畔做隐士。这里住着给奶奶养老送终的叔伯兄弟,自己爱奶奶,感恩奶奶,过去几十年孝养奶奶的却是伯父家和叔叔家的几位兄弟,有伯父王荣家的守义、守智,有叔叔王衮家的守礼、守信、守恭,这些兄弟需要感谢。家族排名按仁、义、礼、智、信、温、良、恭、谦、让为序,王阳明是长兄;这里还住着二爷王璨家的叔伯兄弟,以及五世祖王刚的后代。王阳明祭拜过祖坟和祠堂后,留在王家老宅,和同宗老少连日欢宴,拜谢亲族。欢宴过后,王阳明带着夫人、儿子,到泗门乡下拜望岳母大人。

是亲娘生养了自己,瑞云楼是王阳明出生的地方。王阳明想去看看瑞云楼。

瑞云楼是余姚大户莫姓人家的产业,当年人丁兴旺的王家只是租住,王华发迹后,有了自己的产业,搬离了瑞云楼。之后这里一直由一个钱姓人家租住。

同宗德生叔,秀才侄子正思、正心,陪着王阳明到龙泉山北的瑞云楼探访。王德生与王阳明同龄,曾经到赣州看望过王阳明。四个人来到瑞云楼所在的院子前,早有一位秀才打扮的书生站在路边恭候。

王正思介绍道:"叔父,这是钱秀才德洪,是小侄儿县学的同学。如今他家住在这里。"

钱德洪九十度鞠躬作揖,口称:"学生钱德洪拜见家乡贤达阳明先生!"

王阳明打量着钱德洪,只见这秀才个子不高,瘦瘦的身材,圆圆的脸庞,脸颊稍有些内陷,一脸谦恭和忠厚。王阳明和气地说道:"钱秀才,打搅了!"

钱德洪弓着身子说道:"阳明先生学高德重,瑞云楼这个名字还是因为先生才有的。先生,请!"

几个人来到楼前。王阳明抬头看向二楼东头,自己出生的房间的窗户,自己在这里生活过十来年,如今自己来了,亲娘却不在了。王阳明指着房间的窗户,对德生叔说:"我娘走那年,我才十三。算算已经三十多年了。"

王德生劝慰道:"伯安,咱王家一大家子,虽然你不在家,咱王家穴湖山老坟院,没有哪座坟头长荒草的。如今你功成名就,你娘九泉之下也会心安。"

王阳明只是双目含泪默默地仰望着那个窗户。

这时瑞云楼客厅里摸索着出来一个人,钱德洪迎上前去,叫了一声爹,扯上来人的一只手。这是钱德洪的父亲钱蒙,他是个盲人。钱蒙招呼道:"大司马王先生,您是咱县里的骄傲,快屋里请,喝杯茶!"

王阳明看向钱蒙,此人与自己年纪差不了多少,只是看起来比自己年轻,脸庞很圆润,没有皱纹,鬓角和胡须看不到丝毫灰白。这是因为看不见人间丑恶的缘故吗?王阳明擦擦眼泪,笑着道:"老哥,这里没有大司马,只有王伯安。"

钱蒙笑着道:"王先生,我虽然看不见先生的德容,但听你说话的声音,就知道你是位贤者,声音有底气,又非常清和。你既已到了门前,哪能不喝杯茶?"

钱德洪祈求地看着王阳明。

王阳明笑着说道:"老哥一定精通音律。那就打搅了。"

王阳明进了客厅。钱德洪引着钱蒙在主位坐下,钱蒙招呼王阳明就座。王阳明把德生叔让到了主客位,自己顺势坐到了西侧。钱德洪、王正思、王正心,陪着站在一侧。

王阳明打量着客厅,最后他的目光停留在墙壁上挂着的一根长竹竿上。长竹竿有一人多高,竿头装饰有流苏,不似一根普通的竹竿。钱德洪见王阳明盯着竹竿,便小声介绍道:"先生,这是家父心渔翁的长箫!"钱蒙号心渔。

王阳明道:"这可是我见过的最长的箫。看来,心渔翁一定吹得一口好箫。"

钱蒙笑着说道:"听王先生说话的声音,王先生定然精通音律。如蒙不弃,你们喝着茶,让鄙人来献献丑。"

王德生插话道:"心渔翁,我这大司马侄子号阳明。"

钱蒙拱拱手说道:"阳明先生,那就献丑了。"说着,他接过儿子递上来的长箫,试了试音,吹出了一曲《摇篮曲》。王阳明闭上眼,沉浸在箫曲中,这是小时候常常听亲娘哼唱的曲调,现在回味着这个曲调,好像是自己仍在亲娘前后轻轻晃动的臂弯,感受着亲娘温暖的怀抱,听着亲娘温馨的祝福,贴心的叮咛,溺爱的絮叨。王阳明好像闻到了只有自己亲娘怀抱才有的独特温香。王阳明流泪了,他轻轻地呢喃了一声"娘"。

乐声止,客厅一片沉默。

钱蒙让儿子收起长箫,对王阳明说:"阳明先生,惭愧!鄙人一把年纪了,当着晚辈的面,竟也流泪了;很抱歉,我听到你也……唉!阳明先生,你来寻根,自然是想念先令堂诰命夫人了。"钱蒙说着,拱起手,高高举起,以示对王阳明母亲的尊重,"阳明先生命苦,诰命夫人早早撒手人世;鄙人三岁失明,记忆中娘亲的模样,永远是我三岁时的样子。同是苦命人呀!"

王阳明向钱蒙拱着手,道:"在瑞云楼听到《摇篮曲》,别有一番韵味。"

钱蒙说道:"瑞云楼是先生的宝地,如今阳明先生功成名就,犬子也出生在这里,还请阳明先生指点指点犬子。"

王阳明点了点头。

送走王阳明一行,钱德洪父子回到客厅,钱蒙刚刚坐稳,钱德洪扑通跪到了父亲面前,说道:"感谢父亲大人!"

钱蒙不解地问道:"这话听起来有些没头没脑。感谢什么?"

钱德洪说道:"感谢父亲大人同意儿子拜师阳明先生。"

钱蒙不解地问道:"我什么时候同意了?"

钱德洪说道:"刚才您说请阳明先生指点指点儿子。"

钱蒙皱着眉头说道:"你这孩子,连话音都听不出来。那是客套。考举人中进士,最终还是得靠你自己,最终还是得靠朱子学问。我们钱家到你爹这一辈,眼睛失明,上不得考场,光耀门庭的指望就落到你身上了。虽然不能像祖上那样风光,坐金殿当王爷,可也不能一直甘于落魄。记住,你是吴越王的嫡孙,要为祖宗争气。你前年进县学,先生们一致看好你,虽然乡试不利,也才只考了一科,你才二十六岁,王家状元公三十五岁才中举。不能泄气!"

钱德洪说道:"父亲大人,阳明先生的《传习录》解开了儿子心中的疙瘩,这个疙瘩是朱子学问给读书人拴上的。不是儿子一个人这样认为,中天阁读书会上那些同学都这样认为。看了《传习录》儿子才明白,父亲大人一辈子吹箫,不也安享人生吗? 读书难道仅仅是为了做官?"

钱蒙说道:"你这孩子,越说越不像话。就是因为这个原因,我才不敢让你拜师王伯安。我说过多次了,这个王伯安,从半大小子开始,就调皮捣蛋。他考功名时,有他爹罩着他。你爹罩不到你,一切得靠你自己,老老实实读书。再说了,他王伯安考功名,不也是靠朱子学问考上的? 你说的什么良知学问,那都是他这几年鼓捣出来的。"

钱德洪说道:"父亲大人,阳明先生回来这些天,我一直在私下里观察他,你今天不也说了吗,听他声音就知道他是位贤人吗? 爹,王正思、王正心都是我县学同学,是阳明先生的族侄。他还能欺蒙他侄子吗? 阳明先生从赣州写给他们的信,儿子也仔细看了。阳明先生说过,良知就是孔孟圣贤的真学问,良知就像一把好用的工具,说到底是大智慧,不仅不妨碍考功名,还能帮助考功名。再说了,爹,阳明先生自己考进士就考了三次,并不像你说的,是他爹罩着的。他有这些考试教训和经验,儿子就拜师学他这些经验。好不好?"

钱蒙沉默了。

钱德洪停了一会儿，不见父亲反对，又说道："朱子学问儿子继续学，争取不耽误考试。儿子跟阳明先生学良知，学智慧，学圣贤。爹，明年又是乡试年，到时，出水才见两腿泥。阳明先生的良知学，帮助他南赣剿匪、江西平叛，屡立战功。轰轰烈烈的事都能办，一个乡试还能没有办法？爹！"

钱蒙轻轻点点头，说道："那就试试吧，记住，功名第一。"

钱德洪磕了头，道："谢谢父亲大人。儿子这就去找王正心，请他介绍。"

经由王正心引荐，第二天，钱德洪怀里揣着《传习录》，领着两个侄子钱大经、钱应扬和两个同学俞大本、郑寅，先行拜见王阳明。

钱德洪在龙泉山中天阁组织有一个读书会，志同道合的会员有七十四人，核心成员有夏淳、范引年、吴仁、柴凤、孙应奎、徐珊、管州、谷钟秀、黄文涣、周于德、杨珂、邹大绩、叶鸣、黄骥、胡希周、徐文恭、卢义之等，王阳明同宗侄子王正思、王正心，姨表弟闻人诠，内侄诸阳也是这个读书会成员。几年来读书会一直传看《传习录》，一致信奉《传习录》。王阳明回到余姚，大家一直渴望能够亲耳聆听王阳明讲学。得知王阳明愿意收徒，他们更是喜出望外。

九月十六，拜师仪式在中天阁举行。这是余姚县的一个文化大事件，县学教谕雷世懋参与筹备，今年的新科进士、刚刚上任的余姚知县丘养浩主持。

王阳明端坐在讲坛上，七十四人静静地立在下面。

丘养浩站在讲坛下，操着一口晋江味的官话，说道："今天是我们余姚的一件大事，可喜可贺！这也是本县来余姚上任后的第一件大事，本县有幸躬逢盛事，实在荣幸！我们余姚的文脉，就像这中天阁外千年不竭的龙泉，从大舜到如今，一脉相传。为什么能如此？正是因为有像阳明先生这样的热心传道者，正是因为有在场七十四位这样的虔诚学道者，有传有学，接续的人多了，就能汇聚成山下滔滔的舜江。当年孔圣人七十二门徒，今天，单单我们余姚一个县，阳明先生一次就收了七十四个弟子，千古盛事！下面，本县宣布，拜师仪式正式开始！"

第一百三十九章　荣封伯爵　老父寿终

　　余姚的水土,是王阳明的老娘土。余姚是王阳明的根,春花和秋叶一样,总归要化作泥土,回报于根的滋养。王阳明把传授七十四位弟子良知学问,看作对老娘土的回报。

　　在余姚中天阁,为弟子们讲过良知学后,王阳明回到绍兴。钱德洪想做王阳明的曾参,跟着王阳明来到绍兴。

　　嘉靖元年,父亲七十七岁,王阳明五十一岁。

　　父亲的生日在正月,多年来,这是第一次赶上父亲的生日这一天在家。作为长子,他要为风烛残年的父亲好好庆祝庆祝,让父亲乐和乐和。

　　正月初六,庆祝王华七十七岁寿诞的活动在王府院内院外隆重开幕,院门外的一方池塘上搭着戏台,绍兴城里最好的戏班子在台上唱《目连救母》。满院子里的红火,满院子里的喜庆。

　　绍兴府、山阴县、会稽县、余姚县现任府县官员,绍兴城里的闲住乡宦士绅,王家余姚宗亲,王家几代姻亲纷纷来拜贺。

　　王华一身大红,端坐于寿堂,接受亲朋好友的祝福。

　　前院大门以里,高搭一个彩棚,内设香案,一直空着,在等待着今天的一个重要仪式。

　　时近中午,寿宴快要开席。

　　王阳明正在厢房陪客说话,王祥进来禀报道:"老爹,郑府尊陪着北京来的行人已经到了大门外。"王祥从江西回来后,进了县学,成了秀才,今天他与钱德洪一起在门外迎客。

"知道了!"王阳明说着起身,朝在座的客人拱手,道了一声,"失陪一会儿,请自便!"他赶往正房,禀告父亲,并召集弟弟守俭、守章、守文。

院门外,绍兴府知府郑琼陪着一位北京来的行人和四个校尉,在一队鼓乐的欢送下,远远地走了过来。消息早就传遍了绍兴,退休吏部尚书王华的儿子、现任两京兵部尚书王阳明被封为新建伯了。绍兴城数千年来,人才济济,从来不缺读书人,从来不缺做官的人,不过,父子两代尚书的不多,读书人封爵为伯的更是前无古人。这是一桩盛事,是绍兴城几百年来从没有过的稀罕事,全城轰动。

王阳明率领弟弟们迎接行人,将之引入院内。彩棚内香案已经燃起了香烛,供上了水果点心。

老寿星在家人的搀扶下,来到彩棚前接旨。

老寿星在前,王阳明跟后,知府郑琼、山阴县知县顾铎、会稽县知县高世魁、余姚县知县丘养浩等官,跟在王阳明后头,再后是守俭、守章、守文、正宪等。

行人展开圣旨,清了清嗓子,开读道:

奉天承运,皇帝诏曰:江西反贼剿平,地方安定,各该官员功绩显著。王守仁封新建伯,奉天翊卫推诚宣力守正文臣,特进光禄大夫柱国,还兼两京兵部尚书,照旧参赞机务。岁支禄米一千石,三代并妻一体追封,给予诰券,子孙世世承袭。钦此!

行人宣罢圣旨,小心翼翼地把圣旨搁在香案上,转身接过校尉托过来的两封白银和两匹彩缎,放置在一旁的桌案上。

王华、王阳明等人行过三跪九叩大礼,又听行人继续开读圣旨道:

奉天承运,皇帝诏曰:南京吏部前尚书王华,在任勤劳王事,恭谨守正;在家课子读书,卓有成效。父子两代,柱国大臣。朕念劳勋,特赐羊酒,予以慰问。钦此!

　　王华老泪纵横,今天这份礼物,是自己最好的生日礼物,不仅仅是生日礼物,简直是对自己一生的总结。皇帝竟然还能想起来慰问自己。忙活一辈子图个啥,俗话说,学好文武艺,货与帝王家。别说出卖自己的文武艺了,自己简直把一颗心都掏给了朝廷,结果呢,自己却被逼退休了,虽然是被刘瑾那个恶棍逼着退休的,可自己教授过的正德皇帝,多年来连问一声也不问。现在好了,新皇帝一句好话暖了心。这等于自己干了一辈子,最终有了个可喜的总结。更可喜的是,儿子封了新建伯,这是文臣最高的荣耀,这是王家列祖列宗的荣耀,这也是自己的荣耀。人这一辈子还图啥! 值了! 即便今天闭眼,也无怨无悔了。

　　王阳明很平静,没有喜没有悲。虽然刚刚听宣圣旨时,听到自己成为新建伯,多少有些心动,是呀,功名谁都喜欢,但是功名得名正言顺,公明公正公平,才是真功名。这段时间,曾经一起参与平叛的官佐来信诉说自己的遭遇,他们都是被自己动员上战场的,战场上出生入死,最后死里逃生,一起喝过庆功酒,一心等候着封赏,等来的却是处罚。除了伍文定安稳升官了,其他人呢,有的虽然升官了,却先升后罚,是假升真罚,有的压根没有升赏。二等功、三等功大多被从军功册上删掉了;一等功这十来个人,两位御史伍希儒和谢源被罢官了,邢珣、徐琏当了一年参政被罢官了,抚州知府陈槐升副使后被削职为民,饶州知府曾玙和建昌知府林城在知府任上被罢了官。戴德孺回家守孝了,周朝佐没升没降还在知府任上。跟着自己出生入死的龙光、雷济、萧庾、黄表没有得到丝毫的奖赏,冀元亨被冤死了,那些死难的人呢? 死了就死了,连个说法也没有! 好处都让自己落了,这顶新建伯的桂冠像一个铁帽子,戴上会压头的。

　　行人把圣旨一一交给王华和王阳明,马上回转身后退,面向王华和王阳明,磕头祝贺,口称:"下官给爵爷磕头了!"

知府和知县等官再次跪下磕头,齐声祝贺道:"给爵爷磕头了!"

行人、知府、知县等,被让进了寿堂,寿宴开始了。

伯的爵位太尊贵了,退休的绍兴各级官员、七品行人、四品知府、七品知县已经没有资格和新建伯老爷同桌喝酒了。主桌上只有两位新建伯,王华主座,王阳明陪坐在下首,小新建伯侍候着老新建伯喝酒。

王华刚才的激动已经平复。王阳明起身,侍立在父亲的左侧,给父亲斟酒,轻轻地斟上三杯。王华饮下三杯酒,指着座位吩咐道:"伯安,你坐下。"

王阳明坐回到座位上,静静地看着父亲。

王华平静地说道:"伯安,你不在家的时候,有客人来劝我学神仙,我当时告诉来人,人生天地间的快乐,正是因为内有父母、兄弟、妻子儿女、宗族亲情,外有君臣、朋友、亲戚情谊,这是天伦之乐。"王华说着,一脸的知足,一脸的陶醉,一脸的天真,像个小孩子,"抛弃亲情人情,躲到深山绝谷,不食人间烟火,这与死人又有什么两样! 圣贤学问,讲究清心寡欲,讲究气定神闲,讲究生死有命,既然生死在天,就不必要担心生死,不担心生死,安然享受天命,又何必羡慕神仙呢? 你说是不是,伯安?"

王阳明郑重地说道:"大人教训的是。人想学神仙,正是因为看不透生死,贪生怕死。脱离了人道,即使活上一万年,也和木石没有什么两样。"王阳明说完,又起身来到父亲身旁,给父亲斟酒。

王华饮下一杯酒,道:"伯安,你坐。"待儿子坐下,他继续开讲,"你在南赣剿匪,爬深山,钻老林,顶着暑气,冒着瘴气,连年累月,我担心你身体吃不消。可是,守土一方,安定地方,这是做臣子的职责,既然是职责,这就是儿子的使命,我就不能再为你担心。祸害了几十年的土匪,被儿子肃清了,几十万人口,能过上安生日子,我为儿子自豪。一个人一辈子,有这些,已经不算碌碌无为了。我等着你回家团聚,可是又让你碰上宁府叛乱,我们父子的性格,大是大非面前,君臣大义,一定是舍生取义。我为你担心,想着这次怕是没有生还的指望了。后来接到家信,知道你在组织义军,为父为你忧心。宸濠反心,已非一日,官场人人皆知。为防备这场灾难,我早在上虞山中买有田产。事到临头,儿子在江西平叛,我只能安住城里,帮助稳定人心。事成,功在社稷,功在千秋,一旦失败,伯安,"王华脸色凝重起来,"我们王家就是灭族大祸呀!"王华停顿下来,缓缓地举杯,一饮而尽,"想不到,我的儿子平叛成功了,这本来是意外的遭遇,最终却变成意外的奇功。"王阳明再起身给父亲斟酒。王华又待儿子回位,继续道,"伯安,既然是意外,也是天意。这是我王家列祖列宗祖德深厚呀。有意外的奇功,就有意外的奇冤大辱。先帝南巡,传言汹汹,说我儿是叛党。绍兴城里,满城风雨,无赖光棍,寻衅闹事,欺辱到了家门口。整整两年呀!伯安!沾上叛党,大逆不道,没有丝毫生的希望呀!"王华停顿下来。

王阳明起身,凄然说道:"儿子不孝,连累了父亲大人!"

王华轻轻摆着手,招呼儿子坐下,说道:"人世人情,古来如此。伯安,临危不惧,检验人的功夫;临辱不惊,同样检验人的功夫。是祸躲不过,只能顺天听命。这正是我儿修养自身的机会。伯安,我们父子团聚,为父已是喜出望外了。皇恩浩荡,我儿赐封新建伯,这已经是文臣的极限了。伯安,高爵厚禄,人人都说荣耀,我能说不荣耀?但是,先贤早就提醒过,盛极往往是衰败的开始,荣耀总是和隐患一起到来。今天,你为王家光耀了门庭,但是,我的担心丝毫没有减轻呀。伯安,父亲老了,平安是最大的福呀!"

王华端起酒杯,一点点地细品着。王阳明再起身,被王华摆手制止了。王华放下酒杯,说道:"伯安我儿,我为你今后的路担心。你看看这酒桌,满屋子满院子的人,热热闹闹,我们酒桌上却只有我们父子俩,这叫什么?高处不胜寒呀!伯的爵位超过所有官品,一下子超过了过去资格比你老的长官、耆老,超过了过去与你资历平等的同官同僚。世上圣贤少凡人多,不嫉贤妒能的人少之又少。官场上,人们宁愿扶持弱者。你再谦虚也难呀,平叛大功在这儿摆着,再谦虚也谦虚不下去。"王华蹙着眉，"如果你只是个武将，没有学问，官场还好相处。偏偏你又讲说良知学。你是我儿子，你否定我，你超过我，我高兴。但是，别的老先生，一辈子靠着朱子学问安身立命，享受荣华富贵，承认你的良知学问，就等于否定了自己的几十年。人心险恶，嫉妒你，就会攻击你。攻击的借口，可以随口就来，你剿匪平叛，喜欢用疑兵诈兵，这些人会攻击你不真诚，做人虚伪。伯安，"王华和儿子对视着，一字一顿地说道，"戒满，知足；戒狂，知止！"

王阳明起身，对着父亲，跪了下来，他双手捧着一杯酒，从左向右，轻轻地泼在地面上，道："父亲大人的教诲，儿将时刻铭记在心！"

正月初十，王阳明陪父亲吃过早饭后，一份文稿，递给父亲，是《辞封爵普恩赏以彰国典疏》。王华抬头看了一眼儿子后，不动声色地浏览起奏疏稿。看了几眼，他感叹道："父亲老了，眼花了。伯安！"说着把文稿还给了儿子。

王阳明接过文稿道："父亲大人，江西平叛，朝廷有明文，事后要论功行赏，只是赏罚不明。安庆守城有封赏，南京守城有封赏，江西有功人员太多，封赏太少，御史谢源、伍希儒来信说，军功册被删减过半。军功册上的军功，是能写到书面上的军功，不少执行儿子运谋用计的幕后功臣，连命都搭上了，却没办法写到军功册上。即便军功册上这些没有被删除的有功人员，有的名为赏功，实为处罚。几万人的义军，立功人员有：协谋御史两人，领哨官十人，分哨官十一人，随哨官四十六人，协谋乡官十二人，戴罪立功官员十七人，参战军兵民壮一万四千二百四十三人，这些人，有冲锋陷阵的，有埋伏截杀的，有打破城池的，有追杀残匪的，但是，大赏却只有儿子和伍文定两个人。几万人的战绩，一万多人的军功，被儿子一人独享，既赏两京兵部尚书，已经是没有先例的荣耀了，又赏新建伯。儿子这是贪天之功，这是冒人之功，这是掩人之善。儿子戴不起新建伯这顶帽子，儿子宁愿不要这个新建伯，也要为这些有功不赏、有功被罚的人争取封赏。虽然为国救难尽忠是每个臣子的责任，但是赏罚分明，也是朝廷的职责。否则，儿子难以心安理得。"

王华静静地听完,轻轻点点头,说道:"伯安,你说得对!古代有三辞封爵的先例。能不能辞掉先不管,有功不赏,是要争取。那么多人跟着你出生入死,有功不赏,你对不起人家。我们家,能封伯是荣耀,不封伯,更安闲。兵部尚书已经不低了。官不能做到顶,福不能享尽,要给别人留余地,要为儿孙惜福留福。我支持你,尽人事听天命吧!"

王阳明当天派人上京递送奏疏。

王华最高兴的是儿子平安回来了,可以父子团聚。在南京吏部尚书任上退休,也算一生荣耀;他古稀之年,还能像老莱子那样,承欢百岁老娘的膝下,侍候老娘,为她送终;大儿子兵部尚书,功成名就,二儿子国子监太学生,三儿、四儿都是府学秀才;孙子正宪十五岁,已经顶着锦衣卫副千户的官衔,开始领俸禄了。虽然正宪不是亲骨血,却因为有了这个孙子招引,二儿子守俭得了个儿子。人生还图啥!知足了。

王华早早交代过儿子,二月是自己的大限,他该走了。

二月初八这天,王华要求把自己的床铺搬到正房客厅,说是为了方便与亲戚故旧话别。王阳明、守俭、守章、守文,与妹妹守让,母亲赵夫人、杨姨娘一直守在床铺前。徐爱是独生子,王守让寡居后,王华既爱女儿,又爱女婿,就在自家院子外另盖一处宅子,把亲家母和亲家公从余姚接来一起照看。为了帮徐家延续香火,他为亲家公续了一房姨娘,徐爱得了一个弟弟。这也是王华的功德。现在他已是内外圆满,没有遗憾。

二月十二这天上午,王华对床前的王阳明平静地轻缓地说道:"伯安,带好弟妹,我要走了!"

正在这时,一个家人进来,向王阳明禀报道:"老爹,北京行人司使者到了门外。"

王华睁开眼,吩咐道:"伯安,别废了礼节。你们去迎接吧。"

王阳明看着父亲,见父亲脸上是淡淡的笑,便起身招呼三个弟弟,出门迎客。

院子里很快摆好了香案。行人送来了吏部的正式封爵文书和绣有麒麟补子的新建伯官服。

接旨仪式结束,王阳明快步回到父亲床前,跪到床前,趴在父亲耳边轻声禀告道:"父亲大人,儿子回来了。"

王华睁开眼问道:"礼成了?"

王阳明答道:"成了。"

王华脸上现出细微的笑意,他轻轻说道:"礼成就好。我一生,知足了;后事,别铺张。我走了!"

王阳明静静地注视着父亲,过了一会儿,不见再有动静,他伸手在父亲鼻孔前探了探,没有了气息。

王阳明起身,对赵夫人轻轻说道:"娘,父亲大人走了,很安详!"赵夫人泪如雨下,只是点点头。点着头的赵夫人好像突然意识到了什么,只见她两掌向上一扬,嘴一张,就要号啕大哭。王阳明劝道:"娘,现在不是哭的时候。"王阳明两手招呼着周围的弟、妹、妻子、兄弟媳妇,说道:"都不要哭!我们给父亲换上新冕服,收拾停当,再发丧。"

屋子里一片寂静,只听到给王华穿衣服的窸窸窣窣的声音。

一切布置稳妥,王阳明跪到父亲床前,一声号啕,背过气去。屋子里响起了孝男孝女的哭号声。

第一百四十章　诽谤再起　智者不辩

王阳明进入了三年的守孝期。父亲王华最后几年身体不好，就是从为老奶奶守孝落下的病根。在坟旁搭间茅棚，铺上草垫子，枕上土块，前七天喝粥、啃菜根，以后吃素，不能睡得太舒服，不能吃得太好，否则就是不孝，因为先人连这个也吃不上了。孟子说过，尧舜之所以成为圣贤，就是因为诚心诚意地孝敬老的、爱护小的。孔圣人说过，守孝可以哀伤，但是以不损毁身体为前提，因为身体是敬老爱幼的本钱。但是诚心诚意这个度不好把握，有的孝子刚送走老人，自己没出守孝期，就追随老人去了。见坟思亲。王阳明守孝是为爹娘二老守孝，当年亲娘下世，自己才十三岁，不知道如何守孝，这次趁着为父亲守孝，把当年对亲娘缺失的那份守孝也补上了。一次守孝，两份哀伤。王阳明几十年身子骨不结实，先后遭受龙场、南赣艰苦环境的折磨，现在守孝，守着守着，又把身体毁伤了。

王阳明的战功是在江西实现的，良知学问是在江西成熟的，良知学问对比前贤们的学问，不仅可以修身，还可以治世，江西的年轻读书人慢慢地接受了良知学说。求学者纷纷来到绍兴，叩门求教。王阳明躺在病榻上，接待一拨又一拨的读书人，有时候讲说着会突然咳嗽起来，咳嗽得上气不接下气。

七月十九，他接到了朝廷对《辞封爵普恩赏以彰国典疏》的批复：

论功行赏，古今令典；诗书所载，具可考见。卿倡议督兵，剿除大患，尽忠报国，劳绩可嘉，特加封爵，以昭公义。宜勉承恩命，所辞不允。钦此。

王阳明上奏争取的是朝廷封赏江西平叛所有有功之臣,得到的批复是"维持原判"。不仅如此,当年张忠和许泰为了抢功,污蔑王阳明是叛党的冤案又被有心人找到了新的证据。弟子刑部主事陆澄来信告诉了王阳明事情的原委。

　　御史程启充、给事中毛玉在参与审理朱宸濠叛党、查抄吏部前尚书陆完家时,发现了朱宸濠写给陆完的信。当年朱宸濠要求驱逐不听话的江西巡抚孙燧,并在信上提出了自己心目中的接任人选,一是汤沐,二是梁宸,"其次王守仁也可以"。程启充和毛玉据此上奏,要求剥夺叛党王阳明的封爵,并禁止传播良知邪说。

　　王阳明把陆澄的信递给一直随侍在身边的钱德洪和金克厚,说道:"宏载、德洪,你们看看这封信,陆原静在北京要上奏,要为我打抱不平,要为良知学说辩护,你们说说,这事怎么办妥当?"王阳明说着咳嗽着,气喘吁吁。

　　金克厚,浙江仙居人,字宏载。

　　金克厚浏览着陆澄的信,钱德洪轻轻拍打着王阳明的后背。金克厚浏览完毕,把信递给钱德洪。钱德洪浏览一遍。

　　金克厚说道:"先生,俗话说,灯不拨不明,理不辩不清。弟子以为,陆主政应该好好申辩,这也是个宣传良知学说的机会。"

　　王阳明咳嗽着,喝下一口水,问道:"德洪怎么看?"

　　钱德洪说道:"弟子以为,这些人污蔑先生的事,倒不可怕。因为战功就是铁证,何况,陆主政信上说得很清楚,皇上圣明,皇上说'不必再议'。倒是良知学说,无形无相,无影无踪,不好拿出证据。辩护也不好辩护。"钱德洪和金克厚一齐忧心地看着王阳明。

　　王阳明点点头,轻声说道:"宏载、德洪,面对诽谤,最好的办法是沉默。江西事无须辩,良知学说不必辩。浑水总有澄清的时候。就像我们平常做静心功夫,你越急,越想静,越是静不了。你越放松,越不在意,它反而静了。江西的事,我问心无愧；良知学说还能怎么辩？心学和良知，需要一个被认识和接受的过程。前提是对方愿意接受它。天下读书人成千上万，各讲各的学问，我们不可能一个人一个人地去解释。这种时候怎么应对？前贤说过，事情办不下去时，要扪心自问，我有自信没有？如果自己有自信，就不怕别人不信；同时再设身处地为别人考虑，别人为什么不信？我们对新生事物是不问青红皂白、不管三七二十一全盘接受的吗？宏载、德洪，对良知说，你们是不是也有一个考察的过程？"

金克厚、钱德洪点点头。

王阳明继续说道："这些人反对良知学说，不见得是什么恶意，他们是在捍卫他们的道学，因为他们捍卫的是前贤流传下来的学问，这学问已经流传了几百年了，大家都认可它了。良知学说呢，乍一听，好像是离经叛道，好像是标新立异，好像是无凭无据，我们怎么能怪罪他们！"

金克厚说道："先生，弟子受教了。过去，弟子沉溺于身外的学问，后来接触心学，又错入静坐空坐中。先生说得对，修心在事上修，学问在事上做，良知在事上知。二月里，为龙山公办后事，先生安排弟子监厨，几天用心下来，弟子受益匪浅，一心一意，为的是把事情办好；谨谨慎慎，为的是把事情办妥；战战兢兢，为的是不出差错，这是真正的修心。这次，先生垂问，陆主政应不应当上奏为良知学说辩护，听过先生开示，弟子才知道，是对是错，还是应反观内心，不能为外面的舆情左右。"

王阳明点点头，看了钱德洪一眼，说道："秋试在即，你们马上要去杭州应考，德洪这几天一直请教如何应考。我今天就顺着这个话题提示你们。"王阳明看向金克厚，"宏载，刚才你说是对是错，要反观内心。我来问你，心上有对错吗？"

金克厚愣住了。

王阳明说道："人心上有对错，道心上只有良知，良知没有对错。良知是无知的，无什么知？这个知是知识。良知是自知的，这个知是觉知。"

金克厚满眼迷惑。

王阳明继续说道："宏载、德洪，去考试，考场上要有尧舜的气概。什么气概？尧把天下送给舜，舜把天下送给了禹。明白了吗，德洪？"

金克厚说道："没有私心，没有私念，心像晴空万里，一尘不染。"

钱德洪接着说道："这就是道心，道心的作用就是良知。先生？"

王阳明开心地笑着，赞许地点点头，说道："天下尚且不为贵，小小的名利得失自然不会挂在心上了。这就是应考的心态。到西湖去，多看看莲花。"

钱德洪说道："谢谢先生开示，西湖，弟子是必去的。"

金克厚说道："谢谢先生开示，观心就是观莲花。"

王阳明喘着气，惨淡地笑笑说道："为自身不必辩护，为他人的利益不能不尽力争取。德洪，研墨，我要写奏疏。"

王阳明说完，在金克厚的搀扶下，坐至书案后，接过钱德洪递上的毛笔，定定神，写下了《再辞封爵普恩赏以彰国典疏》。

第一百四十一章　会试考题　污蔑新学

弟子金克厚、钱德洪、王正思、诸阳嘉靖元年八月在杭州中举。

秋末,弟子欧阳德、王臣、魏良弼、薛侨、薛宗凯、金克厚、黄直、钱德洪、徐珊、王激、萧璆、杨绍芬等人结伴来绍兴,向王阳明请教并辞行,要去北京参加明年的会试。

嘉靖二年四月,钱德洪和徐珊最先回到绍兴,向王阳明汇报会试考试情况。两人进门时,王阳明正在与邹守益、薛侃、黄宗明、马明衡、王艮等人讲说"乡愿与狂狷"。

在座诸人除了王艮,都是进士出身。王艮字汝止,四十一岁,泰州的盐户出身,大前年在南昌拜师入门。大家都知道,这个时候,新科进士正在北京庆祝呢,若此时从北京回来,一定是落榜了。几个人关切地看向钱德洪和徐珊。钱德洪是小老弟,徐珊三十六岁,两个人脸上很激动,很气愤。

王阳明淡淡地笑着,对两人说道:"汝佩、德洪,去前我告诉你们,得失不惊于心,荣辱不形于色,你们照镜子看看自己。心中不清净,智慧就出不来。你们在北京失利,在绍兴恐怕还要失意,要失去计较得失的意思。我当年考了三次。吃一堑长一智,也是一个修心过程。"

徐珊,字汝佩。此刻他一脸激愤。

弟子中年龄最大的王艮对徐珊说:"汝佩,我们跟随先生学习圣贤学问,岂是为了功名利禄!"王艮有些不悦。

徐珊忧愤地看了一眼王艮，说道："汝止兄，兄弟我气愤，并非为计较个人得失。我愤慨，是为良知学说遭到了污蔑，而且是在殿试策问上。这意味着什么？主管会试的礼部、吏部，甚至包括内阁那些老先生，都在反对，甚至是诋毁良知学说。我为先生抱不平，我为良知学说抱不平。是这样的策问让我放弃了考试，我岂能昧着良心，放弃良知，来献媚权贵？"

良知学说在会试策问上遭到了诋毁？邹守益等人一齐看向王阳明。

王阳明愣了一下，马上就释然了，这并不出乎他的意料之外。王阳明问道："汝佩，今年哪位老先生主考？"

徐珊说道："广西蒋阁老。"

蒋阁老是蒋冕。嘉靖皇帝登基后，召费宏重新入阁，原阁老梁储年高退休，阁老毛纪留任，杨廷和仍为内阁首辅。这四位老先生，没有谁了解自己的良知学说，恐怕正像父亲王华去年寿宴上担心的，老先生甚至不愿意了解良知学说。即便不是蒋阁老，换上杨阁老、费阁老、毛阁老做主考官，照样会有这样的策问。

王阳明想多了解些，他问："汝佩，记得策问题吗？说说看。"

徐珊说道："这样的策问，我不愿意记在心里。德洪，你记得吗？"

钱德洪做完了全部考题，自觉比起徐珊的爱憎分明，自己好像有些是非不分，见先生发问，徐珊却不愿意说，或者是真忘记了，又见先生没有丝毫责怪的意思，就边回忆边说道："先生，策问题是这样的：先贤大儒，当时身任道学，却并不自我标榜道学。反而是流俗世人，给前贤贴上了道学的标签，继而又诋毁前贤是伪学。与朱子同时代的名儒，治学方法与朱子有一致的，有不一致的，古书上有记载的，有失传的。当前有学者，试图驳朱子圣贤学问，立陆象山的学问，这是什么识见？因陆象山学问方法简捷，就要诋毁朱子圣贤学问吗？这是什么用心？可怕的是，其人竟然印书成册，公然诋毁圣贤，贩卖浅薄私见。对这些书，祖宗有先例，焚烧成灰，彻底根除；对这些伪学邪说，一概封口，禁止传说。贡士可以各表见解。"

钱德洪说完,怯怯地看着王阳明。徐珊则愤愤地看着王阳明。邹守益、薛侃、黄宗明、马明衡不安地看向王阳明。只有王艮呵呵地笑了起来。王阳明看向王艮,同样笑眯眯地,两个人会心地对视了一下。弟子们听到王艮发笑,一起莫名其妙地看向王艮和王阳明。

王阳明既看到了大家脸上的愤慨,又察觉了大家眼神里的疑惑,他笑着对王艮说:"汝止,说说看。"

王艮一拍手道:"弟子自从在南昌拜师后,就从未怀疑过先生的良知学说。这么好的学问,上承孔孟,这么简捷的方法,本应该惠及天下读书人。可惜弟子不是神仙,不能像龙王一样,一夜之间,把良知甘霖洒遍全天下。现在好了,蒋阁老为宣传先生的良知学说,做了大功德了。"王艮说着,一抱拳,朝北京方向一举,"谢谢蒋阁老,他歪打正着。先生,各位学兄师弟,是不是这样?"

弟子们一起看向王阳明。王阳明赞许地朝王艮点点头,笑着说道:"汝止所言极是。今年的《进士题名录》会把良知学说带到天下各个角落,今年新出的《应试指南》,会把今年的考题散发到天下读书人手中。多年来,天下读书人吃尽了苦头,原来的学问走不通后,就像我当年撞了南墙后,都会想改弦易辙、另辟蹊径,到时他们试试良知学说,就会知道对错好坏。汝佩,好心有时候做坏事,反过来说也是成立的。你们想想,你们两个回来了,崇一、师说、公弼他们呢,一定是金榜题名了。我相信,崇一、师说他们一定会按照良知学说来答题。"

王阳明说着,拿起徐珊和钱德洪从北京捎回来的欧阳德等人的信件,展开,边看边欣慰地笑着,并不时点头表示赞许。看完一封,他便将信递给跟前的弟子,弟子们开始传阅信件。王阳明看完信,眼含深意地看了看徐珊,然后向大家说:"你们看看,崇一、师说、公弼他们,以良知学问答题,竟然也被录取了。这说明除了主考官和同考官,'四书五经'各房阅卷官并非铁板一块,并非一致反对良知说。只不过,受主考官和同考官影响,他们的录取名次会受些影响罢了。"

王艮笑着说道:"这正是先生往日说过的,人人心中有良知。"

邹守益对徐珊惋惜地说："汝佩兄，你考场上以直报怨，不如先生提倡的以智报怨。"

徐珊抱怨地看了一眼邹守益，问王阳明道："先生，难道我不答题错了吗？"

王阳明看了一眼徐珊，不动声色，不置可否。

钱德洪问道："先生，良知学说，是孟子的学问，后来失传，先生让这学问复苏，为何招致这么多的诽谤呢？"

王阳明道："谦之，你们说说看。"

邹守益说道："先生的良知学问传播半天下，简捷易明。流传了几百年的宋儒学说，虽然支离繁杂，人们毕竟已经习惯它了。人们一般容易相信习惯的熟悉的，不敢轻易接受新学说。孔孟之道在当年，也曾颇受人非议。除此之外，弟子以为还有一个原因，人们一般以为大道至高无上，总以为，既然是至高无上的，一定是非常复杂，非常高深，非常难懂难学。遇到良知学说，总以为太简捷，太明白，反而不敢轻易相信。"

王阳明微微颔首，巡视着大家，说道："谁再说说看？"

薛侃说道："先生官位越来越高，伯的爵位高于六部尚书，超越内阁几位老先生。这些老先生，过去品级高于先生，年齿长于先生，自认学问不比先生差，以后再见先生，却要敬礼，自然……所以干脆通过诋毁良知学说，来阻止先生北上。抱歉！弟子心生私念。"薛侃拍打了一下自己的胸口，起身向王阳明鞠了一个九十度的躬。

王阳明点点头，对大家说："尚谦的良知发生作用了，这就叫良知自知。孟子说的是非之心，良知自知是与非。我们学圣贤，修良知，首先要自己心中少是非，不要说别人的是非，时时刻刻反观我们的自心。"王阳明看向马明衡、徐珊和黄宗明，笑眯眯地说，"子莘、汝佩、宗明，谁再说说看？"

徐珊说道："弟子以为，先生良知学问传遍天下，拜门弟子和私淑弟子越来越多，木秀于林风必摧之，人心多妒，古来如此。我们学圣贤，不就是为了克制人心的贪婪和嫉妒？"

王阳明微微颔首，再问道："谁再说说看？"

在座弟子没有谁再开口。王阳明笑呵呵地说道："谦之、尚谦、汝佩三位所说，各有各的道理。有一个最重要的原因，三位还没有说到。"

邹守益等道："请先生赐教。"

王阳明笑眯眯地说："几十年来，我的学问从杂乱到专一，从粗疏到精一，从虚幻到妙用，一直在发展，并慢慢走向成熟。我曾学道，学佛，曾沉迷于诗词文章，还曾愚痴到格七天竹子，还曾对兵书着迷，最终我才步入正学，后来，正学又从心学升华到良知学。前年的我，不同于去年的我，而今年的我，又变了。从正德十五年开始，我树起良知学说，多少人对此惊诧，多少人心生怀疑。在座几位，子莘、宗明、尚谦是在南京入门的，那个时候我说心学；谦之、汝止、汝佩、德洪是在南赣、南昌和绍兴入门的，那时我说良知。就像一棵树，你们赶上了春天和秋天，直接闻到了花香和果香。其他人见过栽树，见过浇水，见过树在长高，在抽枝长叶，却没有机会闻到花香和果香。天下这么大，有的人连听也没听说过我王某人。在南京时，我还有乡愿意识，连狂狷的程度还不到。汝佩、德洪，你们回来前，我正在讲说'乡愿与狂狷'。你们一起听听。"

徐珊和钱德洪说道："请先生赐教乡愿与狂狷的区别。"

王阳明说道："乡愿八面玲珑，貌似圣贤，见君子满口仁义道德，与小人又能同流合污，两边讨好，两不得罪，心中虽然是非明白，事上却又是非不分。这样的心，已经污染了。所以说，乡愿与圣贤终隔着一层。狂狷，志存高洁，世俗污浊，不染于心，不累于心，像凤凰一样高飞九天。狂狷的人，我行我素，不媚俗，不见容于俗。狂狷人的心是干净的，去了一个狂字，就是圣贤。如今，你们看，我只信一个良知，清清白白，坦坦诚诚，半天下都非议，我照样坚信一个良知。这叫自信。"王阳明说完，巡视着在座各位。

弟子们沉思着，品味着，沉默着。

邹守益默默地批判着自己的乡愿意识,王艮在心里暗暗批判着自己的狂狷意识。

邹守益和王艮都脸红地看向王阳明,眼中是自责和期盼。

王阳明对邹守益说道:"谦之,胸中无物,清明在躬,对治乡愿意识。"再看向王艮,道,"对治狂狷,谦虚谨慎,戒骄戒傲。"

邹守益和王艮一言不发,两人红着脸起身,朝王阳明深深一揖。

王阳明看向大家,继续说道:"乡愿,清除心中的名利得失;狂狷,消融心中的骄傲。心中的名利得失,心中的清高骄傲,都是心中的杂物,消融掉名利得失和清高骄傲,就是'格物'。格物致知,得到良知,对他人的人品高下真伪,能一齐看透,一丝不挂,一尘不染,赤条条无牵挂。'致知'两个字,我在赣州时,天天说,天天讲,能悟透的人不多。这是千古圣贤学问的秘密,本来简单明白,前人多被耽误进了烦琐破碎的文字中了。"王阳明看向大家。邹守益和王艮会心地笑着,黄宗明和马明衡品味着这话,陷入了沉思。薛侃、徐珊、钱德洪静静地坐着,在清净自己的心,他们知道,心清净了,良知就显现了。

王艮说道:"先生,弟子有幸在先生学问开花结果时入门,其实我还想了解些没有开花时的情况。没有哪棵树是一栽上就开花结果的。弟子和先生早年一样,也曾迷恋过道术和禅宗。道家和禅家毕竟还是有用的,我们儒家能不能兼修呢?"

王阳明笑眯眯地说道:"儒道、道家、佛道,道道通北京,都是路。你说的兼字,是多余的。圣贤学问,是通达天、地、人三才的大道,既然是大道,就无所不包。圣人与天地万物同一身体,道家和佛家的道还能自外于天地吗?这就像一座三开间的房子,不懂圣贤学问的人,东间分给道家,西间分给佛家,儒家自居中间。实际上,我们儒家修好身心性命,就是神仙道;我们儒家世事不累于心,就是佛。神仙和佛,都是人做的,离不开人世。脱离人世,钻山洞枯坐百年,连人也说不上,更何谈神仙和佛!汝止,你说呢?"

王艮点点头，说道："先生，禅家说修到父母未生之前的本来面目，就是得道。弟子不能同意。"

王阳明等着王艮说下去。

王艮说道："父母未生之前，不过是个神识。神识如果有良知，怎么会投生到穷人家？怎么会投生到残疾人家？怎么会投生到猪圈马圈？说是灵魂，却没有一点灵气。现在看，倒不如良知学问，两个字一口说到底，没有一点拖累，干脆利索。"

王阳明默默地注视着王艮，不动声色，不置可否。

一片静默后，邹守益对王艮说："我们儒家不说鬼神。不过，汝止兄，愚弟以为，禅家说的本来面目，应该是在神识之前。神识还说不上良知。"

王阳明不易察觉地微微额首。

春天的会试，弟子欧阳德、魏良弼、王臣、王激、黄直、薛侨、薛宗凯、金克厚、萧璆、杨绍芬金榜题名。正如王阳明预料的，随着会试考题传遍天下的还有良知学说。求学绍兴的读书人越来越多，弟子们有来自江西的、浙江的、广东的、福建的、湖广的、南直隶的、山东的。绍兴城里会聚着操各地口音的读书人。城内各寺院，府衙以南的大能仁寺、宝林寺、开元寺、长庆寺，府衙以北的小能仁寺、光相寺、至大寺，府衙以西的永福寺，都住满了读书人。

第一百四十二章　计收王畿　浪荡书生

　　嘉靖三年，天下多事。正月到三月，北直隶、南直隶、河南、山东、陕西先后地震，鞑靼人入侵边境。

　　朝廷赐建的新建伯府第竣工了。伯府在绍兴城西北角光相桥畔，是在尚书府原址上向北拓展扩宽后建造的，是绍兴城里最气派的府第。原先的尚书府第，按朝廷的礼制，正房只能五开间，现在的伯府是七开间。七开间的府第，在绍兴是独一无二的。伯府北高南低，最北端是王阳明夜观天象的观象台，长三十步，宽十步，是座假山；向南依次三进院落，东西两侧是厢房，东西厢房后各跨有两个独立的院落。房顶统一的黑板瓦，屋脊装饰着彩色瓦兽，梁栋、斗拱、檐角彩色描绘，窗户、柱枋一色的金漆。大门上装饰着金漆的麒麟头像。仪门外是一泓绿水，名碧霞池，长二十步，宽十五步，池水西与西小河有水门相通。池上有小桥，名天泉桥，池边四角四座凉亭。碧霞池向南是四柱三开间三重檐的石牌坊"承恩坊"，北面一面题着斗大的"新建伯"三个字，南面匾额题着"承恩坊"三个字，匾额下刻着两行小字，那是敕封新建伯的圣旨，字面上涂着金漆。

　　北京城里发生了一件天大的事，文武百官与嘉靖皇帝发生了争执，号称"大礼议"。嘉靖皇帝登基后把自己的藩国所在地安陆改名为承天府，这意思是他的皇帝宝座是从天上继承的，大臣们坚持他是从孝宗（弘治）皇帝身后继承的皇位，故他应该称呼孝宗皇帝为皇考，称呼自己的生父兴献王为皇叔。已薨的兴献王就嘉靖皇帝一个儿子，大臣们决定把住在江西省建昌府南城益王府中的崇仁郡王朱厚炫过继给兴献王,继承兴献王一门的香火。嘉靖皇帝是个孝子,他坚持称呼孝宗皇帝为皇伯,兴献王为皇考。于是,一场君臣拔河比赛开始了,结果是,文武百官像树林一样多的胳膊,拗不过嘉靖皇帝一个人的大腿,一百三十四位文武官员被廷杖,当场杖死十六人。二月,杨廷和因为"大礼议"得罪了皇帝,被迫退休,大学士蒋冕成了内阁首辅。

天下多难,嘉靖皇帝要求百官自我反省,并征召治国良策。王阳明上奏,谏言皇帝罢免不称职的首辅,并推荐了赋闲在家的杨一清和现任吏部尚书石瑶。

王阳明的朋友席书、霍韬,弟子黄绾、方献夫和黄宗明是"大礼议"的活跃分子,他们纷纷写信征求王阳明的意见,王阳明坚持只讲学不说是非。

伯府东邻也是一户王姓人家,户主是退休养老的贵州按察司副使王经。王家二儿子叫王畿,比钱德洪小两岁。都是做官人家,都是读书人家,比邻而居,出门进门,低头不见抬头见。王经是弘治三年进士,比王阳明早三届金榜题名。在绍兴,甚至在浙东的王姓,向上追溯起来,不管自己大字小字写得好坏,都会尊东晋王羲之为祖宗。《大学》开宗明义就是"明德、亲民、至善"。睦邻亲善,是对《大学》的践行。因为这几层原因,王阳明与王经来往走动关系融洽,只是比邻不久王经就去世了。

来绍兴求学的江西人居多,读书人喜欢结伴而来,有叔侄结伴的,有兄弟结伴的,有同学结伴的。魏良弼的弟弟魏良政、魏良器、魏良贵,欧阳德的族弟欧阳瑜,安福弟子刘晓的叔伯兄弟侄子刘文敏、刘邦采同族九人,先后来到绍兴求学。

做良知学问,不局限于教室,不局限于书本,功夫在日常。王阳明率领一帮弟子,常去周边游览山水。

今日一早,王阳明率领弟子要去城东北的戴山,一行人路过王畿家,迎面碰上王畿一个人由东向西,一脚轻一脚重踉踉跄跄走了过来。大清早,人这种状态,让人好奇。王畿瘦高个子,眉清目秀。只见他一脸倦容,手里抓着一个小小的金色布囊,看到王阳明十几个人,他毫无顾忌地张大嘴打了个哈欠,稍稍让出些路,走了过来。十几个人避让着他。王畿示威似的扫视了十几个人一眼,轻蔑之情溢于言表。错身而过后,十几个人清楚地听到身后传来的嘲弄声:"呸,一群腐儒!"

和王畿对面而过时,弟子们看到了王畿的一脸清秀,王阳明却观察到王畿脸上朦胧着的一层浊气。听到王畿故意的大声嘲弄,弟子们并没有回头去看王畿,而是纷纷看向王阳明。王阳明目不斜视地向前走着,问各位道:"你们来绍兴这些日子,吃过绍兴的腐乳吗? 就是绍兴臭豆腐。"

跟在身边的魏良政、刘文敏几个人纷纷说道:"吃过!"

王阳明说道:"臭豆腐闻着臭,吃着香。绍兴腐乳,绍兴人家家餐桌必备。腐乳中的佳品,还是贡品。这是说的臭豆腐。要是读书人成了腐儒,闻着臭,吃着能不能香甜?"王阳明说着,自己呵呵笑了起来。这一笑,弟子们活跃起来。

王艮说道:"读书成了书呆子,刻薄古板,好像是从千年古墓里钻出来的,就会臭不可闻。"

钱德洪说道:"读书人读不出良知,成了腐儒,还不如腐乳有用呢。"

王阳明说道:"别人说我们腐儒,是提醒我们检讨自己。心上如果有腐败的东西,我们必须修正,如果没有腐败的东西,我们就要自信,任他谣言歪风,肆意诽谤,我自岿然不动。不动什么? 就是不动怒、不动气,归根结底是不动心。要致良知,别说心上有腐败的东西,就是香甜的东西也不能有。"

到了戢山,大家席地而坐。王阳明提起刚才的话题,问道:"刚才那个读书人是谁,你们知道吗?"

钱德洪回答道:"他叫王畿,正德十四年举子,比弟子小两岁。去年我们在京师考试,都住高升旅店,弟子向他介绍过良知学问。他对此嗤之以鼻。这个人两次会试失利后,有点玩世不恭。"

魏良政说道:"先生这位芳邻,嘲讽我们是腐儒,已经不止一次了。见一次面,嘲讽一次。"

王阳明笑着说道:"谁把腐儒挂在心上,谁就是腐儒。师伊!"王阳明看着魏良政,眼含深意。魏良政字师伊。

魏良政说道:"谢谢先生指点。今天说起这个话题,弟子也是随口而出。"

王阳明点点头说道:"那就好!你们猜猜,王畿昨晚上干什么去了?"

王艮说道:"看他大清早一脸疲倦,手里抓着钱袋子,一定是去混赌场了。"

钱德洪说道:"传闻城里有秀才,赌输了水田,赌输了房产,赌输了妻妾。"

王阳明说道:"小赌怡情,大赌丧志。怡情不如养性,把心放正就是养性。"

魏良贵说道:"先生,您教我们做学问一心一意、专心致志。弟子过去在家,兄弟们有事争执的话,习惯以投壶来决定。"魏良贵瞅了一眼哥哥魏良政和魏良器,"弟子发现,投壶的时候,一旦分心,虽然近在咫尺,也会屡投不中。弟子以为,投壶就类似赌博,可见赌博也是一门学问。先生以为如何?"

听到弟弟说投壶,魏良政和魏良器还不在意,听到弟弟说赌博是一门学问,两个人一齐看向弟弟,两双眼睛里都是责怪。两个哥哥责怪了弟弟后,再看向王阳明。大家都看着王阳明。

王阳明呵呵地笑着说道:"赌博确实能锻炼人的心志,沉迷进去能达到忘我的境界。我们做学问,也必须忘我,要达到忘我的境界,还很不容易。但是赌博的忘我,和我们做学问的忘我,有很大的差别。做圣贤学问,忘我,是身心世界俱忘,没有人,没有天地,没有万物。赌博的忘我,是能忘了自己的身心,忘了自己的爹娘妻儿,却忘不了眼前的骰子,忘不了眼前的筹码,忘不了赌桌上的银子。赢钱了,狂欢,离不了一个狂字;输钱了,丧心病狂,还是离不了一个狂字,输赢都是一个狂字,狂则心丧。师伊,你们兄弟会投壶?"王阳明看向魏良政。

魏良政点点头。

王阳明说了一声好,问道:"去过赌场吗?"

魏良政再点点头。

王阳明说了一声好,问道:"会赌吗?"

魏良政脸一红，应道："弟子很惭愧，以前痴迷过赌博。"

王阳明呵呵地笑着说道："过去痴迷，是赌迷心窍；现在清醒，是良知在苏醒。汝止，你过去是不是也嘲讽过读书人是腐儒？"

只上过一年私塾的王艮哈哈笑着说道："弟子过去和王畿是一个德行，看到读书人死读书，就……哈哈哈！先生，惭愧得很！"

王阳明说道："久病成医，解铃还得系铃人。王畿这个病，还非得汝止和师伊出马不可。"

王艮和王阳明相视一笑。魏良政不解地看着王阳明，王阳明并不解释。王艮道："师伊，先生的良知学说墙内开花墙外香，香遍了江西、广东、福建、湖广、南直隶。大家不远千百里，慕名而来。反倒是这绍兴城里，好像是灯下黑，尤其是这个王畿，和先生做邻居，竟然骂我们是腐儒。他这倒不是骂先生，我想原因可能出在我们弟子身上。我们外来的弟子，对先生高山仰止，到了伯府前，还没见着先生的面，远远地看到了承恩坊，就已经拘谨得弯腰驼背，志气矮了三分，有的甚至紧张得连路也不会走了。王畿作为先生的邻居，出门进门，常常遇到修习的读书人，认为我们是腐儒，也有他的原因。我在见先生前，也把很多读书人看作腐儒。这就好比我们在海边晒盐煮盐，外人远远瞅着，那不过是一池海水，他还没见识过白花花的精盐。误解的根源在于他们不理解良知学问。我们自己这池海水，被先生点化出了精盐，自己吃到了咸味，不能眼睁睁地看着先生的邻居继续吃着没有一点盐味的淡饭。王畿若能尝到良知学说的甜头，愿意从学，过去骂良知学说的人，若能改为宣讲良知学说，可比先生亲自宣讲要管用。如此一来，绍兴城里良知学说就要大兴了。"王艮说着看向王阳明，见王阳明微微颔首，就继续说道，"先生刚才说了，久病成医。我和王畿害过一个病，狂病；师伊和王畿都害过一个病，赌病。作为过来人，我们最有发言权。是吧，先生？"

王阳明呵呵笑着说："我看王畿眼神气质，他天性聪颖，现在雕琢，还不算晚。"

晚上,王艮和魏良政结伴,远远地尾随着王畿,来到绍兴瓦肆街。王畿进了一家赌场。王艮、魏良政来到门前,见一楼的招牌是"黄金屋",二楼的招牌是"颜如玉"。两个人进了黄金屋。眼前的景象让魏良政有些惊讶,这里不像自己在南昌见过的赌场,那赌场像戏台场,像菜市场,满屋子乱糟糟的。而这里,一屋子的人,却并不嘈杂,灯光下,影影绰绰的都是读书人穿戴。粉白的墙壁上,挂着几幅字画,一幅画上是庄子在和人下棋,画名题为《弈棋？怡心！》;一幅画上是汉李广手执大弓,站在一尊石虎边,一支箭射进了石头老虎的顶门,画名题为《心力石穿》;一幅画上是阿弥陀佛的极乐世界,阿弥陀佛脚下遍地黄金,画名题为《极乐世界》。一幅字是:"书中自有黄金屋,纸糊的;宦途若捞雪花银,太冰凉;黄金屋中钱生钱,真轻松。"

　　魏良政指着这幅字,对王艮小声评判道:"不对仗不工整！没文化！没良知！"

　　王艮一把扯住魏良政,说道:"有良知哪能开赌场！"

　　两个人围着赌桌四下巡视。读书人赌博,到底是斯文,赌桌周围,各人安稳地坐着,屏着呼吸,安静得像在明伦堂听圣人说书,只是这里不说书,只掷骰子,能听到呼呼啦啦的摇骰子声音。赌客们的心思都在骰子上,没有人注意到王艮和魏良政的到来。王艮看见了王畿,忙示意魏良政,两个人掏出钱袋子,往桌边一放,跑堂的在两人身后放上了椅子。

　　文人常说,功夫在诗外,要做个好诗人,既要能钻进去,又要能出得来。就像书法,一头钻到字的罗网里面的人是写字匠,能钻出字的迷宫的人才能成为艺术家。赌博也一样,输赢压在心头的人,想赢怕输,得失心重,往往是怕处有鬼。昔日的赌徒魏良政良知已经觉醒,坐在赌桌旁,他没有输赢心,没有计较心,没有算计心,清净处生智慧,他把把赢钱。这位陌生人很快吸引住了大家的目光。王畿看到魏良政,看到王艮,条件反射张口就是"腐","儒"字还没来得及出唇,便醒悟过来,他愣住了。在王畿看来,王阳明带的这帮腐儒满口之乎者也,遇到漂亮女人不敢看一眼,听到荤笑话就要捂耳朵,整天板着一张脸,天天像在坟前哭丧一样;走路先迈哪只脚,吃饭先夹哪根菜,都要在"四书五经"里找一找宝典。这样的人,竟然还会赌钱?竟然还能赢钱!王畿的目光和王艮的目光相遇了,王艮的眼中是淡淡的笑意。王畿脸有些热,马上转过头去。

　　看到王畿的银袋子空瘪了,王艮示意魏良政,二人随着王畿起身。王畿往外走,遇上王艮和魏良政也往外走。王畿搭讪道:"想不到腐……想不到你们也会这个!"

　　王艮说道:"想不到腐儒不仅会赌钱,竟然还会赢钱,是不是,王孝廉?"

　　王畿输了钱,心情沮丧,懒得搭话,拱了拱手,埋头往门外走去。

　　王艮跟在王畿身后喊道:"王孝廉,请留步。夜色还早,在下请你听曲。虽然是师伊赢的钱,身外之物,谁花是谁的。"

　　王畿停下脚步,有些犹豫,自己一直嘲讽人家是腐儒,现在怎么好意思花他们的钱。

　　魏良政会意地劝慰道:"王孝廉,我和汝止师兄人生地不熟,难得认识一位当地读书人,实在指望学兄在历史典故、风俗人情上提醒一二,免得入乡不随俗,惹当地人笑话。今天请客,算是有求于王学兄了。请勿推辞!"

　　王畿仍在犹豫,他沉吟着,说道:"两位兄台要了解历史典故和风土人情,王爵爷比鄙人懂得更多,何须鄙人画蛇添足?"

　　王艮笑着说道:"师徒哪有兄弟之间自在。王孝廉推托,是不是还在拿我们外乡人当腐儒?"

　　王畿歉意地笑着说道:"岂敢岂敢!"说着拱着手,"恭敬不如从命,让两位兄台破费了。不知两位兄台想听什么曲子?"

　　王艮刚才随口说要请王畿听曲,只是想有一个与王畿相处的机会,至于要听什么曲子,还没有想到,现在听王畿发问,就想起了这些日子走在绍兴的大街小巷,听到的《梁山伯与祝英台》的戏词,于是他模仿着余姚腔唱道:"三载同窗情如海,山伯难舍祝英台。"

王畿笑着说道:"在下知道了。走吧!"

三个人上到二楼,被引到"祝英台香闺"。

王畿陪着王艮和魏良政听了半夜琵琶伴奏的《梁山伯与祝英台》。

嘉靖三年四月,王阳明守孝期满。伯府内恢复了开怀的欢笑声。伯府有一个内花园和一个外花园,内花园名为养心苑,外花园名为沂水苑。沂水苑成了王阳明和弟子们的露天课堂。课堂上经常有酒席助兴,有琴声飘扬,有歌诗吟唱,有投壶游戏。王畿和王艮成了好朋友。王畿第一次到伯府外花园,正赶上王阳明接待上门拜访的绍兴知府南大吉。花园内有条小河,与碧霞池相通,从小河中引出一股活水,仿照兰亭的曲水流觞,修筑了一段弯弯曲曲的小溪,用来漂流酒杯。今天只有南大吉一位客人。园内一座凉亭,凉亭匾额题着"点志"两字。点志亭中石桌上摆着酒菜。亭外摆着两个白色大瓷壶,主客两人在做投壶游戏。钱德洪做裁判,魏良政做服务,几个弟子侍立在王阳明身后。

王阳明和南大吉,各自手里拿着四支去掉箭镞的矢,南大吉先投,结果三支壶内,一支壶外。王阳明则四投四中。南大吉一躬身一拱手,豪爽地一笑,说道:"爵爷,您是不是把良知学问都用在了投壶上?剿匪平叛,设谋用计,需用良知;投壶也用良知,岂不是牛刀杀鸡?哈哈哈!"

王阳明笑呵呵地说:"南府台光临敝舍,老夫应该敬你酒喝,这是礼数。正德六年,老夫做会试同考官,在礼房判卷,对南府台的文章印象深刻。做秀才,当举子,你我都专修一科《礼记》。今天这个礼数,你输了投壶,赢了酒喝。既是天意,又有人情。来,南府台,喝酒!"

南大吉哈哈一笑,一躬身,比刚才躬得更低,说道:"如此说来,您是晚生的房师。先生再称呼府台,晚生可担当不起。"

王阳明道:"瑞泉先生,你既然不再称呼老夫爵爷,咱就两清了。来吧喝酒!"

南大吉收起笑脸，一本正经地说道："不敢，请先生称呼晚生元善。"

　　南大吉字元善，号瑞泉。

　　王阳明说道："好吧，今天是家居，不是在你的大堂上。来，元善，坐！"

　　这时，王艮和王畿过来给王阳明和南大吉见礼。王艮向南大吉拱了拱手，指着王畿向王阳明介绍道："先生，这是王孝廉王畿。"

　　王畿躬身作揖后，直起身子说道："学生给阳明先生赔罪了，以前冒冒失失，冲撞冒犯了先生，请恕罪！"

　　南大吉惊讶地看向王畿。王阳明笑呵呵地说道："王孝廉言重了，你既没有得罪我，也没有冒犯我。你是率性而为，做人不虚伪，不做作，很难得。担得起一个直字。古人说，直心是道。但是太直的话，容易伤人，容易伤身。是不是，元善？"

　　南大吉笑着点点头。

　　王畿躬身说道："学生谢谢先生指点。阳明先生，您有事，学生明日再来拜访。南府尊，打扰了！"

　　王阳明吩咐道："汝止，送送王孝廉。"说着端起酒杯，劝南大吉道，"来，元善，我陪你三杯。"

　　喝罢三杯，王阳明道："元善，刚才你问投壶是不是用到了良知，不知这是不是你的玩笑话。我想说的是，一个人发掘出了良知，它时时刻刻都在起作用，不管是杀牛还是杀鸡，用兵打仗，还是吃饭睡觉，甚至一呼一吸都有它在。"

　　南大吉听完问道："先生如此说来，良知没有休息的时候，人睡着了它还在起作用，还能不嫌琐碎地照顾到一呼一吸？"

　　王阳明呵呵笑着说道："良知就在我们心中，心若打盹，人就成了死人。元善，你是渭南人，关中前贤横渠先生的四大誓愿：为天地立心，为生民立命，为往圣继绝学，为万世开太平。天地心，生民命，说的都是良心，良心的作用就是良知。失传的圣贤绝学，就是致良知的学问。如果人人开发出来良知，何愁绍兴一府之地不太太平平！何愁天下不太太平平！"

南大吉听着，脸色凝重起来。沉默了一会儿，他道："晚生倒是没有想到这些。这个说绝学，那个说绝学，几百年，上千年，莫衷一是。横渠先生的文章，晚生研读过不止一遍。横渠先生说过，致知的知，有见闻类的知，有纯德性的知。先生您说的良知，莫非就是横渠先生说的，纯德性的知？"南大吉疑惑地看着王阳明。

王阳明轻轻点点头，缓声说道："德性，就是心性。人如果恢复了纯粹的德性，就是道心，就是良心。良心的知，就是良知。"

南大吉若有所思，好像自言自语道："这倒与横渠先生的学问接上了头。横渠先生说'为往圣继绝学'，难道这就是千古失传的绝学？"

王阳明微微颔首，脸上是淡淡的笑，笑着问道："元善，今年春秋几何？"

南大吉还在沉思中，听到问话，道："晚生今年三十有八。"

王阳明笑眯眯地说道："圣人说过，四五十岁还没有悟道的话，年龄再大，悟道就难了。"

南大吉笑着说道："这么说，晚生还能抓住机会的尾巴。"

两人一起笑了起来。

第二天，王艮、魏良政陪着王畿，拜师入门。拜师仪式结束，王阳明对王畿说道："王畿，你心性伶俐，学圣贤的路上，你能一日千里，是很难得的良材。心性伶俐，容易清傲。清傲，"王阳明指着身边的小树，"就像这树一样，没有根，或者根扎得不深，经不得风雨。"王阳明抬头看到天空远处飘荡着的一顶风筝，"清傲，根源在于浮躁，就像风筝，容易断线。"

王畿再次跪下来，说道："弟子请先生指教戒傲戒躁的良策。"

王阳明满意地点点头，说道："我给你起一个新的表字，叫汝中。天天被人称呼，可以时时提醒你。你这些天与汝止来往比较多，你和汝止，都是少有的聪明人，你们害的是同一个病。汝止过去狂狷，心态狂，守着一个'止'字，是对症下药;你,心态傲,最好守一个'中'字。守着中庸之道,喜、怒、哀、惧、爱、恶、欲,不可滥情纵欲,不可过,不可不及。一句话,要诚意正心。圣贤学问就是心学,守着一份清净的心,就是守着自己的良心,守好良心,就能致良知。"

王畿郑重地说道:"汝中谢谢先生开示。"

王阳明看着王畿手里的《传习录》,说道:"汝中,良心就是清净心,就是至善的心。找良心,要先静下来。宛委山阳明洞天,是当年我习静的地方。你可以带上《传习录》,去那里一个人静静地住上三个月。三个月后,我们再说。"

王畿说道:"谢谢先生指教,汝中谨遵师命!"

第一百四十三章　知府弟子　问学问政

时隔两天,南大吉再次来到伯府。这次登门,他卸去了绣有云雀图案的官常服,只穿了一件儒士服,头上扎着儒士们常戴的网状儒巾。南大吉由钱德洪引路,来到了沂河苑。

王阳明在点志亭下,远远看着南大吉兴冲冲地进苑,会心地笑起来。

见过礼,两个人在石桌边相对而坐,相视而笑,南大吉笑得开心,王阳明笑得舒心。南大吉指着自己刚刚放在石桌上的《传习录》和古本《大学》,说道:"醍醐灌顶!豁然洞开!晚生终于体会到滋味了!"南大吉两眼放光,脸上洋溢着欢笑,整个人往外蒸腾着抑制不住的兴奋劲。王阳明看着南大吉的头顶,笑着说道:"智慧穴,开窍了!头顶是不是很清凉?"

南大吉有些坐不住,说道:"抱歉,先生!"说着他起身离座,退到亭外,对着王阳明再次跪倒,磕了三个头,起身,仰头笑望着天空,张开两臂,做了一个深呼吸,然后一张灿烂的笑脸笑对着钱德洪、王艮、魏良政、刘文敏、孟源等在场的每个人,笑得钱德洪等人先是莫名其妙,后来诸人也被感染得开心笑了起来。

王阳明随后问道:"元善,是不是天比往日蓝,河水比往日清,红嘴蓝鹊也比往日叫得动听?"

南大吉坐回石桌旁,兴奋地点着头。

十几个弟子都围到了石桌旁。

王阳明看了看各位弟子,最后看着南大吉,说道:"元善,说说看。"

　　南大吉说道:"晚生去年一到绍兴,就接触到了先生的《传习录》。很抱歉,当时只是随意翻了翻,因为心里装着成见,对《传习录》上的新说法,晚生一直心存抵触。一年多来,听了先生几次讲学,晚生心里头经常很矛盾,很纠结。先前的修身方法,很难一下子舍弃,但是又走不通,捋不顺。碰壁多了,有时候就想,病急乱投医,即便是伪学邪说,何妨试一试? 因为抱着怀疑态度,此前一直也没有试出个所以然。大前天在这点志亭下,晚生把先生的学说和横渠先生的学说接上了。先生说的良知,原来就是横渠先生说过的纯德性的知。再往前推,晚生又找到了孟子。良知说并非先生凭空杜撰的,是有来历的。与千古圣贤学问接上后,晚生回过头来再看《传习录》,就能顺利接受了。先生说格物是正念头,这简单明白。静坐的功夫,晚生以前有。以前静坐,人虽坐着,心思却坐不下来,心一直在和身外的事物较劲。现在简单了,只用和自己的念头较劲。念头就像客人,不速之客,你来,我不反对,也不欢迎;你来了,没有茶果招待,没有冷脸给你;不冷不热的,客人待不下来;那好,你走,请便,我也不送。如此一来,自然客人就稀了,慢慢客人也不上门了。好像不经意间,一下子就得空了,念头空了,身子也没有了。哈哈哈! 这就是,这就是……"

　　王艮接嘴道:"心包宇宙,万物一体。"

　　南大吉看着王艮说道:"对对! 这个时候只剩下一个知,清清楚楚,明明白白。"

　　孟源接嘴道:"是良知?"说着,大家都看向王阳明。王阳明笑着微微颔首。

　　南大吉看到王阳明点头认可,兴奋地说道:"弟子入了门,却没拜师。弟子要拜师,先生。"

　　王阳明笑眯眯地说道:"你已经拜过师了。"

　　南大吉不解地看着王阳明。弟子们疑惑地看着王阳明。

　　王艮一拍手说道:"良知就是良师! 是不是?"王艮也看着王阳明。

王阳明说道:"人人心中有良师。良心,良知,良师。"

南大吉说道:"心中的良师是身外良师介绍的。"

王艮说道:"心灯是老师点亮的。应该拜师。"

南大吉说道:"先生,一定要拜师。否则就是忘恩负义。汝止、德洪,我们选个日子。"

王阳明说道:"元善,拜师可以拜,最终还是要忘掉老师。心上存着一个老师,就不是良心。心上不仅应该没有恶念头,也应该没有善念头。一有念头就不是清净心。这一点,你已经有了体会。你们也要注意这一点。"王阳明看向其他弟子,然后再对南大吉说道,"元善,灵光一现,良心偶然出现,还不行。要继续做功夫,要做到时时刻刻良心都在。偶然良心闪现,很多人都经历过,只是以前人们不知道罢了,他们以为出现也就出现了,过去也就过去了,雨过地皮干。只有遇到良师,稍加点拨,才知道,哎呀,这就是良心! 经过训练,稀客就成了常客,成了熟客。说客人不对,实际上是主人。我们一般人心上的主人,实际上是客人,是鸠占鹊巢,时间长了,客人反客为主。"

王艮接嘴道:"把主人撵出了家门!"

王阳明看了一眼王艮,道:"不是撵出了家门,而是关了禁闭,锁起来了。这是奴大欺主。这里说的客人,就是人的意识心;良心才是真正的主人。有良心才能知道是非,才能知道恻隐,才能知道羞恶,才能知道辞让。是非之心,羞恶之心,恻隐之心,辞让之心,人皆有之。知道恻隐是仁,知道羞恶是义,知道辞让是礼,知道是非是智,这就是良知。"

南大吉笑着点头说:"先生良知学说,上接孔孟,是真正的圣贤学问。想不到,弟子在绍兴遇到了圣贤血脉。"南大吉兴奋得直搓手,他有些抑制不住兴奋,想站起来,但他的目光和王阳明相遇了,见到王阳明清澈的眼神,见到王阳明稳如磐石的身姿,他只好抑制住激动,继续安静地坐着。南大吉兴奋地问道:"先生刚才说要时时刻刻保持一颗良心,敢问先生,这有什么诀窍吗?"

王阳明看了看南大吉和王艮,笑道:"我们就从元善这个名字说起吧。元,是先天,究竟先天到什么时候? 我们这里不讨论。善,自然是无恶。守着这个善,就像抱着刚出生的婴儿,你不能不小心,战战兢兢如履薄冰,小心无大错,自然大吉大利。静坐时你守静,活动时你守正,守什么正? 就是正心。怎么正心? 说到底是诚意。怎么诚? 不欺人不自欺。欺骗别人容易,欺骗自己最难。不欺骗自己,问心无愧,就是善。功夫成熟,忙的时候你心不忙,闲的时候你心不闲。元善、汝止?"

南大吉笑着说道:"谢谢先生指点。这是做学问。那么做官上,怎么算是良知呢?"

王阳明笑眯眯地,看着南大吉,沉默着。

南大吉笑着说道:"先生,今天这个讲坛不仅弟子一对耳朵。"

王阳明看了看各位弟子,弟子们都眼含期盼。王阳明道:"做学问、做人、做官,说起来是一回事,都是修身。说修身,外人听起来,以为是练武,不如干脆说是修心。还是从《大学》说起吧,起点是诚意,意诚了,诚到什么程度? 诚到,白天不怕人,无愧于人,晚上不怕鬼,问心无愧。心头干净,一尘不染,这个时候心头透亮。"王阳明指指半空,"就像灿烂的阳光,但是心头这份光明比阳光柔和,这就是我们平常说的心光。《大学》上叫作明德,我们还可以把它叫作良心。有了良心,刚才元善说过的,自然觉悟到万物一体。万物一体,山河大地都是你的身体,宇宙都是你的身体。那么,张三、李四、王五、马六,哪一个不是你的亲人呢? 这就是《大学》上说的亲民。做官,元善,要的就是亲民。一个人有了良心,自然亲民,甚至看到一只鸟也是亲的。"园子里树上的鸟叽叽喳喳地鸣唱着,小河里的金鱼欢快地游荡着,王阳明继续说道,"做官的有了良心,自然亲民。元善,你到任一年多来,就是在用良心做官,横行多年的恶霸石天禄、戴显八,勾结强盗,包庇强盗,没有一颗亲民的心,你也不敢逮捕他们;城中府河,山阴和会稽两个县的界河,多年来,世家大族,争相在河道上建造亭台楼阁,一到雨季,水流不畅,连年泛滥成灾,没有一颗亲民的心,你也不敢得罪权势,硬着手腕,拆除河道上的房屋,疏通了府河。这些,你都毅然决然地做了,这就是良心,这就是良知。以前你没有认真琢磨过。"王阳明看着南大吉,"做官就是做良心。"王阳明看着其他弟子,"做官是修身,是亲民。修身也是做官,汝止,修身是做自己的官,自己的七情六欲要管理好,怒伤肝,喜伤心,忧伤肺,思伤脾,恐伤肾。这些不良情绪,就是我们自身这个小天地中的恶霸,该逮捕的逮捕,该镇压的镇压。抑强扶弱,要和谐。师伊,你们看,修身是不是做官?"

魏良政一拍手,欢喜道:"这么说,弟子已经做官多年了!妙哉!"

魏良器来回搓着手,自言自语道:"不才一个秀才,原来一直在做官。"

王艮会心地笑着说:"齐家、治国和平天下,都在自己身上了。"

南大吉默默点着头,嘴里喃喃道:"良心,良知,亲民!明德,亲民,至善!"南大吉问道,"照先生这么说,做官做到亲民就可以了,亲民后的至善又怎么解释呢?"

王阳明接着说道:"有两个解释,一是亲民做到恰如其分,是至善。从做官来说,你要除恶扬善,这便有个善恶之分。二是从修身境界上来说,是没有善恶的,善念恶念,对修心来说,都是恶;清净心,善恶都没有,才是至善。"

南大吉倒吸一口气,沉吟了一下问道:"为什么会没有善恶之分呢?"

有弟子情不自禁地自言自语道:"没有善恶,还叫良知吗?"

王阳明和弟子们一一对视后,指着园内的几簇广玉兰,说道:"你们看,那一片是广玉兰花圃,里面一旦夹杂有别的花草,哪怕是兰花,我也是要拔掉的。"王阳明再指向远处的竹林,"广玉兰,长在花圃里是善,生到竹林里,就成了恶,我也是要拔掉的。一竿竿修竹,青翠挺直,看着养眼。再养眼,再挺拔,再谦虚,再清节,如果长到稻田里,再善良的庄稼人也是要把这连根拔掉的。"王阳明巡视了一遍大家,缓缓说道,"善,恶,是相对的。"

钱德洪不解地问道:"先生,这样说,做人还好办些,自己分不清善恶,受害的只是自己一个人。可像南府尊,他管理绍兴一府八县,若他不分善恶,岂不是是非不分,万一放跑了恶人,冤枉了好人,岂不成了恶人?"

王阳明呵呵地笑着,说道:"良知自知。元善,你说。"

南大吉若有所思,缓缓地、郑重地点点头。

十天后,南大吉正式拜师成了弟子。拜师仪式结束,南大吉说道:"先生,承您的教海,这十天工夫,弟子一直在心头琢磨'亲民'两个字。府衙大堂,弟子改名成了亲民堂。"

王阳明微微颔首,说道:"名字是个提醒。名正则言顺。"

南大吉说道:"弟子明白,心里头功夫做到,才是名副其实。名字有了,还没有题写。弟子想烦劳先生题写堂名。还想请先生再做一篇纪文,弟子打算将之刻到大堂暖阁的屏风上。"

王阳明呵呵地笑着说道:"成人之美,扬人之善,岂能推辞。"

南大吉哈哈笑着说道:"弟子不仅仅是索取,弟子还要感恩先生,感恩良知学说。卧龙山西岗的稽山书院,荒废多年。弟子和山阴县吴县侯勘察多次,打算近日动工修复,不仅仅修复,还要扩建,准备新建一座明德堂和一座尊经阁。"

王阳明闻言,眼睛发亮,他一拍太师椅的扶手,道:"这太好了!"

南大吉豪爽地笑着说道:"这是一项亲民举动。将来在八县读书人中,选拔俊秀,府里资助食宿,一则为朝廷输送人才,二则为八县带动士风,士风纯良,民风自会纯良。这是绍兴府的自利。另外,也为先生讲学提供一个讲堂,让这些外乡求学者有个稳定的听讲场合,这也是绍兴府应该做的。"

王阳明按捺住内心的激动,呵呵地笑着。良知学说就要有一个正式的发声场合了,而且是官方的。朝廷那些老先生不喜听良知学说,一波波的攻击像呼啸的北风,从北京刮到绍兴。自己守孝期满了,礼部尚书席书以及霍韬、方献夫、黄绾连续举荐,朝廷却没有丝毫起用自己的意思。这不怪他们,他们不了解良知学说。如此一来,自己反倒落得清静,乐得在沂河苑里逍遥自在,扶一扶被风刮倒的青竹,剔一剔侵占广玉兰地盘的杂草,喂一喂沂河里的金鱼,晒一晒春日的暖阳,吹一吹夏日的凉风。这生活还催生了他的诗兴,他写道:

> 归去休来归去休,千貂不换一羊裘。
>
> 青山待我常为主,白发从它自满头。
>
> 种果移花新事业,茂林修竹旧风流。

自己这个园丁的事业不仅仅是浇花种草,更是教育弟子。只是一切不强求,随遇而安,过去是在自己的花园里指点弟子,马上他就可以到绍兴府的书院指点学生了。学良知学说的人多了,良知学说这股风总有一天会刮到北京去。想到这儿,王阳明浑身轻快,对南大吉说道:"好!这是善政!元善,做官虽然离不了严刑峻法,书院却比监狱亲民,它能开发良心,能开启良知。"

南大吉见王阳明兴奋,便又开言道:"先生,弟子想请您去看看风水,选选地址。不知对此事,先生意下如何?"

王阳明答道:"元善,良心所在,必是好风水。有良心,有善政,东西南北,无处不是好风水。"

南大吉止住笑,迟疑着问道:"先生,弟子这两次晋见先生,总是很开心,我们相视而笑,我们会心会意地笑。回去,弟子一个人独处的时候,略一静心,却再也笑不起来了,回想起自己过去做学问、做人、做官,毛病太多。比如,府内有靳二府,弟子上任伊始,靳二府仗着在绍兴年头久,年齿长,很是轻视弟子,有时候存心想看弟子的笑话,有些事揣着明白装糊涂,袖手旁观,甚至故意设置障碍,好在弟子自己最终也能摸清楚,并公正处置。弟子凭着自己的努力,赢得了府衙上上下下的敬重。靳二府对弟子从轻视变成了敬重。可是,弟子明明知道,靳二府改变了态度,弟子明明知道,要亲民,要亲善身边每一个人,知道这个理,可是对靳二府,感情上却很难转变过来。撇开这件事不说,弟子身上别的毛病也不少,却从未听先生提醒过一次。先生是不好意思提醒吗?"靳二府是绍兴府同知靳塘,正德十二年到任。

王阳明呵呵地笑出了声,说道:"元善,我怎么没提醒你呢? 我时时刻刻都在提醒你呀!"

南大吉愣住了,迟疑了一会儿,说道:"您赞扬弟子行善政,何曾提醒过弟子的过失?"

王阳明反问道:"我不提醒,你怎么能知道自己有过失呢?"

南大吉疑惑道:"先生是说良知?"

王阳明说道:"我天天开口闭口,嘴上总挂着'良知'两字。别忘了,良知自知。"

南大吉猛然醒悟,哈哈大笑起来。

南大吉笑罢,王阳明说道:"良心可以灵光闪现,良知也一样。这是理上说。做功夫,要在事上磨炼。理上很多人知道,事上总是很难做到。知行合一,功夫要细密,要熟练,良心稳定下来,良知才能时时起作用。"

南大吉问道:"先生,过去没有良知学问,身上心上的过失还少些,这些日子,天天琢磨良知,怎么觉得越学越退步呢? 自觉越学过失越多。"

王阳明解答道:"人心就像镜子一样,过去落满灰尘,啥也照不见。现在灰尘越来越少,镜子越来越亮,亮到极致,灰尘是纤毫毕现,再没办法遁形了。古人说,知错是贤人。反过来说呢,不少人一身毛病,却总自我感觉良好。元善,你说你现在是退步还是进步?"

南大吉笑了。

第一百四十四章　稽山书院　略说五经

　　绍兴知府南大吉成了良知学的学生,绍兴稽山书院成了良知学的讲坛,良知学说传遍了绍兴府八县。卧龙山西岗,稽山书院的尊经阁建成了,王阳明应南大吉的请求,为尊经阁写了一篇《稽山书院尊经阁记》。在稽山书院恢复暨尊经阁竣工的揭幕仪式上,王阳明做了一场良知学说演讲。听讲的有绍兴本地读书人,有江西、广东、福建、浙江、湖广和南直隶的读书人。人太多,新建的明德堂容纳不下,讲坛只好搬到明德堂前的院子里。讲坛的背景是明德堂,明德堂门上的匾额是"学致良知"。王阳明坐在明德堂门前廊下的台阶上,台阶下,知府南大吉、同知靳塘、山阴县知县吴瀛、会稽县知县高世魁坐在首席。

　　王阳明开讲道:"今天从尊经阁说起。尊经阁是藏书楼,藏书楼为什么建在书院最后边? 因为读书人,习惯把书放在书房,而是客厅。书是备读用的,不是装饰用的。藏书藏什么? 读什么? 藏就藏经典,读就读经。经是什么? 经就是常道。在天,就是命;在人,就是性。我们常说的人之初性本善,指的就是这个性。主宰人身的这个性,我们叫作心。由此大家可知,心不应被局限于自己的血肉之躯内。要放开心量,就是《孟子》说的'学问之道无他,求其放心而已',放心放到什么程度? 放到恢复心的天性。张横渠在《西铭》中说'天地之塞,吾其体;天地之帅,吾其性',就恢复到这个程度。这也就是陆象山说过的'我心即宇宙'。用我的话说呢,就是心即理,就是心外无物。放心放到这个程度,做人做到这个地步,就是顶天立地。《易经》上说的'大人',就是具有这样心量的人。这样的心量，就是良心。良心，知道是非，知道恻隐，知道羞恶，知道辞让。这是良知。我们读经、学经，目的就是为这个。"王阳明说着，伸手指了指身后上方的匾额，"学，就是要致良知。"王阳明说到这里，沉默下来，静静地看着听众。听众中，有的会心微笑了，有的苦涩地皱着眉沉思着，有的惊愕地盯着王阳明，有的疑虑地窃窃私语，有的不以为然……王阳明淡淡地笑着，继续说道，"开讲前，瑞泉先生告诉我，今天登记的听众有三百多人，大家来自五湖四海。有的过去听过我说良知，有的翻看过《传习录》，有的可能听说过传闻，你们对良知学说熟悉程度不一样，所以有人会疑惑：天地大道，怎么会这么简单？要知道，《易经》说'大道至简'。简单到今天，就是'良知'两个字。有的读书人害怕简单，迷信复杂，以为越复杂越显得有学问。我就再做稍微复杂一些的解释。刚才说，经是常道，涉及天地阴阳变化，这是《易经》；涉及政治治理，就是《书经》；涉及情志抒发，就是《诗经》；涉及秩序规范，就是《礼经》；涉及音声和谐，就是《乐经》；涉及正邪诚伪，就是《春秋》。这'六经'，都是在天命人心上说事。天地间，过去是这个天命人心，现在还是这个天命人心。瑞泉先生把藏书楼叫作尊经阁，一个'尊'字，用得太好了。书藏起来不用，没有好处。怎么尊经？不是像祠堂里的木主，平常供在祠堂里，一年四祭的时候才被想起来。尊经不是这样尊的。尊经要像曾子，时时刻刻战战兢兢。这里说时时刻刻，是不是要我们天天捧着'六经'，手不释卷？我们吃饭时能腾出来手吗？我们更衣时能腾出来手吗？"

王阳明顿了顿，继续说道："尊经，怎样才能做到时时刻刻呢？天地阴阳变化，我们人心能不能感应？政治治理、情志抒发、秩序规范、音声和谐、正邪诚伪，哪一样不是我们心上的事？《易经》记录的是我们心上的阴阳变化，《书经》记录的是我们心上的行政纲纪，同样道理，《礼经》《乐经》《诗经》《春秋》，记录的都不过是心的变化。知道了这个道理，我们可以说，读经，其实就是读心；尊经，其实就是尊心。是不是可以说，'六经'就是圣贤对人心的记录？什么是圣？是不是可以说，良知就是圣？"

最后，王阳明说："读书人对经学的误解，已不是一时半刻的事了，我们习惯钻到经书的文字里，就像书虫，藏身在书里，天天蛀蚀着文字，漏掉了智慧。这是尊经吗？叫我说，这是侮经，是毁经！尊经，让我们从心做起；尊经，让我们寻找自己的良心；尊经，"王阳明左手后扬，食指向后一指，再度指向明德堂门匾上的"学致良知"，"让我们恢复我们的良知！"

王畿在宛委山阳明洞天三个月的闭关静坐该结束了。王阳明率领弟子，亲自迎接王畿出关。会稽山成了王阳明的良知大课堂，这里的山水花草，都成了王阳明良知学的教材教具。钱德洪、王畿、何廷仁、黄宏纲等人陪着王阳明，游览累了，停步在大禹陵下，王阳明席地而坐，弟子们纷纷围坐其旁。王阳明望向大家。气喘吁吁的弟子中，只有王畿气定神闲。

王阳明道："俗话说，到什么山唱什么歌。我们到大禹陵下，就唱大禹的歌。尧舜禹三位圣人代代相传的十六字心法，是什么？世材，你说说。"

钱楩，字世材，山阴本地秀才，在稽山书院听王阳明讲学后拜师，入门时间短。跟着王阳明在山里走了半天，他气没调匀，听到提问，他结结巴巴地说："人心惟危，道心惟微，惟精惟一，允执厥中。"

王阳明点点头，问王畿道："汝中，你已闭门习静三个月，你说说，人心怎么危？道心怎么微？找到精一了吗？体证到你这个汝中的中了吗？"

王畿表情很柔和，很纯净，微笑着道："人心心猿意马，一眼招呼不住，就要踢腾，没有一刻安闲的时候，不是折断了树上的花，就是踩坏了地里的禾苗。这是危。道心很微妙，难觅踪迹，难见芳容，只有心静下来，静到天地人成了一，才识庐山真面目。这是微，这是一。一也是中。先生，只是这个一，这个中，太小了，太轻了，太微妙了，想牢牢抓住它，它却踪迹全无，总是不经意间，它才出现。"

王阳明笑着点点头，对大家说："无心成道。有心抓它，当然抓不到。今天不说这个。爬了半天山，大家一个个气喘吁吁，唯有汝中气定神闲，这是为什么？"王阳明停顿下来，大家眼中满是疑惑。王阳明继续说道，"爬山，千丈高山要一步一步地走。"王阳明说到一的时候,语调又重又慢,"我们永远只想着脚下这一步,这叫脚踏实地。如果我们脚踩着石阶,心飞到了山顶,身心分家了,就会累。而若是从山脚到山顶,一千步,一万步,都是这一个一,都是这一步,都是这一心,那你会不会累? 汝中,是不是这样?"

王畿回答道:"先生,您不说,我还没有意识到。您一说,我才明白过来。过去爬会稽山也不是一次两次,这次最轻松。"

王阳明笑眯眯地说道:"世材、师伊,这也是功夫。功夫好坏,检验的方法很多,爬到山顶,能心平气和,能随口吟诗唱歌,才算功夫入门。好了,你们也歇过来了,我们歌诗。德洪,你起头。"

钱德洪从袋子里掏出诗稿,吟唱道:"个个人心有良知,预备起!"

大家齐声歌诗道:

> 个个人心有良知,自将闻见苦遮迷。
> 而今指与真头面,只是良知更莫疑。
>
> 问君何事日憧憧,烦恼场中错用功。
> 莫道圣门无口诀,良知两字是参同。

一群年轻的秀才举人身后,有一白胡子老头,他开始是静静地听,后来有些情不自禁,跟着轻轻哼哼,哼到忘情处,竟摇头晃脑起来。

下午,王阳明入住炉峰禅寺。王阳明在喝茶,钱德洪进来禀报道:"先生,海宁一位老先生求见。"

来人是六十八岁的海宁诗人董沄,董沄在绍兴尊经阁听了王阳明讲学后,追随了他几天,观察了他几天,亲自参与辩论了几次。现下,董沄不顾王阳明的婉拒,执意磕了头、拜了师。

问君何事日憧憧，烦恼场中错用功。莫道圣门无口诀，良知两字是参同。

第一百四十五章　老妻临终　介绍新妇

　　王阳明的夫人诸翠一直有病,进入腊月,她的病重了。

　　她想回娘家看看。尽管娘亲张老太太已经于八十一岁那年仙逝了,诸夫人还是想回去,回到余姚泗门乡下的老家,给爹娘上上坟,看看几个兄弟,见见几个娘家侄子,顺便瞧瞧病。绍兴城里有名医,但诸夫人觉得老家的医生更亲切些。上了年纪的人,总喜欢回忆起小时候的光景。在绍兴住久了,总是怀念泗门,怀念娘家门前的那棵香樟树,怀念门前的那座小石桥,怀念小巷里飘荡着的臭豆腐味,怀念亲娘做的莼菜羹味,甚至怀念泗门乡下海风的那股特别味道。这份怀念还不好跟王阳明说。跟着王阳明,夫贵妻荣,自己成了诰命夫人。作为女人,尊贵已经到了顶点。这把年纪,要说稀罕泗门榨菜的那个清爽味,家里有娘家侄子送来的两坛子腌菜,要说稀罕泗门的吃食,伯府里有王阳明弟子们孝敬的江西、湖广、两广、福建、直隶等地的各种风味食物,还有刚刚从海外运来的,过去从没有听说过的花生、红薯。说到花生,光这名字就让人羡慕,花生花生,开花就会结果。自己年轻时何尝不是一朵花骨朵,娇艳欲滴,可是,她这一辈子只开花,硬是没有结果。现在花也凋零了。这花生,不仅吃着香,看着也让人喜欢。有两个仁的,有三个仁的。自己却连一个仁也没有结出来。也许是小时候爹娘起名字起错了,诸翠! 诸翠? 有谁见过竹子结果的? 这些男人,这些文人,嘴里念叨,文章里絮叨,什么松竹梅岁寒三友,他们哪里知道竹子怕冷,南方的竹子青翠,北方的竹子枯黄,自己这个竹竿一样的身子,一辈子怕冷。怕冷的人,不仅怕冷,还怕冷清。越怕冷清越冷清,咋就没有生出来个一男半女?从爹娘身上延续的这根生命线,怕是要断线了。得知夫人想回娘家,王阳明安排儿子媳妇陪诸夫人回了一趟泗门。

儿媳妇顺道也回了一趟娘家。儿媳妇是余姚横河天香桥人,是四川按察司副使胡东皋的女儿。

诸夫人从娘家回来,同船带回来一个干姊妹,她叫张纯如,是邻村张秀才张乡医的女儿,二十九岁一直未嫁人。是诸夫人看病时结交的。诸夫人请张纯如来家里,帮助自己做做冬衣,缝缝棉被。因为诸夫人卧病在床,张纯如和王阳明不时来探望诸夫人,时常碰面。诸夫人第一次把张纯如介绍给王阳明时,王阳明觉得自己有些异样。虽说是自己有些异样,自己异样的根子却在张纯如身上。张纯如个子不高,一张脸白白净净。白净两个字,不能完全表达出来张纯如的气质,准确地说是纯净,是虔诚的那种纯净。是不识男女风情的少女的那种纯真?不,不是纯真,纯真只是未曾雕琢的璞玉,纯真之中,主要成分是纯朴;张纯如的真,是雕琢后的真,像个修行人。怎么,难道她是个道姑?

张纯如见到王阳明,行了一个万福,口称:"王老爷,村姑张纯如有礼了!"张纯如笑着,脸上只有笑意,没有笑纹。

躺在病床上的诸夫人笑着纠正道:"不必称老爷。就喊先生吧。"

张纯如改口道:"先生,张纯如这厢有礼了。"

王阳明看一眼张纯如,笑着点头说道:"他姨,不必拘礼。"

张纯如见过礼,问过诸夫人的起居后,出去到别屋忙针线活了。

王阳明目送张纯如出门,诸夫人注意到王阳明的目光,会心地笑了。

王阳明意识到了什么,他马上收回目光,关切地问:"夫人,感觉好些了吗?"

诸夫人笑着说道:"现在感觉好些了。"诸夫人这一笑,让王阳明一下子想起了年轻时调皮的娇夫人。

王阳明说道:"看来,泗门乡间医生还真比绍兴城里的名医管用。"

诸夫人淡淡地笑着,缓声说道:"俗话说,老娘土治百病。心病还得心来医。"

这句话把王阳明逗笑了。王阳明说道:"我教了几年心学,这几年才找到良知这味灵丹妙药。乡医给夫人用的是啥灵丹妙药?"

诸夫人说道:"说起来心病,以前是……唉,先生知道的!后来有了正宪,正宪娶了媳妇,我不仅当了婆婆,还马上要当奶奶了。诰命夫人要当奶奶了!"诸夫人脸上洋溢着知足的微笑,"以前的心病……也算治好了。这半年来的心病,先生,花开没有百日红,绿叶没有万年青,夫妻百年,总要……"

王阳明伸手握住夫人的手。

诸夫人缓了缓劲儿,继续说:"奶奶是个百岁神仙,我没有那个福分;婆婆走得早,婆婆的福让我这个不孝媳妇享了。"

王阳明没有言语,只是手上稍微使些劲,不轻不重地握着夫人的手,试图传递着心中的温柔。

诸夫人继续说道:"我担心的是先生呀。人老不能没个伴。男人比不得女人,没有女人,就没有家呀!"

诸夫人脸上浮现出了几丝忧戚。

王阳明脸色凝重起来。

诸夫人缓了缓神,继续说道:"先生说乡医医好了我的心病,只说对了一半。其实,张秀才只医好了一半,张纯如医好了另一半。"

生死谁也难免,修行人大彻大悟,早看透了生死。王阳明可以平静地迎接死亡,可面对亲人的死亡,他却难以潇洒。别说几十年的亲情,就是一件用惯了的老物件,一旦丢失,或者毁坏,也会动情。眼见着夫人这情形,王阳明十分悲戚,他的眼角有些潮湿,声音有些异样,叫了一声:"夫人!"

诸夫人接着说道:"先生也不问问我这干妹妹的来历?"

王阳明说道:"夫人,能治好夫人一半心病的人,就是我们王家的恩人。"

诸夫人脸上又浮现出了淡淡的笑意,她轻声说:"先生看我这干妹妹如何?"

王阳明实话实说道:"像个有修行的道姑。"

诸夫人开心地笑着,说道:"先生说对了。读书人常念叨,'尧舜之道,孝悌而已矣'。要这么说,我这妹妹,真是修道人。先生猜猜,二十九岁的大闺女,不出嫁,为什么?"

王阳明顺着夫人的话意说道:"夫人已经说过了,为了孝敬爹娘。"

诸夫人像个孩子一样笑着说:"哦,我先说过了。"笑过之后,她的脸上又蒙上了悲伤,"纯如妹妹,是个苦命人。她下面有个妹妹,比她小五岁,打生下来,手脚儿就不能动,瘫痪。纯如妹妹从小就替爹娘照顾妹妹。懂事后,她暗暗发誓,要侍候妹妹到老。到了出嫁年龄,爹娘不忍心耽误纯如一辈子,总是劝她嫁人,逼她出嫁。我这干妹妹是个好人,当着爹娘面,对天地发誓,要侍候妹妹一辈子。爹娘也只好随她性子。好人呀!好人好报,老天爷看她可怜,秋里把她妹妹收走了。好闺女成了老闺女,爹娘发愁。爹娘不想随随便便就把闺女打发了,不想让好闺女做小做妾。赶上我去看病,张医生托我,看看绍兴城里,有没有合适的人家。"一言及此,诸夫人开心地看着王阳明,脸上现出少女的风情,那神情像年轻时两口子做游戏:你猜猜,汗巾在左手心还是在右手心?

王阳明心里一动,说道:"这么好的闺女,是不能做小做妾。我们帮她看看,找个合适人家。"

诸夫人调皮地看着王阳明,好像在说:你猜错了!王阳明这次猜错,让诸夫人开心起来。年轻时王阳明总是猜错的时候多,有时候他是故意错的,两口子床头的事,哪有什么对错。

王阳明过去战场上料事如神,现在弟子满天下,都跟着他学智慧,这样的先生,到现在,还是猜不过我诸夫人。诸夫人这一兴奋,出了一身虚汗,前额上也是汗。王阳明掏出汗巾,俯着身子,轻轻地为夫人拭去前额上的汗。

诸夫人缓了缓劲,叫道:"伯安!"

听到夫人叫伯安,王阳明一愣。叫自己伯安,这是夫人年轻时会做的事。她后来一般叫他相公、学士、他爹,甚至跟着人叫官称。这两年有时候称呼老爷,有时候称呼爵爷,有时候称呼先生。男尊女卑了一辈子,虽然没有给男人生下一男半女,临终时她心里想的全是自己男人,死都不怕,却想着身后为男人续上一个老来伴侣。这样的作为,诸夫人自觉已经是女中丈夫!

听到夫人叫伯安,王阳明明白了夫人的意思,一则是亲切,二则是两口子平等一回。王阳明学着年轻时候,应道:"小翠儿!"年轻的时候这样叫,是戏谑;现在这样叫,声音有些重,眼角有些湿。

听到老爵爷嘴里一声"小翠儿",诸夫人一下子像回到了年轻时,她的眼里荡漾着柔情蜜意。一动情,就更加累,诸夫人攒攒劲,说道:"伯安,我,怕是,熬不过,明春了!"

王阳明攥紧了夫人的手,安慰道:"小翠儿,不说奶奶百岁老神仙,就是岳母老寿星也享年八十一呢。你,放宽心!"王阳明的声音有些颤抖。

诸夫人待自己缓过来劲,轻声说:"我,问过,纯如了。比照着你的条件,她同意。"

王阳明劝慰道:"小翠儿,别说丧气话。我……"

诸夫人自顾自地说道:"我,走后,赶紧,把事办了。不能亏了人家好闺女,热热闹闹,风风光光,明媒正娶。"

王阳明拭一下眼角,劝慰道:"小翠儿,别……"

诸夫人没有停下来,继续说道:"这事,办了,我,王家的媳妇,诰命夫人,心病,就彻底,好了。无牵,无挂了!伯安,你,答应我!"

王阳明的泪已经落下来了,他声音颤抖地劝道:"小翠儿,别胡说。你这才五十出头,比着奶奶,你还是个年轻人呢!"

诸夫人眼中含着期盼,只是那眼神像就要下山的夕阳。

王阳明握着诸夫人的小手,诸夫人的小手握着王阳明的大拇指。诸夫人年轻时娇柔现在干枯的小手突然发力,一下子攥紧了王阳明的大拇指,急切地恳求道:"伯安,你,答应我,最后的心愿!"

王阳明说道:"小翠儿,我答应你。只是让你别胡思乱想。"

诸夫人开心地笑了,笑得无牵无挂。她闭上眼睛,如释重负地轻轻叹了口气,道:"我,累了。"说着,她就真的睡了。

王阳明静静地看着睡着的夫人,任凭泪水横流。

无情未必真豪杰,无义不是修道人。

年前,正宪恭恭敬敬地把张纯如送回了泗门乡下。

诸夫人熬过了嘉靖三年的冬天,吃上了嘉靖四年的汤圆。正月里,诸夫人再次确认了王阳明续娶张纯如的事之后,含笑辞世了。

第一次见张纯如,王阳明竟然心动了。动心了,尽管是一瞬间的动心。是不是自己的修行功夫不够?是不是自己定力不够?不承认也不行,自己真没有做到时时刻刻心静如水,没有做到像董沄老妻织布的功夫——一针针一线线连绵不断。这几年弟子们一直有人问,圣贤还好色不好?自己从来没有正面回答过,他总是避开问题,教导弟子怎样化解好色,方法无外乎是把一切女人都看作自己的亲人,年长者看作母亲看作姑母看作姨母,年轻的看作姐妹。避开问题,虽然没有欺人自欺,也不能算诚心。其实,《易经》说阴阳,独阳不生,孤阴不长,不管是没有男,还是没有女,都不是一个完整的世界。性,这个问题,还真绕不过去。但是,这个动心,算不算好色?如果算的话,与年轻时候的贪色,还真不一样,是自己老了,还是自己有了修行功夫?两方面的因素都有吧。年轻时,看到心仪的人,会浑身发热,眼里冒火,下丹田像坐在烈火上的一壶滚烫的热水,滚烫得要把水壶盖给冲飞了去;现在,见到张纯如,虽然动心,却浑身清凉,就像中秋夜里,清凉的月色,不知不觉地洒在了自己身上。是月色清凉呢,还是自己身心清凉?两者都有吧。张纯如就像月色一样,这种美,自己只有欣赏,却没有占有的念头。人们往往把女人比作鲜花,年轻时看花,总想着折一朵,把玩一番,然后夹到书页里,有时候甚至想把一簇花树移栽到自己家里;现在看花,就像欣赏月色一样,只是欣赏,再也没有了占有的念头。王阳明检讨自己,为什么见了张纯如会动心?自己心里还是清楚的,张纯如的心是清凉的,自己的心也是清凉的,清凉与清凉,步调一致。

　　老妻走了,还有弟子,弟子们可以谈心,可以说学问,热热闹闹。可是,家门缺少女人支应,总不方便。自己的事,不好劳驾母亲赵夫人,也不好麻烦儿媳。这样一来,王阳明不免时常想到张纯如。过去,有人把女人和小人归入一类,自己小时候读书,以为古人说的都是对的,也没有认真思考。等到娶了媳妇,才知道,女人除了脚小,心也不算小,就说自己的老妻,在江西丰城遇险的时候,是何等的英勇,丝毫不比男人差;在吉安义军出发的时候,老妻一个女流之辈,竟然屋前屋后堆满了木柴,这是何等的忠烈,这要放到孙忠烈面对朱宸濠的场面上,一定也是个忠烈。等见了张纯如,才知道,一个小女子,不知道读没读过"四书五经",竟然可以为了侍候妹妹,放弃了自己的终身大事,这是不是尧舜之道? 这是不是舍身成仁? 还真有些爱慕张纯如。爱慕她的美色? 不是! 只是爱慕她的娴静,爱慕她的温良,爱慕她的清凉,爱慕她的心性。她的娴静,她的温良,她的清凉,都在她的身上,自然是爱她这个人。张纯如圣洁的面庞时不时浮现在王阳明的眼前。王阳明自责,老妻刚刚过世,尸骨未寒,不能这样。可是总得有个结果,不能悬而未决,如果把张纯如娶过门来,她就成了自己的道友,自己的学友。这也是老妻的遗愿,自己答应过老妻的,并且张纯如自己也愿意。那好,就这样定了,得派人上门求亲,给人家个信。事情可以先定下来,但是不能急着娶进门,这也是对老妻的尊重和纪念,一年之后再办事吧。

第一百四十六章　良知助考　打蛇七寸

各地求学良知的读书人，源源不断地来到绍兴。在沂河苑里的点志亭下，王阳明给钱德洪、王畿、何廷仁、黄宏纲等几个弟子分派任务。王阳明说道："南府台新刻印了《传习录》。过去的《传习录》，主要是对《大学》的问答解释，可以叫'大学问'。这几年，我一直在讲致良知，南府台把新内容补充上去了，同时又收录了对各地问学的回信。什么是良知？怎么致良知？新《传习录》说得清楚明白。各地来求学的，程度深浅不一，有的能读懂，有的读起来费劲。性之、正之、汝中、德洪，你们各分地域，帮助他们疏通疏通，既是帮他们，也是替我分担子了。"

九月，王阳明回余姚扫墓。

每次回余姚，王阳明总要到瑞云楼看看。这次，钱德洪、钱德洪的弟弟钱德周和钱仲实，三个弟子陪着王阳明探访瑞云楼。钱蒙在家，招待王阳明喝茶。两个人喝着茶，钱蒙说道："去年秋天我去绍兴，蒙阳明先生招待，我这一辈子也算见识过伯府了。"钱蒙得意地笑着，"虽然看不见伯府门前的承恩坊，总算跨过伯府的门槛了，喝过伯府里的茶水了。俗话说，侯门深似海。不是仨孩子跟着先生读书，我这辈子哪能有机会见识伯爵府？哈哈，说起来我们钱家祖上吴越王，那住的可是宫殿，是皇宫。"钱德洪起身把茶杯递到父亲手上，插话道："爹，您喝茶！"

钱蒙喝了口茶，也明白儿子这举动的意思，改口说道："去年秋上在绍兴，还麻烦江西来的魏良政、魏良器俩孩子，照顾我游览会稽山。那十来天，这俩孩子一直陪着我。我怕耽误孩子读书和准备考试，这俩孩子反倒安慰我，说，心渔翁，别为我们担心，我们时时刻刻都在准备考试。孩子会说话，我听着舒心。虽然我知道，心学就是在心上用功夫，在心上求良知，但我还是一直在担心。我当时问俩孩子，你们学良知，学得再好，考场上是要考朱子学问的。怎么能说不耽误呢？俩孩子说，我们有了良知学问，到了考场，回答朱子学问的考题，是打蛇打七寸。阳明先生，今天正好遇上您，孩子们跟着您学良知，我一直悬着这颗心。我们钱家虽然不指望能再现祖宗的气派，但想在门前竖一座进士牌坊，这个任务，还压在孩子们头上呢。"

王阳明一直默默地坐着，时不时地呷口茶，脸上淡淡地笑着，到这该应答时，他不紧不慢地说道："心渔翁，魏良政说打蛇打七寸，没说错。我把圣贤学问比作持家吧，有了良知，好比一个积善的富裕人家，家用器具置办得齐整，住的、吃的、穿的、用的，万事不求人，想请客就请客，自己有东西；客人走了，自己享用，东西还是自家的。一生一世吃穿不愁。说到现在的科举考试，就像一个穷人家，缺东少西，天天靠借贷度日，想请客，家用百物，都要挪借。客人来了，家里摆设得满满当当，是一时的富裕；客人走了，满屋子的东西又都得还给人家了。"

钱德洪接着说道："爹，先生打比喻，儿子直接说吧。《应试大全》上那些文章，唯一的作用就是应付考试，考试前突击背背记记，考中了万事大吉，考后就被抛在脑后；万一没考中，照样忘得干干净净，过三年再考，还要临阵磨枪，再突击死记硬背。那些东西，过日子用不到，做官用不到，修身养性也用不到。唯一的作用，就是应付考试。"

钱蒙尴尬地笑着说道："这孩子，你应付不了考试，你就跨不过做官的门槛。阳明先生做尚书，做爵爷，不也是这么应付过来的！德洪，阳明先生贵为爵爷，身在名利中，有资格说不在乎名利。你呢，你尝过名利的滋味吗？"钱蒙转向王阳明说道，"阳明先生，您也别在意。当年竹轩翁，不也是这样一心盼着你们，盼着龙山公,盼着阳明先生,金榜题名、光宗耀祖吗?"

王阳明认真地听着固执的钱蒙教训儿子,他理解钱蒙的心思,知道他不愿意听比喻,也不喜欢听大道理,他要的是科举功名的实惠,于是王阳明说道:"心渔翁,今年秋试已经发榜了,去年陪着你在会稽山游览的魏良政,派人来报喜,考中了江西省解元,举子第一名。这是江西。咱们浙江的解元,同是咱良知学弟子,山阴的钱楩,说不定还是你们吴越王一个族谱的。余姚今年的新举子,吴仁、孙应奎、郑寅、孙升,都是良知学弟子。孙升,孙忠烈家老三,第一次考试就上榜了。心渔翁,一个人,有了良知,那是大智慧,受用终身。用良知拿功名,就像稻田里养鱼,是副业,是捎带着的。"

钱蒙捋着胡子,笑得很灿烂,说道:"阳明先生,魏良政那孩子说打蛇打七寸,还真让他说中了。阳明先生的弟子拿下了江西、浙江两省的解元! 好! 好! 就是德洪这孩子,上次进京……阳明先生,喝茶! 请喝茶!"

王阳明端着茶杯,笑着说道:"德洪,记住心渔翁的愿望!"

钱德洪点点头,对钱蒙说道:"爹,你这下不担心了吧?"

钱蒙有些尴尬,像个孩子似的笑着说道:"不听到喜报上门,你爹肩上这个担子放不下来。"

王阳明笑着说道:"心渔翁的长箫,看来这次听不成了。你总不能悬着心吹箫呀!"

钱蒙笑着说道:"先生放心,我一吹箫,就啥心也顾不上操了。德洪,取箫。"

从瑞云楼出来,钱德洪三兄弟陪着王阳明到了龙泉山上的中天阁。在讲学之前,王阳明和弟子们一起到忠烈祠向孙燧致祭。嘉靖二年,知县丘养浩在龙泉山向阳的一面修了忠烈祠,以祭祀孙燧。孙燧被朝廷追谥"忠烈"。

夏淳、范引年、柴凤、管州、谷钟秀、黄文涣、周于德、杨珂、邹大绩、叶鸣、黄骥、胡希周、徐文恭、孙墀、卢义之等弟子聚集在中天阁,王阳明带给每位弟子一套南大吉新刻印的《传习录》。

王阳明开讲道："余姚和龙泉山,让我想起了长辈们的舜象读书会。当年先师陆拙庵先生、先岳父诸介庵先生、先考龙山公、已仙逝的黄梅川先生,和如今在泗门养老的谢阁老谢木斋先生,"每提到一位老前辈,王阳明都要高高拱手过肩,以示敬重。梅川是黄珣的号。听众中,坐有前辈家族的后人。王阳明继续说道,"老一辈人从读书会走出去,走向了北京南京,走遍了天下,他们都是德高望重之人。他们的起点就是读书会。他们会一起读书,一起讨论,一起提醒,一起促进,一起静坐。承蒙诸君抬爱,我每次回来,大家会集于此问学。我来一次,也不能多留,多不过十天,十天时间,中间也不过聚会三四次。下一次见面,可能已经是一年后了。我们的心上落满了灰尘,我们的良知被埋藏得很深,短短十天时间,我们能从沙堆里淘出来金子吗?所以,我希望诸君,我在,你们要聚会,我不在,你们也要坚持聚会。聚会干什么?不是来争强好胜的,不是来沽名钓誉的,也不是来揭别人短处的,是来互相取长补短的。会友相处的一个原则,就是虚心谦下。怎么虚心谦下?我提个六字原则,比较具体:一是聆听,二是欣赏,三是接纳。一起聚会的人不要多,三五人最好。互相讲互相听,一刻时间内,五个人轮流讲,平均分配时间。对错好坏,都要聆听,这能锻炼一个人的静心。学会聆听,聆听你过去不耐烦听的;学会欣赏,欣赏你过去不欣赏的;学会接纳,接纳你过去不愿意接纳的。你包容了整个世界,你就拥有了整个世界。拥有了整个世界,这就是一,无分别,无对立,这是一心!"

　　十月,从余姚回到绍兴,有一个好消息在等着王阳明:各地弟子集资兴建的阳明书院竣工了。书院在伯府西边,在西郭门内光相桥东畔。王阳明终于有了自己的书院,有了专属于良知学的讲坛。知府南大吉参加了王阳明在书院的第一次讲学,之后他向王阳明告辞要进京述职。今年是天下百官每三年一次的进京述职年份,十二月到京述职。稽山书院的学生感恩南大吉,集体到伯府,请托王阳明挽留南大吉留任。王阳明写了《送南元善入觐序》,为南大吉送行。

　　十一月,新科举人钱楩进京赶考前,来阳明书院,向王阳明请益。钱楩告辞后，王阳明望着陪侍在身边的王畿和钱德洪，只笑不语。王畿心领神会，回望着王阳明，嘻嘻地笑着，摇了摇头。钱德洪被王阳明笑得莫名其妙，迟疑着问道："德洪愚钝，请先生明言，弟子言行是否有不妥之处？"

王阳明开口道："事情宜早不宜晚。早些上路，不怕路上耽误。汝中、德洪，你们准备什么时间上路？"

钱德洪问道："先生，上什么路？"

王畿说道："先生，弟子自从跟随先生求学良知后，就一心一意只求心中富贵和良知，对身外之物，并无所求。"

钱德洪醒悟过来，道："身外虚名，非弟子所求。"

王阳明笑眯眯地说："德洪，别忘了心渔翁的嘱托。求学良知，不妨碍孝道。钱家等着你光宗耀祖呢。"

钱德洪躬身说道："先生，良知光耀千古，自能光耀门庭。"

王阳明笑道："德洪，心渔翁等着你的喜报呢。德洪、汝中，圣贤学问，不追逐名利，但并不拒绝名利。缺少良知的名利，有名无实；有了良知的名利，有名有实。有了良知的功名，不仅仅可以光耀门庭，更可以造福更多的人：教学，能照亮更多人的心；做官，能泽及更多的人。如果只自己享用良知，只求自己心中富贵，那和一辈子躲进山洞苦修的人有什么区别！这不仅仅是自私自利，更是一种新的障碍，障碍你们见到良知。良知没有任何障碍。没有追逐名利的心，也没有拒绝名利的心；没有看重名利的心，也没有轻视名利的心。就像你们平时做功夫时，或者是数息入静的时候，或者是观心入静的时候，对待出息入息，对待心上的念头，不追逐，不拒绝，任其自然，不做丝毫的加工，这叫自由自在。名利、功名，对圣贤学问来说，就好比一个念头。怎么格物？怎么格这个念头？我说格物是正念头。怎么正？不追逐，是正念头，是个善念。虽然你不追逐，是善念，你却拒绝了它，就不是至善。有善恶，只能是个好人。到至善，这才是良心，才生良知。"一言及此，王阳明停下来，笑眯眯地看向两个人。

王畿点点头。钱德洪茫然地半张着嘴。

王阳明继续说道："我鼓励你们进京赶考，不单单是为了满足心渔翁的心愿，我们要证明给心渔翁看，良知是怎么打蛇打七寸的。这样做，不仅仅是证明给心渔翁一个人看的，还是要证明给和心渔翁一样不理解良知学说的人看的。汝中、德洪，良知学说是个新生事物。对它，赞扬的人少，诋毁的人多。是以，我们不仅要自己享用良知，还要宣传良知。天下读书人，闷在书堆里出不来，实在可怜。我们饱尝过这种苦闷，本分人，就像罗石（董沄号罗石）先生形容的，一辈子像个木偶，浑身透着一股呆傻气，甚至透着一股酸腐味；投机的人，干脆不再读书，不再信书，不再信圣贤学问，他们会因而变得无所顾忌，敢胡作非为。一个拘泥，一个放荡；一个过分，一个不及，都失了中庸。汝中，你已初尝个中滋味；德洪，你现在也知道了，在心上用功，德性洪一寸，脚下的步子就宽一尺。"钱德洪品性忠厚，相比王畿，他显得有些迟钝，但是王阳明这个比喻，钱德洪立刻就听懂了，听懂了的钱德洪呵呵笑了。钱德洪名宽，字德洪。

王阳明笑道："你们懂了，我就不再费口舌了。明年二月，天下读书人都在盯着北京的会试。汝中、德洪，你们两个是跟我时间最长的弟子，你们考场上的成败，决定着天下读书人对良知学说的看法。"

王畿爽快点了头。钱德洪憨厚地笑着说："先生，我心里没有障碍了。这次进京，既能让家君满意，又是先生的心愿，我定会努力投考。"

嘉靖四年的除夕，董沄特意来到绍兴，陪王阳明守岁。漫天噼噼啪啪的鞭炮声，是天地间浪漫的诗吟歌诵；一对老师生映着红红的炭火，你唱我和。

三月里，踏着满地的春色，王畿和钱德洪从北京回来了。王畿和钱德洪双双顺利通过了礼部主持的会试，成了贡士，但两人都放弃了嘉靖皇帝亲自主持的殿试。殿试对通过会试取得贡士资格的考生，只是重新排名次，已经没有了淘汰。唾手可得的进士功名，王畿和钱德洪不要了。

这年金榜题名的绍兴弟子，有钱楩、朱簴、表弟闻人诠、管见和诸演。

第一百四十七章　心地无私　满街圣人

嘉靖五年，王阳明五十五岁。

正月里，诸夫人周年这天，王阳明带着儿子，媳妇抱着孙子，一起到坟上祭拜，告诉诸夫人：她当奶奶了，张纯如就要被迎进门了。

绍兴的树叶绿得急，花开得早，出了正月，花开叶绿。春暖花开中，张纯如被娶进了伯府。蜜月里，新夫人就怀上了老先生的骨血。这可真是枯木逢春、老树抽新枝了。王阳明脸上有藏不住的笑意。

阳明书院需要人守着，王畿、钱德洪、何廷仁和黄宏纲被王阳明封为教授师，日常守在书院，替王阳明指导新入门的弟子。王阳明自己，则在书院和伯府之间来回走动。弟子们来来往往，你走了我来了，像流水一样。绍兴阳明书院的建造，最早是王艮的主意，王艮在嘉靖三年就提议建书院。春上，王艮来到了书院。与王阳明见过礼，王艮的第一句话就是："先生，真是太奇怪了，弟子这段时间游走各地，不管到哪里，在泰州，在广德，在绍兴，所到之处，所见之人，都是圣人！先生，这是怎么回事？"王艮四十四岁，两鬓已经现出丝丝白发。王阳明对着王艮，沉默了一会儿，轻轻吟诵起了自己的诗句："个个人心有良知，自将闻见苦遮迷。而今指与真头面，只是良知更莫疑。"王阳明吟诵完，便不再说话。

王艮会心地笑着，好像是自言自语，好像是在问王阳明："这就是良知？！"

王阳明轻轻点头，说道："良心才有良知。良心干干净净，就像一面镜子，干净的镜子，不管照进去什么，都是干净的。心头的良知就是圣。得了良知，天地都会变得安详,是不是?"

王艮惊喜地点着头。

钱德洪探究地看着王艮的脸,想从他脸上找出异样来,嘴里小声念叨着:"这就是圣人?"

王阳明看了一眼钱德洪,再转向王艮,道:"这不是圣人,圣人心里没有圣人的念头。汝止,你不能把念头止在圣人上。止的功夫,是初步功夫。至善的心中,没有小人,没有凡人,没有贤人,更没有圣人,没有任何概念化的东西,只有一个清清楚楚的良知。用禅家那些说法,你目前这叫看山不是山、看水不是水。已经不简单了。但是你想想,牛粪与鲜花,毕竟不一样。"

这时,董沄从外面进来,向大家招呼道:"夫子!汝止也来了!"说着话他向钱德洪点头示意。王阳明招呼道:"从吾道人,你这是从哪里来呀?"

董沄说道:"从海宁来,这次不是渡海,是绕道杭州,走运河过来的。夫子,这一路走来,您说说,是我的心变了,还是我的眼神变了?我怎么看满街都是圣人,海宁、杭州、绍兴,满街圣人。"

王艮看着董沄,会心而笑。钱德洪惊讶地端详着董沄的眼神,再瞅瞅董沄的白胡子,想从眼神和白胡子里找到不凡之处。他看看董沄,又打量王艮,试图寻找到两个人的相同之处。王阳明哈哈笑出了声,笑得很爽朗,笑得很开心,丝毫没有爵爷的矜持,丝毫没有师道的尊严,开心得像乡下的老农。老农站在自家地头,望着黄澄澄丰收在望的稻田,就是这样的开心。董沄被笑得莫名其妙,他看了看王艮,又看了看钱德洪,想从两个师弟眼神里找到先生开怀大笑的原因。

王艮只笑不语。钱德洪羡慕地看着董沄,解释道:"从吾道人,你满眼圣人,汝止兄也是满眼圣人,你们不谋而合了。先生觉得,这是我们书院的盛事,是吧,先生?"

董沄探询地看向王艮,王艮笑着点点头。

王阳明对董沄说道:"从吾道人,满眼满街圣人,对我们修学良知的人来说,是一个很好的境界,是一个纯善的境界,但还不是至善,还不是良知。若能不停留在这个境界而是再进一步,会更好;若停留在这个境界沾沾自喜,却也平常。从吾道人,你跟他们说说这从吾道人的来历。"

董沄平静了下来,说道:"这两年跟随夫子学良知,与海宁那边的诗社联系不多。一帮新老诗友纷纷劝留我,他们说,老诗友这么大年龄了,渡海过江跑到绍兴,何苦呢! 学什么良知呀。他们说苦! 他们哪里知道,我现在正好相反,是脱离了苦海,脱离了牢笼。去年腊月,下着大雪,我要来陪先生守岁,正要出门,我大儿子董谷跪在大门外,哭着求我在家过年。他们哪里知道,学良知,是我所好,我要跟从自己的所好。所以,我干脆改号以明志,从吾道人就是我的新号。"

王艮说道:"好,从吾所好,从吾道人。"

王阳明问道:"从吾道人,你说说,这从吾里有什么学问? 古代的读书人学习是为了自己,为了哪个自己? 单纯为自己是不是自私自利?"

董沄说道:"夫子总教人立志,弟子这个号,就是表明心志。至于说为自己不为自己,弟子还没想过。先生,这里有什么大学问?"

王阳明对王艮和钱德洪说:"汝止,你们说说看。"

王艮说道:"修身为自己,修去私心,修来良心。天地万物都是一体,能修到这一步,说是为自己也行,自己就是天地万物;说是为天地万物也行,天地万物就是自己。"

王阳明点着头道:"汝止说得对! 这个我,分大我和小我,中间还有个不大不小的我。只知道吃饭睡觉的我是小我;有善有恶的我,这个是不大不小的我;良心的我是大我,这是天人合一的我,只有这个良心才有良知。从吾道人从的是这个大我。是不是,从吾道人?"

董沄会心地笑道:"我自然要从良心的我。"

王阳明笑眯眯地说道:"说起来,还不止三个我,一个念头就是一个我。"王阳明看向王艮和钱德洪。

钱德洪若有所思地轻轻点头,问道:"先生,刚才您吟诵诗句,有句是'自将闻见苦遮迷',您说闻见遮住了良知,那么闻见和良知是什么关系?"

王阳明说道:"欧阳德来信也问了这个问题。欧阳德知六安州,在六安州建了一座龙津书院。我是这样答复他的:见闻知识,虽然不是良知,却是良知的作用。就像镜子一样,擦得干干净净,照得清清楚楚,这是良知;蒙上灰尘的镜子,虽然不清楚,毕竟也能照一照,照出来的结果,就是见闻知识。镜子就是良心,镜子蒙尘,是人心,镜子干净了,是良心。"钱德洪轻轻点了点头。

夏去秋来,时光如梭。中秋到了,圆月当空。天上是圆满,地上是喜庆。王阳明的良知学说日益成熟,并传遍了天下。伯府内的碧霞池畔,摆满了桌椅,有酒,有菜,有月饼。在座的王阳明的弟子,有上百人。碧霞池上的天泉桥上,摆着主桌,董沄陪着王阳明。

钱德洪主持仪式,第一项是王阳明抚琴吟唱:"我心自有光明月,千古团圆永无缺。山河大地拥清辉,赏心何必中秋节。"

吟唱后,王阳明请大家吃月饼。吃过月饼的弟子们,自由赏月,有投壶游戏的,有划船赏月的,有吹箫鸣笛的,有吟诗歌唱的。清雅的歌声唤醒了碧霞池内已经入睡的金鱼……

十一月十七,张夫人生了个大胖小子,王阳明取名叫正聪。老年得子,十分珍贵。绍兴府新知府黄绾是河南息县人,正德十二年进士,他模仿当年鲁昭公送鲤鱼祝贺孔子得子孔鲤的古礼,登门送上三条大鲤鱼。山阴县知县吴瀛,会稽县知县林炳,各自上门祝贺。亲戚朋友、弟子们,连着热闹了几天。老树开花的消息还惊动了九十多岁的舅姥爷岑东隐老先生,他特意从余姚赶到绍兴祝贺。满月宴上,给岑舅姥爷当陪客的是老状元王华的同年举子静斋先生和六有先生,两位都已是九十多岁的白胡子老头。三位人瑞的贺礼是三首诗。王阳明答谢唱和了三首诗。张夫人抱着孩子走到这一桌时,白胡子看黄嘴丫,老眼看小眼,百岁看满月,四张脸都是天真的笑,天真地笑着的三位人瑞,这一刻也成了小孩子。

第一百四十八章　天泉证道　四句教言

嘉靖六年,王阳明五十六岁。

这几年内阁大学士像走马灯一样,换得很勤。嘉靖接任皇帝后,梁储退休,费宏重新入阁;嘉靖把从兴献王府带过来的五品长史袁宗皋提拔入阁,可惜袁宗皋在任上半年不到就去世了;三年,首辅杨廷和被迫退休,蒋冕接任,蒋冕首辅的椅子只坐了两个月就退休了。接蒋冕任的是费宏。石瑶入阁,毛纪退休。五年,杨一清入阁。六年,费宏和石瑶退休,谢迁入阁。杨一清成了首辅。几位老先生都不喜欢惊世骇俗的良知学说,却都不否认王阳明的军事智慧。

五月,朝廷起用王阳明以左都御史官职总制两广、江西和湖广四省军务,讨伐广西田州叛乱。六月六日,王阳明上奏《辞免重任乞恩养病疏》,朝廷不允辞职。

起程前,王阳明给钱德洪和王畿安排了书院的工作。钱德洪和王畿一左一右坐着,王阳明说道:"德洪、汝中,你们在书院做了一年的教授师,已经摸着了教学的门道,我去广西后,你们就要担负起书院掌教的职责。德洪掌教余姚天中阁,汝中掌教绍兴书院。德洪还要协助谦之编辑文录。"王阳明随手拿起桌上的一摞文稿,"谦之是个有心人,要把我这几年的文稿编印成书。这些文稿,我已经标明了时间次序。德洪,编辑文录,就按时间先后顺序,不要分门别类。时间先后,能看出来良知学说发展的脉络,对读者有帮助。编辑时掌握一个原则,文辞越简单越朴素越好,不图修辞好看,要的是能说明问题。"

正说着话,新科进士钱楩进来了。钱德洪和王畿与之打过招呼,便都避出去了。钱楩说道:"弟子被分配到晋江做百里侯,上任前回家祭祖省亲,顺道向先生请益。"百里侯是知县的雅称。

王阳明高兴地说:"世材,过去是读书,以后是做官。人在仕途,从修身上来说,功夫要难上十倍。没有良友诤友时常提醒劝善责过,不知不觉就沉沦于世俗了。自己最起码要有个座右铭,座右铭就是良友,看它一次被提醒一次,让心中的良知别睡着了。良知睡着没睡着,有几个标准可以检验:一、话正说到得意处,能不能立马停下来? 二、得意忘形时,能不能悬崖勒马? 三、怒发冲冠时,能不能很快心平气和? 四、贪心恶念刚起的时候,能不能静下心来? 要做到这些,就看志气坚定与否。这些毛病的源头,是私心蒙蔽了良知。良知醒着的时候,良知就像阳光,私心就像冰雪。私心冰消雪融后,良知贯古今、通天地,与万物一体。万物一体,没有哪一物是不亲的,没有哪一人是不亲的。做官,就是亲民。"

钱楩辞别王阳明,赴任晋江去了。

八月,王阳明为书院写了院训《客座私祝》。

起程的日子定在九月初八。出远门,又是去打仗,亲朋、弟子、地方知府、两县知县、府学教授和县学教谕,纷纷来话别,伯府的人络绎不绝。初七晚上,伯府前厅待客的灯亮到很晚,王阳明送最后一拨客人到大厅门口,看到门外侍立的钱德洪和王畿,便招呼他俩。

钱德洪和王畿同声问候。

王阳明问道:"有事吗?"

钱德洪说道:"这么晚打扰先生,弟子很不安。"

王阳明说道:"有事就不是打扰。什么事?"

王畿说道:"今天畿与德洪论学,争执不下,想来请教先生,可先生就要起程,弟子担心明天先生没有时间。"

王阳明说道:"有疑问才能有进步。有疑问说明你们用功了。走!"王阳明抬头看月,半个月亮已经升到了当空。王阳明前头走,弟子跟在其身后。三人来到碧霞池畔,漫步到天泉桥上。南北走向的天泉桥是个多孔拱桥,它横架在碧霞池上,桥南北两头是台阶,中间是平台。随从按照王阳明的吩咐,把桌子、凳子、茶水,已经摆在了桥上。

王阳明坐下,招呼两个弟子也坐下,笑呵呵地说:"论学不怕争,越争越论越分明。争论有原则,原则我在余姚中天阁讲过:第一,聆听。先放下自己的见解,清空自己的心脑。不能像武术对打一样,自己先摆个防守架势。"王阳明笑着,自己抬起两臂,往胸前一架,"论学不是打架,没必要先摆个防守架子。不防守! 不能像街头泼妇吵架,两个人各吵各的,只用嘴,不用耳朵。第二,欣赏。对方立论,必定有他立论的道理。先无条件地接受。为什么? 每个人的视野有限,都是只能看清自己前面,看不到后面。有的人被沙子迷住眼,甚至连前面也看不清。对方对,我欣赏;对方错,我也欣赏。这是个态度,也是论学的方法。知道他对在哪里,是提高;知道他错在哪里,也是提高。第三,接纳。需要有一颗包容的心。对的、错的,都接纳。为了争论而反对,那是诡辩,与论学不搭界。我接纳了你的观点,对的入我心;不对的,也污染不了我的良知。最后,我说出自己的观点,我只是说出我的观点,我不批驳你。论学,是为了辩明白,不是为了争个你高我低。德洪,汝中,你们是不是这样争论的?"

钱德洪憨厚地笑着说:"弟子聆听了,没有欣赏,没有接纳。"

王畿笑着说:"弟子耐着性子聆听了。没有欣赏,更没有接纳。"

王阳明道:"耐着性子不叫聆听。好了,说说吧,争论的什么?"

王畿说道:"我们争论的是,心体无善无恶还是有善有恶。我说心体无善无恶,既然心体无善无恶,那么,意,也应该是无善无恶;知,也应该是无善无恶;物,也应该是无善无恶。这样,等于说良知是天生俱来的,不需修正,天生就是,当下就是。"

王阳明静静地看向钱德洪。

钱德洪说道："心体无善无恶，是先生说过的。心体原本是无善无恶的，但是，"碧霞池四周成排的桂花树，飘散着清香，一丝清香飘进了钱德洪的鼻孔，馨香沁人心扉，钱德洪看着桂花树，说道，"就像桂花树，它的根虽然完美无缺，也难保树身和树枝不被虫子蚀咬。"桂花树下是一丛丛的广玉兰，一片一片洁白的广玉兰，在如水的月光下，像一群默默赏月的淑女，悄无声息地贡献着自己梦幻般的恬美。一阵清风吹过，碧霞池东西两侧挺直的修竹林发出了连续的沙沙声，像一群小伙子在为这群淑女暗暗喝彩，又怕惊扰了淑女的恬美和幽静，沙沙声很轻柔。竹林里不时响起秋虫的鸣叫，更衬得碧霞池和天泉桥十分幽静。银色的月光洒在三个人头上和身上，王阳明有些陶醉，他想起儿子白胖的笑脸，想起了张夫人那张像嫦娥仙子一样恬静的慈祥的纯真的笑脸。

钱德洪也陶醉在月色中，但王阳明从桌子上端茶杯的动作惊动了他。钱德洪从花香中、秋虫的鸣叫中、竹林的沙沙声中，收拢心神，继续道："无善无恶的人心受俗世的习染，变成有了善恶。先生说的为善去恶是格物，正是为了恢复本来的无善无恶。孔圣人说过，自己是学习得来的智慧，并没有说自己的智慧是天生的。如果说意、知、物，都是无善无恶，哪里还需要做功夫！那还做什么学问！先生说过，您也是从千死万难中摸索出来了良知。"

王阳明放下茶杯，哈哈笑出了声，说道："你们的争论，不早不晚，正是时候。我就要离开了，有你们这一争论，有你们这一疑问，良知学说该有个定论了。"王阳明仰头看向天上的半月，说道，"德洪，汝中，看看这半轮明月。"钱德洪和王畿各自仰头看着半月。王阳明说道，"你们两个的观点，各是半个月亮。半个月亮和半个月亮合到一起，就是个圆月，就圆满了。"

王阳明笑眯眯地看着两个弟子。钱德洪和王畿一起看着王阳明。钱德洪忍不住，请教道："弟子愚钝，请先生明示。"

王阳明说道："汝中所言，心、意、知、物，无善无恶，这话不错。良知中没有善恶，良知的本体就是太虚。"王阳明再次仰头看着夜空，"你们看，太虚中有月亮，有太阳,有北斗七星,有满天星斗,可是这些,都没有成为太虚的障碍。人心本来也是这个样子。德洪,你要好好做功夫,功夫成熟,就是本体。汝中,你有这种见解,只可自己默默修养功夫。你掌教书院,不要轻易教人这个。良心、良知,偶然灵光一现不难,难的是保持,难的是长久。从吾道人写诗作赋,灵感有时候就是良知,但是灵感总是像闪电一样,一晃而逝。我修习了多少年,现在也不敢自夸时时刻刻是良知。就在去年,会稽山中有座别墅,别墅主人找上门来,要出售。我当时心思,身外之物,最好不贪不占,就婉拒了。谁知道,今年春上我们踏春游山,路过这座别墅,我竟然心生爱慕,流连徘徊。去问,却已经出售了。这个爱慕的念头,爬了半座山后才消融掉。由此可见,良心和良知保持起来有多难。这件事,我跟从吾道人说过。所以说,本体是本体,功夫必须做。悟透本体,分三个层次:第一是解悟,就是从理论上理解了;第二是证悟,证悟是从静中来;第三是彻悟,彻悟必须是日常生活中,待人接物,时时刻刻处于良心和良知状态。汝中,对这样的要求,你不做功夫行吗?"

王畿郑重地点点头。

王阳明继续道:"汝中一直好奇禅家的东西。那我就举禅家的例子,慧能悟透后,为什么还要在厨房舂米半年? 为什么还要在猎人队伍里磨炼十五年? 为什么过去和尚开悟后还要跟在大和尚身边好多年? 汝中,驯服这颗心太难了!"

王畿缓声说:"谢谢先生教诲,弟子会踏实做功夫。"

王阳明对钱德洪说:"德洪,你走的路子没错,只管踏踏实实做功夫,功夫熟透,水到渠成。这个最保险。德洪、汝中,良知是知,致良知是功夫,是行,知行要合一,合一才圆满。刚才我说了,你们各是半个月亮,合起来最圆满。现在理解了吗?"

王畿和钱德洪说道:"谢谢先生教诲!"

王阳明继续说道:"好,听我四句教言:无善无恶是心之体,有善有恶是意之动,知善知恶是良知,为善去恶是格物。修学要按照这个方法来,教学良知,也得用这个方法。聪明人、愚钝人、中等资质的人，都得用这个方法。从初学到成贤成圣，都是这个功夫。德洪、汝中，你们还有争执吗？"

王畿拉起钱德洪的手，两只互相握着的手向上抬了抬。王畿说道："先生，您看，现在半月合成了圆月！"

王阳明笑呵呵地说道："天上是半月，心月要长圆。怎么能长圆？记住四教言。"

王畿和钱德洪一起重述："无善无恶心之体，有善有恶意之动，知善知恶是良知，为善去恶是格物。"

柔和清凉的月光像一层轻纱，笼罩在天地间，普洒在王阳明师徒身上，月色朦胧而清明。

第一百四十九章 江西道上 沿途讲学

　　王阳明九月初八起程，董沄、王艮、钱德洪、王畿等弟子随船送他到富阳。之后，董沄和王艮辞别王阳明，钱德洪和王畿一直送到建德。钱德洪、王畿、桐庐县知县沈元材、建德县知县杨思臣，陪着王阳明游览了严滩钓鱼台。在衢州府上航驿站，府学秀才们冒雨迎候王阳明，要听良知学问。

　　船到江西省广信府贵溪县的芗溪驿站，有县学秀才徐樾和张士贤前来问学，王阳明急于赶路，婉拒了。徐樾没有放弃，一路尾随，过安仁县，一直跟到余干县。在余干县龙津驿站，徐樾又到船边请学，王阳明让徐樾上船来。

　　江西都司衙门迎接的官员已经上到船上。徐樾依依不舍地下船去了。

　　王阳明要回南昌的消息早就传遍了南昌城的大街小巷，几年前的平叛战争，经过几年的众口演绎传说，已经成了城里瓦肆街上的大鼓书段子，王阳明被描绘成了活灵活现的神仙。南昌城里的人争着要来迎接他。新建县和南昌县，过去被朱宸濠霸占过产业的、被打死过亲人的、被抢走过女儿或者老婆的，过去王阳明在南昌的时候，因为穷苦，有报恩的心，没有报恩的余钱，经过这几年积蓄，这些人兜里有了闲碎银子，想报恩，于是愿意付路费来磕个头，表表心意。南昌本地和江西其他地方的一些读书人，这几年来往江西和绍兴之间，已经把良知学说的种子播撒到了江西各府各县。读书人都渴望见一见良知学的宗师。王阳明总制四省军务，其中包括江西军务。江西已经是辖境了。

　　金秋十月，是收获的季节，王阳明到了南昌。

官船驶近南浦驿站，船未靠岸，岸上的锣鼓已经咚咚咚地敲起来。三司衙门官员及府学、两县县学的秀才们，弟子魏良政、魏良器、魏良贵、吴子金、唐尧臣等近百人和南昌市的父老乡亲，挤满了驿站内外。

王阳明立在船头，向岸上拱着手，看着站满岸边的人群，思绪一下子回到了当年平叛胜利后回城时，当年一入德胜门，也是这样密密麻麻的欢迎人群。

王阳明上岸后，都司衙门备有车马，报恩的人群备有简易的肩轿，就是两根圆竹竿抬着把椅子的肩舆。王阳明选择了坐肩轿，他被几个年轻力壮的小伙子，一路抬到了都司衙门。官僚、秀才、父老一路拥着挤着，跟着他到了都司衙门。从上午辰时到下午未时，半天时间，王阳明在大厅里，笑眯眯地，与南昌市民亲近寒暄。下午未时后，都司衙门终于决定谢绝人群，给三司衙门各官提供一个履行官方参拜仪式的时间。

第二天，王阳明和府学县学的秀才们一同到孔庙祭拜。祭拜后，应弟子们的请求，他在孔庙明伦堂开讲良知学问。明伦堂内外挤满了人，进不了屋内的，挤在门口，挤不到门口的，干脆趴在窗户外。

王阳明开讲道："良知学说，发端于我们江西，这几年在绍兴，逐步成熟起来。良知是千古圣贤的真血脉。致良知的功夫，就是《大学》中说的诚意。诚意的功夫，是格物。格物就是为善去恶。读书要会读，不会读书，看到《大学》止、定、静、安、虑、得六步六个台阶，人就会陷进去出不来；不会读书，在《大学》格物、致知、诚意、正心、修身、齐家、治国、平天下八级楼梯前，人甚至不知道该先迈左脚还是先迈右脚。这六级台阶，这八级楼梯，我把它浓缩成一级台阶，就是'致良知'三个字。良知，是千古圣贤千百年来一直追求的，也是我们孜孜以求的东西，功夫就是致良知。有四句教言大家记住，这四句既说明了良知本体，又致良知的功夫……"

船到吉安，弟子刘文敏、刘邦采、刘阳、欧阳瑜、彭簪、王钊等府学和县学秀才三百多人迎候在螺川驿站。王阳明顾不上休息，直接在驿站站着开讲："去年十二月,安福诸位学友成立惜阴会,约定每月聚会五天,大家一起学习。刚才听他们说,每次聚会有一百多人,这可真是盛会。对此,我很欣慰。去年,我给惜阴会写了一篇《惜阴说》。怎么惜阴?俗话说,一寸光阴一寸金。叫我说,金子丢了还能再挣,光阴逝去,永不再来。天道运行,没有一息停留;良知周流天地,也没有一息停留。良知就是天道。致良知的功夫,要至诚不息。不息要求我们时时刻刻都要做功夫,时刻做功夫就是惜阴。会用功,是在心上用功,忙时闲时,都是用功的时候。以我的经验,功夫越简易,就越真切越得力。"王阳明从身旁的桌子上拿起一份诗稿,"刚才有几位同学问长生不老的诀窍。我年轻时候,也迷信长生不老,为此我遍访名山,见寺院进寺院,遇道观进道观。后来我醒悟了,人是有生死的。"王阳明停顿下来,巡视全场听众后,继续说道,"我这个结论,有人听了会有些失望。我劝你别失望。有没有长生不老的东西?有!就是良知,良知亘古长存。我过常山时写了首《长生》,最后两句是:乾坤由我在,安用他求为?千圣皆过影,良知乃我师。"

第一百五十章　一路走访　赣州调研

王阳明七月七日接到圣旨:

　　广西田州地方逆贼岑猛作乱,已令提督两广军务都御史姚镆等督兵进剿。据各官上奏捷报称,岑猛父子已经被擒斩,巢穴已经扫荡。朝廷已经论功行赏。之后各官再上奏称,岑猛的手下头目卢苏再次作乱田州,贼党王受攻陷了思恩州。巡按御史石金奏劾姚镆措施失当。目前,提督都御史、镇守太监、总兵官,各执己见,必须朝廷重臣前去统一指挥。今命你提督两广及江西、湖广等处地方军务,火速前去,查清情况,田州为什么平而复乱,思恩什么原因再次失守。当抚则抚,应剿则剿。四省军队,由你调遣;各级将领及三司衙门,由你节制。为保证田州和思恩长治久安,该设土官还是流官,要拿出具体意见。朕知道你功勋卓著、才高望重,你要以国事为重,立即起程赴任。不要因循旧例,来回文辞谦虚辞让,以负众望。钦此。

九月接到圣旨:

　　卿识敏才高,忠诚爱国,今两广多事,正需要依靠卿的威望安定地方,来解除朕对西南边陲安危的忧心。前任提督两广军务都御史姚镆已经退休了,卿要火速前去上任,统领各衙门,调度军马,当抚则抚,应剿则剿,尽快平定地方。不要再迟疑推诿。朕督促都察院和兵部各派属官携带令旗令牌，前去敦促护送爱卿起程。钦此。

朝廷命王阳明前去广西，是为了平息田州和思恩州的僮人叛乱。田州和思恩州的叛乱，惊扰四省。前任提督两广军务都御史姚镆调动了四省数十万军队，从嘉靖五年五月开始围剿，收复了田州和思恩州，朝廷刚刚论过功行过赏，田州和思恩州再度沦入叛僮手中。四省地界相连，各省山区都生活有瑶人、畲人、僮人。这些山民，追踪到其远祖，可能和汉民都是一奶同胞。

王阳明十月三日进入江西境内，沿用江西剿匪的经验，在船上向两广、江西和湖广四省都司、布政司和按察司三司衙门，各守道、各巡道和各兵备道发布了《钦奉敕谕通行》，介绍了圣旨的内容，要求各主官、各属官，本着身在事外、没有个人利害冲突、旁观者清的原则，结合田州、思恩州的历史沿革和风俗民情，针对现状，各抒民政治理良策，写成呈文，上报梧州军门。这样一来，等长途旅行后，到了梧州，各地的平叛建议就会纷纷汇聚到王阳明的面前。凭着这些建议文稿的条理和思路，他对四省各级官员的才智也会有个大体的判断；群策群力，凭着这些文稿，优中选优，自有良策。王阳明知道，当政大员的高明，往往不在于你能想出来多么高明的政策，而在于你能有一个高明的选择。集思广益，既能调动属官的积极性，广开言路，又能发现良才，为我所用。

到了南昌，王阳明到大校场检阅兵马，要求布政司和按察司筹备钱粮，要求三司衙门调查江西平叛功臣的下落，有功的赏功，有冤的平反。

十月底，王阳明到了赣州。一路上，逢驿站，王阳明就向来往广西的商人、官员搜集有关田州和思恩的传闻；遇衙门，则向广西籍官员和有过广西做官经历的人了解田州和思恩的情况。在赣州，提督都御史潘希曾向王阳明介绍了两位广西籍官员，一位是兵备副使喻汉，一位是赣州府通判薛文。喻汉进士出身，薛文举人出身。

在南赣提督衙门的会客室,王阳明见到了喻汉和薛文。

见过礼,王阳明笑着说道:"喻兵宪和薛通守都是梧州府藤县人。说到藤县,当年本爵在南赣时,赣县宋县侯也是贵县人。宋县侯跟随本爵剿匪平叛,屡立战功。你们都认识吧?"

喻汉和薛文点点头。

王阳明对喻汉说:"喻兵宪,听说南赣有军兵被抽调广西?"

喻汉道:"回禀王军门,南赣凭着王军门当年打下的基础,这几年地方安靖。因为当年的练兵方法延续下来了,所以练出来的兵能拉到广西,他们敢和广西强贼对阵。"

王阳明道:"喻兵宪、薛通守,因为是你们本乡本土,所以田州和思恩的情况,本爵想听听你们的看法。知道了症结,才好对症下药。"

两人对视了一下,喻汉说:"薛通守,你先汇报吧。"

薛文点点头,说道:"王爵爷,田州和思恩这几年闹得鄙省鸡犬不宁。这次有王爵爷出马,鄙省安定有望了。鄙省衙门里对田州和思恩事件已经有了定论,想必爵爷已经对此有所了解了。"薛文探询地看着王阳明,见王阳明点头,便接着说道,"既然老爵爷垂询到下官这儿,下官就说一说自己所了解的情况,下官的看法可能与鄙省衙门结论不完全一样。"

王阳明说道:"兼听则明,本爵就是要听听别的说法。"

薛文说道:"在岑猛四岁的时候,田州岑氏家族内乱,岑猛的哥哥弑父夺权,岑猛被迫投奔官府。田州和思恩两家岑氏是同宗,后来官府命令思恩知府岑睿派兵扶持岑猛回田州。所以,岑猛从小对官府感恩戴德。岑猛熟读'四书五经',会赋诗作画。因为护送岑猛回田州,思恩和田州结了仇。因为送岑猛,岑睿趁机占领了田州,派自己近亲做了田州知府,还伙同泗城州侵占了田州一部分土地。后来官府出兵,诛杀了岑睿,把思恩府和田州府从府降格为州,在思恩州废除土官世袭,设流官。在田州,岑猛被委以州同知官衔代行知州权力,后来岑猛又被改派到福建平海卫当千户。岑猛拒绝去福建。正德爷时,岑猛重金贿赂太监刘瑾,恢复了田州同知的官职。此后,岑猛的势力慢慢恢复和壮大。正德六年,岑猛被征召到江西剿匪,立有战功,升职为田州指挥同知。"薛文看着王阳明,笑了笑,"王爵爷,岑猛一心想着要当知州。岑猛的势力不断坐大,他的兵成了广西全省最强大的土兵队伍,广西剿匪离不开他了。靠着他的剿匪战功,不少人升了官,他要的田州知州的名分,朝廷却一直不给。本来,田州土地就是他家几代祖传下来的。后来,岑猛心灰意冷,把位子让给了大儿子,自己躲在家里,和几个道士一起学神仙。后来官府征召,不管是防守桂林省城还是出兵剿匪,岑猛和他儿子就不听招呼了。过路的官员,想要些好处,他们也不理睬了,于是,他们就把官府得罪了。岑猛的儿子像岑猛一样,能打能冲,他也一心想着抢回被思恩州和泗城州占去的土地。嘉靖二年,岑猛的儿子出兵攻打思恩州和泗城州。"

喻汉插嘴道:"王军门,僮人土俗,打冤家,占山寨,抢地盘,他们认为这都只是自家家务事,并不是背叛朝廷。"

王阳明轻轻点头。

薛文继续说道:"思恩州和泗城州求告官府出兵,这才有姚都宪请调四省军兵民壮几十万,围攻田州。岑猛认为自己并没有背叛朝廷,上书求告姚都宪为自己辩解。但官府是真要杀他,主事的他的大儿子被杀了,他本人被他的老丈人岑璋引诱到归顺州毒死了,田州土人都躲到了山林中。其后,田州和思恩州一样,废除了土官世袭制度,改设流官了。"

王阳明问道:"岑猛的事,现在怎么又出现了卢苏和王受叛乱呢?"

薛文看了看喻汉,喻汉示意薛文继续说。

薛文说道:"卢苏和王受,说起来和岑猛是一回事儿。岑猛这个人,为人仗义,体恤下人。僮人对主子很忠诚。岑猛手下卢苏,要为岑猛的后代恢复田州。卢苏扬言岑猛没有死,联合思恩州岑睿过去的手下王受,于嘉靖五年五月,起兵攻占了田州和思恩州。官府调集本省军队迎击,但广西土兵,一则对田州岑猛的土兵很畏惧,二则怀有兔死狐悲之心,打不赢卢苏和王受。姚都宪只好远道从湖广调来保靖和永顺的苗兵。卢苏和王受上书官府,愿意听抚,条件是恢复田州和思恩州的土官世袭制度,立岑猛后人为土官。不过,听说姚都宪不愿意招抚,要剿匪。王爵爷!下官就知道这些。"

王阳明说道:"薛通守说这些,对本爵很有启发。喻兵宪?"

喻汉说道:"王军门,薛通守说事,敝道说理。"

王阳明笑着哦了一声。

喻汉说道:"敝道是兵备道,在兵言兵。过去江西闹土匪,从来都是要请两广土兵来剿匪的,自从王军门提督南赣后,您训练出了精兵,这才剿灭了过去连土兵狼兵也不能根除的多年惯匪。鄙省剿匪,离不开土兵。有了对土兵的依赖,必然会助长土兵的骄横,必然会助长土官对官府的轻视。土兵漫天要价,越要越高越苛刻。不满足他们的条件,他们要么放跑土匪,要么屠杀无辜,要么不听征召。田州和思恩,其实只是他们土官土兵互相仇杀,还真说不上反叛朝廷。真正反叛朝廷的是断藤峡和八寨,这些贼窝,从开国以来,一直和朝廷作对,祸害周边百姓,祸害方圆上百里,下官老家梧州府多次被这些强贼攻陷。广西土兵竟然也奈何不了他们。王军门,田州和思恩内乱,断藤峡和八寨匪乱,广西战事不断。打仗要用劳役,要用粮,要用钱,广西是个穷地方,富户被折腾成了赤贫,赤贫被折腾成了土匪,一直折腾了这许多年。眼下,四省几十万军队,聚集在田州和思恩附近,钱粮要靠广东接济。王爵爷,您救救我们广西吧!"

喻汉说着起身,对着王阳明跪了下来,薛文也跪了下来。

第一百五十一章　梧州开府　策划和解

十一月初七，王阳明一行弃船陆行，翻越梅关，进入广东境内。然后一路坐船，经南雄府、韶州府、广州府、肇庆府地界，于二十日，他抵达两广交界处的梧州府。梧州是提督两广军务都御史衙门驻地。在府门驿站接官亭，广西三司衙门、苍梧道、梧州府、苍梧县，各级官僚代表迎来了王阳明，人们簇拥着王阳明进入梧州城东北的提督衙门。

官方的迎接仪式结束后，王阳明接待了半公半私性质的朋友和弟子的拜访。王阳明为父守孝期满，巡按御史石金就极力向朝廷举荐王阳明。众官员散去后，石金来到提督衙门后堂拜访王阳明。

一位都御史，一位巡按御史，东西对面而坐。王阳明对石金一拱手道："承蒙道长多次向圣上举荐，区区心领盛情。"

石金，湖广人，正德六年进士。石金拱手说道："王都宪，晚生应该感谢您。就像晚生弹劾姚都宪一样，晚生举荐王都宪，是出于公心。王都宪爵高望重，已不再需要战功荣身了。王都宪来两广长途跋涉不说，还耽误了王都宪杏坛讲学布道的雅兴，晚生为此深感抱歉。"

王阳明道："如果出于私心，区区实在是不愿意再出山了。石道长，区区这身体，承受不了暑热。过去，在贵州和南赣，伤了元气。"王阳明说着咳嗽起来，消停后说道，"从绍兴请来的医生，随船走到半途，水土不服，回去了。"

石金起身关切地说道："王都宪，说到暑热，一方水土养一方人，一物降一物。

此地夏天酷热，山中多瘴气；此地盛产槟榔，既防暑又防瘴气。王都宪，一路颠簸劳顿，您好好歇养两天，晚生不再打扰了。"

王阳明说道："石道长，好在夏天还早。区区一路行来，一路访问，对田州和思恩的事情已有了初步了解。你前后参与此事，最了解来龙去脉，不妨现在就说说情况，早一天处置，区区能早一天回绍兴。"

石金又坐了下来，道："田州和思恩，说起来是两个府州的事情，归结起来是岑猛一个人的事。岑猛的事，实质是僮人互相仇杀，历史上你来我往，冤冤相报，很难说谁对谁错。田州内乱的时候，思恩和泗城州侵占田州土地；泗城州内乱的时候，岑猛想趁乱收复失地。岑猛认为这是自己的家务事，汉官认定这是反叛官府。这是误会。主政者唆使归顺州知州岑璋诱杀岑猛后，卢苏要为主子报仇，攻陷了田州。岑猛的三个儿子，大儿子被杀，二儿子在武靖州做知州，三儿子被流放福建。卢苏和王受结伙攻陷田州和思恩，目的是护主。他们是想要求恢复土官世袭知府知州。"

王阳明微微颔首。

石金继续说道："晚生弹劾姚都宪的原因，一是岑猛不该被围剿，起码不是兴师动众的围剿：四个省几十万人马，几十万钱粮，太折腾。这里面有私心，官员索要好处，岑猛不给，得罪了人。二是卢苏和王受愿意招安。十几万人马围着田州和思恩，却又打不赢。卢苏和王受贿赂姚都宪的儿子姚涞，运作招安。姚都宪有了招安的意思。姚涞受贿暴露后，姚都宪为证清白，更是执意围剿。废除土官世袭制度十几年来，岑氏各州已经反叛了五六起。多年来，两广的钱粮、兵马，都消耗在这里。过去土官世袭，岑氏每年出粮出兵，上贡朝廷；废除土官世袭制度后，朝廷要出粮出兵，要防要打。目前就是这个情况。"

王阳明答道："石道长，两广提督衙门正是为了威慑土人作乱才设立的，结果只有衙门没有兵，有事的时候，又要靠土兵打土人。一句话，打铁还需自身硬。"

石金说道："晚生举荐王都宪，就是因为有江西剿匪成功的例子。无须兴师动众,自己练兵,全民皆兵,官民省了大折腾。"

王阳明说道:"进入两广境内,本院就已经行文两省各道,一是推行十家牌法,保境安民;二是选编精干民壮,打造一支官府自己掌握的铁兵。"

石金笑着说:"王都宪,您将南赣经验移植到广西来了,这太好了。田州和思恩过去是好事的人没事找事。现在王都宪来了,大可一纸招安书,救活几万生灵,即便诛杀有罪之人,有罪的也不过几个头目。"见王阳明轻轻点头,石金紧绷严肃的脸上露出了笑意。

石金走后,广西右布政使林富来拜访。林富和王阳明是狱友,是学友,当年受刘瑾迫害,两人一同蹲在锦衣卫诏狱,苦中作乐,两人互相讲听《易经》。今天是老友重逢。比王阳明小三岁、两鬓和胡须有些灰白的林富,有些拘谨,他一本正经地作揖,道:"下官林富拜见王军门!"

王阳明笑呵呵地说道:"省吾兄,别来无恙呀! 后堂是见朋友的地方。"说着和老朋友东西坐下。林富字省吾。

两人叙些旧事。嘉靖元年,林富就到广西做参政,后来升广东布政使,现在又转回广西做布政使,对两广事务很熟悉,他被姚镆任命负责田州和思恩专务。叙过旧,王阳明笑着说:"省吾兄,当年我们兄弟聚会在诏狱,是因为公事,今天相见在广西,还是因为公事。"

林富笑着说道:"阳明兄,怪我平常问候得少,失礼了。"

王阳明说道:"今天我们相聚,是因为田州和思恩的事儿。你讲,我听,算延续我们在诏狱的讲听。"王阳明呵呵笑着,想起了诏狱讲习《易经》的事。

林富苦笑着说:"阳明兄,说到田州和思恩,这几年就是打仗,打仗就要消耗钱粮。嘉靖初,我来广西,负责钱粮。广西一向很穷,我当年向朝廷奏请,调拨广东钱粮支援广西,防备灾荒。一旦有荒灾,这备荒的钱粮能救不少人的命。这是我的本意。钱粮调拨过来,却没用作备荒救灾,用作了打仗。当年是调拨五万两,现在是几十万两了。结果,广西没有富,广东也被拖穷了。阳明兄,我们是老朋友,让我说,这仗,是不该打的乱打,该打的反而不打。王爵爷来了,我们扭转乾坤有望了。"林富满心殷切的期望。

王阳明道:"乾坤本无事,庸人自扰之。听省吾兄这话,不该打的乱打,这是说的田州和思恩;该打的反而不打,这是说的断藤峡和八寨。对不对?"

林富笑着点点头,拱拱手。

王阳明突然咳嗽起来,林富问候过身体后告辞了。

梧州府同知舒柏是弟子,嘉靖三年八月曾经到绍兴从学良知。舒柏晚上来拜见先生。

见过礼,王阳明问道:"国用,你曾问过谨慎和洒脱的关系,现在如何了?"舒柏字国用。

舒柏恬静地笑着反问道:"据您观察呢,先生?"

王阳明笑着点点头,舒柏会心地笑了。

第二天,王阳明由林富、知府周任和舒柏等人陪着,查看梧州城防。这是王阳明多年来养成的习惯,到陌生地方,先熟悉环境,尤其是在多事的广西。天顺二年,梧州城有被断藤峡强贼攻陷过的惨痛教训。昨天进城时,王阳明顺路查看了护城壕,今天主要是察看城墙。周任边走边介绍。周任是浙江江山人,正德十四年就任梧州知府,是个老梧州,他和王阳明的弟子周积是同宗。举人出身的周积在南安做推官,王阳明路过南安时,周积顺便提起过在梧州做知府的周任。周任介绍道:"现在的城墙是正德初陈都御史重修的,长五里一百一十丈,五座城门。"一行人站在城东北的城头,周任介绍道,"王都宪,梧州城的特点是:东北背依大云山,西滨桂江,南绕浔江,护城壕环绕三面。"

王阳明仔细察看了脚下骑跨在山麓的城墙,然后向东、南、西三个方向,巡视了整个梧州城,之后,他点点头道:"周府台,城防还结实。这是盾。要打仗,只有盾坚固可不行。矛要锐利。编选精干民壮的事,有头绪没有?"

周任说道:"一接到苍梧道的公文,敝府就着手编选。敝府一州九县,已经开始行动了。"

王阳明点点头说道:"本院想把舒二府借用到军门,协助本院,周府台可舍得?"

周任对舒柏微微颔首,然后对王阳明说:"王都宪见爱舒二府,敝府不敢不从命！舒二府的职事,敝府就代劳吧！"

王阳明笑眯眯地说道:"多谢了！"

考察过城墙,回到后堂,王阳明开始翻阅、浏览两广和江西、湖广四省各地汇聚过来的各级官员对解决田州和思恩的建议书。在一摞子书信中,他发现了老熟人,原来在福建漳南道任兵备金事的周期雍,现在在湖广当按察使。王阳明对周期雍心存歉疚:当年周期雍领兵支援平叛,走到半途,叛军已经覆灭,虽然没立军功却有忠义,没有功劳却有苦劳。当年,朝廷对自己上报的军功人员相当苛刻,周期雍什么好处都没得到。

十天时间,王阳明综合各地官员的建议,结合沿途调查,以及石金和林富这两位当事人的意见,心里拟定了处置田州和思恩事件的方案,两个字:和解。

十二月初一,王阳明在上奏《赴任谢恩遂陈肤见疏》中建议朝廷,招抚卢苏和王受、恢复土官世袭制度。

第一百五十二章　横州会议　策划和平

刚刚发出《赴任谢恩遂陈肤见疏》，王阳明就接到了新圣旨："暂令王守仁兼理巡察两广等处地方，写敕与他。钦此。"

王阳明考虑到自己的身体，以及两广多事的事实，十二月初二，他上疏《辞巡抚兼任举能自代疏》，向朝廷推荐了三位人选，首选是退休闲居的副都御史伍文定，次选是有两广做官经历的刑部侍郎梁材，备选是新升南赣副都御史汪铉。

梧州与田州、思恩东西相距太远，而王阳明向来不愿意遥控指挥，要亲历第一线督办事务。一路向西，他于十二月初五抵达平南县。在平南，王阳明从前任姚镆手中接过来前线指挥权，并送别了姚镆、镇守太监郑润和总兵官朱麟。随后他西进浔州。浔州府是左江分守道的驻地，左江分守道辖浔州府、太平府和南宁府。左江兵备道驻南宁府。

在南宁府境内的横州，王阳明会同巡按御史石金，召集布政使林富，参议汪必东，副使祝品、林大辂，佥事张邦信、申惠、吴天挺，参将李璋，以及退休闲居的都指挥同知张祐等人，会商田州和思恩事务。

会上，王阳明道："听了各位的发言，本院心情很沉重。田州和思恩两个地方，花费几年时间，调用十几万人马，一直平定不下来，几十万粮饷耗费殆尽，梧州军门现存粮饷，米不过一万石，银不过五万两，这样下去，实在是难以为继。四省人马，耗在这里，怨声载道。湖广兵马，因染疫病，战斗力减半。广东广西，有人围困田州和思恩，有人支援前线，却缺少人手种田，大量良田抛荒了。一年不种,两年不种,第三年恐怕要滋生出大量土匪。田州和思恩,男女老少加起来,不过七万人,两年来,四省十几万人马,没把这七万人困死,反而给了断藤峡和八寨强贼四处抢劫的机会。岑猛父子为何敢不听官府招呼?本院已经发布了选练民壮的公文,要借这个机会,精练民壮,选拔领兵官。精兵,可以备而不用,不能用的时候却没有。没有,就是兵宪失职。再说眼下,岑猛父子已经被诛杀,几万男女老少,并没犯有必杀之罪。朝廷以孝治天下,天地大德曰生,人道天道,都以杀生害命为恶。石道长、林方伯、张都阃,各位道台,一旦田州和思恩向官府无条件投降,那么官府招抚后,怎么能保证长治久安,不至于屡抚屡叛?请大家各抒己见。"

石金说道:"刚才王都宪说,朝廷认为刚刚废除土官世袭,不宜朝令夕改。可以这样理解,就是知府不用土官,但是知府下面,可以沿用过去僮人的城头、山寨、洞。沿用可以把握两个原则:第一,不管是父子还是兄弟传位接任,必须经由知府确认批准;第二,城头这一级机构,多设城头,分散权力,如此便可不至于尾大不掉,轻视官府。"

王阳明点点头,然后看向林富。

林富道:"僮人习俗,忠诚于头人。岑猛三儿子岑邦相被安置到了福建,恢复他的同知官衔,是顺应僮人心愿的事。可以恢复其职位,只是,田州和思恩要降格为州。本来,两地还没有内地一个县人口多。规格低了,野心也会相应缩小。"

…………

最后,王阳明说道:"和解政策定下来后,对僮人及其他人,话都要说到明处,互相仇杀这种事,不能再有。石道长、林方伯,各位道台,现在需要一位和平使者,此人需既是僮人,又熟读'四书五经',知书达理,是双方都能接受的读书人。"

岑伯高被举荐给了王阳明。

第一百五十三章　和平使者　传递和声

　　岑伯高三十多岁，游学于南宁和横州等地，一心求学，志在科举，因为熟读"四书五经"，向家乡僮人传播文化，深得地方官民的信任。岑伯高揣着王阳明的书信，带着两个从人，向着思恩和田州出发了。

　　思恩是南宁府的北邻，田州在南宁府的大西北。思田事件，根子在田州。岑伯高顺着右江，一路向西北，到了田州。费了一番周折，岑伯高被人领到了田州附近的敢壮山，在山上的一个岩洞口，他见到了卢苏。两人互相打量着。但见卢苏五十多岁，一身黑色衫裤，本不白净的脸色被衬得有些白净，一双眼睛不大却明亮，眼神中含着机警和戒备，开口寒暄时，露出一嘴被槟榔染黑的牙齿。卢苏胡须灰白，人很精干。卢苏打量着岑伯高，但见岑伯高，一身皂色长袍，头戴僮家的黑缠头，长袍是汉家读书人装束，缠头却是正宗僮家标志。看着这身装扮，卢苏微微一笑点了头，认可了岑伯高。岑伯高的脸是僮人的标志性脸型，短脸宽颧骨，但是眼神和气质不同于一般僮人的质朴和粗野，岑伯高人斯文清秀，气质是既淳厚又和蔼。卢苏喜欢岑伯高，他说："久闻岑先生的急公好义大名，快请，到火塘烤烤火！"

　　岑伯高笑着说道："卢公，鄙人到了敢壮山，不先祭拜祖公和祖母，自己是不敢先烤火取暖的。请卢公领鄙人祭拜祖公祠。"

　　卢苏哈哈一笑说道："怪我考虑不周，怠慢了岑先生。请！"卢苏随口吩咐身边的人，快备供品。

僮人传说,敢壮山是僮人始祖布洛陀和姆六甲从天界下凡的栖息地,两口子在此繁衍生息,传下了这么多的僮人子孙。卢苏陪着岑伯高来到一座岩洞前,卢苏介绍道:"岑先生,这就是祖公洞。过去,老爷在的时候,总是在洞口祭拜。"

　　岑伯高和卢苏在祖公洞前上过供品,祭奠过米酒,两人折返刚才的岩洞,岑伯高被敬让到火塘前。两人默默地烤着火,过了很久,岑伯高道:"卢公,想当年我们始祖初来人间,没有房屋,只好寄居岩洞。没想到卢公也喜欢住山洞。"岑伯高说着,看着卢苏。

　　卢苏嘿嘿一笑,道:"岑先生真会说笑话,岩洞再好也不如咱僮家的吊脚楼。"

　　岑伯高问:"这么说,卢公想回城里去住?"

　　卢苏叹了口气说道:"我想回,他们不让回,不仅不让回,还执意要我的命。"

　　岑伯高说道:"现在有个机会,前任军门已经退休了,接任军门王爵爷,在内地有圣贤称呼,随处宣讲圣贤学问。卢公对此,应该有所耳闻吧?"

　　卢苏说道:"岑老爷在的时候,也学这些东西。汉家的圣贤,是不是就像我们的始祖,岑先生?"

　　岑伯高说道:"汉家的'四书五经',就是我们的《布洛陀》。说到祖先,我们僮人的祖爷爷是布洛陀,祖奶奶是姆六甲;畲人的祖爷爷是盘古;汉人的祖爷爷是盘古,祖奶奶是女娲。这些人创造了我们这一个天地,卢公,你听听,女娲、姆六甲,是不是一个音? 布洛陀、盘古,是不是一个音?"

　　卢苏下意识地点点头,又疑惑地摇摇头。

　　岑伯高接着说:"按'四书五经'的说法,不管是汉人,还是僮人,还是瑶人,都是天地生的,都是一个天道生的,大家像是同一个爹娘的孩子。一家人也会闹矛盾,有时候,矛盾纯粹是因为误会而起。卢公,对不对?"

　　卢苏点点头。

　　岑伯高说道:"实话实说,鄙人这次来见卢公,是受人之托。王都宪,想弄清楚,卢公和官府之间,是不是存在着误会。请卢公把来龙去脉对鄙人详述。"

卢苏沉吟了一会儿,开始了述说:"前代人的恩怨,我也没有亲眼见过,就说我亲眼见过的吧。岑老爷,岑二府,不,汉人把岑同知称呼为岑二府,我永远不认可这个称呼,岑老爷在我眼里,就是天上的星星,是我的主子,是我们田州府的府尊。"见岑伯高点头,卢苏继续说道,"岑老爷年少时,思恩州岑睿伙同泗城州岑接,抢占田州六个寨。等我们田州有力量了,我们跟着岑老爷,把丢的土地再夺回来,这难道不是天经地义的?刚才岑先生提到,我们这是弟兄们闹矛盾。我知道,田州、思恩、泗城州、归顺州,这州那州,都是祖公的儿孙。兄弟闹矛盾,是因为分家不公。"

岑伯高问:"听说你们还把泗城州州城攻陷了?"

卢苏说道:"那是一时兴起,收势不住。岑先生,这兄弟打架,根本用不着官府掺和,更用不着官府拉偏架,是不是,岑先生?"

岑伯高没吭声。

卢苏说道:"僮家兄弟打架,并没有反叛朝廷。没想到官府不依不饶,调集几个省的人马,要杀我们岑老爷。岑老爷,领着我们躲到山里,留在城中的一千多人被官军杀了。后来,归顺州岑璋邀请老爷前去。再后来,岑璋派人告诉我们,归顺州把与老爷一同修道的道士钱一真砍了头,冒充老爷的头,送给了官府。再后来,岑璋派人转告我岑老爷的旨意,要我与思恩王受一起,召集各寨流散的寨民。我们召集来寨民,路过州城,见州城没人防守,就入城休息,等着迎候岑老爷回城。我派人去接岑老爷,传说岑老爷已经被岑璋杀害了,连去接的人也被岑璋杀了。岑老爷没了,岑大爷岑邦彦也没了。我们无依无靠,要投告官,四处都是军马,他们要对我们赶尽杀绝。后来官府要我去思恩杀王受,王受说官府要他来田州杀我。现在连我也迷糊了,我只好躲到山洞里。山里虽然苦,毕竟有住的有吃的有喝的。对不对,岑先生?"

岑伯高看着卢苏,说道:"卢公,听说,你和王公从交趾借来二十万人马,和官军对抗了两年?"

卢苏说道:"开始我们是有这个心。不过,岑先生,田州、思恩和交趾中间隔着归顺州、镇安府、向武州、太平府、南宁府。借兵好借,借路不好借。官军大兵压境,我们和王受只好虚张声势。有二十万交趾兵,我们还会像老鼠一样躲到山洞里吗?"

岑伯高点点头,道:"卢公,请听鄙人说句话,岑公攻打泗城州,攻陷泗城州城,这是兄弟残杀,他这么做,既违背《布洛陀》上祖宗定的规矩,也违反了朝廷的法令。卢公和王公扬言借交趾二十万人马,不管这兵有没有,但这话头放出去,勾结外敌入境与朝廷作对,反叛朝廷,这罪名有了。"

卢苏点点头。

岑伯高接着说道:"卢公,你有二十万兵马,朝廷就会害怕你吗？卢公听说过这位王都宪吗?"见卢苏瞪大了眼睛,岑伯高继续道,"南赣四省交界处的山贼土匪,祸害当地有几十年上百年时间,哪家山贼的洞穴不是地势险要、易守难攻?两广如狼似虎的土兵狼兵对他们都没有办法,王都宪有办法,他将他们一一剿灭;朱宸濠十几万大军反叛朝廷,一个多月时间,全军覆没。卢公?"岑伯高注视着卢苏,敏锐地捕捉到了卢苏眼中一闪而逝的惊恐。岑伯高继续说,"卢公,我也是僮家人,我并非有意长官府气焰,灭僮家威风,我实在是为卢公和王公,为几万田州和思恩的僮人着想。有和解的机会,您万万不能错过。错过机会,几万生命说没就没了。抓住机会,卢公就立大功了。伯高以为,如果岑公活着,也会这样做的。"

卢苏眼睛一亮,问:"岑先生,王都老爷是这个意思吗?"

岑伯高将一封信递给卢苏,道:"这是王都宪给你的亲笔信。"

卢苏借着火塘的亮光,急忙浏览一遍信,再细细推敲一遍信的内容,最后,他小心翼翼地收起信。火塘里的火烧的时间太长,黯淡了下来,卢苏眼中的惊喜也黯淡下来,他疑惑地看着岑伯高,问:"岑先生,都老爷既然要和解,为什么四处围困的人马没有丝毫动静呢？这位都老爷，几年前我也耳闻过，人们说他是天上的星星下凡，打谁灭谁，都是一句话。我们田州本来不愿意和官府对抗，更不愿意和天上星星一样的王都老爷打仗。只是，我还听说……"卢苏迟疑地望着岑伯高，欲言又止。

岑伯高说道："卢公，鄙人是一肩担两头，鄙人这些年在南宁、在横州，已有些名头。因为这颗心，"岑伯高揞在自己胸口处，"是按着'四书五经'圣贤们的要求做的，所以汉家敬我；也是按着《布洛陀》祖先的遗训做的，所以僮家人也敬我。卢公如信得过我，但说无妨！"

卢苏释然地笑了笑，道："岑先生，听说王都老爷诡计多端，当年，三渐的池霸王……嘿嘿嘿！岑先生？"

岑伯高笑道："卢公有这顾虑，并不过分。池霸王为非作歹几十年，官府屡抚屡叛，你卢公被抚过几回？叛过几回？你杀过无辜百姓吗？你抢过良家妇女吗？你烧过人家的房，还是抢过人家的口粮？"见卢苏一直摇头，岑伯高又道，"卢公你不是强盗，你还要顾虑什么？"

卢苏嘿嘿笑着说道："我多少放心些了。岑先生，我开始即便有闹事的心，也是为了岑老爷。岑老爷不在了，岑大爷不在了，岑二爷岑邦佐、岑三爷岑邦相如今还在。要和解可以，我有个条件。"卢苏看着岑伯高，不言语了。

岑伯高说道："有条件，尽管说，我捎话过去。不过，卢公，我这样想，跟官府讲条件，不如无条件，这是一个态度问题。毕竟我们攻打了泗城，我们扬言借了交趾二十万兵马来对抗官府。这是有错在先。既然有错在先，最好不讲条件，就无条件。卢公的条件我捎过去，官府同意，那是官府的恩德；官府不同意，也不是官府的错。你看，如此可否？"

卢苏说道："条件我坚持，这是我对岑老爷的忠心。"

岑伯高说道："来前，王都宪告诉过我，有二十万兵马，官府不怕，朝廷有上百万兵马；打上三年五年，官府不怕，别的省有粮食支援。田州和思恩，三年不产粮食,光靠水果,恐怕……卢公！机会是官府给的,我们不能错失机会。"

卢苏迟疑着说道:"那好吧。无条件就无条件。不过,意思我还是要说到,岑三爷的事,官府要给个说法,现在,他一家人在福建海边生活,远离祖宗火塘。官府要是讲恩德,就该把他送回来,安置到田州,给他个名分。"

岑伯高说道:"好,我一定捎话过去。"

卢苏说道:"思恩王受也是这个意思。他家老爷也被废除了名分。他一直向官府求告,官府不愿意听。后来,断藤峡、八寨那帮瑶贼冒充王受,四处攻打城池、抢劫乡村。那些贼人惹恼了官府,官府打田州,把思恩王受也捎带上了。岑先生,我和王受,都是想求告官府,给老爷们一个名分。"

岑伯高说道:"卢公,你最好写份投告状,写清一切:以前违反了朝廷王法,现在无条件投降。你的诉求再写一份呈文让官府知道。如此可否,卢公?"

卢苏点点头,道:"劳驾岑先生长途跋涉,感谢王都老爷一片好心。这样吧,岑先生,等写好投告状,我派手下头目黄富随你一同去军门拜见王都老爷吧。你看这样如何,岑先生?"

岑伯高笑着说道:"这样最好。黄富等人,跟我一起去探看官府的意思。如果顺利,最好还是卢公亲自走一趟,解铃还得系铃人。"

卢苏笑了笑说道:"我是一定要去的。先探探路吧!"

岑伯高说:"这就好。我们一言为定,卢公!"

卢苏哈哈大笑道:"一言为定。来呀,摆酒,为岑先生接风!"

辞别卢苏,下了敢壮山,岑伯高带着黄富等人,一行人回程途中,拐入思恩,见到了王受,带上王受的使者韦贤等人,回到南宁。

第一百五十四章　恩威并用　思田和解

十二月二十六,王阳明到了南宁。

入城第二天,王阳明下令撤离封锁围困思恩和田州的十几万人马,两广部队各回卫所,四省民壮各回家乡,民壮可以赶在春耕前回到家乡。十几万人马,两年多来,背井离乡,抛家舍业,围困着思恩和田州,其实自己也被困在了围困的战壕里,听到撤离号令,他们像过年一样,处处欢腾。一路路归兵,像打了大胜仗一样,欢唱着各自家乡小调,奔向各自家乡。两广、湖广和江西各省各卫所、各府县的随征官员,各回任所。

嘉靖七年,王阳明五十七岁。

正月初七,黄富和韦贤等人随着岑伯高来南宁拜见王阳明。王阳明向黄富和韦贤颁发了敦促书,限令卢苏和王受,二十日内集结人马,到南宁城外投降,过期不候。黄富和韦贤等人捧着提督军门的免死文书,兴冲冲地回到田州和思恩。

嘉靖七年的春节,躲在敢壮山岩洞里的卢苏和藏在山林中的四万田州僮人,并没有像往年那样,杀猪宰羊,对歌赛歌,他们正悬着一颗心,翘首等待着军门的免死令。待黄富回到山洞,卢苏见过军门的公文后,他的一颗心终于放下来了。各山寨顾不上过节,纷纷打点行装,要到南宁赴约。

卢苏和王受,各自率领着各寨的僮人男女老少,倾巢而出,于正月二十六来到南宁城外,按照官府指定的地点,驻扎成四个大营。

正月二十七,卢苏和王受披头散发,上身套着猩红囚服,五花大绑,领着十几个头目,到军门请罪。

大堂上,王阳明主座,巡按御史石金在右侧陪坐,右布政使林富、都指挥同知张祐、左江分守道参议汪必东、左江分巡道佥事吴天挺等,陪坐在下面。

卢苏和王受等人进入大堂,两个人跪于前,十几个头目跪于其后。卢苏和王受齐声说道:"罪人向王都堂请罪!"两人磕头行礼。

王阳明咳嗽一声,问道:"卢苏、王受,本院问你们,你们身犯何罪?"

卢苏和王受把事情原委说了一遍。

王阳明说道:"卢苏、王受,两年来因为你们的作为,圣上一直忧心西南边陲的安危;你们惊动两广、湖广和江西四省百官,远离官署,来到思田,被拖在思田,荒废了职事;你们惊扰得四省民众,男人不能下田,女人不能纺织,百业俱废;因为你们,田州和思恩,原来安居乐业的几万百姓,家破人亡,妻离子散,死伤大半!"说到这里,王阳明的声调高了起来,语气也严厉起来,"你们犯的罪大了!比照王法,论罪当诛。"卢苏和王受俱吓得一激灵,都惊恐地看着王阳明,两人皆心里狐疑,今天是不是自投罗网,会不会让当年浰头池仲容事件重演?人心隔肚皮,生死人家一句话,现在的自己,就像架在火塘口上的一只鸡,再扑棱翅膀,再两爪抓挠,都无济于事。卢苏和王受心头各自掠过一丝惊恐后,又无可奈何地安定下来,认命吧。卢苏和王受身后十几个头目却没有卢苏和王受那样的心量,几个头目打着冷战,互相摇了摇头。其中一个胆小鬼心里一惊,身子一晃,一头栽倒在地上,因为背绑着双手,想起身,挣扎了几次,就是起不来。几个同伴心里着急,眼里帮着使劲,就是伸不上手。看到一个头目栽倒,巡按御史石金示意一个站堂助威的百户,把栽倒者扶起来。

王阳明接下来说道:"岑猛父子,纵然没有反叛朝廷,却无视王法,肆意攻打邻境,杀人害命,更兼藐视上官。但是冤有头,债有主,如今,岑猛父子已经身死,其罪责不再追究。卢苏、王受,两年来,你们对抗官兵,本院念你们也是为了活命,情有可原。何况各山寨几万僮人并无罪恶,更不能玉石俱焚。圣朝以仁治天下,岂能乱杀无辜！今天你们能来军门投降请罪,愿意痛改前非,那么,你们已从过去的罪民变成了朝廷的新民,朝廷恩德普照万民。"王阳明的声调又高扬了起来,"本爵宣布:卢苏！王受！下跪各人,死罪俱免！"

卢苏和王受一直紧张地听着,现在终于盼到了这句话,一直绷紧的神经一下子松弛下来,僵直的上身突然有些下坠,像冰琉璃一样僵硬着的脸皮柔和了下来,竟然还闪过一丝笑意。后面跪着的十几个人,好几个额头上一直冒冷汗,那是因为心里冷,现在心里暖和了,不冷了,想擦擦冷汗,下意识地抬了抬肩膀,结果肩膀只是耸了耸,抬不起来,这才意识到自己是被绑着的,但是脸上也有了笑意。

王阳明继续道:"死罪已免,这是朝廷的恩德。本院只是代为宣布。卢苏、王受,两年来,因为你们,文武百官奔波于道路,十几万人马往来于几百上千里,若不对你们略示责罚,难解十几万军民心头的愤恨。卢苏、王受,免你们死罪,体现朝廷的仁心;责罚你们,是我们人臣,"王阳明说着,和石金对视一眼,再巡视一遍在场的三司官员,"维持王法的道义。你们服吗？"

责罚本是卢苏和王受意料中的事,二人齐声道:"回禀王都堂,罪人愿受责罚。"

王阳明宣布道:"卢苏、王受,本院现在向你们宣布田州和思恩的具体处置方案,一是遂你们的心愿,田州原同知岑猛的三儿子岑邦相,从福建漳州迎回后,被任命为田州吏目,三年之后,有功劳可以升为通判,六年之后,有功劳可以升为同知,九年之后,有功劳可以升为知州。为岑氏保留血脉。岑猛二儿子岑邦佐继续做浔州府武靖州知州。"王阳明看着卢苏。

卢苏说道:"谢都老爷恩典！"

王阳明说道:"这是朝廷的恩德。王受,思恩岑睿绝户,已无后人可立。卢苏、王受,田州和思恩,各设立九个土巡检司,你们各个头目可以世袭。"

卢苏、王受,尤其是下面各个头目,听说可以世袭巡检司巡检,一个个笑逐颜开,大家齐声道谢。卢苏道:"罪人卢苏感谢王都堂活命之恩,卢苏在这里发誓,官府如有征伐,田州子民愿意自带口粮,报效朝廷!"卢苏话音刚落,王受亦跟着起誓。

王阳明笑眯眯地说:"卢苏、王受,你们能对朝廷有感恩之心,很好!但是,田州、思恩,两地七万百姓,两年来流离失所,土地荒芜,家业凋零。你们最要紧的是赶快回家,把家安顿下来,眼看着开春了,该春忙了,地里的活不能再耽误了。耽误几天农时,一季收成落空。至于报效朝廷,以后有机会。"

卢苏和王受感激极了,其身后那十几个土官也是喜不自禁。王阳明一拍惊堂木,说道:"今天最重要的是,和解和平,朝廷今天给你们一个活命的机会。死罪已免,活罪当罚。现在本院宣布,卢苏、王受,各杖一百,当堂执行。来呀!为各位头目松绑!"

执法后,南宁府医官立即为卢苏和王受进行了治疗。卢苏和王受,由僮人抬着肩舆,回到了城外营地。

第二天,王阳明和三司官员,到城外四大营慰问僮人。

田州四万男女老少立为两个大营,思恩三万男女老少立为两个大营。今年的春节,七万人都是在提心吊胆中度过的。现在和解了,和平了,不用再提心吊胆了,没过的新年要补过。僮人的新年,要吃炖鸡,要吃炖猪脚,要吃糯米饭团。身在南宁城外,远离自家山寨,这些一时还吃不上。僮人的春节,正月里有歌圩,有歌会。歌圩一时办不了,歌会可以随时随地举办。

欢庆新生的僮人男女,用欢歌来迎接王阳明等人。王阳明笑眯眯地走进僮人大营,对跟随在身后的林富和张祐说道:"林方伯、张都阃,你们一个负责安抚田州大营,一个负责安抚思恩大营。这些日子,你们要辛苦些,要深入到各山寨。新民初附,要以心换心,要他们保证有口粮,有种子粮,让他们眼下有饭吃,将来有希望,他们才能安心。"

参议汪必东、佥事吴天挺各自分头到各营慰问。

林富被任命为负责田州安抚的专员，退休闲居的都指挥同知张祐被王阳明推举，朝廷恢复了其广西副总兵的职务，他专职安抚思恩。

　　二月初八，田州、思恩各山寨僮人兴高采烈地返乡归家，林富和张祐各自深入山寨，安抚人心。

　　王阳明亲自到了田州。

　　田州和思恩各地，重新划分设置了十八个土巡检司，卢苏和王受等头目被任命为巡检司巡检，王阳明等依法为各巡检司制定了每年税粮、税银和差役的定额。

　　田州和思恩，离梧州提督衙门有一个月的水路，离省城桂林一千六百多里，山高路远，王阳明奏请朝廷，在田州和思恩设置巡抚都御史衙门，巡抚田州、思恩等附近土官府州，并举荐了湖广按察使周期雍和广东布政使王大用，供朝廷选任。

　　田州和思恩的远景，有了着落。

第一百五十五章　敷文书院　传布良知

　　王阳明到南宁后,一边处理田州和思恩的平叛事务,一边处理两广日常事务,闲暇时间,他一直没有放弃讲学。他的听众越来越多,衙门已经容纳不下了。

　　南宁府下辖的宣化县县城与府城同城,其县学在北门里,已经荒废了多年。左江分巡道佥事吴天挺举人出身,在荆州做推官时,他创办过崇正书院,有办学经验。王阳明委托吴天挺会同宣化县知县吴世贤,一起修复县学,并把修复后的县学命名为敷文书院。书院有前厅和后厅,有东西两廊。王阳明的第一场讲学,就是书院的开学典礼。

　　讲学在前厅。在南宁的各官,巡按御史石金,右布政使林富,副总兵张祐,参议汪必东,佥事吴天挺,参将沈希仪,知府蒋山卿,同知陈志敬,推官稽元凤,府学教授容益,府学训导叶福、孙宽,知县吴世贤,县丞沈注,主簿李廷封,县学教谕黄盖,府学和县学秀才,原监察御史现贬在广东揭阳县做主簿的季本,梧州府同知舒柏,儒士岑伯高,林富的同乡秀才陈大章等,都端坐在书院前厅。

　　季本被王阳明任命为敷文书院掌教,负责整个南宁府各州县的乡约教育。季本掌教下的敷文书院为全省培训教学先生。乡约、十家牌法、社学,在广西各府州县慢慢推广开来。

　　王阳明提督四省军务,来到广西,是为了处置田州和思恩事件。田州和思恩和解后,王阳明便整日在敷文书院讲学。王阳明还在考虑着另外一件事。他还暂任着两广巡抚,两广的事情他都要考虑。正德年间,他到南赣剿匪,第一次剿匪战役在漳南打的,贼首是詹师富,战略是福建和广东两省围剿。当时,开战的时间一直后延,就是因为广东兵力被拖在广西的府江。府江又叫桂江。府江剿匪向来是持久战。广西不仅有府江贼乱,还有更猖獗的贼乱。在浔州府的桂平,从西北方向曲曲弯弯地流淌过来一条红水河,河过来宾,改叫黔江,在桂平汇入浔江,到梧州,与北来的桂江汇流后改称西江,这条江河横贯广西的东南和西北,西北接贵州,东南插广东。这条江河像一盘肠子一样,弯弯曲曲缠绕在八桂大地的腹部。忻城到桂平,河道弯曲,是因为地势曲折。太曲折的水道容易藏污纳垢。东部的府江,连接省会桂林和提督衙门驻地梧州,府江贼乱是心头病,红水河和黔江贼乱,是腹病,两者合起来是广西的心腹大患。这条江河贼害最严重的地方是黔江的断藤峡和红水河沿岸的八寨,两地之贼祸延三百里,横跨浔州府、柳州府和庆远府。他们往南祸害到南宁府,往东南祸乱到梧州府,往东北祸殃到平乐府,和府江贼遥相呼应。开国以来,此地几乎没有消停过。天顺七年(1463),几百强贼,长途奔袭梧州,趁夜潜入城内,捆绑兵备副使为人质,烧杀抢劫,城内总兵官、镇守太监、巡按御史、兵备佥事、参议、都指挥和几千官军束手无策。成化元年(1465),三千强贼攻陷浔州府的平南县和梧州府的藤县县城,烧杀抢劫。朝廷派遣都御史韩雍领兵二十万,攻破了贼巢,刚刚退兵几个月,七百强贼就报复性地攻陷浔州府城,烧杀抢劫。没办法,只好招安。正德初年,陈金提督两广军务,仁心行善政,命令过往商船向断藤峡强贼供应食盐和鱼干,相当于买路钱,可惜买路钱只能贿买来短暂的安宁。陈金把断藤峡改名为永通峡,浔州人为之做了打油诗:"永通不通,人葬江中。谁造成的? 唉,是陈公!"

　　八寨强贼比断藤峡更凶猛残暴,贼巢盘踞在天险处,刀剑和箭头都浸上了毒药。成化年间,都御史韩雍六万人围困他们半年,土官岑瑛统率各州土兵敢死队,打进八寨,斩杀二百多强贼,因为寡不敌众,后来他们又被打了出来,最终也只好招安了事。一百多年来,断藤峡和八寨强贼四处烧杀抢劫,方圆几百里地,已经断绝了良民,附近府县城池虽有城墙,虽有卫所军兵,百姓却终日惶惶。

王阳明人在书院,一边讲学,一边在考虑此事。不仅王阳明在考虑,广西的官员,都在忧心这事儿。当年王阳明在南赣剿匪,屡战屡捷,广西桂林府全州籍的内阁大学士蒋冕曾经联络两广在京官员,准备联名举荐王阳明提督两广军务,后来见王阳明接二连三地上奏,要退休回家奉养长辈,再后来他又遇上朱宸濠叛乱,再后来他又守孝三年,再后来,蒋冕退休了。王阳明在赣州向兵备副使喻汉和通判薛文了解广西情况时,喻汉和薛文跪求王阳明为广西父老剿除心腹大患。那种渴求,已不是为了一己私利而渴求的情状,让王阳明大受感动。进入广西,巡按御史石金、右布政使林富、前副总兵张祐、左江分守道参议汪必东、左江分巡道兵备佥事吴天挺、南宁知府蒋山卿,都请求过王阳明。蒋山卿之前在浔州做知府,深受断藤峡贼害。右江分巡道驻地是柳州府的宾州,兵备副使翁素是浙江慈溪人,与王阳明是邻府老乡,来拜访王阳明时,翁素说得最多的不是乡情乡谊,而是断藤峡的强盗和宾州受害的百姓。浔州知府程云鹏通过吴天挺上书提督衙门,并且附上桂平县、平南县等各地受害人的联名投诉状,请求剿灭断藤峡强贼。王阳明一直在盘算着这事。

第一百五十六章　秀才师徒　哭诉血债

南宁府府学教授容益是宾州人,举人出身,常领着府学秀才来敷文书院,听讲良知学,又常向王阳明请教学问。今天讲学结束,容益领着一个秀才,到休息室拜见王阳明。

容益和秀才一前一后进屋,秀才走路跟跟跄跄、失魂落魄,一进门,他好像是失去了重心,扑通一声就跪在了地上,其实是栽倒在地上的。啪啪啪,他连磕了三个响头。磕完头,他一脸悲戚地对王阳明哭诉:"张有才请都老爷为学生一家报仇!"张有才泪如雨下,他的脸部肌肉因悲痛而变形,因强抑住哭泣,而发出呜呜咽咽的悲鸣,因为强抑,他浑身在不住地颤抖。

容益介绍道:"王都堂,张有才家在武缘县。前天夜里,他一家满门六十多口,惨遭八寨强盗杀害,一座庄园被抢劫一空。家中大门上留下了血字:'八寨老爷到此一游!'这、这、这……"激动和悲愤让容益结巴了半天,最后他说,"张秀才一个家人到县城办事,侥幸得以活命,这才到城里来报了信。"

张秀才重复刚才他说的话:"张有才求都老爷为学生一家报仇呀!"

王阳明狠狠地抓住太师椅的扶手,阴沉着脸,掷地有声地说道:"猖狂!"过了一会儿,王阳明缓下脸色,安慰张有才道:"张秀才,起来吧!坐。"王阳明招呼张有才坐下,示意容益也坐下。对张有才一家六十多口在自己辖下惨遭杀害,作为提督军务的王阳明,自感有责任。

面对灭门血灾,语言是苍白的,剜心一样痛,只能靠时间来慢慢抚慰。仇,一定要报！但要保密，暂时还不能跟张秀才说什么。王阳明端起侍者给自己的一杯水，起身递给了张有才。

容益道："王都堂，武缘与南宁近在咫尺，"容益以为王阳明不知道武缘在哪里，解释道，"武缘就在南宁北邻，几十里地。"

王阳明点点头。王阳明知道武缘在哪里，搞军事的人，心中都装着地图。

容益道："王都堂，您说的四句教，为善去恶是格物，心中的贼，要格；山中的贼，求王都堂为我们广西老百姓清剿掉！"容益说着，跪了下来，道，"都老爷，晚生家在宾州，没有功名的时候，就住在乡村，因为那里常年闹贼，我一家大小，晚上从来没有睡踏实过。我家附近乡村，几十年间，已经荒废了，百姓被害的被害，被抢的被抢，剩下的都逃命去了。宾州，说起来是一个州，其实就剩一座孤零零的州城。当地没有守兵，兵是广东来的客兵，客兵背井离乡，客兵队伍留不住人。都老爷，您在书院讲良知，春风化雨，田州和思恩的问题，您能和平解决。当年大舜圣王，'诞敷文德，舞干羽于两阶，七旬有苗格'，晚生想问，'有苗格'，能格几天？能安生几天？能安生几个月？像断藤峡强贼，屡招屡叛，往往是安生几个月，祸害几十年。都老爷，恕晚生不敬，依晚生之见，狗改不了吃屎，狼改不了吃羊，恶人改不了祸害善良的人。保护善人，诛灭恶人，才是为善去恶的格物。都老爷！晚生得罪了！"五十来岁的容益，激动起来，自己以为言语激烈，得罪了提督大人，便连着磕了三个头。

这些日子，王阳明为田州和思恩事件和解，确实有些自我陶醉，前任十几万大军历时两年束手无策的大难题，自己摇着扇子，口诵四句教言，凭着一个和字诀，不动一刀一枪，七万僮人心服口服，这也只有当年大舜圣王平定苗人叛乱时才做得到。这叫以德服人。敷文书院的名字，就是从这个典故来的。这个名字，既是处置田州和思恩事件的指导原则，又是事件和解的功德碑，还是提督两广军务的指导思想。当然，沾沾自喜对王明阳只是一瞬间的事。良知中没有沾沾自喜。自己还不至于像容益想象的那样，容益可能把自己想成了东郭先生，想成了是非不分的好好先生。这是容益对良知学说的四句教言没有心领神会,第三句"知善知恶是良知"说得明白,如果是非不分,还算什么良知。不过,没有必要为自己辩护。为善去恶,一直在进行。弃恶从善的,一直在招抚。屡教不改的,杀无赦!阳奉阴违诈降的,杀无赦!想到这里,王阳明再次狠狠地抓住太师椅扶手,他下定了决心,不仅下定决心,还要加快进度。

王阳明看向容益,容益已胡子灰白,这是位忠义之士,他虽然误会了自己,并做了谏言,就像朝廷上冒险苦谏一样,不过王阳明不会杖罚他。杖罚他什么?他忠义,他谏言的,正是自己心中所想的,是自己正在不动声色地推进的。更何况,八寨这些强贼,竟然打上门来,打到了南宁府的门前,这是示威,这是试探,这是嚣张,这是猖狂。猖狂到头是灭亡。现在只怕这些强贼不猖狂,他们越猖狂,越肆无忌惮,越好攻其不备。这是屡试不爽的战术。强贼为什么猖狂?因为十几万兵马,被自己打发,让他们各自打道回乡了。过去两年间,十几万兵马驻扎着,这些强贼都依然敢胆大包天地打劫,丧心病狂地攻打州县。现在外省人马都走了,周边的寨堡,因为是广东客兵,逃兵已经过半。这些强贼以为又可以无法无天了。兵法云,骄兵必败。同样道理,骄贼必灭。还怕这些强贼不猖狂,越猖狂他们离死期越近。

王阳明对容益吩咐道:"容掌教,起来吧!为善去恶,是我们一直在做的!为官一任,造福一方。做学问是为善去恶,做官是为善去恶,提督军务,也是为善去恶。就像种庄稼一样,好苗扶一扶,杂草一定要根除。张秀才,人死不能复生,为逝者,要报仇;活着,要节哀!本院现在告诉你,善恶有报,不是不报,时候不到,时候一到……"王阳明两手再次抓紧太师椅扶手,"容掌教,张秀才,你们先回去。张秀才,先处理后事,告诉武缘县县侯协助你一起办后事,家人要尽快入土为安。"

第一百五十七章　明处讲学　暗中谋兵

敷文书院，就学的主要是南宁府和宣化县的秀才，也会有广西各地的官员来听课。书院前厅是秀才们的地盘，各地官员会在后厅聚会。

开春以来，参将沈希仪是后厅比较重要的客人。在四省官员的上书建议中，王阳明发现了沈希仪这个人才。一到南宁，王阳明就见了沈希仪。沈希仪是奉议卫人，奉议卫驻军浔州府贵县。正德三年，沈希仪十八岁，接替父亲奉议卫指挥使的职务；正德十二年沈希仪因剿匪战功升都指挥佥事，十五年再因剿匪战功升都指挥同知。嘉靖五年，姚镆平定岑猛之乱的关键，就是采用了沈希仪的计谋。沈希仪知道，归顺州知州岑璋是岑猛的老丈人，岑猛有四个女人，正妻岑氏，侧室林氏和韦氏，还有一个丫鬟，四个女人中，单单不喜欢岑氏。官府鼓动岑璋，让他把岑猛诱骗到归顺州。当时十几万官军压境，岑猛走投无路，投奔了老丈人。老丈人一杯毒酒，为女儿报了仇，为朝廷立了功。立了大功的沈希仪建议姚镆在田州和思恩恢复土官世袭。沈希仪知道，僮人敬畏土官，土官贪恋富贵，土官的富贵只有依靠朝廷给，这样就能形成一个三角稳定关系。姚镆向朝廷报功时，隐沈希仪的功劳不说。处置善后事宜时，姚镆又漠视沈希仪的建议。但姚镆知道沈希仪是个人才，他任命沈希仪为思田参将，让他率领一万军兵，驻守思恩和田州。后来，沈希仪申请回贵县休假。沈希仪走后，参将张经代守思恩和田州。一个月后，卢苏和王受再次叛乱。

王阳明在沈希仪身上看到了自己年轻时的影子。

沈希仪有勇有谋,他的建议书中,除了提到要在思恩和田州恢复土官世袭,还提到了处置断藤峡和八寨强贼的办法:说强贼只可智取,不能强攻;宜收买向导,不能盲人瞎马。这是王阳明过去用熟的套路。

　　沈希仪又来到了敷文书院。

　　王阳明见到沈希仪,更是喜欢。沈希仪眼神像王阳明一样清澈,比王阳明多了些生气;他的身材像王阳明一样清瘦,却比年轻时的王阳明强壮。三十八岁的沈希仪,留着一撮小胡子,正当壮年却一身静气,很稳重。王阳明心想,如果自己立子早的话,儿子也该这么大了。广西多年来一直多事,是应该有沈希仪这样的人在这里守着,这是他的本乡本土。王阳明对沈希仪,是情不自禁的赞许。年老的人,看着虎生生的年轻人,就像看到了年轻的自己,一边感叹岁月的无情,一边为后继有人而心生欣慰。

　　沈希仪敬畏姚镆,那是对等级的敬畏、对权势的敬畏;沈希仪敬重王阳明,这敬是从内心发出来的,敬的是他有上接古人智慧的《传习录》,敬的是他浑身上下洋溢着的祥和气场。

　　王阳明面南坐着,问坐在东侧的沈希仪:"唐佐,事情进展如何?"

　　唐佐是沈希仪的字。沈希仪说道:"回禀王都堂!断藤峡在浔州府桂平县与柳州府武宣县之间,紧邻黔江,峡谷之上,悬崖峭壁,顶峰高耸,遇上好天,站到峰顶,四下一望,几百里地内外,能看得清清楚楚。强贼在峰顶放有哨探。多年来,官军一动,强贼就化整为零,作鸟兽散,藏进更远更深的山林里。官军进去,只能烧毁巢穴。官军一撤,强贼会变本加厉,手段凶狠。成化年间峡下有根大藤,藤横在江面上,韩都堂让人砍断了大藤。此后,进出断藤峡只有靠船,到对岸才能攀岩。断藤峡是个制高点,峡周围方圆几百里都是贼巢。往东南,桂平县大宣乡崇姜里,是这些强贼的前院;往北,象州的东乡和武宣县的北乡,是强贼的后院;往东,梧州府藤县的五屯,和西南,贵县的龙山,这是贼巢的羽翼。要铲除断藤峡周围贼巢,必须攻占断藤峡。"

王阳明道："如果遇到江上涨水,登到峡顶就容易些。"

沈希仪点点头,继续说道："进了断藤峡,路径复杂,离不开向导。向导已经找好了。"

王阳明脸上有了笑意。

沈希仪说道："强贼要过日子,要吃盐,要用药,要穿衣,他们有时抢,有时买。买时,会有人进去卖,进去的人,很多是医者。有改恶从善的强贼,出来就不愿再进去了。学生多年来一直留心此事,留心找这种人。这两个月,在贵县、在桂平,学生已联络了几十个人。虽然没有向他们说明情况,但相信他们都会成为好向导。断藤峡附近,防守寨堡的千百户指挥等头目,有几个和山贼私通,吃贼贿赂,这几个人,也是可以利用的向导。"

沈希仪在心里把王阳明敬作了先生。

王阳明点点头,鼓励沈希仪继续说下去。

沈希仪道："再说八寨。八寨,是指思吉、周安、剥丁、古卯、罗墨、古钵、古蓬和都者八个山寨。它们位于红水河岸南边,处于庆远府忻城县、柳州府上林县、迁江县三县交界山区。八寨纵横几百里,四周群山环抱,只有南面有石门可以进出,是一夫当关万夫难开的天险。八寨每寨有贼上千人,说是八寨,其实关上石门,就是一寨。一百多年间,那里仅有土官岑瑛打进去过。八寨是广西众贼的大后方,其他各处山贼,少则几十人一窝,多则几百人。遇到剿匪,别处山贼往八寨一钻,就再也不怕官军了。"

王阳明一直静静地听着。强贼再强也是贼,邪不压正。要灭强贼,得比强贼更强。更强的东西是什么?柔软的水可以滴穿石头;柔软的舌头,比坚硬的牙齿存在得久;无形无相的良知,可以消融一切邪恶。强贼,王阳明见识得多了,对于断藤峡和八寨强贼,虽然不至于轻视,也还不至于畏惧,王阳明相信自己的良知。

沈希仪继续说:"八寨就在思恩府的东边,紧邻思恩府。八寨是瑶人,思恩是僮人,两家多有往来,关系时好时坏。思恩和田州,与官府交好时,就与八寨为敌;叛乱时,就与八寨结伙。要找八寨的向导,不用找别人,思恩的王受和田州的卢苏最好。"沈希仪语毕看着王阳明。王阳明仍然不动声色地等着沈希仪说出自己的打算。

于是沈希仪继续说道:"断藤峡强贼,在官军围剿田州和思恩的时候,曾经趁火打劫。后来见湖广军队——就是永顺和保靖苗兵路过时,曾经惊慌过,还是老计谋,化整为零,像老鼠一样,钻坑打洞。后来他们发现湖广苗兵不是冲着他们来的,就又猖獗起来。再后来,他们见四省军队各自撤离回乡,尤其是湖广民壮回程路过断藤峡附近时,因为先生先前布置南宁府收买了各民壮的刀枪,民壮是赤手空拳路过断藤峡的,强贼们看在眼里,喜在心里,又肆无忌惮起来,不时出来抢劫,甚至防备都懈怠了。先生,您遣散了四省军队,只留湖广苗兵,是不是……"

沈希仪看向王阳明。王阳明笑着,不言语。

沈希仪继续道:"先生,八寨强贼,既见四省军队撤离,又见田州和思恩经过几年的折腾也消停了,所以他们最近又开始四处烧杀抢劫。如果在南宁城外休整的湖广苗兵再离开南宁,八寨强贼将会更加有恃无恐,更加得意忘形,就会疏于防备。先生,听说,卢苏和王受,要报答您的不杀之恩……"

王阳明笑眯眯地点点头。

沈希仪如释重负似的呼出口气,笑着说道:"这下好了! 先生!"

沈希仪笑着看着王阳明,王阳明也笑眯眯地看着沈希仪,一老一少,相看两不厌。

八寨强盗烧杀武缘的消息,很快通过县、府、道渠道一级级呈报上来,被杀被害的远远不止张有才一家。断藤峡和八寨附近府、州、县的秀才们,纷纷上书提督衙门,请求王阳明为民除害。桂平、藤县、贵县的受害人,更是奔波几百里,到南宁王阳明驻地跪呈血书,上血书的不仅有汉民,还有僮人和瑶人。

八寨和断藤峡的强盗已经到了天怒人怨的地步。

王阳明召开了处置断藤峡和八寨强贼的战前会议。

　　会议在后厅进行，与会者有右布政使林富、副总兵张祐、左江分守道参议汪必东、左江分巡道兵备佥事吴天挺、右江分巡道兵备副使翁素、浔州府知府程云鹏、南宁府知府蒋山卿、柳州府同知桂鏊、梧州府同知舒柏、湖广督兵佥事汪溱、都指挥同知官衔参将沈希仪、都指挥佥事官衔左参将张经等。

　　军事会议仍是讲学的形式，与往日不同的是，这次王阳明的身后挂着一张军事地图。王阳明手执教鞭，这是他在书院，第一次执教鞭。

　　官员每人手里都有一张小幅的军事地图。

　　王阳明平静地说："各位进出敷文书院，在迎门的影壁墙上，刻着王某的《敷文书院记》。这是王某抚临两广的原则，化干戈为玉帛是我们的良好愿望。这几个月，我们不拿刀枪，我们手捧书本，我们以德化人，以心换心。良心能换来良心，有些过去为非作歹的人弃恶从善了，放下屠刀，拿起了犁耙锄头。恶人中仍有死心塌地、死不改悔的，他们也许以为官军奈何不了他们，也许自认为是恶贯满盈，十恶不赦，不愿、不敢投降。几十年来，甚至上百年来，这些强贼，比如断藤峡，比如八寨，一年之中，没有哪一个月，不四处烧杀抢劫，屠杀乡村，烧杀府县；一月之中，没有哪一旬，不四处屠杀良善的。不投降，继续残害无辜百姓，那就是不可救药的恶人。面对恶人的屠刀，无辜的百姓只能流血流泪。我们呢，我们能安心吗？我们能忍心吗？为善去恶，抑强扶弱，是我们的职责。我相信，在座的各位，每个人手里都收到过无辜百姓的血泪诉状，每个人出巡，都会遇到无辜百姓的血泪哭诉。有的官员私下告诉我，在广西做官，吃着这份俸禄，心中苦涩。为什么会如此？"王阳明巡视着下面，停顿了一会儿，继续说道，"我们有愧于这份俸禄！俸禄是朝廷给的，我们愧对朝廷；俸禄是善良的老百姓给的，我们愧对老百姓。我们拿着老百姓给的俸禄，却不能保证老百姓睡一个安稳觉，别说安稳觉，有的人，甚至连命都保不住。有良心的人，于心何忍呀！"王阳明手摸着自己的胸口。

领兵的人，沈希仪、张经脸上现出了羞色。张经率领一万人，驻扎在田州和思恩，却被卢苏和王受打得落荒而逃。两位兵宪，翁素和吴天挺，脸上现出了愧色。翁素，正德六年进士，已过不惑之年。吴天挺，弘治八年举人出身，与王阳明年龄相仿，嘉靖五年上任左江道。年已半百的程云鹏，弘治十五年进士，他的府城与断藤峡比邻，在浔州，他天天提心吊胆，朝不保夕，今天在敷文书院，他被王阳明说得满脸羞红。蒋山卿，过去在浔州做过知府，知道浔州知府的难处，看到身边的程云鹏脸红，他苦涩地摇了摇头。湖广督兵佥事汪溱，徽州人，正德十二年进士，是湖广永顺和保靖苗兵的领队，他对广西贼乱没有责任，但见大家都如此羞愧，也不好超然事外，就陪着大家一块儿羞愧。

王阳明接着说："本爵提督两广，进入广西，已经四个月了，与南宁近在咫尺的武缘，竟然被八寨强贼杀上门来，这是本爵的失职。"王阳明双手捧起一摞子状纸，"本爵愧对这些无辜百姓。这是耻辱！这是羞恶！知耻而后勇。本爵是为了田州和思恩事件来广西的，但本爵在来广西途中已经公布了圣旨的内容。"王阳明手捧圣旨，念道，"遇到贼寇生发，可相机行事，该招抚则招抚，该剿捕就剿捕。钦此。"

王阳明放下圣旨，说道："断藤峡、八寨强贼，百余年来，恶贯满盈，罪不容赦。本爵持有敕谕，可以便宜行事。本爵以为，现在正是个时机，机不可失，如果等奏明圣上，书信往来，两月时间，夜长梦多，难免走漏风声。现在时机有了，精兵有了。"

听到有精兵，大家不解地看着王阳明。王阳明对汪溱说："精兵在汪佥宪手里。"大家纷纷看向汪溱。汪溱这才恍然大悟，他原以为这次会议是安排为湖广兵送行呢。现在要用兵？这太好了。从湖广西部的保靖和永顺到南宁，来回几千里，费时一年多，原来以为这次长途跋涉白跑了，辛苦白吃了，现在看，自己没有白跑一趟。不仅没有白跑，还可能要立战功。有了战功……汪溱想到这里，脸上现出开心的笑容。

王阳明继续说:"保靖和永顺苗兵,回程要路过断藤峡,趁着回程,顺道剿匪,不再多费粮饷。湖广苗兵顺道帮我们广西剿匪,我们也好发放赏金,不能让忠义之人空手而回,失信于人。"

大家纷纷点头。

王阳明继续说道:"田州和思恩的卢苏和王受,一直憋着劲要报答朝廷不杀之恩。卢苏和王受,与八寨是邻居。"

大家活跃起来,看到了雪耻的希望。虽然也觉得兵力太少,但是想到王阳明在南赣时,剿匪用兵从来是精而当,绝不搞兴师动众的大兵团围困,并有打胜仗的前例,大家也就释然了,个个脸上现出了喜色。

王阳明继续说道:"用兵的原则,仍然是出其不意、攻其不备。所以大家一定要严守秘密。现在,本院部署剿匪战术和各官的具体任务……"

第一百五十八章　借力使力　剿灭顽匪

湖广兵顺道破断藤峡

在三月二十三的战前会议上,确定了剿匪战在四月先后开战。战役分两个组团,断藤峡战役主力是湖广保靖和永顺两个宣慰司的苗兵。在从南宁回湖广路过断藤峡时,苗兵顺道剿匪。辅助兵力有浔州卫军人和浔州府武靖、桂平等州县的民壮,他们的职责是围追堵截。领兵官有参将张经、左江道兵备金事吴天挺、右江道兵备副使翁素、湖广督兵金事汪溱以及浔州卫指挥马文瑞等。

保靖宣慰司和永顺宣慰司位于湖广省的西部,与四川和贵州接壤。王阳明贬官贵州时,来回途经两个宣慰司附近。正德年间,湖广和江西围剿南安的谢志山和郴州的龚福全时,两个宣慰司的苗兵是湖广方面的主力。永顺领兵的宣慰使叫彭明辅,保靖领兵的宣慰使叫彭九霄。两家宣慰司远祖是同宗,因为有争执,才分了家。两位宣慰使率领六千名父子兵,于嘉靖六年八月起程,九月到达广西桂林。嘉靖六年十月,王阳明在江西抱着和解思恩和田州的想法,指示广西接待湖广苗兵的参政龙诰和金事申惠,把湖广苗兵安置在南宁城附近。

断藤峡附近的贼巢有牛肠、仙台、花相、风门、佛子、六寺、磨刀、白竹、古陶、罗凤等。王阳明把两家苗兵分作六哨,各自划定了攻击范围。六哨分别是:彭明辅的儿子彭宗舜领兵一千六百名,苗兵头目向永寿领兵一千二百名,彭九霄的儿子彭荩臣领兵六百名,苗兵头目彭九皋领兵六百名,苗兵头目彭辅领兵六百名,苗兵头目覃英领兵六百名,六哨各配有参将、都指挥、佥事等督战。另有浔州卫和武靖、桂平州县辅助兵力和向导一千多人。

王阳明把南赣剿匪的成熟套路移植到了广西剿匪中——突袭战术加钢铁纪律。突袭战术,要求要像狮子一样悄悄逼近猎物,让猎物猝不及防,给予其致命一击。钢铁纪律是一切行动听指挥,不拿百姓一草一木,功劳不在于多杀,而在于擒斩贼首、扫荡贼巢。

几年来,从当初参与制裁岑猛,到后来支援围剿卢苏和王受,湖广军队先后几次,来来回回路过断藤峡贼巢附近,大贼首胡缘二多次遣散贼属,高度警惕,积极防守贼巢关隘,结果总是有惊无险。这几个月,四省人马都各回各省,放在南宁城内的探子,不见王阳明进出提督军门,倒见提督大人整天窝在敷文书院里,与一帮秀才说书讲学;浔州城内的探子,既不见有备粮备饷的举动,又不见大肆征兵活动;最近几次到周边抢劫烧杀,贼人们发现卫所寨堡的守兵和民壮,既不敢堵截,也不敢尾追。胡缘二的原则是神鬼怕恶人,现在看来,不仅仅是小小老百姓怕恶人,就连一向高高在上的官府衙门照样怕恶人。恶人胡缘二紧绷的心弦松弛下来了。

湖广苗兵中途剿匪的任务,只有湖广督兵佥事汪溱、湖广督兵都指挥使谢霈、宣慰使彭明辅和彭九霄知道。湖广苗兵在接近贼巢还有三天路程时,开始偃旗息鼓,昼伏夜行。剿匪战役于四月初三寅时开打,湖广苗兵第一步的任务是抢占断藤峡最高峰。永顺宣慰司苗兵第一个攻击目标是牛肠贼巢,保靖宣慰司苗兵第一个攻击目标是六寺贼巢。五十多岁的彭明辅、彭九霄,四十多岁的彭宗舜、彭荩臣,身先士卒。湖广苗兵一向被官府称为土兵,因为他们打起仗来像虎狼一样凶猛。保靖和永顺苗人生来就被训练成了官府的战士,六千战士在南宁好吃好喝,休整了五个多月,养精蓄锐,一个个就像真的虎狼一样。睡梦中的牛肠和六寺贼众,不少强贼在梦乡中做了刀下鬼。初四、初五,苗兵的扫荡势

明代广西地图

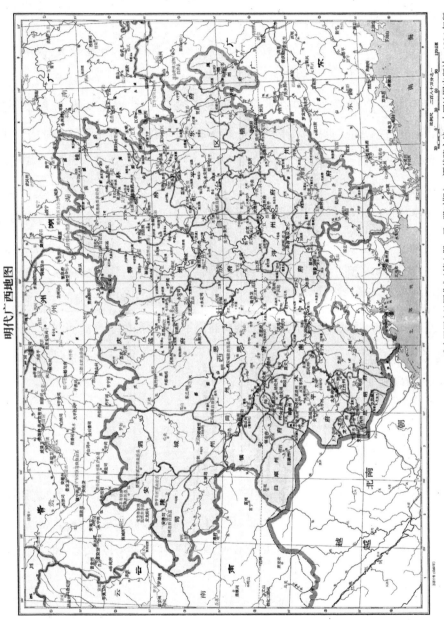

《中国历史地图集》(第七册，元·明时期)，谭其骧主编，中国地图出版社，1996年版

如破竹,连破仙女大山、石壁、大陂等贼巢。初五到初十,搜捕残贼。十一日到十二日,人马回到浔州府城休整。

十三日寅时,永顺苗兵在大黄江、盘石登岸,进剿仙台和花相贼巢;保靖苗兵于乌江口、丹竹埠登岸,进剿白竹、古陶、罗凤等贼巢。

大贼首黄公豹、廖公田在牛肠和六寺贼巢被攻破后,收拢残贼,在贼巢周围挖陷阱、埋竹签,疯狂抵抗。湖广苗兵奋勇仰攻,冒着从山顶上滚下来的滚木礌石,先后打破了仙台等贼巢。失巢的强贼,像丧家犬一样,急着逃命。在横石江上,他们抢着渡江,互相争夺践踏,淹死了六百贼众。余贼向东北逃窜进平乐府的永安州地界一个叫立山的地方,已经到了府江贼窝。苗兵乘胜追击,再次力破立山贼巢。

四月,从初三到二十四,不到一个月时间,湖广苗兵扫荡了断藤峡及附近几十座贼巢。四月天,广西崇山峻岭中,暑气重,瘴气浓。被杀的强盗,死难的苗兵,悬崖失足的、饿死病死的男女老少,在高温下,很快污染了溪流河水。湖广苗兵中传染上了疫病,彭明辅、彭九霄、彭宗舜一个个病倒了,苗兵死伤过半。

断藤峡剿匪战役结束了。

僮人报恩　荡平八寨

八寨剿匪战役晚于断藤峡战役近一个月。三月,驻扎在南宁附近的湖广苗兵踏上了返乡的道路。八寨强贼在武缘县试探、示威似的烧杀抢劫,竟然没有引起官府的丝毫注意。八寨强贼的贼头们喝酒庆祝,庆祝又可以肆无忌惮了,又可以忘乎所以了,又可以高枕无忧了。

卢苏和王受在南宁请罪的时候,发誓要替官府剿匪,以报答活命之恩。王阳明给卢苏和王受留出了三个月的休养生息时间。四月底,正是春种和夏收中间的农闲时节,八寨剿匪战役拉开了序幕。

右布政使林富,这几年一直负责田州和思恩事务,起初是参与战争,后来是参与安抚。副总兵张祐多年来在广西剿匪战中屡立战功,因与前任巡按御史关系不和,他被罢了官。王阳明到任后,起用张祐,让他和林富一起负责田州和思恩的安抚事务。两个人负责督领卢苏和王受的僮兵。参将沈希仪,在驻守思恩和田州之前,是驻守柳州府和庆远府的参将,八寨战役中,他被派往八寨北部,率领庆远府土兵把守拦截,截断八寨强盗北逃庆远府和柳州府的通道。

为了保密,王阳明命令卢苏三千僮兵和王受两千僮兵,前往南宁府接受任务。四月二十二晚上,卢苏和王受在赶往南宁途中到达一个叫新墟的地方时,突然被命令调头北上,进攻八寨。领兵官有都指挥金事高松、指挥使孙继武、指挥使程万全、暂署思恩府的柳州同知桂鼍、南宁府同知陈志敬等。武缘等县民壮一千一百名,配合思恩和田州僮兵。

二十三日清晨,僮兵悄无声息地靠近了八寨天险石门,轻易地打进了石门。强贼在睡梦中,措手不及,有人当场毙命,有人抱头鼠窜。僮兵乘胜追击,势如破竹。中午时分,八寨强贼组织了两千多贼众,手持浸过毒药的梭镖和弓箭,疯狂反扑。失去石门天险的强贼,因仓促应战,很快被打散了。溃散的强贼纷纷聚集到悬崖峭壁上,向下放滚木礌石。领兵官设计引诱强贼放滚木礌石,然后趁夜攻打。二十四日,扫荡了古蓬贼巢;二十八日,扫荡了周安贼巢。五月初一,扫荡了古钵贼巢;初十,扫荡了都者贼巢。

十二日,沈希仪、孙继武、高松、桂鼍、陈志敬分别在洛春、思卢、铜盆、大鸣等寨,截杀逃亡的强贼。

十七日,僮兵扫荡了黄田等贼寨;六月初七,扫荡了铁坑等贼寨,先后擒斩强贼一千七百多名。

烈日下,瘴雾中,各路僮兵、土兵、民壮,分路搜山,强贼已经茫无踪迹。顺着恶臭味,在悬崖边,在山谷间,在岩洞中,在密林深处,官兵们发现了四千多具摔死、饿死、病死的男女尸体。

六月底,八寨强贼被彻底剿灭了。

勘察八寨　身染瘴疬

王阳明到了宾州。宾州属柳州府,下辖迁江和上林两个县,却是个弹丸小城,城墙周长三里半,墙高一丈五。宾州境内有座南丹卫,南丹卫是从西北庆远府南丹州迁过来的,有卫军五百人和两千家属,他们是宾州城内的主要居民。城中的居民还有州衙的官僚和州学的秀才。宾州小城与八寨为邻,开国后的一百六十多年来,城内的官兵,城外六个乡的良民百姓,一直提心吊胆地过日子。如今八寨被荡平了,恩人是王阳明。幸存的百姓,纷纷捧着礼物,沿途迎接王阳明。

保靖和永顺苗兵五月底彻底结束了断藤峡剿匪战役,六月,庆功仪式在桂林举行。提督衙门奖赏湖广苗兵两千两银子,用作赏金和路费。王阳明原计划亲自到桂林为彭明辅和彭九霄等英雄颁赏,因为身体有恙,未能成行。于是他写诗一首,赞扬两位宣慰使彭明辅和彭九霄三代忠良,并亲自做了一篇《祭永顺保靖土兵文》,委托蒋山卿在南宁城隍庙,祭奠死难的烈士。

官府习惯,湖广永顺和保靖苗兵被称作土兵,两广僮兵或者瑶兵被称作狼达或者狼兵。

在南赣剿匪的两年,王阳明爬高山,钻密林,落下了咳嗽的毛病。绍兴六年,他一直吃药调理,病情有所好转。在广西,到了盛夏,他咳嗽的毛病复发了。广西山中的暑湿比江西还要甚。王阳明在这里又患上了哮喘。

在宾州,提督衙门举办了八寨剿匪庆功会,王阳明分别奖励卢苏和王受一百五十石和一百石大米,另外奖赏两人各一枚纯金和纯银打造的一两重赏功金牌和银牌。督战和参战的左江道、右江道、浔州府、南宁府、平南县等官,一一获得了赏功银牌。僮兵人人有奖,有奖功劳的银两,有慰问苦劳的碎银子。

比照着南赣的经验,剿匪后,各官要进入新区进行安抚。军事卫所寨堡和行政单位要重新设置和调整。设置和调整,要向朝廷申报和申请。山高水低的,若不亲自到现场勘察,最终向朝廷报错了,便是欺君。王阳明强撑着病体,由林富、张祐、翁素、桂鏊、张经、季本、舒柏等官员陪着,深入八寨各寨勘察。断藤峡地区的勘察,交由沈希仪和吴天挺负责。

密林中,闷湿得让人透不过气。王阳明喘息着,对众人说道:"联络卢苏、王受投降的岑伯高,本身是僮人,还能熟读'四书五经',知书达理。我看,他和中原读书人没什么两样!"王阳明想起了一件事,弘治皇帝母亲是广西叛乱土司的女儿,这样说来,弘治皇帝应该有一半僮人或者瑶人血统。王阳明沉吟了一下,道,"周安寨堡,要建;全省学校要建,各土官管理的土州,也要建学校。走! 我们选寨址。"

闷湿的空气中,夹杂着恶臭。越往里走,恶臭越重,空气已让人窒息。王阳明咳嗽起来。

林富劝阻道:"王都堂,别往前走了。"

王阳明咳嗽消停后,坚持走到悬崖边,探身向下望去。一团浓厚的恶臭,随着一阵旋风向上袭来。王阳明向后一仰,几乎昏厥。站在身后的张祐眼明手快,一把扶住了他。

张祐解释道:"王都堂,下面,有数百具腐尸!"

王阳明咳嗽得皱紧眉头,浑身痉挛。季本和舒柏,一人扶着王阳明,一人轻轻地拍抚着王阳明的后背。

王阳明咳嗽了一阵子,平静下来,蹲在地上,嘴里喃喃着:"几百腐尸! 玉石俱焚!"

翁素、张祐、桂鏊等官,忧心地看着王阳明,然后再一齐看向林富。几个人以眼神交流形成意见,林富道:"王都堂,您,请回吧!"

王阳明沉默着,他的头晕得不敢轻易点头,只好以眼神表示同意。

一直随行的肩舆派上了用场。

回到宾州的王阳明，全身浮肿。

七月初十，王阳明上奏《八寨、断藤峡捷音疏》，向朝廷报捷，为功臣请功。十二日，上奏《处置八寨、断藤峡以图永安疏》，向朝廷建议：把南丹卫迁驻八寨石门以里，思恩府城迁往荒田驿，在三里建设凤化县城，在思龙新设置一个县，在五屯新设一个守御所。新区需要新官，王阳明连续上奏，向朝廷推荐官员。

断藤峡和八寨的强贼剿灭了，善后该做的、能想到的，都做了。王阳明病倒了。病倒后的王阳明，回到了南宁。

九月，朝廷对田州和思恩事件的顺利解决进行表彰，行人司行人冯恩从北京送来了朝廷的奖状、奖金五十两银子和奖品四匹彩缎。广西布政司驻左江道参议汪必东率领南宁府学秀才，敲锣打鼓，代表朝廷，送来了一只羊和两坛酒。

三十三岁的冯恩，嘉靖五年进士，在南宁拜门求学良知。

去年，王阳明是带着咳嗽的老毛病来广西上任的，春季他走访思恩和田州时，天气刚刚回暖，走访让他的咳嗽加重了。暑天，他在八寨感染了瘴疬，咳嗽、哮喘，再加全身肿毒。他的老毛病最怕天热。八月他回到南宁，原想等秋凉，病会减轻。秋天来了，他的病却没有减轻的意思。九月二十，王阳明上奏《奖励赏赉谢恩疏》。在谢恩疏里，王阳明谢恩之余，陈述自己卧病在床，痛感再也不能为朝廷效力了，甚至有可能永远也见不上皇帝一面了。

新皇帝登基七年，王阳明还没有见过皇帝一面。

来广西的任务是平定思恩和田州叛乱，虽然后来加上了巡抚两广的任务，诏书上只是说暂时巡抚。如今任务完成了，还额外地剿灭了断藤峡和八寨百年来的匪患，十家牌法已经在两广推广开了，广东广西陆陆续续平定了各地的小股匪患，各地的书院和社学陆续在恢复，在新建。王阳明重病在身，已经不能为两广再做什么了。此前，他推荐了林富出任两广巡抚。

第一百五十九章 谒伏波庙 重温旧梦

病中的王阳明不能吃饭，每顿只能勉强喝一小碗粥。但喝过粥，还要再吐出来。

十月初十，王阳明上奏《乞恩暂容回籍就医养病疏》，向朝廷汇报了两广的政务，再次陈述了自己的病情。

王阳明算着日子，自己一路向东，等到了广东韶关和南雄，就能接到朝廷的批复。上奏过后，王阳明离开了南宁。

船过横州，到了郁江乌蛮滩，天色将晚。乌蛮滩，是个险滩，江中多暗礁，晚上过滩不安全。王阳明决定晚上住宿乌蛮滩畔。

乌蛮滩岸边，在乌蛮山脚下，有座伏波庙。汉代将军马援到交趾平叛，路过时曾经驻军这里。天色尚早，王阳明打算拜谒伏波庙。送行的左江分守道参议汪必东、南宁知府蒋山卿、梧州同知舒柏、横州知州陈尧恩陪着王阳明进入伏波庙。

王阳明站在两座钟楼间，眼前的牌坊上有三个金粉大字"伏波庙"。他愣住了，这座庙自己好像来过，眼前的一切很熟悉。对，在鞑靼草原，他曾做梦，梦游过此地。那已经是四十多年前的事情了。梦中还曾吟诗一首。王阳明嘴里喃喃着：

卷甲归来马伏波，早年兵法鬓毛皤。

云埋铜柱雷轰折,六字题文尚不磨。

这是四十多年前的诗。王阳明眼噙着泪,轻轻叹了口气。当年在鞑靼草原,他还曾问鞑靼人,草原上有没有马伏波的庙。原来应验到了这里。自己来广西,看来是命中早就注定了的。自己抚平思恩和田州,剿灭断藤峡和八寨,是不是也是命中注定了的?自己一身肿毒,吃不下饭,一咳嗽就喘不上气,是不是也是命中注定了的?这样说来,年轻的时候,在午门受廷杖,后来被流放到龙场吃苦,也是命中注定的?南赣剿匪,鄱阳湖平叛,难道都是天意?天意?既然是天意,既然一切都是命中注定,那还说什么君子造命?既然命中注定,那还修什么身?还修什么心?还恢复什么良知?恶人注定是恶人?好人天生是好人?

汪必东、蒋山卿、舒柏、陈尧恩静静地站在王阳明身旁。王阳明淡淡笑了笑,心里对命中注定有了结论:说是命中注定,也没什么不对,人有生就有死,这是注定了的,既然生死是注定的,反而不用怕死了,那就活得更潇洒更自在些吧;要说一切全是注定,未必!断藤峡和八寨强贼,没有自己设计用谋,没有卢苏和王受报答活命之恩,如果没有湖广归兵顺道剿匪,它怎么会灭亡?如果没有苦苦摸索几十年,怎么会有致良知这么简洁的修身方法?如果没有这么多年的修学,一直埋藏在心底的良知,怎么会显现出来?这个世界,有注定的,有不注定的。不过,自己今天来广西横州这个乌蛮滩,来拜谒伏波庙,看来却是命中注定的事了。

依多年来的经验,王阳明知道只要心上没病,身上有病不可怕。年轻的时候,比如在北京格竹子有病的时候,耽误了会试考试,自己卧病在床,身上疼,心里急,身心好像都泡在了苦水里。后来有了修学功夫,才知道,肉体的病是肉体的病,没有良知的时候,为病而苦恼,是苦上加苦;有了良知,心上干净,肉体的病,只是肉体的病,能忍受。

王阳明进了庙。在祭坛前,上过香,病中的王阳明站着轻轻颔首,在心里向马伏波致敬。

汪必东看了看王阳明，对蒋山卿、舒柏和陈尧恩说道："伏波将军破西羌，平交趾，虽然读过书，终究还是一位马上将军；我们王都堂，虽然剿匪屡战屡胜，平叛安邦定国，说到底却是一位读书人，是一位道学宗师，是一位儒帅。"

　　汪必东，湖广崇阳人，正德六年进士。

　　王阳明没有言语。

　　蒋山卿说道："汪道台所言，下官以为很精辟。伏波将军立功西南，受恩的百姓，在横州修庙纪念。伏波将军的塑像，"蒋山卿仰望着院子里的马援塑像，"横刀勒马，威风凛凛。这是大将军像。如果为王都堂塑像，汪道台，您说是不是应该……"

　　汪必东随口接道："应该是手摇羽扇，温文儒雅。"

　　王阳明淡淡地笑着轻声说道："那是诸葛亮。"

　　舒柏说道："汪道台，蒋府尊，下官以为，是不是应该腰佩宝剑，手执《传习录》？"

　　陈尧恩说道："舒二府，古有关公夜读《春秋》。王都堂自己看自己的《传习录》，这个、这个？"陈尧恩，苏州府吴江人，举人出身。

　　王阳明没有言语，默默地走近大殿，看向墙壁上粉底黑字介绍的马援生平。

　　汪必东、蒋山卿、舒柏、陈尧恩，站在王阳明身后，陪着看墙上的介绍。

　　汪必东说道："伏波将军因为军功被封侯，王都堂因为军功，被封伯；伏波将军平定西南，王都堂抚平西南。若论智慧，王都堂是良知学说的宗师，这个是应该超过……"汪必东自觉话虽千真万确，说出来却是对前贤的不敬，就适时住了口。

　　蒋山卿说道："唉！功高谤随。谁能想到，伏波将军身后竟然被毁谤，被朝廷削了爵。汪道台，木秀于林风必摧之，是不是古来如此？前几年，王都堂在江西，也曾遭小人们诋毁！"

　　王阳明看着马援的塑像，联想起了"马革裹尸"这个典故。这个典故就是从马援来的。马援将军像廉颇一样,六十多岁的时候还向朝廷要求上战场,最后战死沙场,马革裹尸,得以还乡。马援将军马革裹尸,自己五世祖性常公则是羊革裹尸。对,前头路过广东时,多绕几步路,要去增城祭拜五世祖性常公。

祭拜过马援,陈尧恩请求道:"王都堂,下官想请您留下墨宝,为我们横州增添些文采。"陈尧恩祈求地看向王阳明、汪必东和蒋山卿。

汪必东和蒋山卿帮着请求。王阳明拖着病体,即兴赋诗,挥毫写下了《谒伏波庙二首》:

> 四十年前梦里诗,此行天定岂人为!
> …………

第一百六十章　青龙铺畔　落幕人生

从横州一路行船,转浔州,渡梧州,出广西,进广东,穿肇庆,绕广州,经韶州,过南雄,于十一月二十五,王阳明翻越梅关,进入南安。

一路上,穿府过县,省里官、府里官、州里官、县里官、都司卫所各级武官,驿站驿丞,巡检司巡检,递运铺大使,来迎去送。王阳明当着四省的军务提督,兼着两广的巡抚,又是见官称尊的新建伯,沿途文武百官,恭恭敬敬,嘘寒问暖,引见当地名医,推荐偏方名药。下属们磕头,王阳明就是有病,也总要点点头;下属们称颂南赣剿匪和鄱阳湖平叛,赞扬断藤峡和八寨为民除害,王阳明虽然谦虚,也总要回应人家一个笑脸;下属们颂扬良知学说名扬天下,称赞王阳明是当今圣贤,是道学宗师,王阳明就是再累,也总要婉谢众人的美誉,即便是累得不想说话,也总要摇摇头,人家是笑脸,就是摇着头也要还人家一个笑脸。在南京鸿胪寺卿任上时,被国子监个别学生贴招贴攻击辱骂,王阳明对诋毁和辱骂已经锻炼出来了免疫力;南赣剿匪成功,鄱阳湖平叛大捷,两次大成功迎来了更大的屈辱,王阳明已经看淡了成功。古人说过,福祸相依,以几十年的经验看,这是千真万确的。沿途百官的赞誉,惊扰不了王阳明心的宁静。

官场上的前呼后拥和众星捧月,对名利场中的人来说,是种排场,是种享受;对良知来说,是种多余;对如今重病缠身的王阳明来说,已经成了一种累赘。人在官场,身不由己。血肉身躯,毕竟不是铁打的,心不累,身子总吃不消。虽然吃不消,遇到求教良知学问的,王阳明即便正在咳嗽得上气不接下气,只要一消停,还是会不厌其烦地讲学。王阳明把讲学当作了自己的人生使命。年轻时吃的那些苦,中年后得的那些成功,好像都是在为他的讲学做注释。

一路上的应酬,一路上的讲学,消耗着王阳明的元气。没出广东,他就病上加病,又染上了痢疾,吃不下饭,没什么可以出痢的,下痢的只有水。

广东布政使王大用,正德年间在南韶兵备道做副使,当年拜入门下。王大用、南雄知府徐曰忠、保昌县知县黄金等官员,把王阳明护送到梅关。水痢多日的王阳明极度虚弱,已经不能下地行走,只能坐着肩舆过梅关。

南安府知府庄惟春、推官周积、大余县知县叶章、南安所千户刘环、大余籍的退休知府王銮是入门弟子,一众官员,在梅关迎来了王阳明。南安的官员,把王阳明送上章江上的官船,指派南安推官周积,护送王阳明到赣州。

王阳明处于时睡时醒的状态,周积陪坐在病榻旁。周积看着熟睡中的王阳明,眼中噙着泪。眼前的王阳明,脸没有因为不愈的痢疾而失去光泽,但是因为缺少血色,他的脸显得透明,透明中透着安详,透明中散发着慈祥,他的神色像一个睡熟的婴儿。看面色,并不是有病的样子。看着王阳明露在被子外面的手,周积发现,病没有藏在先生的脸上,而是躲在先生的手上了。手太消瘦了,一层薄薄的、白净的、没有一丝血色的皮肤紧贴着皮下的骨头,青筋毕露,因为缺少充分的血液,青筋就像盖在薄薄的被单下不足月的婴儿,十分柔弱。周积噙在眼里的泪滚出了眼眶。周积流着泪,把先生的手轻轻挪到被子下。

王阳明醒了,缓缓睁开眼,看到周积。周积扭脸擦去泪水。王阳明缓缓地问道:"以善、近、来、学问、如何?"

周积眼中再次蓄满了泪水,他哽咽着轻声说:"托先生的福,南安这些年一直安靖,老百姓安居乐业。先生,南安最好的医生,跟在船上,给您把把脉吧?"

王阳明脸上露出一丝笑意,那是释然的笑,是不以为意的笑,这种笑太微弱了,泪水模糊着双眼的周积竟然没有察觉到。周积等了一会儿,不见先生有所表示,以为先生没听见,就俯下身子,嘴凑到先生耳朵边,把话轻声重复了一遍。

王阳明轻轻说道："以善，医生、治病，不、救命。我现在、只是一口元气在。我、要坐、一会儿。"

周积以为自己听错了，便坐着没动。旁边的侍者轻轻地说："周节推，老爷要坐一会儿。"侍者说着，轻轻把王阳明扶坐起来。周积起身，小心翼翼地在王阳明身后垫上靠垫。

王阳明看了一眼周积，淡淡地笑笑，说道："以善，你去吧，我坐一会儿。"

周积看了看侍者，侍者点点头。周积出去了。

船是顺流，行得很快。

王阳明安详地坐着，心里干干净净，这些天发生的事，他要在心里捋一捋。想捋一捋，但他身上没有劲，这些天零零散散的事，就像一窝吃饱了饭的小猪娃，都撒着欢跑远了，喊都喊不过来，继续喊又没有力气。那就静静地坐着吧。坐着坐着，撒够了欢的一窝小猪娃，纷纷跑了回来。想起来了，前天，好像是前天，这几天睡着的时候多，分不清昼夜了。前天和昨天，在南安城里歇了两天，歇什么呢？不需要歇了。心不累，身上的病，靠歇，哪能歇好？在南安歇，只是不愿意驳了几位官员和几位弟子的好意。好像是二十五过的梅关，是嘉靖七年十一月二十五，嘉靖六年十一月初七出的关，一出一回，整整一年。今年是天下各官进京述职的年份，一路上的府官县官，比着去年换了不少新面孔。南雄和韶州知府，都是新人。南雄同知陆浚是广西浔州人，今年刚上任，那天迎接的时候，别人磕罢头，他要单独比别人多磕三个头，说是为了感恩，感恩王阳明为浔州剿灭了断藤峡和八寨强贼。对了，自己原计划在南雄和韶州等待朝廷对自己申请回家养病的批复，竟然没有等来。朝廷怎么不批复呢？自己已经是油干灯枯了！等不来，只好不等。这不，没有圣旨，自己也到了江西。自己提督四省军务，江西，也是自己的辖境。再等等圣旨？呵呵！怕是等不到了！马伏波说，将军最好是战死疆场，马革裹尸好还乡。马伏波将军做到了马革裹尸。自己不是将军，是个学问人。对了，拜谒伏波庙时，自己想到了自己的五世祖，自己的五世祖也是战死疆场,羊革裹尸还家的。五世祖性常公古稀之年,受命出任广东参议,为了平定苗乱,在岭东道督饷。为了劝谕苗人,性常公只身一人,闯贼营,成功说服了苗人。回程路过增城,他遇上海贼曹真,曹真逼着性常公领头造反,五世祖劝说不下,厉声责骂,被海贼杀害了。四世祖渔隐公当年十六岁,愿意代替五世祖去死,海贼知道杀孝子不祥,听任渔隐公用羊革裹着性常公,将他带回到余姚。当年增城为这二位先祖修建了一座忠孝祠。自己能到增城祭拜祖宗,算是了了一个多年的心愿。那天弟子王大用、广州知府范禄、增城知县朱道澜、广州卫指挥佥事赵璇及十几位增城县学的秀才一起陪着祭拜。

增城,是湛若水的家乡。这次到增城,还拐到沙贝村湛若水家看了看。六十三岁的甘泉子,在南京做吏部侍郎呢。没遇上。他是自己修学路上的知音。湛家三十八岁的大公子湛东之,陪着看了湛若水读过书的甘泉洞,看了满山黄色海洋一样的菊花。菊花的海洋,黄色黄得那样淡雅,那样柔和,就像修行人的心。置身菊花海洋中,真想把家也搬过来,过一过"采菊东篱下,悠然见南山"的恬静生活。对了,德洪和汝中来信说,在杭州天真山选好了一块地方,那里也有菊花,要在菊花丛中,建一所天真书院。真希望能在天真书院讲讲学。四句教言,需要好好诠释一下。去年走得太急,德洪和汝中,让他们两人互相取长补短,不知道他们落实了没有。良知学说浓缩成四句教言,实在是几十年人生磨难磨出来的,俗话说,苦水里出智慧。汝中这个弟子太聪明,学良知,知道有捷径,但是依赖捷径,就像上山一样,悬崖峭壁是捷径,一不小心,就会失足;盘山路虽然慢些,却最稳妥。这是自己几十年来的经验。

几十年来的经历,像一幅幅画卷,一幅幅地展现在王阳明的心中。王阳明进入了定境,几十年来的一幕幕,从今天,从今年,一幕幕走到了四十岁、三十岁、二十岁、十几岁。这些经历,没有哪一步是不应该的,都是理所当然的。这人生路没有如果,没有假设。如果有一个如果和假设,那就不会有今天的王阳明,就不会有今天的良知学说。呵呵,这应该叫作命中注定。一切都是注定,没有走这一步的时候,可能不一定,一旦走出这一步,一切的一切,都成了命中注定,不可更改。在南昌遭到张忠和许泰的诬陷,是注定的,没有这些诬陷,自己的心不会磨炼得像磐石一样稳定。感谢诬陷,检验了自己的良知。也正是经历了这些诬陷,才最终陶冶出了简洁的良知学说。"致良知"三个字,多么简洁。为善去恶是格物,知善知恶是良知,多么明白,多么简单易懂。两千年来的圣贤学问,在这三个字中续上了香火。真应该感谢奸佞权臣的诬陷,应该感谢朱宸濠几万叛军的夺人气势,应该感谢南赣几伙儿土匪的凶残狡诈,应该感谢龙场三年的瘴疠浸泡,应该感谢差点夺命的午门廷杖,没有这些苦难,哪里有致良知这么简洁的圣贤学问!磨难孕育了良知学问,磨难检验了良知学问。感谢苦难吗?没有谁想着往苦水里浸泡。苦难和甜蜜,不一定是自己能选择的。苦难也好,甜蜜也罢,这都是人生。说感谢苦难,其实是感谢人生。没有苦难,哪里显得着甜蜜。自己吃过苦,自己遭过难,自己也享受过甜蜜。小时候睡在母亲的怀抱里最甜蜜。一想到母亲,王阳明心中升起了一丝温馨。想起慈祥的奶奶,没有奶奶的呵护,自己的人生会是什么样子?想到了诸翠,年轻时候的诸翠,粉面桃花,小手像葱白一样,身上总是散发着一种淡淡的香气。没有一儿半女,那是她的命。想到儿女,正宪孝敬自己,儿媳妇孝敬。想到儿女,还得感谢张纯如。她给自己传下了骨血。这个女人,虽然没读多少书,单单从孝亲上来说,她就是修道人。有她在身边,王阳明总能感受到一种清凉,那清凉像中秋的月光一样。自己撒下她,她一个寡妇今后怎么过呢?这也是她的命吧。儿子呢,才四岁,有娘没爹,会不会命苦?单单早早没了爹,就是命苦。命苦,未尝不是一种福。苦也好,甜也罢,儿孙自有儿孙福。张纯如和正聪,母子的两张脸,在王阳明心中一闪而逝。

王阳明定境中出现了自己婴儿期的样子……王阳明的心融入了一片光明中,就像融在了湛若水家门前山坡上那片菊花海洋里,融入一种柔和的光里,那是愉悦的光,是宁静的光,是无以言状的自在和解脱。天地、人生,都被融进了这团无边无际的光中。这种境界,过去多次出现过。光中,有个无声的声音说道:

"云儿,你人间的使命完成了,该回来了。"

王阳明知道自己该回去了,此去,他没有丝毫的留恋,没有丝毫的遗憾,没有丝毫的犹豫。哦,对了,得跟人招呼一声,不能不辞而别。还有个弟子在守着自己呢。

王阳明睁开眼,轻声问道:"以善呢?"

周积被叫了进来。

王阳明满面很恬静很舒心的笑,那是一种无牵无挂的笑。周积以为先生的病好转了,惊喜着说道:"先生! 您好了? 弟子总觉着先生不会有危险。"周积不知道说什么好,高兴地搓着手。搓着手的周积心里暗暗埋怨王大用,先生出广东时,王大用给先生准备了上等的柏木寿材。现在好了,用不上了。现在看,自己的担心是多余的。先生有学问,抱道在身,怎么能说死就死呢? 这才多大岁数呀!

王阳明见周积高兴,问周积道:"今天是什么日子?"声音和语调与没病的时候是一样的。

周积笑着说道:"十一月二十八,先生。"

王阳明再问道:"现在船行何处?"

周积答道:"前面不远是青龙铺,先生。"

王阳明说道:"今晚就歇在青龙铺吧! 赣州、吉安有人来吗?"

周积笑着说道:"先生想他们了? 师兄张思聪今年到任赣州兵宪。到了水西驿,他们会接先生的。"

王阳明淡淡地笑笑,说道:"怕是来不及了。"

周积愣了一下,突然明白了怎么回事,他脸上的笑消失了,不安地问道:"先生?"

王阳明轻轻说道:"人有生死。我,要走了!"

周积惊讶地睁大眼睛:"先生,您,眼看着,不是好了吗?"

王阳明说道:"以善,有啥疑问,你问。明天上午,就来不及了。"

周积一下子明白了过来,他扑通一声跪倒在床前,哽咽着说:"周积学问还不成熟,没有先生,以后可怎么办呢?"

　　王阳明淡淡地笑着,搁在被面上的一只手,翘了翘四根指头,见周积没有反应,甚至根本没有注意到微微翘起来的四根指头,只得轻声说道:"四句教言,有道有法,可以为师。"

　　晚上,王阳明住宿在了大余县的青龙铺。他一直右侧卧,右手掌枕在脸下,曲着叠放的双腿,左手搭在大腿上。

　　船外,大雪飘了整整一个晚上。

　　早上,茫茫大地,一片洁白世界。雪,停了。

　　上午辰时,周积被叫进来。王阳明一脸笑意,轻轻说道:"我要走了。"

　　周积跪在床前,擦着眼泪,问道:"先生,有何遗言?"

　　王阳明轻轻说道:"此心光明,亦复何言!"

　　王阳明侧卧着,合上了双眼。

　　青龙铺畔,属龙的王阳明,他,走了,享年五十八岁。

　　青龙铺畔,雪后的冬阳,格外明净。

　　天地一片无边无际的光明。

初稿完成于 2013 年 2 月 3 日

修订于 2015 年 1 月 3 日

附录　主要参考书目

1.《王阳明全集》六册,浙江古籍出版社。

2.《阳明先生集要》二册,中华书局。

3.《明儒学案》上下册,黄宗羲,中华书局。

4.《阳明学述要》,钱穆,九州出版社。

5.《姚江秘图山王氏家族研究》,华建新,宁波出版社。

6.《王阳明的生活世界》,董平,中国人民大学出版社。

7.《王阳明巡抚南赣和江西事辑》,朱思维,江西人民出版社。

8.《大儒王阳明》,海南出版社。

9.《传奇王阳明》,商务印书馆。

10.《〈传习录〉精读》,吴震,复旦大学出版社。

11.《王阳明与道家道教》,朱晓鹏,中国人民大学出版社。

12.《宋明理学的问题与发展》,牟宗三,华东师范大学出版社。

13.《明史》,张廷玉等,中华书局。

14.《明史演义·蔡东藩》,中国工人出版社。

15.《正德风云·荡子皇帝朱厚照别传》上下册,韦庆远,广东人民出版社。

16.《万历十五年》,(美国)黄仁宇,三联书店。

17.《明夷待访录》,黄宗羲,中华书局。

18. 贵州、江西、浙江、余姚、绍兴、浚县、赣州、南安、吉安、南昌、滁州、汀州、梧州、南宁、横州明清省府州县志书。

19.《卫所、军户与军役·以明清江西地区为中心的研究》,北京大学出版社。

20.《十六世纪明代中国之财政与税收》,(美国)黄仁宇,三联书店。

21.《明代的漕运》,(美国)黄仁宇,新星出版社。

22.《明史·贵州土司列传考证》,翟玉前、孙俊,贵州人民出版社。

23.《中国历史地图集·元明卷》第七册,中国地图出版社。

24.《明代学校与科举制度研究》,北京燕山出版社。

25.《明代科举文献研究》,山东大学出版社。

26.《中国风俗史·明代卷》,上海文艺出版社。

27.《中国思想史六讲·中国学术思想十八讲》,钱穆,九州出版社。

28.《中国历代政治得失》,钱穆,九州出版社。

29.《朱子学提纲》,钱穆,三联书店。

30.《四书释义》,钱穆,九州出版社。

31.《明代的社会与国家》,(加拿大)卜正民,黄山书社。

32.《明代乡村纠纷与秩序》,(日本)中岛乐章,江苏人民出版社。

33.《朱子〈家礼〉与人文关怀》,武夷山市宣传部,福建教育出版社。

34. 民国段正元述作《师道全书》64 册。

35. 南怀瑾著述 30 余册。

36.《道教哲学》,卢国龙,商务印书馆。

37.《五灯会元》等各类佛学书籍。